Robin Hobb
Prophet der Sechs Provinzen

Die Chronik der Weitseher von Robin Hobb bei Penhaligon:
1. Die Gabe der Könige
2. Der Bruder des Wolfs
3. Der Erbe der Schatten

Das Erbe der Weitseher von Robin Hobb bei Penhaligon:
1. Diener der Alten Macht
2. Prophet der Sechs Provinzen
3. Beschützer der Drachen

Das Kind des Weitsehers von Robin Hobb bei Penhaligon:
1. Die Tochter des Drachen
2. Die Tochter des Propheten
3. Die Tochter des Wolfs

Robin Hobb

Prophet der Sechs Provinzen

Das Erbe der Weitseher 2

Roman

Deutsch von Eva Bauche-Eppers

penhaligon

Die Originalausgabe erschien 2002 unter dem Titel »Golden Fool (Tawny Man 2)« bei Spectra, New York.

Dieses Buch ist bereits unter dem Titel »Der goldene Narr« im Bastei Lübbe Verlag erschienen.

Penguin Random House Verlagsgruppe FSC® N001967

3. Auflage

Redaktion: Alexander Groß
Umschlaggestaltung und Artwork: Isabelle Hirtz, Inkcraft unter Verwendung eines Motivs von © Shutterstock.com/Chantall
Karte: © Andreas Hancock
HK · Herstellung: sam
Satz: Vornehm Mediengestaltung GmbH, München
Druck und Bindung: Printed in the Czech Republic
ISBN 978-3-7645-3204-8

www.penhaligon.de

Prolog

ERLITTENE VERLUSTE

Den Verlust eines Geschwistertieres kann man jemandem, der nicht über die Alte Macht verfügt, nur schwer erklären. Jene, die beim Tod eines Tieres sagen: »Es war doch nur ein Hund«, werden nie verstehen können, wie es sich anfühlt. Andere, mitfühlendere Naturen können es sich wie den Tod eines geliebten Haustieres vorstellen. Aber selbst jene, die meinen, »es muss wie der Verlust eines Kindes oder einer Ehefrau sein«, sehen nur eine Facette des wahren Schmerzes. Der Verlust eines Lebewesens, mit dem man verschwistert war, ist viel schlimmer als der Verlust eines Gefährten oder eines geliebten Menschen. In meinem Fall war es, als hätte man mir plötzlich die Hälfte meines Selbst amputiert. Mein Sehvermögen war eingeschränkt und mein Appetit gedämpft, das Essen roch einfach nur langweilig. Mein Gehör hatte stark nachgelassen, und …

Das Manuskript, das ich so vor vielen Jahren begonnen hatte, endet in einem Gewirr von Klecksen und wütenden Strichen. Ich kann mich genau an den Augenblick erinnern, an dem ich erkannt habe, dass ich von einer allgemeinen Beschreibung zu einem Bericht über meinen persönlichen Schmerz übergegangen war. Es gibt Kniffe und Falten in der Schriftrolle, die daher rühren, dass ich sie vor Wut immer wieder auf den Boden geworfen habe und darauf herumgetrampelt bin. Das Wunder dabei ist, dass ich sie zum Glück nur zur Seite getreten und nicht direkt ins Kaminfeuer befördert habe. Ich weiß nicht, wer schließlich Mitleid mit dem elenden Ding bekam und es in mein Regal einreihte. Vielleicht war es Dick mit seiner methodischen, gedankenlosen Art. Ich selbst jedenfalls kann zwischen meinen eigenen Texten keinen finden, der es verdient hätte, gerettet zu werden. Meine literarischen Bemühungen scheinen mir in der Regel mehr schlecht als recht zu sein.

Meine verschiedenen Versuche, eine Geschichte der Sechs Provinzen zu verfassen, verwandelten sich häufig zu einer Geschichte über meine Welt und mein Leben. Bei einer Abhandlung über Kräuterkunde wanderte meine Feder zu den unterschiedlichen Behandlungsmethoden bei Gabenleiden. Meine Studien über die Weißen Propheten verloren sich völlig in deren Beziehungen zu ihren Katalysten. Ich weiß nicht, ob es mein Dünkel ist, der meine Gedanken immer wieder auf mein eigenes Leben lenkt, oder ob mein Schreiben nur meinen armseligen Versuch darstellt, mir selbst das Leben zu erklären. Die Jahre sind zu Dutzenden gekommen und wieder gegangen, und noch immer nehme ich Nacht für Nacht die Feder in die Hand und schreibe. Noch immer strebe ich danach zu verstehen, wer ich bin. Der Vorsatz »das nächste Mal werde ich es besser machen« ist nicht viel mehr als die Selbsttäuschung, dass es auch ein »nächstes Mal« geben wird.

Als ich Nachtauge verloren hatte, hatte ich nicht an dieses nächste Mal geglaubt. Ich hatte mir nie fest vorgenommen, wieder eine Bindung einzugehen und es mit dem nächsten Geschwistertier besser zu machen. Solch ein Gedanke wäre Verrat gewesen. Nach Nachtauges Tod war ich vollkommen leer. In den darauffolgenden Tagen ging ich verwundet durchs Leben, ohne überhaupt zu bemerken, wie verstümmelt ich war. Ich war wie ein Mann, der über das Jucken in seinem amputierten Bein klagt. Das Jucken lenkt vom ungeheuerlichen Wissen ab, dass man fortan durchs Leben humpeln wird. So verbarg die unmittelbare Trauer über Nachtauges Tod das wahre Ausmaß des Schadens, den ich erlitten hatte. Ich war verwirrt, hielt meinen Schmerz und meinen Verlust für ein und dasselbe, wo in Wirklichkeit das eine doch das Symptom des anderen war.

Auf seltsame Art war es wie ein zweites Mündigwerden. Diesmal hatte es jedoch nichts mit dem Erreichen des Mannesalters zu tun, sondern mit der langsamen Erkenntnis, dass ich ein Individuum war. Die Umstände hatten mich wieder zu einem Teil der Hofintrigen von Bocksburg gemacht. Ich hatte die Freundschaft mit dem Narren und mit Chade wiederbelebt. Ich stand am Rande einer echten Beziehung mit Jinna, der Krudhexe, und mein Junge, Harm, hatte sich kopfüber in die Lehre und in eine Romanze gestürzt und schien nun in beiden Angelegenheiten wenig glücklich umherzustolpern. Prinz Pflichtgetreu hatte mich kurz vor seiner Verlobung mit der Fernholmerin Narcheska Elliania gebeten, sein Mentor zu sein – nicht nur als Lehrer in Fragen der Gabe, sondern auch um ihn durch die wilden Wasser der Mannwerdung zu führen. Es mangelte mir nicht an Menschen, die sich um mich sorgten, und auch nicht an solchen, für die ich viel empfand; aber trotz alledem war ich einsamer denn je zuvor.

Das Seltsamste daran war jedoch die langsame Erkenntnis, dass ich diese Isolation selbst gewählt hatte.

Nachtauge war unersetzlich. In all den Jahren, die wir miteinander geteilt hatten, hatte er mich verändert. Er war nicht einfach nur ein Teil von mir, zusammen hatten wir erst ein Ganzes ergeben. Selbst als Harm in unser Leben getreten war, betrachteten wir ihn als unsere gemeinsame Verantwortung. Der Wolf und ich, es war unsere Einheit gewesen, die die Entscheidungen traf. Wir waren Partner. Nach Nachtauges Tod hatte ich das Gefühl, als könnte ich nie wieder eine solche Bindung zu einem anderen Lebewesen haben, sei es nun Mensch oder Tier.

Als ich noch ein Junge war und meine Zeit in Gesellschaft von Prinzessin Philia und Litzel verbrachte, habe ich oft gehört, wie sie offen die Männer bei Hofe begutachteten. Eine Grundannahme von Philia und Litzel war, dass jeder – sei er nun Mann oder Frau –, der bis zu seinem dreißigsten Lebensjahr nicht verheiratet war, dies auch bleiben würde. »Der ist viel zu sehr in seiner Art verhaftet«, pflegte Philia zu erklären, wann immer ihr Gerüchte zu Ohren kamen, dass ein grau gewordener Fürst einem jungen Mädchen den Hof machte. »Der Frühling hat ihm den Kopf verdreht, aber sie wird schon bald genug herausfinden, dass es in seinem Leben keinen Platz für eine Partnerin gibt. Viel zu lange hat er sein eigenes Leben gelebt.«

Ich begann sehr, sehr langsam auch mich selbst so zu sehen. Oft war ich einsam. Ich wusste, dass ich nach einem neuen Gefährten hinausspürte. Doch dieses Gefühl und dieses Suchen waren mehr ein Reflex, das Jucken eines abgetrennten Glieds. Niemand, egal ob Mensch oder Tier, würde je die Lücke füllen, die Nachtauge in meinem Leben hinterlassen hatte.

Etwas Ähnliches habe ich auch zum Narren gesagt, bei einem unserer Gespräche auf dem Weg zurück nach Bocksburg. Es war in einer jener Nächte gewesen, da wir neben der Straße gelagert hatten, die uns nach Hause führen sollte. Ich hatte ihn am Feuer bei Prinz Pflichtgetreu und Laurel, der Jagdmeisterin der Königin, zurückgelassen. Sie hatten sich um das Feuer gekauert und das Beste aus der kalten Nacht und dem wenigen Essen gemacht. Der Prinz war verschlossen und verdrießlich gewesen; er litt noch immer unter dem Verlust seiner Geschwisterkatze. In seiner Nähe zu sein war für mich, als würde ich eine verbrannte Hand an eine Flamme halten: Mein eigener Schmerz wurde wieder in voller Stärke geweckt. Mit der Entschuldigung, Feuerholz sammeln zu wollen, war ich aufgestanden und davongegangen.

An jenem dunklen kalten Abend hatte der Winter sein Kommen angekündigt. Nicht eine einzige Farbe war in dieser trüben Welt noch übrig, und abseits des Feuerscheins tastete ich wie ein Maulwurf umher, während ich nach Holz suchte. Schließlich gab ich es auf, setzte mich auf einen Stein am Bachufer und wartete darauf, dass meine Augen sich an das Zwielicht gewöhnten. Doch während ich dort saß und die Kälte um mich herum spürte, verlor ich allen Ehrgeiz, Holz zu finden oder überhaupt etwas zu tun. Ich saß einfach nur da und starrte; ich lauschte auf das Geräusch des fließenden Wassers und ließ die Nacht mich mit ihrer Düsterkeit erfüllen.

Der Narr kam zu mir, bewegte sich leise durch die Dunkelheit. Er setzte sich auf die Erde neben mich, und eine Zeit lang schwiegen wir. Dann legte er mir die Hand auf die Schulter und sagte: »Ich wünschte, es gäbe einen Weg, wie ich dich in deiner Trauer trösten könnte.«

Das waren sinnlose Worte gewesen, und es schien, als fühle er das auch, denn anschließend schwieg er. Vielleicht war es Nachtauges Geist, der mich für mein säuerliches Schweigen unserem Freund gegenüber tadelte, denn nach einiger Zeit suchte ich nach ein paar Worten, um die Dunkelheit zwischen uns zu überwinden. »Es ist wie mit der Wunde an deinem Kopf, Narr. Mit der Zeit wird sie sicherlich langsam heilen, doch alle Wünsche der Welt können den Prozess nicht beschleunigen. Selbst wenn es eine Möglichkeit gäbe, den Schmerz zu zerstreuen, irgendein Kraut oder Trunkenheit, die ihn betäuben, ich könnte sie nicht nutzen. Nichts wird seinen Tod vergessen machen. Das Einzige, was mir übrig bleibt, ist, mich an die Einsamkeit zu gewöhnen.«

Trotz meiner Bemühungen klangen meine Worte wie ein Tadel. Schlimmer noch, sie schienen von Selbstmitleid durchsetzt zu sein. Es spricht sehr für meinen Freund, dass er sich davon nicht beleidigt fühlte. »Dann werde ich dich in Ruhe lassen. Ich denke, du hast dich entschieden, allein zu trauern, und wenn das deine Entscheidung ist, werde ich sie respektieren. Ich glaube zwar nicht, dass es eine besonders weise Wahl ist, aber nichtsdestoweniger werde ich sie respektieren.« Er hielt kurz inne und seufzte leise. »Ich habe inzwischen etwas über mich selbst erkannt: Ich bin gekommen, weil ich dich wissen lassen wollte, dass ich von deinem Schmerz weiß. Nicht weil ich dich davon heilen könnte, sondern weil du wissen sollst, dass ich ihn durch unsere Verbindung mit dir teile. Eine Last zu teilen kann sie nicht nur leichter machen, sie kann auch ein Band zwischen jenen knüpfen, die sie teilen, sodass niemand gezwungen ist, sie allein zu tragen.«

Ich fühlte, dass ein Körnchen Wahrheit in diesen Worten lag, etwas worüber ich nachdenken sollte, doch mir war zu elend, um danach zu greifen. »Ich werde gleich wieder zum Feuer zurückkehren«, sagte ich, und der Narr wusste, dass er entlassen war. Er nahm die Hand von meiner Schulter und ging davon.

Erst als ich später tatsächlich über seine Worte nachdachte, habe ich sie verstanden. In jenem Augenblick wählte ich das Alleinsein; das war keine unausweichliche Folge des Todes des Wolfs, ja noch nicht einmal eine sorgfältig überlegte Entscheidung. Ich umarmte meine Einsamkeit und hofierte meinen Schmerz. Es war nicht das erste Mal, dass ich diesen Kurs einschlug.

Ich ging äußerst vorsichtig mit diesem Gedanken um, denn er war scharf genug, um mich zu töten. Ich hatte die Jahre der Isolation mit Harm in meiner Hütte verbracht. Niemand hatte mich in dieses Exil gezwungen. Die Ironie war nur, dass dies die Erfüllung meines so oft geäußerten Wunsches gewesen war. Meine ganze Jugend hindurch hatte ich stets erklärt, mein größter Wunsch sei es, ein Leben zu führen, in dem ich meine eigene Wahl treffen konnte, losgelöst von den »Pflichten« meiner Geburt und meiner Position. Erst als das Schicksal mir diesen Wunsch erfüllte, erkannte ich den Preis dafür. Ich konnte meine Verantwortung anderen gegenüber beiseiteschieben und leben, wie ich wollte, wenn ich alle Verbindungen zu ihnen kappte. Beides zu behalten, Freiheit und Freunde, war unmöglich. Teil einer Familie zu sein oder einer Gemeinschaft bedeutet Pflicht und Verantwortung, man ist durch die Regeln dieser Gruppen gebunden. Ich hatte lange Zeit abseits aller Verpflichtungen gelebt, doch erst jetzt erkannte ich, dass das meine freie Wahl gewesen war. Ich hatte beschlossen, die Verantwortung für meine Familie abzugeben, und dafür mit Einsamkeit bezahlt. Damals hatte ich mir eingeredet, dass das Schicksal mich in diese Rolle gezwungen hatte. Genauso traf ich auch jetzt eine Entscheidung, auch wenn ich versuchte, mich selbst davon zu überzeugen, dass dies der unausweichliche Weg des Schicksals sei.

Zu erkennen, dass man die Quelle seiner eigenen Einsamkeit ist, ist keine Heilung dafür; aber es war ein Schritt in die richtige Richtung zu verstehen, dass es nicht unausweichlich war und dass solch eine Entscheidung nicht unwiderruflich ist.

Kapitel 1

DIE GESCHECKTEN

Die Gescheckten haben stets behauptet, sie wollten nur frei von Verfolgung sein, wie sie seit Generationen in den Sechs Provinzen das Schicksal jener mit der Alten Macht war. Diese Behauptung kann man getrost als Lüge und kluge Täuschung bezeichnen. Die Gescheckten wollten Macht. Ihre Absicht war es, alle, die in den Sechs Provinzen über die Alte Macht verfügten, zu einer Einheit zu verschmelzen, die aufstehen und die Kontrolle über das Königtum übernehmen würde. Eine Facette dieser Verschwörung war die Behauptung, alle Könige seit der Abdankung von König Chivalric seien nur Prätendenten, und die Bastardabstammung Fitz-Chivalric Weitsehers sei lediglich konstruiert, um ihn davon abzuhalten, den Thron zu besteigen. Legenden vom »Treuherzigen Bastard«, der aus dem Grabe auferstanden sei, um König Veritas bei seiner Queste zu helfen, verbreiteten sich gegen den gesunden Menschenverstand, und man schrieb Fitz-Chivalric Kräfte zu, die den Bastard fast in den Status eines Gottes erhoben. Aus diesem Grund waren die Gescheckten auch als »Kult des Bastards« bekannt.

Diese lächerlichen Behauptungen sollten den Versuchen der Gescheckten, das Haus Weitseher zu stürzen und einen der ihren auf den Thron zu setzen, eine gewisse Legitimität verleihen. Zu diesem Zweck begannen die Gescheckten mit einer cleveren Kampagne: Sie drohten jenen mit der Alten

Macht mit der Enthüllung ihres Geheimnisses, sollten sie sich nicht mit ihnen vereinen. Diese Taktik war vielleicht von Kebal Raubart inspiriert, dem Anführer der Fernholmer während des Kriegs der Roten Schiffe. Denn es heißt, dass er Männer nicht durch seine Ausstrahlung dazu bewogen habe, ihm zu folgen, sondern durch Furcht davor, was er ihrem Heim und ihren Familien antun würde, sollten sie sich seinen Plänen verweigern.

Die Vorgehensweise der Gescheckten war recht einfach: Entweder schlossen sich Familien mit dem Makel der Alten Macht ihnen an, oder aber sie wurden öffentlich angeklagt, was unweigerlich ihre Hinrichtung zur Folge hatte. Es heißt, die Gescheckten hätten heimtückische Angriffe gegen die Ränder einflussreicher Familien geführt. Erst stellten sie einen Diener oder einen weniger bedeutenden Vetter bloß, dann machten sie dem Oberhaupt des Hauses klar, dass die gesamte Familie dieses Schicksal erleiden würde, sollte sie sich nicht den Wünschen der Gescheckten beugen.

Dies waren nicht die Taten von Leuten, die der Verfolgung von ihresgleichen ein Ende machen wollten. Dies waren die Taten einer ruchlosen Gruppierung, die nach Macht für sich selbst gierte und dies erreichen wollte, indem sie zuerst ihresgleichen gefügig machte.

ROWELL: »DIE VERSCHWÖRUNG DER GESCHECKTEN«

Die Wache hatte gewechselt. Die Wachglocke und der Ruf klangen dünn durch den Sturm, aber ich hörte sie. Die Nacht war offiziell vorüber; es ging auf den Morgen zu, und ich saß noch immer in Jinnas Hütte und wartete auf Harms Rückkehr. Jinna und ich teilten uns die Annehmlichkeit ihres gemütlichen Kamins. Jinnas Nichte war vor einiger Zeit hereingekommen und hatte kurz mit uns geplaudert, bevor sie ins Bett gegangen war. Jinna und ich verbrachten die Zeit damit, Feuerholz nachzulegen und über belanglose Dinge zu plappern. Das kleine Haus der Krudhexe war warm und gemütlich, ihre Gesellschaft angenehm, und auf meinen Jungen zu warten war für mich die Entschuldigung zu tun, was ich wollte, nämlich einfach nur ruhig dazusitzen.

Jinna und ich hatten über die verschiedensten Dinge gesprochen. Sie hatte sich erkundigt, wohin meine Reise geführt hatte. Ich antwortete ihr, das sei die Angelegenheit meines Herrn, ich hätte ihn lediglich begleitet. Um nicht zu brüsk zu klingen, fügte ich hinzu, dass Fürst Leuenfarb auf der Reise ein paar Federn für seine Sammlung erworben hatte; dann sprach ich mit ihr über Meine Schwarze. Ich wusste, dass Jinna nicht wirklich daran interessiert war, etwas über mein Pferd zu hören, aber sie hörte freundlich zu. Die Worte füllten den Raum zwischen uns auf angenehme Art.

In Wahrheit hatte der Zweck unserer Reise nichts mit Federn zu tun gehabt. Es hatte sich eigentlich mehr um meine Angelegenheit gehandelt als um die von Fürst Leuenfarb. Gemeinsam hatten wir Prinz Pflichtgetreu vor den Gescheckten gerettet, die zuerst Freundschaft mit ihm geschlossen und ihn dann gefangen genommen hatten. Wir hatten ihn nach Bocksburg zurückgebracht, und keiner der Edelleute hatte Verdacht geschöpft. Heute Nacht feierte und tanzte der Adel der Sechs Provinzen, und morgen würde Prinz Pflichtgetreus Verlobung mit der fernholmischen Prinzessin Narcheska Elliania formell besiegelt werden. Nach außen hin war alles wie eh und je.

Nur wenige würden je erfahren, welchen Preis der Prinz und ich für den ungestörten Ablauf der höfischen Geschäfte gezahlt hatten. Die Geschwisterkatze des Prinzen hatte ihr Leben für ihn geopfert. Ich hatte meinen Wolf verloren. Fast zwanzig Jahre lang war Nachtauge mein anderes Ich gewesen, das Gefäß für einen Teil meiner Seele. Nun war er nicht mehr. Das stellte solch eine gründliche Veränderung für mein Leben dar wie das Löschen der Kerzen in einem dunklen Zimmer. Seine Abwesenheit wirkte wie ein festes Ding, eine Last, die mir zu meiner Trauer zusätzlich aufgebürdet wurde. Die Nächte waren dunkler. Niemand schützte meinen Rücken. Und doch wusste ich, dass ich weiterleben würde. Manchmal schien dieses Wissen der schlimmste Teil meines Verlustes zu sein.

Ich riss mich zusammen, bevor ich endgültig in Selbstmitleid versank. Schließlich war ich nicht der Einzige, der einen Verlust erlitten hatte. Obwohl die Bindung des Prinzen mit der Katze weit kürzer gewesen war, wusste ich, wie sehr er litt. Die magische Bindung, welche die Alte Macht zwischen einem Menschen und einem Tier herstellt, ist äußerst komplex. Sie zu durchtrennen ist nie belanglos. Doch der Junge hatte sein Leid gemeistert und erfüllte nun entschlossen seine Pflichten. Wenigstens musste ich mich morgen Abend nicht verloben.

Der Prinz war sofort wieder von seinen Pflichten eingeholt worden, kaum dass wir gestern Nachmittag in Bocksburg eingetroffen waren. So hatte er abends bereits wieder an den Zeremonien zum Empfang seiner zukünftigen Braut teilgenommen. Heute Abend musste er lächeln und essen, Konversation betreiben, gute Wünsche annehmen, tanzen und zu allem Zufriedenheit zeigen, was das Schicksal und seine Mutter ihm auferlegt hatten. Mitleidig schüttelte ich den Kopf.

»Und weshalb schüttelst du so den Kopf, Tom Dachsenbless?«

Jinnas Stimme riss mich aus meinen Gedanken, und ich erkannte, dass mein Schweigen wohl schon sehr lange gewährt hatte. Ich atmete tief durch und fand schnell eine Ausrede. »Es sieht nicht so aus, als ob der Sturm sich bald legen würde, nicht wahr? Ich habe Mitleid mit jenen, die heute

Nacht da rausmüssen, und ich bin dankbar dafür, nicht zu ihnen zu gehören.«

»Nun. Was das betrifft, möchte ich sagen, dass ich wiederum dankbar für deine Gesellschaft bin«, sagte Jinna und lächelte.

»Ich ebenfalls«, erwiderte ich verlegen.

Die Nacht in der ruhigen, friedlichen Gesellschaft einer angenehmen Frau zu verbringen war eine neue Erfahrung für mich. Jinnas Kater lag schnurrend auf meinem Schoß, während sie mit Stricken beschäftigt war. Der gemütlich warme Feuerschein spiegelte sich auf Jinnas rötlich braunen Locken und den Sommersprossen auf ihrem Gesicht und den Unterarmen. Sie besaß ein angenehmes Gesicht, nicht schön, aber mit ruhigen und freundlichen Zügen. Wir hatten über alles Mögliche an diesem Abend gesprochen, von den Kräutern, aus denen sie ihren Tee aufbrühte, über Treibholz, das manchmal farbig brennt, bis hin zu uns selbst. Ich hatte herausgefunden, dass sie gut sechs Jahre jünger war, als ich in Wirklichkeit war, und sie hatte sich überrascht gezeigt, als ich ihr erklärte, ich sei zweiundvierzig. Das war sieben Jahre über meinem wahren Alter; die Extrajahre waren Teil meiner Rolle als Tom Dachsenbless. Es gefiel mir, als sie sagte, sie hätte mich für wesentlich jünger gehalten. Doch keiner von uns sprach wirklich aus, was er dachte und fühlte. Es herrschte eine interessante kleine Spannung zwischen uns, während wir vor dem Feuer saßen und leise miteinander sprachen. Die Neugier war wie ein Faden zwischen uns, so straff gespannt, dass er leise summte, wenn man daran zupfte.

Bevor ich zu meiner Reise mit Fürst Leuenfarb aufgebrochen war, hatte ich einen Nachmittag mit Jinna verbracht. Sie hatte mich geküsst. Kein Wort hatte diese Geste begleitet, keine Liebesschwüre und keine romantischen Komplimente. Da war nur dieser eine Kuss gewesen, den ihre Nichte unterbrochen hatte, als sie vom Markt zurückgekehrt war. Im Augenblick wusste keiner von uns beiden, wie wir zu jenem Ort zurückkehren sollten, an dem solch eine Intimität möglich gewesen war. Was mich betraf, so war ich nicht sicher, ob ich überhaupt noch einmal dorthin reisen wollte. Mein Herz war eine offene Wunde. Dennoch wollte ich hier sein und vor dem Kamin sitzen. Das klingt wie ein Widerspruch, und vielleicht war es das auch. Ich wollte die unvermeidlichen Komplikationen nicht, zu denen Zärtlichkeiten unweigerlich führen würden, doch in meiner Trauer fand ich Trost in der Gesellschaft dieser Frau.

Aber Jinna war nicht der Grund, warum ich heute Nacht hierhergekommen war. Ich musste Harm sehen, meinen Ziehsohn. Er war gerade erst in Burgstadt eingetroffen und wohnte bei Jinna. Ich wollte sichergehen, dass seine Lehre bei Gindast, dem Schreiner, gut verlief. Außerdem – und sosehr ich mich auch davor fürchtete – musste ich ihm die Nachricht von Nachtauges Tod überbringen. Der Wolf hatte einen genauso großen Anteil an der Erziehung des Jungen gehabt wie ich. Aber auch wenn ich schon bei dem Gedanken daran zusammenzuckte, es ihm mitteilen zu müssen, so hoffte ich doch, dass es mir, wie der Narr gesagt hatte, einen Teil meines Kummers von der Seele nehmen würde. Mit Harm konnte ich meine Trauer teilen, so selbstsüchtig das auch sein mochte. Harm hatte die vergangenen sieben Jahre zu mir gehört. Wir hatten ein Leben geteilt und die Freundschaft des Wolfs. Falls ich überhaupt noch zu irgendetwas oder irgendjemandem gehörte, dann zu meinem Jungen. Ich wollte unbedingt fühlen, dass diese Einschätzung auch der Wirklichkeit entsprach.

»Noch Tee?«, fragte mich Jinna.

Eigentlich wollte ich keinen Tee mehr. Wir hatten schon drei Kannen getrunken, und ich hatte ihren Abort bereits zweimal aufgesucht. Dennoch bot sie mir Tee an, um mich wissen zu lassen, dass ich stets willkommen war und bleiben konnte, solange ich wollte. Also sagte ich: »Ja, bitte«, und Jinna legte ihre Strickarbeit beiseite, um einen neuen Kessel mit Wasser über das Feuer zu hängen. Draußen hatte der Sturm wieder an Wut gewonnen und ließ die Fensterläden klappern. Dann war es Harm, der wild an die Tür klopfte. »Jinna?«, rief er. »Bist du noch wach?«

»Ich bin wach«, antwortete sie und drehte sich vom Kessel weg. »Und du kannst von Glück sagen, dass ich das noch bin, sonst müsstest du jetzt im Schuppen bei deinem Pony schlafen. Ich komme.«

Als sie den Riegel hob, stand ich auf und schob sanft den orangefarbenen Kater von meinem Schoß.

Schwachkopf. Dem Kater war bequem, beschwerte sich Finkel, als er sich zu Boden gleiten ließ, doch er war von der Wärme viel zu benommen, als dass er sich großartig hätte aufregen können. Stattdessen sprang er auf Jinnas Stuhl und rollte sich zusammen, ohne mich auch nur eines Blickes zu würdigen.

Der Sturm kam mit Harm herein, als dieser die Tür aufschob. Eine Windbö wehte Regen in den Raum. »Hui. Schieb den Riegel wieder vor, Junge.« Jinna tadelte Harm, als er hereinschlurfte. Gehorsam schloss der Junge die Tür hinter sich, verriegelte sie und stand dann tropfend im Raum.

»Es ist wild und nass da draußen«, verkündete er. Sein Lächeln war das eines glücklich Betrunkenen, doch seine Augen leuchteten von mehr als nur vom Wein. Vernarrtheit war dort zu sehen, so unverkennbar wie der Regen, der ihm aus dem nassen Haar und übers Gesicht lief. Es dauerte einen Augenblick, bis er bemerkte, dass ich da war und ihn beobachtete. »Tom? Tom, du bist endlich zurückgekommen!« In trunkenem Überschwang breitete er die Arme aus, und ich lachte und ging auf ihn zu, um seine nasse Umarmung entgegenzunehmen.

»Verteil nicht überall Wasser auf Jinnas Boden!«, ermahnte ich ihn.

»Nein, das sollte ich nicht. Dann werde ich wohl erst mal die nassen Sachen ausziehen«, erklärte er und hängte seinen durchnässten Mantel zusammen mit seiner Wollkappe zum Trocknen an einen Haken neben der Tür. Anschließend versuchte er, sich die Stiefel im Stehen auszuziehen, verlor aber das Gleichgewicht. Also setzte er sich auf den Boden und zog sie sich dort aus. Er lehnte sich weit zurück, um sie neben die Tür unter seinen Mantel zu stellen; dann setzte er sich mit einem seligen Lächeln wieder auf. »Tom. Ich habe ein Mädchen kennengelernt.«

»Hast du? Deinem Geruch nach dachte ich eher, du hättest dich mit einer Flasche getroffen.«

»Oh, ja«, gab er unumwunden zu. »Das auch. Aber wir mussten auf das Wohl des Prinzen trinken, weißt du? Und auf das seiner Zukünftigen. Und auf eine glückliche Ehe. Und auf viele Kinder. Und auf viel Glück für uns selbst.« Er lächelte breit und albern. »Sie sagt, dass sie mich liebt. Sie mag meine Augen.«

»Nun. Das ist gut.« Wie oft in seinem Leben hatten Menschen seine unterschiedlichen Augen gesehen, eins braun, das andere blau, und hatten das Zeichen zum Schutz vor Bösem gemacht? Es musste Balsam für seine Seele sein, ein Mädchen gefunden zu haben, das sie anziehend fand.

Ich wusste plötzlich, dass dies nicht die rechte Zeit war, ihn mit meinem Kummer zu belasten. Ich sprach sanft, aber mit fester Stimme. »Ich glaube, du solltest jetzt vielleicht besser ins Bett gehen, Sohn. Erwartet dein Meister dich morgen nicht in aller Frühe?«

Harm blickte drein, als hätte ich ihn mit einem Fisch geschlagen. Das Lächeln verschwand aus seinem Gesicht. »Oh. Ja. Ja, das ist wahr. Er erwartet mich. Der alte Gindast erwartet von seinen Lehrlingen, dass sie noch vor den Gesellen da sind, und seine Gesellen sind schon lange bei der Arbeit, wenn er endlich erscheint.« Langsam rappelte er sich auf. »Tom, diese Lehre ist ganz und gar nicht, was ich erwartet habe. Ich putze, trage Bretter durch die Gegend und drehe das Holz um, das zum Trocknen ausgelegt ist. Ich schärfe Werkzeuge und putze Werkzeuge und öle Werkzeuge. Und dann putze ich wieder. Ich reibe Öl in die fertigen Stücke. Aber in all den Tagen habe ich nicht ein Werkzeug benutzen dürfen. Es heißt immer nur: ›Schau dir an, wie das gemacht wird, Junge‹, oder: ›Wiederhole, was ich dir gerade gesagt habe‹, und: ›Das ist nicht, wonach ich gefragt habe. Bring das ins Holzlager zurück und hol die fein gemaserte Kirsche. Und mach schnell.‹ Und Tom, sie geben mir böse Spitznamen. Landjunge und Dummkopf.«

»Gindast gibt all seinen Lehrjungen Spitznamen, Harm.« Jinnas gelassene Stimme war beruhigend und tröstend zugleich, aber ich empfand es trotzdem als seltsam, dass eine dritte Person unser Gespräch mit anhörte. »Das ist allgemein bekannt«, fuhr sie fort. »Einer von ihnen hat den Spitznamen sogar behalten, als er von ihm fortgegangen ist und sein eigenes Geschäft aufgemacht hat. Jetzt zahlt man gute Preise für einen Einfaltspinsel-Tisch.« Jinna war zu ihrem Stuhl zurückgekehrt. Sie hatte wieder zu stricken begonnen, sich aber nicht gesetzt. Der Stuhl gehörte noch immer dem Kater.

Ich versuchte, mir nicht anmerken zu lassen, wie sehr Harms Worte mich verzweifeln ließen. Ich hatte zu hören erwartet, wie sehr er seine Stellung liebte und wie dankbar er dafür war, dass ich sie für ihn aufgetrieben hatte. Ich hatte geglaubt, dass diese Lehre die eine Sache war, die richtig laufen würde. »Nun. Ich habe dich ja gewarnt, dass du hart würdest arbeiten müssen«, versuchte ich es.

»Darauf war ich auch vorbereitet. Tom, das war ich wirklich. Ich bin bereit, den ganzen Tag Holz zuzuschneiden und anzupassen, aber ich habe nicht erwartet, dass ich mich zu Tode langweilen würde. Putzen und fegen und Botengänge … Für das, was ich hier lerne, hätte ich genauso gut zu Hause bleiben können.«

Nur wenige Dinge besitzen eine solch scharfe Schneide wie die unbedachten Worte eines Jungen. Seine Verachtung für unser altes Leben, die er so offen aussprach, verschlug mir die Sprache.

Vorwurfsvoll blickte er mir in die Augen. »Und wo warst du, und warum warst du so lange weg? Hast du nicht gewusst, dass ich dich gebraucht habe?« Dann kniff er die Augen zusammen. »Was hast du mit deinem Haar gemacht?«

»Ich habe es abgeschnitten«, antwortete ich und strich mir über die aus Trauer kurz geschnittenen Locken. Plötzlich vertraute ich mir selbst nicht mehr genug, um noch mehr zu sagen. Er war nur ein Junge, das wusste ich, und als solcher neigte er dazu, alle Dinge erst einmal daraufhin zu betrachten, wie sie ihn selbst betrafen. Aber die Knappheit meiner Antwort rüttelte ihn wach und ließ ihn vermuten, dass ich vieles noch nicht gesagt hatte.

Sein Blick wanderte über mein Gesicht. »Was ist passiert?«, verlangte er zu wissen.

Ich atmete tief durch. Jetzt konnte ich nichts mehr verschweigen. »Nachtauge ist tot«, sagte ich leise.

»Aber … Ist das meine Schuld? Er ist mir weggelaufen, Tom, aber ich habe ihn gesucht, das schwöre ich, Jinna wird dir bestätigen …«

»Es war nicht deine Schuld. Er ist mir gefolgt und hat mich gefunden. Ich war bei ihm, als er gestorben ist. Es hatte nichts mit dem zu tun, was du getan hast, Harm. Er war einfach nur alt. Seine Zeit war gekommen, und er ist von mir gegangen.« Trotz aller Bemühungen, meine Trauer zu unterdrücken, zog sich mein Hals bei diesen Worten zusammen.

Die Erleichterung im Gesicht des Jungen darüber, dass er keine Schuld trug, versetzte meinem Herz einen weiteren

Stich. War schuldlos zu sein wichtiger für ihn als der Tod des Wolfs? Doch als er sagte: »Ich kann einfach nicht glauben, dass er weg ist«, verstand ich ihn plötzlich. Er sprach die unverhohlene Wahrheit. Es würde einen Tag dauern, vielleicht auch mehrere, bis er wirklich begriff, dass der alte Wolf nie wieder zurückkehren würde. Nachtauge würde sich nie wieder neben ihn vor den Kamin legen, ihn nie wieder an die Hand stupsen, um hinter den Ohren gekrault zu werden, und nie wieder mit ihm auf Hasenjagd gehen. Mir traten Tränen in die Augen.

»Du wirst schon damit zurechtkommen. Es braucht nur seine Zeit«, versicherte ich ihm mit belegter Stimme.

»Lass uns das hoffen«, erwiderte er in schwerem Tonfall.

»Geh ins Bett. Du kannst immer noch eine Stunde schlafen, bevor du wieder aufstehen musst.«

»Ja«, stimmte er mir zu. »Ich nehme an, das wäre besser.« Dann trat er einen Schritt auf mich zu. »Tom. Es tut mir so leid«, sagte er, und seine unbeholfene Umarmung linderte viel von dem Schmerz, den er mir zuvor zugefügt hatte. Dann blickte er mir in die Augen und fragte ernst: »Du wirst doch morgen Abend vorbeikommen, oder? Ich muss mit dir reden. Es ist sehr wichtig.«

»Ich werde vorbeikommen – falls es Jinna nichts ausmacht.« Ich blickte zu ihr hinüber, als ich mich aus der Umarmung des Jungen löste.

»Jinna macht das ganz und gar nichts aus«, versicherte sie mir, und ich glaubte, einen besonders warmen Unterton in ihrer Stimme zu hören.

»Nun denn. Dann sehe ich dich also abends, wenn du wieder nüchtern bist. Aber jetzt ins Bett mit dir, Junge.« Ich zerzauste ihm das nasse Haar, und er murmelte Gute Nacht. Dann verließ er den Raum in Richtung seiner Kammer, und ich war plötzlich wieder allein mit Jinna. Ein Holzscheit brach im Feuer zusammen, und sein Knistern war das einzige Geräusch im Raum. »Wohlan. Ich muss gehen. Ich danke dir, dass ich hier bei dir auf Harm warten durfte.«

Jinna legte ihre Strickarbeit beiseite. »Du bist hier immer willkommen, Tom Dachsenbless.«

Mein Mantel hing an einem Haken neben der Tür. Ich nahm ihn herunter, schlang ihn um meine Schultern und sah zu, wie Jinna ihn für mich schloss. Dann zog sie die Kapuze über meinen geschorenen Kopf und lächelte, als sie mein Gesicht zu ihrem zog. »Gute Nacht«, sagte sie atemlos. Sie hob das Kinn. Ich legte die Hände auf ihre Schultern und küsste sie. Ich wollte es und wunderte mich gleichzeitig doch darüber, dass ich mich auf diese Versuchung einließ: Wozu sollte dieser Austausch von Küssen führen, wenn nicht zu Komplikationen und Ärger?

Fühlte sie meine Zurückhaltung? Als ich meinen Mund von ihrem nahm, schüttelte sie sanft den Kopf. »Du machst dir zu viele Gedanken, Tom Dachsenbless.« Sie hob meine Hand an ihren Mund und gab mir einen warmen Kuss auf den Handteller. »Einige Dinge sind weit weniger kompliziert, als du sie dir vorstellst.«

Ich war verlegen, aber es gelang mir zu sagen: »Wenn das stimmt, wäre das wirklich schön.«

»Eine Zunge wie ein Höfling.« Ihre Worte wärmten mich, bis sie hinzufügte: »Aber schöne Worte werden Harm nicht davon abhalten, auf Grund zu laufen. Du wirst den jungen Mann bald mit fester Hand führen müssen. Harm muss seine Grenzen aufgezeigt bekommen, oder du wirst ihn an Burgstadt verlieren. Er wäre nicht der erste gute Junge vom Land, der in der Stadt vom rechten Weg abkommt.«

»Ich glaube, ich kenne meinen eigenen Sohn«, erwiderte ich ein wenig gereizt.

»Vielleicht kennst du das Kind. Es ist aber der junge Mann, um den ich Angst habe.« Dann wagte sie ob meines mürrischen Gesichts zu lachen und fügte hinzu: »Spar dir diesen

Gesichtsausdruck für Harm. Gute Nacht, Tom. Ich sehe dich dann morgen.«

»Gute Nacht, Jinna.«

Sie ließ mich hinaus und wartete kurz in der Tür, um mir hinterherzusehen. Ich blieb stehen, blickte mich noch einmal um, und wir winkten uns zu, bevor sie die Tür wieder schloss. Dann seufzte ich und zog den Mantel enger um die Schultern. Der schlimmste Regen war vorüber, und der Sturm beschränkte sich auf Windböen, die allerdings hinter jeder Straßenecke zu lauern schienen. Er hatte seinen Spaß mit dem Festschmuck der Stadt gehabt. Die Böen wehten heruntergefallene Girlanden über die Straße und rissen Banner in Stücke. Für gewöhnlich hatten Tavernen Fackeln vor der Tür, um Kunden anzulocken, doch um diese Zeit waren sie entweder heruntergebrannt oder hereingeholt worden. Die meisten Tavernen und Gasthöfe hatten ihre Tore für die Nacht geschlossen. Alle ordentlichen Leute waren ohnehin schon lange im Bett, und alle nicht ganz so ordentlichen inzwischen auch. Ich eilte durch die kalten, dunklen Straßen und ließ mich dabei mehr von meinem Richtungssinn denn von meinen Augen leiten. Es würde sogar noch dunkler werden, sobald ich die Klippenseite der Stadt hinter mir gelassen hatte und den langen, gewundenen Aufstieg zur Bocksburg begann, aber das war eine Straße, die ich seit meiner Kindheit kannte. Meine Füße würden mich automatisch nach Hause führen.

Ich bemerkte die Männer, die mir folgten, als ich die letzten Häuser von Burgstadt hinter mir gelassen hatte. Ich wusste, dass sie mich verfolgten und nicht schlicht Leute waren, die zufällig den gleichen Weg hatten, denn wenn ich langsamer wurde, wurden auch sie langsamer. Offensichtlich wollten sie mich nicht einholen, bevor die letzten Häuser nicht hinter mir lagen. Das ließ auf keine guten Absichten schließen. Ich hatte die Burg unbewaffnet verlassen; meine ländlichen

Gewohnheiten hatten mich dazu verführt. Nur das Messer hatte ich bei mir, das jeder Mann für tägliche Aufgaben im Gürtel trägt. Mein hässliches Arbeitsschwert in seiner zerschlissenen Scheide hing an der Wand meiner kleinen Kammer. Ich sagte mir, dass die Männer vermutlich nur einfache Straßenräuber waren, die nach leichter Beute suchten. Ohne Zweifel hielten sie mich für betrunken und glaubten, ich hätte sie nicht gesehen. Sobald ich Widerstand leistete, würden sie sicherlich fliehen.

Das war jedoch nur ein schwacher Trost. Ich verspürte nicht den geringsten Wunsch zu kämpfen. Ich war des Kämpfens müde, und ich war es leid, vorsichtig zu sein. Ich bezweifelte allerdings, dass die Männer das kümmerte. Also blieb ich stehen, wo ich war, drehte mich auf der dunklen Straße um, und stellte mich meinen Verfolgern. Ich zog mein Messer, nahm eine ausbalancierte Haltung ein und wartete.

Hinter mir war alles still mit Ausnahme des seufzenden Windes in den Bäumen, die die Straße säumten. Irgendwann hörte ich dann auch die Brandung an den Klippen in der Ferne. Ich lauschte auf jedes Geräusch von Männern, die sich durchs Unterholz bewegten, oder auf Schritte auf der Straße, doch ich hörte nichts dergleichen. Ich wurde ungeduldig. »Kommt schon!«, brüllte ich in die Nacht hinein. »Ich habe nur wenig, was ihr mir nehmen könntet, außer meinem Messer, und das werdet ihr mit der Klinge zuerst bekommen. Lasst es uns zu Ende bringen!«

Schweigen folgte meinen Worten, und meine Schreie in der Nacht wirkten plötzlich albern. Doch als ich gerade zu glauben begann, dass ich mir meine Verfolger nur eingebildet hatte, rannte irgendwas über meinen Fuß. Es war ein kleines Tier, schlank und schnell, eine Ratte, ein Wiesel oder vielleicht ein Eichhörnchen. Aber es war kein wildes, scheues Tier, denn es schnappte im Vorbeilaufen nach meinem Bein. Das machte mich nervös, und ich sprang einen

Schritt zurück. Zu meiner Rechten hörte ich ein ersticktes Lachen. Im selben Augenblick, als ich mich in die entsprechende Richtung umdrehte und versuchte, etwas zu erkennen, hörte ich plötzlich die Stimme von jemandem ganz in meiner Nähe.

»Wo ist dein Wolf, Tom Dachsenbless?«

Sowohl Spott als auch Herausforderung lagen in diesen Worten. Hinter mir hörte ich Krallen im Kies: ein größeres Tier, vielleicht ein Hund, aber als ich herumwirbelte, war die Kreatur bereits wieder in der Dunkelheit verschwunden. Als das Lachen erneut ertönte, drehte ich mich wieder um. Mindestens drei Männer, sagte ich mir selbst, und zwei Geschwistertiere. Ich versuchte, nur an die Umstände des bevorstehenden Kampfes zu denken und an nichts anderes. Was diese Begegnung zu bedeuten hatte, darüber würde ich später nachdenken. Ich atmete tief und langsam und wartete auf sie. Ich öffnete meine Sinne für die Nacht und unterdrückte die Sehnsucht nach Nachtauges schärferer Wahrnehmung und dem beruhigenden Gefühl, ihn im Rücken zu wissen. Dieses Mal hörte ich das Huschen des kleinen Wesens, als es näher kam. Ich trat danach, wilder, als ich beabsichtigt hatte, aber ich streifte es nur, dann war es wieder verschwunden.

»Ich werde es töten!«, rief ich in die Nacht, doch nur spöttisches Lachen folgte auf meine Drohung. Dann schämte ich mich für meine Wut. »Was wollt ihr von mir? Lasst mich in Frieden!«

Der Wind trug die Echos dieser kindischen Frage zu mir herüber. Die schreckliche Stille, die darauf folgte, war der Schatten meiner Einsamkeit.

»Wo ist dein Wolf, Tom Dachsenbless?«, rief eine Stimme, und diesmal war es die einer Frau, melodisch und mit einem lachenden Unterton. »Vermisst du ihn, Abtrünniger?«

Die Furcht, die durch mein Blut geströmt war, wandelte sich plötzlich in eisigen Zorn. Ich würde hier stehen bleiben, und ich würde sie alle töten und ihre Eingeweide auf der Straße dampfen lassen. Meine Faust, die sich um das Messer verkrampft hatte, löste sich plötzlich wieder, und eine entspannte Bereitschaft ergriff von mir Besitz. In Kampfhaltung wartete ich auf sie. Der Angriff würde als plötzlicher Sturm aus allen Richtungen kommen; die Tiere würden mich tief angreifen und die Menschen mit ihren Waffen oben. Ich hatte nur das Messer. Ich würde warten müssen, bis sie nahe genug herangekommen waren. An Flucht war nicht zu denken: Wenn ich wegrannte, würden sie mich von hinten packen. Es war besser zu warten. Sie sollten zu mir kommen, dann würde ich sie alle töten, jeden Einzelnen.

Ich weiß wirklich nicht, wie lange ich dort gestanden habe. Wenn man für etwas bereit ist und gespannt wartet, steht die Zeit entweder still, oder sie vergeht wie im Flug. Ich hörte einen Morgenvogel rufen und dann noch einen, der ihm antwortete, und ich wartete noch immer. Als die ersten Lichtstrahlen am Nachthimmel erschienen, atmete ich tief durch. Ich blickte mich ausgiebig um, spähte zwischen die Bäume, sah aber nichts. Die einzige Bewegung war die eines Schwarms kleiner Vögel, die durch die Äste huschten, und die silbernen Regentropfen, die sie von den Blättern schüttelten. Meine Verfolger waren verschwunden. Das kleine Tier, das nach mir geschnappt hatte, hatte keinerlei Spuren seines Auftauchens auf der nassen Straße hinterlassen, und von dem größeren Tier, das hinter mir gewesen war, war nur ein einziger Abdruck am Straßenrand zu sehen. Es war ein kleiner Hund. Und das war alles.

Ich drehte mich um und machte mich wieder auf den Weg zur Burg hinauf. Während ich ging, begann ich zu zittern. Nicht aus Angst, sondern weil die Spannung von mir abfiel und Wut sie ersetzte.

Was hatten sie von mir gewollt? Wollten sie mir Angst einjagen? Wollten sie mich von ihrer Anwesenheit in Kenntnis setzen und mir zu verstehen geben, dass sie wussten, was ich war und wo ich lebte? Nun, das hatten sie getan und noch weit mehr. Ich brachte meine Gedanken wieder in Ordnung und versuchte kühl abzuschätzen, welche Bedrohung sie darstellten. Meine Gedanken und Sorgen kreisten dabei nicht nur um mich selbst: Wussten sie von Jinna? Waren sie mir von ihrer Tür aus gefolgt, und falls ja, wussten sie auch über meinen Jungen Bescheid?

Ich fluchte über meine eigene Dummheit und Sorglosigkeit. Wie hatte ich mir jemals einbilden können, dass die Gescheckten mich in Frieden lassen würden? Sie wussten, dass Fürst Leuenfarb aus Bocksburg stammte und dass sein Diener Tom Dachsenbless über die Alte Macht gebot. Sie wussten auch, dass Tom Dachsenbless Lutwin den Arm abgeschlagen und ihnen ihre königliche Geisel geraubt hatte. Ohne Zweifel sannen die Gescheckten auf Rache. Und die konnten sie schnell und einfach haben, indem sie eine ihrer feigen Schriftrollen verbreiteten und mich als jemanden mit der Alten Macht denunzierten. Dafür würde man mich hängen, vierteilen und verbrennen. Hatte ich geglaubt, dass ich in Burgstadt sicher vor ihnen sein würde?

Ich hätte wissen müssen, dass dies geschehen würde. Nachdem ich mich einmal mehr auf Bocksburgs Hofpolitik eingelassen hatte, hätte mir klar sein müssen, dass ich für jedwede Intrige anfällig war, die damit einherging. Ich *hatte* gewusst, dass das geschehen würde, räumte ich bitter ein. Und für fast fünfzehn Jahre hatte mich dieses Wissen von Bocksburg ferngehalten. Nur Chade und seine Bitte um Hilfe bei der Suche nach Prinz Pflichtgetreu hatten mich zurückgelockt. Nun hatte mich die kalte Wirklichkeit wieder. Mir standen nur zwei Möglichkeiten offen. Entweder musste ich all meine Bindungen kappen und fliehen, wie ich es schon einmal getan hatte, oder ich musste mich voll und ganz in die Intrigen stürzen, die schon immer Teil des Weitseher-

Hofs von Bocksburg gewesen waren. Wenn ich blieb, musste ich wieder wie ein Assassine denken, der sich stets der Risiken und Bedrohungen für sein eigenes Leben bewusst ist. Meine Taten konnten aber auch die Menschen, die mir lieb waren, in Gefahr bringen.

Ich suchte in Gedanken nach dem richtigen Weg, als ich die Wahrheit erkannte. Ich musste wirklich wieder ein Assassine *sein,* nicht nur wie einer denken. Wenn ich Menschen begegnete, die meinen Prinzen oder mich bedrohten, musste ich bereit sein zu töten. Die Verbindung war nämlich nicht zu leugnen: Jene, die gekommen waren, Tom Dachsenbless ob der Alten Macht und des Todes seines Wolfs zu reizen, waren Menschen, die ganz genau wussten, dass auch Prinz Pflichtgetreu über die verabscheuungswürdige Tiermagie verfügte. Das war ihre Möglichkeit, auf den Prinzen Einfluss zu nehmen. Sie würden ihr Druckmittel nicht nur dazu benutzen, die Verfolgung jener mit der Alten Macht zu beenden, sondern auch, um Macht für sich persönlich zu gewinnen. Die Konfrontation mit ihnen wurde nicht leichter dadurch, dass ich teilweise mit ihnen sympathisierte. Auch in meinem Leben hatte ich unter dem Makel der Alten Macht gelitten. Ich verspürte nicht den Wunsch, irgendjemand anderen mit dieser Last zu sehen. Hätten sie nicht solch eine Bedrohung für meinen Prinzen dargestellt, ich hätte mich ihnen vielleicht sogar angeschlossen.

Meine wütenden Schritte trugen mich bis zum Wachhaus an den Toren von Bocksburg. Als ich mich ihm näherte, hörte ich aus dem Inneren Männerstimmen und das Klappern von Geschirr. Einer der Wachsoldaten, ein Junge von ungefähr zwanzig, räkelte sich auf einem Stuhl an der Tür, Käse in der einen Hand und einen Krug Morgenbier in der anderen. Er blickte zu mir hinauf und bedeutete mir mit vollem Mund, ich könne passieren. Ich blieb stehen; Zorn strömte wie Gift durch meine Adern.

»Weißt du, wer ich bin?«, verlangte ich von dem Jungen zu wissen.

Er zuckte unwillkürlich zusammen und betrachtete mich dann genauer. Offensichtlich hatte er Angst, einen niederen Adligen beleidigt zu haben, doch ein Blick auf meine Kleidung beruhigte ihn.

»Du bist ein Diener in der Burg. Stimmt's?«

»Wessen Diener?«, hakte ich nach. Es war dumm, derart die Aufmerksamkeit auf mich zu lenken, doch ich konnte die Worte einfach nicht aufhalten. Waren andere vergangene Nacht auf diesem Weg gekommen, und befanden sie sich noch in der Burg? Hatte ein sorgloser Wächter Leute hineingelassen, die den Prinzen zu töten beabsichtigten? Alles schien im Augenblick möglich zu sein.

»Nun ... ich weiß es nicht!«, platzte der Junge heraus. Er richtete sich auf, musste aber noch immer zu mir aufschauen, um mir in die Augen zu sehen. »Woher soll ich das denn wissen? Und was kümmert es mich überhaupt?«

»Weil du den Haupteingang zur Bocksburg bewachst, du verdammter Narr. Deine Königin und dein Prinz verlassen sich auf deine Wachsamkeit. Du sollst ihre Feinde davon abhalten, einfach hineinzuspazieren. Deshalb bist du hier. Habe ich nicht recht?«

»Nun, ich ...« Wütend und frustriert schüttelte der Junge den Kopf, dann drehte er sich plötzlich zum Wachhaus um. »Kespin! Kannst du mal rauskommen?«

Kespin war größer und älter als der Junge. Er bewegte sich wie ein Schwertkämpfer, und die Augen über dem verfilzten Bart blickten scharf. Er versuchte einzuschätzen, ob ich eine Bedrohung darstellte. »Was ist hier das Problem?«, fragte er uns beide. Sein Tonfall war keine Warnung, sondern eine Versicherung, dass er auch mit uns beiden zugleich fertigwerden konnte, sollten wir Schwierigkeiten machen.

Der Wachsoldat deutete mit dem Bierkrug auf mich. »Er ist wütend, weil ich nicht weiß, wessen Diener er ist.«

»Was?«

»Ich bin Fürst Leuenfarbs Diener«, stellte ich klar. »Und es bereitet mir Sorgen, dass die Wachen an diesem Tor offenbar nichts anderes tun, als zuzusehen, wie Leute hinein- und hinausgehen. Ich gehe nun schon seit vierzehn Tagen in Bocksburg ein und aus, und ich bin nicht ein Mal angesprochen worden. Das kommt mir nicht richtig vor. Als ich vor gut zwanzig Jahren hier war, haben die Wachen ihre Aufgabe ernst genommen. Es gab eine Zeit, da …«

»Es gab eine Zeit, da das nötig war«, unterbrach mich Kespin. »Während des Kriegs der Roten Schiffe. Aber jetzt leben wir in Frieden, Mann, und Burg und Stadt sind voller Fernholmer und Edelleute aus anderen Provinzen, die uns zur Verlobung des Prinzen besuchen. Du kannst nicht von uns erwarten, dass wir sie alle kennen.«

Ich schluckte und wünschte, ich hätte den Streit nicht begonnen, doch ich war entschlossen, jetzt nicht klein beizugeben. »Es bedarf nur eines Fehlers, und das Leben des Prinzen schwebt in Gefahr.«

»Oder eines Fehlers und ein fernholmischer Edelmann ist beleidigt. Ich erhalte meine Befehle direkt von Königin Kettricken, und sie sagt, wir sollen jeden willkommen heißen und gastfreundlich sein, nicht misstrauisch und unhöflich. Allerdings wäre ich bereit, für dich eine Ausnahme zu machen.« Sein Grinsen nahm seinen Worten etwas von ihrer Schärfe, dennoch war klar, dass es ihm nicht gefiel, wie ich sein Urteil infrage stellte.

Ich nickte ihm zu. Ich war die Sache vollkommen falsch angegangen. Vielleicht sollte ich besser mit Chade darüber sprechen und zusehen, ob er die Wachen ein wenig aufmerksamer machen könnte. »Ich verstehe«, lenkte ich ein. »Nun. Ich habe mich nur gewundert …«

»Wenn du das nächste Mal auf dieser großen schwarzen Stute hier rausreitest, erinnere dich daran, dass ein Mann nicht viel sagen muss, um viel zu wissen. Und wo du mich schon zum Denken gebracht hast … Wie lautet dein Name?«

»Tom Dachsenbless. Diener von Fürst Leuenfarb.«

»Ah. Sein Diener.« Er lächelte wissend. »Und sein Leibwächter, richtig? Ja, ich habe eine Geschichte darüber gehört. Und das ist nicht alles, was ich über ihn gehört habe. Du bist nicht gerade das, was ich in seinem Umfeld erwartet hätte.« Er blickte mich seltsam an, als erwartete er, dass ich etwas darauf erwidern würde, doch ich hielt meine Zunge im Zaum; ich wusste genau, worauf er hinauswollte. Nach einem Augenblick zuckte er mit den Schultern. »Nun denn. Ein Fremder, der glaubt, seine eigene Wache zu brauchen, während er in Bocksburg lebt … Mach, dass du weiterkommst, Tom Dachsenbless. Wir kennen dich jetzt, und ich hoffe, das lässt dich nachts besser schlafen.«

Sie ließen mich in die Burg hinein, und ich kam mir dumm vor und fühlte mich unzufrieden. Ich musste mit Kettricken sprechen und sie davon überzeugen, dass die Gescheckten eine echte Gefahr für Pflichtgetreu darstellten. Doch ich bezweifelte, dass meine Königin in den kommenden Tagen auch nur einen Augenblick Zeit für mich haben würde. Die Verlobungszeremonie fand heute Abend statt. Ihre Gedanken waren sicherlich voll von den Verhandlungen mit den Äußeren Inseln.

In der Küche herrschte reger Betrieb. Zofen und Pagen bereiteten ganze Reihen von Teekesseln und Haferbreiterrinen vor. Die Gerüche weckten meinen Hunger. Ich hielt inne, um ein Frühstückstablett für Fürst Leuenfarb vollzuladen. Auf einem Teller stapelte ich Räucherschinken und frische Brötchen sowie einen Topf mit Butter und Erdbeermarmelade. Es gab einen Korb mit Birnen, und ich suchte mir ein paar besonders feste aus. Als ich die Küche verließ, begrüßte mich eine Gartendienerin mit einem Tablett voll Blumen auf dem Arm. »Bist du nicht Fürst Leuenfarbs Mann?«, fragte sie, und auf mein Nicken hin winkte sie mir, stehen zu bleiben, damit sie meinem Tablett ein Gebinde frisch geschnittener Blüten und einen kleinen Strauß weißer Blumen hinzufügen konnte. »Für Seine Gnaden«, sagte sie mir unnötigerweise und machte sich dann wieder auf den Weg.

Ich stieg die Treppe zu Fürst Leuenfarbs Gemächern hinauf, klopfte und trat ein. Die Tür zu seinem Schlafgemach war geschlossen, doch bevor ich das Frühstück anrichten konnte, kam er angekleidet heraus. Sein schimmerndes Haar war zurückgekämmt und im Nacken mit einer blauen Schleife zusammengebunden. Er hatte sich eine blaue Jacke über den Arm gelegt. Dazu trug er ein weißes Seidenhemd, das vorn mit Spitzen verziert war, und eine eng anliegende blaue Hose, einen Farbton dunkler als die Jacke. Mit seinem goldenen Haar und den bernsteinfarbenen Augen erinnerte das Gesamtbild an den Sommerhimmel. Er lächelte mich warm an. »Schön zu sehen, dass du erkannt hast, dass frühes Aufstehen zu deinen Pflichten gehört, Tom Dachsenbless. Wenn doch nur auch dein Geschmack in Sachen Kleidung ebenso erwachen würde.«

Ich verneigte mich ernst vor ihm und zog einen Stuhl zurück. Sanft und gelassen sprach ich mit ihm in einem Tonfall, der eher an einen Freund als an einen Diener gemahnte. »Um die Wahrheit zu sagen, war ich gar nicht im Bett. Harm ist erst am frühen Morgen gekommen. Auf dem Heimweg bin ich auf ein paar Gescheckte gestoßen, die mich ein wenig länger aufgehalten haben.«

Das Lächeln verschwand von seinem Gesicht. Er setzte sich nicht, sondern ergriff mein Handgelenk. »Bist du verletzt?«, fragte er besorgt.

»Nein«, versicherte ich ihm und winkte ihn an den Tisch. Widerwillig setzte er sich hin. Ich trat auf die andere Seite des Tisches und richtete das Frühstück für ihn an. »Das war nicht ihre Absicht. Sie wollten mich nur wissen lassen, dass sie meinen Namen kennen und wissen, wo ich mich aufhalte. Sie wissen auch, dass ich zu den Zwiehaften gehöre und dass mein Wolf tot ist.« Die letzten Worte musste ich mir förmlich abringen. Es war, als könnte ich mit dieser Wahrheit leben, solange ich sie nicht laut aussprach. Ich hustete, griff rasch nach den Schnittblumen und murmelte: »Die stelle ich neben das Bett.«

»Danke«, erwiderte er mit ebenso gedämpfter Stimme wie ich.

In seinem Schlafgemach fand ich eine Vase. Offensichtlich war selbst das Gartenmädchen mit Fürst Leuenfarbs Vorlieben vertrauter als ich. Ich füllte die Vase mit Wasser aus dem Waschkrug und stellte die Blumen auf einen kleinen Tisch neben seinem Bett. Als ich wieder zurückkehrte, hatte er seine Jacke angezogen und einen kleinen Strauß weißer Blüten ins Knopfloch gesteckt.

»Ich muss so schnell wie möglich mit Chade sprechen«, sagte ich, während ich ihm Tee einschenkte. »Aber ich kann wohl kaum einfach an seine Tür hämmern.«

Fürst Leuenfarb hob die Tasse und nippte am Tee. »Hast du nicht über die Geheimgänge Zugang zu seinen Gemächern?«

Ich blickte ihn an. »Du kennst den alten Fuchs. Seine Geheimnisse gehören ihm allein, und er wird nicht riskieren, dass irgendjemand ihn in einem unbedachten Augenblick ausspioniert. Er muss Zugang zu den Gängen haben, aber ich weiß nicht, wie. War er vergangene Nacht lang auf?«

Fürst Leuenfarb zuckte zusammen. »Er hat noch immer getanzt, als ich beschlossen habe, mein Bett aufzusuchen. Für einen alten Mann besitzt er eine beachtenswerte Energie, wenn er erst einmal beschlossen hat, sich zu amüsieren. Aber ich werde einen Pagen mit einer Nachricht zu ihm schicken. Ich werde ihn einladen, heute Nachmittag mit mir auszureiten. Ist das früh genug?« Er hatte die Besorgnis in meiner Stimme bemerkt und stellte keine Fragen. Dafür war ich ihm dankbar.

»Es wird schon gehen«, versicherte ich ihm. »Vermutlich wird er vorher ohnehin noch keinen klaren Kopf haben.« Ich schüttelte den Kopf, als könne ich so wieder Ruhe in meine Gedanken bringen. »Plötzlich gibt es so viel, worüber ich nachdenken muss, so viel, worüber ich mir Sorgen mache. Wenn diese Gescheckten über mich Bescheid wissen, dann wissen sie auch vom Prinzen.«

»Hast du irgendjemanden von ihnen erkannt? Gehörten sie zu Lutwins Bande?«

»Es war dunkel, und sie sind nicht nahe genug an mich herangekommen. Ich habe die Stimmen einer Frau und eines Mannes gehört, aber ich bin sicher, dass es mindestens drei waren. Einer war mit einem Hund verschwistert, ein anderer mit einem kleinen, schnellen Säugetier, einer Ratte oder einem Wiesel vielleicht.« Ich atmete tief durch. »Ich möchte, dass die Wachen am Burgtor in Alarmbereitschaft versetzt werden. Und der Prinz sollte ständig von irgendjemandem begleitet werden. ›Ein Tutor von der muskulösen Sorte‹, wie Chade selbst vorgeschlagen hat. Ich muss Abmachungen mit Chade treffen, wie ich ihn möglichst schnell erreichen kann, sollte ich seine Hilfe oder seinen Rat benötigen. Und man sollte ständig in der Burg nach Ratten suchen, besonders in den Gemächern des Prinzen.«

Fürst Leuenfarb holte Luft, um zu sprechen, schluckte seine Frage aber lieber hinunter. Stattdessen sagte er: »Ich fürchte, ich habe noch etwas, worüber du nachdenken musst. Prinz Pflichtgetreu hat mir gestern einen Brief zugesteckt, in dem er zu wissen verlangt, wann du mit seinem Gabenunterricht zu beginnen gedenkst.«

»Das hat er niedergeschrieben?«

Auf Fürst Leuenfarbs zögerliches Nicken hin war ich entsetzt. Mir war durchaus klar gewesen, dass der Prinz mich vermisste. Da wir durch die Gabe miteinander verbunden waren, mussten mir solche Dinge bewusst sein. Ich hatte meine Gabenmauer errichtet, um meine Gedanken für mich zu behalten, aber so gewandt war der Prinz ohnehin noch nicht. Mehrere Male hatte ich seine schwachen Versuche gefühlt, mich zu erreichen, aber ich hatte sie ignoriert und mir immer wieder gesagt, es würde sich eine bessere Gelegenheit dafür ergeben. Mein Prinz war offensichtlich nicht so geduldig. »Oh, dem Jungen muss man Vorsicht beibringen. Manche Dinge sollte man niemals zu Papier bringen, und diese …«

Plötzlich versagte mir die Stimme. Ich musste blass geworden sein, denn Fürst Leuenfarb stand sofort auf und wurde mein Freund der Narr, als er mir seinen Stuhl anbot. »Alles in Ordnung, Fitz? Droht ein Anfall?«

Ich ließ mich auf den Stuhl fallen. Mein Kopf drehte sich, während ich über das ganze Ausmaß meiner Torheit grübelte. Ich bekam kaum genug Luft, um meine Dummheit einzugestehen. »Narr. All meine Schriftrollen, alles, was ich geschrieben habe. Ich bin Chades Ruf so schnell gefolgt, dass ich sie in meiner Hütte zurückgelassen habe. Ich habe Harm gesagt, er solle die Tür verriegeln, bevor er nach Burgstadt kommt, aber er wird wohl kaum meine Aufzeichnungen versteckt haben. Wenn die Gescheckten klug genug sind, mich mit Harm in Verbindung zu bringen …«

Mehr musste ich dem Narren nicht sagen. Seine Augen waren weit aufgerissen. Er hatte alles gelesen, was ich so tollkühn dem Papier anvertraut hatte. Nicht nur meine wahre Identität war dort festgehalten, sondern auch Weitseher-Angelegenheit, die besser für immer in Vergessenheit geraten wären. Auch meine persönlichen Schwächen standen in den verfluchten Schriftrollen: Molly, meine verlorene Liebe, und

Nessel, meine Bastardtochter. Wie hatte ich nur so dumm sein können, solche Gedanken zu Papier zu bringen? Wie hatte ich zulassen können, dass der vermeintliche Trost, den mir das Schreiben bot, mich zu solch einer Torheit verleitete? Kein Geheimnis war sicher, solange es nicht im Geist eines Menschen weggesperrt war. Ich hätte die Schriftrollen schon vor langer Zeit verbrennen sollen.

»Bitte, Narr. Geh für mich zu Chade. Ich muss zu meiner Hütte zurück. Jetzt. Heute.«

Der Narr legte mir vorsichtig die Hand auf die Schulter. »Fitz. Wenn jemand die Schriftrollen bereits entdeckt hat, ist es ohnehin zu spät. Mit der plötzlichen Abreise von Tom Dachsenbless wirst du nur Neugier erregen und deine Verfolger provozieren. Du könntest die Gescheckten direkt zu ihnen führen. Sie werden damit rechnen, dass du fliehst, nachdem sie dich bedroht haben. Sie werden die Tore von Burgstadt beobachten. Denk also in Ruhe nach. Es könnte sein, dass deine Ängste unbegründet sind. Wie sollten sie Tom Dachsenbless mit Harm in Verbindung bringen, geschweige denn wissen, woher der Junge kommt? Handele nicht überstürzt. Sprich erst mit Chade und erzähl ihm von deinen Befürchtungen. Und rede auch mit Prinz Pflichtgetreu. Heute Abend ist seine Verlobung. Der Junge hält sich gut, aber das ist nur eine dünne, brüchige Fassade. Sprich mit ihm und beruhige ihn.« Dann hielt er kurz inne. »Vielleicht könnte man jemand anderen schicken …«

»Nein«, unterbrach ich ihn entschlossen. »Ich muss selbst gehen. Ein paar Sachen dort werde ich mitnehmen, den Rest vernichten.« Meine Gedanken tanzten an dem angreifenden Hirschbock vorbei, den der Narr in meinen Tisch geschnitzt hatte. Fitz-Chivalric Weitsehers Wappen zierte Tom Dachsenbless' Tisch. Selbst das kam mir jetzt wie eine Bedrohung vor. Verbrennen, beschloss ich. Ich würde die ganze Hütte niederbrennen. Ich durfte nichts hinterlassen, was darauf hinweisen könnte, dass ich einst dort gelebt hatte. Selbst die Kräuter im Garten verrieten zu viel über mich. Ich hätte niemals den Schatten meiner Person und meine Geheimnisse für jeden erreichbar zurücklassen dürfen; ich hätte mir niemals erlauben dürfen, so offensichtliche Spuren zu hinterlassen.

Der Narr klopfte mir auf die Schulter. »Iss etwas«, schlug er vor. »Dann wasch dir das Gesicht und zieh dich um. Triff keine übereilten Entscheidungen. Wenn wir unseren Kurs beibehalten, werden wir das überleben, Fitz.«

»Dachsenbless«, erinnerte ich ihn und stemmte mich wieder in die Höhe. Wir mussten uns bis ins Kleinste an unsere Rollen halten. »Ich bitte Euch um Verzeihung, Euer Gnaden. Einen Augenblick lang fühlte ich mich ein wenig schwach, aber nun habe ich mich erholt. Ich entschuldige mich dafür, Euer Frühstück unterbrochen zu haben.«

Einen Moment lang war das Mitgefühl des Narren offen in seinen Augen zu sehen. Dann, ohne ein weiteres Wort, setzte er sich wieder an den Tisch. Ich schenkte ihm Tee nach, und er aß in grüblerischem Schweigen. Derweil ging ich durch den Raum und suchte nach einer Aufgabe, doch es war so sauber und ordentlich, dass mir als Diener nicht viel zu tun blieb. Plötzlich erkannte ich, dass diese Sauberkeit Teil seiner Privatsphäre war. Er hatte sich selbst beigebracht, niemals Spuren von sich zu hinterlassen, außer solchen, die er gefunden wissen wollte. Das zeugte von einer Disziplin, die ich mir auch aneignen sollte. »Würdet Ihr mich bitte eine Weile entschuldigen?«, fragte ich.

Er stellte die Tasse ab und dachte kurz nach. »Sicherlich. Ich werde bald ausgehen, Dachsenbless. Sieh zu, dass du die Frühstückssachen wegräumst. Dann hol frisches Wasser, mach den Kamin sauber und besorg Feuerholz. Anschließend schlage ich vor, dass du dich mit den Wachen im Kampf übst. Ich erwarte, dass du mich heute Nachmittag auf meinem Ausritt begleitest. Bitte kleide dich dementsprechend.«

»Jawohl, Euer Gnaden«, stimmte ich mit leiser Stimme zu. Ich ließ ihn essen und zog mich in meine eigene, dämmrige Kammer zurück. Rasch ließ ich meinen Blick durch den Raum schweifen. Ich würde nichts hierbehalten, beschloss ich, außer jenen Dingen, die mit Tom Dachsenbless in Verbindung standen. Ich wusch mir das Gesicht und strich mein Haar glatt. Dann zog ich meine blaue Dienerkleidung an. Anschließend sammelte ich meine alten Kleider und meine Satteltaschen ein, die Rolle mit Dietrichen, die Chade mir gegeben hatte, und noch ein paar andere Gegenstände, die ich aus der Hütte mitgenommen hatte. Bei meiner eiligen Suche stieß ich auf eine von Salzwasser verschrumpelte Börse mit einem Klumpen darin. Die Lederbänder waren knochentrocken und steif. Ich musste sie aufschneiden. Als ich den Inhalt ausschüttete, erkannte ich, dass der Klumpen die seltsame Figur war, die der Prinz während unseres unglücklichen Abenteuers am Strand gefunden hatte. Ich steckte sie in die ruinierte Börse zurück, um sie ihm später wiederzugeben, und legte sie oben auf mein Bündel. Dann schloss ich die Außentür meiner Kammer, betätigte den verborgenen Schalter in der Wand und ging durch den stockdunklen Raum zu einer anderen Wand. Geräuschlos gab sie auf meinen Druck hin nach. Lichtstrahlen von oben verrieten das Vorhandensein der Schlitze, durch die die Geheimgänge der Burg erhellt wurden. Ich schloss die Tür hinter mir und begann den steilen Aufstieg zu Chades Turm.

Kapitel 2

CHADES DIENER

Hoquin der Weiße besaß einen Hasen, den er sehr liebte. Der Hase lebte in seinem Garten, kam zu ihm gelaufen, wenn Hoquin ihn rief, und lag stundenlang auf dessen Schoß. Hoquins Katalyst war eine sehr junge Frau, die fast noch ein Kind war. Ihr Name war Redda, doch Hoquin nannte sie »Wildauge«, denn eines ihrer beiden Augen spähte immer zur Seite. Sie mochte den Hasen nicht, denn wann immer sie sich neben Hoquin setzte, wurde das Tier eifersüchtig und versuchte sie zu beißen. Eines Tages starb der Hase, und als Redda ihn tot im Garten fand, häutete sie ihn und bereitete aus ihm eine Mahlzeit zu. Erst nachdem Hoquin der Weiße davon gegessen hatte, vermisste er sein Tier. Redda erklärte ihm frohgemut, dass er es verspeist habe. Hoquin wurde zornig und tadelte Redda, doch sie erwiderte wenig reumütig: »Aber Meister, Ihr habt es selbst vorausgesehen. Wolltet Ihr nicht in Eure siebte Schriftrolle schreiben: ›Der Prophet hungerte nach der Wärme seines Fleisches, obwohl er wusste, dass dies sein Ende bedeuten würde?‹«

SCHREIBER CATEREN:
»ÜBER DEN WEISSEN PROPHETEN HOQUIN«

Ich hatte gut die Hälfte des Aufstiegs zu Chades Turm hinter mich gebracht, als ich plötzlich erkannte, was ich hier wirklich tat. Ich war auf der Flucht. Ich hielt auf ein Schlupfloch zu und hoffte insgeheim, dass mein alter Mentor da sein würde, der mir genau sagte, was ich als Nächstes tun sollte – genau so, wie er es früher getan hatte, als ich als Assassine bei ihm in der Lehre gewesen war.

Meine Schritte wurden langsamer. Was für einen jungen Burschen von siebzehn Jahren angemessen war, stand einem Mann von fünfunddreißig schlecht an. Es war an der Zeit, dass ich mir meinen eigenen Weg durch die Hofintrigen suchte – oder ich musste Bocksburg endgültig verlassen.

Ich kam an einer der kleinen Nischen im Gang vorüber, die mit einem Guckloch ausgestattet waren. Eine kleine Bank war in die Nische eingebaut. Ich stellte mein Bündel darauf und setzte mich, um meine Gedanken zu sammeln. Was war jetzt die vernünftigste Vorgehensweise?

Sie alle zu töten.

Das wäre ein guter Plan gewesen, hätte ich denn gewusst, wo ich die Gescheckten finden konnte. Die zweite Möglichkeit war weitaus komplizierter. Ich musste nicht nur mich selbst, sondern auch den Prinzen vor ihnen beschützen. Ich schob die Sorgen über meine eigene Sicherheit beiseite und dachte über die Gefahr für den Prinzen nach. Ihre Waffe war die Drohung, uns jederzeit als Menschen zu denunzieren, die über die Alte Macht verfügten. Die Herzöge der Sechs Provinzen würden solch einen Makel bei ihrem Monarchen nicht dulden. Eine Enthüllung würde nicht nur Kettrickens Hoffnung auf ein friedliches Bündnis mit den Äußeren Inseln zerstören, sondern höchstwahrscheinlich auch die Weitseher vom Thron stoßen. Doch solch ein extremes Handeln war – soweit ich sehen konnte – für die Gescheckten ohne Wert. War Pflichtgetreu erst einmal gestürzt, würde ihnen ihr Wissen nicht länger nützlich sein. Schlimmer noch: Sie würden zugleich eine Königin stürzen, die ihrem Volk Toleranz gegenüber jenen mit der Alten Macht predigte. Nein. Die Drohung, Pflichtgetreu bloßzustellen, war nur so lange nützlich, wie er in der direkten Thronfolge ganz oben stand. Sie würden nicht versuchen, ihn zu töten, sondern lediglich darauf hinarbeiten, dass er sich ihrem Willen unterwarf.

Was konnte das bedeuten? Was würden sie verlangen? Würden sie fordern, dass die Königin die Gesetze rigoros zur Anwendung brachte, welche es verboten, jene mit der Alten Macht nur ob ihrer magischen Blutlinie hin zu verhaften und zu verurteilen? Würden sie mehr verlangen? Sie wären Narren, wenn sie nicht zumindest versuchen würden, sich selbst einen Teil der Macht zu sichern. Falls es noch andere Herzöge und Edelleute gab, die ebenfalls vom Alten Blut waren, würden die Gescheckten vielleicht versuchen, sie an die Krone zu bringen. Ich fragte mich, ob die Bresingas zur Verlobung an den Hof gekommen waren. Das herauszufinden wäre der Mühe wert. Mutter und Sohn waren eindeutig vom Alten Blut und hatten mit den Gescheckten zusammengearbeitet, als diese den Prinzen fortgelockt hatten. Würden sie jetzt eine aktivere Rolle spielen? Und wie würden die Gescheckten Kettricken davon überzeugen, dass sie ihre Drohungen ernst meinten? Wen oder was würden sie vernichten, um der Königin ihre Macht zu demonstrieren?

Die Antwort war einfach: Tom Dachsenbless. Soweit es sie betraf, war ich nur eine Figur in einem Spiel, ein niederer Diener, aber ein unangenehmer Kerl, der einmal bereits ihre Pläne durchkreuzt und einen ihrer Anführer verstümmelt hatte. Die Gescheckten hatten sich mir vergangene Nacht gezeigt, und sie vertrauten darauf, dass ich ihre »Botschaft« den Mächtigen in Bocksburg überbringen würde. Und dann, um den Weitsehern zu beweisen, dass sie verwundbar waren, würden sie mich jagen und zur Strecke bringen wie Hunde einen Fuchs. Ich würde die Lektion für Kettricken und Pflichtgetreu sein.

Ich legte das Gesicht in die Hände. Für mich wäre Flucht die beste Lösung. Doch jetzt, da ich nach Bocksburg zurückgekehrt war, hasste ich die Vorstellung, wieder gehen zu müssen. Diese alte Burg war einst mein Zuhause gewesen, und seit meiner illegitimen Geburt waren die Weitseher meine Familie.

Ein leises Geräusch erregte meine Aufmerksamkeit. Ich setzte mich auf. Durch die dicken Steinwände hindurch erreichte mich die Stimme eines jungen Mädchens. Mit vorsichtiger Neugier beugte ich mich zum Guckloch und spähte hindurch. Ich sah ein prachtvoll möbliertes Schlafgemach. Ein dunkelhaariges Mädchen stand dort mit dem Rücken zu mir. Neben dem Kamin saß ein grauhaariger alter Krieger auf einem Stuhl. Ein Teil der Narben auf seinem Gesicht war absichtlich entstanden, feine, mit Asche eingeriebene Schnitte, die die Fernholmer für dekorativ hielten; andere waren die Spuren harter Kämpfe. Graue Strähnen durchzogen sein Haar und seinen kurzen Bart. Er machte sich die Fingernägel mit einem Messer sauber, während das Mädchen vor ihm einen Tanzschritt einübte.

»... und zwei zur Seite, einen zurück und umdrehen«, sang sie atemlos, während ihre kleinen Füße den Anweisungen folgten. Als sie elegant in ihrem bestickten Rock herumwirbelte, sah ich kurz ihr Gesicht. Es war Narcheska Elliania, Pflichtgetreus Zukünftige. Ohne Zweifel übte sie für den ersten gemeinsamen Tanz heute Abend. »Und noch einmal ... zwei Schritte zur Seite und zwei zurück und ...«

»Einen Schritt zurück, Elli«, unterbrach sie der alte Mann. »Und dann umdrehen. Versuch es noch mal.«

Sie hielt inne und sagte etwas in ihrer eigenen Sprache.

»Elliania, üb dich in der Bauernsprache. Das gehört auch zum Tanz«, erwiderte der Mann unerbittlich.

»Ich will aber nicht«, widersprach das Mädchen trotzig. »Ihre platte Sprache ist genauso langweilig wie dieser Tanz.« Sie ließ ihren Rock los und verschränkte die Arme vor der Brust. »Das ist dumm. All diese Schritte und dieses ständige Umdrehen … Das ist, als wären sie Tauben, die ständig mit dem Kopf vor und zurück gehen und einander picken, bevor sie sich paaren.«

»Ja, so ist es«, pflichtete ihr der alte Mann liebevoll bei. »Und genau aus diesem Grund machen sie es tatsächlich. Jetzt noch einmal und diesmal perfekt. Wenn du dir die Schrittfolgen einer Schwertübung merken kannst, wirst du auch hiermit zurechtkommen. Oder willst du diese hochmütigen Bauern glauben lassen, dass die Gottesrunen ihnen eine ungeschickte kleine Rudersklavin geschickt haben, um sie mit ihrem hübschen Prinzen zu verheiraten?«

Das Mädchen entblößte ungewöhnlich weiße Zähne, als sie das Gesicht zu einer Grimasse verzog. Dann schnappte sie sich wieder ihren Rock, zog ihn skandalös hoch, um zu zeigen, dass ihre Beine und Füße nackt waren, und ging die Schritte noch einmal wütend schnell durch. »Zwei Schritte zur Seite und einen Schritt zurück und drehen, zwei Schritte zur Seite und einen Schritt zurück und drehen, zwei Schritte …« Ihr zorniger Gesang verwandelte den eleganten Tanz in ein wildes Hüpfen. Der Mann grinste sie an, griff aber nicht ein.

Die Gottesrunen, dachte ich bei mir selbst und förderte den vertrauten Klang dieser Worte zutage. So nannten die Fernholmer die verstreuten Inseln, die ihr Reich bildeten. Auf der einzigen Fernholmer-Karte, die ich kannte, war jedem winzigen Stück Land, das aus den eisigen Wassern ragte, eine bestimmte Runenfolge zugeordnet gewesen.

»Genug!«, schnaubte der Krieger plötzlich.

Das Gesicht des Mädchens war vor Anstrengung tiefrot, und sie atmete schnell, doch sie hörte nicht eher auf, bis der Mann aufgestanden war und sie umarmte und hochhob.

»Genug, Ellianía. Genug. Du hast mir gezeigt, dass du es kannst, und zwar perfekt. Lass es gut sein für jetzt. Aber heute Abend musst du der Inbegriff von Schönheit, Eleganz und Charme sein. Zeig dich als die kleine Giftspritze, die du wirklich bist, und dein hübscher Prinz wird sich eine zahmere Braut suchen. Das willst du doch nicht, oder?« Er stellte sie wieder auf die Füße und setzte sich.

»Doch, das will ich«, kam sofort ihre Antwort.

Gelassen erwiderte der Krieger: »Nein, das willst du nicht … es sei denn, du willst auch meinen Gürtel auf deinem Hintern spüren, ja?«

»Nein.« Ihre Erwiderung war wiederum so steif, dass ich sofort wusste, dass das keine leere Drohung gewesen war.

»Nein.« Der Mann ließ das Wort wie eine Abmachung klingen. »Und ich würde es nicht genießen, das zu tun. Aber du bist die Tochter meiner Schwester, und ich werde nicht tatenlos zusehen, wie Schande über die Linie unserer Mütter kommt. Du?«

»Ich will keine Schande über die Linie meiner Mütter bringen.« Das Kind hielt sich aufrecht und straffte die Schultern bei dieser Erklärung. Als sie fortfuhr, begannen ihre Schultern jedoch zu zittern. »Aber ich will den Prinzen nicht heiraten. Seine Mutter sieht wie eine Schneeharpyie aus. Er wird meinen Bauch mit Babys vollstopfen, und sie werden alle so bleich und kalt wie Eisgeister sein. Bitte, Peottre, bring mich nach Hause. Ich will nicht in dieser großen, kalten Höhle leben. Ich will nicht, dass dieser Junge die Sache mit mir macht, von der Babys kommen. Ich will nur im Langhaus unserer Mütter leben und mit meinem Pony durch den Wind reiten. Ich will mit meinem eigenen Boot über den Sendalfjord rudern und mit meiner eigenen Ausrüstung fischen gehen. Wenn ich erwachsen bin, werde ich meine eigene

Bank im Mütterhaus haben und einen Mann, der weiß, dass es richtig ist, in einem Haus mit den Müttern seiner Frau zu leben. Ich will nur, was jedes Mädchen in meinem Alter will. Dieser Prinz will mich aus der Linie meiner Mütter reißen, so wie man einen Trieb von einer Ranke abschneidet, und ich werde hier welken und vertrocknen, bis ich in tausend kleine Stücke zerspringe!«

»Elliania, Elliania, mein Herz, nicht!« Der Mann stand mit der Eleganz eines Kriegers auf, obwohl sein Leib kräftig und breit war, ein typischer Fernholmer. Er fing das Kind auf, und sie vergrub ihr Gesicht in seiner Schulter. Sie zitterte vor Schluchzen, und dem alten Krieger standen Tränen in den Augen, während er sie in den Armen hielt. »Schschsch. Schschsch. Wenn wir klug sind und du stark und schnell bist und tanzt wie die Schwalben über dem Wasser, wird es nie dazu kommen. Niemals. Das heute Abend ist nur ein Verlöbnis, kleiner Sonnenschein, keine Hochzeit. Glaubst du wirklich, Peottre würde dich einfach hierlassen? Dummer kleiner Fisch! Niemand wird heute Nacht ein Baby mit dir machen und auch nicht in all den Nächten in den nächsten Jahren! Und selbst dann wird es nur geschehen, wenn du es willst. Das verspreche ich dir. Glaubst du etwa, ich würde Schande über die Linie unserer Mütter bringen, indem ich etwas anderes geschehen lassen würde? Dies ist nur ein Tanz. Nichtsdestoweniger müssen wir uns perfekt bewegen.« Er stellte sie wieder auf ihre kleinen nackten Füße. Dann hob er ihr Kinn und wischte ihr mit dem Rücken seiner vernarbten Hand die Tränen von den Wangen. »Ruhig jetzt. Lächle für mich. Und vergiss nicht: Den ersten Tanz musst du deinem hübschen Prinzen schenken, aber der zweite gehört Peottre. Und jetzt zeig mir, wie wir es zusammen tanzen werden, dieses dumme Bauernhüpfen.«

Er begann unmelodisch, aber rhythmisch zu summen, und sie legte die kleinen Hände in die seinen. Gemeinsam setzten sie sich in Bewegung, sie leicht wie eine Feder, er wie ein Schwertkämpfer. Ich beobachtete ihren Tanz. Die Augen von Elliania blickten in die des Mannes, und der Mann starrte über ihren Kopf hinweg in eine Ferne, die nur er sehen konnte.

Ein Klopfen an der Tür ließ sie innehalten. »Herein«, rief Peottre, und eine Dienerin mit einem Kleid über dem Arm betrat den Raum. Sofort lösten sich Peottre und Elliania voneinander und verhielten sich vollkommen still. Sie hätten nicht vorsichtiger sein können, wenn eine Schlange in den Raum gekrochen wäre. Doch die Frau trug die Tracht der Fernholmer, ihre eigene.

Ihr Verhalten war seltsam. Sie machte keinen Knicks. Sie hielt nur das Kleid hoch, damit die anderen es inspizieren konnten. »Die Narcheska wird dies hier heute Abend tragen.«

Peottre musterte es eingehend. Ich hatte noch nie etwas Vergleichbares gesehen. Es war das Kleid einer Frau, geschnitten für ein Kind. Der Stoff war blassblau, am Hals tief ausgeschnitten. Die Rüschen an der Vorderseite waren auf so geschickte Art gefaltet, dass sie den Stoff wölbten. Das würde der Narcheska helfen, den Busen vorzutäuschen, den sie noch nicht besaß. Elliania errötete, als sie es sah. Peottre war da schon direkter. Er trat zwischen Elliania und das Kleid, als wolle er sie davor beschützen. »Nein. Das wird sie nicht.«

»Doch. Das wird sie. Die hohe Frau sieht es so vor. Der junge Prinz wird es sehr anziehend finden.« Was sie da kundtat, war keine Meinung, sondern ein Befehl.

»Nein. Das wird sie nicht. Das macht sie zu einem Zerrbild dessen, was sie ist. Das ist nicht das Gewand einer Narcheska der Gottesrunen. Würde sie das tragen, wäre das eine Beleidigung unseres Mütterhauses.« Mit einem plötzlichen Schritt vorwärts schlug Peottre der Frau das Kleid aus der Hand und warf es auf den Boden.

Ich hätte erwartet, dass die Dienerin vor ihm zurückweichen und um Entschuldigung bitten würde. Stattdessen blickte sie ihn einfach nur an. Nach kurzer Pause erklärte sie: »Die hohe Frau sagt: ›Das hat nichts mit den Gottesrunen zu tun. Dies ist ein Kleid, das die Männer der Sechs Provinzen verstehen werden. Sie wird es tragen.‹« Sie hielt kurz inne, als dächte sie nach, und fügte dann hinzu: »Würde sie es nicht tragen, brächte das unser Mütterhaus in Gefahr.« Als wäre Peottres Handeln nur der Streich eines übermütigen Kindes gewesen, bückte sie sich und hob das Kleid wieder auf.

Hinter Peottre stieß Elliania einen leisen Schrei aus. Es klang, als litte sie unter Schmerzen. Als er sich zu ihr umdrehte, erhaschte ich einen raschen Blick auf ihr Gesicht. Sie strahlte Entschlossenheit aus, doch Schweiß hatte sich auf ihrer Stirn gesammelt, und sie sah so blass aus, wie sie vorher rot gewesen war.

»Hör auf damit!«, sagte Peottre mit leiser Stimme, und zuerst glaubte ich, er hätte mit dem Mädchen gesprochen. Dann blickte er über die Schulter. Doch als er wieder sprach, schien er auch nicht mit der Dienerin zu reden. »Hör auf damit!«, wiederholte er. »Sie wie eine Hure anzuziehen war nicht Teil unserer Abmachung. Wir werden uns nicht dazu zwingen lassen. Hör auf damit, oder ich werde sie an Ort und Stelle erschlagen, und du wirst deine Augen und Ohren hier verlieren.« Er zog sein Messer, trat auf die Dienerin zu und legte ihr die Klinge an den Hals. Die Frau zuckte nicht zusammen und wich auch nicht zurück. Sie stand einfach nur still da; ihre Augen funkelten, und fast schien sie über seine Drohung zu lächeln. Sie antwortete nicht auf seine Worte. Dann atmete Elliania plötzlich tief und rasselnd ein und ließ die Schultern hängen. Einen Augenblick später straffte sie sie wieder und richtete sich auf. Keine Träne rann aus ihren Augen.

In einer fließenden Bewegung nahm Peottre der Frau das Kleid vom Arm. Sein Messer musste scharf wie eine Rasierklinge sein, denn es schlitzte mühelos die Vorderseite des Kleides auf. Die Fetzen warf er dann zu Boden und trat darauf. »Raus!«, befahl er der Frau.

»Alles soll so geschehen, wie Ihr es wollt, Herr«, murmelte sie, aber die höflichen Worte waren nur Spott. Sie drehte sich um und ging. Sie beeilte sich jedoch nicht, und Peottre beobachtete sie, bis sich die Tür hinter ihr geschlossen hatte.

Dann drehte er sich wieder zu Elliania um. »Hat dich das sehr verletzt, kleiner Fisch?«

Sie schüttelte den Kopf, eine schnelle Geste, das Kinn hocherhoben. Es war eine tapfere Lüge, denn sie sah aus, als würde sie gleich in Ohnmacht fallen.

Ich stand leise auf. Ich fragte mich, ob Chade wusste, dass die Narcheska unseren Prinzen nicht heiraten wollte; ob er wusste, dass Peottre das Verlöbnis nicht als bindend betrachtete und wer diese »hohe Frau« war und warum ihre Dienerin so despektierlich war. Ich schob die Informationsbrocken, die ich gesammelt hatte, erst einmal mit meinen Fragen beiseite, nahm meine Sachen und setzte den Weg zu Chades Turm hinauf fort. Wenigstens hatte ich während des Lauschens meine eigenen Sorgen für eine Weile vergessen.

Ich stieg die letzten Stufen zu dem winzigen Raum an der Turmspitze hinauf und drückte gegen die kleine Tür dort. Aus einem entfernten Teil der Burg hörte ich Musik. Vermutlich stimmten die Minnesänger ihre Instrumente für die Festivitäten heute Abend. Ich trat hinter einem Weinregal hervor in Chades Turmzimmer. Ich hielt die Luft an, schob dann das Regal wieder an seinen Platz zurück und stellte mein Bündel daneben. Der Mann, der über Chades Arbeitstisch gebeugt war, murmelte etwas vor sich hin, ein kehliger Singsang von Beschwerden. Mit jedem seiner Worte wurde die Musik lauter und deutlicher. Fünf geräuschlose Schritte trugen mich in die Kaminecke zu Veritas' Schwert. Meine Hand hatte gerade erst das Heft berührt, als sich der Mann zu mir umdrehte. Es war der Schwachsinnige, den ich vor vierzehn Tagen kurz im Stall gesehen hatte. Er hielt ein Tablett mit Schüsseln in der Hand, einem Stößel und einer Teetasse. Vor lauter Überraschung kippte er es zu einer Seite, und das ganze Geschirr wäre fast heruntergerutscht. Rasch stellte er das Tablett auf den Tisch. Die Musik hatte aufgehört.

Eine Zeit lang starrten wir einander bestürzt an. Die Form seiner Augenlider ließ ihn aussehen, als würde er ständig schlafen. Seine Zungenspitze ragte ein Stück aus dem Mund. Er hatte kleine Ohren, die eng an seinem Kopf lagen, und kurz geschorenes Haar. Seine Kleidung hing an ihm herunter, und die Ärmel und Hosenbeine waren abgeschnitten; man konnte deutlich erkennen, dass es sich um die weggeworfenen Kleidungsstücke eines weit größeren Mannes handelte. Er war klein und rundlich, und irgendwie hatte er etwas Beunruhigendes an sich. Ein Gefühl der Vorahnung jagte mir einen Schauer über den Rücken. Ich wusste, dass er keine Bedrohung darstellte, aber ich wollte ihn trotzdem nicht in meiner Nähe haben. Danach zu urteilen, wie mich seine Augen anfunkelten, beruhte dieses Gefühl auf Gegenseitigkeit.

»Geh weg!« Er sprach mit kehliger Stimme.

Ich atmete tief durch und antwortete in gelassenem Tonfall: »Es ist mir erlaubt, hier zu sein. Dir auch?« Ich hatte mir bereits gedacht, dass dies Chades Diener sein musste, der Junge, der Holz und Wasser holte und hinter dem alten Mann her räumte. Aber ich wusste nicht, wie weit ihn Chade ins Vertrauen gezogen hatte, und so nannte ich Chades Namen nicht. Sicherlich wäre der alte Assassine niemals so unvorsichtig, einem Schwachkopf seine Geheimnisse anzuvertrauen.

Du. Geh weg. Sieh mich nicht!

Der feste Stoß von Gabenmagie, den er gegen mich führte, ließ mich taumeln. Hätte ich meine Mauer nicht errichtet gehabt, hätte ich mit Sicherheit genau das getan, was er mir befohlen hatte: Ich wäre weggegangen und hätte ihn nicht gesehen. Als ich meine Gabenwand verstärkte, fragte ich mich flüchtig, ob er das schon früher getan hatte. Und falls ja, würde ich mich überhaupt daran erinnern?

Lass mich allein! Tu mir nicht weh! Geh weg, Stinkehund!

Ich war mir dieses zweiten Schlages bewusst, aber weniger eingeschüchtert davon. Nichtsdestoweniger senkte ich meine Mauer nicht, um mit der Gabe zurückzuschlagen. Ich sprach mit einer Stimme, die trotz all meiner Bemühungen ein wenig zitterte. »Ich werde dir nicht wehtun. Ich hatte auch nie die Absicht, dir wehzutun. Aber ich werde auch nicht weggehen. Und ich werde nicht zulassen, dass du mich derart bedrängst.« Ich bemühte mich, im Tonfall von jemandem zu sprechen, der ein Kind für seine Streiche tadelte. Vermutlich hatte er keine Ahnung, was er da eigentlich tat; ohne Zweifel nutzte er schlicht eine Waffe, die früher für ihn funktioniert hatte.

Doch anstatt verdrossen zu sein, flackerte Zorn in seinem Gesicht auf. Und Angst? Seine ohnehin schon kleinen Augen verschwanden fast in den fetten Wangen, als er sie zusammenkniff. Einen Moment lang war sein Mund vollkommen schief, und seine Zunge hing noch weiter heraus. Dann packte er das Tablett und schlug es auf den Tisch, sodass die Schüsseln darauf hüpften. »Geh *weg!*« Seine Gabe war das Echo der wütenden Befehle, die aus seinem Mund quollen. *»Du siehst mich nicht!«*

Ich ging zu Chades Stuhl und setzte mich. »Ich sehe dich«, erwiderte ich in ruhigem Ton. »Und ich werde nicht weggehen.« Ich verschränkte die Arme vor der Brust und hoffte, er würde nicht sehen, wie erschüttert ich in Wirklichkeit war. »Du solltest einfach deine Arbeit machen und so tun, als würdest *du* mich nicht sehen. Und wenn du damit fertig bist, solltest *du* weggehen.«

Ich würde mich nicht vor ihm zurückziehen; das konnte ich nicht. Wenn ich wieder ging, würde ich ihm zeigen, auf welchem Weg ich gekommen war, und wenn er das nicht schon wusste, würde ich es ihm bestimmt nicht verraten. Ich lehnte mich auf dem Stuhl zurück und tat so, als würde ich mich entspannen.

Er starrte mich wütend an, und die Hitze seines Gabenzorns war erschreckend. Er war stark. Wenn er schon unausgebildet so stark war, was für ein Talent würde er dann besitzen, wenn man ihm beibrachte, es zu beherrschen? Das war ein furchterregender Gedanke. Ich starrte in den kalten Kamin, behielt den Schwachkopf aber aus den Augenwinkeln im Blick. Entweder hatte er seine Arbeit beendet oder gerade beschlossen, sie nicht mehr weiterzuführen. Auf jeden Fall nahm er sein Tablett, stapfte durch den Raum und zog an einem Regal mit Schriftrollen. Das war der Eingang, den ich Chade einst benutzen gesehen hatte. Er verschwand darin, doch kaum hatte sich das Regal hinter ihm geschlossen, erreichten mich seine Stimme und seine Gabe erneut. *Du stinkst wie ein Hundefurz. Ich werde dich in Stücke hacken und verbrennen.*

Sein Zorn war wie eine Flut, die mich langsam an den Strand trieb und dort liegen ließ. Nach einiger Zeit hob ich die Hände und presste sie an die Schläfen. Die Anstrengung, meine Gabenmauer so lange und stark aufrechtzuerhalten, forderte allmählich ihren Tribut, doch ich wagte noch nicht, sie wieder fallen zu lassen. Wenn er fühlen konnte, wie ich sie senkte, und mir in dem Moment einen Gabenbefehl erteilte, wäre ich diesem schutzlos ausgeliefert, so wie Pflichtgetreu meinem instinktiven Gabenbefehl ausgeliefert gewesen war, mich nicht zu bekämpfen. Ich fürchtete, dass nach wie vor Spuren von diesem Befehl in seinem Geist zu finden waren.

Das war ein anderes Problem, um das ich mich kümmern musste. Engte dieser Befehl ihn noch immer ein? Ich hatte damals beschlossen herauszufinden, wie ich meinen Gabenbefehl wieder umkehren konnte. Falls mir das nicht gelang, würde das auf ewig ein Hindernis für eine echte Freundschaft zwischen uns bleiben, das wusste ich. Dann fragte ich mich, ob dem Prinzen überhaupt bewusst war, was ich ihm alles angetan hatte. Es war ein Unfall gewesen, sagte ich mir selbst und verachtete mich für diese Lüge. Ein Temperamentsausbruch hatte diesen Befehl im Geist meines Prinzen eingebrannt. Die Tat beschämte mich, und je schneller sie rückgängig gemacht wurde, desto besser für uns beide.

Vage wurde ich mir wieder der Musik bewusst. Zaghaft versuchte ich, eine Verbindung herzustellen. Während ich nach und nach meine Mauer senkte, wurde die Musik in meinem Geist lauter. Die Hand auf die Ohren zu legen half überhaupt nichts. Gabenmusik. So etwas hatte ich mir bis jetzt noch nicht einmal vorstellen können, und doch tat der Schwachkopf genau das. Als ich meine Aufmerksamkeit davon abwandte, verschwand die Musik hinter dem alles dämpfenden Vorhang von Gedanken, der den Rand meiner Gabenfähigkeit darstellte. Der Großteil dieses Vorhangs bestand aus den Gedanken jener Menschen, die gerade über genug Gabe verfügten, dass sie ihre drängendsten Gedanken nach außen schicken konnten. Wenn ich mich darauf konzentrierte, konnte ich manchmal zusammenhängende Gedanken oder Bilder aus ihnen herausholen, während es ihnen an Talent mangelte, um mich wahrzunehmen, geschweige denn, mir zu antworten. Der Schwachkopf war jedoch anders. Was er mit seiner Musik und der Hitze und dem Rauch seines wilden Talents entfesselte, war förmlich ein Gabenfeuer. Er bemühte sich auch nicht, es zu verbergen; vermutlich hatte er keine Ahnung, wie er das machen sollte oder warum.

Ich entspannte mich und hielt nur so viel von meiner Mauer aufrecht, dass meine Privatsphäre vor Pflichtgetreus aufkeimender Gabe verborgen blieb. Dann, mit einem Stöhnen, legte ich das Gesicht in die Hände, als der Gabenschmerz meinen Kopf dröhnen ließ.

»Fitz!«

Ich bemerkte Chades Anwesenheit einen Augenblick bevor er meine Schulter berührte. Dennoch zuckte ich unwillkürlich zusammen, als ich erwachte, und hob die Hände, als wollte ich einen Schlag abwehren.

»Was hast du, Junge?«, verlangte er von mir zu wissen und beugte sich näher heran, um mich genauer zu betrachten. »Deine Augen sind voller Blut! Wann hast du zum letzten Mal geschlafen?«

»Gerade eben, glaube ich.« Ich brachte ein schwaches Lächeln zustande und strich mir mit der Hand über das kurz geschnittene Haar. Nass vom Schweiß klebte es an meinem Kopf. Ich erinnerte mich nur an Fetzen eines Albtraums. »Ich habe deinen Diener getroffen«, sagte ich mit zitternder Stimme.

»Dick? Nun ja, er ist vielleicht nicht der klügste Mann in der Burg, aber er dient meinen Zwecken auf bewundernswerte Art und Weise. Es dürfte ihm schwerfallen, Geheimnisse zu verraten, wo er doch noch nicht einmal eines erkennt, wenn er darüber fällt. Aber genug von ihm. Kaum hatte mich Fürst Leuenfarbs Nachricht erreicht, bin ich hier heraufgekommen in der Hoffnung, dich anzutreffen. Was ist das von wegen der Gescheckten in Burgstadt?«

»Er hat das in seiner Nachricht geschrieben?« Ich war entsetzt.

»Nicht in so vielen Worten. Nur ich konnte dem einen Sinn entnehmen. Jetzt erzähl erst mal.«

»Sie sind mir vergangene Nacht gefolgt … heute Morgen.

Sie wollten mir Angst einjagen und mich wissen lassen, dass sie mich kennen – dass sie mich jederzeit finden können. Chade. Lassen wir das einen Augenblick beiseite. Hast du gewusst, dass dein Diener – wie ist sein Name? Dick? – über die Gabe verfügt?«

»Eine Gabe für was? Teetassen zu zerbrechen?« Der alte Mann schnaubte, als hätte ich einen schlechten Scherz gemacht. Dann seufzte er und deutete angewidert auf den kalten Kamin. »Er sollte eigentlich jeden Tag ein kleines Feuer da drin machen. Die Hälfte der Zeit vergisst er es. Wovon redest du?«

»Dick verfügt über die Gabe. Sein Talent ist stark. Er hätte mir fast einen Gabenbefehl eingebrannt, als ich ihn zufällig hier überrascht habe. Hätte ich meine Mauer nicht errichtet gehabt, um mich vor Pflichtgetreu zu schützen, ich glaube, er hätte mir jeden Gedanken aus dem Kopf geschossen. ›Geh weg‹, hat er mir gesagt, und ›Du siehst mich nicht‹. Und ›Tu mir nicht weh‹. Einmal, im Stall, habe ich gesehen, wie ein paar Jungen ihn geneckt haben, und ich habe genauso laut gehört, als hätte es jemand neben mir gesagt: ›Ihr seht mich nicht.‹ Dann sind die Stallburschen ihrer Arbeit nachgegangen, und danach kann ich mich auch nicht mehr daran erinnern, dass *ich* ihn dort gesehen habe.«

Chade ließ sich langsam auf den Stuhl sinken. Er streckte die Hand nach meiner aus, als könnte das die Sache verständlicher für ihn machen. Oder vielleicht wollte er einfach nur nachsehen, ob ich Fieber hatte. »Dick gebietet über Gabenmagie«, murmelte er. »Hast du mir das gerade gesagt?«

»Ja. Sie ist roh und unausgebildet, aber sie brennt in ihm wie ein Scheiterhaufen. So etwas habe ich noch nie erlebt.« Ich schloss die Augen, legte die Hände an die Schläfen und versuchte, meinen Kopf wieder zurechtzurücken. »Ich fühle mich, als wäre ich verprügelt worden.«

Einen Augenblick später sagte Chade schroff: »Hier. Versuch das mal.«

Ich nahm das kalte, feuchte Tuch, das er mir anbot, und legte es mir auf die Augen. Ich wusste es besser, als dass ich ihn nach etwas Stärkerem gefragt hätte. Der sture alte Mann hatte sich in den Kopf gesetzt, dass meine Schmerzmittel meine Fähigkeit beeinträchtigen würden, Pflichtgetreu in der Gabe zu unterrichten. Es war sinnlos, mich nach der Erleichterung zu sehnen, die Elfenrinde mir bringen würde. Falls es noch welche gab in der Burg, so war sie sicherlich gut versteckt.

»Was soll ich deswegen tun?«, murmelte Chade, und ich hob eine Ecke des Tuchs, um ihn anzusehen.

»Wegen was?«

»Wegen Dick und seines Talents.«

»Tun? Was kannst du deswegen tun? Der Schwachkopf hat es eben.«

Chade setzte sich wieder. »Nach dem zu urteilen, was ich aus den alten Gabenschriften übersetzt habe, macht ihn das zu einer Bedrohung für uns. Er ist ein wildes Talent, unausgebildet und undiszipliniert. Seine Gabe kann Pflichtgetreu korrumpieren, während er zu lernen versucht. In der Wut könnte er die Gabe gegen Menschen einsetzen; offensichtlich hat er das bereits getan. Schlimmer noch: Du sagst, er sei stark. Stärker als du?«

Ich hob die Hand zu einer hilflosen Geste. »Ich habe nicht die geringste Ahnung. Mein Talent war stets recht brüchig, Chade. Und ich wüsste auch nicht, wie man so etwas messen sollte. Aber so bedrängt habe ich mich nicht mehr gefühlt, seit Galens Kordiale ihre vereinten Kräfte gegen mich gerichtet hat.«

»Hm.« Chade lehnte sich zurück und blickte zur Decke. »Das Klügste wäre wohl, ihn auszuschalten. Freundlich natürlich. Es ist ja nicht sein Fehler, dass er eine Bedrohung für uns darstellt. Weniger radikal wäre es, ihn mit Elfenrinde vollzupumpen, bis sein Talent gedämpft oder gar zerstört ist. Aber da dein unbesonnener Einsatz dieses Krauts über die letzten zehn Jahre dich nicht vollkommen von der Gabe befreit hat, habe ich in der Hinsicht weniger Vertrauen als die Verfasser der alten Schriftrollen. Tatsächlich neige ich zu der dritten Möglichkeit. Sie ist vielleicht ein wenig gefährlicher. Ich frage mich, ob das womöglich sogar der Grund dafür ist, dass sie mir so gut gefällt, weil die Möglichkeiten so groß wie die Gefahren sind.«

»Du willst ihn ausbilden?« Auf Chades vorsichtiges Lächeln hin stöhnte ich. »Chade, nein. Wir wissen nicht genug, um Pflichtgetreu wirklich gefahrlos unterweisen zu können, und der ist ein umgänglicher Junge mit gesundem Geist. Dein Dick ist mir bereits feindlich gesinnt. Seine Beleidigungen lassen mich befürchten, dass er weiß, dass ich über die Gabe verfüge. Und was er sich schon selbst beigebracht hat, scheint mir gefährlich genug zu sein, dass ich ihn nicht weiter unterrichten will.«

»Dann denkst du also, wir sollten ihn töten? Oder sein Talent verkrüppeln?«

Ich wollte das nicht entscheiden. Tatsächlich wollte ich noch nicht einmal wissen, welche Entscheidung getroffen wurde, doch hier war ich wieder, bis zum Hals in Weitseher-Intrigen. »Ich glaube, wir sollten keines von beidem tun«, murmelte ich. »Können wir ihn nicht einfach weit wegschicken?«

»Die Waffen, die wir heute wegwerfen, finden wir morgen an unseren Kehlen wieder«, erwiderte Chade. »Deshalb hat König Listenreich vor langer Zeit beschlossen, seinen Bastardenkel in der Nähe zu haben. Im Fall von Dick müssen wir die gleiche Entscheidung treffen. Entweder wir benutzen ihn, oder wir machen ihn nutzlos. Es gibt keinen Mittelweg …« Er streckte mir die Hand entgegen und fügte hinzu: »Wie wir bei den Gescheckten gesehen haben.«

Ich weiß nicht, ob das als Tadel gemeint war, doch seine Worte schmerzten. Ich lehnte mich auf dem Stuhl zurück und ließ das nasse Tuch wieder auf meine Augen fallen. »Was willst du, dass ich tue? Soll ich sie alle töten? Nicht nur die Gescheckten, die den Prinzen fortgelockt haben, sondern auch die Ältesten vom Alten Blut, die uns zu Hilfe gekommen sind? Und dann die Jagdmeisterin der Königin? Die Bresingas? Und ...«

»Ich weiß, ich weiß«, unterbrach er mich, als ich den Kreis potenzieller Ziele immer mehr erweiterte. »Und doch sind sie hier. Sie haben uns gezeigt, dass sie schnell und zu allem fähig sind. Du bist kaum zwei Tage in Burgstadt, und sie wussten schon, wo du bist, und waren bereit für dich. Gehe ich recht in der Annahme, dass du vergangene Nacht zum ersten Mal in die Stadt hinuntergelaufen bist?« Auf mein Nicken hin fuhr er fort: »Sie haben dich sofort gefunden und dafür gesorgt, dass du es weißt. Das ist ein Spiel.« Er atmete tief durch, und ich sah, wie er darüber nachdachte, welche Botschaft die Gescheckten wohl hatten übermitteln wollen. »Sie wissen, dass der Prinz über die Alte Macht verfügt, und sie wissen, dass du sie beherrschst. Sie können euch beide vernichten, wann immer es ihnen gefällt.«

»Das wussten wir bereits. Ich glaube, was ich heute Morgen erlebt habe, sollte etwas anderes bedeuten.« Ich nahm einen tiefen Atemzug, brachte Ordnung in meine Gedanken und berichtete Chade kurz, was geschehen war. »Ich sehe die Begegnung mit den Gescheckten jetzt in einem anderen Licht. Sie wollten mir Angst einjagen und mich dazu zwingen, darüber nachzudenken, wie ich vor ihnen in Sicherheit sein kann. Ich kann entweder eine Bedrohung für sie darstellen, die es zu eliminieren gilt, oder aber von Nutzen für sie sein.« Vor ein paar Stunden hatte ich das noch nicht so gesehen, aber jetzt kam es mir offensichtlich vor. Sie hatten mir Angst eingejagt und mich dann gehen lassen, um mir Zeit zu geben zu erkennen, dass ich sie nicht alle töten konnte. Ich konnte unmöglich wissen, wie viele inzwischen mein Geheimnis kannten. Wollte ich sicher sein, blieb mir nur eine Möglichkeit: Ich musste mich für sie nützlich machen. Was würden sie von mir verlangen? »Vielleicht soll ich ihnen als Spion in Bocksburg dienen. Oder als Waffe in der Burg, als jemand, den sie von innen gegen die Weitseher richten können.«

Chade war meinem Gedankengang mühelos gefolgt. »Ist das nicht die einzige Möglichkeit, die wir wählen könnten? Hm. Ja. Für den Augenblick rate ich dir in jedem Fall, vorsichtig zu sein. Aber sei auch für alles offen. Rechne damit, dass sie dich wieder kontaktieren. Hör dir an, was sie verlangen und was sie anbieten. Falls nötig, lass sie glauben, dass du den Prinzen verraten wirst.«

»Ich soll also den Köder spielen.« Ich setzte mich auf und nahm das Tuch von den Augen.

Ein Lächeln zuckte um Chades Mund. »Genau.« Er streckte die Hand aus, und ich gab ihm das Tuch. Dann neigte er den Kopf zur Seite und musterte mich kritisch. »Du siehst furchtbar aus. Schlimmer als ein Mann nach einem einwöchigen Saufgelage. Hast du große Schmerzen?«

»Ich komme schon damit zurecht«, antwortete ich barsch.

Zufrieden nickte er vor sich hin. »Ich fürchte, das wirst du auch müssen. Aber es wird jedes Mal weniger, nicht wahr? Dein Körper lernt, damit umzugehen. Ich glaube, es ist ähnlich wie bei einem Schwertkämpfer, dessen Muskeln sich an die stundenlangen Übungen gewöhnen.«

Ich beugte mich mit einem Seufzen vor und rieb mir die brennenden Augen. »Ich denke, es ist mehr wie ein Bastard, der lernt, Schmerzen zu tolerieren.«

»Nun. Was auch immer es sein mag, ich bin zufrieden.« Seine Erwiderung war brüsk. Ich würde kein Mitleid von dem alten Mann bekommen. Er stand auf. »Geh und wasch dich, Fitz. Iss etwas. Lass dich sehen. Geh nur noch bewaffnet nach draußen, aber unauffällig.« Er hielt kurz inne. »Du erinnerst dich, wo ich meine Gifte und Werkzeuge aufbewahre, dessen bin ich sicher. Nimm dir, was immer du brauchst, aber lass mir eine Liste da, damit mein Lehrling es wieder auffüllen kann.«

Ich erwiderte nicht, dass ich mir nichts nehmen würde, dass ich nicht länger ein Assassine war. Ich hatte schon an ein oder zwei Pulver gedacht, die sich als nützlich erweisen könnten, sollte ich wie heute Morgen einer Überzahl gegenüberstehen. »Wann werde ich deinen neuen Lehrling kennenlernen?«, fragte ich beiläufig.

»Das hast du schon.« Chade lächelte. »Aber wann du ihn wirklich kennenlernen wirst? Ich bin nicht sicher, ob das klug oder angenehm für euch beide sein würde. Oder für mich. Fitz, ich bitte dich, in dieser Sache ehrenhaft zu sein. Lass mir dieses Geheimnis und versuch nicht herumzuschnüffeln. Vertrau mir, wenn ich dir sage, dass du das Thema besser in Ruhe lässt.«

»Wo wir schon vom Herumschnüffeln sprechen, da ist noch etwas, was ich dir sagen wollte. Auf meinem Weg die Treppe hinauf habe ich eine Pause gemacht und Stimmen gehört. Ich habe ins Zimmer der Narcheska gesehen. Es gibt da ein paar Informationen, die ich wohl mit dir teilen sollte.«

Er neigte den Kopf in meine Richtung. »Klingt verführerisch. Sehr verführerisch. Aber es ist dir nicht ganz gelungen, mich abzulenken. Dein Versprechen, Fitz, bevor du mich dazu verführst, über andere Dinge nachzudenken.«

Um die Wahrheit zu sagen, wollte ich dieses Versprechen nicht geben. Es war nicht nur Neugier, die in mir brannte, noch nicht einmal Eifersucht. Es verstieß einfach gegen alles, was der alte Mann mir beigebracht hatte. »Finde so viel wie möglich über das heraus, was um dich herum vorgeht«, hatte er mich gelehrt. »Du kannst nie wissen, was sich einmal als nützlich erweisen könnte.« Seine grünen Augen starrten mich unheilvoll an, bis ich den Blick senkte. Ich schüttelte den Kopf, sprach aber die Worte. »Ich verspreche dir, dass ich nicht absichtlich versuchen werde, die Identität deines neuen Lehrlings herauszufinden. Aber darf ich dich eines fragen? Weiß er von mir, wer ich bin und was ich war?«

»Mein Junge, ich verrate keine Geheimnisse, die nicht die meinen sind.«

Ich seufzte erleichtert. Es war eine unangenehme Vorstellung, dass irgendjemand in der Burg mich beobachten und wissen könnte, wer ich war, ohne dass ich auch nur den geringsten Anhaltspunkt in Bezug auf seine Identität hatte. Der neue Lehrling wusste also genauso wenig über mich wie ich über ihn.

»Nun denn. Die Narcheska.«

Ich berichtete Chade auf eine Art, wie ich geglaubt hatte, es nie wieder zu tun. So wie damals als Kind gab ich ihm genau die Worte wieder, die ich gehört hatte, und hinterher befragte er mich dazu, was sie wohl zu bedeuten hätten. Ich antwortete ihm offen: »Ich kenne den Status des Mannes nicht in Bezug auf das Angebot der Narcheska an Königin Kettricken. Aber ich glaube nicht, dass er sich durch das Verlöbnis gebunden fühlt, und sein Rat an Elliania lautete eindeutig, dass auch sie sich nicht gebunden fühlen muss.«

»Ich finde das äußerst interessant. Das ist ein wertvolles Stück Information, Fitz, das muss ich sagen. Diese seltsame Dienerin fasziniert mich ebenfalls. Wenn es deine Zeit erlaubt, könntest du sie dir ja noch einmal genauer ansehen und mir berichten, was du herausfinden kannst.«

»Kann dein neuer Lehrling das nicht genauso gut tun? «

»Du schnüffelst schon wieder herum, und du weißt es; aber diesmal will ich dir antworten. Nein. Mein Lehrling kennt meine Geheimgänge durch die Burg genauso wenig, wie du sie damals gekannt hast. Das ist keine Aufgabe für

Lehrlinge. Lehrlinge haben genug damit zu tun, sich um ihre eigenen Geheimnisse zu kümmern, da muss man sie nicht auch noch mit meinen belasten. Aber ich glaube, ich werde meinen Lehrling bitten, die Dienerin im Auge zu behalten. Sie ist das Puzzleteil, das ich am meisten fürchte. Doch die Tunnel und Geheimgänge von Bocksburg sind nur etwas für dich und mich. Also« – und hier erschien ein schiefes Lächeln auf seinem Gesicht – »ich nehme an, du kannst davon ausgehen, den Gesellenstatus erreicht zu haben. Natürlich heißt das nicht, dass du noch immer ein Assassine bist. Wir wissen beide, dass dem nicht mehr so ist.«

Dieser Scherz traf mich an einer schwachen Stelle. Ich wollte nicht darüber nachdenken, wie tief ich bereits wieder in meine alte Rolle als Spion und Assassine gerutscht war. Ich hatte erneut für meinen Prinzen getötet – mehrere Male. Das war in der Hitze des Zorns gewesen, als ich mich verteidigt und Prinz Pflichtgetreu gerettet hatte. Würde ich wieder töten, und zwar im Geheimen, mit Gift und in dem kaltblütigen Wissen, dass es eine Notwendigkeit für das Haus Weitseher war? Das Beunruhigendste an dieser Frage war die Tatsache, dass ich sie nicht beantworten konnte. Ich lenkte meinen Geist auf ergiebigere Wege.

»Wer ist der Mann im Gemach der Narcheska? Abgesehen davon, dass er ihr Onkel Peottre ist, meine ich.«

»Ah. Nun, du hast dir unwissentlich schon selbst geantwortet. Er ist ihr Onkel, der Bruder ihrer Mutter. In der alten Tradition der Äußeren Inseln ist die Mutter bedeutender als der Vater. Für sie war die Blutlinie der Mutter die wichtigere. Die Brüder einer Frau waren wichtige Männer im Leben eines Kindes. Ehemänner schlossen sich den Clans ihrer Ehefrauen an, und die Kinder übernahmen das Clansymbol ihrer Mütter.«

Ich nickte stumm. Während des Kriegs der Roten Schiffe hatte ich nach einem Sinn für die Auseinandersetzung gesucht, hatte alles über Fernholmer gelesen, was in der Bibliothek von Bocksburg zu finden war. Ich hatte auch auf dem Kriegsschiff *Rurisk* neben abtrünnigen fernholmischen Kriegern gedient, von denen ich viel über ihre Länder und ihre Sitten lernte. Was Chade sagte, stimmte mit meiner Erinnerung zu dem Thema überein.

Nachdenklich zupfte sich Chade am Kinn. »Als Arkon Blutklinge uns diese Allianz angeboten hat, konnte er sich der Unterstützung seines Hetgurd sicher sein. Ich habe das akzeptiert und auch die Tatsache, dass er, als ihr Vater, solch eine Ehe arrangieren konnte. Ich dachte, die Äußeren Inseln hätten das Matriarchat vielleicht überwunden, doch jetzt frage ich mich, ob Ellianias Familie nicht vielleicht daran festhält. Aber warum ist dann kein weiblicher Verwandter hier, um für Elliania zu sprechen und die Verbindung auszuhandeln? Arkon Blutklinge scheint derjenige zu sein, der die Verhandlungen führt. Peottre Schwarzwasser war für mich der Leibwächter der Narcheska, aber jetzt sehe ich, dass er auch ihr Ratgeber ist. Hm. Vielleicht war es falsch, unsere Aufmerksamkeit auf ihren Vater zu richten. Ich werde dafür sorgen, dass Peottre mehr Beachtung findet.« Chade runzelte die Stirn und überdachte rasch seine Einschätzung des Eheangebots. »Ich wusste von der Dienerin. Ich dachte, sie wäre die Vertraute der Narcheska, vielleicht ihre alte Amme oder eine verarmte Verwandte. Doch deinen Erkenntnissen nach steht sie nicht gerade auf gutem Fuß mit Elliania und Peottre. Irgendetwas stimmt hier nicht, Fitz.« Er seufzte und räumte widerwillig seinen Fehler ein. »Ich dachte, wir würden die Ehe mit Blutklinge verhandeln, Ellianias Vater. Vielleicht ist es jedoch die Familie von Ellianias Mutter, über die ich mehr herausfinden sollte. Aber falls sie es sind, die uns in Wahrheit Elliania anbieten, was ist dann Blutklinge? Eine Marionette? Besitzt er überhaupt irgendwelche Autorität?«

Tiefe Falten gruben sich in seine Stirn, während er über diese Dinge nachdachte. Plötzlich erkannte ich, dass die Drohung der Gescheckten gegen mich jetzt nur noch ein kleineres Problem darstellte, etwas, von dem Chade ausging, dass ich allein damit zurechtkommen würde. Ich wusste nicht, ob mir sein Vertrauen schmeicheln oder ich mir wie eine unwichtige Figur bei einem Brettspiel vorkommen sollte. Einen Augenblick später riss er mich aus meinen Gedanken.

»Nun. Ich glaube, wir haben dieses Problem für den Augenblick so weit gelöst, wie wir können. Drück deinem Herrn mein Bedauern aus, Tom Dachsenbless. Lass ihn wissen, dass mich Kopfschmerzen davon abhalten, heute Nachmittag seine Gesellschaft zu genießen, dass jedoch mein Prinz sich freuen würde, seine Einladung anzunehmen. Das wird Pflichtgetreu die Zeit mit dir geben, auf die er so lange gedrängt hat. Ich muss dich wohl nicht daran erinnern, dass du beim Kontakt mit dem Jungen diskret sein musst. Wir wollen keinen Spekulationen Vorschub leisten. Und ich schlage vor, dass ihr nur durch solche Gebiete reitet, wo eure Privatsphäre gesichert ist, oder durch sehr öffentliche Gegenden, wo die Gescheckten schon wirklich kühn sein müssten, um Verbindung mit ihm aufzunehmen. Um die Wahrheit zu sagen, weiß ich nicht, was davon die klügere Entscheidung wäre.« Er atmete tief durch, und sein Tonfall veränderte sich. »Fitz. Unterschätze nicht deinen Einfluss auf den Prinzen. In unseren Privatgesprächen spricht er frei von dir, und das mit großer Bewunderung. Ich bin nicht sicher, ob es weise wäre, deine Verbindung zu mir zu erwähnen. Es ist nicht nur Unterricht im Gebrauch der Gabe, was er von dir will. Er sucht den Rat eines Mannes in allen Aspekten des Lebens. Sei vorsichtig. Ein unbedachtes Wort von dir könnte unseren starrsinnigen Prinzen auf einen Weg führen, wo keiner von uns ihm ohne Gefahr folgen könnte. Bitte sprich positiv über das Verlöbnis und ermutige ihn, seine königlichen Pflichten bereitwillig zu erfüllen. Und was die Gescheckten betrifft, die dich bedrohen … Nun, heute mag nicht gerade der beste Tag dafür sein, ihn mit Sorgen um dich zu belasten. Auch so schon könnte es das Misstrauen des ein oder anderen erregen, dass unser Prinz an einem so wichtigen Tag in seinem Leben mit einem ausländischen Edelmann und dessen Leibwächter ausreitet.« Er hielt kurz inne. »Nicht dass ich dir vorschreiben wollte, wie du dich dem Prinzen gegenüber verhalten sollst. Ich weiß, dass ihr eine besondere Beziehung entwickelt habt.«

»Das ist wahr«, bestätigte ich und versuchte, nicht allzu brüsk zu klingen. In Wahrheit war ich sogar ein wenig wütend gewesen, als Chade mit seiner Liste von Instruktionen begonnen hatte. Jetzt atmete ich tief durch. »Chade. Wie du gesagt hast, sucht der Junge bei mir nach männlichem Rat. Ich bin aber weder ein Höfling noch ein Ratgeber. Wenn ich mich bemühen würde, Pflichtgetreu lediglich auf einen Weg zu führen, der den Zielen der Sechs Provinzen entspricht …« Ich verstummte, bevor ich ihm sagte, dass solch ein Kurs falsch für uns alle wäre. Dann räusperte ich mich. »Ich will immer ehrlich zu Pflichtgetreu sein. Wenn er mich um einen Rat bittet, werde ich ihm sagen, was ich wirklich denke. Aber ich glaube nicht, dass du in dieser Hinsicht allzu viel zu befürchten hättest. Kettricken hat ihren Sohn gut unterwiesen. Ich glaube, er wird sich dieser Ausbildung entsprechend benehmen, und was mich betrifft … nun, so denke ich, dass er mehr jemanden zum Zuhören braucht als jemanden, der selber redet. Heute werde ich zuhören. Und in Bezug auf mein Zusammentreffen mit den Gescheckten sehe ich keinen Grund, warum Pflichtgetreu im Augenblick davon erfahren sollte. Ich werde ihn höchstens warnen, dass er sie nicht vollends aus seinen Gedanken verbannen soll. Sie stellen definitiv eine Macht dar, mit der man rechnen muss. Was mich zu einer anderen Frage bringt: Werden die Bresingas bei dem Verlöbnis anwesend sein?«

»Ich nehme es an. Sie sind zumindest eingeladen worden und werden irgendwann im Laufe des Tages erwartet.«

Ich kratzte mich am Nacken. Meine Kopfschmerzen ließen nicht nach, aber inzwischen schienen sie mehr von der gewöhnlichen als von der Gabensorte zu sein. »Wenn du solche Informationen mit mir teilen willst, würde ich gerne wissen, wer sie begleitet, welche Pferde sie reiten und ob noch andere Tiere sie begleiten, einschließlich Jagdfalken, Haustiere und dergleichen. Ich brauche so viele Einzelheiten, wie du herausfinden kannst. Oh, und noch etwas: Ich denke, wir sollten uns ein Frettchen oder einen Rattenhund für diese Zimmer hier besorgen; irgendetwas Kleines, Schleichendes, das nach Ratten und anderem Ungeziefer sucht. Bei einem der Geschwistertiere, mit dem ich es heute Morgen zu tun gehabt habe, hat es sich um eine Ratte, ein Eichhörnchen oder ein Wiesel gehandelt. Solch eine Kreatur könnte ein wunderbarer Spion in der Burg sein.«

Chade blickte verzweifelt drein. »Ich denke, ich werde nach einem Frettchen fragen. Sie sind leiser als Hunde, und es könnte dich durch die Gänge begleiten.« Er neigte den Kopf zur Seite. »Hast du vor, es zu deinem Geschwistertier zu machen?«

Ich zuckte unwillkürlich zusammen. »Chade. So funktioniert das nicht.« Ich ermahnte mich, dass er die Frage aus Unwissenheit gestellt hatte. »Ich fühle mich wie frisch verwitwet. Ich verspüre nicht den Wunsch, mich im Augenblick mit einer anderen Kreatur zu verschwistern.«

»Es tut mir leid, Fitz. Es ist schwierig für mich, das zu verstehen. Die Worte mögen ja seltsam klingen, aber ich wollte seine Erinnerung nicht in den Schmutz ziehen.«

Ich wechselte das Thema. »Nun denn. Ich sollte mich jetzt wohl besser waschen und umziehen, wenn ich heute Nachmittag mit dem Prinzen ausreiten will. Und wir sollten beide über deinen Diener nachdenken.«

»Ich denke, ich werde ein Treffen zwischen uns dreien arrangieren. Aber nicht heute. Vielleicht morgen. Im Augenblick müssen wir erst einmal das Verlöbnis über die Bühne bringen. Dabei darf nichts schieflaufen. Glaubst du, dass das mit Dick noch warten kann?«

Ich zuckte mit den Schultern. »Das wird es wohl müssen, nehme ich an. Viel Glück mit dem Rest.« Ich stand auf, um zu gehen.

»Fitz.« Chades Tonfall ließ mich innehalten. »Ich habe es bis jetzt zwar nicht so direkt gesagt, aber du solltest diese Räume hier nun als deine eigenen betrachten. Ich weiß, dass ein Mann in deiner Position manchmal einen Raum braucht, in dem er für sich allein sein kann. Falls du irgendetwas verändern willst … das Bett umstellen, Wandbehänge austauschen, oder wenn du Essen hier oben haben willst oder vielleicht etwas Weinbrand … was auch immer, lass es mich wissen.«

Das Angebot jagte mir einen Schauer über den Rücken. Ich wollte das Arbeitszimmer des Assassinen nie für mich haben. »Nein. Danke, aber nein. Lass für den Augenblick einfach alles so, wie es ist. Obwohl ich gerne ein paar meiner Sachen hier oben lagern würde. Veritas' Schwert, private Dinge.«

Bedauern lag in Chades Augen, als er nickte. »Wenn das alles ist, was du willst, dann ist es in Ordnung. Für den Augenblick«, schränkte er ein. Er musterte mich kritisch, doch seine Stimme klang sanft, als er hinzufügte: »Ich weiß, dass du noch immer trauerst, aber du solltest mich oder irgendjemand anders dein Haar frisieren lassen. So wie es im Moment aussieht, lenkt es unnötig Aufmerksamkeit auf dich, und das weißt du.«

»Ich werde mich selbst darum kümmern. Heute noch. Oh. Und da ist noch etwas.« Seltsam, wie meine drängendste Sorge von anderen Ängsten aus meinem Geist vertrieben worden war. Ich atmete tief durch. Jetzt fiel es mir noch schwerer, Chade meine Nachlässigkeit zu gestehen. »Ich war dumm, Chade. Als ich meine Hütte verlassen habe, habe ich erwartet, bald wieder dorthin zurückzukehren. Ich habe Dinge dort zurückgelassen … gefährliche Dinge vielleicht. Schriftrollen, in denen ich meine eigenen Gedanken niedergeschrieben habe sowie die Geschichte unseres Erweckens der Drachen, und das alles vielleicht ein wenig *zu* genau. Ich muss so bald wie möglich dorthin zurück, um die Schriftrollen entweder an einen sicheren Ort zu bringen oder sie zu vernichten.«

Chades Gesicht war mit jedem Wort ernster geworden. Nun atmete er lang aus. »Manche Dinge schreibt man besser niemals nieder«, bemerkte er ruhig. So sanft dieser Tadel auch war, er schmerzte trotzdem. Chade starrte die Wand an, schien in Wahrheit jedoch in eine unbestimmte Ferne zu blicken. »Aber ich muss gestehen, dass es sehr wertvoll ist, die Wahrheit irgendwo aufzuschreiben. Denk einmal darüber nach, was das Veritas auf seiner Queste hätte ersparen können, wenn nur eine Schriftrolle mit akkuratem Inhalt erhalten geblieben wäre. Sammle also deine Schriften ein, Junge, und bring sie hierher in Sicherheit. Ich rate dir allerdings, ein, zwei Tage zu warten, bevor du aufbrichst. Die Gescheckten rechnen vermutlich damit, dass du wegläufst. Wenn du jetzt gehen würdest, würden sie dir vermutlich folgen. Lass mich eine Zeit für deinen Aufbruch und einen Weg für deine Reise arrangieren. Möchtest du, dass ich dir ein paar vertrauenswürdige Männer zur Seite stelle? Sie würden nicht wissen, wer du bist oder was du holen willst, sie würden dich nur begleiten.«

Ich dachte darüber nach, schüttelte dann jedoch den Kopf. »Nein. Ich habe ohnehin schon viel zu viele Hinweise auf meine Geheimnisse verteilt. Ich werde mich um mich selbst kümmern, Chade. Aber ich habe noch eine andere Sorge. Ich glaube, die Wachen an den Burgtoren sind *zu* entspannt. Mit den Gescheckten in der Nähe, dem Verlöbnis des Prinzen vor der Tür und all den Fernholmern in der Burg sollten sie ein wenig wachsamer sein.«

»Ich nehme an, darum sollte ich mich auch kümmern. Seltsam. Ich dachte, dich hierherzuholen, würde mir ein wenig Arbeit sparen und mir mehr Zeit lassen, ein alter Mann zu sein. Stattdessen verschaffst du mir noch mehr zum Nachdenken und zu tun. Nein, sieh mich nicht so an … Ich nehme an, es ist am besten so. Arbeit – so sagen die alten Leute – hält die Menschen jung. Aber vielleicht sagen das die alten Leute nur, weil sie wissen, dass sie weitermachen müssen. Jetzt fort mit dir, Fitz. Und entdecke bitte keine weiteren Krisen mehr, bevor der Tag vorüber ist.«

Ich ließ Chade auf seinem Stuhl neben dem kalten Kamin sitzen, und er sah nachdenklich und gleichzeitig zufrieden aus.

Kapitel 3

ECHOS

In der Nacht, da der feige Gabenbastard König Listenreich in seinem Gemach ermordete, beschloss die berggeborene Königin des Königs-zur-Rechten Veritas aus der Sicherheit von Bocksburg zu fliehen. Allein und mit einem Kind unter ihrer Brust floh sie in die kalte und ungastliche Nacht hinaus. Einige sagen, dass König Listenreichs Narr sie aus Furcht um sein Leben um ihren Schutz und die Erlaubnis gebeten hat, sie zu begleiten, aber das kann genauso gut eine Burglegende sein, um sein Verschwinden in jener Nacht zu erklären. Mit der geheimen Hilfe jener, die ihrer Sache zugetan waren, durchquerte Königin Kettricken die Sechs Provinzen und kehrte in ihre Heimat, das Bergreich, zurück. Dort unternahm sie alles, um herauszufinden, was aus ihrem Gemahl, König-zur-Rechten Veritas, geworden war. Denn falls er lebte, so dachte sie, war er nun der rechtmäßige König der Sechs Provinzen und ihre letzte Hoffnung, den Verwüstungen durch die Roten Schiffe Einhalt zu gebieten.

Sie erreichte das Bergreich, doch ihr König war nicht dort. Man sagte ihr, er hätte Jhaampe verlassen, um seine Queste weiterzuverfolgen. Seitdem hatte man nichts mehr von ihm gehört. Nur ein paar seiner Männer waren zurückgekehrt, mit wirrem Verstand und verletzt wie von einer Schlacht. Kettrickens Herz kannte nur noch Verzweiflung. Eine Zeit lang suchte sie Schutz bei ihrem Volk. Eine der Tragödien ihrer beschwerlichen Reise war die Totgeburt des Thronerben der Sechs Provinzen. Es heißt, dass dieser Schlag ihr Herz verhärtet hätte und sie mehr denn je darauf erpicht war, ihren König zu finden, denn falls ihr das nicht gelang, würde der Thron Prinz Edel, dem Anmaßer, gehören. Da sie im Besitz einer Kopie der Karte war, mit deren Hilfe König Veritas hoffte, das Land der Uralten zu finden, machte sie sich auf den Weg, ihm zu folgen. Begleitet von der treuen Menestrelle Merle Vogelsang und mehreren Dienern, führte die Königin ihre Gruppe immer tiefer in die Berge hinein. Trolle, Feen und die geheimnisvolle Magie dieses verbotenen Landes waren nur einige der Hindernisse, denen sie sich gegenübersah. Nichtsdestoweniger erreichte sie schließlich das Land der Uralten.

Es war eine beschwerliche Suche, doch schlussendlich kam sie zu der verborgenen Burg der Uralten, einer großen Halle aus schwarzem und silbernem Stein. Dort fand sie heraus, dass ihr König den Drachenkönig der Uralten davon überzeugt hatte, den Sechs Provinzen zu Hilfe zu kommen. Der Drachenkönig erinnerte sich an den uralten Bundesschwur der Uralten mit den Sechs Provinzen und beugte das Knie vor Königin Kettricken und König Veritas. Auf seinem Rücken trug er nicht nur sie beide heim, sondern auch ihre treue Menestrelle Merle Vogelsang. König Veritas ließ seine Königin und ihre Menestrelle sicher in Bocksburg absetzen; doch bevor seine treuen Untertanen ihn begrüßen konnten, ja sogar bevor sein Volk überhaupt von seiner Rückkehr wusste, hatte er sie wieder verlassen. Sein Schwert funkelte in der Sonne, als er mit dem Drachenkönig der Uralten hoch durch die Luft ritt, um die Roten Schiffe zu bekämpfen.

Für den Rest dieser langen und triumphal blutigen Jahreszeit führte König Veritas die mit ihm verbündeten Uralten gegen die Roten Schiffe. Wann immer sein Volk die wie Edelsteine strahlenden Schwingen eines Drachen am Himmel sah, wusste es, dass sein König bei ihm war. Während die Streitkräfte des Königs die Flotten und Stützpunkte der Roten Schiffe angriffen, folgten seine treuen Herzöge seinem Beispiel. Die wenigen Roten Schiffe, die nicht zerstört wurden, flohen von unseren Ufern und brachten die Nachricht vom Zorn der Weitseher zu den Äußeren Inseln. Nachdem unsere Küsten von den plündernden Invasoren befreit und der Frieden wiederhergestellt war, erfüllte König Veritas den Schwur, den er den Uralten geleistet hatte. Der Preis für ihre Hilfe war nämlich das Versprechen gewesen, mit ihnen in ihrem fernen Reich zu leben und nie wieder in die Sechs Provinzen zurückzukehren. Tatsächlich trug unser König eines Tages eine tödliche Verwundung im Kampf gegen die letzten Roten Schiffe davon, und so war es nur sein Leib, den die Uralten davontrugen. Es heißt, der Leichnam von König Veritas sei in einem Grabmal aus Ebenholz und funkelndem Gold in einer Höhle unweit der Bergfeste der Uralten aufgebahrt. Dort ehren die Uralten den kühnen Mann, der alles opferte, um Hilfe für sein Volk zu finden. Andere behaupten wiederum, König Veritas lebe noch im Königreich der Uralten, und sollten die Sechs Provinzen ihn je wieder brauchen, würde er mit seinen heroischen Verbündeten zurückkehren.

NOLUS DER SCHREIBER: »DIE KURZE REGIERUNGSZEIT VON VERITAS WEITSEHER«

Ich kehrte in die muffige Dunkelheit meiner kleinen Zelle zurück. Nachdem ich den Zugang zum Geheimgang versperrt hatte, öffnete ich die Tür zu den Gemächern des Narren in der Hoffnung, wenigstens etwas Tageslicht abzubekommen. Es half nicht viel, aber es gab ohnehin nur wenig, was ich tun musste. Ich machte mein Bett und ließ meinen Blick durch das karge Zimmer schweifen. Alles recht unpersönlich. Hier könnte jeder leben – oder überhaupt niemand, dachte ich sarkastisch. Ich schnallte mein hässliches Schwert um und stellte sicher, dass auch mein Messer im Gürtel steckte, bevor ich das Zimmer verließ.

Der Narr hatte mir eine großzügige Portion Essen übrig gelassen. Es war zwar kalt, aber es stillte meinen Hunger. Ich beendete mein Frühstück, erinnerte mich dann an seine Anweisungen für Tom Dachsenbless und machte mich daran, das Geschirr in die Küche zu schaffen. Auf dem Rückweg holte ich Holz für den Kamin und Wasser für die Krüge. Ich putzte das Waschbecken und erledigte die anderen kleineren Arbeiten, die es zu tun galt. Ich öffnete die Fensterläden weit, um frische Luft hereinzulassen. Der Ausblick verriet mir, dass wir einen schönen, kalten Tag haben würden. Bevor ich ging, schloss ich die Fenster wieder.

Mir blieben noch einige Stunden für mich selbst, bevor wir nachmittags ausreiten würden. Ich dachte daran, nach Burgstadt hinunterzugehen, entschied mich aber rasch anders. Erst musste ich meine Gedanken in Bezug auf Jinna in Ordnung bringen, bevor ich wieder zu ihr ging; außerdem wollte ich in Ruhe über die Sorgen nachdenken, die mir Harm im Moment bereitete. Natürlich musste ich auch damit rechnen, dass die Gescheckten mich ausspionierten. Je weniger Interesse ich an Jinna oder meinem Sohn zeigte, desto sicherer waren sie.

Also ging ich in den Übungshof hinunter. Waffenmeister Kressbrunn begrüßte mich mit Namen und erkundigte sich, ob Deleree eine angemessene Herausforderung für meine Fähigkeiten gewesen sei. Ich stöhnte anerkennend und war ein wenig überrascht, dass der Waffenmeister sich so gut an mich erinnerte. Ich empfand es als angenehm und beunruhigend zugleich. Dann ermahnte ich mich selbst, dass es wohl der beste Weg sei, Fitz-Chivalric vergessen zu machen, der vor sechzehn Jahren hier gelebt hatte, indem mich jeder eindeutig als Tom Dachsenbless erkannte. Also blieb ich stehen, unterhielt mich ein wenig mit dem Mann und gab demütig zu, dass Deleree mir tatsächlich sogar überlegen gewesen war. Ich bat ihn, mir einen Übungspartner für heute zu empfehlen, und er brüllte über den Hof hinweg nach Wim.

An den Hüften hatte Wim im Laufe der Jahre deutlich zugelegt, und sein Bart war von grauen Strähnen durchzogen, aber er bewegte sich mit der Leichtigkeit eines Veteranen. Ich schätzte sein Alter auf fünfundvierzig, gut zehn Jahre älter, als ich in Wirklichkeit war, und doch erwies er sich mir als ebenbürtig. Sowohl seine Ausdauer als auch seine Strapazierfähigkeit waren besser als meine, aber ich kannte ein paar Tricks mit der Klinge, durch die ich das ausgleichen konnte. Wie auch immer, er war freundlich genug, mir zu versichern, dass mein Geschick und meine Leistungsfähigkeit mit zunehmender Übung zurückkehren würden, nachdem er mich dreimal besiegt hatte. Das war nur ein schwacher Trost. Ein Mann glaubt gern, sich gut gehalten zu haben, und tatsächlich war mein Körper durch die Feldarbeit und die häufigen Jagdausflüge recht gut in Schuss. Aber die Muskeln und die Ausdauer eines Kämpfers sind etwas vollkommen anderes, und ich würde beides wieder aufbauen müssen. Zwar hoffte ich, dass ich diese Fähigkeiten nicht brauchen würde, unterwarf mich aber dennoch den Übungen, wenn auch mit Murren. Trotz der Kälte klebte mir das Hemd am Leib, als ich den Übungsplatz verließ.

Ich wusste, dass die Dampfbäder hinter den Kasernen zum Reich der Wachen und Stallburschen gehörten, dennoch ging ich dorthin. Ich dachte mir, dass sie um diese Zeit nicht allzu gut besucht sein würden; außerdem passte das in meinen Augen eher zu Tom Dachsenbless, als Wasser für ein mittägliches Bad zu holen. Die Dampfbäder befanden sich in einem alten, langen und niedrigen Gebäude aus grob behauenem Stein. Im Vorraum zog ich meine verschwitzten Kleider aus, faltete sie und legte sie auf eine Bank. Dann nahm ich Jinnas Glücksbringer vom Hals und steckte ihn in mein Hemd. Nackt ging ich durch die schwere Holztür, die in die eigentlichen Dampfbäder führte. Es dauerte einen Moment, bis meine Augen sich an das Licht und den Dampf gewöhnt hatten. Mehrstufige Bänke an den Wänden umgaben eine viereckige steinerne Feuerstelle. Licht strahlte nur die rote Glut in ihrem steinernen Verlies aus. Sie war gut geschürt. Wie ich vermutet hatte, war das Dampfbad größtenteils verlassen; lediglich drei Fernholmer waren hier zu finden, Wachen aus dem Gefolge der Narcheska. Sie saßen an einem Ende des vernebelten Raums und sprachen leise in ihrer eigenen, hart klingenden Sprache miteinander. Kurz blickten sie zu mir und beachteten mich dann nicht weiter. Ich war mehr als bereit, sie sich selbst zu überlassen.

Ich holte Wasser aus dem Eimer in der Ecke und verteilte es großzügig auf den heißen Steinen. Ein frischer Dampfvorhang stieg auf, und ich atmete tief ein. Ich blieb so nahe an den glühenden Steinen stehen, wie ich ertragen konnte, bis mir der Schweiß ausbrach und in Strömen über meine Haut rann. Er brannte in den noch nicht verheilten Wunden auf meinem Hals und meinem Rücken. Unweit des Ofens stand eine Kiste mit grobkörnigem Salz und ein paar Schwämmen, genauso wie damals, als ich noch ein Kind gewesen war. Ich rieb mir den Leib mit Salz ab, zuckte ob des Brennens in meinen Verletzungen zusammen und spülte es dann mit einem Schwamm herunter. Ich war fast fertig, als sich die Tür öffnete und ein Dutzend Wachsoldaten hereinströmte. Die Veteranen in der Gruppe sahen müde aus, während die Jüngeren gut gelaunt feixten und die überschüssige Energie abließen, die sich nach ihrer Rückkehr von einer langen Patrouille aufgestaut hatte. Zwei junge Männer legten Holz aufs Feuer, während andere Wasser auf die Steine schöpften. Dampf stieg wie eine Wand empor, und lautes Gerede erfüllte den Raum.

Zwei alte Männer folgten ihnen in den Raum; sie gingen langsamer und gehörten offenbar nicht zu der ersten Gruppe. Ihre vernarbten, knorrigen Leiber waren Beweis für lange Jahre im Dienst des Königs. Sie waren in ein Gespräch vertieft, irgendetwas über das schlechte Bier im Wachraum. Sie begrüßten mich, und ich brummte etwas zurück, bevor ich mich abwandte. Ich hielt den Kopf gesenkt und versuchte, mein Gesicht vor ihnen zu verbergen. Einer der älteren Männer hatte mich gekannt, als ich noch ein Junge war. Klinge war sein Name, und der alte Wachmann war mir ein echter Freund gewesen. Ich lauschte seinen vertrauten Flüchen, als er sich lautstark über seinen steifen Rücken beschwerte. Ich hätte viel dafür gegeben, ihn offen begrüßen und mich mit ihm unterhalten zu können. Stattdessen lächelte ich ob seines Fluchens vor mich hin und wünschte ihm von ganzem Herzen alles Gute.

Unauffällig schaute ich mich um, um zu sehen, ob die Bocksburg-Wachen sich mit den Fernholmern mischten. Seltsamerweise waren es gerade die jungen Männer, die ihnen misstrauische Blicke zuwarfen. Jene, die alt genug waren, um im Krieg der Roten Schiffe gekämpft zu haben, schienen die einstigen Feinde weit weniger zu beunruhigen. Vielleicht fällt es einem erfahrenen Soldaten leichter, den ehemaligen Feind als Kameraden zu sehen, der nur zufällig auf der anderen Seite gestanden hatte. Aber was auch immer der Grund sein mochte, insgesamt waren die Fernholmer weniger bereit, sich zu mischen, als die Bocksburg-Wachen. Vielleicht war das nur die natürliche Vorsicht von Soldaten ohne Waffen inmitten von Fremden. Sie länger zu beobachten wäre interessant gewesen, aber auch gefährlich. Klinge war stets ein guter Beobachter gewesen. Ich wollte nicht provozieren, dass er mich erkannte, indem ich länger hier herumlungerte.

Als ich mich zum Gehen erhob, stieß einer der jüngeren Wachmänner mit der Schulter gegen mich. Das war kein Zufall gewesen und noch nicht einmal gut vorgetäuscht. Es war schlicht eine Entschuldigung, um lauthals rufen zu können: »Pass auf, Mann! Wer bist du überhaupt? Welche Wachkompanie?« Der junge Kerl hatte sandfarbenes Haar, stammte vielleicht aus Farrow, war muskulös und kampflustig. Er schien mir knapp sechzehn Jahre alt zu sein, ein Junge, der begierig darauf war, sich vor anderen zu beweisen.

Ich warf ihm einen angewiderten, aber toleranten Blick zu, Veteran gegen grüner Junge. Sich vollkommen passiv zu verhalten hätte nur einen Angriff provoziert. Ich wollte schlicht so schnell wie möglich hier raus und dabei keine unnötige Aufmerksamkeit erregen. »Pass selber auf, Junge«, warnte ich ihn freundlich. Ich ging an ihm vorbei, doch er stieß mir von hinten gegen die linke Schulter. Also drehte ich mich wieder um, locker, aber nicht aggressiv. Er hatte die Fäuste gehoben, um sich zu verteidigen. Nachsichtig schüttelte ich den Kopf, und mehrere seiner Kameraden kicherten. »Lass es, Junge«, warnte ich ihn.

»Ich habe dir eine Frage gestellt«, knurrte er.

»Das hast du«, räumte ich großmütig ein. »Und hättest du mir freundlicherweise deinen Namen genannt, bevor du meinen verlangt hast, hätte ich dir auch geantwortet. So war das zumindest früher Brauch in Bocksburg.«

Er kniff die Augen zusammen. »Karl von der Hellwache. Ich habe keinen Grund, mich für meinen Namen und meine Kompanie zu schämen.«

»Und ich auch nicht«, versicherte ich ihm. »Tom Dachsenbless, Mann von Fürst Leuenfarb, der mich in Kürze erwartet. Einen guten Tag wünsche ich.«

»Fürst Leuenfarbs Diener. Ich hätte es wissen müssen.« Er schnaubte verächtlich und wandte sich seinen Kameraden zu, um seine Überlegenheit zur Schau zu stellen. »Du bist noch nicht lange hier. Dieses Bad ist nur für die Wachen. Pagen, Lakaien und spezielle Diener sind hier nicht erlaubt.«

»Ach ja?« Ich lächelte schief und musterte ihn beleidigend. »Keine Pagen oder Lakaien? Das überrascht mich.« Jetzt waren alle Augen auf uns gerichtet. Es war sinnlos, weiter die Aufmerksamkeit vermeiden zu wollen, und ich musste mich als Tom Dachsenbless etablieren. Der Junge errötete ob meiner Beleidigung und schlug dann zu.

Ich wich dem Schlag aus und trat dann einen Schritt vor. Auf meine Fäuste war der Junge vorbereitet, doch ich trat ihm die Beine unterm Leib weg. Das war ein Angriff, der mehr einem Straßenschläger als dem Leibwächter eines Edelmanns anstand, und das überraschte ihn. Im Fallen trat ich ihn erneut und trieb ihm die Luft aus der Lunge. Keuchend schlug er gefährlich nahe dem Ofen auf, und ich trat vor, um ihm den Fuß auf die Brust zu stellen und ihn so festzunageln. Ich knurrte zu ihm hinunter: »Lass es, Junge, bevor es hässlich wird.«

Zwei seiner Kameraden standen auf, aber ein »Halt!« von Klinge ließ sie stehen bleiben. Der alte Wachmann kam näher, eine Hand in den Rücken gepresst. »Genug! Das will ich hier drin nicht sehen.« Er funkelte den Mann an, der vermutlich der Kommandierende des Jungen war. »Rufus, bring deinen Welpen wieder unter Kontrolle. Ich bin hierhergekommen, um meinen Rücken zu entspannen, nicht um mich über einen schlecht ausgebildeten Prahlhans zu ärgern. Schaff den Jungen hier raus. Und du, Dachsenbless, nimm den Fuß herunter.«

Trotz seiner Jahre, oder vielleicht auch gerade wegen ihnen, genoss der alte Klinge den Respekt der anderen Soldaten. Als ich zurücktrat, stand der Junge wieder auf. Wut und Verbitterung lagen in seinen Augen, doch sein Kommandeur bellte: »Raus hier, Karl. Für heute haben wir alle genug. Und ihr, Schäfter und Nieder, ihr könnt gleich mit ihm gehen. Nur Narren stehen für einen Narren auf.«

Also stapften die drei hocherhobenen Hauptes an mir vorbei

nach draußen. Ein Raunen ging durch die verbliebenen Soldaten, doch größtenteils schienen sie sich einig zu sein, dass Karl wirklich ein Idiot war. Ich setzte mich wieder und beschloss, ihnen Zeit zu geben, sich anzuziehen und zu gehen, bevor auch ich das Dampfbad verließ. Zu meiner großen Bestürzung kam Klinge steif zu mir herüber und setzte sich neben mich. Er bot mir seine Hand an, und als ich sie ergriff, waren es noch immer die schwieligen Finger eines Schwertkämpfers. »Klinge Haversfalke«, stellte er sich vor. »Im Gegensatz zu dem Jungen erkenne ich die Narben eines Kämpfers, wenn ich welche sehe. Du kannst unser Dampfbad gerne benutzen; vergiss das Kind. Er ist neu in der Kompanie und versucht immer noch, die Tatsache vergessen zu machen, dass Rufus ihn nur seiner Mutter zu Gefallen aufgenommen hat.«

»Tom Dachsenbless«, erwiderte ich. »Und vielen Dank. Ich habe schon gesehen, dass er bei seinen Kameraden Eindruck schinden wollte; ich weiß nur nicht, warum er sich ausgerechnet mich dafür ausgesucht hat. Ich wollte nicht gegen den Jungen kämpfen.«

»So viel war offensichtlich, so offensichtlich, dass er von Glück sagen kann, dass es so war. Was das Warum betrifft, so ist er einfach ein junger Mann, der viel zu viel auf Gerüchte gibt. Das ist keine Grundlage, um einen Mann zu beurteilen. Kommst du aus der Gegend, Dachsenbless?«

Ich lachte kurz auf. »Ich komme aus den Bocksmarken, wenn man das als ›aus der Gegend‹ bezeichnen will.«

Er deutete auf die Kratzer an meinem Hals und fragte: »Wie bist du an die gekommen?«

»Eine Katze«, hörte ich mich selbst sagen, und Klinge nahm das als Scherz auf und lachte. So plapperten wir eine Zeit lang miteinander, der alte Wachmann und ich. Ich blickte ihm in sein faltiges Gesicht, nickte und lächelte über die Geschichten des alten Mannes und sah keinen Funken des Erkennens in seinen Augen. Das hätte mich beruhigen sollen, nehme ich an, dass noch nicht einmal ein alter Freund wie Klinge Fitz-Chivalric Weitseher erkannte. Stattdessen löste es jedoch düstere Gefühle in mir aus. War ich so unbedeutend, so wenig bemerkenswert für ihn gewesen? Es fiel mir schwer, mich auf seine Worte zu konzentrieren. Als ich mich schließlich von ihm verabschiedete, war es fast eine Erleichterung, ihn zu verlassen, bevor ich einem irrationalen Impuls nachgegeben und Wörter oder Phrasen benutzt hätte, die darauf hindeuteten, dass er mich von früher kannte. Es war das Verlangen eines Jungen, der Hunger nach Anerkennung, nicht unähnlich dem, was Karl dazu getrieben hatte, um mit mir einen Streit vom Zaun zu brechen.

Ich verließ das Dampfbad und ging in den Waschraum, wo ich mir den letzten Rest Salz von der Haut spülte und mich trocken rieb. Dann kehrte ich in den Vorraum zurück, zog mich wieder an und fühlte mich sauber, aber nicht erneuert. Ein Blick auf den Stand der Sonne verriet mir, dass es fast an der Zeit für Fürst Leuenfarbs Ausritt war. Ich ging zu den Ställen, doch als ich eintreten wollte, kam mir ein Stallbursche mit Meine Schwarze, Malta und einem mir unvertrauten grauen Wallach entgegen. Alle drei Pferde waren blank gestriegelt und bereits gesattelt. Ich erklärte dem Stallburschen, dass ich Fürst Leuenfarbs Mann sei, doch er betrachtete mich mit Misstrauen, bis mich eine weibliche Stimme begrüßte: »He, Dachsenbless! Reitest du heute mit Fürst Leuenfarb und dem Prinzen aus?«

»So will es mein Schicksal, Jagdmeisterin Laurel«, begrüßte ich die Leibjägerin der Königin. Sie war in Laubgrün gekleidet, in Hose und Wams eines Jägers, doch ihre Figur verlieh der Kleidung ein vollkommen anderes Aussehen. Ihr Haar war zwar auf äußerst unweibliche Art zurückgebunden, tatsächlich betonte das aber sogar noch ihre Weiblichkeit. Der Stallbursche bot mir sofort einen Kurzbogen an und gab mir die Pferde.

Nachdem er außer Hörweite war, lächelte mich Laurel an und fragte leise: »Wie geht es unserem Prinzen?«

»Ich bin sicher, er erfreut sich bester Gesundheit, Jagdmeisterin.« Ich entschuldigte mich mit den Augen, und sie verstand meine vorsichtigen Worte. Ihr Blick zuckte zu dem Glücksbringer um meinen Hals, den Jinna mit ihrer Krudmagie für mich gemacht hatte. Er sollte dafür sorgen, dass die Menschen mir freundlich begegneten. Laurels Lächeln wurde wärmer. Beiläufig klappte ich den Kragen hoch, um das Amulett größtenteils zu verbergen.

Laurel blickte an mir vorbei und sprach auf formelle Art von Jagdmeisterin zu Diener. »Nun denn. Ich hoffe, ihr werdet euren Ausritt genießen. Bitte übermittle Fürst Leuenfarb meine besten Grüße.«

»Das werde ich, Jagdmeisterin.« Als sie fortging, knurrte ich innerlich über meine Rolle als Tom Dachsenbless, die ich wie ein Hemd tragen musste. Gerne hätte ich länger mit ihr geredet, doch die Mitte des Stallhofs war nicht der geeignete Ort dafür.

Ich führte die Pferde zum Tor der Großen Halle und stellte mich in Erwartung von Fürst Leuenfarb und Prinz Pflichtgetreu auf.

Und wartete.

Der Wallach des Prinzen schien solche Verzögerungen gewohnt zu sein, aber Malta war sichtlich erbost, und Meine Schwarze stellte meine Geduld mit verschiedenen Taktiken auf die Probe, vom kurzen Zerren an den Zügeln bis hin zu einem ständigen Ziehen. Ich würde mehr mit ihr arbeiten müssen, wenn sie ein gutes Reitpferd werden sollte. Ich fragte mich nur, wo ich die Zeit dafür hernehmen sollte, und verfluchte mich dafür, schon so viel verschwendet zu haben; dann schob ich den Gedanken beiseite. Die Zeit eines Dieners gehört seinem Herrn, und ich musste mich so verhalten, als würde ich daran glauben. Allmählich wurde mir kalt, und ich war verärgert, als eine Unruhe mich daran erinnerte, die Schultern zu straffen und ein angemessen gehorsames Gesicht aufzusetzen.

Einen Augenblick später kamen der Prinz und Fürst Leuenfarb heraus, umgeben von einem beachtlichen Anhang, der es nur gut mit ihnen meinte. Ich sah weder Pflichtgetreus Zukünftige noch andere Fernholmer in der Gruppe. Ich fragte mich, ob ich das als merkwürdig betrachten sollte. Es waren mehrere junge Frauen dabei, von denen eine enttäuscht die Lippen schürzte. Ohne Zweifel hatte sie gehofft, dass der Prinz sie zum Ausritt einladen würde. Mehrere seiner männlichen Begleiter wirkten gleichermaßen enttäuscht. Pflichtgetreu hatte ein freundliches Gesicht aufgesetzt, doch sein Mund und seine Augen verrieten mir, dass ihn das Mühe kostete. Gentil Bresinga war ebenfalls dabei; er stand am Rand der Gruppe von Bewunderern. Chade hatte gesagt, dass er heute erwartet wurde. Er warf mir einen finsteren Blick zu, und ich bemerkte, dass er näher an den Prinzen heranrückte, aber auf der Seite, die nicht Fürst Leuenfarb zugewandt war. Seine Gegenwart jagte mir einen Schauder von Wut und Furcht über den Rücken. Würde er sofort loslaufen und anderen davon berichten, dass ich mit dem Prinzen ausgeritten war? Spionierte er für die Gescheckten, oder war er so unschuldig, wie er behauptete?

Es war offensichtlich für mich, dass der Prinz so rasch wie möglich aufbrechen wollte; trotzdem dauerte es noch eine Weile, bis er sich von jedem einzeln verabschiedet und versprochen hatte, ihnen später wieder seine Aufmerksamkeit zu widmen. All das erledigte er mit Eleganz. Mir kam der Gedanke, dass es nur die Gabenverbindung zwischen uns war, nicht sein tatsächliches Verhalten, das mich seine Ungeduld und seine Verärgerung über all diese fein gekleideten Edelleute wahrnehmen ließ. Ich ertappte mich dabei, wie ich ihm beruhigende Gedanken sandte, als wäre er ein störrisches

Pferd. Er blickte zu mir, aber ich wusste nicht, ob er fühlte, dass ich ihn zu erreichen versuchte.

Einer seiner Begleiter nahm mir sein Pferd ab und hielt es fest, während der Prinz aufsaß. Ich hielt Malta für Fürst Leuenfarb, und auf ein Nicken von ihm saß ich selber auf. Noch einmal verabschiedeten sich alle voneinander und verteilten die besten Wünsche, als brächen wir zu einer langen Reise auf und nicht zu einem einfachen Nachmittagsritt. Schließlich lenkte der Prinz seinen Wallach zur Seite und drückte ihm die Fersen in die Flanken. Fürst Leuenfarb folgte ihm, und ich setzte Meine Schwarze in Bewegung. Ein Chor von Abschiedsgrüßen hallte hinter uns her.

Chade hatte mir zwar geraten, wenig bevölkerte Wege zu benutzen, aber ich hatte keine Gelegenheit, eine Route für den Ausritt vorzuschlagen. Der Prinz führte, und wir folgten ihm zu den Toren der Burg, wo wir kurz anhielten, um den formellen Salut der Wachen entgegenzunehmen. In dem Augenblick, da wir das Tor hinter uns gelassen hatten, trieb Pflichtgetreu seinen Wallach an. Die Geschwindigkeit, die er vorgab, machte jedwede Konversation unmöglich. Kurz darauf verließ er die Straße, ritt auf einen weniger befahrenen Weg und brachte sein Pferd zum Traben. Wir folgten ihm, und ich fühlte, wie zufrieden Meine Schwarze darüber war, endlich wieder die Muskeln bewegen zu dürfen. Sie war allerdings nicht so erfreut, dass ich sie zurückhielt, denn sie wusste, dass sie sowohl Malta als auch den Grauen mühelos abhängen könnte.

Die Route des Prinzen führte über eine sonnenbeschienene Hügellandschaft. Einst hatte es hier Wald gegeben, und Veritas hatte hier Hirsche und Fasanen gejagt. Jetzt machten uns Schafe auf offenen Weiden widerwillig Platz, und dann ging es in die wilden Hügel dahinter. Die ganze Zeit ritten wir schweigend nebeneinander. Nachdem wir die Schafherden hinter uns gelassen hatten, ließ der Prinz seinem Wallach freien Lauf, und wir galoppierten über die Hügel, als flüchteten wir vor einem Feind. Meine Schwarze hatte ein wenig von ihrer Nervosität abgelegt, als der Prinz sein Pferd wieder zügelte. Fürst Leuenfarb ritt abwechselnd hinter und neben ihm, und die erschöpften Pferde schnauften. Ich behielt meine Position hinter dem Prinzen bei, bis er sich im Sattel umdrehte und mich verärgert zu sich winkte. Ich ließ Meine Schwarze näher herantraben, und der Prinz begrüßte mich kalt: »Wo warst du? Du hast versprochen, mich zu unterrichten, und ich habe dich seit unserer Rückkehr nach Burgstadt nicht mehr gesehen.«

Ich schluckte meine erste Antwort hinunter und ermahnte mich, dass er nun als Prinz mit einem Diener sprach und nicht wie ein Junge mit seinem Vater. Dennoch schien er dieses kurze Schweigen als Tadel aufzufassen. Zwar wirkte er nicht reumütig, aber ich erkannte das sture Zucken um seine Mundwinkel. Ich atmete tief durch. »Mein Prinz, es sind noch nicht einmal zwei Tage seit unserer Rückkehr vergangen. Ich hatte vermutet, dass Ihr mit Euren eigenen Pflichten beschäftigt sein würdet. In der Zwischenzeit habe ich mein eigenes Leben wieder aufgenommen. Wenn es meinem Prinzen gefällt, so dachte ich, wird er mich schon zu sich rufen.«

»Warum redest du so mit mir?«, verlangte der Prinz wütend zu wissen. »Mein Prinz hier, mein Prinz da! Auf dem Heimweg hast du mich doch auch nicht so angesprochen. Was ist aus unserer Freundschaft geworden?«

Ich sah die Warnung des Narren in Fürst Leuenfarbs verstohlenem Blick, doch ich ignorierte sie. Mit leiser, ruhiger Stimme antwortete ich: »Wenn Ihr mich so tadelt wie einen Diener, mein Prinz, dann gehe ich davon aus, dass ich auf eine meiner Stellung angemessene Art antworten sollte.«

»Hör auf damit!«, zischte Pflichtgetreu mich an, als hätte ich ihn verspottet, und wahrscheinlich hatte ich das auch.

Das Ergebnis war furchtbar. Einen Moment lang verkrampfte sich sein Gesicht, als stünde er kurz davor, in Tränen auszubrechen. Er ritt voraus, und wir ließen ihn ziehen. Fürst Leuenfarb schüttelte leicht den Kopf und nickte mir dann zu, dem Jungen hinterherzureiten. Ich dachte darüber nach, dem Prinzen zu sagen, er solle sein Pferd zügeln und auf uns warten, aber dann glaubte ich, dass er wohlmöglich nicht so weit nachgeben würde. Der Stolz eines Jungen kann sehr hart sein.

Ich ließ Meine Schwarze neben dem Grauen trotten, aber bevor ich etwas sagen konnte, sprach Pflichtgetreu mich an: »Ich habe das vollkommen falsch angefangen. Ich fühle mich belagert und bin frustriert. Diese vergangenen zwei Tage waren furchtbar … einfach schrecklich. Ich musste eine vollendete Höflichkeit an den Tag legen, auch wenn ich schreien wollte, und lächelnd blumige Komplimente entgegennehmen, wenn ich viel lieber geflohen wäre. Jeder erwartet von mir, dass ich glücklich und aufgeregt bin. Ich habe genug zotige Geschichten über Hochzeitsnächte gehört, um darüber ein Buch zu schreiben. Niemanden kümmert mein Verlust. Niemand bemerkt überhaupt, dass meine Katze verschwunden ist. Ich habe keinen, mit dem ich darüber reden kann.« Plötzlich schluckte er. Unvermittelt zügelte er sein Pferd und drehte sich im Sattel zu mir um. Er atmete tief durch. »Es tut mir leid. Ich entschuldige mich, Tom Dachsenbless.«

Die Offenheit seiner Worte und die Ehrlichkeit seiner ausgestreckten Hand erinnerten so sehr an Veritas, um ruhigen Gewissens sagen zu können, dass sein Geist der Vater dieses Jungen war. Ich fühlte mich gedemütigt. Ernst ergriff ich die mir angebotene Hand und zog Pflichtgetreu nahe genug zu mir heran, um ihm die Hand auf die Schulter legen zu können. »Es ist zu spät für Entschuldigungen«, sagte ich. »Ich habe dir bereits vergeben.« Dann ließ ich ihn wieder los. »Und ich habe mich genauso gehetzt gefühlt, und deshalb war ich ebenso reizbar. So viele Aufgaben sind mir in letzter Zeit zugefallen, dass ich kaum Gelegenheit hatte, meinen eigenen Jungen zu sehen. Es tut mir leid, dass ich dich nicht eher aufgesucht habe. Ich weiß nicht, wie wir unsere Treffen arrangieren sollen, ohne anderen zu verraten, dass ich dich unterrichte, aber du hast recht: Wir müssen es angehen, und es weiter hinauszuschieben wäre nicht sinnvoll.«

Die Miene des Prinzen verhärtete sich bei meinen Worten. Ich fühlte eine plötzliche Distanz, konnte aber den Grund dafür nicht erkennen, bis er leise fragte: »Dein ›eigener Junge‹?«

Sein Tonfall verwunderte mich. »Mein Ziehsohn, Harm. Er geht bei einem Schreiner in Burgstadt in die Lehre.«

»Oh.« Das einzelne Wort schien sich in Schweigen aufzulösen. »Ich habe nicht gewusst, dass du einen Sohn hast.«

Die Eifersucht war höflich verborgen, aber ich konnte sie deutlich fühlen. Ich wusste nicht, wie ich darauf reagieren sollte. Also sagte ich ihm die Wahrheit. »Er war ungefähr acht Jahre alt, als ich ihn zu mir nahm. Seine Schwester hatte ihn verstoßen, und es gab keine anderen Verwandten, die ihn hätten aufnehmen können. Er ist ein guter Junge.«

»Aber er ist nicht wirklich dein Sohn«, erklärte der Prinz.

Ich atmete tief ein und erwiderte mit fester Stimme: »In jeder Hinsicht, die zählt, ist er mein Sohn.«

Fürst Leuenfarb saß auf seinem Pferd ein kleines Stück abseits. Ich wagte nicht, zu ihm um Rat zu blicken. Nach einer Zeit des Schweigens drückte der Prinz die Knie an, und der Wallach setzte sich im Schritt in Bewegung. Ich ließ Meine Schwarze neben ihm gehen. Mir war bewusst, dass der Narr hinter uns ein wenig trödelte. Das Schweigen zog sich langsam wie ein Vorhang zwischen uns, und gerade als ich glaubte, es brechen zu müssen, platzte Pflichtgetreu heraus: »Wozu brauchst du dann noch mich, wenn du schon einen eigenen Sohn hast?«

Der Hunger in seiner Stimme entsetzte mich. Ich glaube, er erschrak sogar selbst, denn plötzlich trieb er sein Pferd zum Trab an und ritt wieder ein Stück voraus. Ich versuchte nicht, ihn einzuholen, bis der Narr neben mir flüsterte: »Reite ihm hinterher. Lass nicht zu, dass er sich von dir abschottet. Du solltest inzwischen wissen, wie leicht es ist, einen Menschen zu verlieren, indem man ihn einfach weggehen lässt.« Wie auch immer, ich glaube, es war mehr mein eigenes Herz, das mich Meine Schwarze antreiben und den Jungen einholen ließ. Der Prinz wirkte in diesem Augenblick wie ein Junge auf mich, ein Kind, das Kinn hocherhoben, den Blick stur geradeaus gerichtet. Er sah mich nicht an, als ich neben ihn ritt, aber ich wusste, dass er mir zuhörte.

»Wozu ich dich brauche? Wozu brauchst du mich? Freundschaft gründet sich nicht immer auf Nutzen, Pflichtgetreu. Aber ich will dir offen sagen, dass ich dich in meinem Leben brauche – allein schon wegen dem, was dein Vater für mich war, und weil du der Sohn deiner Mutter bist. Aber größtenteils brauche ich dich, weil du *du* bist, und wir haben viel zu viel gemeinsam, um dich einfach ziehen zu lassen. Ich will nicht, dass du in Unwissenheit deiner Magie aufwächst, wie es bei mir der Fall gewesen ist. Wenn ich dir diese Qual ersparen kann, werde ich vielleicht auch einen Teil meiner selbst gerettet haben.«

Plötzlich gingen mir die Worte aus. Vielleicht war ich genauso wie Prinz Pflichtgetreu von meinen eigenen Gedanken überrascht. Die Wahrheit kann aus einem Mann sprudeln wie Blut aus einer Wunde, und sie kann genauso beunruhigend sein, wenn man sie sich ansieht.

»Erzähl mir von meinem Vater.«

Vielleicht war für ihn diese Frage die logische Folge dessen, was ich gesagt hatte. Mich überraschte sie. Ich ging hier einen schmalen Grat entlang. Ich hatte das Gefühl, es ihm zu schulden, ihm so viel wie möglich über Veritas zu erzählen. Doch wie sollte ich ihm Geschichten von seinem Vater erzählen, ohne meine eigene Identität zu enthüllen? Ich hatte mir geschworen, dass er nie von meiner wahren Abstammung erfahren würde. Jetzt war nicht die Zeit, ihm zu enthüllen, dass ich in Wahrheit Fitz-Chivalric Weitseher war, der Gabenbastard, sein leiblicher Vater. Ihm zu erklären, dass Veritas' Geist kraft der Gabenmagie meinen Leib in jenen Stunden beherrscht hatte, war viel zu kompliziert für den Jungen. Ich konnte es ja selbst kaum akzeptieren.

So wie Chade es früher mit mir gemacht hatte, lenkte ich ihn in eine bestimmte Richtung. »Was willst du über ihn wissen?«

»Irgendetwas. Alles.« Er räusperte sich. »Niemand hat mir je viel von ihm berichtet. Chade erzählt manchmal Geschichten darüber, wie er als Kind gewesen ist. Ich habe über seine Regierungszeit gelesen, doch die Schilderungen werden jedes Mal vage, sobald der Punkt erreicht ist, an dem er mit seiner Queste beginnt. Ich habe Barden über ihn singen hören, aber in diesen Liedern ist er eine Legende, und die Leute scheinen sich nicht einig darüber zu sein, wie genau er die Sechs Provinzen gerettet hat. Wenn ich danach frage, oder danach, wie es gewesen ist, ihn zu kennen, schweigen die Leute. Es ist, als wüssten sie es nicht oder als stünde ein schändliches Geheimnis dahinter, das jeder kennt außer mir.«

»Es gibt kein schändliches Geheimnis in Bezug auf deinen Vater. Er war ein guter und ehrenhafter Mann. Ich kann nicht glauben, dass du so wenig über ihn weißt. Hat dir noch nicht einmal deine Mutter von ihm erzählt?«, fragte ich ungläubig.

Er atmete tief ein und zügelte sein Pferd zum Schritt. Meine Schwarze kaute auf ihrem Geschirr, blieb aber neben dem Wallach. »Meine Mutter spricht von ihrem König. Manchmal auch von ihrem Gemahl. Wenn sie über ihn spricht, weiß ich, dass sie noch immer um ihn trauert. Deshalb will ich sie nicht mit Fragen bedrängen; aber ich will auch mehr über meinen Vater wissen. Wer er als Mensch war, als Mann unter Männern.«

»Aha.« Wieder fiel mir auf, wie viel wir gemeinsam hatten. Ich hatte nach den gleichen Wahrheiten über meinen Vater gehungert. Alles, was ich je von ihm gehört hatte, war, wie man ihn nannte: Chivalric der Abdanker, der König-zur-Rechten, der schon gefallen war, bevor er den Thron wirklich hatte besteigen können. Er war ein brillanter Taktiker und geschickter Verhandlungsführer gewesen. Er hatte alles aufgegeben, um den Skandal meiner Existenz zu verbergen. Nicht nur, dass der edle Prinz einen Bastard gezeugt hatte, er hatte ihn mit einer Frau aus dem Bergvolk bekommen. Das machte seine kinderlose Ehe in einem Königreich ohne Erben nur umso tragischer. Das war alles, was ich über meinen Vater wusste. Ich wusste weder, was er gerne gegessen hatte, noch ob er leicht zum Lachen zu bringen gewesen war. Ich kannte keines der Dinge, die ein Sohn weiß, wenn er an der Seite seines Vaters erwachsen wird.

»Tom?« Pflichtgetreu stupste mich an.

»Ich war in Gedanken versunken«, erklärte ich ehrlich. Ich versuchte mir vorzustellen, wie es gewesen wäre, meinen eigenen Vater zu kennen, doch während ich darüber nachdachte, ließ ich meinen Blick über die Hügel schweifen. Wir folgten einem Wildpfad über eine buschbewachsene Wiese. Ich musterte die Bäume, welche den Anfang der Gebirgsausläufer markierten, entdeckte aber keine Spur von Menschen dort. »Veritas. Nun. Er war ein groß gewachsener Mann, fast so groß wie ich, mit der Brust eines Bullen und breiten Schultern. In vollem Harnisch sah er nicht nur wie ein Prinz, sondern auch wie ein Soldat aus, und ich glaube, manchmal hätte er auch ein aktiveres Leben vorgezogen. Nicht weil er den Krieg geliebt hätte, sondern weil er ein Mann war, der es vorzog, im Freien zu sein und dort zu arbeiten. Er liebte die

Jagd. Er besaß einen Wolfshund mit Namen Leon, der ihm von einem Zimmer ins andere folgte, und ...«

»Dann verfügte er also auch über die Alte Macht?«, unterbrach mich der Prinz erregt.

»Nein!« Die Frage entsetzte mich. »Er hat diesen Hund einfach nur gemocht. Und ...«

»Warum habe ich dann die Alte Macht? Es heißt, sie sei erblich.«

Halbherzig zuckte ich mit den Schultern. Ich hatte den Eindruck, als springe der Junge von einem Thema zum anderen, wie ein Floh von Hund zu Hund. Ich versuchte, seinem Gedankengang zu folgen. »Ich nehme an, die Alte Macht ist wie die Magie der Weitseher. Sie sollte auf sie beschränkt sein, aber manchmal wird in einer Fischerhütte ein Kind mit diesem Talent geboren. Niemand weiß, warum ein Kind mit oder ohne Magie geboren wird.«

»Gentil Bresinga sagt, die Alte Macht sei Teil des Weitseher-Blutes. Er sagt, der Gescheckte Prinz hätte die Alte Macht zu ebensolchen Teilen von seiner königlichen Mutter wie von seinem einfachen Vater geerbt. Er sagt, manchmal sei sie bei zwei Familien nur schwach ausgeprägt, doch wenn diese sich kreuzten, träte die Magie zutage. Wie ein Kätzchen mit krummem Schwanz, während der Rest des Wurfes normal ist.«

»Wann hat Gentil dir das gesagt?«, verlangte ich in scharfem Ton zu wissen.

Der Prinz blickte mich verwundert an, antwortete aber: »Heute früh, als er aus Burg Tosen eingetroffen ist.«

»In aller Öffentlichkeit?« Ich war entsetzt. Fürst Leuenfarb hatte sein Pferd näher an uns herangeführt.

»Nein, natürlich nicht! Es war, bevor ich gefrühstückt habe. Er ist persönlich an die Tür meines Schlafzimmers gekommen und hat dringend um eine Audienz ersucht.«

»Und du hast ihn einfach hereingelassen?«

Pflichtgetreu starrte mich einen Augenblick lang schweigend an, dann sagte er steif: »Er war immer mein Freund. Er hat mir meine Katze gegeben, Tom. Du weißt, was sie mir bedeutet hat.«

»Ich weiß, was die Absicht dieses Geschenkes war, und das weißt du auch! Gentil Bresinga könnte ein gefährlicher Verräter sein, mein Prinz, einer, der mit den Gescheckten gemeinsame Sache macht, um dir den Thron zu entreißen. Du musst lernen, vorsichtig zu sein!«

Der Prinz war ob meines Tadels rot an den Ohren geworden. Dennoch behielt er einen ruhigen Tonfall bei. »Er sagt, das sei er nicht und dass sie sich nicht gegen mich verschworen hätten. Glaubst du, er wäre zu mir gekommen, um mir das zu erklären, wenn es anders herum wäre? Er und seine Mutter, sie wussten das nicht mit der … mit der Katze. Ihnen war noch nicht einmal bewusst, dass ich über die Alte Macht verfüge, als sie sie mir gegeben haben. Oh, meine kleine Katze …« Bei den letzten Worten versagte ihm plötzlich die Stimme, und ich wusste, dass nun all seine Gedanken auf den Verlust seines Geschwistertieres gerichtet waren.

Die kalte Trauer seines Verlustes beherrschte seine Worte, und das weckte meinen eigenen Schmerz wieder, den ich wegen Nachtauges Tod empfand. Ich hatte das Gefühl, in einer offenen Wunde herumzustochern, als ich fragte: »Warum haben sie es dann getan? Die Bitte muss ihnen doch seltsam erschienen sein. Irgendjemand kommt zu ihnen, gibt ihnen eine Jagdkatze und sagt: ›Hier, gebt die dem Prinzen.‹ Und sie haben nie gesagt, von wem sie sie bekommen haben.«

Pflichtgetreu atmete tief ein, hielt inne und erklärte dann: »Gentil hat im Vertrauen mit mir gesprochen. Ich weiß nicht, ob ich dieses Vertrauen brechen soll.«

»Hast du ihm versprochen, es niemandem zu sagen?«, verlangte ich zu wissen und fürchtete mich vor der Antwort. Ich musste wissen, was Gentil ihm gesagt hatte, aber ich würde nicht von ihm verlangen, ein Versprechen zu brechen.

Ein ungläubiger Ausdruck huschte über Pflichtgetreus Gesicht. »Tom Dachsenbless. Ein Edelmann bittet seinen Prinzen nicht, ihm zu ›versprechen‹, nichts zu sagen. Das wäre unserer jeweiligen Stellung nicht angemessen.«

»Und diese Konversation ist wohl auch nicht ›angemessen‹.« Der trockene Kommentar des Narren ließ den Prinzen lachen und löste so mit Leichtigkeit die Spannung auf, die ich zwischen uns wachsen gefühlt hatte.

»Ich verstehe, worauf du hinauswillst«, sagte der Prinz, und von da an nahmen wir alle drei an dem Gespräch teil und ritten nebeneinander her. Eine kurze Zeit lang waren der Wind und das Klappern der Hufe die einzigen Geräusche um uns herum. Dann holte Pflichtgetreu tief Luft. »Er hat mich nicht gebeten, ihm irgendwas zu versprechen. Aber ... Gentil hat sich vor mir gedemütigt. Er hat sich vor mich gekniet und mir seine Entschuldigung angeboten. Und ich glaube, ein Mann, der so etwas tut, hat das Recht, vor Gerüchten geschützt zu werden.«

»Durch mich würde kein Gerücht daraus werden, mein Prinz, und auch nicht durch den Narren. Das verspreche ich. Bitte sag mir, was zwischen euch gesprochen wurde.«

»Der Narr?« Pflichtgetreu grinste Fürst Leuenfarb fröhlich an.

Fürst Leuenfarb schnaubte verächtlich. »Ein alter Scherz zwischen alten Freunde. Ein Scherz, der viel zu alt ist, um noch wirklich witzig zu sein, Tom Dachsenbless«, fügte er warnend hinzu. Ich duckte mich wegen dieses Tadels, grinste aber ebenfalls breit und hoffte, dass der Prinz diese rasche Erklärung akzeptieren würde. Innerlich jedoch verkrampfte sich mein Herz angesichts meiner Sorglosigkeit. Sehnte sich irgendein Teil von mir danach, dem Prinzen meine wahre Identität zu enthüllen? Ich spürte ein altes vertrautes Zerren in meinen Eingeweiden. Schuld. Hatte ich mir selbst nicht irgendwann versprochen, niemals wieder Geheimnisse vor jenen zu haben, die mir vertrauten? Aber was blieb mir für eine Wahl? Ich schützte mein eigenes Geheimnis, während Fürst Leuenfarb versuchte, dem Prinzen das seine zu entlocken.

»Aber wenn Ihr es uns erzählt, verspreche ich, dass meine Zunge es nicht weitersagen wird. Wie Tom, so zweifle auch ich an Gentil Bresingas Treue Euch gegenüber, sowohl als Freund als auch als Untertan. Ich fürchte, Ihr schwebt in Gefahr, mein Prinz.«

»Gentil ist mein Freund«, verkündete der Prinz in einem Tonfall, der keine weitere Diskussion zuließ. Sein jungenhaftes Vertrauen in sein Urteil machte es mir schwer. »Das weiß ich in meinem Herzen. Nichtsdestoweniger«, und hier huschte ein seltsamer Ausdruck über Pflichtgetreus Gesicht, »hat er mich gewarnt, Euch gegenüber Vorsicht walten zu lassen, Fürst Leuenfarb. Er scheint Euch mit … mit großer Verachtung zu begegnen.«

»Das beruht auf einem kleinen Missverständnis zwischen uns, als ich in seinem Haus zu Gast war«, erklärte Fürst Leuenfarb gelassen. »Ich bin sicher, das wird sich bald klären.«

Ich selbst zweifelte daran, aber der Prinz schien es zu akzeptieren. Er dachte eine Zeit lang nach, wendete sein Pferd nach Westen und ritt am Waldrand entlang. Ich lenkte Meine Schwarze zwischen Pflichtgetreu und potenzielle Angreifer, die sich hinter den Bäumen verstecken könnten, und versuchte, ein Auge auf unsere Umgebung und eines auf den Prinzen zu haben. Als ich in einem Baumwipfel eine Krähe entdeckte, fragte ich mich, ob das wohl ein Spion der Gescheckten war. Falls ja, konnte ich ohnehin nur wenig dagegen tun, sagte ich mir selbst. Keiner der anderen schien den Vogel zu bemerken. Dann flatterte das Tier mit einem Krächzen auf und flog davon.

Pflichtgetreus Worte kamen widerwillig. »Die Bresingas sind bedroht worden. Von den Gescheckten. Gentil wollte nicht sagen wie, nur dass es eine versteckte Botschaft war. Die Katze wurde mit einem Schreiben bei seiner Mutter abgegeben, in dem sie angewiesen wurde, mir die Katze zu schenken. Falls nicht … nun, man bedrohte sie mit etwas, das mir Gentil nicht genau erklären wollte.«

»Ich kann es mir denken«, sagte ich offen. Die Krähe war außer Sichtweite verschwunden. Sicherer fühlte ich mich deswegen aber nicht. »Falls sie dir nicht die Katze gegeben hätten, hätte man sie als solche mit der Alten Macht denunziert – vermutlich Gentil.«

»Das halte ich auch für wahrscheinlich«, stimmte mir Pflichtgetreu zu.

»Das entschuldigt es aber nicht. Sie hatten eine Pflicht ihrem Prinzen gegenüber.« Ich beschloss, nach einer Möglichkeit zu suchen, die Bresingas in ihren Gemächern auszuspionieren. Ein heimlicher Besuch bei ihnen und eine Durchsicht ihrer Besitztümer wären ebenfalls eine gute Idee. Ich fragte mich, ob Gentil seine Katze mitgebracht hatte.

Pflichtgetreu blickte mir in die Augen, und er schien mit Veritas' Offenheit zu sprechen, als er mich fragte: »Könntest du deine Pflichten gegenüber deinem Monarchen über den Schutz deiner eigenen Familie stellen? Das ist zumindest, was ich mich gefragt habe. Wenn meine Mutter bedroht werden würde, zu was würde ich mich dann zwingen lassen? Würde ich die Sechs Provinzen verraten, um ihr Leben zu schützen?«

Fürst Leuenfarb warf mir den Blick des Narren zu, einen Blick, der sagte, dass er mit diesem Jungen sehr zufrieden war. Ich nickte ihm zu, fühlte mich aber abgelenkt. Pflichtgetreus Worte beunruhigten mich. Plötzlich hatte ich das Gefühl, als müsse ich mich an irgendetwas Wichtiges erinnern, konnte den Gedanken aber nicht weiter verfolgen. Auch wusste ich keine Antwort auf Pflichtgetreus Frage, und so zog sich das Schweigen in die Länge. Schließlich sagte ich: »Sei vorsichtig, mein Prinz. Ich warne dich davor, Gentil Bresinga ins Vertrauen zu ziehen oder ihn gar zu deinem Freund zu machen.«

»Da gibt es nur wenig zu befürchten, Tom Dachsenbless. Ich habe im Augenblick ohnehin keine Zeit für Freunde – bei all diesen Pflichten. Es war ja schon schwer genug, dem Hof diese Stunde abzuringen und durchzusetzen, dass ich nur mit euch zweien allein ausreite. Man hat mich davor gewarnt, wie seltsam das den Herzögen erscheinen müsse, deren Unterstützung ich mir sichern soll. Aber ich brauchte die Zeit mit dir. Ich muss dich etwas Wichtiges fragen.« Er hielt kurz inne. »Wirst du heute Abend zu meiner Verlobungszeremonie erscheinen? Wenn ich das ganze Prozedere schon ertragen muss, hätte ich gerne einen guten Freund an meiner Seite.«

Sofort kannte ich die Antwort, aber ich ließ es so aussehen, als würde ich darüber nachdenken. »Ich kann nicht, mein Prinz. Für jemanden meines Standes wäre so etwas nicht angemessen. Das würde noch seltsamer aussehen als dieser Ausritt.«

»Könntest du nicht als Fürst Leuenfarbs Leibwächter kommen?«

Hier antwortete Fürst Leuenfarb für mich. »Das würde wiederum so aussehen, als würde ich meinem Prinzen nicht vertrauen, mich in seiner eigenen Burg beschützen zu können.«

Der Prinz zügelte sein Pferd, und sein Gesicht nahm einen sturen Ausdruck an. »Ich will, dass du da bist. Finde eine Möglichkeit.«

Dieser direkte Befehl ließ mich mit den Zähnen knirschen. »Ich werde darüber nachdenken«, erwiderte ich steif. Ich vertraute noch immer nicht auf meine Anonymität in Bocksburg. Bevor ich mich Leuten gegenüber zeigte, die mich aus der Vergangenheit kannten, wollte ich Tom Dachsenbless noch ein wenig mehr etablieren. Und bei der Zeremonie heute Abend würden viele von ihnen anwesend sein. »Aber ich möchte meinen Prinzen darauf hinweisen, dass, selbst wenn ich erscheinen sollte, ein Gespräch unmöglich sein wird. Du solltest keinerlei Interesse an mir zeigen, das man als unpassend deuten könnte.«

»Ich bin kein Narr!«, erwiderte er. Meine Quasiablehnung ärgerte ihn sichtlich. »Ich will dich einfach nur dahaben. Ich will wenigstens einen Freund unter den Zuschauern meines Opfergangs wissen.«

»Ich glaube, du siehst das Ganze zu dramatisch«, sagte ich ruhig. Ich versuchte, es nicht wie eine Beleidigung klingen zu lassen. »Vergiss nicht, dass auch deine Mutter dort sein wird. Und Chade. Und Fürst Leuenfarb. Und noch viele andere, denen deine Interessen am Herzen liegen.«

Er errötete ein wenig, als er zu Fürst Leuenfarb blickte. »Ich will Euren Wert als Freund nicht unter den Scheffel stellen, Fürst Leuenfarb. Verzeiht, ich habe nicht über meine Worte nachgedacht. Was meine Mutter und Chade betrifft, so müssen sie genau wie ich erst der Pflicht und dann der Liebe folgen. Sie wollen das Beste für mich, das ist wahr, aber das bezieht sich größtenteils auf meine Herrschaft. Sie betrachten das Wohl der Sechs Provinzen als Bestandteil meines eigenen Wohls.« Plötzlich wirkte er müde. »Wenn ich ihnen widerspreche, sagen sie mir immer wieder, dass ich erst einmal eine Zeit lang König sein solle, dann würde ich schon verstehen, dass alles zu meinem Besten war, dass die Herrschaft über ein wohlhabendes Land, das in Frieden lebt, mir im Laufe der Jahre weit größere Befriedigung bringen wird, als mir selbst eine Braut auszusuchen.«

Eine Zeit lang ritten wir schweigend nebeneinander her. Als Fürst Leuenfarb das Schweigen durchbrach, klang er zurückhaltend. »Mein Prinz, ich fürchte, die Sonne wird bald untergehen. Es ist an der Zeit, nach Bocksburg zurückzukehren.«

»Ich weiß«, erwiderte Pflichtgetreu traurig. »Ich weiß.«

Mir war bewusst, dass es die falschen Worte waren, um sie ihm in diesem Augenblick zu sagen, aber die Bräuche der Gesellschaft hatten großen Einfluss auf uns alle. Ich versuchte, ihn angesichts der Aufgabe, der er sich stellen musste, zu beruhigen. »Elliania ist als Braut eine gar nicht so schlechte Wahl. Sie ist jung, liebreizend und verspricht eine wahre Schönheit zu werden, wenn sie älter ist. Chade nennt sie eine knospende Königin; er scheint recht zufrieden mit dem Angebot der Fernholmer zu sein.«

»Oh, das ist sie«, pflichtete mir Pflichtgetreu bei, als er seinen Grauen wendete. Meine Schwarze schnaubte und schien ihm zuerst nicht folgen zu wollen. Die Hügel und die Aussicht auf einen längeren Galopp verführten sie jedoch. »Elliania wird eine Königin, bevor sie Kind oder Frau sein konnte. Sie hat nicht ein unpassendes Wort zu mir gesagt, aber auch kein Wort, das mir verraten hätte, was hinter diesen schimmernden schwarzen Augen vor sich geht. In aller Förmlichkeit hat sie mir ihr Geschenk überreicht: eine Silberkette mit den gelben Diamanten ihrer Heimat. Ich muss sie heute Abend tragen. Ihr wiederum habe ich eine kleine Silberkrone mit einhundert Saphiren geschenkt, die meine Mutter und Chade ausgesucht haben. Die Steine sind klein, doch meine Mutter zog das schöne Muster größeren Steinen vor. Die Narcheska machte einen Knicks, als sie die Krone entgegennahm, und erklärte mir in angemessenen Worten, wie liebreizend mein Geschenk sei. Doch ich konnte nicht umhin zu bemerken, wie allgemein gehalten ihr Dank war. Sie sprach von ›einem großzügigen Geschenk‹, verlor aber kein Wort über das Muster oder darüber, ob sie Saphire mag oder nicht. Es war, als hätte sie ihre Rede auswendig gelernt, eine Rede, die zu jedem Geschenk gepasst hätte, und sie dann fehlerfrei vorgetragen.«

Ich war fast sicher, dass es sich genauso verhielt. Dennoch

empfand ich es nicht als richtig, ihr daraus einen Vorwurf zu machen. Immerhin war sie erst elf Jahre alt und hatte bei dieser ganzen Sache genauso wenig Mitspracherecht gehabt wie unser Prinz. Das sagte ich dem Prinzen auch.

»Ich weiß, ich weiß«, räumte er müde ein. »Trotzdem habe ich versucht, ihr in die Augen zu sehen und sie wissen zu lassen, wer ich bin. Als sie zum ersten Mal neben mir stand, Tom, ist mein Herz wirklich zu ihr gewandert. Sie wirkte so jung und klein und so fremd an unserem Hof. Ich empfand für sie, was ich für jedes Kind empfinden würde, das man aus seinem Zuhause reißt und zwingt, einem Zweck zu dienen, der nicht zu seinem Vorteil ist. Ich hatte ein Geschenk gewählt, das von mir kam und nicht von den Sechs Provinzen. Es lag in ihrem Zimmer, wartete dort auf sie bei ihrer Ankunft. Sie hat es mit keinem Wort erwähnt.«

»Was war es?«, fragte ich.

»Etwas, das mir mit elf Jahren auch gefallen hätte«, antwortete der junge Mann. »Mehrere von Stumpf geschnitzte Puppen. Sie waren gekleidet, als wollten sie die Geschichte des Mädchens und der Schneestute erzählen. Man hat mir gesagt, diese Geschichte sei auf den Äußeren Inseln genauso bekannt wie in den Sechs Provinzen.«

Fürst Leuenfarbs Stimme klang neutral, als er bemerkte: »Stumpf ist ein geschickter Holzschnitzer. Ist das die Geschichte, wo das Mädchen von seiner magischen Stute weit weg von dem grausamen Stiefvater getragen wird, in ein reiches Land, wo sie dann einen schönen Prinzen heiratet?«

»Unter den Umständen war das vielleicht nicht die beste Geschichte«, murmelte ich.

Der Prinz wirkte überrascht. »In dem Licht habe ich das noch nicht betrachtet. Glaubst du, dass ich sie beleidigt habe? Sollte ich mich entschuldigen?«

»Je weniger gesagt wird, desto besser«, schlug Fürst Leuenfarb vor. »Vielleicht könnt Ihr mit der Narcheska darüber reden, sobald ihr euch ein wenig besser kennengelernt habt.«

»Das dürfte wohl frühestens in zehn Jahren sein«, erwiderte der Prinz in lockerem Ton, aber über unsere Gabenverbindung fühlte ich, wie aufgeregt er war. Zum ersten Mal verstand ich, dass seine Unzufriedenheit auch darauf gegründet war, dass er das Gefühl hatte, bei der Narcheska alles falsch zu machen. Seine nächsten Worte schienen dieses Wissen zu bestätigen. »Sie vermittelt mir das Gefühl, ein unbeholfener Barbar zu sein. Dabei ist sie diejenige aus einem Holzfällerdorf nahe der Eisgrenze, aber sie lässt mich glauben, *ich* wäre unkultiviert und ungeschickt. Wenn sie mich anschaut, sind ihre Augen wie Spiegel. Ich sehe in ihnen nichts von ihr, sondern nur, wie dumm und tollpatschig ich auf sie wirke. Ich bin gut erzogen, ich bin von gutem Blut, und doch fühle ich mich in ihrer Gegenwart wie ein schmutziger Bauer, der sie mit seiner Berührung besudelt. Ich verstehe das nicht!«

»Ihr werdet noch viele Differenzen überwinden müssen, wenn ihr euch näher kennenlernen wollt. Ein guter Anfang wäre zu begreifen, dass ihr beide aus verschiedenen, aber deshalb nicht weniger wertvollen Kulturen stammt«, sagte Fürst Leuenfarb. »Vor mehreren Jahren habe ich Geschäfte bei den Fernholmern getätigt und sie dabei studiert. Sie sind eine matriarchalische Gesellschaft, wisst Ihr? Ihre Clanmütter sind an ihren Tätowierungen zu erkennen. Soweit ich es verstanden habe, hat die Narcheska Euch bereits eine große Ehre erwiesen, indem sie zu Euch gekommen ist, anstatt von ihrem Freier zu verlangen, dass er sie in ihrem Mütterhaus aufsucht. Es muss seltsam für sie sein, diesen Hof hier ohne führende Hand ihrer Mütter, Schwestern und Tanten zu erleben.«

Pflichtgetreu nickte nachdenklich zu Fürst Leuenfarbs Worten, doch das wenige, was ich von der Narcheska gesehen hatte, schien mir zu bestätigen, dass der Prinz ihre Gefühle ihm gegenüber korrekt einschätzte. Diesen Gedanken sprach ich allerdings nicht aus. »Sie hat offensichtlich die Sitten und Gebräuche der Sechs Provinzen studiert. Hast du einmal darüber nachgedacht, mehr über ihr Land und ihre Familie zu lernen?«

Pflichtgetreu blickte mich von der Seite her an, ein Student, der seine Lektion überflogen hatte, aber auch wusste, dass er sie nicht gut gelernt hatte. »Chade hat mir alle Schriftrollen gegeben, die wir haben, aber er hat mich auch gewarnt, sie seien alt und möglicherweise überholt. Die Äußeren Inseln schreiben ihre Geschichte nicht nieder, sondern vertrauen sie dem Gedächtnis ihrer Barden an. Was bei uns niedergeschrieben ist, stammt von Menschen aus den Sechs Provinzen, die die Fernholmer auf ihren Inseln besucht haben. Diese Berichte verraten eine gewisse Intoleranz der Schreiber gegenüber der ihnen fremden Kultur. Bei den meisten Schriftrollen handelt es sich schlicht um Reiseberichte, in denen verächtlich über das Essen geschrieben wird, zu dem Honig und Gänseschmalz in rauen Mengen gehören, und über die Häuser, die kalt und zugig sind. Die Menschen dort bieten müden Reisenden nicht ihre Gastfreundschaft an, sondern scheinen jeden zu verachten, der dumm genug ist, sich in eine Lage zu bringen, in der er um Essen und ein Dach über dem Kopf bitten muss, anstatt es zu kaufen. Die Schwachen und Dummen verdienen den Tod – das scheint das Glaubensbekenntnis der Äußeren Inseln zu sein. Sie haben sogar einen harten und unversöhnlichen Gott gewählt. El aus dem Meer ziehen sie der großmütigen Eda der Felder vor.« Der Prinz seufzte.

»Habt Ihr einmal einem ihrer Barden zugehört?«, erkundigte sich Fürst Leuenfarb.

»Ich habe zugehört, aber ich habe nichts verstanden. Chade hat mich gedrängt, wenigstens die Grundzüge ihrer Sprache zu lernen, und ich habe es versucht. Von den Wurzeln her ist sie mit unserer verwandt. Ich beherrsche sie gut genug, um mich verständlich zu machen, doch die Narcheska hat mir bereits erklärt, sie würde lieber meine Sprache sprechen, als ihre so verzerrt zu hören.« Einen Moment lang fletschte er die Zähne ob dieser Beleidigung. Dann fuhr er fort: »Die Barden sind schwieriger zu verstehen. Offensichtlich haben sie für ihre Poesie andere Regeln; so können sie Silben dehnen oder zusammenziehen, je nachdem, wie es der Rhythmus verlangt. Die ›Bardenzunge‹ nennen sie das, und dann kommt da noch ihre laute, windige Musik dazu, die es mir schwer macht, auch nur die Grundzüge ihrer Geschichten zu verstehen. Alles scheint sich um das Zerhacken von Feinden und das Sammeln von ihren Überresten als Trophäen zu drehen. Wie Echet Haarbett, der unter einer Decke aus den Haarschöpfen seiner Feinde geschlafen hat. Oder Sechsfinger, der seine Hunde aus Schädeln fütterte.«

»Nette Leute«, bemerkte ich trocken, und Fürst Leuenfarb blickte mich funkelnd an.

»Unsere Lieder müssen seltsam für sie klingen, besonders die romantischen Tragödien über Jungfrauen, die den Freitod wählen, wenn sie den Mann ihres Herzens nicht haben können«, warf Fürst Leuenfarb ein. »Das sind die Barrieren, die Ihr gemeinsam überwinden müsst, mein Prinz. Solche Missverständnisse lassen sich meistens in scheinbar beiläufigen Gesprächen am besten ausmerzen.«

»Ah ja«, räumte der Prinz säuerlich sein. »In zehn Jahren werden wir vielleicht einmal ein beiläufiges Gespräch führen. Im Augenblick sind wir so sehr von Gratulanten und dergleichen umringt, dass wir nur durch eine Menschenmenge hindurch miteinander reden können und unsere Stimmen heben müssen, um uns überhaupt verständlich zu machen. Jedes Wort, das wir austauschen, wird mitgehört und diskutiert. Ganz zu schweigen vom lieben Onkel Peottre, der sie bewacht wie ein Hund seinen Knochen. Gestern Nachmittag, als ich versucht habe, im Garten mit ihr spazieren zu gehen, hatte ich eher das Gefühl, als würde ich eine wilde Horde in den Krieg führen. Über ein Dutzend Leute trampelten schnatternd hinter uns her. Und als ich eine Blume für sie pflückte, sprang ihr Onkel zwischen uns, um sie zu untersuchen, bevor er sie an sie weitergab – als hätte ich ihr etwas Giftiges angeboten.«

Ich grinste wider besseres Wissen und erinnerte mich an die giftigen Kräuter, die Kettricken selbst mir angeboten hatte, als sie glaubte, ich würde eine Bedrohung für ihren Bruder darstellen. »Solch eine Art von Verrat ist nicht unbekannt, mein Prinz; so etwas kommt in den besten Familien vor. Ihr Onkel hat lediglich seine Pflicht erfüllt. Es ist noch nicht so lange her, dass unsere beiden Länder miteinander im Krieg lagen. Gib den alten Wunden Zeit zu heilen. Es wird schon funktionieren.«

»Aber im Augenblick, mein Prinz«, meldete sich Fürst Leuenfarb wieder zu Wort, »fürchte ich, dass wir unseren Pferden die Sporen geben müssen. Habe ich Euch nicht sagen hören, dass Ihr heute Nachmittag eine Verabredung mit Eurer Mutter habt? Ich glaube, wir sollten uns ein wenig beeilen.«

»Ich nehme an, Ihr habt recht«, erwiderte der Prinz. Dann richtete er seinen befehlenden Blick auf mich. »Nun denn, Tom Dachsenbless. Wann werden wir uns das nächste Mal treffen? Ich bin begierig darauf, endlich mit dem Unterricht zu beginnen.«

Ich nickte und wünschte, dass ich seinen Enthusiasmus teilen würde. Ich fühlte mich verpflichtet zu erklären: »Die Gabe ist nicht immer eine freundliche Magie, wenn man damit Umgang hat, mein Prinz. Du könntest diese Lektionen nicht gerade als angenehm empfinden.«

»Das habe ich mir schon gedacht. Meine bisherigen Erfahrungen damit waren sowohl beunruhigend als auch verwirrend.« Sein Blick ging in die Ferne, als er sagte: »Als du mich aufgenommen hast … Ich wusste, dass es etwas mit einem Pfeiler zu tun hatte. Wir gingen … irgendwohin. Zu einem Strand. Aber wenn ich mich jetzt an diesen Gang zu erinnern versuche, ist es, als wolle ich mich an einen Traum aus meiner Kindheit erinnern. Irgendwie passt nichts zusammen, wenn du weißt, was ich sagen will. Ich glaubte, alles zu verstehen, was mir widerfuhr. Dann, als ich versucht habe, mit Chade und meiner Mutter darüber zu sprechen, brach alles in sich zusammen. Ich kam mir wie ein Dummkopf vor.« Er rieb sich die in Falten gelegte Stirn. »Ich kann die Einzelteile einfach nicht zu einer vollständigen Erinnerung zusammenfügen.« Dann blickte er mir in die Augen und sagte: »Damit kann ich nicht leben, Tom Dachsenbless. Ich muss dieses Rätsel lösen. Wenn diese Magie ein Teil von mir ist, dann muss ich sie beherrschen.«

Seine Worte waren feinfühliger als mein Widerwille, mich mit ihnen auseinanderzusetzen. Ich seufzte. »Morgen, bei Sonnenaufgang. In Veritas' Turmzimmer«, bot ich ihm an und erwartete, dass er sich weigerte.

»Gut«, erwiderte er stattdessen, ohne zu zögern. Ein seltsames Lächeln erschien auf seinem Gesicht. »Ich dachte, nur Chade würden den Seeturm ›Veritas' Turm‹ nennen. Interessant. Aber wenn du schon von meinem Vater sprichst, könntest du wenigstens ›König Veritas‹ sagen.«

»Verzeiht mir, mein Prinz«, war die beste Erwiderung, die mir einfiel, und er schnaubte lediglich.

Dann betrachtete er mich mit wahrhaft königlichem Blick und fügte hinzu: »Und du wirst alles versuchen, um heute Abend bei der Zeremonie anwesend zu sein, Tom Dachsenbless.«

Bevor ich etwas darauf erwidern konnte, trat er seinem Grauen in die Flanken. Er ritt nach Bocksburg zurück, als wären ihm Dämonen auf den Fersen; uns blieb keine andere Wahl, als ihm zu folgen. Pflichtgetreu wurde erst wieder langsamer, als wir das Tor erreichten. Dort hielten wir an, bis er formell eingelassen wurde. Pflichtgetreu schwieg, und ich wusste nicht, was ich hätte sagen sollen. Als wir an der großen Tür der Haupthalle eintrafen, hatten sich die Höflinge bereits versammelt, um ihn zu begrüßen. Ein Stallbursche eilte herbei, um den Grauen und Malta am Kopf zu halten. Fürst Leuenfarb dankte dem Prinzen formell für die außergewöhnliche Ehre seiner Gesellschaft, und der Prinz antwortete ihm höflich. Dann beobachteten wir, wie der Prinz von seinen Höflingen davongetragen wurde. Ich stieg aus dem Sattel und wartete auf meinen Herrn.

»Nun. Das war ein netter Ritt«, bemerkte Fürst Leuenfarb und stieg ab. Sein Stiefel hatte gerade den Boden berührt, da schien sein Fuß förmlich unter ihm wegzufliegen, und er stürzte böse. Ich hatte den Narr noch nie so unelegant gesehen. Er setzte sich auf, kniff den Mund zusammen und stöhnte dann laut, als er sich den Knöchel hielt.

»Was für ein Missgeschick!«, schrie er, und dann, herrisch: »Nein, nein, bleibt zurück! Kümmert euch um mein Pferd!« Er winkte den Stallburschen weg. Dann zischte er leise zu mir: »Jetzt steh da nicht so herum, du Idiot! Gib dem Stallburschen dein Pferd und hilf mir auf. Oder wartest du etwa darauf, dass ich in meine Gemächer hüpfe?«

Der Prinz war in seinem schnatternden Gefolge untergegangen. Ich bezweifelte, dass er Fürst Leuenfarbs Sturz bemerkt hatte. Ein paar seiner Diener blickten in unsere Richtung, aber die Augen der meisten waren auf Pflichtgetreu gerichtet. Also hockte ich mich hin, und als ich Fürst Leuenfarb den Arm um die Schulter legte, fragte ich leise: »Wie schlimm ist es?«

»Schlimm genug!«, blaffte er. »Ich werde heute Abend wohl kaum tanzen können, und meine neuen Tanzschuhe sind gerade erst gestern geliefert worden. Oh, das ist vollkommen inakzeptabel! Hilf mir in meine Gemächer, Mann.« Auf sein wütendes Schimpfen hin eilten mehrere niedere Adlige auf uns zu. Sofort veränderte sich Fürst Leuenfarbs Verhalten, als er auf ihre besorgten Fragen antwortete, es werde ihm schon bald wieder besser gehen, und nichts würde ihn davon abhalten, heute Abend an den Verlobungsfeierlichkeiten teilzunehmen. Er stützte sein Gewicht auf mich, aber ein mitfühlender junger Mann nahm seinen Arm, und eine Dame schickte ihre Zofe los, heißes Wasser und Heilkräuter zu holen und diese sofort in Fürst Leuenfarbs Gemächer zu bringen; und einen Heiler sollte sie auch noch benachrichtigen. Nicht weniger als zwei junge Männer und drei liebreizende junge Damen folgten uns durch die Burg.

Als wir schließlich die Treppen hinaufgehüpft und durch die Gänge zu Fürst Leuenfarbs Gemächern geschlurft waren, hatte er mich mindestens ein Dutzend Mal für mein Ungeschick gescholten. Der Heiler und heißes Wasser erwarteten uns bereits vor der Tür. Man nahm mir Fürst Leuenfarb ab, und ich wurde sofort losgeschickt, Branntwein und etwas zu essen zu holen, um die Nerven meines Herrn zu beruhigen. Als ich ging, zuckte ich mitfühlend ob der lauten Schmerzensschreie zusammen, die der Heiler verursachte, als er vorsichtig den Stiefel vom Fuß entfernte. Schließlich kehrte ich mit einem Tablett voll Kuchen und Obst wieder zurück. Der Heiler war inzwischen verschwunden, und Fürst Leuenfarb saß bequem auf seinem Stuhl, den Fuß vor sich auf einem Hocker ausgestreckt, und seine Sympathisanten standen drum herum. Ich stellte das Essen auf den Tisch und brachte ihm den Branntwein. Fürstin Calendula bekundete ihm ihr Mitleid, zumal der Heiler nicht nur herzlos, sondern auch unfähig gewesen war. Was für eine Art Quacksalber war das nur, dass er Fürst Leuenfarb erst solche Schmerzen zufügte und dann auch noch erklärte, er könne keinerlei Hinweise auf eine Verletzung finden? Der junge Fürst Eiche gab eine lange, detaillierte und traurige Geschichte darüber zum Besten, wie der Heiler im Haus seines Vaters diesen unter ähnlichen Umständen fast an einem Magenleiden hatte sterben lassen. Nachdem er seine Geschichte beendet hatte, bat Fürst Leuenfarb seine Gäste um Verständnis dafür, dass er sich nach dieser Katastrophe erst einmal ausruhen müsse. Ich verbarg meine Erleichterung, als ich sie alle mit einer Verbeugung verabschiedete.

Ich wartete, bis die Tür sich hinter ihnen geschlossen hatte und das Geräusch ihrer Stimmen und Schritte verhallt war, dann ging ich zum Narren. Er lehnte sich auf seinem Stuhl zurück, ein nach Rosen duftendes Taschentuch über den Augen.

»Wie schlimm ist es?«, fragte ich mit leiser Stimme.

»So schlimm, wie du es haben willst«, antwortete er, ohne den Stoff von seinem Gesicht zu nehmen.

»Was?«

Nun hob er das Tuch und lächelte mich wohlwollend an. »Welch eine Schau, und alles nur um deinetwillen. Du könntest mir wenigstens deine Dankbarkeit zeigen.«

»Wovon redest du?«

Er stellte den bandagierten Fuß auf den Boden, stand auf und schlenderte gelassen zum Tisch, um sich dort etwas zu essen zu holen. Er humpelte noch nicht einmal. »Jetzt hat Fürst Leuenfarb eine Entschuldigung dafür, Tom Dachsenbless heute Abend mitzunehmen. Ich werde mich beim Gehen auf deinen Arm stützen, und du wirst einen kleinen Hocker und ein Kissen für mich tragen. Dann kannst du mich auch noch bedienen und meine Botschaften durch den Raum tragen. Pflichtgetreu wird dich sehen, und du wirst feststellen, dass diese Position tausendmal besser zum Spionieren ist, als an Wänden und Türen zu lauschen.« Er musterte mich kritisch, als ich den Mund aufklappte. »Zum Glück für uns beide sind die neuen Kleider, die ich für dich bestellt habe, heute Morgen eingetroffen. Komm. Setz dich, und ich werde dir die Haare frisieren. So wie du aussiehst, kannst du unmöglich auf einen Ball gehen.«

Kapitel 4

DIE VERLOBUNG

Der Gebrauch von Rauschmitteln kann dabei helfen, die Eignung eines Aspiranten für die Magie zu testen, aber der Meister muss Vorsicht walten lassen. Während eine kleine Menge des entsprechenden Krautes wie Hebenblatt, Teribanrinde oder Covaria einen Kandidaten für den Test entspannen und rudimentäre Fähigkeiten freisetzen kann, vermag eine zu hohe Dosis den Studenten unfähig zu machen, auch nur die geringste Neigung zu zeigen. Auch wenn einige Gabenmeister von Erfolgen berichten, wenn sie ein Kraut während der eigentlichen Ausbildung ihrer Studenten eingesetzt haben, so stimmen die Vier Meister doch darin überein, dass solche Kräuter zu Krücken verkommen. Die Studenten lernen dann niemals, wie sie ihren Geist ohne die entsprechenden Kräuter in ein bestimmtes Gabenstadium versetzen können. Außerdem gibt es Hinweise darauf, dass von Kräutern abhängige Studenten nie die Fähigkeit entwickeln, die tieferen Gabenstadien zu erreichen und so die ihnen innewohnende Magie freizusetzen.

DIE SCHRIFTROLLE DER VIER MEISTER;
ÜBERSETZUNG: CHADE IRRSTERN

»Ich habe mir nie vorgestellt, irgendwann einmal Streifen zu tragen«, knurrte ich.

»Hör auf, dich zu beschweren«, murmelte der Narr mit Nadeln im Mund. Er zog eine Nadel nach der anderen heraus, um die Tasche festzustecken und sie anschließend rasch mit Nadel und Faden anzunähen. »Ich habe es dir ja gesagt. Es sieht erstaunlich an dir aus, und es passt hervorragend zu meiner Kleidung.«

»Ich will aber nicht erstaunlich aussehen. Ich will unscheinbar wirken.« Ich stieß eine Nadel durch den Saum meiner Hose und ins Fleisch meines Daumens. Dass der Narr sich ob meiner Flüche ein Lachen verkniff, machte mich nur umso wütender.

Er selbst war bereits makellos und extravagant gekleidet. Mit verschränkten Beinen saß er auf seinem Stuhl und half mir, meine Kleidung in aller Eile mit Assassinentaschen auszustatten. Er blickte noch nicht einmal zu mir auf, als er mir versicherte: »Du wirst unscheinbar sein. Die Leute werden sich nur an deine Kleidung erinnern, nicht an dein Gesicht, falls sie dich denn überhaupt bemerken. Den Großteil des Abends wirst du dich ausschließlich um mich kümmern, und deine Kleidung wird dich eindeutig als meinen Diener kennzeichnen. Sie wird dich verbergen, so wie eine Dienerlivree eine liebliche junge Frau in schlicht eine weitere Zofe verwandeln kann. Probier das mal.«

Ich legte die Hose beiseite und zog das Hemd über. Drei winzige, aus Vogelknochen gefertigte Phiolen aus Chades Vorrat passten hervorragend in die neue Tasche. Einmal geschlossen, verbarg die Manschette sie vollkommen. Die andere Manschette enthielt ein hochwirksames Schlafmittel. Falls sich die Gelegenheit dazu bot, würde ich dafür sorgen, dass der junge Herr Bresinga diese Nacht tief und fest schlief, während ich einmal einen Blick in seine Kammer warf. Ich hatte mich vergewissert, dass er seine Jagdkatze nicht mitgebracht hatte, genauer gesagt, dass sie sich nicht in seinen Gemächern, sondern – wenn überhaupt – bei den anderen Tieren befand. Vielleicht streifte sie auch durch die Wälder um Burgstadt herum. Durch die Gerüchteküche des Hofes hatte Fürst Leuenfarb erfahren, dass Fürstin Bresinga sich nicht für die Verlobung in Bocksburg eingefunden hatte. Sie klagte über einen schmerzenden Rücken nach einem bösen Sturz mit dem Pferd bei einer Jagd. Falls das eine Lüge war, fragte ich mich, warum sie daheim in Burg Tosen geblieben war und ihren Sohn als ihren Repräsentanten geschickt hatte. Glaubte sie, ihn so außer Reichweite der Gefahr zu bringen? Oder hatte sie ihn gerade in diese Gefahr hineingeschickt, um sich selbst zu retten?

Ich seufzte. Spekulationen ohne Fakten waren sinnlos. Während ich die Phiolen in meinen Manschettentaschen verstaute, nähte der Narr meinen Hosenbund fertig. Dort war eine stabilere Tasche eingearbeitet, die eine schmale Klinge beherbergen konnte. Niemand würde während des Fests offen Waffen tragen, das wäre eine Unhöflichkeit der Gastfreundschaft der Weitseher gegenüber. Assassinen fühlten sich jedoch nicht an solche Kleinigkeiten gebunden.

Als folgte er meinen Gedanken, fragte der Narr, als er mir die gestreifte Hose reichte: »Macht sich Chade immer noch all diese Mühe? Kleine Taschen, verborgene Waffen und dergleichen?«

»Ich weiß es nicht«, erwiderte ich wahrheitsgemäß. Irgendwie konnte ich mir nicht vorstellen, dass Chade ohne solche Utensilien vor die Tür ging. Intrigen waren so natürlich für ihn wie das Atmen. Ich zog die Hose hoch und atmete tief ein, um sie zuzumachen. Sie saß enger an meinem Leib, als mir lieb war. Ich griff in meinen Rücken, und es gelang mir, das Heft der schmalen Klinge mit einem Fingernagel zu packen. Ich zog sie heraus und inspizierte sie. Sie stammte aus den Lagerräumen in Chades Turm. Die ganze Waffe war nicht länger als mein Finger, das Heft gerade groß genug, um es zwischen Daumen und Zeigefinger zu packen.

Aber sie konnte einem Mann die Kehle durchschneiden oder zwischen zwei Wirbel gleiten und ihm das Rückgrat durchtrennen. Ich ließ sie wieder in ihrem Versteck verschwinden.

»Ist irgendwas zu sehen?«, fragte ich den Narren.

Er musterte mich mit einem Lächeln und versicherte mir lüstern: »Es ist absolut alles zu sehen, aber nichts, worüber du dir Sorgen machen müsstest. Hier. Zieh das Wams an und lass mich einmal das Gesamtbild begutachten.«

Widerwillig nahm ich das Wams von ihm entgegen. »Es gab eine Zeit, da konnte man überall in Bocksburg schlicht Jacke und Hose tragen«, bemerkte ich brummig.

»Du täuschst dich«, erwiderte der Narr. »Du bist mit dieser Art von Kleidung durchgekommen, weil du noch ein Junge warst, und Listenreich wollte keine Aufmerksamkeit auf dich lenken. Ich kann mich daran erinnern, dass Mamsell Hurtig dich ein- oder zweimal in die Finger bekommen und stilvoll gekleidet hat.«

»Ein- oder zweimal«, gestand ich ein und zuckte bei der Erinnerung daran unwillkürlich zusammen. »Aber du weißt, was ich meine, Narr. Als ich aufgewachsen bin, haben sich die Leute von Bocksburg … nun, sie haben sich wie Leute von Bocksburg gekleidet. Damals gab es nicht diesen ›jamaillianischen Stil‹ oder Farrow-Mäntel mit spitzen Kapuzen, die bis zum Boden reichen.«

Er nickte. »Bocksburg war tiefste Provinz, als du aufgewachsen bist. Wir befanden uns im Krieg, und wenn ein Krieg all deine Ressourcen aufbraucht, bleibt nur wenig übrig, das du für Kleidung ausgeben könntest. Listenreich war ein guter König, aber es gefiel ihm, den provinziellen Charakter der Sechs Provinzen zu bewahren. Königin Kettricken hat wiederum alles Mögliche getan, um die Provinzen für den Handel zu öffnen, nicht nur mit ihrem eigenen Bergreich, sondern auch mit den Jamaillianern und Bingstadt und sogar mit Völkern, die noch viel weiter entfernt leben.

Dass dies Bocksburg verändern würde, war klar. Und Veränderungen sind nicht immer etwas Schlechtes.«

»Aber das alte Burgstadt war auch nichts Schlechtes«, erwiderte ich mürrisch.

»Veränderungen beweisen aber, dass du noch lebst. Oft lässt sich an Veränderungen unsere Toleranz anderen Völkern gegenüber messen. Können wir ihre Sprachen akzeptieren, ihre Sitten, ihre Kleidung, ihr Essen? Falls ja, dann schaffen wir Bindungen, die Kriege unwahrscheinlicher werden lassen. Falls nein, falls wir glauben, die Dinge müssten um jeden Preis so bleiben, wie sie sind, müssen wir darum kämpfen oder sterben.«

»Welch aufmunternder Gedanke.«

»Es ist wahr«, betonte der Narr. »Bingstadt hat gerade solch einen Aufruhr hinter sich gebracht. Jetzt liegen sie im Krieg mit Chalced, hauptsächlich, weil Chalced die Notwendigkeit für Veränderungen leugnet. Und dieser Krieg könnte auch auf die Sechs Provinzen übergreifen.«

»Das bezweifle ich. Ich weiß nämlich nicht, was das mit uns zu tun haben könnte. Oh, unsere südlichen Provinzen werden sich ins Gefecht stürzen, aber nur weil sie immer schon mit Chalced im Streit gelegen haben. Das ist eine Gelegenheit, ihnen ein paar Gebiete abzunehmen und unseren Ländereien hinzuzufügen. Aber, dass alle Sechs Provinzen sich daran beteiligen … das bezweifle ich.« Ich schlüpfte in das jamaillianische Wams und knöpfte es zu – es besaß weit mehr Knöpfe, als ich benötigte. Mit rockartigen Anhängseln, die mir bis zu den Knien reichten, schloss es sich eng um meine Hüfte. »Ich hasse jamaillianische Kleidung. Wie soll ich an mein Messer kommen, wenn ich es brauche?«

»Ich kenne dich. Wenn es darauf ankommt, wirst du schon einen Weg finden, es schnell genug zu ziehen. Ich versichere dir: In Jamaillia wärst du schon drei Jahre lang aus der Mode. Dort würden sie dich für ein Landei aus Bingstadt halten, das versucht, sich wie ein Jamaillianer zu kleiden. Aber es reicht. Das verstärkt den Mythos, dass ich ein jamaillianischer Edelmann bin. Wenn meine Kleidung exotisch genug aussieht, werden die Leute den Rest von mir als normal akzeptieren.« Er stand auf. Am rechten Fuß trug er einen bestickten Tanzschuh, der Rest war bis zum Knöchel mit einem Stützverband umwickelt. Er griff nach einem reich beschnitzten Gehstock. Ich erkannte den Stock als Werk seiner eigenen Hände; für jeden anderen musste er schlicht unfassbar teuer wirken.

An diesem Abend gingen wir ganz in Purpur und Weiß. Wir sahen wie Steckrüben aus, dachte ich bei mir. Fürst Leuenfarbs Gewänder waren weit prachtvoller und auffälliger als meine. Die Manschetten meines gestreiften Hemdes hingen lose an meinen Handgelenken herunter, doch seine ragten sogar noch weit über die Handgelenke hinaus. Sein Hemd war weiß, aber das purpurfarbene jamaillianische Wams, das sich eng um seine Brust schloss, besaß einen reich bestickten Rocksaum, auf dem Tausende winziger schwarzer Perlen glitzerten. Anstatt der Hose eines Dieners trug er eine Gamaschenhose aus feinster Seide. Er hatte sich entschlossen, sein Haar offen und in langen Locken auf die Schultern fallen zu lassen; es sah aus wie aus purem Gold. Ich hatte keine Ahnung, was er mit seinem Haar gemacht hatte, um es derart auffällig zu frisieren. Er hatte sich sein Gesicht wie die jamaillianischen Adligen bemalt: ein schuppenartiges blaues Muster über den Augenbrauen und auf den Wangenknochen. Er ertappte mich dabei, wie ich ihn anstarrte. »Und?«, verlangte er ein wenig nervös zu wissen.

»Du hast recht. Du gibst wirklich einen überzeugenden jamaillianischen Edelmann ab.«

»Dann lass uns hinuntergehen. Hol meinen Hocker und das Kissen. Wir werden meine Verletzung als Entschuldigung für unser frühes Erscheinen in der Großen Halle nehmen und zuschauen, wie die anderen nach und nach eintreffen.«

Ich nahm den Hocker in die rechte Hand und schob das Kissen unter meinen rechten Arm. Meine Linke bot ich Fürst Leuenfarb an, der nun ein überdeutliches Humpeln vortäuschte. Wie immer erwies er sich als begnadeter Schauspieler. Vielleicht lag es an der Gabenverbindung zwischen uns, auf jeden Fall fühlte ich, wie viel Vergnügen ihm das Spektakel bereitete. Es schlug sich jedoch nicht in seinem Verhalten nieder, denn den ganzen Weg nach unten tadelte er mich für meine Ungeschicklichkeit.

Nicht weit von den riesigen Türen der Großen Halle entfernt, blieben wir kurz stehen. Fürst Leuenfarb tat, als müsse er erst einmal zu Atem kommen, während er sich auf meinen Arm stützte, aber der Narr flüsterte mir ins Ohr: »Vergiss nicht, dass du hier ein Diener bist. Demut, Tom Dachsenbless. Egal, was du siehst, schau niemanden herausfordernd an. Das wäre nicht angemessen. Bereit?«

Diese Erinnerung war überflüssig gewesen, aber ich nickte und stopfte das Kissen fester unter den Arm. Wir betraten die Große Halle, und auch hier hatte es Veränderungen gegeben. In meiner Kindheit war die Große Halle der Versammlungsort aller Burgbewohner gewesen. Ich hatte am Kamin gesessen und Fedwren dem Schreiber meine Lektionen rezitiert. An den anderen Kaminen der Halle versammelten sich damals häufig weitere Gruppen: Männer schnitzten Pfeile, Frauen stickten und plapperten, Barden gaben alte Lieder zum Besten oder komponierten neue. Trotz der knisternden Kaminfeuer und der Diener, die ständig neues Brennholz heranschafften, war die Große Halle in meiner Erinnerung stets feucht und kalt gewesen. Das Licht schien nie bis in die Ecken vorzudringen. Im Winter verschwanden die Wandteppiche und Banner im Zwielicht; auch tagsüber hatte hier Nacht geherrscht. Ich erinnerte mich daran, dass der kalte, steinerne Fußboden dick eingestreut gewesen war, was durch die Feuchtigkeit dem Schimmel Vorschub leistete. Wenn die Mahlzeiten auf den langen Tischen angerichtet wurden, krochen die Hunde darunter oder eilten wie hungrige Haie zwischen ihnen hin und her. Es war ein sehr lebhafter und lauter Ort gewesen, in dem die Geschichten der Soldaten widerhallten. König Listenreichs Bocksburg, dachte ich bei mir, war ein rauer, kriegerischer Ort gewesen, eine Burg und Festung und erst in zweiter Linie ein Palast.

War es die Zeit oder Königin Kettricken, die die Burg so sehr verändert hatte?

Es roch sogar anders, weniger nach Schweiß und Hunden, sondern mehr nach brennendem Apfelholz und Essen. Die Dunkelheit, welche die Kaminfeuer und Kerzen nie zu durchbrechen vermocht hatten, hatte nun widerwillig nachgegeben und sich bis über die an Goldketten hängenden Kronleuchter zurückgezogen, die über blau gedeckten, langen Tischen hingen. Die einzigen Hunde, die ich sah, waren kleine Tiere, die kurz dem Schoß einer Dame entkommen waren, um irgendjemandem an den Stiefeln zu schnüffeln. Die Streu unter unseren Füßen war sauber und mit einer Sandschicht unterlegt. In der Mitte des Raums befand sich eine reine Sandfläche, in die man komplizierte Muster geharkt hatte, die die Tänzer aber schon bald wieder zerstören würden. Es saß noch niemand an den Tischen; dennoch hatte man bereits Schüsseln mit frischem Obst und Brotkörbe aufgetragen. Die ersten Gäste standen in kleinen Gruppen zusammen oder saßen auf Stühlen und Polsterbänken an den Kaminen. Das Summen ihrer Gespräche mischte sich mit der Musik eines einzelnen Harfenisten auf einer Empore nahe dem Hauptkamin.

Der gesamte Raum vermittelte ein sorgfältig durchdachtes Gefühl der Erwartung. Fackeln in Ständern beleuchteten die Hochempore. Ihre Helligkeit zog die Blicke an und unterstrich die Bedeutung jener, die dort sitzen würden. Auf der obersten Ebene standen thronähnliche Stühle für Kettricken, Pflichtgetreu, Elliania und zwei weitere Personen. Die demütigeren, aber nicht weniger prachtvollen Stühle auf der zweiten Ebene waren für die Herzöge und Herzoginnen der Sechs Provinzen bestimmt, die sich hier versammelt hatten, um der Verlobung ihres Prinzen beizuwohnen. Eine zweite Empore von gleicher Größe war für Ellianias Edelleute errichtet worden. Die dritte Empore war für jene bestimmt, welche die besondere Gunst der Königin genossen.

Kaum hatten wir die Große Halle betreten, da lösten sich mehrere liebreizende Damen von den jungen Edelmännern, mit denen sie gesprochen hatten, und eilten zu Fürst Leuenfarb. Es war, als würde er von Schmetterlingen bestürmt. Hauchdünne Wickelkleider schienen in Mode zu sein, eine aus Jamaillia importierte Torheit, denn sie boten keinerlei Schutz vor der Kälte, die permanent in der Großen Halle herrschte. Ich betrachtete die Gänsehaut auf Fürstin Heliotropes Armen, als sie Fürst Leuenfarb ihr Mitgefühl bekundete. Ich fragte mich, seit wann Bocksburg so empfänglich für fremde Kleidermode war. Mürrisch musste ich zugeben, dass mich die Veränderungen störten, nicht nur, weil sie mehr und mehr die Bocksburg verdrängten, die ich aus meiner Kindheit kannte, sondern auch, weil sie mir das Gefühl vermittelten, langweilig und alt zu sein. Gurrend und gackernd ob seines verletzten Fußes eskortierten die Damen Fürst Leuenfarb zu einem bequemen Stuhl am Kamin. Gehorsam ging ich ihm dort zur Hand. Ich stellte den Hocker an die entsprechende Stelle und legte das Kissen darauf. Der junge Fürst Eiche erschien mit einem entschlossenen: »Lass mich das machen, Mann«, und bestand darauf, Fürst Leuenfarb dabei zu helfen, den Fuß auf den Hocker zu legen.

Ich trat zur Seite, hob den Blick und schien an der Gruppe von Fernholmern vorbeizuschauen, die die Halle gerade betreten hatten. Sie bewegten sich fast wie eine Phalanx von Kriegern. Einmal in der Halle, blieben sie unter sich und verteilten sich nicht. Die Männer trugen nicht nur ihre Pelze und Lederharnische, sondern einige der älteren auch ihre angeberischen Kriegstrophäen: Halsketten aus Fingerknochen oder einen Zopf an der Hüfte, der aus dem Haar eines getöteten Feindes geflochten war. Die Frauen unter ihnen bewegten sich so unerschrocken wie die Männer. Ihre Kleider bestanden aus üppig gefärbter Wolle und waren mit weißen Fellen abgesetzt: Fuchs, Hermelin und Eisbär.

Fernholmische Frauen waren keine Krieger; sie waren die Landbesitzer in ihrem Volk. In einer Kultur, in der die Männer oft jahrelang auf Raubzug gingen, kümmerten sich die Frauen um das Land. Häuser, Felder und Weidegründe wurden von den Müttern an ihre Töchter vererbt, ebenso wie das Familienvermögen in Form von Schmuck und Werkzeugen. Männer konnten im Leben einer Frau kommen und gehen, und die Bindung eines Mannes zu seinem Mütterhaus war selbst stärker und beständiger als die Ehe. Wenn ein Mann übermäßig lange auf Raubzug war, konnte die Frau sich einen neuen Gemahl oder einen Liebhaber nehmen. Da die Kinder ohnehin den Müttern und ihren Familien gehörten, war auch egal, wer der Vater war. Ich beobachtete sie, wohl wissend, dass dies keine Fürsten und Fürstinnen in unserem Sinne waren. Wahrscheinlicher war, dass die Frauen große Güter ihr Eigen nannten und die Männer sich durch Kühnheit im Kampf und auf den Plünderfahrten ausgezeichnet hatten.

Während ich die Abordnung der Fernholmer betrachtete, fragte ich mich, ob sich die Dinge auch in ihren Ländern veränderten. Ihre Frauen waren nie die bewegliche Habe der Männer gewesen. Die Männer mochten ja mit fremden Frauen handeln oder sie als Kriegsbeute nach Hause schleppen, aber ihre eigenen Frauen waren tabu. Wie seltsam musste es da anmuten, wenn ein Vater seine eigene Tochter als Zeichen seines guten Willens anbot, um Handel und Frieden zu sichern? Bot Ellianias Vater sie wirklich an? Oder war ihre Anwesenheit hier Teil des Plans einer weit älteren, einflussreicheren Familie, des Clans ihrer Mutter? Aber falls dem so war, warum es verbergen? Warum ließen sie es so aussehen, als würde ihr Vater sie anbieten? Warum war Peottre der einzige Repräsentant ihres Mütterhauses?

Die ganze Zeit über hörte ich mit halbem Ohr dem Schnattern der Frauen zu, die Fürst Leuenfarb umringten. Zwei, die Damen Heliotrope und Calendula, waren schon vorhin in seinen Gemächern gewesen. Nun stellte ich fest, dass sie nicht nur Rivalinnen um seine Gunst, sondern auch Schwestern waren. Die Art und Weise, wie Fürst Eiche sich immer wieder zwischen Fürstin Calendula und Fürst Leuenfarb stellte, ließ die Vermutung in mir aufkeimen, dass er ihre Aufmerksamkeit vielleicht für sich wollte. Fürstin Nelke war älter als die anderen Damen und vielleicht sogar älter als ich. Ich vermutete, dass ihr Ehemann irgendwo in der Burg umherlief. Sie legte die matronenhafte Aggressivität einer Frau an den Tag, die zwar sicher verheiratet war, aber sich immer noch nach der Aufregung der Jagd sehnte. Es war nicht so, als hätte sie Beute wirklich nötig; vielmehr genoss sie die Vorstellung, sie immer noch zur Strecke bringen zu können, und das gegen schärfste Konkurrenz. Ihr Kleid enthüllte mehr von ihrer Brust, als sich ziemte, aber es wirkte nicht so aufdringlich, wie es bei einer jüngeren Frau der Fall gewesen wäre. Sie hatte eine Art, Fürst Leuenfarb die Hand auf Arm oder Schulter zu legen, die man schon fast als besitzergreifend bezeichnen konnte. Zweimal sah ich, wie er ihre Hand fing, als sie ihn berührte, sie tätschelte oder leicht drückte und dann wieder vorsichtig losließ. Vermutlich fühlte sie sich geschmeichelt, doch für mich sah es eher so aus, als entferne Fürst Leuenfarb lästige Fussel.

Fürst Lalschopf, ein Mann mittleren Alters und mit angenehmem Gesicht, gesellte sich zu jenen, die Fürst Leuenfarb umringten. Er war ein gut gekleideter Mann mit ebenso guten Manieren, der sich demonstrativ sogar mir vorstellte – eine Ehre, die einem Diener nur selten zuteilwurde. Ich lächelte, als ich mich auf seine Begrüßung hin verneigte. Er stieß mehrere Male gegen mich, als er versuchte, näher an Fürst Leuenfarb heranzukommen und am Gespräch teilzunehmen, aber es fiel mir leicht, ihm sein Ungeschick zu verzeihen. Jedes Mal bat ich ihn um Entschuldigung und trat zurück, und jedes Mal lächelte er mich warm an und erklärte, es sei ganz und gar nicht meine Schuld gewesen. Das Gespräch drehte sich hauptsächlich um Fürst Leuenfarbs verletzten Knöchel, wie grob der unsympathische Heiler gewesen sei und wie sehr es alle bedauerten, dass der Fürst sich auf der Tanzfläche nicht zu ihnen gesellen konnte. Hier errang Fürstin Nelke einen Sieg über ihre Rivalinnen: Sie ergriff Fürst Leuenfarbs Hand und erklärte, sie würde ihm Gesellschaft leisten, während sie gleichzeitig die anderen Mädchen aufforderte, mit ihren Freiern zu tanzen. Fürst Lalschopf erklärte sofort, dass er ebenfalls bei Fürst Leuenfarb bleiben würde, zumal er ein miserabler Tänzer sei. Als Fürst Leuenfarb ihm versicherte, er wisse, dass diese Behauptung nur falscher Bescheidenheit entspringe, und dass er niemals zulassen würde, die Damen von Bocksburg eines solch eleganten Partners zu berauben, schien der Mann zwischen Verzweiflung ob dieser Ablehnung und Freude über das Kompliment hin- und hergerissen zu sein.

Bevor die Rivalität zwischen den Damen weiter eskalieren konnte, hörte der Harfenist plötzlich mit dem Spielen auf. Der Page neben ihm hatte ihm offenbar ein Zeichen gegeben, denn der Barde stand auf und verkündete mit lauter, kräftiger Stimme die Ankunft von Königin Kettricken Weitseher und Prinz Pflichtgetreu, Thronerbe des Hauses Weitseher. Auf eine Geste von Fürst Leuenfarb hin bot ich ihm meinen Arm und half ihm beim Aufstehen. Stille senkte sich über den Raum, und alle Blicke wandten sich der Tür zu. Die Menge, die sich vor der Tür versammelt hatte, wurde zurückgedrängt und gab eine Passage vom Eingang bis zur Empore frei.

Königin Kettricken betrat die Halle mit Prinz Pflichtgetreu zu ihrer Rechten. Sie hatte viel gelernt, seit ich sie zum letzten Mal bei einem solchen Auftritt gesehen hatte. Plötzlich brannten mir Tränen in den Augen. Darauf war ich nicht vorbereitet, und ich kämpfte tapfer darum, das triumphierende Lächeln zu unterdrücken, das sich auf meinem Gesicht ausbreiten wollte.

Sie war wunderbar.

Ein prachtvolles Gewand hätte nur von ihr selbst abgelenkt. Sie trug Bocksblau mit einem Zobelsaum als Kontrast. Der schlichte Schnitt ihres Kleides betonte sowohl ihre Schlankheit als auch ihre Größe. Sie ging gerade wie ein Soldat, aber auch so leichtfüßig wie Ried im Wind. Ihr schimmerndes goldenes Haar war zu einem Zopf geflochten und um ihren Kopf gelegt; Strähnen flossen ihren Rücken hinab. Ihre Krone wirkte geradezu matt im Vergleich zu diesen Locken. Keine Ringe schmückten ihre Finger; keine Halskette war um die weiße Säule ihres Halses gelegt. Das, was sie war, machte sie zu einer Königin, nicht das, was sie trug.

Pflichtgetreu schritt neben ihr her, in eine schlichte blaue Robe gekleidet. Das erinnerte mich daran, wie Kettricken und Rurisk gekleidet gewesen waren, als ich sie zum ersten Mal gesehen hatte. Damals hatte ich die Erben des Bergreichs mit Dienern verwechselt. Ich fragte mich, ob die Fernholmer die Schlichtheit von Pflichtgetreus Kleidung als Demut oder Mangel an Reichtum deuten würden. Ein einfaches Silberband hielt seine widerspenstigen schwarzen Locken im Zaum. Er war noch nicht alt genug, um die Krone des

Königs-zur-Rechten zu tragen. Bis zu seinem siebzehnten Lebensjahr war er schlicht »Prinz«, auch wenn er der einzige Thronfolger war. Sein einziger anderer Schmuck war eine Silberkette mit gelben Diamanten. Seine Augen waren so dunkel, wie die seiner Mutter farblos waren. Sein Aussehen war das der Weitseher, doch die königliche Ruhe in seinem Gesicht war die Bergvolkschule seiner Mutter.

Königin Kettrickens stummer Gang durch ihr Volk war würdevoll und freundlich, ihre Untertanen bedachte sie mit einem warmen Lächeln, das von Herzen kam. Pflichtgetreus Gesichtsausdruck war feierlich ernst. Vielleicht wusste er, dass er nicht lächeln konnte, ohne seinen Schmerz zu zeigen. Er bot seiner Mutter den Arm an, als sie auf die Empore stiegen. Gemeinsam nahmen sie dann ihre Plätze am Tisch ein, setzten sich aber nicht. Mit graziler, doch gleichzeitig tragender Stimme sagte Kettricken: »Bitte, mein Volk und meine Freunde, heißt in unserer Großen Halle die Narcheska Elliania willkommen, eine Tochter aus dem Schwarzwasser-Geschlecht der Gottesrunen-Inseln.«

Ich bemerkte anerkennend, dass sie Elliania nicht nur den Namen des Geschlechts ihrer Mutter gab, sondern auch die Äußeren Inseln bei jenem Namen nannte, den ihnen ihre Bewohner gegeben hatten. Mir fiel außerdem auf, dass unsere Königin sie persönlich angekündigt hatte, anstatt die Aufgabe einem Barden zu überlassen. Als sie auf die große Tür deutete, drehten sich alle Köpfe in diese Richtung. Der Barde wiederholte nicht nur Ellianias Namen, sondern nannte auch Arkon Blutklinge, ihren Vater, und Peottre Schwarzwasser, ihren »Mutterbruder«. Die Art und Weise, wie er die letzten Worte aussprach, ließ mich vermuten, dass sie auf den Äußeren Inseln ein Wort waren und dass er sich bemühte, ihm diesen Klang zu geben. Dann betraten die Fernholmer die Halle.

Arkon Blutklinge ging voraus. Er war eine beeindruckende Gestalt. Der Eindruck seiner Größe wurde noch von dem Bärenfellmantel verstärkt, den er sich über die Schultern geworfen hatte: Es war der gelbweiße Pelz eines Eisbären. Jacke und Hose bestanden aus gewebtem Stoff, doch eine Lederweste und ein breiter Ledergürtel verliehen ihm ein kriegerisches Aussehen, obwohl er keine Waffen trug. Er funkelte förmlich vor lauter Gold, Silber und Edelsteinen, die er an Hals und Handgelenken, über der Stirn und in den Ohren trug. Den linken Oberarm zierten Silberringe und Goldbänder den rechten. Ein paar davon waren mit Edelsteinen besetzt. Seine auffällige Haltung verwandelte seine Zurschaustellung von Reichtum in prahlerische Protzigkeit. Sein Gang war eine Mischung aus dem Schwanken eines Seemanns und dem arroganten Schritt eines Kriegers. Ich vermutete, dass ich ihn nicht mögen würde. Er schaute sich mit breitem Grinsen um, als könne er sein Glück nicht fassen. Sein Blick wanderte über die Tische und dann zu Kettricken auf der Empore. Nun grinste er sogar noch breiter, als wittere er reiche Beute. Jetzt wusste ich, dass ich ihn nicht mochte.

Ihm folgte die Narcheska, begleitet von Peottre, der sich schräg hinter ihr hielt. Er war schlicht wie ein Soldat gekleidet, in Fell und Leder. Zwar trug auch er goldene Ohrringe und einen schweren goldenen Halsreif, doch schien er sich seines Schmucks nicht bewusst zu sein. Mir fiel auf, dass er nicht nur den Platz einer Wache eingenommen hatte, sondern auch deren Verhalten zeigte. Wachsam ließ er den Blick über die Gäste schweifen. Hätte irgendjemand in der Menge der Narcheska ein Leid zufügen wollen, er wäre sofort bereit gewesen, den Angreifer zu töten. Dennoch strahlte er kein Misstrauen, sondern ruhige Kompetenz aus. Das Mädchen ging feierlichen Schrittes vor ihm – in seiner Gegenwart fühlte sie sich vollkommen sicher.

Ich fragte mich, wer wohl ihre Kleidung ausgesucht hatte.

Ihre kurze Tunika bestand aus schneeweißer Wolle. Eine Emaillebrosche, die einen Narwal zeigte, hielt ihren Mantel an der Schulter fest. Der lange blaue Faltenrock reichte fast bis auf den Boden. Nur beim Gehen konnte man sehen, dass sie Fellschuhe trug. Ihr glattes schwarzes Haar wurde von einer Silberspange hinter dem Kopf festgehalten, und von dort floss es wie ein dunkler Wasserfall über ihren schmalen Rücken. In Abständen funkelten kleine Silberglöckchen in der schwarzen Pracht, und auf der Stirn trug sie eine Silberkrone mit einhundert Saphiren.

Sie schritt in langsamem Tempo voran und schien nach jedem Schritt eine kleine Pause einzulegen. Ihr Vater übersah das entweder, oder es kümmerte ihn nicht. Er stieg auf die Empore hinauf, stellte sich links neben Königin Kettricken und wartete auf seine Tochter. Peottre passte sich gelassen ihrem Tempo an. Das Mädchen blickte nicht geradeaus, als es sich der Empore näherte, sondern drehte den Kopf bei jedem Schritt nach rechts und links. Sie schaute sich die Leute an, die ihren Blick erwiderten, als wolle sie sich jedes einzelne Gesicht merken. Das leichte Lächeln, das ihre Lippen zierte, schien echt zu sein. Ihr Verhalten war untypisch für ein Kind, und es beunruhigte mich. Das kleine Mädchen, das kurz vor einem bockigen Wutanfall gestanden hatte, als ich es zum letzten Mal gesehen hatte, war nun in der Tat eine »knospende Königin«. Als sie zwei Schritt von der Empore entfernt war, stieg Pflichtgetreu hinunter, um ihr seinen Arm anzubieten. Sie schien für einen kurzen Moment verunsichert. Aus dem Augenwinkel blickte sie ihren Onkel an, als wolle sie, dass er Pflichtgetreus Stelle einnahm und ihr den Arm anbot. Peottre bedeutete ihr, dass sie die Geste des Prinzen akzeptieren musste, und sie schob resigniert ihre Hand vorsichtig auf Pflichtgetreus Arm. Ich bezweifelte, dass sie mehr Druck darauf ausübte als ein Schmetterling, während sie neben ihm die Stufen hinaufging. Peottre folgte ihnen mit schwerem Schritt. Er stellte sich jedoch nicht vor einen Stuhl, sondern hinter die Narcheska. Nachdem die anderen sich gesetzt hatten und nach einer leisen Einladung der Königin, nahm auch er Platz.

Dann betraten die Herzöge und Herzoginnen der Sechs Provinzen die Halle, durchquerten sie langsam und nahmen den für sie vorgesehenen Platz auf der für sie reservierten Empore ein. Die Herzogin von Bearns erschien als Erste, ihr Lebensgefährte an ihrer Seite. Fidea von Bearns war in ihren Titel hineingewachsen. Ich erinnerte mich noch an sie als schlanke Maid mit einem blutigen Schwert in der Hand, wie sie erfolglos versucht hatte, ihren Vater vor den blutrünstigen Roten Korsaren zu verteidigen. Sie trug ihr dunkles Haar so kurz und glatt wie eh und je. Der Mann an ihrer Seite war größer als sie und hatte graue Augen; er bewegte sich wie ein Krieger neben ihr her. Die Verbindung zwischen den beiden war etwas, das man förmlich fühlen konnte, und ich freute mich, dass sie endlich ihr Glück gefunden hatte.

Hinter ihr kam Herzog Kelvar von Rippon, alt und krumm, eine Hand an einem Stab, die andere auf der Schulter seiner Frau. Herrin Grazia war zu einer wohlgeformten Frau mittleren Alters herangewachsen. Ihre Hand auf der ihres Gemahls, stützte ihn mehr als nur in einer Hinsicht. Beide trugen schlichte Gewänder und Schmuck; offenbar hatte sich Herrin Grazia endlich in ihre Rolle als Herzogin von Rippon eingelebt. Sie ging vorsichtig, um ihren Gemahl weiter stützen zu können. Noch immer war sie ihm treu ergeben, ihm, der sie, eine Bäuerin, zu seiner Gemahlin gemacht hatte.

Herzog Shemshy von Shoaks kam allein; er war inzwischen verwitwet. Als ich ihn zum letzten Mal gesehen hatte, stand er mit Herzog Brawndy von Bearns vor meiner Zelle in Edels Verließ. Er hatte mich nicht verdammt, aber er hatte mir auch keinen Mantel zugeworfen, um mich zu wärmen, wie Bearns es getan hatte. Er besaß noch immer die Augen eines Falken, und die leicht hängenden Schultern waren das einzige Zugeständnis an seine Jahre. Er hatte den Krieg gegen Chalced der Führung seiner Tochter und Erbin anvertraut, während er sich die Zeit genommen hatte, an der Verlobung des Prinzen teilzunehmen.

Hinter ihm folgte Herzog Vigilant von Farrow. Seit den Tagen, da Edel ihm die Verteidigung von Bocksburg auf die jungen Schultern gelegt hatte, war er erwachsen geworden. Nun sah er wie ein Mann aus. Seine Herzogin hatte ich nie gesehen. Sie schien halb so alt zu sein wie er mit seinen vierzig Jahren, eine hellhäutige, schlanke junge Frau, die den Edelleuten warm zulächelte, die beobachteten, wie sie auf die Empore stieg. Zu guter Letzt kamen der Herzog und die Herzogin von Tilth. Beide kannte ich nicht. Der Bluthusten hatte vor drei Jahren in Tilth gewütet und nicht nur den alten Herzog dahingerafft, sondern auch seine beiden ältesten Söhne. Ich suchte in meinen Erinnerungen nach dem Namen der Tochter, die ihn beerbt hatte. Herzogin Gedeihe von Tilth, verkündete der Barde nur einen Augenblick später, und ihr Gemahl, Herzog Jower. Ihre Nervosität ließ sie jünger wirken, als sie tatsächlich war, und Jowers Hand auf der ihren schien sie ebenso sehr zu führen wie zu beruhigen.

Die nächste Gruppe, die sich auf ihre Plätze begab, waren die fernholmischen Adligen und Krieger, die die Narcheska begleitet hatten. Großartige Auftritte schienen ein Fremdwort für sie zu sein, denn sie marschierten schlicht in einem wilden Durcheinander heran und setzten sich, wie sie wollten; einige scherzten miteinander. Arkon Blutklinge lächelte sie breit an. Die Narcheska schien zwischen Treue zu ihrem Volk und Kummer darüber hin- und hergerissen zu sein, dass sie sich nicht an unsere Sitten gehalten hatten. Peottre blickte über ihre Köpfe hinweg, als kümmere ihn das alles nicht. Erst nachdem sie sich gesetzt hatten, bemerkte ich, dass das Arkons, nicht Peottres Leute waren. Jeder trug das

Bild eines mächtigen Keilers. Arkons war aus purem Gold und fand sich mitten auf seiner Brust. Eine der Frauen hatte eine Tätowierung auf dem Handrücken, und ein Mann trug seinen Keiler als Knochenschnitzerei am Gürtel. Das Motiv tauchte weder bei der Narcheska noch bei Peottre auf. Ich erinnerte mich an den springenden Narwal, den ich auf der Kleidung der Narcheska bemerkt hatte, als ich sie zum ersten Mal gesehen hatte. Dieses Emblem fand sich jetzt auf ihrer Fibel, und eine genauere Betrachtung von Peottre förderte einen Narwal am Gürtel zutage. Die Tätowierung auf seinem Gesicht konnte man überdies als stilisiertes Horn eines Narwals betrachten. Merkwürdig. Hatten wir hier zwei Clans vor uns, die uns beide die Narcheska anboten? Ich beschloss, weiter in diese Richtung zu forschen.

Jene, die am Tisch unterhalb der Empore Platz nahmen, traten relativ unscheinbar auf. Chade gehörte ebenso zu ihnen wie Laurel, die Jagdmeisterin der Königin. Sie war in Scharlachrot gewandet, und es freute mich zu sehen, dass man ihr einen so hervorgehobenen Platz zugewiesen hatte. Die anderen kannte ich nicht, mit Ausnahme der letzten beiden. Merle, so vermutete ich, hatte absichtlich beschlossen, als Letzte die Halle zu betreten. Sie war in ein prachtvolles grünes Kleid gewandet. Dazu trug sie feine Rüschenhandschuhe, als wollte sie betonen, dass sie der Gast der Königin und nicht ihre Menestrelle war. Eine ihrer Hände ruhte auf dem Unterarm des Mannes, der sie begleitete. Es war ein gut aussehender junger Bursche mit kräftigem Körper und einer offenen Art. Wie stolz er auf seine Frau war, verrieten sowohl sein strahlendes Lächeln als auch die Art, wie er sie begleitete. Ich gewann den Eindruck, dass er sie am Arm führte, wie ein Falkner seinen besten Vogel präsentiert. Ich schaute mir den jungen Mann an, dem ich unwissentlich Hörner aufgesetzt hatte, und schämte mich genug, dass es für mich *und* Merle reichte. Sie lächelte, und als sie vor uns vorüberkamen, blickte mir Merle absichtlich in die Augen. Ich wiederum schaute an ihr vorbei, als würde ich sie nicht kennen. Ihr Mann wusste nichts von mir, und daran sollte sich auch nichts ändern. Ich wollte noch nicht einmal seinen Namen erfahren, aber meine Ohren schnappten ihn trotzdem auf: Fürst Fischer.

Nachdem die Letzten ihre Plätze eingenommen hatten, strömte das Volk in der Halle zu seinen Tischen. Ich nahm Fürst Leuenfarbs Hocker und Kissen, half ihm, zu seinem Platz zu humpeln, und machte es ihm dort bequem. Man hatte ihm einen guten Platz angewiesen, zumal er ein ausländischer Edelmann und erst vor Kurzem bei Hofe eingetroffen war. Ich vermutete, dass er sich diesen Platz selbst ausgesucht hatte, genau zwischen zwei älteren Ehepaaren. Die Frauen verließen seine Seite und versprachen, bald zu ihm zurückzukehren und ihm während des Tanzes Gesellschaft zu leisten. Als Fürst Lalschopf wegging, schaffte er es, ein letztes Mal mit dem Hintern gegen meine Hüfte zu stoßen. Ich sah ihn schockiert an, als ich erkannte, dass der Kontakt beabsichtigt war – zu seinem üblichen Lächeln hob Fürst Lalschopf diesmal noch die Augenbraue. Hinter mir stieß Fürst Leuenfarb ein leises, amüsiertes Hüsteln aus. Ich schenkte dem Mann einen scharfen Blick, und er verschwand rasch in der Menge.

Nachdem die Gäste sich gesetzt hatten und die Diener in einer Parade in die Halle marschiert waren, hoben die Gespräche an. Fürst Leuenfarb unterhielt sich charmant mit seinen Tischnachbarn. Ich stand hinter ihm und beobachtete die Gesellschaft. Als ich zur Empore hinaufblickte, traf sich mein Blick mit dem von Pflichtgetreu. Dankbarkeit stand ihm ins Gesicht geschrieben, und die magische Verbindung zwischen uns vibrierte von seinem Dankgefühl und seiner Nervosität. Das demütigte und verängstigte mich zugleich, als ich erkannte, wie wichtig meine Anwesenheit tatsächlich für ihn war.

Ich ließ mich dennoch nicht von meinen eigentlichen Pflichten ablenken. Ich fand Gentil Bresinga. Er saß am Tisch des niederen Adels, bei den Herren der kleineren Güter der Bocksmarken und von Farrow. Sydel, seine Zukünftige, befand sich allerdings nicht unter den Frauen am Tisch, und ich fragte mich, ob sie ihre Verlobung vielleicht aufgelöst hatten. Fürst Leuenfarb hatte ungeniert mit ihr geflirtet, als wir zu Gast auf Burg Tosen, dem Sitz der Bresingas, gewesen waren. Diese Unhöflichkeit und sein offensichtliches Interesse an Gentil hatten dazu geführt, dass der junge Mann ihn zutiefst verachtete. Es war alles eine Scharade gewesen, doch Gentil würde das nie erfahren. Zwei Männer am Tisch schienen Gentil gut zu kennen, und ich beschloss herauszufinden, wer sie waren. Bei einer Versammlung dieser Größe wurde mein Gabensinn von Eindrücken geradezu überwältigt. Es war unmöglich für mich festzustellen, wer in diesem Haufen über die Alte Macht gebot und wer nicht. Ohne Zweifel hielten jene, die darüber verfügten, ihre Fähigkeiten heute Abend gut verborgen.

Niemand hatte mich jedoch gewarnt, dass auch Prinzessin Philia anwesend sein würde. Als ich sie an einem der höheren Tische entdeckte, machte mein Herz einen Sprung und begann, wie wild zu hämmern. Die Witwe meines Vaters führte ein angeregtes Gespräch mit einem jungen Mann neben ihr. Er starrte sie an, etwas begriffsstutzig, den Mund ein wenig schief, und blinzelte. Ich konnte ihm keinen Vorwurf daraus machen; ich selbst hatte ebenfalls stets Schwierigkeiten gehabt, ihrer Flut von Bemerkungen, Fragen und Meinungen zu folgen. Sie trug die Rubine, die mein Vater ihr geschenkt hatte, jene, die sie einst zu Geld gemacht hatte, um das Leiden des Volkes der Bocksmarken zu lindern. Blumen waren in ihr grauer werdendes Haar geflochten, eine Sitte so altmodisch wie das Kleid, das sie trug, aber für mich war ihre exzentrische Erscheinung etwas ganz Besonderes und Wertvolles. Ich wünschte, ich könnte zu ihr gehen, mich vor ihren Stuhl knien und ihr für alles danken, was sie für mich getan hatte, nicht nur während meines Lebens, sondern auch als sie angenommen hatte, ich sei tot. In gewisser Hinsicht war das ein selbstsüchtiger Wunsch. Als ich endgültig den Blick von ihr abwandte, erlitt ich den zweiten Schock des Abends.

Die Hofdamen der Königin saßen an einem Ehrentisch unmittelbar neben der Hochempore. Das war ein echter Gunstbeweis seitens der Königin, sie ignorierte damit den Rang ihrer Untergebenen. Einige der Damen kannte ich von früher. Hochdame Hoffensfroh und Hochdame Modeste waren die Gefährtinnen der Königin gewesen, als ich in der Bocksburg gelebt hatte. Ich war froh, sie noch immer an ihrer Seite zu sehen. Bei Hochdame Weißherz erinnerte ich mich nur an den Namen. Die anderen waren jünger; ohne Zweifel waren sie noch Kinder gewesen, als ich der Königin zum letzten Mal aufgewartet hatte. Doch eine von ihnen kam mir vertrauter vor als die anderen. Ich fragte mich, ob ich vielleicht ihre Mutter gekannt hatte? Und dann, als sie ihr rundes Gesicht drehte und auf einen Scherz hin nickte, erkannte ich sie: Rosmarin.

Aus dem pummeligen kleinen Mädchen war eine dralle Frau geworden. Sie war die kleine Zofe der Königin gewesen, als ich sie zuletzt gesehen hatte; immer war sie Kettricken auf dem Fuß gefolgt, immer war sie da gewesen, ein ungewöhnlich ruhiges, gutmütiges Kind. Sie hatte die Angewohnheit gehabt, zu Kettrickens Füßen zu dösen, wenn die Königin und ich miteinander gesprochen hatten – oder zumindest hatte es immer so ausgesehen. Sie war Edels Spionin bei der Königin gewesen, und sie hatte ihm nicht nur Informationen weitergegeben, sondern ihm später auch bei einem Mordanschlag auf Kettricken geholfen. Ich hatte sie bei keinem Verrat beobachtet, aber sowohl Chade als auch ich waren irgendwann zu dem Schluss gekommen, dass sie Edels kleines Vögelchen sein musste. Chade wusste es; Kettricken wusste es. Wie war es möglich, dass sie noch lebte? Wie war es möglich, dass sie hier saß und lachte und so nahe bei der Königin dinierte, dass sie nun sogar das Glas auf sie erhob? Ich riss meinen Blick von ihr los und versuchte den Zorn zu dämpfen, der in mir aufwallte.

Eine Zeit lang blickte ich auf meine Füße, atmete tief und kontrolliert und zwang die Röte aus meinem Gesicht, die meine Gedanken verursacht hatten.

Ist alles falsch?

Der winzige Gedanke hallte durch meinen Geist wie das Klirren einer fallen gelassenen Münze. Ich hob den Blick und sah, dass Prinz Pflichtgetreu sorgenvoll in meine Richtung blickte. Ich zuckte mit den Schultern und zupfte an meinem Kragen, als würde mich die Jacke stören. Ich antwortete ihm nicht mittels der Gabe. Es war ihm gelungen, mich durch meine gewohnheitsmäßig errichtete Mauer hindurch zu erreichen, was mich beunruhigte; er hatte schon wieder seinen Gabensinn dazu benutzt, einen Gedanken in mein Bewusstsein zu zwingen. So sollte er die Gabe nicht benutzen. Vor allem wollte ich nicht, dass er die Magie der Weitseher und die Alte Macht gemeinsam benutzte. Das konnte zu einer Gewohnheit werden, die er nur schwer wieder loswerden würde. Ich wartete ein wenig, stellte mich dann seinem besorgten Blick und lächelte kurz. Anschließend wandte ich mich wieder von ihm ab. Ich fühlte seinen Widerwillen, meinem Beispiel zu folgen. Es hätte mir jedoch gar nicht gefallen, wenn alle sich plötzlich gefragt hätten, warum Prinz Pflichtgetreu bedeutungsschwangere Blicke mit einem Diener austauschte.

Das Mahl war fantastisch und lang. Pflichtgetreu und Elliania aßen zu meiner Überraschung nur sehr wenig, dafür trank und schlemmte Arkon Blutklinge so viel, dass es für beide gereicht hätte. Ich beobachtete ihn; er schien ein herzhafter Mann mit scharfem Verstand zu sein, aber nicht mit dem diplomatischen und taktischen Geschick, das für das Arrangement einer solchen Ehe erforderlich war. Sein persönliches Interesse an Kettricken war offensichtlich, und für Fernholmer war das vielleicht sogar ein Kompliment. Kettricken antwortete ihm stets höflich, aber sie versuchte offensichtlich, mehr Worte an die Narcheska zu richten. Die Antworten des Mädchens waren zwar knapp, aber freundlich – sie wirkte nicht abweisend, sondern eher reserviert.

Zu fortgeschrittener Stunde fiel mir auf, dass Onkel Peottre sich allmählich für Kettricken erwärmte, wohlmöglich entgegen aller Vorsätze. Ohne Zweifel hatte Chade der Königin geraten, dass es weise sei, dem »Mutterbruder« der Narcheska mehr Aufmerksamkeit zu widmen. Auf jeden Fall reagierte Peottre auf ihre Versuche, mit ihm ins Gespräch zu kommen. Er begann, eigene Kommentare abzugeben, wann immer die Narcheska auf etwas antwortete, doch schon bald unterhielten er und Kettricken sich über den Kopf des Kindes hinweg. Bewunderung leuchtete in Kettrickens Augen, und sie folgte Peottres Worten mit ehrlichem Interesse. Elliania schien fast dankbar dafür zu sein, in ihrem Essen herumstochern zu können und zu den Worten nur stumm nicken zu müssen.

Pflichtgetreu, wohlerzogen wie er war, verwickelte Arkon Blutklinge in ein Gespräch. Der Junge schien die Kunst zu beherrschen, Blutklinge solche Fragen zu stellen, die er liebend gern lang und ausführlich beantwortete. Den weit ausholenden Gesten nach zu urteilen, berichtete Blutklinge von der Jagd und der Tapferkeit in der Schlacht. Pflichtgetreu blickte angemessen beeindruckt drein und lachte stets an den richtigen Stellen.

Als das Ende der Mahlzeit näher rückte, fühlte ich, wie Pflichtgetreus Anspannung stieg. Als die Königin dem Barden winkte und um Schweigen bat, sah ich Pflichtgetreu kurz die Augen schließen, als müsse er sich für das, was nun kommen würde, stärken. Ich sah, wie Elliania ihre Lippen befeuchtete und anschließend die Zähne zusammenbiss, um ihren Kiefer vom Zittern abzuhalten. Peottres Körperhaltung ließ mich vermuten, dass er unter dem Tisch ihre Hand hielt. Auf jeden Fall atmete sie tief durch und setzte sich dann gerade auf.

Es war eine schlichte Zeremonie, und ich widmete den Gesichtern der Zuschauer mehr Aufmerksamkeit. Die Teilnehmer gingen auf der Hochempore nach vorn. Kettricken stand neben Pflichtgetreu und Arkon Blutklinge bei seiner Tochter. Ungebeten postierte sich Peottre hinter ihr. Als Arkon die Hand seiner Tochter in die der Königin legte, bemerkte ich, wie die Herzogin von Bearns Augen und Mund zusammenkniff. Vielleicht erinnerte sich Bearns noch allzu gut daran, wie sie unter dem Krieg der Roten Schiffe gelitten hatten. Der Herzog und die Herzogin von Tilth zeigten eine vollkommen andere Reaktion. Warmherzig blickten sie einander in die Augen, als erinnerten sie sich an ihren eigenen Verlobungsschwur. Prinzessin Philia saß still und feierlich da, den Blick in eine unbestimmte Ferne gerichtet. Der junge Gentil Bresinga sah neidisch aus; dann wandte er sich ab, als könne er den Anblick nicht länger ertragen. Es gab jedoch niemanden, der das Paar böswillig betrachtete, auch wenn einige, wie Fidea von Bearns, offensichtlich ihre eigene Meinung über dieses Bündnis hatten.

Die Hände des Paars wurden an diesem Punkt noch nicht vereint; stattdessen legte Elliania ihre Hand in die von Kettricken, und Pflichtgetreu und Arkon fassten sich nach Kriegersitte an den Unterarmen. Alle schienen ein wenig überrascht zu sein, als Arkon einen Goldreif von seinem Handgelenk nahm und ihn Pflichtgetreu anlegte. Er bellte ein fröhliches Lachen, als er sah, wie lose der Reif am weit weniger muskulösen Arm des Jungen baumelte. Pflichtgetreu brachte ebenfalls ein Lachen zustande und hielt sogar die Hand hoch, damit alle das Geschenk bewundern konnten. Die Fernholmer schienen das als Zeichen für den guten Willen des Prinzen aufzunehmen, denn sie hämmerten zustimmend mit ihren Bechern auf den Tisch. Ein leichtes Lächeln zuckte um Peottres Mundwinkel. War das, weil das Armband, das Arkon Pflichtgetreu gegeben hatte, einen Keiler eingraviert hatte anstatt eines Narwals? Band der Prinz sich gerade an einen Clan, der keinerlei Autorität über die Narcheska besaß?

Die Zeremonie sollte nicht weiter so glatt verlaufen wie bisher. Arkon packte das Handgelenk des Prinzen und drehte es, bis die Handfläche nach oben lag. Pflichtgetreu ließ das über sich ergehen, aber ich wusste, wie nervös er war. Arkon schien das nicht zu bemerken, und laut fragte er die Versammelten: »Sollen wir nun ihr Blut vereinen zum Zeichen für die Kinder, die da kommen mögen?«

Ich sah, wie die Narcheska die Luft anhielt. Sie wich jedoch nicht in Peottres Schutz zurück. Stattdessen trat Peottre vor und legte in einer unbewusst besitzergreifenden Geste seine Hand auf die Schulter des Mädchens. Seine Stimme klang ruhig und freundlich, als er Blutklinge tadelte: »Dies ist weder die richtige Zeit noch der richtige Ort dafür. Das Blut des Mannes muss auf den Herdstein im Mütterhaus der Frau fallen, wenn das Mischen ein glückliches Zeichen sein soll. Aber du könntest etwas von deinem Blut dem Herdstein seiner Mutter opfern, wenn dir der Sinn danach steht.«

Ich vermute, dass diese Worte eine verborgene Herausforderung enthielten, dass sie Teil irgendeines Brauches waren, den wir in den Sechs Provinzen nicht verstanden. Denn als Kettricken die Hand ausstreckte und erklärte, das sei nicht notwendig, stieß Arkon den Arm nach vorn. Er schob den Ärmel hoch, zog dann gelassen sein Gürtelmesser und fuhr sich mit der Klinge über den Unterarm. Zuerst quoll nur dickes Blut aus der Wunde. Arkon drückte darauf und schüttelte den Arm, um den Blutfluss anzuregen. Kettricken hielt sich klugerweise zurück und gestattete ihm die barbarische Geste, die er um der Ehre seines Hauses willen durchführen musste. Arkon zeigte der Versammlung seinen Arm, und in ehrfürchtigem Staunen beobachteten alle, wie er sein Blut mit der Hand auffing. Plötzlich schwang er herum und deckte uns alle mit einem roten Segen ein.

Viele schrien entsetzt auf, als die tiefroten Tropfen auf die Gesichter und Kleider des versammelten Adels spritzten. Dann legte sich Schweigen über die Halle, während Arkon Blutklinge von der Empore hinunterstieg. Er ging zum größten Kamin der Halle. Dort ließ er erneut Blut in seine Hand fließen und warf es dann in die Flammen. Anschließend beugte er sich vor, wischte mit der Hand über den Kamin und stand dann einfach nur da, und sein Ärmel rutschte über die Wunde. Schließlich drehte er sich wieder um, breitete die Arme aus und wartete auf eine Reaktion der Versammelten. Am Tisch der Fernholmer wurde mit den Bechern gehämmert und bewundernd gejubelt. Einen Augenblick später ertönte Applaus vom Volk der Sechs Provinzen. Selbst Peottre Schwarzwasser grinste, und nachdem Arkon wieder auf die Hochempore gestiegen war, packten sie sich vor den Augen aller an den Unterarmen.

Während ich sie dort oben beobachtete, kam ich zu dem Schluss, dass ihre Beziehung weit komplizierter war, als ich zunächst vermutet hatte. Arkon war Ellianias Vater, und doch bezweifelte ich, dass Peottre ihm in dieser Hinsicht irgendeine Form von Respekt entgegenbrachte. Ich fühlte eine kameradschaftliche Bindung zwischen ihnen, die Bindung zweier Krieger, die Seite an Seite gefochten hatten. Also war eine gewisse Wertschätzung vorhanden, auch wenn Peottre Arkons Recht nicht anerkannte, Elliania als Zeichen guten Willens für irgendeinen Bündnisvertrag anzubieten.

Das führte mich in weitem Bogen wieder zu dem zentralen Mysterium zurück. Warum hatte Peottre es trotzdem zugelassen? Warum machte Elliania dabei mit? Wenn sie etwas durch dieses Bündnis zu gewinnen hatten, warum stellte sich ihr Mütterhaus dann nicht stolz hinter sie und bot das Mädchen selbst an?

Ich studierte das Mädchen, wie Chade es mich gelehrt hatte. Die Geste ihres Vaters hatte ihre Fantasie angeregt. Sie lächelte ihn an, war stolz auf seine Tapferkeit und die Schau, die er den Edelleuten der Sechs Provinzen geboten hatte. Ein Teil von ihr genoss das alles hier, den Prunk und die Zeremonie, die Kleidung und die Musik und all das versammelte Volk, das zu ihr emporschaute. Sie wollte die Aufregung und den Ruhm, aber gleichzeitig wollte sie auch wieder in ihre sichere, vertraute Umgebung zurückkehren, wieder das Leben leben, das sie zu leben erwartet hatte, im Mütterhaus in ihrer Mütter Land. Ich fragte mich, wie Pflichtgetreu das ausnutzen könnte, um ihre Gunst zu gewinnen. Gab es irgendwelche Pläne für ihn, dass er sich vielleicht mit Ehrengeschenken in ihrem Mütterhaus vorstellen sollte? Vielleicht würde sie besser von ihm denken, wenn er ihren Verwandten mütterlicherseits daheim zeigte, wie sehr er sie schätzte. Mädchen mochten es für gewöhnlich, so in den Vordergrund gestellt zu werden, oder? Ich beschloss, Pflichtgetreu morgen von meinen Erkenntnissen zu berichten. Ich fragte mich nur, ob diese Erkenntnisse richtig waren und ob sie ihm etwas nützen würden.

Während ich darüber nachdachte, nickte Königin Kettricken dem Barden zu. Dieser wiederum winkte den Musikern, sich bereit zu machen. Dann lächelte Königin Kettricken und sagte irgendetwas zu den anderen auf der Hochempore. Man setzte sich wieder, und als die Musik einsetzte, bot Pflichtgetreu Elliania seine Hand an.

Ich empfand Mitleid mit beiden; sie waren noch so jung und wurden der Öffentlichkeit zur Schau gestellt – der

Reichtum beider Völker, ausgetauscht als bewegliche Habe um einer Allianz willen. Die Hand der Narcheska schwebte über Pflichtgetreus Handgelenk, als er sie die Stufen der Empore hinunter und zu dem gemusterten Sand eskortierte, der als Tanzfläche diente. Er hielt ihr den Arm hin, und sie trat gerade nahe genug heran, dass seine Fingerspitzen ihr Handgelenk berührten. Sie legte jedoch nicht die Hände auf seine Schultern, wie es üblich gewesen wäre, sondern hob stattdessen ein wenig den Rock, als wolle sie so ihre lebhaften Füße präsentieren. Dann erklang die Musik um sie herum, und beide tanzten so perfekt wie Marionetten, die von einem Puppenspieler geführt wurden. Ihre Schritte und Drehungen boten ein Bild voller Jugend und Eleganz.

Die übrigen Zuschauer waren mindestens so begeistert wie ich, und auf den Gesichtern spiegelten sich vielfältige Emotionen wider. Chade strahlte zufrieden, doch Kettricken war zaghafter, und ich vermutete, dass sie insgeheim hoffte, Pflichtgetreu würde nicht nur einen politischen Vorteil aus dieser Verbindung ziehen, sondern auch wahre Liebe finden. Arkon Blutklinge verschränkte die Arme vor der Brust und blickte auf die beiden hinunter, als wären sie der Beleg seiner politischen Macht. Peottre ließ seinen Blick genau wie ich über die Menge schweifen, ganz Leibwächter seines Schützlings. Er verzog nicht das Gesicht, aber er lächelte auch nicht. Unsere Blicke begegneten sich zufällig, als ich ihn studierte. Ich wagte es nicht wegzuschauen, sondern starrte mit dummem Gesicht durch ihn hindurch, als würde ich ihn nicht wirklich sehen. Seine Augen wanderten weiter zu Elliania, und der Schatten eines Lächelns huschte über sein Gesicht.

Ich folgte seinem Blick und ließ mich selbst von der Darbietung verzaubern. Während die beiden Tänzer sich zur Musik drehten, schufen ihre Füße ein neues Muster im Sand. Pflichtgetreu schien mit seinen ausgestreckten Armen den

Flug eines Schmetterlings nachzuahmen, so leicht bewegte sich das Mädchen unter seiner leichten Führung. In mir keimte ein Funken Zustimmung auf, und nun glaubte ich zu verstehen, warum selbst Peottre sich ein Lächeln nicht hatte verkneifen können. Mein Junge versuchte nicht, Elliania zu packen; vielmehr schien seine Berührung den Rahmen zu markieren, in dem sie sich bewegte. Ich fragte mich, wo Pflichtgetreu solche Geschicklichkeit gelernt hatte. Hatte Chade ihn dazu gebracht, oder war das schlicht der diplomatische Instinkt der Weitseher? Eigentlich war es ohne Bedeutung. Er hatte Peottres Gefallen gefunden, das sollte ihm schlussendlich zum Vorteil gereichen.

Der Prinz und die Narcheska tanzten den ersten Tanz allein. Danach gesellten sich andere zu ihnen auf die Tanzfläche, die Herzöge und Herzoginnen der Sechs Provinzen und die Gäste von den Äußeren Inseln. Ich bemerkte, dass Peottre sein Wort hielt und dem Prinzen die Narcheska für den zweiten Tanz abnahm. Der Prinz stand nun plötzlich allein da, wirkte aber dennoch sehr gelassen. Chade ging zu ihm hinüber, um mit ihm zu sprechen, doch auf halbem Weg wurde er von einer jungen Maid abgefangen, die ihn ungeniert zum Tanz aufforderte.

Arkon Blutklinge besaß die Unverschämtheit, Königin Kettricken die Hand zum Tanz anzubieten. Ich sah den Ausdruck, der kurz über ihr Gesicht huschte. Sie hätte sich ihm verweigert, kam aber zu dem Schluss, dass das nicht im besten Interesse der Sechs Provinzen wäre. Also stieg sie mit ihm zur Tanzfläche hinab. Blutklinge zeigte nichts von Pflichtgetreus Rücksicht im Umgang mit seiner Partnerin. Kühn umfasste er die Königin an der Hüfte, sodass sie ihm die Hände auf die Schultern legen musste, um bei den lebhaften Schritten des Mannes nicht das Gleichgewicht zu verlieren. Kettricken bewegte sich elegant und lächelte ihren Partner an, aber sie schien es nicht zu genießen.

Der dritte Tanz war langsamer. Ich freute mich zu sehen, wie Chade sich von seiner jungen Partnerin verabschiedete und Prinzessin Philia zum Tanz aufforderte. Sie schlug mit dem Fächer nach ihm, als wollte sie sich weigern, doch der alte Mann blieb hartnäckig, und ich wusste, dass sie sich insgeheim freute. Sie war so elegant wie eh und je, obwohl sie sich eigentlich nie wirklich im Takt bewegte, aber Chade lächelte zu ihr hinunter, während er sie sicher über die Tanzfläche führte.

Peottre rettete Königin Kettricken vor Blutklinges Aufmerksamkeit, der daraufhin ging, um mit seiner Tochter zu tanzen. Bei dem alten Soldaten schien Kettricken sich wohler zu fühlen als bei seinem Schwager. Kurz traf Pflichtgetreus Blick den meinen. Ich wusste, wie peinlich es ihm war, dort zu stehen, während seine Zukünftige mit ihrem Vater über die Tanzfläche wirbelte. Doch am Ende des Tanzes schien das sogar Blutklinge aufgefallen zu sein, denn er zeigte Mitleid mit dem jungen Prinzen und übergab ihm die Hand seiner Tochter für den vierten Tanz.

Und so ging es weiter. Die Fernholmer suchten sich zumeist Partner bei den ihren, obwohl eine junge Frau es wagte, sich Herzog Shemshy zu nähern. Zu meiner Überraschung schien der alte Mann sich von der Aufforderung geschmeichelt zu fühlen, und er tanzte nicht nur einmal mit ihr, sondern dreimal. Nachdem die Paartänze vorüber waren, begannen die Reigen, und der Hochadel nahm wieder Platz und überließ die Tanzfläche dem niederen Adel. Ich stand schweigend daneben und beobachtete weiter. Mehrere Male schickte mich mein Herr auf Botengänge in andere Teile des Raums, meist um jemandem seine Grüße zu übermitteln oder sich bei einer Dame zu entschuldigen, dass er aufgrund seiner Verletzung leider nicht tanzen könne. Einige der Damen eilten herbei, um ihn zu bemitleiden. Den ganzen Abend über sah ich Gentil Bresinga nicht ein einziges Mal auf der Tanzfläche. Rosmarin tanzte sogar einmal mit Chade. Ich beobachtete, wie sie miteinander sprachen; sie blickte zu ihm hinauf und lächelte schelmisch, während sein Gesichtsausdruck neutral, doch höflich blieb. Prinzessin Philia zog sich früh vom Fest zurück, wie ich bereits erwartet hatte. Bei höfischen Ereignissen mit all ihrem Pomp hatte sie sich noch nie sonderlich wohlgefühlt. Ich dachte, Pflichtgetreu müsse sich geehrt fühlen, dass sie überhaupt gekommen war.

Die Musik, der Tanz, das Essen und das Trinken, all das ging weiter und weiter bis tief in die Nacht und die frühen Morgenstunden hinein. Ich versuchte, eine Möglichkeit zu finden, näher an Gentil Bresingas Weinglas oder seinen Teller zu kommen, doch ohne Erfolg. Der Abend zog sich in die Länge. Meine Beine schmerzten vom Stehen, und ich dachte reumütig an meine frühmorgendliche Verabredung mit Prinz Pflichtgetreu. Ich bezweifelte, dass er sie einhalten würde, aber für den Fall, dass er erschien, musste ich dort sein. Was hatte ich mir nur dabei gedacht? Es wäre viel klüger gewesen, den Jungen noch ein paar Tage zu vertrösten und die Zeit zu nutzen, um meine alte Hütte zu besuchen.

Fürst Leuenfarb schien jedoch einfach nicht müde zu werden. Irgendwann im Laufe des Abends wurden die Tische beiseitegeschoben, um die Tanzfläche zu vergrößern, und er suchte sich einen bequemen Platz neben einem der Kamine und hielt dort Hof. Es waren viele verschiedene Leute, die ihn begrüßten und eine Weile blieben, um sich mit ihm zu unterhalten. Dabei wurde mir erneut deutlich gemacht, dass Fürst Leuenfarb und der Narr zwei vollkommen unterschiedliche Personen waren. Leuenfarb war geistreich und charmant, aber er zeigte nie den beißenden Humor des Narren. Auch war er sehr jamaillianisch, weltgewandt und gelegentlich auch intolerant dem gegenüber, was er als »die Einstellung der Sechs Provinzen« in Fragen der Moral bezeichnete. Er diskutierte mit seiner Gruppe über Kleidung und Schmuck und das auf eine Art, die alle förmlich auseinandernahm, die sich außerhalb seines Kreises bewegten. Ungeniert flirtete er mit den Frauen, verheiratet oder nicht, trank ausgiebig, und wenn man ihm etwas Rauchkraut anbot, lehnte er freundlich und mit den Worten ab: »Alles außer den besten Blättern bereitet mir am Morgen Magenschmerzen. Ich nehme an, ich bin am Hof des Satrapen verdorben worden.« Er plapperte über das Geschehen in Jamaillia und gab dabei Dinge zum Besten, die selbst mich davon überzeugten, dass er nicht nur dort gelebt hatte, sondern am Hof ein und aus gegangen war.

Einige Stunden nach Mitternacht tauchten die ersten Rauchkrautbrenner auf, die unter Edel in Mode gekommen waren. Nun zog man jedoch eine kleinere Variante vor, winzige Töpfe, die an silbernen Ketten hingen, und in denen die brennende Droge qualmte. Jüngere Fürsten und einige Damen trugen ihre eigenen Brenner am Handgelenk. Hier und da standen Diener, die das glühende Rauchkraut schwenkten und ihre Herren mit seinem Rauch einnebelten.

Ich hatte nie Geschmack an diesem Kraut gefunden. Edel hatte es eingeführt, und allein diese Tatsache machte es mir noch widerlicher. Doch sogar die Königin genoss es in Maßen; das Rauchkraut war im Bergreich ebenso bekannt wie in den Sechs Provinzen, auch wenn man in den Bergen eine andere Sorte verwendete. Anderes Kraut, gleicher Name, selbe Wirkung, dachte ich benommen. Die Königin war wieder auf die Hochempore zurückgekehrt. Ihre Augen schimmerten hell durch den Dunst. Sie unterhielt sich mit Peottre. Er lächelte und antwortete ihr, während sein Blick ständig bei Ellianía blieb, die von Pflichtgetreu durch einen Reigen geführt wurde. Arkon Blutklinge hatte sich zu ihnen auf die Tanzfläche gesellt. Er hatte den Mantel abgelegt, sein Hemd geöffnet und schien seine Tanzpartnerinnen fast im Akkord zu wechseln. Er war ein lebhafter Tänzer, wenn auch nicht immer im Einklang mit der Musik.

Das Rauchkraut qualmte, und der Wein floss in Strömen. Ich glaube, es war aus Mitleid mit mir, als Fürst Leuenfarb plötzlich verkündete, der Schmerz in seinem Knöchel habe ihn ermüdet und nun fürchte er, zu Bett gehen zu müssen. Er wurde gedrängt zu bleiben, und er schien darüber nachzudenken, doch dann beschloss er, dass er sich doch zu unwohl dafür fühlte. Nichtsdestoweniger dauerte es bemerkenswert lange, bis er sich von allen verabschiedet hatte. Nachdem ich den Hocker und das Kissen an mich genommen hatte und ihn vom Fest eskortierte, wurden wir mindestens viermal von Leuten angehalten, die Fürst Leuenfarb eine gute Nacht wünschen wollten. Als wir schließlich mühsam die Treppe hinaufstiegen und seine Gemächer erreichten, hatte ich ein wesentlich klareres Bild von seiner Popularität bei Hofe.

Nachdem die Tür hinter uns fest verschlossen war, fachte ich das sterbende Feuer an. Dann schenkte ich mir selbst ein Glas Wein ein und ließ mich auf einen Stuhl am Kamin fallen, während Fürst Leuenfarb sich auf den Boden setzte, um die Bandage von seinen Fuß zu entfernen.

»Ich habe den Verband zu eng gemacht! Sieh dir mal meinen armen Fuß an. Er ist fast blau und eiskalt.«

»Geschieht dir recht«, bemerkte ich mitleidslos. Meine Kleidung stank nach Rauch. Ich blies durch meine Nase, um den Geruch wegzubekommen. Dann blickte ich zu Fürst Leuenfarb hinunter, der sich die tauben Zehen rieb, und erkannte zu meiner Erleichterung, dass der Narr wieder da war. »Wie bist du eigentlich auf ›Fürst Leuenfarb‹ gekommen? Ich glaube nicht, dass mir je ein arroganterer Edelmann untergekommen ist. Hätte ich dich heute Abend zum ersten Mal gesehen, hätte ich dich verachtet. Du hast mich an Edel erinnert.«

»Habe ich das? Nun, vielleicht spiegelt das meinen Glauben wider, dass wir von jedem etwas lernen können, den wir treffen.« Er gähnte herzhaft, bog den Körper nach vorn, bis seine Stirn die Knie berührte und warf dann den Kopf zurück, sodass sein langes Haar auf den Boden fiel. Scheinbar mühelos setzte er sich wieder auf. Er streckte mir die Hand entgegen, und ich zog ihn wieder in die Höhe. Dann ließ er sich auf den Stuhl neben mir fallen. »Böse zu sein hat eine Menge für sich, wenn man anderen das Gefühl vermitteln will, sie könnten dir ihre böswilligsten Meinungen kundtun.«

»Da hast du wohl recht, nehme ich an. Aber warum sollte jemand das wollen?«

Er beugte sich vor, um mir das Weinglas aus den Fingern zu nehmen. »Unverschämter Kerl. Deinem Herrn den Wein zu stehlen. Hol dir ein eigenes Glas.« Während ich das tat, fuhr er fort: »Indem ich solche Böswilligkeit schüre, fördere ich die hässlichsten Gerüchte der Burg zutage. Wer ist das Kind von einem anderen Herrn? Wer hat sich bis über beide Ohren verschuldet? Wer war indiskret und mit wem? Und von wem heißt es, er gebiete über die Alte Macht, oder wer hat Kontakt zu so jemandem?«

Fast hätte ich meinen Wein verschüttet. »Was hast du gehört?«

»Nur was wir erwartet haben«, antwortete er tröstend. »Über den Prinzen und seine Mutter kein Wort. Es sind auch keine Gerüchte über dich in Umlauf. Man munkelt aber, dass Gentil Bresinga seine Verlobung mit Sydel Grauling aufgelöst hat, weil angeblich die Alte Macht in ihrer Familie kursiert. Vergangene Woche sind ein Silberschmied mit der Alten Macht, seine Frau und seine sechs Kinder aus Burgstadt vertrieben worden; Fürstin Esomal ist recht verärgert darüber, da sie gerade zwei Ringe bei ihm bestellt hatte. Oh, und Prinzessin Philia hat auf ihrem Gut drei Gänsemädchen mit der Alten Macht, und es ist ihr egal, ob das jemand weiß oder nicht. Irgendjemand hatte eine von ihnen beschuldigt, seine Falken verhext zu haben, und Prinzessin Philia hat ihm schlicht erklärt, so funktioniere die Alte Macht nicht, aber wenn er nicht aufhöre, seine Falken auf ihre Tauben zu hetzen, würde sie ihn auspeitschen – egal, wessen Cousin er sei.«

»Ah. Philia ist so diskret und rational wie eh und je«, sagte ich lächelnd, und der Narr nickte. Nüchtern schüttelte ich dann den Kopf, als ich hinzufügte: »Wenn die Flut der Gefühle gegen jene mit der Alten Macht noch weiter anwächst, wird Prinzessin Philia vielleicht feststellen müssen, dass dieses Parteiergreifen ihr viel Ärger einbringen könnte. Manchmal wünschte ich, ihre Vorsicht wäre so groß wie ihr Mut.«

»Du vermisst sie, nicht wahr?«, fragte er sanft.

Ich atmete tief ein. »Ja. Das tue ich.« Das zuzugeben versetzte meinem Herzen einen Stich. Ich vermisste sie nicht einfach nur. Ich hatte sie im Stich gelassen. Heute Abend hatte ich sie gesehen, eine schwächer werdende alte Frau, allein, nur umgeben von ihren treuen Dienern.

»Hast du nie darüber nachgedacht, sie wissen zu lassen, dass du überlebt hast?«

Ich schüttelte den Kopf. »Und zwar aus ebenjenen Gründen, die ich gerade genannt habe. Sie kennt keine Vorsicht. Sie würde es nicht nur von den Dächern schreien, sondern vermutlich auch jedem mit der Peitsche drohen, der sich weigerte, ihre Freude zu teilen. Natürlich erst, nachdem sie ihre Wut an mir ausgelassen hätte.«

»Natürlich.«

Wir lächelten beide auf jene bittersüße Art, wie man es tut, wenn das Herz sich nach etwas sehnt, vor dem der Kopf sich fürchtet. Das Feuer brannte vor uns, und die Flammen leckten an einem frischen Scheit. Draußen vor den geschlossenen Fensterläden wehte der Wind. Der erste Vorbote des Winters. Alte Reflexe meldeten sich und riefen mir in Erinnerung, was ich alles zu tun versäumt hatte, um mich darauf vorzubereiten. Ich hatte meinen Garten nicht abgeerntet und kein Marschgras eingefahren, um es dem Pony im Winter bequem zu machen. Doch das waren die Sorgen eines anderen Mannes in einem anderen Leben. Hier in der Bocksburg musste ich mich um nichts von alledem kümmern. Ich hätte mit mir selbst zufrieden sein müssen, doch stattdessen fühlte ich mich beraubt.

»Glaubst du, der Prinz wird sich bei Sonnenaufgang mit mir in Veritas' Turm treffen?«

Der Narr hatte die Augen geschlossen, als er den Kopf in meine Richtung drehte. »Ich weiß es nicht. Er hat noch immer getanzt, als wir gegangen sind.«

»Ich nehme an, ich sollte dort sein, falls er kommt. Ich wünschte, ich hätte ihm das nicht versprochen. Jetzt muss ich erst mal zurück in mein Zimmer und raus aus diesem Zeug.«

Der Narr gab ein leises Geräusch zwischen Zustimmung und Seufzen von sich. Er zog die Füße an und rollte sich auf dem Stuhl wie ein Kind zusammen. Seine Knie befanden sich praktisch direkt unter seinem Kinn.

»Ich werde dann gleich ins Bett gehen«, verkündete ich. »Und das solltest du auch tun.«

Als Antwort hörte ich aus seiner Richtung bereits ein leises Schnarchen. Ich stöhnte, ging zu seinem Bett, zog die Decke herunter, brachte sie zum Kamin und breitete sie über den Narren. »Gute Nacht, Narr.«

Er seufzte zur Antwort und zog die Decke übers Kinn.

Ich blies die Kerzen bis auf eine aus, die ich mit in meine Kammer nahm. Dort stellte ich sie auf meine kleine Kleidertruhe und setzte mich mit einem tiefen Seufzer auf das harte Bett. Mein Rücken schmerzte um meine Narbe herum. Stillstehen zu müssen hatte sie stets mehr gereizt als reiten oder arbeiten. Der kleine Raum war sowohl kalt als auch eng, die Luft stickig und voll von den Gerüchen, die sich in den letzten hundert Jahren hier angesammelt hatten. Ich wollte hier nicht schlafen. Ich dachte darüber nach, zu Chades Arbeitsraum hochzusteigen und mich dort auf das größere, weichere Bett zu legen. Das wäre zweifellos eine gute Idee gewesen, wären da nicht so viele Stufen zwischen mir und dem Bett.

Ich zog meine feinen Kleider aus und verstaute sie ordentlich. Als ich unter meine einzige Decke kroch, beschloss ich, mir etwas Geld von Chade zu besorgen und mindestens noch eine weitere für mich zu kaufen. Und ich würde nach Harm schauen. Und mich bei Jinna dafür entschuldigen, dass ich heute Abend nicht zu ihr gekommen war, wie ich gesagt hatte. Und die Schriftrollen in meiner Hütte beseitigen. Und meinem Pferd endlich Manieren beibringen. Und den Prinzen in der Magie unterweisen.

Ich atmete tief durch, schob meine Sorgen beiseite und versank in einen tiefen Schlaf.

Schattenwolf.

Es war kein starker Ruf. Es war wie Rauch im Wind. Es war nicht mein Name. Jemand anders gab mir diesen Namen, aber das bedeutete nicht, dass ich darauf antworten musste. Ich wandte mich von dem Ruf ab.

Schattenwolf.

Schattenwolf.

Schattenwolf.

Das erinnerte mich an Harm, wie er mir am Hemdzipfel gehangen hatte, als er noch klein gewesen war. Unablässig und hartnäckig. Wie eine Mücke, die einem des Nachts am Ohr herumsummt.

Schattenwolf.

Schattenwolf.

Ich würde nicht weggehen.

Ich schlafe. Plötzlich wusste ich, dass dem wirklich so war; ich wusste es auf die seltsame Art, wie Träumer es oft wissen. Ich schlief, und das war ein Traum. Träume zählten nicht. Oder?

Ich schlafe auch. Das ist die einzige Zeit, da ich dich erreichen kann. Weißt du das nicht?

Meine Antwort schien den Rufer gestärkt zu haben. Fast war es, als würde er sich jetzt an mich klammern. *Nein. Das habe ich nicht gewusst.*

Ich schaute mich gelassen um. Fast erkannte ich die Form einer Landschaft. Es war Frühling, und in der Nähe blühten Apfelbäume. Ich hörte Bienen zwischen den Blüten summen. Das Gras unter meinen Füßen war weich, und ein sanfter Wind wehte mir durchs Haar.

Ich bin so oft in deine Träume gekommen und habe beobachtet, was du getan hast. Ich dachte, ich sollte dich mal in einen von meinen einladen. Gefällt er dir?

Neben mir stand eine Frau. Nein, ein Mädchen. Irgendjemand. Es war schwer zu sagen. Ich konnte ihr Kleid sehen und ihre kleinen Lederschuhe, ihre wettergegerbten Hände, doch der Rest war im Nebel verborgen. Ihre Gesichtszüge vermochte ich nicht zu erkennen. Was mich selbst betraf … Es war seltsam. Ich konnte mich selbst sehen, als stünde ich vor mir, und doch war es nicht das Bild von mir, das ich sah, wenn ich in einen Spiegel blickte. Ich war ein Mann mit struppigen Haaren, viel größer, als ich in Wirklichkeit war, und viel kräftiger. Mein borstiges graues Haar ergoss sich über meinen Rücken und hing mir über die Stirn. Meine Fingernägel waren schwarz und meine Zähne spitz. Unbehagen nagte an mir. Hier drohte Gefahr, aber nicht mir. Warum konnte ich mich nicht daran erinnern, was das für eine Gefahr war?

Das bin nicht ich. Das ist nicht richtig.

Sie lachte liebevoll. *Nun, wenn ich dich nicht so sehen darf, wie du bist, wirst du dich wohl damit zufriedengeben müssen, dich so zu sehen, wie ich dich mir immer vorgestellt habe. Schattenwolf, warum bist du fortgeblieben? Ich habe dich vermisst. Ich habe Angst um dich gehabt. Ich habe deinen großen Schmerz gefühlt, aber nicht gewusst, was der Grund dafür war. Bist du verletzt? Du scheinst weniger zu sein, als du einst warst. Und du wirkst müde, älter. Ich habe dich und deine Träume vermisst. Ich hatte solche Angst, dass du tot sein könntest und nie mehr kommen würdest. Es hat ewig gedauert, bis ich zu dir hinausgreifen konnte, anstatt darauf zu warten, dass du zu mir kommst.*

Sie plapperte wie ein Kind. Eine äußerst echte, schlaflose Bestürzung ergriff von mir Besitz. Es war, als hätte sich ein kalter Nebel über mein Herz gelegt, und dann sah ich es, einen Nebel, der sich in meinem Traum um mich herum sammelte. Irgendwie hatte ich ihn heraufbeschworen. Mein Wille machte ihn immer dichter. Ich versuchte, sie zu warnen. *Das ist nicht richtig. Oder gut. Bleib zurück. Bleib mir vom Leib.*

Das ist nicht gerecht!, heulte sie, als der Nebel zu einer Wand zwischen uns wurde. Ihre Gedanken wurden immer schwächer. *Schau, was du mit meinem Traum gemacht hast. Es war so schwer, ihn zu schaffen, und jetzt hast du ihn verdorben. Wo gehst du hin? Du bist so ungehobelt!*

Ich löste mich aus ihrem immer schwächer werdenden Griff und schien aus meinem Traum zu erwachen. Tatsächlich war ich bereits wach gewesen, und einen Augenblick später saß ich auf der Bettkante. Ich fuhr mir mit den Fingern durch die Haare. Fast war ich für den Gabenschmerz bereit, da schoss er schon durch meinen Bauch und schlug gegen die Innenseite meines Schädels. Ich atmete tief und gleichmäßig, um mich nicht übergeben zu müssen. Nachdem etwas Zeit vergangen war, eine Minute oder ein halbes Jahr, ich wusste nicht wie viel, baute ich unter Schmerzen meine Gabenmauer wieder auf. War ich sorglos gewesen? Hatten die Müdigkeit und der Rauchkrautqualm mich die Mauer senken lassen?

Oder war meine Tochter inzwischen schlicht stark genug, um sie zu durchbrechen?

Kapitel 5

GETEILTES LEID

Ein Sturm von Edelsteinen waren sie.
Geschuppte Flügel glitzernd wie Juwelen.
Mit brennenden Augen und peitschenden Schwingen
Kamen die Drachen.

Zu hell, um sich ihrer zu erinnern.
Tausender Lieder Versprechen erfüllt.
Reißende Klauen, schlingende Kiefer
Der König ist zurückgekehrt.

»VERITAS' STUNDE DER WAHRHEIT«, VON: MERLE VOGELSANG

Ein Luftzug strich über meine Wange. Müde öffnete ich die Augen. Trotz des offenen Fensters und des kalten Morgens war ich auf Veritas' Stuhl eingedöst. Vor und unter mir erstreckte sich die Aussicht aufs Wasser. Weiße Schaumkronen leuchteten auf den Wellenbergen unter einem grauen Himmel. Mit einem Stöhnen erhob ich mich und stellte mich ans Turmfenster. Von hier aus konnte ich sogar noch weiter sehen: zu den steilen Klippen und dichten Wäldern, die diese Seite der Burg umgaben. Die Luft roch nach Sturm, und der Wind zeigte seine Winterzähne. Die Sonne stand bereits eine Handbreit über dem Horizont, die Morgendämmerung war vorüber. Der Prinz war nicht gekommen.

Das überraschte mich nicht. Pflichtgetreu schlief vermutlich noch tief und fest nach den Festivitäten der letzten Nacht. Nein, es war ganz und gar nicht überraschend, dass er mich vergessen hatte. Trotzdem war ich ein wenig enttäuscht, und das nicht nur, weil mein Prinz den Schlaf für wichtiger hielt, als sich mit mir zu treffen. Er hatte *gesagt,* dass er sich hier mit mir treffen würde, und sein Versprechen nicht eingehalten. Er hatte mir noch nicht einmal eine Nachricht zukommen lassen und mir so die Zeit und Mühe erspart, hier heraufzukommen. Für einen gewöhnlichen Jungen in seinem Alter war das natürlich ein unbedeutendes Problem, schlichte Gedankenlosigkeit. Aber das galt nicht für einen Prinzen. Ich wollte ihn dafür tadeln, wie Chade oder Burrich mich getadelt hätten. Ich grinste reumütig. Wenn ich es recht betrachtete, war ich in Pflichtgetreus Alter wirklich anders gewesen? Burrich hatte nie darauf vertraut, dass ich Verabredungen im Morgengrauen einhielt. Ich konnte mich gut daran erinnern, wie er an meine Tür zu hämmern pflegte, um sicherzustellen, dass ich keine Lektion im Umgang mit der Axt versäumte. Nun, wären unsere Rollen anders gewesen, ich wäre jetzt vielleicht hinuntergegangen und hätte an die Tür des Prinzen gehämmert.

So wie es war, gab ich mich jedoch damit zufrieden, eine Nachricht in den Staub auf dem kleinen Tisch neben dem Stuhl zu schreiben. »Ich war hier, du nicht.« Kurz und knapp, ein Tadel, wenn er das so betrachten wollte. Und anonym. Es hätte genauso gut die Nachricht eines lüsternen Pagen an eine offenherzige Zofe sein können.

Ich schloss die Fensterläden und ging auf demselben Weg wieder hinaus, den ich gekommen war, nämlich durch ein Paneel an der Seite des Kamins. Es war eine enge Öffnung, und es bedurfte einiger Tricks, sie wieder ordentlich zu verschließen. Meine Kerze war erloschen. Ich stieg die lange, düstere Treppe hinunter, die nur spärlich vom Licht aus den winzigen Wandschlitzen beleuchtet war. Einige Abschnitte musste ich in vollkommener Finsternis zurücklegen. Der Weg kam mir länger vor, als ich ihn in Erinnerung hatte, und ich war froh, als mein Fuß endlich den Beginn der nächsten Treppe fand. Am Fuß dieser Treppe bog ich falsch ab, und als ich beim dritten Mal mitten in einen Haufen Spinnweben rannte, wusste ich, dass ich mich verirrt hatte. Ich drehte um und tastete mich zurück. Als ich einige Zeit später Chades Kammer durch die Geheimtür hinter dem Weinregal betrat, war ich verstaubt, verärgert und verschwitzt. So war ich schlecht auf das vorbereitet, was mich dort erwartete.

Chade sprang von seinem Stuhl neben dem Kamin auf und stellte seine Teetasse ab. »Da bist du ja, Fitz-Chivalric«, rief er im selben Augenblick, in dem mich eine Gabenwelle traf.

Sieh mich nicht, Stinkehund.

Ich geriet ins Taumeln und musste mich am Tisch festhalten, um nicht umzufallen. Ich ignorierte Chade, der mich anstarrte, um mich auf Dick konzentrieren zu können. Der schwachsinnige Diener stand mit rußgeschwärztem Gesicht am Arbeitsofen. Seine Gestalt waberte vor meinen Augen, und ich fühlte mich benommen. Hätte ich vergangene Nacht nicht meine Mauern zum Schutz vor Nessels Gabenspielereien neu aufgebaut, ich glaube, er hätte mit einem Schlag alle Bilder aus meinem Geist tilgen können. So jedoch konnte ich mit zusammengebissenen Zähnen sagen: »Ich sehe dich. Ich werde dich immer sehen. Aber das heißt nicht, dass ich dir wehtun werde – es sei denn, du bist wieder so grob zu mir.« Ich war ernsthaft versucht, die Gabe gegen ihn einzusetzen, ihn mit schierer animalischer Energie *zurückzuschleudern,* aber ich tat es nicht. Ich würde die Gabe nicht benutzen. Dazu hätte ich meine Mauer fallen lassen müssen, und das wiederum hätte ihm die Grenzen meiner Kraft gezeigt. Dazu war ich noch nicht bereit. Bleib ruhig, ermahnte ich mich selbst. Du musst dich erst selbst beherrschen, bevor du ihn beherrschen kannst.

»Nein, nein, Dick! Hör auf damit. Er ist gut. Er darf hier sein. Das sage ich.«

Chade sprach mit ihm wie mit einem Kleinkind. Während ich erkannte, dass die kleinen Augen in dem runden Gesicht nicht die eines geistig Gleichwertigen waren, sah ich auch den Groll darüber, so angesprochen zu werden. Ich ging darauf ein, hielt meinen Blick auf Dick gerichtet, sprach aber mit Chade.

»Du musst nicht so mit ihm reden. Er ist nicht dumm. Er ist …« Ich suchte nach einem Wort für das, dessen ich mir plötzlich sicher war. Dicks Geist mochte ja in gewisser Hinsicht beschränkt sein, aber er war definitiv vorhanden. »Anders«, endete ich lahm. Anders, sinnierte ich, wie ein Pferd sich von einer Katze unterscheidet und sie beide sich vom Menschen. Aber nicht weniger. Fast konnte ich fühlen, wie sein Geist in andere Richtungen wanderte als meiner, wie er Dingen Bedeutung zumaß, an denen ich vorüberging, und zugleich vieles von dem ignorierte, was für mich zu den Grundfesten meiner Wirklichkeit zählte.

Dick blickte wütend von mir zu Chade und wieder zurück. Dann griff er sich seinen Besen und den Ascheimer und eilte aus dem Raum. Als das Regal hinter mir wieder an seinen Platz zurückglitt, fing ich das mir entgegengeschleuderte Gedankenfragment auf: *Stinkehund.*

»Er mag mich nicht. Er weiß, dass ich auch über die Gabe verfüge«, beschwerte ich mich bei Chade und ließ mich auf den anderen Stuhl fallen. Fast ein wenig schmollend fügte ich hinzu: »Prinz Pflichtgetreu ist heute Morgen nicht zu unserer Verabredung in Veritas' Turm erschienen.«

Meine Bemerkung schien an dem alten Mann vorbeizugehen. »Die Königin will dich sehen. Sofort.« Er war ordentlich, ja sogar elegant in eine schlichte blaue Robe gekleidet und trug edle Fellpantoffeln. Schmerzten seine Füße vom vielen Tanzen?

»Weshalb?«, fragte ich, als ich aufstand und ihm folgte. Wir gingen zu dem Weinregal, und als wir die Geheimtür öffneten, bemerkte ich: »Es schien Dick nicht überrascht zu haben, dass ich von hier hereingekommen bin.«

Chade zuckte mit den Schultern. »Ich glaube nicht, dass er klug genug ist, um sich von so etwas überraschen zu lassen. Ich bezweifle sogar, dass er es überhaupt richtig bemerkt hat.«

Ich dachte darüber nach und kam zu dem Schluss, dass er vermutlich recht hatte. Für Dick hatte das wahrscheinlich keine Bedeutung. »Warum will mich die Königin sehen?«

»Weil sie es mir gesagt hat«, antwortete Chade leicht gereizt. Danach schwieg ich und folgte ihm. Ich vermutete, dass ihm der Schädel ebenso dröhnte wie mir. Ich wusste, dass er ein Gegenmittel für einen Kater kannte, aber ich wusste auch, wie schwer es herzustellen war. Manchmal war es einfacher, sich mit dem Kopfschmerz auseinanderzusetzen, als sich der Prozedur zu unterziehen, ein Heilmittel zu erstellen.

Wir betraten die Privatgemächer der Königin, wie wir es schon oft getan hatten. Chade blieb kurz stehen, spähte hinein und lauschte, ob keine Zeugen anwesend waren. Königin Kettricken wartete in ihrem Wohngemach auf uns. Sie lächelte müde, als wir den Raum betraten. Sie war allein.

Wir verneigten uns formell. »Guten Morgen, meine Königin«, begrüßte sie Chade für uns, und sie streckte einladend die Hand aus und winkte uns herein. Als ich zum letzten Mal hier gewesen war, hatte uns eine besorgte Kettricken in einem Gemach von strenger Schlichtheit erwartet, und ihre Gedanken hatten sich einzig und allein um ihren vermissten Sohn gedreht. Diesmal zeigte der Raum ihre Handschrift. Mitten auf einem kleinen Tisch hatte man sechs goldene Blätter auf einem Tablett mit schimmernden Flusskieseln ausgelegt.

Drei große brennende Kerzen verströmten Veilchenduft. Mehrere Wollteppiche schützten den Boden vor der kommenden Winterkälte, und die Stühle waren mit Schafsfellen bedeckt. Ein Feuer brannte im Kamin, und aus einem Kessel stieg Dampf empor. Das erinnerte mich an Kettrickens Heimat in den Bergen. Auf einem anderen kleinen Tisch hatte sie etwas zu essen anrichten lassen. Heißer Tee dampfte in einer dicken Kanne. Mir war gerade aufgefallen, dass nur zwei Tassen dastanden, als Kettricken sagte: »Danke, dass Ihr Fitz-Chivalric hergebracht habt, Fürst Chade.«

Damit war der alte Assassine entlassen. Chade verneigte sich erneut, vielleicht ein wenig steifer als beim ersten Mal, und zog sich wieder zurück. Ich blieb allein mit meiner Königin und fragte mich, was das alles sollte.

Nachdem sich die Tür hinter Chade geschlossen hatte, seufzte die Königin plötzlich laut. Sie setzte sich an den Tisch und winkte mich zu sich. »Bitte, Fitz.« Ihre Worte waren eine Einladung, mich zu ihr zu setzen und sämtliche Formalitäten zu vergessen.

Als ich ihr gegenüber Platz nahm, musterte ich sie. Wir waren ungefähr im gleichen Alter, doch zu ihr waren die Jahre weit gnädiger gewesen. Während das Leben bei mir Narben verursacht hatte, hatte die Zeit Kettricken gepflegt und gehegt und nur ein paar feine Falten um ihren Mund und in den Augenwinkeln hinterlassen. Heute trug sie ein grünes Kleid, welches das Gold ihrer Haare und den Jadeschimmer in ihren Augen betonte. Ihre Kleidung war ebenso schlicht wie ihre Frisur, und sie trug weder Schmuck noch Schminke.

Sie frönte keinerlei Zeremonie, als sie mir Tee einschenkte und die Tasse vor mich stellte. »Nimm dir auch ein paar Kuchen, wenn du willst«, sagte sie. Irgendetwas in ihrer Stimme, ein heiserer Unterton, ließ mich die Tasse wieder beiseitestellen, die ich mir gerade genommen hatte. Sie mied meinen Blick. Ich sah ihre Augenlider flattern; dann löste sich eine Träne aus ihrem Auge und rann ihr über die Wange.

»Kettricken?«, fragte ich besorgt. Was war schiefgelaufen, wovon ich nichts wusste? Hatte sie herausgefunden, dass die Narcheska ihren Sohn eigentlich gar nicht heiraten wollte? Hatte es wieder eine Bedrohung seitens der Alten Macht gegeben?

Rasselnd schöpfte Kettricken Atem und blickte mir plötzlich ins Gesicht. »Oh, Fitz, ich habe dich nicht deswegen hierhergerufen. Ich wollte es für mich selbst behalten, aber ... Es tut mir so leid. Für uns alle. Als ich es hörte, hatte ich es bereits geahnt. Ich war im Morgengrauen aufgewacht und hatte gefühlt, dass etwas zerbrochen war, etwas Wichtiges.« Sie versuchte, sich zu räuspern, konnte es aber nicht. So krächzte sie, während ihr die Tränen nun ungehindert über die Wangen rannen. »Ich konnte meinen Finger nicht auf den Verlust legen, doch als Chade mir deine Neuigkeiten gebracht hat, habe ich es sofort gewusst. Ich habe gefühlt, wie Nachtauge uns verlassen hat, Fitz.« Sie begann zu zittern, schlug die Hände vors Gesicht und weinte wie ein todunglückliches Kind.

Ich wollte fliehen. Fast hatte ich es geschafft, meine Trauer zu bezwingen, und nun riss Kettricken die Wunde wieder auf. Eine Zeit lang saß ich hölzern da, von Schmerz betäubt. Warum konnte sie die Sache nicht einfach auf sich beruhen lassen?

Kettricken schien meine Kälte nicht zu bemerken. »Die Jahre vergehen, aber einen Freund wie ihn vergisst man niemals.« Sie sprach mit sich selbst, den Kopf noch immer in die Hände gelegt. Ihre Stimme klang gedämpft und tränenerstickt. Sie schaukelte auf ihrem Stuhl. »Ich habe mich einem Tier noch nie so nahe gefühlt, bevor wir gemeinsam gereist sind. Aber in den langen Stunden der Reise war er immer da; er lief uns voraus, kam zurück und schaute nach uns. Er war wie ein Schild für mich, denn wenn er zurückgetrottet kam, wusste ich immer, dass keine Gefahren auf uns lauerten. Ohne seine beruhigende Art hätte mich mein armseliger Mut schon hundert Mal verlassen. Als wir zu unserer Reise aufbrachen, schien er nur ein Teil von dir zu sein, doch dann lernte ich seine eigene Persönlichkeit kennen. Seine Tapferkeit und seine Beharrlichkeit, ja selbst seinen Humor. Es gab Zeiten, besonders am Steinbruch, wenn wir auf die Jagd gegangen sind und nur er meine Gefühle zu verstehen schien … Es war nicht nur, dass ich mich an ihn klammern und in sein Fell weinen konnte, ohne befürchten zu müssen, dass er meine Schwäche verriet. Es war, als würde er sich auch über meine Stärke freuen. Wenn ich die Beute erlegt hatte, konnte ich seine Anerkennung fühlen wie … wie eine Wildheit, die sagte, ich verdiene es zu überleben – dass ich mir meinen Platz in der Welt verdient hätte.« Sie atmete rasselnd. »Ich glaube, ich werde ihn für immer vermissen. Und ich habe ihn noch nicht einmal mehr gesehen, bevor …«

Meine Gedanken überschlugen sich. Ich hatte wirklich nicht geahnt, wie nahe sich die beiden gewesen waren. Nachtauge hatte seine Geheimnisse gut bewahrt. Die Gabe war auch in Königin Kettricken präsent. Wenn sie meditierte, hatte ich manchmal schwach ihre Fragen gefühlt. Oft hatte ich vermutet, dass ihre heimatliche Verbundenheit zur Natur in den Sechs Provinzen mit einem weniger achtbaren Namen belegt werden würde. Aber sie und mein Wolf?

»Er hat mit dir gesprochen? Du hast Nachtauge in deinem Geist gehört?«

Sie schüttelte den Kopf, ohne das Gesicht aus den Händen zu nehmen. Ihre Finger dämpften ihre Antwort: »Nein. Aber ich habe ihn in meinem Herzen gefühlt, als ich allem anderen gegenüber taub war.«

Langsam stand ich auf. Ich ging um den kleinen Tisch herum. Eigentlich hatte ich ihr nur auf die Schulter klopfen wollen, doch kaum hatte ich sie berührt, da sprang Kettricken auf und warf sich mir in die Arme. Ich hielt sie fest und ließ sie an meiner Schulter weinen. Ob ich nun wollte oder nicht, auch mir stiegen Tränen in die Augen. Dann erlaubte mir ihre Trauer – nicht ihr Mitgefühl für mich, sondern ihre echte Trauer um Nachtauges Tod –, auch meinen Gefühlen freien Lauf zu lassen. All die Qual, die ich vor jenen zu verbergen versucht hatte, die meinen Verlust nicht wirklich verstanden, verlangte danach, sich augenblicklich Bahn zu brechen. Ich glaube, ich habe erst bemerkt, dass wir die Rollen getauscht hatten, als Kettricken mich sanft auf den Stuhl drückte. Sie bot mir ihr winziges Taschentuch an und küsste mich dann sanft auf die Stirn und beide Wangen. Ich konnte nicht aufhören zu weinen. Kettricken stand neben mir; ich hatte den Kopf gegen ihre Brust gelehnt, und sie streichelte mir übers Haar und ließ mich weinen. Mit gebrochener Stimme sprach sie von meinem Wolf und dem, was er für sie gewesen war, Worte, die ich kaum hörte.

Sie versuchte nicht, meine Tränen aufzuhalten, und sagte mir auch nicht, dass alles wieder in Ordnung kommen würde. Dem war nicht so, und das wusste sie. Als mein Weinen schließlich aufhörte, beugte sie sich vor und küsste mich auf den Mund: ein heilender Kuss. Ihre Lippen waren salzig von ihren eigenen Tränen. Dann richtete sie sich wieder auf.

Plötzlich seufzte Kettricken, als lege sie eine Last beiseite. »Dein armes Haar«, murmelte sie und strich mir über den Kopf. »Oh, mein lieber Fitz. Wie hart wir dich benutzt haben! Euch beide. Und ich kann niemals …« Sie schien die Nutzlosigkeit von Worten zu fühlen. »Aber … nun … trink deinen Tee, solange er noch heiß ist.« Sie löste sich von mir, und nach einem Augenblick glaubte ich, mich wieder unter Kontrolle zu haben. Ich hob die Tasse und trank einen Schluck. Der Tee war noch immer glühend heiß. Nur wenig Zeit war vergangen, doch ich hatte das Gefühl, als hätte ich einen entscheidenden Wendepunkt überschritten. Ich atmete tief ein, und die Luft schien meine Lunge zu füllen wie schon seit Tagen nicht mehr. Kettricken nahm meine Tasse. Als ich zur Königin blickte, lächelte sie mir sanft zu. Vom Weinen waren ihre Augen rot und ihre Nase rosa. In meinen Augen hatte sie noch nie liebreizender ausgesehen.

So verbrachten wir einige Zeit gemeinsam. Auf dem Tisch standen Blätterteigpasteten mit Wurst und kleine Kuchen mit Obstfüllung sowie einfache, herzhafte Haferkuchen. Obwohl wir uns beide für unsere gebrochenen Stimmen schämten und es vorzogen, lieber nicht miteinander zu reden, kam keine unangenehme Stille zwischen uns auf. Schweigend aßen wir. Ich stand auf, um heißes Wasser für die Teekanne zu holen, und nachdem die Kräuter durchgezogen waren, schenkte ich uns beiden nach. Nach einiger Zeit des Schweigens lehnte sie sich auf dem Stuhl zurück und sagte leise: »Nun. Wie du also siehst, stammt dieser angebliche ›Makel‹ bei meinem Sohn von mir.«

Kettricken redete, als würden wir ein Gespräch fortsetzen. Ich hatte mich schon gefragt, wann sie diese Verbindung herstellen würde. Da sie das nun getan hatte, berührten mich die Schuldgefühle und die Reue, die ich in ihrer Stimme hörte. »Es hat auch schon vor Pflichtgetreu Weitseher mit der Alten Macht gegeben«, erklärte ich. »Mich eingeschlossen.«

»Und du hattest eine Mutter aus dem Bergvolk. Bist du Veritas nicht in Mondesauge übergeben worden? Wer außer einer Bergmutter hätte dir dort das Leben geschenkt? Ich sehe sie in deinem feinen Haar, und ich habe sie in deiner Stimme gehört, als du die Sprache deiner frühesten Kindheit in Jhaampe neu erlernt hast. Wenn die Berge dich auf diese Art geprägt haben, warum dann nicht auch auf eine andere? Es ist gut möglich, dass sie die Quelle deiner Veranlagung war. Vielleicht ist sie Teil des Blutes des Bergvolkes.«

Ich kam der Wahrheit gefährlich nahe, als ich sagte: »Ich

betrachte es als ebenso möglich, dass Pflichtgetreu die Alte Macht von seinem Vater und nicht von seiner Mutter bekommen hat.«

»Aber …«

»Aber es ist nicht wichtig, woher sie denn nun kommt«, unterbrach ich meine Königin unerbittlich. Ich wollte das Gespräch auf ein anderes Thema lenken. »Der Junge hat sie, und damit müssen wir nun zurechtkommen. Als er mich zum ersten Mal darum gebeten hat, ihn zu unterrichten, war ich entsetzt. Nun glaube ich, sein Instinkt hatte recht. Es ist besser, wenn er so viel über seine Magie weiß, wie ich ihm nur beibringen kann.«

Kettrickens Gesicht hellte sich auf. »Dann hast du also eingewilligt, ihn zu unterrichten?!«

Was Intrigen betraf, war ich wirklich aus der Übung. Oder vielleicht, so sinnierte ich ironisch, hatte meine Königin im Laufe der Jahre gelernt, dass Freundlichkeit und subtiles Nachhaken ihr mehr von meinen Geheimnissen enthüllten als Chades Gerissenheit. Die Genauigkeit, mit der sie meinen Gesichtsausdruck deutete, schien das zu bestätigen.

»Ich werde dem Prinzen gegenüber nichts davon erwähnen. Wenn er das privat zwischen euch halten will, dann soll es so sein. Wann werdet ihr anfangen?«

»Sobald es dem Prinzen gefällt«, erwiderte ich ausweichend. Ich wollte nicht petzen, dass er seine erste Unterrichtsstunde bereits geschwänzt hatte.

Kettricken nickte. Sie schien zufrieden damit zu sein, es mir zu überlassen. Sie räusperte sich. »Fitz-Chivalric. Der Grund, warum ich dich hergerufen habe, war meine Absicht … die Dinge für dich wieder in Ordnung zu bringen. So gut wir können. In so vielerlei Hinsicht kann ich dich nicht so behandeln, wie du es verdienst. Ich verstehe die Gründe für deine Maskerade als Fürst Leuenfarbs Diener. Trotzdem bekümmert es mich, dass ein Prinz deiner Abstammung ohne jegliche Anerkennung bei seinem eigenen Volk ist. Was können wir tun? Würdest du gern andere Gemächer haben, etwas privatere, wo du dich selbst einrichten kannst?«

»Nein«, antwortete ich rasch, und als ich den brüsken Ton meiner Erwiderung hörte, fügte ich rasch hinzu: »Ich glaube, die Dinge sind gut so, wie sie sind. Ich habe es so bequem, wie ich es brauche.« Ich hätte hier leben, die Burg aber nie zu meiner Heimat machen können. Ich hatte es versucht, und es war sinnlos gewesen. Dieser Gedanke versetzte mir einen Schlag. Heimat, sinnierte ich, war ein Ort, den man teilte. Die Kammer über dem Stall mit Burrich oder die Hütte mit Nachtauge und Harm. Und die Gemächer, die ich mir nun mit dem Narren teilte? Nein. Wir waren beide viel zu vorsichtig und viel zu sehr darauf bedacht, unsere Rollen konsequent zu spielen.

»... alles für eine monatliche Rente arrangiert. Von nun an wird Chade dafür sorgen, dass du es bekommst, aber das wollte ich dir selber geben.« Meine Gedanken kehrten wieder zu Kettricken zurück.

Sie stellte eine Börse vor mir auf den Tisch, ein kleines Stoffsäckchen mit Blumenstickereien. Sie klimperte, als sie sie auf den Tisch stellte. Unfreiwillig errötete ich. Als ich den Blick hob, sah ich, dass Kettrickens Wangen ebenfalls gerötet waren.

»Das fühlt sich ein wenig peinlich an, nicht wahr? Versteh das nicht falsch, Fitz-Chivalric. Das ist keine Bezahlung dafür, was du für mich und die meinen getan hast. Das ist nicht zu bezahlen. Aber ein Mann hat Ausgaben, und es ist nur angemessen, dass du nicht um das bitten musst, was du brauchst.«

Ich verstand sie, konnte aber nicht anders, als in formellem Ton zu sagen: »Die Euren sind auch die meinen, meine Königin. Ihr habt recht, kein Geld der Welt könnte kaufen, was ich für sie zu tun bereit bin.«

Eine andere Frau hätte das als Tadel aufgefasst, doch meine Worte zauberten einen wilden Stolz in Kettrickens Augen, und sie lächelte mich an. »Unsere Verwandtschaft macht mich glücklich, Fitz-Chivalric. Rurisk war mein einziger Bruder. Niemand kann ihn je ersetzen. Aber du bist dem so nahegekommen, wie es überhaupt möglich ist.«

Bei diesen Worten glaubte ich, dass wir einander wirklich gut verstanden. Es wärmte mir das Herz, dass sie mich als ihren Verwandten betrachtete, und tatsächlich war ich ja durch Blut mit ihrem Mann und ihrem Sohn verbunden. Vor langer Zeit hatte König Listenreich einen Handel mit mir abgeschlossen und ihn mit einer Silbernadel besiegelt. Sowohl die Nadel als auch der König waren schon lange nicht mehr. Hatte unsere Abmachung noch Bestand? König Listenreich hatte beschlossen, mein König und nicht mein Großvater zu sein. Nun beanspruchte Kettricken, meine Königin, mich erst als Verwandten und dann auch noch als Bruder. Sie schloss keinen Handel ab. Allein der Gedanke hätte sie schon wütend gemacht, meine Treue an bestimmte Bedingungen zu knüpfen.

»Ich möchte meinem Sohn sagen, wer du wirklich bist.«

Das riss mich aus meinen Gedanken. »Bitte, nein, meine Königin. Dieses Wissen ist eine Gefahr und eine Last. Warum sie ihm auferlegen?«

»Warum dieses Wissen dem Erben der Weitseher verweigern?«

Wir schwiegen für einen langen Augenblick. Dann sagte ich: »Vielleicht, wenn die Zeit dafür reif ist.«

Sie ergriff meine Hand über den Tisch hinweg, drehte sie mit der Handfläche nach oben und legte etwas hinein. »Vor langer Zeit hast du eine kleine Silbernadel mit einem Rubin getragen, die König Listenreich dir gegeben hat. Eine Nadel, die dich als den seinen kennzeichnete, und er hat dir gesagt, seine Tür stünde dir stets offen. Nun will ich, dass du dies hier im selben Geist bei dir trägst.«

Es war ein winziges Ding. Ein kleiner Silberfuchs mit einem zwinkernden grünen Auge. Er saß wachsam da, den Schweif um die Füße gelegt. Die Figur war an einer langen Nadel befestigt. Ich musterte sie sorgfältig. Sie war perfekt.

»Das ist die Arbeit deiner eigenen Hände.«

»Ja. Es schmeichelt mir, dass du dich daran erinnerst, dass ich gerne mit Silber arbeite. Es ist meine Arbeit. Der Fuchs ist mein Symbol hier in der Bocksburg, dafür hast du gesorgt.«

Ich schnürte mein blaues Dienerhemd auf und öffnete es. Kettricken beobachtete, wie ich die Nadel in den Aufschlag steckte. Von außen war nichts zu sehen, doch als ich das Hemd wieder zuzog, konnte ich den kleinen Fuchs auf meiner Brust spüren.

Ich räusperte mich. »Du hast mir eine große Ehre erwiesen. Wenn es so ist, dass du mich wirklich als Bruder betrachtest, möchte ich dir eine Frage stellen, von der ich weiß, dass auch Rurisk sie dir gestellt hätte. Ich will so kühn sein und fragen, warum du unter deinen Hofdamen jene behalten hast, die versucht hat, dich zu töten. Ja, dich und dein ungeborenes Kind.«

Sie blickte mich verwirrt an. Dann, als hätte sie jemand mit einer Nadel gestochen, zuckte sie zusammen und sagte: »Oh, du meinst Rosmarin.«

»Genau die.«

»Das ist so lange her ... All das ist schon so lange her, Fitz. Weißt du, wenn ich sie ansehe, denke ich noch nicht einmal daran. Als Edel und sein Haushalt am Ende des Kriegs der Roten Schiffe hierher zurückgekehrt sind, gehörte Rosmarin zu seinem Tross. Ihre Mutter war gestorben, und sie war ... vernachlässigt worden. Zuerst konnte ich weder sie noch Edel in meiner Gegenwart ertragen, aber nach außen galt es den Schein zu wahren, und seine erbärmlichen Entschuldigungen und Treueschwüre mir und dem ungeborenen Thronerben gegenüber waren ... nützlich. Das half mir, die Sechs Provinzen zu einen, denn er brachte den Adel von Tilth und Farrow mit. Und wir brauchten diese Unterstützung – dringend. Es wäre ein Leichtes gewesen, die Sechs Provinzen nach dem Krieg der Roten Schiffe in einen Bürgerkrieg zu stürzen. Aber Edels Einfluss reichte aus, um die Edelleute dazu zu bewegen, mir die Treue zu schwören. Dann starb Edel auf so seltsame und brutale Weise. Gerüchte kamen auf, dass ich ihn aus Rache hatte umbringen lassen. Chade riet mir dringend, seinen Edelleuten gegenüber Gesten zu machen, die sie an mich binden würden. Das tat ich dann auch. Ich setzte Prinzessin Philia an seine Stelle in Fierant, denn dort, so glaubte ich, brauchte ich jemanden, der mich wirklich unterstützte. Seine anderen Liegenschaften teilte ich jedoch unter jenen seiner Gefolgsleute auf, die am meisten Überredung erforderten.«

»Wie reagierte Herzog Vigilant darauf?«, fragte ich. Das war alles neu für mich. Vigilant war Edels Erbe gewesen und nun der Herzog von Farrow. Viel von dem, was Kettricken »verteilt« hatte, war ohne Zweifel in seinen persönlichen Besitz gewandert.

»Ich habe ihn auf andere Art entschädigt. Nach seiner katastrophalen Vorstellung bei der Verteidigung der Bocksburg hatte er ohnehin nicht viele Freunde mehr. Er war nicht mehr in der Lage, gegen irgendetwas zu protestieren, denn er hatte nicht Edels Einfluss auf den Adel geerbt. Dennoch beschloss ich, ihn nicht nur zufrieden, sondern auch zu einem besseren Herrscher zu machen, als er sonst geworden wäre. Ich sorgte dafür, dass er in jeder Hinsicht eine ordentliche Ausbildung genoss. Die meisten Jahre als Herzog von Farrow hat er hier in der Bocksburg verbracht. Philia verwaltet seine Güter in Fierant für ihn, und das vermutlich besser, als er es könnte, denn sie ist klug genug, um Leute einzustellen, die wissen, was sie tun. Jeden Monat schickt sie ihm weit detailliertere Berichte, als ihm lieb ist, aber ich bestehe darauf, dass er sie mit einem meiner Schreiber durchgeht, nicht nur damit er sie versteht, sondern auch damit er zugeben muss, wie zufrieden er ist. Ich glaube, das ist er auch wirklich.«

»Ich vermute, dass auch die Herzogin etwas damit zu tun hat«, bemerkte ich.

Kettricken errötete leicht. »Chade hielt es für besser, ihn glücklich zu verheiraten. Es war an der Zeit, dass er einen Erben bekommt. Als Junggeselle stellte er förmlich eine Einladung für Unruhestifter am Hof dar.«

»Wer hat sie ausgesucht?« Ich versuchte, nicht allzu kalt zu klingen.

»Fürst Chade hat mehrere junge Frauen aus guten Familien vorgeschlagen, solche die ... die notwendigen Qualitäten aufwiesen. Danach habe ich dafür gesorgt, dass sie einander vorgestellt wurden. Die Familien habe ich wissen lassen, dass es mich sehr freuen würde, sollte der Herzog eine ihrer Töchter auswählen. Sofort ging der Wettbewerb zwischen den Frauen los. Aber Herzog Vigilant suchte sich seine eigene Braut aus. Ich habe nur dafür gesorgt, dass er die Gelegenheit zum Wählen bekam ...«

»... und ein fügsames und nicht allzu ehrgeiziges Exemplar aussuchte. Eine Tochter aus einem Haus, das der Königin treu ergeben ist«, fügte ich hinzu.

Kettricken blickte mir unverwandt in die Augen. »Ja.« Sie atmete tief durch. »Nimmst du mir das etwa übel, Fitz-Chivalric? Du, der mich als Erster gelehrt hat, wie ich die Hofintrigen zu meinem Vorteil nutzen kann?«

Ich lächelte sie an. »Nein. Tatsächlich bin ich sogar stolz auf dich. Herzog Vigilants Gesichtsausdruck beim gestrigen Fest nach zu urteilen scheint er mit seiner Wahl recht zufrieden zu sein.«

Kettricken seufzte erleichtert. »Danke. Deine Meinung ist mir wichtig, Fitz-Chivalric, das war sie immer. Ich könnte es nicht ertragen, mich vor dir schämen zu müssen.«

»Ich bezweifle, dass es je so weit kommen wird«, erwiderte ich ebenso ehrlich wie galant. Dann führte ich das Gespräch wieder auf das Thema zurück, das mich interessierte. »Und Rosmarin?«

»Nachdem Edel gestorben war, haben sich die meisten seiner Anhänger auf ihre Familiensitze verstreut, und einige sind losgezogen, um die neuen Güter zu inspizieren, die ich ihnen gegeben hatte. Niemand erhob Anspruch auf Rosmarin. Ihr Vater war noch vor ihrer Geburt gestorben. Ihre Mutter hatte seinen Titel geerbt, Fürstin Celeffa von Firwald, aber der Titel bestand nur aus Worten. Firwald ist eine winzige Liegenschaft, das Lehen eines Bettlers. Zwar gibt es dort ein Gutshaus, doch man hat mir gesagt, dass es schon seit Jahren nicht mehr bewohnt wird. Aber nur um in Prinz Edels Gunst zu stehen, wollte Celeffa nicht an den Hof kommen.« Sie seufzte. »So wurde Rosmarin mit acht Jahren Waise und stand nicht in der Gunst der Königin. Ich muss dir wohl nicht erzählen, wie sie bei Hof behandelt worden ist.«

Ich zuckte unwillkürlich zusammen. Ich wusste das ganz genau.

»Ich habe versucht, sie zu ignorieren, aber Chade wollte die Sache nicht auf sich beruhen lassen. Ehrlich gesagt wollte auch ich das nicht.«

»Sie war eine Gefahr für dich. Eine halb ausgebildete Assassine, von Edel dazu erzogen, dich zu hassen. Man konnte sie nicht einfach so herumlaufen lassen, wie es ihr gefiel.«

Kettricken schwieg kurz. »Jetzt klingst du wie Chade. Nein, sie war etwas Schlimmeres als das. Sie war ein vernachlässigtes Kind in meinem Heim, ein kleines Mädchen, dem ich Vorwürfe machte, weil sie getan hatte, wozu sie erzogen worden war. Täglich tadelte ich mich dafür, weil sich mein Herz so sehr gegen sie verhärtete. Wenn ich mich intensiver um sie bemüht hätte, so wie es sich für eine Herrin gehört, hätte Edel sie mir nie wegnehmen können.«

»Es sei denn, er kontrollierte sie schon, bevor sie zu dir kam.«

»Selbst dann hätte ich es besser wissen müssen. Wäre ich nicht so sehr mit meinen eigenen Problemen beschäftigt gewesen …«

»Sie war deine Zofe, nicht deine Tochter.«

»Du vergisst, dass ich in den Bergen erzogen wurde. Dort hat man mich gelehrt, mich für mein Volk zu opfern, Fitz. Ich bin keine Königin, wie du sie erwartest. Ich verlange mehr von mir.«

Ich ging auf dieses Argument ein. »Also hast du beschlossen, sie zu behalten.«

»Chade hat gesagt, ich müsse sie entweder behalten oder sie endgültig loswerden. Seine Worte erfüllten mich mit Entsetzen. Ein Kind für das töten, was man ihm beigebracht hatte? Dann ließen mich seine Worte alles klar und deutlich sehen. Es wäre freundlicher gewesen, sie auf der Stelle zu erschlagen, anstatt sie zu quälen und zu vernachlässigen, wie ich es getan hatte. So bin ich in jener Nacht in ihre Kammer gegangen. Allein. Sie hatte Angst vor mir, und ihr Raum war kalt und fast vollkommen leer; das Bettzeug war für Gott weiß wie lange nicht mehr gewaschen worden. Sie war aus ihrem Nachtgewand herausgewachsen; es war an den Schultern zerrissen und viel zu kurz für sie. Sie rollte sich auf dem Bett zusammen, so weit wie möglich von mir weg, und starrte mich einfach nur an. Dann fragte ich sie, was sie vorziehen würde: Prinzessin Philia überantwortet zu werden oder meine Zofe zu bleiben …«

»Und sie hat sich dafür entschieden, deine Zofe zu bleiben.«

»Sie ist in Tränen ausgebrochen, hat sich auf den Boden geworfen und sich an meinen Rock geklammert, sie hatte gedacht, ich könne sie nicht mehr leiden. Sie schluchzte herzzerreißend, ihr Haar klebte verschwitzt auf ihrem Kopf, und sie zitterte am ganzen Leib, bevor ich sie beruhigen konnte. Fitz, ich habe mich für meine Grausamkeiten so sehr geschämt. Es war nicht so sehr das, was ich getan, sondern das, was ich nicht getan hatte – ich hatte sie schlicht ignoriert. Nur Chade und ich wussten davon, dass sie wahrscheinlich hinter einem Mordanschlag auf mich steckte. Aber durch meine Verachtung, mit der ich dem Mädchen begegnet bin, hatte ich den anderen Bewohnern der Burg praktisch die Erlaubnis dazu gegeben, grausam zu ihr zu sein und sie zu misshandeln. Ihre kleinen Schuhe waren nur noch ein Haufen Fetzen ...« Kettrickens Stimme verhallte, und wider besseres Wissen empfand ich Mitleid für Rosmarin. Kettricken atmete tief durch und fuhr mit ihrer Geschichte fort. »Sie bettelte mich an, ich solle sie wieder in meinen Dienst aufnehmen. Sie war noch nicht einmal sieben Jahre alt, als sie Edels Befehlen folgte. Sie hat mich nie gehasst oder auch nur verstanden, was sie getan hat. Für sie war es nur ein Spiel: Sie belauschte mich im Geheimen und wiederholte einfach alles, was sie gehört hatte ...«

»Und sie seifte die Stufen ein, damit du stürzt?« Ich versuchte, pragmatisch und hart zu bleiben.

»War ihr denn überhaupt bewusst, dass sie mir damit Schaden zufügte? Oder hat ihr schlicht jemand gesagt, sie solle die Stufen einschmieren, nachdem ich zum Dachgarten hochgegangen war? Einem Kind musste das wie ein simpler Streich erscheinen.«

»Hast du sie gefragt?«

Eine Pause. »Manche Dinge lässt man lieber unausgesprochen. Selbst wenn sie wusste, dass ich stürzen würde, bezweifle ich, dass sie das volle Ausmaß der möglichen Folgen begriff. Ich glaube, ich war zweierlei für sie: die Frau, die Edel zu Fall bringen wollte, und Kettricken, der sie jeden Tag diente – zwei Menschen in einer Person. Der, dem man die Schuld für ihr Verhalten geben kann, ist tot. Seitdem ich sie an meine Seite zurückgeholt habe, war sie mir stets eine treue Dienerin.« Sie seufzte und blickte an mir vorbei zur Wand, als sie sagte: »Die Vergangenheit muss vergangen bleiben, Fitz. Das trifft besonders auf jene zu, die regieren. Ich muss meinen Sohn mit der Tochter eines Fernholmers verheiraten. Ich muss den Handel und die Verbindung mit einem Volk fördern, das meinen König zum Tod verdammt hat. Soll ich mir da den Kopf über eine kleine Spionin zerbrechen, die ich in eine meiner Hofdamen verwandelt habe?«

Ich atmete tief durch. Wenn sie ihre Entscheidung in den letzten fünfzehn Jahren nicht bereut hatte, würden meine Worte jetzt auch nichts daran ändern. Vielleicht war das auch besser so. »Nun. Ich nehme an, ich hätte damit rechnen sollen. Du hast ja auch nicht gezögert, einen Assassinen zu deinem Ratgeber zu machen, als du gerade erst an den Hof gekommen warst.«

»Er war der erste Freund, den ich hier hatte«, wies sie mich ernst zurecht. Dann runzelte sie die Stirn. »Diese Scharade hier macht mich nicht gerade glücklich. Ich hätte dich gern an meiner Seite, damit du mir mit deinem Rat beistehen und meinen Sohn unterrichten kannst. Ich würde dich gerne als Freund und als Weitseher ehren.«

»Das ist unmöglich«, erklärte ich fest überzeugt. »Es ist auch besser so. In dieser Rolle bin ich dir von größerem Nutzen, und so stelle ich auch keine Gefahr für dich oder den Prinzen dar.«

»Aber das Risiko für dich ist größer. Chade hat mir erzählt, dass die Gescheckten dich gerade erst vor den Toren von Burgstadt bedroht haben.«

Ich hatte nicht gewollt, dass sie davon erfuhr. »Darum kümmere ich mich besser selbst. Vielleicht kann ich sie ins Freie locken.«

»Nun. Vielleicht. Aber ich schäme mich, dass du dich diesen Dingen scheinbar allein stellen musst. Um die Wahrheit zu sagen, hasse ich die Bigotterie, die nach wie vor in den Sechs Provinzen herrscht, und unsere Edelleute verschließen die Augen davor. Ich habe für jene mit der Alten Macht getan, was ich konnte, aber Fortschritte kann ich kaum verzeichnen. Als die Aushänge der Gescheckten zum ersten Mal auftauchten, haben sie mich geärgert. Chade bedrängte mich, nicht in der Hitze des Zorns zu handeln. Jetzt frage ich mich, ob es nicht klüger gewesen wäre, sie meinen Zorn spüren zu lassen. Mein zweiter Wunsch war, jene mit der Alten Macht schlicht wissen zu lassen, dass sie auf meine Gerechtigkeit vertrauen können. Ich wollte ihre Anführer zu mir einladen – gemeinsam hätten wir einen Schild errichten können, um sie vor den Gescheckten zu schützen.« Sie schüttelte den Kopf. »Wieder griff Chade ein und erklärte mir, die mit der Alten Macht besäßen keine anerkannten Anführer, und sie würden den Weitsehern auch nicht weit genug vertrauen, um zu solch einem Treffen zu erscheinen. Wir hatten keinen Mittelsmann, dem sie vertrauten, und all unsere Versprechungen vermochten nicht, sie dazu zu verlocken, etwas zuzustimmen, das in ihrer Auffassung genauso gut den Tod für sie hätte bedeuten können. Chade überredete mich, die Idee fallen zu lassen.« Nur widerwillig fügte sie hinzu: »Chade ist ein guter Ratgeber, weise in Fragen der Politik und der Macht. Doch manchmal habe ich das Gefühl, er versucht nur, die Sechs Provinzen so stabil wie möglich zu halten, auch wenn damit nicht allen aus meinem Volk Gerechtigkeit widerfährt.« Sie legte ihre Stirn in Falten. »Er sagt, je größer die Stabilität des Landes sei, desto größer die Chance, dass Recht und Gesetz gedeihen. Vielleicht hat er recht. Aber oft, sehr oft, habe ich mich nach der Art gesehnt, wie wir beide über diese Dinge gesprochen haben. Auch in dieser Hinsicht habe ich dich vermisst, Fitz-Chivalric. Mir missfällt es, dass ich dich nicht an meiner Seite haben kann, wenn ich will, sondern dass ich im Geheimen nach dir schicken muss. Ich wünschte, ich könnte dich zu Peottres und meinem Spiel heute einladen, denn ich hätte gerne deine Meinung über ihn gehört. Er ist ein faszinierender Mann.«

»Dein Spiel mit Peottre heute?«

»Ich habe mich gestern Abend länger mit ihm unterhalten. Während wir darüber sprachen, ob Pflichtgetreu und Elliania die Chance haben, glücklich zu werden, kamen wir auf das Thema ›Zufall‹ zu sprechen. Das brachte uns zum Glücksspiel. Erinnerst du dich an ein Spiel aus den Bergen, das man mit Karten und Runensteinen spielt?«

Ich kramte in meinem Gedächtnis. »Ich glaube, du hast mir davon erzählt. Ja, ich erinnere mich daran, einmal eine Schriftrolle darüber gelesen zu haben, als ich mich von Edels erstem Mordanschlag erholte.«

»Da sind Karten oder Spielsteine, entweder auf schweres Papier gemalt oder in dünne Holzscheiben geschnitzt. Sie zeigen Embleme aus unseren alten Geschichten wie zum Beispiel den Alten Webermann und den Jäger im Versteck. Auf den Runensteinen finden sich natürlich Runen – Runen für Stein, Wasser und Weide.«

»Ja, davon habe ich schon einmal gehört.«

»Nun, Peottre interessierte sich sehr dafür und möchte, dass ich es ihm beibringe. Er erzählte mir von einem Spiel auf den Äußeren Inseln mit Runenwürfeln, die man in einen Becher steckt, schüttelt und dann wirft. Anschließend legen die Spieler ihre Spielsteine auf ein Tuch oder Brett, das mit Bildern niederer Götter bemalt ist, wie Wind, Rauch und Baum. Das klingt, als wäre das ein ähnliches Spiel, nicht wahr?«

»Vielleicht«, räumte ich ein. Ihr Gesicht leuchtete bei der Aussicht, Peottre das neue Spiel beizubringen; dabei ging ihre Vorfreude weit über das Maß hinaus, das ich von ihr erwartet hätte. Fand meine Königin diesen raubeinigen Fernholmer etwa anziehend? »Du musst mir später mehr von diesem Spiel berichten. Mich würde interessieren, ob ihre Runen auf diesen Würfeln denen auf euren Runensteinen ähnlich sind.«

»Das wäre wirklich faszinierend, wenn es so wäre, nicht wahr? Wenn die Runen einander ähneln würden, meine ich. Und besonders, wenn einige der Runen mit jenen auf den Gabenpfeilern verwandt sein sollten.«

»Aaah.« Meine Königin war nach wie vor in der Lage, mich zu überraschen. Sie hatte schon immer in mehrere Richtungen gleichzeitig denken und scheinbar vollkommen unterschiedliche Dinge zu Mustern zusammenfügen können, die andere übersehen hatten. So hatte sie auch die verlorene Karte des Königreichs der Alten wiederentdeckt. Plötzlich hatte ich das Gefühl, als hätte sie mir zu viel zum Nachdenken gegeben.

Ich stand auf, um mich zu entschuldigen, verneigte mich und wünschte, ich hätte die Worte gefunden, ihr zu danken. Einen Augenblick später kam es mir als merkwürdiger Impuls vor, jemandem dafür danken zu wollen, dass er um jemanden trauerte, den man geliebt hatte. Dennoch versuchte ich es ungeschickt, aber Kettricken hielt mich auf, trat zu mir und ergriff meine Hände. »Vielleicht hast nur du verstanden, was ich empfunden habe, als Veritas von mir gegangen ist. Ihn verwandelt zu sehen, zu wissen, dass er triumphieren würde, und doch habe ich selbstsüchtig darum getrauert, dass ich ihn nie wieder als den Mann sehen würde, der er einst gewesen war. Das ist nicht die erste Tragödie, die wir teilen, Fitz-Chivalric. Wir beide haben den Großteil unseres Lebens allein verbracht.«

Es war unschicklich, aber ich tat es trotzdem. Ich nahm meine Königin in die Arme und drückte sie einen Augenblick lang an meine Brust. »Er hat dich so sehr geliebt«, sagte ich, und meine Stimme drohte an den Worten zu ersticken, die ich für meinen toten König sprach.

Kettricken legte die Stirn an meine Schulter. »Das weiß ich«, erwiderte sie leise. »Diese Liebe hält mich noch immer aufrecht. Manchmal glaube ich, ich kann ihn noch immer an meiner Schulter fühlen und hören, wie er mir in schweren Zeiten mit seinem Rat zur Seite steht. Möge Nachtauge immer bei dir sein, so wie Veritas bei mir ist.«

Einen langen Moment hielt ich Veritas' Frau in meinen Armen. Die Dinge hätten anders sein können. Doch ihr Wunsch war ein guter Wunsch und ein heilsamer zugleich. Ich ließ sie mit einem Seufzen los, und die Königin und der Diener wandten sich ihren alltäglichen Aufgaben zu.

Kapitel 6

ZERSTÖRUNG

… und es gilt als nahezu sicher, dass die Chalcedier die Händlergilden von Bingstadt hätten besiegen können, wenn sie nur die Blockade der Bucht von Bingstadt konsequent durchgesetzt hätten.

Zwei Magien behinderten sie in dieser Hinsicht, und Magie war es sicherlich, auch wenn einige es bestreiten, denn die Gilden Bingstadts sind Kauffahrer und keine Krieger, wie jeder weiß. Die erste Magie war die, dass Bingstadt Lebendschiffe besaß. Das waren Kauffahrteischiffe, die durch irgendeine arkane Praxis zum Leben erweckt wurden – angeblich beinhaltete sie das Opfer dreier Kinder oder des ältesten Sohnes. Nicht nur vermögen die Galionsfiguren dieser Schiffe zu sprechen und sich zu bewegen, sondern sie besitzen auch eine schier unglaubliche Stärke, die es ihnen ermöglicht, kleinere Fahrzeuge zu zerquetschen, wenn sie sie erst einmal im Griff haben. Einige von ihnen können überdies Feuer über drei, vier Schiffslängen hinweg spucken.

Die zweite Magie wird von den Unwissenden vermutlich ebenso bestritten werden wie die erste, aber dieser Reisende kann sie bezeugen, trotzt allen, die das hier eine Lüge nennen. Ein Drache, erschaffen aus blauen und silbernen Edelsteinen und mittels einer fantastischen Kombination aktiviert, einer Kombination aus Magie … (Passage unkenntlich durch Schäden am Pergament) wurde von den Handwerkern Bing-

stadts eilig erschaffen, um ihren Hafen zu verteidigen. Diese Kreatur mit Namen Tinnitgliat stieß aus dem qualmenden Trümmerhaufen empor, in den die Chalcedier den Lagerdistrikt Bingstadts verwandelt hatten, und trieb die feindlichen Schiffe aus dem Hafen.

WINFORDA: »MEINE ABENTEUER ALS WELTENREISENDER«

Ich suchte mir einen Weg durch das Labyrinth der Geheimgänge und kam schließlich in meiner Kammer wieder heraus. Ich blieb kurz stehen, um in die Dunkelheit zu spähen, bevor ich den Geheimgang wieder verließ. Einmal in meiner Kammer, sicherte ich die Geheimtür hinter mir. Durch die geschlossene Tür zu den Gemächern des Narren drangen Stimmen zu mir durch.

»Nun, da ich weder weiß, wann er aufgestanden und gegangen ist oder warum, habe ich auch keine Ahnung, wann er wieder zurück sein wird. Zuerst fand ich die Vorstellung wirklich charmant, einen starken und fähigen Soldaten als Diener zu haben, der mich nicht nur vor gemeinen Straßenräubern beschützen konnte, sondern zugleich als Kammerdiener fungierte und mir auch sonst jeden Wunsch erfüllte. Aber was seine täglichen Pflichten betrifft, hat er sich als äußerst unzuverlässig erwiesen. Seht Euch das nur einmal an! Ich musste mir auf dem Gang einen vorbeilaufenden Pagen schnappen und ihm befehlen, dass er einen Küchenjungen mit dem Frühstück zu mir heraufschickt. Und der hat mir noch nicht einmal gebracht, was ich haben wollte! Ich bin versucht, Dachsenbless einfach gehen zu lassen – mit einem schlimmen Knöchel kann ich einen kräftigen Diener im Augenblick allerdings gut gebrauchen. Nun. Vielleicht muss ich seine Unzulänglichkeiten einfach akzeptieren und mir noch ein, zwei Pagen zulegen, die sich um die alltäglichen Arbeiten kümmern. Schaut Euch nur einmal die Staubschicht auf dem Kaminsims an! Eine Schande ist das. Ich kann ja kaum Besucher in meine Gemächer bitten, wenn sie so aussehen wie jetzt. Ich kann wirklich von Glück sagen, dass die Schmerzen in meinem Knöchel mich im Augenblick dazu verdammen, die Einsamkeit zu suchen.«

Ich erstarrte an Ort und Stelle. Ich wollte wissen, mit wem Fürst Leuenfarb da sprach und warum dieser Jemand mich suchte, aber ich konnte wohl kaum in das Gemach hineinplatzen, nachdem Fürst Leuenfarb mit allem Nachdruck erklärt hatte, ich sei nicht da.

»Nun gut. Dürfte ich dann eine Nachricht für Euren Mann hinterlassen, Fürst Leuenfarb?«

Die Stimme gehörte Laurel, und sie klang unverhohlen verärgert. Sie hatte auf unserer Reise zu viel von uns gesehen, um sich von unserer Scharade täuschen zu lassen. Sie würde nie wieder glauben, dass wir schlicht Herr und Knecht waren. Zu oft hatten wir uns in unseren Rollen stümperhaft verhalten. Dennoch verstand ich, warum Fürst Leuenfarb die Maskerade so hartnäckig aufrechterhielt. Alles andere hätte irgendwann unweigerlich dazu geführt, dass unser Spiel aufgeflogen wäre.

»Sicherlich. Selbstverständlich könntet Ihr heute Abend auch noch einmal wiederkommen, vielleicht hat er sich bis dahin seiner Pflichten erinnert und wieder nach Hause gefunden.«

Falls das ein Versuch gewesen sein sollte, sie zu besänftigen, war er gescheitert. »Eine Nachricht reicht aus, dessen bin ich sicher. Beim Gang durch die Ställe ist mir etwas an seinem Pferd aufgefallen, das mir Sorgen bereitet. Falls er mich dort heute Mittag treffen könnte, werde ich es ihm zeigen.«

»Und wenn er bis Mittag nicht wieder zurück sein sollte … bei Sa, wie ich das verabscheue! Dass ich bei meinem eigenen Diener als Sekretär herhalten muss!«

»Fürst Leuenfarb.« Laurels ruhige Stimme machte seiner dramatischen Vorstellung ein Ende. »Ich mache mir wirklich große Sorgen. Bitte sorgt dafür, dass er zu mir kommt und mit mir spricht. Ich wünsche Euch einen guten Tag.«

Mit lautem Knall schloss sie die Tür hinter sich. Dennoch wartete ich ein paar Minuten, um wirklich völlig sicherzugehen, dass der Narr wieder allein war. Dann öffnete ich leise die Tür. »Da bist du ja«, rief er und seufzte erleichtert, als ich den Raum betrat. »Ich habe mir schon Sorgen um dich gemacht.« Dann musterte er mich genauer, und ein Lächeln erschien auf seinem Gesicht. »Die erste Unterrichtsstunde des Prinzen muss gut verlaufen sein.«

»Der Prinz hat beschlossen, nicht zu seiner ersten Unterrichtsstunde zu erscheinen. Es tut mir leid, dass ich dich so habe hängen lassen. Ich habe nicht daran gedacht, für Fürst Leuenfarb das Frühstück zu arrangieren.«

Er machte ein abschätziges Geräusch. »Ich versichere dir, das Letzte, was ich von *dir* erwarte, ist, dass du zu einem zuverlässigen Diener wirst. Ich bin durchaus in der Lage, mir selbst ein Frühstück zu besorgen. Es ist jedoch notwendig, dass ich einen angemessenen Radau mache, wenn ich gezwungen bin, deswegen einem Pagen aufzulauern. Ich habe genug gejammert und geheult, dass ich ohne Weiteres einen Jungen zu mir nehmen könnte, ohne dass irgendjemand etwas dazu bemerken würde.« Er schenkte sich eine Tasse Tee ein, nippte daran und verzog das Gesicht. »Kalt.« Er deutete auf den Rest seiner Mahlzeit. »Hunger?«

»Nein. Ich habe mit Kettricken gegessen.«

Er nickte; zu überraschen schien ihn das nicht. »Der Prinz hat mir heute Morgen eine Nachricht zukommen lassen. Jetzt ergibt sie auch einen Sinn für mich. Er hat geschrieben: ›Es hat mich bekümmert, sehen zu müssen, wie Eure Verletzung Euch davon abgehalten hat, auf dem Fest zur Feier meiner Verlobung zu tanzen. Ich weiß sehr wohl, wie es ist, wenn eine unerwartete Unannehmlichkeit einen von einer Freude abhält, der man bereits lange entgegengefiebert hat. Ich hoffe von Herzen, dass Ihr schon bald wieder Euren Lieblingsbeschäftigungen werdet nachgehen können.‹«

Ich nickte zufrieden. »Subtil, aber deutlich. Unser Prinz wird immer geschickter.«

»Er hat den Verstand seines Vaters«, stimmte mir der Narr zu, aber als ich ihn daraufhin scharf anblickte, machte er ein gutmütig-naives Gesicht. Er fuhr fort: »Du hast noch eine Nachricht bekommen. Von Laurel.«

»Ja. Das habe ich mitgehört.«

»Das dachte ich mir schon.«

Ich schüttelte den Kopf. »Die Nachricht verwirrt und besorgt mich zugleich. Der Art nach zu urteilen, wie sie gesprochen hat, glaube ich nicht, dass dieses Treffen irgendetwas mit meinem Pferd zu tun hat. Auf jeden Fall werde ich heute Mittag zu ihr gehen und sehen, was los ist. Dann würde ich mich gerne nach Burgstadt begeben, um Harm zu besuchen und mich bei Jinna zu entschuldigen.«

Der Narr hob fragend eine Augenbraue.

»Eigentlich hatte ich versprochen, sie gestern Abend zu besuchen und mit Harm zu reden. Stattdessen bin ich mit dir zur Verlobung gegangen.«

Er nahm einen kleinen Strauß weißer Blumen von seinem Frühstückstablett und schnüffelte daran. »So viele Leute, und alle wollen sie ein Stück von deiner Zeit.«

Ich seufzte. »Das ist hart für mich. Ich weiß nicht so recht, wie ich das alles regeln soll. Ich hatte mich schon an mein Eremitendasein gewöhnt, wo nur Harm und Nachtauge je etwas von mir wollten. Ich kann mir noch nicht einmal vorstellen, wie Chade über all die Jahre hinweg mit so vielen Aufgaben gleichzeitig jongliert hat.«

Der Narr lächelte. »Chade ist eine Spinne. Ein Netzweber,

der seine Fäden in alle Richtungen auslegt. Er sitzt nur in der Mitte und zieht daran.«

Ich lächelte ebenfalls. »Das stimmt wohl. Zwar ist das nicht gerade schmeichelhaft, aber es stimmt.«

Der Narr neigte plötzlich den Kopf zur Seite. »Dann war es also Kettricken, nicht wahr? Nicht Chade.«

»Ich verstehe nicht.«

Er blickte auf seine Hände und spielte mit dem kleinen Blumenstrauß. »Du hast dich verändert. Deine Schultern sind wieder gerade, und du schaust mir in die Augen, wenn ich mit dir rede. Ich habe nicht mehr das Gefühl, als müsse ich über die Schulter blicken und nach einem Geist Ausschau halten.« Vorsichtig legte er die Blumen auf den Tisch. »Irgendetwas hat dir einen Teil deiner Last abgenommen.«

»Kettricken«, bestätigte ich ihm nach einem Augenblick. Ich räusperte mich. »Sie hat Nachtauge nähergestanden, als mir bewusst war. Auch sie trauert um ihn.«

»Wie auch ich.«

Ich überlegte mir meine nächsten Worte genau, bevor ich sie aussprach. Ich fragte mich, ob sie überhaupt nötig waren, und fürchtete, den Narren damit zu verletzen. Doch ich sprach sie aus. »Aber auf eine andere Art. Kettricken trauert um Nachtauge, wie ich es tue, um seiner selbst willen und um das, was er für sie war. Du …« Ich wusste nicht, wie ich das ausdrücken sollte.

»Ich habe ihn durch dich geliebt. Unsere Verbindung war es, durch die er real für mich geworden ist. In einem gewissen Sinne trauere ich also nicht um Nachtauge, wie du es tust. Ich trauere um deine Trauer.«

»Du konntest schon immer besser mit Worten umgehen als ich.«

»Ja«, pflichtete er mir bei. Dann seufzte er und verschränkte die Arme vor der Brust. »Nun. Ich bin froh, dass dir jemand helfen konnte – ich beneide Kettricken.«

Das ergab keinen Sinn. »Du beneidest sie darum, dass sie trauert?«

»Ich beneide sie darum, dass sie dich trösten konnte.« Dann, bevor ich mir eine Antwort auch nur überlegen konnte, fügte er brüsk hinzu: »Ich werde es dir überlassen, das Geschirr in die Küche zu räumen. Achte darauf, ein wenig säuerlich dreinzublicken, wenn du es zurückbringst, als hätte dein Herr dich gerade getadelt. Dann kannst du zu Laurel und nach Burgstadt gehen. Ich beabsichtige, heute einen ruhigen Tag zu verbringen und mich um meine eigenen Dinge zu kümmern. Ich habe verlauten lassen, dass mich mein Knöchel schmerzt und ich mich auszuruhen gedenke – keine Besucher. Später am Nachmittag bin ich zu einem Spiel mit dem Liebling der Königin eingeladen. Falls du mich also nicht finden solltest, such mich dort. Wirst du rechtzeitig wieder zurück sein, um mir zu helfen, zum Abendessen hinunterzuhumpeln?«

»Ich nehme es an, ja.«

Die Laune des Narren war plötzlich gedämpft, als litte er wirklich Schmerzen. Er nickte ernst. »Vielleicht sehe ich dich dann ja.« Er stand auf und ging zu seinem Privatgemach. Ohne ein weiteres Wort schloss er leise die Tür hinter sich.

Ich stellte das Geschirr auf das Tablett. Trotz Fürst Leuenfarbs Tirade über meine Unfähigkeit als Diener nahm ich mir die Zeit, das Zimmer in Ordnung zu bringen. Dann brachte ich das Geschirr in die Küche zurück und holte Holz und Wasser. Die Tür zum Zimmer des Narren blieb verschlossen. Ich fragte mich, ob er wohl krank war. Fast hätte ich an die Tür geklopft, doch es war bereits Mittag. Ich ging in mein Zimmer und schnallte mein hässliches Schwert um. Anschließend nahm ich ein paar Münzen aus der Börse, die Kettricken mir gegeben hatte, und verstaute den Rest unter einer Ecke meiner Matratze. Ich überprüfte meine verborgenen Taschen, nahm den Mantel vom Haken und machte mich auf den Weg zu den Ställen.

Mit dem Strom von Besuchern zur Verlobung des Prinzen war der normale Stall vollständig mit den Pferden der Gäste belegt. Unter diesen Umständen waren die Tiere von niederem Volk wie mir in die »Alten Ställe« verlegt worden, die Ställe meiner Kindheit. Ich war recht zufrieden mit diesem Arrangement. Dort standen die Chancen weitaus schlechter, dass ich jemandem über den Weg lief, der sich an mich aus der Zeit erinnerte, da ich dort mit Stallmeister Burrich gewohnt hatte.

Ich fand Laurel an die Box meines Pferds gelehnt; sie sprach leise mit dem Tier. Vielleicht hatte ich ihre Nachricht fehlinterpretiert. Meine Sorge um das Tier wuchs, und ich eilte an Laurels Seite. »Was stimmt nicht mit ihr?«, fragte ich und erinnerte mich dann verspätet meiner Manieren. »Ich wünsche Euch einen guten Tag, Jagdmeisterin Laurel. Ich bin hier, wie Ihr gewünscht habt.« Meine Schwarze ignorierte uns beide.

»Dachsenbless, auch dir einen guten Tag. Danke, dass du zu mir gekommen bist.« Sie schaute sich beiläufig um, fand unsere Ecke des Stalls verlassen, beugte sich näher zu mir heran und flüsterte: »Ich muss mit dir sprechen. Unter vier Augen. Folge mir.«

»Wie Ihr wünscht, Herrin.« Sie setzte sich in Bewegung, und ich folgte ihr auf dem Fuße. Wir gingen an den Boxen vorbei zur Rückseite des Stalls und stiegen dann zu meiner Bestürzung die wackeligen Stufen hinauf, die zu Burrichs alter Kammer führten. Als er noch Stallmeister gewesen war, hatte er es vorgezogen, in der Nähe seiner Schützlinge zu leben, anstatt sich bessere Zimmer in der eigentlichen Burg zu nehmen, und ich hatte das für die Wahrheit gehalten, als ich bei ihm gelebt hatte. Im Laufe der Jahre war ich dann zu dem Schluss gekommen, dass er die bescheidene Unterkunft nicht nur um seiner eigenen Privatsphäre willen bezogen hatte, sondern auch, um mich so weit es ging von der Öffentlichkeit fernzuhalten. Nun, als ich Laurel die steile Treppe hinauf folgte, fragte ich mich, wie viel sie wusste. Brachte sie mich absichtlich hierher, um mir zu verkünden, dass sie wusste, wer ich wirklich war?

Die Tür am Ende der Treppe war nicht verriegelt. Laurel schob sie mit der Schulter auf; knarrend öffnete sie sich. Laurel betrat die düstere Kammer und winkte mir, ihr zu folgen. Ich duckte mich unter den Spinnweben im Türrahmen hindurch. Das einzige Licht fiel durch einen zerbrochenen Fensterladen herein. Wie klein das alles hier plötzlich wirkte. Die spärlichen Möbel, die Burrich und mir gereicht hatten, waren schon lange verschwunden und durch Plunder aus den Ställen ersetzt worden. Verdrehte Einzelteile eines alten Harnischs, zerbrochene Werkzeuge, mottenzerfressene Decken: all das Zeug, das die Leute in dem Glauben beiseitelegten, dass sie es eines Tages noch einmal gebrauchen könnten. Mit diesem Schrott war die Kammer gefüllt, in der ich meine Kindheit verbracht hatte.

Oh, wie Burrich das gehasst hätte! Ich wunderte mich, dass der alte Flink das zugelassen hatte. Vermutlich gab es auch für ihn Wichtigeres zu tun. Die Ställe waren inzwischen ein weit größeres Arbeitsfeld als noch zur Zeit des Kriegs der Roten Schiffe. Ich bezweifelte, dass Flink abends noch alte Harnische aufpolierte.

Laurel missdeutete den Ausdruck auf meinem Gesicht. »Ich weiß. Es stinkt hier oben, aber man ist zumindest ungestört. Ich hätte dich lieber in deinem eigenen Zimmer gesehen, aber Fürst Leuenfarb war viel zu sehr damit beschäftigt, den großen Edelmann zu spielen.«

»Er ist ein großer Edelmann«, erwiderte ich, doch der Blick, den Laurel mir zuwarf, brachte mich sofort wieder zum Schweigen. Erst jetzt fiel mir auf, dass Fürst Leuenfarb gegenüber Laurel gestern Abend sehr reserviert gewesen war; auf unserer Reise war er ihr noch mit viel Aufmerksamkeit begegnet.

»Mag sein, wie auch immer …« Sie schob ihre Verärgerung über uns beiseite; offensichtlich hatte sie Ernsteres im Kopf. »Ich habe eine Nachricht von meinem Vetter erhalten. Rehgesell hat mir eine Warnung zukommen lassen. Sie war ausdrücklich für mich bestimmt und nicht für dich. Deshalb bezweifle ich auch, dass er es gutheißen würde, wenn ich sie an dich weitergebe, denn er hat ausreichend Grund, nicht gerade gut auf dich zu sprechen zu sein. Die Königin scheint dich jedoch zu schätzen, und es ist die Königin, der ich die Treue geschworen habe.«

»Das gilt für uns beide«, versicherte ich ihr. »Hast du ihr diese Neuigkeiten auch schon mitgeteilt?«

Sie schaute mich an. »Noch nicht«, gestand sie. »Vielleicht besteht auch kein Grund dazu, wenn du diese Angelegenheit allein regeln kannst. Ich kann die Königin nicht so einfach wie dich in einem ruhigen Moment abpassen.«

»Und die Warnung?«

»Er bat mich zu fliehen. Die Gescheckten wissen, wer ich bin und wo ich lebe. Für sie bin ich im doppelten Sinne eine Verräterin. Zum einen betrachten sie mich aufgrund meiner Familie als eine vom Alten Blut, und ich diene den verhassten Weitsehern. Sie werden mich töten, wenn sie können.« Ihr Leben war in Gefahr, doch ihre Stimme verriet nichts von ihren Gefühlen. Sie senkte die Stimme und wandte den Blick von mir ab, als sie hinzufügte: »Das Gleiche gilt für dich.«

Schweigen breitete sich zwischen uns aus. Ich beobachtete die Staubflocken, die in den dünnen Sonnenstrahlen tanzten, und dachte nach.

Nach einiger Zeit sprach Laurel weiter. »Das ist es im Wesentlichen. Lutwin erholt sich noch immer davon, dass du ihm den Unterarm abgehackt hast. In der Folge unseres kleinen Abenteuers haben ihn viele seiner Anhänger verlassen und sich wieder den Wegen derer vom Alten Blut zugewandt. Familien des Alten Blutes haben ihre Söhne und Töchter unter Druck gesetzt, der extremen Politik der Gescheckten abzuschwören. Viele haben das Gefühl, die Königin versuche wirklich, die Lage für jene vom Alten Blut zu verbessern. Seit bekannt ist, dass ihr eigener Sohn über die Alte Macht verfügt, sind die meisten ihr freundlicher gesinnt. Sie sind es zufrieden zu warten, zumindest für eine kurze Zeit, um zu sehen, wie die Königin uns fortan behandeln wird.«

»Was ist mit denen, die bei den Gescheckten geblieben sind?«, fragte ich widerwillig.

Laurel schüttelte den Kopf. »Die verbliebenen Anhänger von Lutwin sind die gefährlichsten, und mit ihnen kann man auch nicht reden. Er zieht jene an, die Blutvergießen und Chaos wollen. Sie verlangen mehr nach Rache denn nach Gerechtigkeit und mehr nach Macht als nach Frieden. Einige, wie Lutwin, haben gesehen, wie man ihre Familie und Freunde getötet hat, nur weil sie über die Alte Macht verfügten. Durch die Herzen anderer fließt mehr Wahnsinn als Blut. Sie sind nicht viele, aber da sie keine Grenzen kennen, um ihre Ziele zu erreichen, sind sie so gefährlich wie eine riesige Armee.«

»Ihre Ziele?«

»Die üblichen. Macht für sich selbst. Bestrafung jener, welche die mit der Alten Macht unterdrückt haben. Sie hassen die Weitseher, aber mehr noch hassen sie dich. Lutwin nährt ihren Hass. Er suhlt sich in dieser Wut und bietet sie seinen Anhängern an wie Gold. Du hast ihren Zorn gegen alle vom Alten Blut geschürt, ›die vor den unterdrückerischen Weitsehern kriechen‹. Lutwins Gescheckte führen Strafmaßnahmen gegen jene vom Alten Blut durch, die dir gegen ihn geholfen haben. Einige Häuser sind niedergebrannt worden. Herden wurden auseinandergetrieben oder gestohlen. Solche Angriffe geschehen bereits, aber Schlimmeres ist angedroht. Die Gescheckten sagen, sie würden jeden vom Alten Blut denunzieren, der nicht mit ihnen gegen die Weitseher zieht. Die Gescheckten sagen, alle vom Alten Blut stünden entweder auf ihrer Seite oder müssten aus der Gemeinschaft entfernt werden.« Laurels Gesicht war ernst und blass geworden. Ich wusste, dass eine echte Gefahr für ihre Familie bestand, und es drehte mir den Magen um, dass ich teilweise dafür verantwortlich war.

Ich atmete tief durch. »Nur manches von dem, was du mir erzählst, ist neu für mich. Erst vor ein paar Nächten haben die Gescheckten mir auf dem Weg von Burgstadt hierher aufgelauert. Ich war lediglich überrascht, dass sie mich am Leben gelassen haben.«

Laurel zuckte mit den Schultern. »Du stellst ein besonderes Ziel für sie dar. Du hast Lutwin den halben Arm abgeschlagen. Du bist vom Alten Blut, dienst den Weitsehern und trittst den Gescheckten entgegen.« Sie schüttelte den Kopf. »Lass dich nicht davon täuschen, dass sie dich am Leben gelassen haben, obwohl sie dich leicht hätten töten können. Das bedeutet nur, dass sie dich lebend brauchen. Sie haben noch eine Verwendung für dich. Mein Vetter hat etwas in diese Richtung angedeutet, als er mich gewarnt hat, denn er hat gesagt, dass ich mich vielleicht in schlimmere Gesellschaft begeben hätte, als ich mir vorstellen könnte. Den Gerüchten der Gescheckten zufolge sind Fürst Leuenfarb und Tom Dachsenbless nicht das, was sie zu sein vorgeben … Das überrascht mich nicht wirklich, aber Rehgesell hält das wohl für bedeutungsvoll.«

Sie hielt kurz inne, als wolle sie mir Zeit geben, etwas darauf zu erwidern. Ich schwieg, dachte mir aber meinen Teil. Hatte irgendjemand eine Verbindung zwischen Tom Dachsenbless und dem zwiehaften Bastard aus den Legenden und Liedern hergestellt? Falls ja, welche Verwendung hatten sie für mich? Wenn sie mich als Geisel gegen die Weitseher einsetzen wollten, hätten sie das vor zwei Nächten tun können. Aber ich wurde aus meinen Gedanken gerissen, als Laurel weitersprach.

»Die Überfälle und Angriffe gegen ihre Leute bringen die vom Alten Blut gegen die Gescheckten auf, sogar jene, die einst selbst zu ihnen gezählt haben. Offenbar werden bei einigen Überfällen eher alte Rechnungen beglichen, als irgendwelche hochfliegenden Ziele der Gescheckten verfolgt. Niemand hält sie zurück. Lutwin ist immer noch zu schwach, um wirklich die Führung zu übernehmen. Seit dem Verlust seines Arms liegt er im Fieber. Jene, die ihm am nächsten stehen, hassen dich deswegen umso mehr. Sie werden sofort Rache an dir üben, sobald sie die Möglichkeit haben. Dazu brauchen wir keine großen Beweise. Du bist erst ein paar Tage hier, und sie haben dich schon gefunden, das sagt wohl alles.«

Schweigend standen wir in dem staubigen Raum eine Weile zusammen; beide folgten wir unseren eigenen düsteren Gedanken, zu düster, um sie zu teilen.

Schließlich sprach Laurel widerwillig weiter. »Du musst verstehen, dass Rehgesell immer noch Kontakte zu den Gescheckten hat. Sie versuchen, ihn zurückzulocken. Er muss so tun, als stünde er auf ihrer Seite, um unsere Familie zu beschützen. Das ist eine gefährliche Gratwanderung. Er hört Dinge, die er nur unter großer Gefahr für sich weitergeben kann, und doch hat er mir diese Nachricht geschickt …« Ihre Worte verhallten. Sie starrte zu dem verschlossenen Fenster, als könne sie sehen, was sich dahinter verbarg.

Ich wusste, was sie auszudrücken versuchte. »Du solltest mit der Königin sprechen«, erklärte ich. »Sag ihr, dass Rehgesell um der Sicherheit unserer Familie willen als Verräter gebrandmarkt werden muss. Wirst du fliehen, wie er dich gebeten hat?«

Langsam schüttelte sie den Kopf. »Wohin denn? Zu meiner Familie? Dann bringe ich sie in noch größere Gefahr. Hier müssen die Gescheckten zumindest in die Höhle des Löwen, wenn sie mich haben wollen. Ich werde hierbleiben und meiner Königin dienen.«

Ich fragte mich, ob Chade in der Lage sein würde, sie zu beschützen, von ihrem Vetter ganz zu schweigen.

Ihre Stimme klang ausdruckslos, als sie weitersprach. »Rehgesell hat Hinweise gehört, dass die Gescheckten sich mit Fremden verbünden. ›Mächtige Leute, die es freuen würde, die Weitseher vernichtet und die Gescheckten an der Macht zu sehen.‹« Sie lächelte mich besorgt an. »Das klingt nach dummer Prahlerei, nicht? Das kann doch nicht wahr sein, oder?«

»Das solltest du besser der Königin erzählen«, sagte ich und hoffte, dass sie mir nicht anmerkte, dass ich das in der Tat für möglich hielt. Ich würde es in jedem Fall Chade berichten.

»Was ist mit dir?«, fragte sie mich. »Wirst du fliehen? Ich denke, du solltest es. Du wärst ein gutes Exempel für die Macht der Gescheckten. Würdest du denunziert, hätten sie bewiesen, dass sich jene vom Alten Blut sogar in den Mauern der Bocksburg befinden. Gevierteilt und verbrannt, wärst du ein schönes Beispiel für alle Verräter am Alten Blut, dass jene, die die Ihren verleugnen und verraten, wiederum von diesen verraten werden.«

Laurel selbst verfügte nicht über die Alte Macht, ihr Vetter schon. Auch wenn Magie ihrer Familie im Blut lag, empfand sie nicht gerade Zuneigung für jene, die sie benutzten. Wie viele in den Sechs Provinzen, so betrachtete sie meine Fähigkeit, Tiere zu spüren und eine Verbindung mit ihnen einzugehen, als widerwärtige Zauberei. Vielleicht hätte ihre Verwendung des Wortes »Verräter« mich dann weniger treffen sollen, doch die Verachtung in ihren Worten schmerzte mich.

»Ich bin kein Verräter am Alten Blut. Ich halte mich nur an den Eid, den ich den Weitsehern geschworen habe. Wenn das Alte Blut nicht versucht hätte, dem Prinzen zu schaden, hätte ich ihn nicht mit Gewalt zurückholen müssen.«

Laurel sagte: »Das sind die Worte, die mein Vetter mir hat zukommen lassen. Nicht meine. Er hat mir diese Worte geschickt, damit ich die Königin warnen kann, teils weil er glaubt, es mir schuldig zu sein – aber auch weil sie von allen bisherigen Weitsehern dem Alten Blut am tolerantesten gegenübersteht. Er will sie weder beschämt noch ihren Einfluss gemindert sehen. Ich vermute, er glaubt, sie würde versuchen, dich loszuwerden, wenn sie erfährt, dass du gegen sie benutzt werden könntest. Ich kenne sie jedoch besser. Sie wird nicht auf meine Warnung hören, sondern dich schlicht fortschicken, bevor du gegen sie eingesetzt werden kannst.«

So. Das war also die wirkliche Botschaft für mich. »Dann glaubst du, das wäre am besten für alle? Wenn ich einfach weggehen würde, ohne dass sie mich darum bittet?«

Laurel blickte an mir vorbei, sprach an mir vorbei. »Du bist plötzlich aus dem Nichts aufgetaucht. Vielleicht solltest du wieder dorthin zurückkehren.«

Einen Augenblick lang spielte ich tatsächlich mit dem Gedanken. Ich könnte nach unten gehen, Meine Schwarze satteln und wegreiten. Harm war sicher in seiner Lehre, und Chade würde dafür sorgen, dass das auch so blieb. Was den Unterricht für Pflichtgetreu betraf, so hatte ich dem ohnehin nur widerwillig zugestimmt. Vielleicht war das wirklich die einfachste Lösung für uns alle. Ich könnte verschwinden. Aber …

»Ich bin nicht auf meinen eigenen Wunsch hin nach Bocksburg gekommen. Ich bin dem Ruf meiner Königin gefolgt. Und deshalb werde ich bleiben. Außerdem würde meine Abreise die Gefahr für sie nicht mindern. Lutwin und seine Anhänger wissen, dass der Prinz über die Alte Macht verfügt.«

»Ich dachte mir schon, dass du so etwas sagen würdest«, erwiderte Laurel. »Vielleicht hast du sogar recht. Trotzdem werde ich die Warnung an die Königin weitergeben.«

»Du würdest deine Pflicht vergessen, tätest du es nicht. Dennoch danke ich dir, dass du mich gerufen und auch mir die Warnung hast zukommen lassen. Ich habe Rehgesell nur wenig Grund gegeben, gut über mich zu denken. Ich bin bereit, alles, was zwischen uns vorgefallen ist, der Vergangenheit anheimfallen zu lassen. Falls du die Gelegenheit dazu hast, bitte ich dich, ihm eine Nachricht zu übermitteln: Sage ihm, ich hege keinen Groll gegen ihn oder sonst jemanden, der den Wegen des Alten Blutes folgt; aber meine Pflicht und Treue werden stets in erster Linie den Weitsehern gelten.«

»Ganz wie bei mir«, erwiderte sie grimmig.

»Du hast noch nichts zu Lutwins Absichten in Bezug auf Prinz Pflichtgetreu erwähnt.«

»Weil in Rehgesells Nachricht nichts dazu stand. Deshalb kann ich dir in diesem Punkt nur antworten: Ich weiß es nicht.«

»Ich verstehe.«

Mehr hatten wir uns nicht zu sagen. Ich ließ Laurel als Erste gehen, damit wir nicht zusammen gesehen wurden. Tatsächlich blieb ich länger in meinem alten Zimmer, als ich beabsichtigt hatte. Unter dem Staub auf dem Fenstersims konnte ich noch schwach die Spuren des Messers entdecken, das ich als Junge besessen hatte. Ich blickte an der schiefen Decke entlang zu der Stelle, wo früher mein Strohsack gelegen hatte. Ich konnte noch immer die Eule erkennen, die ich dort in einen Dachbalken geritzt hatte. Ansonsten war von Burrich und mir nur wenig übrig geblieben. Die Zeit und andere Bewohner hatten uns in diesem Raum ausgelöscht. Ich verließ ihn und zog die Tür hinter mir zu.

Ich hätte Meine Schwarze satteln und nach Burgstadt reiten können, aber ich entschied mich, trotz der Kälte zu Fuß zu gehen. Ich habe immer geglaubt, dass es schwieriger ist, einen Mann zu Fuß zu beschatten. Ohne Zwischenfall marschierte ich durchs Tor. Ich ging mit forschem Schritt, doch kaum war ich außer Sichtweite des Tors und anderer Reisender, da schlug ich mich seitwärts in die Büsche, um zu sehen, ob mir jemand folgte. Ich stand still und stumm da, bis die Narbe an meinem Rücken mich schmerzte. Der Wind war feucht; diese Nacht würde es Regen oder Schnee geben.

Meine Ohren und meine Nase waren eiskalt. Ich kam zu dem Schluss, dass mich heute niemand beschattete. Nichtsdestoweniger vollführte ich das gleiche Manöver noch zweimal, bevor ich die Stadt erreichte.

Ich nahm einen Umweg durch Burgstadt zu Jinnas Haus. Ein Teil davon war Vorsicht, ein anderer Schwanken. Ich wollte ihr ein Geschenk mitbringen, sowohl als Entschuldigung für gestern Abend, als ich trotz meines Versprechens nicht erschienen war, als auch als Dank dafür, dass sie mir mit Harm half, aber mir wollte einfach nichts einfallen. Ohrringe erschienen mir irgendwie zu persönlich und zu dauerhaft. Gleiches galt für einen hübschen Schal, den ich am Stand eines Webers sah. Frisch geräucherter Rotfisch regte meinen Appetit an, erschien mir aber unangemessen. Ich war ein erwachsener Mann, und doch war ich im Dilemma eines Knaben gefangen. Wie sollte ich meinen Dank, meine Entschuldigung und mein Interesse ausdrücken, ohne zu dankbar, zu entschuldigend und zu interessiert zu wirken? Ich beschloss, ein freundschaftliches Geschenk zu suchen, eines, das ich auch dem Narren oder Harm hätte überreichen können, ohne dass es mir peinlich gewesen wäre. Das Ergebnis waren ein Sack frischer Nüsse und ein schöner Laib gewürzten Brotes. Mit dem Geschenk unter dem Arm fühlte ich mich beinahe selbstbewusst, als ich an die Tür mit dem Handleserzeichen klopfte.

»Einen Augenblick!«, ertönte Jinnas Stimme, und dann

öffnete sie die obere Hälfte der Tür und blinzelte ins Sonnenlicht. Der Raum hinter ihr war düster, die Fensterläden geschlossen, und Duftkerzen brannten auf dem Tisch. »Ah, Tom. Ich bin gerade mit einem Kunden beschäftigt. Kannst du warten?«

»Sicher.«

»Gut.« Sie schloss die Tür wieder und ließ mich draußen stehen. Dieser knappe Empfang war nicht, was ich erwartet hatte, aber vielleicht verdiente ich es auch nicht anders. Also wartete ich demütig, beobachtete das Treiben auf der Straße und versuchte, in dem eisigen Wind so gelassen wie möglich auszusehen. Das Haus der Krudhexe lag in einer ruhigen Straße von Burgstadt, und trotzdem kamen ständig Menschen vorbei. Nebenan wohnte ein Töpfer. Seine Tür war zum Schutz vor dem Wind geschlossen, die Waren daneben gestapelt, und ich hörte das Wummern seiner Töpferscheibe. Auf der anderen Straßenseite lebte eine Frau, die eine unmögliche Zahl kleiner Kinder zu haben schien, von denen wiederum mehrere trotz der eisigen Kälte über die verschlammte Straße wanderten. Ein kleines Mädchen, kaum älter als die anderen, holte sie rasch auf die Veranda. Von meinem Standort aus konnte ich den Eingang der Taverne ein Stück weiter die Straße hinunter sehen. Das Schild, mit dem die Gäste willkommen geheißen wurden, zeigte ein Schwein in einem Pferch. Die Kundschaft schien mehr von der Sorte zu sein, die sich ihr Bier in Eimern mit nach Hause nahm.

Ich dachte gerade darüber nach, entweder zu gehen oder noch einmal anzuklopfen, als sich die Tür wieder öffnete. Eine pompös gekleidete Matrone und ihre beiden Töchter traten heraus. Dem jüngeren Mädchen standen Tränen in den Augen, doch die Schwester wirkte gelangweilt. Die Mutter dankte Jinna ausgiebig und befahl dann ihren Mädchen, sie sollten nicht trödeln, sondern voranmachen. Der Blick, den sie mir zuwarf, verriet, dass ich nicht ihr Gefallen gefunden hatte.

Ich hatte geglaubt, Jinna hätte mich damit bestrafen wollen, mich draußen in der Kälte warten zu lassen, aber ihr warmer, müder Blick machte diesen Gedanken zunichte. Sie trug eine grüne Robe. Ein breiter gelber Gürtel umschloss ihre Taille und hob ihre Brüste. Das stand ihr gut. »Komm rein, komm rein. Oh, was für ein Morgen. Es ist schon seltsam. Die Leute wollen wissen, was du in ihren Händen liest, und dann glauben sie dir nicht.«

Sie schloss die Tür hinter mir, und wir waren im Düsteren.

»Es tut mir leid, dass ich gestern Abend nicht vorbeigekommen bin. Mein Herr hatte Pflichten, bei denen ich ihn begleiten musste. Ich habe dir etwas frisches Gewürzbrot vom Markt mitgebracht.«

»Oh. Wie nett! Ich sehe, du hast auch Haselnüsse dabei. Ich wünschte, ich hätte gewusst, dass du die magst, denn meine Nichte hatte dieses Jahr so viele davon, dass sie gar nicht wusste, was sie damit anfangen sollte. Ein Nachbar wollte sie als Schweinefutter, aber es waren so viele, dass sie förmlich durch sie hindurchwaten konnte.«

So viel dazu. Sie nahm mir das Gewürzbrot aus der Hand, legte es auf den Tisch, rief, wie köstlich es rieche, und erzählte mir, dass Harm natürlich bei seinem Meister sei. Ihre Nichte hatte sich das Pony und den Karren geborgt, ob mir das etwas ausmachen würde? Harm hatte dagegen nichts eingewendet, und er hatte auch gesagt, dass das alte Tier ruhig ein wenig leichte Arbeit tun könne; das sei besser, als nur im Stall herumzustehen. Ich versicherte ihr, dass das in Ordnung sei. »Kein Finkel?«, fragte ich und wunderte mich über die Abwesenheit des Katers.

»Finkel?« Meine Frage schien Jinna zu überraschen. »Oh, er geht vermutlich seinen eigenen Geschäften nach. Du weißt ja, wie Katzen sind.«

Ich stellte den Sack mit den Nüssen neben die Tür und hängte meinen Mantel darüber. Der kleine Raum war warm, und meine kalten Ohren brannten, als das Leben wieder in sie zurückkehrte. Als ich mich zum Tisch umdrehte, stellte Jinna gerade zwei dampfende Teetassen hin. Butter und Honig warteten neben dem Brot. »Hast du Hunger?«, fragte Jinna und lächelte zu mir hinauf.

»Ein wenig«, gab ich zu. Ihr Lächeln war ansteckend.

Ihre Augen bewegten sich über mein Gesicht. »Ich auch«, sagte sie. Dann trat sie einen Schritt vor, und meine Arme waren um sie geschlungen, und sie hob den Mund zu meinem. Ich musste mich vorbeugen, um sie zu küssen. Ihre Lippen öffneten sich einladend, und sie schmeckte nach Tee und Gewürzen. Plötzlich fühlte ich mich benommen.

Jinna brach den Kuss ab und drückte mir die Wange an die Brust. »Du bist kalt«, sagte sie. »Ich hätte dich nicht so lange draußen warten lassen sollen.«

»Jetzt ist mir schon viel wärmer«, versicherte ich ihr.

Sie blickte zu mir hoch und lächelte wieder. »Ich weiß.« Als ihre Lippen erneut die meinen fanden, sank ihre Hand nach unten wie zum Beweis dafür. Ich zuckte ob der Berührung zusammen, doch ihre Hand in meinem Nacken hielt meinen Mund auf dem ihren.

Sie führte uns seitwärts zur Schlafkammer, ohne den Kuss auch nur eine Sekunde zu unterbrechen. Sie ließ mich nur los, um hinter uns die Tür zu schließen, und tauchte uns in fast völlige Dunkelheit bis auf das Licht, das durch diverse Ritzen fiel. Das Bett war mit Federkissen ausgelegt, und die Kammer roch nach Frau. Ich versuchte, tief durchzuatmen und meine Gedanken zu ordnen. »Das ist nicht klug«, versuchte ich zu sagen, bekam die Worte aber kaum heraus.

»Nein. Das ist es nicht.« Ihre Finger lösten die Schnüre meines Hemds und vergrößerten mein Verlangen. Sie versetzte mir einen leichten Stoß, und ich setzte mich auf die Bettkante.

Als sie mir das Hemd über den Kopf zog, fiel mein Blick auf ein kleines Amulett auf dem Nachttisch: ein Band aus roten und schwarzen Glasperlen, das um einen Rahmen aus Zweigen gewunden war. Es war, als hätte man mir einen Eimer kalten Wassers ins Gesicht gekippt, und sofort war meine Lust wie verflogen, und mich überkam ein Gefühl der Sinnlosigkeit.

Als Jinna den Gürtel abnahm, folgte sie meinem Blick. Sie betrachtete mein Gesicht, lächelte und schüttelte den Kopf. »Na, du bist vielleicht sensibel. Schau das nicht an. Das ist für mich, nicht für dich.« Beiläufig warf sie mein Hemd darüber, als sie es mir ausgezogen hatte.

In diesem einen Augenblick der Vernunft hätte ich verhindern können, was nun geschah, doch Jinna ließ mir keine Chance dazu – ihre Finger waren an meinem Gürtel, warm auf meinem Bauch, und ich hörte vollkommen auf zu denken. Ich stand auf und zog ihr das Kleid über den Kopf, sodass ihr lockiges Haar das Gesicht wie eine Wolke umgab. Eine Zeit lang standen wir einfach nur da und schmiegten uns aneinander. Sie gab ein paar Kommentare zu dem Amulett, das sie für mich gemacht hatte. Tatsächlich war es das Einzige, was ich noch trug. Als sie mich fragte, woher die frischen Kratzer auf meinem Hals und meinem Bauch stammten, brachte ich ihren Mund mit meinem zum Schweigen. Ich erinnere mich daran, sie leicht in die Höhe gehoben und zum Bett gedreht zu haben. Ich kniete mich über sie, sah sie in ihrer ganzen Pracht mit ihren rosa Brustwarzen, die sich lustvoll aufgerichtet hatten, und atmete ihren zutiefst weiblichen Duft ein.

Ohne ein weiteres Wort legte ich mich auf sie. Blinde Lust trieb mich, und sie keuchte: »Tom!«, überrascht ob meines wilden Eifers. Meine Hände hielten sie an den Schultern, mein Mund bedeckte den ihren, und sie reckte sich mir entgegen. Ein plötzliches schreckliches Verlangen nach ihr überkam mich: zu berühren, Haut auf Haut, in Nähe und Leidenschaft, mich selbst vollkommen mit einem anderen Lebewesen zu teilen, das Gefühl hinter mir zu lassen, in meinem eigenen Fleisch isoliert zu sein. Ich hielt mich nicht zurück, und ich glaube, ich trug sie mit mir.

Dann, als ich nach dem Höhepunkt benommen dalag, sagte sie mit schwacher Stimme: »Nun. Du bist ein eiliger Mann, Tom Dachsenbless.«

Mein heiseres Atmen, als ich auf ihr lag, schuf ein ganz eigenes, grauenhaftes Schweigen. Scham überkam mich. Nach ein paar schrecklichen Augenblicken der Stille rührte sich Jinna unter mir. Ich hörte sie nach Luft schnappen. »Du *warst* hungrig!« Vielleicht bedauerte sie ihre enttäuschten Worte, aber sie nahm sie nicht zurück. Ihr sanfter Versuch, die Situation aufzulockern, trieb mir das Blut in die Wangen und vervollständigte meine Demütigung. Ich ließ meine Stirn auf das Kissen neben ihr sinken. Ich lauschte auf den Wind draußen auf der Straße. Irgendwelche Leute trampelten die Straßen entlang, just hinter der Bretterwand. Das plötzliche Lachen eines Mannes ließ mich unvermittelt zusammenzucken. Oben in der Dachkammer hörte ich einen Aufprall und ein Quieken. Dann küsste mich Jinna auf den Hals, und ihre Hände bewegten sich sanft meinen Rücken hinunter. Ihre Stimme war ein tröstendes Flüstern. »Tom. Das erste Mal ist selten das beste Mal. Du hast mir die Leidenschaft eines Jungen gezeigt. Lass uns jetzt das Geschick eines Mannes finden.«

So gab sie mir noch eine Gelegenheit, mich zu beweisen, und ich war beschämt, aber dankbar dafür. Nun ging ich mit der Sorgfalt eines Handwerkers vor, und schon bald hatte ich das Feuer in uns beiden wieder entfacht. Es gab da einige Dinge, die Merle mich gelehrt hatte, und Jinna schien mit meiner zweiten Vorstellung zufrieden zu sein. Erst ganz zum

Schluss, als wir keuchend nebeneinanderlagen, weckten ihre Worte ein wenig den Ärger in mir. »So, Dachsenbless«, sagte sie und holte tief Luft. »So ist das also für eine Wölfin.«

Ungläubig richtete ich mich ein wenig auf, sodass ich ihr in die Augen blicken konnte.

Sie blinzelte mich an, ein seltsames Lächeln auf dem Gesicht. »Vor dem heutigen Tag war ich noch nie mit jemandem vom Alten Blut zusammen«, gestand sie mir. Erneut atmete sie tief ein. »Ich habe andere Frauen darüber sprechen hören. Es heißt, dass solche Männer …« Sie hielt inne und suchte nach dem geeigneten Wort.

»Animalischer sind?«, schlug ich vor. So wie ich es aussprach, war das Wort eine Beleidigung.

Jinna riss die Augen auf und lachte dann verlegen. »Das ist nicht, was ich sagen wollte, Tom. Du solltest dich nicht beleidigt fühlen, wenn eigentlich etwas als Kompliment für dich gedacht war. ›Ungezähmt‹ trifft es besser, was ich sagen wollte. So natürlich, wie ein Tier natürlich ist, ohne darüber nachzudenken, was ein anderer über seine Art denkt.«

»Oh.« Darauf vermochte ich nichts zu erwidern. Ich fragte mich plötzlich, was es für sie gewesen war. Eine Neuheit? Das verbotene Frönen in etwas nicht ganz Menschlichem? Es war beunruhigend, sich fragen zu müssen, ob sie mich als bestialisch und kurios betrachtete. Hatten unsere verschiedenen Arten der Magie uns in ihrem Geist getrennt?

Dann zog sie mich wieder auf ihre Brust hinunter und küsste erneut meinen Hals. »Hör auf nachzudenken«, warnte sie mich, und das tat ich auch.

Hinterher döste sie kurz neben mir; ich hatte meinen Arm um ihre Schulter gelegt und sie ihren Kopf auf die meine gebettet. Ich kam zu dem Schluss, dass ich mich gut geschlagen hatte. Aber während ich beobachtete, wie das Sonnenlicht über die Wand wanderte, erkannte ich, dass es nur eine Vorstellung gewesen war. Keiner von uns hatte von Liebe gesprochen. Es war schlicht etwas gewesen, das wir zusammen getan hatten, etwas, das sich gut anfühlte, etwas, in dem ich eigentlich recht gut war. Dennoch hatte unsere erste Vereinigung sie unbefriedigt gelassen, und die späteren hatten mir irgendwie ein Gefühl von Unvollständigkeit vermittelt. Mit einer Schärfe, wie ich sie schon seit Jahren nicht mehr empfunden hatte, sehnte ich mich plötzlich nach Molly und danach, wie einfach, gut und ehrlich es zwischen uns gewesen war. Das hier war nicht das Gleiche, genauso wenig wie damals mit Merle. Das konnte man noch nicht einmal als »Bett teilen« bezeichnen. Im Herzen wollte ich schlicht wieder jemanden lieben, wie ich es beim ersten Mal getan hatte. Ich wollte jemanden, den ich berühren und der mich festhalten konnte, jemanden, der alles andere auf der Welt bedeutender machte, schlicht und einfach, weil er da war.

An diesem Morgen hatte Kettricken mich als Freund berührt, und das hatte etwas bedeutet und mehr Leidenschaft in sich getragen als das hier. Plötzlich wollte ich weg von hier und das, was geschehen war, ungeschehen machen. Jinna und ich waren auf dem Weg gewesen, echte Freunde zu werden. Ich hatte gerade erst angefangen, sie kennenzulernen. Was hatte ich dieser wachsenden Freundschaft angetan? Und Harm hing auch noch in diesem Mischmasch mit drin. Wenn Jinna damit weitermachen wollte, wie sollte ich das regeln? Sollte ich offen gegen all die Regeln verstoßen, nach denen ich Harm zu leben gelehrt hatte? Oder sollte ich es im Geheimen tun, ohne Harms Wissen, und verstohlen in Jinnas Bett schleichen und wieder hinaus?

Ich war all der Geheimnisse wirklich überdrüssig. Überall um mich herum schienen sie förmlich zu sprießen, hielten mich fest und saugten mir das Leben aus wie Blutegel. Ich gierte nach etwas Echtem, Wahrem und Offenem. Konnte ich meine Beziehung zu Jinna in diese Richtung verändern? Ich bezweifelte es. Es gab nicht nur keine Grundlage für tiefe, ehrliche Liebe zwischen uns, ich war wieder einmal bis über beide Ohren in Weitseher-Intrigen verstrickt. Es gab Geheimnisse, die ich auch vor ihr bewahren musste, Geheimnisse, die sie schlussendlich in Gefahr bringen würden.

Ich hatte nicht bemerkt, dass sie wach war. Oder vielleicht hatte mein lautes Stöhnen sie aus dem Schlummer gerissen. Sie legte mir die Hand auf die Brust und tätschelte mich sanft. »Zerbrich dir nicht den Kopf, Tom. Es war nicht nur deine Schuld. Ich hatte mir schon gedacht, dass es ein Problem geben könnte, als das Amulett neben dem Bett dich fast deine Manneskraft gekostet hätte. Nun sind deine Gedanken rau und düster, habe ich recht?«

Ich zuckte mit den Schultern. Jinna setzte sich neben mir auf. Sie griff über mich hinweg, ihr Fleisch warm auf meiner Haut, und nahm mein Hemd vom Amulett neben dem Bett. Das traurige kleine Ding hockte da ganz allein und verloren.

»Das ist ein Frauenamulett. Es ist sehr schwer herzustellen, da es genau auf die jeweilige Frau abgestimmt werden muss. Um diese Art von Zauber zu bauen, musst du die Frau bis ins Kleinste hinein kennen. So kann eine Krudhexe eines für sich selber bauen, aber für niemand anderen … zumindest keines, das mit Sicherheit funktioniert. Dieses ist meines, auf mich abgestimmt. Es ist ein Amulett gegen Empfängnis. Ich hätte mir denken können, dass dich das betrifft. Jeder Mann, der sich so sehr nach Kindern sehnt, dass er einen Findling aufnimmt, hat diesen Wunsch tief in seinen Knochen. Du magst es ja leugnen, aber diese kleine Hoffnung brennt jedes Mal in dir, wenn du bei einer Frau liegst. Dieser kleine Zauber hat dir den Traum genommen, bevor du ihn überhaupt träumen konntest. Ich habe dir gesagt, dass unsere Verbindung sinnlos und unfruchtbar sein würde. Deshalb empfindest du jetzt so, nicht wahr?«

Wenn man etwas erklärt bekommt, bedeutet das nicht immer, dass man auch die Lösung kennt. Ich blickte sie von der Seite her an. »Du etwa nicht?«, fragte ich sie und zuckte dann ob der Bitterkeit in meiner Stimme zusammen.

»Armer Junge«, sagte sie mitfühlend. Sie küsste mich dort auf die Stirn, wo Kettricken mich heute Morgen geküsst hatte. »Natürlich nicht. Es ist das, was wir daraus machen.«

»Ich bin nicht mehr in der Position, Vater zu sein. Ich bin gestern Abend noch nicht einmal gekommen, um mit Harm zu sprechen, obwohl er gesagt hat, es sei wichtig. Ich verspüre nicht den Wunsch, ein neues Leben anzufangen, das ich nicht beschützen kann.«

Jinna schüttelte den Kopf. »Wonach sich das Herz sehnt und was der Geist weiß, sind zwei vollkommen verschiedene Dinge. Du vergisst, dass ich deine Handflächen gesehen habe, süßer Mann. Vielleicht kenne ich dein Herz besser als du selbst.«

»Du hast gesagt, meine wahre Liebe würde wieder zu mir zurückkehren.« Erneut klang meine Stimme vorwurfsvoll.

»Nein, Tom. Das habe ich nicht. Ich weiß sehr gut, dass ein Mensch nur selten das hört, was ich ihm wirklich sage, aber ich werde noch einmal wiederholen, was ich gesehen habe. Es steht hier.« Sie nahm meine Hand und hielt sie mit der Handfläche nach oben vor ihre kurzsichtigen Augen. Ihre nackten Brüste strichen über mein Handgelenk, während ihre Finger meinen Handteller entlangfuhren. »Da ist eine Liebe, die sich in dein Leben windet und wieder hinaus. Manchmal geht sie, aber wenn sie das tut, verläuft sie neben deiner, bis sie wieder zurückkehrt.« Sie hob meine Hand näher vors Gesicht und studierte sie. Dann küsste sie meinen Handteller und legte sie wieder auf ihre Brust. »Das bedeutet jedoch nicht, dass du allein und müßig irgendwo auf ihre Rückkehr warten musst«, schlug sie flüsternd vor.

Finkel ersparte uns beiden die Peinlichkeit, meine Ablehnung zu hören. *Willst du eine Ratte?* Ich blickte auf. Der orangefarbene Kater hockte unter den Deckenbalken, und seine Beute zuckte in seinem Kiefer, während er auf uns herunterstarrte. *Sie hat noch genug Leben in sich.*

Nein. Töte sie einfach. Ich fühlte die Qual der Ratte wie einen roten Funken. Das Leben gibt nie freiwillig auf.

Finkel ignorierte meine Weigerung. Er sprang hinunter und landete neben uns im Bett, wo er seine Beute losließ. Der wilde Nager huschte auf uns zu; eine Hinterpfote schleifte er hinter sich her. Jinna schrie entsetzt auf und sprang aus dem Bett. Ich schnappte mir die Ratte. Ein Griff, ein Drehen, und ihr Leiden hatte ein Ende.

Du bist schnell!, lobte Finkel.

Hier. Bring sie weg. Ich bot ihm die tote Ratte an.

Er schnüffelte an dem toten Leib. *Du hast sie zerbrochen!* Finkel hockte sich aufs Bett und starrte mich missbilligend an.

Bring sie weg.

Ich will sie nicht. Jetzt macht sie keinen Spaß mehr. Er knurrte mich an und sprang dann vom Bett herunter. *Du hast es zu schnell zu Ende gebracht. Du weißt einfach nicht, wie man spielt.* Sofort ging er zur Tür, krallte an der Klinke und verlangte, hinausgelassen zu werden. Jinna, die sich das Kleid zum Schutz ihrer Nacktheit an den Leib drückte, öffnete die Tür, und der Kater glitt hinaus. Ich blieb nackt im Bett zurück, eine tote Ratte in den Händen. Blut floss aus Nase und Mund des Tieres über meine Hand.

Meine Hose und meine Strümpfe hingen noch immer aneinander, als Jinna sie mir zuwarf. »Mach ja kein Blut auf mein Bett«, warnte sie mich, sodass ich die Ratte nicht weglegte, sondern versuchte, mit einer Hand in meine Hose zu gelangen.

Ich warf die Ratte auf einen Abfallhaufen hinter dem Haus. Als ich wieder hereinkam, goss Jinna gerade heißes Wasser über den Tee im Kessel. Sie lächelte mich an. »Der andere Tee scheint in der Zwischenzeit kalt geworden zu sein.«

»Wirklich?« Ich versuchte, so locker zu klingen wie sie. Ich ging ins Schlafzimmer zurück, um mein Hemd zu holen. Nachdem ich es angezogen hatte, machte ich das Bett. Dabei vermied ich es, das Amulett anzusehen. Als ich wieder herauskam, ignorierte ich mein Verlangen, einfach zu gehen, und setzte mich an den Tisch. Wir teilten uns Brot, Butter, Honig und heißen Tee. Jinna plapperte über die drei Frauen, die vorhin bei ihr gewesen waren. Sie hatte der jüngsten Tochter aus der Hand gelesen, um zu sehen, ob ein Heiratsangebot Glück für sie bedeutete. Dann hatte sie ihr geraten zu warten. Es war eine lange Geschichte voller Einzelheiten, und ich ließ sie sanft an mir vorübergleiten. Finkel kam zu meinem Stuhl, richtete sich auf und grub die Vorderkrallen in mein Bein; dann wuchtete er sich auf meinen Schoß. Von dort begutachtete er den Tisch.

Butter für die Katze.

Ich habe keinen Grund, nett zu dir zu sein.

Doch, das hast du. Ich bin die Katze.

Er war so überlegen selbstbewusst, dass das tatsächlich Grund genug für mich war, Butter auf eine Brotecke zu schmieren und ihm anzubieten. Ich hatte erwartet, dass er das Stück wegtragen würde. Stattdessen gestattete er mir, es zu halten, während er die Butter ableckte. *Mehr.*

Nein.

»... oder Harm könnte wirklich Ärger bekommen.«

Ich versuchte, Jinnas Worte zurückzuverfolgen, erkannte aber, dass ich den Gesprächsfaden vollständig verloren hatte. Finkel grub seine Krallen in mein Bein, als ich ihn ignorierte. »Nun, ich habe die Absicht gehabt, heute mit ihm zu sprechen«, sagte ich und hoffte, dass dieser Kommentar Sinn ergab.

»Das solltest du. Natürlich ist es sinnlos, hier auf ihn zu warten. Selbst wenn du gestern Abend gekommen wärst, hättest du auf ihn warten müssen. Er kommt jede Nacht erst spät heim und geht morgens meist zu spät zur Arbeit.«

Ich machte mir Sorgen. Das klang ganz und gar nicht nach Harm.

»Was schlägst du also vor?«

Jinna atmete tief ein und stieß die Luft ein wenig verärgert aus. Ich hatte das vermutlich verdient. »Was ich gerade gesagt habe. Geh in die Werkstatt, und sprich mit seinem Meister. Bitte ihn um etwas Zeit mit Harm. Treib ihn in die Ecke, und stell ein paar Regeln für ihn auf. Sag ihm, wenn er sie nicht einhielte, würdest du darauf bestehen, dass er wie die anderen Lehrlinge bei seinem Meister wohnt. Da würde er dann lernen, sich am Riemen zu reißen, sonst würden andere es für ihn tun. Denn wenn er dort in die Lehrlingsquartiere zieht, wird er feststellen, dass er höchstens ein, zwei Abende im Monat für sich hat.«

Plötzlich hörte ich aufmerksam zu. »Dann leben die anderen Lehrlinge also alle bei Meister Gindast?«

Jinna blickte mich erstaunt an. »Natürlich tun sie das! Der hält sie an einer kurzen Leine, was vielleicht auch Harm ganz guttun würde … Aber du bist sein Vater, deshalb nehme ich an, du weißt, was das Beste für ihn ist.«

»Er hat bis jetzt nie einen gebraucht«, bemerkte ich.

»Nun, das war, als ihr auf dem Land gelebt habt. Und da gab es keine Tavernen und willige junge Frauen.«

»Nun … ja. Aber ich habe nicht darüber nachgedacht, dass er im Haus seines Meisters leben könnte.«

»Das Quartier der Lehrlinge liegt hinter der Werkstatt von Meister Gindast. Das macht es ihnen einfacher aufzustehen, sich zu waschen, zu essen und bei Sonnenaufgang bei der Arbeit zu sein. Hast du nicht bei deinem Meister gelebt?«

Wenn ich so darüber nachdachte, hatte ich das wohl. Ich hatte es nur nie so wahrgenommen. »Ich bin nie formell in die Lehre gegangen«, log ich in beiläufigem Ton. »Deshalb ist das alles neu für mich. Ich hatte angenommen, dass ich für Harms Kost und Logis sorgen müsse, während er unterrichtet wird. Deshalb habe ich auch das mitgebracht.« Ich öffnete meine Börse und schüttete die Münzen auf den Tisch.

Und da lagen sie auf einem Haufen zwischen uns, und ich war plötzlich verlegen. Würde sie das als Bezahlung für etwas anderes betrachten?

Schweigend starrte Jinna mich einen Moment lang an und sagte dann: »Tom, ich habe kaum angefasst, was du zuvor geschickt hast. Wie viel, glaubst du, kostet es, einen Jungen durchzufüttern?«

Ich zuckte entschuldigend mit den Schultern. »Das ist wieder so ein Stadtding, das ich nicht weiß. Daheim haben wir angebaut, was wir brauchten, oder gejagt. Ich weiß, dass Harm eine Menge nach einem Tag Arbeit isst. Ich hatte angenommen, es sei teuer, ihn zu ernähren.« Chade musste dafür gesorgt haben, dass man ihr eine Börse schickt. Ich hatte keine Ahnung, wie viel da drin gewesen war.

»Nun. Wenn ich mehr brauche, werde ich es dich wissen lassen. Die Benutzung des Ponys und des Karrens hat meiner Nichte viel bedeutet. Sie hat sich so etwas immer gewünscht, aber du weißt, wie hart es ist, für solche Dinge zu sparen.«

»Ihr könnt ihn gerne benutzen. Wie Harm gesagt hat, ist es viel besser für das alte Tier, sich zu bewegen, als ständig im Stall herumzustehen. Oh. Soll ich Futter für das Pony besorgen?«

»Das können wir leicht beschaffen, und es erscheint mir nur gerecht, wenn wir für das Tier sorgen, das wir benutzen.« Sie hielt kurz inne und blickte mich an. »Dann wirst du heute also mit Harm reden?«

»Natürlich. Deshalb bin ich ja in die Stadt gekommen.« Ich begann, die Münzen zu stapeln, um sie anschließend wieder in meine Börse zu stecken. Es fühlte sich seltsam an.

»Ich verstehe. Darum bist du also hier vorbeigekommen«, bemerkte Jinna, aber sie lächelte neckisch, als sie das sagte. »Nun denn. Dann will ich dich mal ziehen lassen.«

Plötzlich dämmerte mir, dass sie mich wissen ließ, es sei an der Zeit für mich zu gehen. Ich klimperte mit den Münzen in meiner Börse und stand auf. »Also dann. Danke für den Tee«, sagte ich und hielt inne. Jinna lachte laut, und meine Wangen brannten, aber ich brachte ein Lächeln zustande. Sie vermittelte mir das Gefühl, jung und dumm und ihr gegenüber eindeutig im Nachteil zu sein. Ich wusste nicht, warum das so sein sollte, aber ich wusste, dass es mir gleich war. »Nun. Ich gehe dann mal besser Harm besuchen.«

»Tu das«, stimmte Jinna mir zu und reichte mir meinen Mantel. Dann musste ich wieder stehen bleiben, um meine Stiefel anzuziehen. Ich war gerade damit fertig, als ein Klopfen an der Tür ertönte. »Einen Augenblick!«, rief Jinna, und ich ging hinaus und nickte ihrem Kunden im Vorbeigehen zu. Es war ein junger Mann mit besorgtem Gesichtsausdruck. Er deutete eine Verbeugung an und huschte dann hinein. Die Tür schloss sich, als Jinna ihn begrüßte, und ich war wieder allein auf der windigen Straße.

Ich trottete zu Gindasts Werkstatt. Der Tag wurde immer kälter, und es roch nach Schnee in der Luft. Der Sommer war lange geblieben, doch nun setzte sich der Winter durch. Ich blickte in den Himmel hinauf und kam zu dem Schluss, dass wir mit schwerem Schneefall zu rechnen hatten. Das weckte gemischte Gefühle in mir. Vor ein paar Monaten hätte ich bei solch einem Anblick meinen Holzvorrat überprüft und wäre zum letzten Mal kritisch durchgegangen, was ich alles für den Winter eingelagert hatte. Nun sorgte der Weitseher-Thron für mich. Ich musste mich nicht länger um mein eigenes Wohlergehen kümmern, nur um das der Monarchie. Dieser Harnisch saß noch immer unbequem auf meinen Schultern.

Gindast war in Burgstadt wohlbekannt, und ich hatte keinerlei Probleme, seine Werkstatt zu finden. Sein Schild war kunstvoll geschnitzt und eingerahmt wie zum Beweis für sein handwerkliches Können. Auf der Vorderseite des Gebäudes befand sich ein gemütliches Wohnzimmer mit bequemen Stühlen und einem großen Tisch. Ein Feuer brannte heiß im Kamin. Mehrere seiner besten Stücke waren in dem Raum zur Ansicht für seine Kunden ausgestellt. Der Mann, der die Verantwortung für diesen Raum trug, hörte sich meine Bitte an und winkte mich dann zur Werkstatt durch.

Die Werkstatt ähnelte einer Scheune; überall standen Schreinerstücke in verschiedenen Stadien der Fertigstellung herum. Eine riesige Bettstatt stand neben einer Reihe duftender Zederntruhen mit einer Eule als Wappen darauf. Ein Geselle kniete davor und beizte die Eulen. Gindast war nicht in seiner Werkstatt. Er war mit drei Gesellen auf Fürst Schnitters Gut geritten, um dort Maß für eine ausgefeilte Kaminverkleidung zu nehmen und dazu passende Stühle und Tische.

Einer seiner älteren Gesellen, ein Mann nicht viel jünger als ich selbst, gestattete mir, kurz mit Harm zu sprechen. Dabei schlug er mir ernst vor, dass ich vielleicht noch einmal vorbeikommen sollte, um mit Meister Gindast über die Fortschritte meines Jungen zu sprechen. So wie der Lehrling über solch ein Treffen sprach, klang das äußerst ominös.

Ich fand Harm hinter der Werkstatt mit vier anderen Lehrlingen. Alle wirkten sie jünger und kleiner als er. Sie waren gerade dabei, einen Stapel getrockneten Holzes zu bewegen, Balken für Balken. Die zertrampelte Erde verriet mir, dass dies der dritte Stapel seiner Art sein musste. Die anderen beiden waren mit Zelttuch überspannt. Harm hatte das Gesicht verzogen, als beleidige ihn diese geistlose, aber nichtsdestoweniger notwendige Arbeit. Ich beobachtete ihn eine Zeit lang, bevor er mich bemerkte, und was ich sah, beunruhigte mich. Harm war immer ein williger Arbeiter gewesen, wenn er mit mir zu Werke gegangen war. Nun sah ich unterdrückten Zorn in der Art, wie er sich hielt, und seine Ungeduld, weil er mit

Jüngeren und Schwächeren arbeiten musste. Er richtete sich vor dem Balken auf, den er gerade abgelegt hatte, sagte etwas zu den anderen Lehrlingen und kam dann zu mir herüber. Ich beobachtete ihn, während er sich näherte, und fragte mich, wie viel von seinem Gesichtsausdruck er wirklich empfand und wie viel davon für die Jüngeren bestimmt war. Ich kümmerte mich nicht sonderlich um die Abscheu, die er für seine gegenwärtige Arbeit an den Tag legte.

»Harm«, begrüßte ich ihn ernst.

»Tom«, antwortete er. Er schüttelte mir die Hand und sagte dann leise: »Jetzt siehst du, wovon ich gesprochen habe.«

»Ich sehe, dass du Holz wendest, damit es gut trocknet«, erwiderte ich. »Das scheint mir eine notwendige Arbeit in einer Tischlerei zu sein.«

Er seufzte. »Es würde mir nicht so viel ausmachen, wenn so etwas nur gelegentlich erledigt werden müsste, aber jede Aufgabe, die man mir gibt, verlangt viel von meinem Rücken und nur wenig von meinem Verstand.«

»Werden die anderen Lehrlinge denn anders behandelt?«

»Nein«, antwortete er mürrisch. »Aber wie du sehen kannst, sind sie nur Kinder.«

»Das macht keinen Unterschied, Harm«, sagte ich ihm. »Das ist keine Frage des Alters, sondern des Wissens. Sei geduldig. Hier gibt es einiges zu lernen, selbst wenn es nur das ordentliche Stapeln von Holz ist, und in diesem Stadium lernst du hauptsächlich durchs Zuschauen. Außerdem ist Holzwenden etwas, das einfach getan werden *muss*. Wen sonst sollten sie das tun lassen?«

Harm starrte auf den Boden, während ich sprach; er schwieg, war aber nicht überzeugt.

Ich atmete tief durch. »Glaubst du, es wäre besser für dich, wenn du hier anstatt bei Jinna leben würdest?«

Voll Wut und Verzweiflung blickte er mir in die Augen. »Nein! Warum schlägst du so etwas überhaupt vor?«

»Nun, weil ich erfahren habe, dass es so Brauch ist. Wenn du hier, näher an deiner Arbeit leben würdest, würde sie dir wohlmöglich leichter fallen. Du müsstest nicht jeden Morgen so weit laufen, und …«

»Ich würde wahnsinnig, wenn ich mit den übrigen Lehrlingen hier leben müsste! Die anderen Jungen haben mir erzählt, wie es ist. Jede Mahlzeit ist die gleiche wie die zuvor, und Gindasts Frau zählt die Kerzen, um sicherzustellen, dass sie sie nicht zu tief in die Nacht hinein brennen lassen. Sie müssen ihr Bettzeug lüften und jede Woche ihre eigene Wäsche waschen, ganz zu schweigen davon, dass Gindast ihnen Extraarbeit auferlegt, nachdem das Tagwerk beendet ist. Sie schaufeln Sägespäne in den Rosengarten von Gindasts Frau und sammeln den Zunder für den Kamin und … «

»Das klingt nicht gerade schrecklich für mich«, unterbrach ich ihn, denn ich sah, dass er sich immer mehr erregte. »Das klingt nach Disziplin. Ähnlich der Ausbildung eines Soldaten. Das würde dir nicht schaden, Harm.«

Wütend warf er die Arme in die Höhe. »Es würde mir aber auch nicht helfen. Hätte ich mir gewünscht, für meinen Lebensunterhalt Schädel einzuschlagen, ja, dann hätte ich erwartet, dass man mich wie ein dummes Tier behandelt. Aber von meiner Lehre hätte ich das nicht gedacht.«

»Dann bist du also zu dem Schluss gekommen, dass diese Arbeit nicht das ist, was du willst?«, fragte ich und hielt in Erwartung der Antwort fast den Atem an. Denn wenn er seine Meinung geändert hatte, hatte ich keine Ahnung, was ich mit ihm tun sollte. Ich konnte ihn schlecht mit zur Bocksburg hinaufnehmen oder allein nach Hause schicken.

Widerwillig antwortete er: »Nein. Ich habe meine Meinung nicht geändert. Das ist, was ich will. Aber sie sollten besser bald damit beginnen, mir etwas beizubringen, sonst …«

Ich wartete darauf, was diesem »sonst« folgen würde, doch ihm gingen die Worte aus. Ich beschloss, das als positives

Zeichen zu werten. »Ich bin froh, dass du das noch immer willst. Versuch, Demut zu zeigen, Geduld. Arbeite gut, hör zu und lerne. Ich glaube, wenn du das tust und dich als schlauer Junge erweist, wirst du schon bald vor größeren Herausforderungen stehen. Und ich werde versuchen, heute Abend zu dir zu kommen, aber ich will nichts versprechen. Fürst Leuenfarb hält mich sehr beschäftigt. Es ist mir schon schwergefallen, mir die Zeit hier abzuknapsen. Weißt du, wo die Taverne Zu den Drei Segeln ist?«

»Ja, aber triff mich nicht dort. Komm stattdessen ins Festsitzende Schwein. Das ist bei Jinna ganz in der Nähe.«

»Und?«, hakte ich nach. Ich wusste, dass es noch einen anderen Grund gab.

»Dann kannst du auch Svanja kennenlernen. Sie lebt nicht weit weg und hält immer nach mir Ausschau. Wenn sie kann, gesellt sie sich dort zu mir.«

»Wenn sie sich aus dem Haus schleichen kann?«

»Nun ... so in der Art. Ihrer Mutter ist es egal, aber ihr Vater hasst mich.«

»Das ist nicht gerade ein guter Anfang, um jemanden zu freien, Harm. Was hast du getan, um dir diesen Hass zu verdienen?«

»Ich habe seine Tochter geküsst.« Harm grinste breit, und ich lächelte wider besseres Wissen.

»Nun. Darüber können wir auch heute Abend sprechen. Ich glaube, du bist noch zu jung dafür. Du solltest lieber warten, bis deine Aussichten besser sind und du eine Frau ernähren kannst. Vielleicht kümmern ihren Vater dann ein, zwei gestohlene Küsse nicht mehr. Falls ich heute Abend freibekommen kann, werde ich dich dort treffen.«

Harm schien sich wieder ein wenig beruhigt zu haben, als er mir zum Abschied winkte und zu seinem Holzstapel ging. Ich verließ ihn jedoch mit schwererem Herzen, als ich gekommen war. Jinna hatte recht. Das Stadtleben veränderte meinen Jungen, und das auf eine Art und Weise, die ich nicht vorhergesehen hatte. Ich hatte nicht das Gefühl, dass er meinem Rat wirklich zugehört hatte, geschweige denn danach handeln würde. Nun ja, vielleicht würde ich das heute Abend korrigieren können.

Während ich durch die Stadt zurückging, fielen die ersten Schneeflocken. Als ich die steile, gewundene Straße zur Burg erreichte, hatte sich der Himmel völlig zugezogen, und der Schneefall war noch dichter geworden. Mehrere Male blieb ich stehen, verließ die Straße und blickte zurück, doch niemand schien mir zu folgen. Dass die Gescheckten mich bedrohten und dann einfach verschwanden, ergab keinen Sinn. Sie hätten mich entweder töten oder als Geisel nehmen müssen. Ich versuchte, mich in ihre Lage zu versetzen, mir vorzustellen, warum sie ihre Beute frei herumlaufen ließen. Mir fiel kein Grund dafür ein. Als ich schließlich die Burgtore erreichte, lag eine dichte Schneedecke auf der Straße, und der Wind heulte in den Baumwipfeln. Mit dem Wetter kam eine frühe Dunkelheit. Es versprach, eine furchtbare Nacht zu werden. Ich konnte froh sein, wenn ich sie irgendwo drinnen verbringen konnte.

Vor dem Eingang der Halle, an der Küche und Wachraum lagen, stampfte ich mir den klebrig-feuchten Schnee von den Füßen. Ich roch heiße Rindfleischsuppe, frisches Brot und nasse Wolle, als ich am Wachraum vorüberging. Ich war müde und wünschte, ich könnte einfach hineingehen und ihr einfaches Mahl und die rauen Scherze mit ihnen teilen. Stattdessen straffte ich die Schultern und eilte in Richtung von Fürst Leuenfarbs Gemächern. Er war nicht da, und ich erinnerte mich daran, dass er irgendetwas von einem Spiel mit dem Liebling der Königin gesagt hatte. Ich nahm an, dort sollte ich ihn suchen. Ich ging in meine Kammer, um den nassen Mantel loszuwerden, und fand einen Pergamentfetzen auf meinem Bett. Nur ein einziges Wort stand darauf: »Hoch.«

Ein paar Augenblicke später tauchte ich in Chades Turmzimmer auf. Es war niemand da, aber auf meinem Stuhl wartete warme Kleidung auf mich, außerdem ein grüner Mantel aus schwerer Wolle mit übergroßer Kapuze. Auf der Außenseite war ein Otter abgebildet, ein mir unbekanntes Wappen. Ein ungewöhnliches Merkmal des Mantels war, dass man ihn wenden konnte; innen bestand er aus schlichter Wolle in Dienerblau. Daneben stand eine lederne Reisetasche mit etwas zu essen und einer Flasche Branntwein darin. Daneben wiederum lag eine lederne Schriftrollentasche. Und auf dieser ganzen Ausrüstung fand sich eine Notiz in Chades Handschrift. »Heffams Trupp reitet heute Abend aus dem Nordtor auf Patrouille. Reite mit ihnen, und folge dann deinen eigenen Zielen. Ich hoffe, es macht dir nichts aus, das Erntedankfest zu verpassen. Bitte komm so schnell wie möglich wieder zurück.«

Ich schnaufte. Erntedankfest. Darauf hatte ich mich als Junge immer so sehr gefreut. Jetzt hatte ich mich noch nicht einmal daran erinnert, dass es nicht mehr fern war. Ohne Zweifel war die Verlobung des Prinzen absichtlich unmittelbar davor gelegt worden. Nun, ich hatte es die letzten fünfzehn Jahre versäumt. Einmal mehr oder weniger machte den Braten auch nicht fett.

Am Ende des Arbeitstisches wartete ein herzhaftes Mahl aus kaltem Fleisch, Käse, Brot und Bier. Ich ging davon aus, dass Chade eine plausible Erklärung für mein Verschwinden aus Fürst Leuenfarbs Diensten arrangiert hatte. Ich hatte keine Zeit mehr, ihn aufzusuchen und ihm die Information weiterzugeben, und eine Notiz wollte ich ihm auch nicht schreiben. Reumütig dachte ich an mein geplantes Treffen mit Harm, aber ich hatte ihn ja schon vorgewarnt, dass ich vielleicht nicht kommen könnte. Und die plötzliche Gelegenheit, endlich etwas zu tun, hatte auch ihren Reiz. Ich wollte endlich den bangen Verdacht aus dem Weg geräumt sehen, dass die Gescheckten mein Nest entdeckt haben könnten. Selbst herauszufinden, dass sie es doch getan hatten, wäre besser gewesen, als es sich ängstlich immer wieder zu fragen.

Ich aß und wechselte meine Kleider. Als die Sonne unterging, saß ich auf Meine Schwarze und näherte mich dem Nordtor. Die Kapuze hatte ich tief ins Gesicht gezogen, um den beißenden Wind und das Schneetreiben außen vor zu halten. Andere, anonyme, grün gewandete Reiter sammelten sich dort. Einige beschwerten sich bitterlich darüber, auf Patrouille reiten zu müssen, wo die Verlobungsfeierlichkeiten sich ihrem Höhepunkt näherten und das Erntedankfest unmittelbar bevorstand. Ich ritt näher und nickte einem redseligen Kerl mitfühlend zu, der die Nacht mit seinem Jammern erfüllte. Er begann eine lange Geschichte von einer Frau, der wärmsten und willigsten aller Frauen, die heute Abend nun vergebens auf ihn in einer Taverne unten in der Stadt warten würde. Ich war zufrieden damit, auf meinem Pferd zu sitzen und ihn reden zu lassen. Andere sammelten sich um uns. Tief vermummte Reiter. Kein einziges Gesicht war zu erkennen.

Die Sonne war untergegangen und die Nacht dunkel, bevor Heffam auftauchte. Er schien genauso übel gelaunt zu sein wie seine Männer, und brüsk verkündete er, dass wir schnell zur Ersten Furt reiten und dort die Wache ablösen würden, um die eigentliche Patrouille am nächsten Morgen zu beginnen. Seinen Männern schien diese Pflicht wohlvertraut zu sein. Wir reihten uns in Zweierreihen hinter ihm ein, und ich wählte einen Platz am Ende der Kolonne. Eine Zeit lang führte uns unser Weg steil nach unten. Dann wendeten wir und nahmen die Flussstraße, die uns nach Osten zum Bocksfluss bringen würde.

Nachdem wir die Lichter von Bocksburg hinter uns gelassen hatten, nahm ich Meine Schwarze ein wenig zurück.

Sie war nicht gerade erfreut über das Wetter oder die Dunkelheit, und so machte es ihr auch nichts aus, langsamer zu gehen. An einem Punkt ließ ich sie dann ganz anhalten und stieg unter dem Vorwand ab, einen Riemen festziehen zu müssen. Die Patrouille ritt in dem alles verhüllenden Sturm ohne mich weiter. Ich saß wieder auf und schloss mich ihnen erneut an, nun als letzter Mann. Ich hielt mein Pferd weiter zurück und ließ den Abstand zwischen uns immer größer werden. Als sie schließlich hinter einer Biegung außer Sicht verschwanden, hielt ich erneut an, stieg wieder ab und machte mich abermals an den Sattelgurten zu schaffen. Ich wartete und hoffte, dass in dem Mistwetter niemand meine Abwesenheit bemerken würde. Als niemand zurückkehrte, um nachzusehen, wo ich abgeblieben war, wendete ich meinen Mantel, saß wieder auf und ritt auf demselben Weg zurück, den wir gekommen waren.

Wie Chade mich gebeten hatte, beeilte ich mich; es gab jedoch unvermeidliche Verzögerungen. So musste ich auf die Morgenfähre über den Bocksfluss warten, und dann behinderten auch noch Wind und Eis das Beladen des Schiffes. Auf der anderen Seite stellte ich fest, dass die Straße breiter und gut gepflegt war; auch war sie belebter, als ich sie in Erinnerung hatte. Ein florierender kleiner Marktflecken war an ihrem Rand entstanden. Die Häuser waren auf Pfählen gebaut, um selbst bei einer Sturmflut nicht unter Wasser zu geraten. Gegen Mittag hatte ich die kleine Stadt weit hinter mir gelassen.

Meine Reise zurück nach Hause verlief im gewöhnlichen Sinne vollkommen ereignislos. Mehrere Male übernachtete ich in kleinen Gasthöfen entlang der Straße. Nur einmal wurde meine Nachtruhe gestört. Zuerst war der Traum friedlich. Eine warme Feuerstelle, die Geräusche einer Familie, die ihren abendlichen Tätigkeiten nachging.

»Umpf. Von meinem Schoß runter, Mädchen. Du bist schon viel zu groß, um noch da zu sitzen.«

»Ich werde nie zu groß für Papas Schoß sein.« Lachen lag in ihrer Stimme. »Was *machst du da?«*

»Ich flicke den Schuh deiner Mutter. Oder zumindest versuche ich es. Hier. Zieh den Faden für mich durch. Im Feuerlicht tanzt das Nadelöhr, bis ich es nicht mehr finden kann. Jüngere Augen kommen besser damit zurecht.«

Und das war, was mich aufweckte. Eine plötzliche Welle der Verzweiflung darüber, dass Papa zugab, sein Augenlicht zu verlieren. Ich versuchte nicht darüber nachzudenken, während ich wieder in Schlaf versank.

Niemand schien mein Vorbeikommen zu bemerken. Ich hatte sogar Zeit, an den Manieren von Meine Schwarze zu feilen. In vielen kleinen Dingen stellten wir gegenseitig unser Durchsetzungsvermögen auf die Probe. Das Wetter war weiterhin schlecht. Die Nächte wurden von Schneestürmen beherrscht. Wenn der Sturm tagsüber ein wenig nachließ, schmolz die wässrige Sonne den Schnee auf der Straße, sodass er sich mit dem Schlamm mischte und die Nacht über zu gefährlichem Eis gefror. Es war wirklich kein angenehmes Reisewetter.

Doch ein Teil der Kälte, die mich auf dieser Reise attackierte, hatte nichts mit dem Wetter zu tun. Kein Wolf zog vor mir einher, um nachzuschauen, ob die Straße frei war, oder sich nach hinten zu vergewissern, dass uns niemand folgte. Zum Schutz konnte ich mich nur auf meine eigenen Sinne und mein eigenes Schwert verlassen. Ich fühlte mich nackt und unvollständig.

An dem Nachmittag, da ich den Weg zu meiner Hütte erreichte, brach die Sonne durch die Wolkendecke. Der Schneefall hatte aufgehört, und die kurze Wärme des Tages verwandelte alles in nassen Schlamm. Aus dem Wald war das unregelmäßige Fallen von Schnee- und Eisbrocken zu hören, die sich von den Ästen lösten. Die Straße zu meiner Hütte war glatt; außer Hasenspuren war nichts zu sehen. Ich bezweifelte, dass irgendjemand seit Anfang des Schneefalls hier vorbeigekommen war. Das war beruhigend.

Doch als ich meine Hütte erreichte, kehrte meine Unruhe wieder zurück. Es war offensichtlich, dass jemand hier gewesen war, und das vor gar nicht allzu langer Zeit. Die Tür stand offen. Unregelmäßige Haufen unter dem Schnee verrieten, wo man die Möbel hinausgeworfen hatte. Pergamentfetzen ragten aus dem Schnee, der unter der neuesten Schicht vollkommen zertrampelt war. Der Zaun um den Küchengarten war eingerissen worden, ebenso wie der Pfosten mit Jinnas Amulett. Eine Zeit lang saß ich schweigend auf meinem Pferd und versuchte, so gleichmütig wie möglich zu bleiben, während ich mit den Augen nach Informationen suchte. Dann stieg ich leise ab und näherte mich der Hütte.

Niemand war da. Es war kalt und dunkel. Das erinnerte mich an etwas, und dann half eine Vorahnung meiner Erinnerung auf die Sprünge: Es erinnerte mich daran, wie ich nach dem Überfall der Entfremdeten in meine Hütte zurückgekehrt war. Im schwächer werdenden Tageslicht sah ich Schweinespuren auf dem Fußboden. Mehrere neugierige Tiere hatten meine Hütte in Augenschein genommen. Es fanden sich auch einander überkreuzende Stiefelspuren, die daraufhin deuteten, dass irgendjemand mehrmals hinein- und hinausgelaufen war.

Alles Tragbare und Nützliche war fortgeschafft worden. Die Decken von meinen Betten, die geräucherte und konservierte Nahrung, die Töpfe vom Herd – alles weg. Einige Schriftrollen hatte man dazu missbraucht, ein Herdfeuer zu entzünden. Irgendjemand hatte hier gegessen und vermutlich die Vorräte genossen, die Harm und ich für den Winter angelegt hatten. Ein Haufen Fischknochen fand sich am Herd. Ich glaubte zu wissen, wer das hier gewesen war. Die Schweinespuren waren mein bester Hinweis.

Mein Schreibpult stand immer noch da; mein des Lesens

nicht mächtiger Nachbar hatte wohl keine Verwendung dafür. In meinem kleinen Arbeitszimmer waren die Tintenfässer umgestoßen und die Schriftrollen geöffnet und beiseitegeworfen worden. Das gab mir Grund zur Sorge. In dem augenblicklichen Chaos konnte ich unmöglich sagen, welche Schriftrollen mitgenommen worden waren und welche nicht. Ich wusste nicht, ob auch die Gescheckten hier gewesen waren oder nur mein Nachbar, der Schweinehirt. Veritas' Karte hing noch immer schief an der Wand; ich war entsetzt, als mein Herz einen Freudensprung machte, dass sie noch intakt war. Bis jetzt war mir nicht klar gewesen, wie viel sie mir bedeutete. Ich nahm sie herunter, rollte sie zusammen und nahm sie mit mir, während ich mein geplündertes Heim erkundete. Ich zwang mich, jeden Raum eingehend zu untersuchen, ebenso wie den Stall und das Hühnerhaus, bevor ich mir gestattete, das einzusammeln, was ich mitnehmen wollte.

Der kleine Getreidevorrat und die Werkzeuge waren aus dem Schuppen gestohlen worden. Meine Werkstatt war nur noch ein Haufen Plunder. Das schien mir nicht das Werk der Gescheckten zu sein. Mein Verdacht in Richtung eines unangenehmen Nachbarn aus dem nächsten Tal hatte sich nun so gut wie bestätigt. Er hielt Schweine, und er hatte mich einmal beschuldigt, Ferkel von ihm gestohlen zu haben. Als ich so überhastet von hier aufgebrochen war, hatte ich Harm befohlen, unsere Hühner zu ihm zu bringen, aber nicht aus Freundlichkeit unserem Nachbarn gegenüber, sondern weil ich wusste, dass er sie der Eier wegen hegen und pflegen würde. Das schien mir eine bessere Idee gewesen zu sein, als sie den Raubtieren zu überlassen. Aber natürlich hatte er somit gewusst, dass wir für längere Zeit fort sein würden. Ich stand mit geballten Fäusten da und schaute mich in dem kleinen Stall um. Ich bezweifelte, dass ich je wieder hierher zurückkehren würde. Selbst wenn die Werkzeuge noch da gewesen wären, hätte ich sie nicht mitgenommen. Welche Verwendung hatte ich noch für eine Breithacke oder für eine Schaufel? Aber der Diebstahl war ein Verbrechen, das ich nur schwer ignorieren konnte. Ich sehnte mich nach Rache, auch wenn ich mir sagte, dass ich keine Zeit dafür hätte und dass der Dieb mir vermutlich einen Gefallen damit getan hatte, mein Haus vor den Gescheckten zu plündern.

Ich stellte Meine Schwarze in den Stall und gab ihr das wenige zu fressen, was noch übrig geblieben war. Dann holte ich noch einen Eimer Wasser für sie. Anschließend begann ich mit der Plünderung und der Zerstörung.

Der Haufen meiner Habseligkeiten unter dem Schnee stellte sich als mein Bett heraus, mein Tisch, meine Stühle und mehrere Regale. Vermutlich hatte der Dieb beabsichtigt, sie sich später mit einem Karren zu holen. Ich würde sie verbrennen. Ich wischte etwas Schnee von dem Haufen, blickte reumütig auf den springenden Bock, den der Narr für mich in den Tisch geschnitzt hatte, und ging dann in die Hütte, um Zunder fürs Feuer zu holen. Die achtlos beiseitegeworfene strohgefüllte Matratze war hervorragend dafür geeignet. Nach kurzer Zeit hatte ich einen netten Scheiterhaufen zum Brennen gebracht.

Ich versuchte, methodisch vorzugehen. Solange ich noch Tageslicht zur Verfügung hatte, sammelte ich jede Schriftrolle ein und warf sie auf den Hof. Ein paar waren von der Nässe vollkommen ruiniert, andere zerrissen und zertrampelt. Wieder andere versuchte ich, in Erinnerung an Chades Worte, glatt zu streichen und zusammenzurollen, auch wenn sie nur noch Fragmente waren, aber die meisten überantwortete ich rücksichtslos dem Feuer. Ich trat durch den Schnee, bis ich so weit wie möglich sicher war, dass kein Schriftstück von mir mehr im Hof lag.

Inzwischen hatte es zu dämmern begonnen. In der Hütte entzündete ich ein Feuer im Herd, sowohl um des Lichts als auch um der Wärme willen. Dann machte ich mich im Inneren ans Werk. Die meisten meiner Besitztümer wanderten direkt ins Feuer: alte Arbeitskleidung, meine Schreibutensilien, mein Stiefelknecht und vieles andere. Mit Harms Dingen ging ich freundlicher um, wohl wissend, dass eine Spindel, die schon lange kein Spielzeug mehr war, nach wie vor eine Bedeutung für ihn besaß. Aus einem alten Mantel machte ich einen Sack und füllte ihn mit dieser Art von Gegenständen. Dann setzte ich mich vor die Flammen und ging die Schriftrollen von meinen Regalen durch. Es war noch weit mehr übrig, als ich zunächst erwartet hatte, auf jeden Fall viel mehr, als ich mitnehmen konnte.

Ich beschloss, zunächst jene zu retten, die ich nicht selber geschrieben hatte. Veritas' Karte wanderte natürlich in die Tasche, und schon bald gesellten sich andere Schriftrollen dazu, die ich auf meinen Reisen erworben oder die Merle mir gebracht hatte. Ein paar von diesen waren recht alt und selten. Ich war dankbar dafür, sie intakt zu finden, und beschloss, nach meiner Rückkehr nach Bocksburg Kopien davon anzufertigen. Aber abgesehen davon merzte ich alles gnadenlos aus. Nichts, was meiner Feder entsprungen war, entging meinem prüfenden Blick. Schriftrollen über Kräuterkunde mit meinen aufwendigen Illustrationen wanderten ins Feuer. Die entsprechenden Informationen hatte ich noch immer im Kopf; falls es sich als wichtig herausstellen sollte, konnte ich es immer noch neu schreiben. Nur ein paar dieser Schriftrollen behielt ich. Wider besseres Wissen wanderten auch jene Schriftrollen in die Tasche, die sich nicht nur mit meiner Zeit in den Bergen, sondern auch mit meinen Gedanken über mich selbst beschäftigten. Eine rasche Lektüre einiger dieser Texte trieb mir die Röte in die Wangen. Kindisch und rührselig, voller Selbstmitleid und großartiger Vorstellungen über meine eigene Bedeutung und Erklärungen von Dingen, die ich nie wieder tun würde, das waren diese Schriftstücke. Ich fragte mich, wer ich gewesen war, als ich das geschrieben hatte.

Meine Schriften über die Gabe wanderten ebenso in die Tasche wie mein ausführlicher Bericht über unsere Reise ins Bergreich, ins Reich der Uralten und Veritas-als-Drache. Meine poetischen Anwandlungen über Molly landeten in den Flammen, wo sie mit einem letzten leidenschaftlichen Aufflackern verbrannten. Die Übungsbücher, die ich für Harm entworfen hatte, waren das nächste Opfer des Feuers. Dann zählte ich die verbliebenen Schriftrollen durch, und es waren noch immer zu viele. Also fällte ich eine zweite, härtere Wahl, und schließlich konnte ich den Schriftrollenkoffer schließen.

Dann stand ich auf, schloss die Augen und versuchte zu denken: Gab es da noch welche, die nicht dabei gewesen sind? Ich sagte mir, das herauszufinden sei eine hoffnungslose Aufgabe. Einige Schriftrollen hatte ich klugerweise schon wenige Tage, nachdem ich sie verfasst hatte, zerstört. Andere hatte ich Merle gegeben, um sie zu Chade zu bringen. Ich wusste nicht, ob irgendwelche fehlten. Wenn ein Mann sich daran erinnern soll, was er in den letzten fünfzehn Jahren alles geschrieben hat, nimmt es wohl kaum Wunder, wenn ein paar Lücken da sind. Hatte ich je einen Bericht über meine Begegnung mit dem Schwarzen Rolf und jenen vom Alten Blut geschrieben? Ich war sicher, dass ich über diese Monate geschrieben hatte, aber das waren andere Schriftrollen gewesen, oder verwechselte ich da etwas? Ich war nicht sicher. Und ich konnte auch nicht wissen, welche Schriftrollen der Schweinehirt benutzt hatte, um sein Kochfeuer zu machen. Ich seufzte. Zeit zu kapitulieren. Ich hatte getan, was ich tun konnte. In der Zukunft würde ich wesentlich vorsichtiger damit sein, was ich einem Pergament anvertraute und was nicht.

Ich ging wieder in den Hof hinaus und warf die Reste der

Möbel ins Feuer. Der zunehmende Wind und der Schneefall würden es bald löschen, aber zumindest der springende Hirschbock war vollkommen zerstört. Der Rest zählte nur wenig. Noch einmal ging ich durch die kleine Hütte, die über so viele Jahre hinweg mein Heim gewesen war. Ich hatte keinen einzigen persönlichen Gegenstand heil gelassen. Alle Beweise für meine Anwesenheit hier waren ausgelöscht. Ich dachte darüber nach, auch die Hütte selbst niederzubrennen, entschied mich aber dagegen. Sie hatte schon hier gestanden, bevor ich gekommen war; sollte sie auch weiter hier stehen bleiben. Vielleicht konnte ein anderer Bedürftiger sie brauchen.

Ich sattelte Meine Schwarze und führte sie aus der Koppel. Dann lud ich den Schriftrollenkoffer und das Bündel mit Harms Habseligkeiten auf. Die letzten beiden Gegenstände, die ich verstaute, waren zwei dicht verschlossene Töpfe: einer mit gemahlener Elfenrinde und der andere mit Tragmich. Schließlich saß ich auf und ritt von diesem Stück meines Lebens weg. Das Feuer meiner brennenden Vergangenheit sandte mir seltsame Schatten hinterher, während der Sturm wieder an Kraft gewann.

Kapitel 7

LEKTIONEN

Auf folgende Weise werden die besten Kordialen geformt: Lasst den Gabenmeister jene um sich versammeln, die er ausbilden will. Lasst diese mindestens sechs an der Zahl sein; eine größere Zahl ist sogar vorzuziehen, damit ausreichend Schüler vorhanden sind. Lasst den Gabenmeister sie täglich zusammenbringen, nicht nur für den Unterricht, sondern auch zu den Mahlzeiten und zum Vergnügen; und lasst sie sogar gemeinsam in einer Kammer schlafen, sollte der Gabenmeister der Meinung sein, dies werde sie nicht ablenken oder Rivalitäten zwischen ihnen hervorrufen. Gebt ihnen Zeit zusammen, lasst sie ihre eigenen Bindungen formen, und am Jahresende wird sich die Kordiale gebildet haben. Jene, die keine Bindungen entwickelt haben, sollen als Einzelne dem König dienen.

Einigen Gabenmeistern mag es schwerfallen, sich bei der Bildung einer Kordiale zurückzuhalten. Es stellt eine große Versuchung da, die Besten mit den Besten zusammenzutun und jene beiseitezuschieben, die langsam erscheinen oder ein schwieriges Temperament besitzen. Die klügsten Gabenmeister werden jedoch nichts dergleichen tun, denn die besten Kordialen beziehen ihre Stärke aus jedem einzelnen Mitglied. So vermag der, der träge scheint, Standfestigkeit zu geben und Heißsporne zur Vorsicht zu bewegen. Schwierige Mitglieder wiederum vermitteln den anderen wohlmöglich die Inspiration, die sie brauchen.

Deshalb lasst jede Kordiale ihre eigenen Mitglieder finden und sich selbst einen Anführer wählen.

BAUMKNIES ÜBERSETZUNG VON GABENMEISTER OKLEFS: »DIE KORDIALE«

»Wo warst du?«, verlangte Pflichtgetreu zu wissen, als er das Turmzimmer betrat. Er schloss die Tür hinter sich und ging in die Mitte des Raums, die Arme vor der Brust verschränkt. Langsam erhob ich mich von Veritas' Stuhl. Ich hatte die weißen Schaumkronen der Wellen beobachtet. Ungeduld und Verärgerung lagen in der Stimme meines Prinzen, und er hatte die Stirn in Falten gelegt. Das war kein gutes Vorzeichen für unser Verhältnis als Lehrer und Schüler.

Ich atmete tief durch. Versuch es zuerst mit einer leichten Hand, sagte ich mir. Also begrüßte ich ihn in einem freundlichen, neutralen Ton: »Guten Morgen, Prinz Pflichtgetreu.«

Er sträubte sich wie ein junges Fohlen. Dann beobachtete ich, wie er sich zusammenriss. Er atmete tief ein und begann von Neuem: »Guten Morgen, Tom Dachsenbless. Es ist schon einige Zeit her, seit ich dich zum letzten Mal gesehen habe.«

»Wichtige, persönliche Angelegenheiten haben mich eine Zeit lang von Bocksburg fortgeführt. Die sind jetzt erledigt, und nun gehe ich davon aus, dass ich den Rest des Winters größtenteils zu Eurer Verfügung stehen werde.«

»Danke.« Dann, als müsse sich der Rest seiner Verärgerung irgendwie Luft machen: »Ich nehme nicht an, dass ich mehr von dir verlangen kann.«

Ich unterdrückte ein Lächeln und erwiderte: »Doch, das könntest du; du würdest es nur nicht bekommen.«

Da brach sich ein Lächeln auf Pflichtgetreus jungenhaftem Gesicht Bahn, und er rief: »Wo kommst du eigentlich her? Außer dir würde niemand in der Burg es wagen, so mit mir zu sprechen.«

Ich missverstand seine Frage absichtlich. »Ich musste zu meinem alten Haus, einige Sachen einpacken und andere loswerden. Ich hasse es, Dinge unerledigt zu lassen. Jetzt aber ist alles geregelt. Ich bin hier in Bocksburg, und ich werde dich unterrichten. So. Wo sollen wir anfangen?«

Die Frage schien ihn nervös zu machen. Er blickte sich im Raum um. Chade hatte Möbel und allen möglichen Plunder in den Seeturm geschafft, seit Veritas ihn als Gabenaußenposten gegen die Roten Korsaren verwendet hatte. An diesem Morgen hatte ich meinen eigenen Beitrag zu der Einrichtung geleistet, und zwar in Form von Veritas' alter Karte der Sechs Provinzen, die nun an der Wand hing. In der Mitte des Raums stand ein großer Tisch aus dunklem, schwerem Holz mit vier massiven Stühlen. Ich bemitleidete denjenigen, der dieses Zeug die schmale Wendeltreppe hatte heraufschleppen müssen. An einer der geschwungenen Turmwände stand ein Regal voller Schriftrollen. Ich wusste, dass Chade behaupten würde, sie seien akribisch geordnet, doch sein Ablagesystem hatte ich nie verstanden. Auch mehrere Truhen standen hier, alle sicher verschlossen, welche eine Auswahl der Schriften von Gabenmeisterin Solizitas enthielten. Sowohl Chade als auch ich waren der Meinung, dass sie zu gefährlich waren, um sie neugierigen Blicken zugänglich zu machen. Außerdem stand auch jetzt ein Mann am Fuß des Turms Wache. Nur Chade, der Prinz und die Königin hatten Zutritt zu diesem Raum. Nie wieder würden wir die Kontrolle über diese Bibliothek verlieren.

Vor vielen Jahren, als Gabenmeisterin Solizitas gestorben war, waren all diese Schriftrollen in den Besitz ihres Lehrlings Galen übergegangen. Er hatte ihren Posten als Gabenmeisterin für sich beansprucht, obwohl seine Ausbildung noch nicht beendet war. Angeblich hatte er sowohl die Ausbildung von Prinz Chivalric als auch die von Prinz Veritas »beendet«, doch Chade und ich vermuteten, dass er absichtlich ihren Unterricht in der Gabe verkürzt hatte. Danach hatte er niemanden mehr geschult, bis König Listenreich von ihm verlangt hatte, eine Kordiale aufzustellen. Während Galens Zeit als Gabenmeister war *allen* der Zugang zu diesen Schriftrollen verwehrt geblieben. Schließlich bestritt er sogar, dass solch eine Bibliothek je existiert hatte. Nach seinem Tod fand man dann auch keine Spur von ihr.

Irgendwie waren die Schriftrollen in den Besitz von Prinz Edel dem Anmaßer gelangt, und schließlich, nach Edels Tod, hatte man sie wiedergefunden und der Königin zurückgebracht, die sie in Chades Obhut übergab. Sowohl Chade als auch ich vermuteten, dass die Bibliothek einst wesentlich umfangreicher gewesen war. Chade hatte eine Theorie entwickelt, wonach einige ausgewählte Schriftrollen, die sich mit der Gabe, Drachen und den Uralten beschäftigten, während des Kriegs der Roten Schiffe an Händler von den Äußeren Inseln verkauft worden waren. Auf jeden Fall waren weder Edel noch Galen den Küstenprovinzen sonderlich zugetan gewesen, die am meisten unter den Angriffen der Korsaren zu leiden gehabt hatten. Vielleicht hatten sie auch keine Skrupel, mit unseren Peinigern Handel zu treiben, und die Schriftrollen hätten ohne Zweifel eine beachtliche Summe eingebracht. Jedenfalls mangelte es Edel selbst in Zeiten der Not nie an Geld, um sich und die ihm ergebenen Herzöge zu unterhalten. Die Roten Korsaren mussten ihr Wissen um die Gabe und die Benutzung der schwarzen Gabensteine ja irgendwoher haben. Es war sogar möglich, dass sie aus einer der fehlenden Schriftrollen gelernt hatten, wie man Menschen entfremdet. Aber es war unwahrscheinlich, dass Chade oder ich je etwas davon würden beweisen können.

Die Stimme des Prinzen brachte mich wieder in die Gegenwart zurück. »Ich dachte, du hättest alles bereits geplant – wo wir beginnen und so.« Die Unsicherheit in der

Stimme des Jungen war herzzerreißend. Ich sehnte mich danach, ihn zu beruhigen, beschloss stattdessen jedoch, ehrlich mit ihm zu sein.

»Hol dir einen Stuhl und setz dich zu mir«, forderte ich ihn auf. Ich selbst setzte mich wieder auf Veritas' alten Stuhl.

Einen Moment lang starrte Pflichtgetreu mich verwirrt an. Dann ging er durch den Raum, holte sich einen der schweren Stühle und setzte sich neben mich. Ich sagte nichts dazu. Zwar hatte ich unsere jeweilige Stellung nicht vergessen, aber ich hatte bereits beschlossen, dass ich ihn in diesem Raum wie meinen Schüler und nicht wie meinen Prinzen behandeln würde.

Einen Augenblick zögerte ich und fragte mich, ob meine offenen Worte ihm gegenüber nicht meine Autorität untergraben würden, doch dann holte ich tief Luft und sprach sie aus: »Mein Prinz, vor gut zwanzig Jahren saß ich in ebendiesem Raum zu Füßen deines Vaters. Er saß hier, in diesem Stuhl, und blickte über das Wasser hinweg und wirkte mit der Magie der Weitseher. Gnadenlos setzte er seine Talente gegen den Feind ein, ohne auf seine Gesundheit Rücksicht zu nehmen. Von hier aus nutzte er die Kraft seines Geistes, um hinauszugreifen und die Roten Schiffe und ihre Mannschaften zu finden und sie schon weit draußen auf dem Meer zurückzuschlagen, bevor sie an unseren Küsten landen konnten. Er machte Meer und Wetter zu unseren Verbündeten und verwirrte die feindlichen Steuerleute, die ihre Schiffe prompt auf einen Felsen setzten oder in einen Sturm lenkten. Ich bin sicher, dass du schon von Gabenmeister Galen gehört hast. Er sollte eine Gabenkordiale schaffen und ausbilden, eine vereinte Gruppe von Gabennutzern, welche den König-zur-Rechten Veritas mit ihrer Kraft und ihren Talenten im Kampf gegen die Roten Schiffe unterstützen sollte. Nun, er schuf eine Kordiale, aber sie war falsch; ihre Treue galt einzig und allein Edel, Veritas' ehrgeizigem jüngerem Bruder. Anstatt deinem Vater bei seinen Bemühungen zu helfen, behinderten sie ihn. Sie verzögerten Botschaften oder übermittelten sie gar nicht. Sie ließen deinen Vater unfähig aussehen. Um die Loyalität der Herzöge zu ihm zu untergraben, lieferten sie Menschen an die Korsaren aus.«

Die Augen des Prinzen waren fest auf mein Gesicht gerichtet. Ich vermochte mich seinem ernsten Blick nicht zu stellen. Stattdessen starrte ich an ihm vorbei zu den großen Fenstern hinaus und über die graue, wogende See. Dann wappnete ich mich und wandelte über den tödlich schmalen Grat zwischen Wahrheit und feiger Täuschung. »Ich war einer von Galens Schülern. Aufgrund meiner illegitimen Geburt verachtete er mich. Ich lernte von ihm, so viel ich konnte, aber er war mir ein grausamer und ungerechter Meister; stets trieb er mich von dem Wissen fort, das er nicht mit mir teilen wollte. Unter seiner brutalen Anleitung lernte ich die Grundlagen der Gabe, aber nicht mehr. Ich konnte mein Talent nicht vorhersehbar beherrschen, und so habe ich versagt. Gemeinsam mit den anderen Schülern, die seinen Ansprüchen nicht genügten, schickte er mich fort. Ich arbeitete weiter als Diener hier in der Burg. Wenn dein Vater hier oben war, brachte ich ihm seine Mahlzeiten; das war meine Aufgabe. Hier habe ich auch durch einen glücklichen Zufall herausgefunden, dass ich selbst die Gabe zwar nicht meistern, er jedoch Kraft aus mir gewinnen konnte. Und später, in der wenigen Zeit, die er erübrigen konnte, hat er mich in der Gabe unterwiesen, so gut er konnte.« Ich drehte mich wieder zu Pflichtgetreu um und wartete.

Seine dunklen Augen blickten mich forschend an. »Als er zu seiner Queste aufgebrochen ist, bist du da mit ihm gegangen?«

Ich schüttelte den Kopf und antwortete wahrheitsgemäß: »Nein. Ich war jung, und er hat es mir verboten.«

»Du hast auch nicht versucht, ihm später zu folgen?« Er

klang ungläubig. Offensichtlich war seine Fantasie angeregt, und er fragte sich, was er wohl an meiner statt getan hätte.

Es fiel mir schwer, die nächsten Worte auszusprechen. »Niemand wusste, wohin er gegangen war oder auf welchem Weg.« Ich hielt den Atem an und hoffte, dass das seine Frage verhindern würde. Ich wollte ihn nicht anlügen.

Pflichtgetreu wandte sich von mir ab und blickte übers Meer hinaus. Er war von mir enttäuscht. »Ich frage mich, was anders verlaufen wäre, wenn du mit ihm gegangen wärst.«

Natürlich hatte auch ich darüber oft nachgedacht. Königin Kettricken hätte Edels Herrschaft in Bocksburg nie überlebt, wenn ich fortgegangen wäre. Davon war ich überzeugt. Aber ich sagte: »Diese Frage habe ich mir selbst vielfach gestellt, mein Prinz, aber niemand weiß, was in diesem Fall geschehen wäre. Ich hätte ihm helfen können, aber wenn ich heute so auf diese Tage zurückblicke, glaube ich, dass ich ihm nur ein Klotz am Bein gewesen wäre. Ich war noch sehr jung, hitzig und impulsiv.« Ich atmete tief ein und lenkte das Gespräch in die Richtung, die ich haben wollte. »Ich sage dir diese Dinge, damit dir klar wird, dass ich kein Gabenmeister bin. Ich habe all diese Schriftrollen nicht studiert … Ich habe nur ein paar von ihnen gelesen. In einem gewissen Sinne sind wir also beide Schüler. Ich werde mein Bestes tun, um dich anhand der Schriftrollen zu unterweisen, während ich dir gleichzeitig die Grundlagen dessen beibringe, was ich weiß. Wir werden gemeinsam einen gefährlichen Pfad beschreiten. Verstehst du das?«

»Ich habe es verstanden. Und die Alte Macht?«

Das hatte ich heute nicht diskutieren wollen. »Nun, ich bin mit der Alten Macht ähnlich wie du in Berührung gekommen. Ich bin in sie hineingestolpert, als ich mich mit einem Welpen verschwistert habe. Ich war schon ein Mann, bevor ich jemanden getroffen habe, der versucht hat, meiner willkürlichen Magie einen Rahmen und damit Zusammenhang zu geben. Wieder war die Zeit mein Feind. Ich habe viel von ihm gelernt, aber nicht alles, was es zu wissen gibt … weit weniger als das, um ehrlich zu sein. Also kann ich nur wiederholen, dass ich dir auch in diesem Fall beibringen werde, was ich kann. Aber du wirst von einem unzulänglichen Lehrmeister lernen.«

»Dein Selbstbewusstsein ist ja wirklich inspirierend«, murmelte Pflichtgetreu düster. Einen Augenblick später lachte er. »Wir werden ein schönes Paar abgeben, wie wir hier durch die Gegend stolpern. Wo fangen wir an?«

»Ich fürchte, mein Prinz, wir werden mit einem Schritt zurück beginnen müssen. Du musst einiges von dem verlernen, was du dir selbst beigebracht hast. Immer wenn du dich bisher in der Gabe versucht hast, hast du das mit der Alten Macht vermischt. Ist dir das bewusst?«

Er starrte mich verständnislos an.

Nach einem entmutigenden Augenblick sagte ich brüsk: »Nun. Unser erster Schritt wird sein, die beiden Magien zu entwirren.« Als ob ich gewusst hätte, wie ich das machen sollte! Ich war noch nicht einmal sicher, ob beide Magiearten unabhängig voneinander waren. Ich schob den Gedanken beiseite. »Zunächst würde ich dir gern die Grundlagen des Gabengebrauchs beibringen. Die Alte Macht lassen wir erst einmal außer Acht, um Verwirrung zu vermeiden.«

»Hast du je andere wie uns gekannt?«

Wieder war er mir in Gedanken voraus. »Andere wie was?«

»Die sowohl über die Gabe als auch die Alte Macht verfügen.«

Ich atmete tief durch. Wahrheit oder Lüge? Wahrheit. »Ich glaube, ich habe einmal jemanden getroffen, aber ich habe ihn damals nicht als solchen erkannt. Ich glaube, er wusste noch nicht einmal, was er tat. Zuerst habe ich schlicht geglaubt, er verfüge über ein ungewöhnlich großes Talent. Seitdem habe ich mich gefragt, wie gut er verstanden hat, was zwischen meinem Wolf und mir vorging. Ich vermute, dass er über beide Arten der Magie verfügte, aber er hielt sie wohl für das Gleiche und setzte sie so gemeinsam ein.«

»Wer war er?«

Ich hätte nie damit beginnen sollen, seine Fragen zu beantworten. »Ich habe dir ja gesagt, dass es schon lange her ist. Er war ein Mann, der versucht hat, mir mit der Alten Macht zu helfen. Mehr kann ich dir nicht erzählen. Wir sollten uns jetzt darauf konzentrieren, weshalb wir heute hergekommen sind.«

»Gentil.«

»Was?« Die Gedanken des Jungen sprangen umher wie Flöhe. Er musste lernen, sich zu konzentrieren.

»Gentil ist seit frühester Kindheit in der Alten Macht ausgebildet worden. Vielleicht wäre er bereit, mich zu unterweisen. Da er ohnehin schon weiß, dass ich ein Zwiehafter bin, wird er mein Geheimnis nicht verraten; das hat er bis jetzt ja auch nicht getan. Und …«

Ich glaube, es war mein Gesichtsausdruck, der ihn zum Schweigen brachte. Ich wartete, bis ich meiner Stimme wieder genug vertraute. Dann tat ich so, als wäre ich ein weiserer Mann, als ich in Wirklichkeit war. Ich beschloss zuzuhören, bevor ich etwas sagte. »Erzähl mir von Gentil«, schlug ich vor. Dann, weil ich meine Zunge nicht ganz im Zaum halten konnte, fügte ich hinzu: »Erzähl mir, warum du glaubst, ihm vertrauen zu können.«

Mir gefiel, dass er nicht sofort antwortete. Er runzelte die Stirn und sprach dann, als berichte er von Ereignissen, die schon eine Ewigkeit zurücklagen. »Ich habe Gentil zum ersten Mal gesehen, als er mir meine Katze gegeben hat. Wie du weißt, war sie ein Geschenk der Bresingas. Ich glaube, Fürstin Bresinga war auch vorher schon in Bocksburg, aber ich kann mich nicht daran erinnern, Gentil bei ihr gesehen zu haben. Da war etwas an seiner Art, als er mir die Katze übergab … Ich glaube, er war wirklich um ihr Wohlergehen besorgt; er hat sie mir nicht wie ein Ding gegeben, sondern wie einen Freund. Vielleicht lag das daran, dass er auch ein Zwiehafter ist. Er hat mir gesagt, er würde mir beibringen, wie ich mit ihr jagen kann, und schon am nächsten Morgen sind wir zusammen ausgeritten. Wir waren allein, Tom, sodass nichts und niemand uns hätte ablenken können. Und er hat mir wirklich beigebracht, wie man mit ihr jagt, und diesem Unterricht hat er mehr Aufmerksamkeit geschenkt als der Tatsache, dass er mit Prinz Pflichtgetreu allein war.« Pflichtgetreu hielt inne, und die Röte stieg ihm in die Wangen. »Das mag eingebildet für dich klingen, aber das ist etwas, womit ich ständig zurechtkommen muss. Ich nehme eine Einladung zu etwas an, das interessant klingt, nur um festzustellen, dass die jeweilige Person mehr daran interessiert ist, meine Aufmerksamkeit zu erregen, als tatsächlich etwas mit mir zu unternehmen. Fürstin Wess hat mich zum Beispiel zu einem Puppenspiel eingeladen, das Meister ihrer Kunst aus Tilth gegeben haben. Dann saß sie neben mir und hat das ganze Stück über von einem Landstreit zwischen ihr und ihrem Nachbarn geplappert. Gentil ist nicht so. Ihm ging es wirklich darum, mir die Jagd mit einer Katze beizubringen. Glaubst du nicht, dass er schon zu dem Zeitpunkt etwas unternommen hätte, wenn er mir etwas Böses wollen würde? Jagdunfälle sind nichts Ungewöhnliches. Er hätte es so aussehen lassen können, dass ich eine Klippe hinuntergestürzt wäre. Aber wir sind auf die Jagd gegangen, und das nicht nur an diesem Morgen, sondern eine Woche lang jeden Morgen, solange er in Bocksburg war, und jeden Tag war es das Gleiche – nur besser, denn meine Fähigkeiten wuchsen. Und es wurde besonders gut, als er seine eigene Katze mitgenommen hat. Ich glaubte wirklich, endlich einen echten Freund gefunden zu haben.«

Chades alter Trick leistete mir gute Dienste. Schweigen

stellt Fragen, die man nur peinlich in Worte fassen kann. Es stellt sogar Fragen, von denen man gar nicht weiß, wie man sie stellen sollte.

»Nun … Als ich glaubte, mich in jemanden verliebt zu haben, als ich glaubte, vor der Verlobung fliehen zu müssen, bin ich zu Gentil gegangen. Er hat zu mir gesagt, sollte ich je etwas brauchen, müsste ich nur fragen. Also habe ich ihm diese Nachricht geschickt, und prompt kam eine Antwort, in der stand, wohin ich mich um Hilfe wenden sollte. Aber nun kommt das Seltsame, Tom: Gentil sagt jetzt, dass er nie eine Nachricht von mir erhalten und mir somit auch keine Antwort geschickt habe. Auf jeden Fall habe ich ihn nicht mehr gesehen, nachdem ich Bocksburg verlassen habe. Selbst als ich Tosen erreichte und dortgeblieben bin, habe ich Gentil nicht gesehen. Oder Fürstin Bresinga. Nur Diener. Sie haben meiner Katze einen Platz im Katzengehege gegeben.«

Er schwieg, und diesmal fühlte ich, dass er ohne Anstoß nicht weiterreden würde. »Aber du bist doch auf dem Gut geblieben, oder?«

»Ja. Das Zimmer war frisch zurechtgemacht, aber ich glaube nicht, dass dieser Flügel des Hauses oft benutzt wurde. Alle betonten immer wieder, wie wichtig Geheimhaltung sei, wenn ich mich davonschleichen wolle. Also brachte man mir meine Mahlzeiten aufs Zimmer, und als uns die Nachricht erreichte, dass … dass du kommst, wurde beschlossen, dass ich wieder gehen musste. Aber die Leute, die mich abholen sollten, waren noch nicht eingetroffen. Die Katze und ich gingen in jener Nacht raus, und … dein Wolf hat uns gefunden.« Erneut hielt er inne.

»Den Rest kenne ich«, sagte ich aus Mitleid für uns beide. Dennoch fragte ich noch einmal nach, um sicher zu sein: »Und jetzt sagt Gentil, er hätte noch nicht einmal gewusst, dass du da warst?«

»Weder er noch seine Mutter wussten etwas davon. Er

hat es mir geschworen. Er vermutet, dass ein Diener meine Nachricht an ihn abgefangen und sie jemand anderem weitergegeben hat, der sie dann beantwortet und den Rest arrangiert hat.«

»Und dieser Diener?«

»Der ist schon lange weg. Er ist in derselben Nacht verschwunden, als ich gegangen bin. Wir haben die Tage zurückgezählt, und daher wissen wir das.«

»Wie mir scheint, habt ihr beide ausführlich darüber diskutiert.« Ich konnte meine Missbilligung nicht verbergen.

»Als Lutwin seine wahren Absichten enthüllt hat, glaubte ich, Gentil sei an der Verschwörung beteiligt. Ich fühlte mich von ihm verraten. Das war einer der Gründe für meine Verzweiflung. Ich hatte nicht nur meine Katze verloren, sondern auch feststellen müssen, dass mein Freund mich verraten hatte. Ich kann dir gar nicht sagen, wie sehr es mich gefreut hat, als ich von meinem Irrtum erfahren habe.« Erleichterung und echtes Vertrauen standen ihm ins Gesicht geschrieben.

Also vertraute er Gentil Bresinga, und zwar bis zu dem Punkt, an dem er glaubte, Gentil könne ihn in der ungesetzlichen Magie der Zwiehaften unterrichten und ihn nie verraten. Oder ihn damit in Gefahr bringen. Wie viel von diesem Vertrauen, fragte ich mich, basierte wohl auf seiner Sehnsucht nach einem wahren Freund? Ich verglich das mit seiner Bereitschaft, mir zu vertrauen, und zuckte innerlich zusammen. Sicherlich hatte ich ihm nur wenig Grund gegeben, sich mit mir zu verbinden, und doch hatte er es getan. Es war, als wäre er so isoliert, dass jeder engere Kontakt automatisch zu Freundschaft in seinem Geist wurde.

Ich hielt meine Zunge im Zaum. Schweigend wunderte ich mich darüber, dass mir das gelang, während kalte Entschlossenheit mich erfüllte. Ich würde diesem Gentil Bresinga auf den Grund gehen und selbst nachsehen, was in ihm lauerte. Sollte er von Verrat zerfressen sein, würde er dafür bezahlen.

Und sollte er meinen Prinzen in Bezug auf den letzten Verrat angelogen und sich seine vertrauensselige Natur zunutze gemacht haben, würde er doppelt dafür zahlen. Aber im Augenblick wollte ich dem Jungen gegenüber nichts davon erwähnen. »Ich verstehe«, sagte ich stattdessen schlicht.

»Er hat mir angeboten, mich die Magie der Zwiehaften zu lehren … derer vom Alten Blut, wie er es nennt. Ich habe ihn nicht darum gebeten; er hat es mir angeboten.«

Das beruhigte mich keinesfalls, aber wieder behielt ich meine Meinung für mich. Wahrheitsgemäß erwiderte ich: »Mein Prinz, ich würde es vorziehen, wenn du im Augenblick noch keinen Unterricht in der Magie des Alten Blutes nehmen würdest. Wie ich dir gesagt habe, müssen wir diese beiden Magien voneinander trennen. Ich halte es für besser, wenn wir die Alte Macht erst einmal brachliegen lassen und uns stattdessen auf die Gabe konzentrieren.«

Pflichtgetreu stand eine Weile am Fenster und blickte still aufs Meer hinaus. Ich wusste, dass er sich darauf gefreut hatte, bei Gentil in die Lehre zu gehen, ja dass er sich sogar danach gesehnt hatte. Trotzdem sagte er leise: »Wenn du das für das Beste hältst, werden wir es so machen.« Dann drehte er sich zu mir um und blickte mir in die Augen. Kein Widerwille war in seinem Gesicht zu sehen; er akzeptierte die Disziplin, die ich ihm auferlegte.

Er war gutmütig, umgänglich und lernwillig. Ich erwiderte seinen offenen Blick und hoffte, dass ich als Lehrer seiner würdig war.

Wir begannen an diesem Tag. Ich setzte mich ihm gegenüber an den Tisch und bat ihn, die Augen zu schließen und sich zu entspannen. Dann forderte ich ihn auf, sämtliche Barrieren zwischen sich und der Außenwelt zu senken und zu versuchen, allen Dingen gegenüber offen zu sein. Leise und beruhigend redete ich auf ihn ein, als wäre er ein Fohlen, das gleich zum ersten Mal den Sattel spürte. Dann saß ich einfach nur da und beobachtete schweigend sein faltenloses Gesicht. Er war bereit. Er war wie ein Teich voll klarem Wasser, in den ich eintauchen konnte.

Falls ich mich denn dazu überwinden konnte, den Sprung zu wagen.

Meine Gabenmauern waren eine Angewohnheit zur Verteidigung. Sie mochten ja durch Sorglosigkeit dünn geworden sein, aber aufgegeben hatte ich sie niemals. Zum Prinzen hinauszugreifen war etwas vollkommen anderes, als mich selbst in die Gabe zu stürzen. Da bestand die Gefahr, bloßgestellt zu werden. Was den Gebrauch der Gabe von einem Menschen zum anderen betraf, so war ich außer Übung. Würde ich mehr von mir enthüllen, als ich beabsichtigte? Noch während ich über diese Dinge nachdachte, fühlte ich, wie die Mauern um meine Gedanken dicker wurden. Sie vollkommen zu senken fiel mir schwerer, als man annehmen mochte. Sie stellten schon so lange meinen Schutz dar, dass es zu einem Reflex geworden war, sie aufrechtzuerhalten. Es war, als würde man direkt in die Sonne schauen und den Augen befehlen wollen, nicht zu blinzeln. Langsam senkte ich dennoch meine Mauern, bis ich schutzlos vor Pflichtgetreu stand. Nur noch der Tisch war zwischen uns. Ich wusste, dass ich seine Gedanken erreichen konnte, doch noch immer zögerte ich. Ich wollte ihn nicht überwältigen, wie Veritas es bei mir getan hatte, als unsere Gedanken zum ersten Mal aufeinandergestoßen waren. Dann also langsam. Ganz sanft.

Ich atmete tief durch und tastete mich zu ihm vor.

Er lächelte, die Augen noch immer geschlossen. »Ich höre Musik.«

Das war eine doppelte Enthüllung für mich. Für diesen Jungen war der Umgang mit der Gabe etwas ganz Natürliches. Er war ungewöhnlich sensibel für alles, was damit verbunden war, viel sensibler als ich. Als ich weit um uns hinausgriff, bemerkte auch ich Dicks Musik. Sie war da – wie das Geräusch von plätscherndem Wasser in meinem Hinterkopf. Sie war wie der Wind vor dem Fenster, etwas, das ich mir zu ignorieren angewöhnt hatte wie das Rauschen der Gedanken anderer, Geräusche kaum lauter als das Fallen von Laub in einen Waldbach. Doch als ich Pflichtgetreus Geist berührte, stellte ich fest, dass er Dicks Musik so laut und klar hörte wie die Stimme eines Barden, die sich aus dem Chor hervorhebt. Dick war in der Tat stark.

Das Talent des Prinzen war mindestens ebenso ausgeprägt, denn kaum hatte ich ihn nur leicht mit der Gabe berührt, da wandte er sich mir wieder zu, und ich war mir seiner bewusst. Es war ein Augenblick geteilter Einsicht, als wir einander durch unsere Bindung erkannten. Ich blickte in sein Herz und fand dort nicht einen Funken Arglist. Die Offenheit, mit der er die Gabe anwendete, war die gleiche, die auch sein Leben bestimmte. In seiner Gegenwart kam ich mir klein und dunkel vor, denn ich selbst blieb verhüllt; ich ließ ihn nur sehen, was ich ihn sehen lassen wollte, jenen kleinen Teil meiner selbst, der sein Lehrer war.

Bevor ich ihn überhaupt bat, zu mir hinauszugreifen, mischten sich seine Gedanken mit den meinen. *Ist die Musik ein Test von dir? Ich höre sie. Sie ist wunderschön.* Seine Gedanken kamen klar und stark zu mir herüber, aber ich fühlte eine gewisse Schärfe in seiner Gabe. Das war die Art, wie er beschlossen hatte, dass ich ihn wahrnehmen sollte. Er benutzte sein Gabenbewusstsein, um meine Gedanken aus all dem Gedankenrauschen in Bocksburg und jenseits davon auszusondern. Ich fragte mich, ob ich ihm das würde abgewöhnen können. *Ich glaube, ich habe diese Melodie schon einmal gehört, aber ich kann mich nicht mehr an den Titel des Liedes erinnern.* Sein Denken brachte mich wieder in die Gegenwart zurück. Pflichtgetreu wurde von der Musik angezogen, und es schien, als würde er einen Schritt von sich wegtreten.

Damit war alles klar. Chade hatte recht gehabt. Dick musste entweder unterrichtet oder beseitigt werden. Ich schirmte den Prinzen von diesem düsteren Gedanken ab. *Vorsichtig, Junge. Lass uns langsam vorwärtsgehen. Dass du die Musik hören kannst, beweist eindeutig, dass du in der Lage bist, die Gabe zu nutzen. Was du im Augenblick wahrnimmst, die Musik und die willkürlichen Gedanken, das ist wie das Treibgut, das auf einem Bach dahinfließt. Du musst lernen, das zu ignorieren, und stattdessen ein sauberes leeres Wasser finden, wo du deine Gedanken nach deinem Willen ausschicken kannst. Die Gedanken, die du hörst, das Flüstern und die Andeutungen von Gefühlen, sie alle stammen von Menschen, die über ein minimales Talent für die Gabe verfügen. Du musst lernen, diese Geräusche zu ignorieren. Gleiches gilt für die Musik, die von jemandem kommt, der stärker in der Gabe ist, aber für den Augenblick musst du auch das ignorieren.*

Aber die Musik ist so schön.

Das ist sie wirklich. Aber die Musik ist nicht die Gabe. Die Musik ist nur das, was ein Mensch aussendet. Sie ist wie ein Blatt, das auf einem Fluss dahintreibt. Sie ist schön und graziös, aber darunter fließt die kalte Macht des Flusses. Solltest du dich davon ablenken lassen, könntest du die Kraft des Flusses vergessen und von der Strömung mitgerissen werden.

Dumm, wie ich war, hatte ich seine Aufmerksamkeit nur noch stärker auf die Musik gelenkt. Ich hätte wissen müssen, dass sein Talent weit größer war als seine Fähigkeit, es zu kontrollieren. Er richtete seine Gedanken auf die Musik, und bevor ich eingreifen konnte, konzentrierte er sich darauf … und im selben Augenblick wurde er von mir fortgerissen.

Es war, als müsse ich ein Kind einfangen, das im seichten Wasser gewatet und plötzlich von der Strömung gepackt worden war. Zuerst war ich vor Entsetzen wie erstarrt. Dann stürzte ich ihm hinterher, wohl wissend, wie schwierig es sein würde, ihn wieder einzufangen.

Später beschrieb ich es Chade: »Stell dir eine von diesen

großen Versammlungen vor, wo unzählige Gespräche geführt werden. Du fängst an, eines zu verfolgen, da erregt ein Satz aus einem anderen dein Interesse. Dann wieder ein anderes. Plötzlich bist du verloren und stolperst zwischen den Worten hin und her. Du kannst dich nicht mehr daran erinnern, wem du als Erstes zugehört hast oder was dein erster Gedanke war. Jeder Satz, den du hörst, erregt von Neuem deine Aufmerksamkeit, und du weißt nicht mehr, was wichtig ist und was nicht. Alle Gespräche existieren zugleich, alle sind gleichermaßen interessant, und alle beanspruchen ein Stück von dir und tragen es mit sich fort.«

Die Gabe ist kein Ort, wo man etwas sehen, hören oder berühren könnte – nur Gedanken. Im einen Augenblick war der Prinz noch neben mir gewesen, stark, vollständig, ganz er selbst; und im nächsten hatte er viel zu viel Aufmerksamkeit einem Gedanken geschenkt, der weit stärker war als seine eigenen. So wie man ein Kleid rasch auflöst, wenn man einen losen Faden aufgreift und daran zieht, so hatte sich auch der Prinz aufgelöst. Zwar kann man den Faden auffangen und zusammenrollen, aber das Kleid bleibt kaputt. Und doch griff ich nach ihm, während ich mich durch den Strudel willkürlicher Gedanken kämpfte. Ich schnappte mir die Fäden seiner Gedanken und sammelte sie ein, die selbst wie wild nach ihrem immer schwächer werdenden Herz, ihrer Quelle suchten. Ich war schon in viel stärkeren Gabenströmungen gewesen als die, durch die ich mich nun bewegte, und so blieb ich selbst intakt. Aber der Prinz besaß weit weniger Erfahrung als ich. Er wurde auseinandergerissen, zerfetzt von einer immer stärker werdenden Strömung der Empfindungen. Um ihn zurückzuholen, würde ich mein eigenes Heil aufs Spiel setzen müssen, doch da es meine Schuld war, betrachtete ich das nur als gerecht.

Pflichtgetreu! Ich ließ den Gedanken weit hallen und öffnete meinen Geist für die Antwort. Was ich zurückbekam, war ein

Sturm der Verwirrung, als jene Menschen mit schwachem Talent mein Eindringen in ihre Gedanken bemerkten und sich fragten, was ich wohl sein mochte. Das Gewicht ihrer plötzlichen Aufmerksamkeit fiel auf mich und riss dann an mir, als hätten sich Tausende von Haken in meinen Leib gebohrt.

Es war ein seltsames Gefühl, besorgniserregend und belebend zugleich. Ich konnte alles viel klarer wahrnehmen als üblich. Vielleicht hatte Chade recht daran getan, mir die Elfenrinde abzunehmen. Aber das blieb nur ein flüchtiger Gedanke, als ich mich darauf konzentrierte, was ich tun musste. Ich schüttelte den Sturm der fremden Empfindungen von mir, wie ein Wolf sein Fell ausschüttelte. Kurz fühlte ich Staunen und Verwirrung, als ich sie hinter mir ließ und mich wieder meinem Ziel zuwandte. *PFLICHTGETREU!* Mein Gedanke bellte nicht seinen Namen, sondern die »Idee« von ihm, das Bild, das ich so deutlich gesehen hatte, als sich unsere Gedanken zum ersten Mal berührt hatten. Was ich als Antwort von ihm fühlte, war ein fragendes Echo, als könne er sich kaum daran erinnern, wer er noch vor wenigen Sekunden gewesen war.

Ich fischte ihn aus dem verworrenen Fluss, siebte seine Fäden heraus und hielt sie fest, während ich die anderen durch meine Wahrnehmung von ihm hindurchfließen ließ. *Pflichtgetreu. Pflichtgetreu. Pflichtgetreu.* Das Klopfen meines Gedankens war wie ein Herzschlag für ihn – und eine Bestätigung. Dann hielt ich ihn eine Zeit lang fest, stabilisierte ihn, und schließlich fühlte ich, wie er langsam zu sich selbst zurückkehrte. Rasch sammelte er jene Fäden seiner selbst ein, die ich bis dahin nicht als die seinen wahrgenommen hatte. Ich war die Stille um ihn herum, welche die Gedanken der Welt von ihm fernhielt, während er sich selbst neu formierte.

Tom?, fragte er schließlich. Das Bild, das er mir anbot, war nur ein Teil meiner selbst, die einzelne Facette, die ich ihn hatte sehen lassen.

Ja, bestätigte ich ihm. *Ja, Pflichtgetreu. Und das ist mehr als genug für heute. Löse dich nun davon, kehre wieder zu dir selbst zurück.*

Gemeinsam verließen wir den verführerischen Fluss und kehrten in unsere eigenen Körper zurück. Doch in dem Augenblick, da wir den Gabenfluss hinter uns ließen, hatte ich das Gefühl, als hätte jemand anders zu mir gesprochen, ein fernes Gedankenecho.

Das hast du gut gemacht – aber sei das nächste Mal vorsichtiger, sowohl mir dir als auch mit ihm.

Die Botschaft war an mich gerichtet, ein Gedanke mit mir als Ziel. Ich glaube nicht, dass Pflichtgetreu ihn bemerkt hatte. Als ich dann meine Augen öffnete, über den Tisch hinwegblickte und sah, wie bleich Pflichtgetreu war, schob ich alle Gedanken an diesen fremden Gabenkontakt beiseite. Pflichtgetreu sackte auf dem Stuhl zusammen, sein Kopf fiel auf die Seite, und er hatte die Augen fast geschlossen. Schweißtropfen liefen ihm vom Haaransatz übers Gesicht, und seine Lippen zitterten beim Atmen. Meine erste Lektion wäre beinahe die letzte gewesen.

Ich ging um den Tisch herum und hockte mich neben ihn. »Pflichtgetreu. Kannst du mich hören?«

Er keuchte. *Ja.* Ein schreckliches Lächeln erschien auf seinem erschlafften Gesicht. *Es war so wunderschön. Ich will wieder zurück, Tom.*

»Nein. Tu das nicht; denk im Augenblick noch nicht einmal daran. Bleib im Hier und Jetzt. Konzentrier dich darauf, in deinem Körper zu bleiben.« Ich schaute mich im Raum um. Es gab nichts, was ich ihm hätte anbieten können, kein Wasser und auch keinen Wein. »In ein paar Augenblicken wirst du dich wieder erholt haben«, sagte ich zu ihm, obwohl ich selbst nicht wusste, ob das stimmte. Warum hatte ich diese Möglichkeit nicht eingeplant? Warum hatte ich ihn nicht zuerst vor den Gefahren des Gabengebrauchs gewarnt? Weil ich nicht damit gerechnet hatte, dass er die Gabe schon in seiner allerersten Stunde so gut würde nutzen können? Auf jeden Fall hatte ich nicht geglaubt, dass er fähig genug war, um sich in Schwierigkeiten zu bringen. Nun, jetzt wusste ich es besser. Den Prinzen zu unterrichten würde gefährlicher werden, als ich vermutet hatte.

Ich legte ihm die Hand auf die Schulter in der Absicht, ihm dabei zu helfen, sich aufzusetzen. Stattdessen war es, als würden wir in den Geist des jeweils anderen springen. Ich hatte meine Mauern gesenkt, um ihn zu unterrichten, und Pflichtgetreu besaß keine. Die freudige Erregung der Gabe durchflutete mich, als unsere Gedanken sich trafen und zueinander passten. Mit ihm konnte ich das gedämpfte Brüllen der Gabengedanken wie das Rauschen eines Flusses in weiter Ferne hören. *Komm weg davon,* riet ich ihm, und irgendwie zog ich ihn vom Ufer weg. Es machte mich nervös, seine Faszination dafür zu fühlen. Einmal hatte ich mich selbst so stark zum Gabenfluss hingezogen gefühlt, und noch immer übte er eine große Anziehungskraft auf mich aus, aber ich wusste auch um seine Gefahren. Der Prinz war jedoch wie ein Kleinkind, das die Hand nach der Kerzenflamme ausstreckt. Ich zog ihn davon zurück, postierte mich zwischen ihm und dem Fluss, und schließlich fühlte ich, wie er seinen Geist gegen das Gabenmurmeln abschirmte.

»Pflichtgetreu.« Diesmal rief ich seinen Namen nicht nur über die Gabe, sondern sprach ihn gleichzeitig auch laut aus. »Es ist jetzt an der Zeit aufzuhören. Das reicht für einen Tag, und für die erste Stunde war es bereits zu viel.«

»Aber … ich will …« Seine gesprochenen Worte waren kaum mehr als ein Flüstern, doch ich war froh, dass er den Mund benutzte.

»Genug«, sagte ich und nahm die Hand von seiner Schulter. Mit einem Seufzen lehnte er sich auf dem Stuhl zurück und ließ den Kopf nach hinten sinken. Ich kämpfte gegen meine eigene Versuchung an. Konnte ich meine Kraft mit ihm teilen, um ihm dabei zu helfen, sich zu erholen? Konnte ich Mauern für ihn errichten, um ihn zu beschützen, bis er selbst auf den Gabenflüssen navigieren konnte? Konnte ich einen mit der Gabe erteilten Befehl widerrufen, dass er nicht gegen mich kämpfen dürfe?

Als man mir zum ersten Mal die Chance geboten hatte, den Umgang mit der Gabe zu lernen, hatte ich das als zweischneidiges Schwert betrachtet. Da war die großartige Gelegenheit gewesen, die Magie zu erlernen, doch andererseits hatte auch die Gefahr bestanden, dass Galen, der Gabenmeister, hätte herausfinden können, dass ich ebenfalls über die Alte Macht verfügte, und er mich vernichtet hätte. Ich hatte mich der Gabe nie so offen und eifrig genähert wie Pflichtgetreu. Schon bald hatten Gefahr und Schmerz meine Neugier in Bezug auf die königliche Magie verdrängt. Ich hatte sie nur widerwillig angewandt, angezogen von ihren Verlockungen, doch gleichzeitig voller Angst, dass sie mich verschlingen könnte. Ich hatte herausgefunden, dass Tee aus Elfenrinde mich für den Ruf der Gabe taub machte, und so hatte ich nicht gezögert, die Droge trotz ihres üblen Rufes einzusetzen. Von der betäubenden Wirkung der Droge befreit, hatten der Enthusiasmus des Prinzen und die Tatsache, dass wir nun wieder Zugang zu den Gabenschriften hatten, auch meinen Eifer aufs Neue geweckt. Ich sehnte mich genauso sehr wie Pflichtgetreu danach, mich in den berauschenden Gabenfluss zu stürzen. Doch ich stählte meinen Willen. Ich durfte Pflichtgetreu meine eigene Sehnsucht nicht fühlen lassen.

Ein Blick auf die immer höher steigende Sonne verriet mir, dass unsere gemeinsame Zeit sich dem Ende zuneigte. Pflichtgetreu hatte wieder Farbe im Gesicht, doch sein Haar klebte noch von Schweiß.

»Komm, Junge, reiß dich zusammen.«

»Ich bin müde. Ich habe das Gefühl, als könnte ich den ganzen Tag durchschlafen.«

Ich erwähnte meinen wachsenden Schmerz nicht. »Das war nicht anders zu erwarten, aber vermutlich ist das keine so gute Idee. Ich möchte, dass du wach bleibst. Geh und betätige dich irgendwie. Reite aus oder übe dich im Schwertkampf. Und vor allem lenke deine Gedanken von dieser ersten Lektion ab. Lass dich von der Gabe nicht verführen, dich ihr heute noch einmal zu nähern. Solange ich dich nicht gelehrt habe, wie du dich richtig konzentrierst und ihren Versuchungen widerstehst, stellt sie eine große Gefahr für dich dar. Die Gabe ist eine nützliche Magie, aber sie besitzt die Macht, Menschen anzuziehen wie Honig eine Biene. Geh allein dorthin, lass dich von ihr ablenken, und du wirst an einen Ort gelangen, von dem niemand, noch nicht einmal ich, dich wieder zurückholen kann. Dein Körper wird jedoch hierbleiben müssen wie ein großes sabberndes Baby, das seine Umgebung nicht mehr wahrnimmt.«

Ich ermahnte ihn mehrmals, dass er die Gabe nicht ohne mich anwenden dürfe, dass er seine Experimente nur in meiner Gegenwart durchführen solle. Ich nehme an, ich habe es mit diesen Ermahnungen ein wenig übertrieben, denn schließlich erklärte er wütend, dass er ebenfalls dort gewesen sei und wisse, dass er Glück gehabt habe, wieder zurückgekehrt zu sein.

Ich erwiderte, dass ich froh sei, dass er das erkannt habe, und mit dieser Bemerkung verabschiedeten wir uns voneinander. Doch an der Tür blieb er kurz stehen und drehte sich noch einmal zu mir um.

»Was ist?«, fragte ich ihn, als mir das Schweigen zu lang wurde.

Plötzlich wirkte er verlegen. »Ich möchte dich etwas fragen.«

Ich wartete, musste aber schließlich nachhaken: »Und was willst du mich fragen?«

Er biss sich auf die Unterlippe und blickte zum Turmfenster. »Etwas über dich und Fürst Leuenfarb«, sagte er nach erneutem Zögern und hielt dann wieder inne.

»Was ist mit uns?«, fragte ich ungeduldig nach. Der Morgen war schon weit fortgeschritten, und ich hatte noch viel zu tun – wie zum Beispiel, den Kopfschmerz zu bekämpfen, der mich mit voller Wucht befallen hatte.

»Gefällt … gefällt es dir, für ihn zu arbeiten?«

Ich wusste sofort, dass das nicht die Frage war, die er mir stellen wollte. Ich fragte mich, was ihm derart Sorgen bereitete. War er auf meine Freundschaft mit dem Narren eifersüchtig? Fühlte er sich irgendwie ausgeschlossen? Ich verlieh meiner Stimme einen sanften Tonfall: »Er ist schon sehr, sehr lange mein Freund. Das habe ich dir bereits einmal erzählt, in dem Gasthof auf unserem Weg nach Hause. Die Rollen, die wir im Augenblick spielen, die von Herr und Knecht, dienen nur unserer Bequemlichkeit. Sie geben mir die Gelegenheit, an Ereignissen teilzunehmen, bei denen ein Mann von meiner Stellung nicht erwartet würde. Das ist alles.«

»Dann … dienst du ihm also nicht wirklich.«

Ich zuckte mit den Schultern. »Nur wenn es zu meiner Rolle passt oder wenn es mir gefällt, ihm einen Gefallen zu tun. Wie gesagt, wir sind schon seit Langem befreundet, Pflichtgetreu. Es gibt nur wenig, was ich nicht für ihn tun würde oder er für mich.«

Der Ausdruck auf seinem Gesicht verriet mir, dass ich nicht zerstreut hatte, was auch immer ihn beunruhigte, doch zu diesem Zeitpunkt war ich bereit, es auf sich beruhen zu lassen. Ich konnte warten, bis er die geeigneten Worte fand, sich mir mitzuteilen. Aber mit der Hand auf der Türklinke sprach er plötzlich erneut. Seine Stimme klang rau, als kämen ihm die Worte gegen seinen Willen über die Lippen. »Gentil sagt, dass Fürst Leuenfarb Jungen mag.« Als ich nichts darauf erwiderte, fügte er schmerzerfüllt hinzu: »Fürs Bett.« Er starrte auf die Tür. Sein Nacken lief scharlachrot an.

Plötzlich fühlte ich mich sehr, sehr müde. »Pflichtgetreu. Schau mich bitte an.«

»Es tut mir leid«, sagte er, als er sich umdrehte; in die Augen sehen konnte er mir nicht. »Ich hätte dich nicht fragen sollen.«

Ich wünschte, das hätte er auch nicht. Ich wünschte, ich hätte nicht herausfinden müssen, dass das Gerücht schon weit genug verbreitet war, dass es seine Ohren erreicht hatte. Es war an der Zeit, es aus der Welt zu räumen. »Pflichtgetreu. Fürst Leuenfarb und ich, wir gehen nicht zusammen ins Bett. Um ehrlich zu sein, habe ich nie gesehen oder gehört, dass der Mann überhaupt mit jemandem geschlafen hätte. Sein Handeln Gentil gegenüber war nur Schau, um Fürstin Bresinga dazu zu provozieren, dass sie uns zum Gehen auffordert. Das war alles. Aber das darfst du Gentil natürlich nicht sagen. Das muss zwischen dir und mir bleiben.«

Pflichtgetreu stieß einen lauten Seufzer aus. »Ich wollte nicht so über euch denken. Aber ihr scheint euch so nahezustehen. Außerdem ist Fürst Leuenfarb Jamaillianer, und es ist allgemein bekannt, dass man sich dort nicht allzu viel um solche Dinge schert.«

Kurz überlegte ich, ihm auch die Wahrheit darüber zu sagen. Dann entschied ich, dass zu viel Wissen ihn nur belasten würde. »Es wäre vermutlich am besten, wenn du nicht mehr mit Gentil über Fürst Leuenfarb sprechen würdest. Sollte das Gespräch noch einmal darauf kommen, wechsle das Thema. Meinst du, dass du das kannst?«

Er lächelte mich schief an. »Auch ich habe bei Chade gelernt«, erklärte er.

»Mir ist schon aufgefallen, dass du Fürst Leuenfarb in letzter Zeit mit einer gewissen Kälte begegnet bist. Falls das der

Grund dafür gewesen sein sollte, nun, dann hast du etwas versäumt. Du solltest ihn näher kennenlernen, denn niemand kann sich einen besseren Freund wünschen.«

Pflichtgetreu nickte, erwiderte aber nichts darauf. Ich vermutete, dass seine Zweifel noch nicht vollends zerstreut waren, aber ich hatte mein Bestes dafür getan.

Er verließ den Turm durch die Tür, und ich hörte ihn den Schlüssel im Schloss umdrehen, bevor er sich auf den langen Weg nach unten machte. Sollte ihn jemand fragen, würde er antworten, er hätte sich den Turm als neuen Ort für seine frühmorgendlichen Meditationen ausgesucht.

Erneut schaute ich mich im Raum um und beschloss, ihn gegen jene Art von Gefahr zu rüsten, wie sie uns heute Morgen begegnet war. Eine Flasche Branntwein für den Fall, dass Pflichtgetreu ihn brauchen würde. Wir benötigten auch einen Holzvorrat für den Kamin; die Winterkälte würde nicht mehr lange auf sich warten lassen. Ich hielt nicht viel von Galens Auffassung, dass Schüler sich unwohl fühlen müssten, um gut zu lernen. Ich würde mit Chade darüber reden.

Ich gähnte ausgiebig und wünschte, ich könnte wieder zurück ins Bett. Ich war erst einen Abend zuvor wieder nach Bocksburg zurückgekehrt. Ein heißes Bad und ein langer Bericht an Chade hatten die Stunden gefressen, die ich lieber geschlafen hätte. Chade hatte die Schriftrollen in Verwahrung genommen, die ich mit zurückgebracht hatte. Das gefiel mir zwar nicht sonderlich, aber es stand ohnehin nur wenig darin, was er nicht schon gewusst oder zumindest vermutet hätte. Nach einem langen Bad, um die Kälte aus meinen Knochen zu vertreiben, hatte ich neben Chade vor dem Kamin gesessen und lange mit ihm gesprochen.

Ein junges braunes Frettchen hatte sich bereits im Turmzimmer eingerichtet. Sein Name war Gilly, und er war besessen von seiner eigenen Jugend, seinem Revier und den Gerüchen der Nagetiere. Sein Interesse an mir beschränkte sich darauf, meine Stiefel gründlich zu beschnüffeln und dann wieder zu verschwinden. Sein lebhaft hin und her huschender Geist bildete jedoch einen angenehmen Kontrapunkt zur Düsternis des Turmzimmers. Mich, das Wesen, mit dem er sich sein Revier teilen musste, betrachtete er lediglich als viel zu groß, um mich zu fressen.

Chades Gerüchte hatten alles abgedeckt: vom Herzog von Tilth, der entflohene chalcedische Sklaven bewaffnete und ausbildete, bis hin zu Kettricken, die einen Streit zwischen Fürst Carolsin von Aschensee und Fürst Würdevoll von Timbery schlichten sollte; Letzterem wurde vorgeworfen, die Tochter von Fürst Carolsin verführt und gestohlen zu haben. Fürst Würdevoll behauptete jedoch, das Mädchen sei aus freien Stücken zu ihm gekommen, und da sie nun verheiratet seien, könne von Verführung keine Rede mehr sein. Dann war da noch die Sache mit den neuen Docks, die einer der Kaufleute von Burgstadt bauen wollte. Zwei andere behaupteten, die Docks würden ihre Lagerhäuser vom Wasser abschneiden. Irgendwie war diese nebensächliche Angelegenheit, die eigentlich der Stadtrat hätte regeln sollen, zu einer Frage geworden, mit der sich inzwischen die ganze Stadt beschäftigte, sodass sie nun vor die Königin gekommen war. Chade sprach noch von einem Dutzend weiterer, langweiliger Angelegenheiten, und das erinnerte mich daran, dass er und Kettricken sich im Alltag mit nahezu allem beschäftigen mussten.

Als ich das ihm gegenüber erwähnte, erwiderte er: »Deshalb ist es auch ein Glück, dass du wieder in Bocksburg bist und dich ganz und gar auf Prinz Pflichtgetreu konzentrieren kannst. Kettricken würde es sogar noch lieber sehen, wenn du ihn offen begleiten könntest, aber ich halte deine Fähigkeit, den Hof zu beobachten, ohne selbst bemerkt zu werden, für einen großen Vorteil.«

Soweit Chade es beurteilen konnte, hatten sich die Gescheckten nicht mehr gerührt. Weder gab es neue Anschläge, die einen Zwiehaften denunzierten, noch hatte die Königin geheime Botschaften erhalten. »Aber was ist mit Laurels Warnung an die Königin? Von wegen der Gerüchte, die Rehgesell gehört hat?«, erkundigte ich mich.

Einen Moment lang wirkte Chade verunsichert. »Dann weißt du also davon, hm? Nun, ich habe mit der Königin nur über solche Dinge geredet, die sich direkt auf die Gescheckten bezogen. Aber natürlich haben wir Laurels Informationen ernst genommen, und alles unternommen, um sie auf subtile Art zu beschützen. Sie bildet gerade einen neuen Jäger aus, ihren neuen Gehilfen. Er ist recht muskulös und äußerst fähig im Umgang mit dem Schwert, und er begleitet sie überallhin. Ich habe großes Vertrauen in ihn. Abgesehen davon habe ich die Torwachen angewiesen, Fremden gegenüber misstrauischer zu sein, besonders wenn sie von Tieren begleitet werden. Es ist offensichtlich, dass die Gescheckten und jene vom Alten Blut im Streit liegen. Meine Spione haben mir von ganzen Familien berichtet, die im Bett erschlagen wurden; anschließend hat man ihre Häuser angezündet, um die Spuren zu verwischen. Manche werden vielleicht sagen: Wenn sie sich gegenseitig umbringen, umso besser. Sollen sie sich nur zerfleischen, dann haben wir unsere Ruhe. Oh, sieh mich nicht so an. Ich habe gesagt, manche würden das vielleicht sagen, nicht dass *ich* wünschen würde, dass sie sich gegenseitig erschlagen. Was willst du, dass ich tue? Soll ich die Wachen ausschicken? Bisher ist niemand gekommen und hat die Königin um ihr Eingreifen gebeten. Sollen wir Schatten jagen, die niemand eines Verbrechens bezichtigt hat? Ich brauche etwas Handfestes, Fitz. Einen oder mehrere Männer, die man für einen dieser Morde zur Verantwortung ziehen kann. Solange niemand vom Alten Blut offen mit uns spricht, kann ich nichts tun. Falls es dich tröstet: Allein die Gerüchte treiben die Königin schon zur Weißglut.« Und dann wandte er sich anderen Themen zu.

Gentil Bresinga befand sich noch immer am Hof, noch immer traf er sich täglich mit Pflichtgetreu, und noch immer tat er nichts, was einen hätte vermuten lassen, dass er ein Verräter oder Intrigant wäre. Es beruhigte mich, dass Chade in meiner Abwesenheit andere Spione auf den Jungen angesetzt hatte. Das Erntedankfest war gut verlaufen, und den Fernholmern schien es gefallen zu haben. Pflichtgetreu und Ellianias formelles Werben wurde unter den wachsamen Blicken aller fortgesetzt. Sie gingen gemeinsam spazieren, ritten gemeinsam aus, speisten und tanzten gemeinsam. Die Barden von Bocksburg besangen Ellianias Schönheit und Anmut. An der Oberfläche war alles völlig in Ordnung, doch Chade vermutete, dass das junge Paar alles andere als verliebt ineinander war. Chade hoffte, dass sie wenigstens weiter gesittet miteinander umgehen würden, bis die Narcheska in ihr Heimatland zurückkehrte. Die Verhandlungen mit den Kaufleuten, welche die Abordnung der Narcheska begleiteten, verliefen in der Tat ausgesprochen gut. Bearns' Misstrauen gegenüber einer Allianz war weitgehend zerstreut worden, als die Königin der Robbenbucht formell das alleinige Recht übertragen hatte, für die Sechs Provinzen mit Fellen, Ebenholz und Öl zu handeln. Von Burgstadt aus würden die Produkte der Inneren Herzogtümer verschifft werden, wie Wein, Branntwein und Getreide. Shoaks und Rippon wiederum sollten als Hauptumschlagplatz für Schaf- und Baumwolle, Leder und dergleichen dienen.

»Glaubst du, dass die einzelnen Herzogtümer die Privilegien der anderen respektieren werden?«, fragte ich beiläufig und schwenkte den Branntwein in meinem Glas.

Chade schnaubte. »Natürlich nicht. In jeder Hafenstadt, die ich je besucht habe, gilt der Schmuggel als traditionelles und ehrenhaftes Geschäft. Aber jeder Herzog hat einen Knochen vor die Nase geworfen bekommen, über den er knurrend wachen kann, und jeder rechnet bereits den Gewinn aus, den er für seine Heimatprovinz aus dem Bündnis mit den Äußeren Inseln ziehen wird. Das war eigentlich alles, was wir gewollt haben: sie davon zu überzeugen, dass *alle* Sechs Provinzen von dem Bündnis profitieren.« Dann seufzte er, lehnte sich auf seinem Stuhl zurück und rieb sich die Nase. Einen Augenblick später rutschte er nervös hin und her und sagte: »Oh.«

Aus einer Falte seiner Robe holte er das Figürchen vom Strand hervor. Es baumelte an einer Kette, klein und perfekt. Ihr glattes schwarzes Haar wurde von einem blauen Ornament gekrönt.

»Die habe ich auf einem Haufen Lumpen in der Ecke gefunden. Gehört sie dir?«

»Nein. Aber bei diesem ›Haufen Lumpen‹ handelte es sich vermutlich um meine alte Arbeitskleidung. Die Halskette gehört dem Prinzen.« Als Chade mich daraufhin verwirrt anblickte, fügte ich hinzu: »Ich habe dir davon erzählt. Die Zeit, die wir an dem seltsamen Strand verbracht haben. Dort hat er sie gefunden. Ich habe sie schließlich in seine Börse gesteckt. Ich sollte sie ihm wieder zurückgeben.«

Chade verzog das Gesicht. »Als er mir von seinem Abenteuer erzählt hat, hat er nur wenig von seiner Reise durch die Gabenpfeiler oder seiner Zeit am Strand gesprochen. Das hier hat er auf jeden Fall nicht erwähnt.«

»Er hat nicht versucht, dich zu täuschen. Durch einen Pfeiler zu gehen ist eine beunruhigende Erfahrung, selbst für jemanden, der den Umgang mit der Gabe gewohnt ist. Ich habe ihn ohne Vorwarnung zum Strand geführt; er hatte keine Ahnung, wie ihm geschah. Und um wieder zurückzukehren, habe ich ihn durch drei Pfeiler geführt. Es überrascht mich nicht, dass er sich nur bruchstückhaft daran erinnern kann. Ich bin bloß froh, dass es ihn nicht den Verstand gekostet hat; vielen von Edels jungen Schülern ist es nicht so gut ergangen.«

Falten legten sich auf Chades Stirn. »Hm. Jemand, der in der Gabe unerfahren ist, kann also nicht selbst durch einen Pfeiler gehen?«

»Ich weiß es nicht. Als ich das erste Mal durch einen gegangen bin, war das purer Zufall. Aber damals hatte ich den ganzen Tag in einer Art Gabenstarre verbracht, auf einer Straße der Uralten … Chade? Was denkst du?«

Sein fragender Blick war einfach *zu* unschuldig.

»Chade, halte dich von diesen Pfeilern fern. Sie sind gefährlich. Für dich, der du Spuren der Gabe im Blut hast, vielleicht sogar noch gefährlicher als für normale Leute.«

»Vor was hast du Angst?«, fragte er mich in ruhigem Tonfall. »Dass ich herausfinden könnte, dass ich ein Talent für die Gabe besitze? Dass ich sie vielleicht nutzen könnte, hätte man mich als Knabe darin ausgebildet?«

»Vielleicht könntest du das, aber was ich fürchte, ist etwas anderes: nämlich, dass du irgendeine verstaubte Schriftrolle lesen und dich daraufhin auf ein gefährliches Experiment einlassen könntest, wenn die Sechs Provinzen dich am meisten brauchen.«

Chade stieß ein missbilligendes Grunzen aus, als er aufstand, um das Figürchen auf den Kaminsims zu stellen. »Das erinnert mich noch an etwas anderes. Die Königin hat dir das geschickt.« Er nahm eine kleine Schriftrolle vom Kaminsims und reichte sie mir. Nachdem ich sie entrollt hatte, erkannte ich sofort Kettrickens Handschrift. Sie hatte sich nie an die geschwungene Schrift gewöhnt, die wir in den Sechs Provinzen verwendeten. Zwölf sorgfältig geschriebene Runen waren dort zu sehen, und bei jeder stand ein einziges Wort. »Hafen, Strand, Gletscher, Höhle, Berg, Mütterhaus, Jäger, Krieger, Fischer, Allmutter, Schmied, Weber.«

»Das stammt aus irgendeinem Spiel, das sie mit Peottre gespielt hat. Ich verstehe, warum sie dir das geschickt hat. Du auch?«

Ich nickte. »Die Runen gleichen jenen auf den Gabenpfeilern. Sie sind nicht identisch, aber sie scheinen aus demselben Schriftsystem zu stammen.«

»Sehr gut. Aber eine ist zumindest *fast* identisch. Hier. Dies sind die Runen des Pfeilers, den du und der Prinz benutzt haben. Der neben den alten Grabhügeln.«

Chade nahm eine zweite Schriftrolle vom Tisch zwischen uns. Die war offensichtlich das Werk eines ausgebildeten Schreibers. Sorgfältig replizierte Symbole waren darauf zu sehen, die Ausrichtung jeder Facette des Pfeilers war markiert, und daneben fanden sich Anmerkungen zur Größe und genauen Lage des Originals. Chade hatte seine kleinen Bienchen offenbar ausgeschickt, um Informationen für ihn zu sammeln. »Welche Rune hat euch zum Strand gebracht?«, fragte mich Chade.

»Die hier.« Sie glich der für »Strand« auf Kettrickens Schriftrolle abgesehen von ein, zwei Fortsätzen.

»Hat eine identische euch auch wieder zurückgebracht?«

Ich runzelte die Stirn. »Ich hatte kaum Zeit, mir das Aussehen der Rune genau zu merken, die mich zurückgebracht hat. Wie ich sehe, bist du während meiner Abwesenheit nicht untätig gewesen.«

Er nickte. »Es gibt noch weitere Steinpfeiler in den Sechs Provinzen. In ein paar Wochen werde ich Informationen über sie haben. Offensichtlich sind sie von Menschen mit der Gabe benutzt worden, und aus irgendeinem Grund war das Wissen, wie man sie benutzt, eine Zeit lang verloren. Aber wir haben jetzt die Gelegenheit, es wiederzuerlangen.«

»Nur unter großen Gefahren. Chade, darf ich dich darauf hinweisen, dass Pflichtgetreus und mein Ausflug an den Strand unter Wasser geendet hat? Und es hätte noch schlimmer kommen können. Stell dir vor, was passieren könnte, wenn einer der Ausgänge des Pfeilers genau auf den Boden deuten würde. Oder wenn der Pfeiler zerstört wäre. Was geschähe dann mit dem, der ihn benutzt?«

Chade wirkte ein wenig nervös, als er sagte: »Nun, dann nehme ich an, wäre der Weg versperrt, und man würde wieder zurückgeschickt.«

»Meine Vermutung ist eher, dass man aus dem Pfeiler in festen Stein manifestiert. Da ist keine Tür, an der man erst einmal stehen bleiben und hinausspähen kann. Du wirst hinausgeworfen, als würdest du durch eine Falltür stürzen.«

»Aha. Ich verstehe. Nun, dann muss man ihre Verwendung eben noch gründlicher erforschen. Aber wenn wir die Gabenschriften studieren, finden wir wohlmöglich heraus, was jede Rune bedeutet und wohin das jeweilige ›Tor‹ sich ursprünglich öffnete. So werden wir dann irgendwann wissen, welche von ihnen man gefahrlos nutzen kann. Und vielleicht können wir die übrigen reparieren. Was andere mit der Gabe in der Vergangenheit gemacht haben, können wir wiederentdecken.«

»Chade. Ich bin mir ganz und gar nicht sicher, ob diese Pfeiler das Werk von Gabennutzern sind. Vielleicht haben einige sie benutzt, aber jedes Mal, wenn ich durch einen hindurchgegangen bin, waren da Desorientierung und …« Ich suchte nach geeigneten Worten. »Fremdartigkeit … Und diese Fremdartigkeit lässt mich fragen, ob wirklich Gabennutzer sie gebaut haben – falls sie denn überhaupt von Menschen errichtet worden sind.«

»Die Uralten?«, fragte Chade nach einem Augenblick.

»Ich weiß es nicht«, hatte ich ihm geantwortet.

Dieses Gespräch hallte durch meinen Geist, während ich die sorgfältig gestapelten Schriftrollen und verschlossenen Truhen im Gabenturm betrachtete. Vielleicht lagen hier die Antworten verborgen und warteten auf mich.

Ich wählte drei Schriftrollen aus dem Regal, die ich für die neuesten hielt. Ich wollte mit jenen anfangen, die in Sprachen und Schriften verfasst waren, die ich gut kannte. Von Solizitas fand ich keine, was mir ein wenig seltsam vorkam. Unsere letzte Gabenmeisterin musste doch irgendetwas von ihrer Weisheit zu Papier gebracht haben; man ging allgemein davon aus, dass jemand, der den Meisterstatus erreicht hatte, irgendetwas Einmaliges an seine Nachfolger weiterzugeben hatte. Aber falls Solizitas je irgendetwas geschrieben haben sollte, so fand es sich zumindest nicht unter diesen Schriftrollen. Die drei, die ich schließlich auswählte, stammten von einem Mann mit Namen Kniebaum und waren als Übersetzung eines älteren Manuskripts von Gabenmeister Oklef gekennzeichnet. Die Übersetzungen waren auf Wunsch von Gabenmeister Gerster angefertigt worden. Ich hatte noch nie von einem von ihnen gehört. Ich klemmte mir die drei Schriftrollen unter den Arm und verließ den Raum durch die Geheimtür am Kamin.

Ich beabsichtigte, die Schriftrollen in Chades Turmzimmer zu deponieren. Sie gehörten nicht in Tom Dachsenbless' Kammer. Aber bevor ich dorthin ging, machte ich einen kleinen Umweg durch die Geheimgänge, bis ich einen unregelmäßigen Riss in der Wand erreichte. Leise näherte ich mich ihm und spähte hindurch. Gentil Bresingas Schlafgemach war leer. Das bestätigte, was Chade mir vergangene Nacht erzählt hatte, nämlich dass der junge Gentil gemeinsam mit anderen den Prinzen und dessen Auserwählte heute auf einem Ausritt begleiten würde. Gut. Vielleicht war das die Gelegenheit, mal einen Blick in seine Gemächer zu werfen, auch wenn ich glaubte, dass das nicht sonderlich viel bringen würde. Außer seinen Kleidern und ein paar alltäglichen Gegenständen bewahrte er hier nichts auf. Auch abends waren seine Gemächer leer, denn er bewohnte sie allein. Falls er einmal da war, spielte er entweder auf der Flöte – und zwar schlecht –, oder er gab sich dem Rauchkrautgenuss hin und blickte anschließend aus dem Fenster. Von allen Personen, die ich jemals ausspioniert hatte, war Gentil mit Abstand die langweiligste.

Ich machte mich wieder auf den Weg zu Chades Turmzimmer und blieb lange genug stehen, um zu lauschen und einen Blick ins Zimmer zu werfen, bevor ich den verborgenen Öffnungsmechanismus betätigte. Ich hörte ein leises Murmeln und das Geräusch von Feuerholz, das gestapelt wurde. Fast hätte ich wieder kehrtgemacht; die Schriftrollen hätte ich erst einmal auch im Gang lassen und mich später darum kümmern können. Dann kam ich zu dem Schluss, dass es schon viel zu viele »später« in meinem Leben gegeben hatte und dass ich Chade viel zu viel Arbeit überließ. Nur ich konnte das wirklich tun. Ich atmete tief durch, konzentrierte mich und senkte meine Gabenmauern.

Bitte erschrick dich nicht. Ich komme jetzt rein.

Das half nichts. Kaum war ich durch die Tür, da traf mich eine Welle der Gedanken. *Sieh mich nicht, Stinkehund! Tu mir nicht weh! Geh weg!*

Aber meine Mauern waren wieder oben und ich bereit.

»Hör auf damit, Dick. Inzwischen solltest du doch wissen, dass das bei mir nicht funktioniert und dass ich nicht die Absicht habe, dir wehzutun. Warum hast du solche Angst vor mir?« Ich legte die Schriftrollen auf den Arbeitstisch.

Dick war aufgestanden. Zu seinen Füßen stand ein Korb mit Feuerholz. Die Hälfte davon hatte er bereits in den Ständer neben dem Kamin gelegt. Er blinzelte mit seinen schläfrig wirkenden Augen. »Keine Angst. Ich mag dich einfach nicht.«

Seine Stimme hatte etwas Seltsames an sich, kein Lispeln oder so etwas, sondern eine Art von Schärfe wie die eines sehr, sehr jungen, trotzigen Kindes. Er starrte mich an, die Zunge ein Stück herausgeschoben. Ich kam zu dem Schluss, dass er trotz seiner kleinen Gestalt und der kindischen Stimme sowie der kindischen Art kein Kind war. Also würde ich auch nicht so mit ihm sprechen.

»Wirklich? Ich versuche, die Leute erst einmal kennenzulernen, bevor ich mich entscheide, ob ich sie mag oder nicht. Ich glaube nicht, dass ich dir Grund gegeben habe, mich nicht zu mögen.«

Er funkelte mich an und legte die Stirn in Falten. Dann deutete er durch den Raum. »Viele Gründe. Du machst mehr Arbeit. Wasser fürs Bad. Bring Essen rauf und Geschirr runter. Viel mehr Arbeit als nur der alte Mann.«

»Nun, das kann ich nicht leugnen.« Ich zögerte; dann fragte ich: »Wie könnte ich das gutmachen?«

»Gutmachen?« Misstrauisch blinzelte er mich an. Vorsichtig senkte ich meine Mauer und versuchte zu erfühlen, was er empfand. Ich hätte mir die Mühe sparen können. Es war offensichtlich. Sein ganzes Leben lang hatte man ihn verspottet. Er war sicher, dass es bei mir nicht anders sein würde.

»Ich könnte dir Geld für die Dinge geben, die du für mich tust.«

»Geld?«

»Münzen.« Ich hatte ein paar in meiner Börse. Die hob ich und klimperte damit.

»NEIN. Keine Münzen. Ich will keine Münzen. Er schlägt Dick und nimmt die Münzen. Schlägt Dick, nimmt Münzen.« Als er sich wiederholte, ahmte er meine Geste nach und wedelte mit der fleischigen Faust.

»Wer tut das?«

Er kniff die Augen zusammen und schüttelte dann stur den Kopf. »Jemand. Du weißt nicht. Ich habe niemandem gesagt. Schlägt Dick, nimmt Münzen.« Wieder wedelte er mit der Faust, als die Wut in ihm hochkam. Sein Atem ging schneller und schneller.

Ich versuchte, zu ihm durchzudringen. »Dick. Wer schlägt dich?«

»Schlägt Dick, nimmt Münzen.« Faustwedeln, Zunge rausgeschoben, Augen fast vollständig geschlossen. Ich ließ den Schlag durch die leere Luft fahren und trat vor. Dann legte ich Dick die Hände auf die Schultern, um ihn zu beruhigen, damit ich mit ihm sprechen konnte. Doch er schrie laut auf, ein wilder, wortloser Schrei, und sprang vor mir zurück. Im gleichen Augenblick … *SIEH MICH NICHT! TU MIR NICHT WEH!*

Ich zuckte ob der Wucht des Aufpralls zusammen. »Dick. Tu mir nicht weh!«, erwiderte ich. Dann schnappte ich nach Luft und fügte hinzu: »Das funktioniert nicht immer, nicht wahr? Einige Menschen fühlen, dass du sie so wegstößt. Aber es gibt noch andere Möglichkeiten, Möglichkeiten wie ich sie aufhalten könnte.«

Einige seiner Mitdiener waren also entweder immun gegen seine Gabenberührung, oder sie fühlten sie deutlich genug, um dadurch in Wut zu geraten. Interessant. So stark, wie ich glaubte, dass er in der Gabe war, hatte ich angenommen, dass er nahezu jedem seinen Willen aufzwingen konnte. Ich sollte Chade davon berichten. Erst einmal schob ich den Gedanken jedoch beiseite. Dicks Schlag gesellte sich zu dem Gabenschmerz von vorhin und vermittelte mir das Gefühl, als würde Blut hinter meinen Augen entlanglaufen. Ich zwang die Worte an dem schmerzhaften Pochen in meinem Schädel vorbei. »Ich kann sie aufhalten, Dick. Ich werde dafür sorgen, dass sie damit aufhören.«

»Was? Was aufhalten?«, verlangte er misstrauisch zu wissen. »Dick aufhalten?«

»Nein. Die anderen. Ich werde sie aufhalten, sie dazu zwingen, Dick nicht mehr zu schlagen und seine Münzen zu nehmen.«

»Hmpf.« Ungläubig stieß er die Luft aus. »Er hat gesagt: ›Hol dir was Süßes.‹ Aber dann hat er die Münzen genommen. Hat Dick geschlagen und Münzen genommen.«

»Dick.« Es war schwer, seine Sturheit zu durchbrechen.

»Hör mir zu. Wenn ich sie dazu bringe, dich nicht mehr zu schlagen, wenn ich sie dazu bringe, dir nicht mehr deine Süßigkeiten wegzunehmen, wirst du dann aufhören, mich zu hassen?«

Er stand einfach nur da, schwieg und verzog das Gesicht. Offenbar verstand er nicht die Verbindung zwischen den beiden Dingen. Ich machte es einfacher. »Dick. Ich kann dafür sorgen, dass sie dich nicht mehr ärgern.«

Wieder stieß er dieses »Hmpf« aus. Dann: »Du weißt nicht. Ich habe es dir nicht gesagt.« Er warf den Rest Holz aus seinem Korb willkürlich in den Ständer und stapfte davon. Nachdem er verschwunden war, ließ ich mich auf einen Stuhl sinken und hielt mir den Kopf. Dann wankte ich in den Geheimgang, holte die Schriftrollen und legte sie auf den Nachttisch. Ich setzte mich auf die Bettkante und legte mich hin … nur für einen Moment. Mein Kopf sank auf das kalte Kissen. Ich schlief ein.

Kapitel 8

AMBITIONEN

Jede Magie hat ihren Platz im Spektrum der gesamten Magien, und gemeinsam bilden die verschiedenen Arten den großen Kreis der Macht. Alles magische Wissen ist in diesem Kreis zusammengefasst: die Fähigkeiten der einfachen Krudhexen mit ihren Amuletten, die Seher mit ihren Kugeln und Schüsseln, die Tiermagie der Zwiehaften, die Himmelsmagie der Gabe und all die Heim- und Herdmagie. All das kann in dem großen Spektrum eingeordnet werden, und dann muss jedem klar sein, dass sie ein gemeinsamer Faden miteinander verbindet.

Aber das heißt nicht, dass irgendein Magier versuchen sollte, den gesamten Kreis der Magie zu beherrschen. Solch eine Fähigkeit ist keinem Sterblichen gegeben, und das aus gutem Grund. Ein Gabennutzer vermag sich die Fähigkeiten eines Sehers anzueignen, und es gibt Gerüchte über Tiermagier, welche die Feuermagie und Wünschelrutenfähigkeiten der Krudhexen gemeistert haben. Wie anhand des Schaubilds zu sehen ist, grenzt jede der niederen Magieformen an eine der höheren, und so vermag der Magus seine Fähigkeiten auf eine der niederen auszudehnen. Aber größere Ambitionen als das zu hegen ist schlicht falsch. Wenn beispielsweise jemand, der Vorhersagen mittels einer Kristallkugel trifft, versuchen sollte, die Kunst des Feuerbringens zu beherrschen, so würde er einen großen Fehler begehen. Diese Magieformen sind nämlich keine Nachbarn, und die Anstrengung, ihre Unterschiede zu überwinden, könnte den Geist des Magiers durcheinanderbringen. Wenn ein Gabennutzer sich so weit erniedrigt, die Tiermagie zu benutzen, so bedeutet das den Verfall und die Entwürdigung der höheren Magie. Solch ein verwerflicher Ehrgeiz muss verdammt werden.

KNIEBAUMS ÜBERSETZUNG DES »KREISES DER MAGIE« VON GABENMEISTER OKLEF

Zurückblickend vermute ich, dass ich mehr von Pflichtgetreus erster Gabenstunde gelernt habe als er. Furcht und Respekt waren die Dinge, die ich gelernt habe. Ich hatte gewagt, mich als Lehrer von etwas aufzuschwingen, das ich selbst kaum verstand. Und so wurden meine Tage und Nächte voller, als ich erwartet hatte, denn ich musste Lehrer und Schüler zugleich sein; gleichzeitig konnte ich aber auch nicht meine Rolle als Fürst Leuenfarbs Diener aufgeben oder als Harms Vater und Spion der Weitseher.

Die Wintertage wurden immer kürzer, und schon bald begannen meine morgendlichen Unterrichtsstunden mit Pflichtgetreu im Dunkeln. Üblicherweise verließen wir Veritas' Turm noch vor dem Morgengrauen. Sowohl der Junge als auch Chade waren begierig darauf, so schnell wie möglich voranzukommen, doch ich hatte mich als Folge der Beinahekatastrophe in der ersten Stunde zur Vorsicht entschlossen.

Im selben Geiste hatte ich zaudernd auf Chades Forderung reagiert, Dicks Gabenfähigkeit wenigstens auszuloten. Ich hätte mir die Mühe allerdings sparen können: Dick wollte genauso wenig Kontakt mit mir, wie ich ihn unterrichten wollte. Dreimal arrangierte Chade ein Treffen zwischen Dick und mir in seinem Zimmer. Jedes Mal war der Schwachkopf nicht pünktlich eingetroffen. Ich wiederum war nicht geneigt zu warten. Ich kam an, bemerkte seine Abwesenheit und ging wieder. Jedes Mal sagte Dick zu Chade, er habe die Verabredung »vergessen«, aber Chade merkte ihm die Verachtung deutlich an, die er für mich empfand.

»Was hast du mit ihm gemacht, dass er solch eine Abneigung dir gegenüber hegt?«, verlangte Chade von mir zu wissen. Wahrheitsgemäß antwortete ich ihm, dass ich gar nichts getan hätte. Ich wusste keinen Grund, warum der Schwachkopf mich fürchten sollte. Ich war schlicht froh, dass er es tat.

Meine Unterrichtsstunden mit Pflichtgetreu waren das genaue Gegenteil davon. Jedes Mal begrüßte mich der Junge herzlich und eifrig und fieberte dem Unterricht entgegen. Das erstaunte mich. Manchmal fragte ich mich wehmütig, wie es wohl gewesen wäre, wenn Veritas mein erster Gabenlehrer gewesen wäre. Wäre ich ihm so bereitwillig entgegengekommen wie sein Sohn mir? Meine Erinnerungen an den Unterricht bei Gabenmeister Galen waren äußerst schmerzhaft. Ich hatte keinen Sinn in den festgefahrenen Routinen und geistigen Übungen gesehen, die er für notwendig erachtet hatte, um seine Schüler in der Gabe zu unterweisen. Tatsächlich schien Pflichtgetreu auch keine dieser Übungen zu benötigen. Dem Prinzen bereitete der Umgang mit der Gabe keinerlei Mühe; er schüttete einfach seine Seele aus. Schon bald fragte ich mich, ob ich nicht doch von meinen frühen Kämpfen profitiert hatte, die Gabe zu meistern. Ich hatte mir einen Weg durch meine eigenen Mauern hindurch erkämpfen müssen; Pflichtgetreu wiederum schien überhaupt keine Grenzen zu kennen. Er schien genauso bereit, mir seine Gedanken zu enthüllen, wie von einem verdorbenen Magen zu berichten. Wenn er sich öffnete, war es, als öffnete er ein Fluttor für all die verstreuten, umherziehenden Gedanken der Welt. Wenn ich in seinem Geist wachte und Zeuge davon wurde, überwältigte es mich fast. Pflichtgetreu wiederum war fasziniert und verängstigt zugleich, und beide Emotionen hielten ihn davon ab, sich auf das zu konzentrieren, was er versuchen wollte. Schlimmer noch, wenn er mit der Gabe zu mir hinausgriff, war es, als versuche er, ein Tau durch ein Nadelöhr zu ziehen. Veritas hatte mir einmal erzählt, dass eine Gabenbindung zu Chivalric, meinem Vater, gewesen sei, als würde man von einem Pferd niedergetrampelt: Er stürmte herein, ließ seine Information fallen und floh. Mit Pflichtgetreu war es genauso.

»Wenn er sein Talent zu meistern gelernt hat, wird er seinen Lehrer rasch übertreffen«, beschwerte ich mich eines Abends bei Chade, als er per Zufall mal wieder in seinen alten Gemächern vorbeikam. Ich saß an unserem alten Arbeitstisch, umgeben von einem Berg von Gabenschriften. »Ich war fast erleichtert, als ich begonnen habe, ihm Krähes Steinspiel beizubringen. Zuerst fand er es schwer, obwohl er es inzwischen langsam in den Griff bekommt. Ich hoffe, das wird ihn ein wenig bremsen und ihm helfen, nach den tiefer liegenden Mustern seiner Magie zu schauen. Alles andere scheint er mit Leichtigkeit zu lernen. Er geht so instinktiv mit der Gabe um, wie ein Welpe die Nase an die Fährte legt. Es ist, als würde er sich daran erinnern, wie es geht, nicht, als würde er es gerade erst lernen.«

»Und das ist schlecht?«, fragte der alte Assassine freundlich. Er kramte in den Teekräutern auf einem der höher gelegenen Regale herum. Diese Regale waren stets für die gefährlicheren und stärkeren Tränke reserviert gewesen. Kurz lächelte ich, als er auf einen Hocker kletterte, und ich fragte mich, ob er immer noch glaubte, sie seien sicher außerhalb meiner Reichweite.

»Es könnte gefährlich sein. Sobald er mich übertroffen hat und beginnt, mit anderen Gabenkräften zu experimentieren, wird er an Orte vordringen, wo ich keine Erfahrung habe. Ich werde ihn noch nicht einmal warnen können, geschweige denn beschützen.« Angewidert schob ich eine Gabenschrift beiseite und meine unbeholfene Übersetzung hinterher. Auch darin übertraf mich Pflichtgetreu. Der Junge besaß Chades Talent für Schriften und Sprachen. Für meine Übersetzungen nahm ich mir jedes Wort einzeln vor, während Pflichtgetreu sich einen Satz anschaute, seinen Sinn entschlüsselte und ihn in schöne Prosa übertrug. Da ich solch eine Arbeit schon Jahre nicht mehr gemacht hatte, waren meine sprachlichen Fähigkeiten verkümmert. Ich fragte mich, ob ich wohl Neid für die schnelle Auffassungsgabe meines Schülers empfand. Machte mich das zu einem schlechten Lehrer?

»Vielleicht hat er das von dir«, bemerkte Chade nachdenklich.

»Was hat er von mir?«

»Die Gabe. Wir wissen, dass du seinen Geist schon berührt hast, als er noch sehr klein war. Du sagst jedoch, die Alte Macht ließe so etwas nicht zu. Also muss es die Gabe gewesen sein. Folglich hast du ihn vielleicht schon als Kind den Umgang mit der Gabe gelehrt oder ihn zumindest darauf vorbereitet.«

Mir gefiel die Richtung nicht, in die seine Gedanken führten. Sofort kam mir Nessel in den Sinn, und Schuldgefühle waren die Folge. Hatte ich auch sie in Gefahr gebracht? »Du willst mir nur die Schuld in die Schuhe schieben.« Ich versuchte, beiläufig zu klingen, als könne das die plötzlich aufkeimende Furcht vertreiben. Ich seufzte, und widerwillig zog ich meine Übersetzungsarbeit wieder zu mir heran. Wenn ich hoffen wollte, Pflichtgetreu weiter unterrichten zu können, musste ich mehr über die Gabe lernen. Dies hier war eine Schriftrolle, die sich mit einer Reihe von Übungen beschäftigte, die dem Schüler helfen sollten, sich zu konzentrieren. Ich hoffte, sie würde mir etwas nützen.

Chade trat zu mir und schaute mir über die Schulter. »Hm. Was denkst du über die andere Schrift? Die über den Schmerz und die Gabe?«

Verwirrt blickte ich zu ihm auf. »Welche andere Schrift?«

Er wirkte verärgert. »Du kennst sie. Ich habe sie doch extra für dich liegen lassen.«

Ich ließ meinen Blick über den überfüllten Tisch schweifen. Da lagen mindestens noch ein Dutzend weiterer Schriftrollen. »Welche?«

»Eine von denen. Ich habe sie dir doch gezeigt. Dessen bin ich mir sicher.«

Ich war ebenso sicher, dass er das nicht getan hatte, aber ich hielt meine Zunge im Zaum. Chades Erinnerungsvermögen ließ nach. Ich wusste es. Und er wusste es auch, obwohl er es niemals zugegeben hätte. Auch hatte ich herausgefunden, dass allein die Erwähnung dieses Umstands einen Wutanfall bei ihm auslösen konnte, und das besorgte mich mehr als die Vorstellung, dass mein alter Mentor nicht mehr so scharfsinnig war wie einst. Also beobachtete ich ihn schweigend dabei, wie er in den Pergamenten herumkramte, bis er eine Schriftrolle mit dekorativem blauem Rand gefunden hatte. »Siehst du? Hier ist sie, genau wo ich sie hingelegt habe. Du hast sie dir überhaupt noch nicht angesehen.«

»Nein. Das habe ich nicht«, gestand ich bereitwillig und hoffte, so das Thema vermeiden zu können, ob er sie mir nun gezeigt hatte oder nicht. »Wovon handelt sie noch einmal, hast du gesagt?«

Er warf mir einen empörten Blick zu. »Es geht um den Schmerz, der aus der Gabe entspringt. Die Art Kopfschmerz, unter der du immer leidest. Hier werden einige Heilmittel vorgeschlagen, Übungen ebenso wie Kräuter, aber es heißt auch, dass mit der Zeit die Kopfschmerzen schlicht verschwinden würden. Was mich jedoch wirklich interessiert hat, war eine Bemerkung gegen Ende des Textes. Kniebaum sagt, dass einige Gabenmeister eine ›Schmerzmauer‹ benutzt hätten, um ihre Schüler von eigenen Experimenten abzuhalten. Er sagt allerdings nichts darüber, ob diese Mauer stark genug gemacht werden kann, um einen Mann gänzlich vom Benutzen der Gabe abzuhalten. Das wiederum interessierte mich aus zwei Gründen. Ich habe mich gefragt, ob Galen so etwas vielleicht mit dir gemacht hat. Und ich habe mich gefragt, ob das eine Möglichkeit wäre, Dick zu kontrollieren.« Mir fiel auf, dass er das nicht als Sicherheitsbarriere für den Prinzen vorschlug.

Der alte Mann hatte recht. Früher oder später würden wir uns um Dick kümmern müssen. Trotzdem … »Ich will keinen Schmerz benutzen, um irgendein Wesen unter meine Kontrolle zu bringen. Dick sendet seine Musik nahezu ununterbrochen über die Gabe aus. Fügen wir ihm Schmerzen zu, wenn er das tut, sperren wir ihn davon aus … Ich weiß nicht, was wir ihm damit antun würden.«

Chade machte ein abschätziges Geräusch. Er hatte gewusst, dass ich nicht zu solchen Maßnahmen greifen würde, schon bevor er mich gefragt hatte. Mir war allerdings klar, dass Galen mir gegenüber nicht solche Skrupel gehabt hätte. Hatte er das wirklich mit mir getan? Chade breitete die Schriftrolle vor mir aus und rahmte mit seinen knochigen Fingern den entsprechenden Absatz ein. Ich überflog ihn, fand aber nur wenig, was Chade mir nicht schon gesagt hätte. Dann lehnte ich mich auf meinem Stuhl zurück. »Ich versuche, mich daran zu erinnern, wann ich zum ersten Mal beim Gebrauch der Gabe Schmerzen empfunden habe. Erschöpft war ich jedes Mal. Als Veritas zum ersten Mal Kraft von mir genommen hat, bin ich schlicht in Ohnmacht gefallen. Nach jeder wirklichen Anstrengung war ich geradezu krank vor Müdigkeit. Aber ich erinnere mich nicht an Schmerzen, bis …« Ich dachte eine Zeit lang nach und schüttelte dann den Kopf. »Ich kann einfach keine Verbindung sehen. Als ich das erste Mal durch Zufall auf eine Gabenwanderung gegangen bin, bin ich vollkommen geschwächt aufgewacht. Von da an habe ich Elfenrinde dagegen benutzt, und nach einiger Zeit kam Schmerz zu der Schwäche hinzu.« Ich seufzte. »Nein. Ich glaube nicht, dass irgendjemand eine Barriere aus Schmerzen in mir errichtet hat.«

Chade war erneut zu den Regalen gegangen. Er drehte sich mit zwei verkorkten Flaschen in der Hand wieder um. »Könnte es daran liegen, dass du auch über die Alte Macht verfügst? In den Schriften steht viel über die Gefahren, wenn man beide Arten von Magie benutzt.«

Musste der alte Mann mich permanent daran erinnern, dass ich nichts wusste? Ich hasste seine Fragen. Sie waren deutliche Warnungen, dass ich meinen Prinzen durch unbekanntes Gebiet führte. Müde schüttelte ich den Kopf. »Noch einmal, Chade, ich weiß es nicht. Vielleicht können wir so etwas annehmen, wenn auch der Prinz Schmerzen nach dem Einsatz der Gabe hat.«

»Ich dachte, du wolltest seine Gabe von der Alten Macht trennen.«

»Das würde ich auch, wenn ich wüsste wie. Ich kann ihn die Gabe nur auf Arten benutzen lassen, die ihn dazu zwingen, auf die Alte Macht zu verzichten. Ich weiß weder, wie ich beides effektiv voneinander trennen kann, noch, wie ich den Gabenbefehl wieder rückgängig machen soll, den ich ihm am Strand eingepflanzt habe.«

Chade hob eine seiner weißen Augenbrauen, während er Kräuter in einen Teekessel gab. »Der Befehl, nicht gegen dich zu kämpfen?«

Ich nickte.

»Nun, mir scheint das recht einfach zu sein. Kehr ihn um.«

Ich biss die Zähne zusammen, um nicht zu erwidern: *Für dich ist das nur einfach, weil du keine Ahnung von einer der beiden Magien hast. Du weißt nicht, wovon du redest.* Ich war müde, sagte ich mir selbst, müde und frustriert. Das sollte ich nicht an dem alten Mann auslassen. »Ich weiß aber nicht genau, wie ich ihm den Befehl eingebrannt habe, und deshalb weiß ich auch nicht, wie ich ihn aufheben soll. Ihn ›umzukehren‹ ist ganz und gar nicht einfach. Was soll ich ihm denn befehlen? ›Kämpfe gegen mich‹? Erinnere dich daran, dass Chivalric das Gleiche mit Gabenmeister Galen gemacht hat. In seiner Wut hat er ihm den Befehl eingebrannt. Und er und Veritas haben nie herausgefunden, wie sie ihn wieder rückgängig machen können.«

»Aber Pflichtgetreu ist dein Prinz und dein Schüler. Das sind doch ganz andere Grundlagen.«

»Ich verstehe nicht, was das damit zu tun haben soll«, sagte ich und bemühte mich, nicht allzu verärgert zu klingen.

»Nun. Ich dachte nur, dass dir das helfen könnte, ihn aufzuheben.« Er ließ ein paar Tropfen einer Flüssigkeit in den Teekessel fallen. Dann hielt er kurz inne und fragte taktvoll: »Ist der Prinz sich dessen bewusst, was du mit ihm gemacht hast? Weiß er, dass du ihm befohlen hast, nicht gegen dich zu kämpfen?«

»Nein!« Ich ließ meine Verärgerung in dem einen Wort durchscheinen. Dann atmete ich tief durch. »Nein, und ich schäme mich dafür, dass ich es getan habe, und ich schäme mich auch dafür, dass ich dir gegenüber zugeben muss, dass ich Angst habe, es ihm zu sagen. In vielerlei Hinsicht lerne ich ihn gerade erst kennen, Chade. Ich will ihm keinen Grund geben, mir zu misstrauen.« Ich rieb mir die Stirn. »Wir haben einander nicht gerade unter den besten Umständen kennengelernt, weißt du?«

»Ich weiß, ich weiß.« Er klopfte mir auf die Schulter. »So. Was hast du bisher mit ihm gemacht?«

»Hauptsächlich habe ich ihn kennengelernt. Wir haben zusammen Schriftrollen übersetzt. Und ich habe mir ein paar Übungsschwerter aus der Waffenkammer ›geborgt‹, und dann haben wir uns damit gemessen. Er ist ein guter Schwertkämpfer. Wenn die blauen Flecken, die ich dabei davongetragen habe, irgendein Hinweis sind, dann haben diese Übungen zumindest dazu beigetragen, meinen Gabenbefehl zu lockern, wenn nicht gar ihn auszuradieren.«

»Aber du bist nicht sicher?«

»Nicht wirklich. Wenn wir zusammen trainieren, versuchen wir nicht, einander bewusst zu verletzen. Es ist ein Spiel genau wie unsere Ringkämpfe. Allerdings habe ich auch nicht das Gefühl, dass er sich zurückhält oder mich gewinnen lässt.«

»Nun, du weißt, wie ich darüber denke, dass er dich für diese Art von Dingen hat: Das ist gut. Gleiches gilt für die Gabenstunden. Ich glaube, bis jetzt hat er diese etwas ›rauere‹ Gesellschaft in seinem Leben vermisst.« Chade nahm den Kessel vom Ofen und goss heißes Wasser auf seine Kräutermischung. »Ich nehme an, die Zeit wird es schon zeigen. Benutzt du überhaupt die Gabe mit ihm?«

Ich hob die Hand unter die Nase. Der Duft aus dem Kessel trieb mir Tränen in die Augen, doch Chade schien das nicht aufzufallen. »Ja. Wir haben ein paar Übungen gemacht, die ihm helfen sollen, seine Magie zu fokussieren.«

»Fokussieren?« Chade legte den Deckel auf den Teekessel.

»Wenn er die Gabe im Augenblick einsetzt, ist es, als ob er förmlich von einem Turm herunterschreit. Jeder, der aufmerksam ist, kann ihn hören. Wir versuchen, diesen Schrei so weit einzudämmen, dass er nur noch ein Flüstern ist, das ausschließlich zu mir durchdringt. Und wir arbeiten daran, dass er mir nur das sagt, was er mir auch wirklich sagen will, anstatt mir alles zu übermitteln, was ihm gerade im Kopf herumschwirrt. Also machen wir festgelegte Übungen. Ich lasse ihn versuchen, meinen Geist zu erreichen, während er gleichzeitig am Tisch sitzt und sich mit mir unterhält. Wenn er das geschafft hat, machen wir das Ganze etwas schwieriger: Kann er mir übermitteln, was er gegessen hat, und gleichzeitig verbergen, wer ihm dabei Gesellschaft geleistet hat? Danach setzen wir uns andere Ziele. Könnte er mich aus seinem Geist aussperren? Könnte er Mauern errichten, die ich nicht durchbrechen kann, selbst in der Nacht, wenn er schläft?«

Chade runzelte die Stirn, nahm sich eine Tasse und wischte sie mit dem Ärmel sauber. Ich versuchte, mir ein Lächeln zu verkneifen. Manchmal, wenn wir wie jetzt allein waren, verwandelte er sich vom großen Edelmann in den aufmerksamen alten Mann, der mich mein Handwerk gelehrt hatte. »Hältst du das für klug? Ihn zu lehren, dich auszusperren, meine ich.«

»Er muss lernen, wie man das macht. Früher oder später wird er auf jemanden treffen, der ihm gegenüber nicht so gute Absichten hat wie ich. Im Augenblick bin ich der einzige andere Gabennutzer, mit dem er üben kann.«

»Da ist noch Dick«, bemerkte Chade und goss sich eine Tasse Tee ein.

»Ich denke, ein Schüler reicht mir im Augenblick«, erwiderte ich. »Hast du irgendetwas wegen Dicks Problem unternommen?«

»Was für ein Problem?« Chade ging mit seiner Tasse zum Feuer.

Kurz war ich besorgt. Ich versuchte, es zu verbergen, indem ich beiläufig sagte: »Ich dachte, ich hätte dir davon erzählt. Er hatte Probleme mit anderen Dienern, die ihn geschlagen und ihm sein Geld abgenommen haben.«

»Oh. Das.« Er lehnte sich auf seinem Stuhl zurück, als wäre das ohne Bedeutung. Erleichtert seufzte ich. Er hatte unser Gespräch also nicht vergessen. »Dick arbeitet hauptsächlich in der Küche. Ich habe mir einen Grund ausgedacht, damit der Koch ihm ein separates Quartier zuweist. Jetzt wohnt er neben der Speisekammer. Es ist klein, aber ich nehme an, das ist das erste Mal, dass er für sich allein ist. Ich glaube, es gefällt ihm.«

»Schön. Das ist gut.« Ich hielt einen Augenblick inne.

»Hast du je darüber nachgedacht, ihn aus Bocksburg fortzuschicken? Nur bis der Prinz die Gabe besser im Griff hat? Bisweilen stellt sein wilder Gebrauch der Gabe doch eine gewisse Ablenkung dar. Es ist, als versuche man, eine komplizierte Gleichung zu lösen, während jemand neben einem laut zählt.«

Chade nippte an seiner Tasse. Er verzog das Gesicht und schluckte das Gebräu dann entschlossen herunter. Mitfühlend zuckte ich zusammen, sagte aber nichts, als er nach einem Weinglas griff, um den Geschmack wegzuspülen. Als er wieder sprach, klang seine Stimme heiser. »Solange Dick der einzige andere Gabenkandidat ist, den wir haben, werde ich ihn nicht fortschicken. Ich will ihn dort haben, wo ich ihn im Auge behalten kann. Und wo du versuchen kannst, dir seine Achtung zu verdienen. Hast du dich schon in irgendeiner Form um ihn bemüht?«

»Ich hatte noch nicht die Gelegenheit dazu.« Ich stand auf, holte mir auch ein Glas und schenkte Wein für uns beide ein. Chade kam an den Tisch zurück. Er stellte Weinglas und Teetasse nebeneinander und betrachtete sie gequält. »Ich weiß nicht, ob er mir aus dem Weg geht oder seine anderen Pflichten ihm einfach keine Zeit gelassen haben.«

»In letzter Zeit hatte er in der Tat einiges zu erledigen.«

»Nun, das erklärt, warum er seine Arbeit hier vernachlässigt«, bemerkte ich säuerlich. »Manchmal denkt er daran, frische Kerzen aufzustellen, manchmal nicht. Manchmal ist die Asche im Kamin weggeräumt und frisches Feuerholz da, und manchmal sehe ich nur alte Asche und Kohle. Ich glaube, das liegt daran, weil er mich so verabscheut. Deshalb tut er so wenig, wie er nur kann.«

»Er kann nicht schreiben, also kann ich ihm auch keine Liste machen. Manchmal erinnert er sich daran, was ich ihm gesagt habe, manchmal nicht. Das macht ihn einfach nur zu einem schlechten Diener, aber nicht zwangsweise auch zu einem faulen oder böswilligen.« Chade trank noch einen Schluck von seinem Gebräu. Diesmal musste er allerdings husten und spuckte auf den Tisch. Rasch riss ich die Schriftrollen beiseite. Chade wischte sich mit dem Taschentuch über den Mund. »Verzeihung«, sagte er. Ihm standen Tränen in den Augen, und er trank noch einen Schluck Wein.

»Was ist in dem Tee?«

»Waldblatt. Hexenbutter. Seegummi. Und noch ein paar andere Kräuter.« Wieder nahm er einen Mundvoll davon und jagte den Geschmack mit Wein die Kehle hinunter.

»Wofür soll das gut sein?« An irgendetwas erinnerte mich das Ganze.

»Für einige Probleme, die ich in letzter Zeit habe«, antwortete Chade ausweichend.

Ich stand auf und ging die Schriftrollen durch. Sofort fand ich die, die ich suchte. Trotz der Jahre leuchteten die Illustrationen immer noch. Ich entrollte sie und deutete auf ein Bild von Waldblatt. »Von diesen Kräutern heißt es, sie seien hilfreich, einen Kandidaten für die Gabe zu öffnen.«

Er blickte mich unverwandt an. »Und?«

»Chade. Was tust du da?«

Einen Moment lang schaute er mich einfach nur an. Dann fragte er kalt: »Bist du eifersüchtig? Glaubst auch du, mein Geburtsrecht sollte mir verwehrt bleiben?«

»Was?«

Eine seltsame Art von Zorn ließ die Worte aus seinem Mund sprudeln. »Man hat mich nie auf die Gabe hin geprüft. Bastarden wird sie nicht gelehrt. Jedenfalls nicht bis zu dem Tag, an dem du gekommen bist und Listenreich eine Ausnahme für dich gemacht hat. Dennoch bin ich genauso sehr ein Weitseher wie du. Und ich gebiete über die ein oder andere der niederen Magien, wie du inzwischen wissen solltest.«

Er war erregt, und ich wusste nicht, warum. Ich nickte

und sagte ruhig: »Wie dein Weitsehen im Wasser. So hast du vor all den Jahren herausgefunden, dass Guthaven von den Roten Schiffen angegriffen wird.«

»Ja«, bestätigte er zufrieden. Er lehnte sich auf seinem Stuhl zurück, doch seine Hände huschten wie Spinnen über die Tischkante. Ich fragte mich, ob die Drogen im Tee ihn beeinflussten. »Ja, ich habe meine eigene Magie. Und vielleicht, wenn man mir die Gelegenheit dazu gibt, werde ich auch die Magie meines Blutes haben, die Magie, auf die ich ein Anrecht habe. Versuch nicht, sie mir zu verweigern, Fitz. All diese Jahre über hat mein eigener Bruder sogar verboten, mich nur zu testen. Ich war gut genug, um ihm den Rücken freizuhalten, gut genug, seine Söhne und Enkel zu erziehen. Aber ich war nie gut genug, dass er mir meine rechtmäßige Magie zugestanden hätte.«

Ich fragte mich, wie lange diese Gedanken schon in ihm geschwärt hatten. Dann erinnerte ich mich an seine Aufregung, als Listenreich mir gestattet hatte, mich unterweisen zu lassen, und an seine Frustration, als ich scheinbar versagt hatte und noch nicht einmal mit ihm über meinen Unterricht hatte sprechen wollen. Das war eine sehr, sehr alte Wut, nur dass er sie mir hier und jetzt zum ersten Mal enthüllte.

»Warum jetzt?«, fragte ich ihn in gelassenem Tonfall. »Du hast die Gabenschriften doch schon seit fünfzehn Jahren in Verwahrung. Warum hast du bis jetzt gewartet?« Ich glaubte, die Antwort zu kennen: Er wollte mich in der Nähe haben, um ihm dabei zu helfen. Erneut überraschte er mich.

»Was lässt dich glauben, dass ich gewartet hätte? Aber du hast recht, ich habe mich erst in letzter Zeit eifriger bemüht, denn ich *brauche* diese Magie. Wir haben schon früher davon gesprochen. Ich wusste, dass du mir nicht helfen würdest.«

Da hatte er recht. Aber hätte er mich in diesem Augenblick gefragt, ich hätte ihm nicht sagen können, warum. Ich wich der Frage aus. »Weshalb brauchst du sie ausgerechnet jetzt, wo es im Land verhältnismäßig friedlich zugeht? Warum willst du so viel riskieren?«

»Fitz. Schau mich an. Schau mich an! Ich werde alt. Die Zeit hat ein übles Spiel mit mir gespielt. Als ich noch jung und fähig war, war ich in diesen Kammern eingesperrt, versteckt und machtlos. Nun, da ich die Chance habe, den Weitseher-Thron auf eine solide Grundlage zu stellen, nun, da meine Familie mich am meisten braucht, bin ich alt und schwach. Mein Geist wankt, mein Rücken schmerzt, und ein Schleier legt sich auf meine Erinnerungen. Glaubst du etwa, ich würde das Entsetzen auf deinem Gesicht nicht sehen, wenn ich dir sage, ich müsse erst einmal in meinen Aufzeichnungen nachsehen, bevor ich dir eine Information gebe? Jetzt stell dir mal vor, wie ich mich dabei fühle. Fitz, stell dir vor, wie es ist, seine eigenen Erinnerungen nicht mehr zur Verfügung zu haben. Stell dir vor, wie es ist, nach einem Namen zu suchen oder den Gesprächsfaden mitten in einem Satz zu verlieren. Als du als Junge geglaubt hast, dein Körper würde dich mit seinen Anfällen verraten, warst du vollkommen verzweifelt und am Boden zerstört. Deinen Verstand hast du jedoch immer gehabt. Ich glaube inzwischen, dass ich meinen verliere.«

Das war eine ebenso furchtbare Enthüllung, als hätte ich plötzlich entdecken müssen, dass die Grundfesten der Burg selbst ins Wanken geraten waren. Erst vor Kurzem hatte ich wirklich zu schätzen gelernt, was Chade alles für Kettricken bewältigte. Mir selbst fiel es noch immer schwer, mich in dem feinen Netz aus gesellschaftlichen Verpflichtungen und Ränken zurechtzufinden, die am Hof von Bocksburg herrschten. Als ich ein Junge war, hatte Chade alles für mich interpretiert, was in der Burg vor sich ging, und ich war damit zufrieden gewesen, seinem Wort zu glauben. Nun sah ich das Ganze mit den Augen eines Mannes und fand die höfische Welt erstaunlich kompliziert.

Aber auch faszinierend. Das alles war wie Krähes Steinspiel, nur in einem viel größeren Maßstab. Spielsteine bewegten sich, immer neue Bündnisse wurden geschlossen, und die Waagschale der Macht neigte sich mal hierhin, mal dorthin, manchmal innerhalb weniger Stunden. Das ließ mich nur umso mehr Chades enormes Wissen bewundern, mit dem er Königin Kettricken geschickt durch den Balanceakt der Hofpolitik führte. Alles war miteinander verbunden, und ich kam da nicht mehr mit.

Seit meiner Rückkehr nach Bocksburg hatte ich darüber gestaunt, wie der alte Mann das alles bewältigte, und mich vor dem Tag gefürchtet, da er das nicht mehr können würde. Das alles fiel ihm längst nicht mehr so leicht wie früher. Das Vorhandensein seiner Aufzeichnungen, riesiger Bücher im jamaillianischen Stil gebunden, war ein Hinweis darauf, dass er seinem Gedächtnis nicht mehr vertraute. Insgesamt gab es sechs gleich große Bände in unterschiedlichen Farben: rot, blau, grün, gelb, purpurn und golden, je einen für eine der Sechs Provinzen. Woher er wusste, welche Information in welchen Band gehörte, entzog sich meinem Verständnis. Ein siebter Band, weiß und mit dem Weitseher-Hirsch auf dem Umschlag, enthielt die alltäglichen Details. Dieses Buch zog er am häufigsten zurate und suchte darin nach irgendeinem Gerücht, der Aufzeichnung eines Gesprächs oder dem Bericht eines Spions. Obwohl er diesen geheimen Band in seiner verborgenen Kammer versteckt hatte, verfasste er sämtliche Notizen in seinen eigenen, kryptischen Worten. Er hatte mir keinen Zugriff auf seine Bücher angeboten, und ich fragte ihn auch nicht danach. Ich war sicher, dass sie vieles enthielten, was ich eigentlich gar nicht wissen wollte. Doch wie ich Chade kannte, fürchtete ich, dass das Versagen seines Erinnerungsvermögens mir immer noch nicht erklärte, was er da tat. »Ich weiß, dass es für dich in letzter Zeit recht schwer gewesen ist. Ich habe mir Sorgen um dich gemacht.

Aber warum willst du dich dann noch mehr belasten, indem du versuchst, die Gabe zu erlernen?«

Er ballte die Fäuste auf dem Tisch. »Wegen dem, was ich gelesen habe. Wegen dem, was du mir von deinen Taten erzählt hast. In den Texten heißt es, ein Gabennutzer könne seinen eigenen Körper heilen, seine Lebensspanne verlängern. Wie alt war diese Krähe, mit der du gereist bist? Zweihundert Jahre? Dreihundert? Und sie war noch immer stark genug für einen Winter in den Bergen. Du hast mir selbst gesagt, dass du deinen Wolf mit der Gabe wieder geheilt hast, zumindest für eine gewisse Zeit. Wenn ich mich dir öffnen könnte, würdest du dann das Gleiche für mich tun? Oder wenn du dich weigern solltest – wie ich glaube –, könnte ich es dann nicht selber tun?«

Als müsse er mir beweisen, wie entschlossen er war, schnappte er sich die Tasse und leerte sie in einem Zug. Dann würgte und spie er. Seine Lippen waren noch nass von dem dunklen Trank, als er nach dem Weinglas griff und es in einem Zug leerte. »Wie ich sehe, fühlst du dich nicht bemüßigt, sofort aufzuspringen und mir deine Hilfe anzubieten«, bemerkte er verbittert, als er sich den Mund abwischte.

Ich seufzte. »Chade. Ich kenne die Grundlagen ja kaum gut genug, um den Prinzen zu unterrichten. Wie könnte ich dir dann anbieten, dich in einer Magie zu unterweisen, die ich selber kaum verstehe? Was, wenn ich …?«

»Das war schon immer deine größte Schwäche, Fitz. Dein ganzes Leben lang. Du bist zu vorsichtig. Du hast nicht genug Ehrgeiz, keine Ambitionen. Listenreich hat das an dir gefallen. Er hat dich nie gefürchtet wie zum Beispiel mich.«

Während ich ihn schmerzerfüllt anstarrte, redete er weiter; offenbar hatte er gar nicht bemerkt, was für einen Schlag er mir versetzt hatte. »Ich habe auch nicht erwartet, dass du es gutheißen würdest – nicht dass ich deine Zustimmung benötigen würde. Ich glaube, es ist das Beste, wenn ich die

Ränder dieser Magie allein erkunde. Wenn ich die Tür dann erst einmal geöffnet habe, nun, dann werden wir ja sehen, was du von deinem alten Mentor denkst. Ich glaube, ich werde dich überraschen, Fitz. Ich glaube, dass ich das Talent dafür habe, vielleicht schon mein ganzes Leben lang. Du selbst hast mich auf die richtige Spur geführt, als du von Dicks Musik gesprochen hast. Ich kann sie hören – glaube ich jedenfalls. Am Rand meines Geistes ist sie da, kurz bevor ich einschlafe. Ich denke, ich habe die Gabe.«

Ich wusste nicht, was ich erwidern sollte. Er wartete darauf, dass ich auf sein Verlangen reagierte. Ich konnte jedoch nur daran denken, was er über meine Ambitionen gesagt hatte. Ich glaubte nicht, dass ich zu wenig davon besaß. Nur hatte ich nie nach den Zielen gestrebt, die er für mich gesetzt hatte. Also wuchs das Schweigen zwischen uns und wurde immer unangenehmer. Als Chade es schließlich brach und radikal das Thema wechselte, machte das alles nur umso schlimmer.

»Nun, wie ich sehe, hast du mir nichts zu sagen. Also …« Er rang sich ein Lächeln ab und erkundigte sich: »Wie ergeht es deinem Jungen in seiner Lehre?«

Ich stand auf. »Schlecht. Ich nehme an, dass es ihm wie seinem Möchtegernvater an Ehrgeiz mangelt. Gute Nacht, Chade.«

Ich verbrachte den Rest der Nacht in meiner Dienerkammer. Ich schlief nicht. Ich wagte es nicht. In letzter Zeit mied ich mein Bett; nur wenn Erschöpfung mich zu überwältigen drohte, legte ich mich hin. Das lag nicht nur daran, dass ich die Nachtstunden dafür nutzen musste, die Gabenschriften zu studieren, sondern hatte auch damit zu tun, dass ich belagert wurde, kaum dass ich die Augen geschlossen hatte. Vor dem Schlafengehen errichtete ich meine Gabenmauern, und nahezu jede Nacht rannte Nessel dagegen an. Ihre Kraft und ihre Zielstrebigkeit beunruhigten mich. Ich wollte nicht, dass meine Tochter die Gabe benutzte. Ich konnte sie unmöglich nach Bocksburg bringen, um sie zu unterweisen, und ich hatte Angst um sie, wenn sie allein auf Erkundung ging. Ich glaubte, wenn ich sie einmal durchlassen würde, würde ich sie nur ermutigen, es weiter mit der Magie zu versuchen. Wahrscheinlich wusste sie nicht, dass sie die Gabe benutzte. Solange sie glaubte, einfach nur zu einem Traumgefährten hinauszugreifen, konnte ich vielleicht ihre Sicherheit garantieren. Wenn ich nur einmal reagieren, sie einmal zurückstoßen würde, fürchtete ich, sie könnte herausfinden, wer ich war und wo ich mich aufhielt. Es war besser, sie unwissend zu lassen. Vielleicht würde sie es irgendwann aufgeben. Vielleicht würde sie etwas finden, das sie von mir ablenkte, einen netten jungen Mann oder ein interessantes Handwerk. Das hoffte ich zumindest. Aber jeden Morgen stand ich nahezu genauso erschöpft auf, wie ich zu Bett gegangen war.

Der Rest meines privaten Lebens war ebenso frustrierend. Meine Bemühungen, mit Harm zu sprechen, verliefen genauso erfolglos, wie Chades Versuche, ein Treffen mit Dick zu arrangieren. Harm war völlig von Svanja besessen. Über einen Zeitraum von drei Wochen hinweg verbrachte ich all meine freien Abende im Festsitzenden Schwein in der Hoffnung, Harm einmal allein zu erwischen. Der zugige Schankraum der Taverne und das wässrige Bier förderten überdies nicht gerade meine Geduld mit meinem Sohn. Oft wartete ich vergebens auf ihn, und wenn er dann doch einmal kam, brachte er Svanja mit. Sie war ein hübsches junges Ding mit langen dunklen Haaren und großen Augen, schlank und zart wie eine Weidenrute, und doch strahlte sie auch eine gewisse Zähigkeit aus. Und sie liebte es zu reden. Ich hatte kaum Gelegenheit ein Wort zu sagen, geschweige denn Harm einmal unter vier Augen zu sprechen. Harm saß neben ihr und sonnte sich in ihrer Schönheit, während sie mir eine Unmenge über sich selbst, ihre Eltern und ihre Zukunftspläne erzählte und was sie von Harm, Burgstadt und dem Leben im Allgemeinen hielt. Aus ihren Erzählungen schloss ich, dass ihre Mutter allmählich ihrer starrsinnigen Tochter überdrüssig geworden war und sich freute, dass sie endlich einen jungen Mann mit gar nicht mal so schlechten Aussichten gefunden hatte. Die Meinung ihres Vaters in Bezug auf Harm war bei Weitem nicht so wohlwollend, aber Svanja ging davon aus, dass sie ihn schon bald auf ihre Seite ziehen würde – oder auch nicht. Wenn er ihre eigene Wahl nicht akzeptieren könne, so erklärte sie, solle er sich besser aus ihrem Leben heraushalten. Das waren kühne Gefühle, die einer jungen, unabhängigen Frau wohl anstanden. Aber ich war auch ein Vater, und Harms Wahl hatte mich alles andere als überzeugt. Svanja selbst schien es nicht im Mindesten zu kümmern, was und wie ich über sie dachte. Tatsächlich gefiel mir ihr Mut; die Missachtung meiner Gefühle allerdings nicht.

Schließlich kam ein Abend, da Harm allein die Taverne betrat, doch mein einziges Vieraugengespräch mit ihm verlief alles andere als befriedigend. Er war mürrisch, weil Svanja nicht bei ihm war, und er beschwerte sich bitterlich, dass ihr Vater immer sturer geworden sei und sie nun zwinge, die Abende zu Hause zu verbringen. Der Mann wollte ihm einfach keine Chance geben. Als ich mit Gewalt das Gespräch auf Harms Lehre lenkte, wiederholte er nur, was er mir bereits gesagt hatte. Er war unzufrieden damit, wie man ihn bei der Arbeit behandelte. Gindast hielt ihn für einen Tollpatsch und verspottete ihn vor den Gesellen. Die gaben ihm nur die langweiligsten Aufgaben, aber keine Gelegenheit, sich zu beweisen. Doch als ich ihn nach Beispielen dafür fragte, die er mir dann auch bereitwillig gab, erschien mir Gindast zwar als fordernder, aber keineswegs ungerechter Meister.

Harms Beschwerden überzeugten mich keinesfalls davon, dass er schlecht behandelt wurde. Tatsächlich hatte ich langsam einen ganz anderen Eindruck gewonnen. Harm war in Svanja verliebt, und sie war alles, worauf er sich konzentrierte. Viele seiner sich wiederholenden Fehler und sein häufiges Zuspätkommen konnten auf diese weibliche Ablenkung zurückgeführt werden. Ich war sicher, dass Harm mehr bei der Sache und vielleicht sogar zufrieden mit seiner Lehre gewesen wäre, hätte er Svanja nie kennengelernt. Ein strengerer Vater hätte ihm nun wohlmöglich verboten, das Mädchen zu sehen. Ich tat das nicht. Manchmal glaubte ich, das läge daran, dass ich mich noch zu gut an all die Verbote erinnerte, die man mir aufgelegt hatte; dann wiederum fragte ich mich, ob ich schlicht Angst hatte, dass Harm mir nicht gehorchen würde.

Ich besuchte auch Jinna. Als der Feigling, der ich war, betrat ich ihr Haus aber nur, wenn Pony und Wagen darauf hindeuteten, dass ihre Nichte ebenfalls anwesend war. Ich wollte unsere blinde Lust dämpfen, auch wenn ihr warmes Bett gleichzeitig eine große Versuchung darstellte, der ich kaum widerstehen konnte. Ich versuchte es. Jedes Mal, wenn ich ihr einen Besuch abstattete, blieb ich nur kurz und entschuldigte mich dann damit, dass ich noch etwas für meinen Herrn zu erledigen hätte. Das erste Mal schien Jinna diese Geschichte einfach zu akzeptieren. Beim zweiten Mal erkundigte sie sich dann, wann ich damit rechne, einen Nachmittag freizuhaben. Diese Frage stellte sie mir in Gegenwart ihrer Nichte, und in ihren Augen stand noch ganz etwas anderes zu lesen. Ich wich ihr aus und erklärte, mein Herr sei recht kapriziös und wolle mir keine feste Zeit nennen, wann ich denn einmal freihätte. Ich kaschierte diese Lüge mit einem Kompliment, und sie nickte mitfühlend.

Als ich sie zum dritten Mal besuchte, war ihre Nichte nicht daheim. Sie war einer Freundin helfen, die gerade eine schwere Geburt hinter sich gebracht hatte. Jinna erzählte mir das, nachdem sie mich mit einer warmen Umarmung und einem anhaltenden Kuss begrüßt hatte. Im Angesicht ihrer Leidenschaft schmolz mein Entschluss, mich zurückzuhalten, dahin wie Eis in der Sonne. Ohne weiteres Vorspiel verriegelte sie die Tür hinter mir, ergriff meine Hand und führte mich zur Schlafkammer. »Einen Augenblick«, sagte sie an der Schwelle, und ich blieb stehen. »Jetzt komm rein«, sagte sie, und als ich den Raum betrat, sah ich, dass das Amulett von einem schweren Schal verdeckt war. Jinna atmete tief ein, wie ein hungriger Mann in Erwartung eines üppigen Mahls, und plötzlich sah ich nur noch das Schwellen ihrer Brust in dem engen Mieder. Ich sagte mir, das sei ein dummer Fehler, aber ich beging ihn trotzdem – und das mehrere Male. Als wir dann beide erschöpft nebeneinanderlagen und Jinna mit dem Kopf auf meiner Schulter döste, beging ich sogar einen noch weit dümmeren Fehler.

»Jinna«, fragte ich leise, »glaubst du, das ist klug, was wir hier tun?«

»Klug, dumm«, antwortete sie verschlafen. »Was bedeutet das schon? Es schadet niemandem.«

Ihre Frage war leichthin gestellt, doch ich beantwortete sie ernst. »Ich glaube, es bedeutet schon etwas, und vielleicht schadet es auch.«

Jinna stieß einen tiefen Seufzer aus, setzte sich auf und wischte sich die zerzausten Locken aus dem Gesicht. Sie blickte mich mit ihren kurzsichtigen Augen an. »Tom. Warum bist du so fest entschlossen, aus dem Ganzen eine komplizierte Angelegenheit zu machen? Wir sind beide erwachsen, keiner von uns ist gebunden, und ich habe dir versprochen, dass ich kein Kind von dir bekommen werde. Warum sollten wir einander nicht schlicht und ehrlich Freude spenden, solange wir noch können?«

»Für mich ist das vielleicht nicht ganz so schlicht und ehrlich.« Ich suchte nach Worten, um ihr meine Gründe plausibel zu machen. »Ich tue, was ich Harm als Unrecht gelehrt habe: Ich liege bei einer Frau, der ich nicht verschworen bin. Würde er mir sagen, dass er mit Svanja getan hätte, was wir getan haben, ich würde ihn heftig tadeln und ihm sagen, er habe kein Recht …«

»Tom«, unterbrach sie mich. »Wir stellen Regeln für unsere Kinder auf, um sie zu beschützen. Wenn wir erwachsen sind, kennen wir die Gefahren und wählen selbst, welche Risiken wir eingehen wollen und welche nicht. Wir beide sind keine Kinder mehr. Keiner von uns hat den anderen getäuscht. Vor was für einer Gefahr fürchtest du dich hier, Tom?«

»Ich … ich fürchte mich davor, was Harm von mir denken würde, sollte er es herausfinden. Es gefällt mir nicht, ihn zu hintergehen, und genau das mache ich, wenn ich tue, was ich ihm verboten habe.« Ich blickte an ihr vorbei, als ich hinzufügte: »Und ich wünschte, da wäre mehr als nur … Erwachsene, die um der Freude willen Risiken eingehen.«

»Ich verstehe. Nun, mit der Zeit wird das vielleicht so sein«, bot sie mir an, doch ein verletzter Unterton lag in ihrer Stimme. Da wusste ich, dass sie sich wohlmöglich *selbst* etwas vorgemacht hatte, was unsere Beziehung betraf.

Was hätte ich darauf erwidern sollen? Ich weiß es nicht. Ich fiel wieder in die Rolle des Feiglings zurück und sagte: »Mit der Zeit vielleicht.« Aber ich glaubte meinen eigenen Worten nicht. Wir blieben noch ein wenig liegen und standen dann auf, um gemeinsam eine Tasse Tee am Kamin zu trinken. Als ich Jinna schließlich sagte, dass ich gehen müsse, und dann noch einmal die lahme Entschuldigung vorbrachte, dass ich nicht wisse, wann ich wieder freibekäme, wandte sie den Blick ab und sagte: »Nun denn, Tom Dachsenbless, komm, wann immer dir der Sinn danach steht.«

Mit diesen Worten gab sie mir einen Abschiedskuss. Nachdem sich ihre Tür hinter mir geschlossen hatte, blickte ich zu den hellen Sternen der Winternacht hinauf und seufzte. Als ich den langen Weg zur Burg antrat, fühlte ich mich schuldig. Auf gewisse Weise betrog ich Jinna. Zwar leistete ich ihr keine falschen Liebesschwüre, aber ich bezweifelte, dass ich je mehr für sie empfinden würde als jetzt. Das Schlimmste war, dass ich mir selbst noch nicht einmal versprechen konnte, sie niemals wiederzusehen, obwohl unsere lüsterne Freundschaft alles war, was ich ihr je würde bieten können. Ich dachte nicht gerade gut von mir, und als mir bewusst wurde, dass Harm wohlmöglich ahnte, dass ich mit Jinna von Zeit zu Zeit das Bett teilte, fühlte ich mich noch schlechter. Ich war ein armseliges Beispiel für meinen Jungen, und der Weg zurück zur Burg war in dieser Nacht sehr kalt und düster.

Kapitel 9

STEINSPIELWETTE

Wenn jemand, der die Gabe nutzt, an Stärke und Können gewinnt, wachsen auch die Verlockungen der Gabe. Ein guter Lehrmeister wird seine Kandidaten genau im Auge behalten, streng mit seinen Schülern sein und erbarmungslos mit seinen Gesellen. Viel zu viele Gabennutzer sind an die Gabe selbst verloren gegangen. Warnzeichen dafür, dass ein Schüler von der Gabe in Versuchung geführt wird, sind zum Beispiel Abgelenktheit und Reizbarkeit bei der Erfüllung der täglichen Aufgaben. Wenn solch ein Schüler die Gabe benutzt, wird er mehr Kraft aufwenden, als für die Aufgabe notwendig ist, einfach nur aus Freude über die Kraft, die durch ihn hindurchfließt, und er wird freiwillig mehr Zeit in Gabentrance verbringen, als er müsste. Der Lehrmeister sollte auf solche Schüler achtgeben und sie rasch für ihr Verhalten tadeln. Es ist besser, früh grausam zu sein, als sich vergebens zu mühen, einen Schüler zurückzurufen, der sabbernd und murmelnd vor einem sitzt, bis sein Leib vor Hunger und Durst vergeht.

KNIEBAUMS ÜBERSETZUNG VON: »PFLICHTEN EINES GABENLEHRERS«

Die Wintertage kamen und gingen so erbarmungslos wie die Gezeiten an den Stränden von Burgstadt und verliefen genauso monoton. Das Winterfest rückte immer näher, jenes Fest, das sowohl die längste Nacht als auch die dann wieder länger werdenden Tage ankündigt. Einst hätte ich mich darauf gefreut, doch nun hatte ich viel zu viel zu tun. In den Morgenstunden war ich der Lehrer des Prinzen, und den Großteil des restlichen Tages spielte ich den Diener von Fürst Leuenfarb. Dieser hatte zwei Lakaien angestellt, die sich um seine Garderobe kümmerten und ihm das Frühstück holten. Von mir erwartete man immer noch, mit ihm auszureiten und ihn bei gesellschaftlichen Ereignissen zu begleiten. Die Leute gewöhnten sich langsam daran, mich an seiner Seite zu sehen, und so folgte ich ihm wie ein Schatten, obwohl sein angeblich verstauchter Knöchel inzwischen wieder »verheilt« war. Das war nützlich für mich. Bisweilen fühlte Leuenfarb einem Edelmann im Laufe eines Gesprächs auf den Zahn, wie er über den Handel mit den Fernholmern dachte oder die Verteilung der Handelsprivilegien. So bekam ich viele persönliche Meinungen mit und sammelte Informationen, um sie an Chade weiterzugeben.

Fürst Leuenfarb zeigte auch Interesse an der Alten Macht und erkundigte sich über diese seltsame Magie. Die Bosheit der Antworten, die er von einigen erhielt, war selbst für mich erschreckend. Der Hass auf diese Art von Magie war tief verwurzelt und jenseits aller Logik. Wenn Leuenfarb fragte, was diese Magie denn Böses tue, antwortete man ihm, dass die Zwiehaften einfach alles täten, sie paarten sich mit Tieren, sprachen mit ihnen und verfluchten die Herden ihrer Nachbarn. Angeblich vermochten Zwiehafte, sich als Tiere zu tarnen, um sich so jenen zu nähern, die sie in ihrer Tiergestalt verführen oder gar vergewaltigen und umbringen wollten. Einige sprachen sich offen gegen die Nachsicht der Königin gegenüber der Tiermagie aus und erklärten Fürst Leuenfarb, früher, als man die Zwiehaften einfach so hatte beseitigen können, sei es besser in den Sechs Provinzen gewesen. Oh, ich lernte weit mehr über die Intoleranz meines Volkes, als ich wissen wollte, wenn ich des Abends als Diener an der Seite meines Herrn unterwegs war. In den Stunden, die er mir freigab, versuchte ich, aus den Gabenschriften zu lernen. Öfter als ich zugeben wollte, vernachlässigte ich jedoch meine Studien und ging stattdessen nach Burgstadt, um mich mit meinem Jungen zu treffen. Manchmal erhaschte ich einen kurzen Blick auf Harm, wie er Jinnas Haus verließ und zu Svanja ging. Unsere Gespräche beschränkten sich auf kurze Begrüßungen und seine leeren Versprechungen, zeitig nach Hause zu kommen, um sich in Ruhe mit mir zu unterhalten. Oft genug sah ich einen spekulativen Ausdruck auf seinem Gesicht, wenn er mich und Jinna zusammen beobachtete, und genauso oft war ich froh, dass er nicht so früh nach Hause kam, wie er versprochen hatte.

Ich schwebte in der Gefahr, in einer vielleicht nicht ganz bequemen, aber zumindest vorhersehbaren Routine zu versinken. Trotz meiner festen Absicht, stets wachsam nach den Gescheckten Ausschau zu halten, wirkten ihr fortgesetztes Schweigen und ihr Nichtstun einschläfernd auf mich. Fast wagte ich zu hoffen, dass Lutwin an seinen Verletzungen gestorben war. Vielleicht hatten sich seine Anhänger zerstreut, und die Bedrohung bestand nicht mehr. Trotz der Art, wie sie mich in jener Nacht auf dem Weg zur Bocksburg hinauf terrorisiert hatten, fiel es mir zunehmend schwerer, angesichts ihres Schweigens ständig wachsam zu bleiben. Von Zeit zu Zeit befragte mich Chade nach den Ergebnissen meiner Aufklärungsarbeit in diese Richtung, doch ich hatte ihm nichts zu berichten. Soweit ich feststellen konnte, hatten die Gescheckten uns vergessen.

Gentil Bresinga spionierte ich regelmäßig aus, doch noch immer hatte ich nichts entdeckt, was meinen Verdacht gegen ihn bestätigt hätte. Er schien einfach nur ein niederer Adliger zu sein, der an den Hof gekommen war, um seinen Status zu verbessern. Auch von seiner Katze fand ich keine Spur in den Ställen. Oft ritt er in Begleitung seines Stallburschen aus, aber bei den wenigen Gelegenheiten, da ich ihn dabei beschattete, schien er einfach nur seinem Pferd ein wenig Bewegung zu verschaffen. Mehrere Male durchsuchte ich seine Gemächer, fand aber nichts Interessanteres als eine kurze Nachricht seiner Mutter, in der sie ihm versicherte, es gehe ihr gut und dass »wir uns freuen, dass deine Freundschaft zu dem jungen Prinz Pflichtgetreu wächst und gedeiht«. Tatsächlich wuchs und gedieh seine Freundschaft mit dem Prinzen, und das trotz meiner häufigen Ermahnungen, dass Pflichtgetreu ihm mit Vorsicht begegnen solle. Chade und ich hatten darüber diskutiert. Beide hätten wir es gerne gesehen, wenn ihrer Verbindung ein Ende gemacht werden würde; gleichzeitig fragten wir uns jedoch, wie jene vom Alten Blut das auffassen würden.

Wir hatten keinerlei direkten Kontakt zu einer Gruppe der Zwiehaften, weder zu jenen vom Alten Blut noch zu den Gescheckten. »Wir haben unseren Teil des Handels eingehalten«, bemerkte Chade einmal mürrisch mir gegenüber. »Seit der Prinz zu uns zurückgekehrt ist, ist kein Zwiehafter in den Bocksmarken mehr hingerichtet worden. Vielleicht war das alles, was sie wollten. Und was die Gescheckten ihnen antun … Nun, wir können nichts daran ändern, solange sie sich bei uns nicht beschweren. Alles scheint irgendwie im Sande verlaufen zu sein, und doch fürchte ich tief in meinem Herzen, dass das nur die Ruhe vor dem Sturm ist. Sei vorsichtig, Junge. Sei vorsichtig.«

Chade hatte recht, was die öffentlichen Exekutionen betraf. Königin Kettricken hatte das einfach mit der Anordnung erreicht, dass überhaupt kein Verbrecher in den Bocksmarken hingerichtet werden dürfe, es sei denn auf königlichen Befehl, und selbst dann sollten solche Hinrichtungen in der Burg stattfinden. Bis jetzt hatte keine Stadt eine Hinrichtung beantragt. Allein der Papierkram reichte oftmals schon aus, um auch das glühendste Verlangen nach Rache erkalten zu lassen. Aber während die Zeit verging und wir nichts von den Gescheckten hörten, empfand ich keine Erleichterung, sondern nach wie vor Sorge. Selbst wenn die Gescheckten uns nicht mehr belästigten, so wussten doch viel zu viele vom Alten Blut, dass unser Prinz zu den Zwiehaften zählte. Das war ein Hebel, den sie jederzeit gegen uns nutzen konnten. Misstrauisch beobachtete ich fremde Tiere und war froh über Gilly, das Frettchen, das in der Burg patrouillierte.

Dann kam eine Nacht, die meine Wachsamkeit wieder erhöhte. Ich war hinunter nach Burgstadt gegangen. Als ich an Jinnas Tür klopfte, sagte mir ihre Nichte, dass sie ausgegangen sei, um ein paar Zauberamulette bei einer Familie abzuliefern, deren Ziegen mit Räude geschlagen waren. Insgeheim fragte ich mich, ob Jinnas Zauber gegen so etwas überhaupt wirkten, sagte aber nichts dergleichen, sondern bat Jinnas Nichte nur, ihr zu sagen, dass ich da gewesen sei. Als ich mich nach Harm erkundigte, machte sie ein missbilligendes Gesicht und sagte, dass ich ihn vielleicht im Festsitzenden Schwein »mit diesem Hirschhorn-Mädchen« finden würde. Ihre Verachtung für die Gefährtin meines Sohnes tat mir weh. Während ich in der kalten Winternacht zum Festsitzenden Schwein ging, dachte ich darüber nach, welche Schritte ich unternehmen würde. Harms leidenschaftliches Werben um das Mädchen war weder ausgewogen noch angemessen. Aber aus ebendiesem Grunde bezweifelte ich, dass er auf mich hören würde, wenn ich ihm sagte, dass er sein Temperament ein wenig zügeln solle.

Doch als ich den zugigen Schankraum des Festsitzenden Schweins betrat, sah ich weder Harm noch Svanja. Kurz fragte ich mich, wo sie wohl sein mochten, wurde aber rasch abgelenkt, als ich Laurel an einem der schmutzigen Tische sitzen sah. Die Jagdmeisterin der Königin trank allein. Ich verzog das Gesicht, denn ich wusste, dass Chade ihr einen

Leibwächter zugeteilt hatte. Während ich zu ihr hinüberblickte, kam der Schankbursche und schenkte ihr nach. Die tollkühne Art, in der sie ihren Krug hob, verriet mir, dass das heute nicht der erste war.

Ich bestellte mir ein Bier und musterte die Gäste im Schankraum. Zwei Männer und eine Frau an einem Ecktisch waren so positioniert, dass sie die Jagdmeisterin beobachten konnten. Doch kaum fragte ich mich, ob sie wohl üble Absichten hegten, stand das Paar der Gruppe auf, wünschte dem verbliebenen Mann Lebewohl und schlenderte davon, ohne auch nur einen Blick zurückzuwerfen. Der zurückgebliebene Mann winkte eine Schankmaid an seinen Tisch. Für mich sah es so aus, als würde er etwas Wärmeres als Bier von ihr kaufen wollen. Sein flegelhaftes Benehmen beruhigte mich.

Ich durchquerte den vollen Schankraum. Laurel erschrak, als ich meinen Krug auf ihren Tisch stellte; dann wandte sie sich unglücklich ab, als ich mich auf die Bank neben sie setzte. Ich sprach leise.

»Das ist nicht gerade der Ort, wo man die Jagdmeisterin der Königin beim Trinken erwarten würde.« Ich ließ meinen Blick demonstrativ durch den schmuddeligen Raum schweifen und fragte dann: »Wo ist dein Gehilfe heute Abend?« Ich hatte Chades Mann ein-, zweimal kurz gesehen. Allein seine Muskelberge vermochten jeden potenziellen Angreifer schon abzuschrecken. Von seinem Verstand hielt ich weniger, besonders in diesem Augenblick. »Findest du es nicht ein wenig unklug, Burgstadt ohne ihn zu besuchen?«

»Unklug? Wo ist denn dein Aufpasser? Du schwebst in größerer Gefahr als ich«, entgegnete sie bitter. Ihre Augen waren rot unterlaufen, aber ob vom Weinen oder vom Trinken, das vermochte ich nicht zu sagen.

Ich sprach weiterhin leise. »Vielleicht bin ich diese Art von Gefahr eher gewohnt.«

»Nun, das mag wohl sein. Ich weiß wenig genug darüber, woran du gewöhnt bist und woran nicht. Aber was mich betrifft, so hege ich nicht die Absicht, mich daran zu gewöhnen oder nur noch mit der Angst im Nacken meine Entscheidungen zu treffen.« Laurel sah müde aus, und um ihren Mund und in den Augenwinkeln sah ich Falten, an die ich mich nicht erinnern konnte. Furcht war ihr ständiger Begleiter gewesen, auch wenn sie das jetzt abtat.

»Hat es noch weitere Drohungen gegeben?«, erkundigte ich mich.

Sie lächelte. »Warum? Reicht dir eine nicht?«

»Was ist passiert?«

Sie schüttelte den Kopf und trank den Rest ihres Biers. Ich winkte dem Schankburschen, uns noch etwas zu bringen. Nach einem Augenblick sagte Laurel: »Die erste war nichts, was irgendjemand überhaupt als Drohung erkannt hätte. Nur ein Lorbeerzweig an meiner Pferdebox. Er hing an einer kleinen Schlinge.« Fast unwillig fügte sie hinzu: »Da war auch eine Feder, in vier Teile geschnitten und angesengt.«

»Eine Feder?«

Es dauerte eine Weile, bis sie beschloss, mir zu antworten. »Jemand, der mir sehr nahesteht, ist mit einer Gans verschwistert.«

Einen Moment lang glaubte ich, mein Herz würde stehen bleiben. »Also haben sie dir gezeigt, dass sie dich sehr wohl innerhalb der Burgmauern erreichen können«, sagte ich.

Laurel nickte, als der Junge unsere Krüge auffüllte. Ich gab ihm eine Münze, und er ging wieder. Laurel schnappte sich sofort ihren Krug, und Bier schwappte über den Rand und auf ihre Hand. Sie war ein wenig betrunken.

»Haben sie irgendetwas von dir gefordert? Oder haben sie dir schlicht zeigen wollen, dass sie zu dir gelangen können?«

»Sie haben recht deutlich etwas von mir gefordert.«

»Wie?«

»Eine kleine Schriftrolle bei meinem Pferdeputzzeug. Jeder im Stall weiß, dass ich mich selbst um Weißschopf kümmere. Die Nachricht war einfach: Wenn ich wüsste, was gut für mich wäre, würde ich dein schwarzes Pferd und Fürst Leuenfarbs Malta nachts im abgelegensten Bereich lassen.«

Kälte breitete sich von meinem Magen im ganzen Körper aus. »Das hast du doch nicht getan, oder?«

»Natürlich nicht. Stattdessen habe ich einen vertrauenswürdigen Stallburschen dafür eingeteilt, die beiden vergangene Nacht zu bewachen.«

»Dann ist die Nachricht also ganz neu?«

»Oh ja.« Laurel nickte heftig.

»Und du hast es der Königin gesagt?«

»Nein. Ich habe es niemandem gesagt.«

»Aber warum nicht? Wie sollen wir dich beschützen, wenn wir nicht wissen, dass du bedroht wirst?«

Sie schwieg eine Zeit lang. Dann sagte sie: »Ich wollte nicht, dass sie glauben, sie könnten mich gegen die Königin benutzen. Ich sollte mich selbst beschützen, Tom, nicht mich unter den Röcken der Königin verstecken und meine Furcht auf sie übertragen.«

Das war tapfer – und dumm. Ich behielt meine Gedanken für mich. »Was ist passiert?«

»Mit ihnen? Nichts. Aber Weißschopf lag am nächsten Morgen tot in ihrer Box.«

Einen Augenblick lang verschlug es mir die Sprache. Weißschopf war Laurels Pferd, eine willige und aufgeschlossene Kreatur, die der ganze Stolz der Frau gewesen war.

Als ich schwieg, starrte Laurel mich böse an. »Ich weiß, was du denkst.« Sie senkte die Stimme zu einem hässlichen, spöttischen Flüstern. »›Sie ist keine Zwiehafte. Das Pferd war nicht mehr als nur ein Pferd, nur ein Ding, das sie geritten hat.‹ Aber das ist nicht wahr. Ich habe Weißschopf von klein auf großgezogen, und sie war meine Freundin, nicht nur mein Reittier. Wir mussten nicht unseren Geist teilen, um im Herzen miteinander verbunden zu sein.«

»Ich habe nichts dergleichen gedacht«, sagte ich sehr ruhig. »Ich habe viele Tiere zu meinen Freunden gezählt, und das ohne über die Alte Macht mit ihnen verschwistert zu sein. Jeder, der dich schon einmal mit Weißschopf gesehen hat, weiß, dass das Pferd dich förmlich angebetet hat.« Ich schüttelte den Kopf. »Die Vorstellung macht mich krank, dass du unsere Pferde beschützt und deines dafür bezahlen musste.«

Ich wusste nicht, ob sie mich überhaupt gehört hatte. Sie starrte beim Sprechen auf die zerkratzte Tischplatte. »Sie ... sie ist langsam gestorben. Sie haben ihr etwas gegeben, irgendwie, das in ihrem Hals stecken geblieben ist und sie erstickt hat, während es immer größer wurde. Ich denke ... nein, ich *weiß*, dass das ihre Art war, mich zu verspotten, weil ich aus einer zwiehaften Familie stamme, die Magie aber nicht in mir habe. Hätte ich sie gehabt, hätte ich gewusst, dass sie in Schwierigkeiten steckt. Ich wäre zu ihr gelaufen und hätte sie noch retten können. Als ich sie gefunden habe, lag sie auf dem Boden ausgestreckt, Schnauze und Brust voller Blut und Speichel ... Sie ist langsam gestorben, Tom, und ich war noch nicht einmal da, um es ihr leichter zu machen oder mich von ihr zu verabschieden.«

Das Entsetzen darüber, dass jemand mit der Alten Macht etwas derart Grausames tun konnte, kam wie eine eisige Flut über mich. Es war jenseits meiner Vorstellungskraft. Ich fühlte mich beschmutzt, weil Menschen, die meine Magie mit mir teilten, zu so etwas fähig waren. Das bestätigte alles, was man den Zwiehaften nachsagte.

Laurel schnappte keuchend nach Luft und drehte sich zu mir um. Ihr Gesicht war von einer Panik gezeichnet, die sie sich nicht eingestehen wollte. Ich hob den Arm, und sie legte den Kopf an meine Brust, als ich sie an mich drückte.

»Es tut mir so leid, Laurel.« Sie weinte nicht, aber ich spürte ihren abgehackten Atem. Sie hatte ihre Ängste offensichtlich fallen gelassen. Sollte es den Gescheckten gelingen, sie zur Weißglut zu treiben, würden sie sich einem weit stärkeren Feind gegenübersehen, als sie erwarteten. Es sei denn, sie töteten sie vorher. Ich veränderte meine Sitzposition. Aus Gewohnheit drehte ich den Rücken zur Wand. Nun schaute ich mich aufmerksam um und suchte nach jemandem, der Laurel hierher hätte folgen können.

In diesem Augenblick sah ich Jinna. Vermutlich war sie in die Taverne gekommen, um mich zu suchen, nachdem sie mit ihrer Nichte gesprochen hatte. Sie stand an der Tür, durch die sie gerade hereingekommen war. Für den Bruchteil einer Sekunde trafen sich unsere Blicke. Sie sah die Frau in meinen Armen, und ihre Augen wurden groß. Wäre sie an den Tisch gekommen, hätte sie wahrscheinlich gesehen, dass ich nur eine Freundin tröstete, doch das tat sie nicht, und ich konnte Laurel ja wohl kaum von mir stoßen, zu Jinna eilen und ihr alles erklären. Ich blickte sie flehentlich an, doch ihr Gesicht nahm einen kalten Ausdruck an. Dann wanderte ihr Blick an mir vorbei, als hätte sie mich nicht gesehen. Schließlich drehte sie sich um und ging hinaus; ihr Rücken sprach Bände.

Mein Herz zog sich schmerzhaft zusammen. Ich tat nichts Falsches, und doch verriet mir Jinnas Haltung, wie verletzt sie war. Ich saß wie ein Häuflein Elend da, während Laurel noch ein paar Mal tief durchatmete und sich dann wieder erholte. Unvermittelt setzte sie sich auf; fast hätte sie mich von sich gestoßen. Ich ließ sie los. Laurel rieb sich die Augen, griff nach ihrem Krug und leerte ihn. Ich hatte meinen kaum angerührt.

»Das ist dumm von mir«, verkündete Laurel plötzlich. »Ich bin hier, weil ich ein Gerücht gehört habe, dass die Zwiehaften sich hier treffen würden. Ich bin in der Hoffnung hergekommen, dass sich einer von ihnen mir nähern würde. Dann hätte ich ihn erschlagen können. Vermutlich wäre aber ich es gewesen, die getötet worden wäre. Ich weiß nicht, wie man auf diese Art kämpft.«

In diesem Moment sah ich etwas Beunruhigendes in ihren Augen. Ihr Blick war berechnend und kalt geworden. »Du solltest das Kämpfen jenen überlassen, die …«, begann ich.

»Sie hätten die Finger von meinem Pferd lassen sollen«, unterbrach sie mich düster, und ich wusste, dass sie mir zu diesem Thema nicht weiter zuhören würde.

»Lass uns nach Hause gehen«, schlug ich vor.

Laurel nickte müde, und wir verließen die Taverne. Die kalten Straßen wurden nur von dem wenigen Licht erhellt, das durch die Fenster fiel. Als wir die Häuser hinter uns ließen und den langen Marsch die dunkle Straße zur Burg hinauf begannen, fragte ich Laurel widerwillig: »Was wirst du jetzt tun? Wirst du Bocksburg verlassen?«

»Wohin sollte ich denn gehen? Soll ich Leid und Gefahren zu meiner Familie nach Hause bringen? Ich denke nicht.« Sie atmete tief ein und seufzte. »Aber ich glaube, du hast recht. Ich kann nicht hierbleiben. Was werden sie als Nächstes tun? Was ist schlimmer, als mein Pferd zu töten?«

Wir beide kannten mehrere Antworten auf diese Frage. Den Rest des Weges gingen wir schweigend nebeneinander her. Laurel war äußerst wachsam. Ich sah, wie sie den Kopf hin und her drehte und auf jedes noch so kleine Geräusch reagierte. Meine Wachsamkeit stand der ihren in nichts nach. Einmal durchbrach ich das Schweigen, um sie zu fragen: »Stimmt es denn, dass die Zwiehaften ins Festsitzende Schwein gehen?«

Sie zuckte mit den Schultern. »Jedenfalls sagt man das von der Taverne. Nun, die Leute sagen das von vielen Spelunken. ›Gut genug für die Zwiehaften‹, heißt es. Den Spruch hast du doch bestimmt schon gehört.«

Hatte ich nicht, aber ich verstaute die Information in meinem Gedächtnis. Vielleicht lag in diesem Gerede ein wahrer Kern verborgen. Gab es wirklich eine Taverne in Burgstadt, in der sich die Zwiehaften trafen? Wer könnte das wissen? Was könnte ich dort erfahren?

Kaum hatten wir die Burgtore durchschritten, da sah ich Laurels »Lehrling« auf uns zueilen. Er machte ein besorgtes Gesicht, und als er mich sah, fletschte er die Zähne. Laurel seufzte und nahm die Hand von meinem Arm. Angetrunken wankte sie auf ihn zu, und er hätte sie beinahe auffangen müssen. Was auch immer sie ihm sagen mochte, er funkelte mich noch einmal kurz an, bevor er Laurel in ihre Gemächer geleitete. Bevor ich mich für die Nacht in meine eigene Kammer zurückzog, machte ich noch eine schnelle Runde durch die Ställe. Meine Schwarze begrüßte mich mit ihrer typischen Zurschaustellung von Gleichgültigkeit. Das konnte ich dem Pferd wohl kaum zum Vorwurf machen; in den letzten Tagen hatte ich nicht viel Zeit für sie gehabt. Tatsächlich war sie für mich »nur ein Pferd«. Ich ritt sie, wenn Fürst Leuenfarb Malta ritt, aber ansonsten überließ ich sie der Obhut der Stallburschen. Plötzlich kam es mir herzlos vor, aber ich hatte keine Zeit, mich mehr um sie zu kümmern. Ich fragte mich, was die Gescheckten wohl vorgehabt hatten. Hätte man unsere Pferde im äußeren Bereich gelassen, wären sie dann gestohlen worden? Oder Schlimmeres?

Aufmerksam schlenderte ich an jeder einzelnen Box vorbei und musterte jeden verschlafenen Stallburschen. Ich sah niemanden, den ich erkannte, und Lutwin lauerte weder unter der Treppe noch vor der Tür. Nichtsdestoweniger entspannte ich mich erst wieder ein wenig, als ich in Chades Turmzimmer war. Er war nicht dort, aber ich ließ einen vollständigen schriftlichen Bericht für ihn zurück.

Am nächsten Tag diskutierten wir den Vorfall, kamen aber nicht wirklich zu einem Schluss. Er würde Laurels Leibwächter dafür tadeln, dass er sie einfach so hatte entwischen lassen. Allerdings fiel ihm keine Möglichkeit ein, ihre Sicherheit noch weiter zu erhöhen, ohne gleichzeitig ihre Bewegungsfreiheit zu beschränken. »Das würde sie ohnehin nicht mitmachen. Es gefällt ihr ja schon nicht, dass ich ihr einen Mann zugeteilt habe. Aber was kann ich denn noch tun, Fitz? Sie ist wertvoll für uns, denn vielleicht wird sie die Gescheckten aus ihren Verstecken locken.«

»Und zu welchem Preis?«, fragte ich ihn in hartem Ton.

»Der Preis wird so klein wie möglich sein«, antwortete er grimmig.

»Warum wollten sie mein Pferd und das von Fürst Leuenfarb?«

Chade hob die Augenbrauen. »Du weißt mehr über die Magie der Zwiehaften als ich. Könnten sie sie verzaubern, sodass sie euch abwerfen oder irgendwie belauschen?«

»So funktioniert die Alte Macht nicht«, antwortete ich müde. »Warum unsere Pferde? Warum nicht das von Prinz Pflichtgetreu? Fast scheint es, als wären der Narr und ich ihr Ziel und nicht der Prinz.«

Chade wirkte verlegen. Mit einem Hauch von Widerwillen in der Stimme sagte er leise: »Ein vorsichtiger Mann würde diesem Gedanken vielleicht folgen und sehen wollen, wohin er führt.«

Ich starrte ihn an und fragte mich, was der alte Assassine mir damit sagen wollte. Er kniff die Lippen zusammen und schüttelte den Kopf, als bedaure er seine Worte. Kurz danach entschuldigte er sich und ging. Nachdenklich saß ich vor dem Feuer.

In den darauffolgenden Tagen war es mir viel zu unangenehm, Jinna einen Besuch abzustatten. Ich weiß, wie dumm das war, aber es war eben so. Ich hatte nicht das Gefühl, als würde ich ihr eine Erklärung schulden, aber ich war sicher, dass sie eine von mir erwartete. Mir fiel keine glaubwürdige

Lüge ein, mit der ich hätte erklären können, warum ich Laurel im Festsitzenden Schwein umarmt hatte. Ich wollte mit Jinna überhaupt nicht über Laurel sprechen. Damit kämen wir gefährlichen Themen viel zu nahe. Deshalb besuchte ich Jinna lieber gar nicht.

Wenn ich dann doch einmal nach Burgstadt hinunterging, besuchte ich Harm an seiner Arbeitsstätte. Unsere Gespräche waren kurz und unbefriedigend. Der Junge schien sich durchaus bewusst zu sein, dass die anderen Lehrlinge uns beobachteten, und so sprach er zwar augenscheinlich mit mir, während er in Wahrheit jedoch den anderen seine Wut auf ihren Meister zeigte. Auch mit seinem ins Stocken geratenen Werben um Svanja war er unzufrieden. Ihr Vater tat alles, um sein Mädchen von Harm fernzuhalten, und weigerte sich, auf der Straße mit ihm zu sprechen. Ich fühlte allerdings, dass ein Teil von Harms Wut auch gegen mich gerichtet war. Er schien zu glauben, dass ich ihn vernachlässigte, aber wenn es darum ging, abends Zeit mit mir zu verbringen, zog er Svanjas Gesellschaft vor. Ich bekräftigte meinen Entschluss, es in Zukunft besser mit Harm zu machen und die Dinge mit Jinna wieder geradezurücken, aber irgendwie vergingen die Tage wie im Flug, und ich fand einfach nicht die Zeit dafür.

In der Burg wurden die Verhandlungen fortgesetzt, die mit der Verlobung des Prinzen in Verbindung standen. Das Winterfest kam und ging, großartiger als man es je in der Burg gesehen hatte. Unsere fernholmischen Gäste genossen es in vollen Zügen. In den darauffolgenden Tagen wurden Handelsvereinbarungen diskutiert, und abends gab es Feste für die Edelleute. Puppenspieler, Barden, Jongleure und andere Schausteller aus den Sechs Provinzen hatten alle Hände voll zu tun. Die Fernholmer wurden zu einem vertrauten Anblick in den Hallen von Bocksburg. Einige von ihnen knüpften richtige Freundschaften, nicht nur mit Edelleuten, sondern auch mit Händlern aus Burgstadt. In der Stadt wurden die uralten Handelswege mit den Äußeren Inseln wiederbelebt. Kauffahrer liefen in den Hafen ein, und Waren wurden gehandelt. Auch Nachrichten gingen hin und her, und es galt nicht länger als gesellschaftlich inakzeptabel, einen Vetter auf den Äußeren Inseln zu haben. Kettrickens Pläne schienen aufzugehen.

Vor allem des Nachts vergnügte sich der Adel in der Burg auf eine Art und Weise, wie ich es noch nie gesehen hatte. Als Diener war ich nahezu unsichtbar, fast wie damals, als ich noch ein kleiner, namenloser Junge gewesen war. Der Unterschied war nur, dass ich Fürst Leuenfarb als Leibdiener bei allem begleitete, was die Gesellschaft bot, sei es nun Spielen, Essen oder Tanzen. Ich sah die Adligen in ihren besten Kleidern und mit ihrem schlechtesten Benehmen. Trunken von Wein oder benebelt vom Rauchkraut, besessen von ihrer Lust oder fanatisch bestrebt, Spielverluste wieder wettzumachen … Sollte ich jemals geglaubt haben, unsere Adligen seien aus edlerem Stoff gemacht als die Fischer und Tischler in den Tavernen von Burgstadt, so verlor ich in jenem Winter meine Illusionen.

Frauen, jung und alt, unvermählt oder verheiratet, scharten sich um den charmanten Fürst Leuenfarb, ebenso wie junge Männer, die erpicht darauf waren, sich als »Freund des jamaillianischen Fürsten« hervorzutun. Es amüsierte mich ein wenig, dass noch nicht einmal Merle oder Fürst Fischer gegen Fürst Leuenfarbs gesellschaftlichen Charme immun waren. Oft gesellten sie sich zu ihm an den Spieltisch. Zweimal kamen sie sogar in Fürst Leuenfarbs Gemächer, um sich mit den anderen Gästen an jamaillianischem Weinbrand zu erfreuen. Es fiel mir schwer, mich in Merles Gegenwart unterwürfig und desinteressiert zu geben. Ihr Gemahl war ein körperlich anziehender Mann, der sie oft an sich heranzog und wie ein kleiner Junge einen Kuss von ihr stahl. Merle tadelte ihn dann jedes Mal scherzhaft ob seines Verhaltens in der Öffentlichkeit, und oft warf sie mir dabei einen Blick zu, als wolle sie auch ja sicherstellen, dass ich sah, wie leidenschaftlich sich ihr Mann um sie bemühte. Bisweilen musste ich förmlich darum kämpfen, einen stoischen Gesichtsausdruck zu bewahren. Es war nicht so, als würden sich mein Herz oder mein Fleisch nach ihr sehnen. Der Schmerz, der mich in solchen Augenblicken überkam, rührte mehr daher, dass sie ihr Glück absichtlich zur Schau stellte, um mich daran zu erinnern, was für ein einsames Leben ich führte. Inmitten dieses fröhlichen Hofstaats mit seinen ausgefeilten Unterhaltungen stand ich einfach nur da, ein stummer Diener, der ihren Vergnügungen lediglich zusehen konnte.

Auf diese Art nahm der lange, dunkle Winter seinen Lauf. Das geschäftige Treiben forderte sowohl vom Prinzen als auch von mir seinen Tribut. Eines frühen Morgens kamen wir beide in den Turm, ohne auch nur die geringste Lust auf irgendwelche Studien oder Übungen zu verspüren. Der Prinz war in der Nacht zuvor lange aufgeblieben und hatte mit Gentil und den anderen jüngeren Adligen gespielt, die sich gerade in der Burg aufhielten.

Ich wiederum hatte genug Verstand besessen, mich zu einer vernünftigeren Zeit ins Bett zu begeben, und tatsächlich hatte ich mehrere Stunden tief geschlafen, bevor Nessel sich wieder in meine Träume eingeschlichen hatte. Ich träumte davon, in einem Fluss zu fischen, wie ich die Hände in das rasch dahinfließende Wasser tauchte und Fische ans Ufer hinter mir warf. Es war ein guter, ein tröstender Traum. Unsichtbar war Nachtauge bei mir. Dann ertasteten meine Finger eine Türklinke unter dem kalten Wasser. Ich tauchte den Kopf hinein, um sie mir anzusehen. Plötzlich öffnete sie sich und zog mich nach drinnen. Triefend nass stand ich in einem kleinen Schlafzimmer. Anhand der schrägen Decke wusste ich, dass ich mich im Dachgeschoss eines Hauses befand. Um mich herum herrschte Stille, und nur eine flackernde Kerze erhellte den Raum. Ich fragte mich, wie ich hierhergelangt war, und drehte mich zur Tür um. Ein Mädchen stand davor, den Rücken entschlossen dagegengepresst und die Arme weit auseinander, um mich davon fernzuhalten. Sie trug ein langes Nachthemd aus Baumwolle, und ihr dunkles Haar hing ihr zu einem einzigen Zopf geflochten über die Schulter. Erstaunt starrte ich sie an.

»Wenn du mich nicht in deine Träume lassen willst, dann werde ich dich in meinen fangen«, bemerkte sie triumphierend.

Ich stand vollkommen still da und schwieg. Irgendwie fühlte ich, dass alles, was ich ihr gab – sei es eine Geste oder ein Wort –, ihren Griff um mich nur verstärken würde. Ich wandte den Blick von ihr ab, denn indem ich sie erkannte, versank ich noch tiefer in ihrem Traum. Stattdessen schaute ich nach unten auf meine Hände. Mit einer seltsamen, freudigen Erregung erkannte ich, dass das nicht meine Hände waren. Das Mädchen hatte mich so hier gefangen, wie sie sich mich vorstellte, nicht wie ich wirklich war. Meine Finger waren kurz und dick und die Handteller schwarz und pelzig wie die Pfoten eines Wolfs.

»Das bin ich nicht.« Ich sprach die Worte laut aus, und sie kamen als merkwürdiges Knurren aus meinem Mund. Ich tastete nach meinem Mund und fand dort eine Schnauze.

»Doch, das bist du!«, versicherte mir das Mädchen, aber ich verblasste bereits, löste mich von der Form, mit der sie geglaubt hatte, mich halten zu können. Die Falle war einfach falsch gebaut. Das Mädchen sprang auf mich zu, packte mich am Handgelenk, musste jedoch feststellen, dass es nur einen leeren Wolfspelz zwischen den Fingern hielt.

»Nächstes Mal werde ich dich fangen!«, erklärte sie wütend.

»Nein, Nessel. Das wirst du nicht.«

Dass ich ihren Namen aussprach, ließ sie erstarren. Sie öffnete den Mund, um mich zu fragen, woher ich ihren Namen kannte, doch ich entfloh ihrem Traum bereits und wachte auf. Ich drehte mich um und öffnete kurz die Augen für die inzwischen vertraute Dunkelheit meiner Dienerkammer. »Nein, Nessel. Das wirst du nicht.« Ich sprach die Worte laut aus, um mir selbst zu versichern, dass sie wahr waren. Den Rest der Nacht hatte ich dann jedoch nicht mehr schlafen können.

Und so blickten Pflichtgetreu und ich am nächsten Morgen im Gabenturm einander vollkommen übermüdet über den Tisch hinweg an. Morgen war es nur dem Namen nach. Der Winterhimmel draußen war schwarz, und die Kerzen auf dem Tisch versuchten vergebens, die Dunkelheit auch aus den Ecken zu vertreiben. Ich hatte ein Feuer im Kamin gemacht, doch es hatte dem Raum noch nicht die Kälte genommen. »Gibt es irgendetwas Schlimmeres, als hundemüde und durchgefroren zugleich zu sein?«, fragte ich Pflichtgetreu rhetorisch.

Er seufzte, und ich hatte das Gefühl, dass er meine Frage noch nicht einmal gehört hatte. Die, die er mir dann stellte, jagte mir eine andere Art von Gänsehaut über den Rücken. »Hast du je die Gabe benutzt, um jemanden etwas vergessen zu lassen?«

»Ich … Nein. Nein, ich habe nie so etwas getan.« Dann fragte ich, obwohl ich die Antwort fürchtete: »Warum fragst du?«

Wieder stieß Pflichtgetreu einen Seufzer aus. »Wenn man sie auf diese Art benutzen könnte, würde das mein Leben im Augenblick um einiges einfacher machen. Ich fürchte, dass ich … dass ich vergangene Nacht etwas zu jemandem gesagt habe, das ich nie … Ich habe es noch nicht einmal so gemeint, aber *sie* …« Todunglücklich brach er ab.

»Fang am besten am Anfang an«, schlug ich ihm vor.

Er atmete tief durch. »Gentil und ich haben mit den Steinen gespielt, und …«

»Mit den Steinen?«

Wieder seufzte er. »Ich habe mir selbst ein Spiel aus Tuch und Spielsteinen gebastelt. Ich dachte, ich würde vielleicht besser darin werden, wenn ich es außer mit dir mit noch jemandem spielen würde.«

Ich schluckte meinen Einwand hinunter. Gab es irgendeinen Grund, warum er seinen Freunden das Spiel nicht beibringen sollte? Mir fiel keiner ein. Trotzdem ärgerte es mich.

»Ich habe ein, zwei Partien mit Gentil gespielt, die er verloren hat. Damit musste er auch rechnen, denn niemand beherrscht das Spiel wirklich sofort. Er erklärte jedoch, dass er genug für den Augenblick habe, dass das nicht seine Art von Spiel sei, und dann ist er aufgestanden, zum Kamin gegangen und hat sich mit jemand anderem unterhalten. Nun, Hochdame Vance hatte uns früher am Abend beobachtet und erklärt, sie wolle es auch lernen, aber wir waren gerade mitten in einer Partie, und so hatten wir keinen Platz für sie. Sie blieb jedoch an unserem Tisch und schaute zu, und als Gentil dann gegangen ist, setzte sie sich auf seinen Platz, anstatt ihm hinterherzugehen, denn sie schien ihm sehr zugetan zu sein. Ich hatte Spielfeld und Steine bereits weggeräumt, doch sie ergriff meine Hand und erklärte, nun sei sie an der Reihe.«

»Hochdame Vance?«

»Oh, du dürftest sie noch nicht kennengelernt haben. Sie ist so um die siebzehn und recht hübsch. Ihr voller Name lautet Avantage, aber sie hält ihn für zu lang. Sie ist sehr freundlich, erzählt lustige Geschichten und … Ich weiß nicht, sie ist mir angenehmer als die meisten anderen Mädchen. Manchmal scheint sie sich gar nicht bewusst zu sein, dass sie ein Mädchen ist, weißt du? Sie benimmt sich nicht so. Herzog Shemshy von Shoaks ist ihr Onkel.« Er zuckte mit den

Schultern. »Wie auch immer … sie wollte also spielen, und als ich sie gewarnt habe, dass sie die ersten Partien vermutlich verlieren würde, sagte sie, das sei ihr egal; tatsächlich wolle sie sogar wetten, dass sie mindestens zwei von fünf Partien gewinnen würde. Eine ihrer Freundinnen hörte das, kam zu uns an den Tisch und fragte, um was wir denn wetten würden. Hochdame Vance antwortete, wenn ich verlieren würde, müsse ich morgen mit ihr ausreiten – das ist heute –, und sollte ich gewinnen, nun, dann könnte ich verlangen, was ich wollte. Und die Art, wie sie das sagte, vermittelte mir den Eindruck, als … nun ja … als wäre ihr Einsatz nicht ganz sittsam gemeint, als könnte ich …«

»Ihr einen Kuss stehlen?«, schlug ich vor. »Oder sonst etwas in der Art?«

»Du weißt, dass ich nicht so weit gehen würde!«

»Wie weit bist du gegangen?« Wusste Chade davon? Oder Königin Kettricken? Wann war das vergangene Nacht passiert? War Wein im Spiel gewesen?

»Ich habe gesagt, wenn sie verlieren würde, müsse sie Gentil und mir im Spiegelsaal das Frühstück servieren und eingestehen, dass Mädchen das Steinspiel nicht meistern könnten.«

»Was? Pflichtgetreu, eine Frau hat mir das Spiel beigebracht!«

»Nun …« Er besaß den Anstand, verlegen dreinzublicken. »Das habe ich nicht gewusst. Du hast gesagt, es sei Teil deiner Ausbildung in der Gabe gewesen. Ich dachte, mein Vater hätte es dir beigebracht. Also … Warte. Dann hat dir also eine Frau bei der Ausbildung in der Gabe geholfen? Ich dachte, nur mein Vater hätte dich sie gelehrt.«

Ich verfluchte meine Sorglosigkeit. »Lassen wir das jetzt«, befahl ich ihm gereizt. »Erzähl erst einmal deine Geschichte zu Ende.«

Er schnaubte und warf mir einen Blick zu, der verhieß,

dass er später wieder auf dieses Thema zu sprechen kommen würde. »Nun gut. Außerdem war nicht ich es, der das zu Elliania gesagt hat, es war Gentil, und …«

»Der was zu Elliania gesagt hat?« Mir sträubten sich die Nackenhaare.

»Das es kein Spiel für den Verstand eines Mädchens sei. Gentil hat das zu ihr gesagt. Gentil und ich haben gespielt, und sie kam zu uns und hat gesagt, dass sie es gerne lernen würde. Aber … Nun, Gentil mag Elliania nicht sonderlich. Er sagt, sie sei genau wie Sydel, dass das Mädchen ihn beleidigt hätte und auf seinen Gefühlen herumgetrampelt sei, dass Elliania nur an einer guten Partie interessiert sei. Deshalb mag er es nicht, wenn sie neben uns steht, wenn wir uns unterhalten oder spielen.« Er zuckte unwillkürlich zusammen, als er mein finsteres Gesicht bemerkte, und fuhr unleidlich fort: »Nein, sie ist nicht wie Hochdame Vance. Elliania ist immer ein Mädchen, sie ist immer so auf Höflichkeit und dergleichen bedacht. Sie ist so korrekt, dass sie immer falschliegt, wenn du verstehst, was ich meine.«

»Das klingt für mich, als wäre sie eine Fremde bei Hofe, die lediglich versucht, sich unseren Sitten und Gebräuchen anzupassen. Aber sprich weiter.«

»Nun. Gentil weiß das – dass sie immer in allem so schrecklich korrekt ist, meine ich. Also wusste er auch, dass er sie am schnellsten loswerden konnte, indem er ihr sagte, in den Sechs Provinzen sei das Steinspiel den Männern vorbehalten. Er erklärte es ihr auf eine Art, die sie als freundlich empfinden musste; sie beherrscht unsere Sprache nicht gut genug und weiß zu wenig über unsere Sitten, als dass sie hätte bemerken können, dass er sich auf übelste Art über sie lustig machte … Schau mich nicht so an, Tom. *Ich* habe das nicht gemacht. Nachdem er damit angefangen hatte, konnte er auch nicht einfach so wieder damit aufhören, ohne es schlimmer zu machen. Wie auch immer. Er hatte ihr gesagt, das Steinspiel sei nur etwas für Männer, und Elliania ist zu ihrem Onkel gegangen. Er würfelte mit ihrem Vater an einem Tisch auf der anderen Seite der Halle. So war sie nicht in unserer Nähe, als Hochdame Vance sich gesetzt hat. Die ersten beiden Partien verliefen genauso, wie ich erwartet hatte. Bei der dritten Partie habe ich einen dummen Fehler begangen, und sie hat gewonnen. Das vierte Spiel habe ich dann wieder gewonnen. Und dann – ich glaube, das darf ich mir selbst zugutehalten – habe ich im Laufe der dritten Partie erkannt, dass man es wohl als ungehörig betrachten würde, sollte sie uns wirklich das Frühstück servieren müssen. Ich meine, Herzog Shemshy hätte das als Beleidigung auffassen können, auch wenn Elliania oder Mutter ihn nicht sonderlich kümmern. So hielt ich es für besser, sie gewinnen zu lassen. Ich würde zwar noch immer mit ihr ausreiten müssen, aber dann könnte ich zumindest dafür sorgen, dass wir nicht allein sind; vielleicht wäre sogar Elliania dabei.«

»Und du hast sie gewinnen lassen«, sagte ich. Meine Zunge wurde schwer.

»Ja. Das habe ich. Zu diesem Zeitpunkt war sie allerdings schon so erfreut darüber, die dritte Partie gewonnen zu haben, dass sich auf ihre Jubelschreie hin eine beachtliche Gruppe um uns versammelt hatte. Nachdem sie dann auch noch die fünfte Partie gewonnen hatte, hat sie sich gar nicht mehr beruhigen können, und eine ihrer Freundinnen sagte zu mir: ›Nun, Königliche Hoheit, wie es scheint, habt Ihr Euch vorhin schwer getäuscht, als Ihr behauptet habt, ein Mädchen könne dieses Spiel nicht meistern.‹ Und ich sagte … Ich wollte nur klug wirken, Tom, ich schwöre, dass ich niemanden beleidigen wollte … Ich sagte …«

»Was hast du gesagt?«, hakte ich nach, als er ins Stocken geriet.

»Nur, dass kein Mädchen es meistern könne, vielleicht aber eine schöne Frau. Alle haben gelacht und die Gläser auf mein Wohl erhoben. Wir haben getrunken und die Gläser dann wieder abgestellt. Erst da habe ich bemerkt, dass Elliania am Rand der Menge stand. Sie hatte nicht mit uns getrunken, und sie sagte kein Wort. Sie starrte mich nur an, keine Regung auf ihrem Gesicht. Dann drehte sie sich um und ging davon. Ich weiß nicht, was sie zu ihrem Onkel gesagt hat, aber er ist sofort aufgestanden und hat den Sieg ihrem Vater überlassen, obwohl eine Menge Münzen auf dem Tisch lagen. Die beiden verließen die Halle und gingen auf direktem Weg in ihre Gemächer.«

Ich lehnte mich auf meinem Stuhl zurück und versuchte, Ordnung in meine Gedanken zu bringen. Dann schüttelte ich den Kopf und fragte: »Weiß deine Mutter schon davon?«

Er seufzte. »Ich glaube nicht. Sie hat sich gestern Abend früh von uns verabschiedet.«

»Oder Chade?«

Pflichtgetreu zuckte zusammen; schon jetzt fürchtete er sich vor der Meinung des alten Ratgebers. »Nein. Auch er hat die Tische früh verlassen. Er wirkt in letzter Zeit oft müde und abgelenkt.«

Das wusste ich nur allzu gut. Langsam schüttelte ich den Kopf. »Das ist nichts, was man mit der Gabe lösen kann, Junge. Es ist am klügsten, sofort damit zu jenen zu gehen, die sich auf die Diplomatie verstehen, und dann zu tun, was sie dir sagen.«

»Was, glaubst du, werden sie von mir verlangen?« Angst schwang in seiner Stimme mit.

»Ich weiß es nicht. Ich glaube, eine direkte Entschuldigung wäre ein Fehler; damit würdest du nur bestätigen, dass du sie beleidigt hast. Aber … Oh, ich weiß es nicht, Pflichtgetreu. Diplomatie hat noch nie zu meinen Talenten gehört. Aber vielleicht fällt Chade ja etwas ein. Irgendeine besondere Aufmerksamkeit, die zeigt, dass du auch Elliania als schön und als Frau betrachtest.«

»Aber das tue ich nicht.«

Ich ignorierte diesen bitteren Widerspruch. »Und vor allem: Reite nicht allein mit Hochdame Vance aus. Ich nehme an, du bist klug genug, ihre Gesellschaft fortan ganz zu meiden.«

Frustriert schlug er mit der Hand auf den Tisch. »Ich kann mich doch nicht vor meiner Wette drücken!«

»Dann geh«, blaffte ich. »Aber wenn ich du wäre, würde ich dafür sorgen, dass Elliania neben mir reitet und dass du dich mit *ihr* unterhältst. Wenn Gentil ein so guter Freund ist, wie du behauptest, kann er dir vielleicht helfen. Bitte ihn, Hochdame Vance von dir abzulenken; lass es so aussehen, als wäre er es, der sie auf diesem Ausritt begleitet.«

»Und was, wenn ich nicht will, dass ihre Aufmerksamkeit von mir abgelenkt wird?«

Jetzt klang er einfach nur stur, so ärgerlich wie Harm bei unserem letzten Treffen. Ich schaute ihn schlicht an, bis er den Blick abwandte. »Du solltest jetzt besser gehen«, sagte ich zu ihm.

»Wirst du mit mir kommen?« Seine Stimme klang sehr leise. »Um mit Mutter und Meister Chade zu sprechen?«

»Du weißt, dass ich das nicht kann, und selbst wenn, denke ich, dass du das allein machen solltest.«

Er räusperte sich. »Und wenn wir heute Morgen ausreiten? Wirst du mich dann begleiten?«

Ich zögerte und schlug schließlich vor: »Lade Fürst Leuenfarb ein. Das soll jetzt kein Versprechen sein, aber ich werde darüber nachdenken.«

»Und du würdest tun, was Chade für das Beste hält.«

»Vermutlich. Er war bei diesen höfischen Feinheiten schon immer besser als ich.«

»Höfische Feinheiten. Pah. Ich bin sie so was von leid, Tom. Deshalb fällt es mir auch so viel leichter, mit Hochdame Vance zusammen zu sein. Sie ist einfach sie selbst.«

»Ich verstehe«, sagte ich, doch ein Urteil wollte ich mir noch weiter vorbehalten. Ich fragte mich, ob Hochdame Vance einfach nur eine Frau war, die es auf den Prinzen abgesehen hatte, oder ob es sich bei ihr um die Marionette von jemandem handelte, der das Spiel der Königin zunichtemachen wollte. Nun, das würden wir bald genug herausfinden.

Der Prinz verließ mich und verschloss die Tür hinter sich. Schweigend stand ich im Turmzimmer und lauschte auf Pflichtgetreus Schritte, die langsam verhallten. Schließlich hörte ich die Stimme der Wache am Fuß der Treppe den Prinzen begrüßen. Ich blickte mich im Zimmer um, löschte die Kerze auf dem Tisch und ging dann ebenfalls. Eine Talgkerze erhellte mir den Weg.

Auf dem Weg zurück zu meiner Dienerkammer legte ich einen Zwischenstopp in Chades Turmzimmer ein. Ich trat aus der Geheimtür und blieb dann stehen; es überraschte mich, sowohl Chade als auch Dick im Zimmer zu sehen. Chade hatte offensichtlich auf mich gewartet. Dick wirkte verschlafen.

»Guten Morgen«, begrüßte ich die beiden.

»Ja, es ist ein guter Morgen«, erwiderte Chade. Seine Augen leuchteten, und er schien sich über irgendetwas zu freuen. Ich wartete darauf, dass er es mir verriet, doch stattdessen sagte er: »Ich habe Dick gebeten, heute Morgen recht früh hier zu sein, damit wir miteinander reden können.«

»Oh.« Mehr fiel mir nicht ein. Jetzt war nicht der richtige Zeitpunkt, um Chade zu sagen, dass er mich vorher hätte warnen sollen. Ich würde nicht über Dicks Kopf hinwegreden, wenn er dabei war. Ich erinnerte mich noch viel zu gut an die Hinterlist eines jungen Mädchens, in dessen Gegenwart wir zu freimütig gesprochen hatten. Rosmarin war Edels verräterisches Püppchen gewesen. Zwar bezweifelte ich, dass Dick irgendjemandem als Spion diente, aber was ich in seiner Gegenwart nicht sagte, konnte er auch nicht wiederholen.

»Wie geht es dem Prinzen heute?«, fragte mich Chade plötzlich.

»Es geht ihm gut«, antwortete ich zurückhaltend. »Aber da ist etwas, weswegen er dich sehen will, etwas Dringendes. Du solltest dich vielleicht dort aufhalten, wo … hm … wo man dich leicht finden kann. Bald.«

»Prinz traurig«, bestätigte Dick träge. Mitfühlend schüttelte er den schweren Kopf.

Mich verließ der Mut, aber ich beschloss, ihn auf die Probe zu stellen. »Nein, Dick, der Prinz ist nicht traurig. Er ist fröhlich. Er wird gleich mit all seinen Freunden schön frühstücken.«

Dick blickte mich finster an. Einen Moment lang ragte seine Zunge weiter heraus als üblich, und seine Unterlippe hing herab. Dann sagte er: »Nein. Der Prinz ist heute ein trauriges Lied. Dumme Mädchen. Ein trauriges Lied. La-la-la-le-lo-lo-lo-o.« Der Schwachkopf stimmte einen Klagegesang an.

Ich blickte zu Chade. Aufmerksam beobachtete er unser Gespräch. Dann fragte er Dick: »Wie geht es Nessel?«

Ich bewahrte einen teilnahmslosen Gesichtsausdruck und bemühte mich, normal zu atmen, doch plötzlich wusste ich nicht mehr, wie das ging.

»Nessel macht sich Sorgen. Der Traummann will nicht mehr mit ihr sprechen, und ihr Vater und ihr Bruder streiten sich. Jah, jah, jah, jah, ihr Kopf schmerzt davon, und ihr Lied ist traurig. Na-na-na-na-na, na-na-na-na.« Für Nessels Traurigkeit hatte er eine andere Melodie, eine voller Spannung und Unruhe. Dann hielt Dick plötzlich mitten im Lied inne. Er schaute mich an und höhnte triumphierend: »Stinkehund gefällt das nicht.«

»Nein. Das gefällt ihm nicht«, bestätigte ich ihm schlicht. Ich verschränkte die Arme vor der Brust und ließ meinen Blick von Dick zu Chade wandern. »Das ist nicht gerecht«, sagte ich und biss die Zähne zusammen, als ich erkannte, wie kindisch das klang.

»Ja, das ist es nicht«, stimmte mir Chade zu und drehte sich zu Dick um. »Dick, wenn du willst, kannst du jetzt gehen. Ich denke, du hast deine Arbeit hier getan.«

Nachdenklich schürzte Dick die Lippen. »Holz geholt. Wasser gebracht. Geschirr weggeräumt. Essen geholt. Kerzen neu gemacht.« Er bohrte mit dem Finger in der Nase. »Ja. Arbeit getan.« Er schickte sich an zu gehen.

»Dick«, sagte ich, und als er stirnrunzelnd stehen blieb, fragte ich: »Schlagen die anderen Diener Dick immer noch und nehmen ihm seine Münzen? Oder ist es jetzt besser geworden?«

Er funkelte mich an. »Die anderen Diener?« Er wirkte ein wenig besorgt.

»Die anderen Diener. Sie haben ›Dick geschlagen und seine Münzen genommen‹ erinnerst du dich?« Ich versuchte, seinen Akzent und seine Gesten nachzuahmen; doch anstatt dass dies sein Gedächtnis auffrischte, wich er panisch vor mir zurück. »Vergiss es«, sagte ich rasch. Mein Versuch, ihn daran zu erinnern, dass er mir wahrscheinlich einen Gefallen schuldete, hatte seine Meinung von mir offenbar nur noch verschlimmert. Er schob die Unterlippe nach vorn und zog sich noch weiter von mir zurück.

»Dick. Vergiss das Tablett nicht«, erinnerte ihn Chade sanft.

Der Diener verzog das Gesicht, kehrte aber zurück, um das Tablett zu holen, auf dem der Rest von Chades Frühstück stand. Dann huschte er rasch aus dem Raum, als könne ich ihn angreifen.

Als das Weinregal hinter ihm wieder an seinen Platz glitt, setzte ich mich auf meinen Stuhl. »Und?«, fragte ich Chade.

»Wolltest du es mir irgendwann sagen?«, fragte er gut gelaunt.

»Nein.« Ich lehnte mich auf meinem Stuhl zurück und kam zu dem Schluss, dass es nichts mehr dazu zu sagen gab. Stattdessen versuchte ich es mit einer Ablenkung. »Vorhin habe ich dir gesagt, dass Pflichtgetreu etwas Dringendes mit dir besprechen will. Du solltest dich zu seiner Verfügung halten.«

»Um was geht es?«

Ich blickte ihn an. »Ich denke, das sollte er dir lieber selbst sagen.« Ich biss mir auf die Zunge, bevor ich hinzufügen konnte: »Natürlich könntest du jederzeit ja auch Dick fragen, worum es geht.«

»Dann werde ich in meine Gemächer gehen. Gleich, Fitz. Schwebt Nessel in irgendeiner Gefahr?«

»Ich bin sicher, dass ich das nicht weiß.«

Ich sah, wie er sich beherrschen musste. »Du weißt, was ich meine. Sie gebraucht die Gabe, nicht wahr? Und das ohne jede Führung. Trotzdem scheint sie dich gefunden zu haben. Oder hast du den Kontakt initiiert?«

Hatte ich das? Ich wusste es nicht. War ich in ihre Träume eingedrungen, als sie noch jünger war, so wie ich es bei Pflichtgetreu getan hatte? Hatte ich unwissentlich den Grundstein für die Gabenverbindung gelegt, die sie nun aufzubauen versuchte? Ich dachte darüber nach, doch Chade verstand mein Schweigen als Sturheit.

»Fitz, wie kannst du nur so kurzsichtig sein? Mit dem Versuch, sie zu beschützen, bringst du sie in Gefahr. Nessel sollte hier in Bocksburg sein, wo man sie lehren kann, mit ihren Fähigkeiten umzugehen.«

»Und wo man sie in den Dienst der Weitseher stellen kann.«

Er blickte mir in die Augen. »Natürlich. Falls Magie das Geschenk ihres Blutes ist, dann ist der Dienst ihre Pflicht. Die beiden gehen Hand in Hand. Oder willst du ihr das verweigern, weil sie auch ein Bastard ist?«

Ich unterdrückte eine plötzlich aufkeimende Wut. Als ich wieder sprechen konnte, sagte ich leise: »So sehe ich das nicht. Als würde ich ihr etwas verweigern. Ich versuche in der Tat, sie zu beschützen.«

»Du siehst es nur so, weil du stur darauf fixiert bist, sie um jeden Preis von Bocksburg fernzuhalten. Welch schreckliche Gefahr droht ihr denn, wenn sie hierherkommt? Dass sie Musik, Poesie, Tanz und Schönheit in ihr Leben lassen könnte? Dass sie einen jungen Mann von edlem Blut kennenlernen, ihn vielleicht sogar heiraten und fortan glücklich und zufrieden leben könnte? Dass deine Enkelkinder aufwachsen könnten, wo du sie sehen kannst?«

Er ließ das alles so vernünftig klingen und stellte mich als selbstsüchtig hin. Ich atmete tief durch. »Chade. Burrich hat seiner Tochter bereits verboten, nach Bocksburg zu gehen. Wenn du ihn unter Druck setzt oder gar zwingst, wird er einen Grund dahinter vermuten. Wie willst du Nessel klarmachen, dass sie die Gabe besitzt, und sie gleichzeitig davon abhalten zu fragen, woher sie das hat? Sie weiß, dass Molly ihre Mutter ist. Damit kommt dann nur ihr Vater infrage …«

»Manchmal werden Kinder mit der Gabe gefunden, Kinder ohne offensichtliche Verbindung zur Blutlinie der Weitseher. Sie könnte sie von Molly oder Burrich geerbt haben.«

»Aber keiner ihrer Brüder hat sie«, argumentierte ich.

Chade schlug frustriert mit der Hand auf den Tisch. »Ich habe es dir schon mal gesagt. Du bist zu vorsichtig, Fitz. ›Was wenn das, was wenn jenes?‹ Du versteckst dich vor Schwierigkeiten, die vielleicht nie an deine Tür klopfen werden. Was, wenn Nessel wirklich herausfinden sollte, dass ein Weitseher ihr Vater ist? Wäre das wirklich so schlimm?«

»Was wäre, wenn sie an den Hof käme und herausfinden würde, dass sie nicht nur ein Bastard ist, sondern der Bastard eines zwiehaften Weitsehers? Ja. Wie sähe es dann mit ihrem edlen Gemahl und der angenehmen Zukunft aus? Und was würde das für ihre Brüder bedeuten, für Molly und Burrich? Du kannst Nessel auch nicht hierbehalten und verhindern, dass Burrich sie besuchen kommt, um sicherzugehen, dass es ihr gut geht. Ich weiß, dass ich mich verändert habe, aber Burrich würden meine Narben nicht täuschen. Wenn er mich sieht, würde er mich erkennen, und das würde ihn zerstören. Oder würdest du versuchen, dieses Geheimnis vor ihm zu verbergen? Würdest du Nessel sagen, sie solle ihrer Mutter und ihrem Vater nicht erzählen, dass sie in der Gabe unterwiesen wird, und das von einem Mann mit gebrochener Nase und einer Narbe quer über dem Gesicht? Nein, Chade. Sie bleibt besser dort, wo sie ist, heiratet einen jungen Bauern, in den sie sich verliebt, und lebt ein ruhiges Leben.«

»Das klingt ja nach wahrhaft bukolischen Freuden«, bemerkte Chade spöttisch. »Ich bin sicher, dass deine Tochter hocherfreut sein wird, ein solch ›ruhiges Leben‹ führen zu dürfen.« Der Sarkasmus triefte förmlich aus seinen Worten, bis er bemerkte: »Aber was ist mit ihrer Pflicht ihrem Prinzen gegenüber? Was ist mit der Kordiale, die Pflichtgetreu braucht?«

»Ich werde dir jemand anderen suchen«, versprach ich ihm tollkühn. »Jemanden genauso stark wie sie, der aber nicht mit mir verwandt ist. Jemanden, mit dem es keine Komplikationen geben wird.«

»Irgendwie bezweifle ich, dass solche Kandidaten leicht zu finden sein werden.« Plötzlich verzog er das Gesicht. »Oder hast du schon andere getroffen und es nur nicht für notwendig erachtet, mich darüber zu informieren?«

Mir fiel auf, dass er sich nicht selbst anbot, aber schlafende Hunde soll man ruhen lassen. »Ich schwöre dir, dass ich keine anderen Gabenkandidaten kenne. Außer Dick.«

»Aha. Dann willst du also ihn trainieren?«

Chades Frage war leichtfertig gestellt, ein Versuch, mich dazu zu zwingen zuzugeben, dass es keine anderen echten

Kandidaten gab. Ich wusste, dass Chade eine direkte Weigerung von mir erwartete. Dick hasste und fürchtete mich, und außerdem war er noch schwach im Geiste. Einen weniger wünschenswerten Schüler hätte ich mir nicht vorstellen können. Außer Nessel. Und vielleicht noch einen anderen. Verzweiflung zwang die nächsten Worte über meine Lippen. »Es könnte da noch einen anderen geben.«

»Das hast du mir nicht gesagt?« Chade zitterte; er stand am Rande eines Wutausbruchs.

»Ich war nicht sicher und bin es immer noch nicht. Ich habe erst vor Kurzem begonnen, über ihn nachzudenken. Ich habe ihn vor Jahren kennengelernt, und er könnte genauso gefährlich auszubilden sein wie Dick, vielleicht sogar noch gefährlicher, denn er hat nicht nur einen eigenen Kopf, er gebietet auch noch über die Alte Macht.«

»Name?« Das war ein Befehl, keine Frage.

Ich atmete tief durch und trat über den Rand des Abgrunds. »Der Schwarze Rolf.«

Chade verzog das Gesicht. Er kniff die Augen zusammen und kramte in seinem Gedächtnis herum. »Der Mann, der dir angeboten hat, dich in der Alten Macht zu unterweisen? Du hast ihn doch auf deinem Weg in die Berge getroffen, nicht wahr?«

»Ja. Genau den meine ich.« Chade war dabei gewesen, als ich Kettricken meinen schmerzvoll vollständigen Bericht über meine Suche nach ihr gegeben hatte, die mich durch alle Sechs Provinzen geführt hatte. »Er hat die Alte Macht auf Arten genutzt, die ich nie zuvor gesehen hatte. Er allein schien fast zu wissen, was Nachtauge und ich uns im Vertrauen sagten. Bei keinem anderen Zwiehaften habe ich je diese Fähigkeit gesehen. Einige merkten, wann wir die Alte Macht benutzt haben, aber keiner schien zu verstehen, was wir einander sagten. Rolf schon. Selbst wenn wir bewusst versuchten, etwas vor ihm geheim zu halten, schien er mehr zu wissen, als er sich nach außen hin anmerken ließ. Er hätte die Alte Macht benutzen können, um uns zu finden, und die Gabe, um meine Gedanken zu belauschen.«

»Hättest du das nicht gefühlt?«

Ich zuckte mit den Schultern. »Gefühlt habe ich nichts; also irre ich mich vielleicht. Außerdem bin ich nicht begierig darauf, Rolf zu suchen und die Wahrheit herauszufinden.«

»Das könntest du auch gar nicht. Es tut mir leid, dir sagen zu müssen, dass er vor drei Jahren gestorben ist. Er hat sich ein Fieber eingefangen, und sein Ende ist schnell gekommen.«

Ich war wie erstarrt, und das nicht nur aufgrund der Nachricht, sondern auch weil Chade das wusste. Ich ging zu meinem Stuhl und setzte mich. Trauer empfand ich keine. Meine Beziehung zu dem Schwarzen Rolf war immer von Reibereien geprägt gewesen. Aber Bedauern. Er war nicht mehr. Ich fragte mich, wie Holly ohne ihn zurechtkam und wie Hilda, sein Bär, seinen Tod verkraftet hatte. Eine Zeit lang starrte ich die Wand an und sah ein kleines Haus weit, weit entfernt. »Woher weißt du das?«, fragte ich schließlich.

»Jetzt komm aber, Fitz. Du hast der Königin von ihm berichtet, und ich habe den Namen schon früher von dir gehört, als du am Wundfieber gelitten und im Delirium gesprochen hast. Ich wusste, dass er wichtig war, und ich behalte wichtige Leute im Auge.«

Das war wie das Steinspiel. Chade hatte gerade einen neuen Spielstein auf das Brett gesetzt, einen, der seine alte Strategie enthüllte. Ich vervollständigte, was er nicht gesagt hatte. »Also hast du gewusst, dass ich dorthin zurückgekehrt bin. Dass ich eine Zeit lang bei ihm gelernt habe.«

Er nickte knapp. »Ich war zwar nicht ganz sicher, aber ich habe mir schon gedacht, dass du das warst. Die Nachricht hat mich gefreut. Das Letzte, was ich davor von dir gehört hatte, war das, was Merle und Kettricken mir erzählt haben, nachdem sie dich am Steinbruch verlassen hatten. Zu hören, dass du lebst und dass es dir gut geht … Monatelang habe ich irgendwie damit gerechnet, dass du plötzlich auf meiner Schwelle stehen würdest. Ich freute mich darauf, aus deinem Mund zu hören, was geschehen war, nachdem Veritas-als-Drache den Steinbruch verlassen hatte. Es gab so viel, was wir nicht wussten! Ich stellte mir unsere Wiedervereinigung auf hundert verschiedene Arten vor. Natürlich weißt du, dass ich vergebens gewartet habe. Und schließlich habe ich erkannt, dass du aus freien Stücken nie wieder zu uns zurückkehren würdest.« Er seufzte, als er sich seines alten Schmerzes und der Enttäuschung erinnerte. Dann fügte er leise hinzu: »Trotzdem war ich froh zu hören, dass du noch lebst.«

Die Worte waren kein Tadel. Sie waren nur ein Eingeständnis seines Schmerzes. Meine Wahl hatte ihn verletzt, aber mein Recht dazu hatte er respektiert. Nach meiner Zeit bei Rolf hatte er sicherlich Spione auf mich angesetzt. Die hatten gewiss nicht geahnt, dass es Fitz-Chivalric Weitseher war, den sie suchen sollten, aber ohne Zweifel hatten sie mich gefunden. Wie sonst hätte Merle plötzlich vor all den Jahren vor meiner Tür stehen können? »Du hast mich immer im Auge behalten, nicht wahr?«

Chade blickte auf den Tisch und sagte stur: »Ein anderer Mann würde das vielleicht ›überwachen‹ nennen. Wie ich dir gerade gesagt habe, Fitz, behalte ich wichtige Leute immer im Auge.« Seine nächsten Worte klangen, als könne er meine Gedanken lesen. »Ich habe versucht, dich allein zu lassen, Fitz, damit du endlich Frieden finden konntest, auch wenn das bedeutete, dass ich nicht mehr Teil deines Lebens sein würde.«

Vor zehn Jahren hätte ich den Schmerz in seiner Stimme nicht verstanden. Ich hätte sein Handeln nur als Einmischung und berechnend empfunden. Erst jetzt, wo ich es selbst mit einem Sohn zu tun hatte, der alle meine Ratschläge in den Wind schlug, konnte ich erkennen, was es ihn gekostet hatte, mich meinen eigenen Weg gehen und meine eigenen Entscheidungen treffen zu lassen. Er hatte vermutlich für mich genauso empfunden wie ich für Harm und geglaubt, ich hätte den falschen Weg eingeschlagen. Aber Chade hatte mich gehen lassen.

In diesem Augenblick traf ich meine Entscheidung und brachte Chade damit aus dem Gleichgewicht. »Chade, wenn du willst, könnte ich versuchen … Willst du, dass ich dich in der Gabe unterweise?«

Sein Blick war plötzlich undurchdringlich. »Aha. Jetzt bietest du mir das also an, hm? Interessant. Aber ich glaube, ich komme mit meinen eigenen Studien ganz gut voran. Nein, Fitz. Ich möchte nicht, dass du mich unterrichtest.«

Ich senkte den Kopf. Vielleicht hatte ich diese Verachtung verdient. Ich atmete tief durch. »Dann werde ich diesmal tun, worum du mich bittest. Ich werde Dick ausbilden. Irgendwie werde ich ihn schon davon überzeugen, mich ihn unterrichten zu lassen. So stark, wie er ist, ist er allein vielleicht schon die Kordiale, die Pflichtgetreu braucht.«

Entsetzen ließ Chade einen Augenblick lang schweigen. Dann lächelte er säuerlich. »Das bezweifle ich, Fitz. Und du bezweifelst es nicht; du glaubst es nicht im Mindesten. Nichtsdestoweniger wollen wir es erst einmal so lassen. Du wirst mit Dicks Ausbildung beginnen. Im Austausch dafür werde ich Nessel lassen, wo sie ist. Ich schulde dir meinen Dank. So. Jetzt muss ich aber gehen und nachsehen, in was für Schwierigkeiten Pflichtgetreu sich gebracht hat.« Er stand auf, als würden Rücken und Knie ihn schmerzen.

Ich blickte ihm hinterher, sagte aber nichts mehr.

Kapitel 10

VORSÄTZE

Allen Berichten zufolge kamen sowohl Kebal Raubart als auch die Fahle Frau im letzten Monat um. Mit einer Mannschaft ihrer treuesten Anhänger sind sie mit dem letzten Weißen Schiff nach Hjolikej aufgebrochen. Man hat sie nie wieder gesehen, und auch das Wrack des Schiffes ist nie gefunden worden. Allgemein vermutet man, dass ihr Schiff, wie viele andere fernholmische Schiffe auch, von Drachen überflogen wurde, welche die Mannschaft in einen Stupor versetzt und das Schiff dann mit so viel Wind und Wellen zerstört haben, wie sie mit ihren Flügeln aufwirbeln konnten. Da das Schiff schwer mit etwas beladen war, was sich aus der Sprache der Fernholmer als »Drachenstein« übersetzen lässt, ist es vermutlich schnell gesunken.

EIN BERICHT VON CHADE IRRSTERN, GESCHRIEBEN AM ENDE DES KRIEGS DER ROTEN SCHIFFE

Ich stieg langsam zu Fürst Leuenfarbs Gemächern hinunter. Ich versuchte, mich auf die Probleme des Prinzen zu konzentrieren, aber ich fragte mich ständig, in welche noch viel größeren Schwierigkeiten ich mich selbst gebracht hatte. Ich konnte ja kaum den Prinzen unterrichten, und der war ein fähiger und gutwilliger Schüler. Ich würde schon von Glück sagen können, wenn Dick mich nicht umbrachte, falls ich versuchen sollte, ihn zu unterrichten. Chade hatte mich geschickt in Versuchung geführt, wie es nur jemandem gelingen konnte, der mich so gut kannte wie er. Nessel, hier in Bocksburg, wo ich sie jeden Tag sehen und beobachten konnte, wie sie zur Frau heranreift, während ich ihr vielleicht ein leichteres Leben bereiten könnte, als es Molly und Burrich möglich gewesen wäre … Ich versuchte, den Gedanken aus meinem Kopf zu vertreiben. Das war ein selbstsüchtiges Verlangen.

Auf meiner Wanderung durch Chades Geheimgänge machte ich einen kurzen Umweg an einem der Spionageposten vorbei. Eine Zeit lang stand ich zögernd daneben. Dies war das erste Mal, dass ich absichtlich hier stand, spähte und lauschte. Dann setzte ich mich leise auf die verstaubte Bank und blickte in die Gemächer der Narcheska.

Das Glück war mir hold. Das Frühstück stand noch auf dem Tisch zwischen Peottre und dem Mädchen, obwohl es so aussah, als hätte keiner von beiden sonderlich viel gegessen. Ihr Onkel hatte bereits Reitkleidung angelegt. Elliania wiederum trug ein hübsches kleines Kleid, blau und weiß und mit viel Spitze an Kragen und Manschetten. Peottre schüttelte den Kopf. »Nein, meine Kleine. Wie bei einem Fisch an der Angel musst du ihn erst den Haken schlucken lassen, bevor du mit ihm spielen kannst. Zeig ihm jetzt dein Missfallen, und er wird dem bitteren Geschmack aus dem Weg gehen und stattdessen den hübschen Federn und süßen Eiern folgen, mit denen ihn jemand anders lockt. Du darfst ihm nicht zeigen, was du fühlst, Elli. Schieb die Beleidigung beiseite; benimm dich, als hättest du sie gar nicht bemerkt.«

Elliania ließ den Löffel in ihre Schüssel fallen, sodass ein kleiner Brocken Brei heraussprang. »Das kann ich nicht. Letzte Nacht habe ich mich so ruhig verhalten, wie es nur eben ging. Im Augenblick könnte ich ihm nur mit einer Messerklinge zeigen, was ich wirklich empfinde, Onkel.«

»Aaah. Wie sehr das deiner Mutter und kleinen Schwester nützen würde.« Peottre sprach leise, doch Ellianias Gesicht wurde vollkommen regungslos, als warteten Tod und Krankheit im nächsten Zimmer. Sie senkte ihr stolzes kleines Kinn und schlug die Augen vor ihm nieder. Ich fühlte die Willenskraft, mit der sie sich beherrschte, und plötzlich sah ich, welche Veränderungen die letzten Wochen in Bocksburg bei ihr bewirkt hatten. Peottre mochte sie ja noch immer seinen ›kleinen Fisch‹ nennen, aber dies war ein vollkommen anderes Mädchen als das, welches ich vor ein paar Wochen beobachtet hatte. Die letzten Reste der Kindheit waren ihr von der Gesellschaft in Bocksburg ausgetrieben worden. Nun sprach sie mit der Entschlossenheit einer Frau.

»Ich werde tun, was ich tun muss, Onkel … für unser Mütterhaus. Das weißt du. Ich werde tun, was auch immer ich tun muss, um diesen Fisch ›an den Haken zu bekommen‹.« Als sie ihn wieder anblickte, hatte sie entschlossen die Lippen aufeinandergepresst; gleichzeitig standen ihr jedoch Tränen in den Augen.

»Nicht das«, sagte Peottre ruhig. »Noch nicht und vielleicht niemals. Jedenfalls hoffe ich das.« Er seufzte plötzlich. »Aber du musst warmherzig zu ihm sein, Elli. Du darfst ihm deine Wut nicht zeigen. Es zerreißt mir das Herz, dir das sagen zu müssen, aber du musst so tun, als hätte es diese Beleidigung nie gegeben. Lächle ihn an. Benimm dich, als wäre es nie geschehen.«

»Sie muss mehr als nur das tun.« Ich konnte nicht sehen, wer da gesprochen hatte, aber ich erkannte die Stimme der Dienerin. Dann kam sie in Sicht, und ich musterte sie eingehender, als ich es zuvor getan hatte. Sie schien ungefähr in meinem Alter zu sein und war wie eine gewöhnliche Dienerin gekleidet. Ihre Körperhaltung war allerdings die von jemandem, der das Kommando hatte. Ihr Haar und ihre Augen waren schwarz, ihre Wangen breit und die Nase schmal. Sie schüttelte den Kopf. »Sie muss demütig und willig erscheinen.« Sie hielt inne, und ich sah, wie die Muskeln in Peottres Gesicht sich verkrampften, als er die Zähne aufeinanderpresste. Das schien der Frau zu gefallen, und sie lächelte kurz, bevor sie fortfuhr: »Du musst ihn glauben machen, es sei möglich, dass du dich … ihm hingibst.« Dann sprach sie mit tieferer Stimme. »Mach dir den Bauernprinzen gefügig und sorg dafür, dass das so bleibt. Er darf keine andere ansehen; er darf noch nicht einmal daran denken, eine andere in sein Bett zu nehmen, bevor er verheiratet ist. Er darf nur dir gehören. Irgendwie musst du sein Herz *und* sein Fleisch für dich beanspruchen. Du hast die Warnung der hohen Frau gehört. Solltest du versagen, sollte er vom Weg abkommen und ein Kind mit einer anderen zeugen, sind du und die deinen verloren.«

»Ich kann das nicht tun«, platzte Elliania heraus. Sie missdeutete den entsetzten Blick ihres Onkels als Tadel, denn sie fuhr verzweifelt fort: »Ich habe es versucht, Onkel Peottre. Das habe ich wirklich. Ich habe für ihn getanzt, ihm für seine Geschenke gedankt und versucht, interessiert auszusehen, wenn er langweilige Geschichten in seiner Bauernsprache erzählt. Aber es nützt alles nichts, denn er hält mich für ein kleines Mädchen. Er verachtet mich als Kind, als simples Geschenk meines Vaters, um einen Vertrag zu besiegeln.«

Ihr Onkel lehnte sich auf seinem Stuhl zurück und schob den unberührten Teller von sich weg. Er seufzte und drehte sich dann mürrisch zu der Dienerin um. »Du hast sie gehört, Henja. Sie hat deine widerliche kleine Taktik bereits probiert. Er will sie nicht. Er ist ein Junge ohne Feuer im Blut. Ich weiß nicht, was wir sonst noch tun können.«

Elliania setzte sich plötzlich gerade auf. »Ich schon.« Sie hatte das Kinn wieder gehoben, und Feuer brannte in ihren schwarzen Augen.

Peottre schüttelte den Kopf. »Elliania, du bist nur …«

»Ich bin weder ein Kind noch einfach nur ein Mädchen! Ich bin kein Kind mehr, seit man mir diese Pflicht auferlegt hat. Onkel, du kannst mich nicht wie ein Kind behandeln und von anderen erwarten, dass sie mich als Frau sehen. Du kannst mich nicht wie eine Puppe anziehen und verlangen, mich wie Tantchens süßer, kleiner, formbarer Schatz zu benehmen, und gleichzeitig von mir erwarten, die Aufmerksamkeit des Prinzen zu erregen. Er ist an diesem Hof erzogen worden, inmitten all dieser zuckersüßen Frauen. Wenn ich einfach nur eine von ihnen bin, wird er mich noch nicht einmal sehen. Lass mich tun, was ich tun muss. Wir wissen beide, dass wir scheitern werden, sollte ich so weitermachen wie bisher. Lass es mich auf meine Art versuchen. Wenn wir auch auf dem Weg scheitern, was haben wir dann schon verloren?«

Peottre starrte sie an. Elliania wandte sich von seinem durchdringenden Blick ab und spielte an ihrer unberührten Teetasse herum; dann nippte sie daran. Als Peottre schließlich sprach, lag Furcht in seiner Stimme. »Was schlägst du vor, Kind?«

Elliania stellte die Tasse ab. »Nicht, was Henja vorschlägt, falls es das ist, was du fürchtest. Nein. Ich schlage vor, dass du ihm mein Alter sagst. Heute. Und zwar in seinen Bauernjahren und nicht in Gottesrunenjahren. Außerdem bitte ich dich, dass ich mich heute kleiden und benehmen darf wie eine Tochter unseres Mütterhauses. Lass mich so beleidigt sein, wie er mich beleidigt hat, indem er die Schönheit einer anderen der meinen vorgezogen hat, und lass es mich allen verkünden. Lass mich ihn gefügig machen, wie du befohlen hast, aber nicht mit süßlichem Getue, sondern mit der Peitsche, wie es solch ein Hund verdient.«

»Elliania. Nein. Das verbiete ich.« Ein Befehl der Dienerin?

Aber es war Peottre, der ihr antwortete. Er sprang auf und hob die breite Hand. »Hinaus, Weib! Geh mir aus den

Augen, oder du bist tot. Ich schwöre es, hohe Frau. Wenn sie jetzt nicht geht, werde ich Eure Dienerin töten!«

»Das werdet ihr bereuen!«, knurrte Henja, huschte aber aus dem Raum. Ich hörte, wie sich die Tür hinter ihr schloss.

Als Peottre wieder sprach, sprach er langsam und mit fester Stimme, als könnten seine Worte Elliania vor einem Abgrund schützen. »Sie hatte kein Recht, so mit dir zu sprechen … aber ich, Narcheska, ich verbiete es.«

»Tust du das?«, entgegnete sie in gleichmütigem Tonfall, und ich wusste, dass Peottre verloren hatte.

Es klopfte. Ellianias Vater stand vor der Tür. Er kam herein und begrüßte die beiden, und Elliania entschuldigte sich sogleich, dass sie sich noch für den Ausritt mit dem Prinzen umziehen müsse. Kaum hatte sie den Raum verlassen, da begann ihr Vater eine Diskussion über eine überfällige Schiffsladung. Peottre antwortete ihm, doch sein Blick blieb auf die Tür gerichtet, durch die Elliania verschwunden war.

Kurze Zeit später betrat ich vorsichtig meine Dienerkammer und begab mich von dort aus noch vorsichtiger in Fürst Leuenfarbs warme, geräumige Gemächer. Er saß allein am Tisch und beendete gerade seinen Teil des üppigen Frühstücks, das er täglich für uns bestellte. Der gesamte Hof wunderte sich vermutlich schon, wie er so schlank bleiben konnte, obwohl er freimütig zugab, wie viel er aß.

Seine goldenen Augen musterten mich, als ich leise den Raum betrat. »Hm. Setz dich, Fitz. Ich werde dir keinen guten Morgen wünschen, denn dafür ist es offensichtlich schon zu spät. Und? Willst du mir mitteilen, was dich so bedrückt?«

Es war sinnlos zu lügen. Ich setzte mich ihm gegenüber an den Tisch und nahm mir etwas zu essen vom Tablett, während ich ihm Pflichtgetreus gesellschaftlichen Fehler anvertraute. Etwas anderes blieb mir auch gar nicht übrig. Es hatte genug Zuschauer gegeben, also würde ihm die Geschichte ohnehin bald zu Ohren kommen – falls er nicht sowieso Zeuge des Vorfalls gewesen war. Von Nessel sagte ich nichts. Fürchtete ich, dass er Chade zustimmen könnte? Ich bin nicht sicher; ich weiß nur, dass ich es für mich behalten wollte. Auch erzählte ich nichts von dem, was ich durch das Guckloch beobachtet hatte. Ich musste erst einmal selbst darüber nachdenken, bevor ich diese Information mit jemandem teilte.

Nachdem ich meine Geschichte beendet hatte, nickte der Narr. »Ich war gestern Abend nicht an den Spieltischen; stattdessen habe ich einem Barden von den Äußeren Inseln gelauscht, der vor Kurzem eingetroffen ist. Aber ich habe die Geschichte trotzdem noch gehört, bevor ich mich zurückgezogen habe. Ich bin bereits eingeladen worden, heute Morgen mit dem Prinzen auszureiten. Willst du mitkommen?« Als ich nickte, lächelte der Narr. Dann tupfte sich Fürst Leuenfarb die Lippen mit dem Taschentuch ab. »Gute Güte, das war wahrlich ein äußerst unglücklicher gesellschaftlicher Fehltritt. Die Gerüchte werden köstlich sein. Ich frage mich, wie die Königin und ihr Ratgeber das wieder in Ordnung bringen wollen.«

Was das betraf, so gab es keine leichten Antworten. Ich wusste nur, dass ich die Unruhe, die durch diesen Fauxpas hervorgerufen wurde, nutzen konnte, um zu sehen, wer auf wessen Seite stand. Gemeinsam mit dem Narren aß ich die Teller leer und brachte das Geschirr dann in die Küche hinunter, wo ich eine Weile blieb. Ja, auch unter den Dienern kursierten bereits Gerüchte, und sie spekulierten darüber, ob zwischen dem Prinzen und Hochdame Vance vielleicht mehr lief als nur ein Spiel. Irgendjemand behauptete sogar, er habe sie vor mehreren Abenden allein in den verschneiten Gärten spazieren gehen sehen. Eine Kammerzofe berichtete, dass Herzog Shemshy äußerst angetan sei, und sie zitierte ihn mit der Aussage, dass er keinen echten Hinderungsgrund für solch eine Beziehung sehe. Mich verließ der

Mut. Herzog Shemshy war mächtig. Sollte er beginnen, die Unterstützung des Adels für eine Verbindung seiner Nichte mit dem Prinzen zu suchen, könnte er sowohl dem Verlöbnis als auch der Allianz ein Ende bereiten.

Noch eine andere Sache, die ich in der Küche beobachtete, erregte mein Misstrauen. Die Dienerin der Narcheska, die ich zuletzt im Streit mit Peottre gesehen hatte, huschte an der Küchentür vorbei hinaus auf den Hof. Sie war warm angezogen – mit schwerem Mantel und Stiefeln –, als hätte sie einen längeren Marsch an diesem kalten Tag geplant. Natürlich war es möglich, dass ihre Herrin sie aus irgendeinem Grund in die Stadt geschickt hatte, doch sie hatte keinen Einkaufskorb dabei. Auch schien sie mir nicht die typische Art von Dienerin für solch eine Aufgabe zu sein. Das verwirrte und beunruhigte mich zugleich. Hätte ich dem Prinzen nicht quasi versprochen, ihn auf seinem Ausritt zu begleiten, hätte ich sie beschattet. So stieg ich jedoch wieder die Treppe hinauf, um mich für den Ausritt umzuziehen.

Als ich Fürst Leuenfarbs Gemach betrat, legte er gerade letzte Hand an sein Kostüm. Einen Moment lang fragte ich mich, ob jamaillianische Adlige sich wirklich so protzig kleideten. Schicht für Schicht edelsten Stoffs verhüllte seine schlanke Gestalt. Über einer Stuhllehne wartete ein schwerer Pelzmantel auf ihn. Der Narr war Kälte gegenüber schon immer empfindlich gewesen, und Fürst Leuenfarb litt offensichtlich unter der gleichen Schwäche. Er zupfte gerade den Pelzkragen zurecht. Mit einer seiner langen schmalen Hände winkte mich der Narr in meine Kammer und trieb mich zur Eile, während er sich im Spiegel begutachtete.

Ich sah die Kleider auf meinem Bett und protestierte: »Aber ich bin schon angezogen.«

»Aber nicht so, wie ich dich sehen will. Es ist meiner Aufmerksamkeit nicht entgangen, dass mehrere der jüngeren Adligen bei Hofe sich inzwischen ebenfalls mit Leibdienern schmücken, eine armselige Nachahmung meines Stils. Es ist an der Zeit, ihnen zu zeigen, dass eine Imitation niemals an das Original herankommen kann. Zieh dich an, Tom Dachsenbless.«

Ich knurrte ihn an, und er lächelte süßlich.

Die Kleider waren dienerblau und von hervorragender Qualität. Ich erkannte Scrandons Schneiderkunst. Ich nahm an, nun da Scrandon meine Maße hatte, konnte Fürst Leuenfarb mich mit extravaganter Kleidung heimsuchen, sooft er wollte. In diesem Fall handelte es sich um einen feinen Stoff, sehr warm, und darin erkannte ich die Sorge des Narren um meine Bequemlichkeit. Er war freundlich genug gewesen, alles so nähen zu lassen, dass ich mich möglichst frei bewegen konnte. Wenn ich allerdings den Arm in dem seltsam geschneiderten Hemd ausstreckte, entfaltete sich ein vielfarbiger Einsatz, sodass es aussah, als plustere ein Vogel die bunten Federn. Als ich mich anzog, fiel mir außerdem auf, dass man an interessanten Stellen kleine Taschen eingebaut hatte. Das wusste ich zu schätzen, auch wenn ich gleichzeitig bei dem Gedanken innerlich zusammenzuckte, dass Fürst Leuenfarb den Schneider offen gebeten hatte, sie einzufügen. Es wäre mir lieber gewesen, wenn niemand wusste, dass ich Geheimtaschen benötigte.

Als hätte er meine Sorge gefühlt, meldete sich Fürst Leuenfarb aus dem Nachbarraum: »Du wirst bemerkt haben, dass ich Scrandon gebeten habe, ein paar kleinere Taschen anzubringen, um so notwendige Kleinigkeiten für mich zu transportieren wie Riechsalz, verdauungsfördernde Kräuter, Kamm und Bürste sowie ein paar Ersatztaschentücher. Für jedes einzelne Teil habe ich ihm die exakten Maße gegeben.«

»Ja, Herr«, erwiderte ich ernst und füllte die Taschen mit Dingen, die ich brauchte. Als ich schließlich den Mantel überzog, war meine Kleidung komplett. Schwert und Scheide, die ich dazu trug, waren derart protzig dekoriert, dass ich unwillkürlich zusammenzuckte. Als ich die Klinge jedoch herauszog, wurde sofort deutlich, dass ich eine tödliche und hervorragend ausbalancierte Waffe in Händen hielt. Ich seufzte und blickte zum Narren, der in der Tür stand. Mein Gesichtsausdruck gefiel ihm. Mein Staunen ließ ihn grinsen. Ich schüttelte den Kopf. »Mit meinem Können habe ich mir eine solche Waffe nicht verdient.«

»Du verdienst es, Veritas' Schwert offen tragen zu können. Das hier ist nur ein armseliger Ersatz dafür.«

Das Schwert war ein viel zu großes Geschenk, als dass ich ihm dafür hätte danken können. Der Narr beobachtete, wie ich es mir umschnallte, und mich damit zu sehen schien ihn ebenso sehr zu freuen wie mich, es tragen zu dürfen.

Als wir in den Hof hinuntergingen, um den Prinzen zu treffen, warteten dort bereits mehr Edelleute, als ich erwartet hatte. Auch der junge Gentil Bresinga war anwesend und unterhielt sich angeregt mit Hochdame Vance. Alle begrüßten sie Fürst Leuenfarb warmherzig, als er sich zu ihnen gesellte. Mir fiel auf, dass er im Vergleich zu den jungen Leuten nur wenige Jahre älter wirkte, ein gut aussehender, wohlhabender, exotischer Edelmann Anfang zwanzig. Sofort drängten sich die Frauen um ihn, während drei junge Edelmänner in der Nähe lungerten – einer von ihnen ein Shemshy, den Ohren nach zu urteilen. Hochdame Vance stand offenbar im Mittelpunkt ihres kleinen Hofstaats. Sollte es ihr gelingen, den Prinzen für sich zu gewinnen, würden ihre treuen Begleiter mit ihr die gesellschaftliche Leiter hinauffallen.

Diener hielten die Pferde bereit. Der Polstersitz hinter Gentils Sattel, wo für gewöhnlich seine Katze saß, war leer. Insgeheim bezweifelte ich allerdings, dass er sie in Burg Galeton gelassen hatte, wie er behauptete; kein Zwiehafter würde sich freiwillig über einen so langen Zeitraum von seinem Geschwistertier trennen. Vermutlich streunte das Tier durch die Hügel um Bocksburg. Gentil musste es regelmäßig besuchen. Ich beschloss, ihn bei einer dieser Gelegenheiten auszuspionieren. Vielleicht würde ich bei einer Konfrontation mit ihm und seiner Katze ja mehr über die Gemeinschaft jener vom Alten Blut und seine Verbindungen zu den Gescheckten herausbekommen.

Ich hatte nicht lange Zeit, darüber nachzudenken. Ich nahm einem Stallburschen Meine Schwarze und Malta ab und hielt sie an den Zügeln, während Fürst Leuenfarb sich unter die anderen Leute mischte, die auf den Prinzen warteten. Die Adligen konnte ich schlecht anstarren – das wäre für einen Diener unangemessen gewesen –, aber ich konnte mir ihre Pferde ansehen und daraus ableiten, wer sich zu uns gesellen würde. Einer Stute hatte man eine derart prächtige Schabracke angelegt, dass sie nur für die Königin persönlich sein konnte. Chades Pferd erkannte ich ebenfalls. Es gab auch noch andere prachtvoll gezäumte Tiere. Arkon Blutklinge und Onkel Peottre würden anscheinend ebenfalls an dem Ausritt teilnehmen. Die braune Stute mit den Glöckchen in der Mähne war sicherlich für die Narcheska bestimmt.

Dann war Plappern und Lachen von der Tür her zu hören, und die Hauptgruppe traf ein. Der Prinz war prachtvoll in Bocksburg-Blau gekleidet mit Kragen und Manschetten in weißem Wolfspelz, den Farben seiner Mutter. Die Königin hatte ebenfalls Blau und Weiß gewählt, nur dass ihr Mantel noch mit Gold durchwirkt war. Aber trotz der leuchtenden Farben, besonders an diesem grauen Wintertag, wirkte ihre Kleidung im Vergleich zu ihrem Hofstaat eher schlicht. Chade war elegant in Blau und Schwarz gekleidet, und all sein Schmuck bestand aus Silber. Der Prinz lächelte, aber ich wusste, dass er es als Strafe empfand, dort oben stehen und mit Chade und seiner Mutter sprechen zu müssen, anstatt sich zu seinen jungen Gefährten gesellen zu dürfen. Niemandem gab er durch Gesten oder Worte zu verstehen, dass dieser Ausritt das Ergebnis einer unüberlegten Wette war. Er erwähnte es einfach nicht und hoffte vermutlich, dass es auch die anderen nicht weiter kümmern würde. Hochdame Vance lächelte zu ihm hinauf, und einen Moment lang erregte sie sogar seine Aufmerksamkeit. Er nickte höflich, dann wanderte sein Blick jedoch zu Gentil weiter. Ihm nickte er auf die gleiche Art zu wie der jungen Frau. Waren Hochdame Vances Wangen ein wenig röter als zuvor? Erst als Chade und die Königin sich in Bewegung setzten, stieg auch Pflichtgetreu die Stufen hinunter; die ganze Zeit über blieb er neben seiner Mutter.

Mehrere fernholmische Handelsfürsten erschienen als Nächste, zusammen mit Arkon Blutklinge. Sie hatten sich die extravaganteste Mode von Bocksburg angeeignet. Spitzen und Schleifen flatterten wie Banner um sie herum, und die schweren Pelze ihres Heimatlandes waren durch edle Stoffe aus Bingstadt, Jamaillia oder noch weit entfernteren Häfen ersetzt worden. Kettricken, Chade und Pflichtgetreu begrüßten sie überschwänglich. Höflichkeiten wurden ausgetauscht, Bemerkungen über das schöne Wetter und Komplimente für die Kleidung des jeweils anderen. So ging es weiter, während alle auf die Narcheska und Peottre warteten.

Und das dauerte …

Dieses Zuspätkommen war eine List, aber obwohl ich das wusste, wurde ich nervös. Kettrickens Blick zuckte immer wieder zur Tür, und Pflichtgetreus Lachen über Chades Bemerkungen klang gezwungen. Arkon runzelte die Stirn und sprach in barschem Ton mit dem Mann neben ihm. Die Verzögerung dauerte lange genug, dass uns allen der Gedanke kam: So drückt sie ihr Missfallen gegenüber Prinz Pflichtgetreu aus. Sie wollte ihn vor all seinen Freunden und seiner Familie demütigen, indem sie ihn schlicht stehen ließ. Aber wenn sie zugleich ihren Vater vor der Königin in Verlegenheit brachte – würde das Ärger in der Familie bringen?

Chade und Kettricken hatten gerade begonnen, darüber zu diskutieren, ob man einen Diener nach der Narcheska schicken sollte, als plötzlich Peottre erschien.

Im Gegensatz zu den anderen Fernholmern trug er ausschließlich die Kleidung seiner Heimat. Den Eindruck, den er damit erweckte, war jedoch nicht der von Barbarei, sondern von Reinheit. Seine Hose bestand aus Leder, sein Mantel aus prächtigem Fell, und sein Schmuck waren Elfenbein, Gold und Jade. Die Schlichtheit seines Stils zeigte, dass er bereit war zu reiten, zu jagen oder zu kämpfen, und dass er sich nicht von irgendwelchem Zierrat dabei behindern lassen wollte. Er trat an die oberste Stufe über uns und stand da, als hätte er eine Bühne betreten. Glücklich sah er nicht gerade aus, aber entschlossen. Während er stumm dort stand, die Arme vor der Brust verschränkt, senkte sich Schweigen über die Versammelten. Alle Augen richteten sich auf ihn. Als er das sah, sprach er ruhig und in freundlichem Tonfall, der jedoch gleichzeitig verriet, dass er keinen Widerspruch dulden würde.

»Die Narcheska wünscht, dass ich allen zu verstehen gebe, dass das Alter in den Gottesrunen anders berechnet wird. Sie fürchtet, dass Unwissenheit zu Missverständnissen ob ihres Status bei unserem Volk gefuhrt haben konnte. Nach unserem Standard ist sie kein Kind mehr, und ich vermute, auch nicht nach Eurem. Auf unseren Inseln, wo das Leben weit härter ist als in Eurem angenehmen Land, betrachten wir es als Unglück, ein Kind in den ersten zwölf Monaten seines Lebens zur Familie zu zählen, da es noch so leicht das Leben verlieren kann. Auch geben wir unseren Kindern erst Namen, wenn sie das erste, entscheidende Jahr überlebt haben. Nach unserer Gottesrunenrechnung ist die Narcheska also elf Jahre alt, beinahe zwölf; doch nach Eurer Zeitrechnung ist sie zwölf, kurz vor der dreizehn. Fast so alt wie Prinz Pflichtgetreu.«

Die Tür öffnete sich hinter ihm. Kein Diener hielt sie auf; die Narcheska schloss sie selbst wieder hinter sich. Sie stellte sich neben Peottre, genauso gekleidet wie er. Die ganze Bocksburg-Pracht hatte sie abgestreift. Ihre Hose bestand aus getupfter Robbenhaut, die Weste aus Rotfuchsfell. Der Mantel, den sie sich über die Schulter gelegt hatte und der ihr bis zu den Knien reichte, war aus weißem Hermelin gefertigt und mit kleinen schwarzen Fellschwänzen verziert. Sie zog die Kapuze über den Kopf und lächelte kühl auf uns herab. Dann bemerkte sie: »Ja, ich bin fast genauso alt wie Prinz Pflichtgetreu. In unserem Land wird das Alter anders errechnet. Auch unsere Ränge unterscheiden sich von den Euren. Zwar bekam auch ich erst im Alter von einem Jahr einen Namen, doch von Anfang an war ich die Narcheska. Wenn ich jedoch recht verstanden habe, wird Prinz Pflichtgetreu kein König sein, noch nicht einmal ein König-zur-Rechten, bevor er nicht sein siebzehntes Lebensjahr vollendet hat. Ist das korrekt?«

Sie fragte das Kettricken, als sei sie nicht sicher; gleichzeitig stand sie ein paar Stufen über der Königin. Dass sie zu der Narcheska aufblicken musste, schien meine Königin nicht zu stören, als sie erwiderte: »Das habt Ihr durchaus richtig verstanden, Narcheska. Erst wenn er sein siebzehntes Lebensjahr vollendet hat, wird man meinen Sohn als fähig erachten, diesen Titel anzunehmen.«

»Ich verstehe. Ein interessanter Unterschied zu den Bräuchen meiner Heimat. Vielleicht glauben wir in meinem Land mehr an die Kraft der Abstammung: Ein Baby ist schon das, was es einmal sein wird, und trägt seinen Titel bereits vom ersten Atemzug an. Ihr in Eurer Bauernwelt wiederum wartet ab, wie sich die Nachkommenschaft entwickelt. Ich verstehe.«

Als Beleidigung konnte man das eigentlich nicht auslegen. Mit ihrem seltsamen Akzent und der merkwürdigen

Wortwahl war das wohl eher eine »unglückliche Ausdrucksweise«. Ich war jedoch sicher, dass dem nicht so war … genau wie ich sicher war, dass die leisen Worte, die sie zu Peottre sprach, als sie gemeinsam die Treppe hinunterstiegen, belauscht werden sollten. »Dann sollte ich ihn vielleicht nicht heiraten, bevor wir nicht sicher sind, dass der Prinz tatsächlich König wird, hm? So manch einer hofft auf den Thron und scheitert noch im letzten Augenblick. Vielleicht sollte die Trauung verschoben werden, bis sein eigenes Volk ihn als würdig erachtet.«

Kettrickens Lächeln verschwand nicht, war aber wie festgefroren. Chade kniff kurz die Augen zusammen. Doch Pflichtgetreu konnte nicht verhindern, dass ihm die Röte in die Wangen stieg. Gedemütigt stand er da. Damit glaubte ich, dass die Narcheska ihre Rache erfüllt hatte; sie hatte meinen Prinzen vor nahezu der gleichen Gesellschaft bloßgestellt, vor deren Augen er sie beleidigt hatte. Aber falls ich geglaubt haben sollte, sie sei fertig, so hatte ich mich getäuscht.

Als der Prinz höflich zu ihr trat, um ihr aufs Pferd zu helfen, winkte sie ihn beiseite und sagte: »Gestattet meinem Onkel, mir aufzuhelfen. Er ist ein Mann mit Erfahrung, sowohl mit Pferden als auch mit Frauen. Sollte ich Hilfe brauchen, bin ich in seinen Händen am besten aufgehoben.« Doch als Peottre sich ihr näherte, lächelte sie und versicherte ihm, dass sie durchaus allein aufsitzen könne. »Ich bin nämlich kein Kind mehr, weißt du?« Sie schwang sich mit Leichtigkeit in den Sattel, obwohl das Pferd weit größer war als die kleinen, zähen Ponys der Fernholmer.

Sie ritt neben die Königin, um sich mit ihr zu unterhalten. Beide waren edel, aber keineswegs protzig gekleidet und stellten einen krassen Gegensatz zu den anderen Teilnehmern des Ausritts dar. Irgendwie vermittelte das nicht nur den Eindruck, als gehörten sie zusammen, sondern sie schienen auch die Einzigen zu sein, die das simple Vergnügen des

Ausritts an einem kühlen Wintermorgen zu schätzen wussten. Ohne es zu beabsichtigen, ließen sie die herausgeputzten Adligen dumm und frivol wirken. Ich legte die Stirn in Falten, als mir der Gedanke kam: Indem sie eine Kleidung gewählt hatte, die zu Kettrickens Schlichtheit passte, gleichzeitig aber dem Stil ihrer Heimat entsprach, beanspruchte die Narcheska, auf derselben Stufe wie unsere Königin zu stehen.

Prinz Pflichtgetreu schaute zu seinen jugendlichen Freunden. Ich sah, wie sich sein Blick mit Gentils traf, der fragend die Augenbrauen hob. Doch vom tadelnden Blick seiner Mutter in die Schranken gewiesen, ritt der Prinz brav zur Linken der Narcheska. Die Narcheska beachtete ihn kaum. Die wenigen Male, da sie sich zu ihm umdrehte und eine Bemerkung machte, tat sie es auf die Art von jemandem, der sich höflich bemühte, einen Fremden in ein Gespräch mit einzubeziehen. Pflichtgetreu konnte jedoch nie mehr als ein Lächeln oder ein Nicken zu dem Gespräch beitragen, bevor sie sich wieder von ihm abwandte.

Unmittelbar hinter den dreien ritten Chade, Arkon Blutklinge und Peottre Schwarzwasser. Fürst Leuenfarb hatte sich unter die jungen Freunde des Prinzen gemischt, und ich folgte ihnen. Sie ritten zusammen und plapperten munter miteinander. Ich bin sicher, dass sich Prinz Pflichtgetreu durchaus bewusst war, dass sie hinter seinem Rücken über ihn redeten, wie seine Verlobte ihn zurechtgewiesen hatte, die auch jetzt noch lieber mit seiner Mutter als mit ihm sprach. Fürst Leuenfarb war darauf bedacht, das Gespräch am Laufen zu halten, und mied geschickt jedwede Äußerung, die vom Thema hätte ablenken können. Mir fiel auf, dass Hochdame Vance sich zwar fröhlich mit Gentil Bresinga unterhielt, doch oft wanderte ihr spekulierender Blick zu dem gedemütigten Prinzen. Ich fragte mich, ob sie ihrem eigenen Ehrgeiz oder dem ihres Onkels, Herzog Shemshy, folgte.

Kurz war ich irritiert, als Pflichtgetreu überraschend durch meine Mauern und in meine Gedanken einbrach. *Das habe ich nicht verdient! Es war eine unglückliche Bemerkung, doch sie verhält sich, als hätte ich sie absichtlich gedemütigt. Fast wünschte ich, es wäre wirklich so gewesen!*

Die Wucht seines Gedankens war erschreckend genug, schlimmer jedoch war, Fürst Leuenfarb dabei zusammenzucken zu sehen. Er blickte zu mir zurück und hob eine Augenbraue; fast schien er zu glauben, ich hätte zu ihm gesprochen. Und er war nicht der Einzige, der reagierte. Mehrere Reiter blickten in unterschiedliche Richtungen, als hätten sie einen fernen Schrei gehört. Ich atmete tief durch, konzentrierte mich und griff mit der Gabe zu dem Jungen hinaus.

Sei still. Beherrsche deine Gefühle und mach das nicht noch einmal. Elliania kann unmöglich wissen, dass du sie nicht absichtlich gedemütigt hast, und sie ist mit Sicherheit nicht die Einzige, die so von dir denkt. Denk einmal über das Verhalten der jungen Frauen nach, die mit Gentil reiten; aber behalte diese Gedanken im Augenblick für dich. Wenn du so starke Empfindungen hegst, hast du die Gabe nicht mehr unter Kontrolle. Verzichte darauf, sie in solchen Augenblicken zu nutzen.

Der Prinz senkte den Kopf ob meines strengen Tadels. Ich sah, wie er tief einatmete, anschließend die Schultern straffte und sich gerade aufsetzte. Schließlich schaute er sich um, als würde er die Schönheit des Tages genießen.

Ich gab nach und bot ihm ein wenig Trost an. *Ich weiß, dass du das nicht verdient hast. Aber manchmal muss ein Prinz, muss* jeder *Mensch etwas ertragen, das er nicht verdient. So wie Elliania es gestern Abend hat ertragen müssen. Ermahne dich zur Geduld und übe dich darin.*

Er nickte wie zu sich selbst und antwortete auf einen der knappen Kommentare der Narcheska.

Es war kein langer Ritt über die verschneiten Felder, aber ich bin sicher, dass er Pflichtgetreu wie eine Ewigkeit vorkam. Er ertrug seine Strafe wie ein Mann, doch als es an der Zeit war, wieder abzusitzen, trafen sich unsere Blicke für einen Augenblick, und ich sah die Erleichterung in seinen Augen. Es war vorbei. Er hatte Buße für seinen Fauxpas vom Vorabend getan, und jetzt würde alles wieder so sein wie vorher.

Ich hätte ihm sagen können, dass das nie so war.

Er saß ab, und die Narcheska ließ sich geschmeidig neben ihm herunter, bevor er ihr seine Hilfe anbieten konnte. Sie wandte sich von ihm ab, und er nahm die Zügel vom Pferd seiner Mutter, um diese erneute Demütigung zu überspielen. Davon unbeeindruckt, trat Elliania an den Steigbügel der Königin und bot ihr die Hand an, als sie sich anschickte abzusteigen. Kettricken konnte das ebenso wenig verweigern, wie sie die junge Frau neben sich ignorieren konnte, als sie gemeinsam die Bockshalle betraten. Wieder blieb Pflichtgetreu nichts anderes übrig, als ihnen hinterherzutrotten. Selbst durch meine gewohnheitsmäßig errichteten Mauern hindurch fühlte ich seine Verzweiflung und seine Frustration. Ich empfand Mitleid mit ihm, aber der Lehrer in mir wusste, dass ich ihm beibringen musste, seine Gedanken besser im Zaum zu halten.

Für den Nachmittag war eine Unterhaltung geplant, ein Schauspiel, aufgeführt von Menschen in jamaillianischen Kostümen anstatt von Puppen. Ich konnte mir nicht vorstellen, wie das funktionieren sollte, doch Fürst Leuenfarb versicherte mir, dass er in den Städten des Südens schon viele solcher Aufführungen gesehen hatte und dass es durchaus möglich sei, mit diversen Tricks die Fehler in der Inszenierung vor den Zuschauern zu verbergen. Die Aussicht auf diese Ablenkung hatte ihn sehr gefreut, wie schon allein die Ankunft des Schiffes, das die Schauspieler hierhergebracht hatte. Bingstadts fortgesetzter Krieg mit Chalced beeinträchtigte den Schiffsverkehr erheblich. Im Augenblick war

Chalceds Flotte offenbar zurückgeschlagen worden – jedenfalls besagten das Gerüchte, die heute mit zwei Schiffen aus dem Süden gekommen waren. Ich hatte gesehen, wie sich Fürst Leuenfarbs Gesicht bei der Neuigkeit aufgehellt hatte. Seinen Freunden gegenüber tat Fürst Leuenfarb den Krieg schlicht als Unannehmlichkeit ab, die den Nachschub von Aprikosenbranntwein behinderte, doch mir war aufgefallen, dass die Schiffe, die den Patrouillen aus Chalced folgten, oft Briefe und nicht nur Branntwein für ihn mitbrachten, die der Narr sofort in seine Gemächer trug. Ich vermutete, dass er sich nicht nur um seine Versorgung mit Branntwein und Geld den Kopf zerbrach. Aber er sagte mir nie, was in diesen Briefen stand, und ich wusste es besser, als dass ich ihn gefragt hätte. Offen Neugier zu zeigen war schon immer die effektivste Methode gewesen, dafür zu sorgen, dass der Narr den Informationsfluss unterbrach.

So verbrachte ich den Nachmittag an seiner Seite in der abgedunkelten Halle. Die Handlung des Stückes war sehr jamaillianisch. Alles drehte sich um Priester, Edelleute und Intrigen, und am Ende erschien ihre doppelgesichtige Gottheit, um die Ordnung wiederherzustellen und der Gerechtigkeit zum Sieg zu verhelfen. Das Stück verwirrte mich mehr, als dass es mich amüsierte. Ich konnte mich einfach nicht daran gewöhnen, dass Menschen die verschiedenen Rollen spielten. Eine Puppe besitzt kein Eigenleben, sondern handelt nur im Rahmen der Geschichte, für die sie gemacht worden ist. Es war verstörend, einen Mann einen Diener spielen zu sehen, obwohl er in einem früheren Teil des Stückes einen Akolythen gegeben hatte. Es fiel mir schwer, mich auf die Geschichte zu konzentrieren, und das nicht nur, weil ich mir ständig bewusst war, dass die Schauspieler bloß Menschen waren, die vorgaben, jemand anders zu sein. Der Grund war vor allem das Elend des Prinzen, das sich wie ein Miasma in der abgedunkelten Halle ausbreitete und gegen meine

Gedanken schwappte. Er verbreitete es nicht absichtlich mit der Gabe; es tropfte aus ihm heraus wie aus einem leckgeschlagenen Eimer. Auf der Bühne gestikulierten die Schauspieler, schrien und nahmen Posen ein, doch der Prinz saß neben seiner Mutter, allein in seinem Elend und seinem gesellschaftlichen Unbehagen. Im Laufe des vergangenen Monats war er dank der wiedererwachten Fröhlichkeit in den Hallen der Bocksburg mit vielen Menschen in seinem Alter in Kontakt gekommen. Durch Gentil hatte er Kameradschaft und die Kunst des Tändelns kennengelernt. Nun musste er das alles einschränken um der politischen Allianz willen, die seine Mutter zu schmieden hoffte. Ich fühlte, wie er über die Ungerechtigkeit und Notwendigkeit des Ganzen grübelte. Es reichte nicht aus, dass er mit der Narcheska Elliania die Ehe einging. Er musste es so aussehen lassen, als würde er das aus freien Stücken tun.

Doch dem war nicht so.

Später am Abend ließ mir Fürst Leuenfarb ein paar Stunden für mich allein. Ich zog mir wieder etwas Bequemeres an und machte mich auf den Weg nach Burgstadt und ins Festsitzende Schwein. Angesichts dessen, was ich in der Burg gesehen hatte, hatte ich beschlossen, Harms ungezügeltes Werben ein wenig toleranter zu betrachten. Vielleicht, so dachte ich, als ich durch den Schneefall in die Stadt hinunterging, war es so etwas wie ein Ausgleich, dass Harm ungehindert etwas tun konnte, was dem Prinzen vollkommen unmöglich war.

Im Festsitzenden Schwein war es ruhig. Ich war nun schon oft genug dort gewesen, um die Stammgäste zu kennen. Außer ihnen waren nur wenige andere da. Ohne Zweifel hielt das schlechter werdende Wetter viele davon ab, heute Abend das Haus zu verlassen. Ich blickte mich um, sah aber keine Spur von Harm. Ich empfand einen Hauch von Erleichterung; vielleicht war er schon daheim und lag brav im Bett. Wohlmöglich hatte das Stadtleben allmählich den Reiz des Neuen verloren, und nun lenkte er sein Leben in vernünftigere Bahnen. Ich setzte mich in die Ecke, wo auch Harm und Svanja für gewöhnlich saßen, und ein Junge brachte mir Bier.

Ich wurde rasch aus meinen Gedanken gerissen, als ein rotgesichtiger Mann mittleren Alters zur Tür hereinkam. Er trug weder Mantel noch Umhang und auch keine Kopfbedeckung; sein dunkles Haar war voller Schneeflocken. Wütend schüttelte er den Kopf, um Schnee und Wassertropfen aus Haar und Bart zu bekommen; dann blickte er missgelaunt in meine Ecke. Er schien überrascht, mich dort sitzen zu sehen, drehte sich zum Wirt um und fragte ihn wütend etwas. Der Wirt zuckte mit den Schultern. Als der Neuankömmling die Fäuste ballte und noch einmal nachfragte, deutete der Wirt rasch in meine Richtung und antwortete ihm mit leiser Stimme.

Der Mann drehte sich um, starrte mich mit zusammengekniffenen Augen an und stapfte dann wütend auf mich zu. Ich stand auf, als er näher kam, und achtete klugerweise darauf, dass sich der Tisch zwischen uns befand. Der Mann stützte beide Fäuste auf das zerkratzte Holz und verlangte dann zu wissen: »Wo sind sie?«

»Wer?«, fragte ich, doch mich verließ der Mut, denn ich wusste genau, wen er meinte. Svanja sah ihrem Vater ähnlich.

»Du weißt, wer. Der Wirt sagt, du hättest dich früher schon mit ihnen getroffen. Meine Tochter Svanja und dieser dämonenäugige Bauernflegel, der sie verführt und vom heimischen Herd fortgelockt hat. Dein Sohn, hat der Wirt gesagt.« Meister Hirschhorn ließ die Worte wie eine Anklage klingen.

»Er hat einen Namen. Harm. Und ja, er ist mein Sohn.« Ich war wütend, doch es war eine kalte Wut. Ich verlagerte ein wenig das Gewicht, um mich besser bewegen zu können.

Sollte er um den Tisch herumkommen, würde ihn mein Messer empfangen.

»Dein Sohn.« Verachtung lag in seiner Stimme. »Ich würde mich schämen, das zugeben zu müssen. Wo sind sie?«

Plötzlich hörte ich nicht nur Zorn, sondern auch Verzweiflung in seiner Stimme. So. Svanja war also nicht zu Hause, und weder sie noch Harm waren hier. Wo konnten sie in solch einer verschneiten, dunklen Nacht sein? Was sie gerade taten, brauchte man wohl nicht zu fragen. Ruhig antwortete ich dem Mann: »Ich weiß nicht, wo sie sind, aber ich schäme mich nicht, Harm meinen Sohn zu nennen. Auch glaube ich nicht, dass er deine Tochter zu irgendetwas ›verführt‹ hat. Wenn überhaupt, so ist es andersherum.«

»Wie kannst du es wagen!«, brüllte Hirschhorn und hob die fleischige Faust.

»Senk die Stimme und die Hand«, riet ich ihm in eisigem Ton. »Ersteres rettet den Ruf deiner Tochter. Letzteres … dein Leben.«

Meine Haltung lenkte seinen Blick auf das hässliche Schwert an meiner Hüfte. Sein Zorn verrauchte nicht, doch ich sah Vorsicht in seinen Augen.

»Setz dich«, lud ich ihn ein, doch es war ebenso sehr Befehl wie Vorschlag. »Beherrsch dich und lass uns darüber reden, was uns beide als Väter bedrückt.«

Langsam zog er sich einen Stuhl heran, ohne auch nur eine Sekunde den Blick von mir abzuwenden. Ich setzte mich genauso langsam. Dann winkte ich dem Wirt. Es gefiel mir nicht, dass die Blicke der anderen Gäste auf uns gerichtet waren, doch ich konnte nichts dagegen tun. Ein paar Augenblicke später huschte ein Junge an unseren Tisch, stellte einen Bierkrug vor Meister Hirschhorn und rannte wieder weg. Svanjas Vater starrte verächtlich auf das Bier hinab. »Glaubst du wirklich, ich würde hier sitzen und mit dir trinken? Ich muss meine Tochter finden, und das so schnell wie möglich.«

»Dann ist sie also nicht daheim bei deiner Frau«, schloss ich.

»Nein.« Er presste die Lippen aufeinander. Die nächsten Worte waren bissig; deutlich war sein Stolz zu hören. »Svanja hat gesagt, sie würde in ihre Kammer und zu Bett gehen. Einige Zeit später fiel mir auf, dass sie etwas unerledigt gelassen hatte. Ich rief, sie solle herunterkommen und ihre Arbeit tun. Als sie nicht geantwortet hat, bin ich die Leiter in ihre Kammer hochgestiegen. Sie war nicht dort.« Die Worte schienen seinem Zorn viel von der Schärfe zu nehmen, sodass nur väterliche Sorge und Verzweiflung blieben. »Ich bin sofort hierhergekommen.«

»Ohne Hut und Mantel. Ich verstehe. Könnte sie nicht irgendwo anders sein? Bei ihren Großeltern vielleicht oder einer Freundin?«

»Wir haben keine Verwandten in Burgstadt. Wir sind erst letzten Frühling hierhergezogen. Und Svanja ist nicht die Art von Mädchen, die sich mit anderen Mädchen anfreundet.« Mit jedem Wort schien seine Wut weiter dahinzuschmelzen und seine Verzweiflung zu wachsen.

Da vermutete ich, dass Harm nicht der erste Junge war, der ihr Gefallen erregt hatte, und es war wohl auch nicht das erste Mal, dass ihr Vater sie im Dunkeln suchte. Diese Erkenntnis behielt ich jedoch für mich. Ich griff nach meinem Krug und trank ihn leer. »Ich wüsste nur einen Ort, wo man sie suchen könnte. Mein Sohn wohnt da, während ich oben in der Burg arbeite. Komm. Wir werden zusammen dorthin gehen.«

Hirschhorn ließ sein Bier unberührt und stand mit mir auf. Blicke folgten uns, als wir gemeinsam die Taverne verließen. Draußen in der Dunkelheit schneite es inzwischen heftiger. Hirschhorn zog die Schultern an und verschränkte die Arme vor der Brust.

Ich sprach durch den Wind und stellte die Frage, die ich

fürchtete, die ich aber stellen musste: »Bist du völlig dagegen, dass Harm sich um deine Tochter bemüht?«

Ich konnte sein Gesicht in dem Zwielicht nicht erkennen, doch seine Stimme war voller Wut. »Dagegen? Natürlich bin ich dagegen! Er besitzt noch nicht einmal den Mut, zu mir zu kommen, mir seinen Namen zu nennen und mir seine Absichten zu erklären! Und selbst wenn er das täte, wäre ich noch dagegen. Er sagt Svanja, er sei Lehrling … Nun denn, warum lebt er dann nicht im Haus seines Meisters, wenn das wahr ist? Und was denkt er sich eigentlich, sich um eine Frau zu bemühen, bevor er seinen eigenen Lebensunterhalt verdienen kann? Er hat kein Recht dazu. Er ist vollkommen ungeeignet für Svanja.«

Nichts, was Harm tat, würde ihm den Respekt dieses Mannes einbringen.

Es war nur ein kurzer Marsch zu Jinnas Tür. Ich klopfte und fürchtete mich dabei genauso sehr, sie zu sehen, wie ich Angst davor hatte, dass Harm und Svanja nicht hier waren. Es dauerte einen Augenblick, bis Jinna durch die Tür rief: »Wer ist da?«

»Tom Dachsenbless«, antwortete ich. »Und Svanjas Vater. Wir suchen Harm und Svanja.«

Jinna öffnete nur den oberen Teil der Tür, ein deutlicher Hinweis darauf, wie weit ich in ihrem Ansehen gesunken war. Sie blickte mehr zu Meister Hirschhorn als zu mir. »Sie sind nicht hier«, erklärte sie brüsk. »Auch habe ich ihnen nie erlaubt, hier Zeit zusammen zu verbringen. Aber natürlich kann ich Svanja nicht davon abhalten, hier zu klopfen und nach Harm zu fragen.« Tadelnd schaute sie zu mir. »Ich habe Harm heute Abend noch gar nicht gesehen.« Jinna verschränkte die Arme vor der Brust. Sie musste nicht aussprechen, dass sie mich gewarnt hatte, dass es so weit kommen würde. Der Vorwurf war ihr deutlich anzusehen. Plötzlich konnte ich ihren Blick nicht mehr ertragen.

»Dann sollte ich ihn wohl besser suchen gehen«, murmelte ich verlegen. Ich schämte mich ebenso für mein Verhalten wie für das meines Sohnes. Ich hatte Jinna verletzt, und heute Abend musste ich mich dem stellen. Die Wahrheit versetzte mir einen Stich. Ich war ihr nicht aus irgendeinem hochtrabenden moralischen Grund aus dem Weg gegangen. Ich hatte schlicht Angst gehabt, weil ich wusste, dass sie zu einer Facette meines Lebens gehörte, die ich nicht beherrschen konnte … genau wie Harm jetzt.

»Verdammt soll er sein! Verdammt soll er sein, weil er mein Mädchen verdorben hat!«, tobte Hirschhorn plötzlich. Er wirbelte herum und stapfte in den Schneefall davon. Am Rand des Lichtkegels aus Jinnas Tür drehte er sich noch einmal um und wedelte mit der Faust in meine Richtung. »Sorg dafür, dass er ihr fernbleibt! Halte deinen von Dämonen besessenen Sohn von meiner Svanja fern!« Dann fuhr er wieder herum. Nach ein paar Schritten verschwand er aus dem Lichtschein in die Dunkelheit und Verzweiflung. Ich wollte ihm folgen, war vom Licht aber wie gefangen.

Ich atmete tief durch. »Jinna, ich muss Harm noch heute Abend finden. Aber ich denke …«

»Nun, wir wissen beide, dass du ihn nicht finden wirst. Oder Svanja. Ich bezweifle, dass sie heute Nacht gefunden werden wollen.« Sie hielt kurz inne, aber bevor ich auch nur Luft holen konnte, fuhr sie in nüchternem Tonfall fort: »Und ich denke, Robert Hirschhorn hat recht. Du solltest Harm von Svanja fernhalten. Das ist für uns alle das Beste. Aber wie du das machen sollst, weiß ich nicht. Es wäre besser gewesen, wenn du deinen Sohn nie so hättest verwildern lassen, Tom Dachsenbless. Ich hoffe, es ist noch nicht zu spät für ihn.«

»Er ist ein guter Junge«, hörte ich mich selbst sagen. Das war eine armselige Entschuldigung; die Entschuldigung eines Mannes, der seinen Sohn vernachlässigt hatte.

»Das ist er. Deshalb hat er auch etwas Besseres von dir verdient. Gute Nacht, Tom Dachsenbless.«

Sie schloss die Tür und trennte mich so von Licht und Wärme. Ich stand im Dunkeln und in der Kälte. Schneeflocken fanden einen Weg in meinen Kragen.

Irgendetwas Warmes stieß gegen meine Knöchel. *Mach die Tür auf. Die Katze will rein.*

Ich bückte mich, um ihn zu streicheln. Kalter Schnee lag auf seinem Fell, doch die Wärme seines Körpers ließ ihn schmelzen. *Du wirst dir selbst einen Weg hinein suchen müssen, Finkel. Diese Tür öffnet sich nicht mehr für mich. Leb wohl.*

Das ist dumm. Du musst nur fragen. So etwa. Er richtete sich auf die Hinterbeine auf, kratzte eifrig am Holz und maunzte.

Das Geräusch seines Bettelns folgte mir, als ich in die Dunkelheit und Kälte stapfte. Hinter mir hörte ich, wie die Tür sich einen Augenblick öffnete, und ich wusste, dass Jinna ihn hereingelassen hatte. Ich ging wieder zur Burg hinauf und beneidete den Kater.

Kapitel 11

NACHRICHTEN AUS BINGSTADT

»Jenseits von Chalced setz alle Segel.« Dieses alte Sprichwort beruht auf soliden Beobachtungen. Ist Euer Schiff erst einmal an den Häfen und Städten von Chalced vorbei, die so alt sind wie das Böse selbst, setzt alle Segel und reist rasch. Die Verfluchte Küste südlich von Chalced trägt ihren Namen nicht zu Unrecht. Das Wasser des Regenflusses wird Eure Fässer verrotten lassen und in den Kehlen Eurer Mannschaft brennen. Die Früchte dieses Landes verätzen Mund und Hände. Jenseits des Regenflusses nehmt kein Wasser auf, das aus dem Landesinneren kommt. Nach nur einem Tag wird es sich grün verfärben und voller Ungeziefer sein. Es wird Eure Fässer faulen lassen, sodass man sie nie wieder benutzen kann. Es ist besser, die Rationen zu kürzen, als aus irgendeinem Grund an Land zu gehen, noch nicht einmal, um einem Sturm auszuweichen, auch wenn die Buchten noch so sicher aussehen. Träume und Visionen werden den Geist Eurer Seeleute vergiften, und Euer Schiff wird von Mord und Totschlag und sinnloser Meuterei heimgesucht werden. In einer Bucht, die sicher scheint, kann es noch vor Tagesanbruch von Seeschlangen nur so wimmeln. Meerjungfrauen reiten auf den Wellen und locken mit nackten Brüsten und süßen Stimmen, doch die Seemänner, die ihnen folgen und ins Wasser springen, werden von den scharfen Zähnen nach unten gerissen, die den männlichen Gefährten der Jungfrauen gehören.

Der einzige sichere Hafen in diesen Gewässern ist die Stadt Bingstadt. Der Ankerplatz ist gut, doch achtet auf ihre Docks, wo verzauberte Schiffe liegen, die die Euren aus ehrlichem Holz mit einem Fluch belegen können. Es ist am besten, ihre Docks zu meiden. Lasst den Anker in der Bingstädter Bucht fallen und Euch Waren mit Booten rausbringen. Wasser und Proviant aus diesem Hafen kann man trauen, auch wenn einige der Waren aus ihren Lagerhäusern unheimlich sind und dem Reisenden Pech bringen können. In Bingstadt werden alle möglichen Waren ge- und verkauft, und vieles, was dort gehandelt wird, hat nicht seinesgleichen in der Welt. Doch haltet Eure Mannschaft auf dem Schiff; lasst nur den Lademeister und seine Leute an Land und unter die Stadtbewohner gehen. Es ist besser, wenn unwissende Seeleute keinen Fuß in dieses Land setzen, denn Menschen von schwachem Geist kann es verzaubern. Es ist wahr, was man von Bingstadt sagt: »Was ein Mensch sich vorstellen kann, kann er dort kaufen.« Aber nicht alles, was ein Mensch sich vorstellen kann, ist auch gesund für ihn, und das gilt auch für vieles, was man dort verkauft. Großes Unglück für Schiff und Mannschaft ist die Folge, sollte einer des Verschleierten Volkes, das dort lebt, den Pfad des Kapitäns kreuzen, wenn er an Bord zurückkehrt. Es ist besser, eine Nacht an Land zu verbringen, als nach solch einem schlechten Omen sofort die Segel zu setzen.

Jenseits von Bingstadt verlasst die Sicherheit der Inneren Durchfahrt und begebt Euch auf die Wilde Seite. Es ist besser, sich den Stürmen dort zu stellen, als die Piraten, Seeschlangen, Meerjungfrauen und andere in Versuchung zu führen, die die Gewässer dort bewohnen – von den tückischen Riffen und Strömungen ganz zu schweigen. Euer nächster Handelshafen sollte das verdorbene Jamaillia sein. Wieder müsst Ihr Eure Mannschaft an der kurzen Leine halten, denn dort stiehlt man Seeleute.

KAPITÄN BANROPS »RATSCHLÄGE FÜR KAUFFAHRER«

Ich hinterließ Prinz Pflichtgetreu eine Notiz auf dem Tisch im Gabenturm. Es stand nur darauf zu lesen: »Morgen.« Bereits vor dem morgendlichen Wachwechsel stand ich vor der Tür von Meister Gindasts Werkstatt. Das Lampenlicht aus den Fenstern fiel auf den verschneiten Hof. Im Dämmerlicht schlurften Lehrlinge durch die weiße Pracht, holten Wasser und Feuerholz für Heim und Werkstatt ihres Meisters und räumten Schnee von Holzstapeln. Vergeblich suchte ich Harm unter ihnen.

Als er schließlich erschien, hatte das Licht schon Farbe in den Tag gebracht. Sein Blick verriet mir bereits, womit er die Nacht verbracht hatte. Noch immer hatte er ein wundersames Schimmern in den Augen, als könne er sein Glück gar nicht begreifen; er war so trunken davon, dass er schwankte. Hatte ich ebenso ausgesehen, als ich zum ersten Mal eine Nacht mit Molly verbracht hatte? Ich versuchte, mein Herz zu verhärten, als ich die Stimme hob und rief: »Harm! Auf ein Wort!«

Er lächelte, als er mir entgegenkam. »Ich habe nicht viel Zeit, Tom. Ich bin ohnehin schon spät dran.«

Der Tag war blau und weiß um uns herum, die Luft kalt und frisch, und mein Sohn grinste mich an. Ich fühlte mich wie ein Verräter an alledem, als ich sagte: »Und ich weiß auch, warum du zu spät bist. Gleiches gilt für Svanjas Vater. Wir haben euch gestern Abend gesucht.«

Ich hatte damit gerechnet, dass er sich schämte. Stattdessen grinste er jedoch nur umso breiter, das wissende Lächeln zwischen Männern. »Nun. Ich bin froh, dass ihr uns nicht gefunden habt.«

Ich empfand das irrationale Verlangen, ihn zu schlagen, ihm diesen Ausdruck aus dem Gesicht zu prügeln. Es war, als stünde er in einer brennenden Scheune und genösse die Hitze ungeachtet der Gefahr für sich und Svanja. Das, so wusste ich plötzlich, war, was mich so wütend machte: Es war ihm offenbar gar nicht bewusst, dass er sie in Gefahr gebracht hatte. Ein Teil meines Zorns schlich sich in meine Stimme, als ich versuchte, ihm klarzumachen, was er da getan hatte.

»Nun, ich nehme an, Meister Hirschhorn hat euch auch nicht gefunden, aber ich vermute, dass er Svanja schon erwartet, wenn sie nach Hause kommt.«

Falls ich gehofft haben sollte, damit seine Tollkühnheit zu dämpfen, so war diese Hoffnung vergebens gewesen. »Das war ihr schon klar«, erwiderte Harm ruhig. »Sie ist zu dem Schluss gelangt, dass es das wert war. Schau nicht so ernst drein, Tom. Sie weiß, wie sie mit ihrem Vater umzugehen hat. Es wird schon alles wieder in Ordnung kommen.«

»Es mag ja sein, dass anderen Leuten das Glück in den Schoß fällt. Aber ich bezweifle ernsthaft, dass sich deine Angelegenheiten von selbst wieder ›in Ordnung‹ bringen werden.« Meine Stimme knirschte vor Zorn. Wie konnte er nur so anmaßend sein? »Du denkst nicht nach, Junge. Was wird das für ihre Familie bedeuten? Wie wird sich ihr Alltag verändern, nun da sie wissen, dass ihre Tochter diese Wahl getroffen hat? Was wirst du tun, sollte sie ein Kind bekommen?«

Endlich verschwand das Lächeln von seinem Gesicht, aber er stand noch immer aufrecht und stellte sich meinem Blick. »Ich denke, das ist meine Angelegenheit, Tom. Ich bin alt genug, um die Verantwortung für mein eigenes Leben zu übernehmen. Aber, um dich zu beruhigen … Sie hat mir gesagt, dass Frauen Mittel und Wege kennen, um solche Dinge zu verhindern. Jedenfalls so lange, bis wir dazu bereit sind und ich sie zu meiner Frau nehmen kann.«

Vielleicht bestrafen uns die Götter, indem sie uns mit unseren eigenen dummen Fehlern konfrontieren und uns dazu verdammen, zusehen zu müssen, wie unsere Kinder in die gleichen Fallen tappen wie wir. All die süßen Stunden, die ich mit Molly verbracht hatte, hatten ihren Preis gehabt. Damals hatte ich geglaubt, dass wir ihn teilten, dass die Geheimhaltung der einzige Preis unserer Beziehung war. Molly hatte es besser gewusst; dessen bin ich sicher. Sie war diejenige gewesen, die ihn bezahlen musste. Wäre Burrich nicht gewesen, der sie beschützen konnte, hätte auch meine Tochter bezahlen müssen. Vielleicht würde sie das doch noch tun; sie war zu unterschiedlich, ein Kuckuckskind für ihre Brüder. Ich fragte mich, ob ich Harm warnen konnte. Würde er auf mich hören? Aber ich hatte auch nicht auf Burrich oder Veritas gehört. Ich schob meinen Zorn beiseite und fasste meine Angst um sie beide in Worte.

»Harm. Bitte hör mir zu. Es gibt keine sichere Möglichkeit für eine Frau, die Empfängnis zu vermeiden. Alle gehen sie ein Risiko ein, und sie müssen auch den Preis zahlen. Jedes Mal, wenn sie bei dir liegt, muss sie sich fragen: Werde ich empfangen? Werde ich Schande über meine Familie bringen? Du weißt, dass ich dich nie für einen Fehler verstoßen würde, doch Svanjas Leben ist nicht so sicher. Du solltest sie beschützen, nicht sie einer Gefahr aussetzen. Du verlangst von ihr, alles zu riskieren, und das nur für die kurze Freude, bei dir zu sein, ohne Garantie. Was wirst du tun, wenn ihr Vater sie rauswirft? Oder wenn er sie schlägt? Was wirst du tun, wenn ihre Freunde sie plötzlich verstoßen oder verdammen? Wie kannst du die Verantwortung dafür übernehmen?«

Ein Schatten legte sich auf Harms Gesicht. Seine Sturheit, die so schwer geweckt werden konnte, übernahm nun die Kontrolle. Er atmete mehrmals tief durch; dann explodierten die Worte förmlich aus seinem Mund. »Wenn er sie rauswirft, nehme ich sie auf und werde alles tun, was ich tun muss, um sie zu unterstützen. Wenn er sie schlägt, bringe ich ihn um. Und wenn ihre Freunde ihr den Rücken zukehren, dann waren sie ohnehin nie wirklich ihre Freunde. Mach dir keine Sorgen darum, Tom Dachsenbless. Das ist jetzt *meine* Angelegenheit.« Vor allem die letzten Worte waren so scharf, als hätte ich ihn irgendwie verraten, nur weil ich meinen Sorgen Ausdruck verliehen hatte. Er wandte sich von mir ab. »Ich bin jetzt ein Mann. Ich kann meine eigenen Entscheidungen treffen und meinen eigenen Weg gehen. Wenn du mich jetzt entschuldigen würdest, ich muss zur Arbeit. Ich bin sicher, Meister Gindast wartet bereits auf mich, um mir einen Vortrag über Verantwortung zu halten.«

»Harm«, sagte ich in scharfem Ton. Als der Junge sich wieder zu mir umdrehte, staunend ob der Härte in meinem Ton, zwang ich den Rest dessen hinaus, wovon mir klar war, dass ich es sagen musste. »Mit einem Mädchen Liebe zu machen macht dich noch lange nicht zu einem Mann. Du hast kein Recht, das zu tun; nicht bevor ihr beide euch öffentlich zu eurer Beziehung bekennt und auch für eure Kinder sorgen könntet. Du solltest sie nicht wiedersehen, Harm. Nicht so jedenfalls. Wenn du nicht bald zu ihrem Vater gehst und dich ihm stellst, wirst du in seinen Augen nie ein Mann sein. Und ...«

Er ging weg. Mitten in meiner Rede drehte er sich einfach um und ließ mich stehen. Benommen blickte ich ihm hinterher. Ich dachte, er würde schon wieder anhalten, zurückkommen, sich entschuldigen und mich bitten, sein Leben wieder in Ordnung zu bringen. Stattdessen betrat er Meister Gindasts Werkstatt, ohne auch nur einen Blick zu mir zurückzuwerfen.

Eine Zeit lang stand ich im Schnee. Ich war nicht ruhig, ganz im Gegenteil: Wut flammte in mir auf, Wut so heiß, dass sie den Schnee hätte schmelzen können. Ich hatte die Fäuste geballt. Ich glaube, das war das erste Mal, dass ich wirklich wütend auf Harm war, und zwar so sehr, dass ich ihm am liebsten Vernunft eingeprügelt hätte. Ich stellte mir vor, wie ich in die Werkstatt stürmte, ihn herauszerrte und ihn dazu zwang, sich seinen Taten zu stellen.

Dann drehte ich mich um und stapfte davon. Hatte ich in

seinem Alter auf die Stimme der Vernunft gehört? Nein. Das hatte ich nicht, noch nicht einmal, als Philia mir immer wieder und wieder erklärt hatte, warum ich mich von Molly fernhalten solle. Diese Erkenntnis minderte aber weder meine Wut auf Harm noch meine späte Verachtung für meine eigenen Taten in diesem Alter. Stattdessen vermittelte sie mir ein Gefühl der Sinnlosigkeit; hilflos musste ich mit ansehen, wie mein Ziehsohn die gleichen Dummheiten beging wie ich. Genau wie ich glaubte er, dass die Liebe die Risiken rechtfertigte, die sie eingingen; nicht eine Sekunde lang dachte er darüber nach, dass womöglich ein Kind den Preis für ihre Unmäßigkeit würde zahlen müssen. Es schien sich alles zu wiederholen, und ich konnte nichts dagegen tun. Ich glaube, in diesem Augenblick verstand ich kurz die Leidenschaft, die den Narren antrieb. Er glaubte an die schreckliche Kraft des Weißen Propheten und seines Katalysten, die Zukunft auf die Schultern zu nehmen und so die Gegenwart auf einen besseren Weg zu lenken. Er glaubte, dass wir mit unseren Taten andere davon abhalten könnten, die Fehler der Vergangenheit zu wiederholen.

Als ich schließlich Bocksburg erreichte und in den Gabenturm hinaufgestiegen war, hatte meine Wut schon viel von ihrer Wildheit verloren, doch ihre kranke Last blieb und vergiftete mir den Tag. Ich war fast erleichtert, dass Pflichtgetreu des Wartens überdrüssig geworden und gegangen war. Er hatte nur das Wort auf meiner Notiz unterstrichen. Der Junge lernte allmählich, subtil zu sein. Vielleicht würde es mir wenigstens bei diesem jungen Mann gelingen, ihn vor den Fehlern der Vergangenheit zu bewahren. Bei diesem flüchtigen Gedanken kam ich mir wie ein Feigling vor. Hatte ich Harm schon aufgegeben, ihn seinem eigenen Schicksal überlassen? Nein, beschloss ich, ich hatte ihn *nicht* aufgegeben … doch dieser Entschluss brachte mich auch nicht der Lösung näher, was ich hätte tun können.

Ich kehrte in Fürst Leuenfarbs Gemächer zurück und kam gerade rechtzeitig, um mit dem Narren zu frühstücken. Als ich den Raum betrat, aß er jedoch nicht. Stattdessen saß er am Tisch und spielte gedankenverloren mit einem winzigen Blumenstrauß herum. Es war ein ungewöhnlicher Strauß, denn die Blüten bestanden aus Spitzen und Schleifen. Das schien mir ein geschickter Ersatz für eine Jahreszeit ohne Blumen zu sein, und es erinnerte mich an die besonders bunten Kostüme, die der Narr früher im Winter zu tragen pflegte. Er sah, wie ich das Sträußchen betrachtete, lächelte und steckte es sich ans Revers. Es war der Narr, der auf das Essen deutete und sagte: »Setz dich und iss schnell. Wir sind gerufen worden. Im Morgengrauen hat ein Schiff mit einer Gesandtschaft aus Bingstadt angelegt. Und es ist nicht irgendein Schiff, sondern eines ihrer Lebendschiffe mit einer sprechenden, sich bewegenden Galionsfigur. Ich glaube, es heißt *Goldunter.* Soviel ich weiß, ist so ein Schiff noch nie so weit hier heraufgefahren. An Bord befindet sich eine Abordnung des Händlerrats von Bingstadt. Sie haben Königin Kettricken in aller Dringlichkeit um eine Audienz ersucht.«

Die Neuigkeit überraschte mich. Normalerweise beschränkten sich die Kontakte der Sechs Provinzen mit Bingstadt auf Treffen zwischen einzelnen Kaufleuten; der regierende Rat der Stadt hatte eigentlich nie mit den Weitsehern zu tun. Ich versuchte, mich daran zu erinnern, ob der Stadtstaat in Listenreichs Regierungszeit je einen Gesandten geschickt hatte, gab es aber rasch wieder auf. Als Junge hatte ich ohnehin keine Ahnung von solchen Dingen gehabt. Ich setzte mich an den Tisch.

»Wirst du auch bei dieser Audienz sein?«

»Auf Ratgeber Chades Vorschlag hin werden wir beide dort sein. Natürlich nicht sichtbar. Du sollst mich durch Chades Labyrinth führen. Ich muss zugeben, dass ich schon recht aufgeregt bin, es endlich einmal zu sehen. Abgesehen von dem einen Mal, wo Kettricken und ich vor Edel aus der Burg geflohen sind, habe ich nie einen Blick hineingeworfen.«

Ich war entsetzt. Es war unvermeidlich, dass er von der Existenz der Spionagegänge wusste, aber ich hätte nie gedacht, dass Chade ihm Zugang dazu gewähren würde. »Hat die Königin dem zugestimmt?«, fragte ich vorsichtig.

»Das hat sie, wenn auch widerwillig.« Dann fügte er auf die aristokratische Art des Fürsten Leuenfarb hinzu: »Da ich einige Zeit in Bingstadt verbracht habe und weiß, wie ihr Rat arbeitet, hofft Chade, dass ich ihm zu einem besseren Verständnis der ganzen Angelegenheit verhelfen kann. Und du bist natürlich ein Extrapaar Augen und Ohren für ihn, das Nuancen auffangen soll, die anderweitig übersehen werden könnten.« Während er sprach, servierte er mir Frühstück. Er war äußerst großzügig mit Räucherfisch, Weichkäse und frischem Brot und Butter. Ein Teekessel dampfte mitten auf dem Tisch. Ich ging in mein Zimmer, um meine Tasse zu holen. Als ich zurückkam, fragte ich: »Warum hat die Königin dich nicht schlicht eingeladen, bei der Audienz dabei zu sein?«

Der Narr zuckte mit den Schultern und spießte ein Stück Räucherfisch auf. Nach einem Augenblick bemerkte er: »Glaubst du nicht, dass die Gesandten von Bingstadt es etwas seltsam finden würden, wenn die Königin der Sechs Provinzen einen ausländischen Adligen zu ihrem ersten Treffen mit ihnen einlädt?«

»Vielleicht, vielleicht aber auch nicht. Ich glaube, es ist schon Jahrzehnte her, seit der Rat von Bingstadt sich zum letzten Mal formell an den Hof der Sechs Provinzen gewandt hat. Außerdem haben wir jetzt eine Bergkönigin, eine Frau aus einem Reich, über das sie überhaupt nichts wissen. Würde sie sie begrüßen, indem sie Hühner opferte oder Rosen vor ihnen ausstreute, für sie wäre das alles gleich. Was auch immer sie tun mag, sie werden davon ausgehen, dass das Brauch bei ihrem Volk ist, und versuchen, höflich darauf zu reagieren.« Ich nippte an meinem Tee und fügte dann hinzu: »Das gilt auch für das Einladen ausländischer Edelleute zu der Audienz.«

»Vielleicht.« Dann gab der Narr widerwillig zu: »Aber ich habe auch meine eigenen Gründe, warum ich bei der Audienz nicht dabei sein will.«

»Und die wären?«

Er nahm sich Zeit, ein Stück Brot abzuschneiden und es zu essen. Schließlich trank er noch einen Schluck Tee, und erst dann antwortete er: »Vielleicht würden sie bemerken, dass ich keinerlei Ähnlichkeit mit einem der jamaillianischen Adelshäuser besitze, das sie kennen. Die Kaufleute von Bingstadt treiben weit mehr Handel mit Jamaillia als die Sechs Provinzen. Sie würden mein Spiel durchschauen und es verderben.«

Das akzeptierte ich, auch wenn ich bezweifelte, dass das der einzige Grund war. Ich fragte ihn jedoch nicht, ob er fürchtete, persönlich erkannt zu werden. Er hatte mir erzählt, dass er einige Zeit in Bingstadt verbracht hatte. Selbst als Adliger verkleidet, war die Erscheinung des Narren einmalig genug, dass ihn jeder erkannt hätte, der ihn dort gesehen hatte. Der Narr wirkte so unruhig wie schon lange nicht mehr. Ich wechselte das Thema.

»Wer wird noch ›sichtbar‹ anwesend sein, wenn die Königin die Gesandten empfängt?«

»Ich weiß es nicht. Ich nehme an, all jene, die einzelne Provinzen bei Hofe repräsentieren.« Er aß einen neuen Bissen, kaute nachdenklich darauf herum, schluckte und fuhr dann fort: »Wir werden sehen. Es könnte eine äußerst delikate Situation werden. Wenn ich richtig verstanden habe, hat man Nachrichten ausgetauscht, allerdings nur sporadisch. Diese Abordnung ist eigentlich schon vor Monaten erwartet worden, doch Chalced hat seine Kriegsanstrengungen erhöht.

Der Krieg zwischen Bingstadt und Chalced hat den Schiffsverkehr südlich von Shoaks nahezu vollkommen zum Erliegen gebracht. Wenn ich das richtig verstanden habe, hatten Chade und Kettricken die Hoffnung schon aufgegeben, dass diese Gesandten kommen würden.«

»Nachrichten?« Das war alles vollkommen neu für mich.

»Bingstadt hat sich an die Königin gewandt und eine Allianz vorgeschlagen, um Chalced ein für alle Mal in die Schranken zu weisen. Als Lockmittel haben sie ihr Handelsprivilegien in Bingstadt angeboten sowie eine weitere Annäherung der beiden Staaten. Kettricken hat das richtig als leeres Versprechen erkannt. Es kann keinen freien Handel geben, solange Chalced nicht aufhört, alle Schiffe aus Bingstadt zu behelligen. Ist Chalced erst einmal besiegt, wird Bingstadt ohnehin den Handel wieder intensivieren, egal, ob die Sechs Provinzen nun im Krieg geholfen haben oder nicht. Bingstadt lebt vom und für den Handel. Es kann sich noch nicht einmal selbst ernähren. So. Kühl durchkalkuliert sollen die Sechs Provinzen also ihre eigenen Streitigkeiten mit Chalced eskalieren lassen, ohne allzu viel dabei zu gewinnen. Da dem so ist, hat Kettricken es höflich abgelehnt, sich an dem Krieg zu beteiligen. Nun hat der Rat von Bingstadt jedoch angedeutet, dass sie etwas so Außergewöhnliches und Geheimes anzubieten haben, dass man es nicht einem Brief anvertrauen kann. Deshalb sind die Gesandten hier. Das ist ein geschickter Schachzug, der mit der Neugier der Königin und ihrer Edelleute spielt. Sie werden aufmerksame Zuhörer haben. Sollen wir essen und dann gehen?«

Rasch teilten wir das Frühstück zwischen uns, und anschließend brachte ich das Geschirr in die Küche hinunter. Dort herrschte helle Aufregung. Die unerwartete Delegation verlangte nach einem üppigen Mahl zu ihren Ehren. Die alte Köchin Sara stürzte sich tatsächlich mitten ins Gefecht und verkündete, dass sie alles selber machen würde; diese

Bingstädter sollten nicht sagen können, dass es in den Sechs Provinzen an irgendetwas mangelte. Rasch zog ich mich wieder zurück und eilte zu Fürst Leuenfarbs Gemächer.

Die Tür war verriegelt. Auf mein Klopfen und leises Rufen hin wurde sie geöffnet. Ich trat hindurch, schloss sie wieder hinter mir und war vor Schock wie erstarrt. Der Narr stand vor mir. Nicht der Narr in Fürst Leuenfarbs Gewändern, sondern der Narr fast so, wie er gewesen war, als wir beide noch Jungen waren. Es war die Kleidung, die er trug: enge Hose und eine kohlrabenschwarze Tunika. Sein einziger Schmuck waren sein Ohrring und ein kleines schwarz-weißes Sträußchen. Selbst seine Schuhe waren schwarz. Nur seine Statur schien sich seit damals verändert zu haben; aber schließlich war er jetzt ein Mann. Halb erwartete ich, dass er mit seinem Zepter wedeln oder einen Purzelbaum schlagen würde. Als ich die Augenbrauen hob, sagte er ein wenig verlegen: »Ich wollte Fürst Leuenfarbs Garderobe nicht in euren staubigen Gängen riskieren; außerdem kann ich mich in diesen Kleidern einfach leiser bewegen.«

Ich erwiderte nichts darauf, sondern entzündete eine Kerze und reichte dem Narren zwei weitere als Ersatz. Dann führte ich ihn in meine Kammer. Ich schloss die Außentür, öffnete den Geheimeingang, und gemeinsam betraten wir Chades Labyrinth. »Wo empfängt Kettricken sie?«, fragte ich verspätet.

»Im westlichen Empfangssaal. Chade hat mich gebeten, dir zu sagen, dass der Zugang dort in der Außenwand sei.«

»Angaben, wie wir da hinkommen sollen, wären hilfreicher gewesen, aber egal; wir werden es schon finden.«

Mein Optimismus war unberechtigt. Wir mussten in einen Teil des Labyrinths, den ich nie zuvor erkundet hatte. Ich frustrierte uns beide, indem ich zwar die Kammer über dem Audienzsaal fand und auch die daneben, aber länger brauchte, um zu erkennen, dass ich eine Ebene tiefer und von da aus in die Außenmauer musste. An einer Stelle gab es eine enge Kurve, durch die ich mich kaum hindurchquetschen konnte. Als wir schließlich unseren Spionageposten erreichten, waren wir beide voller Spinnweben. Das einzige Guckloch war ein schmaler horizontaler Schlitz. Ich schirmte die Kerzenflamme ab und hob dann die Lederklappe, die das Guckloch von unserer Seite aus bedeckte. Der Narr und ich standen dicht beieinander und konnten immer nur mit einem Auge hindurchsehen. Das Atmen des Narren an meinem Ohr kam mir unheimlich laut vor. Ich musste mich auf die Worte konzentrieren, die nur leise unser Versteck erreichten.

Wir waren spät dran. Die Gesandten waren bereits begrüßt worden. Kettricken und Chade konnte ich nicht sehen. Ich nahm an, dass Kettricken auf der Empore saß, Chade und Pflichtgetreu eine Stufe unter ihr. Unser Aussichtspunkt war so, dass wir von schräg oben in die Halle blickten, vermutlich über die Köpfe der drei hinweg. Im hinteren Teil des Audienzsaals saßen die Herzöge und Herzoginnen der Sechs Provinzen beziehungsweise jene, die sie bei Hofe repräsentierten. Merle war natürlich auch da. Bei Hofe fand keine bedeutende Versammlung statt, ohne dass ein Barde als Zeuge dabei gewesen wäre. Sie war prachtvoll gekleidet, aber ihr Gesichtsausdruck war eher feierlich als interessiert, wie ich gedacht hätte. Sie wirkte fast ein wenig abgelenkt und nachdenklich. Ich fragte mich, was ihr wohl Sorgen bereitete, doch dann richtete ich meine Aufmerksamkeit entschlossen dorthin, wo sie hingehörte.

In der Mitte unseres Gesichtsfeldes standen die Gesandten von Bingstadt. Wie es sich für eine wohlhabende Handelsstadt geziemte, handelte es sich um Kaufleute und nicht um Adlige. Nichtsdestoweniger waren sie in ihrer Aufmachung jedem Edelmann ebenbürtig. Ihre Kleidung glitzerte von Edelsteinen, und im trüben Licht des Audienzsaals schienen einige der Steine sogar von selbst zu glühen. Eine kleine Frau trug feinen Stoff, der wie Wasser an ihrem Körper hinunterfloss.

Auf der Schulter eines der Männer hockte ein Vogel, dessen Gefieder alle Schattierungen von Rot und Orange zeigte mit Ausnahme des Kopfes, der schlicht weiße Haut war. Das Tier besaß einen riesigen schwarzen Schnabel.

Hinter den beeindruckenden Kaufleuten stand eine zweite Reihe: vermutlich Diener trotz ihrer aufwendigen Kleidung. Sie trugen Kisten mit Geschenken als Zeichen guten Willens. Zwei von ihnen hoben sich von den anderen ab. Die eine war eine Frau mit einem stark tätowierten Gesicht. Diese Tätowierungen besaßen kein Muster, keinen Sinn; sie waren einfach nur eine Anhäufung von Tintenkritzeleien, die sich über die gesamten Wangen erstreckten. Ich wusste, dass das bedeutete, dass sie eine Sklavin war, und dass es sich bei jeder Tätowierung um das Siegel eines ihrer Eigentümer handelte. Ich fragte mich, was sie wohl getan haben mochte, dass man sie so oft verkauft hatte. Der andere seltsame Diener trug eine Kapuze und war verschleiert. Der Stoff, aus dem seine Kleidung bestand, war prachtvoll und kunstvoll geschnitten; der Schleier bestand aus edler Spitze. Ich konnte sein Gesicht nicht erkennen, und sogar seine Hände waren von Handschuhen verborgen, als wolle man so sicherstellen, dass kein Stück seiner Haut zu sehen war. Das machte mich nervös, und ich beschloss, ihn aufmerksam zu beobachten.

Als wir eintrafen, hatte man gerade mit der Präsentation der Geschenke begonnen. Insgesamt waren es fünf, und jedes war hinreißender als das vorhergehende. Sie wurden mit blumigen Komplimenten überreicht, als ließe sich unsere Königin von solchen Schmeicheleien beeinflussen. Ich misstraute den schönen Reden, aber die Geschenke faszinierten mich. Das erste war eine große Glasphiole mit Parfüm. Als die tätowierte Dienerin vortrat, um es der Königin zu überreichen, erklärte eine große Frau, dass der Duft selbst dem unruhigsten Schläfer süße Träume bescheren würde. Die Träume konnte ich nicht verbürgen, aber als man die Phiole für einen Augenblick öffnete, erfüllte der Duft die ganze Halle und erreichte sogar den Narren und mich in unserem Versteck. Es war kein schwerer Duft, sondern mehr wie eine frische Brise in einem sommerlichen Garten. Wie auch immer, ich sah die Gesichter der Adligen im hinteren Teil des Raums, als der Duft sie erreichte. Sie lächelten immer breiter, und bei den Misstrauischeren verschwanden die Falten von der Stirn. Selbst ich fühlte, wie meine Vorsicht ein wenig nachließ.

»Eine Droge?«, fragte ich den Narren.

»Nein. Nur ein Parfüm, ein Duft von einem freundlicheren Ort.« Ein schwaches Lächeln huschte über sein Gesicht. »Ich kenne diesen Duft von früher, als ich noch ein Kind gewesen bin. Sie fahren weit, um ihn zu holen.«

Der nächste Diener trat vor und öffnete ein Kästchen vor den Füßen der Königin. Heraus holte er ein einfaches Windspiel, wie man es in jedem Garten finden konnte, nur schien dieses hier aus Glas und nicht aus Metall gemacht zu sein. Er hielt es ruhig, doch auf ein Zeichen des Vogelmannes hin schüttelte er es und ließ es klingen. Jeder einzelne Ton war lieblich, und alsbald vereinten sie sich zu einer fließenden Melodie. Viel zu schnell brachte der Diener das Windspiel wieder zum Schweigen. Dann schüttelte er es erneut, doch diesmal kam eine andere Melodie hervor; sie unterschied sich so deutlich von der ersten wie das Knistern von Feuer vom Rauschen eines Baches. Eine Zeit lang spielte das Windspiel, bis er es schließlich wieder verstummen ließ. Der Vogelmann sagte: »Werte Königin Kettricken, edelste Dame sowohl des Bergreichs als auch der Sechs Provinzen, wir hoffen, dieser Klang erfreut Euch. Niemand vermag mit Sicherheit zu sagen, wie viele Melodien sich in diesen Windspielen verbergen. Jedes Mal, wenn sie erklingen, scheinen sie eine andere zu spielen. So groß und weit Euer Land ist und so raffiniert Euer Geschmack sein muss, wir hoffen, dass dieses demütige Geschenk Euer Gefallen findet.«

Kettricken musste irgendeine Geste der Akzeptanz gemacht haben, denn das Windspiel wurde wieder in das Kästchen gelegt und zu ihr gebracht.

Das dritte Geschenk war Stoff, in Struktur und Farbe jenem ähnlich, den eine der Frauen trug. Der Ballen wurde aus einer Truhe geholt, doch als die kleine Frau und der Vogelmann ihn nahmen, entfalteten sie ihn und entfalteten ihn immer weiter, bis die Bahn die Länge des Tisches in der Großen Halle erreichte. Der Stoff schimmerte, als sie ihn schüttelten, und wechselte dabei die Schattierung. Schließlich falteten die beiden ihn mühelos wieder zu einem kleinen Bündel zusammen und verstauten ihn in der Truhe. Auch dieses Geschenk stellte man vor die Königin. Das vierte Geschenk war ein Glockenspiel. Die Töne, die es von sich gab, waren nichts Besonderes, doch jedes Mal, wenn man eine der Glocken anschlug, schimmerte sie im Licht. »Dies ist Jidzin, gnädigste Königin Kettricken, Herrscherin der Sechs Provinzen und Erbin des Bergthrons«, erklärte die kleine Frau. »Dies ist einer der Schätze, die nur aus Bingstadt kommen können. Wir sind sicher, dass Ihr nichts Geringeres wert seid als das Beste, was wir zu bieten haben. Jidzin gehört zu unseren einmaligen Schätzen. Ebenso wie das hier.« Sie winkte dem vermummten Mann, der daraufhin vortrat. »Flammenjuwelen, edle Königin Kettricken. Die Seltensten der Seltenen für eine seltene Königin.«

Meine Muskeln verspannten sich, als der verschleierte Mann sich der Empore näherte, wo Kettricken und Pflichtgetreu saßen. Chade war dort, ermahnte ich mich, auch wenn mein Magen sich zusammenzog. Der alte Assassine war sicherlich genauso wachsam wie ich; er würde nicht zulassen, dass der Königin oder dem Prinzen ein Leid geschah. Nichtsdestoweniger sandte ich Pflichtgetreu mittels der Gabe eine leise Warnung.

Sei wachsam.

Ich werde es auch sein.

Ich hatte nicht erwartet, dass der Prinz auf meine Warnung antwortete; aber er tat es, und sein Gedanke war recht weit gestreut, nicht sorgfältig kanalisiert. Mir sträubten sich die Nackenhaare, als ich den verschleierten Mann zusammenzucken sah, als hätte ihn etwas gestochen. Einen Moment lang war er wie erstarrt. Ich fühlte etwas von ihm – etwas, wofür ich keinen Namen hatte.

Schschsch, warnte ich den Prinzen. *Verhalte dich vollkommen ruhig.*

Verzweifelt sehnte ich mich danach, den Gesichtsausdruck des Verschleierten zu sehen. Starrte er meinen Prinzen an? Blickte er sich in der Halle um und suchte mich?

Wer auch immer er sein mochte, seine Beherrschung war meisterhaft. Er ließ sein unvermitteltes Stehenbleiben wie eine zeremonielle Pause aussehen. Dann verneigte er sich tief und präsentierte sein Geschenk. Er stellte eine Truhe vor sich hin. Auf eine Berührung seiner Hand schien sie sich von selbst zu öffnen. Er griff hinein und holte eine kleinere Truhe heraus. Diese öffnete er ebenfalls und enthüllte einen juwelenbesetzten Halsreif. Erst zeigte er ihn der Königin, dann hielt er ihn in die Höhe, um ihn den versammelten Adligen zu präsentieren. Dabei schüttelte er ihn kurz. Plötzlich erwachten die Juwelen zum Leben und glühten in einem unirdischen Blau. Als der Verschleierte sich daraufhin wieder zur Königin umdrehte und ihr den Schmuck reichte, hörte ich, wie der Narr neben mir ob der Schönheit des Dings nach Luft schnappte. Der Verschleierte sprach deutlich, trotz der dämpfenden Tücher, und seine Stimme war die eines jungen

Mannes, fast eines Kindes. »Die Blauen sind die seltensten aller Flammenjuwelen, gnädigste Königin. Sie sind für Euch gewählt worden, in der Farbe der Bocksmarken. Und für jeden Edelmann und gnädigen Herrscher jeder Eurer edlen Provinzen …«

Ein Raunen ging durch den hinteren Teil der Halle, als der Diener fünf weitere kleine Kästchen aus der großen Truhe holte. Hintereinander öffnete er sie, und jedes enthielt einen dünnen, silbernen Halsreif. Nur ein einziges Juwel fand sich auf jedem von ihnen – ein einziges, aber nichtsdestoweniger atemberaubend. Irgendjemand hatte sich eingehend mit den Sechs Provinzen beschäftigt, denn jedes Juwel war von der Farbe des entsprechenden Herzogtums; selbst das Blassgelb von Bearns war deutlich von dem dunklen Gold von Farrow zu unterscheiden. Nachdem die Königin ihren Halsreif angenommen hatte, ging der vermummte Diener zu den versammelten Adligen, um ihnen feierlich die Geschenke aus Bingstadt zu überreichen. Trotz der ungewöhnlichen Kleidung des Mannes bemerkte ich, dass niemand zögerte, das Geschenk anzunehmen.

Während dies vonstattenging, musterte ich die anderen Gesandten von Bingstadt. »Wer ist ihr Anführer?«, murmelte ich vor mich hin, da keiner von ihnen sich irgendwie von den anderen abhob. Der Narr dachte, ich hätte die Frage an ihn gerichtet.

»Siehst du die Frau mit den grünen Augen? Die größere der beiden?«, flüsterte mir der Narr ins Ohr. »Ich glaube, ihr Name ist Serilla. Sie stammt ursprünglich aus Jamaillia und war eine Gefährtin des Satrapen. Das heißt, sie war eine Ratgeberin des Herrschers von Jamaillia und eine Meisterin auf ihrem selbst gewählten Gebiet. Ihres war Bingstadt und Umgebung. Sie kam unter äußerst seltsamen Umständen nach Bingstadt, und seitdem ist sie dortgeblieben. Gerüchte besagen, dass sie beim herrschenden Satrapen in Ungnade gefallen sei und er sie ins Exil geschickt habe. Einige behaupten sogar, sie habe versucht, ihm die Macht zu entreißen. Aber anstatt ihr Exil als Strafe anzunehmen, hat sie Bingstadt zu ihrer Heimat gemacht und ist zur professionellen Verhandlungsführerin des Rates aufgestiegen. Auch wenn es viel böses Blut zwischen ihr und dem Satrapen gibt, hat ihr Wissen sowohl über Bingstadt als auch über Jamaillia Bingstadt einen Vorteil im Handel mit Jamaillia verschafft.«

»Schschsch«, brachte ich ihn rasch zum Schweigen. Ich fragte mich, woher er das alles wusste, und natürlich wollte ich mehr darüber hören, aber das konnte warten. Im Augenblick musste ich erst einmal auf jede Einzelheit da draußen achten. Der Narr gab nach, doch ich fühlte seine Unruhe. Seine kühle Wange war an die meine gepresst, während wir Seite an Seite durch den schmalen Schlitz spähten. Er legte die Hand auf meine Schulter, um sich abzustützen; dabei spürte ich deutlich seine unterdrückte Anspannung. Offensichtlich hatte diese Audienz eine tiefere Bedeutung für ihn. Später würde ich ihn fragen, wer die anderen Gesandten waren. Im Augenblick war ich aber erst einmal vollständig auf die Szene vor mir konzentriert. Ich wünschte nur, ich hätte auch die Königin, Chade und Prinz Pflichtgetreu sehen können.

Ich hörte zu, als die Königin sich für die Geschenke bedankte und die Gesandten willkommen hieß. Ihre Worte waren einfach. Sie antwortete nicht mit extravaganten Komplimenten oder Titeln, sondern bot ihnen stattdessen schlichte Ehrlichkeit. Sie war freudig erregt ob der Überraschung ihres lang erwarteten Besuches. Sie hoffte, dass sie ihren Aufenthalt in Bocksburg genießen würden und dass diese Gesandtschaft der Anfang eines regeren Austausches zwischen den Sechs Provinzen und Bingstadt war. Die große Frau, Serilla, stand feierlich da und hörte den Worten der Königin aufmerksam zu. Die tätowierte Frau presste die Lippen aufeinander, während die Königin sprach; offensichtlich verkniff sie sich eine Erwiderung. Der Mann an ihrer Seite warf ihr einen besorgten Blick zu. Er hatte breite Schultern und sah sehr kräftig aus; sein Haar war kurz und lockig und umrahmte ein wettergegerbtes Gesicht. Offensichtlich war er körperliche Arbeit gewohnt und pflegte Dinge einfach zu erledigen, anstatt sich durch irgendwelche protokollarischen Höflichkeiten zu kämpfen. Während er darauf wartete, dass die Königin ihre Rede beendete, ballte er immer wieder die Fäuste. Der Vogel auf seiner Schulter trat unruhig von einem Fuß auf den anderen. Der andere Mann, ein dünner, gelehrt aussehender Kerl, schien mehr von Serillas Art zu sein. Er würde Kettricken das Tempo für diese Begegnung bestimmen lassen.

Serilla war diejenige, die sprach, als Kettricken schließlich wieder schwieg. Sie dankte der Königin und den ganzen Sechs Provinzen für den warmherzigen Empfang. Sie sagte, sie alle würden die Gelegenheit genießen, in unserem friedvollen Land zu rasten, weit weg von den Schrecken, die Chalced über ihre Heimat brachte. Dann erzählte sie eine Weile von allem, was sie hatten ertragen müssen: von den willkürlichen Angriffen auf ihre Schiffe, wodurch sämtliche Handelsverbindungen unterbrochen waren, und von der Härte, die das für die Bevölkerung bedeutete. Sie sprach von Überfällen der Chalcedier auf die weiter außerhalb gelegenen Siedlungen von Bingstadt.

»Ich habe gar nicht gewusst, dass sie Siedlungen haben«, flüsterte ich dem Narren zu.

»Nicht viele. Aber seit ihre Bevölkerung durch so viele freigelassene Sklaven gewachsen ist, versuchen sie, Ackerland zu finden.«

»Freigelassene Sklaven?«

»Schschsch«, erwiderte der Narr. Er hatte recht. Jetzt musste ich erst einmal zuhören; Fragen konnte ich später immer noch stellen. Ich drückte die Stirn gegen den kalten Stein der Wand.

Serilla verschaffte der Königin einen raschen Überblick über all die Schwierigkeiten, die ihnen Chalced im Augenblick bereitete. Das meiste davon war mir bekannt, und andere Probleme glichen jenen, die auch die Sechs Provinzen mit ihrem gierigen Nachbarn im Süden hatten. Chalcedische Plünderer, Grenzstreitigkeiten, Piratenangriffe auf Handelsschiffe, lächerliche Zölle für alle Kaufleute, die mit ihnen handeln wollten: All diese Beschwerden waren mir nur allzu gut vertraut. Doch dann begann Serilla davon zu berichten, wie Bingstadt allen Sklaven im chalcedischen Einflussbereich die Freiheit versprochen und ihnen angeboten hatte, sie als Bürger von Bingstadt aufzunehmen. Bingstadt gestattete keinen Sklavenschiffen mehr, in seinem Hafen anzulegen, egal, ob sie nun nach Chalced oder weiter südlich nach Jamaillia segelten. Einer Abmachung mit Bingstadts neuem Verbündeten folgend, den sogenannten Pirateninseln, wurden Sklavenschiffe, die in Bingstadt festmachten, geentert, ihre Ladungen beschlagnahmt und die Sklaven freigelassen.

Diese Unterbrechung des chalcedischen Sklavenhandels war nun der Hauptgrund des Konflikts, und das wiederum hatte die alten Grenzstreitigkeiten zwischen dem Stadtstaat und seinem Nachbarn erneut aufflackern lassen. Serilla brachte ihre Hoffnung zum Ausdruck, dass die Sechs Provinzen sich in beiden Punkten auf Bingstadts Seite stellen würden. Sie wusste, dass das Herzogtum Shoaks entflohene Sklaven in seinen Grenzen als freie Männer willkommen hieß und dass Shoaks ebenfalls unter den territorialen Ansprüchen Chalceds litt. Konnte sie dann vielleicht auch hoffen, dass die Sechs Provinzen und somit die gnädigste Königin Kettricken das gewähren würde, was vorherige Gesandtschaften erbeten hatten? Eine Allianz und Unterstützung im Krieg gegen Chalced? Im Gegenzug hatte Bingstadt den Sechs Provinzen viel zu bieten. Offener Handel und ein Anteil an Bingstadts lukrativem Handel mit den sogenannten Pirateninseln würden allen zugutekommen. Die gerade dargebotenen Geschenke repräsentierten nur einen kleinen Teil der Waren, auf die die Sechs Provinzen dann Zugriff hätten.

Königin Kettricken hörte Serilla ernst zu, doch am Ende von Serillas Ansprache schwieg sie. Es war Chade in seiner Rolle als königlicher Ratgeber, der Kettrickens Standpunkt zum Ausdruck brachte. Die Wunder ihrer Handelsgüter waren weit bekannt, und das berechtigtermaßen, doch selbst angesichts solcher Wunder durften die Sechs Provinzen nicht daran denken, in den Krieg zu ziehen. Er schloss seine Ausführungen mit der Bemerkung: »Unsere gnädigste Königin Kettricken muss stets zuvorderst das Wohl ihres eigenen Volkes im Auge haben. Ihr wisst, dass man unsere Beziehungen zu Chalced bestenfalls als ›angespannt‹ bezeichnen kann. Wir haben vielerlei Schwierigkeiten mit ihnen, und doch haben wir uns zurückgehalten, Krieg zu führen. Wir alle kennen das Sprichwort ›Früher oder später wird es immer Krieg mit Chalced geben‹. Sie sind ein streitlustiges Volk. Aber Krieg ist teuer und zerstörerisch. Krieg später zu führen ist immer besser als jetzt. Warum sollten wir um Bingstadts willen ihren Zorn heraufbeschwören?« Chade ließ die Frage einen Moment lang im Raum stehen, dann machte er seinen Standpunkt deutlicher: »Was bietet Ihr den Sechs Provinzen, was wir früher oder später nicht ohnehin bekommen würden, egal, wie der Krieg ausgeht?«

Mehrere Herzöge im Hintergrund nickten ernst. Alle wussten sie, dass dies die Art der Händler war. Sie erwarteten, dass Chade feilschte, und das würde er auch tun.

»Gnädigste Königin, edler Prinz, weiser Ratgeber, edle Herzöge und Herzoginnen, wir bieten Euch …« Serilla hielt inne; offensichtlich hatte sie Chades direkte Frage ein wenig aus der Fassung gebracht. »Unser Angebot ist äußerst delikat. Vielleicht wäre es klüger, erst einmal allein darüber nachzudenken, bevor Ihr es Euren Edlen präsentiert. Vielleicht wäre es besser …« Serilla blickte nicht zu den Edelleuten im hinteren Teil des Saals, doch was sie mit ihrer Pause sagen wollte, war offensichtlich.

»Bitte, Serilla von Bingstadt. Sprecht offen. Unterbreitet uns allen Euer Angebot, damit meine Edelleute und Ratgeber es frei diskutieren können.«

Serilla riss entsetzt die Augen auf. Ich fragte mich, was für eine Art von Ort Jamaillia sein mochte, dass sie die direkte Antwort meiner Königin so überrascht hatte. Sie hatte sich noch nicht wieder gefasst, da räusperte sich der Mann mit dem Vogel auf der Schulter. Serilla warf ihm einen warnenden Blick zu, doch der Mann trat trotzdem vor. »Gnädigste Königin, gestattet Ihr mir, mich direkt an Euch zu wenden?«

Kettrickens Antwort klang verwirrt. »Natürlich. Ihr seid Händler Jorban, glaube ich.«

Der Mann nickte ernst. »Das ist richtig. Gnädigste Königin Kettricken, Herrscherin der Sechs Provinzen und Erbin des Bergthrons.« Ich empfand Mitleid mit dem jungen Mann. Offensichtlich waren ihm solch blumige Titel nicht vertraut, aber trotz Serillas wütendem Blick sprach er weiter. »Ich glaube, Ihr seid ein Mensch, eine Königin, die Direktheit zu schätzen weiß. Ich habe mich über diese Verzögerung geärgert, aber nun, da ich heute gehört habe, dass Ihr Chalced ebenso wenig liebt wie wir, wage ich zu hoffen, dass Ihr über unser Angebot nachdenken werdet, sobald Ihr hört, was wir Euch bieten.« Er räusperte sich und fuhr dann fort: »Wir sind zu Euch gekommen, um ein Bündnis gegen einen gemeinsamen Feind zu schmieden. Seit drei Jahren liegen wir nun im Krieg mit Chalced. Das hat uns ausgelaugt, und unsere Hoffnungen auf ein frühes Ende dieses Konflikts sind dahin. Die Chalcedier sind ein stures Volk. Jede Niederlage, die wir ihnen beibringen, scheint sie nur in ihrer Entschlossenheit zu stärken, uns Leid anzutun. Sie gedeihen im Krieg; anders als wir lieben sie die Zerstörung. Bingstadt braucht Frieden, um zu blühen, Frieden und ein freies Meer. Wir sind vom Handel abhängig, nicht nur für unseren Gewinn, sondern auch um unsere Grundbedürfnisse befriedigen zu können. Wir mögen ja Magie und Wunder in Bingstadt besitzen, und doch können wir damit nicht unsere Kinder füttern. Wir haben keine großen Felder, auf denen Korn gedeiht, keine Weide für unser Vieh. Chalced will uns aus purer Gier überrennen. Sie würden uns alle töten, nur um zu besitzen, was wir haben, und ohne zu verstehen, was dieser Besitz von uns verlangt. Sie werden zerstören, was sie suchen, allein schon durch den Versuch, es besitzen zu wollen. Was wir haben, kann uns nicht abgenommen werden, und es existiert immer noch. Es … es ist …« Der Mann kam stotternd zum Stillstand wie ein Schiff, das eine Sandbank umrundet.

Kettricken wartete eine Zeit lang, um dem Mann Gelegenheit zu geben, seine Zunge wiederzufinden, doch der breitete nur hilflos die Hände aus. »Ich bin Kaufmann und Seefahrer, Herrin … gnädigste Königin.« Fast hätte er den Ehrentitel vergessen. »Ich spreche von unserer Not, und doch erkläre ich mich selbst nicht gut genug.«

»Was wollt Ihr von uns, Händler Jorban?« Königin Kettrickens Frage war ebenso einfach wie elegant.

Plötzlich keimte Hoffnung in den Augen des Mannes auf, als hätte ihre Offenheit ihn beruhigt. »Wir wissen, dass das Volk des Herzogtums Shoaks seine Grenzen gegen Chalced verteidigt. Eure Wachsamkeit beansprucht viel von Chalceds Aufmerksamkeit.« Plötzlich drehte er sich um und deutete auf die versammelten Edelleute. »Dafür danken wir Euch.«

Der Herzog von Shoaks nickte ernst als Anerkennung für diesen Dank.

Händler Jorban wandte sich wieder an die Königin. »Aber

wir müssen Euch um mehr als das bitten. Wir bitten Euch um Kriegsschiffe und Krieger, um Chalced von Eurer Seite aus unter Druck zu setzen. Jagt und versenkt die Schiffe, die uns beim Handel mit Euch behindern. Damit würden wir dem Streit ein Ende setzen, den Chalced uns seit Generationen aufbürdet.« Er atmete tief durch. »Wir könnten dieses Land vollständig unterwerfen, und die uralte Bedrohung wäre beseitigt. Wenn sie uns nicht als Nachbarn akzeptieren wollen, sollen sie unsere Herrschaft ertragen.«

Serilla, die Jamaillianerin, unterbrach ihn plötzlich. »Händler Jorban, Ihr geht zu weit! Gnädigste Königin Kettricken, wir sind nur gekommen, um Euch Vorschläge zu unterbreiten, nicht um Euch zu einem Eroberungskrieg zu verleiten.«

Jorban biss die Zähne zusammen und ergriff sofort wieder das Wort, als Serilla schwieg. »Ich mache keine Vorschläge. Ich bin gekommen, um mit potenziellen Verbündeten zu verhandeln. Ich will diesem endlosen Krieg mit Chalced ein Ende bereiten, und ich werde offen aussprechen, was vielen Händlern auf dem Herzen liegt.« Seine blauen Augen funkelten, als er Kettrickens Blick begegnete. Er sprach ehrlich und mit Leidenschaft. »Lasst uns die chalcedischen Staaten vollständig unterwerfen und ihr Territorium zwischen uns aufteilen. Dadurch würden alle gewinnen. Bingstadt hätte Land, das es bewirtschaften könnte, und die Bedrohung durch Chalced wäre ein für alle Mal vorbei. Der Herzog von Shoaks könnte sein Lehen erweitern, und er hätte keinen Feind mehr im Rücken, sondern einen Verbündeten und Handelspartner. Das Tor nach Süden stünde für die Sechs Provinzen weit offen.«

»Chalced vollständig unterwerfen?« Schon Kettrickens Tonfall verriet mir, dass sie über so etwas bis jetzt noch nicht einmal nachgedacht hatte; solch ein Eroberungskrieg widersprach ihrer Bergvolkart zutiefst.

Doch im hinteren Teil des Raums grinste der Herzog von

Shoaks über das ganze Gesicht. Das war ein Krieg, den er genießen würde, ein Festmahl der Rache, auf das er schon viel zu lange gewartet hatte. Er vergaß sich wohl ein wenig, als er die Faust hob und vorschlug: »Lasst uns auch den Herzog von Farrow in die Teilung mit einbeziehen. Und vielleicht würde auch Euer Vater, König Eyod der Berge, einen Teil abhaben wollen, meine Königin. Auch sein Land grenzt an Chalced, und allen Berichten zufolge hat er seine Nachbarn nie sonderlich gemocht.«

»Haltet Frieden, Shoaks«, wies ihn die Königin zurecht, auch wenn ihr Tonfall sanfter war, als ich erwartet hatte. Vielleicht gab es da eine Geschichte, die ich nicht kannte. Wie bitter waren die Grenzstreitigkeiten zwischen dem Bergreich und Chalced wirklich? Hegte Kettricken einen älteren Groll, als mir bekannt war? Doch als sie sich wieder der Abordnung aus Bingstadt zuwandte, zeigte sie sich zurückhaltend. »Ihr bietet uns die Teilnahme an Eurem Krieg an, als wäre das eine Ware, die wir begehren müssten. Das tun wir aber nicht. Einen Krieg haben wir bereits geführt, und in ebendiesem Augenblick versuchen wir, die alten Feinde zu unseren Freunden zu machen. Euer Krieg führt uns nicht in Versuchung – ebenso wenig euer Angebot, uns chalcedisches Land zu überlassen, nachdem wir Chalced besiegt haben. Solch ein Sieg ist unsicher und steht in weiter Ferne. Überdies könnte es mehr eine Last denn ein Vorteil sein, diese Territorien zu halten. Ein erobertes Volk findet sich nur selten damit ab, Fremdherrschaft zu ertragen. Ihr bietet uns freien Handel Richtung Süden an, wenn wir diesen Sieg erreichen. Doch Bingstadt hat immer offene Handelsbeziehungen zu uns gepflegt, sodass ich darin keinen Gewinn für uns sehe. Wieder frage ich Euch: Warum sollten wir das in Erwägung ziehen?«

Ich beobachtete, wie die Abgesandten von Bingstadt einander anblickten und vor sich hin lächelten. Mit dem Vorschlag, chalcedisches Territorium aufzuteilen, war ihr Angebot noch nicht erschöpft, aber was auch immer es sein mochte, was sie zurückhielten, solange sie nicht unbedingt mussten, würden sie es nicht preisgeben. Ich empfand kein Mitleid mit ihnen. Sie hätten Chades Neugier nicht provozieren dürfen; nun wollte er auskundschaften, wie tief ihre Börse wirklich war. Händler Jorban machte eine kleine Geste, als wolle er jemand anderen auffordern, mit dem Feilschen fortzufahren.

Dann, als wäre es so abgesprochen, traten die Händler von Bingstadt beiseite, sodass der verschleierte Mann der Königin direkt gegenüberstand. Irgendwie waren sie ohne ein Wort zu einer Übereinkunft gekommen.

Rasch änderte ich meine Meinung über den Vermummten. Dies war kein Diener. Vielleicht war das keiner von ihnen, noch nicht einmal die Frau mit den Sklaventätowierungen. Als der Verschleierte plötzlich vortrat, zuckte ich unwillkürlich zusammen, als stünde ein Angriff kurz bevor, doch das Einzige, was er tat, war, die Kapuze zurückzuschlagen. Sein Spitzenschleier, der daran befestigt war, verschwand ebenfalls. Was ich nun sah, ließ mich nach Luft schnappen, doch andere – unter anderem Chade – waren weniger subtil.

»Eda sei uns gnädig!«, hörte ich den alten Assassinen rufen, und aus dem hinteren Teil der Halle ertönten entsetzte Schreie.

Der Abgesandte war jung, jünger als Pflichtgetreu und Harm, auch wenn er groß war. Augen und Mund waren von Schuppen umrahmt, und das war keine Schminke. An seinem Kiefer wuchsen irgendwelche Zotteln. Er richtete sich auf und straffte die Schultern. Ursprünglich hatte ich geglaubt, dass er durch die Kapuze größer schien, als er wirklich war, doch nun sah ich, dass seine Arme und Beine unnatürlich lang waren; dennoch bewegte er sich anmutig und keineswegs unbeholfen. Er blickte Kettricken ungeachtet ihrer Stellung direkt an und sprach mit dem klaren Tenor eines Jungen.

»Mein Name ist Selden Vestrit vom Handelshaus Vestrit in Bingstadt, großgezogen von der Familie Khuprus, Händlern der Regenwildnis.« Der zweite Teil seiner Vorstellung ergab keinen Sinn für mich. Niemand lebte in der Regenwildnis. Die Gebiete, die direkt an den Fluss grenzten, waren ein einziger großer Sumpf. Das war einer der Gründe dafür, warum die Grenze zwischen Bingstadt und Chalced nie wirklich festgelegt worden war. Der Fluss und seine verschlammten Ufer trotzten ihnen beiden. Aber was der Junge als Nächstes sagte, war noch ungeheuerlicher: »Ihr habt Serilla gehört, die für den Rat von Bingstadt spricht. Andere hier können für die Tätowierten sprechen, jene ehemaligen Sklaven, die nun Bürger von Bingstadt sind. Wieder andere für die Gilden und unsere Lebendschiffe. Ich spreche für die Händler der Regenwildnis. Aber ich spreche auch für Tintaglia, den letzten wahren Drachen, der geschworen hat, Bingstadt in Zeiten der Not zur Seite zu stehen. Ihre Worte überbringe ich Euch.«

Ein Schauer lief mir über den Rücken, als ich den Namen des Drachen hörte. Ich wusste nicht, warum.

»Sie ist der ständigen Rangeleien zwischen den Völkern von Chalced und Bingstadt überdrüssig. Das behindert die Erfüllung der weit wichtigeren Aufgabe, die sie für sie im Sinn hat. Dieser Krieg, den Chalced so fanatisch führt, gefährdet ein weit größeres Schicksal.« Er sprach, als wäre er kein Mensch; Verachtung lag in seiner Stimme, Verachtung für die armseligen Sorgen der Menschen. Es war beängstigend und inspirierend zugleich. Er ließ seinen Blick durch den Raum schweifen. Da erkannte ich, dass ich mir das schwache Glühen in seinen Augen nicht nur eingebildet hatte. »Helft Bingstadt, Chalced zu zerstören und diesem Krieg ein Ende zu bereiten, und Tintaglia wird Euch ihre

Gunst schenken. Und nicht nur ihre Gunst, sondern auch die Gunst ihrer Nachkommenschaft, die rasch an Größe, Schönheit und Weisheit gewinnt. Helft uns, und eines Tages werden die Legenden der Sechs Provinzen von Drachen, die sie beschützen, Realität werden und Drachen Euch als Verbündete zur Seite stehen.«

Ein benommenes Schweigen folgte diesen Worten. Ich bin sicher, dass alle es fehlinterpretierten. Händler Jorban grinste breit ob etwas, was wohl der Schock auf Kettrickens Gesicht sein musste, und wagte hinzuzufügen: »Ich mache Euch nicht zum Vorwurf, dass Ihr an uns gezweifelt habt, aber Tintaglia ist genauso real, wie ich es bin. Müsste sie sich nicht um ihren Nachwuchs kümmern, sie hätte den Angriffen Chalceds schon vor Jahren ein Ende bereitet. Habt Ihr nicht die Gerüchte von der Schlacht in der Bingstädter Bucht gehört? Wie ein silbern-blauer Drache die Chalcedier von unseren Ufern vertrieben hat? Ich war an jenem Tag dabei und habe im Hafen gekämpft. Diese Gerüchte sind weder übertrieben noch erfunden, sondern schlicht die Wahrheit. Bingstadt besitzt einen seltenen und fantastischen Verbündeten: den letzten wahren Drachen dieser Welt. Helft uns, Chalced in die Knie zu zwingen, und sie könnte auch Euer Verbündeter sein.«

Ich glaube nicht, dass er damit rechnete, Feuer an Kettrickens Ärger zu legen. Ich bezweifle, dass er auch nur annähernd eine Ahnung hatte, wie tief Kettrickens Gefühle für die Drachen der Sechs Provinzen waren.

»Der letzte wahre Drache!«, rief sie. Ich hörte das Rascheln ihres Kleides, als sie auf die Füße sprang. Sie stieg die Stufen hinunter und trat den Emporkömmlingen aus Bingstadt entgegen; eine Stufe über ihnen blieb sie stehen. Die Stimme meiner nüchternen und großmütigen Königin zitterte vor Zorn und erfüllte die ganze Halle. »Wie könnt Ihr es wagen, so zu sprechen! Wie könnt Ihr es wagen, die Drachen der Uralten als Legenden abzutun! Ich habe den Himmel mit nicht nur einem, sondern einer Horde von Drachen geschmückt gesehen, die emporstiegen, um den Sechs Provinzen zu Hilfe zu eilen. Ich selbst bin auf einem Drachen geritten, dem wahrsten Drachen von allen, als er mich zurück nach Bocksburg getragen hat. Es gibt nicht einen Erwachsenen in diesem Raum, der nicht die mächtigen Schwingen über unseren Wassern gesehen hätte, welche die Roten Schiffe zerschmettert haben, die so lange eine Plage für unser Land gewesen sind. Wollt Ihr etwa unterstellen, unsere Drachen seien falsch gewesen? In Herz oder Tat? Der Junge mag seine Jugend und seine Unerfahrenheit als Entschuldigung anführen, zumal er vermutlich noch nicht einmal geboren war, als wir unseren Krieg gefochten haben, und vermutlich hat ihn niemand in diesen Dingen ausgebildet. Ihr aber könnt Euch nur auf Eure Unwissenheit über uns berufen. Der letzte wahre Drache … Ha!«

Ich bezweifle, dass irgendeine Beleidigung, egal, wie schlimm auch immer, die Königin zu solch einem Wutausbruch hätte verleiten können. Niemand in der Halle konnte wissen, dass es ihr König war, Veritas, ihre Liebe, dessen Ehre sie hochhielt. Selbst einige unserer eigenen Edelleute blickten überrascht drein, dass unsere ansonsten so gleichmütige Königin die fremden Gesandten derart scharf tadelte, doch ihre Überraschung hieß nicht, dass sie ihr nicht zustimmten. Man nickte zu ihren Worten. Mehrere Herzöge und Herzoginnen standen auf, und die Repräsentantin von Bearns legte sogar die Hand an ihr Schwert. Der geschuppte Junge schaute sich um, den Mund vor Verzweiflung weit aufgerissen, während Serilla ob seines Fehlers mit den Augen rollte. Die Bingstadt-Gesandtschaft rückte instinktiv näher zusammen.

Der geschuppte Junge trat einen Schritt näher an die Königin heran. Chade machte eine Bewegung, um ihn davon abzuhalten, doch da hatte sich der Junge bereits auf ein Knie niedergelassen. Er blickte zur Königin hinauf, als er sagte: »Ich bitte Euch um Verzeihung, sollte ich Euch beleidigt haben. Ich spreche nur von dem, was ich weiß. Wie Ihr gesagt habt: Ich bin noch jung. Aber es war Tintaglia, die uns voll Trauer verkündet hat, dass sie der letzte wahre Drache dieser Welt sei. Ich würde mich von Herzen freuen, ihr die Nachricht überbringen zu können, dass dem nicht so ist. Bitte. Lasst mich Eure Drachen sehen. Lasst mich mit ihnen sprechen. Ich werde ihnen ihre Not erklären.«

Kettrickens Schultern hoben und senkten sich immer noch vor Leidenschaft. Schließlich beruhigte sich ihre Atmung wieder, und sie war erneut ganz sie selbst. »Ich hege keinen Groll gegen dich, weil du von etwas gesprochen hast, worüber du nichts weißt. Was ein Gespräch mit unseren Drachen betrifft, so kommt das nicht infrage. Es sind die Drachen der Sechs Provinzen und für die Sechs Provinzen allein. Junger Mann, du nimmst dir zu viel heraus; aber aufgrund deiner Jugend will ich dir verzeihen.«

Der Junge blieb, wo er war, auf den Knien, und zweifelnd blickte er zu unserer Königin empor.

Es war an Chade, wieder Ruhe in den Raum zu bringen. Er trat vor die Abgesandten von Bingstadt. »Vielleicht ist es nur natürlich, dass Ihr an den Worten unserer Königin zweifelt, so wie wir die Euren bezweifeln. Der letzte wahre Drache, sagt Ihr, doch dann sprecht Ihr von ihrer Nachkommenschaft. Das stellt mich vor ein Rätsel: Warum bezeichnet Ihr sie als ›wahren Drachen‹? Falls Euer Drache existiert, warum ist er dann nicht mit Euch gekommen, um sich uns zu zeigen und Eurem Wunsch nach einem Bündnis Nachdruck zu verleihen?« Er ließ den Blick seiner grünen Augen über die Gesandten schweifen. »Meine Freunde, Euer Angebot hat etwas Seltsames an sich. Da ist viel, was Ihr nicht sagt. Ohne Zweifel glaubt Ihr, gute Gründe dafür zu haben. Aber

Eure Geheimnisse zu bewahren könnte Euch nicht nur diese Allianz, sondern auch unseren Respekt kosten. Wägt Euer Handeln gut ab.«

Auch wenn ich ihn nur von hinten sah, ich wusste, dass Chade jetzt nachdenklich an seinem Kinn zupfte. Er blickte zur Königin, und was auch immer er auf ihrem Gesicht sah, er traf eine Entscheidung. »Ich schlage vor, wir beenden diese Audienz zunächst einmal. Lasst unsere gnädigste Königin das Angebot mit ihren Edlen diskutieren. Gemächer sind für Euch vorbereitet worden. Genießt unsere Gastfreundschaft.« Ich konnte das Lächeln hören, das sich in seine Stimme mischte, als er hinzufügte: »Jeder unserer Barden wird Euch mit Freuden in Wort oder Gesang von den Drachen der Sechs Provinzen berichten. Wenn wir uns dann das nächste Mal treffen und Ihr ausgeruht seid, wird sich Eure Laune vielleicht ein wenig gebessert haben.«

So streng entlassen, blieb den Gesandten von Bingstadt nichts anderes übrig, als sich zu verneigen und sich zurückzuziehen. Die Königin und Prinz Pflichtgetreu gingen als Nächste. Chade hielt sich noch ein wenig bei den Edelleuten auf; er schien einen Zeitpunkt mit ihnen abzusprechen, wann sie sich zusammensetzen und das Angebot bereden könnten. Der Herzog von Shoaks ging sichtlich erregt auf und ab, während die Herzogin von Bearns schweigend dastand, die Arme vor der Brust verschränkt, als interessiere sie das alles gar nicht.

Ich lehnte mich zurück und ließ die Lederklappe über das Guckloch fallen. »Lass uns gehen«, flüsterte ich dem Narren zu, und er nickte stumm.

Ich nahm unsere Kerze wieder, und wir suchten uns unseren Weg durch das Labyrinth in den Mauern der Bocksburg. Ich führte den Narren nicht direkt in meine Kammer zurück, sondern legte einen Zwischenhalt in Chades altem Turmzimmer ein. Kaum waren wir in dem Raum, blieb der Narr unvermittelt stehen. Kurz schloss er die Augen und atmete dann tief durch. »Es hat sich nicht viel verändert, seit ich zum letzten Mal hier gewesen bin«, sagte er mit erstickter Stimme.

Mit meiner Kerze zündete ich jene auf dem Tisch an. Dann legte ich ein Stück Holz im Kamin nach. »Ich nehme an, Chade hat dich in der Nacht von König Listenreichs Ermordung hergebracht.«

Der Narr nickte langsam. »Ich hatte Chade schon vorher kennengelernt und mich über die Jahre hinweg immer wieder mit ihm unterhalten. Das erste Mal habe ich ihn getroffen, kurz nachdem ich zu König Listenreich gekommen bin. Chade erschien immer nachts, um mit dem König zu sprechen. Manchmal haben sie zusammen gewürfelt … Hast du das gewusst? Die meiste Zeit saßen sie jedoch am Feuer, tranken guten Branntwein und unterhielten sich über die Gefahren, die dem Königreich im Augenblick drohten. So habe ich auch zum ersten Mal von deiner Existenz erfahren: in einem Kamingespräch der beiden. Mein Herz pochte, bis ich verstand, was ihre Worte für mich bedeuteten. Sie bemerkten kaum, dass ich ihnen zuhörte. Sie sahen mich nur als Kind, dem es an echtem Verstand mangelte, und ich hatte alles darangesetzt, es so aussehen zu lassen, als würde ich eure Sprache kaum verstehen.« Er schüttelte den Kopf. »Das war eine so seltsame Zeit in meinem Leben. So bedeutsam und voller Vorahnungen, und doch bin ich einer echten Kindheit nie so nahegekommen wie damals unter den Fittichen von König Listenreich.«

Ich fand zwei Becher und Chades Branntweinflasche. Die stellte ich auf den Tisch und schenkte uns ein. Der Narr hob eine Augenbraue. »So früh am Tag?«

Ich zuckte mit den Schultern. »Mir kommt es später vor, als es vermutlich ist. Mein Tag hat früh begonnen. Mit Harm.« Ich ließ mich auf den Stuhl fallen, als diese spezielle Sorge wieder mein Herz bedrückte. »Narr. Hast du dir je gewünscht, noch einmal im Leben zurückkehren und etwas anders machen zu können?«

Er setzte sich ebenfalls, fasste seinen Becher aber nicht an. »Das tun alle Menschen. Das ist ein dummes Spiel, was wir da spielen. Was bereitet dir solche Sorgen, Fitz?«

Ich erzählte es ihm. Ich schüttete mein Herz aus wie ein Kind, erzählte ihm von all meinen Ängsten, meinen Enttäuschungen, als könnte mir das helfen, einen Sinn in alledem zu erkennen. »Ich blicke zurück, Narr, und manchmal erscheint es mir so, dass ich meine größten Fehler begangen habe, als ich vollkommen sicher gewesen bin, das Richtige zu tun. Justin und Serene zu jagen und sie vor den versammelten Herzögen zur Strecke zu bringen, nachdem sie meinen König gemeuchelt hatten. Schau, was das ausgelöst hat, die ganzen Ereignisse, die darauf folgten.«

Er nickte und hakte mit einem »Und?« nach, während ich mir nachschenkte.

Ich leerte meinen Becher und beschloss dann, davon zu sprechen. »Und mit Molly ins Bett zu gehen«, sagte ich. Ich seufzte, doch das erleichterte mich nicht. »Es kam mir so richtig vor. Es war so schön, so echt, so wertvoll. Es war das Einzige in meiner Welt, was nur mir allein gehörte. Aber hätte ich es nicht …«

Er wartete.

»Aber hätte ich es nicht getan, hätte ich sie nicht geschwängert, hätte sie Bocksburg nicht verlassen müssen, um ihre Schwangerschaft zu verbergen. Selbst als ich meinen anderen dummen Fehler begangen habe, wäre sie in der Lage gewesen, sich um sich selbst zu kümmern. Burrich hätte nicht das Gefühl gehabt, zu ihr gehen und über sie wachen zu müssen, bis ihr Kind zur Welt gekommen war. Sie hätten sich nicht ineinander verliebt und nie geheiratet. Als … Nach den Drachen hätte ich zu ihr zurückkehren können. Dann hätte ich jetzt etwas gehabt.« Ich weinte nicht. Für diesen Schmerz hatte ich keine Tränen mehr. Das einzig Neue war, dass ich es laut aussprach. »Ich habe mir das alles selbst eingebrockt. Es war alles meine Schuld.«

Der Narr beugte sich über den Tisch und legte seine lange, kühle Hand auf meine. »Das ist ein dummes Spiel, Fitz«, sagte er in sanftem Ton. »Du schreibst dir selbst viel zu viel Macht zu und viel zu wenig dem Sog der Ereignisse. Und was Molly betrifft: Wenn du zurückkehren und diese Entscheidungen rückgängig machen könntest, wer weiß, welche anderen ihren Platz eingenommen hätten? Lass es, Fitz. Löse dich von der Vergangenheit. Was Harm jetzt tut, ist keine Strafe für das, was du in der Vergangenheit getan hast. Du hast ihn nicht dazu gebracht, diese Wahl zu treffen. Aber das befreit dich auch nicht von deinen Pflichten als Vater, sprich, dass du versuchen musst, ihn von diesem Weg abzubringen. Glaubst du, ihm nichts sagen zu können, weil du die gleichen Fehler begangen hast?« Er atmete tief durch und fragte dann: »Hast du überhaupt je darüber nachgedacht, ihm von Molly und Nessel zu erzählen?«

»Ich … nein. Ich kann nicht.«

»Oh, Fitz. Geheimnisse und Schweigen …« Traurig verhallte seine Stimme.

»So wie die Drachen von Bingstadt«, sagte ich in kühlem Tonfall.

Der Narr nahm die Hand von meiner. »Was?«

»Wir haben in jener Nacht getrunken, und du hast mir die Geschichte erzählt – die Geschichte über Schlangen, die sich wie Raupen einspinnen und als Drachen aus den Kokons schlüpfen. Aber aus irgendeinem Grund kamen sie alle klein und krank heraus. Du glaubtest, dass sei irgendwie deine Schuld.«

Er lehnte sich auf seinem Stuhl zurück und blickte mich mehr blassgelb denn golden an. »Wir haben getrunken. Eine Menge.«

»Ja, das haben wir. Du warst betrunken genug, um zu reden; aber ich war noch nüchtern genug, um dir zuzuhören.« Ich wartete, aber er blickte mich nur schweigend an. »Nun?«, verlangte ich schließlich.

»Was willst du wissen?«, fragte er mit leiser Stimme.

»Erzähl mir von den Drachen von Bingstadt. Sind sie real?«

Ich saß da und beobachtete, wie der Narr eine Entscheidung traf. Dann beugte er sich vor und schenkte uns beiden Branntwein nach. Er trank. »Ja. Sie sind genauso real wie die der Sechs Provinzen, nur anders.«

»Wie?«

Er seufzte. »Vor langer, langer Zeit haben wir darüber diskutiert. Erinnerst du dich? Ich habe gesagt, dass es zu irgendeiner Zeit Drachen aus Fleisch und Blut gegeben haben muss, welche die Gabenkordialen dazu inspiriert haben, solche aus Stein und Erinnerung zu schaffen.«

»Das war vor Jahren. Ich kann mich kaum an das Gespräch erinnern.«

»Das musst du auch gar nicht. Du musst nur wissen, dass ich recht hatte.« Ein Lächeln huschte über sein Gesicht. »Einst gab es echte Drachen, Fitz: die Drachen, die die Uralten inspirierten.«

»Die Drachen waren die Uralten«, widersprach ich ihm.

Er lächelte. »Da hast du recht, Fitz, aber nicht auf die Art, die du meinst. Das Ganze ist wie ein zerbrochener Spiegel, den ich noch immer versuche zusammenzufügen. Die Drachen, die du und ich geweckt haben, die Drachen der Sechs Provinzen … sie waren geschaffene Dinge, geschaffen von Kordialen oder den Uralten. Der Stein der Erinnerung hat die Form angenommen, die sie ihm gegeben haben, und ist zum Leben erwacht. Als Drachen. Oder als geflügelte Eber. Oder fliegende Hirsche. Oder als ein Mädchen-auf-einem-Drachen.«

Er fügte das alles viel zu schnell zusammen, als dass ich

ihm hätte folgen können. Nichtsdestoweniger nickte ich. »Sprich weiter.«

»Warum haben die Uralten diese Steindrachen erschaffen und ihre Leben in sie transferiert? Weil sie von echten Drachen dazu inspiriert worden sind. Drachen, die wie Schmetterlinge zwei Zyklen in ihrem Leben durchlaufen. Sie schlüpfen aus Eiern als Seeschlangen. In dieser Gestalt ziehen sie durch die Meere und wachsen zu gewaltiger Größe heran, und wenn die Zeit reif ist, wenn sie Drachengröße erreicht haben, wandern sie in die Heimat ihrer Vorfahren. Die erwachsenen Drachen heißen sie dort willkommen und geleiten sie flussaufwärts. Dort weben sie sich Kokons aus Sand – Sand, der aus gemahlenem Erinnerungsstein besteht – und ihrem eigenen Speichel. In vergangenen Zeiten halfen ihnen die erwachsenen Drachen dabei. Und mit dem Speichel gaben die erwachsenen Drachen ihre Erinnerung weiter, um den jungen Drachen in ihrer Entwicklung zur Seite zu stehen. Einen vollen Winter lang schlummern sie und verändern sich, während die ausgewachsenen Drachen über sie wachen und sie vor Raubtieren schützen. Im heißen Licht des Sommers schlüpfen sie dann und absorbieren dabei den größten Teil ihres Kokons und damit auch die Erinnerungen. Junge Drachen kommen hervor, voll ausgewachsen und stark, bereit, sich selbst zu verteidigen und um Partner zu kämpfen. Schließlich legen sie ihre Eier auf einer weit entfernten Insel. Der Insel der Anderen. Eier, aus denen Schlangen schlüpfen.«

Während er sprach, konnte ich es fast sehen. Vielleicht hatten meine Träume mich dafür empfänglich gemacht. Wie oft hatte ich mir im Schlaf vorgestellt, wie es wohl sein mochte, ein Drache zu sein, wie Veritas einer geworden war? Wie es wohl sein mochte, in den Himmel hinaufzufliegen, zu jagen und zu fressen? Irgendetwas in den Worten des Narren weckte diese Träume wieder, und plötzlich kamen sie mir mehr wie echte Erinnerungen denn wie Bilder vor, die ich im Schlaf gesehen hatte. Er schwieg.

»Erzähl mir auch den Rest«, hakte ich nach.

Wieder lehnte der Narr sich zurück und seufzte. »Irgendetwas hat sie umgebracht. Vor langer Zeit. Ich weiß nicht genau was. Irgendein großer Kataklysmus, der ganze Städte in nur wenigen Tagen verschlungen hat. Er hat die Küsten gesenkt, Hafenstädte im Meer versinken lassen und den Lauf von Flüssen verändert. Dieser Kataklysmus hat die Drachen ausgerottet, und ich glaube, er hat auch die Uralten getötet. All das sind natürlich nur Vermutungen, Fitz. Sie beruhen allerdings nicht nur auf dem, was ich selbst gesehen und gehört habe, sondern auch auf dem, was du mir erzählt hast und was ich in deinen Schriften gelesen habe. Diese leere, zerrissene Stadt, die du besucht hast, deine eigene Vision dort von einem Drachen, der auf dem Fluss gelandet ist, und von dem seltsamen Volk, das ihn begrüßt hat … Einst lebten dieses Volk und die Drachen Seite an Seite. Als die Katastrophe kam, die ihnen beide ein Ende bereitete, hat das Volk versucht, ein paar Kokons zu retten. Sie haben sie in ihre Gebäude geschleppt. Die Drachenkokons und die Menschen wurden gemeinsam lebendig begraben. Die Menschen verschwanden. Aber in den Kokons, unberührt von Licht und Wärme, die die Zeit des Aufwachens hätten ankündigen können, überlebten die halb entwickelten Drachen.«

Wie ein Kind lauschte ich verzaubert seiner wilden Geschichte.

»Schließlich hat ein anderes Volk sie gefunden: Die Händler der Regenwildnis, ein Spross der Bingstadt-Händler, gruben in den antiken Städten und suchten nach Schätzen. Sie fanden in der Tat viel dort. Vieles von dem, was du heute als Geschenke für Kettricken gesehen hast – die Flammenjuwelen, das Jidzin, selbst der Stoff –, gehört zum Schatz aus den Wohnstätten der Uralten. Sie fanden auch Drachen in ihren

Kokons. Natürlich hatten sie keine Ahnung, was das war. Sie dachten … Wer weiß, was sie zuerst dachten? Vielleicht hielten sie sie zunächst für Stücke von riesigen Baumstämmen. So nennen sie sie: Hexenholz. Sie schnitten sie in Stücke und verwendeten sie als Bauholz; die halbfertigen Drachen darin warfen sie einfach weg. Das ist das Material, aus dem sie ihre Lebendschiffe gebaut haben, und diese seltsamen Fahrzeuge haben ihre Wurzeln in den Drachen, die sie eigentlich hätten werden sollen. Die meisten der halb entwickelten Drachen waren tot, nehme ich an, und das lange bevor man ihre Kokons aufgeschnitten hat. Aber einer war es zumindest nicht. Eine Kette von Ereignissen, mit denen ich nicht vertraut bin, hat dafür gesorgt, dass der Drachenkokon dem Sonnenlicht ausgesetzt wurde. Er ist geschlüpft. Tintaglia ist auf die Welt gekommen.«

»Schwach und schlecht ausgebildet.« Ich versuchte, diese Geschichte mit dem in Verbindung zu setzen, was er mir vorher gesagt hatte.

»Nein. Gesund und munter und eine derart arrogante Kreatur, wie du sie dir nur vorstellen kannst. Sie ging auf die Suche nach anderen ihrer Art. Schließlich gab sie die Suche jedoch auf. Stattdessen fand sie Schlangen. Sie waren alt und riesig, denn – und wieder spekuliere ich, Fitz – was für ein Kataklysmus die erwachsenen Drachen auch immer vernichtet haben mochte, er hatte auch die Welt genug verändert, um die Schlangen davon abzuhalten, an jenen Ort zu gehen, wo sie sich normalerweise einsponnen. Jahrzehnt für Jahrzehnt, vielleicht Jahrhundert für Jahrhundert, haben sie sporadisch versucht, wieder zurückzukehren, doch viele von ihnen sind dabei ums Leben gekommen. Aber diesmal, da Tintaglia sie führte und das Volk von Bingstadt die Flüsse aushob, sodass sie hindurchschwimmen konnten, haben einige Schlangen die Wanderung überlebt. Mitten im Winter haben sie ihre Kokons gesponnen. Sie waren alt, schwach und kränklich, und sie hatten nur einen Drachen, der sie hegte und ihnen beim Spinnen half. Wieder kamen viele auf der Reise um, während andere in ihren Kokons in Schlaf versanken, ohne jemals zu erwachen. Als der Sommer kam, waren jene, die schlüpften, Schwächlinge. Vielleicht waren die Schlangen zu alt, vielleicht befanden sie sich nicht mehr in ausreichend gutem Zustand, als die Zeit ihrer Verwandlung gekommen war. Wie auch immer, es sind bemitleidenswerte Kreaturen. Sie können weder fliegen noch für sich selbst jagen. Sie treiben Tintaglia in den Wahnsinn, denn es ist die Art der Drachen, Schwäche zu verachten und jene sterben zu lassen, die nicht stark genug zum Überleben sind. Aber wenn sie sie sterben lässt, wird sie vollkommen allein sein, für immer, die Letzte ihrer Art, ohne Hoffnung, ihre Rasse wieder zum Leben zu erwecken. Also verschwendet Tintaglia all ihre Zeit und Energie darauf, für sie jagen zu gehen. Sie glaubt, dass sie doch noch zu echten Drachen heranwachsen werden, wenn sie sie nur ausreichend füttert. Sie wünscht, nein, sie *verlangt,* dass die Händler der Regenwildnis ihr dabei helfen. Aber die Händler müssen ihre eigenen Jungen füttern, und ein Krieg hindert sie daran, Handel zu treiben. Also kämpfen sie alle. So war es, als ich zum letzten Mal in der Regenwildnis gewesen bin, vor zwei Jahren. Ich nehme an, es ist immer noch so.«

Eine Zeit lang saß ich einfach nur schweigend da und versuchte, die exotische Geschichte in meinem Kopf zu ordnen. Ich konnte nicht an seinen Worten zweifeln; in all den Jahren, die wir uns nun kannten, hatte der Narr mir schon viele seltsame Geschichten erzählt. Und doch … ihm zu glauben ließ so viele meiner eigenen Erinnerungen und Erfahrungen neue Formen und Bedeutungen annehmen. Ich versuchte, mich darauf zu konzentrieren, was seine Geschichte für Bingstadt und die Sechs Provinzen bedeutete.

»Wissen Chade und Kettricken irgendetwas von dem, was du mir gerade erzählt hast?«

Langsam schüttelte er den Kopf. »Zumindest nicht von mir. Vielleicht hat Chade andere Quellen. Aber ich habe nie mit ihm darüber gesprochen.«

»Bei Eda und El, warum nicht? Sie verhandeln wie Blinde mit den Händlern Bingstadts, Narr.« Ein noch weit schlimmerer Gedanke kam mir. »Hast du irgendeinem von ihnen von unseren Drachen erzählt? Kennen die Händler die wahre Natur der Drachen der Sechs Provinzen?«

Wieder schüttelte er den Kopf.

»Dank sei Eda dafür. Aber warum hast du darüber nicht mit Chade geredet? Warum hast du allen gegenüber Schweigen bewahrt?«

Wortlos blickte mich der Narr so lange an, dass ich schon dachte, er würde mir nicht mehr antworten. Als er dann doch wieder sprach, war es widerwillig. »Ich bin der Weiße Prophet. Mein Zweck in diesem Leben ist es, die Welt auf einen besseren Weg zu führen. Doch ... ich bin nicht der Katalyst, derjenige, der die Veränderungen in Gang setzt. Das bist du, Fitz. Chade zu erzählen, was ich weiß, würde mit Sicherheit direkt die Richtung beeinflussen, in die sich die Verhandlungen mit den Bingstädtern entwickeln. Ich kann nicht sagen, ob diese Veränderungen mir bei dem, was ich tun muss, helfen würden oder nicht. Im Augenblick bin ich mir unsicherer, was meinen Weg betrifft, denn je zuvor.«

Er hörte auf zu sprechen und wartete, als hoffte er, ich würde ihm etwas Hilfreiches sagen. Ich wusste jedoch nicht, was ich hätte sagen sollen. Das Schweigen zwischen uns dehnte sich aus.

Der Narr verschränkte die Hände im Schoß und blickte auf sie hinunter. »Ich denke, dass ich vielleicht einen Fehler begangen habe, und ich fürchte, dass ich in meinen Jahren in Bingstadt und an anderen Orten mein Schicksal nicht korrekt erfüllt habe. Ich fürchte, ich bin vom Weg abgekommen, und so wird alles, was ich von jetzt an tue, nur ein Zerrbild sein.« Er seufzte. »Fitz, ich erfühle meinen Weg durch die Zeit. Nicht ein Schritt nach dem anderen, sondern Augenblick für Augenblick. Was fühlt sich richtig an? Bis jetzt hat es sich nicht richtig angefühlt, Chade davon zu erzählen. Also habe ich es ihm nicht erzählt. Heute hat es sich richtig angefühlt, dir von diesen Dingen zu berichten. Ich habe sie dir erzählt. Jetzt habe ich die Entscheidung an dich weitergegeben. Sagen oder nicht sagen? Das liegt nun an dir, Wandler.«

Ich empfand es als seltsam, dass eine menschliche Stimme den Namen aussprach, den Nachtauge mir gegeben hatte. Ich fühlte mich unwohl. »Hast du die wichtigen Entscheidungen immer auf diese Art getroffen? Nach deinem ›Gefühl‹?« Mein Tonfall war schärfer, als ich beabsichtigt hatte, doch der Narr zuckte nicht zusammen.

Stattdessen betrachtete er mich gleichmütig und fragte: »Wie sollte ich sie sonst treffen?«

»Anhand deines Wissens. Anhand von Omen und Zeichen, Träumen und deinen eigenen Prophezeiungen ... Ich weiß es nicht. Aber es sollte schon etwas mehr sein als nur Gefühl. Bei Els Eiern, was du ›fühlst‹, könnten einfach die Magenschmerzen nach einer verdorbenen Mahlzeit sein.« Ich blickte auf meine Hände und dachte nach. Er hatte die Entscheidung mir übertragen. Was sollte ich tun? Plötzlich kam mir die Entscheidung deutlich schwerer vor als noch vor wenigen Augenblicken, da ich den Narren getadelt hatte. Wie würde das Wissen um diese Dinge Chades Haltung zu Bingstadt und einer möglichen Allianz beeinflussen? Echte Drachen. War ein Anteil an einem echten Drachen einen Krieg wert? Und was würde geschehen, wenn wir uns nicht mit den Bingstädtern verbündeten, sie gewannen und dann eine Phalanx von Drachen zu ihrer Verfügung hätten? Sollte ich es Kettricken erzählen? Dann wären die Fragen die gleichen, die Antworten vermutlich jedoch vollkommen andere. Ich seufzte laut. »Warum hast du mir diese Entscheidung übertragen?«

Ich spürte seine Hand auf meiner Schulter, blickte auf und sah sein typisches halbes Lächeln. »Weil du auch früher schon gut damit zurechtgekommen bist, wenn ich das gemacht habe – seit ich dich als Jungen im Garten gejagt habe.«

Ich blickte ihn mit großen Augen an. »Damals hast du mir nur gesagt, du hättest einen Traum gehabt und wolltest mir davon erzählen.«

Er lächelte geheimnisvoll. »Ich hatte auch einen Traum, und ich habe ihn aufgeschrieben. Acht Jahre war ich da alt. Als ich das Gefühl hatte, die Zeit sei gekommen, habe ich dir davon erzählt. Selbst damals hast du schon gewusst, was du damit anfangen solltest … als mein Katalyst. Ich vertraue darauf, dass es nun nicht anders sein wird.« Er lehnte sich wieder auf seinem Stuhl zurück.

»Damals hatte ich keine Ahnung, was ich getan habe. Ich hatte keine Vorstellung davon, wie weit die Folgen reichen würden.«

»Wie ist das jetzt, da du es weißt?«

»Ich wünschte, es wäre anders. Das macht die Entscheidung nur umso schwieriger.«

Er lächelte hochnäsig. »Siehst du?« Dann beugte er sich plötzlich vor. »Wie hast du damals im Garten deine Entscheidung getroffen? Wie hast du gewusst, was du tun musstest?«

Langsam schüttelte ich den Kopf. »Ich habe keine Entscheidung getroffen. Es gab nur eine Handlungsmöglichkeit, und das habe ich getan. Falls irgendetwas meine Entscheidung beeinflusst haben sollte, dann das, was ich für die Sechs Provinzen für das Beste hielt. Darüber hinaus habe ich an nichts gedacht.« Ich drehte den Kopf, als ich hörte, wie sich das Weinregal bewegte.

Chade betrat den Raum durch den Geheimgang. Er war außer Atem und wirkte gequält. Sein Blick fiel auf den Branntwein. Ohne ein Wort ging er zum Tisch, schnappte sich meinen Becher und leerte ihn. Dann atmete er tief durch und sagte: »Ich dachte mir schon, dass ihr beide euch hier oben verstecken würdet.«

»Verstecken würde ich das kaum nennen«, protestierte ich. »Wir unterhalten uns an einem Ort, wo wir wissen, dass die Dinge unter uns bleiben.« Ich stand auf, und Chade ließ sich dankbar auf meinen Stuhl sinken. Offensichtlich war er die Stufen zum Turm hinaufgerannt.

»Ich wünschte, Kettricken und ich hätten die Audienz mit den Händlern ebenso vertraulich abgehalten. Die Leute reden schon, und die Gerüchteküche brodelt.«

»Sollen wir uns nun mit ihnen gegen Chalced verbünden oder nicht? Lass mich raten: Shoaks ist bereit, schon morgen seine Kriegsschiffe in Marsch zu setzen.«

»Mit Shoaks komme ich schon zurecht«, erwiderte Chade gereizt. »Nein. Es ist viel stumpfsinniger. Kaum war Kettricken in ihre Gemächer zurückgekehrt, kaum hatten wir begonnen, darüber zu diskutieren, was Bingstadt uns wirklich bietet, da klopfte ein Page an der Tür. Peottre Schwarzwasser und die Narcheska baten um ein Treffen mit uns. Nein, falsch. Sie baten nicht darum, sie *verlangten* danach.« Er hielt kurz inne, um uns Zeit zu geben, darüber nachzudenken. »Die Nachricht wurde uns mit aller Dringlichkeit überbracht. Was blieb uns also anderes übrig, als der Aufforderung zu folgen? Die Königin fürchtete, dass die Narcheska sich wieder von irgendetwas beleidigt fühlte, was Pflichtgetreu gesagt oder getan hatte. Doch als man uns in ihr privates Empfangszimmer ließ, informierte uns Peottre, dass die Narcheska außerordentlich beunruhigt darüber sei, dass die Sechs Provinzen Gesandte aus Bingstadt empfangen. Beide waren ausgesprochen erregt. Aber das Interessanteste war:

Peottre verkündete, dass, sollten die Sechs Provinzen eine Allianz mit diesen ›Drachenzüchtern‹ eingehen, die Verlobung null und nichtig wäre.«

»Peottre Schwarzwasser und die Narcheska sind damit an die Königin herangetreten, nicht Arkon Blutklinge?«, fragte ich nach.

Fast gleichzeitig fragte der Narr mit großem Interesse: »Drachenzüchter? Schwarzwasser nannte sie ›Drachenzüchter‹?«

Chade blickte von einem zum anderen. »Blutklinge war nicht dort«, antwortete er mir und dann dem Narren: »Eigentlich war es die Narcheska, die den Begriff benutzt hat.«

»Was hat die Königin gesagt?«, fragte ich.

Chade atmete tief ein. »Ich hatte gehofft, sie würde sagen, dass sie sich erst einmal beraten müsse, aber offensichtlich hat die Demütigung Prinz Pflichtgetreus vom Vortag die Königin mehr verärgert, als ich erwartet hatte. Manchmal vergesse ich, dass sie nicht nur Königin, sondern auch Mutter ist. Steif erklärte sie der Narcheska und ihrem Onkel sofort, dass die Verhandlungen der Sechs Provinzen mit den Händlern von Bingstadt im besten Interesse des Königreichs abgeschlossen würden; Drohungen könnten da gar nichts bewegen … von niemandem.«

»Und?«

»Sie verließen den Empfangsraum. Die Narcheska wirkte äußerst empört; sie ging so steif wie ein Soldat. Schwarzwasser wiederum sah aus wie ein Mann, auf dessen Schultern eine schwere Last ruhte.«

»Sie sollen bald wieder zu den Äußeren Inseln zurückkehren, nicht wahr?«

Chade nickte schwerfällig. »In ein paar Tagen. Das passiert genau zur rechten Zeit, um alles aus dem Gleichgewicht zu bringen. Wenn die Königin den Bingstädtern nicht bald antwortet, vor der Abreise der Narcheska, hängt die Verlobung in der Schwebe. All die Arbeit, um unsere Beziehungen zu festigen, wäre dann umsonst … oder Schlimmeres. Dennoch habe ich das Gefühl, dass wir es mit den Händlern nicht übereilen dürfen. Ihr Angebot muss sorgfältig bedacht werden. Dieses Gerede von Drachen … Ist das eine Drohung? Eine Verspottung unserer Drachen? Oder ist das nur ein Trick, eine Erfindung, um uns zu der Allianz zu bewegen, die sie so dringend brauchen? Ich muss Sinn in das Ganze bringen. Ich muss Spione ausschicken und Informationen kaufen. Wir dürfen ihnen keine Antwort geben, bevor wir nicht genügend Fakten gesammelt haben.«

Der Narr und ich blickten einander an.

»Was?«, verlangte Chade zu wissen.

Ich atmete tief durch und schlug alle Vorsicht in den Wind. »Ich muss mit dir und der Königin sprechen. Vielleicht sollte auch Pflichtgetreu dabei sein.«

Kapitel 12

JEK

Ich bin kein Feigling. Ich habe immer den Willen der Gottgeborenen akzeptiert. Mehr als ein Dutzend Mal habe ich mein Leben Herzog Sidder zu Füßen gelegt, zum Wohl des glorreichen Chalced. Keines dieser Risiken bereue ich. Aber wenn mein gnädigster und göttlich gerechter Herzog Sidder uns die Schuld daran gibt, dass wir den Hafen von Bingstadt nicht gehalten haben, beruht sein Urteil unglücklicherweise auf den Berichten von Männern, die nicht dort waren. Somit trifft unseren gnädigsten und göttlich gerechten Herzog keine Schuld, dass er die falschen Schlüsse gezogen hat. Hiermit will ich diese Berichte korrigieren.

Bei Schreiber Wertin heißt es: »Eine Flotte von erfahrenen Kriegsschiffen ist von Sklaven und Fischern in die Flucht geschlagen worden.« Das ist nicht der Fall. Sklaven und Fischer waren in der Tat für manch einen Verrat gegen unsere Schiffe verantwortlich; sie kamen im Geheimen und in der Dunkelheit, nicht in der offenen Schlacht. Aber da niemand unsere Kapitäne gewarnt hatte, dass die Bingstadt-Händler solche Streitkräfte zur Verfügung haben, warum hätten wir sie dann erwarten sollen? Ich denke, die Schuld hierfür liegt nicht bei unseren Kapitänen, sondern all den Gesandten, Schreibern und Verwaltern Bingstadts, keine Krieger, die es versäumt haben, uns zu informieren. Hängen ist als Strafe noch zu milde für sie. Durch ihre

Nachlässigkeit sind viele tapfere Krieger eines unwürdigen Todes gestorben.

Schreiber Wertin deutet ebenfalls an, dass Schätze aus den Lagerhäusern ausgeräumt worden seien, bevor diese zerstört wurden. Einzelne Kapitäne sollen die Beute nach unserer Niederlage für sich behalten haben. Das ist eindeutig nicht wahr. Die Lagerhäuser, die wir so sorgfältig mit unserer Beute gefüllt haben, sind von fanatischen Bingstädtern mitsamt ihrem Inhalt niedergebrannt worden. Warum fällt es den Schreibern so schwer, das zu glauben? Auch gab es Berichte von Bingstädtern, die lieber die ihren und sich selbst getötet haben, als sich unseren Plünderern zu stellen. Angesichts unseres Rufes kann man das wohl als Tatsache hinnehmen.

Doch Schreiber Wertins schwerster und ungerechtester Fehler ist das Leugnen der Existenz des Drachen. Darf ich in aller Höflichkeit und Demut fragen, auf was sein Bericht basiert? Jeder Kapitän, der an unsere Ufer zurückgekehrt ist, hat von einem blau-silbernen Drachen berichtet. Jeder Einzelne. Warum werden ihre Worte als feige Entschuldigungen beiseitegeschoben, während man die Geschichten eines weichlichen Eunuchen als Wahrheit preist? Dort war in der Tat ein Drache. Er hat uns furchtbaren Schaden zugefügt. Unser Schreiber behauptet törichterweise, es gäbe keine Beweise dafür und dass die Berichte von Drachen nur »Entschuldigungen der Feiglinge sind, die vor einem sicheren Sieg flohen, und vielleicht auch eine Täuschung, um Herzog Sidder um seine rechtmäßige Beute zu bringen«. Bedarf es noch eines größeren Beweises als die Geschichten Hunderter, die nach Hause zurückgekehrt sind?

KAPITÄN SLYKES ERWIDERUNG AUF SEIN TODESURTEIL, ÜBERSETZT AUS DEM CHALCEDISCHEN VON CHADE IRRSTERN

Viele Stunden waren vergangen, und ich stieg müde die Treppe zu Fürst Leuenfarbs Gemächern hinunter. Ich hatte eine lange Audienz mit Chade und der Königin hinter mir. Chade hatte es abgelehnt, Prinz Pflichtgetreu dazuzurufen. »Er weiß, dass wir einander von früher kennen, du und ich. Aber ich glaube nicht, dass es klug wäre, ihn an diese Verbindung zu erinnern. Noch nicht jedenfalls.«

Bei genauerem Nachdenken kam ich zu dem Schluss, dass ich ihm darin zustimmte. Eigentlich war Chade mein Großonkel, auch wenn ich ihn nie so gesehen hatte. Für mich war er stets mein Mentor gewesen. Trotz des Altersunterschieds und meiner Narben besaßen wir doch immer noch eine gewisse Familienähnlichkeit. Tatsächlich hatte Pflichtgetreu schon einmal die Vermutung geäußert, dass wir irgendwie verwandt seien. Es war besser, wenn er uns nicht zusammen sah, sodass er seine Theorien nicht untermauern konnte.

Meine Sitzung mit Chade und der Königin war lang gewesen. Chade hatte noch nie zuvor die Gelegenheit gehabt, uns beide in einem Raum zu haben, um uns über die Drachen der Sechs Provinzen auszufragen. Er nippte an seinem ekelhaften Tee und machte sich ausführliche Notizen, bis seine knochige Hand müde wurde. Danach reichte er die Feder an mich weiter und befahl mir zu schreiben, während er sprach. Wie immer waren seine Fragen präzise und gut durchdacht. Neu an seiner Art waren die offensichtliche Leidenschaft und sein Eifer. Für ihn war das Wunder der Steindrachen, die mit Blut, Gabe und Alter Macht zum Leben erweckt wurden, eine Manifestation der umfassenden Macht der Gabe. Ich sah den Hunger in seinen Augen, während er darüber spekulierte, dass vielleicht Menschen, die versucht hatten, den kalten Fängen des Todes zu entkommen, als Erste diese Magie gewirkt hatten.

Kettricken runzelte nur die Stirn. Ich nahm an, dass ihr die Vorstellung besser gefiel, dass die Steindrachen von Gabenkordialen geschaffen worden waren, in der Hoffnung, dass sie den Sechs Provinzen eines Tages dienen könnten. Vermutlich glaubte sie, dass die älteren Drachen sogar noch aus einem hochfliegenderen Grund erschaffen worden waren. Als ich darauf mit der Theorie antwortete, dass die Gabensucht einen dazu verleite, sie zu erschaffen, sahen mich beide scharf an.

Sie hatten mir überhaupt recht oft böse Blicke zugeworfen. Meinen Informationen über die Bingstadt-Drachen begegneten sie zunächst mit Skepsis, dann mit Verärgerung darüber, dass ich ihnen das nicht schon früher gesagt hatte. Warum ich den Narren vor ihrem Ärger schützte, war mir nicht wirklich klar. Ich log nicht direkt; dafür hatte mich Chade viel zu gut ausgebildet. Stattdessen ließ ich sie glauben, er hätte mir seine Geschichte von den Bingstadt-Drachen schon erzählt, als er mich zum ersten Mal besucht hatte. So übernahm ich die Verantwortung dafür, die Information nicht an sie weitergegeben zu haben. Ich zuckte mit den Schultern und erklärte sorglos, ich hätte nicht geglaubt, dass solche Geschichten uns in Bocksburg betreffen könnten. Die beiden schwankten immer noch, ob sie das nun akzeptieren sollten oder nicht.

»Das wirft ein ganz neues Licht auf unsere Drachen«, sinnierte Kettricken.

»Und es lässt die Worte des Verschleierten nicht mehr ganz so beleidigend klingen«, wagte ich hinzuzufügen.

»Vielleicht. Auch wenn ich es noch immer als Affront empfinde, dass er an der Echtheit unserer Drachen gezweifelt hat.«

Chade räusperte sich. »Das müssen wir erst einmal vergessen, meine Liebe. Vergangenes Jahr bin ich in den Besitz einiger Papiere gelangt, die von einem Drachen sprechen, der Bingstadt vor der chalcedischen Flotte beschützt hat. Zuerst kam mir das nur wie eine wilde Kriegsgeschichte vor, eine Geschichte von der Art, wie Männer sie oft benutzen, um eine Niederlage zu entschuldigen. Ich nahm an, dass die Gerüchte über unsere Drachen die Chalcedier dazu verführt hatten, so zu tun, als wären sie von Bestien und nicht durch simple Strategie besiegt worden. Vielleicht hätte ich dem mehr Beachtung schenken sollen; ich werde sehen, was ich noch alles an Informationen kaufen kann. Aber lasst uns jetzt erst einmal darüber nachdenken, was wir haben.« Er räusperte sich und blickte mich an, als vermute er, dass ich ihnen noch irgendwelche lebenswichtigen Informationen verschweigen würde. »Die verschütteten Städte, von denen der Narr dir erzählt hat … Könnten die mit der verlassenen Stadt in Verbindung stehen, die du besucht hast?« Chade stellte die Frage, als wäre sie weit wichtiger als die Bemerkung der Königin über den Affront.

Ich zuckte mit den Schultern. »Ich habe keine Ahnung. Woher auch? Die Stadt, die ich besucht habe, war nicht verschüttet. Irgendein großer Kataklysmus hat sie zerrissen, das ist wahr. Sie glich einem Kuchen, den man mit der Axt geschnitten hat – der Fluss war in sie hineingeströmt, um den Spalt zu füllen.«

»Was in der einen Stadt nur ein paar Erdspalten entstehen ließ, könnte in einer anderen dazu geführt haben, dass sie versank«, spekulierte Chade laut.

»Oder der Zorn eines Berges hätte geweckt werden können«, warf Kettricken ein. »Wir haben viele solche Geschichten im Bergreich. Die Erde bebt, und einer der Feuerberge erwacht zum Leben, schleudert Lava und Asche heraus, verdunkelt bisweilen den Himmel und erfüllt die Luft mit erstickendem Rauch. Manchmal kommt es auch zu Schlammlawinen, die ganze Täler bis zum Rand hin füllen und sich bis in die Ebenen ergießen. Es gibt da Geschichten, gar nicht mal so alt, von einer Stadt in einem Tal nahe einem tiefen See. Am Tag vor dem Erdbeben war dort noch alles in Ordnung, und es wimmelte nur so von Leben. Reisende, die zwei Tage später dort eintrafen, fanden alle Bewohner tot vor; sie lagen in den Straßen, ihre Tiere neben ihnen. Keine Leiche wies irgendwelche Verletzungen auf. Es war, als wären sie schlicht tot umgefallen.«

Schweigen folgte ihren Worten. Dann ließ Chade mich alles noch einmal rezitieren, was der Narr mir über die Drachen von Bingstadt erzählt hatte. Er stellte mir auch eine Reihe von Fragen über die Drachen der Sechs Provinzen, die ich jedoch größtenteils nicht beantworten konnte. Könnten schlangengeborene Drachen unter jenen sein, die ich geweckt hatte? Glaubte ich, dass unsere Drachen uns wieder beschützen würden, falls sich Bingstadts schlangengeborene Drachen gegen die Sechs Provinzen erhoben? Oder würden sie sich auf die Seite ihrer schuppigen Verwandtschaft schlagen? Und wo wir schon von Schuppen sprachen … Was war mit dem Echsenjungen? Wusste der Narr irgendetwas über solch ein Volk?

Als sie mich schließlich entließen, damit sie sich beraten konnten, war ich sicher, mehrere Mahlzeiten verpasst zu haben. Ich verließ Kettrickens Privatgemächer über geheime Wege. Irgendwann kam ich dann in meiner Kammer heraus und stellte fest, dass Fürst Leuenfarb nicht in seinen Gemächern war. Ich ging in die Küche hinunter, um noch ein paar Reste abzustauben. Dort waren alle jedoch noch immer ausgesprochen geschäftig, und man verweigerte mir den Zutritt. Also zog ich mich zurück und wagte einen Vorstoß in den Speisesaal der Wachmannschaften, wo ich mir Brot, Fleisch, Käse und Bier sichern konnte.

Während ich die Treppe wieder hinaufstieg, fragte ich mich, ob ich wohl etwas Schlaf bekommen könnte, bevor Fürst Leuenfarb und der Rest des Bocksburg-Adels mit den Gesandten von Bingstadt zu Abend speisten. Ich wusste, dass ich mich umziehen und hinuntergehen sollte, um an seiner Seite zu stehen und den Verlauf des Abends zu beobachten, doch ich hatte das Gefühl, als hätte ich schon so viele Informationen in meinem Kopf verstaut, wie hineinpassten, und diese Informationen hatte ich nun auch an Chade und Kettricken weitergegeben; sollten sie etwas daraus machen. Mein Dilemma mit Harm bereitete mir noch immer großen Kummer, und mir fiel nicht ein, wie ich die Situation hätte verbessern können.

Schlaf, sagte ich mir selbst entschlossen. Schlaf würde mich von alldem abschirmen, und wenn ich wieder erwachte, würde mir das ein oder andere vielleicht klarer erscheinen.

Ich klopfte an Fürst Leuenfarbs Tür und trat ein. Kaum stand ich im Raum, da erhob sich eine junge Frau vom Stuhl neben dem Kamin. Ich schaute mich um in der Annahme, dass Fürst Leuenfarb sie hereingelassen haben musste, sah aber keine Spur von ihm. Vielleicht war er in einem der anderen Zimmer, auch wenn es mir unwahrscheinlich erschien, dass er sich nicht um einen Gast kümmerte. Außerdem entdeckte ich weder Essen noch Wein, nichts, was man hätte anbieten können.

Die Frau sah bemerkenswert aus, und zwar nicht nur wegen ihrer extravaganten Kleidung, sondern auch wegen ihrer beeindruckenden Maße. Sie war mindestens genauso groß wie ich, hatte langes blondes Haar und hellbraune Augen und die Arm- und Schultermuskeln eines Kriegers. Ihre Kleidung war so geschnitten, dass sie dieses letzte Merkmal betonte. Ihre schwarzen Stiefel reichten ihr bis zu den Knien, und sie trug eine eng anliegende Hose anstatt eines Rocks. Ihr Hemd bestand aus elfenbeinfarbenem Leinen und ihre reich verzierte Weste aus weichem Rehleder. Die Hemdsärmel waren gefaltet, und an den Manschetten fanden sich Rüschen, doch nicht genug, dass sie dadurch behindert worden wäre. Der Schnitt der Kleidung war schlicht, aber die Stoffe und die Stickereien, die sie zierten, waren extravagant. Dass die Kleider für einen Mann geschneidert zu sein schienen, betonte nur die Frau, die in ihnen steckte. Sie trug mehrere Ohrringe in jedem Ohr, einige aus Holz, andere aus Gold. In den spiralförmigen, hölzernen Ohrringen erkannte ich das Werk des Narren. Sie trug auch Gold um Hals und Handgelenke, doch es war nur einfaches Gold, und ich hätte gewettet, dass sie es mehr zu ihrem eigenen Vergnügen denn zur Schau trug. An ihrer Hüfte hing ein schlichtes Schwert und auf der anderen Seite ein Messer.

Im ersten Augenblick der gegenseitigen Überraschung trafen sich unsere Blicke. Dann wanderte ihr Blick auf eine Art über mich hinweg, die mir nur allzu vertraut war. Als sie ihre Augen schließlich wieder auf meine richtete, lächelte sie entwaffnend. Ihre Zähne waren sehr, sehr weiß.

»Ihr müsst Fürst Leuenfarb sein.« Sie streckte mir die Hand entgegen und schritt auf mich zu. Trotz der ausländischen Kleidung sprach sie mit dem Akzent des Herzogtums Shoaks. »Ich bin Jek. Vielleicht hat Amber von mir erzählt.«

Aus Reflex ergriff ich ihre Hand. »Es tut mir leid, werte Frau, aber Ihr irrt Euch. Ich bin Fürst Leuenfarbs Diener, Tom Dachsenbless.« Ihr Griff war fest, ihre Hand schwielig und stark. »Es tut mir leid, dass ich nicht hier war, um Euch zu empfangen, als Ihr eingetroffen seid. Mir war nicht bekannt, dass Fürst Leuenfarb einen Besucher erwartet. Darf ich Euch etwas bringen?«

Sie zuckte mit den Schultern, ließ meine Hand wieder los und kehrte zum Stuhl zurück. »Fürst Leuenfarb erwartet mich eigentlich nicht direkt. Ich war auf der Suche nach ihm, und ein Diener hat mich hierhergeschickt. Ich habe geklopft, keine Antwort, also bin ich reingegangen, um zu warten.« Sie setzte sich, schlug die Beine übereinander und fragte dann mit wissendem Grinsen: »So. Wie geht es Amber?«

Irgendetwas stimmte hier nicht. Ich blickte zu den anderen verschlossenen Türen. »Ich kenne niemanden mit

Namen Amber. Wie seid Ihr hereingekommen?« Ich stand zwischen ihr und der Tür. Sie sah ausgesprochen gefährlich aus, doch ihr Haar und ihre Kleider waren in Ordnung. Sollte sie dem Narren irgendein Leid zugefügt haben, wären sicherlich Spuren eines Kampfes zu sehen gewesen. Auch war im Raum nichts durcheinander.

»Ich habe die Tür aufgemacht und bin reingegangen. Sie war nicht abgeschlossen.«

»Diese Tür ist immer abgeschlossen.« Ich versuchte, meinen Widerspruch freundlich klingen zu lassen, aber ich machte mir allmählich Sorgen.

»Nun, heute war sie es jedenfalls nicht, Tom, und ich habe wichtige Dinge mit Fürst Leuenfarb zu besprechen. Da ich ihm wohlbekannt bin, bezweifle ich, dass es ihm etwas ausmachen würde, wenn ich in seine Gemächer gehe. Im vergangenen Jahr habe ich über Amber als Mittelsmann viele Geschäfte für ihn erledigt.« Sie neigte den Kopf zur Seite und rollte mit den Augen. »Und ich glaube dir nicht im Mindesten, wenn du sagst, du würdest Amber nicht kennen.« Sie kippte den Kopf auf die andere Seite und musterte mich kritisch. Dann grinste sie. »Weißt du, mit braunen Augen gefällst du mir besser. Das steht dir besser als die blauen, die Paragon hat.« Als ich sie daraufhin konsterniert anstarrte, grinste sie sogar noch breiter. Es war, als würde ich von einer großen, übertrieben freundlichen Katze belagert. Ich fühlte keinerlei Feindseligkeit von ihr. Stattdessen strahlte sie Frohsinn aus; zwar versuchte sie absichtlich, mich in Verlegenheit zu bringen, aber auf eine freundliche, neckische Art. Ich wusste mit dieser Frau einfach nichts anzufangen. Ich versuchte zu entscheiden, ob ich sie hinauswerfen oder hier festhalten sollte, bis Fürst Leuenfarb zurückkehrte. Mehr und mehr sehnte ich mich danach, mich in meine Kammer und von da in Chades Labyrinth zurückzuziehen, um sicherzustellen, dass dem Narren nichts geschehen war.

Dann hörte ich mit großer Erleichterung, wie ein Schlüssel ins Schlüsselloch geschoben wurde. Das konnte nur der Narr sein. Ich ging zur Tür, öffnete sie für ihn und verkündete, noch bevor er einen Fuß über die Schwelle setzen konnte: »Fürst Leuenfarb, eine Besucherin erwartet Euch. Eine Dame namens Jek. Sie sagt, sie sei eine …«

Bevor ich weiterreden konnte, drängte er sich in einem äußerst ungewöhnlichen Sturmlauf an mir vorbei. Rasch schloss er die Tür hinter sich, als wäre Jek ein Welpe, der auf den Gang entwischen könnte, und verriegelte sie sorgfältig. Schließlich drehte er sich zu ihr um. Sein Gesicht war so bleich, wie ich es schon seit Jahren nicht mehr bei ihm gesehen hatte – jedenfalls nicht, wenn er Gäste empfangen hatte.

»Fürst Leuenfarb?«, rief Jek. Einen langen Augenblick starrte sie ihn an. Dann brach sie in ein herzliches Lachen aus und schlug sich mit den Fäusten auf die Schenkel. »Aber natürlich. Fürst Leuenfarb! Wie habe ich das übersehen können? Ich hätte das von Anfang an durchschauen müssen!« In Erwartung eines herzlichen Willkommens marschierte sie auf ihn zu, umarmte ihn und trat dann einen Schritt zurück. Sie packte den Fürsten an der Schulter und ließ ihren Blick über sein Gesicht und seine Haare wandern. Auf mich wirkte sie ein wenig benommen, aber ihr Grinsen blieb nach wie vor erhalten. »Es ist fantastisch. Würde ich es nicht wissen, ich hätte es nie auch nur vermuten können. Aber ich verstehe nicht. Warum diese List? Macht es das Zusammensein für euch beide nicht unnötig schwer?« Sie blickte von ihm zu mir, und es war offensichtlich, dass die Frage an uns beide gerichtet war. Worauf sie hinauswollte, war klar, aber ich wusste nicht genau, was sie mit »List« meinte. Ich spürte, wie mir das Blut in die Wangen stieg. Ich wartete darauf, dass Fürst Leuenfarb eine klärende Bemerkung machen würde, doch er schwieg. Mein Blick musste Jek schockiert haben, denn sie richtete ihren Blick wieder auf Fürst Leuenfarb.

Unsicher sagte sie: »Amber, mein Freund. Bist du nicht froh, mich zu sehen?«

Fürst Leuenfarbs Gesicht sah aus wie festgefroren. Seine Kiefer bewegten sich, und schließlich sprach er. Seine Stimme klang leise und ruhig, doch auch ein wenig atemlos. »Tom Dachsenbless, ich habe heute keinen Bedarf mehr an deinen Diensten. Du bist entlassen.«

Nie war es mir schwerer gefallen, meiner Rolle treu zu bleiben, aber ich fühlte die Verzweiflung, die in Fürst Leuenfarbs Flucht in die Formalität zum Ausdruck kam. Ich biss die Zähne zusammen, verneigte mich steif und schluckte den Ärger über Jeks offensichtliche Andeutung uns beide betreffend hinunter. Meine eigene Stimme klang eisig, als ich ihm antwortete: »Wie Ihr wünscht, Herr. Ich werde die Gelegenheit nutzen und mich ein wenig ausruhen.« Ich drehte mich um und zog mich in meine Kammer zurück. Als ich am Tisch vorüberkam, nahm ich mir eine Kerze. Ich ging in meine Kammer und schloss die Tür hinter mir … aber nicht ganz.

Ich war nicht stolz auf das, was ich als Nächstes tat. Sollte ich Chades Ausbildung die Schuld daran geben? Das könnte ich tun, aber das wäre nicht ehrlich gewesen. Ich brannte vor Entrüstung. Jek hielt Fürst Leuenfarb und mich offenbar für ein Liebespaar. Er hatte sich nicht die Mühe gemacht, dieses Missverständnis zu korrigieren, und Jeks Worte und ihr Verhalten verrieten mir, dass er die Quelle dieses Glaubens war. Aus irgendeinem Grund gestattete er ihr, diesen Glauben zu behalten.

Es war die Art, wie Jek mich anschaute: als würde sie weit mehr über mich wissen als ich über sie. Offensichtlich kannte sie Fürst Leuenfarb, allerdings von einem anderen Ort und unter einem anderen Namen. Ich war sicher, dass ich sie nie zuvor gesehen hatte. Was auch immer sie also über mich wusste, wusste sie vom Narren. Ich rechtfertigte mein Spionieren damit, dass ich das Recht hatte zu erfahren, was er Fremden über mich erzählte – besonders wenn das diese Fremden dazu veranlasste, von ihm zu mir zu blicken und mich wissend anzulächeln. Was hatte er ihr von mir erzählt, dass sie so etwas von mir dachte? Und warum? Warum sollte er so etwas tun? Wut keimte in mir auf, doch ich unterdrückte sie. Es musste einen Grund, irgendeine Art von Antrieb für dieses Gerede geben. Es musste einfach so sein. Ich würde meinem Freund vertrauen, aber ich hatte auch ein Recht darauf, die Wahrheit zu erfahren. Ich stellte die Kerze auf meinen Tisch, setzte mich aufs Bett und legte die Hände im Schoß zusammen. Dann zwang ich mich, alle Gefühle beiseitezuschieben. Es musste einen Grund dafür geben – es *musste* einfach. Egal, wie widerwärtig meine Situation auch sein mochte, ich würde mit Vernunft urteilen. Ich lauschte. Ihr Gespräch hallte schwach zu meinen Ohren herüber.

»Was tust du hier? Warum hast du mich nicht wissen lassen, dass du kommst?« Überraschung oder Wut lag in der Stimme des Narren. Fast klang es wie Verzweiflung.

»Wie sollte ich dich das wissen lassen?«, verlangte Jek fröhlich zu wissen. »Die Chalcedier versenken weiter jedes Schiff, das hierherfährt. Den wenigen Briefen nach zu urteilen, die ich von dir erhalten habe, ist die Hälfte von meinen offenbar auf dem Meeresgrund gelandet.« Kurz hielt sie inne, bevor sie fortfuhr: »So. Gib es zu. Du bist Fürst Leuenfarb? Ich habe die ganze Zeit über deine Angelegenheiten geregelt?«

»Ja.« Er klang aufgebracht. »Das ist der einzige Name, unter dem ich hier in Bocksburg bekannt bin. Ich wäre dir also dankbar, wenn du das nicht vergessen würdest.«

»Aber du hast mir gesagt, du wolltest deinen alten Freund, Fürst Leuenfarb, besuchen und dass ich meine Briefe über ihn schicken sollte. Und was ist mit all den Transaktionen, die ich in Bingstadt und Jamaillia getätigt habe? All die Erkundigungen, die ich eingezogen habe, und die Informationen, die du von mir bekommen hast? Waren die alle auch von dir?«

Jetzt klang der Narr angespannt. »Wenn du es unbedingt wissen musst … ja.« Dann nahm seine Stimme einen flehentlichen Tonfall an. »Jek, du schaust mich an, als hätte ich dich betrogen. Das habe ich aber nicht. Du bist meine Freundin, und es hat mir bestimmt keine Freude bereitet, dich zu täuschen; aber es war notwendig. Diese List, wie du es genannt hast, all das ist nötig. Aber ich kann dir nicht erklären, warum. Ich kann nur immer wiederholen, dass es nötig ist. Du hältst mein Leben in deinen Händen. Erzähl diese Geschichte irgendwann in einer Taverne, und du könntest mir genauso gut jetzt die Kehle durchschneiden.«

Ich hörte das Geräusch von Jeks Körper, der auf einen Stuhl sackte. Als sie wieder sprach, klang sie eindeutig verletzt. »Du hast mich getäuscht, und jetzt beleidigst du mich. Nach allem, was wir durchgemacht haben, bezweifelst du da wirklich, dass ich den Mund halten kann?«

»Ich habe mir das auch nicht vorgenommen«, sagte irgendjemand. Mir sträubten sich die Nackenhaare, denn das war weder Fürst Leuenfarbs Stimme noch die des Narren. Diese Stimme klang leichter und war frei von jamaillianischem Akzent. Ich nahm an, das war Ambers. Noch eine Maske des Menschen, den ich zu kennen glaubte. »Es ist nur … du hast mich überrascht und mir einen fürchterlichen Schrecken eingejagt. Ich bin in diesen Raum gekommen, und da warst du und hast mich angegrinst, als wäre das alles ein köstlicher Scherz, wo du tatsächlich … Ach Jek, ich kann es dir nicht erklären. Ich muss einfach auf unsere Freundschaft vertrauen, auf all das, was wir gemeinsam durchgemacht haben, was wir füreinander gewesen sind. Du bist in mein Spiel gestolpert, und nun fürchte ich, dass du eine Rolle darin spielen musst. Für die Dauer deines Aufenthalts hier musst du mit mir sprechen, als wäre ich wirklich Fürst Leuenfarb und du mein Agent in Bingstadt und Jamaillia.«

»Das dürfte mir nicht sonderlich schwerfallen, da ich das

wirklich war. Und du hast recht, wenn du sagst, wir seien Freunde. Es schmerzt mich nur, dass du geglaubt hast, diese Art von Täuschung sei nötig zwischen uns. Na ja, ich nehme an, ich kann dir verzeihen, aber ich wünschte, ich könnte es auch verstehen. Als dein Mann, dieser … Tom Dachsenbless, hereingekommen ist und ich sein Gesicht erkannt habe, habe ich mich so für dich gefreut. Ich habe dich sein Bildnis schnitzen sehen. Leugne nicht, was du für ihn empfindest. ›Endlich sind sie wiedervereint‹, habe ich gedacht; doch dann bellst du ihn an und schickst ihn fort wie einen Diener … Fürst Leuenfarbs Diener, als der hat er sich mir vorgestellt. Warum diese Maskerade? Warum muss es für euch beide so schwierig sein?«

Ein langes Schweigen folgte diesen Worten. Ich hörte keine Schritte, aber ich erkannte das Klirren eines Flaschenhalses an einem Glas. Ich vermutete, dass der Narr ihnen beiden Wein eingoss, während Jek auf seine Antwort wartete.

»Für mich ist es schwierig«, erwiderte der Narr mit Ambers Stimme. »Für ihn ist es nicht so schwierig, denn er weiß nur wenig darüber. Da hast du's. Was war ich nur für ein Narr, dass ich dieses Geheimnis irgendjemandem gegenüber auch nur angedeutet habe, ganz zu schweigen davon, es auszusprechen. Welch monströse Eitelkeit von meiner Seite.«

»Monströs? Gewaltig! Du hast eine Galionsfigur nach seinem Bild geschnitzt und gehofft, niemand würde je auch nur vermuten, was er dir bedeutet? Ach, mein Freund. Du kümmerst dich so gut um jedermanns Leben und Geheimnisse, und wenn es um dich selbst geht … Nun. Er weiß noch nicht einmal, dass du ihn liebst?«

»Ich glaube, er zieht es einfach nur vor, es nicht zu wissen. Vielleicht vermutet er … Nun, nach dem Gespräch mit dir bin ich sicher, dass er es jetzt vermutet, aber er wird nicht darüber reden. So ist er nun einmal.«

»Dann ist er ein verdammter Narr … wenn auch ein hübscher verdammter Narr trotz seiner gebrochenen Nase. Ich wette, er war sogar noch hübscher, bevor das passiert ist. Wer hat sein Gesicht so entstellt?«

Ein leises Geräusch, ein Husten oder Lachen. »Meine liebe Jek, du hast ihn gesehen. Niemand könnte sein Gesicht entstellen. Nicht für mich.« Ein nettes, kleines Seufzen. »Aber komm. Ich würde lieber nicht darüber sprechen, wenn es dir nichts ausmacht. Erzähl mir von anderen Dingen. Wie geht es Paragon?«

»Paragon. Das Schiff oder das Piratenprinzlein?«

»Beide. Bitte.«

»Nun, was den Thronerben der Pirateninseln betrifft, so weiß ich nur wenig mehr als das, was an Gerüchten im Umlauf ist. Er ist ein lebenslustiger Junge, das Ebenbild von König Kennit und die Freude seiner Mutter. Tatsächlich ist er die Freude und der Liebling der gesamten Rabenflotte. Das ist übrigens auch sein mittlerer Name, weißt du? Prinz Paragon Rabe Lutglück.«

»Und das Schiff?«

»Launisch wie eh und je, aber auf andere Art. Es ist nicht mehr diese gefährliche Melancholie, in die es zu versinken drohte, sondern mehr wie die Angst eines jungen Mannes, der sich für einen Poeten hält. Aus diesem Grunde finde ich es jetzt noch furchtbarer, in seiner Nähe zu sein, wenn es Trübsal bläst. Natürlich ist es nicht gänzlich seine Schuld. Althea ist schwanger, und das Schiff ist von dem Kind wie besessen.«

»Althea ist schwanger?« »Amber« freute sich wie eine Frau über diese Neuigkeit.

»Ja«, bestätigte Jek. »Sie ist vollkommen wild deswegen, auch wenn Brashen im siebten Himmel schwebt und jeden zweiten Tag einen neuen Namen für das Kind aussucht. Tatsächlich denke ich, dass das sogar einer der Hauptgründe für ihren Ärger ist. Sie sind in der Halle der Händler der Regenwildnis getraut worden … Ich habe dir doch davon geschrieben, oder? Ich glaube, sie haben es mehr getan, um Malta zu beschwichtigen, die sich von der anmaßenden Haltung ihrer Schwester in Bezug auf die Ehe mit Brashen gedemütigt gefühlt hat; dass sich Althea wirklich gewünscht hätte zu heiraten, war wohl weniger der Fall. Jetzt ist sie schwanger, übergibt sich jeden Morgen und spuckt Brashen jedes Mal an, wenn er sich übertrieben um sie sorgt.«

»Sie muss doch gewusst haben, dass sie irgendwann schwanger werden würde.«

»Ich bezweifle es. Diese Händler empfangen nicht so leicht, und oft tragen sie ihre Kinder nicht wirklich aus. Ihre Schwester Malta hat bereits zwei verloren. Ich glaube, das ist der andere Grund für Altheas Wut: Wenn sie mit Sicherheit wüsste, dass sie für all das Ungemach und die Krämpfe irgendwann wirklich ein Baby vorweisen könnte, würde sie das dankbar auf sich nehmen. Aber ihre Mutter will, dass sie für die Geburt nach Hause kommt; das Schiff besteht darauf, dass das Kind auf Deck zur Welt kommt, und Brashen würde ihr genauso gut gestatten, es auf einem Baum zu bekommen, solange er später nur etwas hat, was er verwöhnen kann. All die guten Ratschläge treiben sie noch in den Wahnsinn. Ich habe Brashen gesagt: ›Hör einfach auf, mit ihr darüber zu reden.‹ Er hat mir geantwortet: ›Wie soll ich das tun, wenn ich ständig sehe, wie ihr Bauch über die Takelage reibt, wenn wir Segel setzen?‹ Natürlich stand sie just in diesem Augenblick hinter der Ecke und hat uns gehört. Mir haben die Ohren gebrannt, so hat sie ihn beschimpft.«

Und so redeten sie weiter und tauschten Gerüchte aus wie Hebammen auf dem Marktplatz. Sie diskutierten darüber, wer schwanger war und wer es nicht werden wollte, was in den jamaillianischen Häfen und am Hof vor sich ging, die Politik der Pirateninseln und Bingstadts Krieg mit Chalced. Hätte ich nicht gewusst, wer sich im anderen Zimmer befand, ich hätte es nicht erraten können. Amber ähnelte weder Fürst Leuenfarb noch dem Narren. Die Verwandlung war vollständig.

Das war der zweite Punkt, der mich an jenem Abend erregte: Der Narr hatte nicht nur ausführlich mit Jek über mich gesprochen, sodass sie mich erkannte und glaubte, wir seien ein Liebespaar. Es gab auch noch immer ein oder mehrere Leben von ihm, die ich nicht kannte. Seltsam, dass es einem stets wie Verrat vorkommt, wenn man von einem Geheimnis ausgeschlossen wird.

Ich saß allein im Licht meiner Kerze und fragte mich, wer der Narr in Wahrheit war. Ich kratzte die winzigen Hinweise zusammen, die sich über die Jahre angesammelt hatten, und dachte darüber nach. Viele Male hatte ich mein Leben in seine Hände gelegt. Er hatte all meine Aufzeichnungen gelesen, vollständige Berichte über meine Reisen verlangt, und ich hatte sie ihm gegeben. Was hatte er mir als Gegenleistung dafür geboten? Rätsel, Geheimnisse und Bruchstücke seiner selbst.

Wie abkühlender Teer verhärteten sich meine Gefühle für den Narren und wurden kälter und kälter. Die Wunde, die er mir zugefügt hatte, wuchs, je mehr ich darüber nachdachte. Er hatte mich ausgeschlossen. Das Herz kennt nur eine Reaktion darauf. Ab jetzt würde ich ihn auch ausschließen. Ich stand auf und ging zur Tür meiner Kammer. Ich schloss sie, nicht laut, aber es kümmerte mich auch nicht, ob er bemerkte, dass sie einen Spalt offen gestanden hatte. Ich betrat Chades Labyrinth. Ich wünschte, ich hätte die Tür einfach schließen und diesen Teil meines Lebens hinter mir lassen können. Ich versuchte es. Ich ging weg davon.

Es gibt nur wenige Dinge, die so zart sind wie die Würde eines Mannes. Der Affront, den ich empfand, bereitete mir Schmerzen und machte mich zugleich wütend; er war wie eine Last, die ständig an Gewicht zunahm, während ich die

Stufen hinaufstieg. Ich begann, all die Gründe für meinen Groll durchzuzählen.

Wie hatte er es wagen können, mich in diese Position zu bringen? Er hatte seinen Ruf kompromittiert, als wir in Burg Tosen nach Prinz Pflichtgetreu gesucht hatten. Dort hatte er den jungen Gentil Bresinga geküsst und unseren Gastgebern damit absichtlich einen gesellschaftlichen Schlag versetzt, der Fürstin Bresinga zwar in eine falsche Richtung geführt hatte, was den Zweck unseres Besuches betraf, sie aber gleichzeitig dazu bewogen hatte, uns hinauszuwerfen. Selbst jetzt noch ging Gentil ihm voller Ekel aus dem Weg, und ich wusste, dass diese Tat der Grund für allerhand aufgeregte Gerüchte und Spekulationen bei Gentils Freunden in Bocksburg war. Bis jetzt hatte ich geglaubt, nichts mit diesen Gerüchten zu tun zu haben. Nun dachte ich noch einmal darüber nach. Da war Prinz Pflichtgetreus Frage gewesen, und plötzlich bekam meine Konfrontation mit den Wachleuten im Dampfbad auch eine ganz andere Note. Würde Jek trotz ihres Versprechens, den Mund zu halten, zu einer weiteren Quelle für solch demütigendes Gerede werden? Ihren Worten zufolge hatte der Narr eine Galionsfigur nach meinem Ebenbild geschnitzt. Ich war verletzt, dass er das ohne meine Zustimmung getan hatte. Was hatte er den Leuten gesagt, während er sie geschnitzt hatte? Was hatte zu Jeks Annahme geführt?

Was er getan hatte, wollte weder zum Narren noch zu Fürst Leuenfarb passen. Es war die Tat dieses Amber, einer Person, die ich überhaupt nicht kannte.

Mit diesem Gedanken hatte ich mich dann zur Quelle meines Verletztseins vorgearbeitet. Herausfinden zu müssen, dass der einzige echte Freund, den ich je im Leben gehabt hatte, in Wahrheit ein vollkommen Fremder war, war ein Gefühl, als hätte man mir ein Messer ins Herz gerammt. Er war einfach nur ein weiterer Fehltritt im Dunkeln, ein falsches

Versprechen von Wärme und Kameradschaft. Ich schüttelte den Kopf. »Idiot«, murmelte ich vor mich hin. »Du bist allein. Daran solltest du dich besser gewöhnen.« Doch ohne nachzudenken, griff ich dorthin, wo einst Trost gewesen war.

Im nächsten Augenblick vermisste ich Nachtauge so furchtbar, dass es mir förmlich die Brust zerriss. Ich schloss die Augen und ging dann noch zwei Schritte, bevor ich mich auf der Bank vor dem Guckloch zu den Gemächern der Narcheska niederließ. Ich blinzelte und verweigerte den brennenden Tränen eines Jungen, sich an den Wimpern festzusetzen. Allein. Es lief immer wieder darauf hinaus, dass ich allein war. Es war wie eine Seuche, die an mir klebte, seit es meiner Mutter an Mut gefehlt hatte, ihrem Vater zu trotzen und mich zu behalten, und seit mein Vater lieber die Krone und seine Güter aufgegeben hatte, anstatt zu mir zu stehen.

Ich lehnte die Stirn gegen den kalten Stein und versuchte, mich wieder zu beherrschen. Als sich auch meine Atmung wieder beruhigte, bemerkte ich leise Stimmen jenseits der Wand. Ich seufzte. Dann, auch um vor meinem eigenen Leben zu fliehen, blickte ich durch das Guckloch und lauschte.

Die Narcheska saß auf einem niedrigen Hocker in der Mitte des Raums. Sie weinte stumm, während sie ihre Ellbogen hielt und vor und zurück schaukelte. Tränen liefen aus ihren geschlossenen Augen über ihr Gesicht und tropften von ihrem Kinn. Eine nasse Decke lag über ihren Schultern. Sie verhielt sich so still in ihrem Schmerz, dass ich mich fragte, ob sie gerade von Peottre oder ihrem Vater bestraft worden war.

Aber noch während ich mich das fragte, eilte Peottre in den Raum. Die Narcheska stieß ein leises Wimmern aus, als sie ihn sah. Er hatte die Zähne zusammengebissen, und bei dem Geräusch verspannte sich sein Gesicht und wurde kreideweiß. Er trug seinen Mantel, doch den hatte er zu einem Bündel, einer Art Sack zusammengefasst. Er lief zur Narcheska und stellte das Bündel neben sie auf den Boden. Dann kniete er sich vor sie und packte sie an den Schultern, um ihre Aufmerksamkeit auf sich zu lenken. »Welcher ist es?«, fragte er mit leiser Stimme.

Die Narcheska schnappte nach Luft, das Sprechen kostete sie sichtlich Mühe. »Die grüne Schlange … glaube ich.« Noch ein Atemzug. »Ich kann es nicht genau sagen. Wenn er brennt, brennt er so heiß, dass die anderen auch zu brennen scheinen.« Dann hob sie die Hand zum Mund und biss sich mit ganzer Kraft in den Daumen.

»Nein!«, rief Peottre. Er schnappte sich den tropfenden Saum der Decke, faltete ihn zweimal und bot ihn der Narcheska an. Er musste ihre Hand förmlich aus ihrem Mund herausbrechen. Dann schlug sie ihre Zähne mit geschlossenen Augen in die Decke. Ich sah deutlich die Bissspuren auf ihrer Hand, als sie an der Seite hinunterfiel. »Es tut mir leid, dass ich so lange gebraucht habe. Ich musste unauffällig sein, damit niemand bemerkte, was ich tat. Und ich wollte es frisch und sauber. Komm, dreh dich hierher, ins Licht«, sagte er zu ihr. Wieder nahm er sie bei den Schultern und drehte sie so, dass sie genau mir gegenübersaß. Sie ließ die nasse Decke von den Schultern fallen.

Die Narcheska war über ihrer Rehlederhose bis zur Hüfte nackt. Von der Schulter abwärts war sie am ganzen Körper tätowiert. Das allein war schon ein Schock für mich, doch die Zeichen ähnelten keinen, die ich je gesehen hatte. Ich wusste, dass die Fernholmer sich tätowierten: Symbole für ihren Clan, ihre Siege und bei den Frauen auch für die Ehen und ihre Kinder. Sie glichen dem Clanzeichen auf Peottres Stirn, waren schlichte blaue Muster.

Aber Ellianias Tätowierungen waren vollkommen anders. Ich hatte noch nie etwas gesehen, mit dem ich sie auch nur hätte vergleichen können. Sie waren wunderschön, die

Farben strahlend, die Muster deutlich und klar. Tatsächlich besaßen die Farben einen metallischen Glanz; sie reflektierten im Lampenlicht wie eine polierte Klinge. Die Wesen, die sich auf ihren Schultern, ihrem Rückgrat und über ihren Rippen wanden, schimmerten und glitzerten. Eines davon, eine wunderbar gearbeitete grüne Schlange, die an ihrem Nacken begann und sich den Rücken hinunterschlängelte, war geschwollen wie eine frische Brandblase. Das war auf seltsame Weise schön, denn es erweckte den Eindruck, als sei die Kreatur unmittelbar unter ihrer Haut gefangen wie ein Schmetterling, der aus seinem Kokon ausbrechen wollte. Als Peottre sie sah, stieß er einen mitfühlenden Schrei aus. Er öffnete sein Bündel und enthüllte einen Haufen frischen Schnees. Davon nahm er eine Handvoll und hielt ihn der Schlange unter den Kopf. Zu meinem Entsetzen hörte ich ein Zischen wie von einer glühend heißen Klinge. Der Schnee schmolz sofort, und Wasser lief der Narcheska den Rücken hinunter. Elliania schrie bei der Berührung auf, doch nicht nur aus Schock, sondern auch vor Erleichterung.

»Hier«, sagte Peottre. »Einen Augenblick.« Er breitete seinen Mantel aus und verteilte dann den Schnee darauf. »Leg dich hier hin«, wies er sie an und half ihr vom Hocker. Vorsichtig legte er sie mit dem Rücken in den Schnee, und sie wimmerte, als dieser die Verbrennung kühlte. Jetzt konnte ich auch ihr Gesicht sehen und den Schweiß, der neben den Tränen über ihre Schläfen rann. Sie lag vollkommen still da, die Augen geschlossen, und ihre kleinen jungen Brüste hoben und senkten sich mit jedem Atemzug. Nach ein paar Augenblicken begann sie zu zittern, doch sie rollte sich nicht vom Schnee herunter. Peottre hatte sich inzwischen die weggeworfene Decke genommen und tränkte sie mit frischem Wasser aus einem Henkelkrug. Schließlich brachte er sie wieder zur Narcheska und legte sie neben sie. »Ich werde noch etwas Schnee holen«, sagte er zu ihr. »Wenn der geschmolzen ist und deinen Rücken nicht mehr kühlt, versuch die Decke. Ich bin so schnell wie möglich wieder zurück.«

Ellianiа öffnete den Mund, um ihre Lippen zu befeuchten. »Beeil dich«, flehte sie mit einem Keuchen.

»Das werde ich, meine Kleine. Das werde ich.« Peottre stand auf und sagte dann in feierlichem Ton: »Unsere Mütter mögen dich für das segnen, was du ertragen musst. Verdammt sollen diese Weitseher und ihre Sturheit sein. Und verdammt seien auch die Drachenzüchter.«

Die Narcheska rollte den Kopf auf ihrem Schneebett vor und zurück. »Ich wünschte nur … ich wünschte nur, ich wüsste, was sie will. Was hat sie von mir erwartet, dass ich tun soll? Über das hinaus, was wir bereits getan haben?«

Peottre ging durch den Raum und suchte nach etwas, worin er den Schnee transportieren konnte. Seine erste Wahl fiel auf das Waschbecken, doch das legte er wieder beiseite. Dann nahm er den Mantel der Narcheska. »Wir wissen beide, was sie von uns erwartet«, sagte er in barschem Ton.

»Ich bin noch keine Frau«, erwiderte die Narcheska leise. »Das verstößt gegen das Gesetz der Mütter.«

»Das verstößt gegen *mein* Gesetz«, stellte Peottre klar, als wäre sein Wille das Einzige, was in dieser Angelegenheit von Bedeutung war. »Ich werde nicht tatenlos zusehen, wie du auf diese Art benutzt wirst. Es muss einen anderen Weg geben.« Widerwillig fragte er: »Ist Henja zu dir gekommen? Hat sie dir gesagt, warum du so gequält wirst?«

Ellianias Nicken war mehr ein schmerzhaftes Zucken. »Sie besteht darauf, dass ich ihn an mich binden muss. Noch bevor ich von hier aufbreche, muss ich meine Beine für ihn spreizen, um mir dessen sicher zu sein. Das ist der einzige Weg, an den sie glaubt.« Elliania sprach mit zusammengebissenen Zähnen. »Ich habe sie geschlagen, und sie ist gegangen. Dann hat sich der Schmerz vervielfacht.«

Wut ließ Peottres Gesichtszüge erstarren. »Wo ist sie?«

»Sie ist nicht hier. Sie hat ihren Mantel genommen und ist gegangen. Vielleicht wollte sie deinem Zorn entkommen, aber ich nehme an, sie ist mal wieder in die Stadt gegangen, um ihre Sache dort weiterzuverfolgen.« Elliania rang sich ein Lächeln ab. »Auch gut. Unsere Lage hier ist auch so schon schwer genug, ohne dass du erklären müsstest, warum du meine Zofe im Zorn erschlagen hast.«

Ich glaube, ihre Worte riefen ihn wieder zur Vernunft, auch wenn sie ihn nicht beruhigten.

»Es ist schon gut so, dass dieses Miststück außerhalb meiner Reichweite ist. Aber findest du es nicht ein wenig spät, mich zur Zurückhaltung zu ermahnen? Meine kleine Kriegerin, du hast das Temperament deines Onkels geerbt. Deine Tat war nicht gerade weise, aber ich bringe es einfach nicht über mich, dich dafür zu tadeln. Diese seelenlose Hure. Sie glaubt wirklich, das sei der einzige Weg, einen Mann an eine Frau zu binden.«

Unglaublicherweise stieß die Narcheska ein kurzes Lachen aus. »Es ist der einzige Weg, an den *sie* glaubt, Onkel. Ich habe nicht gesagt, dass es der einzige ist, den *ich* kenne. Stolz vermag einen Mann zu binden, auch wenn von Liebe keine Spur zu sehen ist. Das ist der Gedanke, an den ich mich im Augenblick klammere.« Dann legte sie vor Schmerz die Stirn in Falten. »Hol bitte noch mehr Schnee«, keuchte sie, und Peottre ging hinaus.

Kaum war er weg, setzte sich die Narcheska langsam auf. Sie kratzte den schmelzenden Schnee zusammen. Die Tätowierungen auf ihrem Rücken glühten noch wie zuvor. Um sie herum war das nackte Fleisch rot von der Kälte. Behutsam lehnte sie sich wieder auf ihrem Schneebett zurück. Sie atmete tief ein und legte die Handrücken auf die Stirn. Ich erinnerte mich daran, in einer Schriftrolle gelesen zu haben, dass die Fernholmer so beteten. Aber die einzigen Worte, die sie sagte, waren: »Meine Mutter. Meine Schwester. Für euch.

Meine Mutter. Meine Schwester. Für euch.« Bald wurde das zu einer Art Gesang im Rhythmus ihres Atmens.

Ich lehnte mich auf meiner Bank zurück. Ich zitterte, sowohl aus Ehrfurcht vor ihrem Mut als auch aus Mitleid mit ihrem Leiden. Ich fragte mich, was ich da eigentlich gerade beobachtet und was all das zu bedeuten hatte. Meine Kerze war zur Hälfte heruntergebrannt. Ich nahm sie und stieg die restlichen Stufen zu Chades Turmzimmer hinauf. Ich war erschöpft und niedergeschlagen und suchte Trost bei etwas Vertrautem, aber als ich die Turmspitze erreichte, war das Zimmer verlassen und das Feuer erloschen. Ein schmutziges Weinglas stand leer auf dem Tisch neben den Stühlen. Ich räumte die Asche aus dem Kamin, fluchte leise, weil Dick mal wieder seine Pflichten vernachlässigt hatte, und machte ein neues Feuer.

Dann griff ich zu Papier und Tinte und schrieb nieder, was ich gerade gesehen hatte. Das verband ich mit dem anderen Vorfall, den ich vorher zwischen Elliania, Peottre und der Dienerin Henja beobachtet hatte. Offensichtlich war Letztere eine Frau, die es im Auge zu behalten galt. Ich streute die frische Tinte ein, tupfte sie ab und legte das Papier auf Chades Stuhl. Ich hoffte, dass er heute Abend noch in den Turm kommen würde. Erneut dachte ich verbittert über die Dummheit nach, dass er sich nach wie vor weigerte, mich direkt mit ihm Kontakt aufnehmen zu lassen. Ich wusste, dass das, was ich gesehen hatte, wichtig war. Ich hoffte nur, Chade würde auch wissen, warum.

Dann kehrte ich widerwillig in meine Kammer zurück. Dort stand ich eine Weile schweigend und lauschte. Ich hörte nichts. Falls Jek und Fürst Leuenfarb noch da sein sollten, schwiegen sie entweder, oder sie befanden sich in seinem Schlafgemach. Letzteres kam mir nach allem, was ich zu hören bekommen hatte, doch eher unwahrscheinlich vor. Nach einiger Zeit öffnete ich die Tür einen Spaltbreit. Der

Raum war abgedunkelt, das Feuer im Kamin gedämpft. Gut. Im Augenblick verspürte ich nicht den Wunsch, einem von beiden zu begegnen. Ich hatte ihnen einiges zu sagen, aber ich hatte mich noch nicht weit genug beruhigt, um das auch tun zu können.

Ich nahm meinen Mantel vom Haken und verließ Fürst Leuenfarbs Gemächer. Ich beschloss auszugehen. Ich musste raus aus der Burg, weg von all den Intrigen und der Täuschung. Ich hatte das Gefühl, als würde ich förmlich in Lügen ertrinken.

Ich stieg die Stufen zum Dienereingang hinunter. Als ich durch die Haupthalle schritt, spürte ich ein Schaudern in der Alten Macht. Ich hob den Blick. Vom anderen Ende der Halle kam mir der verschleierte Bingstadt-Jüngling entgegen. Er hatte den Schleier angelegt, aber durch die Spitze, die sein Gesicht verbarg, sah ich das schwache blaue Glühen seiner Augen. Meine Nackenhaare sträubten sich. Ich wollte zur Seite gehen oder mich gar umdrehen und weglaufen, alles nur, um ihm aus dem Weg zu gehen. Aber solch ein Handeln hätte äußerst seltsam gewirkt. Also riss ich mich zusammen und ging entschlossen auf ihn zu. Ich wandte die Augen ab, aber als ich dann doch wagte, zu ihm hinzuschauen, fühlte ich seinen Blick auf mir. Er wurde langsamer, als wir uns einander näherten. Als wir uns sehr nahe waren, nickte ich knapp, wie es einem Diener geziemte. Aber bevor ich an ihm vorübergehen konnte, blieb er unvermittelt stehen. »Hallo«, begrüßte er mich.

Ich versteifte mich und wurde ganz der korrekte Bocksburg-Diener. Ich verneigte mich aus der Hüfte. »Guten Abend, Herr. Wie kann ich Euch dienen?«

»Ich … ja … vielleicht könntest du das.« Er hob den Schleier und schlug die Kapuze zurück, während er sprach, und enthüllte so sein schuppiges Gesicht. Ich konnte nicht anders, als ihn anzustarren. Aus der Nähe betrachtet, war sein Gesicht sogar noch viel bemerkenswerter. Ich hatte sein Alter zu hoch eingeschätzt. Er war einige Jahre jünger als Harm oder Pflichtgetreu, auch wenn ich sein genaues Alter nicht wirklich schätzen konnte. Seine Größe passte jedoch ganz und gar nicht zu seinem jungenhaften Gesicht. Das silbrige Schimmern der Schuppen auf seinen Wangen und seiner Stirn erinnerte mich an die Tätowierungen der Narcheska. Plötzlich erkannte ich, dass diese Schuppen das waren, was Fürst Leuenfarb manchmal mit seiner jamaillianischen Schminke nachahmte. Das war eine merkwürdige kleine Erkenntnis, eine, die ich zu all den anderen bedeutenden Dingen stopfte, die der Narr sich nie die Mühe gegeben hatte, mir zu erklären. Aber wenn es seinen Zwecken dienlich war, würde er es mir ohne Zweifel sagen. Bitterkeit wallte in mir auf wie Blut aus einer frischen Wunde. Der Bingstädter winkte mich näher heran, während er gleichzeitig vor mir zurückwich. Widerwillig folgte ich ihm. Er blickte in einen kleinen Salon und winkte mich dort hinein. Er machte mich nervös. Ich wiederholte meine Frage wie ein guter Diener. »Wie kann ich Euch behilflich sein?«

»Ich … ich habe das Gefühl, als sollte ich dich kennen.« Er musterte mich eingehend. Als ich ihn nur verwirrt anstarrte, versuchte er es erneut: »Verstehst du, wovon ich spreche?« Er schien mir helfen zu wollen.

»Ich bitte um Verzeihung, Herr. Braucht Ihr Hilfe?« Mehr fiel mir nicht ein.

Der Junge blickte über die Schulter und sagte dann in drängendem Tonfall: »Ich diene dem Drachen Tintaglia. Ich bin mit den Gesandten aus Bingstadt hier und den Repräsentanten der Regenwildnis. Sie sind mein Volk, aber ich diene dem Drachen Tintaglia, und ihre Sorgen kommen für mich zuerst.« Er sprach die Worte, als wolle er mir damit etwas Bedeutsames sagen.

Ich hoffte, dass meine Gefühle mir nicht anzusehen waren. Ich empfand Verwirrung, doch nicht ob seiner seltsamen Worte, sondern weil der Name merkwürdige Gefühle in mir wachrief. Tintaglia. Ich hatte den Namen früher schon einmal gehört, aber wenn er ihn aussprach, war es, als würde ein Traum irgendwie in die wache Welt durchbrechen. Wieder spürte ich den Wind unter meinen Flügeln und schmeckte den Nebel im Mund. Dann war diese bruchstückhafte Erinnerung verschwunden, und zurück blieb nur das angenehme Gefühl, für einen winzigen Augenblick meines Lebens jemand anders gewesen zu sein. Ich sprach das Einzige aus, was mir einfiel: »Herr, wie kann ich Euch helfen?«

Der Junge starrte mich an, und ich fürchte, ich habe ihn ebenso aufmerksam betrachtet. Die »Zottel« an seinem Kiefer waren gezackte Haut. Der fleischige Rand war zu regelmäßig, als dass es eine Narbe oder unnatürliches Wachstum hätte sein können. Sie sahen aus, als gehörten sie eigentlich zu seiner Nase oder seinen Lippen. Er seufzte, und dabei sah ich deutlich, wie er kurz die Nasenlöcher schloss. Offensichtlich hatte er beschlossen, noch einmal von vorn zu beginnen, denn er lächelte mich an und fragte freundlich: »Hast du je von Drachen geträumt? Hast du je davon geträumt, wie ein Drache zu fliegen … oder ein Drache zu sein?«

Dieser Treffer war viel zu nah. Ich nickte eifrig, ein Diener, dem es schmeichelte, sich mit seinem Herrn unterhalten zu dürfen. »Oh, haben wir das nicht alle, Herr? Wir beim Volk der Sechs Provinzen, meine ich. Ich bin alt genug, um gesehen zu haben, wie die Drachen den Sechs Provinzen zu Hilfe geeilt sind, Herr. Ich nehme an, es ist nur natürlich, dass ich manchmal von ihnen träume. Sie waren wahrlich prachtvoll, Herr. Und auch entsetzlich und gefährlich, aber das ist den Menschen nicht im Gedächtnis geblieben, die sie gesehen haben. Es ist ihre Größe im wahrsten Sinne des Wortes, an die man sich erinnert, Herr.«

Er lächelte mich an. »Genau. Prachtvoll. Größe. Vielleicht

war es das, was ich in dir gefühlt habe.« Wieder musterte er mich, und ich fühlte, dass das blaue Glühen in seinen Augen durchdringender war als die Augen selbst. Ich versuchte, dieser Musterung auszuweichen.

Ich blickte an ihm vorbei. »Damit bin ich nicht allein, Herr. Es gibt viele in den Sechs Provinzen, die unsere Drachen haben fliegen sehen, und einige sahen noch weit mehr als ich, denn damals lebte ich noch nicht in Bocksburg, sondern auf dem Hof meines Vaters. Wir haben dort Hafer angebaut und Schweine gezüchtet. Andere könnten Euch noch viel bessere Geschichten erzählen als ich. Doch allein ein Blick auf einen Drachen reichte aus, um die Seele eines Mannes brennen zu lassen, Herr.«

Er machte eine abschätzige Geste. »Daran zweifle ich nicht; aber ich spreche jetzt von etwas anderem. Ich spreche von echten Drachen, von Drachen, die atmen, essen, wachsen und sich fortpflanzen wie jedes andere Wesen auch. Hast du je von solch einem Drachen geträumt? Von einem mit Namen Tintaglia?«

Ich schüttelte den Kopf. »Ich träume nicht viel, Herr.« An dieser Stelle legte ich eine kleine Pause ein, lange genug, um unangenehm zu sein. Dann nickte ich ihm wieder knapp zu und fragte: »Wie kann ich Euch jetzt behilflich sein, Herr?«

Ich dachte darüber nach, ihn einfach stehen zu lassen und davonzuhuschen, nur dass ich etwas in der Luft zu fühlen glaubte. Summt Magie? Nein, so funktioniert das nicht, aber es ist eine ähnliche wortlose Vibration, die man spürt, allerdings nicht mit dem Körper, sondern mit jenem Teil des menschlichen Wesens, durch das man Magie wirkt oder empfängt. Die Alte Macht flüstert, und die Gabe singt. Das ist etwas, worin beide sich ähnlich sind und dennoch unterscheiden. Es kroch meine Nerven entlang und sträubte mir die Nackenhaare. Plötzlich riss der Junge den Blick wieder zu mir herum. »Sie sagt, dass du lügst«, beschuldigte er mich.

»Herr!« Ich war so beleidigt, wie ich angesichts des Entsetzens, das ich empfand, nur sein konnte. Irgendetwas tastete wütend nach mir. Ich hatte das Gefühl, als würden Klauen durch mich hindurchfahren. Irgendein Instinkt warnte mich, meine Gabenmauern so zu lassen, wie sie waren, dass ich mich ihr nur zu erkennen geben würde, sollte ich sie verstärken. Denn es war eindeutig eine »Sie«, die mich zu packen versuchte. Ich atmete tief ein. Ich war ein Diener, ermahnte ich mich. Doch jeder Diener in Bocksburg hätte sich ob solcher Worte von einem Fremden rechtschaffen beleidigt gezeigt. Ich straffte die Schultern. »Unsere Königin besitzt einen guten Weinkeller, Herr, wie jeder in den Sechs Provinzen weiß. Vielleicht ist dieser Keller für jemanden, der so empfindsam ist wie Ihr, ein wenig *zu* gut. Fremden ist das hier schon öfter passiert. Vielleicht solltet Ihr in Euren Gemächern ein wenig Ruhe suchen.«

»Du musst uns helfen. Du musst sie dazu bringen, uns zu helfen.« Er schien meine Worte nicht gehört zu haben. Verzweiflung lag in seiner Stimme. »Sie ist bis ins Herz getroffen. Tag für Tag versucht sie, sie zu füttern, aber es gibt nur sie. Sie kann so viele nicht füttern, und sie können nicht selbst jagen. Sie selbst ist schon ganz dünn geworden; sie ist ausgelaugt von dieser Aufgabe. Sie verzweifelt aus Furcht, dass sie nie zu angemessener Größe und Kraft heranwachsen werden. Verdammt sie nicht dazu, die Letzte ihrer Art zu sein. Wenn Eure Drachen der Sechs Provinzen irgendetwas Ähnliches wie die wahren Drachen sind, dann werden sie ihr zu Hilfe kommen. Ihr könntet zumindest Eure Königin davon überzeugen, sich mit uns zu verbünden. Helft uns, der chalcedischen Bedrohung ein Ende zu bereiten. Tintaglia hält ihr Wort; sie hält Chalceds Schiffe von der Regenwildnis fern, doch mehr kann sie nicht tun. Weiter fliegt sie nicht, um uns zu beschützen, denn dann würden die jungen Drachen sterben. Bitte, Herr! Falls ein Herz in Eurer Brust schlägt, sprecht mit Eurer Königin. Lasst die Drachen nicht aus dieser Welt verschwinden, weil die Menschen ihre bitteren Streitigkeiten nicht lange genug einstellen konnten, um ihnen zu helfen.«

Er trat vor und versuchte, meine Hand zu ergreifen. Rasch zog ich mich von ihm zurück. »Herr, Ich fürchte, Ihr habt zu viel getrunken. Ihr habt mich mit jemandem von Einfluss verwechselt. Das bin ich nicht. Ich bin nur ein Diener hier in der Burg, und jetzt muss ich die Arbeit erledigen, die mein Herr mir aufgetragen hat. Guten Abend, Herr. Guten Abend.«

Während er mir hinterherstarrte, verließ ich rasch den Raum und verneigte mich dabei immer wieder, als hinge mein Kopf an einem Faden. Als ich wieder in der Halle war, drehte ich mich auf dem Absatz um und eilte davon. Ich wusste, dass er zur Tür kam und mir weiter hinterherblickte, denn ich fühlte den Blick seiner blauen Augen in meinem Rücken. Ich war froh, als ich in den Gang zur Küche einbog, und noch froher, als ich eine Tür zwischen ihm und mir wusste.

Draußen schneite es; große weiße Flocken fielen aus dem dunklen Abendhimmel herab. Ich verließ die Burg. Den Wachen am Tor nickte ich nur knapp zu, dann machte ich mich auf den langen Weg zur Stadt hinunter. Ich hatte kein bestimmtes Ziel im Auge; ich wollte einfach nur weg von der Burg. Ich stapfte durch die Dunkelheit und den immer dichter werdenden Schneefall. Ich musste über viel zu viel nachdenken: Ellianias Tätowierungen und was sie bedeuteten, den Narren und Jek und was sie von mir glaubte, weil er ihr irgendetwas gesagt hatte, Drachen und Jungen mit Schuppen und was Chade und Kettricken wohl zu den Bingstädtern und Fernholmern sagen würden. Doch je näher ich der Stadt kam, desto mehr beherrschte Harm meine Gedanken. Ich ließ den Jungen im Stich, den ich als meinen Sohn betrachtete.

Egal, wie ernst die Dinge in der Burg auch stehen mochten, ich konnte nicht zulassen, dass sie ihn vertrieben. Ich versuchte, mir etwas zu überlegen, wie ich ihn von seinem Weg abbringen konnte, sodass er sich freudig wieder seiner Lehre zuwandte, Svanja beiseiteschob, bis er ihr einen ernsthaften Antrag machen konnte und bei seinem Lehrherrn einziehen würde … Konnte ich ihn dazu zwingen, ein ordentliches Leben zu führen und sich an die Regeln zu halten, die ihm Sicherheit, Glück und Erfolg garantieren würden?

Ich schob diesen letzten verräterischen Gedanken beiseite. Er ärgerte mich, und ich wollte mich lieber über meinen Jungen ärgern. Ich sollte tun, was Jinna mir vorgeschlagen hatte. Ich sollte ihn an die kurze Leine nehmen und ihn dafür bestrafen, dass er meinen Wünschen nicht gefolgt war. Ich sollte ihm Geld und Sicherheit nehmen, bis er einwilligte, mir zu gehorchen. Ich sollte ihn bei Jinna rausholen und ihm sagen, er könne entweder bei seinem Meister leben, oder er müsse sehen, wie er zurechtkommt. Ich sollte ihn auf Linie zwingen. Ich verzog das Gesicht. Oh ja, das hätte bei mir in seinem Alter ja auch ganz toll funktioniert. Aber irgendetwas musste ich tun. Irgendwie musste ich ihm Vernunft beibringen.

Hufschläge auf der Straße hinter mir rissen mich aus meinen Gedanken. Sofort kam mir Laurels Warnung in den Sinn. Ich trat zur Seite, als Pferd und Reiter auf meine Höhe kamen, und legte die Hand ans Messer. Ich erwartete, dass sie ohne weiteren Kommentar an mir vorbeireiten würden. Erst als das Pferd anhielt, erkannte ich Merle im Sattel. Einen Moment lang blickte sie schlicht zu mir hinab. Dann lächelte sie. »Steig hinter mir auf, Fitz. Ich bring dich in die Stadt hinunter.«

Das Herz flieht überallhin, wenn es Trost sucht. Das wusste ich, und so hielt ich meins im Zaum. »Danke, aber nein. Die Straße hier ist tückisch im Dunkeln. Du würdest dein Pferd riskieren.«

»Dann werde ich es führen und neben dir hergehen. Es ist schon so lange her, dass wir miteinander gesprochen haben, und heute Abend könnte ich ein freundliches Ohr gebrauchen.«

»Ich ziehe es allerdings vor, heute Abend allein zu sein, Merle.«

Einen Augenblick lang schwieg sie. Das Pferd trat unruhig von einem Fuß auf den anderen, und Merle zog die Zügel zu fest an. Als sie wieder sprach, machte sie sich keine Mühe, ihre Verärgerung zu verbergen. »Heute Abend? Warum sagst du ›heute Abend‹, wenn du in Wirklichkeit meinst, ›ich wäre lieber immer allein als mit dir zusammen‹? Warum machst du solche Entschuldigungen? Warum sagst du mir nicht einfach, dass du mir noch nicht verziehen hast und es auch niemals tun wirst?«

Das stimmte. Ich hatte ihr nicht verziehen. Aber ihr das zu sagen, wäre ziemlich dumm gewesen. »Können wir es nicht einfach lassen? Inzwischen ist es doch ohnehin egal«, sagte ich, und auch das war richtig.

Sie schnaubte. »Aha. Ich verstehe. Es ist egal. *Ich* bin egal. Ich begehe einen Fehler, vergesse, dir eine Sache zu sagen, die dich nicht wirklich etwas angeht, und du beschließt nicht nur, mir niemals zu verzeihen, sondern auch, nie wieder mit mir zu reden?«

Ihre Wut wuchs in erstaunlichem Maße. Ich blickte zu ihr hinauf, während sie weitertobte. Ihr Gesicht war im schwächer werdenden Licht leicht verschwommen. Sie sah älter und müder aus, als ich sie je gesehen hatte. Und wütender. Benommen ließ ich ihren Zorn über mich hinwegfluten.

»Warum ist das so, frage ich mich selbst. Warum kann ›Tom Dachsenbless‹ mich so einfach beiseiteschieben? Weil ich dir nie etwas bedeutet habe, außer für eine Sache: ein kleines, angenehmes Ding, das ich dir direkt vor die Tür gebracht habe, ein Ding, von dem ich geglaubt habe, dass wir es in Freundschaft und Zärtlichkeit miteinander teilen, ja in Liebe sogar. Aber du hast beschlossen, dass du es nicht mehr von mir willst, und es zusammen mit dem Rest von mir einfach weggeworfen. Du tust so, als wäre das alles, was wir geteilt hätten, reduzierst mich auf diese eine Sache. Und warum? Ich muss gestehen, dass ich mehr darüber nachgedacht habe, als ich hätte tun sollen, und ich glaube, ich habe auch die Antwort gefunden. Liegt es daran, dass du einen anderen Ort gefunden hast, um deine Lust zu stillen? Hat dein neuer Herr dich seine jamaillianische Art gelehrt? Oder habe ich mich all die Jahre über geirrt? Vielleicht war der Narr wirklich ein Mann, und du bist einfach nur zu dem zurückgekehrt, was du immer schon vorgezogen hast.« Sie riss ihrem Pferd wieder am Geschirr. »Du widerst mich an, Fitz, und du bist eine Schande für den Namen Weitseher. Ich bin froh, dass ich dich aufgegeben habe. Nun da ich weiß, was du bist, wünschte ich, ich hätte nie bei dir gelegen. Wessen Gesicht hast du all die Male gesehen, wenn du deine Augen geschlossen hast?«

»Mollys, du dumme Schlampe. Immer nur Mollys.« Das war nicht wahr. Ich hatte weder sie noch mich auf diese Art betrogen, aber das war die verletzendste Erwiderung, die mir einfiel. Vielleicht verdiente Merle sie gar nicht. Außerdem beschämte es mich, dass ich Mollys Namen auf diese Art benutzte, doch meine schwelende Wut heute Abend hatte endlich ein Ziel gefunden.

Merle atmete mehrmals tief durch, als hätte ich ihr kaltes Wasser über den Kopf geschüttet. Dann lachte sie schrill. »Ohne Zweifel flüsterst du ihren Namen ins Kissen, wenn Fürst Leuenfarb dich besteigt. Oh ja, das kann ich mir gut vorstellen. Du bist wirklich erbärmlich, Fitz. Einfach nur erbärmlich.«

Sie gab mir keine Gelegenheit zurückzuschlagen, sondern trat ihrem Pferd grausam die Sporen in die Flanken und galoppierte in die verschneite Nacht davon. Einen wilden Augenblick lang hoffte ich, das Tier würde stolpern und Merle sich das Genick brechen.

Dann, just als mein Zorn seinen Höhepunkt erreichte, verrauchte er. Mir war übel, ich war traurig, und es tat mir leid. Allein stand ich auf der dunklen Straße. Warum hatte der Narr mir das angetan? Warum? Ich setzte mich wieder in Bewegung.

Doch ich ging nicht ins Festsitzende Schwein. Ich wusste, dass ich weder Harm noch Svanja dort finden würde. Stattdessen ging ich in den Hund und Pfeife, eine uralte Taverne, wo ich einst oft mit Molly gewesen war. Ich setzte mich in eine Ecke, beobachtete das Kommen und Gehen der Gäste und trank zwei Krüge Bier. Es war gutes Bier, weit besser als das, was ich mir hatte leisten können, als ich zum letzten Mal mit Molly hier gesessen hatte. Ich trank und erinnerte mich an sie. Sie zumindest hatte mich wirklich geliebt. Doch der Trost, den mir diese Erinnerungen spendeten, schwand rasch wieder. Ich versuchte, mich daran zu erinnern, wie es mit fünfzehn gewesen war, als ich verliebt und fest davon überzeugt gewesen war, dass Liebe das Weiseste auf dieser Welt sei und dass man mit ihrer Hilfe sein Schicksal gestalten könnte. Ich erinnerte mich nur allzu gut daran, und meine Gedanken wanderten zu Harm. Ich fragte mich selbst, ob ich mir von irgendjemandem hätte sagen lassen, dass es weder mein Recht noch mein Schicksal sei, nachdem ich bei Molly gelegen hatte? Ich bezweifelte es. Das Beste wäre gewesen, so schloss ich einen Krug später, Harm gar nicht erst zu erlauben, Svanja zu sehen. Jinna hatte mich in dieser Hinsicht gewarnt, doch ich hatte ihr keine Aufmerksamkeit geschenkt. Genau wie Burrich und Philia mich einst davor gewarnt hatten, etwas mit Molly anzufangen. Sie hatten recht gehabt. Ich hätte mir das schon vor langer Zeit eingestehen müssen. Ich hätte es ihnen direkt sagen müssen.

Die Weisheit von drei Krügen Bier nach einer schlaflosen Nacht und einem Tag voller beunruhigender Neuigkeiten überzeugte mich davon, dass es das Beste sei, zu Jinna zu gehen und ihr zu sagen, dass sie recht gehabt hatte. Irgendwie würde das die Dinge besser machen. Dass das Warum verschwommen blieb, störte mich nicht. Ich machte mich auf den Weg durch die stille Nacht zu ihrer Tür.

Der Schneefall hatte aufgehört. Über ganz Burgstadt lag eine frische, glatte Schneedecke. Sie bedeckte die Giebel, die tiefen Spurrillen in den Straßen und verbarg alle Sünden. Bei jedem Schritt knirschte es unter meinen Stiefeln. Fast war ich wieder zu Verstand gekommen, als ich Jinnas Tür erreichte, aber ich klopfte dennoch an. Vielleicht brauchte ich einfach nur einen Freund, irgendeinen Freund.

Ich hörte das Plumpsen des Katers, der von Jinnas Schoß sprang, und dann ihre Schritte. Sie spähte aus dem oberen Teil der Tür heraus. »Wer ist da?«

»Ich bin es. Tom Dachsenbless.«

Jinna schloss die obere Türhälfte. Es kam mir wie eine Ewigkeit vor, bis sie die ganze Tür geöffnet hatte, um mich hereinzulassen. »Komm rein«, sagte sie, doch ihre Stimme klang, als wäre es ihr völlig egal, ob ich das nun tat oder nicht.

Ich stand draußen im Schnee. »Ich muss nicht reinkommen. Ich wollte dir nur sagen, dass du recht hattest.«

Sie blickte mich an. »Und du bist betrunken. Komm rein, Tom Dachsenbless. Ich habe keine Lust, die Kälte in mein Haus zu lassen.«

So ging ich hinein. Finkel hatte bereits Jinnas warmen Platz auf dem Stuhl in Anspruch genommen, doch nun setzte er sich auf, um mich missbilligend anzublicken. *Fisch?*

Kein Fisch. Verzeihung.

»Verzeihung« ist kein Fisch. Was nützt schon »Verzeihung«? Er rollte sich wieder zusammen und verbarg sein Gesicht im Schwanz.

Ich gab es zu. »Um Verzeihung zu bitten nutzt nicht viel, aber es ist alles, was ich anbieten kann.«

Jinna blickte mich grimmig an. »Nun, das ist zumindest weit mehr als alles andere, was du mir in letzter Zeit gegeben hast.«

Der Schnee von meinen Stiefeln schmolz auf den Boden. Das Feuer knisterte. »Du hattest recht mit Harm. Ich hätte mich schon weit früher einmischen sollen, habe es aber nicht getan. Ich hätte auf dich hören sollen.«

Nach einer Weile sagte sie: »Willst du dich nicht setzen? Ich denke nicht, dass du jetzt sofort zur Burg zurückgehen solltest.«

»So betrunken bin ich nun auch wieder nicht!«, spottete ich.

»Ich glaube, du bist nicht nüchtern genug, um zu wissen, wie betrunken du bist«, erwiderte sie, und während ich diesen Satz zu entschlüsseln versuchte, sagte sie: »Zieh deinen Mantel aus und setz dich.« Dann nahm sie ihr Strickzeug von dem einen und den Kater von dem anderen Stuhl, und wir beide setzten uns.

Eine Zeit lang blickten wir einfach nur ins Feuer. Dann sagte Jinna: »Es gibt da etwas, was du über Svanjas Vater wissen solltest.«

Widerwillig blickte ich ihr in die Augen.

»Er ist dir sehr ähnlich«, erklärte Jinna ruhig. »Es dauert seine Zeit, bis er wirklich wütend wird. Im Augenblick empfindet er nur Trauer darüber, was seine Tochter tut. Aber sobald es Stadtgespräch wird, werden einige Leute ihn deswegen necken. Die Trauer wird sich in Scham verwandeln und nicht viel später in Zorn. Doch diesen Zorn wird er nicht gegen Svanja richten. Er wird sich Harm schnappen, den Schuft, der seine Tochter verführt hat. An diesem Punkt wird er nicht nur wütend, sondern auch selbstgerecht sein, und er ist stark wie ein Bulle.«

Als ich daraufhin schwieg, fügte sie hinzu: »Ich habe das Harm gesagt.« Finkel kam zu ihr, sprang ihr auf den Schoß und stieß das Strickzeug beiseite. Jinna streichelte ihn geistesabwesend.

»Was hat Harm gesagt?«

Sie machte ein angewidertes Geräusch. »Dass er keine Angst habe. Ich habe ihm gesagt, das hätte nichts damit zu tun, und dass Dummheit und keine Angst zu haben manchmal Zweige desselben Busches seien.«

»Das hat ihm ohne Zweifel gefallen.«

»Er ging hinaus. Seitdem habe ich ihn nicht mehr gesehen.«

Ich seufzte. Mir war gerade warm geworden. »Wie lange ist das jetzt her?«

Jinna schüttelte den Kopf. »Es ist sinnlos, ihm hinterherzugehen. Das war schon vor Stunden, noch vor Sonnenuntergang.«

»Ich würde ohnehin nicht wissen, wo ich ihn suchen sollte«, räumte ich ein. »Ich konnte ihn gestern Nacht nicht finden, und wo auch immer sie waren, jetzt sind sie vermutlich wieder dort.«

»Vermutlich«, stimmte mir Jinna zu. »Nun, zumindest hat Robert Hirschhorn sie vergangene Nacht auch nicht gefunden. Also sind sie im Augenblick wahrscheinlich sicher.«

»Warum kann er seine Tochter nachts nicht einfach drinnen halten? Dann hätte niemand ein Problem.«

Jinna kniff die Augen zusammen. »Niemand hätte ein Problem, wenn du deinen Sohn des Nachts drinnen halten könntest, Tom Dachsenbless.«

»Ich weiß, ich weiß«, sagte ich resignierend, und einen Moment später fügte ich hinzu: »Du solltest dich eigentlich gar nicht darum kümmern müssen.« Ein paar Augenblicke später kämpfte sich der Rest dieses Gedankens nach vorn. »Wenn Svanjas Vater beschließt, sich Harm zu schnappen, wird er als Erstes hier nach ihm suchen.« Ich kniff die Augenbrauen zusammen. »Ich habe dir nie so viel Ärger bereiten wollen, Jinna. Ich wollte einfach nur einen Freund haben, und jetzt ist alles nur noch ein einziges Chaos, und ich bin schuld daran.« Ich dachte darüber nach, was das bedeutete. »Ich nehme an, ich sollte mich besser Robert Hirschhorn stellen.«

»Schwelge du ruhig noch etwas in deinen Selbstvorwürfen, Tom Dachsenbless«, entgegnete sie angewidert. »Was willst du dem Mann denn sagen? Warum musst du alles auf dich nehmen, was in der Welt schiefgeht? Wenn ich mich recht entsinne, habe ich Harm kennengelernt und mich mit ihm angefreundet, lange bevor ich dich getroffen habe. Und Svanja sucht schon nach Ärger, seit sie mit ihrer Familie nach Burgstadt gekommen ist, vermutlich schon länger. Außerdem hat sie eigene Eltern, und Harm ist kein Unschuldslamm. *Du* hast nicht mit Hirschhorns Tochter angebändelt, sondern Harm. Also hör auf, darüber zu jammern, was du alles falsch gemacht hast, und fang damit an, von Harm zu verlangen, dass er die Verantwortung für seine eigenen Taten übernimmt.« Sie ließ sich tiefer auf ihren Stuhl sinken, und wie zu sich selbst fügte sie hinzu: »Du hast genug eigenen Ärger, um den du dich kümmern musst, ohne dass du auch noch die Verantwortung für andere übernimmst.«

Ich starrte sie verwundert an.

»Es ist einfach«, sagte sie. »Harm muss selbst herausfinden, was für Konsequenzen sein Handeln hat. Solange du die Schuld auf dich nimmst, weil du ja so ein schlechter Vater bist, muss Harm sich nicht eingestehen, dass er selbst einen Großteil der Schuld trägt. Natürlich glaubt er noch nicht, überhaupt ein Problem zu haben, aber sobald er das erkennt, wird er zu dir gelaufen kommen und jammern, dass du es beheben sollst … und du wirst es versuchen, weil du es ja für deinen Fehler hältst.«

Ich saß vollkommen still da, saugte die Worte auf und versuchte, den Sinn in ihnen zu erkennen. »Was soll ich also tun?«, verlangte ich schließlich von ihr zu wissen.

Jinna stieß ein hilfloses Lachen aus. »Ich weiß es nicht, Tom Dachsenbless. Aber Harm zu sagen, dass alles deine Schuld ist, solltest du zumindest nicht tun.« Sie hob den Kater hoch und setzte ihn auf den Boden. »Wie auch immer, es gibt da etwas, was ich tun sollte.« Sie ging ins Schlafzimmer. Ein paar Augenblicke später kehrte sie mit einer Börse wieder zurück. Die hielt sie mir entgegen. Als ich keinerlei Anstalten machte, sie anzunehmen, schüttelte sie sie. »Nimm es. Das ist das Geld, das ich nicht für Harm ausgegeben habe. Ich gebe es dir zurück. Wenn er heute Nacht noch zurückkommt, werde ich ihm sagen, dass ich ihn rauswerfe, weil ich nicht plötzlich Ärger vor meiner Tür haben will.« Sie lachte laut, als sie meinen Gesichtsausdruck sah. »Das nennt man ›Konsequenzen‹, Tom. Harm sollte sie öfter zu spüren bekommen. Ach ja … und wenn er zu dir kommen sollte, um sich auszuheulen, halte ich es für das Beste, wenn du ihn sich selbst überlassen würdest.«

Ich dachte an das letzte Gespräch zurück, das Harm und ich geführt hatten. »Ich bezweifle, dass er zu mir kommen wird, um sich auszuheulen«, sagte ich nüchtern.

»Umso besser«, erwiderte Jinna in scharfem Ton. »Soll er sich selbst darum kümmern. Er ist es gewohnt, unter einem Dach zu schlafen. Es wird nicht lange dauern, bis er erkennt, dass er am besten ins Lehrlingsquartier gehen sollte, und du solltest es ihm überlassen, Meister Gindast darum zu bitten.« Der Kater hatte sich wieder auf ihrem Schoß eingerichtet. Jinna hob das Strickzeug über ihn und zog einen Faden aus dem Wollknäuel. Träge griff Finkel danach.

Ich zuckte unwillkürlich bei der Vorstellung zusammen, wie viel von seinem Stolz Harm würde herunterschlucken müssen. Einen Augenblick später fühlte ich mich dann seltsamerweise erleichtert. Harm war durchaus imstande, das selbst zu regeln. Ich musste mich nicht um seinetwillen demütigen. Ich glaube, Jinna sah mir diesen Gedanken an.

»Nicht jedes Problem auf dieser Welt gehört dir allein, Tom Dachsenbless. Lass den anderen auch ihren Teil.«

Ich dachte darüber nach. Dann sagte ich dankbar: »Jinna, du bist wirklich ein echter Freund.«

Sie blickte mich von der Seite her an. »So. Das hast du also endlich herausgefunden, hm?«

Ich zuckte bei ihrem Tonfall zusammen, nickte aber. »Du bist ein echter Freund, aber du bist noch immer wütend darüber, wie ich mich benommen habe.«

Sie nickte vor sich hin. »Und einige Probleme gehören wirklich ganz und gar dir allein, Tom Dachsenbless.« Sie blickte mich erwartungsvoll an.

Ich atmete tief durch und wappnete mich für das, was nun kommen würde. Ich würde so wenig wie möglich lügen, tröstete ich mich selbst … aber das war nur ein schwacher Trost.

»Diese Frau im Festsitzenden Schwein an jenem Abend. Nun, wir sind nicht … sie ist nur eine Freundin. Ich gehe nicht mit ihr ins Bett.« Die Worte polterten verlegen aus mir heraus wie fallen gelassenes Geschirr und blieben in scharfen Scherben zwischen uns liegen.

Ein langes Schweigen folgte diesen Worten. Jinna blickte mich an, schaute ins Feuer und sah wieder zu mir. Winzige Funken der Wut und des Verletztseins tanzten in ihren Augen, doch um ihre Lippen zuckte ein ebenso winziges Lächeln. »Ich verstehe. Nun, ich nehme an, das ist gut zu wissen. Jetzt hast du schon zwei Freundinnen, mit denen du nicht ins Bett gehst.«

Was sie damit sagen wollte, war unmissverständlich. Diesen Trost würde sie mir heute Nacht nicht bieten und vielleicht niemals wieder. Wenn ich behaupten würde, das hätte mich nicht enttäuscht, würde ich lügen. Aber ich empfand auch Erleichterung. Hätte sie es mir angeboten, ich hätte ablehnen müssen. Ich hatte heute Abend schon einmal eine Frau zurückgewiesen und die Konsequenzen dafür tragen müssen. Langsam nickte ich.

»Das Wasser im Kessel ist heiß«, sagte Jinna. »Wenn du bleiben willst, könntest du uns etwas Tee machen.« Das war kein Vergeben. Das war eine zweite Chance, Freunde zu sein. Ich war glücklich, sie annehmen zu dürfen. Ich stand auf und holte Teekanne und Tassen.

Kapitel 13

HERAUSFORDERUNGEN

Jene, die Land- und Seekarten machen, müssen sich an folgende Regeln halten: Eine Landkarte muss aus der Haut eines Landtieres gefertigt werden und darf vom Meer nichts zeigen. Eine Seekarte wiederum muss auf die Haut eines Meerestieres gemalt werden, und obwohl Land darauf markiert werden muss, sollen sich diese Markierungen ausschließlich auf die Küstenlinien beschränken, da eine Seekarte sich einzig und allein dem Meer zu widmen hat. Es anders zu machen hieße, dem Gott zu trotzen, der die Welt so erschaffen hat, wie sie ist.

Auch unsere Inseln sind so, wie der Gott sie erschaffen hat. Er schrieb vor langer, langer Zeit auf die Meere. Sie sind seine Runen, und wenn man sie auf eine Seekarte malt, muss dies mit dem Blut eines Landtieres geschehen. Und falls Ihr einen guten Hafen, einen üppigen Fischgrund oder verborgene Sandbänke einzeichnen wollt, so nehmt das Blut eines Meereswesens wie für alles, was zum Meer gehört. Denn so hat der Gott die Welt erschaffen, und welcher Mensch darf es dann wagen, sie anders zu zeichnen?

Unsere Inseln sind die Runen des Gottes. Wir können nicht alles wissen, denn wir sind nur Menschen, und so ist uns nicht jede Rune offenbar, die der Gott schreiben kann; auch wissen wir nicht, welche Worte er aufs Meer geschrieben hat. Einige Inseln verbirgt er mit Eis vor unseren Blicken, und das müssen wir respektieren. Zeichnet also das Eis mit dem Blut eines Wesens, das im Eis lebt; verwendet aber kein Blut von einem Wesen, das fliegt. Das Blut einer Robbe ist gut dafür geeignet, das eines Eisbären wäre aber noch besser.

Sollte jemand das Angesicht des Himmels zeichnen wollen, muss er mit dem Blut eines Vogels und einer leichten Feder auf die Haut einer Möwe schreiben.

Diese Gesetze sind sehr alt. Jede Frau mit einer guten Mutter kennt sie bereits. Ich schreibe sie hier nur nieder, damit unsere Sohnessöhne und ihre Nachkommen nicht in Unwissenheit über Gottes Willen aufwachsen. Sie werden uns alle in die Katastrophe stürzen, wenn wir sie nicht daran erinnern, dass man es uns besser gelehrt hat und dass diese Gesetze aus Gottes eigenem Mund stammen.

DIE HERSTELLUNG VON REISEFÜHRERN, CHADE IRRSTERNS ÜBERSETZUNG EINER SCHRIFTROLLE VON DEN ÄUSSEREN INSELN

Ich war erleichtert, wieder ein besseres Verhältnis zu Jinna zu haben. Wir verbrachten in jener Nacht keine Zeit im Bett zusammen, und ich gab ihr auch keinen Abschiedskuss. Beides war eine Erleichterung für meinen Geist – auch wenn mein Leib nach etwas anderem schrie. Als ich sie in jener Nacht verließ, beschloss ich, unsere geflickte Freundschaft mit Vorsicht zu behandeln und sie in überschaubaren Grenzen zu halten. Ich glaube, sie empfand das als einen Mangel an Vertrauen von meiner Seite her, aber so war ich schon immer. Jedenfalls hatte Chade mir das oft genug gesagt.

Es folgten drei schwierige Tage für mich. Der Rest meines Lebens blieb nämlich unruhig. Von Harm hörte ich nichts. Ich fürchtete, dass mein Junge irgendwo draußen im Schnee schlief, auch wenn ich mir immer wieder sagte, dass er dafür viel zu klug war. Die Königin und Chade trafen sich täglich mit den Führern der Sechs Provinzen und beratschlagten das Bündnisangebot von Bingstadt. Mich riefen sie nicht zu sich, um ihre Gedanken zu teilen. Die Gesandten von Bingstadt waren äußerst präsent bei Hofe und hofierten eifrig die einzelnen Herzöge und Herzoginnen mit Geschenken und Aufmerksamkeiten aller Art. Von unserer Seite aus gingen die Banketts und Festivitäten weiter, allerdings mit verstärkter Rücksicht auf die verletzten Gefühle der Fernholmer, während wir gleichzeitig versuchten, unseren Gästen aus Bingstadt jede nur erdenkliche Freundlichkeit zu erweisen. Der Erfolg dieser Abende war gemischt. Seltsamerweise schienen Arkon Blutklinge und seine Fernholmer von den Bingstädtern fasziniert zu sein, und offen sprachen sie mit ihnen darüber, ihre Handelsbeziehungen im Zuge der Verlobung von Prinz Pflichtgetreu und der Narcheska zu erweitern. Elliania und Peottre Schwarzwasser blieben den Festivitäten jedoch weitgehend fern. Bei den wenigen Gelegenheiten, da Elliania doch erschien, war sie ernst und ruhig.

Sowohl die Narcheska als auch Peottre gingen den Bingstadt-Händlern peinlich genau aus dem Weg, wann immer es ihnen möglich war. Elliania legte vor allem eine tiefe Abneigung gegen den geschuppten Jungen, Selden Vestrit, an den Tag. Einmal sah ich sogar, wie sie körperlich vor ihm zurückwich, als er an ihr vorüberkam. Aber ich war nicht sicher, ob sie nicht durch irgendetwas zu diesem Verhalten gezwungen wurde, denn hinterher saß sie steif und mit Schweißperlen auf der Stirn am Tisch. Nicht lange danach entschuldigten sie und Peottre Schwarzwasser sich, obwohl noch ein Puppenspiel anstand; Peottre erklärte, die Narcheska sei müde, und er müsse sich noch um ihr Gepäck kümmern. Das war eine unverhohlene Erinnerung daran, dass die Fernholmer bald wieder in ihre Heimat zurückkehren würden. Die Bingstadt-Händler hätten sich kaum eine schlechtere Zeit aussuchen können, um mit ihrem Angebot zu uns zu kommen.

»Eine Woche später, und sie wären bei Ankunft der Bingstädter schon fort gewesen. Ja, ich bezweifle nicht, dass wir den kleinen Fauxpas des Prinzen mit der Narcheska hätten bereinigen können, und alle wären glücklich gewesen. Jetzt kommt zu dem Fehltritt des Prinzen auch noch unsere Weigerung, die Verhandlungen mit Bingstadt abzubrechen. Und nun steht alles auf der Kippe.«

Das war Chades mürrische Bemerkung, als wir eines Abends ein Glas Wein zusammen tranken. Es waren einige Dinge vorgefallen, die ihm sichtlich auf den Magen geschlagen waren. Merle hatte versucht, ihm eine Nachricht für mich zu geben. Sie hatte das unter vier Augen getan, aber trotzdem war es äußerst indiskret von ihr gewesen, auf diese Weise zu zeigen, dass sie über die Verbindung zwischen Chade und mir Bescheid wusste. Irgendwie war das auch meine Schuld. Als Chade sich geweigert hatte, hatte Merle erklärt: »Dann sag ihm einfach, dass es mir leidtut. Ich hatte Streit mit meinem Mann und habe Trost in seiner Freundschaft gesucht. Ich hatte schon in der Burg etwas getrunken, bevor ich mich auf den Weg in die Stadt gemacht habe, um mich dort endgültig zu betrinken. Ich weiß, dass ich diese Dinge nicht hätte sagen sollen.«

Während ich ihn noch immer mit offenem Mund anstarrte, fragte er mich vorsichtig, ob Merle und ich irgendeine Art von »Übereinkunft« hätten.

»Das geht zwar niemanden etwas an, aber: Nein, wir haben nichts miteinander«, erwiderte ich wütend.

Chades Antwort überraschte mich: »Nur ein dummer Mensch provoziert absichtlich den Zorn einer Menestrelle.«

»Ich habe ihren Zorn nicht provoziert. Das Ganze hängt sich nur daran auf, dass ich sie nicht mehr in mein Bett gelassen habe, seit ich weiß, dass sie verheiratet ist. Ich glaube doch, ich habe das Recht zu entscheiden, mit wem ich schlafe und mit wem nicht. Oder bist du da anderer Meinung?«

Ich hatte damit gerechnet, dass ihn diese Enthüllung erschrecken würde. Tatsächlich hatte ich sogar gehofft, dass sie ihn verlegen genug machen würde, dass er sich erst einmal aus meinen Privatangelegenheiten heraushielt; doch Chade schlug sich nur gegen die Stirn. »Natürlich. Nun, sie hätte damit rechnen müssen, dass du sie aus dem Bett werfen würdest, sobald du herausfindest, dass sie verheiratet ist, aber … Fitz, weißt du, was das für sie bedeutet? Denk nach.«

Wäre er nicht so eifrig bestrebt gewesen, mir etwas beizubringen, ich glaube, ich hätte mich beleidigt gefühlt. Doch das Verhalten, das er zeigte, war mir so sehr vertraut, dass ich nicht anders konnte, als davon auszugehen, dass dies der Beginn einer Lektion war. So hatte er oft zu mir gesprochen, wenn er mir hatte beibringen wollen, all die möglichen Motivationen für einen Menschen zu sehen, etwas Bestimmtes zu tun, und nicht nur die offensichtlichen. »Sie schämt sich, weil sie im Ansehen bei mir gesunken ist, seit ich herausgefunden habe, dass sie mit mir geschlafen hat, obwohl sie schon längst verheiratet war.«

»Nein. Denk nach, Junge. Hast du wirklich eine schlechtere Meinung von ihr?«

Widerwillig schüttelte ich den Kopf. »Ich kam mir nur dumm vor. Chade, in gewisser Hinsicht hat es mich noch nicht einmal überrascht. Merle hat sich immer solche Dinge herausgenommen. Das weiß ich, seit ich sie zum ersten Mal getroffen habe. Ich habe auch nie von ihr erwartet, dass sie sich ändert. Ich wollte schlicht kein Teil davon sein.«

Er seufzte. »Fitz, Fitz, Fitz. Deine größte Schwäche ist, dass du dir nicht vorstellen kannst, dass ein anderer dich anders sieht als du dich selbst. Was bist du … *Wer* bist du für Merle?«

Ich zuckte mit den Schultern. »Fitz. Der Bastard. Jemand, den sie schon seit fünfzehn Jahren kennt.«

Ein leichtes Lächeln huschte über Chades Gesicht. »Nein. Du bist Fitz-Chivalric Weitseher. Der nicht anerkannte Prinz.

Sie hat ein Lied über dich geschrieben, bevor sie dich überhaupt kennengelernt hat. Warum? Weil du ihre Fantasie angeregt hast. Der Weitseher-Bastard. Hätte Chivalric dich anerkannt, hättest du sogar Aussichten auf den Thron gehabt. Von deinem Vater verleugnet und ignoriert, warst du ihm dennoch treu ergeben; du bist noch immer der Held der Schlacht am Turm der Geweihinsel. Du bist in Edels Kerker in Schande gestorben und als Rachegeist wiederauferstanden, um Edel später in seiner Zeit als der Anmaßer zu verfolgen. Sie hat dich auf deiner Queste begleitet, deinen König zu retten, und obwohl die nicht so endete, wie irgendeiner von uns beabsichtigt hatte, haben wir doch triumphiert. Sie hat das nicht nur als Zeuge verfolgt, sie war ein Teil davon.«

»Das ist ja eine schöne Geschichte, so wie du sie erzählst – ohne all den Dreck, den Schmerz und das Unglück.«

»Es ist auch eine schöne Geschichte *mit* dem Dreck, dem Schmerz und dem Unglück. Eine schöne und glorreiche Geschichte, mit der sich eine Menestrelle einen Ruf fürs Leben erwerben könnte, falls sie ein Lied darüber schreibt. Doch Merle wird es nie singen können, denn es ist ihr verboten worden. Ihr großes Abenteuer, ihr wunderbares Lied, für alle Zeiten verschlossen in einem Geheimnis. Aber immerhin weiß sie noch immer, dass sie ein Teil davon war, ein Teil der Geschichte und ein Teil des Lebens des Weitseher-Bastards. Sie wurde seine Geliebte und wusste um seine Geheimnisse. Ich vermute, sie ging davon aus, dass du nach deiner Rückkehr nach Bocksburg wieder zum Mittelpunkt von Intrigen und wundersamen Ereignissen werden würdest, und sie erwartete, abermals Teil davon zu sein und sich in deinem Ruhm sonnen zu können. Die Geliebte und Menestrelle des zwiehaften Bastards. Die Frau, die Abenteuer und Bett mit ihm teilte, die Frau, die seine Freuden und seine Verzweiflung kannte. Wenn sie das Lied schon nicht selbst singen konnte, so wollte sie wenigstens darin vorkommen, sollte es je gesungen werden – und zweifle nicht daran, dass sie es irgendwo bereits als Lied oder in Gedichtform liegen hat. Sie hat sich selbst als Teil deiner Geschichte betrachtet, berührt von deinem wilden Ruhm. Dann hast du ihr das weggenommen. Du bist nicht einfach nur von ihr weggegangen, du bist als unscheinbarer Diener nach Bocksburg zurückgekehrt. Du hast ihrem Lied nicht nur ein enttäuschendes Ende gegeben, du hast sie dadurch zur Bedeutungslosigkeit verdammt. Sie ist eine Menestrelle, Fitz. Wie glaubtest du wohl, würde sie darauf reagieren? Mit Würde?«

Plötzlich sah ich Merle in einem anderen Licht. Ihre Grausamkeit Harm gegenüber, die Beleidigungen gegen mich … »Ich sehe mich in der Tat nicht so, Chade.«

»Das weiß ich«, erwiderte er in sanftem Tonfall. »Aber verstehst du jetzt wenigstens, wie sie dich so sehen konnte? Und dass du ihr ihre Träume genommen hast?«

Ich nickte langsam. »Aber ich kann nichts deswegen tun. Ich werde keine verheiratete Frau in mein Bett nehmen, und ich kann auch nicht als Fitz-Chivalric Weitseher wiederkehren. Man würde mir sofort eine Schlinge um den Hals legen.«

»Das ist wohl wahr. Ich stimme mit dir überein, dass du nie wieder unter dem Namen Fitz-Chivalric leben kannst. Was das andere betrifft … Nun. Lass mich dich daran erinnern, dass Merle viele Dinge weiß. Wir alle sind ihr gegenüber verwundbar. Ich erwarte von dir, dass du uns ihren guten Willen erhältst.«

Bevor ich etwas darauf erwidern konnte, fragte er mich, warum ich Prinz Pflichtgetreus Unterricht gestrichen hatte, bis die Gesandtschaft aus Bingstadt verschwand. Der Prinz hatte mir diese Frage ebenfalls gestellt. Ich sagte Chade das Gleiche, was ich auch dem Prinzen gesagt hatte: Ich fürchtete, dass der geschuppte Junge eine gewisse Sensibilität für die Gabe besaß und dass wir unseren Unterricht bis zur Abreise der Gesandtschaft auf das gemeinsame Übersetzen von

Schriftrollen beschränken würden. Der Prinz zeigte sich bei diesen weltlichen Studien nicht gerade geduldig. Mein Verdacht gegen den verschleierten Händler faszinierte sowohl ihn als auch Chade. Dreimal hatte er mit mir das Gespräch durchgekaut, das ich mit Selden Vestrit geführt hatte. Keiner von uns hatte auch nur eine Ahnung, was es zu bedeuten hatte. Dabei lernte ich, dass es manchmal besser war, Chade Informationen vorzuenthalten, als ihm Bruchstücke zu geben, auf die er nicht aufbauen konnte – wie zum Beispiel, ihm von den Tätowierungen der Narcheska zu erzählen.

Ich wusste, dass auch er Stunden vor dem Guckloch bei ihren Gemächern verbracht hatte, ohne auch nur eine Andeutung dieser Tätowierungen gesehen zu haben. Da sie überdies nicht über gesundheitliche Beschwerden geklagt hatte, konnte er auch keinen Heiler zu ihr schicken, der meine Beobachtungen hätte bestätigen können. Elliania hatte demonstrativ mehrere Einladungen ausgeschlagen, mit dem Prinzen zu spielen oder auszureiten, und so konnte auch Pflichtgetreu die Frage nicht beantworten, ob sie nun Schmerzen litt oder nicht. Die Königin wiederum wagte es nicht, die Narcheska zu drängen, um es nicht so aussehen zu lassen, dass die Sechs Provinzen diese Verbindung verzweifelter wollten als die Äußeren Inseln. So blieb ihnen nur mein Bericht darüber, was ich gesehen hatte. Das Geschehen stellte uns vor ein Rätsel, ebenso wie Ellianias Dienerin Henja.

Diese Frau blieb ein Mysterium. Wen sie mit »hohe Frau« meinte, war unklar, es sei denn, sie bezog sich auf eine ältere Verwandte, die Autorität über Elliania besaß. Diskrete Nachforschungen in diese Richtung brachten uns rein nichts ein. Chades Spione versagten ebenfalls. Zweimal waren sie Henja in die Stadt hinunter gefolgt, und zweimal war sie ihnen entwischt, einmal im Gedränge auf dem Marktplatz, das andere Mal, indem sie schlicht um eine Ecke gegangen war. Wir hatten keine Ahnung, mit wem sie sich in der Stadt traf, oder auch nur, ob das überhaupt von Bedeutung war. Die arkane Bestrafung durch die brennenden Tätowierungen deutete auf eine Magie hin, die keiner von uns kannte. Vielleicht hätten wir uns darüber freuen sollen, dass eine unbekannte Macht sich so sehr bemühte, die Verbindung zwischen der Narcheska und Pflichtgetreu zu einem Erfolg werden zu lassen. Stattdessen zerbrachen Chade und ich uns jedoch die Köpfe über die düstere Grausamkeit des Ganzen.

»Bist du sicher, dass Fürst Leuenfarb kein Licht auf die ganze Sache werfen könnte?«, verlangte Chade plötzlich von mir zu wissen. »Ich kann mich daran erinnern, dass er bei Tisch einmal erwähnt hat, zum Vergnügen Geschichte und Kultur der Äußeren Inseln studiert zu haben.«

Ich zuckte mit den Schultern.

Chade schnaubte. »Hast du ihn schon gefragt?«

»Nein«, antwortete ich knapp. Dann, als der alte Assassine die Stirn in Falten legte, fügte ich hinzu: »Ich habe es dir doch erzählt. Er hat sich ins Bett gelegt und kommt kaum noch heraus. Selbst die Mahlzeiten lässt er sich bringen. Er hat die Vorhänge zuziehen lassen, sowohl vor den Fenstern als auch vor seinem Bett.«

»Aber du glaubst nicht, dass er krank ist?«

»Er hat nicht gesagt, dass er krank ist, aber zumindest lässt er die Lakaien diesen Eindruck in der Burg verbreiten. Manchmal glaube ich, dass ist der eigentliche Grund dafür, dass er Char eingestellt hat: damit der Junge an Gerüchten in Umlauf bringen kann, was Fürst Leuenfarb will. Ich glaube, die Wahrheit ist, dass er einfach nicht in die Öffentlichkeit will, solange die Bingstädter hier sind. Er hat einige Zeit dort gelebt, und da wird er sicherlich nicht als der Narr oder Fürst Leuenfarb bekannt gewesen sein. Ich glaube, er hat Angst, dass es ihn in Schwierigkeiten bei Hof bringen könnte, falls ihn einer der Bingstädter erkennen würde.«

»Nun, das hört sich vernünftig an, aber es ist verdammt unangenehm für mich. Schau mal, Fitz, kannst du nicht einfach hineingehen und mit ihm reden? Vielleicht hat er ja eine Ahnung, ob dieser Selden Vestrit über die Gabe verfügt oder nicht.«

»Da er selbst nicht über die Gabe verfügt, bezweifle ich, dass er eine solche Aura von Vestrit überhaupt wahrnehmen könnte.«

Chade stellte sein Weinglas ab. »Aber du hast ihn noch nicht gefragt, oder?«

Ich hob mein Glas und trank einen Schluck, um einen Augenblick Zeit zu gewinnen. »Nein«, antwortete ich, als ich es wieder abstellte. »Das habe ich nicht.«

Er blickte mich an; dann sagte er erstaunt: »Ihr zwei habt euch aus irgendeinem Grund gestritten, nicht wahr?«

»Ich möchte lieber nicht darüber reden«, sagte ich steif.

»Ha! Das ist ja wieder mal ein wunderbares zeitliches Zusammentreffen. Erst kommen die Bingstädter zu den Fernholmern, dann beleidigst du die Menestrelle der Königin, und um dem allen die Krone aufzusetzen, hast du irgendeinen unsinnigen Streit mit dem Narren, wodurch ihr beide so gut wie nutzlos werdet.« Mürrisch lehnte er sich auf seinem Stuhl zurück, als ob wir das alles nur getan hatten, um ihn zu ärgern.

»Ich bezweifle ohnehin, dass er irgendetwas darüber weiß«, erwiderte ich. In den vergangenen drei Tagen hatte ich es nicht über mich gebracht, mehr als ein Dutzend Worte mit dem Narren zu wechseln, aber das würde ich Chade bestimmt nicht auf die Nase binden. Sollte der Narr meine Kälte bemerkt haben, so hatte er sie ignoriert. Er hatte Tom Dachsenbless die Anweisung erteilt, alle Besucher an der Tür abzuweisen, bis er sich wieder besser fühlte, und das hatte ich getan. Ich verbrachte so wenig Zeit wie möglich in den Gemächern, die wir uns teilten. Doch mehrere Male, wenn ich in seine Räumlichkeiten zurückgekehrt war, fand ich Hinweise darauf, dass jemand dort gewesen war, und zwar nicht nur Char, der Page. Ich war davon überzeugt, dass Jek beim Narren ein und aus ging, wenn ich nicht da war – ich hatte ihr würziges Parfüm in den geschlossenen Räumen gerochen.

»Nun, das mag ja sein, wie es will.« Er blickte mich mürrisch an. »Worüber ihr euch auch immer gestritten haben mögt, du solltest es besser wieder in Ordnung bringen. Du bist keinen Pfifferling wert, wenn dir so etwas unablässig im Kopf herumspukt.«

Ich atmete tief ein, um meinen Zorn im Zaum zu halten. »Das ist nicht das Einzige, was mir in letzter Zeit im Kopf ›herumgespukt‹ ist«, rechtfertigte ich mich bissig.

»Nein. Wir alle haben viel im Kopf gehabt. Was hat dein Junge gewollt, als er letztens in die Burg gekommen ist? Ist alles in Ordnung mit ihm?«

»Nicht wirklich.« Ich war entsetzt gewesen, als einer der Küchenjungen an die Tür geklopft hatte, um mir zu sagen, dass im Küchenhof ein junger Mann nach mir gefragt habe. Ich war sofort hinuntergeeilt und hatte Harm im Hof gefunden. Er sah wütend und verlegen zugleich aus. Nein, er wolle nicht hereinkommen, erklärte er mir, noch nicht einmal in den Speisesaal der Wachen, obwohl ich ihm versicherte, dass das niemandem etwas ausmachen würde. In letzter Zeit waren sie es gewohnt, mich dort zu sehen. Harm wollte nicht viel von meiner Zeit in Anspruch nehmen, denn er wusste, dass ich viel zu tun hatte. Bei diesen Worten machten sich meine Schuldgefühle wieder bemerkbar, denn ich war in letzter Zeit wirklich viel beschäftigt gewesen – zu viel, um mich richtig um ihn kümmern zu können. Als er sich schließlich dazu durchrang, mir zu erklären, dass Jinna ihn hinausgeworfen hatte und warum, war mein Entschluss bereits ins Wanken geraten.

Er blickte an meiner Schulter vorbei und sprach in den Himmel hinein. »Da ich ja kein eigenes Geld habe, habe ich die letzten beiden Nächte geschlafen, wo immer ich Unterschlupf finden konnte, aber das kann nicht den Rest des Winters so weitergehen. Also bleibt mir keine andere Wahl, als zu den anderen Lehrlingen zu ziehen. Nur … es ist mir so peinlich, Meister Gindast darum zu bitten, nachdem er es mir so oft angeboten hat und ich abgelehnt habe.«

Das war neu für mich. »Er hat es dir angeboten? Warum? Offenbar spart er doch eine Menge Geld, wenn er dich nicht durchfüttern muss.«

Harm zuckte unglücklich zusammen. Er atmete tief durch. »Er bietet es mir an, weil ich schlechte Arbeit leiste. Er sagt, wenn ich mal eine Nacht durchschlafen und mit den anderen aufstehen würde, wenn ich pünktlich zur Arbeit erscheinen und zeitig im Bett sein würde, dann würde ich auch besser zurechtkommen.« Er wandte den Blick ab. Trotz und Stolz lagen in seiner Stimme, als er hinzufügte: »Er sagt, er könne sehen, dass ich viel besser sein könnte, sehr viel besser, wenn ich morgens nicht so verschlafen wäre. Ich habe immer wieder erklärt, dass ich mir meine Zeit schon selbst einteilen könne, und das habe ich auch getan. Oh, ich bin ein-, zweimal zu spät gekommen, aber ich war jeden Tag da, seit ich nach Burgstadt gekommen bin. Jawohl.«

Er sagte das, als würde ich daran zweifeln. Ich behielt für mich, dass ich mich tatsächlich gefragt hatte, ob er sich an die von seinem Meister festgesetzten Arbeitsstunden hielt.

Ich ließ etwas Zeit verstreichen. »Und? Wo liegt jetzt das Problem? Da er es dir mehrere Male vorgeschlagen hat, wird er sich vermutlich freuen, wenn du das Angebot annehmen würdest.«

Harm schwieg. Seine Ohren liefen leicht rot an. Ich wartete. Dann nahm er all seinen Mut zusammen. »Ich habe mich gefragt, ob du nicht vielleicht bei ihm vorbeigehen und ihm sagen könntest, du wärst zu dem Schluss gekommen, dass es vermutlich besser für mich sei. Das wäre schlicht einfacher … weniger peinlich.«

Ich sprach langsam und fragte mich, ob meine Worte weise waren. »Willst du vielleicht einfach nicht zugeben müssen, dass er recht gehabt haben könnte? Genauso wie Jinna, die dich hinausgeworfen hat, weil sie keinen Ärger vor ihrer Tür haben wollte?«

Harm lief puterrot an, und ich wusste, dass ich ins Schwarze getroffen hatte. Er setzte an, sich von mir abzuwenden. Ich legte ihm die Hand auf die Schulter, und als er versuchte, sie abzuschütteln, verstärkte ich meinen Griff. Er zuckte zusammen, als er sich nicht von mir befreien konnte. Also waren meine täglichen Übungen auf dem Kampfplatz doch zu etwas nütze gewesen. Jetzt konnte ich einen sich windenden Jungen gegen seinen Willen festhalten. Was für eine Leistung. Ich wartete, bis er aufhörte, sich zu wehren. Er hatte nicht versucht, mich zu schlagen, aber er hatte sich auch nicht wieder zu mir umgedreht. Ich sprach leise. Was ich zu sagen hatte, war nur für seine Ohren bestimmt, nicht für die jener, die unseren kleinen Kampf verfolgten. »Geh selbst zu Gindast, Sohn. Vielleicht könntest du den anderen Lehrlingen gegenüber dein Gesicht wahren, wenn du sagst, dein Vater hätte dich gezwungen, bei ihnen einzuziehen, aber auf lange Sicht wird Gindast dich mit größerem Respekt betrachten, wenn du zu ihm gehst und ihm erklärst, du hättest eingesehen, dass es am besten wäre, bei ihm zu leben. Und vergiss nicht, dass Jinna mehr als freundlich zu uns beiden war; sie hat mehr für uns getan, als man mit Geld kaufen kann, und weder du noch ich haben das verdient. Meide sie nicht, nur weil sie keinen Ärger in ihrem Haus haben wollte. Ärger darf nicht der Preis dafür sein, wenn man sich als unseren Freund bezeichnet.«

Dann hatte ich meinen Griff gelockert und ihm erlaubt,

die Hand abzuschütteln und davonzustapfen. Ich wusste nicht, was er seitdem getan hatte. Ich war nicht in die Stadt gegangen, um es zu überprüfen. Ich überließ es vollkommen ihm, diesen Teil seines Lebens zu regeln. Ihm waren Nahrung und Unterkunft sicher, wenn er sich entschied, auf die damit verbundenen Bedingungen einzugehen. Mehr als das konnte ich nicht für ihn tun. Ich richtete meine Gedanken wieder auf das Gespräch mit Chade.

»Harm hatte ein paar Schwierigkeiten, sich in der Stadt einzuleben«, gab ich dem alten Assassinen gegenüber zu. »Auf unserem Hof war er es gewohnt, seine Zeit selbst einzuteilen, was auch kein Problem war, solange die Arbeit erledigt wurde. Es war ein einfacheres Leben als hier. Es gab weniger Alltagstrott, und er hatte mehr Freiraum.«

»Und auch weniger Bier und Mädchen, wie ich mir vorstellen kann«, fügte Chade hinzu, und ich vermutete, dass er wieder einmal weit mehr wusste, als er verlauten ließ. Aber er lächelte, als er es sagte, und ich ließ das Thema auf sich beruhen. Nicht nur weil er weder Harm noch mich mit seiner Bemerkung hatte beleidigen wollen, sondern auch weil es mich freute, den alten Mann bei so scharfem Verstand zu sehen. Es schien, als würde Chade umso mehr gedeihen, je verworrener und härter die Intrigen am Hof von Bocksburg waren. »Nun. Ich hoffe, du weißt, dass du auf mich zählen kannst, egal, in was für Schwierigkeiten dein Harm geraten sollte. Falls es notwendig ist, werde ich euch helfen – und das umsonst.«

»Das weiß ich«, hatte ich erwidert, vielleicht ein wenig barsch, und er hatte mich gehen lassen. Wir mussten uns beide auf das Ereignis des heutigen Tages vorbereiten. Chade musste sich für die Verabschiedung der Fernholmer formell ankleiden. Er hoffte verzweifelt, dass die Geschenke und Ehrbezeigungen, die es heute Abend geben würde, die Risse zwischen uns und den Fernholmern schließen konnten und dass das Verlöbnis bestätigt sein würde, wenn sie im Morgengrauen aufbrachen. Was mich betraf, so musste ich mir meine Ausrüstung zusammensuchen und dann auf meinen Spionageposten eilen, um jene Informationsschnipsel aufzufangen, die Chade vielleicht entgehen könnten.

Er begab sich in seine Gemächer, um sich umzuziehen. Meine Vorbereitungen waren vollkommen anders. Ich nahm mir einen Vorrat an Kerzen, ein Kopfkissen und eine Decke, eine Flasche Wein sowie etwas zu essen. Ich rechnete damit, mehrere Stunden lang in meinem Versteck hocken zu müssen, und ich war fest entschlossen, mir diese Zeit so angenehm wie möglich zu machen. In den vergangenen Tagen hatte der Winter die Burg fest im Griff gehabt, und in den Geheimgängen war es eiskalt.

Ich schnürte alles zusammen und scheuchte Gilly dabei mehrmals zur Seite. Das Frettchen war in letzter Zeit äußerst gesellig und begrüßte mich jedes Mal mit einem Zucken der Schnurrhaare und einem Schnüffeln, wann immer wir uns in den Geheimgängen begegneten. Sosehr ich seine Jagden auch genoss und trotz der zahlreichen Trophäen, die er mir hinterließ, um mir sein Können zu demonstrieren, überraschte er mich oft damit, dass er Rosinen oder Brotstückchen von mir erbettelte. Die schien er lieber hinter einem Regal oder unter den Stühlen zu verstecken, als dass er sie aß. Sein Geist war wie ein Kolibri, neugierig und ruhelos. Wie die meisten Tiere war er vollkommen uninteressiert daran, sich mit einem Menschen zu verschwistern. Unsere zwiehaften Sinne streiften einander oft, kamen aber nie zusammen. Trotzdem, er zeigte kameradschaftliches Interesse an dem, was ich tat, und neugierig folgte er mir durch die engen Gänge.

Als ich meinen Posten erreichte, blieb mir noch viel Zeit bis zum Abschiedsbankett. Ich legte mein Kissen auf den wackeligen Hocker, den ich unterwegs eingesammelt hatte, stellte mein Essen auf den verstaubten Boden neben mich und meine Kerze dazu. Dann setzte ich mich, schlang die Decke um die Schultern und machte es mir vor dem Guckloch bequem. Von hier aus hatte ich gute Sicht, stellte ich zufrieden fest. Ich konnte sowohl die Hochempore als auch ein Drittel der Halle sehen.

Der Winterschmuck der Halle war erneuert worden. Zweige und Girlanden aus Immergrün zierten die Eingänge und Kamine, und die Barden spielten leise, während die Gäste den Raum betraten und sich setzten. Alles in allem erinnerte mich das Ganze sehr an die Verlobungszeremonie, die ich aus einem anderen Winkel beobachtet hatte. Bestickte Stoffbahnen bedeckten die langen Tische, und Brot, eingemachtes Obst und Weingläser erwarteten die Gäste. Weihrauch aus dem Süden, ein Geschenk der Bingstadt-Händler, erfüllte die Halle mit einem süßen Duft. Diesmal ging es weniger formell zu, als die Herzöge und Herzoginnen die Halle betraten. Ich vermutete, dass selbst der Adel inzwischen all der Festivitäten müde geworden war. Die Gesandten von Bingstadt, so bemerkte ich mit Interesse, kamen zusammen mit den niederen Adligen herein und wurden möglichst weit weg von den Fernholmern gesetzt. Ich fragte mich, ob die Entfernung ausreichte, dass keine Funken flogen.

Das, was ich inzwischen für mich als Arkon Blutklinges »Kontingent« bezeichnete, trat als Nächstes ein. Sie schienen ausgesprochen gut gelaunt zu sein und hatten erneut extravagante Ausführungen der Bocksburg-Kleidung angelegt. Schwere Felle waren von Satin und Samt ersetzt worden; überall waren Spitzen und Rüschen zu sehen, und an Farben zogen die Fernholmer offenbar Rot und Orange in allen Schattierungen vor. Seltsamerweise stand es ihnen sogar gut, sowohl den Männern als auch den Frauen. Mit ihrem barbarischen Überschwang bei der Übernahme unserer Mode hatten sie ihren eigenen Stil geschaffen: den Fernholmer-

Stil. Und dass sie uns dabei nachahmten, deutete daraufhin, dass schon bald der Handel für alle möglichen Waren offen sein würde – falls Arkon Blutklinge sich denn durchsetzen konnte.

Peottre Schwarzwasser und Elliania waren nicht bei ihnen. Sie hatten die Halle auch noch immer nicht betreten, als die Königin und der Prinz auf die Hochempore stiegen; Chade folgte ihnen sittsam. Ich sah, wie die Königin die Augen bestürzt aufriss, doch sie lächelte unverwandt weiter. Prinz Pflichtgetreu zeigte sich königlich und zurückhaltend; offensichtlich hatte er nicht bemerkt, dass seine Verlobte es noch nicht für angebracht gehalten hatte, auf dem Fest zu erscheinen, das man zu Ehren ihrer Abreise gab. Nachdem die Weitseher ihre Plätze eingenommen hatten, kam es zu einer peinlichen kleinen Verzögerung. Normalerweise hätte die Königin den Dienern jetzt befohlen einzuschenken und einen Trinkspruch auf die Ehrengäste ausgebracht. Die Situation hatte gerade den Punkt erreicht, an dem die Leute zu flüstern begannen, als Peottre Schwarzwasser am Eingang der Halle erschien. Er hatte wieder die typischen Felle und den Schmuck der Fernholmer angelegt, doch allein schon die Goldmenge an seinen Unterarmen zeugte davon, dass auch er sich für diese Gelegenheit zurechtgemacht hatte. Er stand im Eingang, bis das überraschte Raunen über sein plötzliches Erscheinen verstummt war. Dann trat er stumm beiseite, und die Narcheska kam herein. Auf der Lederweste, die sie trug, bildeten Perlen den Narwal, ihr Symbol. Die Weste war mit weißem Fell abgesetzt, vermutlich Schneefuchs. Dazu trug die Narcheska Rock und Schuhe aus Seehundleder. Ihre Arme und Finger waren bar jeden Schmucks; ihr Haar fiel ungehindert und schwarz wie die Nacht über ihren Rücken, und auf dem Kopf trug sie einen seltsamen blauen Schmuck, der fast wie eine Krone aussah. Das erinnerte mich an etwas, ich wusste nur nicht genau, woran.

Einen Moment lang stand sie in der Tür. Sie blickte Kettricken in die Augen. Dann schritt sie hocherhobenen Hauptes die Halle hinunter und auf die Hochempore zu; Peottre Schwarzwasser folgte ihr langsam. Er ließ sie weit genug vorangehen, dass seine Anwesenheit nicht von ihr ablenkte, aber wie immer war er ihr nahe genug, um sie vor jedwedem Unheil zu beschützen. Nicht ein Mal nahm die Narcheska den Blick von der Königin, während sie die Halle durchquerte. Selbst als sie die Stufen der Hochempore hinaufstieg, schaute sie ihr weiter in die Augen. Als sie schließlich vor Kettricken stand, machte sie einen formellen Hofknicks, senkte aber weder den Kopf noch wandte sie den Blick ab.

»Ich bin ja so froh, dass Ihr Euch zu uns gesellt«, sagte Kettricken in liebenswürdigem Tonfall und mit leiser Stimme. Das Willkommen war echt.

Einen Augenblick lang glaubte ich, einen Hauch von Zweifel auf dem Gesicht der Narcheska zu sehen; dann jedoch war sie wieder ganz von Entschlossenheit erfüllt. Als sie sprach, klang ihre junge Stimme klar; deutlich artikulierte sie jedes Wort, und sie sprach so laut, dass sie weithin zu hören war. »Ich bin hier, Königin Kettricken der Sechs Provinzen. Aber ich fürchte, inzwischen hege ich Zweifel, dass ich mich wirklich je zu Euch gesellen werde, als Weib Eures Sohnes.« Dann drehte sie sich um und ließ ihren Blick langsam über die Versammelten schweifen. Ihr Vater hatte sich gerade aufgesetzt und die Schultern gestrafft. Ich nahm an, dass ihre Worte eine Überraschung für ihn waren, und das versuchte er nun zu verbergen.

Das anfängliche Entsetzen auf dem Gesicht der Königin war einer kalten, höflichen Maske gewichen. »Eure Worte enttäuschen mich, Narcheska Elliania Schwarzwasser von den Gottesrunen.« Das war alles, was Kettricken sagte. Sie stellte keine Frage, die Elliania zu einer Antwort aufgefordert hätte.

Ich sah, wie Elliania zögerte; sie suchte nach einem geeigneten Anfang für ihre geplante Rede. Ich nahm an, dass sie eine etwas deutlichere Reaktion von der Königin erwartet hatte, einschließlich einer Aufforderung, das zu erklären. Da diese Einleitung nun weggefallen war, blieb ihr nichts anderes übrig, als ihre Worte so zu drehen, dass sie zum höflichen Bedauern der Königin passten. »Ich bin zu dem Schluss gekommen, dass dieses Verlöbnis nicht meinen Erwartungen entspricht, welche zugleich auch die meines Mütterhauses sind. Man hat mir gesagt, ich würde hierherkommen, um meine Hand einem König zum Bund zu reichen. Stattdessen bietet man meine Hand einem Jüngling, einem Prinzen, der noch nicht einmal ein König-zur-Rechten ist, wie Ihr jene zu nennen pflegt, welche die Pflichten der Krone lernen. Das ist nicht zu meiner Zufriedenheit.«

Kettricken antwortete nicht sofort darauf. Sie ließ die Worte des Mädchens verhallen. Als sie schließlich wieder sprach, wählte sie möglichst schlichte Worte, als erkläre sie einem Kind etwas, das es ansonsten nicht verstehen würde. Die Wirkung war die einer reifen, geduldigen Frau, die sich an ein eigenwilliges Mädchen wandte. »Es ist bedauernswert, dass man Euch unsere Sitten und Bräuche nicht in angemessener Form gelehrt hat, Narcheska Elliania. Prinz Pflichtgetreu muss siebzehn sein, erst dann kann er zum König-zur-Rechten erklärt werden. Anschließend ist es Sache der Herzöge, ob man ihn auch zum echten König krönen wird. Ich gehe nicht davon aus, dass es lange dauert, bis er diese Verantwortung übernehmen wird.« Während sie sprach, ließ sie den Blick über ihre Herzöge und Herzoginnen schweifen. Sie ehrte sie damit, dass sie ihre Rolle so öffentlich anerkannte, und das wusste sie. Die meisten nickten weise zu ihren Worten. Das hatte sie gut gemacht.

Ich glaube, Elliania bemerkte, dass ihr das Zepter aus der Hand genommen wurde. Ihre Stimme besaß einen kaum merklichen schrillen Unterton, als sie vielleicht eine Sekunde zu früh sagte: »Nichtsdestoweniger. Sollte ich jetzt mein Verlöbnis mit Prinz Pflichtgetreu akzeptieren, kann niemand leugnen, dass ich das Risiko eingehe, mein Schicksal an einen Prinzen zu binden, der vielleicht nie zum König erklärt wird.«

Als sie Luft holte, fiel ihr Kettricken ruhig ins Wort. »Das ist ausgesprochen unwahrscheinlich, Narcheska Elliania.«

Fast als wäre es mein eigener, fühlte ich Pflichtgetreus verletzten Stolz. Das Temperament der Weitseher lauerte hinter seinem kühlen Bergvolkäußeren. Die Gabenverbindung zwischen uns pulsierte von seinem wachsenden Zorn.

Ruhig. Lass die Königin das regeln. Ich sandte ihm diese Anweisung über einen möglichst dünnen Faden.

Ich nehme an, das muss ich wohl, erwiderte er unbesonnen. *Egal, ob mir das nun gefällt oder nicht. Genauso, wie ich diese arrangierte Ehe tolerieren muss.*

Derart provoziert, vernachlässigte er seine Selbstbeherrschung nicht; sie war schlicht nicht mehr da. Ich zuckte unwillkürlich zusammen und blickte zu dem verschleierten Bingstadt-Händler. Er kam mir *zu* still vor, als lausche er mit jeder Pore seines Körpers. Ich hatte Angst vor ihm.

»Nichtsdestoweniger!«, sagte die Narcheska erneut, und diesmal verlieh ihr Akzent dem Wort einen schärferen Klang.

Ich beobachtete, wie ihre Selbstsicherheit langsam ins Wanken geriet, aber stur machte sie weiter. Ohne Zweifel hatte sie diese Rede endlos in ihren Gemächern geübt; dennoch hielt sie sie jetzt ohne jede Finesse oder unterstützende Gesten. Es waren nur Worte, verzweifelt geschleuderte Kieselsteine. Zweifelsohne glaubten die meisten, dass sie nur dem Verlöbnis entkommen wollte. Meine Vermutungen gingen jedoch in eine andere Richtung.

»Nichtsdestoweniger ... Wenn ich diesen Euren Brauch akzeptieren und die Frau eines Prinzen werden soll, der vielleicht nie König werden wird, erscheint es mir nur gerecht zu sein, dass ich ihn im Gegenzug bitte, einen Brauch meines Landes, meines Volkes zu ehren.«

Hier waren einfach viel zu viele Gesichter versammelt, um die Reaktion eines jeden beobachten zu können. Eines, das ich aber im Auge behielt, war das von Arkon Blutklinge. Ich war sicher, dass die Rede seiner Tochter eine vollkommene Überraschung für ihn war; dennoch schien er erfreut zu sein, als sie ihre Bedingung nannte. Aber andererseits, so sinnierte ich, war er offensichtlich ein Mann, der Herausforderungen und Spiele ebenso sehr genoss, wie eine Schau zu veranstalten. Er war zufrieden, sie im Topf rühren zu lassen und zu warten, was zum Schluss oben schwimmen würde. Vielleicht würde es ihm ja zum Vorteil gereichen. Mehrere Leute neben ihm sahen jedoch nicht ganz so zuversichtlich aus. Sie tauschten besorgte Blicke; offenbar befürchteten sie – wohl nicht ganz unbegründet –, dass die Dreistigkeit des Mädchens nicht nur das Verlöbnis, sondern auch die Gespräche über einen Ausbau der Handelsbeziehungen gefährden würde.

Prinz Pflichtgetreu war das Blut ins Gesicht gestiegen. Ich sah und fühlte, wie viel Kraft es ihn kostete, sich zu beherrschen.

Kettricken wiederum schien es keinerlei Mühe zu bereiten, ruhig zu bleiben. »Vielleicht könnten wir das akzeptieren«, sagte sie, und wieder klang es, als rede sie mit einem Kind. »Würde es Euch etwas ausmachen, uns diesen Brauch zu erklären?«

Die Narcheska schien zu wissen, dass sie keine gute Vorstellung bot. Sie richtete sich zu voller Größe auf und atmete tief ein, bevor sie sagte: »In meinem Land, auf den Gottesrunen, ist es Brauch, dass die Mütter einer Frau einem Mann, der eine ihrer Töchter heiraten will, eine Herausforderung stellen können, falls sie sich seines Blutes oder seines Charakters nicht sicher sein sollten; so kann der Mann sich als würdig erweisen.«

Da war es: eine so freche Beleidigung, dass kein Herzog und keine Herzogin der Königin einen Vorwurf daraus gemacht hätte, hätte sie Verlöbnis und Allianz an Ort und Stelle für null und nichtig erklärt. Nein, sie hätten ihr keine Vorwürfe gemacht, aber in den Gesichtern einiger kämpften Stolz und Aussicht auf Profit miteinander. Die Herzöge und Herzoginnen blickten einander an, diskutierten stumm, was nun zu tun war.

Doch bevor die Königin auch nur Luft holen konnte, um etwas darauf zu erwidern, fügte die Narcheska rasch hinzu: »Da ich ohne meine Mütter hier stehe, die für mich sprechen könnten, möchte ich selbst eine Herausforderung vorschlagen, durch die der Prinz sich meiner als würdig erweisen könnte.«

Ich kannte Kettricken schon, als sie noch die Tochter des Bergvolkes gewesen war, bevor man sie zur Königin der Sechs Provinzen gemacht hatte. Ich hatte sie schon in den Tagen gekannt, da sie sich langsam vom Mädchen zu einer jungen Frau entwickelt hatte und dann zur Mutter und Königin. Andere mochten ja mehr Zeit an ihrer Seite verbracht haben, vor allem in den letzten Jahren, doch mit meinem Wissen aus ihrer Jugend glaubte ich, ihr Verhalten besser deuten zu können als jeder andere. An einer winzigen Bewegung ihrer Lippen sah ich, wie enttäuscht sie war. All die Monate voller mühseliger Arbeit, um die Allianz zwischen den Sechs Provinzen und den Äußeren Inseln zustande zu bringen, waren angesichts der überstürzten Worte dieses hitzköpfigen Mädchens umsonst gewesen. Kettricken konnte es unmöglich zulassen, dass jemand den Wert ihres Sohnes infrage stellte. Wenn Elliania Pflichtgetreu schief ansah, sah sie das gesamte Königreich der Sechs Provinzen schief an. Das konnte Kettricken nicht tolerieren. Mit verletztem Mutterstolz hatte das allerdings nichts zu tun; sie durfte schlicht nicht zulassen, dass der Wert eines Bündnisses mit den Sechs Provinzen auf diese Art heruntergespielt wurde. Ich hielt den Atem an und wartete darauf, wie Kettricken die Verhandlungen beenden würde. Ich war so sehr auf das Gesicht der Königin konzentriert, dass ich nur aus den Augenwinkeln heraus bemerkte, wie Chade unauffällig versuchte, die Schulter des Prinzen zu packen, als dieser aufspringen wollte. Der Prinz schüttelte ihn ab.

»Ich nehme Eure Herausforderung an.« Jung und stark hallte die Stimme des Prinzen durch den Saal. Gegen jedes Protokoll löste er sich von seinem Stuhl und baute sich direkt vor der Narcheska auf, als wäre das hier tatsächlich ein Streit zwischen Liebenden. Mit seinem Handeln schloss er die Königin aus, als hätte sie in dieser Angelegenheit überhaupt nichts zu sagen. »Ich werde es tun, aber nicht, um mich Eurer Hand als würdig zu erweisen, Narcheska. Ich werde es nicht tun, um Euch oder sonst irgendjemandem etwas zu beweisen. Ich werde es tun, weil ich nicht zulassen kann, dass die langen Friedensverhandlungen zwischen unseren beiden Völkern durch die unsinnigen Zweifel eines viel zu stolzen Mädchens an mir gefährdet werden.«

Die Narcheska zahlte es ihm mit gleicher Münze zurück. »Es ist vollkommen egal, warum Ihr es tut«, sagte sie, und plötzlich sprach sie wieder außergewöhnlich präzise, »solange die Aufgabe erledigt wird.«

»Und was ist das für eine Aufgabe?«, verlangte Pflichtgetreu zu wissen.

»Prinz Pflichtgetreu«, sagte die Königin. Jeder Sohn hätte die Bedeutung dieser Worte erkannt. Indem sie seinen Namen aussprach, befahl sie ihm, zurückzutreten und zu schweigen, doch der Prinz schien sie noch nicht einmal zu hören. Seine gesamte Aufmerksamkeit war auf das Mädchen gerichtet, das ihn gedemütigt und all seine Versuche zurückgewiesen hatte, sich zu entschuldigen.

Elliania atmete tief durch, und als sie danach wieder sprach, erkannte ich eindeutig die Diktion einer vorbereiteten Rede. Wie ein Rennpferd, das plötzlich festen Boden unter den Hufen spürte, sprang sie los. »Ihr wisst nur wenig über die Gottesrunen, Prinz, und noch weniger über unsere Legenden. Denn eine Legende werden viele den Drachen Eisfeuer nennen, auch wenn ich Euch versichern kann, dass er durchaus real ist – genauso real wie die Drachen der Sechs Provinzen, die über unsere Dörfer geflogen sind und die Erinnerungen und Gefühle der Bewohner gestohlen haben.« Das waren bittere Worte, die nur bittere Erinnerungen bei jenen aus den Sechs Provinzen wecken konnten, die sie hörten. Wie konnte sie es wagen, sich darüber zu beschweren, was unsere Drachen ihrem Volk angetan hatten? Schließlich waren es ihre jahrelangen Überfälle und der Rote Wahn gewesen, was uns dazu provoziert hatte. Die Narcheska bewegte sich auf sehr, sehr dünnem Eis, und dunkles Wasser sammelte sich bereits in ihren Fußabdrücken. Ich glaube, nur die Dramatik des Augenblicks hat sie gerettet. Sie wäre erbarmungslos niedergeschrien worden, hätten alle nicht unbedingt wissen wollen, wer Eisfeuer war. Selbst die Bingstädter zeigten sich plötzlich ausgesprochen aufmerksam.

»Unsere ›Legende‹ lautet, dass Eisfeuer, der schwarze Drache der Gottesrunen, tief im Herzen des Gletschers auf der Insel Aslevjal schläft. Sein Schlaf ist magisch; er bewahrt seine Kräfte, bis eine große Not des Volkes der Gottesrunen ihn wieder weckt. Dann wird er sich aus dem Gletscher befreien und uns zu Hilfe eilen.« Sie hielt kurz inne und ließ ihren Blick langsam durch den gesamten Raum schweifen. Ihre Stimme klang kühl und gefühllos, als sie bemerkte: »Hätte er das nicht tun müssen, als Eure Drachen über uns hinweggeflogen sind? Waren wir da nicht in allergrößter Not? Doch unser Held hat sich nicht in die Luft erhoben, und wie alle Helden, die ihre Pflicht versäumen, verdient er dafür den Tod.« Sie drehte sich wieder zu Pflichtgetreu um. »Bringt mir Eisfeuers Kopf. Dann werde ich wissen, dass Ihr im Gegensatz zu ihm ein würdiger Held seid, und ich werde Euch heiraten und stets eine gute Ehefrau sein, ob Ihr nun König der Sechs Provinzen werdet oder nicht.«

Ich fühlte Pflichtgetreus sofortige Reaktion. *NEIN*, verbat ich ihm, und zum ersten Mal, seit ich ihm durch einen Unfall mittels der Gabe eingeprägt hatte, nicht gegen mich zu kämpfen, hoffte ich von ganzem Herzen, dass dieser Befehl noch vollständig aktiv war.

Und er war es. Ich fühlte, wie er gegen die Barriere prallte. Wie ein Kaninchen im Würgegriff einer Schlange versuchte er sich aus der Umklammerung meines Befehls zu befreien, aber anders als bei einem Kaninchen fühlte ich, wie er sich trotz seiner Panik und Wut fragte, auf was für eine Art von Hindernis er da gestoßen war. Er handelte so schnell wie ein Gedanke. Er hob den Kopf und folgte dem Seil an der Schlinge bis zu mir.

Er kappte es. Das fiel ihm nicht leicht. In dem Augenblick, bevor ich den Kontakt zu ihm verlor, fühlte ich, wie ihm der Schweiß aus den Poren drang. Für mich war es, als hätte man meinen Kopf auf einen Amboss geschlagen. Die Wucht des Aufpralls machte mich benommen, doch ich hatte keine Zeit, an den Schmerz zu denken, denn plötzlich bemerkte ich, dass die blassblau leuchtenden Augen des vermummten Händlers tatsächlich durch den Schleier hindurch zu sehen waren. Er starrte nicht auf den Prinzen, sondern auf das Guckloch, hinter dem ich versteckt kauerte. Ich hätte viel dafür gegeben, in diesem Augenblick seinen Gesichtsausdruck zu sehen. Während ich betete, dass das nur ein bizarrer Zufall sein möge, verlangte es mich danach, mich hinzukauern, die Augen zu schließen und zu warten, bis sein Blick an mir vorübergezogen war.

Aber ich konnte nicht. Ich hatte eine Pflicht zu erfüllen, nicht nur als Weitseher, sondern auch als Chades zusätzliches Paar Augen. So hielt ich meinen Blick auf den Raum gerichtet. Mein Kopf pochte vor Schmerz, und Selden Vestrit starrte weiter auf die Wand, die mich hätte abschirmen sollen. Dann sprach Pflichtgetreu.

Seine Stimme dröhnte, hallte von den Wänden wider, Veritas' Stimme, die Stimme eines Mannes. »Ich nehme die Herausforderung an!«

Das alles geschah so schnell, dass ich Kettricken nach Luft schnappen hörte. Sie hatte noch nicht einmal die Zeit gehabt, sich eine Erwiderung zu überlegen, geschweige denn, sie auszusprechen. Ein benommenes Schweigen folgte diesen Worten. Die Fernholmer, einschließlich Arkon Blutklinge, blickten einander besorgt an. Offenbar gefiel ihnen die Vorstellung nicht, dass der Prinz der Sechs Provinzen ihren Drachen erschlagen sollte. An den Tischen der Sechs Provinzen war der Gedanke förmlich greifbar, dass der Prinz es nicht nötig hatte, die Herausforderung der Fremden anzunehmen. Ich sah Chade zusammenzucken, doch schon einen Augenblick später riss der alte Assassine die Augen weit auf, und ich sah Hoffnung in ihnen schimmern, denn überall brachen die Leute in Jubel aus – nicht nur jene an den Tischen der Sechs Provinzen, sondern auch die Fernholmer. Der Enthusiasmus für den jungen Mann, der diese Herausforderung angenommen hatte, brach sich in einem lauten Brüllen Bahn und hatte nichts mehr mit gesundem Menschenverstand zu tun. Selbst ich empfand einen Hauch von Stolz auf diesen jungen Weitseher-Prinzen in meiner Brust. Er hätte die Herausforderung ohne Probleme ablehnen können, ohne Verlust für seine Ehre; doch stattdessen hatte er sich ihr gestellt, um auch den Hauch eines Zweifels seitens der Fernholmer zu beseitigen, dass er der Hand ihrer Narcheska nicht würdig sein könnte. Ich vermutete, dass die Fernholmer bereits Wetten darüber abschlossen, ob der Junge scheitern würde oder nicht. Doch ob er nun scheiterte oder nicht, ihr Respekt für ihn war so oder so deutlich gestiegen. Vielleicht verheirateten sie ihre Narcheska doch nicht mit einem Bauernprinzen. Vielleicht hatte er doch heißes Blut in den Adern.

Zum ersten Mal sah ich Verwirrung, ja sogar Entsetzen in den Gesichtern der Bingstadt-Händler. Der verschleierte Händler starrte nicht länger auf meine Wand. Selden Vestrit gestikulierte wild, sprach drängend auf die anderen an seinem Tisch ein und versuchte, sich über das Brüllen im Saal hinweg verständlich zu machen.

Ich erhaschte einen Blick auf Merle Vogelsang. Sie war auf den Tisch gesprungen, und ihr Kopf drehte sich wie eine außer Kontrolle geratene Windfahne, während sie versuchte, jede Einzelheit der Szene in sich aufzunehmen, sich jede einzelne Reaktion zu merken und jeden Kommentar. Aus dem hier würde ein Lied entstehen, und es würde ihr Lied werden.

»Und!«, rief Prinz Pflichtgetreu in den Lärm hinein. Irgendetwas an den Falten um seine Augen warnte mich.

»Eda sei uns gnädig«, betete ich, aber ich wusste, dass weder Gott noch Göttin ihn jetzt noch aufhalten konnten. Ein wildes, trotziges Funkeln war in seinen Augen zu erkennen, und ich fürchtete, was auch immer er jetzt sagen würde. Auf seinen Ruf hin verstummte der Lärm in der Halle sofort. Als er wieder sprach, waren seine Worte direkt an die Narcheska gerichtet. Nichtsdestoweniger waren sie in der erwartungsvollen Stille weithin zu verstehen.

»Und ich habe auch eine Herausforderung zu stellen, denn wenn ich mich als würdig erweisen muss, die Narcheska Elliania zu heiraten, die keinerlei Aussichten hat, die Königin von irgendwas zu werden, die mir nichts weiter geben kann als ihren Namen, dann muss auch sie sich zunächst als würdig erweisen, die Königin der Sechs Provinzen zu werden.«

Nun war es an Peottre, zusammenzuzucken und kreidebleich zu werden, denn die Worte hatten kaum den Mund des Prinzen verlassen, da erwiderte Elliania: »Dann nennt mir Eure Herausforderung!«

»Das werde ich!« Der Prinz atmete tief ein. Die beiden jungen Leute blickten einander in die Augen. Sie hätten genauso gut mitten in der Wüste stehen können, so wenig kümmerte sie der Rest von uns. Ihre Blicke waren jedoch nicht starr, sondern äußerst lebendig, als würden sie in diesem Kampf des Willens einander zum ersten Mal wirklich sehen. »Wie Ihr vielleicht wisst, war mein Vater ›nur‹ König-zur-Rechten, als er zu seiner Queste aufgebrochen ist, um die Sechs Provinzen zu retten. Mit nur wenig mehr als seinem Mut bewaffnet, hat er sich aufgemacht, die Uralten zu finden, die uns zu Hilfe kommen und den Krieg beenden sollten, den Euer Volk uns aufgezwungen hat.« Kurz hielt der Prinz inne, wohl um zu sehen, ob seine Worte ihr Ziel gefunden hatten. Elliania bewahrte eisiges Schweigen. Pflichtgetreu fuhr fort: »Als wir monatelang nichts mehr von ihm gehört hatten, hat meine Mutter, die damals die bedrängte, aber rechtmäßige Königin der Sechs Provinzen war, sich auf den Weg gemacht, ihn zu suchen. Mit nur einer Handvoll Gefährten hat sie meinen Vater gesucht und gefunden und ihm dabei geholfen, die Drachen der Sechs Provinzen zu wecken.« Wieder eine Pause, und wieder weigerte sich Elliania, sie mit Worten zu füllen. »Es scheint mir nur angemessen, dass Ihr eine ähnliche Rolle in meiner Queste spielen sollt, Euren Drachen zu erschlagen, wie meine Mutter sie gespielt hat, die unseren zu erwecken. Kommt mit mir, Narcheska Elliania. Teilt selbst die größten Härten mit mir und werdet Zeugin der Tat, die Ihr mir auferlegt habt. Sollte es in Wahrheit gar keinen Drachen geben, den man erschlagen könnte, so könnt Ihr auch das bezeugen.« Pflichtgetreu wirbelte plötzlich zu den Anwesenden herum und rief: »Niemand hier soll sagen, dass es der Wille der Sechs Provinzen allein war, Eisfeuer zu erschlagen! Lasst Eure Narcheska, die diese Tat befohlen hat, sie an meiner Seite miterleben!« Dann drehte er sich wieder zu der Narcheska um, und seine Stimme wurde zu einem zuckersüßen Flüstern. »Falls sie es denn wagt.«

Verächtlich schürzte sie die Lippen. »Ich wage es.«

Hätte sie mehr gesagt, es hätte ohnehin niemand ihre Worte gehört, denn plötzlich war die ganze Halle von lautem Lärm erfüllt. Peottre war so bleich und still, als wäre er zu Eis erstarrt, doch alle anderen Fernholmer, einschließlich Ellianias Vater, hämmerten auf die Tische. Plötzlich stimmten sie einen rhythmischen Gesang in ihrer eigenen Sprache an, ein Lied der Entschlossenheit und der Blutlust, das eher zu den Ruderern auf einem Korsarenschiff passte als zu Friedensverhandlungen in einer fremden Halle. Die Adligen der Sechs Provinzen schrien, um sich ebenfalls Gehör zu verschaffen. Die Bemerkungen schienen darauf hinauszulaufen, dass die Narcheska die verächtliche Herausforderung des Prinzen zwar verdient hatte, aber sie hatte auch mutig darauf geantwortet, und so war dieses fernholmische Mädchen vielleicht doch eine würdige Königin.

Mitten in alledem stand meine Königin groß und still und betrachtete ihren Sohn. Ich sah, wie Chades Mund sich bewegte, als er ihr leise einen Rat gab. Sie seufzte nur. Ich glaubte zu wissen, was er ihr gesagt hatte: Es war zu spät, jetzt noch etwas zu ändern; die Sechs Provinzen mussten dem Prinzen folgen. Neben ihnen versuchte Peottre seine tiefe Verzweiflung zu verbergen, und vor ihnen duellierten sich der Prinz und die Narcheska noch immer mit Blicken.

Dann sprach die Königin wieder. Ihre ersten Worte waren darauf ausgerichtet, den Lärm zum Verstummen zu bringen. »Meine geehrten Gäste, bitte hört mich an!« Langsam legte sich der Aufruhr, und schließlich erstarb auch das Hämmern von den Tischen der Fernholmer. Kettricken atmete tief durch, und ich sah Entschlossenheit auf ihrem Gesicht. Sie drehte sich um, aber nicht zu Arkon Blutklinge und seinem Tisch, sondern dorthin, wo sich nun die wahre Macht befand. Sie blickte auf die Narcheska, doch ich wusste, dass sich ihre Aufmerksamkeit eigentlich auf Peottre Schwarzwasser richtete. »Wie es scheint, haben wir jetzt eine feste Übereinkunft. Prinz Pflichtgetreu ist nun mit Elliania, der Narcheska der Gottesrunen, verlobt. Vorausgesetzt, Prinz Pflichtgetreu kann ihr den Kopf des schwarzen Drachen Eisfeuer bringen, und vorausgesetzt, die Narcheska Elliania begleitet ihn auf dieser Queste und bezeugt die Tat.«

»SO SEI ES!«, brüllte Arkon Blutklinge, ohne sich bewusst zu sein, dass er bei dieser Entscheidung gar nichts zu sagen hatte.

Peottre nickte zweimal, ernst und stumm. Dann wandte sich die Narcheska Elliania an meine Königin, hob das Kinn und sagte: »So sei es.« Damit war es getan.

»Bringt Essen und Wein!«, befahl die Königin plötzlich. Das war nicht die übliche Art, die Speisen auftragen zu lassen, aber ich nahm an, dass sie sich einfach so schnell wie möglich setzen und ein Glas Wein trinken wollte. Ich zitterte, doch nicht nur aus Furcht vor dem, was daraus werden könnte, sondern auch wegen des pochenden Schmerzes, den mir Pflichtgetreu zugefügt hatte, als er so abrupt meine Macht über ihn gebrochen hatte. Auf ein Signal von Chade hin begannen die Barden zu spielen, und Diener strömten in die Halle. Alle setzten sich wieder; selbst Merle sprang elegant vom Tisch in die Arme ihres Mannes. Offenbar war ihr Streit beigelegt, was auch immer der Grund dafür gewesen sein mochte.

Als hätte er gefühlt, dass ich mich fragte, wie er sich von mir hatte befreien können, drang Pflichtgetreu plötzlich in meinen Kopf ein. *Tom Dachsenbless. Dafür wirst du mir später noch Rede und Antwort stehen.* Er war ebenso plötzlich wieder verschwunden, wie er gekommen war. Als ich unsicher nach ihm tastete, war er schlicht unerreichbar für mich. Ich wusste, dass er dort war, aber ich fand einfach keine Möglichkeit, seinen Geist für mich zu öffnen. Ich atmete tief durch. Das sah nicht gut aus. Er war wütend auf mich, und wahrscheinlich hatte sein Vertrauen zu mir einen bösen Schlag bekommen. Das würde es mir nicht gerade einfacher machen, ihn zu unterrichten. Ich zog die Decke enger um die Schultern.

Unter mir, in der Halle, verhielten sich nur die Bingstadt-Händler ruhig. Ihre Gespräche waren gedämpft und auf ihre Gruppe beschränkt. Das hielt sie jedoch nicht davon ab, ihre Teller und Gläser großzügig zu füllen. Nur Selden Vestrit saß offenbar tief in Gedanken versunken einsam unter ihnen. Sein Teller und sein Glas waren leer, und er schien auf nichts Bestimmtes zu starren.

Aber an jedem anderen Tisch ging es äußerst lebhaft zu. Die Gäste aßen wie Soldaten, die gerade aus einer Schlacht zurückgekehrt waren. Die allgemeine Aufregung war förmlich greifbar, ebenso wie das Gefühl des Triumphs. Es war getan. Zumindest für den Augenblick hatten die Sechs Provinzen und die Äußeren Inseln eine feste, verbindliche Übereinkunft getroffen. Die Königin hatte das erreicht, und ja, auch der Prinz, und die Blicke, die in seine Richtung geworfen wurden, waren anerkennender denn je. Offensichtlich besaß der Junge Mut, und das nicht nur seinen eigenen Edelleuten, sondern auch den Fernholmern gegenüber.

Die Gäste ließen es sich schmecken. Ein Barde stimmte ein lebhaftes Lied an, und die Gespräche wurden ein wenig leiser, während die Leute aßen. Ich öffnete die Weinflasche, die ich mitgebracht hatte, und holte Brot, Fleisch und Käse aus meinem Bündel. Wie durch ein Wunder erschien das Frettchen an meiner Seite und legte die Vorderpfoten auf mein Knie. Ich riss ihm ein Stück Fleisch ab.

»Ein Trinkspruch!«, rief jemand in der Halle. »Auf den Prinzen und die Narcheska!«

Lauter Jubel folgte diesen Worten.

Ich hob die Flasche, grinste grimmig und trank.

Kapitel 14

SCHRIFTEN

Owan, ein Fischer, lebte auf einer Runeninsel namens Fedois. Das Mütterhaus seiner Frau bestand aus Holz und Stein und erhob sich ein gutes Stück über der Flutlinie, denn Ebbe und Flut sind an diesem Ort extrem. Es war ein guter Ort zum Leben. Am Strand im Norden gab es Venusmuscheln und unterhalb des Gletschers genug Weideland, dass Owans Frau drei Ziegen in der großen Herde ihr eigen nannte, obwohl sie nur eine jüngere Tochter war. Sie schenkte ihm zwei Söhne und eine Tochter, und alle halfen ihm beim Fischen. Sie hatten genug, und auch für ihn hätte es genug sein sollen, aber das war es nicht.

Von Fedois kann man mit guten Augen an einem klaren Tag Aslevjal mit seinem großen Gletscher sehen, der blau unter dem azurblauen Himmel glitzert. Nun wissen alle, dass im Winter die Ebbe besonders niedrig ist und ein Boot unter dem Rand des Gletschers ins Herz der Insel vorstoßen kann. Dort schläft, wie wir alle wissen, der Drachen inmitten seines Schatzes. Manche sagen, ein kühner Mann könne dorthin gehen und Eisfeuer um einen Gefallen bitten, der dort in der Kälte des Gletschers schläft. Andere wiederum behaupten, nur ein wirklich dummer und gieriger Mensch würde so etwas tun, denn es heißt, Eisfeuer würde solch einem Menschen nicht nur geben, worum er bittet, sondern auch, was er verdient, und das ist nicht immer Glück oder Gold.

Um Eisfeuer auf diesem Weg zu besuchen, muss man schnell sein; man muss warten, bis das Wasser unter die Eiskante gesunken ist, und dann wie ein Pfeil hineinschießen, sobald das Boot zwischen Wasser und Eis passt. Einmal in diesem kalten Saphirpalast, muss man die Schläge seines eigenen Herzens zählen, denn wenn man zu lange bleibt, wird die Flut zurückkehren, um das Boot zwischen Wasser und Eis zu fangen und den Menschen zu zermalmen. Und das ist noch nicht das Schlimmste, was einem widerfahren kann, wenn man dorthin geht. Nur wenige können von einem Besuch an diesem Ort berichten, und noch weit weniger davon kann man glauben.

Owan wusste das nur allzu gut, denn seine Mutter hatte es ihm erzählt, ebenso wie seine Frau und die Mutter seiner Frau. »Du hast keinen Grund, beim Drachen an die Tür zu klopfen«, warnten sie ihn. »Du wirst nicht mehr von Eisfeuer erhalten, als ein dreister Bettler an deiner Tür bekommen würde.« Selbst Owans jüngerer Sohn wusste das, und der war erst sechs Winter alt. Aber sein älterer Sohn zählte schon siebzehn Jahre, und sein Herz und seine Lenden brannten für Gedrena, Tochter von Sindre von den Linsfall-Müttern. Sie war eine reiche Braut, weit vermögender, als dass der Sohn eines Fischers um sie hätte werben können. So summte der ältere Sohn Owan des Nachts wie eine Mücke ins Ohr und jammerte, dass sie beide reiche Männer sein könnten, wenn sie nur den Mut aufbrächten, Eisfeuer zu besuchen.

FERNHOLMER SCHRIFTROLLE: »EISFEUERS LAGER«

Am folgenden Morgen brachen die Fernholmer auf; mit der Flut setzten sie die Segel. Ich beneidete sie nicht um ihre Fahrt. Der Tag war rau und kalt, und Gischt spritzte von den Wellenbergen hoch. Den Fernholmern schien das raue Wetter jedoch nichts auszumachen; für sie war das offenbar ganz alltäglich. Ich hörte, dass es eine Prozession zu den Docks hinunter gab und dass man Elliania dort formell verabschiedete, bevor sie an Bord des Schiffes zu den Gottesrunen ging. Pflichtgetreu beugte sich über ihre Hand und küsste sie. Sie knickste vor ihm und der Königin. Dann sagte auch Blutklinge formell Lebewohl, gefolgt von seinen Edelleuten. Peottre war der Letzte, der sich von den Weitsehern verabschiedete. Er war auch derjenige, der die Narcheska aufs Schiff eskortierte. Sie alle standen an Deck und winkten, während das Schiff aus dem Hafen geschleppt wurde. Ich glaube, die Leute, die Zeugen des Abschieds wurden, waren enttäuscht, dass es nicht noch in letzter Sekunde zu dramatischen Szenen kam. Fast wirkte die Abschiedszeremonie wie die Ruhe vor dem Sturm. Vielleicht war Elliania von den Ereignissen des vorherigen Abends noch zu benommen, als dass sie in allerletzter Minute alles noch einmal umgeworfen hätte.

Ich wusste, dass sich die Königin und Chade nach dem formellen Bankett noch einmal in Ruhe mit Schwarzwasser und Blutklinge besprochen hatten. Das Treffen war in aller Eile arrangiert worden und hatte bis in die frühen Morgenstunden gedauert. Dabei hatte man mit Sicherheit über das ungezügelte Verhalten des Prinzen und der Narcheska gesprochen, aber wichtiger noch war, dass sich die Queste des Prinzen im Laufe der Diskussion zu einer ausgedehnten Visite der Äußeren Inseln im Allgemeinen verwandelt hatte. Chade erzählte mir später, dass man weniger über die Tötung des fragwürdigen Drachen als vielmehr über einen Zeitplan für den Besuch des Prinzen beim Hetgurd und Ellianias Mütterhaus gesprochen hatte. Der Hetgurd war eine lose Allianz von Clanoberhäuptern und Stammesführern, die mehr als Handelszentrale denn als irgendeine Art Regierung diente. Ellianias Mütterhaus war jedoch etwas vollkommen anderes. Chade hat mir berichtet, dass Peottre ausgesprochen nervös wirkte, als er erklärte, solch ein Besuch müsse unbedingt Bestandteil von Pflichtgetreus Besuch auf den Äußeren Inseln sein; fast hatte er ausgesehen, als hätte er es am liebsten verhindert, wenn er gekonnt hätte. Der Prinz und sein Gefolge sollten im Frühling zu den Äußeren Inseln aufbrechen. Meine persönliche Meinung dazu war, dass Chade somit nur wenig Zeit blieb, Informationen zu sammeln.

Ich war weder bei dieser eilig zusammengerufenen Verhandlungsrunde dabei noch bei den Abschiedsfeierlichkeiten. Fürst Leuenfarb mied »aus gesundheitlichen Gründen« und sehr zu Chades Verärgerung noch immer die Öffentlichkeit. Ich wiederum war eigentlich ganz froh, nicht dabei sein zu müssen. Ich war vollkommen steif, nachdem ich einen ganzen Abend hinter einem Guckloch eingeklemmt gewesen war. Einen schön stürmischen Ritt nach Burgstadt und wieder zurück empfand ich da nicht als sonderlich verlockend.

Nach der Abreise der Fernholmer verließen auch viele niedere Adlige der Sechs Provinzen den Hof. Die Festivitäten zur Verlobung des Prinzen waren vorbei, und sie hatten den Daheimgebliebenen viel zu erzählen. Die Bocksburg leerte sich schneller als eine auf den Kopf gestellte Flasche. Ställe und Dienerquartiere wurden plötzlich weit geräumiger, und das Leben folgte wieder dem üblichen, langsamen Rhythmus des Winters.

Zu meiner großen Bestürzung blieben die Bingstadt-Händler noch, und das bedeutete, dass Fürst Leuenfarb weiter in seinen Gemächern verharrte, um nicht erkannt zu werden, und dass ich ständig Gefahr lief, auf Jek zu treffen, wenn sie ihn besuchte. Anstand bedeutete ihr gar nichts. Als Tochter einer Fischerfamilie war sie rau aufgewachsen und hatte sich die sorglose Art dieser Menschen bewahrt. Mehrere Male traf ich sie auf den Gängen der Bocksburg, und jedes Mal grinste sie mich an und wünschte mir fröhlich einen guten

Tag. Einmal, als unsere Wege in dieselbe Richtung gingen, klopfte sie mir auf den Arm und sagte, ich solle nicht immer so ernst sein. Ich erwiderte irgendetwas Unverbindliches darauf, doch bevor ich entkommen konnte, packte sie mich am Unterarm und zog mich zur Seite.

Jek schaute sich um, um sicherzugehen, dass außer uns niemand da war, und sagte dann leise: »Ich nehme an, ich werde mir damit jetzt Ärger einhandeln, aber ich kann euch zwei nicht so sehen. Ich weigere mich einfach zu glauben, dass du ›Fürst Leuenfarbs Geheimnis‹ nicht kennst. Und da du es kennst …« Sie hielt einen Augenblick inne und flüsterte dann drängend weiter: »Mach deine Augen auf, Mann, und schau dir an, was dir gehören könnte. Warte nicht länger. Liebe, wie du sie haben könntest, wächst nicht …«

Ich fiel ihr ins Wort. »Vielleicht ist ›Fürst Leuenfarbs Geheimnis‹ nicht das, was du glaubst, dass es ist. Oder vielleicht hast du auch einfach nur zu lange unter Jamaillianern gelebt«, fügte ich beleidigend hinzu.

Auf meinen säuerlichen Blick hin lachte sie nur. »Sieh mal«, sagte sie, »du kannst mir ruhig vertrauen. ›Fürst Leuenfarb‹ tut das schon seit Jahren. Glaub an meine Freundschaft zu euch beiden und denk immer daran, dass ich, genau wie du, die Geheimnisse eines Freundes bewahren kann, wenn er es verdient.« Sie drehte den Kopf und schaute mich an wie ein Vogel den Wurm. »Manche Geheimnisse schreien jedoch förmlich danach, verraten zu werden. Das Geheimnis einer unerklärten Liebe gehört zu dieser Art von Geheimnissen. Amber ist eine Närrin, dass sie ihren Gefühlen für dich keinen Ausdruck verleiht. Es tut keinem von euch beiden gut, solch ein Geheimnis zu ignorieren.« Ernst und eindringlich blickte sie mir in die Augen.

»Ich weiß nicht, von welchem Geheimnis du sprichst«, erwiderte ich steif, während ich mich gleichzeitig nervös fragte, wie viele Geheimnisse der Narr wohl mit ihr geteilt hatte. In diesem Augenblick erschienen zwei Dienerinnen am Ende des Gangs und kamen fröhlich plappernd auf uns zu.

Jek hatte mein Handgelenk losgelassen, seufzte und schüttelte in spöttischem Mitleid den Kopf. »Natürlich tust du das nicht«, erwiderte sie, »und du willst noch nicht einmal sehen, was man genau vor dir auf dem Tisch angerichtet hat. Männer! Würde es Suppe regnen, du stündest mit einer Gabel da.« Sie schlug mir auf den Rücken, und dann trennten wir uns sehr zu meiner Erleichterung.

Ich sehnte mich danach, reinen Tisch mit dem Narren zu machen. Wie bei einem schmerzenden Zahn, an dem man ständig wackelt, ging ich immer und immer wieder die Dinge durch, die ich ihm sagen würde. Frustrierend war nur, dass er mich mehr oder weniger aus seinem Schlafzimmer ausgesperrt hatte, während er Jek zu Gesprächen unter vier Augen hereinließ. Nicht dass ich an seiner Tür geklopft und Einlass verlangt hätte. Ihm gegenüber hatte ich mürrisches Schweigen bewahrt, während ich hungrig darauf gewartet hatte, dass er mich fragen würde, was mich bekümmerte. Das Problem war nur, dass er das nicht tat. Seine Gedanken schienen auf etwas anderes gerichtet zu sein; mein Schweigen und mein mürrisches Auftreten bemerkte er offenbar gar nicht. Gibt es etwas Provozierenderes, als darauf zu warten, dass irgendjemand einen schwelenden Streit eröffnet? Meine Stimmung wurde immer düsterer. Dass Jek den Narren für eine Frau mit Namen Amber hielt, trug auch nicht gerade dazu bei, mich zu beruhigen. Es machte die Situation sogar noch bizarrer.

Erfolglos versuchte ich, mich mit anderen Mysterien abzulenken. Laurel war verschwunden. In den kürzer werdenden Wintertagen war mir ihre Abwesenheit aufgefallen. Meine diskreten Nachfragen, wo die Jagdmeisterin wohl sein mochte, hatten Gerüchte zutage gefördert, dass sie ihre Familie besuchen sei. Unter den Umständen zweifelte ich daran. Auf meine offene Frage erklärte Chade mir, dass es mich nichts anginge, wenn die Königin beschlossen habe, ihre Jagdmeisterin irgendwohin zu schicken, wo ihr keine Gefahr mehr drohte. Als ich nachhakte, wo dieses Irgendwo wohl liegen mochte, warf er mir einen vernichtenden Blick zu. »Je weniger du weißt, desto geringer die Gefahr für sie und dich.«

»Gibt es da noch zusätzliche Gefahren, von denen ich wissen sollte?«

Er dachte einen Moment nach, dann seufzte er. »Ich weiß es nicht. Sie hat um eine Privataudienz bei der Königin gebeten. Was dort besprochen wurde, weiß ich nicht, denn Kettricken wollte es mir nicht sagen. Sie hat der Jagdmeisterin das dumme Versprechen gegeben, dass es ein Geheimnis zwischen ihnen beiden bleiben würde. Dann war Laurel verschwunden. Ich weiß nicht, ob die Königin sie fortgeschickt oder ob sie um Erlaubnis gebeten hat zu gehen; vielleicht ist sie auch schlicht geflohen. Ich habe Kettricken gesagt, dass es unklug sei, mich darüber im Unklaren zu lassen, aber sie rückt nicht von ihrem Versprechen ab.«

Ich dachte an Laurel, wie ich sie zuletzt gesehen hatte. Ich vermutete, sie war losgezogen, um die Gescheckten auf ihre eigene Art zu bekämpfen. Wie das jedoch aussehen mochte, konnte ich mir noch nicht einmal vorstellen, aber ich hatte Angst um sie. »Haben wir irgendwas von Lutwin und seinen Anhängern gehört?«

»Nichts, wovon wir ausgehen könnten, dass es wirklich der Wahrheit entspricht. Aber drei zusammenhängende Gerüchte könnten durchaus die Wahrheit ergeben, wie man so sagt, und es gibt eine Menge Gerüchte, dass Lutwin sich von seinen Verletzungen erholt hätte, die du ihm zugefügt hast, und dass er schon bald wieder die Macht bei den Gescheckten übernehmen würde. Die beste Neuigkeit, die wir haben, ist, dass einige ihm offensichtlich dieses Recht streitig machen. Wir können nur hoffen, dass er genug eigene Probleme hat, sodass er sich um nichts anderes mehr kümmern kann.«

Dieser Hoffnung konnte ich mich nur von ganzem Herzen anschließen, auch wenn ich nicht so recht daran glauben konnte.

Ansonsten gab es auch nicht viel, was mir das Leben leichter gemacht hätte. Am Morgen der Abreise der Narcheska war der Prinz nicht in den Gabenturm gekommen. Das hatte mir allerdings kein Kopfzerbrechen bereitet. Er hatte eine lange Nacht hinter sich, und frühmorgens hatte er an den Docks erscheinen müssen. Aber auch an den zwei Morgen danach hatte ich vergeblich auf ihn gewartet. Ich erschien zur verabredeten Stunde, wartete, arbeitete allein an den Übersetzungen und ging wieder. Er sandte mir kein Wort der Erklärung. Nachdem ich am zweiten Morgen in meiner Wut vor mich hin geschmort hatte, beschloss ich, keinen Kontakt mit ihm aufzunehmen. Das stand mir nicht zu, sagte ich mir entschlossen. Ich versuchte, mich in die Haut des Prinzen zu versetzen. Wie hätte ich mich gefühlt, hätte ich herausfinden müssen, dass Veritas mir den Gabenbefehl erteilt hatte, loyal zu sein? Ich konnte mich noch allzu gut daran erinnern, wie ich mich gefühlt hatte, als Gabenmeister Galen meinen Geist vernebelt und so mein Talent vor mir verborgen hatte. Pflichtgetreu hatte das Recht, sowohl wütend auf mich zu sein als auch, mich mit königlicher Verachtung zu strafen. Ich würde die Dinge ihren Lauf nehmen lassen. Wenn er bereit war, würde ich ihm die einzige Erklärung geben, die ich ihm geben konnte: die Wahrheit. Ich hatte ihn nicht in Gehorsam an mich binden, sondern ihn nur davon abhalten wollen, mich zu töten. Ich seufzte bei dem Gedanken und beugte mich wieder über meine Arbeit.

Es war Abend, und ich saß oben in Chades Turm. Seit dem Nachmittag war ich hier und wartete auf Dick. Das war schon wieder eine Verabredung, zu der er nicht erschienen war. Ich hatte Chade bereits darauf hingewiesen, dass weder er noch ich viel tun könnten, wenn der Schwachkopf nicht freiwillig zu mir kommen würde. Trotzdem hatte ich meine Zeit nicht verschwendet. Zu der Handvoll älterer, recht obskurer Gabenschriften, die wir Stück für Stück übersetzten, hatte Chade mir zwei alte Schriftrollen gegeben, die sich mit Eisfeuer beschäftigten, dem Drachen der Gottesrunen. Beide behandelten Legenden, aber Chade hoffte, dass ich die verschiedenen Körnchen Wahrheit finden würde, die ihnen zugrunde lagen. Er hatte bereits Spione auf die Äußeren Inseln geschickt. Einer fuhr sogar auf dem Schiff der Narcheska mit; angeblich wollte er sich die Überfahrt verdienen, um Verwandte auf den Inseln zu besuchen. Sein tatsächlicher Auftrag war jedoch, nach Aslevjal weiterzureisen oder zumindest so viel wie möglich über die Insel herauszufinden und Chade Bericht zu erstatten. Der alte Mann fürchtete, dass Pflichtgetreu wirklich gehen musste, nachdem er sich in aller Öffentlichkeit dazu verpflichtet hatte, aber er war fest entschlossen, den Prinzen nur gut vorbereitet und in fähiger Begleitung losziehen zu lassen. »Vielleicht werde ich sogar selbst mit ihm gehen«, hatte Chade mich bei unserem letzten zufälligen Zusammentreffen im Turm informiert. Ich hatte gestöhnt, aber zum Glück leise. Er war einfach zu alt für solch eine Reise. Mit einer enormen Willensanstrengung behielt ich auch diese Worte für mich, denn ich wusste, was auf jedweden Protest folgen würde: »Und wen, glaubst du, sollte ich sonst schicken?« Ich war genauso wenig erpicht darauf, selbst nach Aslevjal zu fahren, wie Chade gehen zu sehen – oder Prinz Pflichtgetreu.

Ich schob die Eisfeuer-Schriftrolle beiseite und rieb mir die Augen. Sie war interessant, aber ich bezweifelte, dass irgendetwas darin den Prinzen auf seine Queste vorbereiten konnte. Demnach zu urteilen, was ich über unsere Steindrachen wusste, oder auch nach dem, was der Narr mir über den Bingstadt-Drachen erzählt hatte, war es mehr als unwahrscheinlich, dass wirklich ein Drache im Eis dieses Gletschers auf den Äußeren Inseln schlief. Wahrscheinlicher war, dass man einem »schlafenden Drachen« schlicht die Schuld für Erdbeben in die Schuhe schob, oder wenn der Gletscher kalbte. Außerdem hatte ich erst einmal genug von Drachen. Je mehr ich mich mit der Schriftrolle beschäftigte, desto beunruhigendere Gedanken an den verschleierten Bingstädter störten meinen Schlaf.

Mein Blick fiel auf die schwere Tonschüssel, die kopfüber in einer Ecke des Tisches stand. Darunter lag eine tote Ratte, oder besser gesagt: der größte Teil einer toten Ratte. Ich hatte sie vergangene Nacht von dem Frettchen bekommen. Ich hatte tief und fest geschlafen, als ich vom zwiehaften Schrei eines Wesens geweckt worden war, das furchtbare Schmerzen litt. Das war kein gewöhnlicher Tod eines Tieres gewesen. Solche Ereignisse war jeder gewohnt, der über die Alte Macht gebot. Normalerweise glich das Ende kleiner Tiere dem Platzen einer Blase. Bei den Tieren war der Tod das tägliche Risiko, das nun einmal Teil des Lebens war. Nur ein Mensch, der mit einem Tier verschwistert war, hätte in derartiger Verzweiflung, Wut und Trauer ob des Todes eines Wesens aufgeschrien.

Nachdem ich von diesem Schrei erst einmal geweckt worden war, hatte ich alle Hoffnung auf Schlaf aufgegeben. Es war, als wäre die Wunde plötzlich wieder aufgerissen worden, die Nachtauges Tod mir zugefügt hatte. Ich war aufgestanden, hatte den Narren aber nicht aufwecken wollen und war stattdessen in den Turm hinaufgestiegen. Auf dem Weg dorthin hatte ich das Frettchen getroffen, das eine Ratte durch die Gänge geschleift hatte. Es war die größte, kräftigste Ratte gewesen, die ich je gesehen hatte. Nach einer kurzen Jagd und einem kleinen Gerangel hatte das Frettchen sie mir überlassen. Natürlich konnte ich nicht beweisen, dass diese Ratte irgendjemandes Geschwistertier war, doch ich hegte einen starken Verdacht in diese Richtung. Ich hatte sie aufbewahrt, um sie Chade zu zeigen. Ich wusste, dass wir einen Spion in den Burgmauern hatten. Der Lorbeerzweig an dem kleinen Galgen, den Laurel im Stall gefunden hatte, war Beweis genug dafür. Nun schien es möglich zu sein, dass die Ratte und damit auch der Mensch, mit dem sie verschwistert gewesen war, zumindest teilweise Kenntnis von unseren Geheimgängen hatten. Ich hoffte nur, dass der alte Mann heute Abend in den Turm heraufkommen würde.

Nun wandte ich mich erst einmal den beiden alten Gabenschriften zu, an denen wir schon gearbeitet hatten. Sie waren weit schwieriger als die Eisfeuer-Pergamente, doch die Arbeit an ihnen war deutlich befriedigender. Chade glaubte, dass beide Schriftrollen Teil des gleichen Werkes waren; das hatte er aus dem verwendeten Pergament und der Schriftart geschlossen. Ich wiederum hielt sie anhand der Wortwahl und Illustrationen für nicht miteinander verwandt. Beide Schriftrollen waren ausgeblichen und brüchig; Worte und manchmal auch ganze Sätze waren nicht mehr zu lesen. Beide waren sie in einer archaischen Schrift geschrieben, die mir Kopfschmerzen bereitete. Neben jeder Schriftrolle lag ein frisches Stück Pergament, auf dem wir, Chade und ich, unsere Übersetzung niederschrieben. Mir fiel auf, dass meine Handschrift inzwischen die Überhand gewonnen hatte. Ich schaute mir Chades letzten Beitrag an. Es war ein Satz, der mit den Worten begann: »Die Verwendung von Elfenrinde«. Ich runzelte die Stirn, als ich das las, und fand die entsprechende Zeile auf der alten Schriftrolle. Die Illustration daneben war zwar verblasst, aber es handelte sich eindeutig nicht um Elfenrinde. Das Wort, das Chade mit »Elfenrinde« übersetzt hatte, war teilweise von einem Fleck unkenntlich gemacht. Als ich die Augen zusammenkniff, um es mir genauer anzusehen, musste ich zugeben, dass »Elfenrinde« in der Tat die wahrscheinlichste Übersetzung war. Nur das ergab keinen Sinn. Es sei denn, die Illustration bezog sich nicht auf diesen Textabschnitt. Ich seufzte.

Das Weinregal schwang auf. Chade betrat den Raum, gefolgt von Dick, der ein Tablett mit Essen und Trinken trug. »Guten Abend«, begrüßte ich die beiden und legte sorgfältig meine Arbeit beiseite.

»Guten Abend, Tom«, grüßte Chade.

»Abend, Meister«, *Stinkehund,* echote Dick.

Nenn mich nicht so. »Guten Abend, Dick. Ich dachte, wir beide wären früher am Tag verabredet gewesen.«

Der Schwachkopf stellte das Tablett auf den Tisch und kratzte sich. »Vergessen«, sagte er und zuckte mit den Schultern, doch er kniff die Knopfaugen zusammen, als er das sagte.

Ich blickte Chade resigniert an. Ich hatte es versucht, doch der alte Mann warf mir einen säuerlichen Blick zu, der mir sagte, dass ich es wohl nicht hart genug versucht hatte. Ich suchte nach einer Möglichkeit, Dick loszuwerden, um mit Chade über die Ratte sprechen zu können.

»Dick? Wenn du das nächste Mal Feuerholz heraufbringst, könntest du noch eine Extraladung mitbringen? Abends wird es manchmal recht kalt hier oben.« Ich deutete auf die schwächer werdenden Flammen. Ich hatte das Feuer herunterbrennen lassen müssen, da nicht genug Holz da gewesen war.

Kalter Stinkehund. Der Gedanke erreichte mich klar und deutlich, doch Dick stand einfach nur da, als hätte er mich nicht verstanden.

»Dick? Zwei Ladungen Feuerholz heute Abend. Verstanden?« Chade sprach ein wenig lauter zu ihm, als nötig gewesen wäre, und er betonte jedes einzelne Wort über Gebühr. Fühlte er nicht, wie sehr das Dick ärgerte? Der Mann mochte ja vielleicht nicht gerade der Hellste sein, aber er war nicht taub und auch nicht wirklich dumm.

Dick nickte langsam. »Zwei Ladungen.«

»Du könntest sie jetzt direkt holen«, sagte Chade.

»Jetzt«, willigte Dick ein. Als er sich zum Gehen wandte, warf er mir aus den Augenwinkeln einen Blick zu. *Stinkehund. Mehr Arbeit.*

Ich wartete, bis er verschwunden war, bevor ich mich an Chade wandte. Er hatte das Tablett gegenüber den Schriftrollen auf den Tisch gestellt. »Er versucht nicht mehr, mich mit der Gabe anzugreifen, aber er benutzt sie, um mich insgeheim zu beleidigen. Er weiß, dass du ihn nicht hören kannst. Ich habe keine Ahnung, warum er mich so wenig mag. Ich habe ihm nichts getan.«

Chade hob eine Schulter. »Nun, ihr beide werdet schon darüber hinwegkommen und zusammenarbeiten. Du musst bald beginnen. Der Prinz braucht irgendeine Art von Gabenkordiale, die ihn auf seiner Queste begleitet, selbst wenn sie nur aus einem Diener besteht, aus dem er Stärke beziehen kann. Du musst Dick hofieren, Fitz, und ihn für dich gewinnen. Wir brauchen ihn.« Als ich mit Schweigen auf seine Worte reagierte, seufzte er. Er schaute sich um und bot mir Wein an.

Ich deutete auf meinen Becher auf dem Tisch. »Nein, danke. Ich trinke heute Abend heißen Tee.«

»Oh. Sehr gut.« Chade ging um den Tisch herum, um zu sehen, woran ich gerade arbeitete. »Bist du mit den Eisfeuer-Schriftrollen schon fertig?«

Ich schüttelte den Kopf. »Noch nicht. Ich glaube allerdings nicht, dass wir irgendetwas Nützliches in ihnen finden werden. Mit dem Drachen an sich scheinen sie sich nur sehr vage zu beschäftigen. Meist ist von Erdbeben die Rede, durch die der Drache jene bestraft hat, die Unrecht getan haben, damit sie wieder auf den Pfad der Tugend zurückfinden.«

»Nichtsdestoweniger solltest du sie bis zum Ende lesen. Vielleicht lässt sich doch irgendetwas in ihnen finden, irgendeine Kleinigkeit, die sich später als nützlich erweisen könnte.«

»Ich bezweifle es. Chade, glaubst du, es gibt da überhaupt einen Drachen? Könnte es nicht einfach ein Trick von Elliania sein, um die Hochzeit zu verzögern, indem sie ihn auf die Jagd nach irgendetwas schickt, das eigentlich gar nicht existiert?«

»Mir reicht, dass es wirklich irgendeine Kreatur im Eis der Insel Aslevjal zu geben scheint. In den sehr alten Schriften wird mehrmals nebenbei erwähnt, dass sie sogar zu sehen sei. Ein paar Winter mit starkem Schneefall und die ein oder andere Lawine haben sie wohl verdeckt. Aber eine Zeit lang nahmen Reisende große Umwege in Kauf, um in den Gletscher zu starren und darüber zu spekulieren, was sie da sahen.«

Ich lehnte mich auf meinem Stuhl zurück. »Oh, gut. Vielleicht wird das Ganze mehr eine Aufgabe für Schaufeln und Eispickel sein als für Prinzen und Schwerter.«

Ein Lächeln huschte über Chades Gesicht. »Nun, wenn es darum geht, Eis und Schnee rasch zu beseitigen, glaube ich, eine bessere Technik gefunden zu haben – aber sie muss noch verfeinert werden.«

»So. Dann warst das also du letzten Monat am Strand, hm?« Ich hatte Gerüchte über einen weiteren Blitzschlag gehört; dieser war von mehreren Schiffen draußen im Hafen beobachtet worden. Die Explosion hatte tief in der Nacht stattgefunden, während eines Schneesturms. Alle, die darüber sprachen, waren verwirrt. Niemand hatte den Blitz wirklich durch den Himmel zucken sehen, aber in solch einer Nacht hatte auch niemand einen erwartet. Doch den Knall konnte niemand leugnen. Eine beachtliche Menge an Sand und Stein war durch ihn bewegt worden.

»Am Strand?«, fragte mich Chade, als stünde er vor einem Rätsel.

»Vergiss es«, beeilte ich mich zu sagen. Ich wollte nichts mit den Experimenten zu tun haben, die er mit dem explosiven Pulver veranstaltete.

»Ja, das müssen wir wohl«, räumte er ein. »Wir haben nämlich andere Dinge zu besprechen, weit wichtigere Dinge. Wie kommt der Prinz mit seinem Gabenunterricht voran?«

Ich zuckte zusammen. Ich hatte Chade nicht darüber informiert, dass der Prinz nicht mehr gekommen war. Zuerst wich ich ihm aus, indem ich ihn erinnerte: »Ich wollte ihn die Gabe nicht anwenden lassen, solange der schuppige Bingstädter hier ist. Also haben wir nur die Schriftrollen studiert ...« Dann sah ich plötzlich keinen Sinn mehr darin, die Wahrheit zurückzuhalten, und Chade anzulügen hatte ohnehin keine Zukunft. »Tatsächlich ist er seit dem Abschiedsbankett zu keiner Stunde mehr erschienen. Ich glaube, er ist noch immer wütend, weil er entdeckt hat, dass ich diesen Gabenbefehl über ihn verhängt habe.«

Chade verzog das Gesicht ob dieser Neuigkeit. »Nun, ich werde Schritte einleiten, den jungen Mann wieder auf den rechten Weg zu führen. Egal, wie zerzaust sein Gefieder auch sein mag, er sollte sich lieber der Aufgabe stellen. Morgen wird er dort sein. Ich werde dafür sorgen, dass er von jetzt an jeden Morgen eine Extrastunde Zeit hat und dass er keine mehr davon versäumt. Was Dick betrifft ... du musst anfangen, ihn zu unterrichten, Fitz, oder ihn zumindest dazu bringen, dir zu gehorchen. Wie du das anstellst, überlasse ich dir, aber ich möchte erwähnen, dass ich glaube, Bestechungen funktionieren besser bei ihm als Drohungen oder Bestrafungen. Nun denn, zum nächsten Punkt: Wie, schlägst du vor, sollen wir nach weiteren Gabenkandidaten suchen?«

Ich verschränkte die Arme vor der Brust und versuchte, meine Wut im Zaum zu halten, als ich fragte: »Dann hast du also einen Gabenmeister gefunden, um andere Kandidaten zu unterrichten?«

Er zog die Augenbrauen zusammen. »Wir haben dich.«

Ich schüttelte den Kopf. »Nein. Ich unterrichte den Prinzen auf seine Bitte hin, und du hast mich dazu verleitet, es auch bei Dick zu versuchen. Aber ich bin kein Gabenmeister. Selbst wenn ich das Wissen von einem hätte, wäre ich keiner. Ich kann das nicht. Du verlangst von mir, eine Lebensaufgabe zu übernehmen. Du verlangst von mir, irgendwann einen Lehrling anzunehmen, der nach meinem Tod die Pflichten eines Gabenmeisters übernimmt. Es ist unmöglich für mich, Schüler anzunehmen, ohne ihnen früher oder später enthüllen zu müssen, wer ich wirklich bin. Das werde ich nicht tun.«

Chade starrte mich an, den Mund in unterdrücktem Zorn leicht geöffnet. Das verlieh meinen Worten Schwung.

»Außerdem würde ich es vorziehen, wenn du mich meinen Streit mit dem Prinzen auf meine Art bereinigen lassen würdest. Das ist eine persönliche Angelegenheit zwischen ihm und mir. Was das Wann und Wo betrifft, da ich Dick unterrichten werde ... niemals und nirgendwo«, sagte ich knapp. »Er mag mich nicht. Er ist unangenehm, rüpelhaft, und er stinkt ... und falls du es bis jetzt noch nicht bemerkt haben solltest, er ist nicht ganz bei Verstand. Es könnte sich als ein wenig gefährlich erweisen, ihn mit der Weitseher-Magie vertraut zu machen. Aber selbst wenn er all das nicht wäre, er hat all meine Versuche abgewehrt, ihm *irgendetwas* beizubringen.« Das entsprach der Wahrheit, verteidigte ich mich selbst. Dick hatte mich bei jedem meiner halbherzigen Versuche, ein Gespräch mit ihm zu beginnen, in eine Wolke von Gabenbeleidigungen gehüllt. »Und er ist stark. Wenn ich ihn unter Druck setze, könnte sein Missfallen gegen mich in Gewalt umschlagen. Offen gesagt, jagt er mir Angst ein.«

Falls ich geglaubt haben sollte, Chade zu provozieren, so war ich gescheitert. Langsam setzte er sich mir gegenüber und nippte an seinem Weinglas. Schweigend betrachtete er mich einen Augenblick und schüttelte dann den Kopf. »Das wird nicht reichen, Fitz«, sagte er mit leiser Stimme. »Ich weiß, dass du daran zweifelst, in der Zeit, die wir haben, den Prinzen unterrichten und eine Kordiale für ihn aufbauen zu können, aber das ist etwas, das wir schlicht tun *müssen*. Ich habe vollstes Vertrauen in dich.«

»*Du* bist überzeugt davon, dass der Prinz eine Kordiale an seiner Seite braucht, bevor er zu seiner Queste aufbricht. Ich bin noch nicht einmal sicher, ob es überhaupt eine richtige Queste ist, ganz zu schweigen davon, ob eine Kordiale ihm mehr helfen wird als ein Trupp Soldaten mit Schaufeln.«

»Nichtsdestoweniger wird der Prinz früher oder später eine Kordiale brauchen. Da kannst du genauso gut jetzt damit beginnen, eine aufzubauen.« Er lehnte sich auf seinem Stuhl zurück und verschränkte die Arme vor der Brust. »Ich habe schon eine Idee, wie wir geeignete Kandidaten für diese Kordiale finden können.«

Ich starrte ihn schweigend an. Unbekümmert ignorierte Chade meine Weigerung, Gabenmeister zu werden. Seine nächsten Worte entfachten meine Wut.

»Ich könnte schlicht Dick fragen. Nessel zu finden ist ihm leichtgefallen. Wenn er sich darauf konzentriert und man ihn für jeden Erfolg belohnt, könnte er vielleicht noch weitere finden.«

»Ich will wirklich nichts mit Dick zu tun haben«, sagte ich in verhaltenem Tonfall.

»Das ist schade«, erwiderte Chade ebenso leise, »denn ich fürchte, das steht zwischen dir und mir nicht mehr zur Diskussion. Lass mich offen zu dir sein: Das hat deine Königin uns befohlen. Heute Morgen haben wir mehrere Stunden über Pflichtgetreu und seine Queste gesprochen. Sie teilt meine Meinung, dass ihn eine Kordiale begleiten sollte. Sie hat mich gefragt, welche Kandidaten wir dafür hätten. Ich habe ihr geantwortet: Dick und Nessel. Sie will, dass du sofort mit ihrer Ausbildung beginnst.«

Kurz verschränkte ich ebenfalls die Arme vor der Brust und schwieg. Ich war entsetzt, und das nicht nur, weil Nessel dazugehören sollte. Ich wusste, dass man im Bergreich Kinder, die drohten, so wie Dick zu werden, schon kurz nach der Geburt aussetzte. Ich hatte geglaubt, Kettricken würde bestürzt auf den Gedanken reagieren, dass solch ein Mensch Pflichtgetreu zur Seite stehen sollte. Tatsächlich hatte ich mich darauf verlassen, dass sie ihn ablehnen würde. Meine Königin hatte mich wieder einmal überrascht.

Als ich sicher war, wieder mit fester Stimme sprechen zu können, fragte ich: »Hat sie schon nach Nessel geschickt?«

»Noch nicht. Die Königin wünscht, diese Angelegenheit persönlich und mit großem Taktgefühl zu erledigen. Wir wissen, dass Burrich sich erneut weigern könnte, wenn sie ihn darum bittet. Sollte sie es jedoch befehlen ... Nun, keiner von uns weiß, wie er darauf reagieren würde. Sie will, dass sowohl Burrich als auch das Mädchen aus freien Stücken zustimmen. Deshalb muss sie sich genauestens überlegen, wie sie die Anfrage formulieren soll, aber im Augenblick beansprucht die Abordnung aus Bingstadt all ihre Aufmerksamkeit und Zeit. Sobald die Gesandten abgereist sind, wird sie Burrich und Nessel hierherbestellen, um ihnen zu erklären, warum sie sie braucht ... und vielleicht auch Molly.« Sehr, sehr vorsichtig fügte er hinzu: »Es sei denn natürlich, *du* möchtest ihnen die Angelegenheit im Namen der Königin vortragen. Dann könnte Nessel auch früher mit ihrem Unterricht beginnen.«

Ich atmete tief durch. »Nein. Das möchte ich nicht. Und Kettricken sollte keine Zeit darauf verschwenden, sich zu überlegen, wie sie es ihnen sagen soll. Ich werde Nessel nämlich nicht in der Gabe unterrichten.«

»Ich dachte mir schon, dass du so fühlen würdest, aber

Gefühle haben nichts mehr damit zu tun, Fitz. Das ist der Befehl unserer Königin. Wir haben keine andere Wahl, als ihr zu gehorchen.«

Ich sackte auf meinem Stuhl zusammen. Der Geschmack der Niederlage stieg wie Galle in meiner Kehle hoch. So. Das war es also. Die Königin befahl, meine Tochter zum Wohle des Weitseher-Erben zu opfern. Ihr friedvolles Leben und die Sicherheit ihres Heims galten nichts im Vergleich zu den Bedürfnissen des Weitseher-Throns. Ich war schon einmal in dieser Situation gewesen. Schon einmal hatte ich geglaubt, keine andere Wahl zu haben, als zu gehorchen, doch das war ein jüngerer Fitz gewesen.

Einen Augenblick lang dachte ich nach. Kettricken, meine Freundin, die Frau meines Onkels Veritas, war durch Heirat eine Weitseher. Die Eide, die ich als Kind, als Jüngling und als junger Mann geschworen hatte, banden mich an die Weitseher und verpflichteten mich zu tun, was sie mir befahlen, notfalls sogar mein Leben in die Waagschale zu werfen. Für Chade war klar, was die Pflicht mir gebot. Aber was war schon ein Schwur? Laut ausgesprochene Worte mit dem guten Willen, sie einzuhalten. Für manche waren sie nicht mehr als das: Worte eben, die man ruhig wieder vergessen konnte, wenn das Herz es einem befahl. Männer und Frauen, die einander die Treue geschworen hatten, bändelten mit anderen an oder verließen gar ihre Gefährten. Soldaten, die sich ihrem Herrn verschworen hatten, desertierten in langen, mageren Wintern. Adlige, die den Lehnseid geleistet hatten, wechselten die Seiten, wenn andere Herrscher ihnen größere Vorteile versprachen. War ich wirklich daran gebunden, ihr zu gehorchen? Ich bemerkte, dass meine Hand unbewusst zu der kleinen Fuchsanstecknadel in meinem Hemd gewandert war.

Es gab hundert Gründe, warum ich Kettricken nicht gehorchen wollte, Gründe, die nichts mit Nessel zu tun hatten. Die

Gabe, so hatte ich Chade früher schon einmal gesagt, war eine Magie, die man besser sterben lassen sollte. Dennoch hatte ich mich überreden lassen, Pflichtgetreu zu unterrichten. Das Lesen der Gabenschriften hatte mich auch nicht sicherer in dieser Entscheidung gemacht. Die ganzen Möglichkeiten der Gabe, von denen ich in diesen vergessenen Schriften einen Blick hatte erhaschen können, überstiegen alles, was Veritas sich je vorzustellen gewagt hatte. Schlimmer noch: Je mehr ich las, desto mehr erkannte ich, dass das, was wir hatten, nicht die Gabenbibliothek war, sondern lediglich Bruchstücke davon. Wir besaßen die Schriften, die von den Pflichten der Lehrmeister sprachen, sowie jene, in denen die anspruchsvollsten Anwendungen der Gabe dargestellt wurden. Es musste jedoch noch weitere Schriftrollen geben, Schriftrollen, die die Grundlagen erklärten und wie ein Gabennutzer seine Fähigkeiten und Selbstbeherrschung steigern konnte, um für die höheren Aufgaben gewappnet zu sein. Aber diese Schriften besaßen wir nicht. El allein wusste, was aus ihnen geworden war. Das wenige, was ich in den verbliebenen Schriftrollen gelesen hatte, hatte mich davon überzeugt, dass die Gabenmagie einem Fähigkeiten verleihen konnte, die jenen der Götter nicht viel nachstanden. Mit der Gabe konnte man verletzen oder heilen, blenden oder erleuchten, ermutigen oder zermalmen. Ich hielt mich nicht für weise genug, um über solch eine Macht zu gebieten, geschweige denn, darüber zu entscheiden, wer sie erben sollte. Je mehr Chade las, desto begieriger wurde er auf die Magie, die ihm durch seine illegitime Geburt verweigert worden war. Oft machte er mir Angst mit seinem Enthusiasmus für alles, was die Gabe ihm zu bieten schien. Dass er überdies darauf bestand, allein in die Geheimnisse dieser Magie vorzudringen, bereitete mir zusätzliche Furcht. In letzter Zeit hatte er jedoch nicht mehr davon gesprochen, und das wiederum ließ mich hoffen, dass er keinen Erfolg mit seinen Bemühungen hatte.

Was ich jedoch nicht zu hoffen wagte, war, dass dadurch die Entscheidung wieder in meinen Händen lag. Ich konnte mich weigern, ich konnte fliehen, aber mit oder ohne mich, Chade würde weitermachen. Sein Wille war ebenso stark wie sein Verlangen nach der Gabe. Auch würde er versuchen, nicht nur sich selbst, sondern auch Pflichtgetreu und Dick zu unterrichten – und Nessel, wie mir plötzlich bewusst wurde. Chade betrachtete die Gabe nämlich nicht als gefährlich, sondern als erstrebenswert. Überdies hatte er das Gefühl, ein Recht darauf zu haben. Bastard hin oder her, er war ein Weitseher, und somit durfte er auch die Weitseher-Magie für sich beanspruchen. Man hatte ihm sein Geburtsrecht verweigert, weil er nur ein Bastard-Weiterseher war – genau wie meine Tochter.

Plötzlich legte ich meinen Finger auf eine Wunde, die schon seit Jahren in mir geschwärt hatte. Die Weitseher-Magie. Das war die Gabe. Angeblich besaßen die Weitseher ein »Recht« darauf, und mit dieser Annahme ging die Vorstellung einher, dass die Weitseher die Weisheit besaßen, solch eine Art von Magie anzuwenden. Chade, der auf der falschen Seite des Bettes geboren worden war, hatte man als unwürdig erachtet und ihm herzlos jedwede Ausbildung in der Gabe verweigert. Vielleicht hatte er auch nie das Talent dafür besessen, oder vielleicht war es verkümmert, weil es nicht genährt worden war. Aber nach all den Jahren nagte die Ungerechtigkeit des Ganzen noch immer an dem alten Mann. Ich war sicher, dass seine vereitelten Ambitionen hinter seinem unbändigen Verlangen standen, den Wiederaufstieg der Gabe zu sehen. Glaubte er, dass ich Nessel ebenso um ihr Recht betrog, wie man ihn einst darum betrogen hatte? Ich blickte ihn an. Hätten Veritas, Chade und Philia sich nicht für mich eingesetzt, ich wäre vielleicht genauso wie der alte Assassine.

»Du bist sehr ruhig«, bemerkte Chade.

»Ich denke nach«, erwiderte ich.

Er runzelte die Stirn. »Fitz. Das ist der Befehl der Königin, keine Bitte, über die man nachdenken könnte. Einem Befehl gilt es zu gehorchen.«

Keine Bitte, über die man nachdenken könnte. In meiner Jugend hatte ich über so vieles nicht nachgedacht. Ich hatte schlicht meine Pflicht erfüllt. Jetzt war ich ein Mann, und ich schwankte, aber nicht zwischen Pflichterfüllung oder dem Bruch meines Eids, sondern zwischen richtig und falsch. War es richtig, eine weitere Generation in der Gabe zu unterrichten und die Weitseher-Magie so in unserer Welt zu erhalten? War es richtig, dieses Wissen sterben und außer Reichweite der Menschheit verschwinden zu lassen? Wenn es immer welche gab, die sie nicht haben durften, wäre es dann nicht richtiger, sie allen zu verweigern? Glich der geschützte Besitz von Magie dem Horten von Reichtümern, oder war es schlicht ein Talent, das man besaß oder nicht, wie die Fähigkeit, gut zu schießen oder beim Singen jeden Ton zu treffen?

Ich fühlte mich von den Fragen wie belagert, die in meinem Kopf herumspukten, und mein Herz schrie mir noch eine ganz andere Frage zu: Gab es denn keine Möglichkeit, Nessel davor zu bewahren? Ich konnte es einfach nicht ertragen. Ich konnte es nicht ertragen, zusehen zu müssen, wie all die Opfer, die ich gebracht hatte, plötzlich zur Sinnlosigkeit verdammt wurden. Das Geheimnis von Nessels Geburt und meines Überlebens sollte jenen enthüllt werden, die am verwundbarsten dafür waren. Ich konnte mich weigern, Gabenunterricht zu geben, aber das würde Nessel keinen Frieden bringen. Ich konnte sie aus ihrem Heim entführen und fliehen, aber das wäre genauso zerstörerisch wie das, was ich fürchtete.

Als Krähe mich das Steinspiel gelehrt hatte, hatte sich eines Tages meine Wahrnehmung plötzlich verändert. Der Wolf war bei mir gewesen. Ich hatte die kleinen Steine auf den Schnittpunkten des Spielfeldes nicht mehr als feste Situation betrachtet, sondern lediglich als Punkt, wo viele Möglichkeiten ihren Anfang nahmen. Ich konnte Chades Spiel nicht gewinnen, indem ich Nein sagte. Aber was würde geschehen, sollte ich Ja sagen?

Du hast stets beschlossen, dich durch das, was du bist, zu binden. Jetzt entscheide dich, dich durch das, was du bist, zu befreien.

Ich hielt den Atem an, als dieser Gedanke plötzlich in meinen Geist eindrang. *Nachtauge?* Ich griff nach dem Gedanken, doch er besaß ebenso wenig einen Ursprung wie der Wind. Ich war nicht sicher, ob die Gabe diesen Gedanken von einer anderen Person zu mir getragen hatte oder ob er irgendwo tief aus meinem Inneren gekommen war. Aber wo auch immer er hergekommen sein mochte, er besaß den Klang der Wahrheit. Mit äußerster Vorsicht spann ich diesen Gedanken weiter. Ich war also durch das gebunden, was ich war. Ich war ein Weitseher. Aber auf eine seltsame, losgelöste Art fühlte ich mich von dieser Erkenntnis befreit.

»Ich will, dass du mir etwas versprichst«, sagte ich langsam.

Chade fühlte die Veränderung, die in mir vorging. Vorsichtig stellte er sein Weinglas ab. »Versprechen?«

»Die Beziehung zwischen mir und König Listenreich war wechselseitig. Ich gehörte ihm, und im Gegenzug sorgte er für mich und ließ mich unterrichten. Und er hat sehr gut für mich gesorgt, was ich allerdings erst wirklich erkannt habe, nachdem ich zum Mann herangewachsen war. Jetzt möchte ich, dass ihr mir etwas Ähnliches versprecht.«

Chade zog die Augenbrauen zusammen. »Mangelt es dir an irgendetwas? Nun, ich weiß, dass dein gegenwärtiges Quartier viel zu wünschen übrig lässt, aber wie ich dir ja schon gesagt habe, kannst du diese Kammer hier umgestalten, wie du willst. Dein momentanes Reittier scheint mir ganz in Ordnung zu sein, aber wenn du ein besseres Pferd haben willst, könnte ich …«

»Nessel«, unterbrach ich ihn leise.

»Du willst, dass wir für Nessel sorgen? Das wäre ein Leichtes, wenn wir sie hierherholen würden, wo sie unterrichtet werden kann und die Gelegenheit bekommt, junge Männer in guten Positionen …«

»Nein. Ich will nicht, dass ihr euch um sie sorgt. Ich will, dass du und alle anderen sie in Ruhe lasst.«

Langsam schüttelte er den Kopf. »Fitz, Fitz, Fitz. Du weißt, dass ich dir dieses Versprechen nicht geben kann. Die Königin hat befohlen, dass sie hierhergebracht und unterrichtet werden soll.«

»Ich bitte auch nicht dich darum, sondern meine Königin. Wenn ich einwillige, ihr Gabenmeister zu werden, dann muss sie mich unterrichten lassen, wen und wie ich will, vor allem im Geheimen. Und sie muss mir versprechen, meine Tochter in Frieden zu lassen. Für immer.«

Ein schrecklicher Ausdruck huschte über Chades Gesicht. Seine Augen leuchteten in der wilden Hoffnung, dass ich die Rolle des Gabenmeisters übernehmen würde. Aber der Preis, den ich dafür gefordert hatte, ließ ihn verzagen. »Du würdest von deiner Königin ein Versprechen einfordern? Glaubst du nicht, dass du dir da ein wenig zu viel herausnimmst?«

Ich biss die Zähne zusammen. »Vielleicht. Aber vielleicht haben sich die Weitseher auch lange Zeit mir gegenüber zu viel herausgenommen.«

Chade atmete tief ein und aus. Ich wusste, dass er seine Wut mit Hoffnung im Zaum hielt. Als er wieder sprach, klang seine Stimme eisig und formell. »Ich werde deinen Vorschlag Ihrer Majestät unterbreiten und dir dann ihre Antwort zukommen lassen.«

»Bitte«, erwiderte ich in ebenso formellem Ton.

Chade stand steif auf und wandte sich zum Gehen, ohne

ein weiteres Wort an mich zu richten. An diesem Schweigen erkannte ich, dass sein Zorn tiefer saß, als ich zunächst angenommen hatte. Es dauerte einen Augenblick, bis ich meinen Finger darauf legen konnte. Ich war nicht wie er, weder als Weitseher noch als Assassine. Ich sehnte mich danach, ihn einfach gehen zu lassen, doch ich wusste, dass wir noch über andere Dinge sprechen mussten.

»Chade. Bevor du gehst, es gibt da noch etwas anderes, was ich dir sagen muss. Ich glaube, wir hatten einen Spion in unseren Geheimgängen.« Man konnte ihm förmlich ansehen, wie er sich mit aller Macht zwang, sich zu beherrschen. Als er sich wieder umdrehte, hob ich die Schüssel hoch, um ihm die Ratte zu zeigen. »Das Frettchen hat die hier vergangene Nacht getötet. Ich habe gefühlt, wie jemand ihren Tod betrauerte. Ich glaube, sie war das Geschwistertier von irgendjemandem in Bocksburg. Es könnte dieselbe sein, der ich am Abend der Verlobung auf dem Weg zur Burg begegnet bin.«

Angewidert verzog Chade das Gesicht, beugte sich vor und stupste die tote Ratte an. »Gibt es irgendeine Möglichkeit festzustellen, zu wem sie gehört hat?«

Ich schüttelte den Kopf. »Nicht mit Gewissheit; aber irgendjemanden wird das wirklich tief getroffen haben. Ich schätze, der- oder diejenige braucht mindestens ein, zwei Tage, um sich zu erholen. Sollte sich also irgendjemand überraschend für ein, zwei Tage vom gesellschaftlichen Trubel des Hofes zurückziehen, hielte ich es für angebracht, wenn du demjenigen einen Besuch abstatten würdest, um nachzusehen, wie es ihm geht.«

»Ich werde Erkundigungen einziehen. Dann glaubst du also, dass wir diesen Spion unter den Adligen suchen müssen?«

»Das ist der schwierige Teil. Er könnte ein Mann oder eine Frau sein, Adliger, Diener oder Barde. Es könnte jemand sein, der schon sein ganzes Leben hier verbracht hat, oder jemand, der erst zu den Feierlichkeiten eingetroffen ist.«

»Hast du jemand Bestimmten in Verdacht?«

Kurz runzelte ich die Stirn. »Wir sollten uns die Bresinga-Gruppe einmal genauer ansehen – aber nur weil wir wissen, dass einige von ihnen über die Alte Macht verfügen und anderen Zwiehaften freundlich gegenüberstehen.«

»Das ist nur eine kleine Gruppe. Gentil Bresinga ist hier mit einem Leibdiener, einem Pagen und ich glaube noch einem Stallburschen. Ich werde mich über sie erkundigen.«

»Ich finde es sehr interessant, dass er geblieben ist, nachdem so viele Adlige wieder abgereist sind. Könnten wir diskret herausfinden, warum?«

»Er ist ein enger Freund des Prinzen geworden. Es liegt im besten Interesse seiner Familie, diese Verbindung auszunutzen. Aber ich werde mich unauffällig erkundigen, wie die Dinge in Burg Tosen stehen. Ich habe da jemanden, musst du wissen.«

Ich nickte ernst.

»Sie hat gesagt, dass es seit gut einem Monat mit dem Haus bergab ginge. Alte Diener sind gegangen, und die neuen haben weder Manieren noch Disziplin. Sie hat von einem Vorfall erzählt, bei dem sich die neuen Gehilfen der Köchin selbst im Weinkeller bedient haben. Die Köchin hat sich wohl ziemlich aufgeregt, als sie sie betrunken vorgefunden hat, und noch mehr, als sie feststellen musste, dass sie den Keller schon seit einer Weile ausgeplündert hatten. Als Fürstin Bresinga die Schuldigen nicht entließ, ist die Köchin gegangen, und die war schon seit Jahren in der Burg. Offensichtlich werden dort inzwischen auch andere Gäste empfangen. Anstelle der höheren Bürger und niederen Adligen, die früher ein und aus gingen, hat Fürstin Bresinga mehrere Jagdgruppen beherbergt, die von ihrer Beschreibung her doch recht einfach, ja rüpelhaft zu sein scheinen.«

»Was, glaubst du, hat das zu bedeuten?«

»Dass Fürstin Bresinga vielleicht neue Bündnisse schmiedet. Ich vermute, bei ihren Gästen handelt es sich im besten Fall um Zwiehafte und im schlimmsten um Gescheckte. Vielleicht macht sie das Ganze aber auch nicht freiwillig. Meine Augen und Ohren dort sagen, dass Fürstin Bresinga mehr und mehr Zeit allein in ihren Gemächern verbringt, selbst wenn ihre ›Gäste‹ speisen.«

»Haben wir irgendwelche Briefe zwischen ihr und Gentil abgefangen?«

Chade schüttelte den Kopf. »Nicht in den letzten beiden Monaten. Es scheint keine zu geben.«

Ich schüttelte ebenfalls den Kopf. »Das kommt mir äußerst seltsam vor. Irgendetwas geht da vor. Wir sollten den jungen Bresinga mehr denn je im Auge behalten.« Ich seufzte. »Diese Ratte ist der erste Hinweis auf die Gescheckten, den wir seit Laurels kleinem Galgen mit dem Lorbeerblatt bekommen haben. Ich hatte schon gehofft, sie wären nicht mehr ganz so rastlos.«

Chade atmete tief ein und langsam wieder aus. Dann kehrte er zum Tisch zurück und setzte sich. »Es hat noch andere Hinweise gegeben«, erwiderte er ruhig, »aber wie der Lorbeerzweig waren sie nicht offensichtlich.«

Das war neu für mich. »Erzähl mir davon.«

Er räusperte sich. »Der Königin ist es gelungen, den Hinrichtungen von Zwiehaften in den Bocksmarken ein Ende zu bereiten – zumindest den öffentlichen. Ich nehme an, in den kleineren Städten und Dörfern könnte so etwas geschehen, ohne dass wir je davon erfahren würden; oder man könnte ein anderes Verbrechen als Vorwand für solch eine Hinrichtung nehmen. Aber es ist verstärkt zu Morden gekommen. Morde an Zwiehaften? Oder sind da Gescheckte am Werk, die ihre eigenen Leute so zum Gehorsam zwingen wollen? Wir wissen es nicht. Wir wissen nur, dass weiter getötet wird.«

»Wir haben das auch früher schon diskutiert. Wie du gesagt hast, kann Königin Kettricken nur wenig dagegen tun«, erwiderte ich in nüchternem Tonfall.

Chade machte ein leises Geräusch. »Es wäre äußerst hilfreich für mich, wenn du unsere Königin davon überzeugen könntest. Es bereitet ihr großes Kopfzerbrechen, Fitz, und das nicht nur, weil auch ihr Sohn über die Alte Macht gebietet.«

Ich nickte als Anerkennung ihrer Sorge um mich. »Und wie ist die Lage außerhalb der Bocksmarken?«, erkundigte ich mich.

»Da ist es schwieriger. Die Herzöge haben es noch nie gern gesehen, wenn sich die Krone in ihre ›inneren Angelegenheiten‹ einmischt. Von Farrow und Tilth zu verlangen, die Hinrichtungen von Zwiehaften einzustellen, wäre genauso, als würde man von Shoaks fordern, sie sollten die Grenzgefechte mit Chalced beenden.«

»Shoaks hat sich schon immer mit Chalced über die gemeinsame Grenze gestritten.«

»Und Farrow und Tilth haben schon immer Zwiehafte hingerichtet.«

»Das ist nicht ganz wahr.« Ich lehnte mich auf meinem Stuhl zurück. Ich hatte es genossen, Zugang zu Chades Schriftrollen und der Bibliothek von Bocksburg zu haben. »Vor der Zeit des Gescheckten Prinzen hat man die Alte Macht ähnlich betrachtet wie die Krudmagie. Sie galt nicht als sonderlich mächtige Magie, und wenn sie jemand hatte, dann hatte er sie eben. Das machte ihn weder böse noch widerwärtig.«

»Nun«, räumte Chade ein, »das ist dann wohl so, aber die Meinung der Leute ist inzwischen so festgefahren, dass es nahezu unmöglich ist, sie umzustimmen. Prinzessin Philia hat in Farrow ihr Bestes getan. Wenn sie nicht in der Lage war, eine Hinrichtung zu verhindern, hat sie zumindest hinterher jene gewissenhaft bestraft, die daran beteiligt waren. Niemand kann ihr vorwerfen, dass sie es nicht zumindest versucht hätte.« Er kaute auf der Unterlippe. »Vergangene Woche hat die Königin eine anonyme Nachricht erhalten.«

»Warum hat mir das keiner gesagt?«, verlangte ich sofort zu wissen.

»Warum hätte man es dir sagen sollen?«, erwiderte Chade. Als ich daraufhin das Gesicht verzog, mäßigte er seinen Ton. »Da gab es auch nur wenig zu erzählen. Die Nachricht enthielt weder Forderungen noch Drohungen. Es war schlicht eine Namensliste jener, die in den vergangenen sechs Monaten in den Sechs Provinzen wegen der Alten Macht hingerichtet worden sind.« Er seufzte. »Es war eine recht lange Liste: siebenundvierzig Namen insgesamt.« Er neigte den Kopf zur Seite. »Sie war nicht mit dem Pferd der Gescheckten gekennzeichnet. Deshalb glauben wir, dass sie von einer anderen Fraktion innerhalb der Zwiehaften stammt.«

Ich dachte darüber nach. »Ich glaube, die Zwiehaften wissen, dass sie das Ohr der Königin haben. Ich glaube, sie haben sie wissen lassen, was geschieht, um zu sehen, wie sie darauf reagieren wird. Nicht zu handeln wäre ein großer Fehler, Chade.«

Er nickte mir mürrisch, aber zufrieden zu. »So habe ich das auch gesehen. Die Königin sagt, die Botschaft zeige, dass wir bei den Zwiehaften an Vertrauen gewinnen. Sie würden ihr solch eine Liste nicht zukommen lassen, wenn sie nicht glauben würden, sie könne etwas dagegen tun. Wir bemühen uns, Verwandte der Hingerichteten zu finden. Dann wird jedes Herzogtum von der Königin davon in Kenntnis gesetzt werden, dass sie ihnen Blutgeld zahlen müssen.«

»Ich bezweifle, dass ihr mit der Suche nach den Verwandten viel Erfolg haben werdet. Niemand gibt gerne zu, mit einem Zwiehaften verwandt zu sein.«

Wieder nickte Chade. »Trotzdem haben wir ein paar gefunden, und das Blutgeld für die anderen wird hier in Bocksburg in der königlichen Schatzkammer aufbewahrt werden. In den Fällen, wo wir keine Verwandten finden können, wird Kettricken über Anschläge verbreiten lassen, dass jeder Verwandte des oder der Hingerichteten, sich in Bocksburg das Blutgeld abholen kann.«

Ich dachte einen Augenblick nach. »Größtenteils werden sie viel zu viel Angst haben, um hierherzukommen, und Gold könnte man als etwas … etwas Kaltes betrachten. Ein paar Edelleute werden den Preis vielleicht sogar für angemessen halten, um die Alte Macht in ihren Ländern auszurotten: wie die Prämien, die man einem Rattenfänger bezahlt.«

Chade senkte den Kopf und rieb sich die Schläfen. Als er mich wieder ansah, wirkte er erschöpft. »Wir tun alles, was wir können, Fitz-Chivalric. Hast du eine bessere Idee?«

Wieder dachte ich ein wenig nach. »Nicht wirklich«, antwortete ich schließlich. »Aber ich würde die Botschaften gerne einmal sehen, die sie geschickt haben. Die mit der Namensliste und auch die davor. Besonders die, die unmittelbar vor dem Verschwinden des Prinzen gekommen ist.«

»Wenn du sie sehen willst, dann sollst du sie auch sehen.«

Er musterte mich. Dann stand er auf und ging langsam und nachdenklich zum Regal mit den Schriftrollen. »Ich nehme an, dass ich irgendwann all meine Geheimnisse an dich weitergeben muss«, bemerkte er widerwillig. Dann betätigte er einen Schalter oder etwas Ähnliches. Das reich beschnitzte Oberteil des Regals klappte nach unten und gab den Blick auf eine Öffnung frei. Chade griff hinein und holte drei Schriftrollen daraus hervor. Alle waren klein, fest zusammengerollt und steckten in Zylindern, die so klein waren, dass ein Mann sie in seiner Faust hätte verbergen können. Ich stand auf, doch Chade schloss das Regal rasch wieder, bevor ich sehen konnte, was sich sonst noch darin verbarg.

»Wie hast du das aufgemacht?«, verlangte ich zu wissen.

Er lächelte schwach. »Ich sagte ›irgendwann‹, Fitz, nicht ›heute‹.« Sein Tonfall war der meines einstigen Mentors. Seine Verärgerung über mich schien er vergessen zu haben. Er kehrte wieder zu mir zurück und reichte mir die Schriftrollen. »Kettricken und ich hatten unsere Gründe. Ich hoffe, du wirst sie verstehen.«

Ich nahm die Schriftrollen an mich, doch bevor ich auch nur eine öffnen konnte, schwang das Regal wieder beiseite, und Dick betrat den Raum. Sofort ließ ich instinktiv die Zylinder in meinem Ärmel verschwinden.

»Jetzt muss ich gehen, Fitz-Chivalric«, sagte Chade und drehte sich zu Dick um. »Dick. Du hättest dich früher am Tag mit Tom treffen sollen. Wo ihr beide jetzt hier seid, möchte ich, dass ihr etwas Zeit miteinander verbringt. Ich will, dass ihr Freunde werdet.« Der alte Assassine warf mir einen letzten vernichtenden Blick zu. »Ich bin sicher, dass ihr jetzt eine angenehme Unterhaltung führen werdet. Gute Nacht euch beiden.«

Mit diesen Worten ließ er uns allein. War Chade darüber erleichtert gewesen, dass er uns verlassen konnte? Er verschwand blitzschnell aus dem Raum, noch bevor das Regal sich hinter Dick geschlossen hatte. Der schwachköpfige Diener trug die doppelte Ladung Holz wie üblich in einer Tuchschlinge über der Schulter. Er schaute sich um. Vielleicht hatte es ihn überrascht, dass Chade so überstürzt aufgebrochen war. »Holz«, sagte er zu mir; dann ließ er seine Last zu Boden fallen, richtete sich wieder auf und wandte sich zum Gehen.

»Dick.« Der Klang meiner Stimme ließ ihn stehen bleiben. Chade hatte recht. Ich sollte dem Mann zumindest beibringen, mir zu gehorchen. »Du weißt, dass es nicht das ist, was du tun sollst. Stapele das Holz neben dem Kamin.«

Er funkelte mich an, spannte die Schultern und rieb sich die fleischigen Hände. Dann packte er einen Zipfel des Tragtuchs und schleifte das Ganze Richtung Kamin, wobei er

Holz und Dreck auf dem Boden verteilte. Ich sagte nichts dazu. Dick hockte sich neben den Kamin und begann, weit vehementer und vor allem lauter als nötig das Holz zu stapeln. Dabei blickte er immer wieder über die Schulter zu mir, doch ich wusste nicht, ob ich da nun Widerstand oder Furcht in seinen kleinen Knopfaugen sah. Ich schenkte mir ein Glas Wein ein und versuchte, ihn zu ignorieren. Es musste doch einen Weg geben, täglich mit Dick zurechtzukommen. Ich wollte ihn nicht um mich herum haben, geschweige denn ihn unterrichten. Tatsächlich empfand ich seinen missgestalteten Leib und seine Dummheit sogar als widerlich …

Genau wie Galen meine Gegenwart als widerlich empfunden hatte; genau wie Galen mich nicht hatte unterrichten wollen.

Dieser Gedanke streute Salz in eine Wunde, die nie wirklich verheilt war. Einen Moment lang empfand ich Scham, während ich Dick dabei beobachtete, wie er mürrisch seiner Arbeit nachging. Er hatte mich nicht gebeten, ihn zu einem Instrument der Weitseher-Krone zu machen, ebenso wenig wie ich damals danach gefragt hatte. Wie mir, so war auch ihm diese Pflicht einfach zugefallen. Auch hatte er sich weder seine Dummheit noch sein Aussehen ausgesucht. Mir kam der Gedanke, dass es da eine Frage gab, die niemand bis jetzt gestellt hatte, eine Frage, die mir plötzlich wichtig erschien und die die Sache mit der Kordiale für Pflichtgetreu in einem ganz neuen Licht darstellte.

»Dick«, sagte ich. Er grunzte. Ich sagte nichts weiter, bis er sein wildes Holzstapeln beendet hatte, sich umdrehte und mich grimmig anblickte. Jetzt war vielleicht nicht gerade der beste Zeitpunkt, ihn überhaupt irgendetwas zu fragen, aber ich bezweifelte, dass sich uns je eine bessere Gelegenheit für dieses Gespräch bieten würde. Als ich sicher war, dass ich seine Aufmerksamkeit hatte, redete ich weiter. »Dick. Möchtest du, dass ich dich in der Gabe unterweise?«

»Was?« Er blickte mich misstrauisch an, als wolle ich mich über ihn lustig machen.

Ich atmete tief durch. »Du besitzt eine Fähigkeit.« Sein Gesicht verfinsterte sich weiter. Ich drückte mich deutlicher aus. »Du kannst etwas tun, was andere nicht tun können. Manchmal benutzt du es, damit Leute dich ›nicht sehen‹. Manchmal benutzt du es, um mir Schimpfnamen zu geben, Namen, die Chade nicht hören kann. Wie ›Stinkehund‹.« Das ließ ihn grinsen. Ich ignorierte es. »Möchtest du, dass ich dir beibringe, diese Fähigkeit auch auf andere Art zu benutzen? Auf eine gute Art, die dir dabei hilft, deinem Prinzen zu dienen?«

Er dachte noch nicht einmal darüber nach. »Nein.« Er drehte sich um, sammelte Holzsplitter vom Boden und warf sie auf den Stapel.

Die Schnelligkeit seiner Antwort überraschte mich ein wenig. »Warum nicht?«

Er schaukelte auf den Fersen und blickte zu mir herüber. »Ich habe genug Arbeit.« Bedeutungsvoll schaute er von mir zum Feuerholz. *Stinkehund.*

Lass das. »Nun. Wir alle haben Arbeit. So ist das Leben.«

Dick erwiderte nichts darauf, weder auf die eine noch auf die andere Art; er fummelte nur weiter an dem Stapel herum.

Wieder atmete ich tief durch und beschloss, nicht darauf zu reagieren. Ich fragte mich, was ich wohl tun könnte, um ihn wenigstens ein wenig freundlicher zu stimmen, denn plötzlich *wollte* ich ihn unterrichten. Mit ihm konnte ich einen Anfang machen, als Zeichen für meine Königin. Konnte man Dick bestechen, es mit dem Unterricht zu versuchen, wie Chade es vorgeschlagen hatte? Konnte ich die Sicherheit meiner Tochter erkaufen, indem ich ihn verführte? »Dick«, fragte ich, »was willst du?«

Das ließ ihn innehalten. Er drehte sich wieder zu mir um und verzog das Gesicht. »Was?«

»Was willst du? Was würde dich glücklich machen? Was willst du vom Leben?«

»Was ich will?« Er blinzelte mich an, als könne er mich dadurch besser verstehen. »Du meinst, was ich haben will? Für mich?«

Ich nickte.

Langsam stand er auf und kratzte sich im Nacken. Er schürzte die Lippen beim Denken und schob gleichzeitig die Zunge heraus. »Ich will … ich will den roten Schal, den Rüpel hat.« Er schwieg und starrte mich mürrisch an. Ich glaube, er erwartete von mir, dass ich ihm sagte, den könne er nicht haben. Ich wusste noch nicht einmal, wer oder was dieser »Rüpel« war.

»Ein roter Schal. Ich glaube, ich könnte dir einen besorgen. Was sonst noch?«

Eine Zeit lang starrte er mich einfach nur an. »Und einen rosa Zuckerkuchen, den ich ganz allein essen darf. Keinen verbrannten. Und … und einen ganzen Haufen Rosinen.« Wieder hielt er inne und blickte mich herausfordernd an.

»Was noch?«, fragte ich. Bis jetzt klangen seine Wünsche nicht unerfüllbar.

Dick trat näher an mich heran. Er glaubte, dass ich ihn verspotten wollte.

Mit sanfter Stimme fragte ich: »Wenn du all diese Dinge hättest, jetzt, was würdest du sonst noch wollen?«

»Wenn … wenn ich Rosinen *und* Kuchen hätte?«

»Rosinen *und* Kuchen *und* einen roten Schal. Was sonst noch?«

Sein Mund arbeitete, und er kniff die kleinen Augen zusammen. Ich glaube nicht, dass er je darüber nachgedacht hatte, mehr als das zu wollen. Ich musste ihn den Hunger lehren, wenn ich ihn bestechen wollte. Gleichzeitig versetzte die Schlichtheit der Wünsche, die diesem Mann als unerreichbar erschienen, meinem Herzen einen Stich. Er bat weder um mehr Lohn noch um mehr Zeit für sich – nur um diese kleinen Dinge, diese kleinen Freuden, die ein hartes Leben erträglich machten.

»Ich will … ein Messer, wie du eins hast. Und eine von diesen Federn, den großen mit den Augen darauf. Und eine Flöte. Eine rote. Ich hatte eine … Meine Mama hat mir eine rote Flöte an einer grünen Kordel gegeben.« Er legte die Stirn noch mehr in Falten und dachte nach. »Aber sie haben sie mir weggenommen und kaputt gemacht.« Kurz schwieg er und atmete heiser bei der Erinnerung. Ich fragte mich, vor wie langer Zeit das wohl geschehen sein mochte. Dick hatte seine kleinen Augen fast vollständig zusammengekniffen. Ich hatte ihn für zu dumm gehalten, um sich bis in seine Kindheit zurückerinnern zu können. Das Bild, das ich mir von Dick gemacht hatte, veränderte sich mit dramatischer Schnelligkeit. Sein Verstand arbeitete sicherlich nicht wie Chades oder meiner, aber er arbeitete. Dann blinzelte er mehrere Male. Die nächsten Worte kamen als Schluchzen aus seinem Mund, sodass er kaum noch zu verstehen war. »Sie wollten noch nicht einmal reinblasen. Ich habe gesagt: ›Ihr dürft reinblasen, aber gebt sie dann wieder zurück.‹ Aber sie haben nicht reingeblasen. Sie haben sie nur kaputt gemacht. Und sie haben mich ausgelacht. Meine rote Flöte … die meine Mama mir gegeben hat.«

Vielleicht hatte dieser pummelige kleine Mann, der seiner roten Flöte hinterherweinte, ja etwas Komisches an sich. Ich kenne viele Leute, die ihm in diesem Augenblick ins Gesicht gelacht hätten. Was mich betraf, so hielt ich den Atem an. Schmerz strahlte von ihm aus wie Hitze von einem Feuer, und es entzündete die lange begrabenen Erinnerungen an meine eigene Kindheit. Die Art, wie Edel mir einen Stoß versetzte, wenn ich in einem Gang an ihm vorbeikam, oder wie er durch meine Spielsachen trampelte, wenn ich in der Ecke saß und spielte … Die Erinnerung zerbrach etwas in mir:

eine Mauer, die ich aufgrund all der Unterschiede zwischen Dick und mir errichtet hatte. Immerhin war er schwachsinnig und fett, komisch gebaut und frech. Er stank und hatte keine Manieren. Er war genauso ein Aussätziger in dieser Burg des Reichtums und der Freuden, wie ich es einst als Namenlos, der Hundejunge, gewesen war. Es war egal, dass er so alt war wie ein Mann. Was ich plötzlich sah, war der Junge, der nie ein Mann sein würde – ein Mann, der sagen könnte, diese Schmerzen seien nun Vergangenheit, längst vorbei, Teil einer Zeit, als er noch verletzlich war. Dick würde immer verletzlich bleiben.

Ich hatte beabsichtigt, ihn zu bestechen. Ich hatte beabsichtigt herauszufinden, was er wollte, um es ihm dann vor die Nase zu halten, damit er tat, was *ich* wollte. Ich hatte nicht grausam zu ihm sein, sondern nur mit ihm über seinen Gehorsam feilschen wollen. Das wäre nicht viel anders gewesen als damals, da mein Großvater mich gekauft hatte. König Listenreich hatte mir eine Anstecknadel gegeben und mir eine Erziehung versprochen. Seine Liebe versprach er mir nie, obwohl ich glaube, dass er sich irgendwann ebenso sehr um mich gesorgt hatte wie ich mich um ihn. Dennoch habe ich mir stets gewünscht, dass sein Mitgefühl das Erste gewesen wäre, was er mir anbot, und nicht das Letzte. Als es auf das Ende zugegangen war, hatte ich vermutet, dass er diesen Wunsch mit mir teilte.

Ich sprach die Worte laut aus, bevor mir überhaupt bewusst geworden war, dass ich sie dachte: »Oh, Dick. Wir haben dich nicht gut behandelt, nicht wahr? Aber das wird sich nun ändern. Das verspreche ich dir. Wir werden dich sehr viel besser behandeln, bevor ich dich noch einmal fragen werde, ob du diese Dinge von mir lernen willst.«

Kapitel 15

STREIT

Auf den Äußeren Inseln gibt es nur drei Orte, die die Zeit des Reisenden wert sind. Der erste dieser Orte ist der Eisfriedhof auf der Gefährlichen Insel. Dies ist der Ort, wo die Fernholmer seit Jahrhunderten ihre größten Krieger bestatten. Frauen werden der Tradition gemäß auf dem Land ihrer Familie begraben. Es gilt als letzte Gabe an die Familie, sein eigenes Fleisch und Blut mit dem schlechten Ackerland zu mischen. Die Leichen der Männer wiederum werden für gewöhnlich dem Meer überantwortet. Nur die allergrößten Helden werden auf dem Gletscherfeld der Gefährlichen Insel bestattet. Die Monumente über jedem Grab bestehen aus geformtem Eis. Die ältesten sind schon so weit verwittert, dass man sie nicht mehr erkennen kann, obwohl die Bevölkerung der Insel sie von Zeit zu Zeit zu erneuern scheint. In dem Bemühen, der unweigerlichen Verwitterung des Eises entgegenzuwirken, sind die Monumente mehr als überlebensgroß. Bei den Kreaturen, die sie darstellen, handelt es sich für gewöhnlich um das Clansymbol des Helden. So wird der Besucher dort riesige Bären sehen, gewaltige Seelöwen, gigantische Otter und Fische so groß wie ein Ochsenkarren.

Beim zweiten Ort, der einen Besuch wert ist, handelt es sich um die Höhle der Winde. Hier residiert das Orakel der Fernholmer. Manche sagen, das Orakel sei eine blutjunge Maid, die trotz der eisigen Winde nackt umherläuft; andere wiederum behaupten, sie sei schier unendlich alt und stets in schwere Gewänder aus Vogelhäuten gehüllt, und wieder andere erklären, sie sei beides. Sie kommt nicht heraus, um jeden Reisenden zu begrüßen, der vor ihrer Tür erscheint. Tatsächlich hat dieser Reisende sie gar nicht zu Gesicht bekommen. In mehreren Morgen Umkreis ist der Boden vor dem Höhleneingang voller Gaben an das Orakel. Es heißt, allein sich zu bücken, um eine dieser Gaben zu berühren, bringe den sicheren Tod.

Der dritte Ort, den ein Reisender besuchen sollte, ist die gewaltige Eisinsel mit Namen Aslevjal. Während es auf vielen der Äußeren Inseln kleinere Gletscher gibt, wird Aslevjal vollständig von einem verdeckt. Man kann sich der Insel nur bei Ebbe nähern, wenn ein schwarzer Felsstrand an ihrer Ostküste sichtbar wird. Von dort aus muss man sich den Gletscher mit Seil und Axt hinaufarbeiten. Führer, die einem dabei helfen, kann man auf der Insel Rogeon anheuern. Sie sind teuer, mindern das Risiko des Aufstiegs jedoch immens. Der Pfad zum Gletschermonster ist äußerst tückisch. Was festes Eis zu sein scheint, ist in Wahrheit vielleicht nur eine dünne Schneeschicht, unter der sich tiefe Spalten auftun. Doch dem im Eis gefangenen Monster gegenüberzustehen ist all die Gefahren und Härten wert. Wenn man dort ankommt, fegen die Führer zunächst einmal den frisch gefallenen Schnee von dem eisigen Fenster, durch das man die Bestie sehen kann. Ist das getan, kann der Reisende offenen Mundes starren, wie es ihm gefällt. Obwohl man lediglich Rücken, Schultern und Flügel der Kreatur sehen kann, und das auch nur verschwommen, ist die Größe des Monsters nicht zu leugnen. Da die Eisschicht jedoch jedes Jahr an Dicke zunimmt, wird dieser Anblick vermutlich bald nur noch in der Erinnerung der Menschen weiterleben.

»REISEN IN DEN NORDLANDEN«, VON CRON HABERBRUNN

Vielleicht eine Stunde war vergangen, seit Dick gegangen war. Ich starrte noch immer in das frisch angefachte Kaminfeuer. Mein Gespräch mit dem Mann bedrückte mich. Er trug solch eine traurige Last, und das nur aufgrund der Grausamkeit von Menschen, die sein Anderssein nicht tolerieren konnten. Eine Flöte. Eine rote Flöte. Nun, ich würde mein Bestes tun, um ihm eine zu besorgen, egal, ob ihn das nun für den Gabenunterricht empfänglicher machte oder nicht.

Ich saß noch eine Zeit lang da und fragte mich, was die Königin wohl sagen mochte, wenn Chade ihr mein Angebot unterbreiten würde. Mittlerweile bereute ich meinen voreiligen Entschluss – ich hätte es Kettricken doch lieber selbst vorgelegt. Es kam mir irgendwie feige vor, den alten Mann vorzuschicken, als hätte ich Angst, ihr gegenüberzutreten. Nun ja. Jetzt konnte ich ohnehin nichts mehr daran ändern.

Ich brütete eine Weile über dieser Frage, dann fielen mir die kleinen Schriftrollen wieder ein, die noch immer in meinem Ärmel steckten. Ich zog eine nach der anderen heraus. Sie waren auf Rindenpapier geschrieben, das mit dem Alter immer steifer und brüchiger wurde; bereits jetzt ließen sie sich nur widerwillig entrollen. Vorsichtig breitete ich eine auf dem Tisch aus und drückte sie flach. Dann musste ich eine Kerze näher heranholen, bevor ich die krakelige und verblasste Handschrift lesen konnte. Die erste, die ich geöffnet hatte, war die, die Chade mir gegenüber nicht erwähnt hatte. Es stand schlicht darauf zu lesen: »Grim Lendenhorn und seine Frau Geln aus Burgstadt gehören beide zu den Zwiehaften. Beide halten sie sich je einen Hund.« Sie war nur mit der Skizze eines Pferdes der Gescheckten unterzeichnet. Nichts deutete darauf hin, wann sie abgeschickt worden war. Ich fragte mich, ob man sie direkt an die Königin gesandt hatte oder ob das ein Beispiel für die Art von Verrat war, mit der jene vom Alten Blut bloßgestellt wurden, die den Gescheckten nicht folgen wollten. Ich würde Chade danach fragen müssen.

Die zweite Schriftrolle, die ich entrollen konnte, war jene, von der er heute zum ersten Mal gesprochen hatte. Sie war die frischeste und noch nicht ganz so steif und brüchig. Darauf stand zu lesen: »Die Königin sagt, es sei kein Verbrechen, über die Alte Macht zu verfügen. Weshalb wurden diese Leute dann hingerichtet?« Es folgte eine Namensliste. Ich las sie, und mir fiel auf, dass mindestens zwei vollständige Familiengruppen gemeinsam gestorben waren. Ich knirschte mit den Zähnen und hoffte, dass zumindest keine Kinder darunter gewesen waren, obwohl ich eigentlich gar nicht wusste, warum solch ein Tod für einen älteren Menschen leichter hätte sein sollen. Nur einen Namen auf der Liste glaubte ich zu erkennen, und selbst dann sagte ich mir, dass ich nicht sicher sein könne, dass es sich um dieselbe Frau handelte. Relditha Stock war vielleicht nicht dieselbe wie Rellie Stock. Eine Frau dieses Namens hatte bei jenen vom Alten Blut nahe Kronhals gelebt. Ich hatte sie mehrere Male im Haus des Schwarzen Rolf getroffen. Damals hatte ich den Eindruck gehabt, dass Rolfs Frau uns hatte verkuppeln wollen, doch Rellie war mir stets höflich, aber kühl begegnet. Vermutlich war sie das nicht, log ich mir selbst vor und versuchte, mir nicht vorzustellen, wie ihr lockiges braunes Haar in den Flammen des Scheiterhaufens verglühte. Auf dieser Nachricht fand sich weder ein Symbol noch sonst eine Art von Unterschrift.

Die letzte Schriftrolle war so fest zusammengerollt, dass sie fast hart war. Vermutlich handelte es sich um die älteste. Als ich sie gewaltsam öffnete, brach sie in Stücke: zwei, drei und schließlich fünf. Sofort bereute ich das, aber nur so konnte ich sie lesen. Wäre sie noch länger zusammengerollt geblieben, wäre sie zu Staub zerfallen und hätte nie wieder gelesen werden können.

Nachdem ich sie gelesen hatte, fragte ich mich, ob das nicht Chades Hoffnung und Absicht gewesen war.

Dies war die Schriftrolle, die kurz vor dem Verschwinden des Prinzen gekommen war. Dies war die Nachricht, die Chade dazu veranlasst hatte, einen Reiter zu meiner Tür zu schicken und mit aller Dringlichkeit von mir zu verlangen, sofort nach Bocksburg zu kommen. Er hatte mir gesagt, wie die nicht unterschriebene Drohung lautete. Jetzt las ich die Worte selbst: »Tut, was richtig ist, und niemand wird je etwas davon erfahren müssen. Ignoriert diese Warnung, und wir werden selbst zur Tat schreiten.«

Was Chade ausgelassen hatte, waren die Worte, die davor standen. Die Tinte war ungleichmäßig in das Rindenpapier gesickert, und die zerknitterte Oberfläche machte es schwer zu lesen. Stur setzte ich es Stück für Stück zusammen. Dann lehnte ich mich zurück. Mein Atem setzte aus.

»Der zwiehafte Bastard lebt. Ihr wisst es, und wir wissen es auch. Ihr schützt ihn, denn er hat euch gedient. Ihr schützt ihn und lasst gleichzeitig ehrliche Männer und Frauen sterben, nur weil sie vom Alten Blut sind. Sie sind unsere Ehefrauen, unser Männer, unsere Söhne, unser Töchter, unsere Schwestern und unsere Brüder. Vielleicht werdet ihr mit dem Schlachten aufhören, wenn wir euch zeigen, wie es ist, einen der euren zu verlieren. Wie nahe muss der Schnitt sein, damit ihr blutet wie wir? Wir wissen viel von dem, worüber die Barden nicht singen. Die Alte Macht lebt noch immer in den Weitsehern. Tut, was richtig ist, und niemand wird je etwas davon erfahren müssen. Ignoriert diese Warnung, und wir werden selbst zur Tat schreiten.« Keine Unterschrift.

Sehr, sehr langsam fand ich wieder zu mir selbst. Ich dachte über das Netz nach, das Chade gesponnen hatte, und fragte mich, warum er diese Drohung vor mir geheim gehalten hatte. In dem Augenblick, da der Prinz verschwunden war, in dem Augenblick, da er gewusst hatte, dass die

Drohung ernst gemeint war, hatte er nach mir geschickt. Er hatte mich glauben lassen, dass die Gescheckten den Prinzen vor seinem Verschwinden in einem Brief bedroht hatten. Tatsächlich konnte man die Nachricht auch so deuten, aber die offensichtlichere Drohung hatte mir gegolten. Hatte Chade mich hierhergerufen, um mich zu beschützen oder um die Weitseher vor einem Skandal zu bewahren? Dann verdrängte ich Chades Taten aus meinen Gedanken und beugte mich wieder vor, um die blasse Tinte auf der Rinde zu betrachten. Wer hatte das geschickt? Die Gescheckten schienen Freude daran zu haben, ihre Nachrichten mit dem Pferd zu unterzeichnen. Diese hier hatte jedoch ebenso wenig eine Unterschrift wie die mit der Todesliste. Ein paar der Buchstaben ähnelten einander stark. Die gleiche Hand könnte sie geschrieben haben. Die Botschaft mit der Unterschrift der Gescheckten war mit kühner Hand geschrieben, in großen Lettern, könnte also von einer anderen Person stammen; beweisen ließ sich das aber kaum. Das Papier war bei allen drei Nachrichten gleich. Das war auch nicht überraschend: Gutes Papier war teuer; Rinde konnte jedoch jeder von einer Birke abziehen. Das bedeutete allerdings noch lange nicht, dass die drei Nachrichten aus einer oder aus zwei Quellen stammten. Ich wog einzelne Theorien gegeneinander ab. Hatte es bereits vor der Entführung des Prinzen zwei Fraktionen unter den Zwiehaften gegeben, die beide für ein Ende der Verfolgung von ihresgleichen kämpften? Oder dachte ich nur so, weil ich das einfach glauben wollte? Es war schon schlimm genug, dass der Schwarze Rolf und seine Freunde vermutet hatten, wer ich war: der zwiehafte Bastard, der angeblich in Edels Kerker gestorben war. Ich wollte nicht, dass die Gescheckten wussten, dass Fitz-Chivalric noch lebte.

Ich betrachtete erneut die Liste der Toten. Da war noch ein anderer Name: Nat aus dem Venn. Das hätte einer von jenen sein können, die ich einmal beim Schwarzen Rolf getroffen hatte. Allerdings konnte ich mir nicht sicher sein. Ich trommelte mit den Fingern auf den Tisch und fragte mich, ob ich es wagen konnte, die Gemeinde der Zwiehaften nahe Kronhals zu besuchen. Was wollte ich dort tun? Sie fragen, ob sie der Königin eine Nachricht geschickt hatten, in der sie mein Leben bedrohten? Das schien mir nicht gerade die beste Strategie zu sein. Vielleicht war das alles nur ein Bluff gewesen. Wenn ich dorthin gehen und sie mich sehen würden, würde ich ihnen bestätigen, dass ich noch lebte, auch nach all den Jahren. Nein. Das war nicht die Zeit für Konfrontationen. Vielleicht hatte Chade wirklich das Beste getan. Er hatte mich aus meinem Haus fortgeholt und nach außen hin so getan, als hätte es diese Drohung nie gegeben. Meine Wut auf ihn schwand rasch dahin. Nichtsdestoweniger musste ich ihn davon überzeugen, dass es keine gute Idee gewesen war, die Wahrheit vor mir zu verheimlichen. Wovor hatte er Angst gehabt? Dass ich dem Prinzen nicht zu Hilfe kommen, sondern irgendwo aufs Land fliehen würde, um dort ein neues Leben zu beginnen? War das wirklich, was er von mir dachte?

Ich schüttelte den Kopf. Offensichtlich war es an der Zeit, ein paar Dinge mit Chade zu klären. Er musste akzeptieren, dass ich nun ein Mann war, der sein eigenes Leben im Griff hatte und durchaus fähig war, Entscheidungen zu treffen. Mit Kettricken würde ich ebenfalls reden müssen. Ich würde Chade bitten, ein Treffen mit ihr zu arrangieren, damit ich ihr persönlich von meinen Ängsten um meine Tochter erzählen und sie darum bitten konnte, mir zu versprechen, Nessel in Ruhe zu lassen. Und der Narr … Das sollte ich wohl besser auch klären. Dies waren meine Gedanken, als ich Chades Turm verließ, um mich in mein Bett zu legen und den Rest der Nacht zu schlafen.

Ich schlief nicht gut. Meine Träume zogen Nessel an, wie das Licht eine Motte. Ich schlief, aber es war der Schlaf eines

Mannes, der mit dem Rücken an einer belagerten Tür lehnte. Ich war mir Nessels Gegenwart bewusst, sie versuchte, eine Verbindung zu mir aufzubauen. Zuerst war sie schlicht entschlossen, dann wütend. Gegen Morgen wurde sie verzweifelt. Es fiel mir unendlich schwer, meine Mauern gegen ihr Flehen aufrechtzuerhalten. »Bitte. Bitte.« Das war alles, was sie sagte, doch ihre Gabe machte aus diesen Worten einen Wirbelwind in meinem Geist.

Ich erwachte mit einem dumpfen Pochen im Schädel. All meine Sinne fühlten sich verschlissen an, aufgescheuert. Das gelbe Kerzenlicht in meinem Zimmer kam mir viel zu hell vor und jedes Geräusch viel zu laut. Das war definitiv ein Morgen, den man mit einem Stückchen Elfenrinde beginnen sollte – egal, ob mit oder ohne Chades Erlaubnis. Ich stand auf, spritzte mir Wasser ins Gesicht und zog mich an.

Ich verließ unsere Gemächer. Langsam stieg ich zur Küche hinunter. Auf dem Weg dorthin traf ich Fürst Leuenfarbs Pagen. Ich gab Char für den Morgen frei und sagte ihm, dass ich heute das Frühstück unseres Herrn holen würde. Sein erfreutes Grinsen und die wiederholten Danksagungen erinnerten mich daran, dass ich selbst einmal ein Junge gewesen war, der jede freie Minute mit Dutzenden von Aktivitäten hatte füllen können. Plötzlich kam ich mir alt vor. Außerdem erfüllte mich Chars »Danke, Danke« mit Scham. Ich wollte allein in unseren Gemächern essen, und wenn ich so tat, als würde ich Fürst Leuenfarbs Frühstück holen, war das einfach.

Das Klappern, der Dampf und das Rufen in der Küche waren auch nicht gerade gut für meine Kopfschmerzen. Ich füllte das Tablett einschließlich einer großen Kanne heißen Wassers und machte mich wieder auf den Weg die Treppe hinauf. Ich hatte gerade den zweiten Absatz erreicht, als eine keuchende Frau mich überholte. »Du hast Fürst Leuenfarbs Blumen vergessen«, sagte sie.

»Aber es ist Winter«, knurrte ich und blieb widerwillig stehen. »Es gibt hier keine Blumen mehr.«

»Trotzdem«, entgegnete die Frau mit einem warmen Lächeln, das sie wieder zur Jungfer machte. »Für Fürst Leuenfarb gibt es immer Blumen.« Ich schüttelte den Kopf ob der seltsamen Angewohnheiten des Narren. Die Frau legte ein kleines Sträußchen aufs Tablett, ein Bündel schwarzer Zweige, an die man weiße Bänder in Blütenform gebunden hatte. Zwei Schleifen – eine schwarz, die andere weiß – vollendeten das Arrangement. Pflichtbewusst dankte ich der Frau, doch sie versicherte mir, es sei ihr ein Vergnügen, und ging wieder.

Als ich mit dem Tablett unsere Gemächer betrat, sah ich überrascht den Narren auf dem Stuhl neben dem Kamin sitzen. Er trug eines von Fürst Leuenfarbs imposanten Hausgewändern, doch sein Haar fiel ihm lose und zerzaust über die Schultern. Im Augenblick posierte er nicht als Edelmann von Welt. Das brachte mich ein wenig aus dem Gleichgewicht. Eigentlich hatte ich geplant, das Essen in mein Zimmer zu tragen und dann an seine Tür zu klopfen, um ihm mitzuteilen, dass auf dem Tisch auch etwas für ihn stand. Nun, wenigstens war Jek nicht da. Vielleicht würde ich jetzt endlich Gelegenheit bekommen, unter vier Augen mit ihm zu sprechen. Langsam drehte er den Kopf, als ich den Raum betrat. »Da bist du ja«, sagte er träge. Er sah aus, als wäre es gestern Abend spät geworden.

»Ja«, bestätigte ich ihm schlicht. Ich stellte das Tablett auf den Tisch, holte das Geschirr aus meiner Kammer, das ich nach und nach aus der Küche entwendet hatte, und richtete das Frühstück für uns an. Nun, da ich ihm gegenüberstand, wusste ich nicht, wo ich anfangen sollte. Ich sehnte mich danach, dieses unangenehme Gespräch hinter mich zu bringen. Doch das Erste, was über meine Lippen kam, war: »Ich brauche eine rote Flöte. An einem grünen Band. Könntest du eine für mich machen?«

Der Narr stand auf. Ein erfreutes, aber verwirrtes Lächeln war auf seinem Gesicht zu sehen. Langsam kam er an den Tisch. »Das nehme ich doch an. Brauchst du sie bald?«

»So bald wie möglich.« Meine Stimme klang selbst für meine eigenen Ohren gefühllos und hart, als würde es mich schmerzen, ihn um diesen Gefallen zu bitten. »Sie ist nicht für mich. Sie ist für Dick. Er hatte einmal eine, aber irgendjemand hat sie ihm abgenommen und zerbrochen. Offensichtlich bereitet ihm das noch immer großen Kummer.«

»Dick«, sagte der Narr und fügte dann hinzu: »Er ist schon seltsam, nicht wahr?«

»Da könntest du recht haben«, räumte ich steif ein. Er schien meine Zurückhaltung nicht zu bemerken.

»Wann immer ich ihm begegne, starrt er mich an; aber wenn ich seinen Blick erwidere, huscht er davon wie ein geprügelter Hund.«

Ich zuckte mit den Schultern. »Fürst Leuenfarb ist nicht gerade der freundlichste Edelmann der Burg, jedenfalls nicht, soweit es die Diener betrifft.«

Der Narr stieß einen leisen Seufzer aus. »Das ist wohl wahr. Diese Täuschung ist zwar notwendig, aber es tut mir leid, den Mann so reagieren zu sehen. Eine rote Flöte an einem grünen Band. Sobald wie möglich«, versprach er mir.

»Danke.« Meine Antwort klang scharf. Die Worte des Narren hatten mich wieder daran erinnert, dass Fürst Leuenfarb nur eine Rolle war, die er spielte. Ich wünschte mir bereits, ich hätte ihn um nichts gebeten. Um einen Gefallen zu bitten, ist ein schlechter Weg, einen Streit zu beginnen. Ich weigerte mich, seinem verwirrten Blick zu begegnen, und trug meinen Becher in mein Zimmer. Dort gab ich ein wenig Elfenrinde hinein und kehrte wieder an den Tisch zurück. Als ich dort ankam, betrachtete der Narr amüsiert den künstlichen Blumenstrauß, den er in den Fingern drehte. Ich goss heißes Wasser auf meine Elfenrinde und auf die Teekräuter in der Kanne. Der Narr schaute mir lächelnd zu.

»Was tust du da?«, fragte er in sanftem Tonfall.

Ich stöhnte und knurrte dann: »Kopfschmerzen. Nessel hat letzte Nacht an meinen Fensterläden gerüttelt, die ganze Nacht lang. Es wird immer schwieriger, sie draußen zu halten.« Ich hob meinen Becher und schwenkte ihn. Schwarze Tentakel stiegen von der siedenden Elfenrinde auf. Das Gebräu wurde immer dunkler, und ich nippte daran. Es schmeckte furchtbar bitter, doch die Kopfschmerzen hörten fast sofort auf.

»Glaubst du, du solltest das wirklich tun?«, erkundigte sich der Narr sachlich.

»Wenn ich das nicht glauben würde, würde ich das auch nicht tun«, erwiderte ich entspannt.

»Aber Chade …«

»Chade verfügt nicht über die Gabe, und er kennt weder die damit verbundenen Schmerzen, noch weiß er, was man dagegen tun kann.« Zorn brandete in mir auf, und meine Antwort fiel etwas schärfer aus, als ich beabsichtigt hatte. Ich war noch immer wütend auf Chade, weil er mir den vollständigen Inhalt der Nachricht verschwiegen hatte. Nach wie vor versuchte er, mein Leben zu beherrschen. Es ist schon seltsam, wenn man ein Gefühl wiederentdeckt, von dem man geglaubt hat, es sei längst verflogen, während es in Wahrheit immer unter der Oberfläche gegärt hat. Ich trank einen weiteren Schluck des bitteren Gebräus. Wie immer würde die Elfenrinde meine Laune auf einen Tiefpunkt sinken lassen und gleichzeitig die Rastlosigkeit in mir wecken. Das war eine üble Kombination, aber immer noch besser, als den ganzen Tag mit Gabenschmerzen im Schädel herumzulaufen.

Der Narr saß mehrere Augenblicke lang totenstill da. Dann griff er nach der Teekanne und fragte: »Wird die Elfenrinde keine Auswirkungen auf deinen Gabenunterricht mit Prinz Pflichtgetreu haben?«

»Für die ›Auswirkungen‹ hat der Prinz schon selbst gesorgt, indem er seit Tagen nicht mehr zum Unterricht erschienen ist. Elfenrinde hin oder her, ich kann keinen Schüler unterrichten, der nicht zu mir kommt.« Wieder verspürte ich diesen Hauch von Überraschung darüber, wie wütend ich war. Dass ich hier mit meinem alten Freund am Tisch saß, wohl wissend, dass ich gleich einen Streit mit ihm beginnen würde, ließ alles überkochen. Irgendwie war das alles seine Schuld, weil er sich die ganze Woche schon von mir ferngehalten und seiner Freundin zugleich gestattet hatte, die unsinnigsten Dinge über uns zu glauben.

Der Narr lehnte sich auf seinem Stuhl zurück, die Teetasse zwischen seinen langen, eleganten Fingern. Er blickte an mir vorbei. »Nun. Wie es scheint, ist das etwas, worüber man mit dem Prinzen sprechen sollte.«

»Ist es. Aber es gibt auch etwas, das ich mit dir bereden muss.« Deutlich hörte ich den vorwurfsvollen Unterton in meiner Stimme, konnte aber nichts dagegen tun.

Ein langes Schweigen folgte diesen Worten. Kurz presste der Narr die Lippen aufeinander, als müsse er seine Zunge im Zaum halten. Dann trank er noch einen Schluck Tee. Er blickte mir in die Augen, und die Müdigkeit auf seinem Gesicht überraschte mich. »So. Es gibt da also etwas, hm?«, hakte er widerwillig nach.

Widerwillen nagte auch an mir, doch ich zwang mir die Worte über die Lippen. »Ja. Da gibt es etwas. Ich will wissen, warum du dieser Jek-Frau etwas gesagt hast, das sie glauben lässt, dass ich, dass wir, dass …« Ich hasste es, wenn ich einfach nicht die richtigen Worte finden konnte. Es war, als hätte ich Angst, meinen Gedanken Ausdruck zu verleihen, als könne es irgendwie wahr werden, wenn ich es laut aussprach.

Ein seltsamer Ausdruck huschte über das Gesicht des Narren. Er schüttelte den Kopf. »Ich habe ihr gar nichts gesagt, Fitz. Diese ›Jek-Frau‹, wie du sie nennst, ist durchaus fähig, über alles Mögliche ihre eigenen Theorien zusammenzubrauen. Sie ist einer dieser Menschen, die man gar nicht erst anlügen muss; halte einfach ein paar Informationen zurück, und sie bastelt sich ihre eigenen Geschichten zurecht. Ein paar davon sind geradezu wild, wie du ja gesehen hast. In gewisser Hinsicht ähnelt sie Merle.«

Den Namen brauchte ich in diesem Augenblick nun wirklich nicht zu hören. Das war noch so eine, die glaubte, dass meine Beziehung zum Narren über Freundschaft hinausging. Jetzt erkannte ich auch, dass er Merle das auf die gleiche Weise hatte glauben lassen wie Jek. Daran gab es nichts zu rütteln: eine Bemerkung hier, eine Geste da, und das reichte vollkommen aus, um sich eine falsche Meinung zu bilden. Eine Zeit lang war es zwar ein wenig unangenehm, aber nichtsdestoweniger lustig gewesen, Merle in ihrem Irrglauben zu beobachten. Nun kam mir das, was der Narr getan hatte, jedoch demütigend und hinterlistig vor.

Er stellte die Tasse auf den Tisch. »Ich dachte, ich würde mich wieder stärker fühlen, aber das tue ich nicht«, sagte er in Fürst Leuenfarbs aristokratischem Tonfall. »Ich denke, ich werde mich wieder in mein Schlafgemach zurückziehen. Keine Besucher, Tom Dachsenbless.« Er stand auf.

»Setz dich«, sagte ich. »Wir müssen reden.«

Er blieb stehen. »Das glaube ich nicht.«

»Ich bestehe darauf.«

»Ich weigere mich.« Er blickte an mir vorbei in eine unbestimmte Ferne. Dann hob er das Kinn.

Ich stand ebenfalls auf. »Ich muss es wissen, Narr. Du siehst mich manchmal an, sagst bisweilen Dinge, scheinbar im Scherz, aber … du lässt sowohl Merle als auch Jek glauben, dass wir Liebhaber sind.« Ich sprach das Wort hart aus, fast wie ein Schimpfwort. »Vielleicht ist es für dich ja nicht von allzu großer Bedeutung, dass Jek dich für eine Frau hält, die mich liebt. Ich kann jedoch nicht so unbekümmert damit umgehen. Ich habe schon genug mit Gerüchten zu kämpfen, was deinen Geschmack an Bettgefährten betrifft. Selbst Prinz Pflichtgetreu hat mich danach gefragt, und ich weiß, dass Gentil Bresinga so einen Verdacht hat. Und ich hasse es. Ich hasse es, dass die Leute in der Burg uns ansehen und sich fragen, was du des Nachts mit deinem Diener machst.«

Auf meine harten Worte hin schauderte er und begann zu wanken wie ein Setzling, der den Schlag der Axt spürt. Als er wieder sprach, klang seine Stimme schwach. »Wir wissen, was wirklich zwischen uns ist, Fitz. Was andere sich denken, ist ihre Angelegenheit, nicht unsere.« Langsam wandte er sich von mir ab, um so die Diskussion zu beenden.

Fast hätte ich ihn gehen lassen. Ich war es schlicht gewohnt, die Entscheidungen des Narren in solchen Dingen zu akzeptieren. Doch plötzlich kümmerte es mich, worüber sich die Leute in der Burg den Mund zerrissen und was Harm durch Zufall in einer Taverne hören könnte. »Ich will es wissen!«, brüllte ich den Narren an. »Es kümmert mich, und ich will es wissen, ein für alle Mal. Was bist du? Wer bist du? Ich habe den Narren gesehen, ich habe Fürst Leuenfarb gesehen, und ich habe dich mit Jek mit dieser Frauenstimme reden hören. Amber. Ich muss gestehen, dass mich das am meisten verblüfft. Warum solltest du in Bingstadt als Frau leben? Warum solltest du Jek erlauben, weiterhin zu glauben, du seist eine Frau und in mich verliebt?«

Er schaute mich nicht an. Ich glaubte, er würde meine Frage unbeantwortet lassen, wie er es schon so oft getan hatte. Dann atmete er tief durch und sagte leise: »Ich bin Amber geworden, weil das meinen Zwecken und Bedürfnissen in Bingstadt dienlich war. Ich habe als Fremde und als Frau unter ihnen gelebt: ungefährlich und ohne Macht. In dieser Verkleidung fühlten sich alle frei, mit mir zu sprechen, Sklave und Händler, Mann und Frau. Die Rolle kam meinen Bedürfnissen entgegen, Fitz. Genau wie Fürst Leuenfarb sie jetzt erfüllt.«

Seine Worte trafen mich mitten ins Herz. Kalt sprach ich aus, was mich am meisten verletzte. »Dann war auch der Narr also nur eine Rolle? Jemand, der du wurdest, weil es deinen ›Bedürfnissen‹ entgegenkam? Und was waren das für ›Bedürfnisse‹? Welchen Zweck hast du verfolgt? Wolltest du das Vertrauen eines zittrigen Königs gewinnen? Dich mit einem königlichen Bastard anfreunden? Hast du den Narren gespielt, damit wir uns nahekommen?«

Er blickte mich noch immer an, doch als ich sein erstarrtes Profil betrachtete, schloss er die Augen. Dann sprach er wieder. »Natürlich habe ich das getan. Mach daraus, was du willst.«

Seine Worte heizten meinen Zorn nur weiter an. »Ich verstehe. Nichts von alledem war echt. Ich habe dich also nie wirklich gekannt, nicht wahr?« Ich erwartete keine Antwort darauf, während ich an meiner Wut fast zu ersticken drohte.

»Doch. Doch, das hast du. Mehr als jeder andere in meinem Leben.« Nun hatte er den Blick gesenkt.

»Wenn das wahr ist, dann denke ich, du schuldest mir die Wahrheit über dich. Was ist die Wirklichkeit, Narr? Wer und was bist du? Was empfindest du wirklich für mich?«

Schließlich blickte er mich wieder an. Verzweiflung war in seinen Augen zu erkennen, doch als ich ihn weiter anstarrte und nach Erklärungen verlangte, sah ich seinen eigenen Zorn entflammen. Plötzlich straffte er die Schultern und schnaubte verächtlich, als könne er nicht glauben, dass ich ihn so etwas fragte. Er schüttelte den Kopf und atmete tief durch. Die Worte sprudelten förmlich aus ihm heraus. »Du weißt, wer ich bin. Ich habe dir sogar meinen wahren Namen genannt. Du weißt auch, *was* ich bin. Du suchst falschen

Trost, wenn du von mir verlangst, mich mit Worten für dich zu definieren. Worte können einen Menschen nicht definieren. Nur das Herz kann das, wenn es denn bereit dazu ist. Ich fürchte nur, deins ist es nicht. Du weißt mehr von dem, was mich ausmacht, als jeder andere atmende Mensch, und doch bestehst du darauf, dass all das nicht ich sein kann. Soll ich einen Teil von mir abtrennen und hinter mir lassen? Und soll ich mich selbst verstümmeln, nur um dir zu gefallen? Ich würde das nie von dir verlangen. Gesteh dir auch noch eine andere Wahrheit ein: Du weißt, was ich für dich empfinde. Das weißt du schon seit Jahren. Lass uns hier, wo wir allein sind, nicht so tun, als wäre es anders. Du weißt, dass ich dich liebe. Das habe ich immer getan und werde es auch immer tun.« Er sprach in ruhigem Tonfall. Aus seinem Mund klangen die Worte, als wären sie unvermeidlich. Weder Scham noch Triumph lagen in seiner Stimme. Dann wartete er. Worte wie diese verlangen immer nach einer Antwort.

Ich schloss kurz die Augen und brachte meine düstere Stimmung wieder unter Kontrolle. Offen und ehrlich sagte ich: »Du weißt, dass ich dich auch liebe, Narr. So wie ein Mann seinen besten Freund liebt. Dafür schäme ich mich nicht. Aber Jek, Merle oder andere glauben zu machen, dass unsere Beziehung über Freundschaft hinausgeht, dass du bei mir liegen willst …« Ich hielt inne. Ich wartete darauf, dass er mir zustimmte. Das tat er aber nicht. Stattdessen blickte er mich mit seinen bernsteinfarbenen Augen an. Von Leugnen war nichts darin zu sehen.

»Ich liebe dich«, sagte er leise. »Ich setze meiner Liebe keine Grenzen. Gar keine. Hast du mich verstanden?«

»Nur zu gut, fürchte ich!«, erwiderte ich mit zitternder Stimme. Wieder atmete ich tief durch; dann krächzte ich: »Ich würde nie … Hörst du mir zu? Ich könnte dich niemals fürs Bett begehren. Niemals!«

Er wandte den Blick von mir ab. Seine Wangen erröteten

leicht, doch nicht vor Scham, sondern aus einer tiefen Leidenschaft heraus. Er sprach ruhig und beherrscht. »Und auch das ist etwas, das wir beide seit Jahren wissen. Etwas, das nie hätte ausgesprochen werden müssen. Nun muss ich diese Worte den Rest meines Lebens bei mir tragen.« Er schaute wieder in meine Richtung, doch seine Augen wirkten wie die eines Blinden. »Wir hätten unser Leben leben können und dieses Gespräch niemals führen müssen. Jetzt hast du uns beide dazu verdammt, uns für immer daran zu erinnern.«

Er drehte sich um und machte sich langsam auf den Weg in Richtung seines Schlafgemachs. Sein Schritt war gemessen, als wäre er wirklich krank. Dann blieb er stehen und blickte zu mir zurück. Wut funkelte in seinen Augen, und es entsetzte mich, dass er mich so anschauen konnte. »Hast du wirklich jemals geglaubt, dass ich etwas von dir verlangen würde, wonach nicht auch du dich wirklich sehnst? Ich weiß sehr gut, wie sehr du das verabscheust, und ich weiß ebenso gut, dass es alles zwischen uns zerstören würde, sollte ich das je von dir verlangen. Also habe ich dieses Gespräch stets vermieden, das du unserer Freundschaft nun aufgezwungen hast. Das war schlecht, Fitz. Schlecht und unnötig.« Er ging noch ein, zwei wankende Schritte wie ein Mann, der von einem Schlag benommen war. Dann blieb er plötzlich wieder stehen. Zögernd holte er das schwarz-weiße Sträußchen aus seiner Manteltasche heraus. »Die sind nicht von dir, nicht wahr?«, fragte er. Seine Stimme klang plötzlich heiser. Er sah mich nicht an.

»Natürlich nicht.«

»Von wem dann?« Seine Stimme zitterte.

Ich zuckte mit den Schultern. Die seltsame Frage inmitten unserer ernsten Diskussion ärgerte mich ein wenig. »Von der Gärtnerin. Sie legt jeden Morgen eins auf dein Tablett.«

Der Narr seufzte und schloss die Augen. »Natürlich. Sie waren nie von dir, kein einziger. Von wem dann?« Es folgte eine lange Pause. Seinem Gesichtsausdruck nach glaubte ich plötzlich, dass er gleich ohnmächtig werden würde. Dann sagte er mit leiser Stimme: »Natürlich. Irgendeiner würde meine Maske durchschauen, und wenn, dann würde sie das sein.« Er öffnete die Augen wieder. »Die Gärtnerin. Sie ist ungefähr in deinem Alter. Sommersprossen im Gesicht und auf den Armen. Die Haarfarbe wie frisches Stroh.«

Ich rief mir das Bild der Frau ins Gedächtnis zurück. »Sommersprossen, ja. Ihr Haar ist aber hellbraun, nicht golden.«

Wieder kniff der Narr die Augen zu. »Dann muss es abgedunkelt sein, als sie älter geworden ist. Garetha war das Gartenmädchen hier, als du noch ein Junge warst.«

Ich nickte. »Ich erinnere mich an sie, auch wenn ich den Namen vergessen habe. Du hast recht. Und?«

Er stieß ein kurzes, bitteres Lachen aus. »Und … und so blenden Liebe und Hoffnung uns alle. Ich dachte, die Blumen wären von dir, Fitz. Wie töricht von mir. Stattdessen stammen sie von jemandem, der sich vor langer, langer Zeit in den Hofnarren des Königs verguckt hat. Doch wie ich, liebt sie, wo keine Liebe erwidert wird. Dennoch ist sie im Herzen rein genug geblieben, um mich trotz aller Veränderungen wiederzuerkennen. Sie ist rein genug im Herzen, um mein Geheimnis zu bewahren, und doch lässt sie mich insgeheim wissen, dass sie es kennt.« Er hob das Sträußchen wieder hoch. »Schwarz und weiß. Meine Winterfarben, Fitz, damals, als ich noch der Hofnarr war … Garetha weiß, wer ich bin, und noch immer empfindet sie Zuneigung für mich.«

»Du hast gedacht, ich würde dir Blumen bringen?« Das kam mir einfach unglaublich vor.

Plötzlich wandte der Narr den Blick wieder von mir ab, und ich bemerkte, dass meine Worte und mein Tonfall ihn beschämt hatten. Mit gesenktem Kopf ging er langsam in Richtung Schlafzimmer weiter. Er antwortete nicht auf meine Worte, und plötzlich überkam mich Mitgefühl für ihn.

Ich liebte ihn als meinen Freund. Meine Gefühle in Bezug auf sein unnatürliches Verlangen konnte ich jedoch nicht ändern, aber ich wollte ihn weder beschämt noch verletzt sehen. Doch natürlich machte ich es nur noch schlimmer, als ich herausplatzte: »Narr, warum richtest du dein Verlangen nicht dorthin, wo es willkommen wäre? Garetha ist eine recht attraktive Frau. Vielleicht, wenn du ihre Aufmerksamkeit …«

Unvermittelt wirbelte er zu mir herum, und nun brannte echter Zorn in seinen Augen und ließ sie golden leuchten. Sein Gesicht verfinsterte sich. »Und dann? Dann was? Dann könnte ich wie du sein und meine Lust mit wem auch immer befriedigen, der gerade greifbar ist? Das finde *ich* abscheulich. Ich würde niemals Garetha oder irgendeinen anderen Menschen auf diese Art benutzen – im Gegensatz zu einigen anderen, wie wir beide sehr gut wissen.« Die letzten Worte betonte er extra für mich. Er ging zwei weitere Schritte in Richtung seines Zimmers, dann drehte er sich wieder um. Ein schreckliches, bitteres Lächeln lag auf seinem Gesicht. »Warte. Ich verstehe. Du glaubst, ich hätte nie Vertraulichkeiten dieser Art gekannt. Du glaubst, ich hätte mich für dich ›aufgespart‹.« Er schnaubte verächtlich. »Schmeichle dir nicht so, Fitz-Chivalric. Ich bezweifle, dass du das Warten wert gewesen wärst.«

Ich hatte das Gefühl, als hätte er mich geschlagen, doch er war derjenige, der plötzlich die Augen nach oben rollte und zusammenbrach. Einen Moment lang war ich vor Wut und Schrecken wie erstarrt. Wie nur Freunde es können, hatten wir den wundesten Punkt des jeweils anderen gefunden. Der schlimmste Teil von mir sagte, ich solle ihn liegen lassen, wo er war; ich schuldete ihm nichts. Aber in weniger als einer Sekunde kniete ich neben ihm. Seine Augen waren fast geschlossen; nur ein schmaler weißer Schlitz war noch zu sehen. Sein Atem ging so schnell und hart, als hätte er gerade ein Rennen hinter sich. »Narr?«, sagte ich, und mein Stolz zwang auch Verärgerung in meine Stimme. »Was stimmt nicht mit dir?« Zögernd berührte ich sein Gesicht.

Seine Haut war warm.

Also hatte er seine Krankheit die letzten Tage gar nicht vorgetäuscht. Ich wusste, dass der Körper des Narren für gewöhnlich kühl war, weit kühler als der eines normalen Menschen; daher wusste ich, dass die leichte Wärme auf schweres Fieber hindeutete. Ich hoffte, dass das nur wieder einer jener seltsamen Anfälle war, unter denen er bisweilen litt, wenn er schwach und zerbrechlich war. Meine Erfahrung damit war, dass er sich nach ein, zwei Tagen wieder davon erholte und dann seine alte Haut abstreifte, unter der eine dunklere Hautfarbe zum Vorschein kam. Vielleicht war diese Ohnmacht nur Teil eines solches Anfalls. Doch noch während ich die Arme unter ihn schob und ihn in die Höhe hob, zog sich mir das Herz bei dem Gedanken zusammen, dass er ernsthaft erkrankt sein könnte. Ich hatte wirklich den schlechtestmöglichen Zeitpunkt für meinen kleinen Streit mit ihm ausgewählt. Bei seinem Fieber und meiner Elfenrinde war es kein Wunder, dass wir beide nur das Falsche gesagt hatten.

Ich trug ihn zu seinem Zimmer und trat die Tür auf. Der Raum war von einem erdrückenden Geruch erfüllt, und das Bettzeug war zerknüllt, als hätte der Narr eine unruhige Nacht hinter sich gehabt. Was war ich nur für ein Dummkopf gewesen, dass ich mich noch nicht einmal gefragt hatte, ob er wirklich krank sein könnte! Ich legte seinen schlaffen Leib aufs Bett. Dann schüttelte ich das Kissen auf und schob es dem Narren ungeschickt unter den Kopf; schließlich zog ich die Decken um ihn herum zurecht. Was sollte ich tun? Ich wusste es besser, als dass ich den Heiler geholt hätte. In all den Jahren in der Bocksburg hatte der Narr sich nie von einem Heiler berühren lassen. Gelegentlich hatte er Burrich nach einem Heilmittel oder Ähnlichem gefragt, doch diese Hilfe stand mir nun nicht zur Verfügung. Ich tätschelte ihm die Wange, doch er zeigte keinerlei Anzeichen, dass er wieder aufwachen würde.

Ich ging zu den Fenstern, zog die schweren Vorhänge beiseite, öffnete die Fensterläden und ließ die kalte, frische Luft herein. Dann nahm ich mir eines von Fürst Leuenfarbs Taschentüchern und sammelte damit Schnee von der Fensterbank. Daraus faltete ich eine Kompresse und trug sie zum Bett. Ich setzte mich neben den Narren und drückte ihm das Taschentuch sanft auf die Stirn. Er rührte sich ein wenig, und als ich ihm das Tuch mit dem Schnee in den Nacken drückte, erwachte er plötzlich und mit furchterregender Munterkeit wieder zum Leben. »Fass mich nicht an!«, knurrte er und schlug meine Hand zur Seite.

Sein Widerstand gegen meine Fürsorge verwandelte meine Besorgnis in Zorn. »Wie du willst.« Ich sprang auf und warf die Kompresse auf den Nachttisch.

»Geh jetzt, bitte«, erwiderte er in einem Tonfall, der die höfliche Phrase Lügen strafte.

Und ich ging.

In einer Art Raserei schaffte ich Ordnung in unserem Gemach und räumte das Frühstück zusammen. Keiner von uns hatte irgendetwas gegessen. Es spielte keine Rolle – mir war ohnehin der Appetit vergangen. Ich trug das Tablett in die Küche hinunter. Dann holte ich Wasser und Holz. Als ich damit wieder oben ankam, fand ich die Tür zum Schlafzimmer des Narren geschlossen vor. Ich hörte, wie drinnen die Fensterläden zugemacht wurden. Laut klopfte ich an seine Tür. »Fürst Leuenfarb, ich habe Feuerholz und Wasser für eure Gemächer.«

Er antwortete nicht; also stapelte ich das Holz neben dem Kamin und füllte den Waschkrug. Was übrig blieb, stellte ich neben die Tür zu seinem Schlafzimmer. Wut und Schmerz schwelten in meinem Herzen. Ein Großteil meines Zorns richtete sich gegen mich selbst. Warum hatte ich nicht erkannt, dass er wirklich krank war? Warum hatte ich darauf bestanden, die Diskussion trotz all seiner Einwände weiterzuführen? Und vor allem: Warum hatte ich nicht den Instinkten unserer Freundschaft vertraut und stattdessen auf die Gerüchte Unwissender gehört? Einfach nur zu sagen: »Es tut mir leid«, konnte nicht alle Wunden heilen. Das hatte Chade immer zu mir gesagt, und das nagte nun an mir. Ich fürchtete wirklich, dass ich den Schaden, den ich heute angerichtet hatte, nie wieder würde reparieren können. Ich hatte Angst, dass es tatsächlich so sein würde, wie der Narr gesagt hatte: dass dieses Gespräch uns beide bis ans Ende unserer Tage verfolgen würde. Ich konnte nur hoffen, dass die Schärfe meiner Worte mit der Zeit schwinden und die Erinnerung verblassen würde.

An die nächsten drei, vier Tage erinnere ich mich nur wie durch einen Nebel des Elends. Ich sah den Narren kein einziges Mal. Er ließ immer nur seinen jungen Pagen ins Schlafgemach, aber soweit ich wusste, kam er selbst kein einziges Mal heraus. Jek sah ihn offensichtlich noch mindestens einmal vor der Abreise der Bingstadt-Delegation, denn sie hielt mich einmal auf der Treppe an. Mit eisiger Höflichkeit erklärte sie mir, dass Fürst Leuenfarb sämtliche irrigen Gedanken aus ihrem Kopf vertrieben hätte, die sie in Bezug auf meine Beziehung zu meinem Herrn gehegt haben mochte. Sie bat mich um Verzeihung für den Fall, dass ihre Vermutungen mich in irgendeiner Form beleidigt haben sollten. Dann fügte sie mit einem leisen Zischen hinzu, dass ich der dümmste und grausamste Mensch sei, dem sie je begegnet war. Das waren die letzten Worte, die sie mit mir sprach. Am nächsten Tag reisten die Gesandten Bingstadts ab. Die Königin und ihre Herzöge hatten ihnen keine verbindliche Antwort auf ihre Allianzanfrage gegeben, hatten aber ein

Dutzend Botenvögel von ihnen angenommen und ihnen im Gegenzug die gleiche Zahl an Brieftauben überlassen. Die Verhandlungen würden fortgesetzt werden.

In der Folge ihrer Abreise kam es zu einer großen Unruhe in der Burg, als die Königin höchstpersönlich mit einer Kompanie ihrer Garde spät am Abend ausritt. Chade erzählte mir, dass selbst er Kettrickens Handeln als ein wenig extrem empfand. Offensichtlich galt das umso mehr für ihre Herzöge. Der Zweck des Ausritts war, eine Hinrichtung in Bettelbrunn zu verhindern, einem kleinen Weiler nahe der Grenze zwischen den Bocksmarken und Rippon. Sie ritten die ganze Nacht hindurch, offensichtlich aufgrund des Berichts eines Spions, dass man am nächsten Morgen eine Frau hängen und verbrennen wolle. Sie waren in aller Eile aufgebrochen. In einen purpurnen Mantel und weißen Fuchspelz gehüllt, war die Königin in ihrer Mitte geritten. Ich hatte am Fenster gestanden und mir hilflos gewünscht, an ihrer Seite zu reiten. Meine Rolle als Fürst Leuenfarbs Diener schien mich immer dazu zu verdammen, dort zu sein, wo ich nicht sein wollte.

Am folgenden Abend waren sie wieder zurückgekehrt. Eine zerschundene Frau, die im Sattel schwankte, begleitete sie. Offensichtlich waren sie im letzten Augenblick in dem Weiler eingetroffen und hatten die Frau im wörtlichen Sinne vom Galgen geschnitten. Der Pöbel hatte den bewaffneten und berittenen Gardisten keinen Widerstand geleistet. Kettricken hatte sich nicht damit zufriedengegeben, die Dorfältesten um sich zu versammeln und ihnen einen ernsten königlichen Tadel zu erteilen – sie hatte befohlen, dass sich sämtliche Dorfbewohner auf dem winzigen Marktplatz einfinden sollten. Höchstpersönlich hatte sie sich vor die Leute gestellt und ihnen die königliche Proklamation verlesen, dass es verboten sei, Menschen nur aus dem einzigen Grund hinzurichten, dass sie über die Alte Macht verfügten.

Anschließend musste jede Seele, Männer, Frauen und sogar die Kinder, ihr Zeichen unter die Proklamation setzen zur Bestätigung, dass sie bei der Verlesung anwesend gewesen waren, alles verstanden hatten und sich in Zukunft daran halten würden. Da es in dem Weiler kein Rathaus oder etwas Ähnliches gab, befahl Kettricken, die Proklamation über den Kamin der örtlichen Taverne zu hängen. Anschließend versicherte sie den Leuten, dass ihre Gardisten öfter einmal vorbeischauen und sich vergewissern würden, dass die Proklamation noch da hing, wo sie sein sollte. Außerdem erklärte sie, dass jeder der Unterzeichner, der noch einmal gegen diese Proklamation verstieß, all sein Eigentum verlieren und nicht nur aus den Bocksmarken, sondern aus allen Sechs Provinzen verbannt werden würde.

Nach der Rückkehr der Königin wurde die der Zwiehaftigkeit beschuldigte Frau ins Hospital der Wache gebracht, damit man sich dort um ihre Verletzungen kümmern konnte. Sie war ein Neuankömmling in dem Dorf gewesen, mit nur wenigen Verbindungen dort. Sie hatte ihre Cousine besuchen wollen, die sie jedoch bei den Dorfältesten denunziert hatte, nachdem sie sie angeblich mit Tauben hatte reden sehen. Da war auch noch etwas wegen eines Erbschaftsstreits, weshalb ich mir die Frage stellte, ob die Frau überhaupt eine Zwiehafte war oder schlicht eine Bedrohung für den Besitz ihrer Cousine. Kaum war die Frau wieder in der Lage zu reisen, da stattete Königin Kettricken sie mit Geld, einem Pferd und einer Besitzurkunde über ein Stück Land aus, weit weg vom Dorf ihrer Cousine.

Der Vorfall wurde zum Mittelpunkt einer ganzen Reihe von Kontroversen. Einige erklärten, die Königin hätte ihre Grenzen überschritten, dass Bettelbrunn genau auf der Grenze zwischen den Bocksmarken und Rippon liege und dass sie nichts hätte unternehmen dürfen, ohne sich vorher zumindest mit dem Herzog von Rippon zu beraten. Der

Herzog selbst schien Kettrickens persönliche Intervention als Kritik und Affront aufzufassen. Auch wenn er so etwas nicht aussprach, es gab Gerüchte, wonach die Bergkönigin viel zu begierig darauf sei, Bündnisse mit Fremden wie den Fernholmern und Bingstadt zu knüpfen, und den Herzögen der Sechs Provinzen zu wenig Respekt zolle. Traute sie ihren eigenen Edelleuten nicht zu, ihre Angelegenheiten selbst zu regeln? Von diesem Punkt aus schweiften die Gerüchte immer weiter ab. Glaubte sie nicht, dass eine Braut aus den Sechs Provinzen gut genug für ihren halben Bergsohn war? Und heimtückischer noch war das Gerücht, dass Herzog Shemshys Familie auf beleidigende Art herabgesetzt worden sei, denn der Prinz hätte Interesse an Hochdame Vance gezeigt, bis seine Mutter das verboten hatte. Warum hofierte sie diese verachtungswürdige fernholmische Narcheska, wenn der junge Prinz selbst schon festgestellt hatte, dass es eine weit würdigere Dame ganz in seiner Nähe gab?

Weil solche Beschwerden jedoch nie öffentlich geäußert wurden, war es schwer für Kettricken, darauf zu antworten. Allerdings wusste sie, dass sie sie nicht völlig ignorieren durfte, denn das hieße, Öl ins Feuer von Rippons und Shoaks Unzufriedenheit zu schütten, sodass es sich vielleicht auf andere Herzogtümer ausbreiten würde. Kettrickens Lösung bestand darin, ihren Herzögen zu befehlen, einen Repräsentanten für einen Rat zu entsenden, der Mittel und Wege finden sollte, die Verfolgung der Zwiehaften ein für alle Mal zu beenden. Das führte allerdings nur zu dem Ergebnis, das ich Kettricken auch vorher hätte sagen können: Die Herzöge schlugen vor, dass alle Zwiehaften ihren Namen auf eine Liste setzen sollten, um sicherzugehen, dass sie nicht ungerechterweise verfolgt würden. Ein zweiter Vorschlag war, die Zwiehaften in eigens für sie errichtete Dörfer zu deportieren, die sie zu ihrer eigenen Sicherheit nicht mehr verlassen sollten. Der großzügigste Vorschlag war, dass man jedem Zwiehaften eine Passage nach Chalced oder Bingstadt bezahlen solle, wo sie ohne Zweifel willkommener seien als in den Sechs Provinzen.

Mir war klar, worauf diese Vorschläge hinausliefen. Selbst der Dümmste musste erkennen, dass solche Listen und Zwangsumsiedlungen zu einem groß angelegten Massaker an den Zwiehaften führen würden, und was die »Passage« nach Chalced oder Bingstadt betraf, so war das nichts anderes als Verbannung. Gereizt erklärte die Königin den Ratsmitgliedern, dass es ihren Vorschlägen an Vorstellungskraft mangele; sie sollten es noch einmal versuchen. Das war der Augenblick, da ein junger Mann aus Tilth der Königin versehentlich einen großen Vorteil verschaffte. Im Scherz schlug er vor: »Die Hinrichtungen der Zwiehaften stören die meisten Leute nicht im Mindesten. Tatsächlich lenken jene, die die Tiermagie praktizieren, den Zorn der Menschen selbst auf sich. Da sie also der Grund dafür sind, sollte man vielleicht auch die Lösung bei ihnen suchen.«

Die Königin ging bereitwillig auf diesen Vorschlag ein. Das Grinsen verschwand vom Gesicht des jungen Mannes, und das Kichern der anderen Ratsmitglieder erstarb, als sie verkündete: »Nun, das ist wenigstens mal ein durchdachter und kreativer Vorschlag. Also werde ich in dieser Angelegenheit verfahren, wie meine Ratgeber es mir vorgeschlagen haben.« Vermutlich wussten nur Chade und ich, dass Kettricken diesen Gedanken schon seit Langem hegte. Sie ließ eine königliche Proklamation aufsetzen und befahl, dass Kuriere sie in alle Sechs Provinzen tragen sollten, wo man sie nicht nur verkünden, sondern an prominenter Stelle aushängen sollte. Die Königin lud alle Zwiehaften, auch als jene vom Alten Blut bekannt, ein, eine Abordnung zusammenzustellen, welche sich mit ihr zusammensetzen und über ein Ende der unrechtmäßigen Verfolgungen und Morde diskutieren sollte. Die Königin wählte eindeutige Worte, trotz Chades wiederholtem Bitten, doch ein wenig diplomatischer zu sein. Viele Edelleute waren wütend über Kettrickens unverhohlene Andeutung, dass sie Mord und Totschlag in ihren Grenzen tolerieren würden. Ich jedoch wusste ihre Haltung zu schätzen, und ich vermutete, dass andere Zwiehafte ähnlich denken würden, auch wenn ich bezweifelte, dass tatsächlich eine solche Abordnung hier erscheinen würde. Warum sollten sie ihr Leben riskieren, indem sie ihre Identität preisgaben?

Nach meinem katastrophalen Versuch, meine Differenzen mit dem Narren beizulegen, war ich wenigstens klug genug, bei Chade, der Königin und dem Prinzen subtiler vorzugehen. Ich ließ Stücke der alten Rindenschriftrolle auf dem Tisch liegen, wo Chade sie sehen musste. Bei einem zufälligen Zusammentreffen im Turm hatte ich dann die Gelegenheit, ihn ruhig zu fragen, was er sich dabei gedacht hatte, solch ein Wissen vor mir zu verheimlichen. Seine Antwort war nicht das, womit ich gerechnet hatte. »Unter den Umständen war die Angelegenheit zu persönlich, als dass du es hättest wissen sollen. Ich brauchte deine Hilfe, um den Prinzen zu finden und ihn sicher nach Bocksburg zurückzubringen. Hätte ich dir das gezeigt, hättest du dich nie darauf konzentriert. Stattdessen hättest du all deine Kraft dafür aufgewendet herauszufinden, wer diese Nachricht geschickt hatte, obwohl wir sie eigentlich gar nicht eindeutig mit dem Verschwinden des Prinzen in Verbindung bringen konnten. Ich brauchte dich mit einem kühlen Kopf, Fitz. Ich habe mich an dein Temperament von früher erinnert und an die unbesonnenen Taten, zu denen es dich oft verleitet hat. Also habe ich das zurückgehalten, von dem ich fürchtete, dass es dich vom wichtigsten Teil deiner Aufgabe ablenken würde.«

Das stellte mich nicht vollständig zufrieden, aber es ließ mich wieder einmal erkennen, dass Chade oft neue Perspektiven zu einem Problem beisteuerte, die ich ansonsten übersehen hätte. Ich glaube, meine ruhige Akzeptanz seiner

Begründung verwirrte ihn ein wenig. Er hatte einen Streit erwartet, den ich ja auch geplant hatte. Verschämt und ohne dass ich ihn dazu angeregt hätte, erklärte er mir, dass er nun wisse, dass ich erwachsen geworden sei und dass es nicht richtig von ihm gewesen war, mir die vollständige Nachricht vorzuenthalten.

»Und wenn ich jetzt meine Aufmerksamkeit darauf richte?«, fragte ich ruhig.

»Es wäre sehr nützlich für uns zu wissen, wer das geschickt hat«, gab er zu. »Aber nicht für den Preis, den Gabenmeister des Prinzen abzulenken oder gar zu verlieren. Natürlich habe ich alle Spuren verfolgt, die uns zu den Schreibern führen könnten, aber sie scheinen sich einfach in Luft aufgelöst zu haben. Das mit der Ratte habe ich auch nicht vergessen, aber trotz all meiner Nachforschungen habe ich nicht eine einzige Spur gefunden, die auf einen Spion der Zwiehaften hindeuten könnte. Du weißt, dass unsere Beobachtungen von Gentil zu nichts geführt haben.« Er seufzte. »Ich bitte dich, Fitz, vertrau mir, dass ich dieses Problem weiter verfolgen werde, und lass mich dich da einsetzen, wo wir dich am meisten brauchen.«

»Dann hast du also mit der Königin gesprochen, und sie hat meinen Bedingungen zugestimmt.«

Der Blick seiner grünen Augen verhärtete sich. »Nein. Das habe ich nicht. Ich hatte gehofft, du würdest noch einmal darüber nachdenken.«

»Tatsächlich habe ich das auch«, sagte ich und versuchte, mir das Vergnügen über die Bestürzung auf seinem Gesicht nicht anmerken zu lassen. Dann, bevor er glauben konnte, dass ich kapituliert hatte, fügte ich hinzu: »Ich habe beschlossen, diese Frage persönlich mit ihr zu besprechen.«

»Gut.« Er suchte nach Worten. »Darin stimmen wir also überein. Ich werde sie bitten, sich noch heute mit dir zu treffen.«

Und so trennten wir uns voneinander. Wir waren zwar nicht einer Meinung, hatten uns aber nicht gestritten. Beim Gehen warf Chade mir noch einen seltsamen Blick zu, als wäre er noch immer stark verwirrt. Ich hingegen war zufrieden mit mir selbst; nur wünschte ich, dass ich diese Lektion schon früher gelernt hätte.

Als Chade mich dann informierte, ich hätte eine Audienz bei der Königin, ging ich ruhig und gelassen zu diesem Treffen. Kettricken hatte Wein und Kuchen für uns anrichten lassen. Bevor ich eintrat, hatte ich mich zu Gleichmut ermahnt. Vielleicht war es das, was mir gestattete, Kettrickens Misstrauen zu erkennen.

Meine Königin saß hoch aufgerichtet da, als ich hereinkam, doch ich erkannte ihre Positur als Rüstung. Auch sie erwartete eine Flammenrede von mir. Ihre vorsichtige Haltung veranlasste mich fast dazu, ihr zu erklären, wie sehr es mich verletzte, dass sie offensichtlich eine solch schlechte Meinung über mein Temperament hatte. Stattdessen atmete ich jedoch tief durch und schluckte dieses Verlangen rasch herunter. Ich zwang mich dazu, mich ruhig zu verneigen und darauf zu warten, dass sie mich bat, mich zu ihr zu setzen, und selbst dann tauschten wir zunächst einmal ein paar beiläufige Bemerkungen über das Wetter und unser beider Gesundheit aus, bevor ich auf den eigentlichen Punkt zu sprechen kam. Ihre leicht zusammengekniffenen Augen waren mir nicht entgangen; sie bereitete sich auf eine Tirade vor. Wann waren eigentlich alle, die mich so gut kannten, zu dem Schluss gekommen, dass ich ein solch unvernünftiger und hitzköpfiger Mann war? Ich dachte jedoch noch nicht einmal darüber nach, wer dafür verantwortlich sein könnte. Stattdessen blickte ich meiner Königin in die Augen und fragte ruhig: »Was sollen wir wegen Nessel tun?«

Kurz riss sie bestürzt die blaugrünen Augen auf; dann nahm sie sich zusammen, lehnte sich auf ihrem Stuhl zurück und musterte mich einen Moment lang. »Was hat dir Chade darüber gesagt?«, konterte sie.

Wider Willen grinste ich. Für einen Augenblick waren die Sorgen um meine Tochter wie weggeblasen. Ich hörte mich selbst antworten: »Chade hat mir gesagt, dass ich mich vor Frauen in Acht nehmen soll, die Fragen mit einer Frage beantworten.«

Einen Moment lang glaubte ich, dass ich eine Grenze überschritten hatte, doch dann erschien ein Lächeln auf Kettrickens Gesicht, und sie senkte die Mauer des Misstrauens und der Vorsicht. Da erkannte ich plötzlich die Sorge und die Erschöpfung hinter der ruhigen Fassade meiner Königin. Viel zu viele Probleme drangen von allen Seiten auf sie ein: die Verlobung des Prinzen mit der unberechenbaren Narcheska und Pflichtgetreus lächerliche »Queste«, das Problem der Zwiehaften, die politischen Unruhen der Gescheckten, ihre streitlustigen Adligen und dann noch Bingstadt mit seinem Krieg und seinem Drachen ... all das beanspruchte ihre Aufmerksamkeit. So wie ein zufälliger Windstoß die Glut wieder entfachen kann, so weckte Kettrickens kummervoller, aber gefasster Gesichtsausdruck das ferne Echo der Liebe in mir, die Veritas für diese Frau empfunden hatte. Dank der Gabenverbindung, die ich einst mit meinem König geteilt hatte, hatte ich seine Gefühle kennengelernt. Um seinetwillen und aus eigener Zuneigung für Kettricken empfand ich plötzlich Sorge um sie. Als sie sich offensichtlich erleichtert darüber, dass ich keinen Streit mit ihr suchte, auf ihrem Stuhl zurücklehnte, schämte ich mich kurz. Mit meinen eigenen drängenden Sorgen vor Augen vergaß ich bisweilen, dass andere Menschen eine mindestens ebenso schwere Last zu tragen hatten.

Kettricken seufzte. »Fitz, ich bin froh, dass du gekommen bist, um das persönlich mit mir zu besprechen. Chade ist ein weiser Ratgeber, erfahren und dem Weitseher-Thron treu ergeben. An seinen guten Tagen hat er einen klaren Blick für Staatsangelegenheiten. Auch kennt er die Herzen meines Volkes. Sein Rat ist klug und verlässlich. Aber wenn er über Nessel mit mir redet, spricht er stets als Berater des Weitseher-Throns.« Sie griff über den Tisch hinweg und legte ihre Hand auf die meine. »Ich würde lieber als Freundin mit ihrem Vater sprechen.«

Das schien mir ein guter Zeitpunkt zu sein, Schweigen zu bewahren.

Die Königin ließ ihre Hand, wo sie war, als sie schlicht erklärte: »Fitz, Nessel sollte in der Gabe ausgebildet werden. Tief in deinem Herzen weißt du das auch. Nicht nur, um sie vor den Gefahren dieser Magie in unausgebildeten Händen zu bewahren – ja, ich habe ein paar der Schriftrollen gelesen, als ich darüber nachgedacht habe, wie man mit Pflichtgetreus Potenzial verfahren soll –, sondern auch weil sie ist, wer sie ist. Sie ist eine mögliche Erbin des Weitseher-Throns.«

Ihre Worte nahmen mir den Wind aus den Segeln. Ich hatte erwartet, mit ihr über das Für und Wider zu debattieren, Nessel in der Gabe zu unterrichten, nicht wieder auf die ältere, ernstere Gefahr zu sprechen zu kommen, die meiner Tochter drohte. Ich fand keine Worte, um meiner Verzweiflung Ausdruck zu verleihen, aber das war auch gut so. Meine Königin war noch nicht fertig.

»Wir können nicht ändern, wer wir sind. Ich zum Beispiel werde für immer Veritas' Königin sein. Du bist Chivalrics Sohn, illegitim, aber nichtsdestoweniger ein Weitseher. Zugleich bist du jedoch tot für dein Volk, und Chade ist sowohl alt als auch nicht als Weitseher anerkannt. Augusts Verstand, das wissen wir beide, hat sich nie wieder vollständig davon erholt, dass Veritas durch ihn hindurch zu mir hinausgegriffen hat. Ich bin sicher, dass mein König nie beabsichtigte, seinem Vetter solchen Schaden zuzufügen, aber es ist nun mal passiert. Wir können nicht ändern, wer wir sind, und August ist dem Namen nach zwar ein Weitseher, in Wahrheit jedoch nur ein umherirrender Mann, der vor seiner Zeit gealtert ist. Ihn kann man nicht ernsthaft als Thronerben in Betracht ziehen für den Fall, dass Veritas' Linie scheitern sollte.«

Ihre sorgfältig durchdachte Logik schlug mich in ihren Bann. Ich konnte nicht anders, als zustimmend zu nicken, auch wenn ich sah, wohin ihr Gedankengang unweigerlich führte.

»Doch es muss immer einen geben, der als Ersatz bereitsteht, jemanden, der den Thron besteigen kann, sollte alles andere versagen.« Sie blickte an mir vorbei. »Deine Tochter mag ja vielleicht unsichtbar für ihr Volk sein, aber sie ist nichtsdestoweniger die nächste in der Thronfolge. Wir können nicht ändern, wer Nessel ist. Sosehr es sich irgendjemand auch wünschen mag, sie ist und bleibt eine Weitseher. Sollte sich die Notwendigkeit ergeben, Fitz-Chivalric Weitseher, muss deine Tochter dem Land dienen. So haben wir es vor all diesen Jahren arrangiert. Ich weiß, dass du dich damals dagegen ausgesprochen hast, als wir in Jhaampe die Dokumente aufgesetzt haben, und ich weiß auch, dass es dir immer noch nicht gefällt. Aber sie ist eine anerkannte Weitseher, durch deinen Vater, durch mich als Königin und durch eine Menestrelle, der du die Wahrheit gesagt hast, um all das zu bezeugen. Dieses Dokument existiert noch immer, Fitz, und das muss auch so sein. Selbst wenn Chade, du, ich und Merle Vogelsang sterben sollten, das Dokument liegt in der Schatzkammer und mit ihm das Kodizill, wo und wie man Nessel finden kann. Wir können ihre Abstammung nicht verändern; wir können ihre Geburt nicht ungeschehen machen. Würdest du das überhaupt wirklich wollen? Ich denke nicht. Allein sich so etwas zu wünschen wäre eine Beleidigung der Götter.«

Und dann geschah es erneut. Plötzlich sah ich mit den Augen eines anderen. Diese unvermittelte Einsicht in den

Gedankengang meiner Königin löschte meinen Zorn. Kettricken betrachtete es als unveränderliche Tatsache, dass Nessel einen Platz in der Thronfolge der Weitseher hatte. Es ging nicht darum, was wir uns möglicherweise wünschten. Es war schlicht ein Faktum, an dem wir nichts ändern konnten.

Für sie stand Nessel nicht zur Disposition. Sie konnte sie nicht aus einer Pflicht entlassen, in die sie hineingeboren worden war. So sah Kettricken das Ganze.

Ich holte Luft, doch Kettricken hob einen Finger zum Zeichen, dass sie noch zu Ende sprechen wollte. »Ich weiß, wie sehr du dich davor fürchtest, dass Nessel geopfert wird. Auch ich bete, dass das nie geschehen möge. Denk einmal darüber nach, was das für mich bedeuten würde: Müsste Nessel den Thron besteigen, wäre mein einziger Sohn entweder tot oder nicht mehr fähig zu regieren. Als Mutter schiebe ich solch eine Möglichkeit ganz weit von mir, so wie du versuchst, Nessel die Last der Krone zu ersparen. Aber auch wenn wir beide von ganzem Herzen hoffen, dass es nie so weit kommen möge, müssen wir uns darauf vorbereiten und dafür sorgen, dass sie ihr Volk gut regieren kann. Sie muss ausgebildet werden, und das nicht nur in der Gabe, sondern auch in Sprache, Geschichte und in den Traditionen und Bräuchen der Krone. Es war nachlässig von uns beiden, dass sie bis jetzt nicht entsprechend erzogen worden ist, und unverzeihlich, dass wir sie über ihre Abstammung im Unklaren gelassen haben. Sollte je die Zeit kommen, da sie dem Land dienen muss, glaubst du, sie wird uns dankbar dafür sein, dass wir sie in Unwissenheit ließen?«

Das war ein weiterer Schlag gegen meine Überzeugung. Die Welt drehte sich um mich herum, und plötzlich stellte ich die Entscheidung infrage, die ich für Nessel getroffen hatte. Übelkeit überkam mich, als ich die Wahrheit erkannte. Ich sprach sie laut aus. »Vermutlich würde sie mich dafür hassen, dass ich sie in Unwissenheit gelassen habe. Doch ich weiß nicht, wie ich das zu so einem späten Zeitpunkt ändern kann, ohne den Schaden noch zu vergrößern.« Ich sackte auf meinem Stuhl zurück. »Kettricken, auch wenn es dir als Nachlässigkeit erscheinen mag, ich muss dich dennoch bitten: Lass sie so weiterleben wie bisher. Wenn du dem zustimmst, verspreche ich dir, dass ich alles – und ich meine wirklich alles – dafür tun werde, dass sie nie solch ein Opfer bringen muss.« Ich schluckte und band mich selbst erneut. Wieder stand ich vor einem Weitseher-Herrscher und überantwortete ihm mein Leben. Diesmal tat ich es als Mann. »Aus freien Stücken werde ich eine Kordiale für Pflichtgetreu zusammenstellen und dem Land und seinen Herrschern als Gabenmeister dienen.«

Die Königin blickte mich an. Nach einem Augenblick fragte sie: »Ist das nun ein neues Angebot von dir, Fitz-Chivalric, oder eine neue Bitte an mich?«

Tadel lag in dieser Frage. Ich senkte den Kopf und akzeptierte ihn. »Vielleicht werde ich mich nun ehrlich bemühen.«

»Wirst du auch das Wort deiner Königin akzeptieren und nicht von ihr verlangen, es noch einmal zu bestätigen? Ich will klar und deutlich mit dir sprechen. Ich werde deiner Tochter, Nessel Weitseher, gestatten zu bleiben, wo sie ist, in der Obhut von Burrich, solange das für uns sicher ist. Wirst du akzeptieren, dass ich mich an das Wort halte, das ich dir gegeben habe?«

Noch ein Tadel. Hatte ich mit meinen fortgesetzten Bitten, Nessel in Ruhe zu lassen, Kettrickens Gefühle verletzt? Vielleicht. »Das werde ich«, antwortete ich leise.

»Gut«, sagte sie, und die Spannung zwischen uns verschwand. Schweigend saßen wir noch eine Zeit lang beieinander, als würde dieses Schweigen die Abmachung besiegeln. Dann, ohne ein Wort, schenkte Kettricken mir Wein ein und stellte ein Stück Gewürzkuchen vor mich hin. Wir aßen und redeten, doch nur über unbedeutende Dinge. Ich erwähnte ihr gegenüber nicht, dass Pflichtgetreu mich brüskierte. Das würde ich mit dem Prinzen persönlich regeln. Irgendwie.

Als ich mich zum Gehen erhob, blickte sie zu mir hinauf und lächelte. »Es ist eine Schande, Fitz-Chivalric, dass ich nur so selten mit dir reden kann. Ich bedaure den Schein, den wir wahren müssen, denn er hält uns voneinander fern. Ich vermisse dich, mein Freund.«

Ich verabschiedete mich von ihr, doch als ich ging, nahm ich diese letzten Worte wie einen Segen mit.

Kapitel 16

VÄTER

Wenn der Kapitän eines Kauffahrers ausreichend gute Kontakte in Jamaillia besitzt, wird er seinen Laderaum mit vielen wertvollen Gütern aus aller Herren Länder füllen können. Er hat so Zugriff auf exotische Waren, für die andere Kapitäne Schiff und Mannschaft bei einer Fahrt über das offene Meer aufs Spiel setzen müssen. Für das, was der Kauffahrer dank seiner Verbindungen an Sorgen spart, wird er natürlich in barer Münze zahlen müssen. Aber diese Art von Handel schließt der weise Kaufmann gerne ab.

Jamaillia ist nicht nur der nördlichste Hafen, den die Händler von den Gewürzinseln anfahren, es ist auch der einzige Hafen an unserer Küste, den die Großsegelflotte ansteuert. Diese Schiffe besuchen Jamaillia (das sie in ihrer barbarischen Sprache »Westhafen« nennen) stets im Flottenverband, allerdings nur einmal alle drei Jahre. Die Gefahren der Überfahrt, die sie hinter sich haben, kann man sowohl ihrer zerschundenen Takelage als auch ihren erschöpften Seeleuten ansehen. Die Güter, die sie bringen, sind exotisch und teuer. Diese Schiffe stellen die einzige Quelle für Rotwürze und Seegummi dar. Da der Großteil ihrer Ladung stets sofort vom Palast des Satrapen aufgekauft wird und nur wenig davon wieder auf den freien Markt gelangt, können wir davon ausgehen, dass diese Waren für den gewöhnlichen Kaufmann unerreichbar sind. Andere Gegenstände wiederum, die sie mitbringen, sind für manch scharfsinnigen Händler durchaus interessant, der klug genug ist, Jamaillia zum Erscheinen der Großsegelflotte zu besuchen.

KAPITÄN BANROPS »RATSCHLÄGE FÜR KAUFFAHRER«

Die Tage kamen und gingen. Fürst Leuenfarb verließ sein Schlafgemach gestriegelt und poliert wie eh und je, um allen und jedem zu verkünden, dass er sich wieder hervorragender Gesundheit erfreue. Seine jamaillianische Schminke, die er jeden Morgen sorgfältig auftrug, war sogar noch extravaganter geworden. Manchmal trug er die aufgemalten Schuppen sogar bei Tageslicht. Ich vermutete, dass er damit davon ablenken wollte, dass seine Haut dunkler geworden war. Offenbar gelang ihm das auch, denn niemand verlor ein Wort darüber. Der Hof reagierte mit großem Enthusiasmus auf seine Genesung, und seine Popularität war unvermindert.

Ich nahm wieder meine Pflichten als sein Leibdiener auf. Manchmal unterhielt Fürst Leuenfarb nachmittags Gäste in seinen Gemächern mit Glücksspielen oder Barden. Der junge Adel, Männlein wie Weiblein gleichermaßen, wetteiferte darum, von ihm eingeladen zu werden. Ich hielt mich bei solchen Gelegenheiten zu seiner Verfügung, blieb aber meist in meiner Kammer, oder er entließ mich ganz. Weiterhin begleitete ich ihn auf Ausritten mit anderen Edelleuten oder stand bei offiziellen Festlichkeiten hinter seinem Stuhl. Solche Ereignisse waren nun jedoch rar gesät. Nach der Abreise sowohl der Fernholmer als auch der Bingstadt-Händler hatte sich die Bevölkerung der Burg drastisch verringert, und inzwischen war wieder so etwas wie Alltag eingekehrt. Es gab immer weniger Spielabende, Puppenspiele und andere Zerstreuungen. Die Abende wurden länger und ruhiger. Wenn ich abends eine Stunde freihatte, verbrachte ich sie oft in der Großen Halle. Die Burgkinder lernten wieder neben den Kaminen, während die Weber webten und die Bogenmacher Pfeile schnitzten. Neben ihrem Garn spannen sie vor allem Gerüchte und Geschichten. Schatten drapierten die Ecken des Raums, und wenn ich mir Mühe gab, konnte ich mir vorstellen, dass das hier die Bocksburg meiner Jugend war.

Aber vom Narren sah ich überhaupt nichts. Weder mit einem Wort noch mit einer Geste gab mir Fürst Leuenfarb zu verstehen, dass es noch etwas anderes gab als das, als was der Hof von Bocksburg uns betrachtete: als Herr und Diener. Zu keiner Zeit richtete er auch nur ein Wort an mich, das nicht zu seiner Rolle als Fürst Leuenfarb gepasst hätte; und wenn ich eine Nettigkeit äußerte, die die Grenzen dieser Rollen überschritt, ignorierte er sie.

Die Kluft, die diese Isolation in meiner Seele öffnete, überraschte mich, und mit jedem Tag wurde sie breiter. Als ich eines Tages von meinen Waffenübungen mit Wim zurückkehrte, fand ich ein kleines Paket auf meinem Bett. Darin eingewickelt war eine rote Flöte an einem grünen Band. »Für Dick«, stand auf einem Zettel in der schlichten Handschrift des Narren. Ich hatte gehofft, in dem Paket befände sich eine Art Friedensangebot, doch als ich es wagte, Fürst Leuenfarb dafür zu danken, blickte er nur gedankenverloren und verärgert zugleich von dem Buch auf, vor dem er saß, und sagte: »Ich habe keine Ahnung, wofür du mir dankst, Tom Dachsenbless. Ich kann mich nicht daran erinnern, dir irgendein Geschenk gegeben zu haben geschweige denn eine rote Flöte. Wie absurd. Such dir einen anderen Unsinn, um dich zu beschäftigen. Ich lese.«

Ich zog mich zurück. Damit war offensichtlich, dass er die Flöte nicht als Gefallen für mich, sondern als ernsthaftes Geschenk für Dick gemacht hatte – ein Geschenk von jemandem, der nur allzu gut wusste, was es bedeutete, verspottet und ausgelacht zu werden. Es hatte wirklich nichts mit mir zu tun, und mit diesem Gedanken sank mein Herz noch ein Stück tiefer.

Das Schlimmste war, dass ich niemandem mein Leid klagen konnte, es sei denn, ich wollte Chade das ganze Ausmaß meiner Dummheit beichten. Also litt ich stumm vor mich hin und tat mein Bestes, es vor den Augen anderer zu verbergen.

An dem Tag, da der Narr mir die Flöte gab, kam ich zu dem Schluss, dass es an der Zeit war, meine irregeleiteten Schüler an die Hand zu nehmen. Die Bingstadt-Händler waren weg und mit ihnen Selden Vestrit. Es war an der Zeit, das Versprechen zu erfüllen, das ich meiner Königin gegeben hatte.

Zuerst besuchte ich Chades Turm und stieg dann zum Gabenturm hinauf. Als Pflichtgetreu – wie gewöhnlich – nicht erschien, öffnete ich die Fensterläden weit und ließ den kalten, dunklen Wintermorgen herein. Ich setzte mich auf Veritas' Stuhl und starrte in die Schwärze hinaus. Ich wusste, dass Chade Pflichtgetreu angewiesen hatte, zu mir zu kommen. Er hatte sogar die gesellschaftlichen Verpflichtungen des Prinzen zeitlich so angepasst, dass Pflichtgetreu mehr Stunden mit mir verbringen konnte. Nichts davon hatte etwas genützt. Seit er den Gabenbefehl entdeckt und gebrochen hatte, war er zu keiner einzigen Unterrichtsstunde mehr erschienen. Ich hatte Pflichtgetreu dieses Verhalten weitaus länger durchgehen lassen, als Veritas es bei mir gemacht hätte. Von selbst würde der Prinz nicht zu mir zurückkommen. Ich schob meine Zweifel beiseite, was die Weisheit meines Handelns betraf, atmete mehrmals tief und langsam durch und schloss die Augen. Dann richtete ich meine Gabe genau auf einen Punkt.

Pflichtgetreu. Komm zu mir. Jetzt.

Ich fühlte keine Antwort. Entweder hatte er mir schlicht keine gegeben, oder er ignorierte mich vollständig. Ich erweiterte mein Bewusstsein von ihm. Es war schwer, ihn zu fassen zu bekommen. Das ließ mich zu dem Schluss gelangen, dass er seine Gabenmauern errichtet hatte und sich absichtlich gegen mich sperrte. Ich wusste, dass ich sie einfach so durchbrechen könnte, wenn ich wollte. Ich atmete tief ein und sammelte meine Kraft, um genau das zu tun. Dann, plötzlich, änderte ich meine Strategie. Anstatt sie einzureißen, lehnte ich mich gegen seine Mauern und übte so einen heimtückischen Druck auf sie aus. Ich spürte, wie ein schmales Lächeln auf meinem Gesicht erschien. Das war die Nessel-Technik, dachte ich bei mir selbst, als ich durch seine Mauer und in seinen schlafenden Geist schlüpfte.

Falls er träumte, so konnte ich es zumindest nicht fühlen. Nur die Stille des Unterbewusstseins breitete sich um mich aus wie ein großer, ruhiger Teich. Ich fiel wie ein Kiesel in ihn hinein. *Pflichtgetreu.*

Er zuckte, als er mich bemerkte. Wut war seine erste Reaktion. *Raus hier!* Er versuchte, mich aus seinem Geist zu stoßen, aber ich hatte seine Verteidigung bereits durchbrochen. Ich leistete ihm gelassen Widerstand, zeigte keinerlei Aggressivität, sondern weigerte mich lediglich, wieder aus seinen Gedanken verbannt zu werden. So wie beim ersten Mal, da wir miteinander gerungen hatten, warf er sich mir voller Wut und ohne Sinn und Verstand entgegen. Ich hielt stand und ließ die mentalen Schläge über mich ergehen, bis er ausgelaugt war. Erst als er vor Erschöpfung fast benommen war, ergriff ich wieder das Wort.

Pflichtgetreu. Bitte komm zum Turm.

Du hast mich angelogen. Ich hasse dich.

Ich habe dich nicht angelogen. Ich hatte dir ohne Absicht ein Unrecht zugefügt. Ich habe versucht, es wieder ungeschehen zu machen, und ich habe geglaubt, das sei mir auch gelungen. Dann, im schlimmstmöglichen Augenblick, haben wir beide herausgefunden, dass dem nicht so war.

Du hast mich gefesselt, hast mich gezwungen, deinem Willen zu gehorchen, und das seit wir uns getroffen haben. Vermutlich hast du mich auch gezwungen, dich zu mögen.

Durchforste deine Erinnerungen, Pflichtgetreu, dann wirst du herausfinden, dass dem nicht so ist. Aber ich werde diese Angelegenheit nicht länger auf diese Art diskutieren. Komm zum Gabenturm. Bitte.

Das werde ich nicht.

Ich warte auf dich.

Mit diesen Worten zog ich mich aus seinem Geist zurück.

Eine Zeit lang saß ich einfach nur da und sammelte meine Kraft und meine Gedanken. Kopfschmerz hämmerte in meinem Schädel und verlangte nach meiner Aufmerksamkeit. Ich schob ihn beiseite. Dann atmete ich abermals tief durch und griff erneut hinaus.

Dick zu finden war leicht. Musik strömte aus seinem Geist, eine Musik, die ganz seine eigene war, denn es war Musik ohne Ton. Als ich sie ungehindert in meinen Geist fließen ließ, wurde sie sogar noch seltsamer; sie war nicht in Noten komponiert. Für einen Augenblick war ich darin gefangen. Auf einer gewissen Ebene waren die »Noten« dieses Liedes ganz gewöhnliche Alltagsgeräusche. Hufgeklapper, das Klirren von Geschirr, das Geräusch des Windes, der durch den Kamin pfiff, das Klimpern einer Münze auf den Pflastersteinen. Es war eine Musik aus den Geräuschen des Lebens. Dann glitt ich tiefer in sie hinein, und ich entdeckte keine Musik auf dieser neuen Ebene, sondern ein Muster. Die Geräusche waren durch unterschiedliche Tonhöhen voneinander getrennt, doch diese Trennung folgte ebenso sehr einem Muster wie ihre Wiederholung. Es war, als würde ich mich einem Wandteppich nähern. Zuerst sieht man das Bild als Ganzes, doch bei näherem Hinschauen entdeckt man das Material, aus dem das Bild gewoben ist. Geht man noch tiefer, sieht man die einzelnen Stiche, die verschiedenen Farben und Texturen der Fäden.

Nur mit Mühe konnte ich mich von Dicks Lied wieder lösen. Ich fragte mich, wie ein solch schlichter Geist eine derart komplexe Musik erschaffen konnte. Im nächsten Augenblick verstand ich es. Dieses Gewebe aus Musik war der Rahmen seiner Gedanken und seiner Welt. Das war, worauf er seine Aufmerksamkeit richtete; sorgfältig ordnete er jedes Geräusch in sein gewaltiges Klangbild ein. Da verwunderte es nicht, dass er kaum einen Gedanken für die unbedeutenden Sorgen der Welt übrig hatte, die Chade und ich wahrnahmen. Wie viele Gedanken verwendete ich auf das Geräusch tropfenden Wassers oder einer Klinge auf einem Schleifstein?

Ich kam wieder zu mir. Noch immer saß ich auf Veritas' Stuhl. Ich hatte das Gefühl, als wäre mein Geist ein Schwamm, der sich mit Musik vollgesogen hatte. Ich musste Dicks Lied erst verklingen lassen, bevor ich mich meiner eigenen Gedanken und Absichten wieder erinnern konnte. Ich ordnete meinen Geist und griff erneut hinaus.

Diesmal stellte ich sicher, dass ich nur den Rand seiner Musik streifte. Dort zögerte ich und dachte darüber nach, wie ich ihm meine Anwesenheit bewusst machen konnte, ohne ihn zu erschrecken. So sanft ich konnte, stellte ich den Kontakt her. *Dick?*

Ich fühlte die Wucht seiner Furcht und seiner Wut wie einen Faustschlag in die Magengrube. Es war, als hätte ich eine schlafende Katze angestupst. Er floh, doch nicht ohne vorher nach mir gekrallt zu haben. Zitternd öffnete ich die Augen und blickte vom Turm aus auf die wogenden Wellen. Es fiel mir schwer, wieder in meinen Körper zurückzufinden und mich davon zu überzeugen, wirklich hierherzugehören. Übelkeit erfüllte mich. Nun, der erste Versuch war ja nicht gerade erfolgreich, dachte ich säuerlich. Eine Zeit lang saß ich entmutigt da. Pflichtgetreu kam nicht, und Dick wollte überhaupt keine Form der Ausbildung von mir akzeptieren.

Zu dieser doppelten Niederlage fügte ich den Gedanken hinzu, dass ich schon seit einiger Zeit nichts mehr von Harm gehört hatte. Genauer gesagt hatte ich ihn nicht mehr gesehen, seit ich ihn gebeten hatte, mit seinem Meister Frieden zu schließen. Offensichtlich besaß ich ein Talent, jene, die mir am meisten bedeuteten, zu desillusionieren und Unzufriedenheit unter ihnen zu säen. Dann riss ich mich erneut zusammen.

Noch ein Versuch, nahm ich mir vor. Dann würde ich wieder in meine armselige Kammer zurückkehren und Fürst Leuenfarb verkünden, dass sein unwürdiger Diener sich den heutigen Tag freinehmen würde. Ich wollte nach Burgstadt hinuntergehen und dort irgendwie Kontakt zu Harm aufnehmen. Darüber dachte ich nach, als ich mich wieder zurechtsetzte. Ich holte die rote Flöte aus der Tasche und betrachtete sie. Der Narr hatte sich selbst übertroffen. Sie war weit kunstvoller als jede Flöte, die ich bisher gesehen hatte. Sie war mit winzigen Vogelbildern verziert. Ich setzte sie an die Lippen und versuchte, ein paar Töne darauf zu spielen. In meiner Jugend hatte Philia versucht, mir mehrere Instrumente beizubringen. Ich hatte mit keinem von ihnen sonderlich Erfolg gehabt. Einfache Kinderlieder konnte ich aber dennoch spielen, auch auf der Flöte. Nun spielte ich mehrmals solch ein Kinderlied, allerdings klang es bei mir sehr rau. Dann lehnte ich mich zurück, die Flöte noch immer an meinen Lippen. Während ich spielte, griff ich zu Dick hinaus und versuchte, mehr über die Töne als über die Gedanken Kontakt zu ihm aufzunehmen. Mein Lied drang in seine Musik ein, und wir spielten misstönend nebeneinander her. Dann klang sein Lied aus, und er richtete seine Aufmerksamkeit auf meines.

Was ist das?

Der Gedanke war nicht für mich bestimmt: Dick griff schlicht hinaus, um zu sehen, woher die Töne kamen. Ich bemühte mich, den Gedanken, den ich ihm schickte, so feinfühlig wie möglich zu machen. Ich hörte nicht auf zu spielen, als ich ihm sagte: *Das ist eine rote Flöte. An einem grünen Band. Sie gehört dir, wenn du herkommst und sie dir holst.*

Einen langen Augenblick dachte er zurückgezogen nach.

Wo?

Ich überlegte kurz. Am Fuß der Treppe zum Gabenturm stand wie immer eine Wache. Ich konnte Dick unmöglich sagen, er solle auf diesem Weg zu mir kommen. Die Wache würde ihn wieder zurückschicken. Chade vertraute ihm allerdings so weit, dass er ihm zumindest einen Teil des Labyrinths erklärt hatte. Ich wusste, dass ich eigentlich Chade hätte konsultieren müssen, bevor ich Dick mehr davon enthüllte, doch die Gelegenheit war einfach zu gut, als dass ich sie mir hätte entgehen lassen dürfen. Ich wollte ausprobieren, ob ich Dick über unsere Gedankenverbindung durch die Geheimgänge lotsen konnte. Nicht nur, dass ich so die Grenzen unserer Gabenverbindung ausloten konnte, ich würde auch einen Einblick darin erhalten, zu was er fähig war.

Komm über diesen Weg zu mir.

Ich zeigte ihm ein geistiges Bild von Chades Turmzimmer. Dann enthüllte ich ihm Schritt für Schritt die Gänge zum Gabenturm. Ich übereilte nichts, aber ich trödelte auch nicht herum. Schließlich endete ich mit: *Falls du dich verirren solltest, greif zu mir hinaus. Ich werde dir dann helfen.*

Damit trennte ich vorsichtig die Verbindung zwischen uns. Ich lehnte mich wieder auf meinem Stuhl zurück und betrachtete die Flöte in meiner Hand. Ich hoffte, das Instrument würde als Köder ausreichen. Ich legte es auf den Tisch, und daneben stellte ich die Figur einer Frau. Es war die Figur, die der Prinz an dem Strand gefunden hatte, wo der Gabenpfeiler uns hingeführt hatte. Ohne wirklich zu wissen, warum, hatte ich sie aus Chades Turm mit heruntergebracht, um sie dem Prinzen zurückzugeben. Plötzlich ging ein Ruck durch mein Herz, und ich dachte an die Federn zurück, die ich an demselben Strand gefunden hatte. Ich hatte dem Narren nie von dieser Entdeckung erzählt. Irgendwie hatte ich nie den richtigen Augenblick dafür gefunden. Nun fragte ich mich, ob sich die Gelegenheit wohl je ergeben würde. Ich schob den Gedanken beiseite. Ich musste mich auf das konzentrieren, was ich gerade tat.

Ich wischte mir den Schweiß von der Stirn. Als ich aufstand, zitterte ich ein wenig. Heute Morgen hatte ich die Gabe so intensiv genutzt wie schon seit langer Zeit nicht mehr. Dementsprechend waren auch die Kopfschmerzen stärker, viel zu stark für meinen Schädel. Hätte ich einen Kessel, Wasser und Elfenrinde gehabt, ich hätte sie vermutlich benutzt. So jedoch musste ich mich damit begnügen, mir einen Branntwein einzuschenken und mich aus dem Fenster in die frische Luft zu lehnen.

Als ich Schritte auf der Turmtreppe hörte, dachte ich zunächst, es sei eine Wache. Ich nahm die Flasche und mein Glas, zog mich in eine düstere Ecke des Raums zurück und rührte mich nicht mehr. Ich hörte, wie langsam der Schlüssel im Schloss gedreht wurde, und sah, wie die Tür aufschwang. Dann betrat Pflichtgetreu den Raum. Nachdem er die Tür wieder hinter sich geschlossen hatte, schaute er sich in dem scheinbar leeren Raum um. Seine Verärgerung war ihm deutlich anzusehen. Er ging zum Tisch und ließ seinen Blick abermals durch den Raum schweifen. Langsam kam mir eine Erkenntnis. Der Prinz mochte ja über die Alte Macht verfügen, aber er war darin bei Weitem nicht so stark wie ich. Obwohl er sich in einem Raum mit mir befand, war er sich meiner Gegenwart nicht bewusst. Das brachte mich auf einen neuen Gedanken: Genau wie im Falle der Gabe, so war die Alte Macht bei verschiedenen Menschen unterschiedlich stark ausgeprägt. Ich beschloss, später eingehender darüber nachzudenken.

»Hier.« Als ich sprach, zuckte Pflichtgetreu unwillkürlich zusammen, und er sah mich erst, als ich mit Flasche und Glas in der Hand aus den Schatten trat. Mürrisch beobachtete er mich dabei, wie ich zum Tisch ging und dort Glas und Flasche abstellte. »Guten Morgen, mein Prinz.«

Er sprach mit fester Stimme und unverhohlener Verachtung. »Tom Dachsenbless, du bist entlassen. Ich wünsche nicht länger, dass du mir irgendetwas beibringst. Ich werde mit meiner Mutter sprechen, damit sie dich gänzlich aus Bocksburg entfernt.«

Ich blieb ruhig. »Wie Ihr wünscht, mein Prinz. Ohne Zweifel wäre das auch für mich das Einfachste.«

»Hier geht es nicht darum, was ›das Einfachste‹ ist. Hier geht es um Verrat und Betrug. Du hast die Gabe gegen mich eingesetzt, deinen rechtmäßigen Prinzen. Ich könnte deine Verbannung verlangen, ja sogar deine Hinrichtung.«

»Das könntet Ihr, mein Prinz ... *oder* Ihr könntet mich nach einer Erklärung fragen.«

»Keine Erklärung vermag zu entschuldigen, was du getan hast.«

»Ich habe nicht gesagt, dass ich dich um Entschuldigung bitten will. Ich habe gesagt, dass du mich nach einer Erklärung fragen könntest.«

An diesem Punkt geriet unser Gespräch ins Stocken. Ich weigerte mich, den Blick zu senken, und war fest entschlossen, ihn mich nach einer Erklärung fragen zu lassen, höflich. Bis dahin würde er nichts von mir zu hören bekommen. Er wiederum schien ebenso entschlossen zu sein, mich mit seinem prinzlichen Blick in die Knie zu zwingen, bis ich mich dazu durchrang, ihn um Verzeihung zu bitten.

Die Spannung, die sich zwischen uns aufbaute, war zu meinem Vorteil.

»Eine Erklärung ist schon lange überfällig.«

»Vielleicht ist sie das«, räumte ich ein und wartete wieder.

»Erkläre dich, Tom Dachsenbless.«

Ein »bitte« wäre zwar nett gewesen, aber ich erkannte, dass er so weit gegangen war, wie er konnte. Der Stolz eines Jungen ist äußerst empfindlich.

Ich schenkte mir nach. Dann hielt ich Pflichtgetreu fragend die Flasche entgegen, doch er schüttelte den Kopf. Mit jemandem wie mir wollte er nicht trinken. Ich seufzte. »Erinnerst du dich noch daran, was am Strand geschehen ist? Dort, wo uns der Stein auf unserer Flucht hingeführt hatte?«

Sein Gesicht verdüsterte sich ein wenig, und er blickte misstrauisch drein. »Ich …« Er stand kurz davor zu lügen, doch dann sagte er: »Ich erinnere mich an Teile davon. Die Erinnerung ist verblasst, wie ein Traum. Nur manchmal kehren Bruchstücke davon klar und deutlich zu mir zurück. Ich weiß, dass du die Gabe eingesetzt hast, um uns dorthin zu bringen. Irgendwie hat mich das geschwächt und verwirrt. Ich kann mir gut vorstellen, dass du mich in diesem Augenblick mit deinem Zauber belegt hast.«

Ich stöhnte innerlich. Das würde noch weit schwieriger werden, als ich befürchtet hatte. »Du hast mich am Feuer angegriffen, weißt du das noch? Du hast mich in der festen Absicht angegriffen, mich zu töten.«

Kurz wandte er den Blick von mir ab, dann nickte er, als überrasche es ihn, dass er sich an so etwas erinnern konnte. »Aber damals war ich nicht mehr vollständig Herr meines Willens. Das weißt du! Peladine hat versucht, die Kontrolle über meinen Leib zu erlangen, und ich habe dich damals nicht gekannt. Ich habe dich für meinen Feind gehalten!«

»Und ich habe auch dich nicht gekannt – jedenfalls nicht so, wie ich dich jetzt kenne. Aber schon damals waren wir über die Gabe miteinander verbunden, denn ich musste deiner Seele bereits einmal zuvor folgen und sie wieder in deinen Leib zurückholen.« Ich zögerte, dann beschloss ich, nicht von dem anderen Wesen zu sprechen, das ich getroffen hatte, der großen Wesenheit, die uns beiden bei der Rückkehr geholfen hatte. Daran konnte auch ich mich nur verschwommen erinnern. Es war besser, nichts zur Sprache zu bringen, was ich selbst nicht erklären konnte. Ich atmete tief durch. »Ich wusste, dass Peladine in dir war und dass sie sich von nichts und niemandem davon abhalten lassen würde, mich zu töten, auch nicht von der Gefahr, dass du dabei zu Schaden kommen könntest. Das hat mir Angst gemacht. Dann habe ich dir in meiner Wut und aus Furcht um mein Leben befohlen: ›Pflichtgetreu, hör auf, gegen mich zu kämpfen.‹ Das war ein Gabenbefehl, ein Befehl, der sich weit stärker in deinen Geist eingebrannt hat, als ich beabsichtigt hatte. Ich habe nie vorgehabt, so etwas zu tun, Pflichtgetreu. Es war ein Unfall, einer, den ich bedauert und versucht habe wiedergutzumachen. Ich dachte, ich hätte es geschafft.« Ich spürte, wie unfreiwillig ein Lächeln um meine Lippen zuckte. »Ich dachte, ich hätte den Befehl von dir genommen, und zwar bis zu dem Augenblick, als ich versucht habe, dich von dieser dummen Erklärung in der Halle abzubringen. Erst da habe ich erkannt, dass noch ein schwacher Schatten des Befehls übrig geblieben war, und das auch erst, als du ihn gebrochen hast.«

»Ja. Ich habe ihn gebrochen.« Pflichtgetreu klang zufrieden mit sich. Dann funkelte er mich wieder an. »Aber nun, da ich weiß, dass es diesen Befehl gegeben hat, da ich weiß, dass du so etwas mit mir machen kannst, wie kann ich dir da je wieder vertrauen?«

Ich dachte noch immer über eine Antwort darauf nach, als Dick die Tür im Kamin öffnete. Der Durchgang war für den stämmigen Kerl noch weitaus enger als für mich, und er war voller Spinnweben und Staub. Einen Moment lang blickte er blinzelnd mit seinen verschlafenen Augen zu dem erschrockenen Prinzen und mir. Er hatte den Unterkiefer vorgereckt und nachdenklich die Zunge herausgeschoben. Dann sprach er. »Ich komme wegen meiner Flöte.«

»Die sollst du auch haben«, sagte ich. Ich nahm sie vom Tisch und hielt sie ihm an ihrem grünen Band entgegen. In sanftem Ton fügte ich hinzu: »Das war ein guter Gebrauch der Gabe, Dick. Du bist meinen Richtungsangaben gefolgt, und jetzt bist du hier.«

Misstrauisch schlurfte er vorwärts. Ich bezweifelte, dass er Prinz Pflichtgetreu außerhalb der üblichen, königlichen Umgebung erkannte. So blickte er auch ihn mürrisch an, als er sagte: »Du hast mich einen langen Weg gehen lassen.« Dann schnappte er sich die Flöte, bevor ich sie ihm geben konnte. Er hielt sie dicht unter seine kleinen Knopfaugen und runzelte dann die Stirn. »Das ist nicht meine Flöte!«

»Jetzt ist sie es«, erklärte ich ihm. »Es ist eine neue, extra für dich gemacht. Hast du die Vögel darauf gesehen?«

Er drehte die kleine Flöte in der Hand und gab widerwillig zu: »Ich mag Vögel.« Dann wandte er sich zum Gehen, die Flöte eng an die Brust gedrückt.

Der Prinz starrte ihn mit einer Bestürzung an, die schon an Abscheu grenzte. Ich wusste, was man in den Bergen mit Kindern machte, die drohten, so wie Dick zu werden. Dort hätte man ihn einem schnellen und vielleicht gnadenvollen Tod überantwortet, so wie Burrich früher missgebildete Welpen ertränkt hatte. Würde die Tatsache, dass man solche Menschen in den Bergen verstieß, verhindern, dass Pflichtgetreu Dick akzeptierte? Ich versuchte, nicht zu hoffen, dass der Prinz ihn als Mitglied seiner Kordiale ablehnte. Ich wollte Dicks Aufbruch verzögern. »Willst du es nicht wenigstens einmal probieren, Dick?«

»Nein.« Dick schlurfte in Richtung Tür.

»Versuch diese Melodie, die du schaffst, mal an dir selbst. Die, die so geht: La-da-da-da-de …« Im selben Augenblick, da ich versuchte, die Melodie nachzuahmen, die ich inzwischen auswendig kannte, wirbelte Dick zu mir herum. Wut funkelte in seinen kleinen Augen.

»Mir!«, brüllte er. »Mein Lied! Lied meiner Mama!« Mordlust glühte in seinen Augen, als er auf mich zukam. Er hob die Flöte wie ein Messer, das er mir ins Herz rammen wollte.

»Es tut mir leid, Dick. Ich habe nicht gewusst, dass es nur für dich ist.« Aber ich *hätte* es wissen müssen, wurde mir plötzlich klar. Ich wich vor ihm zurück. Sein Leib war dick und die Gliedmaßen kurz und linkisch. Ich wusste, dass ich ihm körperlich weit genug überlegen war, um ihn niederzuringen, aber ich wusste auch, dass ich ihn dann verletzen müsste, denn nur so würde ich ihn aufhalten können. Doch das wollte ich nicht. Ich brauchte seinen guten Willen. Rasch sprang ich hinter den Tisch.

»Mein Lied!«, wiederholte Dick. »Stinkepupshunddieb!«

Unfreiwillig brach der Prinz in Lachen aus. Ich glaube, er war entsetzt und fasziniert zugleich davon, wie der Schwachkopf mich wegen eines Liedes angriff. Dann legte er plötzlich die Stirn in Falten. Noch während ich um den Tisch kreiste, um ihn zwischen mir und Dick zu halten, und überlegte, wie ich den Schwachkopf wieder beruhigen könnte, rief der Prinz: »Ich kenne dieses Lied!« Er summte ein kurzes Stück davon, und Dicks Gesicht verfinsterte sich noch mehr. »Das ist das Erste, was ich jedes Mal höre, wenn ich die Gabe einsetze. Das kommt von dir?« Er klang ungläubig.

»Mein Lied!«, erklärte Dick erneut. »Lied meiner Mama! Du kannst es nicht hören. Nur ich!« Er drehte sich und stürmte plötzlich auf den Prinzen los. Im Laufen schnappte er sich die Branntweinflasche und hob sie wie eine Keule, ohne auf die Flüssigkeit zu achten, die ihm den Arm hinunterrann. Der Prinz riss die Augen weit auf, doch er war dummerweise viel zu stolz, als dass er sich vor Dicks wildem Angriff zurückgezogen hätte. Stattdessen nahm er die Kampfhaltung ein, die ich ihm beigebracht hatte. Seine Hand fuhr zum Messer an seinem Gürtel. Als Reaktion darauf fühlte ich Dicks betäubendes *Du siehst mich nicht, du siehst mich nicht, du siehst mich nicht,* während er immer weiter gegen den Prinzen vorrückte. Ich sah, wie Pflichtgetreu gegen die Gabe des kleinen Mannes ankämpfte, und fühlte, wie er einen Schlag vorbereitete, um durch den geistigen Befehl hindurchzustoßen.

»Nein!«, brüllte ich entsetzt. »Verletzt einander nicht!«

Mein Befehl war wie eine Klinge, deren Schneide von der Gabe schimmerte. Ich sah, wie beide zusammenzuckten, sah, wie beide zu mir herumwirbelten, die Arme erhoben, als könnten sie so die Magie abwehren. Fast konnte ich sogar sehen, wie sie von ihnen abprallte, doch kurz machte es sie benommen. Durch die Folgen meines Befehls, den sie instinktiv gegen mich zurückschleuderten, drehte sich auch mein Kopf, doch ich erholte mich schneller als sie. Der Prinz taumelte einen Schritt zurück, während Dick die fleischigen Hände vor die Augen hob. Was ich getan hatte, entsetzte mich, doch als sie einen Moment lang vollkommen still und unterwürfig dastanden, fügte ich hinzu: »Das reicht. Ihr dürft einander nie auf diese Art angreifen ... nicht wenn ihr zusammenarbeiten wollt, um die Gabe zu meistern.« Es erfüllte mich mit Stolz, dass meine Stimme nicht zitterte.

Pflichtgetreu schüttelte den Kopf und sagte dann in benommenem Tonfall: »Du hast es wieder getan! Du hast es *gewagt,* die Gabe gegen mich zu gebrauchen!«

»Das habe ich«, gab ich zu und verlangte dann zu wissen: »Was hätte ich denn sonst tun sollen? Hätte ich zusehen sollen, wie ihr euch gegenseitig den Verstand aus den Köpfen prügelt? Hast du je Vetter August kennengelernt, Pflichtgetreu? Diesen sabbernden alten Mann? Was ihm widerfahren ist, war ein Unfall, doch es hat schon viele Gabennutzer gegeben, die sich in solchen Kämpfen verstümmelt haben, wie ihr ihn gerade austragen wolltet. Ja, es ist sogar zu Todesfällen gekommen – zu Todesfällen, die jene, die sie verursacht haben, fast ebenso sehr geschädigt haben wie jene, die gestorben sind.«

Pflichtgetreu lehnte sich gegen den Tisch. Dick nahm langsam wieder die Hände von den Augen. Er hatte sich auf die Zunge gebissen; sie blutete. Pflichtgetreu sprach zu uns beiden. »Ich bin euer Prinz. Ihr seid durch Eide an mich gebunden. Wie könnt ihr es wagen, mich anzugreifen?«

Ich atmete tief durch und trat widerwillig die Aufgabe an, die Chade mir übertragen hatte. »Aber nicht hier«, entgegnete ich ruhig. »Es ist wahr, dass ich durch einen Eid an die Weitseher gebunden bin. Ich diene ihnen, so gut ich kann, und um ihnen nach bestem Wissen und Gewissen dienen zu können, muss ich dir eines klarmachen, Pflichtgetreu: In diesem Raum bist du nicht mein Prinz, sondern mein Schüler, und genau wie dein Schwertmeister dir mit dem Übungsschwert blaue Flecken zufügt, um dir etwas beizubringen, so werde auch ich falls nötig Gewalt anwenden.« Ich blickte zu Dick, der uns beide säuerlich anblickte. »In diesem Raum ist Dick kein Diener. Hier ist er mein Schüler.« Ich schaute von einem zum anderen und legte ihnen das Geschirr an, das sie sich teilen mussten. »Hier seid ihr gleich. Beide seid ihr Schüler. Als solche werde ich euch respektieren, und ich verlange von euch, dass ihr diese Art von Respekt auch füreinander aufbringt. Aber um keine Missverständnisse aufkommen zu lassen: In diesem Raum habe ich während der Unterrichtsstunden die absolute Autorität.« Ich blickte erneut von einem zum anderen. »Habt ihr beide das verstanden?«

Der Prinz blickte stur drein, und Dick fragte misstrauisch: »Kein Diener?«

»Nicht, wenn du dich entschließt, als Schüler hier zu sein und zu lernen, was ich dir beibringe, damit du dem Prinzen helfen kannst.«

Er verzog das Gesicht, während er das langsam überdachte. »Dem Prinzen helfen. Für ihn arbeiten. Diener. Mehr Arbeit für Dick.« Seine kleinen Augen funkelten wütend, als er glaubte, meine böse Absicht durchschaut zu haben.

Wieder schüttelte ich den Kopf. »Nein. Dem Prinzen helfen. Als seine Kordiale. Als sein Freund.«

»Oh, bitte«, stöhnte der Prinz verächtlich.

»Kein Diener.« Das gefiel Dick offensichtlich, und erneut gewann ich einen Einblick in seine Art zu denken. Ursprünglich hatte ich ihn für zu dumm gehalten, um seine Position in der Welt zu erkennen, doch offenbar zog er es vor, kein Diener zu sein.

»Ja. Aber nur, wenn du mein Schüler wirst. Wenn du nicht jeden Tag hierherkommst, um zu lernen, dann bist du kein Schüler. Dann ist Dick wieder ein Diener, der Holz und Wasser holt.«

Er stellte die leere Flasche auf den Tisch. Rasch legte er sich das Band mit der kleinen Flöte um den Hals. »Ich behalte die Flöte«, erklärte er, als wäre das ein wichtiger Bestandteil unseres Handels.

»Egal ob Diener oder Schüler, die Flöte gehört Dick«, sagte ich zu ihm. Das schien ihm das Verständnis der Situation erneut etwas zu erschweren. Er schob die fette, kleine Zunge wieder aus dem Mund heraus, während er darüber nachdachte.

»Das meinst du doch nicht ernst«, sagte der Prinz mit ungläubigem Unterton. »*Der* soll Mitglied meiner Kordiale werden?«

Ich konnte den Prinzen zwar verstehen, zugleich war ich aber ein wenig über seine Verachtung für Dick verärgert. In nüchternem Tonfall sagte ich: »Er ist der beste Kandidat, den Chade und ich bis jetzt entdeckt haben. Es sei denn natürlich, du hast noch andere mit seinem Naturtalent für die Gabe entdeckt?«

Pflichtgetreu schwieg; dann schüttelte er widerwillig den Kopf.

Irgendwie amüsierte es mich, dass er sich mehr darüber aufregte, dass Dick sein Mitschüler sein sollte, als darüber, dass ich ihn während des Unterrichts nicht als meinen Prinzen behandeln wollte. Ich beschloss, seine kurzfristige Ablenkung auszunutzen. »Gut. Dann wäre das also erledigt. Ich nehme an, für einen Morgen haben wir alle genug gelernt. Ich erwarte euch beide morgen früh zur gleichen Zeit. Jetzt seid ihr erst einmal entlassen.«

Dick war froh, endlich gehen zu können. Er hielt noch immer seine Flöte fest umklammert, als er zur Kamintür huschte. Nachdem er sie hinter sich geschlossen hatte, fragte der Prinz mit leiser Stimme: »Warum tust du mir das an?«

»Weil ich mich den Weitsehern verschworen habe. Ich habe geschworen, ihnen so gut ich kann zu dienen. Und du, Pflichtgetreu, bist jetzt entlassen.«

Ich hoffte, er würde sich zur Tür umdrehen, doch das tat er nicht – nicht bis ein lautes Klopfen dort ertönte. Beide zuckten wir unwillkürlich zusammen. Ich blickte zum Prinzen, der laut fragte: »Was ist?«

Die Stimme eines jungen Pagen drang durch das dicke Holz zu uns durch. »Ich habe eine Nachricht von Ratgeber Chade für Euch, Prinz Pflichtgetreu, Herr. Er hat mir aufgetragen, Euch um Verzeihung zu bitten, aber es sei sehr dringend.«

»Einen Augenblick.«

Ich verschwand in einer dunklen Ecke, als der Prinz zur Tür ging, den Riegel beiseiteschob, sie einen Spaltbreit öffnete und eine kleine versiegelte Schriftrolle entgegennahm. Während ich ihn dabei beobachtete, dachte ich säuerlich: Was auch immer Gabenmeister Galen gewesen sein mochte, in einigen Belangen hatte er recht gehabt. Keiner seiner Schüler hätte es je gewagt, einen anderen anzugreifen, ganz zu schweigen davon, dass er Galens Autorität infrage gestellt hätte. Galen hatte all seine Schüler sofort und mit aller Härte auf eine Stufe gestellt – nur ich war die Ausnahme von dieser Regel gewesen; alle hatten sie gewusst, dass er mich als weit unter ihnen stehend betrachtete. Sosehr mich das auch anwiderte, ich musste mir zumindest einen Teil seiner Verhaltensweisen aneignen, auch wenn ich seine härteren Techniken natürlich ablehnte. Disziplin ist nicht das Gleiche wie Strafe, dachte ich und erkannte diesen Gedanken als etwas, das Burrich mir immer gesagt hatte.

Der Prinz hatte die Tür wieder geschlossen und kratzte nun das Siegelwachs von der Schriftrolle. Dann runzelte er die Stirn, als er feststellte, dass sich in der ersten eine zweite, versiegelte Schriftrolle verbarg. »Ich glaube, die ist für dich«, sagte er nervös. In einer Schrift, die ich nie als Chades erkannt hätte, war das Wort »Lehrer« auf die Außenseite der zweiten Schriftrolle geschrieben. Als ich mein eigenes Symbol, den vorstürmenden Weitseher-Hirsch, auf dem Siegel erkannte, nahm ich Pflichtgetreu das Schriftstück aus der Hand.

»Das stimmt wohl«, pflichtete ich ihm bei. Ich wandte mich von ihm ab, brach das Siegel und las den einzigen Satz. Dann warf ich die Nachricht ins Feuer.

»Was stand da drin?«, verlangte der Prinz zu wissen.

»Ich werde gerufen«, antwortete ich knapp. »Ich muss jetzt gehen, aber ich erwarte, dich morgen wieder hier zu sehen – lernwillig. Guten Tag, mein Prinz.«

Sein verblüfftes Schweigen folgte mir, als ich mich durch die schmale Tür im Kamin quetschte. Einmal in den engen Gängen, lief ich so schnell ich konnte. In Gedanken verfluchte ich die niedrige Decke, die Ecken, um die ich mich herumzwängen musste, und das Labyrinth, das mich mal hierhin, mal dorthin führte, wo ich doch auf direktem Weg zu meinem Ziel gehen wollte.

Als ich das Guckloch vor dem privaten Empfangsraum der Königin erreichte, war mein Mund wie ausgetrocknet, und ich schnappte nach Luft wie ein Hund. Ich atmete mehrmals tief durch und zwang mich, ruhig dazustehen, bis ich mich wieder ein wenig erholt hatte. Dann warf ich mich auf den kleinen Hocker und drückte mein Auge an das Guckloch. Ich war spät dran. Chade und Königin Kettricken waren bereits da; die Königin saß, und ihr Ratgeber stand an ihrer Seite, beide mit dem Rücken zu mir. Ein schlaksiger Junge von vielleicht zehn Jahren stand vor ihnen. Seine schwarzen Locken klebten verschwitzt an seiner Stirn, und vom Saum seines Mantels tropfte schlammiges Schneewasser auf den Boden. Die flachen Schuhe, die er trug, waren nie für Reisen im Winter bestimmt gewesen. Auch an seiner Hose hingen noch Schneeklumpen. Wo auch immer er hergekommen sein mochte, er musste die ganze Nacht durchmarschiert sein. Seine dunklen Augen waren riesengroß, doch fest erwiderte er den Blick der Königin. »Ich verstehe«, sagte Kettricken leise.

Ihre Antwort schien dem Jungen Mut zu machen. Ich wünschte, ich hätte das gesamte Gespräch mit angehört. »Ja, Herrin«, stimmte er ihr zu. »Nachdem ich also gehört habe, dass Ihr nicht länger tolerieren wollt, was mit den Zwiehaften geschieht, bin ich zu Euch gekommen. Vielleicht kann ich hier in Bocksburg einfach der sein, der ich bin, anstatt ständig dafür geschlagen zu werden. Ich verspreche, dass ich meine Fähigkeiten nie zu etwas Schlechtem einsetzen werde. Ich will den Weitsehern die Treue schwören und alles tun, was Ihr von mir verlangt.« Sein Blick war nicht kühn, aber ehrlich: der offene Blick eines Jungen, der fest davon überzeugt war, dass er den richtigen Weg gewählt hatte. Ich starrte auf Burrichs Sohn und sah Molly in den Wangen und Wimpern des Jungen.

»Und dein Vater hat dem zugestimmt?«, fragte Chade ernst, aber sanft.

Der Junge wandte den Blick ab. Leise antwortete er: »Mein Vater weiß nichts davon, Herr. Als ich erkannt habe, dass ich es nicht länger ertragen konnte, bin ich einfach gegangen.

Niemand wird mich vermissen. Ihr habt unser Heim gesehen. Er hat noch andere Söhne, gute Söhne, die nicht zwiehaft sind.«

»Das heißt nicht, dass er dich nicht vermissen wird, Behände.«

Zum ersten Mal blickte der Junge verärgert drein. »Ich bin nicht Behände. Behände hat die Alte Macht nicht. Ich bin Flink, der andere Zwilling. Seht Ihr? Das ist noch ein Grund, warum mein Vater mich nicht vermissen wird. Er hat schon so jemanden wie mich, nur perfekt.«

Ein entsetztes Schweigen folgte diesen Worten. Ich bin sicher, der Junge missverstand den Grund dafür. Als Kettricken das Wort ergriff, versuchte sie, das zu ändern.

»Ich kannte Burrich vor Jahren. Egal, wie sehr er sich auch verändert haben mag, ich bin sicher, dass er dich vermissen wird, zwiehaft hin oder her.«

Chade fügte hinzu: »Als ich mit Burrich gesprochen habe, schien er alle seine Kinder zu lieben und sehr stolz auf sie zu sein.«

Einen Augenblick lang glaubte ich, der Junge würde nachgeben. Dann atmete er tief durch und sagte in sachlichem Ton: »Nun, ja, aber das war früher.« Chade musste ihn verständnislos angeblickt haben, denn gequält erklärte der Junge: »Das war, bevor der Makel in mir zum Vorschein gekommen ist, bevor er wusste, dass ich die Alte Macht habe.«

Ich sah, wie die Königin und Chade einander anblickten. Nach kurzem Schweigen sagte die Königin: »Nun denn, Flink, Burrichs Sohn, dann sage ich Folgendes zu dir: Ich bin bereit, dich in meinen Dienst zu nehmen. Allerdings halte ich es für das Beste, das nur mit Zustimmung deines Vaters zu tun. Er muss über deinen Verbleib informiert werden. Es ist nicht rechtens, deine Eltern fürchten zu lassen, mit dir habe es ein schlimmes Ende genommen.«

Noch während sie sprach, bemerkten wir alle lauter werdende Stimmen draußen auf dem Gang. Ein leises Klopfen ertönte an der Tür, gefolgt von einem zweiten, deutlich lauteren, bevor jemand reagieren konnte. Kettricken nickte dem kleinen Pagen neben sich zu, der daraufhin zur Tür eilte. Als die Tür geöffnet wurde, stand eine Wache davor, bereit, eine Nachricht zu übermitteln. Hinter dem Mann ragte Burrich auf, dunkel und mit finsterem Gesicht, und trotz all der Jahre, die seit unserem letzten Zusammentreffen vergangen waren, verzagte ich bei seinem Anblick. Seine schwarzen Augen glühten, als er an dem Mann vorbei in den Raum blickte. Bevor der Wachsoldat etwas sagen konnte, meldete sich Burrich hinter ihm: »Chade. Auf ein Wort, bitte.«

Es war Königin Kettricken, die ihm antwortete: »Burrich. Bitte komm herein. Page, du kannst gehen. Schließ die Tür hinter dir. Wachmann Senna, es ist alles in Ordnung. Wir brauchen dich jetzt nicht mehr. Du kannst dich ebenfalls entfernen.«

Wütend stapfte Burrich in den Raum, doch Kettrickens ruhige, höfliche Art hatte ihm schon viel Wind aus den Segeln genommen. Mir fiel auf, dass er eines seiner Knie nicht mehr richtig bewegen konnte.

Dennoch kniete er vor Kettricken nieder. »Oh Burrich«, sagte sie. »Das ist wohl kaum nötig. Steh auf.«

Es kostete ihn Mühe, sich wieder aufzurappeln. Als er meiner Königin daraufhin in die Augen blickte, sah ich etwas, das mich tief traf: Ein blasser, milchiger Schleier hatte sich über seine dunklen Augen gelegt. »Meine Königin. Fürst Chade«, grüßte er formell. Dann, als hätte er den beiden nichts mehr zu sagen, drehte er sich zu Flink um und befahl: »Junge. Mach, dass du nach Hause kommst. Jetzt.« Als der Junge es wagte, auf der Suche nach Bestätigung zur Königin zu blicken, knurrte Burrich: »Ich habe gesagt: Mach, dass du nach Hause kommst! Hast du vergessen, wer dein Vater ist?«

»Nein, Herr. Das habe ich nicht. Aber wie … wie hast du mich gefunden?«, verlangte Flink verzweifelt zu wissen.

Burrich schnaubte verächtlich. »Das war leicht genug. Du hast dich beim Schmied in Trura nach dem Weg nach Burgstadt erkundigt. Nun. Ich habe einen langen, kalten Ritt hinter mir, und du hast die Leute hier lange genug belästigt. Ich werde dich jetzt nach Hause bringen.«

In diesem Augenblick bewunderte ich Flink, denn mutig stellte er sich dem Zorn seines Vaters entgegen. »Ich habe meine Königin um Asyl gebeten, und wenn sie es mir gewährt, beabsichtige ich zu bleiben.«

»Du redest Unsinn. Du brauchst kein Asyl. Deine Mutter ist außer sich vor Sorge um dich, und deine Schwester weint seit zwei Nächten ununterbrochen. Du wirst jetzt mit mir nach Hause kommen, weiterleben wie bisher und deine Pflicht erfüllen – und das ohne Murren.«

»Herr«, erwiderte Flink. Das war keine Zustimmung, sondern nur eine Bestätigung, dass er Burrich gehört hatte. Stumm sah er mit seinen dunklen Augen zur Königin. Es war ein seltsamer Anblick: Da stand Burrich, alt und grau, und neben ihm sein Sohn, das jugendliche Spiegelbild seiner eigenen Sturheit.

»Falls ich einen Vorschlag unterbreiten dürfte …«, begann Chade, doch Kettricken unterbrach ihn.

»Flink«, sagte sie, »du bist weit und schnell gereist. Ich weiß, dass du nass, kalt und müde bist. Sag dem Wachmann an der Tür, dass er dich in die Küche bringen und dir etwas zu essen besorgen soll; dann setzt du dich erst einmal vor den Kamin, bis du warm und trocken bist. Ich will mit deinem Vater sprechen.«

Der Junge zögerte, und die Falten auf Burrichs Stirn vertieften sich noch. »Gehorche ihr, Junge!«, blaffte er Flink an. »Das ist deine Königin. Wenn du schon nicht der treue Sohn sein kannst, dann zeige wenigstens, dass du dazu erzogen worden bist, deiner rechtmäßigen Königin zu gehorchen. Verneige dich, und dann geh, wie es dir befohlen worden ist!«

Ich sah die Hoffnung in den Augen des Jungen erlöschen. Steif, aber korrekt verneigte er sich und ging. Doch Flink huschte nicht, er schritt würdevoll hinaus, als ginge er zu seiner eigenen Hinrichtung.

Nachdem die Tür sich hinter ihm geschlossen hatte, wandte Burrich seinen Blick wieder Kettricken zu. »Ich bitte meine Königin um Verzeihung, dass Ihr damit belästigt worden seid. Normalerweise ist er ein guter Junge. Er ist nur ... in einem schwierigen Alter.«

»Er hat uns nicht belästigt. Um die Wahrheit zu sagen, ließe ich mich sogar gerne auf diese Art belästigen, wenn das dich häufiger zu uns führen würde. Willst du dich nicht setzen, Burrich?« Sie deutete auf einen freien Stuhl, einen von mehreren, die in einer Reihe vor ihr standen.

Burrich blieb steif stehen. »Ihr seid sehr großzügig, doch ich habe keine Zeit zu bleiben, meine Königin. Ich habe meiner Frau versprochen, dass ich so rasch wie möglich mit dem Jungen wieder zu ihr zurückkehren würde, und ...«

»Muss ich dir erst befehlen, dich zu setzen, mein sturer alter Freund? Deine gute Frau wird dir verzeihen, wenn du dich einen Augenblick ausruhst, dessen bin ich sicher.«

Er schwieg. Dann ging er gehorsam wie ein Hund zu einem der Stühle und setzte sich.

»Nach all diesen Jahren ist das eine recht seltsame Art für uns alle, wieder zusammenzukommen, und doch bin ich froh, dein Gesicht zu sehen, Burrich. Ja, und es freut mich auch zu sehen, dass dein Sohn den stolzen Geist des Vaters geerbt hat«, sagte Kettricken.

Ein anderer Mann wäre bei diesem mütterlichen Kompliment vermutlich aufgetaut, doch Burrich senkte schlicht den Blick. »Und ich fürchte, er hat auch viele der Fehler seines Vaters geerbt, meine Königin.«

Kettricken verschwendete weder Worte noch Zeit. »Du meinst die Alte Macht.«

Burrich zuckte zusammen, als hätte sie ihn verflucht.

»Flink hat es uns erzählt, Burrich. Ich betrachte das jedoch keineswegs als Schande. Er hat mir gesagt, er sei hierhergekommen, weil ich die Hinrichtung jener mit der Alten Macht verboten habe, und er hat mich gebeten, ihn in meinen Dienst zu nehmen. Um die Wahrheit zu sagen, wäre ich froh, einen solch beherzten Jungen als Pagen bei mir aufzunehmen. Aber ich habe ihm gesagt, dass ich das nur mit Zustimmung seines Vaters machen werde.«

Burrich schüttelte den Kopf. »Die gebe ich Euch nicht, meine Königin. Flink ist viel zu jung, um unter Fremden zu leben. So rasch aufzusteigen könnte ihn verderben. Er muss noch ein paar Jahre an meiner Seite bleiben, bis er gelernt hat, seinen jugendlichen Überschwang zu beherrschen.«

»Und bis du die Alte Macht in ihm abgetötet hast«, ergänzte Chade.

Burrich dachte darüber nach und runzelte die Stirn. »Ich glaube nicht, dass das möglich ist. Viele Jahre lang habe ich versucht, sie bei mir selbst auszulöschen. Sie ist noch immer da. Aber auch wenn ein Mensch nicht davon gereinigt werden kann, so kann man ihm doch beibringen, sich ihr zu verweigern – genauso, wie man anderen Lastern widerstehen kann.«

»Du bist sicher, dass sie ein Laster ist? Etwas, dem man nur mit Verachtung begegnen kann?« Kettricken sprach in sanftem Tonfall. »Hättest du nicht über die Alte Macht verfügt, ich wäre vor all den Jahren von Edels Hand gestorben. Hätte dir nicht die Alte Macht zur Verfügung gestanden, Fitz wäre elendiglich in Edels Kerker ums Leben gekommen.«

Burrich atmete kurz ein. Die Luft schien ihm im Halse stecken zu bleiben, und er atmete noch einmal durch wie ein Mann, der um Beherrschung ringt. Blinzelnd hob er den

Blick, und es zerriss mir das Herz zu sehen, dass seine Wimpern feucht von Tränen waren. »Ihr sprecht seinen Namen aus«, sagte er mit heiserer Stimme, »und doch versteht Ihr nicht, dass er der Grund für meine Standhaftigkeit in dieser Sache ist? Meine Königin, wäre die Alte Macht nicht gewesen, Fitz hätte die Gabe gut beherrschen gelernt. Die Alte Macht hat ihn zum Tod verdammt, und das noch nicht einmal als Mensch … sondern als Tier.« Zitternd sog er die Luft ein. Seine Stimme klang krächzend, doch er hielt sich aufrecht und bewahrte die Fassung. »Ich muss jeden Tag mit meinem Fehler leben. Mein Prinz, Prinz Chivalric, hat mir sein einziges Kind anvertraut und den Auftrag erteilt, es gut zu erziehen. Ich habe das Vertrauen meines Prinzen enttäuscht. Ich habe vor Fitz und auch vor mir selbst versagt. Weil ich schwach war. Weil ich nicht die Willensstärke besessen habe, hart zu dem Jungen zu sein, wenn Härte vonnöten war. Und so ist er dieser üblen Magie verfallen, und er hat sie praktiziert, und sie hat zu seinem Untergang geführt. Er hat den Preis für meine unangebrachte Weichheit bezahlt. Er ist auf schreckliche Art gestorben, allein und als Tier. Meine Königin, ich habe Fitz geliebt: zuerst als Sohn meines Freundes und dann als meinen Freund. Ich habe ihn genauso geliebt, wie ich meinen Sohn jetzt liebe, und ich werde nicht noch einen Jungen an diese niedere Magie verlieren. Niemals!« Erst bei den letzten Worten begann seine tiefe Stimme zu zittern. Immer wieder ballte er die Fäuste und schaute Kettricken und Chade mit seinen getrübten Augen an.

»Burrich. Alter Freund.« Chades Stimme klang belegt. »Vor langer Zeit hast du mir die Nachricht geschickt, Fitz sei tot. Damals habe ich sie bezweifelt. Das tue ich immer noch. Wie kannst du dir seines Todes so sicher sein? Erinnere dich daran, was er uns beiden gesagt hat: Er beabsichtige, nach Süden zu gehen, nach Chalced und noch darüber hinaus. Vielleicht hat er das auch getan, und …«

»Nein. Das hat er nicht.« Burrichs Hände wanderten langsam zu seiner Kehle. Er öffnete seinen Kragen und holte ein kleines, schimmerndes Ding hervor. Mein Herz setzte einen Schlag lang aus, und Tränen traten mir in die Augen. Burrich zeigte das Ding Kettricken und Chade. »Erkennt Ihr das? Das ist die Anstecknadel, die ihm König Listenreich gegeben hat, als er den Jungen für sich beanspruchte.« Er schniefte laut und räusperte sich. »Als ich seinen Leib gefunden habe, war Fitz schon lange tot. Viele Tiere hatten bereits an ihm genagt, aber die hier steckte noch immer in dem Hemd, in dem er gestorben war. Er ist als Tier im Kampf mit anderen Tieren gestorben. Er war der Sohn eines Prinzen, der Sohn des edelsten Mannes, den ich je gekannt habe, und er ist wie ein Hund gestorben.« Unvermittelt schloss er die Hand um die Anstecknadel. Schweigend befestigte er sie wieder an seinem Kragen.

Ich saß in der Dunkelheit hinter der Wand und hatte die Hand vor den Mund geschlagen. Ich versuchte, nicht zu schluchzen und mich so zu verraten. Ich musste mein Geheimnis bewahren. Ich musste tot für Burrich bleiben. Nie hatte ich darüber nachgedacht, was mein Tod für ihn bedeuten könnte, und nur wenige Gedanken hatte ich darauf verschwendet, welche Schuldgefühle die Umstände meines vermeintlichen Todes in ihm wecken könnten. Burrich glaubte noch immer, dass ich der Alten Macht erlegen war, das Leben eines Tieres angenommen und als Tiermensch in den Wäldern gelebt hatte, bis die Entfremdeten mich angegriffen und erschlagen hatten. So weit war das von der Wahrheit nicht entfernt. Einige Zeit *war* ich tatsächlich ein Wolf in Menschengestalt gewesen, aber ich hatte mich selbst davon befreit und mich gezwungen, wieder Mensch zu sein. Als die Entfremdeten mein Heim überfallen und mich angegriffen hatten, war ich geflohen. Burrich hatte die Leiche eines der Entfremdeten gefunden, den ich getötet hatte. Diese Leiche hatte das Hemd mit der Anstecknadel getragen, und so hatte er angenommen, es sei mein toter Körper gewesen. All diese Jahre war es meinen Zwecken dienlich gewesen, ihn glauben zu lassen, dass ich tot war. Ich hatte das für uns alle für das Beste gehalten. Er und Molly hatten sich ineinander verliebt und ein gemeinsames Leben begonnen. Wenn sie herausfinden würden, dass ich noch lebte, könnte das ihrer Verbindung nicht wiedergutzumachenden Schaden zufügen. Alles musste so bleiben, wie es war. Es musste einfach. Wie betäubt starrte ich durch das Guckloch auf den Mann, der sich für meinen Tod verantwortlich fühlte. Er würde diese Schuld weiter tragen müssen. Ich konnte nichts daran ändern.

»Burrich. Ich glaube nicht, dass du irgendwem gegenüber versagt hast«, erwiderte Kettricken sanft. »Und ich betrachte die Alte Macht nicht als Makel bei deinem Sohn. Lass ihn hier bei mir. Bitte.«

Burrich schüttelte langsam den Kopf. »Ihr würdet das nicht sagen, wenn er Euer Sohn wäre. Tag für Tag muss er mit der Gefahr leben, dass andere Menschen von seiner Natur erfahren.«

Ich sah, wie Kettrickens Schultern sich hoben, als sie tief durchatmete, und ich wusste, dass sie kurz davorstand, Burrich zu sagen, dass auch ihr eigener Sohn über die Alte Macht gebot. Chade erkannte die Gefahr ebenfalls, und so kam er ihr elegant zuvor: »Ich verstehe, was du meinst, Burrich. Ich stimme zwar nicht mit dir überein, aber ich verstehe dich.« Er hielt kurz inne und fragte schließlich: »Was wirst du mit dem Jungen tun?«

Burrich starrte ihn zuerst an und stieß dann ein kurzes Lachen aus. »Was? Fürchtest du, dass ich ihm das Fell über die Ohren ziehen könnte? Nein. Ich werde ihn nach Hause bringen, ihn weit weg von Tieren halten und ihn so hart arbeiten lassen, dass er abends nur noch todmüde ins Bett fallen kann. Außerdem wird die Zunge seiner Mutter ihn schlimmer peitschen, als es eine neunschwänzige Katze je könnte. Auch seine Schwester wird ihm die Sorgen nicht so schnell verzeihen, die er uns allen bereitet hat.« Dann blickte er plötzlich düster drein. »Hat der Junge Euch etwa gesagt, er fürchte Prügel von mir? Das wäre nämlich eine Lüge, und das weiß er. Dafür könnte er sich tatsächlich eine Ohrfeige einfangen.«

»Er hat nichts dergleichen gesagt«, erwiderte Kettricken ruhig. »Nur dass er es zu Hause nicht mehr hat aushalten können, wo man ihm die Alte Macht verbietet.«

Burrich schnaubte. »Niemand stirbt davon, dass man ihm die Alte Macht verbietet. Ein Gefühl der Einsamkeit ist die Folge, wenn man sie aufgibt – das weiß ich nur allzu gut –, aber man stirbt nicht davon, dass man ihr aus dem Weg geht. Die Alte Macht zu benutzen, *das* kostet einem das Leben.« Unvermittelt stand Burrich auf. Ich hörte sein krankes Knie knacken, und er zuckte unwillkürlich zusammen. »Meine Königin, bitte verzeiht mir, aber wenn ich noch länger hier sitze, werde ich steif und der Ritt nach Hause eine Tortur.«

»Dann bleib einen Tag hier, Burrich. Geh ins Dampfbad, bis der Schmerz in deinen alten Beinverletzungen nachgelassen hat; zweimal bist du dort verwundet worden, als du das Leben eines Weitsehers verteidigt hast. Iss ordentlich und schlafe heute Nacht in einem weichen Bett. Morgen ist früh genug, um wieder nach Hause zurückzukehren.«

»Das geht nicht, meine Königin.«

»Das geht. Muss ich dir auch noch befehlen, dich auszuruhen?«, fragte die Königin in liebevollem Tonfall.

Burrich erwiderte ihren Blick. »Meine Königin, wollt Ihr mir befehlen, meiner Frau gegenüber mein Wort zu brechen?«

Kettricken verneigte sich ernst. »Guter Mann, deine Ehre ist genauso unerschütterlich wie deine Sturheit. Nein, Burrich, nie würde ich dir befehlen, dein Wort zu brechen. Zu oft ist mein eigenes Leben davon abhängig gewesen. Wenn du also willst, werde ich dich gehen lassen. Aber du sollst wenigstens so lange bleiben, wie ich brauche, ein paar Geschenke für deine Familie einpacken zu lassen, und während ich das tue, kannst du genauso gut etwas essen und dich am Kamin wärmen.«

Burrich schwieg einen Moment lang; dann erwiderte er: »Wie Ihr wünscht, meine Königin.« Erneut ließ er sich unter Schmerzen auf ein Knie nieder.

Als er sich wieder erhob und auf die Erlaubnis wartete, sich entfernen zu dürfen, seufzte Kettricken. »Du darfst gehen, mein Freund.«

Nachdem die Tür sich hinter ihm geschlossen hatte, saßen Kettricken und Chade schweigend da. Sie waren die einzigen Leute im Raum. Dann drehte Chade sich um und schaute in Richtung meines Gucklochs. Leise sagte er: »Du hast ein wenig Zeit, während er isst. Denk nach. Soll ich ihn wieder in diesen Raum zurückrufen? Du könntest hier allein mit ihm sprechen, und dein Herz könnte endlich Ruhe finden.« Er hielt kurz inne. »Es ist deine Entscheidung, mein Junge. Weder Kettricken noch ich werden sie für dich treffen. Aber …« Seine Stimme verklang. Vielleicht wusste er, dass ich seinen Rat in dieser Sache nun wirklich nicht wollte. In sanftem Tonfall fügte er hinzu: »Wenn du willst, dass ich Burrich wieder hierherschicke, sag Fürst Leuenfarb, er soll mir eine Nachricht senden. Falls nicht, dann … mach einfach gar nichts.«

Die Königin stand auf, und Chade eskortierte sie aus dem Raum. An der Tür warf sie kurz einen flehentlichen Blick in Richtung meiner Wand.

Ich weiß nicht, wie lange ich dort in Staub und Zwielicht gesessen habe. Als meine Kerze begann, im eigenen Wachs zu ertrinken, stand ich auf und ging in meine eigene kleine Kammer zurück. Der Gang kam mir lang und trostlos vor.

Unsichtbar wanderte ich durch Staub, Spinnweben und Mäusekot. Wie ein Geist, dachte ich und lächelte steif vor mich hin – genauso, wie ich immer durchs Leben gegangen war.

In meinem Zimmer nahm ich den Mantel vom Haken. Kurz lauschte ich an der Tür und trat dann in den Hauptraum von Fürst Leuenfarbs Gemächern. Er saß allein am Tisch. Das Frühstück hatte er beiseitegeschoben. Er schien gar nichts zu tun.

Ohne ein Wort der Begrüßung sagte ich: »Burrich ist hier. Er ist seinem Sohn Flink gefolgt, Behändes Zwillingsbruder. Flink gehört zu den Zwiehaften und hat die Königin um Asyl gebeten. Burrich hat sich geweigert, ihr den Jungen zu übergeben. Er will ihn wieder mit nach Hause nehmen und ihm beibringen, die Alte Macht *nicht* zu benutzen. Er hält sie immer noch für böse. Er gibt ihr die Schuld an meinem Tod, und sich selbst macht er Vorwürfe, weil er sie nicht aus mir rausgeprügelt hat.«

Nach einem Augenblick drehte Fürst Leuenfarb träge den Kopf, um mich anzusehen. »Ein nettes kleines Gerücht. Dieser Burrich … er war hier früher mal Stallmeister, nicht wahr? Ich glaube nicht, dass ich ihm schon einmal begegnet bin.«

Ich starrte ihn an. Teilnahmslos erwiderte er meinen Blick. »Ich werde heute in die Stadt hinuntergehen«, verkündete ich schlicht.

Fürst Leuenfarb wandte sich wieder von mir ab. »Wie du willst, Tom Dachsenbless. Ich brauche deine Dienste heute nicht. Aber halte dich bereit, um morgen Mittag mit mir auszureiten. Fürstin Sparsam und ihre Nichte haben sich angeboten, mich auf die Falkenjagd mitzunehmen. Du weißt, dass ich mir selbst keine Vögel halten will. Ihre Krallen ruinieren meine Ärmel. Aber vielleicht habe ich morgen ja Gelegenheit, ein paar Federn für meine Sammlung zu ergattern.«

Meine Hand war auf der Türklinke, bevor er seine hasserfüllte Farce beendet hatte. Rasch schloss ich die Tür hinter mir und eilte die Treppe hinunter. Damit forderte ich das Schicksal heraus. Sollte ich Burrich über den Weg laufen, würde er mich erkennen. Sollten die Götter entscheiden, ob er weiter in schuldgeplagter Unwissenheit oder unter dem Eindruck der schmerzvollen Wahrheit umhergehen sollte. Doch ich traf ihn weder in den Gängen des Hauptgebäudes, noch als ich am Speisesaal der Wachen vorüberkam. Dann schnaubte ich ob meiner dummen Vorstellung. Ohne Zweifel hatte man den Gast der Königin in die Haupthalle gebracht, um ihn dort zusammen mit seinem irregeleiteten Sohn zu verköstigen. Ich ließ mir keine Zeit, um noch weitere Versuchungen in Betracht zu ziehen. Ich ging auf den Hof hinaus und marschierte kurz darauf die Straße nach Burgstadt hinunter.

Der Tag war schön, klar und kalt. Die Kälte schlug sich auf meinen Wangen und Ohren nieder, doch mein strammer Schritt hielt den Rest von mir warm. Ein Dutzend verschiedener Möglichkeiten ging mir im Kopf herum, wie es wohl sein mochte, sollte ich Burrich gegenübertreten. Er würde mich umarmen. Er würde mich schlagen und verfluchen. Er würde mich nicht erkennen. Er würde vor Schreck in Ohnmacht fallen ... All das ging mir durch den Kopf, doch in keiner dieser Szenen konnte ich mir vorstellen, wie wir über Molly und Nessel sprechen sollten und was danach kommen würde. Falls Burrich herausfinden sollte, dass ich noch am Leben war, würde er es vor Molly geheim halten können? Würde er das überhaupt wollen? Manchmal war sein Ehrgefühl so übertrieben, dass das, was für andere Menschen undenkbar war, für ihn die einzig richtige Lösung darstellte.

Ich unterbrach meinen Gedankengang und fand mich in der Mitte von Burgstadt wieder. Männer und Frauen machten einen weiten Bogen um mich, und ich erkannte, wie düster ich dreinblickte und dass ich die ganze Zeit vor mich hin gemurmelt haben musste. Ich versuchte, ein freundlicheres Gesicht aufzusetzen, doch aus irgendeinem Grund konnte ich mich nicht mehr daran erinnern, wie das ging. Auch konnte ich mich nicht entscheiden, wo ich sein wollte. Ich lief an der Tischlerei vorbei, wo Harm in die Lehre ging. Dort lungerte ich auf der Straße herum, bis ich einen Blick auf ihn erhaschte. Er hatte Werkzeuge in der Hand. Ich fragte mich, ob das wohl bedeutete, dass man ihm mehr Verantwortung übertragen hatte, oder ob er sie nur für jemanden hatte holen sollen. Nun, zumindest war er, wo er sein sollte. Ich wollte ihn heute nicht belästigen.

Als Nächstes wanderte ich zu Jinnas Laden, fand ihn aber verriegelt vor. Ich warf einen raschen Blick in die Scheune und sah, dass Pony und Wagen weg waren. Irgendjemand musste sie heute fortgerufen haben. Ich war nicht sicher, ob ich nun Erleichterung oder Enttäuschung darüber empfand. Ihre Gesellschaft hätte sicherlich nicht das Gefühl der Einsamkeit in mir zum Erlöschen gebracht, aber wäre sie zu Hause gewesen, ich wäre der Versuchung vermutlich erlegen.

Also traf ich die nächste dumme Entscheidung, die ich treffen konnte, und ging zum Festsitzenden Schwein: eine Taverne für die Zwiehaften und damit auch für den zwiehaften Bastard. Ich trat ein, und als ich in der Tür stand und das helle Licht des Wintertages hinter mir hereinfiel, kam ich zu dem Schluss, dass das Festsitzende Schwein zu jener Art von Gasthöfen gehörte, die bei Lampenlicht deutlich besser aussahen. Bei Tageslicht war nicht nur zu erkennen, wie brüchig die Einrichtung war und dass die Bodenbinsen dringend einer Erneuerung bedurften, sondern auch welch trostlose Gestalten die Taverne an solch einem schönen Nachmittag aufsuchten. Leute wie ich, mutmaßte ich säuerlich. Ein alter Mann und einer mit einem verdrehten Bein und nur einem Arm saßen an einem Tisch nahe dem Kamin beieinander, eine Handvoll Spielknochen zwischen sich. An einem anderen Tisch hockte ein Mann mit zerschlagenem Gesicht über einem Bierkrug und murmelte vor sich hin. Eine Frau blickte auf, als ich den Raum betrat. Fragend hob sie eine Augenbraue, doch ich schüttelte den Kopf. Sie funkelte mich an und starrte dann weiter ins Kaminfeuer. Ein Junge schrubbte Tische und Bänke. Als ich mich setzte, wischte er sich die Hände an seiner Hose ab und kam zu mir.

»Bier«, sagte ich, nicht weil ich es wollte, sondern weil ich hier war und etwas bestellen musste. Der Junge nickte, nahm mein Geld entgegen, brachte mir einen Krug und machte sich wieder an die Arbeit. Ich trank einen Schluck und versuchte, mich daran zu erinnern, warum ich überhaupt nach Burgstadt gegangen war. Ich kam zu dem Schluss, dass ich mich einfach hatte bewegen müssen. Aber jetzt saß ich still. Das war dumm.

Ich saß noch immer still da, als Svanjas Vater den Raum betrat. Ich glaube nicht, dass er mich sofort gesehen hat, als er aus dem hellen Tageslicht in den düsteren Schankraum kam. Als ich ihn erkannte, blickte ich auf den Tisch, als könne ich mich so unsichtbar machen. Es funktionierte nicht. Ich hörte seine schweren Stiefel auf dem nassen Stroh; dann zog er sich einen Stuhl heran und setzte sich mir gegenüber. Ich nickte ihm misstrauisch zu. Er starrte mich mit trüben Augen an. Seine Augen waren blutunterlaufen, doch ob nun vom Weinen, von mangelndem Schlaf oder vom Trinken, das vermochte ich nicht zu sagen. Sein dunkles Haar hatte er sich am Morgen gekämmt, rasiert hatte er sich jedoch nicht. Ich wunderte mich, dass er nicht bei der Arbeit war. Der Junge eilte kurz darauf mit einem Bier für Hirschhorn herbei. Er nahm das Geld des Mannes entgegen und machte sich wieder ans Schrubben. Hirschhorn trank einen Schluck, kratzte sich die Wange und sagte: »Nun.«

»Nun«, stimmte ich ihm zu und trank ebenfalls einen

Schluck. Ich wünschte mir so sehr, irgendwo anders zu sein, dass ich es fast nicht glauben konnte, dass mein Körper noch immer hier war.

»Dein Junge.« Hirschhorn rutschte auf seinem Stuhl herum. »Will er mein Mädchen heiraten oder sie nur ruinieren?« Sein Gesicht blieb ruhig, während er sprach, doch ich sah sowohl Wut als auch Schmerz in seinen Augen. Ich glaube, in diesem Moment wusste ich bereits, dass wir uns prügeln würden. Der Mann musste etwas tun, um sein Selbstbewusstsein zurückzugewinnen, und ich bot ihm die erste Gelegenheit dafür. Der alte Mann und der Krüppel hatten das Interesse an ihrem Spiel verloren und beobachteten uns. Sie wussten genauso gut wie ich, was kommen würde. Sie würden Hirschhorns Zeugen sein.

Es gab keinen Ausweg aus dieser Situation, und dennoch versuchte ich, einen zu finden. Meine Stimme klang ruhig, fest und ernst. Ich versuchte, Hirschhorn zu erreichen, von Vater zu Vater. »Harm sagt, er liebe Svanja. Also hegt er weder die Absicht, sie zu ruinieren, noch sie zu benutzen und dann einfach beiseitezuschieben. Sie sind beide noch sehr jung. Aber ja, es besteht die Gefahr, dass es böse endet, doch nicht nur für deine Tochter, sondern auch für meinen Sohn.«

Dass ich dann eine Pause einlegte, war ein Fehler. Ich glaube, wenn ich weitergesprochen hätte, wäre er sitzen geblieben und hätte meinen Worten zumindest ein wenig Aufmerksamkeit geschenkt. Ich hatte beabsichtigt, ihn zu fragen, was er glaubte, das wir als Eltern tun könnten, um unsere Kinder im Zaum zu halten, bis es für ihre Leidenschaft eine Grundlage in Form von Zukunftsplänen gab. Hätte ich vielleicht nicht so ernsthaft darüber nachgedacht, was wir tun könnten, mir wäre wahrscheinlich aufgefallen, dass er ernsthaft darüber nachdachte, unter welchem Vorwand er eine Schlägerei mit mir anfangen könnte.

Plötzlich sprang er auf. Er hielt den Krug in der Hand, und verzweifelte Wut brannte in seinen Augen. »Dein Sohn vögelt sie! Mein kleines Mädchen, meine Svanja! Und du glaubst, dass sie das nicht verderben würde?«

Ich war noch im Aufstehen begriffen, als der schwere Krug mich im Gesicht traf. Da hatte ich mich wohl ein wenig verrechnet, registrierte ein Teil von mir. Ich hatte gedacht, er würde den Krug schwingen, sodass ich ihm nach hinten hätte ausweichen können. Er warf ihn jedoch gerade nach vorn, und der Abstand zwischen uns war zu gering, als dass ich hätte reagieren können. Mit einem lauten Krachen traf der Krug mich an der linken Wange, und Schmerz breitete sich aus.

Heftiger Schmerz veranlasst manche Männer dazu, sich zurückzuziehen, während andere wie gelähmt sind. Dank Edels Folter neigte ich zu einer anderen Reaktion: Greif an, bevor es noch schlimmer werden kann, bevor dein Angreifer dich überwältigen und nach Lust und Laune quälen kann. Der geworfene Krug hatte noch nicht den Boden berührt, als ich über den Tisch und auf Hirschhorn sprang. Der Schmerz in meinem Gesicht erreichte seinen Höhepunkt just in dem Augenblick, da ich Svanjas Vater die Faust in den Mund stieß. Seine Zähne gruben sich in meine Knöchel, und meine linke Hand traf ihn auf dem Brustbein, knapp oberhalb meines eigentlichen Ziels.

Jinnas Warnung ihn betreffend war richtig gewesen. Hirschhorn ging nicht zu Boden, sondern brüllte vor Wut. Ich hatte ein Knie auf der Tischplatte. Mit dem anderen Bein stieß ich mich ab und zielte mit den Händen auf seinen Hals, während mein Gewicht ihn zu Boden riss. Die Bank hinter seinen Knien half mir, ihn zu Fall zu bringen, aber ich stieß mir auch meine eigenen Schienbeine schmerzhaft daran an, als ich auf ihm landete.

Hirschhorn war stärker, als er aussah, und er kämpfte ohne Zurückhaltung oder Angst um seinen Leib. Sein einziges

Ziel war, mich zu verletzen, während wir über den Boden rollten, und ich hörte das Krachen seiner Knöchel, die auf meinen Schädel trafen. Ich hatte seinen Hals nicht richtig in den Griff bekommen, und die Tische und Bänke im Schankraum standen uns bei unserem Kampf im Weg. Einmal war er über mir, doch da lagen wir unter einem Tisch, und es gelang mir, seinen Kopf nach oben und gegen die Tischplatte zu stoßen. Das machte ihn einen Moment lang benommen, und ich rollte mich von ihm weg. Nachdem ich unter dem Tisch hervorgekommen war, rappelte ich mich auf. Hirschhorn knurrte mich an und zeigte keinerlei Anzeichen, den Kampf beenden zu wollen.

In Kämpfen geschieht vieles zugleich. Ich bereitete mich gerade darauf vor, Hirschhorn zu treten, wenn er unter dem Tisch hervorgekrochen kam, als der Wirt brüllte: »Ich habe die Wache gerufen! Kämpft draußen weiter«, während der alte Mann am Spieltisch krächzte: »Pass auf, Robert! Der tritt zu! Pass auf!« Aber die Stimme, die mich aus meiner Konzentration riss, war die von Harm, der schrie: »Tom! Verletz Svanjas Vater nicht!«

Robert Hirschhorn schien allerdings keine Vorbehalte zu haben, was das Verletzen von Harms Vater betraf. Als er unter dem Tisch hervorrollte, verpasste er mir einen kräftigen Tritt vor den Knöchel, der mich aus dem Gleichgewicht brachte. Ich fiel … allerdings auf ihn drauf. Meine Finger schlossen sich um Hirschhorns Hals, während er mit den Fäusten meine Rippen bearbeitete.

»Stadtwache!«, bellte eine tiefe Stimme warnend. Zwei stämmige Soldaten zogen Hirschhorn und mich in die Höhe. Sie verschwendeten keine Zeit darauf, uns voneinander zu lösen, sondern zerrten uns ohne Umschweife auf die Straße und in den Schnee hinaus. Ein Kreis bildete sich um uns, während ich noch immer versuchte, mich an Roberts Hals festzuklammern. Er wiederum packte mich am Haar, zog meinen

Kopf zurück und krallte nach meinen Augen. »Tretet sie auseinander!«, bellte ein Sergeant, und meine Entschlossenheit kam mir plötzlich dumm vor. Ich ließ los und wand mich aus Roberts Griff. Dabei spürte ich, wie ein Büschel meiner Haare in seinen Fingern hängen blieb. Irgendjemand packte mich am Arm und riss mich in die Höhe. Wer auch immer das war, geschickt hielt er meine Handgelenke fest und bog mir die Arme auf den Rücken. Ich biss die Zähne zusammen und konzentrierte mich einzig darauf, keinen Widerstand zu leisten. Als ich keuchend und unterwürfig dastand, spürte ich, wie der Griff um meine Hände sich ein wenig lockerte.

Robert Hirschhorn dachte nicht so klar. Er wehrte sich, als ein Wachsoldat ihn auf die Beine zog, und das brachte ihm ein paar kräftige Hiebe mit dem Schlagstock ein. Als er sich schließlich nicht mehr rührte, kniete er im Schnee, und Blut lief aus seinem Mund und übers Kinn. Böse funkelte er mich an.

»Die Strafe für Tavernenschlägereien beträgt sechs Silberstücke. Für jeden. Zahlt sofort und geht friedlich eures Weges, oder ihr wandert in den Kerker und müsst das Doppelte bezahlen, um wieder rauszukommen. Wirt? Ist irgendetwas zu Bruch gegangen?«

Ich hörte die Antwort des Mannes nicht, weil Harm mir plötzlich ins Ohr zischte: »Tom Dachsenbless, wie konntest du nur?«

Ich schaute zu meinem Jungen. Beim Anblick meines Gesichts zuckte er unwillkürlich zurück. Das überraschte mich nicht. Selbst in der kalten Winterluft brannten meine Wangen glühend heiß. Ich spürte, wie ich sie ständig blähte. »Er hat angefangen.« Das sollte eine Erklärung sein, aber es klang wie die trotzige Entschuldigung eines Kindes.

Der Soldat, der mich hielt, schüttelte mich. »Du! Pass auf. Der Hauptmann hat gefragt, ob du die sechs Silberstücke hast. Hast du?«

»Ja, habe ich. Lass meine Hand los, damit ich an meine Börse komme.« Mir fiel auf, dass der Wirt keine Schäden gegen uns geltend gemacht hatte. Vielleicht war das der Vorteil, hier Stammgast zu sein.

Der Soldat ließ meine Hände los und warnte mich: »Keine Dummheiten, verstanden?«

»Für einen Tag habe ich schon genug Dummheiten begangen«, murmelte ich und erntete dafür ein missgünstiges Kichern des Soldaten. Meine Hände schwollen langsam an. Es tat weh, die Börse zu öffnen und das Geld für die Stadtwache abzuzählen. Welch fantastische Verwendung für die Großzügigkeit meiner Königin. Meine Wache nahm mir das Geld ab und brachte es dem Sergeanten, der es zählte und wegsteckte.

Robert Hirschhorn, der von dem anderen Soldaten gehalten wurde, schüttelte traurig den Kopf. »Ich habe nicht so viel bei mir«, sagte er in gefühlsduseligem Tonfall.

Einer der Soldaten schnaubte. »So viel, wie du in den letzten Tagen gesoffen hast, ist es schon ein Wunder, dass du überhaupt genug für Bier dabeihattest.«

»In die Zelle mit ihm«, befahl der Sergeant eisern.

»Ich habe es«, meldete sich Harm plötzlich. Ich hatte fast vergessen, dass er da war, bis ich sah, wie er den Sergeanten am Ärmel zupfte.

»Du hast was?«, fragte der Sergeant überrascht.

»Sein Bußgeld. Ich werde das Bußgeld für Hirschhorn bezahlen. Bitte sperrt ihn nicht ein.«

»Ich will dein Geld nicht! Ich will gar nichts von dir!« Robert Hirschhorn drohte, zwischen den Männern zusammenzusacken, die ihn hielten. Seiner Wut beraubt, erlag er nun dem Schmerz. Dann – es war furchtbar zu sehen – begann er zu weinen. »Er hat meine Tochter ruiniert. Meine Familie. Nehmt sein dreckiges Geld nicht an.«

Harm wurde kreidebleich. Der Sergeant musterte ihn kalt.

Harms Stimme drohte zu brechen, als er sagte: »Bitte sperrt ihn nicht ein. Es ist doch auch so schon schlimm genug, oder?« Die Börse, die er öffnete, zeigte deutlich das Siegel seines Meisters Gindast. Harm holte ein paar Münzen heraus und bot sie der Wache an. »Bitte«, sagte er erneut.

Der Sergeant wandte sich plötzlich von ihm ab. »Bringt Hirschhorn nach Hause. Das Bußgeld ist ausgesetzt.« Dann warf er meinem Jungen einen kalten Blick zu, der zurückwich, als hätte man ihm ins Gesicht geschlagen. Vor lauter Scham lief er tiefrot an. Die beiden Wachen, die Hirschhorn hielten, schleppten ihn weg, nur dass jetzt offensichtlich war, dass sie ihm halfen. Der Rest der Patrouille setzte seinen normalen Streifengang fort.

Plötzlich standen Harm und ich allein auf der kalten Straße. Ich blinzelte, als meine eigenen Schmerzen sich Gehör verschafften. Das Schlimmste war meine Wange, wo der schwere Krug mich getroffen hatte. Auf dieser Seite konnte ich im Augenblick nicht klar sehen. Kurz empfand ich selbstsüchtige Dankbarkeit, dass Harm hier war, um mir zu helfen, doch als er sich zu mir umdrehte, schien er mich gar nicht wirklich zu sehen.

»Jetzt ist alles kaputt«, sagte er hilflos. »Ich werde das nie wieder in Ordnung bringen können. Niemals.« Er starrte dem sich zurückziehenden Hirschhorn hinterher. Dann wandte er sich wieder mir zu. »Tom, warum?«, verlangte er mit gebrochenem Herzen zu wissen. »Warum hast du mir das angetan? Ich bin bei Gindast eingezogen, wie du mir gesagt hast. Ich war gerade dabei, alles in geordnete Bahnen zu lenken, und nun hast du alles ruiniert.« Wieder starrte er den sich entfernenden Männern nach. »Jetzt werde ich mit Svanjas Familie nie Frieden schließen können.«

»Hirschhorn hat den Kampf angefangen«, erklärte ich dümmlich und verfluchte mich dann selbst für diese armselige Entschuldigung.

»Hättest du nicht einfach weggehen können?«, fragte Harm selbstgerecht. »Du hast mir immer gesagt, das sei das Beste, was man machen könne, wenn ein Kampf droht: weggehen, solange man noch kann.«

»Er hat mir keine Gelegenheit dazu gelassen«, erwiderte ich. Meine Wut schwoll schlimmer an als mein Gesicht. Ich ging zum Straßenrand, nahm eine Handvoll frischen Schnees und drückte ihn mir aufs Gesicht. »Wie kommst du eigentlich dazu, mir die Schuld daran zu geben?«, knurrte ich. »Du bist schließlich derjenige, der das alles losgetreten hat. Du musstest sie ja direkt ins Bett bekommen.«

Harm schaute mich an, als hätte ich ihn geschlagen, doch noch bevor ich meine Worte bedauern konnte, flammte die Wut in ihm auf. »Du redest, als hätte ich eine Wahl gehabt«, sagte er kalt. »Aber das war ja auch wohl nicht anders zu erwarten, nehme ich an … nicht von einem Mann, der echte Liebe nie gekannt hat. Du glaubst, alle Frauen sind wie Merle. Das sind sie aber nicht. Svanja ist für immer meine wahre Liebe, und eine wahre Liebe darf man nicht warten lassen. Du, ihr Vater und ihre Mutter, ihr wollt uns davon abhalten, unsere Liebe zu vollenden, als sei das Morgen eine sichere Sache. Aber das werden wir nicht zulassen. Die Liebe verlangt von uns, dass wir sie *heute* leben.«

Seine Worte fachten meine Wut an. Ich war sicher, dass er sich das nicht ausgedacht, sondern von irgendeinem Bänkelsänger aufgeschnappt hatte. »Wenn du glaubst, ich hätte nie Liebe gekannt, dann weißt du gar nichts über mich«, entgegnete ich. »Und was dich und Svanja betrifft: Sie ist das erste Mädchen, das ›Hallo‹ zu dir gesagt hat, und du stürzt dich mit ihr ins Bett und nennst das Liebe. Liebe bedeutet mehr, als nur das Bett miteinander zu teilen, Junge. Wenn Liebe nicht warten kann, auch über Trennungen und Enttäuschungen hinweg, dann ist das keine Liebe. Echte Liebe braucht das Bett nicht. Sie verlangt noch nicht einmal täglichen Kontakt. Ich weiß das, weil ich Liebe kennengelernt habe, viele Arten von Liebe, darunter auch die Liebe für dich.«

»Tom!«, bellte Harm tadelnd. Er blickte über die Schulter zu einem vorbeigehenden Paar.

»Hast du Angst, dass sie meine Worte missverstehen?«, schnaubte ich. Als er die Wut in meiner Stimme hörte, packte der Mann die Frau am Arm und eilte rasch weiter. Ich muss wie ein Wahnsinniger ausgesehen haben, aber das war mir egal. »Ich fürchte, *du* hast es die ganze Zeit missverstanden. Du bist nach Burgstadt gekommen und hast alles vergessen, was ich dir je beigebracht habe. Ich weiß noch nicht einmal mehr, wie ich mit dir reden soll.« Ich holte mir noch eine Handvoll Schnee. Als ich mich wieder zu Harm umdrehte, starrte der Junge in eine unbestimmte Ferne. In diesem Augenblick gab mein Herz ihn auf. Er hatte sich von mir gelöst und ging nun seinen eigenen Weg, und ich konnte nichts dagegen tun. Diese Streiterei mit ihm war genauso nutzlos wie all die Worte, die Burrich und Philia auf mich verschwendet hatten. Er würde seinen eigenen Weg gehen, seine eigenen Fehler machen, und vielleicht – wenn er in meinem Alter war – würde er daraus lernen. Hatte ich das nicht auch so gemacht? »Ich werde noch weiter für deine Lehre bezahlen«, sagte ich halb zu mir selbst und nahm mir vor, dass es da enden würde. Genau genommen war es eigentlich schon vorbei.

Ich drehte mich um und machte mich auf den langen Weg zur Burg hinauf. Die kalte Luft einzuatmen ließ meine zerschundenen Rippen schmerzen, und auch meine Hände schwollen noch weiter an. Vor allem der Schmerz in meinen Knöcheln war mir auf Übelkeit erregende Art vertraut. Dumpf fragte ich mich, wann ich wohl endlich alt genug sein würde, um mich nicht mehr in körperliche Auseinandersetzungen hineinziehen zu lassen, und in meiner Brust, dort wo Harm in meinem Leben gewesen war, spürte ich eine große Leere. Es fühlte sich an wie eine tödliche Wunde.

Als ich schnelle Schritte hinter mir hörte, wirbelte ich in Furcht vor einem neuerlichen Angriff auf dem Absatz herum. Harm sah die Kampfbereitschaft in meinen Augen und kam rutschend zum Stehen. Einen Moment lang standen wir einander gegenüber und starrten uns an. Dann streckte Harm die Hand aus, ergriff meinen Ärmel und erklärte: »Tom, ich hasse das. Ich versuche mein Bestes, doch alles, was ich sage oder tue, ist falsch. Svanjas Eltern sind ständig wütend auf sie, und als sie sich bei mir darüber beklagt hat und ich ihr vorgeschlagen habe, bei ihnen vorbeizugehen und mit ihnen zu reden, ist *sie* wütend auf *mich* geworden. Und sie ist auch wütend, weil ich bei Meister Gindast lebe und die meisten Abende daheimbleiben muss. Aber ich bin allein zu Meister Gindast gegangen und habe ihn darum gebeten, bei ihm einziehen zu dürfen. Er hat mich Dreck schlucken lassen, aber ich habe meinen Kopf unten gelassen und es ertragen, und jetzt mache ich es auf seine Art, wie du gesagt hast. Ich hasse das frühe Aufstehen, wie Gindast jeden Abend die Kerzen rationiert und dass ich nicht jeden Abend rauskann. Aber ich mache alles so, wie er es will. Und heute hat er mich zum ersten Mal rausgeschickt, um ein paar Messingbeschläge in der Straße der Schmiede zu holen. Jetzt werde ich zu spät mit ihnen zurückkommen, und ich werde den Kopf ducken und seinen Tadel über mich ergehen lassen müssen. Aber ich kann dich nicht einfach in dem Glauben weggehen lassen, dass ich alles vergessen hätte, was du mir beigebracht hast. Das ist schlicht nicht wahr. Doch ich muss mein eigenes Leben hier finden, und manchmal passen die Dinge, die du mich gelehrt hast, einfach nicht zu dem, was alle anderen hier denken. Manchmal scheinen die Dinge, die du mich gelehrt hast, hier nicht zu funktionieren. Aber ich versuche es, Tom, ich versuche es.«

Die Worte strömten wie ein Wasserfall aus ihm heraus. Als er schließlich schwieg, legte ich die Arme um seine Schultern und drückte ihn trotz der Schmerzen in meinen Rippen an mich. »Beeil dich mit deinem Auftrag«, flüsterte ich ihm ins Ohr. Ich wollte noch etwas hinzufügen, doch ich fand nicht die richtigen Worte dafür. Ich konnte ihm nicht sagen, dass alles gut werden würde, denn dessen war ich selbst nicht sicher. Ich konnte ihm nicht sagen, dass ich seinem Urteil vertrauen würde, denn das tat ich nicht. Dann fand Harm die richtigen Worte für uns beide.

»Ich liebe dich, Tom, und ich werde es weiter versuchen.«

Ich seufzte erleichtert. »Ich dich auch. Ich liebe dich, und ich werde es ebenfalls versuchen. Jetzt beeil dich. Du hast lange Beine und bist schnell. Vielleicht kommst du doch nicht zu spät.«

Er lächelte mich flüchtig an, drehte sich um und rannte in Richtung Schmiedestraße. Ich beneidete ihn darum, mit welcher Leichtigkeit sich sein Körper bewegte. Dann drehte ich mich wieder in Richtung Burg um.

Auf halbem Weg den Burgberg hinauf kam mir Burrich entgegen. Flink ritt hinter ihm, die Arme um die Hüfte seines Vaters geschlungen. Burrichs verletztes Bein ragte seltsam heraus. Er hatte den Steigbügel eigens dafür angepasst. Einen Moment lang starrte ich zu ihm hoch. Flink schaute mich mit offenem Mund an, doch vermutlich war mein blau geprügeltes Gesicht der Grund dafür. Ich unterdrückte die Alte Macht, so weit es ging, senkte den Kopf und trottete rasch weiter. Mein Herz sehnte sich danach, ihnen hinterherzublicken, doch ich weigerte mich, diesem Verlangen nachzugeben. Ich fürchtete viel zu sehr, dass Burrich in meine Richtung schauen könnte.

Der Rest des Marsches zur Burg war kalt und trostlos. Ich ging ins Dampfbad. Die Wachen kamen und gingen und ließen mich in Ruhe. Ich hatte gehofft, die feuchte Hitze würde mir ein wenig von meinen Schmerzen nehmen, doch das tat sie nicht. Auf dem langen Weg zu unseren Gemächern hinauf taten mir alle Knochen weh, und ich wusste, sollte ich mich setzen, würde ich sofort steif werden; ich konnte an nichts anderes mehr denken als an mein Bett. Der Tag war eine einzige Verschwendung gewesen, sagte ich mir selbst. Ich bezweifelte, dass meine Bemühungen mit Dick und Pflichtgetreu Früchte tragen würden.

Als ich mich der Tür zu unseren Gemächern näherte, öffnete sie sich. Die Gärtnerin kam heraus. Garetha trug einen Korb mit getrockneten Blumen. Als ich sie überrascht anschaute, blickte sie mir in die Augen. Plötzlich errötete sie so stark, dass ihre Sommersprossen kaum noch zu sehen waren. Dann wandte sie rasch den Blick ab und eilte den Gang hinunter, aber nicht bevor mir die Kette aufgefallen war, die sie um den Hals trug. Es war ein Amulett an einem Lederband. Die kleine geschnitzte Rose war weiß angemalt, der Stängel schwarz. Ich erkannte das Werk des Narren, wenn ich es sah. Hatte er meinen unüberlegten Rat beherzigt? Aus irgendeinem unerklärlichen Grund bedrückte mich das. Vorsichtig klopfte ich an die Tür und kündigte mich damit an, bevor ich den Raum betrat. Als ich die Tür wieder hinter mir schloss und mich umschaute, fand ich Fürst Leuenfarb auf einem gut gepolsterten Stuhl vor dem Kamin. Kurz weiteten sich seine bernsteinfarbenen Augen, als er die blauen Flecken in meinem Gesicht bemerkte, doch sofort fand er die Fassung wieder.

»Ich dachte, du wolltest den ganzen Tag weg, Tom Dachsenbless«, bemerkte er in fröhlichem Tonfall.

»Das wollte ich auch«, erwiderte ich und beschloss, weiter nichts zu sagen, doch dann war ich wie angewurzelt und betrachtete ihn, wie er so beherrscht auf seinem Stuhl saß und mich ansah. »Ich hatte heute ein Gespräch mit Harm«, fuhr ich dann doch fort. »Ich habe ihm gesagt, jemanden zu lieben und mit jemandem ins Bett zu gehen seien zwei verschiedene Dinge.«

Fürst Leuenfarb blinzelte langsam. Dann fragte er: »Und, hat er dir geglaubt?«

Ich atmete tief durch. »Ich glaube nicht, dass er mich vollständig verstanden hat, aber mit der Zeit wird er das wohl, nehme ich an.«

»Viele Dinge brauchen Zeit«, bemerkte er. Er richtete seinen Blick wieder aufs Feuer, und meine Hoffnungen, die noch einen Augenblick zuvor so groß gewesen waren, wurden wieder bescheidener. Ich nickte stumm zu seinen Worten und ging in meine Kammer.

Dort zog ich mich aus und legte mich auf mein schmales Bett. Ich schloss die Augen.

Der Tag hatte einen höheren Preis von mir gefordert, als ich zunächst realisiert hatte. Ich schlief, und das nicht nur den Nachmittag hindurch, sondern auch die Nacht. Tief und traumlos war mein Schlaf, bis ich irgendwann nachts aus diesem segensreichen Stadium gerissen wurde und in einen Zustand zwischen Wachen und Schlafen eintrat. Was hatte mich geweckt?, fragte ich mich; dann wurde ich mir dessen bewusst. Außerhalb meiner Gabenmauern weinte Nessel. Weder stürmte sie gegen meine Mauern an, noch flehte sie wütend. Sie stand schlicht vor ihnen und trauerte. Endlos.

Ich legte die Hände auf die Augen, als könnte ich sie so zurückhalten. Dann atmete ich tief durch und senkte meine Mauern. Ein einzelner Schritt trug meine Gedanken zu ihren. Tröstend hüllte ich sie ein und sagte: *Du machst dir grundlos sorgen, meine Liebe. Sowohl dein Vater als auch dein Bruder befinden sich auf dem Weg zu dir. Sie sind in Sicherheit. Ich verspreche dir, dass das wahr ist. Und jetzt hör auf, dich so zu quälen, und schlaf.*

Aber … Wie kannst du das wissen?

Weil ich es eben weiß. Und ich bot ihr meine vollkommene Sicherheit an und zeigte ihr das kurze Bild von Burrich und Flink gemeinsam auf einem Pferd.

Einen Augenblick lang verlor Nessel ihre Gestalt, so groß war ihre Erleichterung. Ich begann, mich zurückzuziehen, doch sie klammerte sich plötzlich an mich.

Es war so schrecklich hier. Zuerst ist Flink verschwunden, und wir haben schon geglaubt, ihm sei etwas Schreckliches passiert. Dann hat der Schmied in der Stadt Papa erzählt, Flink habe ihn nach dem Weg nach Bocksburg gefragt. Papa wurde wütend und ist losgeritten, und Mama hat seitdem nur geweint oder gewettert. Sie sagt, von allen Orten auf der Welt sei Bocksburg der gefährlichste für Flink. Aber sie will nicht sagen, warum. Es macht mir Angst, wenn sie so ist. Manchmal schaut sie mich an, obwohl ihre Augen mich gar nicht sehen. Dann schreit sie mich entweder an, ich solle mich nützlich machen, oder sie beginnt zu weinen und kann nicht mehr aufhören. Nichts von alledem ergibt einen Sinn. Wir alle sind wie Mäuse durchs Haus gehuscht. Und Behände hat das Gefühl, als fehle eine Hälfte von ihm und als wäre alles irgendwie seine Schuld, und …

Ich unterbrach sie. *Hör mir zu. Alles wird wieder gut werden.*

Ich glaube dir. Aber wie kann ich sie das wissen lassen?

Ich dachte nach. Sollte sie Molly sagen, sie hätte einen Traum gehabt? Nein. *Das kannst du nicht. Ich fürchte, sie werden das durchstehen müssen. Du musst stark für sie sein, denn du weißt, dass alles wieder gut werden wird. Hilf deiner Mutter, kümmere dich um deine kleinen Brüder und warte. Wie ich deinen Vater kenne, wird er, so schnell das Pferd ihn trägt, wieder bei euch sein.*

Du kennst meinen Vater?

Welch eine Frage. *Sehr gut sogar.* Und dann wusste ich, dass ich zu weit gegangen war, dass ich ihr etwas gegeben hatte, was gefährlich für uns beide war. Deshalb gab ich ihr mittels der Gabe ein – sanfter als ein Weidenblatt, das im Wind zu Boden segelt –, dass sie nun schlafen solle, wirklich schlafen, damit sie am nächsten Morgen wieder frisch erwachen könne. Ihr Griff um mich wurde schwächer, und ich schlüpfte von ihr weg hinter den sicheren Schutz meiner

Mauern. Ich öffnete die Augen und lag in meiner dunklen Kammer. Dann atmete ich tief durch und rollte mich auf die Seite. Ich war hungrig, aber der Morgen und damit das Frühstück waren nicht mehr weit entfernt.

Ein Gedanke drang in meinen Geist ein, getragen von Musik. Die Gabenverbindung war zögerlich, nicht mangels Können, sondern mangels Willen, seinen Geist den meinen berühren zu lassen. *Du hast endlich dafür gesorgt, dass sie aufhört zu weinen. Jetzt kann auch Dick schlafen.*

Seine Berührung verschwand aus meinem Geist, und ich starrte ruhelos an die Decke. Doch noch während ich meine Gedanken sammelte und mich davon zu überzeugen versuchte, dass ich Dicks Verbindungsaufnahme nicht als Eindringen, sondern als ersten Schritt in die richtige Richtung verstehen sollte, berührte ein anderer Geist den meinen. Er war weit entfernt, gewaltig und schier unglaublich fremdartig. Seine Gedanken hatten nichts Menschliches an sich, als er mit bitterer Belustigung bemerkte: *Jetzt wirst du vielleicht lernen, nicht so laut zu träumen. Er ist nicht der Einzige, den das stört. Auch ist er nicht der Einzige, der sich dir zu erkennen gibt, kleiner Mensch. Was bist du? Was bedeutest du mir?*

Dann ließen seine Gedanken mich wieder allein; sie verließen mich, wie eine Welle einen Ertrunkenen am Strand zurücklässt. Ich rollte mich auf die Bettkante und würgte trocken; diese unglaubliche Gabenverbindung hatte mich weit mehr mitgenommen als Roberts Prügel. Die Fremdartigkeit des Wesens, das in meine Gedanken eingedrungen war, vermittelte mir ein Gefühl, als hätte ich Öl geatmet oder Flammen getrunken. Keuchend lag ich im Dunkeln, spürte, wie mir der Schweiß über den Rücken lief, und fragte mich, was ich da mit meinen unbedachten Träumen geweckt hatte.

Kapitel 17

EXPLOSIONEN

... und hörten ein Gespräch zwischen Erikska und dem Kapitän mit an. Er beschwerte sich, dass der Wind das Schiff arg beutelte und dass El persönlich ihnen die Heimfahrt missgönnte. Erikska lachte ihn aus und verspottete ihn, weil er noch an »solch alte Götter« glaubte. »Sie sind schwach in ihren Muskeln wie auch in ihrem Geist. Es ist die Fahle Frau, die nun über die Winde gebietet. So wie sie über die Narcheska verärgert ist, so lässt sie euch alle leiden.« Auf diese Worte hin wandte sich der Kapitän von ihr ab. Sein Gesicht war wütend; Fernholmer stellen oft Wut zur Schau, um ihre Furcht zu verbergen.

Von der Zofe, die zu beobachten Ihr mir besonders ans Herz gelegt habt, habe ich nichts gesehen. Entweder ist sie die ganze Reise über in der Kabine der Narcheska geblieben, oder sie befand sich erst gar nicht hier an Bord. Letzteres halte ich für wahrscheinlicher.

NICHT UNTERSCHRIEBENER BERICHT AN CHADE IRRSTERN ÜBER DIE HEIMFAHRT DER NARCHESKA

Der Schlaf war weg. Ich stand auf, zog mich an und stieg in meinen Turm hinauf. Es war kalt hier oben und dunkel, abgesehen vom Glühen der wenigen Kohlen im Kamin. Ich entzündete die Kerzen an der Glut und fachte das Feuer wieder an. Dann tauchte ich ein Stück Stoff ins Wasser und hielt es auf mein Gesicht. Gedankenverloren starrte ich ins Feuer und versuchte, mich von den Fragen zu lösen, die ich nicht beantworten konnte. Schließlich setzte ich mich an den Tisch, um die Schriftrollen zu studieren, die Chade mir hingelegt hatte. Es handelte sich um Drachenlegenden der Fernholmer. Zwei davon waren neu; die Tinte war frisch und tiefschwarz, das Pergament cremefarben. Chade hätte sie nicht hiergelassen, wenn er nicht gewollt hätte, dass ich sie sehe. Eine berichtete von der Sichtung eines silberblauen Drachen über dem Hafen von Bingstadt während der entscheidenden Schlacht zwischen den Bingstadt-Händlern und der chalcedischen Flotte. Die andere sah mir wie eine kindliche Schreibübung aus, sämtliche Buchstaben waren irgendwie schief und verzerrt. Vor langer Zeit hatte mich Chade jedoch mehrere Geheimzeichen gelehrt, mit denen wir einander Nachrichten zukommen lassen konnten, und dieses Pergament ließ sich rasch entschlüsseln. Tatsächlich war es so einfach, dass ich das Gesicht verzog und mich fragte, ob Chade so nachlässig geworden war oder ob die Qualität unserer Spione irgendwie abgenommen hatte. Das Schriftstück stellte sich nämlich als früher Bericht eines Spions heraus, der mit der fernholmischen Delegation zu den Äußeren Inseln geschickt worden war. Hauptsächlich berichtete er von Gerüchten und Gesprächen, die er auf dem Schiff der Narcheska mit angehört hatte. Ich fand nur wenig, was auf den ersten Blick nützlich für mich gewesen wäre, doch die Erwähnung der »Fahlen Frau« beunruhigte mich. Es war, als würde plötzlich ein Schatten aus meinem früheren Leben nach mir greifen, mit Krallen anstatt mit unwirklichen Fingern.

Ich machte mir gerade Tee, als Chade eintraf. Er stieß die Regaltür auf und wankte herein. Seine Wangen und seine Nase waren leuchtend rot, und einen entsetzlichen Augenblick lang glaubte ich, der alte Mann sei betrunken. Er stützte sich an der Tischkante ab, setzte sich auf meinen Stuhl und sagte traurig: »Fitz?«

»Was ist passiert?«, fragte ich und ging zu ihm.

Er starrte mich an und antwortete dann übertrieben laut: »Ich kann dich nicht hören.«

»Was ist mit dir passiert?«, wiederholte ich, diesmal lauter.

Ich glaube nicht, dass er die Worte hörte; dennoch erklärte er: »Es ist in die Luft geflogen. Ich habe an der gleichen Mixtur gearbeitet, die ich dir in deiner Hütte gezeigt habe. Diesmal hat sie *zu* gut funktioniert. Es ist in die Luft geflogen!« Er klopfte sich auf Wangen und Stirn. Sein Gesicht zeigte einen tragischen Ausdruck. Ich wusste sofort, was ihm Kopfzerbrechen bereitete. Ich ging und holte ihm einen Spiegel. Chade starrte hinein, während ich frisches Wasser in die Waschschüssel goss und ein Tuch holte. Das machte ich für ihn nass, und er legte es sich kurz aufs Gesicht. Als er es wieder herunternahm, war ein guter Teil seiner Röte verschwunden – aber auch das meiste von seinen Augenbrauen.

»Es sieht so aus, als hätte dich ein mächtiger Flammenschlag getroffen. Deine Haare sind auch angesengt.«

»Was?«

Ich winkte ihm, die Stimme zu senken.

»Ich kann dich nicht hören«, wiederholte er unglücklich. »Meine Ohren klingen, als hätte mein Stiefvater mir links und rechts eine verpasst. Bei den Göttern, wie ich diesen Mann gehasst habe!«

Dass er überhaupt von ihm sprach, zeigte mir, wie erregt Chade war. Chade hatte mir nie viel von seiner Kindheit erzählt. Er fingerte an seinen Ohren herum, als wollte er sich vergewissern, dass sie noch da waren. »Ich kann nichts hören«, wiederholte er noch einmal. »Aber mein Gesicht sieht nicht allzu schlimm aus, oder? Ich werde doch keine Narben davontragen … oder was meinst du?«

Ich schüttelte den Kopf. »Deine Augenbrauen werden wieder nachwachsen. Das« – ich berührte leicht seine Wange – »scheint nicht schlimmer als ein Sonnenbrand zu sein. Das geht schon wieder weg. Und ich glaube, auch deine Taubheit wird vorübergehen.« Letzteres hoffte ich mehr, als dass ich es wusste.

»Ich kann dich nicht hören«, stöhnte er erneut.

Ich klopfte Chade tröstend auf die Schulter und stellte meine Teetasse vor ihn hin. Dann berührte ich meine Lippen, um seine Aufmerksamkeit auf meinen Mund zu lenken, und sagte: »Ist dein Lehrling in Ordnung?« Ich wusste sehr wohl, dass er derartige Experimente zu dieser Stunde nicht allein durchführen würde.

Chade beobachtete meine Lippenbewegungen, und nach einem Augenblick schien er die Worte zu verstehen, denn er sagte: »Mach dir darüber keine Sorgen. Ich habe mich schon um sie gekümmert.« Dann, auf meinen entsetzten Gesichtsausdruck hin ob seiner Verwendung der weiblichen Form, fügte er wütend hinzu: »Kümmere dich um deine eigenen Angelegenheiten, Fitz!«

Seine Verärgerung richtete sich mehr gegen ihn selbst als gegen mich, und hätte ich mir nicht solche Sorgen um ihn gemacht, ich hätte laut gelacht. Eine »Sie«. Mein Ersatz war also ein Mädchen. Ich verkniff es mir, darüber nachzudenken, wer sie wohl sein mochte oder warum Chade sie ausgewählt hatte; stattdessen konzentrierte ich mich darauf, Chade zu helfen so gut es ging. Nach einer Weile hatte ich sichergestellt, dass Chade mich wieder hören konnte, wenn auch nicht allzu gut. Ich wagte zu hoffen, dass sein Gehör sich vollständig erholen würde, und davon versuchte ich, auch ihn zu überzeugen. Er nickte und wedelte abschätzig mit der Hand, doch ich sah die Sorge in seinen Augen. Falls seine Taubheit bestehen bleiben sollte, würde das seinen Nutzen als Ratgeber der Königin erheblich einschränken.

Nichtsdestoweniger versuchte er tapfer, seine Verletzung zu ignorieren, und er fragte mich laut, ob ich die Schriftrollen auf dem Tisch gesehen hätte; dann erkundigte er sich, was zum Teufel ich mit meinem Gesicht gemacht hatte. Um ihn davon abzuhalten, weitere Fragen zu schreien, schrieb ich kurze Antworten nieder. Ich erklärte meine Verletzungen damit, dass ich zufällig in eine Wirtshausschlägerei geraten sei, und Chade war viel zu sehr mit seinen eigenen Problemen beschäftigt, als dass er das infrage gestellt hätte. Als Nächstes schrieb ich auf einen Fetzen Papier: »Hast du mit Burrich gesprochen?«

»Ich habe es für das Beste gehalten, das nicht zu tun«, schrieb Chade zur Antwort. Er schürzte die Lippen, seufzte und schwieg, doch ich sah ihm an, dass ihm viel auf dem Herzen lag, was er gerne sagen würde. Damit würde er warten müssen, bis wir uns wieder normal unterhalten konnten. Dann gingen wir die Spionageberichte durch und wiesen uns gegenseitig auf interessante Passagen hin; allerdings waren wir uns einig, dass sich nichts unmittelbar Nützliches in ihnen befand. Chade schrieb, dass er bald von dem Spion zu hören hoffte, den er zur Insel Aslevjal geschickt hatte; vielleicht würden wir dann ja erfahren, ob in den Legenden ein Körnchen Wahrheit steckte.

Ich wollte über meine Fortschritte mit Pflichtgetreu und Dick diskutieren, aber das schob ich nicht nur wegen Chades eingeschränktem Gehör hinaus, sondern auch, weil ich mir selbst noch nicht ganz darüber im Klaren war, wie gut ich vorankam. Ich hatte bereits beschlossen, mich morgen weiter um Dick zu bemühen.

In diesem Augenblick fiel mir auf, dass dieses »morgen« bereits da war. Chade schien zu der gleichen Erkenntnis zu gelangen. Er sagte, er wolle ins Bett gehen und eine Magenverstimmung vortäuschen, sollte ein Diener ihn wecken.

Ich konnte mir nicht den Luxus leisten, mich auszuruhen.

Stattdessen zog ich mich nur kurz in meine Kammer zurück, um mich umzuziehen, und machte mich dann auf den langen Weg zu Veritas' Turm hinauf, um dort auf meine Schüler zu warten. Ich bin sicher, dass ich mehr Angst vor der Unterrichtsstunde hatte als die beiden, denn mein Kopf pochte noch immer. Ich verzog das Gesicht, während ich ein Feuer im Kamin des Turmzimmers entfachte und die Kerzen auf dem Tisch anzündete. Manchmal konnte ich mich gar nicht mehr an das letzte Mal erinnern, als ich vollkommen ohne Gabenschmerzen gewesen war. Kurz dachte ich darüber nach, mir etwas Elfenrinde aus meiner Kammer zu holen. Allerdings schob ich den Gedanken rasch wieder beiseite, doch nicht weil ich fürchtete, das Kraut könnte meine Fähigkeiten mit der Gabe beeinträchtigen. Der Grund war ein anderer: Ich brachte die Droge viel zu sehr mit dem dummen Streit in Verbindung, den ich mit dem Narren geführt hatte. Nein. Davon hatte ich die Nase voll.

Ich hörte Pflichtgetreus Schritte vor der Tür, und ich hatte keine Zeit mehr, über so etwas nachzudenken. Pflichtgetreu schloss die Tür hinter sich und kam an den Tisch. Ich seufzte leise. Seine Haltung verriet eindeutig, dass er mir noch nicht vollständig vergeben hatte. Die ersten Worte aus seinem Mund lauteten: »Ich will die Gabe nicht mit einem Schwachkopf als Partner lernen. Es muss noch jemand anderen geben.« Dann starrte er mich an. »Was ist mit dir passiert?«

»Ich bin in eine Schlägerei geraten.« Ich hielt meine Antwort kurz, um ihn wissen zu lassen, dass ich nicht mehr dazu sagen würde. »Und was Dick betrifft, so kenne ich schlicht keine anderen geeigneten Kandidaten. Er ist unsere einzige Wahl.«

»Oh, das kann nicht sein. Hast du überhaupt richtig gesucht?«

»Nein …«

Dann, bevor ich mehr sagen konnte, nahm Pflichtgetreu

die kleine Figur an der Kette vom Tisch. »Was ist das?«, fragte er.

»Die gehört dir. Die haben wir an dem Strand gefunden, wo wir einem der Anderen begegnet sind. Erinnerst du dich nicht daran?«

»Nein.« Ängstlich starrte er die Figur an. Dann gab er widerwillig zu: »Doch … doch, ich erinnere mich …« Er wankte auf seinem Stuhl. »Das ist Elliania, nicht wahr? Was hat das zu bedeuten, Tom? Dass ich die Figur gefunden habe, bevor ich Elliania auch nur gesehen hatte?«

»Was?« Ich streckte meine Hand nach der Figur aus, doch Pflichtgetreu schien das nicht zu bemerken. Er saß einfach nur da und starrte das Ding an. Ich stand auf und ging um den Tisch herum. Als ich das kleine Gesicht betrachtete, die schwarzen Locken, die nackten Brüste und die tiefschwarzen Augen, sah ich, dass Pflichtgetreu recht hatte. Das war Elliania, doch nicht so, wie sie jetzt war, sondern wie sie als erwachsene Frau sein würde. Das blaue Ornament, das der Figur in die Haare geschnitzt war, war mit dem identisch, das die Narcheska getragen hatte. Ich atmete tief durch. »Ich habe keine Ahnung, was das zu bedeuten hat.«

Der Prinz sprach, als würde er träumen. Er blickte auf das Gesicht der Puppe. »Dieser Ort, an dem wir waren, dieser Strand … Das war wie ein Vortex. Wie ein Strudel, der Magie in sich hineinzieht. Alle Arten von Magie.« Kurz schloss er die Augen. Noch immer hielt er die Figur fest umklammert. »Ich wäre dort fast gestorben, nicht wahr? Die Gabe hat mich hineingesaugt und in Stücke gerissen. Aber du bist mir gefolgt und … Irgendjemand hat dir geholfen. Irgendjemand …« Hilflos suchte er nach den richtigen Worten. »Irgendjemand Großes. Irgendjemand größer als der Himmel.«

Ich hätte das zwar nicht so ausgedrückt, aber ich wusste, was er meinte. Plötzlich erkannte ich, wie ungern ich über die Ereignisse am Strand reden oder auch nur über sie nachdenken wollte. Eine Art Nimbus umgab die Stunden, die wir dort verbracht hatten, ein Licht, das mehr verhüllte als erhellte. Das erfüllte mich mit Furcht. Das war der Grund, warum ich dem Narren die Federn nicht gezeigt und auch sonst mit niemandem darüber gesprochen hatte. Sie stellten eine verwundbare Stelle dar. Sie waren ein Tor zum Unbekannten. Als ich sie aufgehoben hatte, hatte ich etwas Großes in Bewegung gesetzt, etwas, das niemand kontrollieren konnte. Selbst jetzt noch zuckte mein Geist vor der Erinnerung zurück, als könnte ich so die Ereignisse ungeschehen machen.

»Was war das? Wer war das, dem wir dort begegnet sind?«

»Ich weiß es nicht«, antwortete ich knapp.

Plötzlich leuchtete Enthusiasmus in den Augen des Prinzen auf. »Wir müssen es herausfinden.«

»Nein. Das müssen wir nicht.« Ich atmete tief ein. »Tatsächlich glaube ich sogar, wir sollten sorgfältig darauf achten, es *nicht* herauszufinden.«

Er starrte mich konsterniert an. »Aber warum? Erinnerst du dich nicht mehr daran, wie es sich angefühlt hat? Wie wundervoll es war?«

Ich erinnerte mich nur zu gut daran, besonders jetzt, da wir darüber sprachen. Ich schüttelte den Kopf und wünschte plötzlich, ich hätte die Figur verborgen gehalten. Ihr Anblick rief alle möglichen Erinnerungen in mein Gedächtnis zurück, so wie ein Hauch von Parfüm oder ein einzelner Takt eines Liedes einen an die Torheit einer Nacht erinnern kann. »Ja. Es war wundervoll. Und es war gefährlich. Ich wollte nicht mehr weg von dort, Pflichtgetreu. Und du auch nicht. Sie hat uns dazu gebracht.«

»Sie? Es war keine ›Sie‹. Es war wie … wie ein Vater. Stark und sicher. Fürsorglich.«

»Ich glaube nicht, dass es irgendetwas davon war«, sagte ich widerwillig. »Ich glaubte, wir haben ihm schlicht die Form gegeben, die wir uns gewünscht haben.«

»Du glaubst, wir haben uns das eingebildet?«

»Nein. Nein, ich glaube, wir sind etwas begegnet, das größer war, als wir zu verstehen vermögen. Deshalb haben wir ihm eine Form gegeben, die uns vertraut war. Damit unser Verstand es begreifen konnte.«

»Wie kommst du darauf? Hast du etwas in den Gabenschriften darüber gelesen?«

Zögernd antwortete ich: »Nein. Ich habe in den Gabenschriften nichts gefunden, was auch nur annähernd damit vergleichbar gewesen wäre. Ich glaube das nur, weil … weil ich es glaube.«

Pflichtgetreu starrte mich an, und ich zuckte hoffnungslos mit den Schultern, denn ich konnte es weder dem Jungen noch mir selbst besser erklären. Es war nur eine erregende Erinnerung an die Kreatur, der wir begegnet waren … gemischt mit einer bedrohlichen Angst.

Das Öffnen der Kamintür ersparte mir weitere Kommentare. Niesend betrat Dick den Raum. Er trug die Flöte auf dem Hemd. Der Kontrast zwischen der frisch lackierten Flöte und seinem schmutzigen Kleidungsstück ließ ihn mich in einem neuen Licht sehen. Ich war angewidert. Sein glattes Haar klebte an seinem Kopf, und die Haut, die man durch die Risse in seiner Kleidung erkennen konnte, war voller Dreck. Plötzlich nahm ich ihn genauso wahr, wie Pflichtgetreu ihn sah, und ich erkannte, dass die Abscheu des Prinzen sich auf weit mehr als nur auf die Missgestalt und geistige Schwäche des Mannes bezog. Pflichtgetreu wich unwillkürlich einen Schritt zurück, als Dick hereinkam, und rümpfte die Nase. Meine Jahre an der Seite eines Wolfs hatten mich gelehrt, dass bestimmte Dinge einen bestimmten Geruch besaßen; doch der Gestank von Dicks ungewaschenem Leib war nicht schlicht ein Teil von ihm wie zum Beispiel der Moschusduft Teil des Frettchens war. Man konnte es ändern, und man würde es ändern müssen, wollte ich, dass der Prinz mit ihm zusammenarbeitete.

»Dick, willst du dich hierhin setzen?«, lud ich ihn erst einmal ein und deutete auf einen Stuhl möglichst weit weg vom Prinzen. Dick blickte mich misstrauisch an. Dann betrachtete er den Stuhl, als wäre irgendeine Falle darin eingebaut, ließ sich jedoch schließlich darauf nieder. Er kratzte sich hinter dem linken Ohr. Als ich zum Prinzen blickte, starrte dieser den Schwachkopf entsetzt und fasziniert zugleich an. »Nun. Dann wären wir ja alle hier«, verkündete ich und fragte mich, was ich mit ihnen tun sollte.

Dicks Blick wanderte zu mir. »Dieses Mädchen weint wieder«, informierte er mich in einem Tonfall, als wäre das meine Schuld.

»Ich werde mich später darum kümmern«, erwiderte ich mit fester Stimme, doch mein Herz setzte einen Schlag lang aus.

»Was für ein Mädchen?«, verlangte der Prinz sofort zu wissen.

»Nichts, worüber du dir Sorgen machen müsstest.« *Dick, lass uns jetzt nicht über das Mädchen sprechen. Wir sind zum Unterricht hier.*

Dick hörte langsam auf, sich zu kratzen. Er ließ seine Hand auf den Tisch fallen und starrte mich ernst an. »Warum tust du das? Warum redest du so in meinem Kopf?«

»Um zu sehen, ob du mich hören kannst.«

Er schniefte nachdenklich. »Ich habe dich gehört.« *Stinkehund.*

Lass das.

»Habt ihr Gabenkontakt?«, fragte der Prinz neugierig.

»Ja.«

»Warum kann ich es dann nicht hören?«

»Weil wir nur zum jeweils anderen Kontakt aufgenommen haben.«

Der Prinz runzelte die Stirn. »Wie hat er das gelernt, wo ich das nicht tun kann?«

»Ich weiß es nicht«, musste ich zugeben. »Dick scheint seine Gabe allein entwickelt zu haben. Ich weiß nicht, was er alles kann oder auch nicht.«

»Kann er aufhören, die ganze Zeit Musik zu machen?«

Ich erweiterte mein Gabenbewusstsein. Ich hatte gar nicht bemerkt, dass ich Dicks Gedanken von der sie umgebenden Musik gelöst hatte. Dann drehte ich mich zu ihm um. »Dick, kannst du aufhören, Musik zu machen? Kann du nur Gedanken zu mir schicken? Ohne Musik?«

Er blickte mich mit leeren Augen an. »Musik?«

»Das Lied deiner Mutter. Kannst du es verstummen lassen?«

Er dachte darüber nach und kaute dabei auf seiner fetten Zunge. »Nein«, antwortete er schließlich.

»Warum kannst du die Musik nicht aufhören lassen?«, verlangte der Prinz zu wissen. Bis jetzt hatte er ruhig dagesessen. Ich vermutete, er hatte versucht, sich durch die Musik hindurchzuarbeiten und die Gabenverbindung zwischen Dick und mir zu finden. Er klang frustriert – frustriert und eifersüchtig.

Dick blickte ihn dumm und teilnahmslos zugleich an. »Ich will nicht.« Er wandte sich wieder von dem Prinzen ab und begann erneut, sich hinterm Ohr zu kratzen.

Pflichtgetreu wirkte entsetzt. Er atmete tief durch. »Und wenn ich es dir als dein Prinz befehle?« Unterdrückte Wut schwang in seiner Stimme mit.

Dick blickte ihn wieder an. Dann schaute er zu mir. Er schob seine Zunge ein Stück weiter heraus, während er über etwas nachdachte. Dann fragte er mich: »Beide Schüler hier?«

Das hatte ich von Dick nicht erwartet. Ich hatte nicht von ihm erwartet, dass er so penibel an dieser Idee festhielt, geschweige denn, dass er sie anwandte. Das machte mir sowohl neue Hoffnung als auch Angst. »Hier seid ihr beide Schüler«, bestätigte ich ihm.

Er lehnte sich auf dem Stuhl zurück und verschränkte die fetten Arme vor der Brust.

»Und ich bin der Lehrer«, fuhr ich fort. »Schüler gehorchen ihrem Lehrer. Dick. Kannst du die Musik aufhören lassen?«

»Will nicht«, sagte er, aber in anderem Tonfall.

»Vielleicht nicht, doch ich bin der Lehrer und du der Schüler. Schüler gehorchen ihrem Lehrer.«

»Schüler gehorchen wie Diener?« Er stand auf und schickte sich an zu gehen.

Es war hoffnungslos, doch ich versuchte es trotzdem. »Schüler gehorchen wie Schüler. Damit sie lernen können. Damit alle lernen können. Wenn Dick gehorcht, dann ist Dick noch immer Schüler. Wenn Dick nicht gehorcht, ist er kein Schüler mehr, und wir schicken ihn weg, sodass er nur noch Diener ist.«

Eine Weile stand er schweigend da. Ich hatte nicht die geringste Ahnung, was er dachte. Ich wusste noch nicht einmal, ob er mich verstanden hatte. Pflichtgetreu saß auf seinem Stuhl, das Kinn auf der Brust und mit verschränkten Armen, und blickte düster drein. Offensichtlich hatte er gehofft, dass Dick gehen würde, doch einen Augenblick später setzte der kleine Mann sich wieder. »Die Musik aufhören lassen«, sagte er. Er schloss die Augen. Dann öffnete er sie wieder, blinzelte und erklärte: »So.«

Mir war gar nicht aufgefallen, wie sehr sein ständiger Gebrauch der Gabe meine Mauern mitgenommen hatte. In der nun folgenden Stille empfand ich ein schier unglaubliches Gefühl der Erleichterung. Es war wie die Ruhe nach einem Sturm, wenn der Wind plötzlich aufhört zu heulen und Stille einkehrt. Ich seufzte erleichtert, und Pflichtgetreu setzte sich plötzlich auf. Er rieb sich die Ohren, blickte verwirrt drein und schaute mich dann an. »Das war alles er?«

Ich nickte langsam. Ganz erholt hatte ich mich noch immer nicht.

Eine große Unsicherheit erschien auf Pflichtgetreus Gesicht. »Aber ich dachte … ich dachte, das wäre die Gabe selbst. Der große Fluss, von dem du immer sprichst …« Erneut schaute er zu Dick, doch seine Haltung dem kleinen Mann gegenüber hatte sich verändert. Es war kein Respekt, sondern Vorsicht, was ich in seinen Augen sah, doch daraus könnte Respekt erwachsen.

Dann, wie ein plötzlicher Regenvorhang, erwachte die Musik um meine Gedanken herum wieder zum Leben und trennte mich von Pflichtgetreu, wie Nebel zwei Jäger voneinander trennte. Ich blickte zu Dick. Sein Gesicht sah so schlaff aus wie eh und je. Mir kam die Erkenntnis, dass der Gebrauch der Gabe für ihn der natürliche Zustand war. Sie *nicht* einzusetzen, *das* kostete ihn Mühe. Und wo hatte er das gelernt?

Hat deine Mutter so mit dir gesprochen?

Nein.

Wie hast du das dann gelernt?

Er runzelte die Stirn. *Sie hat mir vorgesungen. Wir haben zusammen gesungen. Sie hat dafür gesorgt, dass mich die bösen Jungen nicht sehen.*

Ich wurde immer aufgeregter. *Dick. Wo ist deine Mutter? Hast du Brüder oder …*

»Hört auf damit! Das ist nicht gerecht!« Der Prinz klang trotzig wie ein Kind.

Das riss mich aus meinen Gedanken. »Was ist nicht gerecht?«

»Dass ihr beide über die Gabe miteinander redet, sodass ich euch nicht hören kann. Das ist unhöflich. Das ist genau das Gleiche wie hinter jemandes Rücken über ihn zu flüstern.«

Ich hörte auch die Eifersucht in seiner Stimme. Dick, der Schwachkopf, tat etwas, wozu der Prinz der Sechs Provinzen nicht imstande war, und ich war offensichtlich begeistert davon. Hier musste ich Vorsicht walten lassen. Ich vermutete, dass Gabenmeister Galen eine Rivalität zwischen ihnen geschürt hätte, um beide zu härterer Arbeit anzutreiben.

Aber das war nicht mein Ziel. Stattdessen wollte ich die beiden zu einer Einheit formen.

»Es tut mir leid. Du hast recht. Das war nicht gerade höflich. Dick hat mir gerade erzählt, dass seine Mutter ihm über die Gabe vorgesungen hat und dass sie auch gemeinsam gesungen haben. Manchmal hat sie sie auch benutzt, damit die bösen Jungen ihn nicht sehen.«

»Dann hat seine Mutter die Gabe? Ist sie auch schwachsinnig?«

Ich sah, wie Dick bei dem Wort zusammenzuckte, so wie ich einst bei dem Wort »Bastard«. Ich wollte den Prinzen auf scharfe Art zurechtweisen, doch ich wusste, dass das nur Heuchelei gewesen wäre. Bezeichnete ich Dick nicht selber so? Als Schwachkopf? Für den Augenblick ließ ich es auf sich beruhen, doch ich beschloss, unter vier Augen dafür zu sorgen, dass Dick diesen Begriff nie wieder von unseren Lippen zu hören bekam.

»Dick, wo ist deine Mutter?«

Er sagte langsam und im Tonfall eines verletzten Kindes: »Sie ist ge-stor-ben.« Er zog das Wort über Gebühr in die Länge und schaute sich um, als hätte er etwas verloren.

»Kannst du mir davon erzählen?«

Er verzog das Gesicht bei dem Gedanken. »Wir sind mit den anderen in die Stadt gekommen. Wenn alle zusammenkommen. Zum Frühlingsfest. Ja.« Er nickte, als er sich an den richtigen Begriff dafür erinnerte. »Dann, eines Morgens, ist sie nicht mehr aufgewacht. Die anderen haben meine Sachen genommen und gesagt, ich würde nicht mehr mit ihnen gehen.« Unglücklich kratzte er sich an der Wange. »Dann waren alle weg, und ich war hier. Und dann … Ich war hier.«

Das war zwar kein zufriedenstellender Bericht, aber ich

bezweifelte, dass wir mehr aus ihm herausbekommen würden. Es war Pflichtgetreu, der in sanftem Tonfall fragte: »Was haben deine Mutter und die anderen auf ihren Reisen getan?«

Dick atmete tief durch. »Oh, weißt du … sie haben immer eine große Menge gesucht. Mutter hat gesungen, Prokie die Trommel gespielt und Jimu getanzt. Und Mutter hat immer ›Du siehst ihn nicht, du siehst ihn nicht‹ gemacht, während ich mit meiner kleinen Silberschere die Börsen abgeschnitten habe. Prokie hat sie mir abgenommen, genau wie meine Bommelmütze und meine Decke.«

»Du warst ein Beutelschneider?«, fragte Pflichtgetreu ungläubig, während ich stumm dasaß und dachte: Was für eine Verwendung für die Gabe; den eigenen Sohn zu verbergen, während er Beutel schneidet.

Dick nickte, allerdings mehr zu sich als zu uns. »Wenn ich es gut gemacht habe, habe ich einen Heller bekommen, um mir etwas Süßes davon zu kaufen. Jeden Tag.«

»Hattest du irgendwelche Brüder oder Schwestern, Dick?«

Er verzog das Gesicht und dachte nach. »Mutter war alt, zu alt für Babys. Deshalb bin ich auch dumm geboren worden. Jedenfalls hat Prokie das gesagt.«

»Dieser Prokie scheint mir ja ein charmanter Bursche gewesen zu sein«, bemerkte der Prinz sarkastisch, und Dick musterte ihn misstrauisch.

Ich stellte es für ihn klar.

»Der Prinz will damit sagen, dass Prokie gemein zu dir gewesen ist.«

Dick kaute kurz auf der Oberlippe, dann nickte er und warnte uns: »Nennt Prokie niemals ›Papa‹. Niemals!«

»Niemals«, willigte der Prinz von ganzem Herzen ein, und ich glaube, in diesem Augenblick änderten sich Pflichtgetreus Gefühle gegenüber Dick. Er neigte den Kopf zur Seite und musterte den schmutzigen, missgestalteten Mann.

»Dick. Kannst du eine Gabenverbindung zu mir herstellen? So, dass nur ich dich hören kann und nicht Tom?«

»Warum?«, verlangte Dick zu wissen.

»Um hier Schüler zu sein, Dick«, mischte ich mich ein. »Schüler und nicht Diener.«

Dick saß schweigend da, die Zungenspitze über die Oberlippe geschoben. Dann brach der Prinz in lautes Lachen aus. »Stinkehund? Warum nennst du ihn Stinkehund?«

Dick verzog das Gesicht und rollte mit den Schultern, als wisse er es nicht. Und in diesem Augenblick fühlte ich ein Geheimnis. Er hielt etwas zurück. Fürchtete er sich vor irgendetwas?

Ich spielte ein Lachen vor, das ich nicht empfand. »Ist schon gut, Dick. Sag's ihm ruhig, wenn du willst.«

Einen Moment lang schien ihn das zu verwirren. Hatte irgendjemand ihm gesagt, dass man mir etwas Bestimmtes nicht verraten dürfe? Chade? Dick legte die Stirn leicht in Falten, als er zum Prinzen schaute. Dann sprach er. Ich erwartete, dass er dem Prinzen enthüllte, dass ich über die Alte Macht verfügte und dass er irgendwie gefühlt hatte, dass mein Geschwistertier ein Wolf gewesen war. Was er jedoch stattdessen sagte, machte mich krank vor Furcht. »So nennen sie ihn, wenn sie mich nach ihm fragen. Die aus der Stadt, die mir Münzen für Nüsse und Süßes geben. Stinkender Hund von einem Verräter.« Grinsend drehte er sich zu mir um, und ich zwang mich, sogar noch breiter zu lächeln und schließlich sogar zu kichern.

»Tun sie das, hm? Diese Halunken!« *Lächle, Pflichtgetreu. Lach laut, aber stell keine Gabenverbindung zu mir her.* Ich hielt diese Gabenübertragung so unauffällig, wie ich nur konnte. Ich sah, wie Dicks Blick von mir zum Prinzen zuckte.

Pflichtgetreu war kreidebleich, doch er lachte ein lautes, hartes »Ha-ha-ha«, das mehr wie Würgen denn wie Lachen klang.

Ich wagte mich ein letztes Mal vor. »Der Einarmige sagt das am häufigsten, nicht wahr?«

Dick lächelte verunsichert. Ich hatte schon geglaubt, falsch geraten zu haben, doch dann sagte er: »Nein. Er nicht. Er ist neu. Er spricht nur selten. Aber wenn ich erzähle und sie mir Münzen geben, dann sagt er manchmal: ›Beobachte diesen Bastard. Beobachte ihn gut.‹ Und ich sage: ›Das tue ich. Das tue ich.‹«

»Und das machst du gut, Dick. Du machst gute Arbeit und verdienst deine Münzen.«

Dick schaukelte vor und zurück; er war zufrieden mit sich selbst. »Und ich beobachte auch den goldenen Mann. Er hat ein hübsches kleines Pferd und einen Hut mit Augenfedern darauf.«

»Ja, das hat er«, gab ich zu. Mein Mund war wie ausgetrocknet. »Wie die Augenfeder, die du haben willst.«

»Wenn er weg ist, kann ich sie haben«, erzählte uns Dick selbstzufrieden. »Das haben die in der Stadt gesagt.«

Ich hatte das Gefühl, als sei keine Luft mehr vorhanden, die ich hätte atmen können. Dick saß da und nickte zufrieden vor sich hin. Chades dummer Diener – zu dumm, um ein Geheimnis zu erkennen, selbst wenn es ihn in den Hintern biss: Er hatte uns für Münzen verkauft. Und das alles nur, weil ich zu dumm gewesen war, um zu erkennen, dass jemand, der unwissend zwischen den Geheimnissen eines anderen einhergeht, durchaus eigene Geheimnisse besitzen kann. Was hatte er gesehen, und wem hatte er davon erzählt?

»Der Unterricht ist für heute beendet«, brachte ich mühsam heraus. Ich hoffte, dass Dick einfach gehen würde, doch er blieb sitzen und dachte nach.

»Ich mache gute Arbeit. Das tue ich. Es war nicht meine Schuld, dass die Ratte gestorben ist. Ich wollte sie ohnehin nicht. Er hat gesagt: ›Sie wird dein Freund sein‹, und ich habe Nein gesagt, weil ich einmal von einer Ratte gebissen worden bin, aber sie haben gesagt: ›Nimm sie trotzdem mit. Diese Ratte ist nett. Gib ihr zu essen, und bring sie jede Woche wieder zu uns zurück.‹ Das habe ich auch getan. Dann ist sie unter der Schüssel gestorben. Ich glaube, die Schüssel ist auf sie gefallen.«

»Vermutlich, Dick. Vermutlich. Aber das ist nicht deine Schuld. Ganz und gar nicht.« Am liebsten wäre ich sofort losgerannt, um Chade zu suchen. Langsam kam die kalte Wahrheit ans Licht. Chade hatte nichts davon bemerkt. Chade hatte nichts davon gewusst. Chade konnte seinen Lehrling nicht länger beschützen. Es war an der Zeit, dass ich lernte, für mich selbst zu kämpfen. Ich hob den Finger, als ich mich plötzlich an etwas erinnerte. »Oh, Dick. Heute ist nicht zufällig der Tag, an dem du zu ihnen gehst, oder?«

Dick schaute mich an, als wäre ich dumm. »Nein. Nicht am Brotbacktag. Am Waschtag. Wenn die Laken zum Trocknen rausgehängt werden. Dann gehe ich und hole mir meine Münzen.«

»Am Waschtag. Natürlich. Das wäre dann morgen. Das ist gut, ich habe den rosa Zuckerkuchen nämlich nicht vergessen. Ich wollte ihn dir heute geben. Könntest du ein wenig in Chades Zimmer auf mich warten? Es könnte allerdings etwas dauern, aber ich werde ihn dir bringen.«

»Ein rosa Zuckerkuchen.« Ich beobachtete, wie Dick seinen Geist durchforstete. Ich glaube nicht, dass er sich überhaupt daran erinnerte, dass ich ihm einen versprochen hatte. Einen Schal wie Rüpels. Einen roten. Rosinen. Meine Gedanken überschlugen sich. Das war für mich wie eines von Chades alten Spielen. Was sonst noch? Ein Messer. Und eine Pfauenfeder. Und Münzen für Süßigkeiten. Das alles würde ich noch vor morgen besorgen müssen.

»Ja. Ein rosa Zuckerkuchen. Keinen verbrannten. Ich weiß, dass er dir gefallen wird.« Ich betete, dass es so etwas in der Küche gab.

»Ja!« In Dicks kleinen Augen leuchtete etwas, das ich noch nie zuvor bei ihm gesehen hatte: freudige Erwartung. »Ja. Ich werde warten. Bring ihn bald.«

»Nun, so schnell geht das nicht. Nicht sehr schnell jedenfalls. Aber heute noch. Wirst du dort auf mich warten und nirgendwo anders hingehen?«

Er hatte die Stirn in Falten gelegt, als ich »Nicht sehr schnell« gesagt hatte, doch mürrisch nickte er.

»Das ist gut, Dick. Du bist ein sehr guter Schüler. Geh jetzt rauf und warte dort auf mich.«

Kaum hatte sich die Kamintür hinter ihm geschlossen, öffnete Pflichtgetreu den Mund, um etwas zu sagen. Ich winkte ihm zu schweigen. Ich wartete, bis ich sicher war, dass selbst Dick in seinem Schneckentempo weit außer Hörweite war. Dann ließ ich mich auf einen Stuhl sinken.

»Lutwin«, flüsterte Pflichtgetreu entsetzt.

Ich nickte. Ich war noch nicht bereit zu sprechen. Lutwin hatte mich »Bastard« genannt. Meinte er »Bastard« oder »*den* Bastard«?, fragte ich mich.

»Was sollen wir tun?«

Ich hob den Kopf und schaute meinen Prinzen an. Seine dunklen Augen waren groß geworden, sein Gesicht leichenblass. Chades Mauern und Spione hatten versagt. Plötzlich hatte ich das Gefühl, als stünde ich allein zwischen Pflichtgetreu und den Gescheckten. Vielleicht war das schon immer so gewesen. Selbstsüchtig freute ich mich, dass Laurel fort war, weit außerhalb von Lutwins Reichweite. So brauchte ich mir wenigstens um sie keine Sorgen mehr zu machen. »Du darfst gar nichts tun. Nichts!« Ich betonte das Wort, als Pflichtgetreu den Mund öffnete, um dagegen zu protestieren. »Du darfst nichts Ungewöhnliches tun, nichts, was sie vermuten lassen könnte, dass wir von ihrer Verschwörung wissen. Der heutige Tag muss wie jeder andere Tag sein, aber du musst innerhalb der Burgmauern bleiben.«

Einen Atemzug lang schwieg Pflichtgetreu; dann erwiderte er: »Ich habe Gentil Bresinga versprochen, mit ihm auszureiten. Nur er und ich. Wir wollten uns hinausschleichen und heute Nachmittag mit seiner Katze jagen gehen. Sehr spät gestern Nacht ist er in meine Gemächer gekommen und hat mich gefragt.« Er atmete tief ein, und ich beobachtete, wie er Gentils Einladung plötzlich in einem anderen Licht betrachtete. Leise fuhr er fort: »Er schien aufgeregt zu sein, und er sah aus, als hätte er geweint. Als ich ihn gefragt habe, ob er sich nicht wohlfühle, hat er mir versichert, dass er selbst an seinem Problem schuld sei und dass ihm ein Freund dabei nicht helfen könne. Ich nahm an, es hätte etwas mit einem Mädchen zu tun.«

Ich verarbeitete die Information und fragte dann: »Seine Katze ist hier?«

Der Prinz nickte beschämt. »Er bezahlt eine alte Frau, um ihre Scheune benutzen zu dürfen; sie liegt unten am Waldrand nahe den Flussmolen. Die Frau füttert die Katze, lässt sie aber kommen und gehen, wie sie will, und Gentil besucht sie, sooft er kann.« Er atmete tief durch und gab zu: »Ich war schon mal mit ihm dort. Einmal. Tief in der Nacht.«

Ich schluckte alles hinunter, was ich hatte sagen wollen. Das war nicht die richtige Zeit für wütenden Tadel. Mein Zorn galt größtenteils ohnehin mir selbst. Auch hier hatte ich versagt. »Nun, heute wirst du jedenfalls nicht gehen. Du hast plötzlich ein Furunkel am Hintern bekommen. Sag ihm das. Deshalb kannst du nicht mitreiten.«

»Ich will nicht … Das werde ich nicht sagen. Das ist peinlich. Ich werde sagen, ich hätte Kopfschmerzen. Tom, ich glaube nicht, dass Gentil ein Verräter ist. Ich glaube nicht, dass er mich hintergangen hat.«

»Du wirst das sagen, und zwar genau das, eben weil es peinlich ist. Kopfschmerzen klingen nach fadenscheiniger Entschuldigung, ein Furunkel an deinem Allerwertesten nicht.« Ich atmete tief durch und umriss, was ich vermutete. »Vielleicht ist Gentil kein Verräter. Aber es könnte durchaus sein, dass irgendjemand ihn benutzt, um dich aus Bocksburg fortzulocken. Oder es könnte sein, dass ihn jemand unter Druck setzt. Vielleicht bedroht man ihn damit, seine Mutter als Zwiehafte zu denunzieren, wenn er dich nicht ausliefert. Ob du Gentil nun vertraust oder nicht, steht hier nicht zur Debatte. Verschaff mir Zeit. Entschuldige dich irgendwie. Und achte darauf, vorsichtig zu gehen – meide alles, was du auch meiden würdest, wenn du wirklich ein Furunkel hättest.«

Pflichtgetreu verzog das Gesicht, nickte aber. Das erleichterte mich wenigstens etwas. Dann fügte er jedoch hinzu: »Es wird nicht leicht sein, mich davor zu drücken. Er hat gesagt, er wolle mich heute um einen besonderen Gefallen bitten.«

»Was für einen?«

»Ich bin nicht sicher. Es hat irgendetwas mit seiner Katze zu tun, glaube ich.«

»Umso mehr Grund, nicht mit ihm hinauszugehen.« Ich versuchte, alle möglichen Konsequenzen zu durchdenken. Dabei kam mir ein weiterer Gedanke. »Hat Gentil dir noch irgendwelche Tiere gebracht? Hat er versucht, dir ein Geschwistertier anzubieten?«

»Hältst du mich wirklich für so dumm, dass ich ihm auch dann noch vertrauen würde?« Der Prinz war von meiner Frage verstört und verärgert zugleich. »Ich bin kein Idiot, Tom. Nein. Tatsächlich hat Gentil mir sogar gesagt, ich dürfe mich nicht eher wieder mit einem Tier verschwistern, bevor nicht mindestens ein Jahr verstrichen sei. So ist der Brauch des Alten Blutes. Es gibt eine festgelegte Trauerzeit. Damit soll sichergestellt werden, dass der Mensch sein nächstes Geschwistertier aus echter Zuneigung wählt und nicht, um das alte zu ersetzen.«

»Das klingt, als hätte dir Gentil sehr viel über die Sitten derer vom Alten Blut erzählt.«

Einen Augenblick lang schwieg Prinz Pflichtgetreu. Dann sagte er kalt: »Du hast es abgelehnt, mich zu unterrichten, Tom, doch ich wusste tief in meinem Inneren, dass das etwas war, was ich einfach wissen *musste*. Nicht nur, um mich selbst zu schützen, sondern auch um meine Magie zu meistern. Ich werde mich nicht für die Alte Macht schämen, Tom. Wegen des ungerechten Hasses vieler muss ich sie verbergen, aber ich werde mich weder für sie schämen noch mich von ihr lossagen.«

Dazu konnte ich nicht viel sagen. Ein verräterischer Gedanke flüsterte mir zu, dass der Junge recht hatte. Wie viel besser wäre es für Nachtauge und mich gewesen, wenn ich in der Magie ausgebildet gewesen wäre, bevor ich mich mit ihm verschwistert hatte? Schließlich erwiderte ich steif: »Ich bin sicher, dass mein Prinz tun wird, was er für das Beste hält.«

»Ja. Das werde ich«, pflichtete er mir bei. Dann, als hätte er einen kleinen Sieg errungen, änderte er seine Taktik und fragte mich unvermittelt: »Ich werde also so tun, als wüsste ich von nichts. Und was wirst du tun? Ich fürchte nämlich, dass du in genauso großer Gefahr schwebst wie ich. In einem gewissen Maße wird mein Name mich beschützen. Sie bräuchten schon handfeste Beweise, um mich der Alten Macht anzuklagen. Aber du … dich könnten sie in irgendeiner Burgstadtgasse zu Tode knüppeln, und niemand würde sich groß darüber Gedanken machen. Dich beschützt kein Name, Tom.«

Fast hätte ich gelächelt. Allein die Tatsache, dass mein Name nicht bekannt war, stellte schon einen gewissen Schutz für mich da, und es war dieser Schild, den ich aufrechterhalten musste. »Ich muss mit Chade reden. Sofort. Wenn du mir helfen willst, lass in der Küche verlauten, dass du heute aus irgendeinem Grund Lust auf rosa Zuckerkuchen hättest.«

Pflichtgetreu nickte ernst. »Kann ich dir sonst noch helfen?«

Das Angebot war ernst gemeint, und das rührte mich. Er war mein Prinz, und doch bot er sich an, mir zu dienen. Natürlich hätte ich ablehnen können, aber ich glaube, er wusste es mehr zu schätzen, als ich sagte: »Ja, das kannst du tatsächlich. Außer dem rosa Zuckerkuchen brauche ich noch einen großen Haufen Rosinen, einen roten Schal, ein gutes Gürtelmesser und eine Pfauenfeder.« Als die Augen des Prinzen angesichts dieser seltsamen Liste immer größer wurden, fügte ich hinzu: »Eine Schüssel Nüsse und ein paar Süßigkeiten wären auch eine gute Idee. Wenn du das hierherbringen kannst, ohne dass jemand etwas merkt, wäre das äußerst hilfreich. Von hier aus kann ich die Sachen dann zu Chades Arbeitszimmer bringen.«

»Das ist alles für Dick? Du willst dir seine Loyalität kaufen?« Er klang entrüstet.

»Ja. Das ist alles für Dick, aber nicht um ihn zu kaufen – zumindest nicht im eigentlichen Sinne. Ich muss ihn für uns gewinnen, Pflichtgetreu. Wir werden mit Geschenken und Aufmerksamkeiten beginnen. Am Ende glaube ich, dass die Aufmerksamkeiten wichtiger sein werden als die Geschenke. Du hast aus seinem eigenen Munde gehört, wie sein Leben bis jetzt verlaufen ist. Welchen Grund hätte er, irgendjemandem gegenüber so etwas wie Loyalität zu empfinden? Lass mich dir etwas aus meiner Erfahrung erzählen: Jeder, selbst ein König, kann damit beginnen, einen Mann mit Geschenken zu kaufen. Zuerst mag es so aussehen, als wäre das alles zwischen ihnen, doch irgendwann können Loyalität und sogar echte Sorge daraus entstehen. Wenn wir uns nämlich um jemanden sorgen, und dieser Jemand sich auch um uns sorgt, dann ist das der Anfang einer echten Bindung.« Kurz gingen meine Gedanken auf Wanderschaft, nicht nur zu König Listenreich und mir, sondern auch zu dem, was Harm und ich teilten, zu Burrich und mir, Chade und mir … »Deshalb werden wir also mit einfachen Geschenken beginnen, um sein Herz sanft zu stimmen.«

»Ein Bad könnte ihm auch nicht schaden – und ein paar ordentliche Kleider.« Der Prinz sprach nachdenklich, nicht sarkastisch.

»Du hast recht«, sagte ich. Ich bezweifelte, dass er wusste, wie meine Worte gemeint waren. Sollte er derjenige sein, der herausfand, wie man Dicks Herz gewinnen konnte. Die Bindung, die ich schmieden wollte, sollte nämlich zwischen diesen beiden entstehen. Plötzlich teilte ich Chades Überzeugung, dass der Prinz eine Kordiale benötigte. Es könnte eine Zeit kommen, in der »ihr seht ihn nicht, ihr seht ihn nicht« ihn vor einem Strick um seinen Hals bewahren konnte.

Wir trennten uns und wandten uns unseren unterschiedlichen Aufgaben zu. Ich eilte durch das Labyrinth zu meiner Kammer. Von dort aus ging ich geradewegs durch die Gemächer des Narren, ohne auch nur nachzusehen, ob er wach war. Ein paar Augenblicke später stieg ich dann die Treppen zu jenem Teil der Burg hinauf, wo der Oberste Ratgeber der Königin seine Privatgemächer hatte. Ich wünschte, ich hätte ihn auf unauffälligere Art kontaktieren können, aber ich beschloss, schlicht zu lügen, sollte jemand mich anhalten, und zu erklären, dass ich Chade eine Botschaft von Fürst Leuenfarb überbringen wolle.

Obwohl bereits so viel geschehen war, war es noch immer früh am Morgen. Bei den meisten Leuten, die sich leise durch die Burg bewegten, handelte es sich um Diener, die sich darum kümmerten, dass ihre Herren einen unbeschwerten Morgen erleben konnten. Einige trugen Eimer mit Waschwasser, andere Tabletts mit Frühstück. Eine Heilerin eilte mit langen Schritten und Mull und Salbentöpfen in der Hand an mir vorbei. Die kleine Frau keuchte, und ihre Wangen waren hochrot, als wäre Schnelligkeit von allergrößter Bedeutung. Ich nahm an, dass sie vielleicht zu Chades Gemächern unterwegs war, um seine Verbrennungen zu behandeln. Als sie plötzlich vor mir stehen blieb, wäre ich fast über sie gestolpert. Ich stützte mich an der Wand ab, um das Gleichgewicht nicht zu verlieren, und entschuldigte mich dann.

»Nicht nötig, nicht nötig. Mach einfach die Tür für mich auf, bitte.«

Das war nicht Chades Tür. Ich hatte schon vor langer Zeit nachgesehen, wo genau sich seine Gemächer befanden. Meine Neugier war jedoch geweckt, und so sagte ich ernst, als ich die Hand an die Tür legte: »Ich hoffe, Hochdame Modeste ist nicht allzu schwer verletzt. Ihr habt viel dabei.«

Die Heilerin schüttelte verärgert den Kopf. »Das ist nicht Hochdame Modestes Gemach. Hochdame Rosmarin ist die, die meiner Dienste bedarf. Eine Rußwolke aus dem Kamin hat sich vergangene Nacht mitten in ihrem Gesicht entzündet, das arme Ding. Beide Hände sind verbrannt wie auch ihr wunderschönes Haar. Öffne die Tür, Mann.«

Mit weit aufgerissenen Augen kam ich ihrem Wunsch nach und warf verstohlen einen Blick hinein. Rosmarins Wangen und Stirn waren genauso rot, wie Chades es gewesen waren. Sie trug ein gelbes Wickelkleid und saß auf einem Stuhl am Fenster, während eine Zofe die versengten Spitzen ihrer Haare schnitt. Sie hielt die Hände vor sich. Offensichtlich schmerzten sie sie, und sie waren in feuchte Tücher gehüllt. Dann schloss sich die Tür wieder, und für mich gab es nichts mehr zu sehen.

Ich schwankte leicht, während ich eins und eins zusammenzählte. Ich hatte heute Morgen ein Geheimnis zu viel enthüllt. Rosmarin war Chades neuer Lehrling. Nun … warum auch nicht? Edel hatte die kleine Rosmarin schon vor Jahren in den Grundlagen der Assassinenkunst unterrichtet. Warum einen ausgebildeten Spion dafür verschwenden? Irgendwie machte mich das nüchterne Denken traurig, das dahinter stand. Doch ich hatte mehr als einen Weitseher sagen hören: Die Waffe, die du heute wegwirfst, kann schon morgen gegen dich gerichtet werden. Besser, Rosmarin fest in der Hand zu behalten, als dass irgendjemand sie morgen gegen uns benutzen könnte.

Langsam ging ich zu Chades Räumen weiter. Was ich gerade herausgefunden hatte, machte meine gegenwärtige Aufgabe nicht weniger dringend, aber ich hatte das Gefühl, als hätte ich einfach viel zu viele Gedanken im Kopf, um auch nur einem davon folgen zu können. Ich klopfte an, und ein Junge von ungefähr zehn Jahren öffnete mir die Tür. Ich sprach mit lauter, jovialer Stimme. »Guten Morgen, junger Mann! Ich bin Tom Dachsenbless, Diener von Fürst Leuenfarb, und ich habe eine Nachricht für Ratgeber Chade.«

Der Junge blinzelte zu mir hinauf. Er war noch nicht lange wach. »Mein Herr fühlt sich heute nicht gut«, sagte er schließlich. »Er wird niemanden empfangen.«

Ich lächelte ihn freundlich an. »Oh, ich muss ihn nicht sehen, junger Mann. Er muss mich nur hören, damit ich ihm die Nachricht weitergeben kann. Darf ich auch nicht mit ihm sprechen?«

»Ich fürchte nein. Ich kann die Nachricht aber entgegennehmen, wenn du willst.«

»Fürst Leuenfarb hat sie nicht niedergeschrieben, junger Mann. Er hat mich gebeten, seine Worte genau zu wiederholen.« Ich bellte meine Worte förmlich, ohne auf die Stille im Gang hinter mir und dem abgedunkelten Zimmer zu achten. Der Junge warf einen Blick zu einer geschlossenen Tür auf der anderen Seite des Raums. Das musste also Chades Schlafzimmer sein. Mich verließ der Mut. Der alte Mann war mit seinen Verletzungen vielleicht wieder zu Bett gegangen, und wenn er hinter einer Tür schlief, das Gehör von seinem Missgeschick geschwächt, hatte ich kaum eine Chance, dass er meine Stimme hörte und herauskam.

»Und diese Nachricht wäre?«, fragte mich der junge Page

mit fester Stimme. Er lächelte freundlich, versperrte mir aber entschlossen den Weg. Offensichtlich war ich für ihn wie viele Soldaten in Bocksburg: von Natur aus schon nicht sonderlich hell im Kopf, und eine Reihe von Schlägen im Laufe der Jahre hatte sich auch nicht gerade positiv ausgewirkt.

Ich räusperte mich und deutete eine Verbeugung an. »Fürst Leuenfarb von Jamaillia lädt Fürst Chade, Oberster Berater von Königin Kettricken der Sechs Provinzen, heute Morgen zu einem Frühstück und einem amüsanten Glücksspiel ein. Es handelt sich um ein Spiel, das er erst vor Kurzem erlernt hat, und er glaubt, dass Fürst Chade es äußerst faszinierend finden wird. ›Lutwin‹ wird es genannt, nach seinem Ursprungsort. Jeder Spieler erhält eine Handvoll Spielsteine, und sein Schicksal hängt davon ab, die anderen zu schlagen, indem er Risiken eingeht, bevor die Zeit abgelaufen ist. Es heißt, unten in Burgstadt würde es bereits gespielt, auch wenn mein Herr noch nicht genau herausgefunden hat, wo.«

Der Mund des jungen Pagen klappte langsam auf. Er war gut darin ausgebildet – dessen war ich sicher – Botschaften wortgetreu weiterzugeben, doch keine von solcher Länge. Ich lächelte weiter und hob die Stimme, damit sie durch die beiden geschlossenen Türen trug. »Aber das Faszinierendste an dem Spiel ist, dass es traditionell nur an Waschtagen gespielt wird. Ulkig, nicht wahr? Heutzutage kann es jedoch an allen Tagen gespielt werden, aber die Einsätze sind an Waschtagen noch immer höher.«

»Ich werde es ihm ausrichten«, unterbrach mich der Page. »Ich werde ihm ausrichten, dass er zu einer Partie Lutwin in Fürst Leuenfarbs Gemächern geladen ist. Aber ich fürchte, er wird ablehnen. Wie ich bereits gesagt habe, fühlt er sich heute nicht allzu gut.«

»Nun, das zu entscheiden obliegt weder dir noch mir, nicht wahr? Wir sind lediglich diejenigen, die dafür sorgen müssen, dass die Nachrichten übermittelt werden. Sei bedankt und einen schönen Morgen noch.«

Ich drehte mich um, marschierte den Gang hinunter und summte vor mich hin. Ich versuchte, nicht so auszusehen, als hätte ich es eilig. Ich ging in die Küche und lud ein üppiges Mahl auf ein Tablett. Um weiter so zu tun, als wolle Fürst Leuenfarb Ratgeber Chade in seinen Gemächern unterhalten, nahm ich mir noch ein paar Extrateller und -tassen und schaffte alles in unsere Gemächer hinauf. Ich kam gerade rechtzeitig dort an, um Chades Pagen abzufangen. Der Junge war gekommen, um Chades Entschuldigung zu überbringen, dass er aufgrund heftiger Kopfschmerzen nicht kommen könne. Ich versprach, sein Bedauern an meinen Herrn weiterzuleiten. Kaum hatte ich die Tür hinter mir geschlossen und das Tablett abgestellt, da trat Chade aus meiner Kammer. »Was ist das von wegen Lutwin?«, verlangte er zu wissen.

Er sah sogar noch schlimmer aus als das letzte Mal, da ich ihn getroffen hatte. Die gerötete Haut auf seiner Stirn und seinen Wangen schälte sich inzwischen ab und verlieh ihm ein lepröses Aussehen. Wenigstens sprach er schon fast wieder normal. Ich stellte ihn auf die Probe, indem ich bewusst leise fragte: »Kehrt dein Gehör langsam wieder zurück?«

Er funkelte mich an. »Es ist schon ein wenig besser geworden, aber du musst immer noch etwas lauter sprechen, damit ich dich verstehe. Doch jetzt genug davon. Was ist das mit Lutwin?«

In diesem Augenblick trat Fürst Leuenfarb aus seinem Schlafgemach; er schnürte gerade seinen Morgenmantel zu. »Ah. Guten Morgen, Ratgeber Chade. Welch unerwartete Freude, aber wie ich sehe, hat mein Diener Euch bereits empfangen und Frühstück für uns geholt. Bitte setzt Euch.«

Chade blickte ihn finster an und wandte sich dann wieder an mich. »Es reicht! Mir ist egal, was ihr für Meinungsverschiedenheiten habt. Hier geht es um eine Bedrohung für den Weitseher-Thron, und ich werde solchen Unsinn nicht dulden. Narr, halt den Mund. Fitz-Chivalric, berichte!«

Der Narr zuckte mit den Schultern und ließ sich auf den Stuhl Chade gegenüber fallen. Ohne weitere Zeremonie begann er, Essen für meinen alten Mentor anzurichten. Es schmerzte mich, dass er sich für Chade wieder in sein altes Ich verwandelte, aber nicht für mich. Meinen Teller ließ der Narr leer. So bediente ich mich selbst, während ich sprach. Ich berichtete alles, was sich heute Morgen zugetragen hatte. Chades Gesichtsausdruck wurde immer besorgter, aber er unterbrach mich nicht. Um es dem Narren mit gleicher Münze heimzuzahlen, blickte ich ihn beim Reden kein einziges Mal an. Als ich schließlich fertig war, schenkte ich Chade und mir Tee ein und nahm mein Essen in Angriff. Ich war halb verhungert.

Nach einem langen Augenblick des Schweigens fragte Chade: »Hast du irgendetwas geplant?«

Ich hob die Schultern mit einer Beiläufigkeit, die ich nicht empfand. »Es scheint offensichtlich. Wir müssen Dick nah bei uns behalten, damit er das Spiel nicht verraten kann. Wir müssen den Prinzen heute und morgen hier in Sicherheit behalten. Wir müssen herausfinden, wohin Dick geht, um Bericht zu erstatten, und den Ort dann untersuchen. Anschließend gehen wir rein und bringen so viele wie möglich von ihnen um; vor allem werden wir sicherstellen, dass Lutwin diesmal stirbt.« Ich sprach in ruhigem Tonfall, doch meine eigenen Worte widerten mich plötzlich an. Es beginnt also erneut, dachte ich. Nicht das Töten in der Schlacht oder wenn man angegriffen wird, sondern das ruhige Planen von Meuchelmorden für die Weitseher. Hatte ich nicht gesagt, dass ich kein Meuchelmörder mehr sei und nie wieder einer werden würde? Ich fragte mich, ob ich ein Lügner oder ein Heuchler war, dass ich so etwas je ausgesprochen hatte.

»Hör auf, den Narren mit dieser Schau beeindrucken zu wollen. Das funktioniert nämlich nicht«, bemerkte Chade grimmig.

Hätte er nicht so genau ins Ziel getroffen, ich wäre bekümmert gewesen. Ja. Ich hatte eine Schau abgezogen. Jetzt wagte ich es noch nicht einmal, zum Narren zu blicken, um zu sehen, wie er auf Chades Bemerkung reagierte. Ich schaufelte eine weitere Ladung Essen in mich hinein, um nichts sagen zu müssen.

Chades nächste Bemerkung schockierte mich. »Keine Morde, Fitz. Und du hältst dich von ihnen fern. Mir gefällt ihr Herumspionieren nicht, und ich schäme mich, dass sie mich so leicht täuschen konnten, aber wir können es nicht riskieren, irgendwelche Zwiehaften zu töten, ohne das Wort der Königin infrage zu stellen. Du weißt, dass Kettricken angeboten hat, eine Delegation jener vom Alten Blut zu empfangen, um eine Lösung für die ungerechte Verfolgung auszuarbeiten?« Auf mein Nicken hin fuhr er fort: »Nun, in den vergangenen zwei Tagen hat sie Nachrichten erhalten, die sie beim Wort nehmen. Ich vermute, dass Laurel etwas damit zu tun hat. Was meinst du?«

Der alte Mann blickte mich grimmig an. Aber falls er gehofft hatte, mir mit diesem Überraschungsangriff ein Geheimnis entlocken zu können, so hatte er sich geirrt. Nach kurzem Nachdenken nickte ich. »Das könnte durchaus möglich sein. Dann tun sie das … Das ist ohne deine Führung arrangiert worden?« Das war die taktvollste Art, die mir einfiel, um es zu sagen.

Chade nickte; sein Gesichtsausdruck wurde immer grimmiger. »Nicht nur ohne meine Führung, sondern auch gegen meinen ausdrücklichen Rat. Im Augenblick können wir kaum noch ein diplomatisches Problem brauchen. Nichtsdestoweniger werden wir wohl eins bekommen. Die Königin scheint das Festlegen von Ort und Zeit des Treffens den Zwiehaften überlassen zu wollen. Sie haben erklärt, dass wir zu ihrem Schutz äußerste Geheimhaltung wahren müssen. Es wird keine Ankündigung dieses Treffens geben, bevor sie uns nicht sagen, dass sie bereit dazu sind. Ich glaube, sie fürchten sich davor, was unsere Edelleute tun könnten, sollten sie davon erfahren. Und das tue ich auch!« Er atmete tief durch und fasste sich wieder. »Ein genaues Datum ist noch nicht festgelegt worden, aber sie haben uns ›bald‹ versprochen. Es könnte durchaus sein, dass Lutwin als Botschafter der Zwiehaften dient. Ihn in seiner Unterkunft zu töten, bevor er sich mit der Königin treffen kann, wäre … politisch unklug.«

»Ganz zu schweigen von ungehobelt«, warf der Narr zwischen zwei Bissen Brot ein. Tadelnd wedelte er mit dem Finger in Richtung Chade.

»Ich soll also gar nichts tun?«, fragte ich kalt.

»Nicht ganz«, erwiderte Chade in sanftem Ton. »Du warst klug genug zu tun, was du getan hast. Halte Dick hier fest. Lass ihn keinen Bericht mehr erstatten. Sieh zu, dass du noch mehr Informationen aus ihm herausbekommst. Du hattest auch recht damit, Pflichtgetreu zu sagen, er solle nicht allein mit Gentil Bresinga irgendwo hingehen. Natürlich könnte es sich schlicht um eine unschuldige Einladung handeln, aber ebenso gut könnte es eine Intrige sein, um ihn als Geisel zu nehmen. Ich habe immer noch nicht feststellen können, wie tief die Bresingas in die letzte Entführung verstrickt gewesen sind. Eine Zeit lang habe ich angenommen, dass Fürstin Bresinga selbst in Gefahr schweben würde oder eine Art Geisel wäre. Ihr ganzes Leben wirkte so eingeschränkt. Dann habe ich mich gefragt, ob nicht schlicht finanzielle Schwierigkeiten der Grund dafür sind. Berichten zufolge trinkt sie inzwischen weit mehr als früher. Sie geht früh zu Bett und steht spät auf.« Er seufzte. »Was das betrifft, habe ich noch keine Entscheidung getroffen, und aufgrund der Bemühungen der Königin, sich mit den Zwiehaften anzufreunden, habe ich es nicht gewagt, irgendetwas gegen die Bresingas zu unternehmen. Ich weiß noch immer nicht, ob sie nun eine Bedrohung oder Verbündete sind.« Er schwieg, verzog das Gesicht und fügte dann hinzu: »Es ist ein verdammtes Pech, dass mir das ausgerechnet jetzt mit meinem Gesicht passiert ist, wo ich rausgehen und mit den Leuten reden müsste. Ich kann es mir aber nicht leisten, irgendwelche Kommentare zu provozieren. Ein paar Leute könnten unangenehme Verbindungen herstellen.«

Der Narr stand leise auf und ging in sein Schlafzimmer. Als er wieder zurückkehrte, hielt er einen kleinen Topf Schminke in der Hand. Er stellte ihn auf den Tisch neben Chades Ellbogen. Als der alte Assassine ihn neugierig betrachtete, sagte der Narr: »Das ist hervorragend, um die Haut zu schälen. Es ist auch ein wenig Farbe drin, um die Haut aufzuhellen. Lass es mich wissen, wenn es zu viel Farbe ist. Ich kann sie verändern.« Mir fiel auf, dass er Chade nicht fragte, was geschehen war, und Chade gab auch nichts freiwillig preis. Vorsichtig fügte der Narr hinzu: »Wenn du willst, kann ich dir zeigen, wie du sie auftragen musst. Es könnte uns auch gelingen, einen Teil deiner Augenbrauen wiederherzustellen.«

»Bitte«, sagte Chade nach einem Moment. Und so wurde auf dem Frühstückstisch eine Ecke freigeräumt, und der Narr machte sich mit seinen Farben und Pudern an die Arbeit. Auf eine gewisse Art war es faszinierend, ihm dabei zuzusehen. Chade schien das Ganze zunächst unangenehm zu sein, doch schon bald ging er ganz und gar darin auf und verfolgte in einem Spiegel, wie der Narr sein Äußeres wiederherstellte. Als der Narr schließlich fertig war, nickte Chade zufrieden und bemerkte: »Ich wünschte, ich hätte Farbe und Schminke von dieser Qualität gehabt, als ich Hochdame Quendel gespielt habe. Ich hätte nicht so viele Schleier tragen und so furchtbar riechen müssen, um die Leute auf Distanz zu halten.«

Das ließ mich grinsen, als ich mich daran erinnerte. Gleichzeitig empfand ich kurz eine gewisse Unruhe. Es war ganz und gar nicht typisch für Chade, so sorglos über seine Geheimnisse zu sprechen, egal, wie alt sie waren. Ging er davon aus, dass ich dem Narren alles erzählt hatte, was es über uns zu wissen gab? Oder vertraute er dem Mann schlicht völlig? Chade hob die Hand, um seine Wange zu berühren, doch der Narr machte eine warnende Geste. »Berühr dein Gesicht so wenig wie möglich. Nimm diese Töpfe mit und entschuldige dich unter irgendeinem Vorwand nach den Mahlzeiten, um dich vor einen Spiegel zu setzen. Nach dem Essen ist es am wahrscheinlichsten, dass du irgendwelche Reparaturen vornehmen musst. Solltest du meine Hilfe brauchen, schick mir einfach eine Nachricht, ich solle dich besuchen. Ich werde dann zu dir kommen.«

»Sag deinem Pagen, du hättest eine Frage, was das Spiel ›Lutwin‹ betrifft«, warf ich ein. Ohne den Narren direkt anzusehen, erklärte ich: »Das war der Vorwand, unter dem ich heute Morgen Chades Gemächer aufgesucht habe. Dass du ihn hierher zum Frühstück eingeladen hast, um ihm ein Glücksspiel zu zeigen.«

»Eine Einladung, die ich aufgrund meiner angeschlagenen Gesundheit leider habe ablehnen müssen«, fügte Chade hinzu. Der Narr nickte ernst. »Jetzt muss ich gehen«, sagte der alte Assassine. »Mach weiter wie bisher, Fitz. Lass Fürst Leuenfarb mir eine Nachricht mit dem Wort ›Pferd‹ darin schicken, solltest du mich sehen wollen. Solltest du von Dick erfahren, wo sich Lutwin aufhält, lass es mich sofort wissen. Ich werde einen Mann zu ihm schicken, der ein wenig schnüffeln soll.«

»Ich glaube, dass könnte ich auch selbst erledigen«, sagte ich leise.

»Nein, Fitz. Er kennt dein Gesicht. Er könnte von Dick wissen, dass du zu mir gehörst. Es ist besser, du hältst dich von ihm fern.« Als er sich mit der Serviette den Mund abwischen wollte, warf der Narr ihm einen warnenden Blick zu, und so tupfte er sich stattdessen nur die Lippen ab. »Die Figur vom Strand der Anderen, Fitz. Du hast gesagt, der Prinz glaube, sie stelle die Narcheska dar? Hältst du das für möglich?«

Ich breitete die Hände aus und zuckte mit den Schultern. »Dieser Strand schien mir ein äußerst seltsamer Ort zu sein. Wenn ich daran zurückdenke, was dort geschehen ist, sind meine Erinnerungen nur vage und verschwommen.«

»Du hast gesagt, das könnte am Durchschreiten des Gabenpfeilers liegen.«

Ich atmete tief ein. »Vielleicht. Und doch glaube ich, dass da mehr dahintersteckt. Vielleicht haben die Anderen oder irgendein anderes Wesen einen Zauber über diesen Ort gelegt. Chade, wenn ich zurückblicke, ergeben meine Entscheidungen keinen Sinn für mich. Warum habe ich nicht versucht, dem Pfad in Richtung Wald zu folgen? Ich erinnere mich daran, ihn mir angesehen und gedacht zu haben, dass irgendjemand ihn angelegt hat. Dennoch verspürte ich nicht die geringste Neigung, hinüberzugehen und mich dort umzuschauen. Nein, es war sogar noch etwas Stärkeres. Der Wald schien mich zu bedrohen; so wenig einladend war noch nie ein Wald für mich.« Ich schüttelte den Kopf. »Ich glaube, dieser Ort besitzt seine eigene Magie, die weder etwas mit der Alten Macht noch mit der Gabe zu tun hat, und die Erfahrungen, die ich dort gesammelt habe, möchte ich nicht unbedingt noch mal machen. Auch die Gabe schien dort noch verführerischer zu sein als sonst. Und …« Ich ließ den Gedanken unvollendet. Ich war noch immer nicht bereit, über das zu sprechen, was auch immer es gewesen sein mochte, das Pflichtgetreu und mich aus dem Gabenstrom gezogen und wieder zusammengefügt hatte. Die Erfahrung war viel zu groß und persönlich.

»Eine Magie, die dem Prinzen eine Figur seiner Braut präsentieren kann, und zwar wie sie sein wird und nicht wie sie ist?«

Wieder zuckte ich mit den Schultern. »Nachdem Pflichtgetreu es ausgesprochen hatte, kam es mir richtig vor. Ich weiß, dass ich die Narcheska mal mit einem blauen Ornament gesehen habe, wie es auch die Figur trägt; aber ich habe sie nie auf diese Art gekleidet gesehen, und einen echten Busen hat sie auch noch nicht.«

»Ich erinnere mich daran, mal etwas über eine fernholmische Zeremonie gelesen zu haben, wo ein Mädchen sich so präsentiert, um seine Weiblichkeit anerkennen zu lassen.«

Das klang barbarisch für mich. Das sagte ich auch und fügte dann hinzu: »Es besteht eine Ähnlichkeit zur Narcheska, aber vielleicht ist das nur eine Ähnlichkeit, die alle fernholmischen Frauen teilen. Ich denke nicht, dass wir uns im Augenblick darüber den Kopf zerbrechen sollten.«

Chade seufzte. »Es gibt viel zu viel, was wir nicht über die Fernholmer wissen. Nun, ich muss weg. Ich habe der Königin viel zu berichten, und anderen Leuten muss ich eine Menge Fragen stellen. Fitz, melde dich bei mir, sobald du etwas Definitives von Dick weißt. Lass mir über den Narren eine Nachricht mit dem Wort ›Lavendel‹ darin zukommen.«

Mein Herz setzte einen Schlag lang aus. »Hast du nicht gesagt, wir sollten das Wort ›Pferd‹ benutzen?«, sagte ich.

Chade blieb an der Tür zu meiner Kammer stehen. Ich wusste, dass ich ihn aufgerüttelt hatte, doch er versuchte, es zu verbergen. »Habe ich das? Aber das Wort ist mir zu gewöhnlich, weißt du? ›Lavendel‹ eignet sich besser für unsere Zwecke. Das würdest du mir kaum aus Zufall schreiben. Auf Wiedersehen.«

Und er war verschwunden. Ich drehte mich um, um zu sehen, ob der Narr genauso entsetzt über den Lapsus des alten Mannes war wie ich, doch auch er war weg. Wie ein Geist war er aus dem Raum gehuscht und hatte Farbe und

Puder mitgenommen. Ich seufzte und machte mich daran, das Frühstück wegzuräumen. Das kurze Zwischenspiel mit ihm hatte mir mehr denn je bewusst gemacht, wie sehr ich ihn vermisste. Es traf mich tief, dass er bei Chade er selbst war, bei mir aber nicht.

Falls, so ermahnte ich mich säuerlich, der Narr überhaupt der war, der er war.

Kapitel 18

ROSA ZUCKERKUCHEN

Lasst den Schüler auf dem Rücken liegen, aber nicht auf einem bequemen Bett oder auf einer freien Oberfläche. Beides wäre eine Ablenkung. Eine auf dem Boden gefaltete Decke reicht. Der Schüler soll alle Kleidung öffnen, die ihn einengt. Manche Schüler werden die Übung am besten durchführen, wenn sie vollkommen nackt und somit nicht von irgendwelchen Kleidungsstücken abgelenkt sind, die ihre Haut berühren. Andere wiederum werden von der Verwundbarkeit ihrer Nacktheit abgelenkt. Lasst jeden Schüler ohne Kommentar entscheiden, was am besten für ihn ist.

Betont, dass die einzige Bewegung ein stetes Atmen sein soll. Die Augen sollen geschlossen sein. Dann fordert den Schüler auf, sich seines Körpers bewusst zu werden, ohne irgendeinen Teil davon zu bewegen. Zunächst könnte er Führung dabei benötigen. Sagt ihm, er solle sich seiner mittleren Zehen bewusst werden, ohne sie zu bewegen oder zu berühren. Dann lasst ihn an seine Knie denken, doch er darf sie nicht durchbiegen. Macht weiter mit der Haut seiner Brust, seiner Stirn, den Handrücken, und fahrt fort, die Grenzen seines Fleisches zu benennen, bis der Schüler die Enge des Leibes wahrhaft erkennt, in dem er lebt. Derart vorbereitet, fordert ihn auf, die Ränder seiner Gedanken zu finden. Halten sie an der Haut auf seiner Stirn an? Fühlt er, dass sie in seinem Schädel, seiner Brust gefangen sind?

Nur der dümmste Schüler wird nicht sofort erkennen, dass der Körper die Gedanken nicht einzusperren vermag. Sie dehnen sich weit über das Fleisch hinaus aus, ja sogar weit über unser Sichtfeld, unser Gehör, unseren Tast- und Geruchssinn. All das sind Sinne, die uns zwar mit der Außenwelt verbinden, aber dennoch auf unseren Leib beschränkt sind. So greifen unsere Gedanken hinaus, ohne an Raum und Zeit gebunden zu sein. Fragt den Schüler: »Kannst du den Wein nicht riechen, der jenseits des Raums geöffnet wurde? Hörst du die Rufe der Seeleute auf dem Wasser? Dann weigere dich nicht zu glauben, dass du auch die Gedanken der Menschen um dich herum hören kannst.«

KNIEBAUMS ÜBERSETZUNG VON: *»VORBEREITUNG DER SCHÜLER«*

Ich ging zuerst zu Veritas' Turm, um zu sehen, ob der Prinz Glück damit gehabt hatte, Dicks Liste abzuarbeiten. Ich war überrascht, dass Pflichtgetreu nicht nur jeden einzelnen Gegenstand aufgetrieben hatte, sondern sogar persönlich auf mich wartete.

»Werden deine Freunde deine Abwesenheit nicht bemerken?«, fragte ich, während ich meinen Blick über die Fundgrube auf dem Tisch schweifen ließ.

Pflichtgetreu schüttelte den Kopf. »Ich habe mich entschuldigt. Manchmal kommt mir mein Ruf, ein wenig seltsam zu sein, gut zupass. Niemand hinterfragt, wenn ich plötzlich das Bedürfnis nach ein wenig Einsamkeit verspüre.«

Ich nickte vor mich hin, während ich die Gegenstände sortierte. Ich faltete den roten Schal und legte ihn beiseite. »Ich habe dich den tragen sehen. Wenn mir das auffällt, werden das auch andere bemerken. Sollte Dick ihn tragen, werden die Leute entweder glauben, dass er ihn gestohlen hat oder dass er in einer besonderen Verbindung zu dir steht. Gleiches gilt für das Messer. Ich weiß deinen Willen zu schätzen, dich von ihm zu trennen, aber solch eine gute Klinge in Dicks Händen würde nur unnötige Fragen aufwerfen.« Ich legte das Messer auf den gefalteten Schal.

Der kleine rosafarbene, überzuckerte Kuchen war noch immer ofenwarm und duftete nach Mandeln. Neben ihm stand eine Tonschüssel voller Rosinen, und in Sirup getunkte und ausgehärtete Nüsse lagen zwischen ihnen. Pflichtgetreu hatte sogar an die lange Pfauenfeder gedacht, die sich Dick gewünscht hatte. »Das ist wunderbar. Danke.«

»Nein, ich muss dir danken, Tom Dachsenbless.« Pflichtgetreu atmete tief ein und fragte: »Glaubst du, Lutwin ist hier, um dich zu töten?«

»Ich halte das für möglich. Aber Chade scheint zu glauben, dass er zu einer Delegation der Zwiehaften gehört, die mit der Königin verhandeln soll. Also hat man mir befohlen, die Hände in den Schoß zu legen, bis sich irgendetwas ändert.«

»Du wirst jetzt also erst einmal gar nichts tun.«

»Oh, ich werde eine Menge Dinge tun«, murmelte ich. »Ich werde nur nicht rausgehen und Lutwin an Ort und Stelle erschlagen.« Der Prinz lachte laut, und ich erkannte plötzlich, wie sorglos ich in seiner Gegenwart gesprochen hatte. Zum Glück nahm er an, ich hätte einen Scherz gemacht. Ich rang mir ein Lächeln ab. »Ich werde diese Sachen jetzt zu Dick hinaufbringen und sehen, was er mir zu sagen hat. Vergiss nicht, so normal wie möglich weiterzumachen.«

Das erfreute Pflichtgetreu nicht gerade, aber er erkannte die Notwendigkeit dieses Verhaltens. Ich verließ den Raum durch die Kamintür. Während ich mich durch die engen Gänge zwängte, dachte ich darüber nach, welche Bedeutung Lutwins Anwesenheit in Burgstadt für mich hatte. Kettricken hatte die Zwiehaften aufgerufen, mit ihr zu verhandeln. Da Lutwin das Oberhaupt der Fraktion der Gescheckten war, ergab es durchaus Sinn, dass er in dieser Eigenschaft vortrat, um seine Position zu erklären. Aber dass jemand, der den Prinzen entführt und versucht hatte, dessen Leben zu übernehmen, es wagte, vor die Königin zu treten, das überraschte mich. Sie mochte ihn ja nicht dafür aufhängen, dass er über die Alte Macht gebot, doch für seine Verbrechen gegen die Weitseher verdiente er den Tod. Aber da war ein Problem: Kettricken konnte keine Anklage gegen ihn erheben, ohne zu enthüllen, dass auch ihr Sohn zu den Zwiehaften zählte. Sämtliche Ereignisse in Zusammenhang mit Pflichtgetreus Verschwinden waren heruntergespielt oder vollends verdeckt worden. Die Adligen bei Hofe glaubten, dass er sich einfach nur für eine Weile zur Meditation zurückgezogen hatte. Ich fragte mich, ob Lutwin diesen Umstand als Waffe gegen die Weitseher nutzen würde. Ich seufzte und hoffte, es würden sich noch andere, vernünftigere Leute vom Alten Blut melden. Menschen wie Lutwin waren daran schuld, dass wir so verhasst und gefürchtet waren. Sollte er vortreten und für sich in Anspruch nehmen, für alle Zwiehaften zu sprechen, würden diese Vorurteile weiterleben.

Als ich Chades Turmkammer erreichte, schob ich diese Gedanken beiseite. Ich trat ein und fand Dick untröstlich vor dem herunterbrennenden Feuer sitzend. Er starrte in die Flammen und hatte die Zunge herausgeschoben. »Hast du etwa geglaubt, ich hätte dich vergessen?«, fragte ich und schloss die Tür hinter mir.

Dick drehte sich zu mir um, und als er die Dinge in meinen Armen sah, ging eine schreckliche Welle der Dankbarkeit von ihm aus und hüllte mich ein. Zitternd vor Aufregung stand er auf. »Lass uns die Sachen erst einmal auf den Tisch legen«, schlug ich vor. Dick hatte es vor Staunen die Sprache verschlagen. Wie ein aufgeregter Welpe trat er von einem Fuß auf den anderen, während ich vorsichtig die Schriftrollen und Tintenfässer beiseiteschob und die Gegenstände einen nach dem anderen ablegte. »Prinz Pflichtgetreu hat mir geholfen, diese Dinge für dich zu besorgen«, erklärte ich ihm. »Siehst du, hier ist der rosa Zuckerkuchen. Er ist noch ofenwarm. Und hier ist eine Schüssel Rosinen mit kandierten Nüssen. Der Prinz glaubte, dass du die Nüsse mögen würdest. Und die Pfauenfeder, die Feder mit dem Auge. Alles für dich.«

Dick versuchte nicht, irgendetwas davon zu berühren. Er stand einfach nur da und starrte, die Hände vor dem runden Bauch verschränkt. Sein Mund arbeitete, während er überlegte, was er sagen sollte. »Prinz Pflichtgetreu?«, fragte er schließlich.

Ich zog einen Stuhl für ihn heran. »Setz dich, Dick. Dein Prinz schickt dir diese Dinge, damit du dich an ihnen erfreuen kannst.«

Langsam ließ sich Dick auf den Stuhl nieder. Seine Hände krochen über den Tisch, und schließlich wagte er es, mit einem Finger die Pfauenfeder zu berühren. »Mein Prinz. Prinz Pflichtgetreu.«

»Das ist richtig«, sagte ich.

Ich hatte erwartet, dass er sich den Kuchen und die Rosinen sofort in den Mund stopfen würde. Stattdessen saß er einfach nur da und strich mit dem fetten Finger über den Federkiel. Dann griff er nach dem rosa Zuckerkuchen und betrachtete ihn von allen Seiten. Vorsichtig legte er ihn wieder auf den Tisch zurück. Schließlich zog er die Schüssel mit den Rosinen zu sich heran. Er nahm eine Rosine heraus, betrachtete sie, schnüffelte daran und steckte sie sich schließlich in den Mund. Langsam kaute er darauf herum und schluckte sie dann hinunter, bevor er sich noch eine nahm. Ich fühlte die Konzentration, mit der er dabei zu Werke ging. Es war, als würde er jede einzelne Rosine mit der Gabe »abtasten«, um sie vollständig zu verstehen, bevor er sie aß.

Die Geschenke nahmen Dicks Aufmerksamkeit vollständig in Anspruch, und so suchte ich mir derweil eine andere Beschäftigung. Dick konnte ein ordentliches Bad gut vertragen, und ich machte mich daran, Wasser in die Gemächer des Narren und von dort aus in Chades Turmzimmer zu schleppen. Noch bevor ich fertig war, schmerzte mich die Narbe auf meinem Rücken fürchterlich. Es war entsetzlich mühselig, und endlich verstand ich Dicks Abscheu gegen diese Art von Arbeit. Ich schüttete den letzten Eimer in den großen Kupferkessel über dem Kamin und hängte ihn zum Erhitzen über das Feuer, während ich den Waschzuber vorbereitete. Dick schenkte mir keinerlei Aufmerksamkeit. Er aß noch immer eine Rosine nach der anderen. Der rosa Zuckerkuchen stand unberührt auf dem Tisch vor ihm. Seine Konzentration war vollkommen. Während ich ihn beim Essen beobachtete, fiel mir auf, dass ihm seine Zähne Probleme bereiteten. Das Kauen schien ihm schwerzufallen. Als er sich an die Nüsse machte, wurde das sogar noch offensichtlicher. Ich ließ ihn in Ruhe, während er sich langsam durch sie hindurcharbeitete. Nachdem er dann auch mit den Nüssen fertig war, dachte ich, nun endlich würde er sich über den Kuchen hermachen. Stattdessen zog er ihn zu sich heran und bewunderte ihn. Nachdem einige Zeit vergangen war und das Wasser heiß dampfte, fragte ich ihn in sanftem Ton: »Willst du deinen Kuchen nicht essen, Dick?«

Nachdenklich runzelte er die Stirn. »Wenn ich ihn esse, ist er weg. Wie die Rosinen.«

Ich nickte langsam. »Aber dann könntest du vielleicht noch einen bekommen. Vom Prinzen.«

Misstrauen funkelte in seinen Augen. »Vom Prinzen?«

»Natürlich. Wenn du gute Dinge tust, die dem Prinzen helfen, wird er dir vermutlich gute Dinge wiedergeben.« Ich ließ ihn nachdenken, dann fragte ich: »Dick, hast du irgendwelche anderen Kleider?«

»Andere Kleider?«

»Andere Kleider als die, die du trägst. Ein anderes Hemd und eine andere Hose.«

Er schüttelte den Kopf. »Nur die hier.«

Selbst ich war nie so schlecht versorgt worden. Ich hoffte, dass das nicht der Wahrheit entsprach. »Was trägst du, wenn diese Kleider gewaschen werden?« Ich schüttete das heiße Wasser in den Badezuber.

»Gewaschen?«

Ich gab es auf. Ich wollte eigentlich gar nicht mehr wissen. »Dick, ich habe dir Wasser gebracht und es für dich zum Baden heiß gemacht.« Ich ging zu einem Regal und holte Chades Nähzeug. Damit würde ich wenigstens ein paar der Risse in Dicks Kleidern nähen können.

»Ein Bad? Wie sich im Fluss waschen?«

»So ungefähr. Aber mit heißem Wasser. Und mit Seife.«

Einen Augenblick lang dachte er darüber nach. »Das tue ich nicht.« Er wandte sich wieder dem Zuckerkuchen zu.

»Du könntest es doch mal versuchen. Es fühlt sich gut an, sauber zu sein.« Einladend plätscherte ich mit dem Wasser.

Dick saß vollkommen still da und starrte mich an. Dann schob er den Stuhl zurück und kam zum Badezuber. Er blickte ins Wasser. Wieder plätscherte ich ein wenig. Langsam kniete er sich neben den Zuber. Während er mit einer Hand den Rand fest umklammert hielt, steckte er die andere ins Wasser und plätscherte ebenfalls. Dann stieß er ein amüsiertes Grunzen aus und sagte: »Es ist warm.«

»Es ist schön, da drin zu sitzen, am ganzen Körper warm zu sein und zum Schluss gut zu riechen.«

Er machte ein Geräusch, das weder Zustimmung noch Ablehnung war, und stieß die Hand tiefer ins Wasser. Der zerlumpte Saum seines Ärmels wurde nass.

Ich stand auf, ging weg und ließ Dick allein. Es dauerte einige Zeit, bis er den Zuber vollständig untersucht hatte. Als beide Ärmel vollkommen durchnässt waren, schlug ich ihm vor, das Hemd auszuziehen. Das Wasser war bereits stark abgekühlt, bevor er beschloss, auch Schuhe und Hose auszuziehen und hineinzusteigen. Unterwäsche hatte er keine. Er war äußerst misstrauisch, als ich versuchte, heißes Wasser nachzugießen, doch nachdem er erst einmal darüber nachgedacht hatte, willigte er ein. Er spielte mehr mit der Seife und dem Waschtuch, als dass er sie benutzt hätte. In dem warmen Wasser entspannte er sich mehr und mehr. Ihn davon zu überzeugen, nicht nur sein Gesicht zu waschen, sondern auch sein Haar, war keine leichte Aufgabe.

In bruchstückhaften Gesprächen erfuhr ich, dass er sich seit dem Frühlingsfest überhaupt nicht mehr gewaschen hatte. Nach dem Tod seiner Mutter hatte ihm das niemand mehr gesagt. Sein Verlust war also noch nicht allzu lange her. Als ich ihn fragte, wie er die Arbeit in der Burg bekommen hatte, konnte er es mir nicht wirklich sagen. Ich vermutete, er war eines Tages einfach hierhergewandert, und in all dem Durcheinander von Frühlingsfest und Verlobungsfeierlichkeiten hatten die Menschen der Burg ihn als irgendjemandes Diener aufgenommen. Ich beschloss, Chade zu fragen, wie Dick sein persönlicher Diener geworden war.

Während Dick mit Wasser und Seife experimentierte, nähte ich rasch so viel von seiner Kleidung wie ich konnte. Dort, wo Nähte nachgegeben hatten, war das Nähen trotz des dreckverkrusteten Stoffes einfach. An Knien und Ellbogen war der Stoff jedoch durchgescheuert, und ohne Flicken war da nichts zu machen.

Als Dicks Fingerhaut sich kräuselte, holte ich ihm ein Handtuch und sagte ihm, er solle sich vors Feuer stellen. Dann warf ich die Kleider ins Wasser und schrubbte sie rasch. Schließlich wrang ich sie aus und hängte sie über die Stühle. Sauber waren sie noch immer nicht, aber zumindest nicht mehr ganz so dreckig wie zuvor.

Dick davon zu überzeugen, sich zu setzen und mich die

Knoten aus seinen Haaren entfernen zu lassen, war genauso schwierig, wie ihn dazu zu bewegen, ins Bad zu steigen. Er war dem Kamm gegenüber misstrauisch, auch noch als ich ihm einen Spiegel gab, sodass er sehen konnte, was ich tat. Einer solch herausfordernden Aufgabe hatte ich nicht mehr gegenübergestanden, seit ich Harm bei mir aufgenommen und ihm erklärt hatte, dass Läuse und Nissen nicht natürliche Bestandteile des menschlichen Haares waren.

Während ich Dick also kämmte, saß er lethargisch mit einem von Chades Umhängen über den Schultern vor dem Feuer. Ich glaube, das warme Bad hatte ihn erschöpft. Ich drehte einen seiner kaputten Schuhe in meiner Hand. »Ich kann dir ein paar neue Schuhe machen, sobald ich in die Stadt komme, um etwas Leder zu besorgen«, sagte ich. Dick nickte verschlafen; diese Großzügigkeit erschreckte ihn nicht länger. Ich schob die Stühle mit seinen Kleidern zum Trocknen näher an den Kamin. »Ich weiß nicht, was wir im Augenblick wegen neuer Kleider für dich unternehmen sollen. Meine Nähkünste beschränken sich aufs Flicken, aber uns wird schon etwas einfallen.« Er nickte wieder. Ich dachte nach und ging dann zu Chades altem Kleiderschrank in der Ecke. Ein paar seiner alten, wollenen Arbeitsroben waren noch immer da. Eine war an verschiedenen Stellen verbrannt, und fast alle anderen waren voller Flecken, hauptsächlich Tinte. Ich bezweifelte, dass er eine davon in den letzten Jahren getragen hatte. Wie auch immer, auf jeden Fall waren sie sauberer und in besserem Zustand als Dicks Lumpen. Ich holte eine heraus, hielt sie in die Höhe, um die Länge abzumessen, und schnitt sie dann erbarmungslos ab. »Damit hast du erst einmal etwas zum Tragen, bis wir neue Kleider für dich haben machen lassen.« Wieder nickte Dick und starrte leicht dösend in die Flammen. Als er sich entspannte, breitete sich seine Gabenmusik immer mehr aus. Zunächst befestigte ich meine Mauern zum Schutz dagegen, dann öffnete ich sie jedoch. Ich nahm das Gewand und setzte mich mit Nadel und Faden bewaffnet auf einen Stuhl. Dann schaute ich zu Dick. Er schien fast zu schlafen. Ich nähte einen neuen Saum für die abgeschnittene Robe und fragte Dick: »So. Sie nennen mich also ›Stinkehund‹, ja?«

»Hmmm.« Die Musik veränderte sich ein wenig. Die Töne wurden schärfer. Es war das Klingen eines Schmiedehammers auf heißem Eisen. Das Schlagen einer Tür. Irgendwo meckerte eine Ziege, und eine andere antwortete ihr. Ich ließ Dicks Musik in meinen Geist, während ich meine Nadel dabei beobachtete, wie sie durch den Stoff hindurchfuhr.

»Dick. Kannst du dich daran erinnern, wie du sie das erste Mal getroffen hast? Die, die mich ›Stinkehund‹ nennen?« *Bitte zeig es mir.* Ich ließ die Gabenfrage mit meinen Worten und den rhythmischen Bewegungen der Nadel fließen. Ich lauschte dem leisen Reiben des Fadens, der durch den Stoff glitt, und dem sanften Knistern des Kaminfeuers; all diese Geräusche wurden eins mit meiner Frage.

Für einen langen Moment schwieg Dick bis auf die Gabenmusik, die er verströmte. Dann hörte ich, wie die Nähgeräusche und das Knistern der Flammen Teil davon wurden.

»Er hat gesagt: ›Stell den Eimer ab, und komm mit mir.‹«

»Wer hat das gesagt?«, fragte ich ein wenig zu eifrig.

Dicks Musik hörte auf. Laut sagte er: »Ich darf nicht über ihn reden, sonst macht er mich tot. Macht mich mit einem großen Messer tot. Er schneidet mir den Bauch auf, und alles, was da drin ist, fällt in den Dreck.« Im Geiste stand er auf der Straße nach Bocksburg und betrachtete seine eigenen Eingeweide im Straßenstaub. »Wie bei einem Schwein.«

»Das werde ich nicht zulassen«, versprach ich ihm.

Stur schüttelte Dick den Kopf. Er atmete kurz und flach durch die Nase. »Er hat gesagt: ›Niemand kann mich aufhalten. Ich werde dich töten.‹ Wenn ich von ihm erzähle, wird er mich töten. Wenn ich den goldenen Mann, den alten Mann und dich nicht beobachte, wird er mich töten. Wenn ich nicht durchs Schlüsselloch schaue, an der Tür lausche und ihm alles sage, wird er mich töten. Alles in meinem Bauch im Dreck.«

Dank unserer Gabenverbindung wusste ich, dass Dick fest davon überzeugt war. Im Augenblick würde ich die Sache auf sich beruhen lassen müssen. »Nun gut«, sagte ich, lehnte mich auf meinem Stuhl zurück und konzentrierte mich wieder auf meine Arbeit. »Denk nicht mehr an ihn«, schlug ich ihm vor. »Nur an die anderen. Die, mit denen du dich immer triffst.«

Nachdenklich nickte er mit seinem schweren Kopf und starrte weiter in die Flammen. Nach einer Weile setzte seine Musik wieder ein. Ich passte meine Atmung ihrem Rhythmus an und schließlich auch meine Arbeit. Nach und nach schob ich meinen Geist näher an Dicks heran und berührte ihn schließlich.

Ich wagte kaum zu atmen. Ich führte meine Nadel durch den Stoff hindurch und den langen Faden hinterher. Dick atmete langsam und durch die Nase. Ich stellte keine Fragen, sondern ließ seine Gabe durch mich hindurchfließen. Das erste Treffen hatte ihm nicht gefallen, nicht im Mindesten, vor allem nicht der lange Fußmarsch nach Burgstadt und die Art, wie sein Gefährte ihn die ganze Zeit über am Ärmel gepackt hatte. Er war größer als Dick und machte längere Schritte, sodass Dick viel zu schnell gehen musste. Dicks Beine schmerzten, und sein Mund war trocken von dem langen Marsch, den er gar nicht gewollt hatte. In seiner Erinnerung schüttelte ihn der Mann, der ihn aus der Burg begleitet hatte, so lange am Arm, bis Dick jede Frage der Leute im Raum beantwortet hatte.

Dicks Erinnerungen waren nicht vage. Tatsächlich waren sie sogar zu detailliert. Er erinnerte sich ebenso an die Blase an seiner Ferse wie an die Worte des Mannes. Irgendwo meckerte eine Ziege, und das Klappern der schweren Wagenräder draußen auf der Straße war so schwer wie die Stimme dessen, der ihn befragte. Dick wurde wiederholt geschüttelt, um eine Antwort aus ihm herauszubekommen, und er erinnerte sich noch sehr gut an seine Furcht und seine Verwirrung ob dieser Behandlung.

Dicks Antworten auf diese Fragen waren vage. Das lag sowohl an seinem mangelhaften Wissen als auch an seinem seltsamen Sinn für Prioritäten. Er erzählte den Männern von seiner Arbeit in der Küche. Sie fragten ihn, welche Edelleute er bediente. Dick war unsicher, was ihre Namen betraf. Die Männer waren ungeduldig und murrten, und einer verfluchte den Mann, der Dick hierhergebracht hatte, weil er ihre Zeit verschwendete. Dann beschwerte sich Dick über all die zusätzliche Arbeit, die er für den großen alten Mann mit dem fleckigen Gesicht tun musste. »Chade, Fürst Chade, der Ratgeber der Königin«, zischte irgendjemand, und alle rückten näher an Dick heran.

So hatten sie erfahren, dass Chade kleinere Holzscheite auf der einen Seite des Kamins und die größeren auf der anderen gestapelt haben wollte und dass Dick das Wasser wegwischen musste, dass er auf der Treppe verschüttete. Berühre niemals Chades Schriftrollen. Verschütte keine Asche auf dem Boden. Öffne nicht die kleine Tür, wenn jemand dich sehen kann. Nur die letzte Tatsache schien sie zu interessieren, doch als ihre weiteren Fragen keine Ergebnisse brachten, bemerkte Dick die Unzufriedenheit in ihren Stimmen. Er war davor zurückgezuckt, aber der Mann, der ihn hergebracht hatte, erklärte, das sei nur das erste Mal und dass man dem Trottel schon beibringen werde, worauf er zu achten habe. Dann hatte ein anderer Dick neue Ziele genannt, die er im Auge behalten sollte: *»Ein überkandidelter jamaillianischer Adliger mit gelbem Haar und dunkler Haut. Er reitet ein weißes Pferd und hat einen stinkenden Hund als Diener, mit krummer Nase und einer Narbe im Gesicht.«*

Dick hatte weder Fürst Leuenfarb noch mich gekannt, doch der Mann, der Dick am Ärmel hielt, hatte uns nach der Beschreibung erkannt und versprochen, mich ihm zu zeigen. In diesem Augenblick legten sie dem Mann Gold in die Hand, schweres, klimperndes Gold. Und ein Mann hatte auch Dick Münzen gegeben, drei kleine Silbermünzen, die lustig auf Dicks fetter Hand klimperten. Und er hatte sowohl Dick als auch den gesichtslosen Diener gewarnt: »*Passt auf diesen stinkenden, verräterischen Hund auf. Er wird euch schneller töten, als ihr euch verseht, wenn er glaubt, ihr würdet ihn beobachten.*«

Ich spürte den bohrenden Blick der schwarzen Augen des Mannes. Ich versuchte, sein Gesicht in Dicks Erinnerungen zu sehen, doch da waren nur diese stechenden Augen. »*Als ich diesen stinkenden Hund zum letzten Mal gesehen habe, hat er einem Mann glatt den Arm abgetrennt. Zack! Wie eine Wurst auf dem Tisch. Mit dir wird er noch Schlimmeres tun, sollte er herausfinden, dass du ihn beobachtest. Pass also auf, Trottel. Lass ihn dich nicht sehen.*« Diese Worte, das Meckern der Ziege und das Rumpeln der Wagenräder draußen mischten sich in Dicks Geist mit dem Geräusch des kalten Windes. Irgendwo hämmerte ein Schmied.

Als sie wieder zur Burg hinaufgingen, hatte der andere Diener Dick noch einmal vor dem »*stinkenden Hund*« gewarnt. »*Du sollst ihn beobachten, lass dich aber nicht von ihm dabei erwischen. Hast du mich verstanden, Junge? Verrate uns, und du wirst nicht nur tot sein, sondern ich werde auch meine Arbeit verlieren. Pass also ja auf. Lass ihn dich nicht sehen. Hast du verstanden? Hast du verstanden?*«

Als Dick sich vor ihm geduckt und gemurmelt hatte, dass er verstanden habe, verlangte der Diener die Münzen von ihm, die ihm die anderen gegeben hatten. »*Du weißt noch nicht einmal, was man damit macht, Trottel. Gib sie mir.*«

»*Sie sind mein. Um Süßes zu kaufen, hat er gesagt. Einen Zuckerkuchen.*«

Doch der andere Diener hatte Dick geschlagen und ihm die Münzen abgenommen.

Ich trieb im Fluss von Dicks Gabe und erfuhr all das erneut mit ihm. Ich spürte, wie der Diener ihn schlug, ein Schlag mit der flachen Hand, der einem die Ohren klingen ließ; die Gabenwelle, die auf diese Erinnerung folgte, überwältigte mich fast. Es war sinnlos zu versuchen, das Gesicht des Dieners zu sehen. Dick vermied es, ihn anzuschauen. Er duckte sich vor ihm und kniff die Augen aus Angst vor den Schlägen zu.

Sieh ihn an, Dick. Bitte lass mich ihn sehen, bettelte ich, doch Dicks Erregung sowie meine Flut von Hass auf den Mann rissen uns beide aus der Gabenerinnerung, die wir geteilt hatten. Dick stieß einen wortlosen Schrei aus, wich vor dem erinnerten Schlag zurück, fiel vom Stuhl und rollte gefährlich nah ans Feuer. Ich sprang auf, und mein Kopf drehte sich von dem plötzlichen Kontaktabbruch. Als ich Dicks in eine Decke gehüllten Körper packte, um ihn vom Kamin wegzuziehen, musste er geglaubt haben, ich wolle ihn angreifen, denn er schlug sofort zu.

Nein, Stinkehund-Mann, nein! Sieh mich nicht, tu mir nicht weh, sieh mich nicht, sieh mich nicht!

Ich ging zu Boden, als hätte mich eine Axt getroffen. Ich war Dick gegenüber so offen gewesen, dass ich eine Zeit lang nichts mehr sehen konnte, gar nichts mehr, und ich schwöre, dass ich in diesem Augenblick einen räudigen Hund gerochen habe.

Nach einiger Zeit kehrte meine Sehkraft wieder zu mir zurück. Meine Gabenmauern erneut zu errichten erforderte all meine Konzentration. Noch etwas mehr Zeit, und ich konnte mich auf alle viere aufrichten. Ich fuhr mir mit der Hand durchs Haar und erwartete, Blut dort zu finden, so groß war der Schmerz. Dann setzte ich mich zitternd auf und schaute mich im Raum um. Dick kämpfte mit seiner nassen Hose und stieß ein wildes Grunzen aus: Angst und Verzweiflung waren der Grund dafür. Ich atmete tief durch und krächzte: »Dick. Alles in Ordnung. Niemand wird dir wehtun.«

Er schenkte meinen Worten keine Beachtung, sondern kämpfte weiter. Ich zog mich am Stuhl hoch und nahm die Robe, an der ich gearbeitet hatte. »Warte mal einen Augenblick, Dick. Ich habe das gleich für dich fertig. Es ist trocken und warm.« Vorsichtig setzte ich mich wieder. Nun wusste ich es. Ich wusste, warum ich der Stinkehund war, den man hassen und fürchten musste, und ich wusste, warum er mir immer wieder hatte befehlen wollen, ihn nicht zu sehen. Selbst die Geschichte von irgendjemandem, der ihn schlug und ihm sein Geld abnahm, ergab nun mehr Sinn. Dick hatte nie versucht, seine Geheimnisse vor uns zu verbergen. Es fiel mir schwer, mich auf die Nadel zu konzentrieren, doch es gelang mir. Noch ein Dutzend Stiche, und ich war fertig. Ich verknotete den Faden, biss ihn ab und hielt die Robe in die Höhe. »Zieh das hier erst einmal an, bis deine Kleider trocken sind.«

Dick ließ seine nasse Hose zu Boden fallen, kam aber keinen Schritt näher. »Du bist wütend auf mich. Du wirst mich schlagen. Vielleicht hackst du mir auch meinen Arm ab.«

»Nein, Dick. Du hast mir wehgetan, aber du hattest Angst. Ich bin nicht wütend auf dich, und ich würde dir niemals den Arm abhacken. Ich will dich nicht schlagen.«

»Der einarmige Mann hat gesagt …«

»Der einarmige Mann lügt. Gleiches gilt für seine Freunde. Sie lügen viel. Denk darüber nach. Rieche ich wie ein Hundefurz?«

Es folgte ein kurzes Schweigen, dann: »Nein.«

»Schlage ich dich, oder hacke ich dir die Arme ab? Hier, komm. Nimm diese Robe. Dir ist sicher kalt.«

Vorsichtig kam er näher. »Nein.« Misstrauisch betrachtete er die Robe. »Warum gibst du mir das?«

»Weil sie wie ein rosa Zuckerkuchen, Rosinen oder eine

Feder ist. Dein Prinz will, dass du bessere Kleider hast. Das wird dich warm halten, bis deine alten Kleider getrocknet sind, und der Prinz wird schon bald neue Kleider für Dick machen lassen.«

Mit errichteten Mauern trat ich einen Schritt auf ihn zu. Ich hielt den Kragen der Robe auf, blickte ihn dadurch an und stülpte sie ihm über den Kopf. Sie war noch immer zu lang. Sie fiel um ihn herum auf den Boden, und auch die Ärmel hingen ihm über die Hände. Ich nahm ein Stück abgeschnittene Kordel, um daraus einen Gürtel zu machen. Nachdem die Robe damit hochgebunden war, konnte Dick gehen, ohne über den Saum zu stolpern. Er drückte sie an sich. »Das ist weich.«

»Nun. Vielleicht weicher als deine alten Kleider. Vor allem ist sie aber sauberer.« Ich kehrte zu meinem Stuhl zurück und ließ mich darauf fallen. Die Kopfschmerzen ebbten bereits ab. Vielleicht hatte Chade recht, was den Gabenschmerz betraf. Mein Körper schmerzte noch immer von meinem Sturz auf den Boden, und die Beulen und Flecken, die Svanjas Vater mir zugefügt hatte, taten ihr Übriges. Ich seufzte. »Dick. Wie oft hast du dich mit ihnen getroffen?«

Dick stand auf, schob die Zunge raus und dachte nach. »An Waschtagen.«

»Ich weiß. An Waschtagen gehst du zu ihnen. Aber wie oft schon? Wie viele Male?«

Er legte die Zunge über die Oberlippe und dachte weiter nach. Dann nickte er und sagte betont: »Jeden Waschtag.«

Eine bessere Antwort würde ich wohl nicht bekommen. »Gehst du immer allein zu ihnen?«

Das ließ einen Schatten über sein Gesicht huschen. »Nein. Ich könnte, aber er lässt mich nicht.«

»Weil er die Münzen will, die sie ihm geben – und die Münzen, die sie *dir* geben.«

Dicks Gesicht verdunkelte sich weiter. »Schlägt Dick,

nimmt ihm seine Münzen weg. Dann ist Einarm wütend geworden. Ich habe es ihm erzählt. Jetzt nimmt er die Münzen, gibt mir aber ein paar Heller wieder – für Süßigkeiten.«

»Wer?«

»Ich darf nicht über ihn reden«, antwortete er, und ich fühlte wieder einen Hauch der Angst, die seine Gabenmusik überlagert hatte. Dick kratzte sich am Kopf und zog dann eine Haarsträhne um den Kopf herum, sodass er sie sich anschauen konnte. »Wirst du mein Haar schneiden? Meine Mutter hat mir immer mein Haar geschnitten, manchmal, nachdem ich mich gewaschen habe.«

»Ja, das ist wirklich eine gute Idee. Lass uns dein Haar schneiden.« Ich stand schwerfällig auf. Ich musste mir das Knie angestoßen haben, als ich zu Boden gegangen war. Es tat weh. Ich war frustriert, aber jeder Versuch, Informationen aus Dick *herauszuzwingen,* würden diese nur umso tiefer unter seiner Furcht begraben. »Setz dich an den Tisch, Dick. Ich suche mir schnell eine Schere. Gibt es irgendetwas, was du mir sagen kannst? Kannst du mir von dem einarmigen Mann erzählen? Wo lebt er?«

Dick antwortete nicht. Er ging zum Tisch und setzte sich. Kaum dort angekommen, schnappte er sich den rosa Zuckerkuchen und untersuchte ihn eingehend. Während er ihn in seinen Händen drehte, schien er alles um sich herum zu vergessen.

Ich kam mit der Schere zum Tisch. »Dick. Worüber redet der einarmige Mann mit dir?«

Dick schaute mich nicht an, er sprach zu dem Kuchen. »Soll nicht über ihn reden. Mit niemandem. Sonst töten sie mich, und das, was in mir drin ist, fällt in den Dreck.« Mit beiden Händen klopfte er sich auf den runden Bauch, als wolle er bestätigt wissen, dass noch alles da war, wo es sein sollte.

Ich kämmte Dicks Haar erst einmal glatt. Das beruhigte ihn, und er wandte sich wieder seinem Kuchen zu. »Ich werde dein Haar auf Kinnlänge stutzen. Auf diese Art hält es dir weiter Ohren und Nacken warm.«

»Ja«, stimmte er leise zu. Er ging ganz und gar in seinen Gedanken über den rosa Zuckerkuchen auf.

Während ich Dick die Haare schnitt, erinnerte ich mich wieder an Harm. Plötzlich vermisste ich den kleinen Jungen, der er einst gewesen war. Als Harm zehn Jahre alt war, war es mir so viel leichter gefallen zu wissen, was richtig für ihn war und was nicht. Ich hatte ihn gut gefüttert, ihn das Angeln gelehrt, ihm saubere Kleider verschafft und dafür gesorgt, dass er nachts gut schlief. Das war nahezu alles gewesen, was der Junge gebraucht hatte. Ein junger Mann war jedoch ein vollkommen anderes Tier. Vielleicht würde ich heute Abend ein wenig Zeit haben, um nach ihm zu sehen. Ich schnitt, und ungleichmäßige Strähnen von Dicks Haaren fielen zu Boden. Ich beschloss, es anders zu versuchen: »Ich weiß, dass du mir nichts über den einarmigen Mann sagen kannst. Ich weiß, dass du nicht darüber reden darfst. Also werden wir auch nicht darüber reden. Ich werde dich noch nicht einmal fragen, was er dich fragt. Aber du kannst mir doch erzählen, was du ihm gesagt hast. Das haben sie dir nie verboten, oder?«

»Nei-ein«, antwortete Dick nach längerem Nachdenken vorsichtig. Er entspannte sich unter meiner Berührung. »Der einarmige Mann«, sagte er leise, und ein Bild von Lutwin erschien mit Dicks Musik in meinem Geist. Er war hagerer, als ich ihn in Erinnerung hatte, doch nach dem Verlust seines Arms und dem anschließenden Fieber war das wohl kaum verwunderlich. Er blickte auf mich hinunter, und einen Moment lang verlor ich deswegen die Orientierung, bevor ich Dicks Sicht auf den Mann akzeptierte, der ihn im Gegensatz zu mir überragte. Das Bild war vage. Was er vor seinem geistigen Auge *sah,* war weit undeutlicher als das, was er *hörte.* Dick konnte sich offenbar Geräusche sehr genau einprägen.

Ich lauschte auf Lutwins Stimme in Dicks Erinnerungen: *»Das ist deine Informationsquelle? Was hast du dir dabei gedacht, Padget? Kümmerst du dich so um meine drängendsten Sorgen? Er ist nicht im Mindesten dafür geeignet. Er besitzt ja noch nicht einmal genug Verstand, um sich seinen eigenen Namen zu merken geschweige denn etwas anderes.«*

»Er wird dir gute Dienste leisten«, sagte jemand anders. Ich vermutete, das war der Mann mit Namen Padget. *»Er hat uns schon viel erzählt, stimmt's nicht, Trottel? Der alte Mann hat einen Narren an ihm gefressen. Stimmt's, Dick? Arbeitest du jetzt nicht für Fürst Chade persönlich? Erzähl ihm von Fürst Chade und seinem speziellen Raum.«*

Dann sagte er offensichtlich an Lutwin und nicht an Dick gewandt: *»Das war pures Glück. Als der Stallbursche ihn das erste Mal hierhergeschleppt hat, habe ich genauso gedacht wie du, nämlich dass er nutzlos ist. Aber oben in der Burg lassen sie diesen Schwachkopf gehen, wohin er will. Er weiß Dinge, Lutwin. Man muss nur wissen, wie man sie aus ihm herausbekommt.«* Ich konnte Padget durch Dicks Augen nicht sehen, aber ich konnte ihn fühlen: ein kräftiger Mann, eher breit als groß und bedrohlich; ein Mann, der anderen mit seinen Händen Schmerzen zufügen konnte, ohne zu schlagen.

Dann sprach eine andere Stimme, die Stimme einer Frau: *»Er hat gut für uns gearbeitet, Pferdemann. Versuch nicht … Wie sagst du doch immer? Versuch nicht, die Pferde mitten im Galopp zu wechseln. Ja. Wenn du haben willst, was wir dir anzubieten haben, dann versuch nicht zu unterbrechen, was so gut für uns funktioniert.«*

Ich glaubte, ihre Stimme schon einmal gehört zu haben. Ich durchforstete meine Erinnerungen, versuchte sie einzuordnen, aber ich wusste nur, dass sie jemand von innerhalb der Burg war. Ich behielt diesen Gedanken für mich aus Furcht, Dick aus seinen Erinnerungen zu reißen. An jenem Tag war er verängstigt und verwirrt gewesen. Alles war von der Ankunft des großen Mannes mit dem einen Arm überschattet, und Dick war eingeschüchtert von der Art, wie sie über ihn und an ihm vorbei sprachen. Nicht einen Augenblick ließ ihn der Mann, der ihn am Arm hielt, los.

Lutwins Stimme war wie das Schlagen eines Schmiedehammers. *»Mir ist egal, was gut für euch funktioniert, Weib, und mir ist auch egal, was ihr mir anzubieten habt. Meine Rache gehört mir allein, und ich werde sie euch nicht für euer fremdes Geld verkaufen. Dieser Chade ist mir vollkommen gleichgültig. Ich will Fürst Leuenfarbs Kopf, ja, und den Arm dieses verdammten Hundes, der für ihn arbeitet. Oder hast du das bei deinem Ausverkauf der Gescheckten etwa vergessen, Padget? Dass dieser Fürst Leuenfarb mir ein Leben und sein verräterischer Diener mir einen Arm schuldet?«*

»Ich habe das nicht vergessen, Lutwin. Ich war bei dir, Mann!« Padgets Stimme war das tiefe Rumpeln eines Wagenrads. *»Hast du vergessen, dass ich es war, der an jenem Tag hinter dir geritten ist, damit du nicht aus dem Sattel fällst? Als sie ihr Angebot unterbreitet hat, habe ich nur gedacht: Was kümmert es uns schon,* wie *sie sterben? Soll sie sie haben, und wir hätten dann Gold für unsere Sache, nämlich die Weitseher vom Thron zu stürzen.«* Nun klang seine Stimme selbstgerecht, doch in Dicks Erinnerungen mischte sie sich mit dem Meckern einer Ziege.

»Halt den Mund!« Lutwins Stimme klang heiß und schwer … wie Hämmer auf glühendem Eisen. *»Mir ist ganz und gar nicht egal, wie sie sterben! Ihr Tod gehört mir! Meine Blutrache steht nicht zum Verkauf. ›Unsere‹ Sache wird warten müssen, bis ›meine‹ Sache erledigt ist. Ich habe dir gesagt, was ich will, Padget. Ich will wissen, wann sie aufstehen und wo sie essen, wann sie ausreiten und wo sie schlafen. Ich will wissen, wann und wo ich sie töten kann. Kann dein Schwachkopf uns diese Informationen geben?«* Jedes Wort war wie ein Hammerschlag, der Padgets Wut in Form brachte.

»Ja. Das kann er. Er hat uns auch schon mehr als das gegeben,

wenn du mir nur zuhören würdest. Dieser Fürst Chade und das, was der Trottel über ihn weiß, sind wichtige Informationen. Aber wenn du nur Rache haben willst und es dich nicht interessiert, was wir sonst noch haben können, nun, das kannst du auch haben – wenn du ihn richtig fragst. Sag es ihm, Trottel. Erzähl ihm von dem stinkenden Verräterhund, der ihm den Arm abgehackt hat, und wie der alte Mann ihn nennt. Dann wird er vielleicht erkennen, dass wir hier mehr für die Gescheckten getan haben als Lutwin, als er noch beide Hände hatte.«

Dann erinnerte sich Dick an das Geräusch einer Hand, die auf weiches Fleisch traf, und Lutwins Stimme folgte diesem Schlag. *»Vergiss nicht deine Stellung, Padget, sonst bist du sie schneller los, als du gucken kannst.«*

Dick machte eine ruckartige Bewegung; er schaukelte nach vorn und griff sich an den Kopf. Dann stieß er leise, tierische Laute aus, als er sich an die Gewalt erinnerte, deren Zeuge er geworden war. »Na, na, na«, jammerte er, und eine Zeit lang ließ ich ihn in Ruhe. Ich nahm Kamm und Schere weg und wartete, bis er sich wieder beruhigt hatte. Was ich tat, hatte etwas Grausames an sich: den fetten kleinen Mann seine Ängste noch einmal durchleben zu lassen. Das machte mir keinen Spaß, doch ich musste es tun. Also wartete ich, bis er wieder ruhig war, und versuchte, ihn zu trösten und seine Gedanken wieder in diesen Raum zurückzuholen. »Es ist schon in Ordnung, darüber nachzudenken«, sagte ich. »Du bist hier in Sicherheit. Hier können sie dich weder finden noch dich verletzen. Du bist in Sicherheit.« Über unsere Gabenverbindung fühlte ich, wie er das Gesicht verzog. Er leistete Widerstand. Sanft erhöhte ich meinen Druck, und plötzlich flossen die Erinnerungen wieder.

Dick holte tief Luft und stieß sie als Seufzen wieder aus. Ich begann erneut, ihn zu kämmen. Ich glaube, das Streicheln des Kamms und das Kitzeln des fallenden Haars hatten ihn halb betäubt. Ich bezweifelte, dass er oft berührt wurde, und selbst wenn, dann nur selten zärtlich. Seine Muskeln entspannten sich wie die eines gestreichelten Welpen. Er machte ein wohliges Geräusch.

»Als das alles vorbei war: Was hast du ihm gesagt?« Sorgfältig achtete ich darauf, weiter so sanft wie möglich zu klingen.

»Oh, nichts. Ich habe ihm nur von dem alten Mann erzählt. Wie ich sein Feuerholz für ihn stapele, und dass ich die Weinflaschen nicht schütteln darf, wenn ich sie ihm bringe. Ich habe ihm auch gesagt, dass ich jeden Morgen das dreckige Geschirr wegbringen muss, dass ich seine Papiere nicht anfassen darf, du aber schon, und dass er sagt, ich müsse tun, was du sagst, obwohl ich nicht zu dir kommen will. Ich habe ihm erzählt, dass du mit mir reden willst, und sie haben gesagt: ›Geh nicht! Sag, du hättest es vergessen!‹ Und wie du manchmal nachts redest.«

»Wer redet? Chade und ich?« Langsam zog ich den Kamm durchs Haar und schnitt die Spitzen ab. Die nassen Haarbüschel fielen geräuschlos zu Boden, und bei Dicks nächsten Worten begann mein Herz wie wild zu schlagen.

»Ja. Das du über die Gabe und das Alte Blut redest. Dass er dich bei einem anderen Namen nennt. Fitzschwalrik. Dass es dir nicht gefällt, dass ich von dem Mädchen weiß, das weint.«

Die Furcht, die sein verdrehter Gebrauch meines Namens in mir geweckt hatte, wurde sofort von meiner panischen Angst verschluckt, als er »das Mädchen« erwähnte. »Welches Mädchen?«, fragte ich dümmlich und sehnte mich danach, dass er nur mit »dieses Mädchen eben« oder »Ich weiß es nicht« antworten würde. Mir drehte sich der Magen um.

»Sie weint und weint«, sagte Dick leise.

»Wer weint?«, fragte ich erneut, und mich verließ der Mut.

»Dieses Mädchen. Diese Nessel, die nachts so wimmert und nicht aufhören will.« Er kippte den Kopf zur Seite, sodass ich versehentlich ein Büschel zu viel abschnitt. »Sie weint auch jetzt.«

Meine Furcht wuchs mehr und mehr. »Tut sie das?«, fragte ich. Vorsichtig senkte ich meine Gabenmauern. Ich öffnete mich für Nessel, fühlte aber nichts. »Nein. Sie ist jetzt still«, bemerkte ich.

»Sie weint für sich allein. An einem anderen Ort.«

»Ich weiß nicht, was du meinst.«

»An dem leeren Ort.«

»Ich weiß nicht, was du meinst«, wiederholte ich mit wachsender Sorge.

Dick runzelte die Stirn, dachte einen Augenblick lang nach, und plötzlich entspannte sich sein Gesicht wieder. »Egal. Sie hat aufgehört.«

»Einfach so?«, fragte ich ungläubig. Ich legte Kamm und Schere beiseite.

»Ja.« Beiläufig tastete Dick seine Nase ab. »Ich gehe jetzt«, verkündete er plötzlich. Er stand auf und schaute sich im Zimmer um. »Iss meinen Kuchen nicht!«, warnte er mich.

»Das werde ich nicht. Bist du sicher, dass du nicht bleiben und ihn essen willst?« Eine Art Schock hatte mich allen Gefühlen gegenüber immun gemacht. Hatte Lutwin meinen echten Namen aus Dicks Verballhornung geschlossen? Auf jeden Fall kannte er den Namen meiner Tochter. Ein Abgrund tat sich unter uns auf, und ich redete mit dem Schwachkopf über Zuckerkuchen.

»Wenn ich ihn esse, ist er weg.«

»Es könnte noch einen geben.«

»Vielleicht auch nicht«, ergänzte er mit seiner unvergleichlichen Logik.

»Ich habe eine Idee.« Ich ging zu einem von Chades Regalen, das nicht ganz so überfüllt war, und schob ein paar Dinge hin und her. »Wir werden hier einen Fleck für dich frei machen, und dann legen wir Dicks Dinge auf das Regal. So sind sie immer da, wo du sie finden kannst.«

Aus irgendeinem Grund schien er Schwierigkeiten zu

haben, das zu verstehen. Ich erklärte es ihm auf verschiedene Arten und ließ ihn dann seinen Zuckerkuchen und die Feder auf das Regal legen. Zögernd griff er nach der Schüssel, in der die Rosinen und Nüsse gewesen waren. Nur eine Handvoll kandierter Nüsse war noch übrig. »Die kannst du auch da hinstellen«, sagte ich ihm. »Ich werde versuchen, sie für dich wieder aufzufüllen.« Das tat er dann auch und bewunderte anschließend seinen eigenen Platz im Regal.

»Ich werde jetzt gehen.«

»Dick«, begann ich vorsichtig. »Morgen, am Waschtag. Wird ein Mann dich wieder zu dem Einarmigen bringen?«

»Darf nicht über ihn sprechen.« Er war eisenhart … eisenhart und verängstigt. Ich hörte es in seiner Gabenmusik.

»Willst du gehen, Dick? Willst du dich mit dem Einarmigen treffen?«

»Ich muss gehen.«

»Nein, das musst du nicht. Nicht mehr. Willst du gehen?«

Das schien eine Menge an Nachdenken zu erfordern. Dann sagte er: »Ich will die Münzen. Um Süßes zu kaufen.«

»Wenn du mir sagen würdest, wo der Einarmige sich aufhält, könnte ich für dich gehen, die Münzen für dich holen und dir etwas Süßes kaufen.«

Er verzog das Gesicht und schüttelte den Kopf. »Ich hole meine Münzen selber. Ich mag es, selbst süße Sachen zu kaufen.« Sein Misstrauen war zurückgekehrt, und er rückte ein Stück von mir ab.

Ich atmete tief durch und ermahnte mich zur Geduld. »Dann sehe ich dich morgen zum Unterricht.«

Dick nickte ernst und verließ Chades Kammer. Ich hob die nasse Hose vom Boden auf und hängte sie wieder über den Stuhl. Ich bezweifelte, dass irgendjemand sich über die Robe wundern würde, die Dick nun trug. Sie war in einem Stil geschnitten, der in Bocksburg schon lange aus der Mode war, und Diener, besonders jene niedersten Ranges, trugen oft die abgelegten Sachen ihrer Herren. Ich seufzte, setzte mich auf den Stuhl und starrte ins Feuer. Was sollte ich tun?

Ich wünschte, ich hätte Dick dazu bewegen können, mir zu sagen, wo Lutwin sich aufhielt, oder zumindest wer ihn immer zum Führer der Gescheckten brachte. Erzwingen konnte ich das allerdings nicht, wenn ich ihn nicht verängstigen und das zerbrechliche Vertrauen wieder zerschlagen wollte, das wir heute aufgebaut hatten. Aber wenn ich ihm folgen würde, wenn er sich mit Lutwin traf … was dann? Sollte ich hineinstürmen, mich Lutwin verraten, oder sollte ich Lutwin gestatten, den kleinen Mann erneut zu befragen und so noch mehr über uns in Erfahrung zu bringen? Ich dachte darüber nach, Dick zu beobachten, bis der Bocksburg-Mann kam, um ihn in die Stadt hinunterzubringen, und mir dann diesen Verbindungsmann zu schnappen. Wahrscheinlich würde ich Lutwins Aufenthaltsort aus ihm herauspressen können, doch wenn er nicht zu der Verabredung erschien, würde der Gescheckte vermutlich Verdacht schöpfen. Ich wollte nichts unternehmen, was diesen Vogel hätte aufscheuchen können, bevor mein Netz fertig war. Die letzte Taktik, die mir zur Verfügung stand, schien auch die einfachste zu sein: Ich könnte mir etwas ausdenken, um Dick davon abzuhalten, morgen in die Stadt zu gehen. Ich könnte ihn mit Spielzeug ablenken, oder ihn schlicht mit etwas beschäftigen, wovon ihn niemand unbemerkt wegholen könnte. Das würde mich jedoch keinen Schritt näher an Lutwin heranbringen, und ich *wollte* diesen Mann endlich in die Finger bekommen.

Ich sehnte mich danach, ihn umzubringen. Kein Feind, das wusste ich, war furchterregender als der, den man zuvor schon einmal schwer verwundet hatte. Und ich hatte ihm nicht nur den Arm, sondern auch das kümmerliche Leben seiner Schwester genommen und ihrem sinnlosen Griff nach der Macht ein Ende bereitet. Vielleicht hatte er einst davon geträumt, Macht für seine Gruppe von Gescheckten anzusammeln; nun vermutete ich, dass er mehr von seinem Hass auf mich und dem Wunsch nach Rache an den Weitsehern angetrieben wurde. Würde er irgendeine Form der Rache an mir als zu grausam betrachten? Ich bezweifelte es.

Ich verschränkte die Arme vor der Brust, lehnte mich zurück und blickte düster ins Feuer. Vielleicht waren meine Schlüsse falsch. Vielleicht war Lutwin nur als Gesandter der Zwiehaften in die Stadt gekommen. Vielleicht war seine Spioniererei nur ein Zeichen der Vorsicht. Aber auch das bezweifelte ich. Ich bezweifelte es sogar zutiefst.

Ich wollte nicht mit Chade darüber diskutieren. Mein Name war der, den Lutwin kannte, und es war mein Kind, das er bedrohte. Was man nun gegen ihn unternehmen musste, war einzig und allein meine Entscheidung. Später konnte Chade mich dann ausschimpfen, wenn er wollte, aber eben *später,* wenn Nessel und Pflichtgetreu nicht länger in Gefahr schwebten.

Je mehr ich über die Situation nachdachte, desto größer wurde meine Frustration. Ich verließ Chades Turmkammer und stieg die Treppe hinunter in meine Kammer. Fürst Leuenfarb war nicht da. Das machte meine Verzweiflung auch nicht geringer. Ich musste nachdenken, doch ich konnte einfach nicht ruhig bleiben. Ich ging auf den verschneiten Übungshof und nahm meine alte, hässliche Klinge mit. Das schöne Schwert, das der Narr mir gegeben hatte, ließ ich an der Wand hängen, ein stummes Zeugnis meiner unverzeihlichen Dummheit.

Das Glück war mir hold, und ich traf Wim auf dem Hof. Ich machte ein paar Übungen mit meiner echten Waffe, und schon bald war mir trotz des kalten Tages warm. Dann wechselten Wim und ich zu Übungsschwertern für die härteren Übungen. Wim schien zu fühlen, dass ich nur meine Waffe und meinen Leib bewegen wollte und nicht meine Zunge. Ich schob all meine Sorgen beiseite und konzentrierte mich auf den Versuch, ihn zu töten. Als Wim plötzlich einen Schritt zurücksprang und verkündete: »Genug!«, glaubte ich, er brauche einfach nur eine Pause zum Durchatmen. Stattdessen senkte er die Schwertspitze jedoch bis auf den Boden und erklärte: »Ich glaube, du bist wieder das, was du einmal warst … was auch immer das gewesen sein mag, Tom.«

»Ich verstehe nicht«, sagte ich nach einem Augenblick.

Er atmete tief durch. »Als wir das erste Mal die Klingen miteinander gekreuzt haben, habe ich dich für jemanden gehalten, der versuchte, sich daran zu erinnern, was es heißt, ein Kämpfer zu sein. Jetzt bist du wieder in deine alte Haut geschlüpft. Du hast zu deinem Können zurückgefunden, Tom Dachsenbless. Ich kann mit dir mithalten, mehr aber nicht. Gerne würde ich an dir mein Können verbessern, aber wenn du eine wirkliche Herausforderung für deine Fähigkeiten willst oder nach jemandem suchst, der dir Neues beibringen kann, solltest du dir jemand anderen als Wim suchen.«

Dann nahm er die Waffe in die linke Hand und trat vor, um mir die Hand zu schütteln. Durch meinen Körper strömte ein Gefühl der Wärme. Es war schon Jahre her, seit ich zum letzten Mal so stolz gewesen war, und doch war ich nicht stolz auf mich selbst, sondern darauf, dass dieser Veteran mich solcher Worte für würdig erachtete. Als ich den Übungsplatz verließ, trug ich noch immer all meine Probleme mit mir, aber auch den Glauben, dass ich vielleicht doch die Fähigkeiten besaß, sie zu lösen.

Ich ging ins Dampfbad und vermied es noch immer sorgfältig, darüber nachzudenken, was ich als Nächstes tun sollte. Sauber, mit festem Willen und klarem Verstand kam ich wieder heraus. Ich ging nach Burgstadt hinunter.

Ich hatte einiges zu erledigen: Ich wollte Harm sehen, ein Messer und einen roten Schal kaufen. Vielleicht würde ich dabei auch eine Straße finden, wo eine Ziege meckerte und in der Ferne Schmiede hämmerten.

Kapitel 19

LUTWIN

Nun war König Schild ein lebenslustiger Mann, wie jeder weiß, Wein und Scherz nicht abgeneigt. Die Gabenmeisterin in seiner Regierungszeit hieß Ernste, und oft machte er sich einen Scherz aus ihrem Namen, indem er sagte, sie benehme sich so, wie sie hieße. Was Ernste betraf, so empfand sie seinen Hang zu Spöttelei und Scherz als übertrieben. Schild wurde König, als Ernste schon siebzig Sommer alt war, und mit der Krone erbte er die Kordiale, die Ernste für Königin Einfühlsam geschaffen hatte. Sie hatten seiner Mutter gut gedient, doch wie die Gabenmeisterin so übertrafen auch sie den König weit an Jahren. Oft beschwerte er sich daher, dass sowohl die Gabenmeisterin als auch die Kordiale ihn wie ein Kind behandelten, und Ernste erwiderte dann oft verächtlich und selbstsicher dank ihrer Jahre, dies liege daran, dass er sich bisweilen auch wie ein Kind benehme.

Um seinem überalterten Hof und seinen Ratgebern zu entkommen, schlich sich König Schild manchmal aus der Burg hinaus und zog verkleidet durch die Straßen. Als wandernder Kesselflicker zurechtgemacht, gefiel es ihm, sich in Tavernen der rüderen Art unter das gemeine Volk zu mischen, wo er gern zweideutige Geschichten und komische Lieder zum Besten gab. Es war an einem solchen Abend, da er schon viel getrunken hatte, dass er damit begann, seine Geschichten zu erzählen und den Gästen zotige Rätsel aufzugeben. In jener Taverne arbeitete ein Junge, ein Kind von gerade mal elf Jahren, das lediglich gelernt hatte, wie man Bier zapft und Tische wischt. Dieser Junge beantwortete nun jedes Rätsel des Königs nicht nur korrekt, sondern auch in exakt den Worten, die Schild als Antwort vorbereitet hatte. Zunächst war der König gar nicht erbaut darüber, dass der Junge ihm derart die Schau stahl, doch schon bald stellte er fest, dass die Art des Jungen, auf seine Fragen zu antworten, das Publikum ebenso sehr erfreute wie die Rätsel selbst. Bevor König Schild an jenem Abend die Taverne verließ, rief er den Jungen zu sich und fragte ihn leise, wie es kam, dass er die Antworten auf so viele Rätsel wusste. Der Junge zeigte sich überrascht. »Habt Ihr mir die Antworten nicht selbst zugeflüstert, als Ihr die Fragen gestellt habt?«, fragte er.

Nun war der König nicht nur lebenslustig, sondern auch scharfsinnig. Noch in jener Nacht nahm er den Jungen in die Bocksburg mit und übergab ihn der Gabenmeisterin mit den Worten: »Dieser fröhliche Geselle kommt zu dir, wo er schon ein gutes Stück auf dem Weg der Gabe hinter sich gebracht hat. Finde andere wie ihn und bilde mir eine Kordiale, die nicht nur die Gabe zu nutzen versteht, sondern auch lachen kann.« So wurde der Junge als »Lustig« bekannt und die Kordiale, die sich um ihn herum bildete, als »Lustige Kordiale«.

SLEKS »GESCHICHTE«

Es war ein frischer, kalter Tag. Fester Schnee knirschte unter meinen Stiefeln, ich war auf dem Weg nach Burgstadt. Als ich Hufe auf der Straße hinter mir hörte, trat ich beiseite, um Pferd und Reiter vorbeizulassen. Dabei legte ich die Hand aufs Heft meines Schwertes. Merle zügelte ihr Pferd und ritt neben mich. Ich blickte zu ihr hinauf und schwieg. Sie war so ziemlich die Letzte, die ich heute sehen wollte. »Hat Chade dir meine Botschaft übermittelt?«

Ich nickte und ging weiter.

»Und?«

»Und ich denke nicht, dass ich dazu etwas zu sagen habe.«

Merle riss so hart an den Zügeln des Pferdes, dass das Tier verärgert schnaubte. Dann sprang sie aus dem Sattel und rannte vor mich. Ich blieb stehen. »Was ist mit dir los? Was willst du von mir?«, verlangte sie zu wissen. »Was kannst du überhaupt von mir erwarten, was ich dir nicht schon gegeben hätte?« Ihre Stimme zitterte, und zu meiner Überraschung standen Tränen in ihren Augen.

»Ich ... nichts. Ich will nichts. Aber was willst du eigentlich von mir?«

»Das, was wir früher hatten. Freundschaft. Miteinander reden. Jemand sein, auf den der andere sich verlassen kann.«

»Aber ... Merle, du bist verheiratet.«

»Deshalb kannst du noch nicht einmal mehr mit mir reden? Deshalb kannst du mich noch nicht einmal anlächeln, wenn du mich in der Großen Halle siehst? Du benimmst dich, als würde ich gar nicht mehr existieren. Fünfzehn Jahre, Fitz. Wir kennen einander fünfzehn verdammte Jahre lang, und du stellst fest, dass ich verheiratet bin, und kannst noch nicht einmal mehr Hallo zu mir sagen?«

Ich starrte sie offenen Mundes an. Merle hatte oft diese Wirkung auf mich, gewöhnt hatte ich mich allerdings nie daran. Mein Staunen dauerte zu lange. Sie griff wieder an.

»Als ich dich das letzte Mal gesehen habe ... Ich brauchte einen Freund, und du hast mich beiseitegestoßen. Ich war dir ein Freund, als du einen gebraucht hast, und das viele Jahre lang. Verdammt, Fitz, ich habe sieben Jahre lang das Bett mit dir geteilt! Aber du hast noch nicht einmal nachgefragt, wie es mir geht, und dich geweigert, mit mir zu reiten, als hätte ich irgendeine ansteckende Krankheit!«

»Merle!«, rief ich, um ihrer Tirade Einhalt zu gebieten. Ich meinte das nicht hart, doch sie schnappte plötzlich nach Luft und brach dann in Tränen aus. Die Gewohnheit von sieben Jahren brachte mich dazu, die Arme um sie zu legen und sie an meine Brust zu drücken. »Ich wollte dir nicht wehtun«, flüsterte ich ihr ins Ohr. Ihr seidenweiches Haar baumelte auf meine Brust, und der alte vertraute Duft stieg mir in die Nase. Plötzlich hatte ich das Gefühl, ihr erklären zu müssen, was sie bereits wusste. »Du hast mich verletzt, als ich herausgefunden habe, dass ich nicht der einzige Mann in deinem Leben war. Vielleicht war es dumm von mir, das überhaupt je zu glauben. Schließlich hast du mir das nie gesagt. Ich wusste, dass ich mir selbst etwas vorgemacht habe, aber nichtsdestoweniger tat es mir weh.«

Merle schluchzte nur umso lauter und klammerte sich an mich. Ihr Pferd trat unruhig von einem Huf auf den anderen. Ohne Merle loszulassen, gelang es mir, einen Schritt zur Seite zu gehen und die Zügel des Tieres zu ergreifen. *Ruhe. Warte,* sagte ich ihm, und das Pferd senkte den Kopf ein Stück.

Ich hielt Merle fest und glaubte, dass sie sich gleich wieder beruhigen würde, doch sie weinte weiter. Ich hatte sie für herzlos gehalten. Sorglos war allerdings ein besseres Wort für sie, sorglos wie ein Kind, das sich nimmt, was es will, ohne über die Folgen nachzudenken. Was die Konsequenzen meines Handelns betraf, so wusste ich es besser als sie, und dementsprechend hätte ich mich auch benehmen sollen. Ich sprach leise, und wie ich gehofft hatte, wurde ihr Schluchzen leiser, sodass sie meine Worte hören konnte. »Ich möchte, dass du die Wahrheit über etwas erfährst, über das, was ich beim letzten Mal zu dir gesagt habe: dass ich an Molly gedacht habe, als du in meinen Armen gelegen hast. Das war nicht wahr. Niemals. Es war unwürdig von mir, das zu sagen, eine Herabsetzung von euch beiden. Als du in meinen Armen lagst, hast du all meine Sinne erfüllt. Es tut mir leid, dass ich versucht habe, dir mit einer Lüge wehzutun.«

Ihre Tränen flossen noch immer. »Merle. Sprich mit mir. Was stimmt nicht?«

»Das … das liegt nicht alles nur daran, weil du grausam zu mir warst. Es ist …« Schluchzend rang sie nach Luft. »Ich glaube … ich hege den Verdacht, dass mein Mann … In jener Nacht hat er gesagt, dass ihm nie wirklich klar gewesen war, wie sehr er sich nach einem Kind sehnt. Obwohl er selbst nichts erben und somit auch nichts vererben wird, hat er das gesagt. Und … und ich glaube, er ist … es könnte sein …« Ihre Stimme verhallte; sie war unfähig, ihre größte Angst in Worte zu fassen.

»Hat er sich eine Geliebte genommen?«, fragte ich leise.

»Ich glaube ja!«, heulte sie plötzlich. »Als wir frisch verheiratet waren, hat er mich jede Nacht gewollt! Nun, ich wusste, das würde nicht ewig so weitergehen, aber als sich seine Leidenschaft abkühlte, war er immer noch … Aber in letzter Zeit scheint er mich kaum zu bemerken. Selbst wenn ich mehrere Tage lang von ihm getrennt war, scheint er kein Verlangen mehr nach mir zu verspüren. Er bleibt lange auf und spielt mit seinen Freunden, und wenn er dann ins Bett kommt, ist er betrunken. Kleider, Schmuck, Parfüm, egal, wie ich mich zurechtmache, er schenkt mir keine Aufmerksamkeit.« Mit ihren Worten kam eine Flut aus Tränen. Sie wischte sich mit dem Ärmel übers Gesicht, ohne es wirklich trocken zu bekommen. Ich holte mein Taschentuch heraus und bot es ihr an.

»Danke.« Plötzlich atmete sie laut und tief durch. »Ich glaube, er ist meiner überdrüssig. Ich glaube, er schaut mich an und sieht eine alte Frau. Ich stehe vor meinem Spiegel, schaue auf meine Brüste, meinen Bauch und die Falten in meinem Gesicht … Fitz, bin ich wirklich so alt geworden? Glaubst du, er bereut es, eine Frau geheiratet zu haben, die so viel älter ist als er?«

Ich konnte ihr diese Fragen unmöglich beantworten. Ich

nahm sie wieder in die Arme. »Es ist kalt hier. Lass uns ein wenig gehen«, sagte ich, um mir ein paar Augenblicke Zeit zum Nachdenken zu verschaffen. Sie legte den Arm um meine Hüfte, als wir uns in Bewegung setzten, und ihr Pferd folgte uns. Wir gingen schweigend nebeneinander her.

Dann sagte Merle leise: »Ich habe ihn geheiratet, um so etwas wie Sicherheit zu haben. Endlich sicher sein. Er brauchte keine Kinder, wir waren wohlhabend, und er war hübsch und fand mich anziehend. Er zog solche Befriedigung aus meinem Ruhm, dass das mir wiederum einen Grund gab, stolz zu sein. Als er mir den Heiratsantrag machte und mich fragte, ob ich für immer die seine sein wolle, war das … es war, als wäre ich endlich in einen sicheren Hafen eingelaufen, Fitz. Nach all den Jahren, in denen ich mich gefragt habe, was aus mir werden würde, falls ich einmal meine Stimme oder die Gunst der Königin verlieren sollte. Ich habe nie darüber nachgedacht, dass ich dich verlieren muss, wenn ich ihn haben will. Dann, als du darauf bestanden hast, nun … Ich war wütend auf dich. Ich habe die Zeit, die wir zusammen verbrachten, als etwas betrachtet, das *wir* besaßen. Es entsetzte mich, dass du mir das einfach so wegnehmen wolltest. Aber wie auch immer, ich hatte immer noch meinen Fürst Fischer, und ich sagte mir, dass dich zu verlieren ein geringer Preis für Sicherheit im Alter war.« Sie schwieg. Der Wind wehte zwischen uns hindurch. Ich glaubte, sie sei fertig, doch dann sagte sie: »Aber wenn er sich eine Geliebte nimmt, sie schwängert oder sie schlicht anziehender findet als mich … dann werde ich dich für nichts verloren haben, und meine Netze werden wieder leer sein.«

»Merle. Kannst du dir wirklich vorstellen, dass Königin Kettricken und Chade es dir je an irgendetwas mangeln lassen würden? Du weißt, dass du für immer versorgt sein wirst.«

Merle seufzte und sah plötzlich tatsächlich älter aus. »Ein

Bett, Essen und Kleider. Was diese Dinge betrifft, kann ich wohl sicher sein. Aber es wird eine Zeit kommen, da meine Stimme versagt und meine Lunge die Töne nicht mehr halten kann. Es wird eine Zeit kommen, da niemand mich mehr hübsch oder begehrenswert findet, und dann wird der Respekt für mich schwinden. Dann werde ich für niemanden mehr wichtig sein. Niemand wird mich mehr respektieren. Am Ende werde ich für immer allein sein.«

In diesem Augenblick sah ich Merle aus einer neuen Perspektive. Vielleicht war das schon immer die einzige Aussicht gewesen, die sie hatte. Merle richtete ihre Taten stets nach ihren eigenen Bedürfnissen. Sie war eine gute Musikerin, ja eine exzellente sogar, aber sie besaß nicht die Brillanz, die ihr zu ewigem Ruhm verholfen hätte. Sie konnte auch keine Kinder gebären, und so würde sie stets fürchten müssen, ihren Mann an eine Jüngere zu verlieren. Mit jedem weiteren Jahr schwand ihre Schönheit dahin, und das vergrößerte ihre Angst nur noch. Ohne Kinder, die ihren Mann an sie hätten binden können, fürchtete sie ihn zu verlieren, wenn er sie nicht mehr attraktiv finden würde. Vielleicht war das der Grund für die Anziehungskraft gewesen, die ich auf sie ausübte: Ich hatte sie immer begehrenswert gefunden und war ihres Körpers nie überdrüssig geworden. Außerdem war ich jemand gewesen, den sie besessen hatte, ihr mächtiges Geheimnis. Sie hatte in mir einen Liebhaber gehabt, aber auch einen Mann, der nie unnötige Fragen stellte. Doch ich konnte ihr weder eine Liebesnacht zum Beweis anbieten, dass sie noch immer über weibliche Reize verfügte, noch konnte ich ihr versichern, dass ihr Mann sie noch immer liebte. Ich dachte darüber nach, was ich ihr sonst anbieten könnte.

Plötzlich blieb ich stehen, drehte mich um und hielt Merle auf Armeslänge von mir. Ich tat so, als würde ich ihr Gesicht und ihren Körper mustern, um ihre weiblichen Qualitäten abzuschätzen. In Wahrheit sah ich sie schlicht als Merle, nicht so, wie sie vielleicht andere sahen. Nichtsdestoweniger brachte ich ein Grinsen zustande und sagte ihr: »Wenn dein Mann dich nicht begehrenswert findet, ist er ein Narr. Ich bin sicher, dass viele Männer in Bocksburg nur allzu bereit wären, das Bett mit dir zu teilen, mich selbst eingeschlossen – unter anderen Umständen.« Ich versuchte, nachdenklich dreinzublicken. »Soll ich ihm das sagen?«

»Nein!«, rief Merle und lachte dann, auch wenn es ein zittriges Lachen war. Ich ergriff ihre Hand, um sie auf angemessene Distanz von mir zu halten, und gemeinsam gingen wir noch ein Stück die Straße hinunter. »Fitz?«, fragte sie einige Zeit später mit leiser Stimme. »Hast du überhaupt noch etwas für mich übrig?«

Ich wusste, dass ich diese Frage nicht lange unbeantwortet lassen konnte, und tatsächlich lag die Wahrheit genau vor mir. »Ja. Das habe ich.« Ich blickte ihr in die Augen. »Manchmal hast du mir wehgetan. Du hast grausame Dinge zu mir gesagt und dich auf eine Art und Weise verhalten, die ich nicht gutheißen kann. Und ich habe das Gleiche mit dir getan. Aber es ist, wie du gesagt hast, Merle: fünfzehn Jahre. Wenn zwei Menschen so viel Geschichte gemeinsam haben, neigen wir dazu, vieles als gegeben hinzunehmen. Gutes nehmen wir genauso als gegeben hin wie Fehler. Wie viele Lieder hast du vor meinem Kamin für mich allein gesungen? Wie viele Mahlzeiten habe ich für dich gekocht? Wenn man einander fünfzehn Jahre lang kennt, sind solche Dinge wie Mögen oder Nichtmögen unwichtig geworden. Es geht schlicht um das ›Sein‹. Wir sind sorglos mit den Gefühlen des anderen umgegangen, so wie ich auch sorglos mit Chade war. Weil wir darauf vertrauen, dass das, was wir sind und was wir aus all den Jahren kennen, wichtiger ist als ein paar im Zorn gesprochene Worte.«

»Ich habe dich getäuscht«, sagte Merle kurz darauf.

»Ja. Das hast du.« Ich stellte fest, dass ich das ohne Zorn sagen konnte. »Und ich habe dich enttäuscht. Beide haben wir geglaubt, das Recht zu besitzen, selbst zu entscheiden, was für uns in unserem Leben richtig ist. Du hast geheiratet. Ich habe die Verborgenheit gewählt. *Beide* Entscheidungen sind unserer Beziehung in den Weg gekommen, nicht nur deine. Aber eines kann ich dir versichern: Egal, wie viele Jahre vergehen mögen, und egal, ob wir je wieder das Bett teilen werden oder nicht, und egal, wie alt du auch sein magst, ich werde dich immer respektieren. Immer.«

Glaubte ich wirklich von ganzem Herzen, was ich ihr da sagte? Nein. Aber trotz allem, was geschehen war, war Merle eine Freundin, und sie brauchte diese Worte. Sie linderten ihre Not und kosteten mich nichts. Ein leichtes Lächeln zuckte um meine Mundwinkel. Merle war aus den gleichen Gründen mit mir ins Bett gegangen, aus denen ich ihr nun diese kleinen Lügen erzählte.

Merle nickte, und es flossen keine Tränen mehr. Nachdem wir eine Zeit lang gegangen waren, fragte sie mich: »Was soll ich wegen meines Mannes unternehmen?«

Ich schüttelte den Kopf. »Ich weiß es nicht, Merle. Liebst du ihn noch? Willst du ihn?«

Sie nickte steif auf beide Fragen.

»Nun denn. Ich denke, du solltest ihm das sagen.«

»Das ist alles?«

Ich zuckte mit den Schultern. »Ich denke, du fragst den falschen Mann danach. Jemand, der erfolgreicher in der Liebe ist, könnte dir da vielleicht weiterhelfen.«

»Wie Chade vielleicht.«

»Chade?« Ich war angewidert und amüsiert zugleich, aber die Versuchung war einfach zu groß. Ich bewahrte ein ernstes Gesicht. »Chade ist der ideale Mann, um ihn in diesen Fragen zu konsultieren.« Ich wünschte, ich hätte bei dieser Diskussion dabei sein können.

»Ich glaube, du hast recht. Es gelingt ihm immer, seine Geliebten sowohl zufrieden als auch geheim zu halten. Selbst wenn er sich entschließt, eine gehen zu lassen«, sinnierte sie und lachte dann, als sie meinen Gesichtsausdruck sah. »Ich verstehe. Noch nicht einmal du hast irgendetwas von seinen Affären gewusst. Egal. Du hast recht. Er ist der richtige Mann für diese Fragen. Ich habe noch nie von einer Frau gehört, die ihm ihr Bett verweigert hätte, im Gegenteil, und er ist nicht gerade der jugendlichste Mann in Bocksburg. Nun, ich werde ihn fragen, wenn ich ihm heute Abend Bericht erstatte.«

Ihre letzten Worte erregten mein Misstrauen. Ich riskierte es. »Dann glaubst du also, du wirst herausfinden, wo der Einarmige sich verbirgt?«

Sie blickte mich an, als hätte ich gerade einen Punkt bei einem Spiel gemacht. »Eher als du. Für den Fall, dass ich dich treffe, hat er mich gebeten, dir zu sagen, dass du dich von Lutwin fernhalten sollst. Nicht dass der Mann unter dem Namen in Burgstadt bekannt wäre, sonst hätte Chade ihn schon längst. So. Damit hätte ich dir seine Grüße überbracht. Er lässt dir versichern, dass er in dieser Sache immer noch weiß, was das Beste ist.«

»Oder zumindest glaubt er das«, erwiderte ich kalt. Ich kam zu dem Schluss, dass dies hier keine Zufallsbegegnung war. Chade hatte irgendwie herausgefunden, dass ich die Burg verlassen hatte, und mir Merle hinterhergeschickt, die mich abfangen und von Lutwin ablenken sollte. Gleichzeitig hatte er mir damit die Gelegenheit verschafft, mich bei der zerknitterten Menestrelle zu entschuldigen; vermutlich war auch das Teil seines Plans. Oh, wie der alte Mann es liebte, die Fäden zu ziehen! Ich brachte ein Lächeln zustande und fror es auf meinem Gesicht ein. »Nun, dann solltest du besser aufsitzen und dich auf den Weg machen, wenn du Lutwin wirklich vor mir finden willst.«

Sie warf mir einen fragenden Blick zu. »Willst du immer noch nach Burgstadt hinunter?«

»Ja. Ich habe auch noch etwas anderes da unten zu erledigen.«

»Und das wäre?«

»Harm.«

»Harm ist in Burgstadt? Ich dachte, er wäre in deiner Hütte geblieben.«

Also wusste Merle nicht alles, was Chade wusste. Das war zumindest ein kleiner Trost. »Nein. Ein Grund für meine Rückkehr nach Bocksburg, ein großer Grund, war die Tatsache, dass ich Harm eine gute Lehre ermöglichen wollte. Gindast hat ihn aufgenommen.«

»Ja? Kommt er gut zurecht?«

Bei allen Göttern, ich sehnte mich danach, sie anzulügen und ihr zu sagen, dass er sogar ganz hervorragend zurechtkäme. »Es ist ihm nicht leichtgefallen, sich an das Stadtleben zu gewöhnen«, redete ich um den heißen Brei herum. »Aber ich denke, inzwischen lernt er es.«

»Ich werde ihm einen Besuch abstatten müssen. Gindast ist ein großer Bewunderer von mir. Wenn ich mein Interesse an Harm bekunde, wird ihm das kaum schaden.« Die Art, wie sie von ihrem Ruhm und ihrer Wichtigkeit überzeugt war, hatte etwas Unschuldiges an sich, sodass ich es ihr nicht übel nehmen konnte. Dann hielt sie plötzlich inne und fragte, als hätte sie der Gedanke überrascht: »Der Junge ist noch immer wütend auf mich, nicht wahr?«

Sie teilte so sorglos Verletzungen aus; vielleicht erwartete sie von anderen, dass diese sie ihr genauso leicht vergaben. Vielleicht war das der Fluch der Bardenzunge: andere mit Worten verletzen zu können.

Auf mein Zögern hin hakte sie nach: »Er ist noch immer wütend, stimmt's?«

»Ich habe wirklich keine Ahnung«, antwortete ich rasch.

»Du hast ihn recht tief in seinen Gefühlen verletzt, aber er hat in letzter Zeit sehr viel im Kopf, wie ich auch. Ich habe nie mit ihm darüber gesprochen.«

»Nun, dann nehme ich an, dass ich Wiedergutmachung bei ihm leisten muss. Sollte ich die Gelegenheit dazu bekommen, werde ich ihn mir mal einen Nachmittag schnappen. Ich weiß, dass Gindast ihn mir überlassen wird. Ich werde ihn zu einer guten Mahlzeit ausführen und ihm Teile von Burgstadt zeigen, die ein Lehrling normalerweise nicht zu Gesicht bekommt. Schau mich nicht so an. Harm ist nur ein Junge; ich werde ihm die zerzausten Federn schon wieder glatt streichen. Jetzt muss ich mich aber wirklich beeilen. Fitz, ich bin froh, dass es wieder besser zwischen uns ist. Ich habe dich vermisst.«

»Ich habe dich auch vermisst«, sagte ich und gab alle Versuche auf, ehrlich zu sein. Ich fragte mich, wie Harm wohl auf Merles Einladung reagieren und ob sie überhaupt bemerken würde, wie sehr er gewachsen war und sich verändert hatte. Ich wünschte, sie würde ihn schlicht in Ruhe lassen, aber ich wusste nicht, wie ich sie darum hätte bitten sollen, ohne sie erneut zu verletzen. Offensichtlich wollte Chade, dass sie mir wohlgesinnt war. Was das Warum betraf, so würde ich ihn später noch aushorchen. Jetzt half ich Merle erst einmal in den Sattel und lächelte zu ihr hoch, als sie zu mir hinunterschaute. Als sie mein Lächeln erwiderte, erkannte ich, dass ich sie tatsächlich vermisst hatte. Ich war froh, dass ihr Zorn gegen mich endlich verflogen war. Dann hätte sie fast alles wieder ruiniert, als sich ihr Lächeln in ein Grinsen verwandelte und sie sagte: »Nun. Sag mir die Wahrheit, und vergiss die letzte Beleidigung, die ich dir an den Kopf geworfen habe. Zieht Fürst Leuenfarb wirklich Jungen den Mädchen vor? Ist das der Grund, warum die Damen so wenig Erfolg bei ihm haben?«

Es gelang mir, mein Lächeln zu bewahren. »Soweit ich

weiß, zieht er es schlicht vor, allein zu schlafen. So wild er auch schäkern mag, ich habe morgens noch niemanden aus seinem Bett werfen müssen.« Ich hielt inne und fügte dann mit leiser Stimme etwas hinzu, wofür ich mich selber hasste. »Ich nehme an, der Mann ist extrem diskret. Ich bin nur sein Leibwächter, Merle. Du kannst nicht von mir verlangen, dass ich alle seine Geheimnisse kenne.«

»Oh«, erwiderte sie. Sie war sichtlich enttäuscht, dass ich nur so wenig zur Gerüchteküche beitragen konnte. Barden gierten immer nach jedem noch so kleinen Skandal. Merle hatte oft zu mir gesagt, dass man aus Gerüchten die besten Lieder machen konnte. Ich dachte, sie würde jetzt losreiten, doch sie überraschte mich erneut. »Nun denn. Was machst du selbst dieser Tage?«

Ich seufzte. »Ich ahme meinen Herrn nach – und schlafe allein, danke.«

»Das musst du nicht«, bot sie mir an und hob die Augenbrauen.

»Merle«, warnte ich sie.

»Oh, na schön«, lachte sie, und ich sah, dass meine Antwort sie auf eine seltsame Art beruhigt hatte. Sie war nicht ersetzt worden. Indem ich ihr Angebot ablehnte, war ich gezwungen, ohne zurechtzukommen. Ich nehme an, das hat ihr gefallen. Sie warf mir einen Kuss zu und ritt davon. Ich schüttelte den Kopf, als ich ihr hinterherblickte, und machte mich wieder auf den Weg den Berg hinunter.

Ein paar Minuten später kam Gentil Bresinga an mir vorbei. Auf der steilen, verschneiten Straße war er recht schnell in Richtung Burgstadt unterwegs. Ich bezweifle, dass er mich erkannt hat, und selbst wenn, wäre ihm das vermutlich egal gewesen. Aber er ritt ohne Handschuhe und Kopfbedeckung, und sein Mantel flatterte hinter ihm, als hätte er die Burg in großer Eile verlassen. Hatte das etwas mit der Weigerung des Prinzen zu tun, heute Morgen mit ihm auszureiten?

Musste er jemanden von dem gescheiterten Plan in Kenntnis setzen? Ich murmelte einen Fluch vor mich hin und eilte ihm durch den Schnee hinterher, doch er war bereits außer Sichtweite verschwunden.

Außer Atem blieb ich stehen und keuchte. Ruhig, ermahnte ich mich selbst. Ruhig. Ich konnte unmöglich wissen, was wirklich mit Gentil los war. Ich würde bei meinem ursprünglichen Plan bleiben und Lutwin suchen. Dabei würde ich vermutlich auch herausfinden, wohin Gentil geritten war.

Mein erster Halt in Burgstadt war der Wochenmarkt. Ich kaufte einen roten Schal und ein ordentliches Gürtelmesser. Überall erkundigte ich mich beiläufig, wo ich wohl frisches Ziegenfleisch kaufen könnte, das mein Herr für eine jamaillianische Mahlzeit brauchte, auf die er plötzlich Hunger verspürte. Ich erhielt eine Reihe von Vorschlägen, doch die meisten bezogen sich auf Ziegenhirten in den Hügeln um Burgstadt. Nur zwei lebten in der Stadt und nur einer davon nahe der Straße der Schmiede.

Der kurze Wintertag neigte sich bereits seinem Ende zu, als ich mich auf den Weg in Richtung Schmiedestraße machte. Das schwächer werdende Licht kam mir gelegen. Der empfohlene Ziegenhirt hielt sich nur wenige Tiere, und die auch mehr wegen der Milch als wegen des Fleisches. Dank des Geruchs war sein Haus leicht zu finden. Leise näherte ich mich im Dämmerlicht dem Gebäude. Durch ein Fenster sah ich eine Familie mit drei Kindern, die sich auf den Abend vorbereitete. In dem Schuppen hinter ihrem Haus befand sich ein Dutzend Ziegen. Käse hingen unter den Deckenbalken. Das auffälligste Tier war ein alter Bock mit bösen gelben Augen. Ich verschwand so leise, wie ich gekommen war, und fragte mich, ob ich mich wohl geirrt hatte. Vielleicht hatten die Geräusche, die ich in Dicks Erinnerungen gehört hatte, nichts damit zu tun, wo Lutwin sich jetzt befand. Vielleicht war das nur ein vorübergehender Treffpunkt gewesen, nicht der eigentliche Aufenthaltsort des Gescheckten-Führers.

Ich geisterte noch um drei Häuser in der Nähe herum, fand aber nur Familien, die sich für die Nacht zurückzogen. Zwischen einem vernachlässigten Schuppen und dem nächsten Haus entdeckte ich Gentils Pferd. Es war dort angebunden, noch immer gesattelt und verschwitzt. Hatte er das Tier zwischen Haus und Schuppen gebracht, damit es nicht so auffiel? Ich verhielt mich vollkommen still. Sollte ich mich tatsächlich Lutwins Versteck nähern, musste ich mit Zwiehaften rechnen, die Wache schoben, Mensch wie Tier. Mir lief der Schweiß über den Rücken, und im nächsten Augenblick wusste ich, dass ich ohnehin nichts dagegen tun konnte. Ich schlich näher heran.

Als ich mich zwischen Haus und Schuppen niederhockte, hörte ich ein Pferd auf der Straße näher kommen. Es gab nur wenige Reitpferde in Burgstadt. Die steilen, gepflasterten Straßen waren nicht für sie geeignet, und in einer Stadt, wo sie mehr oder weniger nutzlos waren, war ihre Haltung teuer. Dem Geräusch nach zu urteilen handelte es sich um ein großes, schweres Tier. Vor dem Haus verhallte das Geräusch der Hufe. Unmittelbar darauf hörte ich, wie sich eine Tür öffnete. Irgendjemand kam heraus und begrüßte den Reiter: »Es ist nicht meine Schuld. Ich weiß nicht, warum er hierhergekommen ist, und er will mir nichts sagen. Er sagt, er würde nur mit dir sprechen.« Ich erkannte die Stimme aus Dicks Erinnerungen. Das war der Mann, der ihn zum ersten Mal hierhergebracht hatte.

»Ich werde mich darum kümmern, Padget.« Das war Lutwins Stimme. Sein Tonfall erstickte alle Erklärungen des Mannes im Keim. Ich hörte, wie er aus dem Sattel stieg, und duckte mich hinter Gentils Pferd. »Hammer, geh mit ihm«, sagte Lutwin dem Pferd, und ich sah, wie ein kräftiger Mann das Geschwistertier seines Anführers an einer Gasse vorbei zu einem alten Stall führte. Ich erkannte ihn auf den ersten Blick. Zum ersten Mal hatte ich ihn an Lutwins Seite reiten sehen. Lutwin betrat das Haus und warf die Tür ins Schloss. Ein paar Augenblicke später hatte Padget das Pferd versorgt und folgte Lutwin hinein.

Das Haus war gut gebaut; die Risse in der Wand waren verputzt und die Fenster zum Schutz vor der Kälte fest verschlossen. Ich konnte nicht hineinsehen, doch laute Stimmen hallten zu mir heraus. Die Worte konnte ich allerdings nicht verstehen. Ich hockte mich in die tiefen Schatten zwischen den Gebäuden, presste mein Ohr an die Wand und lauschte.

»Warum warst du so dumm, hier zu erscheinen? Man hat dir befohlen, nie zu mir zu kommen, ja überhaupt keinen Kontakt zu uns zu suchen.« Lutwins Stimme dröhnte vor Wut.

»Ich bin gekommen, um dir zu sagen, dass wir mit euch fertig sind. Wir sind fertig mit euch!« Ich glaubte, Gentils Stimme zu erkennen, doch sie klang schrill von Furcht.

»Denkst du das?« Das war wieder Lutwin, und mir sträubten sich die Nackenhaare bei seinem Tonfall.

Gentil antwortete leise etwas. Es musste etwas Trotziges gewesen sein, denn Lutwin lachte und erklärte: »Nun, da denkst du falsch. Es ist genau umgekehrt. Ich werde dir sagen, wann ich fertig mit euch bin. Irgendwann werdet ihr keinen Nutzen mehr für mich haben. Und ihr werdet ganz schnell merken, wann dieser Tag gekommen ist – denn dann werdet ihr sterben. Hast du verstanden, Gentil Bresinga? Sei nützlich, Junge. Um deiner Mutter willen, wenn schon nicht für dich selbst. Was für Leckerbissen hast du für mich?«

»Um meiner Mutter willen habe ich nichts für dich, und ich werde auch nie wieder etwas für dich haben.« Gentils Stimme zitterte vor Angst und Entschlossenheit zugleich.

Lutwin war ein direkter Mann, wie ich mich sehr wohl erinnerte. Er schien sich bereits gut daran gewöhnt zu haben, die linke Hand zu gebrauchen. Ich hörte, wie Gentil gegen die Wand prallte. Dann fragte Lutwin in freundlichem Ton: »Warum denn das, Junge?«

Er erhielt keine Antwort. Lutwin war ein großer Mann. Ich fragte mich, ob er den Jungen mit einem Schlag getötet hatte.

»Heb ihn hoch«, befahl Lutwin irgendjemandem. Ich hörte, wie ein Stuhl über den Boden gezogen wurde, vermutlich um Gentil daraufzusetzen. Einen Augenblick später fuhr Lutwin fort: »Ich habe dir eine Frage gestellt, Junge. Warum verrätst du mich so plötzlich?«

Gentils Stimme klang gedämpft. Wahrscheinlich war er an Mund oder Kiefer getroffen worden. »Ich bin kein Verräter. Ich schulde dir gar nichts.«

»Ach ja?« Lutwin lachte. »Deine Mutter lebt noch immer. Schuldest du mir dafür denn gar nichts? Du lebst noch immer. Schuldest du mir auch dafür nichts? Sei kein Narr, Junge. Glaubst du etwa an die falschen Versprechungen der Bergkönigin? Dass sie uns anhören und alles für uns besser machen wird? Pah! Sie will uns einlullen wie Ratten, die man mit Gift lockt. Du betrachtest mich als Bedrohung, weil ich eurem Leben ein Ende bereiten könnte, indem ich euch verrate. Ja, das könnte ich, aber nur wenn du mich zuerst verrätst. Im Augenblick halte ich meine schützende Hand über dich. Mit mir kann man wesentlich vernünftiger reden als mit vielen der Gescheckten, die mir folgen. Sei dankbar dafür, dass ich sie im Zaum halte. Und jetzt Schluss mit dem Unsinn. Du und ich, wir haben viel zu viel gemeinsam, als dass wir einander das Leben schwer machen sollten.« Seine Stimme nahm einen freundlich fragenden Tonfall an. »Was hat dich überhaupt dazu gebracht?«

Gentil zischte etwas, das ich nicht verstehen konnte.

Lutwin lachte. »Sie ist eine Frau, Junge, und eine von uns. Ich weiß, es fällt einem Jungen schwer, von der eigenen Mutter als Frau zu denken, aber das ist sie und noch dazu eine recht gut aussehende. Sie sollte das als Kompliment auffassen und als Ermahnung. Sie hat viel zu lange von uns getrennt gelebt, geleugnet, was sie ist, und sich mit dem ›Adel‹ abgegeben, der sich für so viel besser hält. Der Kreis schließt sich, Bresinga. Du solltest dich glücklich schätzen, dass wir dich wieder in unsere Reihen aufgenommen haben, denn wenn wir an die Macht kommen, werden jene, die uns den Rücken zugekehrt haben, jene vom Alten Blut, die ihre Magie geleugnet und uns sogar an den Weitseher-Abschaum verraten haben … nun, sie alle werden sterben. Sie werden in ihrem eigenen Königsrund sterben, so wie dieser Bastard Edel so viele von uns getötet hat. Und für was? Warum sind so viele von unseren Eltern und Geschwistertieren in diesen Arenen gestorben? Um einen zwiehaften Verräter ›heranzuzüchten‹, einen, der den zwiehaften Bastard für ihn jagt. Es ist höchste Zeit, dass die Weitseher dafür bezahlen.«

Das Ohr gegen das kalte Holz gepresst, bemerkte ich eine vertraute Übelkeit in meinen Knochen, während ich in der dunklen, kalten Nacht hockte. Oh ja. Wieder einmal war die Vergangenheit der Weitseher zurückgekehrt, um uns heimzusuchen, denn was Lutwin sagte, entsprach der Wahrheit. Edel hatte mich so sehr gehasst und gefürchtet, dass er zu dem Schluss gekommen war, dass nur ein anderer Zwiehafter mich zur Strecke bringen konnte. Manch ein Mann und manch eine Frau waren unter Edels Folter gestorben, bevor er jemanden gefunden hatte, der das Alte Blut für ihn jagte. Die schmerzhafte Narbe auf meinem Rücken stammte von einem Pfeil dieses Mannes. Doch was ich stets als Edels persönliches Verbrechen begriffen hatte, wurde weiterhin den Weitsehern angerechnet.

Gentils Stimme war leise, aber klar und deutlich, als er sagte: »Meine Mutter fasst das nicht als ›Kompliment‹ auf, sondern als Beleidigung und Angriff der übelsten Sorte. Du hast mich dazu gezwungen, in Bocksburg zu leben, um dort für euch zu spionieren; du hast mich gezwungen, sie allein und verwundbar zurückzulassen. Du hast jeden vertrauenswürdigen Diener und wahren Freund von ihrer Seite vertrieben, den sie je gekannt hat. Jetzt haben deine Leute sie entehrt, und das alles unter dem Vorwand, sie wieder ihrem Gescheckten-›Erbe‹ zuzuführen. Nun, sie will es nicht, und ich will es auch nicht. Wenn es das ist, was du meinst, wenn du von der Gemeinschaft des Alten Blutes sprichst, dann will ich lieber kein Teil davon sein.«

Lutwins Stimme klang beinahe gelangweilt, als er erwiderte: »Nun, mein Junge, entweder bist du dumm, oder du hörst einfach nicht richtig zu. Beantworte mir folgende Frage: Was bist du, wenn du keiner von uns bist?«

»Frei«, knurrte Gentil.

»Falsch. Tot. Bring ihn um, Padget.«

Das war ein Bluff. Ich war sicher, dass das ein Bluff war, aber ich war ebenso sicher, dass Gentil es glauben würde. Sie würden ihn so lange terrorisieren, bis er gehorsam war. Ich wiederum hatte keinen zwingenden Grund, ihn vor ihnen zu schützen, egal, ob sie ihn nur schlugen oder umbrachten … außer vielleicht, dass er noch ein Junge war, den die Umstände in diese Situation gezwungen hatten. So kam es, dass mein Bauch kalt war und ich mit den Zähnen bei dem Gedanken knirschte, was ihm nun widerfahren würde.

Dann schickte mich Pflichtgetreus Gabensturm fast auf die Knie. *Finde Gentil Bresinga. Er schwebt in großer Gefahr. Bitte, Tom, geh jetzt. Ich glaube, er ist unten in Burgstadt.* Der Prinz schickte seine Forderung wie eine Flut. Im Hintergrund bemerkte ich schwach, wie Dicks Musik überrascht aufhörte.

Ich sammelte meinen Verstand und sandte einen Gedanken zu Pflichtgetreu. *Ich bin nicht weit von ihm entfernt. Er schwebt tatsächlich in Gefahr, aber sie ist nicht so groß, wie du denkst. Woher weißt du das?*

Eine schmerzhafte Gabenwelle schlug auf mein Gehirn

ein. *Seine Katze hat es mir erzählt. Gentil hat sie in einem Sack zu mir gebracht und mir gesagt, ich solle sie hierbehalten und nicht herauslassen, egal, was passiert. Das war der Gefallen, den er von mir wollte. Er hat gesagt, er hätte etwas zu tun, wo er die Katze nicht mitnehmen könne. Tom, warte nicht. Die Katze sagt, die Gefahr sei real, sehr real. Sie werden ihn töten.*

Ich werde ihn beschützen. Ich machte das Versprechen und erhöhte dann meine Gabenmauern, um Pflichtgetreu draußen zu halten. Dann umkreiste ich das kleine Haus. Seltsam, wie die eigene Perspektive sich in nur einem Augenblick verändern kann. Gentil war in der Erwartung hierhergekommen, diese Konfrontation nicht zu überleben. Er hatte es so geplant. Das war auch der Grund, warum er sein Geschwistertier zu Pflichtgetreu gebracht hatte: um das Leben der kleinen Katze zu retten, die sonst für ihn gekämpft hätte. Ich hielt mein hässliches Schwert in der Hand, als ich die Tür aufstieß. Ein Mann ging zu Boden, und seine Eingeweide ergossen sich zwischen seinen Fingern hindurch auf die Bretter. Er war weder bewaffnet, noch hatte er mich bedroht; er hatte mir schlicht im Weg gestanden. Ich schirmte mich gegen seine Schmerzen ab, als ich in den Raum stürmte.

Mit einem einzigen Blick wusste ich, dass Gentil recht hatte. Lutwin saß am Tisch, vor sich ein Glas Wein, und schaute zu, wie Padget den Jungen strangulierte. Padget genoss das sichtlich. Er war kräftig genug, um dem Leben des Jungen sofort ein Ende zu bereiten, hätte er es denn gewollt. Stattdessen hatte er Gentils Kehle von hinten gepackt, den Jungen vom Boden hochgehoben und drückte nun langsam zu. Gentils Gesicht war tiefrot, und seine Augen quollen hervor, während er mit den Fingernägeln sinnlos an Padgets ledergepanzerten Unterarmen kratzte. Ein bösartiger kleiner Hund hüpfte fröhlich um sie herum und schnappte nach Gentils baumelnden Füßen. Der Anblick weckte die Kampfeswut in mir. In nur einem Augenblick spürte ich, wie meine

Brust davon anschwoll, und ich hörte das Donnern meines eigenen Herzens. Alle anderen Überlegungen waren wie weggewischt. Ich würde sie beide töten.

Lutwin hatte sich genüsslich auf seinem Stuhl zurückgelehnt, als ich meinen plötzlichen Auftritt hatte. Ohne auch nur einen Hauch von Panik in der Stimme befahl er Padget: »Töte ihn.« Dann stand er geschmeidig auf, um sich meinem Angriff zu stellen, und zog ein Kurzschwert. In diesem Moment erkannte er mich, und sein Gesichtsausdruck veränderte sich. Aus dem Augenwinkel heraus sah ich, wie Padgets Finger sich enger um den Hals des Jungen schlossen.

Ich konnte entweder Lutwins Schwerthieb abwehren oder Gentils Leben retten, aber nicht beides. Der Tisch befand sich zwischen Gentil und mir. Ich machte einen Sprung, landete mit einem Knie auf dem Tisch und stieß meine blutige Klinge an Gentil vorbei Padget tief in die Brust. Gleichzeitig spürte ich den Biss von Lutwins Schwert. Es drang in die Muskeln auf meiner rechten Rückenhälfte zwischen Rippen und Hüfte. Ich schrie und rollte mich beiseite. Dann schlug ich zurück, doch mein Schlag war kraftlos. Ich wälzte mich vom Tisch, und mein rechtes Bein gab unter mir nach. Das war mein Glück, denn Lutwins Folgeschlag ging über meinen Kopf hinweg. Ich atmete tief ein und schrie Gentil zu: »Lauf!« Der Junge war schlaff zu Boden gesunken, als Padget ihn losgelassen hatte, um sich an die Brust zu greifen. Gentil lag noch immer dort, hielt seinen Hals umklammert und schnappte panisch nach Luft. Padget war ebenfalls zu Boden gegangen. Blut strömte aus seiner Brust, während sein Geschwistertier hilflos bellend um ihn herumsprang.

Lutwin ragte über mir auf, als er mit dem Schwert in der linken Hand um den Tisch herumkam. Ich rollte mich unter den Tisch und schrie, als meine Wunde den Boden berührte. Auf der anderen Seite rappelte ich mich wieder auf. Der Tisch war zwischen uns, doch Lutwin war ein großer Mann, und verfügte über eine große Reichweite. Ich lehnte mich zurück, um dem ersten Hieb auszuweichen. »Ich werde dich umbringen, du verräterischer Bastard«, versprach er mir mit wilder Befriedigung.

Die Worte weckten den Wolf in mir. Der Schmerz war nicht weg. Aber er war unbedeutend geworden. Erst töten, später Wunden lecken. Du musst lauter knurren als er. »Ich werde dich nicht töten«, versprach ich ihm im Gegenzug. »Ich werde dir nur auch noch den anderen Arm abschlagen und dich leben lassen.« Das Entsetzen, das in seinen Augen aufflackerte, verriet mir, dass meine Worte ins Ziel getroffen hatten. Ich packte die Tischkante, und warf den Tisch um, Lutwin entgegen. Dieser taumelte zurück und stolperte über irgendetwas: Padget oder dessen kläffenden Geschwisterhund. Um seinen Sturz abzufangen, hätte er das Schwert fallen lassen müssen, doch dummerweise hielt er daran fest, und so krachte er zu Boden. Ich nutzte meinen Vorteil, schob den Tisch auf ihn und klemmte so seine Beine ein. Auf dem Rücken liegend, Padgets Körper unter sich, schlug er mit dem Schwert nach mir, doch diesmal war es sein Hieb, dem es an Kraft fehlte. Ich wich aus und sprang dann auf den Tisch. Lutwin war gefangen. Ich packte mein Schwert mit beiden Händen und stieß es ihm in die Brust. Er schrie, und ich hörte das Kampfgebrüll eines Schlachtrosses als Echo. Das Schwert rutschte mir durch die Finger und verdrehte sich, als ich mein ganzes Gewicht darauf verlagerte und es so zwischen Lutwins Rippen hindurchstieß. Er schrie noch immer; deshalb zog ich das Schwert wieder heraus und stieß noch einmal zu, diesmal in den Hals.

Draußen auf der Straße hörte ich Leute Fragen brüllen und irgendetwas wie Donner in der Ferne. Ein Pferd wieherte wild. Irgendjemand schrie: »Das Pferd ist wahnsinnig geworden!«, und ein anderer: »Ruft die Stadtwache!«

Den Geräuschen nach zu urteilen vermutete ich, dass Lutwins Pferd die Boxentür zertrümmerte, um an seine Seite zu gelangen. Lutwin starb. Blut spritzte aus der klaffenden Wunde in seinem Hals, und seine Augen waren voller Zorn und Angst. Plötzlich hatte ich eine Einsicht. Ich drehte mich zu Gentil um. »Ich hab keine Zeit, dir zu helfen. Steh auf und mach, dass du wegkommst. Lauf hinten raus. Geh den Stadtwachen aus dem Weg und wieder hinauf zur Bocksburg. Erzähl Pflichtgetreu, was geschehen ist. Alles! Hast du verstanden?«

Die Augen des Jungen waren groß und voller Tränen, doch ob nun Furcht oder der Schock der Strangulation der Grund dafür war, das vermochte ich nicht zu sagen. Padgets Köter kam hinter mir her, als ich zur Tür ging. Ich verhärtete mein Herz, drehte mich um und zertrat das kleine Tier. Das Vieh jaulte und rührte sich dann nicht mehr. Starb Padget im selben Augenblick? Ich wusste es nicht. Als ich auf die Straße hinaustrat, sah ich, wie sich Lutwins Schlachtross gegen die Boxentür warf. Auf der anderen Seite der schmalen Straße drängten sich die Kinder des Ziegenhirten in der Tür und starrten auf das Geschehen. Die großen, eisenbeschlagenen Hufe des Pferdes hatten die meisten Bretter bereits zertrümmert. Tatsächlich hatte es mit seinen Tritten den Schuppen als Ganzes so weit geschwächt, dass er sich zur Seite neigte, wodurch das Pferd sich kaum noch allein befreien konnte.

Aber dieses Tier war nicht einfach nur ein Pferd – nicht mehr jedenfalls. Meine zwiehafte Wahrnehmung von ihm war verwirrend, als wäre es Mensch und Tier zugleich. Ich sah, wie der Hengst sich von der Öffnung zurückzog, die er geschaffen hatte, und die Situation mit dem Verstand eines Menschen begutachtete. Ich durfte ihm keine Zeit lassen, einen Fluchtplan zu entwickeln. Ich ignorierte die Gaffer auf der Straße und rannte auf das Pferd zu. Das Schlachtross versuchte, sich aufzubäumen und seine tödlichen Vorderbeine zum Einsatz zu bringen, doch der Schuppen war zu niedrig dafür. Das Tier entblößte so nur seine Brust, und ich stieß mein Schwert hinein, so tief es ging.

Das Tier schrie; eine Welle aus Zorn und Hass brachte fast meine Gabenmauern zum Einsturz und stieß mich zurück. Ich wurde nach hinten geworfen. Mein Schwert blieb in der Brust des Pferdes stecken. Der Hengst sprang gegen die Wände und schrie seine Wut heraus. Wäre der Schuppen nicht so eng gewesen, das Tier hätte mich sicherlich getötet, bevor es selbst starb. So jedoch brach es schließlich zusammen, und Blut lief ihm aus Maul und Nüstern, als die Stadtwache eintraf. Die Fackeln der Männer erhellten die Winternacht und sandten verwirrende Schatten über mich.

»Was geht hier vor?«, verlangte der Sergeant zu wissen, und als er mich erkannte, knurrte er: »Das ist jetzt schon das zweite Mal, dass du Ärger in meinen Straßen machst. Das gefällt mir ganz und gar nicht.«

Ich versuchte, mir eine Erklärung auszudenken, doch mein rechtes Bein klappte plötzlich unter mir zusammen, und ich fiel in den zertrampelten Schnee. »Hier sind zwei Tote!«, rief irgendjemand. Ich rollte den Kopf herum und sah ein Mädchen in Milizuniform und mit weißem Gesicht aus Lutwins Haus kommen. Ich blinzelte und versuchte, die dunkle Straße hinunterzublicken. Gentils Pferd war verschwunden. Es war entweder durchgegangen, oder dem Jungen war die Flucht gelungen. Als ich versuchte, mich zu bewegen, wurde ich mir des warmen Blutes an meiner Seite bewusst. Ich drückte die Hand auf meine Wunde.

»Steh auf!«, bellte der Sergeant mich an.

»Ich kann nicht«, keuchte ich. Ich hob die Hände und zeigte ihm das Blut. »Ich bin verletzt.«

Der Sergeant schüttelte frustriert den Kopf, und ich wusste, dass er mir nur allzu gerne noch ein paar Wunden zugefügt hätte. Er war ein Mann, der seine Pflichten persönlich nahm. »Was ist hier passiert?«

Ich schnappte nach Luft. Im nächsten Moment dankte ich dem Himmel für den Sohn des Ziegenhirten, der barfuß aus dem Haus gerannt kam und verwirrt schrie, das Pferd sei wahnsinnig geworden und habe versucht, den Schuppen einzureißen, da sei ich dann rausgekommen und hätte es erschlagen. Der Schnee unter meinem Rücken wurde warm und nass, und ich fühlte, wie die Nacht sich um mich herum schloss.

Tom? Die Gabe des Prinzen drang durch meine zusammenbrechenden Mauern. *Tom, bist du verletzt?*

Geh weg!

Der Sergeant beugte sich über mich und verlangte zu wissen: »Was ist da drin passiert?«

Mir fiel keine Lüge ein, also sagte ich ihm die Wahrheit. »Das Pferd ist verrückt geworden. Ich musste es töten.«

»Ja, das wissen wir. Aber was ist mit den Männern in dem Haus passiert?«

Tom? Bist du verletzt?

Ich versuchte, dem Prinzen über die Gabe zu antworten, doch der Schmerz floss nun in Wellen durch meinen Körper und nagelte mich förmlich im Schnee fest. Um uns herum hatte sich eine Zuschauermenge versammelt. Ich ließ meinen Blick über ihre Gesichter schweifen und hielt vergeblich nach jemandem Ausschau, der mir hätte helfen können. Alle starrten mich einfach nur mit großen Augen an und riefen einander Erklärungen zu. Dann entdeckte ich ein Gesicht, das ich kannte. Für einen Augenblick trat sie näher an mich heran, und ihr Gesicht wirkte ehrlich besorgt. Henja, die Dienerin der Narcheska, blickte auf mich herunter. Als sich unsere Blicke jedoch trafen, wandte sie sich rasch von mir ab und verschmolz mit der Menge.

Chade! Sie ist noch immer hier, hier in Burgstadt! Einen Moment lang wusste ich, wie wichtig das war. Es war von allergrößter Bedeutung, dass Chade davon erfuhr. Dann spülte der Schmerz alle Sorgen davon. Ich starb.

Stopp. Mach, dass es aufhört. Du ruinierst die Musik. Dicks Verzweiflung schlug gegen mich wie die Brandung gegen ein Kliff.

»Antworte mir!«

Keine Lügen mehr und auch keine Wahrheit. Ich blickte zu dem Sergeanten hinauf und versuchte zu sprechen. Dann versank ich in Dunkelheit. *Halte Wache, Nachtauge,* flehte ich, doch ich erhielt keine Antwort, und kein Wolf stand über mir.

Kapitel 20

KORDIALE

Die Menschen der Sechs Provinzen waren schon immer sehr unabhängig. Allein die Tatsache, dass das Königreich noch stets in sechs Herzogtümer unterteilt ist, die zwar der Weitseher-Krone verschworen sind, aber von ihren eigenen Edelleuten regiert werden, spricht für diesen selbstständigen Geist. Jedes Herzogtum repräsentiert die separate Annektierung eines Territoriums, für gewöhnlich durch Krieg. In vielen Fällen war der erobernde Weitseher klug genug, den einheimischen Adel in Amt und Würden zu lassen. Das gilt insbesondere für die Herzogtümer Farrow und Bearns. Ein Vorteil dieses Systems ist, dass die Gesetze den individuellen Bedürfnissen des jeweiligen Herzogtums sowie den Sitten seiner Bewohner angepasst sind. Ein Beispiel für diese Konzession an die Selbstverwaltung ist, dass die größeren Städte häufig ihre eigene Stadtwache unterhalten, um die Ordnung auf den Straßen zu wahren. Sie finanzieren diese Miliz über Steuern und Bußgelder für Gesetzesbrecher.

FEDWREN: »DIE REGIERUNG DER SECHS PROVINZEN«

Tom.

Tom.

Tom.

Zuerst machte mir das nichts aus, und ich kümmerte

mich nicht darum. Mein Geist schwebte tief unter der Meeresoberfläche, versunken im gleichgültigen Dunkel. Mich konnte nichts erreichen. Alles war dunkel, und solange ich mich nicht bewegte, konnte der Schmerz mich nicht finden.

Dann kroch dieses Wort langsam in mein Bewusstsein. Es war wie ein Hammer, der auf meinen Schädel einschlug.

Nicht Tom, sagte ich verärgert. *Geh weg.*

Nicht Tom? Das lebhafte Interesse von Pflichtgetreus Gedanken stieß mich an den Rand des Wachseins. Instinktiv errichtete ich meine Mauern gegen die Neugier des Jungen. Einen Augenblick später nahm mir ein extrem unangenehmes Gefühl allen Willen und alle Kraft, um die Gabe zu benutzen. Ich lag auf dem Bauch auf etwas, das eine Strohmatratze zu sein schien. Allerdings befand sich nicht gerade viel Stroh darin. Die Kälte des Steinbodens drang durch sie hindurch. Ich war steif, und mir war kalt. Mein Kreuz brannte, und als ich mich zu bewegen versuchte, schoss der Schmerz durch meinen ganzen Körper. Ich stöhnte leise und hörte schlurfende Schritte.

»Bist du wach?«

Ich bewegte eine Hand und öffnete die Augen einen Spalt. Selbst das trübe, gedämpfte Licht war schon zu grell für mich. Ich spähte zu dem Mann über mir hinauf. Er war klein, trug heruntergekommene Kleider, und sein Haar hing wild um sein Gesicht. Seine Nase und seine Wange waren knallrot, ein gewohnheitsmäßiger Trinker.

»Der Heiler hat dich zusammengeflickt. Er hat mich gebeten, dir zu sagen, dass du dich nicht mehr bewegen sollst als unbedingt nötig.« Ich grunzte zustimmend, und der Mann grinste und erklärte: »Das hätte ich dir wohl nicht extra sagen müssen, hm?«

Ich grunzte wieder. Nun da ich vollkommen wach war, machte sich das ganze Ausmaß meines Schmerzes bemerkbar. Ich fragte mich, wie meine Situation war, doch mein

Mund war zu trocken, als dass ich etwas hätte sagen können. Der gesprächige Kerl schien mir recht freundlich zu sein. War er vielleicht der Gehilfe des Heilers? Ich bewegte den Mund, schnappte nach Luft und krächzte dann mühsam: »Wasser.«

»Ich werde mal sehen, was ich tun kann«, sagte der Mann und ging zur Tür. Ich folgte ihm mit den Blicken. Jetzt bemerkte ich auch, dass das kleine Fenster in der Tür vergittert war. Der Mann rief hindurch: »He! Der verletzte Kerl ist wach! Er will Wasser!«

Falls jemand antwortete, so hörte ich ihn zumindest nicht. Der Mann trat vom Fenster weg und setzte sich auf den Stuhl neben meinem Strohsack. Nach und nach wurde ich mir meiner Umgebung bewusst. Ein Topf in der Ecke. Ein paar Strohbüschel auf dem Boden. Aha. Mein Freund war also mein Mitgefangener.

Bevor ich diesem Gedanken weiter folgen konnte, sprach er erneut. »Nun. Du hast also drei Männer und ein Pferd getötet? Ziemlich guter Kampf, möchte ich wetten. Ich wünschte, ich hätte ihn gesehen. Ich bin auch in einen Kampf geraten, nur dass ich niemanden umgebracht habe. Bin mit einem ziemlich großen Kerl aneinandergeraten, vernarbt wie der Narbenmann. War nicht meine Schuld. Ich hab geredet, vielleicht ein wenig laut, aber weißt du, was er zu mir gesagt hat? Er hat gesagt: ›Halt's Maul. Das ist immer der beste Rat für Kerle wie dich. Kerle wie du reden und glauben, alles zu erklären, dabei veranstalten sie nur Chaos. Du solltest das Reden deinen Freunden überlassen.‹ Dann hat er mich geschlagen, und ich habe zurückgeschlagen. Irgendwann sind dann die Wachen gekommen, haben mich verhaftet, und jetzt bin ich hier – genau wie du.«

Ich nickte mühsam. Ich hatte verstanden. Der Mann war eines von Chades kleinen Vögelchen. Chade wollte, dass ich den Mund hielt und wartete. Ich fragte mich, wie schwer verletzt ich wirklich war, und ich fragte mich auch, ob Gentil

Bresinga es zurück zur Burg geschafft hatte. Dann kam mir der Gedanke, dass ich mich das eigentlich gar nicht fragen musste. Ich schloss die Augen, sammelte den armseligen Rest meiner Kraft und griff schwach hinaus. *Pflichtgetreu?*

Tom! Bist du in Ordnung? Seine Gabe waberte durch meinen Geist wie Tinte, die auf Papier verläuft. Der Gedanke verblasste, noch während ich mich bemühte, ihn festzuhalten.

Ich versuchte, tief durchzuatmen und mich zu konzentrieren. Der Schmerz drang tief in mich ein. Ich atmete flacher und griff zögernd hinaus.

Nein. Lutwin hat mir in den Rücken gestochen, und ich sitze im Gefängnis. Ich habe ihn und jemanden mit Namen Padget getötet. Sag Chade, dass ich Henja unter den Gaffern gesehen habe. Sie ist noch immer in Burgstadt. Das ist wichtig!

Ja, das weiß er. Ich habe es ihm schon gesagt. Das war das Letzte, was du mittels der Gabe rausgeschickt hast. Warum ist das so wichtig?

Ich schob die Frage beiseite. Ich kannte die Antwort ohnehin nicht, und ich musste über Dringenderes nachdenken. *Was ist los? Warum bin ich noch immer hier? Ist Gentil zu dir zurückgekommen?*

Ja. Ja, das ist er. Hör jetzt zu und unterbrich mich nicht.

Die Aufregung und die Angst des Jungen waren unverkennbar. Vor allem fürchtete er, dass ich erneut das Bewusstsein verlieren könnte.

Chade sagt, du sollst schweigen. Er arbeitet gerade an einer Geschichte für dich. Sowohl in der Stadt als auch in der Burg redet man von nichts anderem mehr als von dem, was da unten geschehen ist. Seit Jahren schon hat es keinen Dreifachmord mehr in Burgstadt gegeben, wenn überhaupt, und genau das ist es, worüber sich die Leute das Maul zerreißen. Es haben dich so viele Leute das Pferd töten sehen, dass niemand dir glauben wird, dass du nicht auch Lutwin und seine Männer getötet hast. Nun, Chade arbeitet an einer Erklärung, warum das kein Mord gewesen ist. Auf jeden Fall kann er nicht einfach kommen und dich rausholen. Du verstehst doch warum, oder?

Ich verstehe warum. Chade durfte nicht mit einem Leibwächter in Verbindung gebracht werden, dem drei Morde vorgeworfen wurden, und die Königin nicht mit einem Mann, der die Gesandten des Alten Blutes getötet hatte. Erst recht durfte keine Verbindung des Prinzen mit dem Assassinen bekannt werden. Das verstand ich. Das hatte ich schon immer verstanden. *Mach dir keine Sorgen um mich.* Der Gedanke war kalt.

Ich wusste, dass Pflichtgetreu versuchte, seine Furcht zu beherrschen, doch sie verunreinigte seine Anwendung der Gabe. Seine Sorgen flüsterten an seinem Schild vorbei: Was wenn Chade nichts einfällt? Was wenn ich an einer Blutvergiftung sterben sollte? Süße Eda, er hatte sie alle umgebracht, Mensch und Tier. Wer war er wirklich, dass er solch eine Tat vollbringen konnte? Um Pflichtgetreus Ängste auszusperren, schloss ich meine Gabenmauern gegen ihn. Ich war ohnehin zu müde, um durch die Gabe zu sprechen, und er hatte mir alles gesagt, was ich im Augenblick wissen musste. Ich fühlte, wie ich mich nicht nur von Pflichtgetreu trennte, sondern von allen. Ich schloss mich in meiner eigenen Haut ein. Ich war Tom Dachsenbless, ein Diener in Bocksburg, und ich saß im Gefängnis, schuldig des Mordes an drei Menschen und einem guten Pferd. Das war alles, was ich war.

Die Wache trat ans Fenster, warnte meinen Mitgefangenen, er solle sich von der Tür fernhalten, und kam dann mit einem Eimer und einer Schöpfkelle herein. Beides stellte er auf meinen Strohsack. Ich blickte auf seine Stiefel. »Er sieht nicht so aus, als wäre er wach«, sagte der Soldat.

»Nun, vor einer Minute war er es. Er hat allerdings nicht viel gesagt, nur ›Wasser‹.«

»Ruf mich, wenn er wieder aufwacht. Der Sergeant will mit ihm sprechen.«

»Mache ich. Aber ist meine Frau noch nicht gekommen, um das Bußgeld für mich zu bezahlen? Du hast doch einen Jungen zu ihr geschickt, um sie zu holen, oder?«

»Das habe ich dir doch gesagt. Gestern schon. Sobald sie mit dem Geld hier ist, bist du draußen.«

»Besteht die Möglichkeit, hier etwas zu essen zu bekommen?«

»Du bist schon gefüttert worden. Das ist kein Gasthof hier.«

Der Wachsoldat ging hinaus und schlug die Tür hinter sich zu. Ich hörte, wie mehrere Riegel vorgeschoben wurden. Mein Freund ging an die Tür und beobachtete, wie die Wache den Gang hinunter verschwand. Dann kehrte er wieder an meine Seite zurück. »Glaubst du, dass du trinken kannst?«

Ich antwortete nicht, sondern nickte nur. Der Mann hielt mir die Schöpfkelle an den Mund, und vorsichtig saugte ich daran. Geduldig hockte Chades Mann neben mir und hielt die Schöpfkelle für mich. Ich musste es langsam angehen lassen. Mir war nie bewusst gewesen, dass auch die Rückenmuskeln etwas mit Trinken zu tun hatten. Nach einiger Zeit ließ ich meinen Kopf wieder herunterfallen, und der Mann nahm die Kelle weg. Ich keuchte leise. Am Rand meines Sichtfeldes war alles schwarz, doch nach und nach zog sich die Dunkelheit zurück. »Ist es Nacht?«

»An Orten wie diesem ist es immer Nacht«, antwortete der Mann traurig, und einen Moment lang erhaschte ich einen Blick auf den echten Mann hinter der Maske, jenen Mann, der viel zu viel Zeit an solchen Orten verbracht hatte. Ich fragte mich, wie lange er wohl schon für Chade arbeitete, dann kam mir der Gedanke, dass er vermutlich gar nicht wusste, wer ihn wirklich beschäftigte. Er schob den Hocker näher heran und sagte leise: »Es ist Nachmittag. Du bist jetzt zwei Tage hier. Als sie mich hier reingebracht haben, war der Heiler gerade mit dir zugange. Ich dachte, du wärst wach dabei gewesen. Kannst du dich nicht erinnern?«

»Nein.« Vielleicht hätte ich mich daran erinnern können, wenn ich es versucht hätte, aber ich war mir plötzlich sicher, dass ich mich nicht daran erinnern *wollte.* Zwei Tage. Mich verließ der Mut. Falls Chade mich schnell hier hätte rausholen können, hätte er es schon längst getan. Dass meine Verhaftung bereits zwei Tage her war, ließ mich vermuten, dass ich damit rechnen musste, noch länger hier drin zu bleiben. Ein schmerzhafter Stich unterbrach diesen Gedankengang. Ich versuchte, mich wieder zu konzentrieren. »Ist noch niemand gekommen und hat angeboten, das Bußgeld für mich zu bezahlen?«

Der Mann starrte mich mit großen Augen an. »Bußgeld? Mann, du hast drei Menschen umgebracht. Dafür ist nicht nur ein Bußgeld fällig.« Ich verdaute noch immer, dass ich am Galgen enden könnte, als er hinzufügte: »Da war ein Mann, der gekommen ist, nachdem der Heiler mit dir fertig war. Irgendein hoher Herr, ganz auffällig gekleidet und ausländisch. Du warst nicht bei Bewusstsein, und sie wollten ihn nicht hereinlassen. Er hat zu wissen verlangt, was aus der Börse geworden sei, die du für ihn dabeihattest. Die Wachen haben ihm gesagt, sie wüssten nichts davon. Daraufhin ist er richtig wütend geworden und hat ihnen gedroht, sollte sein Eigentum nicht vollständig an ihn zurückgegeben werden, würde er drastische Maßnahmen ergreifen. Er hat gesagt, du hättest eine kleine rote Börse mit einem Vogel darauf dabeigehabt, einem … einem Fasan. Er wollte nicht sagen, was darin war, nur dass es sehr wertvoll sei und dass er es wiederhaben wollte.«

»Fürst Leuenfarb?«, fragte ich schwach.

»Ja, das war sein Name.«

Ich hatte keine Ahnung, wovon der Narr geredet hatte. »Ich erinnere mich an keine Börse«, sagte ich. Der Schmerz hüllte mich ein wie eine Flut. Ich versuchte, an meinen Gedanken festzuhalten, doch es gelang mir nicht. Schließlich schob ich meine Angst beiseite und erkannte, dass sie meinen Zorn verdeckt hatte. Ich hatte das nicht verdient. Warum hatten sie mich hiergelassen? Ich könnte hier sterben.

Ich fühlte, wie Pflichtgetreu am Rand meines Geistes herumfummelte. »Ich bin so müde«, sagte ich. Eigentlich hatte ich das über die Gabe schicken wollen, stattdessen sprach ich es laut aus. Der Schmerz meiner Wunde breitete sich vom Rücken über die Hüfte bis ins Bein aus. Im rechten Arm hatte ich keine Kraft mehr. Ich schloss die Augen, konzentrierte mich und versuchte, zum Prinzen hinauszugreifen, doch anstatt ihn zu erreichen, stürzte ich in Dunkelheit.

Was die nächsten Tage betraf, so erinnere ich mich nur an einzelne Bilder, wie bei einem Gewitter, wenn der Blitz das Land erleuchtet. Die paar Erinnerungen sind zwar scharf umrissen, aber so kurz, dass sie keinerlei Bedeutung haben: ein Mann – ich vermute der Heiler – blickt in eine Schüssel mit meinem Blut und erklärt, es sei zu dunkel; mein Zellengenosse beschwert sich bitterlich bei jemandem an der Tür, dass der Gestank unerträglich sei. Ich starrte auf ein seltsames Strohmuster auf dem Boden, während Harm irgendjemandem Obszönitäten an den Kopf warf. Verzweifelt wünschte ich, er solle schweigen, damit sie ihm nicht auch noch wehtun. Bei Bewusstsein zu sein hieß, Angst zu haben. Krank, verletzt und ängstlich. Allein. Sie hatten mich hier zum Sterben allein gelassen, damit ich sie nicht in Verlegenheit brachte. Im Schlaf kehrten Nachtauges alte Albträume von einem schmutzigen Käfig und einem Wärter zurück, der ihn ständig schlug.

Die Gabe ist eine Magie, die körperliche Kraft verlangt, einen klaren, geistigen Fokus und einen starken Willen. Ich hatte nichts von alledem. Gabenwellen von Pflichtgetreu brachen über mich herein, flossen durch mich hindurch und hinterließen nicht einen Gedanken. Ich wusste nur, dass er mich zu erreichen versuchte, und ich wünschte mir von ganzem Herzen, dass er damit aufhören würde. Ich wollte Stille – Stille, in der ich mich vor meinen Schmerzen verstecken konnte. Manchmal war ich mir auch Nessels Gegenwart bewusst. Ich bezweifelte allerdings, dass sie fühlte, dass sie mich erreicht hatte.

In jenen kurzen Augenblicken zwischen Wachen und von Albträumen geplagtem Schlaf lebte ich ein anderes Leben. Die Flanken der Hügel waren glatt und weiß vom Schnee unter einem grauen Himmel. Es gab keine Bäume, keine Büsche, noch nicht einmal Steine. Nur Schnee, den flüsternden Wind und das ewige Zwielicht. Die einzige Abwechslung in dieser monotonen Landschaft waren Nachtauges Spuren im Schnee unmittelbar vor mir. Geduckt folgte ich ihnen. Ich würde ihn finden und mich zu ihm gesellen. Er konnte nicht weit vor mir sein. Einmal hörte ich Wölfe in der Ferne heulen, und ich versuchte, mich zu beeilen. Diese Anstrengung weckte mich jedoch nur, und ich lag wieder im kalten Gestank der Gefängniszelle. Ich hatte mich bewegt, und irgendetwas Heißes und Fauliges quoll aus meiner Wunde. Ich schloss die Augen wieder und suchte den Frieden in den verschneiten Hügeln.

Es sollte Wochen dauern, bevor ich die Kette der Ereignisse zusammengefügt hatte. Fürst Leuenfarbs vermisste Börse mit ungeschliffenen Edelsteinen wurde in Lutwins Haus gefunden. Nicht dass er in Burgstadt als Lutwin bekannt gewesen wäre. Merle hatte recht gehabt. Für seine Nachbarn hatte der einarmige Mann Keppler geheißen. Ein Zeuge erklärte, dass er jemanden, der ich hätte sein können, gesehen hatte, wie er jemand anderem – vermutlich Padget – in Kepplers Haus gefolgt war. Offensichtlich hatte man mir die Börse meines

Herrn auf dem Weg zum Edelsteinschleifer geraubt. Ich hatte die Diebe verfolgt, sie hatten gegen mich gekämpft, und ich hatte sie getötet, nachdem ich selbst schwer verletzt worden war. Dann hatte ich auch noch tapfer ein wahnsinniges Pferd erschlagen, das die Menschen auf der Straße bedroht hatte. Plötzlich war ich nicht mehr der ruchlose Dreifachmörder, sondern ein treuer Diener, der für das Eigentum seines Herrn sein Leben riskiert hatte.

Da sich niemand meldete, der dieser Geschichte widersprach oder die Leichen von »Keppler« und Padget beanspruchte, wurde sie alsbald überall in Burgstadt akzeptiert. Die Nachbarn des Ziegenhirten sprachen darüber, dass Keppler immer wieder Besuch zu unmöglichen Zeiten gehabt hatte.

So gestattete man Fürst Leuenfarb zu beanspruchen, was von mir übrig war. Er schickte zwei Diener, die mich nach Hause bringen sollten. Stinkend und nur halb bei Bewusstsein wurde ich in eine Sänfte geladen und zur Burg hinaufgetragen. Ich kannte die Männer nicht, und ich kümmerte sie nur wenig. Ich spürte jeden ihrer Schritte und hätte geweint, wenn ich die Kraft dazu gehabt hätte. Der Schmerz war es, der mich immer wieder wach werden ließ. Die kräftigen Männer, die meine Sänfte trugen, bemerkten, dass sie froh um die Kälte seien, denn so sei der Eitergestank aus meiner Wunde nur halb so schlimm. Schließlich lieferten sie mich an Fürst Leuenfarbs Tür ab. Der Fürst hielt sich ein parfümiertes Taschentuch vor Mund und Nase und befahl ihnen, mich auf mein Bett zu legen. Dann bezahlte er sie großzügig und dankte ihnen dafür, dass sie mich zum Sterben nach Hause gebracht hatten. In der Dunkelheit meines abgeschlossenen Raums schloss ich die Augen und versuchte, genau das zu tun.

Gesprächsfetzen wirbelten wie Herbstlaub in meinen Erinnerungen herum. Sie schwebten in meinen Kopf und füllten ihn auf wie anderer Leute Möbel in einem einst vertrauten Raum. Ich konnte mich nicht von ihnen lösen. Irgendetwas hielt mich dort ebenso fest wie die Hand, die meine umklammert hielt.

»... können ihn nicht noch einmal bewegen, selbst wenn wir eine Sänfte die Treppe heraufbekämen. Du wirst es hier tun müssen.«

»Ich weiß nicht wie. Ich weiß nicht wie. *Ich weiß nicht wie!*« Das kam von Pflichtgetreu. »Eda und El, Chade, ich bin nicht stur. Glaubst du nicht, dass ich ihn retten würde, wenn ich könnte? Aber ich weiß nicht wie. Ich bin noch nicht einmal sicher, um was genau du mich eigentlich bittest.«

Stinkt jetzt schlimmer als Hundescheiße. Dick war gelangweilt und wünschte sich, irgendwo anders zu sein.

Geduldig erklärte Chade es erneut. »Es ist egal, dass du nicht weißt wie. Er wird sterben, wenn wir nichts tun. Wenn du es versuchst, und er stirbt dabei, nun ... zumindest wäre das schneller als das, was er jetzt ertragen muss. Und nun möchte ich, dass du dir diese Zeichnungen hier gut ansiehst. Ich selbst habe sie vor Jahren angefertigt. Das zeigt dir, wie diese Organe aussehen, und zwar intakt ...«

Ich löste mich wieder von ihnen. Barmherzige Dunkelheit hüllte mich ein. Kaum hatte ich die verschneiten Hügel gefunden, da zogen sie mich auch schon wieder weg. Ihre Hände waren an mir. Meine Kleider wurden weggeschnitten. Irgendjemand würgte, und Chade sagte, sie sollten verschwinden, bis sie gerufen würden. Dann kam Wasser auf meine Wunde, kalt und heiß, und ganz in der Nähe sagte eine Frau traurig: »Sie ist hoffnungslos faul. Können wir ihn nicht einfach friedlich einschlafen lassen?«

»Nein!« Ich glaubte, das sei die Stimme von König Listenreich. Dann wusste ich, dass das unmöglich sein konnte. Es musste Chade gewesen sein, der ganz wie sein Bruder klang. »Holt den Prinzen wieder rein. Es ist Zeit.«

Dann spürte ich die eisigen Hände des Prinzen auf meinem heißen Fleisch, links und rechts von der Wunde. »Greif mit der Gabe in seinen Leib«, wies ihn Chade an. »Greif in ihn hinein, schau nach, was falsch ist, und repariere es.«

»Ich weiß nicht wie«, wiederholte der Prinz, doch ich fühlte, wie er es versuchte. Sein Geist flatterte gegen den meinen wie eine Motte gegen den Lampenschirm. Er versuchte, meine Gedanken zu erreichen, nicht meinen Körper. Schwach stieß ich nach ihm. Das war ein Fehler.

Einen Moment lang berührten sich unsere Geister und verbanden sich. *Nein,* sagte ich ihm. *Nein. Lass mich in Ruhe.*

Er nahm die Hände weg. »Er will nicht, dass wir das tun«, berichtete Pflichtgetreu verunsichert.

»Das ist mir egal!« Chade klang wütend. »Es ist ihm nicht gestattet zu sterben. Ich werde das nicht zulassen.« Plötzlich waren die Worte lauter, er schrie mir ins Ohr. »Fitz, hörst du mich? Hörst du mich, mein Junge? Ich werde dich nicht sterben lassen, also kannst du ruhig mitmachen. Hör auf, dich selbst zu bemitleiden, und kämpfe um dein Leben.«

»Fitz?« Überraschung und Entsetzen lagen in Pflichtgetreus Stimme.

Schweigen folgte diesen Worten. Dann erklärte Chade in hartem Tonfall: »Er ist als Bastard geboren worden, genau wie ich. Wir haben oft gescherzt, dass das Wort nur wehtut, wenn es von jemandem kommt, der es selbst nicht trägt.«

Schwach, Chade, wirklich sehr schwach, wollte ich ihm sagen, und Pflichtgetreu kennt dich zu gut, als dass du ihn so leicht ruhigstellen könntest.

Irgendjemand strich mir das Haar aus der Stirn und ergriff meine Hand. Ich glaubte, das war der Narr. Ich versuchte meine Finger um seine schlanke Hand zu schließen, ihn irgendwie wissen zu lassen, dass ich ihn um Verzeihung bat. Plötzlich dachte ich an all die Menschen, denen ich nicht hatte Lebewohl sagen können: Harm, Kettricken, Burrich und Molly. Ich hatte mir immer vorgenommen, vor meinem Tod alles in Ordnung zu bringen. »Philia, Mutter«, sagte ich, doch niemand hörte mich. Vielleicht hatte ich gar nicht laut gesprochen.

»Zeig mir das Bild«, sagte Fürst Leuenfarb. Er ließ meine Hand los, und ich versank wieder in Dunkelheit. Ich fiel, bis ich starb. Von der verschneiten Kuppe eines Hügels aus erblickte ich das Sommerland. Etwas Graues bewegte ich im hohen Gras. Nachtauge!, rief ich ihm zu. Er drehte sich um und blickte zu mir zurück. Dann fletschte er die Zähne und warnte mich zu bleiben, wo ich war. Ich versuchte vorwärtszugehen, wurde aber wieder zurückgezogen. Hilflos schlug ich um mich wie ein Fisch an der Angel, doch mein Körper bewegte sich nicht.

»… schon mal gemacht. Zumindest so etwas Ähnliches. Ich war dabei, als er seinen Wolf mit der Gabe geheilt hat, und vor Jahren habe ich studiert, wie der Leib eines Menschen zusammengesetzt ist. Ich selbst verfüge zwar nicht über die Gabe, aber ich kenne Fi … Tom. Wenn Ihr die Gabe durch mich benutzen könnt, wäre ich bereit, Euch das zu gestatten.« Der Narr war hartnäckig.

»Ich muss mal.«

»Dann geh, Dick, aber komm sofort wieder zurück. Verstanden? Komm sofort wieder hierher zurück, wenn du fertig bist.« Ich hörte die Verärgerung in Chades Stimme – Verärgerung und Unsicherheit. »Nun, was kann es schon schaden? Mach. Versuch es.«

Dann spürte ich die Berührung des Narren auf meinem Rücken. Wo Pflichtgetreus Finger schon kalt auf meiner heißen Haut gewesen waren, waren die Hände des Narren wie Eisbrocken. Sie untersuchten mich. Diese gefürchtete, herbeigesehnte Berührung schien eine Ewigkeit zu dauern.

Vor langer Zeit hatte der Narr mich auf meiner Suche nach Veritas in die Berge begleitet. Als er mir geholfen hatte, mich um unseren erschöpften König zu kümmern, war er sorglos mit Veritas' von der Gabe überzogenen silbernen Händen in Berührung gekommen. Diese physische Manifestation der Gabenmagie hatte wie Quecksilber geschimmert. Der Kontakt mit der reinen Magie hatte den Narren für immer gezeichnet. Das Silber der Magie war mit der Zeit verblasst, doch es war noch immer genügend auf seinen Fingerspitzen übrig, dass ich einmal beobachten konnte, wie der Narr sie beim Schnitzen benutzt hatte. Durch sie erkannte er alles, was er berührte, bis in die kleinste Kleinigkeit, egal ob nun Holz, Pflanze oder Tier … oder mich. Vor langer Zeit hatte er seine Fingerabdrücke auf meiner Haut hinterlassen. Fürst Leuenfarb verbarg seine Gabenfinger mit Handschuhen, doch die Hände, die nun meinen Rücken berührten, waren nackt.

Ich fühlte genau, wann seine mit der Gabe überzogenen Finger mit meiner Haut in Kontakt kamen. Schärfer als das Schwert, das meine Eingeweide aufgerissen hatte, drang seine eiskalte Berührung in mich ein. Doch weder Schmerz noch Vergnügen war damit verbunden. Es war, als ob wir dieselbe Haut teilen würden. Ich war selbst zum Zittern zu schwach und betete, dass der Narr nicht noch tiefer in mich eindringen würde. Ich hätte keine Angst haben müssen. Ich fühlte die Ehre des Narren in dieser Berührung, eine Ehre, die wie eine Rüstung zwischen uns stand. Es war nur mein Leib, den er untersuchte, nicht mein Herz und auch nicht mein Verstand. In diesem Augenblick wurde mir schrecklich bewusst, welches Unrecht ich meinem Freund angetan hatte. Er würde nie etwas von mir verlangen, was ich ihm nicht zuerst angeboten hätte. Ich hörte ihn sprechen, und die Worte erreichten nicht nur meine Ohren, sondern besaßen auch ein Echo in der Gabe.

»Ich kann den Schaden sehen, Chade. Die Muskeln sind wie gerissene Stricke, die sich eingerollt haben, und wo die Klinge ihn

durchbohrt hat, breiten sich Fäulnis und Gift in seinen Eingeweiden aus. Sein Blut transportiert es dann durch seinen Leib. Nicht nur diese Wunde ist giftig. Das Übel hat sich bereits in seinem ganzen Körper verbreitet wie Tinte im Wasser. Es hat ihn überwältigt, Chade. Das Problem liegt nicht nur hier, wo die Klinge eingedrungen ist, sondern auch dort, wo sein Körper versucht, es wieder in Ordnung zu bringen, es in Wahrheit aber nur schlimmer macht.«

»Kannst du es reparieren? Kannst du seinen Leib heilen?« Chades Stimme klang erstickt und schwach, aber vielleicht kam mir das nur so vor, weil die Gedanken des Narren so laut gewesen waren.

»Nein. Ich sehe, was falsch ist, aber eine Verletzung wahrzunehmen heißt nicht, sie zu heilen. Er ist kein Stück Holz – ich kann die faulen Teile nicht einfach wegschneiden.« Der Narr schwieg, doch ich fühlte, wie er in diesem Schweigen kämpfte. Dann sagte er verzweifelt: *»Wir haben versagt. Er stirbt.«*

»Nein, oh nein. Nicht mein Junge, nicht mein Fitz. Bitte, nein.« So leicht wie fallendes Laub legte der alte Mann die Hände auf mich. Ich wusste, wie verzweifelt er sich wünschte, mich wieder gesund zu machen. Dann schienen seine Hände in mich einzudringen, und seine Berührung brannte wie Alkohol in meinen Adern. Irgendjemand schnappte nach Luft, und ich fühlte, *fühlte,* wie der Geist des Narren mit Chades verschmolz. Sie verbanden sich in mir. Es war ein schwaches Ding, diese Gabentat. Die Stimme des alten Mannes drohte zu brechen, als er schrie: *»Pflichtgetreu! Nimm meine Hand. Gib mir deine Stärke.«*

Pflichtgetreu schloss sich ihnen an. Das unterbrach alles. Licht explodierte in meiner Dunkelheit. »Holt Dick!«, brüllte irgendjemand. Es war egal. Lange Zeit fiel ich einfach nur und wurde immer kleiner und kleiner. Ich hörte Wolfsgeheul. Es wurde lauter.

Dann sah ich ein Licht. Es war nicht heiß, es war nur schrecklich durchdringend. Ich fiel in das Licht hinein und wurde eins mit ihm. Es schien aus dem Inneren meiner Augen zu kommen. Ich konnte ihm nicht entgehen. Es war Licht, das brannte, aber nicht erhellte. Ich konnte nichts sehen. Es war unerträglich grell, und plötzlich wurde es sogar noch heller. Ich schrie – mein ganzer Körper schrie mit der Kraft des Lichtes, das durch mich hindurchströmte. Ich war ein gebrochener Knochen, der wieder gerichtet wurde, ein eingedämmter Fluss, der wieder befreit wurde, verknotetes Haar, grob gekämmt ... Das Heilmittel war schlimmer als die Krankheit. Mein Herz hörte auf zu schlagen. Stimmen schrien verzweifelt auf. Dann setzte sich mein Herz wieder in Bewegung. Luft brannte in meiner Lunge.

Ich durchlebte einen wilden Augenblick des Wachseins, in dem ich alles sah, alles wusste, alles fühlte. Sie standen im Kreis um mich herum. Der Narr hatte die Gabenfinger in meinen Rücken gedrückt. Chade hielt die freie Hand des Narren umklammert und mit der anderen Pflichtgetreus. Pflichtgetreu wiederum hatte Dicks fettes Handgelenk gepackt, und Dick stand stocksteif und unbeweglich da und brüllte wie ein Scheiterhaufen. Chade hatte die Augen weit aufgerissen und fletschte vor purer Freude die Zähne. Pflichtgetreus Gesicht war kreidebleich vor Furcht, die Augen hatte er fest geschlossen. Und der Narr, der Narr schimmerte wie Gold, war schiere Freude und diamantene Drachen an einem klaren blauen Himmel. Er schrie. Plötzlich. Schrill wie eine Frau. »Halt! Es ist zu viel! Wir sind zu weit gegangen!«

Sie ließen mich los. Ich rannte ohne sie weiter. Jetzt konnte ich nicht mehr anhalten. Wie eine Flutwelle sich durch eine Schlucht ergießt und alles mitreißt, so rannte ich weiter. Heilen? Das war kein Heilen. Heilen bedeutet Sanftheit, Erholung und Zeit. Heilen, das wusste ich plötzlich, war nichts, was ein Mensch mit einem anderen machte. Heilen war etwas, was der Körper selber tat, wenn man ihm nur Zeit und Ruhe dafür verschaffte. Diese Art des Heilens war, als würde man sich die Füße anzünden, um die Hände zu wärmen. Mein Körper streifte verrottetes Fleisch ab und spülte giftige Flüssigkeiten hinaus. Doch man kann nichts aus einer Struktur entfernen, ohne es zu ersetzen, von irgendwoher mussten neue Ziegel kommen. Mein Körper stahl von sich selbst, und ich spürte, wie er das tat, doch ich konnte diesen Prozess nicht aufhalten. Ich wurde geheilt, doch auf Kosten der Stärke des Ganzen. Nachdem es getan war und in die Welt um mich herum wieder Stille einkehrte, blickte ich aus all dem Dreck und Gift, das mein Körper ausgeschieden hatte, zu ihnen hinauf und besaß noch nicht einmal mehr genug Kraft zu blinzeln.

Sie schauten auf mich hinunter, die vier, die meinen Leib wieder aufgebaut hatten. Der alte Mann, der goldene Fürst, der Prinz und der Idiot starrten mich an. In ihren Blicken mischten sich Ehrfurcht, Angst, Zufriedenheit und Reue.

Pflichtgetreus Kordiale hatte sich geformt. Es war die armseligste Art, fünf Menschen miteinander zu verbinden, die ich mir vorstellen konnte. Seit Kreuzfeuers Kordiale der Krüppel hatte es nicht mehr eine solch missgestaltete Ansammlung von Gabennutzern gegeben. Der Narr verfügte eigentlich gar nicht über die Gabe, sondern nur über die silbernen Schatten auf seinen Fingerspitzen und die Verbindung zu mir, die wir nun schon so lange teilten. Im Gegensatz dazu besaß Dick die Gabe im Übermaß, nur hatte er weder das Wissen noch den Ehrgeiz, sie korrekt einzusetzen. Ich gebot ebenfalls über die Gabe, nur war sie bei mir unvorhersehbar, schlecht ausgebildet und unzuverlässig. Und Chade, die Götter mochten uns beistehen, hatte sein Talent erst am Ende seines Lebens entdeckt. Er schwang sie wie ein kleiner Junge sein Holzschwert, ohne auch nur zu ahnen, was eine scharfe Klinge anrichten konnte. Er besaß Wissen und Ehrgeiz im Übermaß, doch nicht die natürliche Beziehung zur Gabe wie zum Beispiel Dick. Nur im Falle unseres Prinzen waren Geist und Ehrgeiz im Einklang … wäre da nicht der Makel der Alten Macht gewesen.

Ich dachte über das nach, was ich schlicht dadurch geschaffen hatte, dass ich beinahe gestorben war, und mich verließ der Mut. Katalyst … ha! Eine Kordiale sollte dem Weitseher-Monarchen in Zeiten der Not ihre Kraft leihen. Diese hier konnte ohne ihn nicht funktionieren. Außerdem hätte sie auf der Kameradschaft der einzelnen Mitglieder gegründet sein sollen. Das hier glich jedoch mehr dem zufälligen Aufeinandertreffen von Reisenden in einem Gasthof.

Ein Teil des Kummers, der mich plagte, muss mir anzusehen gewesen sein, denn Chade kniete sich neben mein Bett und ergriff meine Hand. »Es ist alles gut, mein Junge«, sagte er. »Du wirst leben.«

Ich schlief vier Tage und vier Nächte lang. Ich schlief sogar, während sie meinen ausgelaugten Körper wuschen und mir neue Kleider anzogen. Später erzählten sie mir, dass ich in jenen Tagen Wein und Brühe getrunken und Brei gegessen hätte. Irgendjemand sorgte dafür, dass ich sauber blieb. Ich erinnere mich nicht daran. Ich bin froh, dass ich mich nicht daran erinnere. Vielleicht habe ich im Schlaf getrunken. Man erzählte mir, dass Merle mehrere Male nach mir gesehen hätte und dass Wim vorbeigekommen sei, um mir ein altes Heilmittel nach einem Rezept seiner Großmutter zu bringen. Keinem von ihnen gestattete man, mich zu sehen. Nichts von alledem bekam ich mit. Stattdessen erinnerte ich mich an Dinge, von denen ich gar nicht wusste, dass ich Erinnerungen daran besaß. Ich rannte einem Wolfsrudel über die Hügel hinterher, beobachtete ihr Leben und sehnte mich danach, mich ihnen anzuschließen. Aber immer zerrte irgendwo etwas an mir und ermahnte mich, dass ich irgendwann wieder zurückkehren müsse.

An eine Episode erinnere ich mich jedoch. Irgendjemand legte mir den Arm um die Schulter, hob mich hoch und hielt mir einen Becher mit warmer Milch an den Mund. Ich habe warme Milch noch nie gemocht, und so versuchte ich, den Kopf zur Seite zu drehen, als ich den Geruch wahrnahm, doch sie war entschlossen, und das meiste davon lief meine Kehle hinunter. Erst als sie mich wieder auf die Kissen hinabließ, erkannte ich diese Willenskraft als die meiner Königin. Ich öffnete die Augen ein Stück. »Tut mir leid«, krächzte ich, während Kettricken mir die übergelaufene Milch von meinen Bartstoppeln und meinem Nachthemd wischte.

Sie lächelte mich an, und ich sah Erleichterung in ihren Augen. »Das ist das erste Mal, dass du genug Kraft besessen hast, um schwierig zu sein. Soll ich das als Zeichen auffassen, dass du dich wieder erholst und bald wieder der Alte sein wirst?« Die Frage war neckisch gestellt, doch trotz aller Erleichterung zitterte ihre Stimme. Sie legte das Tuch beiseite und ergriff meine Hände. Ich spürte meine Knochen in ihrem sanften Griff, so abgemagert waren meine Hände, dass sie mehr Krallen glichen. Ich konnte es nicht ertragen, meine Königin anzusehen, die mich voller Zärtlichkeit musterte. Ich blickte an ihr vorbei und legte die Stirn in Falten, ich erkannte meine Umgebung nicht. Sie folgte meinem Blick. »Ich habe es umgebaut«, sagte sie. »Ich habe es als unerträglich empfunden, dich in dieser Zelle liegen zu sehen.«

Ein dicker Teppich nach Art des Bergvolkes bedeckte den Boden. Ich lag auf einem niedrigen Sofa, während meine erhabene Königin mit verschränkten Beinen auf einem Kissen neben mir saß. In der Ecke brannten Duftkerzen auf einem spiralförmigen Leuchter und erhellten den Raum. Auf einer Kommode, deren Vorderseite mit edlen Schnitzereien verziert war, befanden sich ein eleganter Krug sowie ein Waschbecken. Der leere Milchbecher stand auf einem niedrigen Tisch neben dem Sofa und daneben eine Schüssel mit in Brühe eingeweichtem Brot. Der Geruch machte mich hungrig. Kettricken musste bemerkt haben, dass mein Blick dorthin wanderte, denn sofort griff sie nach der Schüssel und holte einen Löffel heraus.

»Ich glaube, ich kann schon selber essen«, beeilte ich mich zu sagen. Ich versuchte, mich aufzusetzen, und schämte mich, dass ich dazu Kettrickens Hilfe brauchte. Dabei bemerkte ich den Wandteppich an der mir gegenüberliegenden Wand. Er war frisch gesäubert und geflickt worden, doch wie immer blickte ein vom Künstler seltsam in die Länge gezogener König Weise zu mir herab, während er den Vertrag mit den Uralten unterzeichnete. Mein Schock muss mir anzusehen gewesen sein, denn Kettricken lächelte und erklärte: »Chade hat gesagt, das würde dich erstaunen, dir aber auch gefallen. Mir kommt der Wandteppich zwar nicht sonderlich schön vor, aber Chade hat behauptet, das sei einer deiner Lieblingsgobelins.«

Der Wandteppich nahm die gesamte Wand ein. Genauso wie damals, als er im Schlafzimmer meiner Kindheit gehangen hatte, kam er mir albtraumhaft vor. Das wusste der alte Mann sehr gut. So schwach ich auch sein mochte, Chades rauer Scherz brachte ein Lächeln auf mein Gesicht. Trotzdem protestierte ich: »Aber diese Kammer hier sollte weiter das bescheidene Quartier eines Dieners bleiben. Abgesehen von der Größe und den fehlenden Fenstern hast du es wie das Gemach eines Prinzen ausstaffiert.«

Kettricken seufzte. »Chade hat mich auch schon dafür getadelt, aber ich habe mich geweigert, ihm zuzuhören. Es ist schon schlimm genug, dass du in solch einer kleinen, düsteren Kammer hausen musst. Ich werde sie nicht länger so ärmlich und kalt belassen.«

»Aber dein Gemach ist auch schlicht und einfach, ganz nach der Art des Bergvolkes. Ich will nicht …«

»Wenn du dich wieder gut genug fühlst, um Besucher zu empfangen, kannst du ja alles wegschaffen lassen, wenn du willst. Aber jetzt will ich erst einmal, dass du es bequem hast.

Im Stil der Sechs Provinzen.« Sie klang ein wenig schroff, dann seufzte sie. »Wie immer hat eine Lüge alles erklärt. Fürst Leuenfarb wünscht, seinen Diener für dessen Loyalität zu belohnen. Toleriere das gefälligst.«

Ihr Tonfall verriet, dass sie nicht mit sich darüber reden lassen würde. Sie legte meine Kissen zurecht, sodass ich mich setzen und das eingeweichte Brot essen konnte. Ich hätte noch mehr essen können, doch Kettricken nahm mir die Schüssel ab und sagte, ich solle mich langsam erholen. Dann wurde ich plötzlich müde. Ich legte mich zurück und stellte erstaunt fest, dass ich keine Schmerzen spürte. Tatsächlich lag ich sogar auf dem Rücken. Mein Gesichtsausdruck musste sich verändert haben, denn Kettricken fragte mich besorgt, ob alles in Ordnung sei.

Ich rollte mich auf die Seite und tastete nach meinem Rücken. »Da ist kein Schmerz«, sagte ich zu ihr.

Man hatte mir auch keinen Verband angelegt.

Ich spürte weiches Fleisch, dann mein Rückgrat und meine Rippen, die sich wie die eines halb verhungerten Hundes durch die Haut drückten. Ich begann zu zittern, und meine Zähne klapperten. Kettricken zog die Decken enger um mich herum. »Die Wunde ist vollständig verheilt«, bemerkte ich aufgeregt.

»Ja«, bestätigte sie. »Das Fleisch hat sich geschlossen und ist gesund. Von dem Schwertstich ist keine Spur übrig geblieben. Das ist einer der Gründe, warum wir Besucher von dir ferngehalten haben.« Kurz hielt sie inne, und ich glaubte schon, sie würde nichts mehr sagen, doch dann lächelte sie zärtlich. »Mach dir im Augenblick um nichts irgendwelche Sorgen. Du musst dich ausruhen, Fitz, nicht dir den Kopf zerbrechen. Ruh dich aus, iss, und schon bald wirst du wieder auf den Beinen sein.« Meine Königin berührte meine hohle Wange und strich mir das Haar zurück.

Plötzlich drängten sich tausend Fragen in meinem Kopf.

»Weiß Harm, dass es mir gut geht? Ist er gekommen, um nach mir zu sehen? Macht er sich Sorgen?«

»Schschsch. Noch bist du nicht gesund. Er ist hierhergekommen, aber wir haben es für das Beste gehalten, ihn nicht zu dir zu lassen. Fürst Leuenfarb hat mit ihm gesprochen und ihm versichert, dass du dich wieder erholen wirst und die beste Pflege genießt. Er hat ihm gesagt, wie dankbar er dafür sei, wie Tom Dachsenbless seinen Schatz verteidigt hatte, und er hat Harm versprochen, dass Fürst Leuenfarb sich um ihn kümmern würde, solange du dich erholst. Auch eine Frau mit Namen Jinna wollte dich besuchen, doch sie ist ebenfalls abgewiesen worden.«

Ich verstand, warum das klug war. Sowohl Harm als auch Jinna wären über meine Erscheinung erstaunt gewesen, doch ich hoffte, dass man meinem Jungen keine allzu großen Sorgen bereitet hatte. Dann, als wäre ein Tor geöffnet worden, drängten sich all meine anderen Fragen nach vorn. »Wo sind die übrigen Gescheckten außer Lutwin und Padget? Und wo ist Henja? Ich habe Henja hier gesehen, und ich glaube nicht, dass das Zufall war. Außerdem habe ich den Eindruck, dass das Leben von Gentils Mutter bedroht ist. Chade sollte jemanden schicken, um ihr zu helfen. Und da ist noch immer dieser Spion, der, der Dick zu Lutwin gebracht hat. Chade muss …«

»Du musst dich ausruhen«, unterbrach mich Kettricken mit fester Stimme. »Im Augenblick beschäftigen sich andere mit diesen Dingen.« Anmutig stand sie auf. Sie brauchte nur zwei Schritte, um meinen winzigen Raum zu durchqueren. Sie blies alle Kerzen bis auf eine aus und nahm sie dann vom Leuchter. Dabei bemerkte ich, dass meine Königin ihr Nachtgewand trug. Ihr Haar hing in einem dicken goldenen Zopf auf ihrem Rücken.

»Es ist Nacht«, sagte ich dümmlich.

»Ja. Sehr spät in der Nacht. Schlaf jetzt, Fitz.«

»Was tust du hier so spät in der Nacht?«

»Über deinen Schlaf wachen.«

Das ergab keinen Sinn. Sie hatte mich absichtlich geweckt. »Aber die Milch und das Brot …«

»Ich habe sie meinen Pagen für mich holen lassen und ihm gesagt, ich könne nicht schlafen. Das konnte ich auch tatsächlich nicht. Dann habe ich sie für dich hierhergebracht.« Fast klang sie, als wolle sie sich rechtfertigen. »Es gibt auch Gutes in all dem Bösen, das dir widerfahren ist. Es hat mich lebhaft daran erinnert, wie viel ich dir wirklich schulde und wie sehr ich dich schätze.« Einen Moment lang blickte sie zu Boden. »Hätte ich dich verloren«, sagte sie unwillig, »dann hätte ich den einzigen Menschen verloren, der meine ganze Geschichte kennt. Den einzigen Menschen, der mich ansieht und weiß, was ich alles mit meinem König durchlebt habe.«

»Aber Merle war auch dabei. Und Fürst Leuenfarb.«

Kettricken schüttelte den Kopf. »Nicht immer und überall, und keiner von beiden hat ihn so geliebt, wie wir ihn geliebt haben.« Dann beugte sie sich mit der Kerze in der Hand vor und küsste mich auf die Stirn. »Schlaf jetzt, Fitz-Chivalric.« Und als sie mich auf den Mund küsste, war das wie ein kräftiger Schluck kühlen Wassers, und ich wusste, dass dieser Kuss nicht für mich, sondern für den Mann bestimmt war, den wir beide verloren hatten. »Ruh dich aus, und komm wieder zu Kräften«, ermahnte sie mich, richtete sich wieder auf und verließ meine Kammer durch die Geheimtür. Sie nahm Becher und Schüssel mit und hinterließ keine Spur von ihrem Besuch außer einem Hauch ihres Dufts. Ich seufzte und versank in einen tiefen Schlaf, der fast normal war.

Kapitel 21

GENESUNG

Die Zeugensteine stehen schon so lange auf den Klippen nahe Bocksburg wie die Bocksburg selbst, vermutlich sogar noch länger. Groß und schwarz ragen die vier Steine im Quadrat aus der Erde. Entweder die Zeit oder die Hand von Menschen hat die Markierungen zerstört, die einst die Seiten der stehenden Steine zierten. Die Runen sind nun nicht mehr lesbar. Die Steine selbst ähneln den Blöcken, aus denen die Bocksburg errichtet ist, abgesehen von den silbernen Adern, die man in jedem Pfeiler erkennen kann. Niemand weiß, woher der Brauch stammt, die Steine als Zeugen für einen Eid oder zur Bestätigung der Wahrheit zu nehmen. Manchmal werden Kämpfe vor den Steinen ausgefochten, und zwar in dem Glauben, dass die Steine der gerechteren Sache zum Sieg verhelfen werden. Um den Raum innerhalb des Vierecks ranken sich so manch abergläubische Geschichten. Manche glauben, eine unfruchtbare Frau könne dort empfangen, andere, dass eine Frau die Steine bitten könne, ihr das zu nehmen, was in ihrem Leib heranwächst.

HERRIN CLARINES »*BRÄUCHE DER BOCKSMARKEN*«

Am nächsten Tag stand ich erstmals aus meinem Krankenbett auf. In der Dunkelheit meiner abgeschlossenen Kammer ging ich drei Schritte bis zur Kleidertruhe. Dann fiel ich und fand nicht die Stärke wieder aufzustehen. Ich lag vollkommen still, fest entschlossen, nicht um Hilfe zu rufen, sondern zu warten, bis ich wieder genug Energie gesammelt hatte, um selbst zu meinem Bett zurückzukehren. Doch fast sofort öffnete sich die Tür zu meiner Kammer, und Licht und Luft strömten herein – und Fürst Leuenfarb. Er stand in der Tür und blickte mit aristokratischer Missbilligung zu mir herunter. »Tom, Tom, Tom«, sagte er und schüttelte den Kopf. »Muss du denn immer so furchtbar stur sein? Ab ins Bett, bis Fürst Chade dir erlaubt aufzustehen.«

Wie immer überraschte mich die Kraft seiner schlanken Arme. Er half mir nicht auf die Beine, sondern hob mich schlicht in die Höhe und trug mich wieder ins Bett. Ich griff nach meiner Decke. »Ich könnte hier noch was weiß ich wie viele Tage liegen«, beschwerte ich mich.

Fürst Leuenfarb wirkte amüsiert. »Ich würde gerne sehen, wie du versuchst, irgendetwas anderes zu tun, denn offensichtlich kannst du das nicht. Ich werde die Tür offen lassen, damit du etwas Licht hast. Willst du auch eine Kerze?«

Langsam schüttelte ich den Kopf. Seine unpersönliche, doch tolerante, freundliche Art jagte mir einen Schauer über den Rücken. Er ließ mich allein, aber die Tür blieb auf. Ich sah ein Feuer im ordentlich sauberen Kamin brennen. Fürst Leuenfarb setzte sich an seinen kleinen Schreibtisch, griff nach der Feder und begann zu schreiben.

Kurze Zeit später klopfte es an der Tür, und der Page mit dem Frühstückstablett betrat den Raum. Char stellte es auf den Tisch und nahm vorsichtig Geschirr und Essen herunter. Nachdem er damit fertig war, befanden sich noch immer mehrere Schüsseln und ein Becher auf dem Tablett. Die nahm er und ging auf meine Tür zu, doch Fürst Leuenfarb sagte, ohne vom Schreibtisch aufzublicken: »Lass es auf dem Tisch stehen, Char.« Der Junge ging, und noch immer schrieb Fürst Leuenfarb weiter. Wieder einige Zeit später klopfte es erneut an der Tür. Diesmal brachte der Junge Eimer mit Wasser. Ein Mann begleitete ihn mit einem Armvoll Feuerholz. Fürst Leuenfarb ignorierte die beiden, während sie ihre Arbeit erfüllten. Nachdem sie gegangen waren, seufzte er, stand vom Schreibtisch auf, ging zur Tür und verriegelte sie. Dann sprach er wieder mit mir. »Möchtest du in deiner Kammer oder am Tisch essen, Tom?«

Zur Antwort setzte ich mich auf. Am Fuß meines Bettes lag eine neue blaue Wollrobe. Ich zog sie mir über den Kopf und stand dann auf. Das niedrige Bett machte es mir schwerer, als es hätte sein sollen. Einen Augenblick lang stand ich einfach nur da, während sich in meinem Kopf alles drehte. Dann ging ich vorsichtig zum Tisch. An der Tür blieb ich einmal kurz stehen und stützte mich an der Klinke ab, während ich nach Atem rang. Fürst Leuenfarb hatte sich bereits gesetzt und schaute sich die Speisen an, die der Junge für ihn angerichtet hatte. Bedächtig setzte ich mich auf den Stuhl ihm gegenüber.

Sie hatten mir die Mahlzeit eines Invaliden gebracht: Brühe, Brei und Brot in Milch. Auf Fürst Leuenfarbs Seite standen Rühreier, Wurst, Brot, Butter, Marmelade und alles andere, was das Herz begehrte. Kurz empfand ich eine irrationale Wut auf ihn. Dann aß ich alles, was man mir gegeben hatte, und spülte es mit einer Tasse lauwarmen Kamillentees hinunter. Hinterher stand ich auf und kehrte in mein Bett zurück. Fürst Leuenfarb und ich hatten kein einziges Wort gewechselt. Nach einiger Zeit schlief ich vor lauter Langeweile wieder ein.

Leise Stimmen weckten mich wieder. »Dann geht es ihm also gut genug, dass er aufstehen und essen kann?«

»So gerade«, antwortete Fürst Leuenfarb. »Wir sollten es besser langsam angehen lassen. Er hat keine Kraftreserven mehr, die er mobilisieren könnte. Wenn Ihr ihm jetzt aber Aufgaben präsentiert, wird er trotzdem …«

»Ich bin wach«, krächzte ich. Ich räusperte mich und versuchte es erneut. »Chade, ich bin wach.«

Rasch kam er an meine Tür und lächelte mich an. Sein weißes lockiges Haar schimmerte, und er wirkte ausgesprochen munter. Verächtlich blickte er auf Kettrickens Kissen neben meinem Bett. »Lass mich einen Stuhl holen, Junge. Dann setze ich mich zu dir, und wir können ein wenig reden. Du siehst schon viel besser aus.«

»Ich kann aufstehen.«

»Ja? Nun, dann nimm meine Hand. Sei nicht stur, ich helfe dir. Sollen wir uns ans Feuer setzen?«

Er sprach mit mir, als wäre ich von schlichtem Gemüt. Ich akzeptierte das als Zeichen seiner Sorge um mich und ließ mich von ihm zum Kamin führen. Dort setzte ich mich auf einen der Polsterstühle. Chade ließ sich mit einem Seufzen auf dem anderen nieder. Ich blickte mich nach dem Narren um, doch Fürst Leuenfarb war wieder an seinem Schreibtisch beschäftigt.

Chade lächelte mich an und streckte seine Füße zum Feuer aus. »Ich bin so froh, dass es dir wieder besser geht, Fitz. Du hast uns einen ziemlichen Schrecken eingejagt. Es hat uns all unsere Kraft gekostet, dich wieder zurückzuholen.«

»Das ist etwas, worüber wir reden müssen«, sagte ich ernst.

»Ja, aber nicht jetzt. Im Augenblick werden wir es erst einmal langsam angehen, damit du dich nicht überanstrengst. Schlafen und Essen sind das, was du hauptsächlich brauchst.«

»Echtes Essen«, forderte ich entschlossen. »Fleisch. Mit dieser Pampe, die man mir heute Morgen vorgesetzt hat, werde ich meine Kraft nie zurückgewinnen.«

Chade hob die Augenbrauen. »Wir sind wohl ein wenig gereizt, hm? Nun, das war auch nicht anders zu erwarten. Ich werde dafür sorgen, dass du am Mittag Fleisch bekommst. Du musstest uns nur sagen, dass du bereit dafür bist. Immerhin habe ich dich bis gerade noch nicht einmal sprechen hören, seit wir dich heimgebracht haben.«

Es war unvernünftig, aber ich fühlte, wie die Wut in mir wuchs. Tränen traten mir in die Augen. Ich wandte mich von Chade ab und versuchte, mich wieder zu beherrschen. Was war nur los mit mir?

Wie als Antwort auf meinen Gedanken sagte Chade: »Fitz. Junge. Du darfst noch nicht zu viel von dir erwarten. Ich habe schon viele harte Zeiten durchgemacht, aber das hier war bis jetzt das Schlimmste. Gib deinem Geist und deinem Körper Zeit, sich zu erholen.«

Ich holte Luft, um ihm zu sagen, ich sei in Ordnung, doch stattdessen erklärte ich: »Ich habe erwartet, dort unten zu sterben. Allein.« Die bruchstückhaften Erinnerungen an meine Gefängniszeit brachen wieder über mich herein. Ich erinnerte mich sowohl an mein Entsetzen als auch an meine Verzweiflung, und ich empfand Wut darüber, dass ich diese Erinnerungen ertragen musste. Sie hatten mich dort gelassen. Chade, der Narr, Kettricken, Pflichtgetreu – sie alle.

»Ich habe das Gleiche befürchtet«, sagte Chade leise. »Es war eine schwierige Zeit für uns alle, aber für dich war sie wohl am schlimmsten. Trotzdem, hättest du auf mich gehört …«

»Nun, natürlich war das alles meine Schuld. Das ist es ja immer.«

Fürst Leuenfarb sprach über die Schulter zu Chade. »Wenn er so ist, kann man nicht mit ihm reden. Ihr werdet ihn nur noch mehr aufregen. Am besten, Ihr lasst es erst einmal auf sich beruhen.«

»Sei still!«, brüllte ich ihn an, doch meine Stimme brach und wurde beim zweiten Wort zu einem Quieken. Chade blickte mich in stummem Tadel und voller Sorge an. Ich zog die Knie an die Brust und saß wie ein Ball auf dem Stuhl. Mein Atem ging schnell und abgehackt. Ich schnappte nach

Luft und wischte mir mit dem Ärmel über die Augen. Ich würde nicht weinen. Sie erwarteten von mir, dass ich auseinanderbrach, doch das würde ich nicht. Ich war krank gewesen, und ich hatte eine schlimme Narbe davongetragen. Das war alles. Langsam beruhigte sich meine Atmung wieder. »Rede einfach mit mir«, bettelte ich Chade an. Ich streckte meine zitternden Beine wieder aus. Ich hasste diese Schwäche, die mich so plötzlich befallen hatte. »Erzähl mir, was geschieht, ohne dass ich dir dumme Fragen stellen muss. Fang mit Gentil an.«

Chade seufzte. »Ich glaube nicht, dass das klug wäre. Ich glaube, du solltest nicht nur deinen Leib, sondern auch deinen Geist ausruhen.« Ich wollte protestieren, doch Chade hob die Hand, um mir Einhalt zu gebieten. »Nichtsdestoweniger werde ich dir in diesem Punkt deinen Willen lassen. Nun gut. Gentil. Er ist so schnell wie möglich nach Bocksburg zurückgeritten, ohne Aufmerksamkeit zu erregen. Als er bei Pflichtgetreu eintraf, konnte er kaum noch krächzen, so sehr hatte ihn der Kampf mitgenommen. Aber er brachte heraus, dass Fürst Leuenfarbs Diener ihn vor Mördern in Burgstadt gerettet hatte. Mehr hat er Pflichtgetreu in diesem Augenblick nicht erzählt. Das reichte dem Prinzen jedoch, um zu mir zu laufen. Ich habe dann meine Leute in Bewegung gesetzt.« Er räusperte sich und gab dann zu: »Es hat länger gedauert, dich zu finden, als es hätte dauern dürfen. Ich habe nicht damit gerechnet, dass du irgendjemanden umbringen würdest, und auch nicht, dass die Stadtwache dich lebend in die Finger bekommen würde. Aber nachdem ich erfahren hatte, dass du verhaftet und angeklagt worden warst, habe ich so schnell es ging einen Mann in deine Zelle geschleust. Unglücklicherweise hatten sie schon einen Heiler geholt, sodass ich keinen von meinen schicken konnte. Der Sergeant war ausgesprochen stur, was deine Freilassung betraf. Er war fest davon überzeugt, dass du die drei Männer ermordet hattest, und dank der Tatsache, dass du schon einmal in eine Schlägerei verwickelt warst, betrachtete er dich ohnehin als Störenfried. Fürst Leuenfarb musste sich dreimal wegen seiner verlorenen Edelsteine beschweren, bevor die Wachen zu Lutwins Haus gegangen sind und sie dort gefunden haben. Zu diesem Zeitpunkt hatte ich bereits jemanden an der Hand, der bezeugte, dass du den Kampf nicht begonnen hast. Mehr konnte ich nicht tun. Als der Sergeant sich schließlich zusammengereimt hatte, dass du nur das Eigentum deines Herrn hattest verteidigen wollen, wäre es fast zu spät gewesen.«

»Mehr konntest du nicht tun«, sagte ich schlich. Ich war allein gewesen. Kalt und sterbend. Und er hatte »nicht mehr tun« können.

»Die Königin war entschlossen einzugreifen. Sie wollte persönlich hinuntergehen und dich aus der Zelle holen. Das konnte ich nicht zulassen, Fitz, denn da waren noch andere Gescheckte. Am Tag nachdem du Lutwin getötet hast, tauchten an mehreren Stellen Aushänge auf, auf denen zu lesen stand, dass Padget und Lutwin zu den Zwiehaften gehörten und dass die Agenten der Königin sowohl sie als auch ihre Geschwistertiere getötet hätten. Sie verspotteten ihre ›angebliche‹ Absicht, der Verfolgung der Zwiehaften ein Ende zu bereiten. Die Aushänge warnten alle vom Alten Blut, nicht so dumm zu sein und zu ihrem Rat zu erscheinen. Sie endeten mit der Behauptung, dass die Königin und ihre Schergen alle töten würden, die es wagen sollten, die Wahrheit zu sagen: nämlich dass ihr eigener Sohn zu den Zwiehaften zählt.« Er hielt einen Augenblick inne. »Jetzt weißt du, warum ich dich dort lassen musste. Ich wollte das nicht, Fitz.«

Ich legte mein Gesicht in die Hände. Ja. Ich hätte auf Chade hören sollen. Ich hatte übereilt gehandelt. »Ich nehme an, ich hätte sie Gentil töten lassen und dann loslaufen und den Mord melden sollen.«

»Das wäre eine mögliche Lösung gewesen«, pflichtete mir Chade bei. »Aber ich glaube, das hätte deiner Beziehung zu Pflichtgetreu nachhaltig geschadet, selbst wenn du vor ihm verborgen hättest, dass du den Tod seines Freundes nicht verhindert hast. So. Ich denke, das reicht für heute. Ab ins Bett mit dir.«

»Nein. Bring das wenigstens zu Ende. Was hast du wegen der Aushänge unternommen, in denen Pflichtgetreu beschuldigt wird?«

»Unternommen? Natürlich nichts. Wir haben sie als lächerlich ignoriert. Und wir haben große Sorgfalt darauf verwendet, dass kein königliches Interesse an Fürst Leuenfarbs einsitzendem Diener offensichtlich wurde. Die Stadtwache hatte ihren Mörder. Sollte die Gerechtigkeit ihren Lauf nehmen. Die Vorwürfe waren lächerlich, ein wilder Versuch von irgendjemandem, den guten Namen des Prinzen in den Schmutz zu ziehen. Sie waren sogar doppelt lächerlich, da der Prinz noch immer die Kratzspuren von der Jagdkatze seines Freundes aufwies. Ein herumstreunendes Tier würde doch niemals einen Zwiehaften angreifen. Schließlich ist allgemein bekannt, dass die Zwiehaften Macht über die Tiere besitzen. Mit der Zeit wurde allen bewusst, dass es sich bei den Getöteten nur um gemeine Diebe handelte. Das, was geschehen war, hatte nichts mit der Alten Macht zu tun und sicherlich nichts mit dem Königshaus. Diebe waren von einem guten Diener getötet worden, der das Eigentum seines Herrn beschützt hatte.«

»Die Anschuldigungen gegen den Prinzen waren also der Grund dafür, warum du mich da unten hast verrotten lassen.« Ich versuchte, so zu klingen, als würde ich das akzeptieren. Ein Teil von mir verstand es tatsächlich, doch ein anderer hasste Chade dafür.

Chade zuckte bei meinen Worten zusammen, nickte aber. »Es tut mir leid, Fitz. Wir hatten keine andere Wahl.«

»Ich weiß. Meine eigenen Handlungen haben mir das eingebrockt.« Ich bemühte mich, die Bitterkeit aus meiner Stimme zu verbannen, und fast wäre mir das auch gelungen. Plötzlich war ich schrecklich müde, doch ich musste noch mehr wissen. »Und Gentil?«

»Nachdem ich herausgefunden hatte, wen du getötet hattest, wusste ich, dass ich ihn befragen musste. Ich habe alles aus ihm herausgequetscht, auch was ihn zu seiner Tat bewogen hat. Seine Mutter hat Selbstmord begangen, Fitz. Sie hat dem Jungen eine Botschaft geschickt und ihn um Verzeihung angefleht, aber sie könne es einfach nicht mehr ertragen. Sie konnte nicht mehr mit dem leben, was er tun musste, um ihre Sicherheit zu erkaufen, auch wenn es nur eine trügerische Sicherheit war, während Männer sie nach Belieben attackierten.«

Die Hässlichkeit dessen, was das implizierte, machte mich krank. »Dann hat Gentil also wirklich beabsichtigt, dass sie ihn töten.«

»Seine Mutter war tot. Ich glaube, er wollte sie umbringen, auch wenn er bei dem Versuch sterben sollte, aber er wusste noch nicht einmal, wo er damit beginnen sollte. Er war voller hochfliegender Ideale, dachte an Duelle und gerechte Herausforderungen. Lutwin hat ihm noch nicht einmal die Chance gegeben, eine solche Herausforderung auszusprechen.«

»Was passiert jetzt mit Gentil?«

Chade atmete tief durch. »Das ist kompliziert. Pflichtgetreu hat darauf bestanden, bei dem Verhör anwesend zu sein. Gentil ist jetzt mit Herz und Seele Pflichtgetreus Mann. Sein Prinz hat ihn vor mir verteidigt. Wenn er schon einen Zwiehaften als Diener haben muss, so haben wir diesem hier zumindest die Zähne gezogen. Der Prinz ist vollständig davon überzeugt – und ich beinahe auch –, dass die Bresingas unter Druck gehandelt haben. Falls Gentil den Gescheckten irgendwie treu gewesen sein sollte, so hat sich das mit dem Tod seiner Mutter und ihrer vorherigen Behandlung erledigt. Er hasst die Gescheckten mehr, als wir es je könnten. Fürstin Bresinga ist dazu gezwungen worden, dem Prinzen die Katze zu schenken, und zwar mit der Drohung, dass die Gescheckten sie und ihren Sohn als Zwiehafte bloßstellen würden. Aber nachdem sie das getan hatte, war sie vollends in ihrer Gewalt. Sie war nicht nur eine Zwiehafte, sie hatte auch Verrat an ihrem Prinzen begangen. Die Gescheckten trennten Mutter und Sohn. Gentil wurde nach Bocksburg zurückgeschickt. Sie befahlen ihm, seine Freundschaft mit dem Prinzen zu pflegen, ihn immer tiefer in die Alte Macht hineinzuziehen und ihn auszuspionieren. Wenn er das tat, versprachen sie ihm, dass seine Mutter in Sicherheit sein würde. Das Heim seiner Mutter, Burg Tosen, wurde zu ihrem Gefängnis. Die Gescheckten wurden immer gieriger. Zuerst waren es ihr Heim, ihr Weinkeller und ihr Vermögen. Wenn sie sie nicht beherbergen wollte, bedrohten sie ihren Sohn. Irgendwann bedienten sich einige von ihnen offenbar an der Fürstin selbst. Damit konnte sie nicht länger leben. Ich glaube, sie haben sowohl ihre Willenskraft als auch die ihres Sohnes unterschätzt.« Es war eine hässliche, ernüchternde Geschichte, aber ich dachte nicht länger darüber nach. Ich hatte dringendere Sorgen.

»Was ist mit Henja? Hat der Prinz dir erzählt, dass ich sie gesehen habe?«

Chades Gesicht wurde noch ernster. »Das hat er. Aber … ist es möglich, dass du dich geirrt hast? Meine Spione in der Stadt haben nämlich nichts über sie in Erfahrung bringen können.«

Ich zwang mich, mich an diesen kurzen Anblick zu erinnern. »Ich war verletzt, und es war dunkel. Aber … ich glaube nicht, dass ich mich geirrt habe. Tatsächlich glaube ich sogar, dass sie auch die Frau war, die einmal dort war, als

Dick Bericht erstattet hat. Sie hat Padget und Lutwin Gold für den Narren und mich angeboten … glaube ich. Es war schwer festzustellen, was sie von den beiden kaufen wollte. Lutwin mochte sie nicht. Ich denke, sie ist irgendwie in die ganze Sache verstrickt.«

Chade hob die Hand. »Falls ja, dann hat sie ihre Spuren sehr gut verwischt. In ganz Burgstadt lässt sich nichts, aber auch gar nichts über sie herausfinden.«

Das war nur ein geringer Trost. Chades Spione hatten auch Lutwin nicht gefunden. Diesen Gedanken behielt ich allerdings für mich.

»Wir haben noch immer einen Spion der Gescheckten hier in der Burg. Der Mann, der Dick zu Lutwin geführt hat.«

Chades Tonfall war neutral. »Gentils Stallbursche hatte einen tragischen Unfall. Er ist tot in einer Box gefunden worden. Zu Tode getrampelt. Warum er überhaupt in dieser Box war, ist uns ein Rätsel.«

Ich nickte. Noch ein Faden, der sich aufgelöst hatte. »Und was ist ›offiziell‹ mit Gentils Mutter und ihren Gütern passiert?«

Chade wandte den Blick von mir ab. »Die tragische Nachricht hat uns einen Tag nach deiner Gefangennahme erreicht. Fürstin Bresinga ist an vergiftetem Essen gestorben. Eine Reihe von Gästen und Dienern ist mit ihr ums Leben gekommen. Es war schrecklich traurig, aber nicht im Mindesten skandalös. Ihre Leiche wurde als erste gefunden, doch im Laufe der Tage sind immer mehr Leute krank geworden und kurz darauf gestorben. Verdorbener Fisch sei schuld daran, habe ich gehört. Fürstin Bresingas Leiche ist zur Beerdigung zum Haus ihrer Mutter geschickt worden. Gentil nimmt an diesem traurigen Ereignis teil. Prinz Pflichtgetreu hat ihm eine Ehrengarde mitgegeben als Zeichen, wie sehr er ihn schätzt. Gentil hat verstanden, dass er wieder nach Bocksburg zurückkehren muss, nachdem alles erledigt ist, und hier wird er dann auch bis zu seiner Volljährigkeit bleiben. Burg Tosen wird man absperren, auch wenn unsere Königin Gentil einen Verwalter zur Verfügung gestellt hat, der sich während seiner Anwesenheit darum kümmern wird.«

Ich nickte langsam. Der Prinz mochte Gentil ja seinen Freund nennen, aber die nächsten Jahre über würde der junge Bresinga nach Lage der Dinge Chades verhätschelter Gefangener sein. Das war eine angemessene Lösung. Er konnte das als Schutzmaßnahme oder als Käfig auffassen. Alles war ordentlich geregelt worden. Ich fragte mich, ob Rosmarin wohl plötzlich einen Grund gefunden hatte, eine Freundin in Burg Tosen zu besuchen, oder ob der Spion, den Chade dort eingeschleust hatte, für das Gift verantwortlich war. Für Rosmarin wäre eine solche Reise allerdings schwierig gewesen, so verbrannt wie sie war.

Ich blickte zu Chade und musterte ihn eingehend. Ich hatte ihn nicht so in Erinnerung, etwas war anders an ihm. Dann beugte ich mich plötzlich vor und berührte seine Wange, bevor er zurückweichen konnte. Keine Schminke. Gesundes rosa Fleisch. Nichts, was auf heilende Brandwunden hindeuten würde.

»O Chade«, tadelte ich ihn, und meine Stimme zitterte vor Entsetzen. »Sei doch vernünftig! Du stürmst blind auf etwas los, wovon wir beiden nicht wissen, was es uns kosten wird. *Niemand* weiß das.«

Er gestattete sich ein Lächeln. »Der Preis ist mir egal, wo ich die Vorteile doch schon kenne. Meine Verbrennungen sind verheilt, und zum ersten Mal seit Jahren kann ich ohne Schmerzen in Knien und Hüften gehen. Auch mein Schlaf ist schmerzfrei. Ich kann sogar wieder klarer sehen.«

»Das hast du nicht allein gemacht.«

Er blickte mich an und weigerte sich zu antworten, aber ich kannte die Antwort bereits.

»Du hast Dicks Stärke benutzt«, warf ich ihm vor.

»Das macht ihm nichts aus.«

»Du kennst die Gefahren nicht, und er hat keine Ahnung, was du da mit ihm machst.«

»Und du auch nicht!«, erwiderte er in scharfem Ton. »Fitz, es gibt Zeiten, da man vorsichtig sein muss, und Zeiten, in denen man Risiken in Kauf nehmen muss. Für uns ist die Zeit nun gekommen, diese Risiken einzugehen. Wir müssen herausfinden, was die Gabe wirklich kann. Wenn der Prinz auf seine Queste geht, Eisfeuer zu erschlagen, wirst du ihn begleiten, und bis dahin musst du die Kraft der Gabe kennen und sie anwenden können. Das hier« – er schlug sich auf die Brust – »ist ein Wunder. Hätten wir diese Macht zu unserer Verfügung gehabt, als Listenreich so krank war, er hätte nicht sterben müssen. Denk einmal darüber nach, was das bedeutet hätte!«

»Ja, nachdenken«, entgegnete ich. »Stell dir vor, Listenreich würde noch leben und nach wie vor hier regieren. Dann frag dich einmal, warum das nicht so ist? Er ist nicht von Galen ausgebildet worden. Solizitas war seine Gabenmeisterin. Können wir da nicht davon ausgehen, dass er weit mehr über die Gabe wusste als wir? Vielleicht wusste er sogar, wie er sein Leben hätte verlängern können. Nun, wenn dem so ist, sollten wir uns fragen, warum er das nicht getan hat. Warum hat Solizitas selbst es nicht getan? Haben sie gewusst, dass sie einen Preis dafür würden zahlen müssen? Einen viel zu hohen Preis?«

»Oder mangelte es ihm schlicht an einer Kordiale, die ihm dabei hätte helfen können?«, konterte Chade.

»Er hätte Galens Kordiale nutzen können.«

»Pah! Das weißt du nicht und ich auch nicht. Warum bist du immer so pessimistisch? Warum musst du immer vom Schlimmsten ausgehen?«

»Vielleicht, weil mich ein weiser alter Mann Vorsicht gelehrt hat. Ein Mann, der sich jetzt wie ein Narr benimmt.«

Chade errötete. Wut funkelte in seinen Augen. »Du bist nicht du selbst, oder noch schlimmer: Vielleicht *bist* du du selbst. Hör mir gut zu, du Welpe. Ich habe gesehen, wie mein Bruder gestorben ist. Ich habe König Listenreich immer schwächer werden sehen. Ich war an seiner Seite, als er nicht mehr wusste, dass sein Geist auf Wanderschaft ging, und ich war in jenen Tagen bei ihm, da er sich der Schwäche seines Körpers und seines Geistes bewusst war und sich so dafür geschämt hat, dass er in Tränen ausgebrochen ist. Ich weiß nicht, was schlimmer anzuschauen war. Hätte er über die Gabe verfügt, das zu ändern, er hätte es getan, egal um welchen Preis. Das hier ist Gabenwissen, das wir verloren hatten. Ich beabsichtige, es wiederzuerlangen – und es zu benutzen.«

Ich glaube, er erwartete, dass ich ihn anbrüllen würde. Tatsächlich rechnete ich selbst halb damit, doch eine Mischung aus Schwäche, Verzweiflung und Furcht hielt mich davon ab. Chade hatte mir große Angst eingejagt, als seine Gesundheit und sein Verstand anfingen nachzulassen, und ich fürchtete, wir könnten sein Vermögen an Informationen und Verbindungen verlieren. Nun, gesund und mit leuchtenden Augen und voller Ehrgeiz, versetzte er mich sogar noch mehr in Angst. Ich wusste, dass diese Seite von Chade existierte, wusste, dass er sich schon immer nach der Gabe gesehnt hatte. Ich hatte jedoch nie damit gerechnet, mich mit diesem Appetit einmal konfrontiert zu sehen. Ich atmete tief durch und fragte leise: »Glaubst du, dass wirklich du es bist, der diese Entscheidung treffen sollte?«

Er legte die Stirn in Falten. »Was willst du damit sagen? Wer sonst sollte sie treffen?«

»Vielleicht sollte der Gabenmeister bestimmen, wie die Gabe in Bocksburg angewendet wird, besonders im Falle seiner unerfahreneren Schüler.« Ernst blickte ich ihm in die Augen. Er war immerhin derjenige, der mich dazu gedrängt hatte, diese Verantwortung zu übernehmen. Jetzt fragte ich mich, ob er seine Sturheit in dieser Sache bereute.

Ungläubig fragte er: »Willst du damit sagen, dass du mir das verbietest? Erwartest du, dass ich dir gehorche?« Die Hände auf den Knien, beugte er sich zu mir vor.

Ich wollte mich nicht mit ihm messen. Dafür fehlte mir im Augenblick die Kraft. Ich drehte die Frage um. »Es gab noch einen anderen Weitseher, der versucht hat, die Gabe für seine eigenen Zwecke zu benutzen. Er selbst war weder stark noch geschickt in der Gabe, aber er nutzte die Kraft seiner Kordiale, um seine Ziele zu erreichen. Er hat sie erbarmungslos benutzt, ungeachtet dessen, was er ihnen damit antat. Willst du ein neuer Edel werden?«

»Ich bin nicht im Mindesten wie Edel!«, spie Chade mich an. »Erstens hatte er nur seine eigenen Interessen im Sinn. Du weißt, dass ich mein ganzes Leben lang unermüdlich für das Wohl der Weitseher gearbeitet habe. Außerdem werde *ich* meine Gabe entwickeln. Dann werde ich nicht mehr von der Kraft anderer abhängig sein.«

»Chade.« Meine Stimme war nur ein krächzendes Flüstern. Ich räusperte mich, klang aber immer noch schwach. »Vielleicht wirst du deine eigene Gabe entwickeln, aber nicht, wenn du so weitermachst wie bisher. Du experimentierst allein herum, gehst unnötige Risiken ein und hast jetzt auch noch Dick mit hineingezogen, der keine Vorstellung davon hat, wie gefährlich das sein kann.« Ich war nicht sicher, ob er mir überhaupt zuhörte. Er starrte an mir vorbei in eine unbestimmte Ferne. Ich redete trotzdem weiter und hörte, wie meine Stimme immer rauer und schwächer wurde. »Du musst erst die Gefahren der Magie lernen, Chade, bevor du in sie hineinwatest und sie für deine eigenen Zwecke benutzt. Die Gabe ist weder ein Spielzeug noch etwas, das ein Magiekundiger ausschließlich für sich allein verwenden sollte.«

»Es war nicht gerecht!«, protestierte Chade plötzlich. »Sie haben mir die Ausbildung verweigert, die mir zugestanden hat. Ich war genauso sehr ein Weitseher wie Listenreich. Man hätte mich unterrichten müssen.«

Ich wurde rasch immer müder. Ich musste diesen Kampf gewinnen oder zumindest ein Unentschieden erreichen, bevor ich wieder in mein Bett fiel. »Nein. Das war nicht gerecht«, stimmte ich ihm zu. »Aber Dick als deinen Krückstock und Werkzeug zu benutzen ist auch nicht gerecht. Außerdem ersetzt das nicht eine ordentliche Ausbildung. Die musst du noch bekommen. Dick ist stark in der Gabe, aber er hat nicht die geringste Vorstellung davon, welche Gefahren das für ihn birgt. Auch hat er nicht den Willen, dir zu widerstehen, wenn du seine Magie für deine eigenen Zwecke benutzt. Er wird dich nicht warnen, wenn du zu viel von ihm nimmst, und du wirst es nicht wissen, bis es zu spät ist. Es ist falsch von dir, seine Stärke anzuzapfen, als wäre er ein Ochse vor deinem Karren. Er mag ja von schlichtem Gemüt sein, aber in der Gabe ist er dir mindestens ebenbürtig. Er ist ein Mitglied unserer Kordiale. Ungeachtet eurer unterschiedlichen Fähigkeiten solltet ihr Brüder sein.«

»Kordiale?« Chades erstauntes Gesicht ließ mich plötzlich erkennen, dass er nicht sah, was für mich offensichtlich war.

»Kordiale«, wiederholte ich. »Du, Pflichtgetreu, der Narr, Dick und ich.« Ich hielt kurz inne und wartete darauf, dass er etwas sagen würde. Stattdessen hörte ich jedoch nur das leise Geräusch, als der Narr den Stuhl vom Tisch wegschob, gefolgt von leisen Schritten, als er den Raum durchquerte und zu uns kam. Ich fragte mich, wie er wohl dreinschaute, doch ich wandte den Blick nicht von Chade ab. Ich erinnerte ihn: »Chade, ich war dort. Ich war zwar nicht voll bei Sinnen, aber ich hätte schon tot sein müssen, um nicht zu bemerken, was mit mir geschah – wozu ihr euch vereint habt. Habt ihr nicht verstanden, dass so eine Kordiale funktioniert? Das

Zusammenlegen von Stärke und Können, um irgendein Ziel zu erreichen. Das war es, was ihr getan habt. Dicks Stärke, dein Wissen um die innere Struktur, Pflichtgetreus Beherrschung und Entschlossenheit und die Verbindung des Narren zu mir. All das war nötig, um zu erreichen, was ihr getan habt. Und ihr könnt es erneut tun, sollte es notwendig sein. Pflichtgetreu hat seine Kordiale. In vielerlei Hinsicht ist es zwar nicht gerade eine großartige Kordiale, aber es ist eine – solange wir als Einheit funktionieren. Wenn du Dick in die Irre führst und ihn als deine persönliche Kraftquelle missbrauchst, wirst du uns zerstören, noch bevor wir unser Potenzial entdeckt haben.«

Erneut hielt ich inne. Mein Mund war wie ausgetrocknet, und ich bekam keine Luft mehr. Zu jeder anderen Zeit wäre ich entsetzt darüber gewesen, wie schwach ich war. Im Augenblick konnte ich jedoch keinen Gedanken darauf verschwenden. Ich hatte das Gefühl, als sei ich mit dem alten Mann an einem Scheidepunkt angelangt. So viele Jahre lang war er mein Lehrmeister und Mentor gewesen. Als sein Lehrling hatte ich seine Weisheit und seine Entscheidungen nur selten infrage gestellt, ich war fest davon überzeugt gewesen, dass er wusste, was das Beste war. Doch seit dem Sommer hatte ich beobachten müssen, wie sein brillanter Geist an Schärfe verlor, und auch sein Erinnerungsvermögen war nicht mehr das, was es einmal war. Ich hatte begonnen, seine Entscheidungen zu hinterfragen und aus anderer Perspektive zu betrachten, und aus der Perspektive eines dreißig Jahre jüngeren Mannes war ich nicht länger sicher, ob ich ihm bei seinen Entscheidungen noch immer zustimmen konnte. Nun da ich also wusste, dass seine Weisheit nicht vollkommen war, fühlte ich mich berechtigt, Anerkennung von ihm dafür zu verlangen, dass ich in manchen Bereichen mehr wusste als er. Das war eine seltsame Gleichheit, die ich da in Anspruch nahm. Ich behauptete nicht, wirklich klüger zu sein als er – in vielen Punkten war ich das auch sicher nicht –, doch in einigen Dingen täte er besser daran, auf mich zu hören.

So lange war er mein Mentor gewesen, und all seine Taten hatten außer Frage gestanden. Nun fiel es uns beiden schwer, dass ich ihn als Menschen sah. Ich hasste es, dass ich auf seine Fehler aufmerksam geworden war. Ich wollte nie derjenige sein, der ihm den Spiegel vorhielt. So schwierig es auch für mich war, ich musste mir eingestehen, dass er schon immer so ehrgeizig und machthungrig gewesen war. Eingeschränkt von der Politik auf seiner Suche nach der Magie und durch einen Zufall zur Unsichtbarkeit verdammt, hatte er sich dennoch zu einer beachtlichen Macht entwickelt. Es war sein Wille gewesen, der den Weitsehern den Thron erhalten hatte, als König Listenreich im Sterben lag und seine beiden Söhne sich um die Erbfolge stritten. Es war Chades Spionagenetzwerk gewesen, das Königin Kettricken dabei geholfen hatte, ihre Macht zu bewahren, bis ihr Sohn die Volljährigkeit erreichte. Er stand nun kurz davor, so kurz davor, einen weiteren Weitseher auf den Thron zu heben.

Und doch ... wenn ich ihn anschaute, sah ich deutlich, dass seine bisherigen Erfolge ihm nicht genügten. Er würde keinen seiner Erfolge wirklich als Sieg bezeichnen, bevor er nicht erreicht hatte, wonach er sich immer gesehnt hatte. Macht besaß er und alles, was damit in Verbindung stand. Er konnte sie offen ausüben, und die Menschen akzeptierten das als sein Recht als Oberster Ratgeber der Königin. Doch in dem geschätzten Ratgeber lebte noch immer der betrogene Bastard, ein um sein Erbe gebrachtes Kind. Kein Triumph würde ihm je reichen, bevor er nicht die Gabe gemeistert hatte, ja, und bevor andere nicht wussten, dass er sie beherrschte.

Ich fürchtete, dass er in dem Streben nach diesem einen Ziel alles zerstören würde, was er bisher erreicht hatte. Seine

Entschlossenheit drohte, ihn blind zu machen. Und so beobachtete ich ihn, während er über meine Worte nachdachte. Er konnte den Lauf der Jahre nicht rückgängig machen. Noch nicht einmal die Gabe würde ihn wieder jung werden lassen. Aber vielleicht würde ihm das Gleiche gelingen wie Krähe, vielleicht würde er den Alterungsprozess aufhalten und den Schaden reparieren können, den das Alter bis jetzt verursacht hatte. Sein Haar war weiß und die Falten in seinem Gesicht tief, doch seine Knöchel waren schon nicht mehr so knochig und seine Wangen von gesunder Farbe. Auch seine Augen waren wieder klar.

Ich sah, wie er eine Entscheidung traf, und mich verließ der Mut, als er sich rasch erhob und ihm deutlich anzumerken war, dass er dieses Gespräch schnell beenden wollte. »Du fühlst dich nicht gut, Fitz«, sagte er. »Er wird noch Tage dauern, bis du wieder kräftig genug bist, um Pflichtgetreu und Dick zu lehren, was du über die Gabe weißt. Während dieser Tage will ich keine Zeit verschwenden. In der Zeit, in der du dich erholst, werde ich deshalb meine eigenen Gabenstudien fortsetzen. Ich werde umsichtig sein, das verspreche ich dir. Ich werde niemanden in Gefahr bringen außer mir selbst. Aber nachdem ich erst einmal damit begonnen habe, und seit ich weiß, wie es sich anfühlt, kann ich nicht mehr zurück. Unmöglich.«

Er machte sich auf den Weg zur Tür. Ich atmete rasselnd ein. Meine Kraft war fast aufgebraucht. »Hast du mich nicht verstanden, Chade? Was du fühlst, ist der Sog der Gabe, vor dem ich meine Schüler warne! Du wagst dich auf eigene Gefahr in den Gabenfluss vor. Wenn wir dich verlieren, ist die Kraft der gesamten Kordiale gemindert, und wenn du Dick mitnimmst, ist sie sogar vernichtet.«

Chade hatte die Hand bereits auf die Türklinke gelegt. Er drehte sich nicht wieder zu mir um. »Du brauchst Ruhe, Fitz. Du solltest dich nicht so aufregen. Wenn du dich besser fühlst, werden wir noch einmal darüber reden. Du weißt, dass ich ein vorsichtiger Mann bin. Vertrau mir in dieser Sache.« Dann war er verschwunden.

Ich sackte auf meinem Stuhl zusammen. Meine Kehle und mein Mund waren vollkommen trocken, und in meinem Kopf pochte es. Ich hob die Hände, um meine Augen vor dem Licht zu schützen. Dann fragte ich in diese Dunkelheit hinein: »Hast du es jemals erlebt, dass du jemanden liebst, diesen Jemand manchmal aber nicht sonderlich leiden kannst?«

»Soll das eine Fangfrage sein?«, bemerkte der Narr trocken dicht hinter mir. Dann hörte ich ihn weggehen, ohne dass er auf eine Antwort wartete.

Ich musste auf dem Stuhl eingeschlafen sein. Als ich wieder erwachte, war bereits Nachmittag, und mir taten die Knochen vom Schlafen auf dem Stuhl weh. Trotz Robe und Decke war mir kalt geworden. Mittlerweile hatte man mir offensichtlich das Mittagessen gebracht. Auf der Oberfläche der Brühe war Fett geronnen. Auch Fleisch stand vor mir, doch es war kalt geworden. Nach zwei Bissen war ich des Kauens müde. Ich zwang mich, zu Ende zu essen, doch ich hatte das Gefühl, als hätte ich einen Klumpen im Bauch. Sie hatten mir gewässerten Wein gegeben und auch wieder Brot in Milch. Ich wollte das nicht, doch ich hätte auch nicht sagen können, was ich denn wollte. Ich zwang mich, es zu essen.

Die schreckliche Schwäche, die ich empfand, machte mich weinerlich wie ein Kind. Ich schlurfte in meine Kammer zurück. Ich wollte mir das Gesicht waschen, um zu sehen, ob mich das aus meiner Lethargie wecken konnte. Es war Wasser im Krug, und daneben lag ein Tuch zum Abtrocknen, doch mein Spiegel war weg. Vermutlich hatte Kettricken ihn wegschaffen lassen, als sie meine Kammer umgestaltet hatte. Ich wusch mich, fühlte mich aber nicht lebendiger. Ich ging wieder ins Bett.

Noch zwei weitere Tage vergingen in diesem Dunst aus Schwäche und Mattigkeit. Ich aß, und ich schlief, doch meine Kraft schien nur schrecklich langsam wieder zurückzukehren. Chade besuchte mich nicht. Das überraschte mich nicht, aber auch Pflichtgetreu ließ sich nicht sehen. Hatte Chade ihm befohlen, sich von mir fernzuhalten? Fürst Leuenfarb hatte mir nur wenig zu sagen, und er schickte all meine Besucher mit der Bemerkung weg, dass es mir noch nicht gut genug ginge, sie zu empfangen. Zweimal hörte ich Harms besorgte Stimme und einmal Merle. Ich besaß nicht genug Energie, mich zu bewegen, doch das Nichtstun machte mich krank. Ich lag allein in meinem Bett oder saß auf dem Stuhl am Kamin. Ich machte mir Sorgen, und mir war langweilig. Ich dachte über die Gabenschriften oben in Chades alter Kammer nach, doch die Aussicht auf die steilen Treppen schreckte mich ab. Auch konnte ich mich nicht dazu durchringen, den Narren um den Gefallen zu bitten, sie mir zu holen. Das lag nicht nur daran, dass er sich nie hinter Fürst Leuenfarbs Fassade hervorwagte. Der eigentliche Grund dafür war, dass wir uns beide darauf versteift hatten, uns kalt zu ignorieren. Natürlich verschärfte das unseren Konflikt nur, doch ich konnte mich nicht dazu überwinden, es anders zu machen. Meiner Meinung nach hatte ich schon genug getan, um alles wieder in Ordnung zu bringen, war beim Narren aber nur auf Widerstand gestoßen. Ich wollte ihm jedoch irgendwie zeigen, dass ich die Sache geklärt haben wollte. Ihm schien es nicht so zu gehen. So verstrichen zwei elende Tage.

Am dritten Tag stand ich in der festen Absicht auf, mich endlich aufzuraffen. Wenn ich herumlief, als wäre ich gesund, vielleicht würde ich mich schließlich auch so fühlen. Ich wusch mich und beschloss dann, mich zu rasieren. Die Stoppeln entwickelten sich langsam zu einem ordentlichen Bart. Langsam ging ich zur Tür meiner Kammer und schaute mich um. Fürst Leuenfarb saß am Tisch, inspizierte ein Dutzend Seidentaschentücher in verschiedenen Gelb- und Orangetönen und hielt sie gegeneinander. Ich räusperte mich. Er bewegte sich nicht. Nun gut.

»Fürst Leuenfarb, verzeiht, wenn ich Euch störe. Ich scheine meinen Rasierspiegel verlegt zu haben. Könnte ich mir vielleicht einen von Euch borgen?«

Er drehte sich nicht um. »Hältst du das für klug?«

»Klug? Einen Spiegel zu borgen? Mich ohne zu rasieren kommt mir noch weitaus dümmer vor.«

»Ich habe gemeint, ob du es für klug hältst, dich überhaupt zu rasieren?«

»Ich glaube, das ist überfällig.«

»Nun denn. Es ist deine Entscheidung.« Sein Tonfall war neutral und kalt, als hätte ich etwas Riskantes vor, an dem er nicht teilhaben wollte. Er ging in sein Zimmer und kehrte kurz darauf mit einem aufwendigen, silberumrahmten Handspiegel zurück.

Als ich ihn hochhob, fürchtete ich mich davor, was mich erwartete. Was ich sah, versetzte mir einen Schock. Ich ließ den Spiegel fallen. Nur durch Glück zerbarst er nicht, als er auf den Teppich prallte. Ich war schon einmal vor lauter Schmerzen ohnmächtig geworden, aber aus purer Überraschung wohl noch nie. Wie auch immer, ganz verlor ich das Bewusstsein nicht, sondern sank schlicht auf den Boden und blieb dort hocken.

»Tom?«, fragte Fürst Leuenfarb verärgert und überrascht zugleich.

Ich hatte keine Augen für ihn. Stattdessen zog ich den Spiegel über den Teppich zu mir heran und starrte hinein. Dann berührte ich mein Gesicht. Die Narbe, die ich so lange mit mir herumgetragen hatte, war verschwunden. Meine Nase war nicht wirklich gerade, aber der alte Bruch war nicht mehr sichtbar. Ich untersuchte die Stelle, wo mein Hals in die Schulter auslief. Vor Jahren hatte ein Entfremdeter mir dort ein Stück Fleisch herausgebissen. Die Haut war glatt.

Ich hob den Kopf und starrte Fürst Leuenfarb konsterniert an. »Warum?«, fragte ich ihn wild. »Warum, in Edas Namen, habt ihr mir das angetan? Alle werden diese Veränderung an mir bemerken. Wie soll ich das erklären?«

Fürst Leuenfarb trat einen Schritt auf mich zu. Verwirrung lag in seinen Augen. Widerwillig sagte er: »Aber Tom Dachsenbless, wir haben gar nichts mit dir gemacht.« Ich weiß nicht, wie mein Gesicht bei diesen Worten aussah, aber er wich instinktiv vor mir zurück. In sachlichem Tonfall fuhr er fort: »Wir haben wirklich nichts mit dir gemacht. Wir haben nur daran gearbeitet, die Wunde in deinem Rücken zu schließen und das Gift aus deinem Blut zu holen. Als ich sah, wie deine alte Narbe zu pochen begann und neues Fleisch ausbildete, habe ich ihnen zugerufen, dass wir aufhören müssten. Doch selbst nachdem wir unsere Hände gesenkt hatten und von dir weggegangen waren …«

Ich versuchte, mich an diesen Augenblick zu erinnern, doch es gelang mir nicht. »Vielleicht haben mein Körper und meine Gabe fortgesetzt, was ihr begonnen habt. Ich erinnere mich nicht.«

Fürst Leuenfarb legte die Hand auf den Mund und blickte auf mich hinunter. »Chade …« Er zögerte, dann zwang er sich weiterzureden. Seine Stimme klang fast wie die des Narren. »Ich glaube, Chade hat gefühlt … Nein, ich sollte nicht mutmaßen, was er gefühlt hat. Aber ich denke, er hat geglaubt, du hättest ihm verheimlicht, wie man mit der Gabe heilt – obwohl du genau wusstest, wie man es macht.«

»Bei Eda und El …«, stöhnte ich. Ich war nie sonderlich gut darin gewesen, selbst herauszufinden, was andere Menschen fühlten, solange sie es mir nicht direkt sagten. Ich hatte gefühlt, dass da etwas war, nur das hier hatte ich am wenigsten erwartet. Selbst wenn ich gewusst hätte, dass mein Körper von den Narben befreit worden war, ich hätte niemals vermutet, dass Chade sich wegen eines eingebildeten Geheimnisses hintergangen fühlen könnte. Deshalb war er letztens also so überstürzt verschwunden. Er war entschlossen herauszufinden, was ich vor ihm verbarg. Ich zog die Beine an und stand ohne Hilfe auf. Nicht dass Fürst Leuenfarb mir welche angeboten hätte. Ich gab ihm den Spiegel zurück und drehte mich zu meiner Kammer um.

»So. Du hast deine Meinung in Bezug auf das Rasieren geändert, Tom Dachsenbless?«, fragte mich Fürst Leuenfarb.

»Fürs Erste, ja. Ich gehe zu Chades alter Kammer hinauf. Wenn du ihn wissen lassen könntest, dass ich ihn dort zu sehen wünsche, wäre ich dir sehr verbunden.« Ich sprach mit ihm, als wäre er der Narr. Ich erwartete keine Reaktion darauf und bekam auch keine.

Ich besaß einfach nicht genug Kraft. Ich musste so oft auf der Treppe anhalten, um mich zu erholen, dass meine Kerze drohte, herunterzubrennen und mich in der Dunkelheit allein zu lassen. Als ich die Kammer erreichte, war all mein Ehrgeiz wie weggeblasen. An der Tür sprang mir das Frettchen entgegen. Gilly vollführte einen wilden Tanz und lud mich damit zu einem Kampf um sein Revier ein. »Du kannst es haben«, sagte ich ihm. »Du würdest vermutlich ohnehin gewinnen.« Ich setzte mich auf die Bettkante, legte mich hin und schlief ein.

Als ich nach einiger Zeit schließlich wieder aufwachte, schlief das Frettchen unter meinem Kinn. Als ich mich rührte, floh Gilly. Es war offensichtlich, dass irgendjemand gekommen und wieder gegangen war. Es beunruhigte mich, dass ich trotzdem weitergeschlafen hatte. Als ich mit meinem Wolf verschwistert gewesen war, hatte sein Geist stets durch meine Sinne Wache gehalten. Er hätte mich geweckt, wenn er einen Eindringling wahrgenommen hätte. Ich kam zu dem Schluss, dass ich zu abhängig von diesen wilden Sinnen geworden war, als ich die Beine vom Bett herunterschwang. Ich war zu abhängig von allem und jedem geworden.

Teller, Besteck und eine Flasche Wein standen auf dem Tisch. Am Rand des Feuers wurde ein Topf mit Suppe warm gehalten, und der Vorrat an Feuerholz war aufgefüllt worden. Ich stand auf und ging sofort zum Essen. Ich aß, trank und wartete, und während ich wartete, las ich die Schriftrollen durch, die man für mich dagelassen hatte. Da war ein Bericht von irgendjemandem über Eisfeuer und die fernholmischen Drachen. Daneben lag ein Spionagebericht über Bingstadt und seinen Krieg mit Chalced. Eine alte Schriftrolle mit einer Zeichnung der Rückenmuskulatur eines Menschen war überarbeitet worden. Die neuen, detaillierten Eintragungen waren in Chades Handschrift geschrieben. Nun, wenigstens hatte meine Reise durch den Abgrund des Todes zu neuen Erkenntnissen geführt. Neben dieser Schriftrolle lagen noch drei weitere, die zusammengebunden waren. Sie waren alt und verblasst und alle in derselben Hand geschrieben. Es handelte sich um eine Reihe von Gabenübungen, die ausdrücklich dafür ausgelegt waren, sie allein durchzuführen. Ich runzelte die Stirn und fragte mich, was das zu bedeuten hatte. Nachdem ich ein paar Minuten in ihnen gelesen hatte, wusste ich es. Es handelte sich um Übungen für Gabennutzer, die keine Kordiale hatten. Ich hatte mir nie Gedanken darüber gemacht, dass es solche Menschen geben könnte. Offensichtlich gab es sie aber, ich war ja selbst zu so jemandem geworden … oder? Es hatte schon immer Menschen gegeben, die mit anderen einfach nicht zurechtkamen oder schlicht die Einsamkeit vorzogen. Bei der Bildung von Kordialen wurden einige unweigerlich ausgeschlossen. Diese Übungen waren für solche Menschen.

Beim Lesen gewann ich den Eindruck, dass diese Leute zumeist als Spione oder Heiler eingesetzt worden waren. Die in der ersten Schriftrolle beschriebenen Übungen beschäftigten sich hauptsächlich mit dem subtilen Gebrauch der Gabe zum Lauschen oder wie man anderen Menschen Gedanken einpflanzt. Die zweite Schriftrolle beschrieb, wie man den Körper eines Menschen wieder instand setzt. Das faszinierte mich nicht nur, weil ich vor Kurzem solch einer Prozedur unterzogen worden war, sondern auch weil dieser Text bestätigte, was ich bereits vermutet hatte. Was ein Mann mit der Gabe und seiner Willenskraft begann, wurde oft von seinem Körper übernommen. Der Körper verstand, was es hieß zu heilen, und er verstand auch, dass schnelles Heilen manchmal wichtiger war als perfektes, dass das Schließen der Wunde meist bedeutender war als das Glätten der Haut. So wurde es zumindest in der Schriftrolle formuliert. Der Leib wusste, wie man Kraft für die Bedürfnisse des nächsten Tages sparte. Die Schriftrolle warnte Gabennutzer davor, die Neigungen des Körpers zu ignorieren und den Heilprozess nicht zu eifrig in die eigenen Hände zu nehmen. Ich fragte mich, ob Chade diesen Teil gelesen hatte.

Die dritte Schriftrolle beschäftigte sich mit der Instandhaltung des eigenen Körpers. Auf dieser letzten Schriftrolle hoben sich Chades frische Notizen deutlich von dem alten, ausgeblichenen Text ab. Die Anmerkungen beschrieben Chades erste vergebliche Versuche sowie seine Erfolge in letzter Zeit. Das war es, was er mich hatte sehen lassen wollen; diese Anmerkungen waren der Grund, warum er die Schriftrollen hier hatte liegen lassen. Er wollte mich wissen lassen, dass er immer wieder versucht hatte, seinen Leib zu reparieren, und dass er gescheitert war, seit die Gabenschriften in seinen Besitz gelangt waren. Er hatte erst Erfolg gehabt, seit er Zeuge meiner Heilung gewesen war, und dabei hatte er auch herausgefunden, dass er Dicks Talent anzapfen konnte, damit seine eigenen Bemühungen endlich Früchte trugen.

Ich las das Tagebuch seiner Enttäuschungen, und ich erkannte die Furcht, die damit einhergegangen war. Ich hatte miterlebt, wie Nachtauge langsam immer schwächer geworden war – und das hatte mir einen guten Eindruck davon verschafft, wie es sein musste, alt zu werden. Chade hatte erst in den letzten zehn Jahren ein normales Leben aufgenommen. Seine Blütezeit hatte er hier in diesem Raum verbracht und im Schatten und in Verkleidung gearbeitet. Wie bitter musste es sein, endlich in eine Welt voller Tanz und Vergnügen, Macht und Reichtum zu treten, nur um dann zu fürchten, dass der eigene alternde Leib einem das alles schon bald wieder wegnehmen konnte? Trotz der Risiken, die er eingegangen war, konnte ich ihm nicht verübeln, was er getan hatte. Ich verstand ihn nur zu gut. Ich fürchtete mich vor dem Tag, da ich vor solch einer Entscheidung stehen würde, denn ich fürchtete, dass meine Entscheidung die gleiche sein würde.

Sorgfältig las ich mehrmals die Schriftrolle, die sich mit dem Heilen des Leibes mittels der Gabe beschäftigte. Ich fand dort viel Nützliches, doch nicht alles, was ich wissen musste. Mit trauriger Gewissheit erkannte ich, warum Chade diese Schriftrollen bis jetzt vor mir verborgen hatte. Hätte ich sie gesehen, ich hätte sofort gewusst, dass er allein versuchte, die Gabe zu meistern, und offensichtlich hatte er damit schon vor etlichen Jahren begonnen.

Ich lehnte mich auf meinem Stuhl zurück und versuchte, mich in die Lage des alten Mannes zu versetzen. Was stellte er sich vor, wovon träumte er? Ich ging Jahre zurück. Der Krieg der Roten Schiffe war endlich vorbei. Die Korsaren waren von den Drachen der Sechs Provinzen vertrieben worden. Der Frieden war ins Land zurückgekehrt, die Königin trug den Weitseher-Erben unter dem Herzen, und Edel hatte nicht nur die Bibliothek mit den Gabenschriften zurückgegeben, er war angenehmerweise auch gestorben, kurz nachdem er der Krone Treue geschworen hatte. Chade, der so viele Jahre in den Schatten verbracht hatte, konnte endlich als Ratgeber der Königin ans Licht treten. Er konnte sich frei in Bocksburg bewegen und die Gesellschaft des Adels genießen. Was hätte er sich noch wünschen können? Nur das, was man ihm vor so vielen Jahren verweigert hatte.

Königliche Bastarde wurden nicht in der Gabe unterrichtet, selbst dann nicht, wenn sie eine Neigung dazu entwickelten. Einige Könige hatten ohne Skrupel Elfenrinde gegen solche Bastarde eingesetzt, um die Gabe in ihnen abzutöten. Ich zweifelte nicht daran, dass einige Weitseher-Herrscher sich selbst diese Mühe erspart und die illegitimen Kinder schlicht erschlagen hatten. Mich hatte man nur in der Gabe ausgebildet, weil sowohl Prinzessin Philia als auch Chade sich für mich eingesetzt hatten. Ich bin jedoch sicher, dass König Listenreich es selbst abgelehnt hätte, wäre er nicht so verzweifelt auf der Suche nach einer Kordiale gewesen.

Chade hatte man nie unterrichtet, und wie es Kinder nun einmal tun, hatte ich dieses Wissen über meinen Meister schlicht als selbstverständlich akzeptiert. Ich hatte ihn nie gefragt: »Bist du je auf die Gabe geprüft worden? Hast du darum gebeten, unterrichtet zu werden, und bist du abgelehnt worden, oder hast du einfach nie gefragt?« Ich hatte ihn nie nach den Einzelheiten gefragt, doch ich hatte gewusst, dass er sich nach diesem verbotenen Wissen gesehnt hatte. Ich hatte das gewusst, weil er sich so eifrig für mich eingesetzt und sich nichts sehnlicher gewünscht hatte, als mich erfolgreich zu sehen. Mein Versagen, diese Magie zu meistern, hatte ihn ebenso geschmerzt wie mich.

Bisher hatte ich nie darüber nachgedacht, was geschehen würde, wenn ihm Schriftrollen wie diese hier in die Hände fielen. Seit er in meine Hütte gekommen war, hatte ich gewusst, dass er diese Texte gelesen hatte. Ich kannte Chade gut genug. Mir hätte klar sein müssen, dass er auch ohne Lehrmeister versuchen würde, das zu meistern, wovon die

Schriften erzählten. Jedes Mal wenn er das Thema der Kandidaten für den Gabenunterricht aufgebracht hatte, hatte er da insgeheim gehofft, ich würde ihn anschauen? Und warum hatte ich nie ernsthaft darüber nachgedacht? Oh, ja, einmal hatte ich das angesprochen, doch nur so, wie man einem Hund einen Knochen vorwirft; aber ich hatte mir nie wirklich überlegt, ob er den Umgang mit der Gabe lernen könnte. Warum war mir das nie als eine Möglichkeit erschienen?

Ich hatte mehr Fragen über mich als über Chade. Während ich darüber nachdachte, erhitzte ich Wasser und fand Chades Spiegel. In Chades Assassinenwaffenkammer gab es genug scharfe Messer, um sich damit zu rasieren. Das gelang mir auch recht gut, trotz meiner Schwäche. Nach und nach schälte sich mein narbenloses Gesicht heraus.

Ich saß am Tisch und betrachtete mich im Spiegel, als Chade den Raum betrat. Ich wartete nicht, bis er das Wort ergriff.

»Es war mir nicht klar, dass meine alten Narben verschwunden waren. Ich glaube, die Kordiale hat die Räder ins Rollen gebracht, und als der Heilungsprozess beendet war, ist mein Karren einfach immer weitergerollt. Ich weiß wirklich nicht, was da genau passiert ist und wie.«

Chade sprach im gleichen demütigen Tonfall wie ich. »So viel hat Fürst Leuenfarb mir schon klargemacht.« Dann kam er näher. Als er über mir stand, musterte er mein Gesicht und neigte den Kopf leicht zur Seite. Als ich zu ihm hinaufblickte, lächelte er nostalgisch. »Oh, mein Junge. Du siehst wie dein Vater aus. Für unsere Zwecke ähnelst du ihm sogar zu sehr. Du hättest dich nicht rasieren sollen. Der Bart hat zumindest einige der Veränderungen in deinem Gesicht verdeckt. Jetzt musst du warten, bis er wieder nachgewachsen ist; erst dann wirst du dich wieder frei in der Burg bewegen können.«

Ich schüttelte den Kopf. »Das funktioniert nicht, Chade. Selbst ein dichter Bart wird dafür nicht ausreichen.« Ich schaute mich ein letztes Mal selbst im Spiegel an, wie ich hätte sein können. Dann lachte ich und legte den Spiegel beiseite. »Komm. Setz dich. Wir wissen beide, was getan werden muss. Ich habe deine Schriftrollen gelesen, aber zu diesem Fall scheinen sie nicht zu passen. Bei dem, was wir heute Nacht tun müssen, müssen wir unserem Gefühl folgen.«

Wir arbeiteten nicht gut zusammen. Ich glaube, von Natur aus waren wir beide Einzelgänger in der Gabe, und doch würden wir lernen müssen, als Teil von Pflichtgetreus Kordiale zu funktionieren. So kam es zu einigen Fehlversuchen. Die Schuld daran gab ich verärgert Galen, der meinen Gabensinn vernebelt hatte, mir selbst, weil ich zu viel Elfenrinde getrunken hatte, und dem kurzsichtigen Volk, das Chade seine Ausbildung verwehrt hatte. Aber nach einiger Zeit floss die Gabe zögernd zwischen uns hin und her, und wie schon so oft zuvor, vertraute ich mich Chades langfingrigen Händen an. Ich gab ihm Stärke und auch die Gabe selbst, denn seine eigene Magie war nur ein unregelmäßiges Tropfen. Chades Kenntnis des menschlichen Körpers kam mit meinem eigenen Körperbewusstsein zusammen, um uns bei dem zu führen, was wir taten. In mancherlei Hinsicht war das eine schwierigere Aufgabe als meine Heilung, denn jeder einzelne Teil musste getrennt vom Rest getan werden und im Gegensatz zu dem, wovon mein Körper sagte, es sei richtig. Aber wir hielten durch.

Als wir fertig waren, nahm ich mir wieder den Spiegel. Meine neue Narbe war weniger auffällig als die alte und meine Nase nicht ganz so krumm, aber es würde reichen. Die Makel waren da. Ebenso wie die alte Bisswunde an meinem Hals und die sternförmige Narbe an meinem Rückgrat; ja, selbst ein Narbennetz war dort vorhanden, wo Lutwins Schwertwunde gewesen wäre. Diese neuen Narben waren einfacher hinzunehmen als die alten, denn für sie nahmen wir nur die Haut und nicht die darunterliegenden Muskeln. Trotzdem spürte ich dort ein ärgerliches Ziehen. Ich wusste, dass ich mich irgendwann daran gewöhnen würde. Es war Chade, der sich an die Unregelmäßigkeit in meinen Haaren erinnerte. Er schüttelte den Kopf. »Ich habe keine Ahnung, wie wir das verändern könnten. In den Schriftrollen steht nichts davon, wie man die Haarfarbe verändern kann. Wenn du meinen Rat hören willst, würde ich das ganze weiße Haarbüschel schwarz färben. Lass diese Veränderung offensichtlich sein. Die Leute werden glauben, dass du eitel geworden bist. Eitelkeit ist einfach zu erklären.«

Ich nickte und legte den Spiegel beiseite. »Aber später. Nicht jetzt. Im Augenblick bin ich erschöpft«, sagte ich, und das war schlicht die Wahrheit.

Chade schaute mich seltsam an. »Und deine Kopfschmerzen?«

Ich verzog das Gesicht und legte die Hand auf die Stirn. »Sie sind nicht schlimmer als gewöhnliche Kopfschmerzen, und das trotz der Tatsache, dass wir die Gabe heute Nacht so ausgiebig genutzt haben. Vielleicht hast du recht gehabt. Vielleicht war das alles nur Gewöhnungssache.«

Langsam schüttelte er den Kopf, kam um den Tisch und legte mir die Hand auf den Kopf. »Hier«, sagte er und fuhr mit dem Finger meine nun nicht mehr existierende Narbe unter dem Schopf weißen Haars entlang. »Und hier.« Er tippte auf einen Bereich nahe meiner Augenhöhle.

Aus Gewohnheit zuckte ich unwillkürlich zusammen, dann saß ich still da. »Es tut nicht weh. Mein Kopf hat immer wehgetan, wenn ich mein Haar gekämmt habe, und mein Gesicht hat immer geschmerzt, wenn ich zu lange in der Kälte war. Ich habe noch nie darüber nachgedacht.«

»Ich würde die Verletzung unter deinem Auge auf den Zeitpunkt datieren, da Galen versucht hat, dich auf der Turmspitze umzubringen. Im Garten der Königin, als du sein

Schüler warst. Burrich hat erzählt, dass du auf dieser Seite fast das Augenlicht verloren hättest. Hast du die Schläge vergessen, die er dir verabreicht hat?«

Stumm schüttelte ich den Kopf.

»Dein Körper auch nicht. Ich habe dich von innen nach außen gesehen, Fitz. Ich habe den Schaden gesehen, den dein Schädel in Edels Verlies davongetragen hat, und auch andere lange verheilte Brüche in Gesicht und Rücken. Die Gabenheilung scheint viel von diesem Schaden beseitigt zu haben. Ich finde es interessant, dass du nach dem Gebrauch der Gabe keine Kopfschmerzen empfindest, und mir scheint sogar, dass du keine Angst vor Anfällen mehr haben musst.«

Er ging zum Regal mit den Schriftrollen und kehrte mit der Kopie eines entsetzlichen Buches wieder zurück: *Das menschliche Fleisch* von Verdad dem Häuter. Es war wunderschön, in reich beschnitztes Holz gebunden, und es roch nach den Tinten, die dafür verwendet worden waren. Offensichtlich war diese Kopie noch recht neu. Verdad, dieser verdorbene und erbarmungslose jamaillianische Priester, hatte Menschen über Jahre hinweg in seinem Kloster gehäutet und auseinandergeschnitten, und nachdem seine Verderbtheit bekannt geworden war, hatte sich seine traurige Berühmtheit bis in die Sechs Provinzen verbreitet. Ich hatte von dieser Schrift gehört, aber noch nie eine Kopie davon gesehen.

»Wo kommt das denn her?«, fragte ich überrascht.

»Vor einigen Jahren habe ich danach geschickt. Es hat zwei Jahre gedauert, bis ich ein Exemplar gefunden habe, und der Text ist offensichtlich verändert worden. Verdad bezeichnete sich selbst nie als ›der Häuter‹, wie es in diesem Manuskript gemacht wird. Außerdem bezweifle ich, dass er den Geruch fauligen Fleisches genossen hat, wie es hier zu lesen steht. Nein, ich habe ein Exemplar wegen der Illustrationen gesucht, nicht wegen der Worte, die hinzugefügt worden sind.«

Ehrfürchtig öffnete Chade das Buch und legte es vor mich. Wie er mich gebeten hatte, ignorierte ich die jamaillianische Schmuckschrift und konzentrierte mich stattdessen auf die detaillierten Darstellungen des Körperinneren. Als Junge hatte ich Zeichnungen von Chade gesehen und die hatte er von seinem Meister geerbt, doch jene waren im Vergleich zu diesen hier äußerst grob gewesen. Zeichnungen, die die tödlichsten Stellen zeigten, um einem Mann den Dolch in den Leib zu rammen, konnte man nicht mit einer Karte der lebenswichtigen Organe vergleichen. Die Farben waren äußerst naturgetreu. Sie waren seltsam anzusehen; ich fühlte mich an die dampfenden Eingeweide eines ausgeweideten Tieres erinnert. Wie soll ich erklären, wie verwundbar ich mich plötzlich fühlte? All diese weichen Gebilde, dunkelrot und grau, die schimmernde Leber und der kompliziert gewickelte Darm … all das war so präzise in meinem Körper angeordnet. Dann hatte Lutwin mir ein Schwert durch den Rücken in all diese Organe hineingerammt. Instinktiv legte ich die Hand auf die falsche Schwertnarbe auf meinem Rücken. An dieser Stelle schützten keine Rippen meine Innereien, nur Muskelschichten. Chade bemerkte die Geste. »Jetzt weißt du, warum ich solche Angst um dich gehabt habe. Von Anfang an hatte ich vermutet, dass nur die Gabe dir deine Gesundheit wiedergeben konnte.«

»Mach es bitte wieder zu«, sagte ich und wandte mich von seinem Buch ab. Mir war übel.

Chade ignorierte mich und blätterte zu einer weiteren Zeichnung. Es handelte sich um das Bild einer Hand. Haut und Muskeln waren beiseitegezogen, um Knochen und Gelenke zu zeigen. »Ich habe das hier studiert, bevor ich versucht habe, meine Hände zu reparieren. Ich glaube nicht, dass Verdads Zeichnungen vollkommen korrekt sind, und doch habe ich das Gefühl, dass sie mir geholfen haben. Wer hätte sich vorstellen können, dass die Hand eines Menschen aus so vielen Knochen besteht?« Dann blickte er schließlich auf, bemerkte mein Unwohlsein und schloss das Buch. »Sobald du dich wieder erholt hast, empfehle ich dir, das einmal genauer zu studieren, Fitz. Ich glaube, jeder, der über die Gabe verfügt, sollte das tun.«

»Selbst Dick?«, fragte ich ironisch.

Chade überraschte mich damit, dass er die Schultern hob. »Es würde nicht schaden, es ihm zu zeigen. Manchmal ist er zu großer Konzentration fähig, Fitz. Wer weiß, wie viel Potenzial sich in seinem missgestalteten Schädel verbirgt?«

Das brachte mich auf einen neuen Gedanken. »Missgestaltet. Glaubst du etwa, dass man die Gabe auf Dick angewandt hat? Um das, was falsch ist, zu reparieren? Ihn wieder normal zu machen?«

Chade schüttelte langsam den Kopf. »›Anders‹ muss nicht unbedingt ›falsch‹ bedeuten, Fitz. Dicks Körper betrachtet sich selbst als richtig. Seine Andersartigkeit ist für ihn nicht mehr als ... nun, hier spekuliere ich natürlich, aber ich nehme an, dass es für Dick so ist, wie andere Menschen groß oder klein sind. Sein Körper ist nach seinem eigenen Plan gewachsen. Dick ist, was er ist. Vielleicht sollten wir dankbar dafür sein, dass wir ihn haben, auch wenn er anders ist.«

»Dann hast du also eingehend darüber nachgedacht, ja?« Ich versuchte, nicht anklagend zu klingen.

»Du kannst dir nicht vorstellen, wie es für mich ist, Fitz«, bestätigte Chade leise. »Es ist, als hätte sich eine Zellentür für mich geöffnet, und ich könnte endlich frei durch die Welt wandern. Was ich sehe, macht mich ganz benommen. Ein Grashalm ist für einen freigelassenen Gefangenen genauso wunderbar wie ein weitläufiges Tal. Ich wehre mich gegen alles, was mich von diesen Entdeckungen ablenkt. Ich will weder schlafen noch essen. Es fällt mir schwer, meine Gedanken auf die Angelegenheiten der Königin zu richten. Was kümmern mich schon die Bingstadt-Händler, Drachen und Narcheskas? Die Gabe hat meine Vorstellungskraft und mein Herz entfacht. Sie zu erkunden ist alles, was ich tun will.«

Mich verließ der Mut. Ich erkannte Chades Besessenheit als das, was sie war. Ich hatte ihn schon oft in solch einem Fieberwahn der Faszination gesehen. Hatte er seinen Geist erst einmal auf ein Studiengebiet ausgerichtet, würde er es verfolgen, bis er es in allen Einzelheiten erkundet hatte – oder bis eine neue Faszination seine Aufmerksamkeit auf sich lenkte. »Nun gut.« Ich bemühte mich, in gelassenem Tonfall zu sprechen. »Heißt das, dass du deine Sprengstoffexperimente eine Zeit lang aussetzen wirst?«

Einen Moment lang schaute er mich verwirrt an, als hätte er das vollkommen vergessen. Dann antwortete er: »Oh. Das. Ich glaube, ich habe alles entdeckt, was ich darüber wissen wollte. Diese Stoffe können in gewisser Hinsicht sicherlich nützlich sein, aber sie sind zu unzuverlässig.« Er schob das Thema mit einer Geste beiseite. »Ich werde mich erst einmal nicht weiter damit beschäftigen. Das hier ist viel zu wichtig, als dass es warten könnte.«

»Chade«, sagte ich in ruhigem Tonfall. »Du darfst das nicht allein machen. Vor allem darfst du Dick da nicht mit hineinziehen. Ich hoffe, du verstehst jetzt, dass ich das nur aus Sorge um dich sage, nicht um selbstsüchtig irgendein Geheimnis zu bewahren.« Ich atmete tief durch. »Du brauchst eine Grundlage. Sobald meine Kraft wieder zurückgekehrt ist, werden Pflichtgetreu, Dick und ich unsere Studien wieder aufnehmen – und du musst mit uns in den Turm kommen.«

Er schwieg und musterte mich eingehend. »Was ist mit Fürst Leuenfarb?« Er neigte den Kopf zur Seite. »Du hast gesagt, er sei auch ein Mitglied dieser Kordiale.«

»Habe ich das?« Ich täuschte Verwirrung vor. »Oh. Er war bei meiner Heilung dabei. Und ich dachte, ich hätte gefühlt … Glaubst du, dass er wirklich etwas zu meiner Heilung beigetragen hat?«

Chade blickte mich seltsam an. »Denkst du nicht, dass du das besser beurteilen kannst als ich? Erst gestern hast du mir erklärt, er hätte es getan.«

Ich betrachtete meinen seltsamen, aber starken Widerwillen, den Narren in unseren Gabenunterricht mit einzubeziehen. Er würde ohnehin nicht kommen, sagte ich mir selbst, und dann fragte ich mich, ob ich wohl recht hatte. »Ich weiß, dass er da war, aber ich weiß nicht, was er getan hat«, korrigierte ich mich.

Chade erklärte ernst: »Ich glaube, er hat uns geführt. Er hat gesagt, dass er schon einmal an etwas Ähnlichem teilgenommen hätte, als Nachtauge verwundet war.« Er hielt kurz inne und fuhr dann fort: »Er kennt dich gut. Ich glaube, es war vor allem das, was er zu der Heilung beigetragen hat. Er kennt dich gut, und er schien zu wissen … er schien einen Weg in dich hinein zu kennen.« Er seufzte. »Fitz, das hast du bereits zugegeben.«

»Er war dabei, als ich sowohl die Gabe als auch die Alte Macht benutzt habe, um den Wolf zu heilen, aber er hat mir nicht bei der Heilung geholfen.« Dann hielt ich inne. »Diese Zurückhaltung und Geheimniskrämerei. Wird das zu einer Gewohnheit? Ich schwöre dir, Chade, ich weiß nicht, warum … Verdammt noch mal. Ja. Der Narr und ich, wir haben eine Gabenverbindung. Sie ist schwach, aber sie ist da, ein Überbleibsel davon, als er zum ersten Mal die Gabe an seine Finger bekommen hat. Als er versucht hat, mich in meinen Körper zurückzuziehen, ist sie stärker geworden. Ich nehme an, sie ist auch nach dieser Heilung wieder stärker geworden. Ich bezweifle allerdings, dass er über irgendwelche eigenen Fähigkeiten verfügt. Er hat nur das, was sich auf seinen Fingern findet, und vielleicht kann er nur zu mir eine Verbindung aufbauen.«

Chade lächelte ein wenig schuldbewusst. »Das ist in zweierlei Hinsicht eine Erleichterung. Du sagst mir die Wahrheit und lässt mich wissen, dass … Nun, ich kenne den Narren schon sehr lange. Ich schätze ihn. Aber da ist immer noch eine gewisse Fremdartigkeit, selbst wenn er sich als Fürst Leuenfarb maskiert, die mich bisweilen unruhig werden lässt. Manchmal erscheint es mir so, als wisse er zu viel, und dann wieder frage ich mich, ob die Dinge, die für uns so wichtig sind, ihn überhaupt interessieren. Nun da ich die Gabe ein wenig erfahren und erkannt habe, wie sehr sie uns füreinander öffnet … Nun. Wie du gesagt hast, werden Zurückhaltung und Geheimniskrämerei zur Gewohnheit. Eine Gewohnheit, die wir beide beibehalten müssen, wenn wir überleben wollen. Ich bin genauso zurückhaltend wie du, den Narren mit meinen Geheimnissen vertraut zu machen, und ich will auch nicht unbedingt seine teilen.«

Chades Ehrlichkeit überraschte und seine Meinung verwirrte mich. Aber er hatte recht. Es fühlte sich gut an zu wissen, dass wir endlich ehrlich zueinander waren. »Ich werde selbst mit Fürst Leuenfarb darüber sprechen, welche Position er in unserer Kordiale bekleidet«, sagte ich. »Viel hängt davon ab, was er zu tun bereit ist. Ich kann niemanden zwingen, uns zu helfen.«

»Ja. Und wenn du schon dabei bist, beende auch diesen dummen Streit zwischen euch. Im selben Raum wie ihr zu sein ist genauso angenehm, als würde man zwischen zwei knurrenden Hunden stehen. Wer weiß, wer gebissen wird, wenn sie sich aufeinander stürzen?«

Ich ignorierte das. »Und wirst du dich zum Gabenunterricht zu uns gesellen?«

»Das werde ich.«

Ich wartete, dann kam ich zu dem Schluss, dass auch das offen ausgesprochen werden musste. »Und deine privaten Gabenexperimente?«

»Die werden weitergehen«, antwortete er ruhig. »Das müssen sie. Fitz, du kennst mich. Ich habe immer allein gelernt, und immer, wenn ich etwas gefunden habe, das es zu studieren galt, habe ich mich mit allem Eifer an die Arbeit gemacht. Verlang nicht von mir, dass ich das jetzt ändere. Das kann ich nicht.«

Ich glaubte, dass er mir auch in diesem Punkt die Wahrheit sagte. Ich seufzte, wagte aber nicht, es ihm zu verbieten. »Dann sei wenigstens vorsichtig, mein Freund. Sei sehr, sehr vorsichtig. Die Strömungen sind stark und der Boden tückisch. Solltest du je davongerissen werden …«

»Ich werde aufpassen«, sagte er, und dann ließ er mich allein, und ich kroch in das Bett, das nun mehr meines als Chades war, und fiel in einen tiefen, traumlosen Schlaf.

Kapitel 22

VERBINDUNGEN

Eure Schätzung der Gelder, die für diese Reise gebraucht werden, sind deutlich unter der Realität; auch hätte ich diese Erkundigungen gar nicht eingezogen, wenn ich gewusst hätte, wie übel Wetter, Essen und vor allem die Menschen auf diesen Inseln sind. Ich erwarte eine zusätzliche Entlohnung, wenn ich wieder nach Hause zurückkehre.

Es ist mir endlich gelungen, Eure dämonische Insel zu besuchen. Die Passage zu diesem Block aus Eis und Fels hat mich mein letztes Geld gekostet sowie einen Tag Arbeit für diese übellaunige Meerhexe. Das Boot, das sie mir angeboten hat, war leck und schwerfällig, von einer Art, die ich nie zuvor gesehen habe, und ohne ordentliche Ruder. Es war ein Wunder, dass ich Aslevjal durch die eisigen Wasser erreicht habe. Einmal dort angelangt, bin ich an einem schwarzen felsigen Strand an Land gegangen. Der Gletscher, der einst die gesamte Insel bis zur Flutlinie bedeckt hat, scheint sich zurückgezogen zu haben. Eine verlassene Anlegestelle war hier zu sehen, doch alles, was man irgendwie mitnehmen konnte, war weg. An den Strand schließt sich eine Ödnis aus schwarzem Felsgestein an. Außer etwas Moos und ein paar Grasbüscheln wächst hier rein gar nichts. Irgendwann haben hier ein paar Gebäude gestanden, doch wie an der Anlegestelle hat man alles Nützliche bereits vor langer Zeit weggeschafft. In der Vergangenheit gab es hier offenbar eine

Art Steinbruch, aber dem Anschein nach ist dieser schon seit mindestens einem Jahrzehnt nicht mehr bewirtschaftet worden. Riesige Felsbrocken sind zurechtgehauen und aneinandergereiht worden. Offensichtlich hat man versucht, eine Statue daraus zu bauen, aber diese Versuche sind bereits eingestellt worden, als noch nicht einmal ein Viertel davon vollendet war. Ich konnte unmöglich erkennen, was diese Statue darstellen sollte.

Ich ging den Strand entlang und auch kurz aufs Gletschereis hinauf, bis der Sonnenuntergang mich dort überraschte. Ich habe keinen Drachen gesehen, weder einen lebenden noch einen im Eis gefangenen, und auch nichts, was auch nur im Entferntesten an ein Lebewesen erinnert hätte. Ich stieg wieder zum Strand hinunter und verbrachte eine eisige Nacht im Schutz der Felsblöcke. Ich habe nicht ein einziges Stück Treibholz für ein Feuer gefunden. Ich habe schlecht geschlafen. Furchtbare Träume haben mich geplagt, in denen ich zusammen mit vielen aus den Sechs Provinzen in einem steinernen Gefängnis gefangen war. Als die Sonne aufging, war ich dankbar dafür, endlich wieder gehen zu können. Jeder, der hierherkommt, sollte alles mitbringen, was er braucht, denn diese Insel hat nichts, was ein Mensch benötigen könnte.

BERICHT AN CHADE IRRSTERN, NICHT UNTERZEICHNET

Die Wiederherstellung meiner Narben hatte die Erholung meiner Kraft hinausgezögert. Die nächsten drei Tage zog ich mich vollständig in mich selbst zurück und konzentrierte mich auf die Wiedererlangung meiner Gesundheit. Ich schlief, aß und schlief erneut. Ich blieb im Arbeitszimmer. Chade brachte mir persönlich die Mahlzeiten. Er brachte sie mir nicht zu festen Zeiten, doch was er brachte, war viel, und ich hatte den Kamin, wo ich Tee und Suppe warm halten konnte, und so machte mir das nichts aus.

Es gab keine Fenster in Chades altem Arbeitszimmer, und so verlor ich mein Zeitgefühl. Ich kehrte wieder zu den wölfischen Gewohnheiten zurück, die ich über Jahre hinweg mit Nachtauge geteilt hatte. Bei Sonnenauf- und Sonnenuntergang war ich besonders wachsam, und in dieser Zeit studierte ich auch die Schriftrollen. Dann aß ich und döste vor dem Feuer oder schlief im Bett für den Rest des Tages. Nicht all meine wachen Stunden verbrachte ich mit Lesen. Ich spielte mit Gilly, indem ich Fleischstückchen versteckte, wenn er nicht da war; anschließend beobachtete ich ihn dann dabei, wie er sie suchte. Ansonsten beschäftigte ich mich mit einfachen Dingen, Dinge, auf die ich gerade Lust hatte. So machte ich zum Beispiel ein Spielbrett für das Steinspiel. Die Spielsteine stellte ich aus Walzähnen her, die zu verwenden mir Chade erlaubt hatte. Einige malte ich rot und schwarz an, und die gleiche Zahl ließ ich unbearbeitet. Vergeblich hoffte ich auf ein Spiel mit Chade. Er sprach nur wenig mit mir über seine Gabenstudien, und wenn er kam und ging, schien er es immer eilig zu haben. Das war vermutlich auch am besten so. Ich schlief tiefer, wenn ich allein war.

Chade war ebenfalls sehr verschlossen, was andere Neuigkeiten aus der Burg betraf. Das wenige, was ich aus ihm herausbekam, beunruhigte mich. Die Königin verhandelte noch immer mit den Bingstadt-Händlern, doch großzügig hatte sie den Herzögen von Shoaks und Farrow die Erlaubnis erteilt, Chalced an ihren Grenzen unter Druck zu setzen. Es würde keine formelle Kriegserklärung geben, doch die üblichen Grenzgefechte sollten mit Kettrickens Segen ausgeweitet werden. Daran war nichts wirklich neu. Die Sklaven von Chalced wussten schon seit Generationen, dass sie die Freiheit erlangen konnten, wenn ihnen die Flucht in die Sechs Provinzen gelang. Einmal in Freiheit, wandten sie sich oft gegen ihre alten Herren und überfielen die Herden jenseits der Grenze, die sie selbst einst gehütet hatten. Das alles hatte jedoch keinerlei Einfluss auf den florierenden Handel zwischen Chalced und den Sechs Provinzen. Hätten die Sechs Provinzen sich allerdings offen auf die Seite von Bingstadt geschlagen, wäre damit Schluss gewesen.

Der Krieg zwischen Bingstadt und Chalced hatte den Informationsfluss von Chades Spionagenetz in dem Gebiet stark beeinträchtigt. Größtenteils musste er auf Berichte aus zweiter oder dritter Hand zurückgreifen, und bei dieser Art von Informationen kam es oft zu Widersprüchen. Wir waren beide skeptisch, was die »Fakten« betraf, die uns vorlagen. Ja, die Bingstadt-Händler besaßen eine Drachenzucht tief in der Regenwildnis. Ein, vielleicht zwei ausgewachsene Drachen waren im Flug gesichtet worden. Sie wurden unterschiedlich als blau, silbern oder blau und silbern beschrieben. Die Bingstadt-Händler fütterten die Drachen, und als Gegenleistung dafür bewachten die Drachen den Hafen der Stadt. Aber sie flogen nicht außer Sichtweite des Ufers; deshalb waren die chalcedischen Kriegsschiffe auch nach wie vor in der Lage, Kauffahrer aus Bingstadt anzugreifen und aufzubringen. Die Drachenzucht wurde von Wechselbälgern bewacht, Halbdrachen und Halbmenschen. Sie lag mitten in einer wunderschönen Stadt, wo prachtvolle Edelsteine des Nachts an den Wänden glühten. Die Menschen dort zogen es vor, in riesigen Holzburgen hoch oben in den Baumwipfeln zu leben.

Derartige Informationen frustrierten uns mehr, als dass sie uns irgendwelche Erkenntnisse verschafften. »Glaubst du, sie haben uns angelogen, was die Drachen betrifft?«, fragte ich Chade.

»Sie haben uns wahrscheinlich die Wahrheit erzählt«, antwortete Chade gereizt. »Das ist der Zweck von Spionen: Sie sollen uns andere ›Wahrheiten‹ über ein und dieselbe Geschichte verschaffen, damit wir alles zu einem Abbild der Realität zusammenfügen können. Hier gibt es jedoch nicht genug Fleisch, um daraus eine Mahlzeit zu kochen, sondern gerade genug, um uns den Mund wässrig zu machen. Was können wir anhand dieser Gerüchte als gesichert betrachten? Nur dass man einen Drachen gesehen hat und dass in der Regenwildnis etwas Seltsames vor sich geht.«

Das war alles, was er zu diesem Thema sagen wollte. Aber ich vermutete, dass er mehr wusste, als er zugeben wollte, und dass er noch andere Eisen im Feuer hatte als die, über die er mit mir gesprochen hatte. So vergingen meine Tage mit Schlaf, Studium und Ausruhen. Einmal, als ich zwischen Chades Schriftrollen eine über die Geschichte von Jamaillia suchte, fand ich die Federn vom Kleinodienstrand. Ich betrachtete sie im trüben Licht und trug sie dann zu Chades Arbeitstisch. Dort untersuchte ich sie eingehender. Allein sie zu berühren machte mich nervös. Sie weckten meine Erinnerungen an die Tage, die ich an diesem öden Strand verbracht hatte, und hundert Fragen gingen mir durch den Kopf.

Insgesamt handelte es sich um fünf Federn, ungefähr so groß wie die Schwanzfedern eines jungen Hahns. Sie waren ungewöhnlich detailliert geschnitzt, sodass sie fast wie echt wirkten. Sie schienen aus einem grauen Holz zu bestehen, auch wenn sie sich seltsam schwer anfühlten. Ich versuchte mehrere Klingen an ihnen; nur eine hinterließ einen kleinen silbernen Kratzer. Falls das wirklich Holz war, dann war es so hart wie Metall. Irgendein Trick in der Schnitzerei fing auf seltsame Art das Licht ein. Die Federn waren flach und grau, und doch schienen aus einem bestimmten Winkel betrachtet Farben über sie hinwegzulaufen. Sie besaßen keinerlei Geruch. Als ich an ihnen leckte, schmeckte ich schwach Salzwasser, gefolgt von etwas Bitterem. Das war alles.

Und nachdem ich sie mit all meinen Sinnen untersucht hatte, gab ich es auf, ihr Mysterium zu lösen. Sie würden vermutlich gut zur Hahnenkrone des Narren passen. Erneut fragte ich mich, wohin dieses seltsame Artefakt wohl verschwunden war. Der Narr hatte es aus einem solch wunderbaren Stoff ausgewickelt, dass es nur aus Bingstadt stammen konnte. Doch der alte hölzerne Stirnreif wirkte viel zu bescheiden, als dass er wirklich aus dieser Stadt der Wunder und der Magie hätte kommen können. Als der Narr mir die uralte Krone gezeigt hatte, hatte ich sie sofort erkannt. Ich hatte sie schon einmal gesehen, in einem Traum. In meiner Vision war sie jedoch prachtvoll bemalt gewesen, und leuchtend bunte Federn hatten aus ihr hervorgeragt. Eine Frau hatte sie getragen, und das Volk irgendeiner Stadt der Uralten hatte in seiner Feier innegehalten, ihren spöttischen Worten gelauscht und gelacht. Ich hatte ihren Status als Narr für das Volk interpretiert. Nun fragte ich mich, ob ich die wahre, subtilere Bedeutung des Ganzen vielleicht übersehen hatte. Ich betrachtete die Federn, die ich wie einen Fächer vor mir ausgebreitet hatte, und plötzlich rann mir ein kalter Schauer über den Rücken. Sie verbanden uns, erkannte ich plötzlich. Sie verbanden den Narren und mich, und das nicht nur miteinander, sondern auch mit einem anderen Leben. Rasch wickelte ich die Federn wieder ins Tuch und verbarg sie unter meinem Kopfkissen.

Ich konnte mich nicht entscheiden, was es zu bedeuten hatte, dass die Federn zu mir gekommen waren. Ich wollte noch immer nicht mit Chade darüber reden. Der Narr kannte vielleicht die Antworten, und doch empfand ich einen schmählichen Widerwillen, sie zu ihm zu bringen. Da war nicht nur unser ungelöster Streit, sondern auch die Tatsache, dass ich die Federn so lange besessen und bis jetzt nicht mit ihm darüber gesprochen hatte. Natürlich wusste ich, dass es nicht besser werden würde, wenn ich noch länger wartete, doch ich fühlte mich wirklich zu schwach, um sie ihm jetzt zu zeigen. Also schlief ich jede Nacht mit den Federn unter meinem Kissen.

Spät in der dritten Nacht im Arbeitszimmer drang Nessel in meinen Schlaf. Sie kam als weinende Frau. In meinem

Traum stand eine Statue in dem Tränenstrom, den sie vergossen hatte. Ihre Tränen waren wie ein silbernes Gewand, das sie trug, und ihre Trauer ein Nebel um sie herum. Eine Zeit lang stand ich einfach nur da und sah ihr beim Weinen zu. Jede einzelne silberne Träne tropfte von ihrer Wange und verband sich mit den Fäden ihres Gewandes, bevor sie mit dem Bach verschmolz, der an ihren Füßen entlangfloss. »Was ist los?«, fragte ich die Erscheinung schließlich.

Doch sie weinte einfach weiter. Ich näherte mich ihr und legte ihr schließlich die Hand auf die Schulter in der Erwartung, kalten Stein zu berühren. Stattdessen drehte sie Augen so grau wie Nebel in meine Richtung, Augen, die aus Tränen bestanden. »Bitte«, sagte ich. »Bitte sprich mit mir. Sag mir, warum du weinst?«

Und plötzlich war sie Nessel. Sie legte die Stirn auf meine Schulter und weinte weiter. Wenn ich ihr zuvor in meinen Träumen begegnet war, hatte ich stets das Gefühl gehabt, dass sie mich suchte. Diesmal fühlte ich, dass ich zu ihr gekommen war, dass ihr Kummer mich an einen anderen Ort geführt hatte, der normalerweise nur für sie bestimmt war. Ich glaube, dass mein Auftauchen sie überrascht hat, doch ich war nicht unwillkommen, nur ungesucht.

Was ist los? Selbst im Schlaf erkannte ich, dass ich über die Gabe zu ihr sprach.

»Sie streiten sich. Selbst wenn sie schweigen, hängt ihr Streit wie Spinnweben im Raum. Jedes Wort verfängt sich in diesem Netz aus Streit. Sie benehmen sich, als könne ich sie nicht beide lieben, als müsse ich mich zwischen ihnen entscheiden. Und das kann ich nicht.«

Wer streitet sich?

»Mein Vater und mein Bruder. Wie du gesagt hast, sind sie sicher nach Hause zurückgekehrt. Doch kaum waren sie vom Pferd abgestiegen, da habe ich das Gewitter gespürt, das zwischen ihnen hing. Ich weiß nicht, worum es geht.

Mein Vater weigert sich, darüber zu sprechen, und er hat meinem Bruder verboten, es mir zu sagen. Es ist irgendetwas Schändliches, Finsteres und Schreckliches. Doch mein Bruder will es tun. Er sehnt sich von ganzem Herzen danach. Ich kann mir nicht vorstellen, warum. Flink war immer so ein guter Junge: ruhig, bescheiden und gehorsam. Was kann er nur gefunden haben, wonach er sich so sehnt und was mein Vater so sehr verabscheut?«

Ich fühlte, wie sie in ihrem Geist nach dem düsteren Geheimnis ihres sanften Bruders suchte. Sie sehnte sich danach herauszufinden, weshalb er bei ihrem Vater in Ungnade gefallen war. Sie konnte sich einfach nichts wirklich Böses vorstellen, wozu ein Junge seines Alters imstande gewesen wäre. Das wiederum brachte sie auf den Gedanken, dass ihr Vater irrational reagierte, doch dieser Gedanke war ebenfalls unhaltbar. So spekulierte sie weiter, und die ganze Zeit über nahm die Spannung im Haushalt zu.

»Er erlaubt meinem Bruder nicht mehr, allein rauszugehen. Den ganzen Tag muss er meinen Vater bei der Arbeit begleiten, aber die Pferde darf er weder striegeln noch mit ihnen üben. Stattdessen muss er daneben stehen und zuschauen. Das ergibt keinen Sinn für mich und auch nicht für meine Brüder. Aber wenn wir meinen Vater danach fragen, wird er sehr streng und schweigt. Wir sind alle sehr unglücklich darüber, und ich weiß nicht, wie lange mein Bruder das noch aushalten wird. Ich fürchte, er wird aus purer Verzweiflung irgendetwas tun.«

Was fürchtest du, das er tun wird?

»Ich weiß es nicht. Wenn ich es wüsste, könnte ich es verhindern.«

Ich weiß nicht, wie ich dir dabei helfen kann.

Vorsichtig schirmte ich den Gedanken von allem ab, was ich wusste. Wie würde sie über Flink denken, wenn sie erfuhr, dass er über die Alte Macht verfügte? Wie sprachen

Burrich und Molly zu Hause über diese Magie, wenn überhaupt? Nessel hatte nicht erwähnt, wie ihre Mutter auf die Situation reagierte, und ich wiederum fand nicht den Mut, sie zu fragen.

»Ich habe auch nicht geglaubt, dass du das könntest, Schattenwolf. Das ist auch der Grund, warum ich nicht zu dir gekommen bin. Aber ich bin dankbar dafür, dass du zu mir gekommen bist, auch wenn du mir nicht helfen kannst.« Sie seufzte. »Wenn du mich aussperrst, fühle ich mich isolierter, als ich erklären kann. So lange warst du immer da, am Rand meiner Träume, und hast sie durch mich beobachtet. Dann hast du dich plötzlich zurückgezogen, und ich weiß nicht, warum. Auch weiß ich nicht, wer oder was du wirklich bist. Willst du dich mir nicht erklären?«

Das kann ich nicht. Ich hörte die Härte meiner Weigerung und fühlte als Gabenecho, wie sehr sie das verletzte. Gegen meinen Willen versuchte ich es. *Ich kann es dir nicht erklären. In mancherlei Hinsicht stelle ich eine Gefahr für dich dar, und deshalb versuche ich, mich von dir fernzuhalten. Du brauchst mich nicht wirklich. Aber auf alle Arten, die mir zur Verfügung stehen, werde ich über dich wachen und dich beschützen. Ich werde zu dir kommen, wenn ich glaube, dass du mich brauchst.*

»Du widersprichst dir selbst. Du bist eine Gefahr, die mich beschützen wird? Ich brauche dich nicht, aber du wirst zu mir kommen, wenn ich dich brauche? Das ergibt keinen Sinn!«

Nein. Das ergibt keinen Sinn, gab ich demütig zu. *Und deshalb kann ich mich dir nicht erklären. Nessel. Ich kann dir nur Folgendes anbieten: Was sich zwischen deinem Vater und deinem Bruder abspielt, spielt sich zwischen deinem Vater und deinem Bruder ab. Lass es nicht zwischen dich und einen von ihnen kommen, so schwer das auch sein mag. Verlier nicht den Glauben an einen von beiden, und hör auch nicht auf, sie zu lieben.*

»Als wenn ich das könnte«, sagte sie bitter. »Wenn ich aufhören könnte, sie zu lieben, dann könnte ich auch aufhören, darum zu trauern, was sie einander antun.«

Und da trennten wir uns voneinander, ich verblasste aus ihrem Traum. Ich fand nur wenig Trost in solch einem Kontakt zu meiner Tochter, und ihr erging es nicht anders, dessen bin ich sicher. Ihre Sorge wurde zu meiner Sorge. Burrich war schon immer streng gewesen, doch in seinem eigenen Verständnis auch gerecht. Er war oft grob zu mir gewesen, doch niemals hart. Im Ärger hatte er mir vielleicht dann und wann einen Stoß versetzt, doch geschlagen hatte er mich selten. Die wenigen Prügel, die ich von seiner Hand erhalten hatte, waren stets dazu gedacht gewesen, mir eine Lektion zu erteilen, nie mich zu verletzen. Zurückblickend musste ich auch sagen, dass die körperliche Strafe immer berechtigt war. Ich fürchtete jedoch, dass Flink ihm offen trotzen würde, was ich nie getan hatte, und ich wusste nicht, was für eine Wirkung das auf den Mann haben würde. Er glaubte, dass schon ein Junge, der seiner Obhut anvertraut worden war, auf grausame Art gestorben war, weil er ihm nicht frühzeitig die Alte Macht aus dem Leib geprügelt hatte. Würde er es als seine Pflicht betrachten, seinen eigenen Sohn vor einem ähnlichen Schicksal zu bewahren, egal, wie hart er dafür auch vorgehen musste? Ich hatte Angst um sie beide und konnte diese Angst mit niemandem teilen.

Am frühen Morgen des vierten Tages wachte ich auf und fühlte mich stärker und ruhelos. Heute, so beschloss ich, fühlte ich mich gut genug, um ein wenig in der Burg herumzustreifen. Es war an der Zeit, dass ich mein Leben wieder aufnahm. Ich holte die Federn unter dem Kopfkissen hervor und stieg in Tom Dachsenbless' Kammer hinunter, um mir ein paar frische Kleider zu holen. Kaum hatte ich die Tür zu der Geheimtreppe geschlossen, da klopfte es an der Verbindungstür. In zwei Schritten war ich dort und öffnete sie. Fürst Leuenfarb sprang erschrocken einen Schritt zurück. »Nun, offensichtlich ist er wach. Und angezogen auch, wie ich sehe. So. Du fühlst dich also wieder mehr wie du selbst, Tom Dachsenbless, hm?«

»Ein wenig«, erwiderte ich und versuchte, an ihm vorbei in den Raum zu schauen. Wer war da? Ich hatte kaum Zeit, den Schock ob meiner erneuerten Narben im Gesicht des Fürsten aufzunehmen, als Harm sich an ihm vorbei und zu mir drängte. Mein Junge packte mich an den Schultern und starrte mich entsetzt an.

»Du siehst furchtbar aus. Geh wieder ins Bett, Tom.« Dann, fast ohne Luft zu holen, wandte er sich an Fürst Leuenfarb. »Herr, ich bitte Euch um Verzeihung. Ihr hattet recht. Ich dachte, Ihr hättet mich getäuscht, was seinen Zustand betrifft. Aber Ihr habt recht daran getan, alle Besucher von seiner Tür fernzuhalten. Das erkenne ich nun. Ich bitte Euch für meine unangebrachten Worte demütigst um Verzeihung.«

Fürst Leuenfarb stieß ein leises Schnauben aus. »Nun, von einem Landburschen kann man wohl kaum höfische Manieren erwarten, und ich verstehe, dass du dir große Sorgen um deinen Vater gemacht hast. Auch wenn ich weder deine ungehobelten Manieren noch die Tatsache genossen habe, dass du mich zu solch gottloser Stunde geweckt hast, um zu Tom zu kommen, so werde ich dir dein Verhalten dennoch verzeihen. Ich bin sicher, ihr werdet mich entschuldigen, während ihr beide den Besuch genießt.«

Er drehte sich um und ließ uns in meiner kleinen Kammer allein. Harm musste mich nicht sonderlich drängen, mich auf mein niedriges Bett zu setzen. Der lange Weg Chades gewundene Treppe hinunter hatte mich erschöpft. Harm legte mir wieder die Hand auf die Schulter und setzte sich neben mich. Sein Blick wanderte über mein Gesicht, und mitleidig kniff er die Augen zusammen, als er sah, wie hager ich war. »Ich bin so froh, dich zu sehen«, sagte er angespannt. Einen Moment lang starrte er mich noch verkrampft an, dann sammelten sich Tränen in seinen Augen, und er vergrub sein Gesicht in den Händen und schaukelte vor und zurück. »Tom, ich dachte, du würdest sterben«, schluchzte er durch die Finger. Ich legte ihm den Arm um die Schulter und zog ihn dicht zu mir heran. Plötzlich war er wieder mein kleiner Junge, und er hatte große Angst gehabt. Er schnappte nach Luft und sagte: »Seit sie dich hergebracht haben, war ich jeden Tag vor Sonnenaufgang hier, und jeden Tag hat mir Fürst Leuenfarb erklärt, du seist noch zu schwach, um Besucher zu empfangen. Zuerst habe ich versucht, Geduld zu bewahren, doch in den letzten Tagen ...« Er schluckte. »Ich war sehr grob zu ihm, Tom. Ich war schrecklich. Ich hoffe, er wird das nicht an dir auslassen. Es war nur ...«

Beruhigend flüsterte ich ihm ins Ohr: »Ich war sehr krank, und ich erhole mich immer noch nur langsam, aber ich werde *nicht* sterben, Sohn. Nicht diesmal. Ich werde noch einige Zeit bei dir bleiben. Und Fürst Leuenfarb hat dir bereits gesagt, dass er dir verzeiht. Mach dir also keine Sorgen mehr.«

Harm ergriff meine Hand. Nach einem Augenblick straffte er die Schultern und drehte sich zu mir um. Tränen rannen ihm übers Gesicht. »Ich dachte, du würdest sterben, und ich hätte keine Gelegenheit mehr, dir zu sagen, wie ... wie leid es mir tut. Wie leid es mir tut, dass ich mich so benommen habe. Ich wusste, dass du mich fast aufgegeben hattest, weil du kaum noch mit mir gesprochen hast und nur selten zu mir gekommen bist. Dann warst du verletzt, und ich konnte im Gefängnis nicht zu dir. Auch hinterher nicht, nachdem sie dich hier hochgebracht haben. Ich konnte an nichts anderes mehr denken außer daran, dass du hier im Sterben lagst und gedacht hast, wie dumm und undankbar ich doch war ... Und du hattest recht, weißt du? Ich hätte auf dich hören sollen. Ich wollte dir das so gerne sagen. Du hattest recht, und ich habe es gelernt.«

»Womit hatte ich recht?«, fragte ich, doch ich fürchtete, die Antwort bereits zu kennen.

Harm schniefte und wandte den Blick von mir ab. »Mit Svanja.« Seine Stimme wurde tiefer und klang belegt. »Sie hat mich weggeworfen, Tom. Einfach so. Ich habe gehört, dass sie einen Neuen hat … oder vielleicht hatte sie den schon immer. Ein Seemann von einem der großen Kauffahrer.« Er blickte zu Boden zwischen seine Füße. Dann schluckte er. »Ich vermute, sie waren … sich nahe, bevor sein letztes Schiff im Frühjahr losgesegelt ist. Jetzt ist er wieder zurückgekommen und hat ihr von weit weg silberne Ohrringe, feinen Stoff und süßes Parfüm mitgebracht. Er hatte auch Geschenke für ihre Eltern dabei. Sie mögen ihn.« Seine Stimme wurde immer leiser und leiser, sodass seine letzten Worte kaum zu hören waren. »Hätte ich das gewusst …«, sagte er, und seine Stimme verhallte.

Das war ein guter Zeitpunkt für mich zu schweigen.

»Ich habe eines Nachts auf sie gewartet, und sie ist einfach nicht gekommen. Ich habe mir große Sorgen gemacht. Ich hatte Angst, dass ihr auf dem Weg zu mir etwas Schlimmes zugestoßen sein könnte. Schließlich habe ich all meinen Mut zusammengenommen und bin zu ihrem Haus gegangen. Ich wollte gerade anklopfen, als ich sie drinnen lachen hörte. Da wagte ich nicht mehr zu klopfen, zumal ihr Vater mich so sehr hasst. Ihre Mutter hat mich nie so gehasst, aber nachdem du den Kampf mit ihrem Vater hattest … Egal. Ich dachte, dass sie einfach nicht rauskommen konnte, um mich zu sehen. Weil ihr Vater immer wachsamer geworden war, weißt du?« Er hielt inne und errötete. »Es ist seltsam. Wenn ich jetzt zurückblicke, kommt mir das Ganze beschämend und kindisch vor. Wie wir herumgeschlichen sind, um ihrem Vater aus dem Weg zu gehen, und wie sie ihre Mutter angelogen hat, um Zeit mit mir verbringen zu können. Damals ist mir das nicht im Mindesten so vorgekommen. Ich habe es als romantisch empfunden, als vom Schicksal so vorbestimmt. Jedenfalls hat Svanja das immer gesagt: dass es unser Schicksal sei, zusammen zu sein, und dass wir nicht zulassen dürften, dass sich irgendetwas zwischen uns drängt. Lügen und Täuschungen zählten nicht, hat sie gesagt, denn unser Zusammensein wäre eine Wahrheit, die niemand leugnen könne.« Er rieb sich die Stirn. »Und ich habe es geglaubt. Ich habe das alles geglaubt.«

Ich seufzte. »Wenn du es nicht geglaubt hättest, Harm … nun, dann wäre das, was du getan hast, sogar noch dümmer gewesen …« Ich hielt inne und fragte mich, ob ich es noch schlimmer gemacht hatte.

»Ich bin so ein Idiot«, gestand Harm nach einer Weile. »Das Schlimmste ist, dass ich sie sofort wieder aufnehmen würde, sollte sie zu mir zurückkommen. Obwohl ich weiß, wie treulos sie sowohl ihm als auch mir gegenüber war, würde ich sie sofort wieder zurücknehmen. Auch wenn ich mich anschließend ewig fragen würde, ob ich sie halten kann.« Erneut legte er eine kurze Pause ein und fragte dann leise: »Hast du dich so gefühlt, als ich dir gesagt habe, dass Merle verheiratet ist?«

Das war eine harte Frage, allerdings hauptsächlich, weil ich ihm nicht sagen wollte, dass ich Merle nie wirklich geliebt hatte. Also antwortete ich schlicht: »Ich glaube nicht, dass die Schmerzen zweier Menschen sich wirklich jemals gleichen, Harm. Aber was das mit dem ›Idioten‹ betrifft … o ja.«

»Ich habe geglaubt, ich müsse sterben«, erklärte er leidenschaftlich. »Am nächsten Tag war ich für Meister Gindast in der Stadt unterwegs. Er vertraut mir inzwischen seine Einkäufe an, weil ich sehr korrekt damit bin. Ich war also gerade unterwegs, als ich ein Pärchen auf mich zukommen sah, und ich dachte bei mir: Sie sieht Svanja so ähnlich; sie könnten Schwestern sein. Dann habe ich gesehen, dass es wirklich

Svanja war, nur trug sie Silberohrringe und einen Schal in einem Violett, wie ich es noch nie gesehen habe. Der Mann neben ihr hielt ihren Arm, und sie blickte zu ihm hinauf, wie sie immer zu mir hinaufgeblickt hatte. Ich konnte es nicht glauben. Offenen Mundes stand ich da, als sie an mir vorübergingen, und sie schaute mich an. Tom, sie lief knallrot an, tat aber so, als würde sie mich nicht kennen. Ich … ich wusste nicht, was ich tun sollte. Wir hatten unsere Beziehung so gründlich verbergen müssen, dass ich zunächst glaubte, das wäre vielleicht ein Onkel oder ein Freund ihres Vaters, vor dem sie nicht zugeben durfte, dass sie mich kannte. Doch schon im nächsten Augenblick wusste ich, dass dem nicht so war. Als ich zwei Tage später ins Festsitzende Schwein ging, in der Hoffnung, sie dort zu sehen, verspotteten mich die anderen Gäste und fragten, wie ich mich so als Hering fühlte, nun da der große Fisch gekommen sei. Ich wusste nicht, was sie meinten, doch sie hatten es mir rasch erklärt. In allen Einzelheiten, Tom! Ich war noch nie so gedemütigt worden. Ich bin geflohen und habe mich viel zu sehr geschämt, um wieder zurückzugehen, aus Furcht, ihnen über den Weg zu laufen. Ein Teil von mir will das, ein Teil von mir will dem Seemann sagen, dass sie ihn betrogen hat, und ihr, wie wertlos sie ist. Doch ein anderer Teil von mir sehnt sich danach, gegen ihn zu kämpfen, um Svanja so wieder an meine Seite zurückzuholen. Ich komme mir nicht nur wie ein Idiot, sondern auch wie ein Feigling vor.«

»Du bist weder das eine noch das andere«, versicherte ich ihm wohl wissend, dass er mir nicht glauben konnte. »Einfach wegzugehen war das Klügste, was du tun konntest. Wenn du gegen ihn gekämpft und sie zurückgewonnen hättest, was hättest du dann gehabt? Eine Frau, die nicht besser als eine läufige Hündin ist und dem stärksten Rüden hinterherläuft. Stell sie zur Rede und lass sie verächtlich über dich herziehen, und du wirst deine Demütigung nur noch vergrößern. Betrachte es wie folgt, wenn dich das tröstet: Sie wird sich stets darüber wundern, wie leicht du sie hast gehen lassen.«

»Das ist ein schwacher Trost. Tom. Gibt es überhaupt so etwas wie eine wahrhaftige Frau?« Er fragte das in einem derart verzweifelten Tonfall, dass es mir einen Stich versetzte, ihn so desillusioniert zu sehen.

»Ja, das gibt es«, versicherte ich ihm. »Und du bist noch jung und wirst noch jede Menge Gelegenheiten haben, eine solche Frau für dich zu finden.«

»Nicht wirklich«, erklärte er. Plötzlich stand er auf. Ein müdes Lächeln zuckte um seine Mundwinkel. »Ich habe nämlich keine Zeit, nach einer zu suchen. Tom, es tut mir leid, dass ich dich nur so kurz besuchen kann, aber ich muss rechtzeitig in die Werkstatt zurück. Der alte Gindast ist ein strenger Meister. Seit er von deiner Verletzung gehört hat, hat er mir jeden Sonnenaufgang Zeit gegeben, dich zu besuchen, aber er besteht darauf, dass ich die Arbeit abends nachhole.«

»Dann ist er sehr klug. Arbeit ist das beste Heilmittel für alle Sorgen. Auch für ein gebrochenes Herz. Stürz dich in deine Aufgaben, Harm, und tadele dich nicht für deine Dummheit. Jeder Mann begeht auf diesem Gebiet sein eigenes Maß an Fehlern.«

Er blickte mich an. Dann schüttelte er den Kopf. »Jedes Mal, wenn ich glaube, wieder ein wenig erwachsener geworden zu sein, schaue ich mich um und sehe, dass ich mich wieder wie ein Kind benehme. Ich bin hierhergekommen, um zu sehen, wie es dir geht, doch kaum bin ich bei dir, da jammere ich dir die Ohren mit meinen eigenen Sorgen voll. Du hast mir nichts davon erzählt, was du durchgemacht hast.«

Ich brachte ein Lächeln zustande. »Und dabei wollen wir es auch belassen, Sohn. Es gibt da nichts, woran ich mich erinnern will. Wir sollten das hinter uns lassen.«

»Für jetzt zumindest. Morgen besuche ich dich wieder.«

»Nein, nein, tu das nicht. Wenn du bis jetzt jeden Tag gekommen bist, musst du das doch allmählich müde sein. Ich erhole mich gut, wie du sehen kannst. Schon bald werde ich dich wieder besuchen können, und dann werde ich Gindast bitten, dir einen Nachmittag freizugeben, damit wir miteinander reden können.«

»Das würde mir gefallen«, sagte er, und die Ernsthaftigkeit in seiner Stimme machte mir Mut. Er drückte sich an mich, bevor er ging, und ich fürchtete, er würde mir die geschwächten Knochen mit seiner jugendlichen Stärke brechen. Dann verließ er mich, und ich schaute ihm hinterher. Zum ersten Mal seit Monaten hatte ich das Gefühl, Harm wieder zurückzuhaben. Mühsam zog ich die alten Kleider aus und frische an. Meine Erleichterung, Harm wiederzuhaben, ging jedoch mit Schuldgefühlen einher. Ich konnte ihn nicht ewig wie einen kleinen Jungen behandeln. Ich durfte nicht erwarten, dass er für immer »mein Harm« bleiben würde, ebenso wenig wie Chade hoffen konnte, dass ich für immer sein »Junge« sein würde. Über sein gebrochenes Herz und seine Enttäuschung erleichtert zu sein, weil die ihn zu mir zurückgebracht und ihn von meiner Weisheit überzeugt hatten, war eine Art Verrat von meiner Seite aus. Wenn ich ihn das nächste Mal traf, würde ich ihm gestehen, dass ich nicht gewusst hatte, dass Svanja ihn hintergehen würde, sondern dass ich nur gefürchtet hatte, sie würde ihn von seiner Lehre ablenken. Die Aussicht darauf erfreute mich nicht gerade.

Angezogen verließ ich meine Kammer und trat in Fürst Leuenfarbs Wohngemach. Ich wankte nicht länger, aber es war mir angenehmer, langsam und vorsichtig zu gehen. Der Page hatte das Frühstück noch nicht gebracht. Der Tisch war leer. Fürst Leuenfarb saß am Kamin und sah müde aus. Ich nickte ihm zu und legte dann die in ein Tuch gewickelten hölzernen Federn auf den Tisch. »Ich glaube, die hier waren für dich bestimmt«, sagte ich in teilnahmslosem Tonfall. Als ich das Tuch aufschlug, erhob sich Fürst Leuenfarb und trat zu mir. Schweigend schaute er zu, wie ich die Federn in einer Reihe auslegte.

»Die sind sehr außergewöhnlich. Wo hast du die her, Tom Dachsenbless?«, fragte er schließlich, und ich fühlte, dass ihm mein Schweigen diese Frage entlockt hatte. Es tat mir weh, dass er noch immer mit Fürst Leuenfarbs jamaillianischem Akzent sprach.

»Als Pflichtgetreu und ich durch den Gabenpfeiler gegangen sind, hat dieser uns an einen Strand gebracht. Die hier habe ich an der Flutlinie gefunden. Sie lagen wie Treibgut zwischen den Algen. Eine nach der anderen habe ich sie im Sand gefunden.«

»In der Tat. Solch eine Geschichte habe ich noch nie gehört.«

Sein teilnahmsloser Kommentar enthielt eine unausgesprochene Frage. Hatte ich sie absichtlich vor ihm verborgen oder sie schlicht als unwichtig abgetan? Ich antwortete ihm, so gut ich konnte: »Die Zeit, die wir am Strand verbracht haben, kommt mir immer noch seltsam vor. Irgendwie losgelöst von allem anderen. Als ich wieder zurückgekehrt bin, ist so viel zugleich geschehen: der Kampf, um Pflichtgetreu zurückzugewinnen, Nachtauges Tod und die Reise hierher, während der wir nicht unter vier Augen miteinander sprechen konnten. Als wir dann wieder in Bocksburg waren, war da die Verlobung und all das Drumherum.« Diese Entschuldigungen kamen mir sofort armselig vor. Warum hatte ich ihm nicht von den Federn erzählt? »Ich habe sie in Chades Arbeitszimmer gelegt. Irgendwie war die Zeit nie reif dafür, sie dir zu zeigen.«

Er starrte sie einfach an. Ich betrachtete sie erneut. In einer Reihe auf dem groben Tuch ausgelegt, wirkten sie mit ihrer grauen Farbe noch weit weniger bemerkenswert als sonst. Gleichzeitig stellten sie jedoch etwas von Grund auf Fremdartiges dar, viel zu perfekte Artefakte, als dass sie von Menschenhand hätten geschaffen werden können, und doch waren sie künstlich. Ich empfand einen seltsamen Widerwillen, sie zu berühren.

»Ich verstehe«, sagte Fürst Leuenfarb schließlich. »Nun. Danke, dass du sie mir gezeigt hast.« Er drehte sich um und ging wieder zum Kamin zurück.

Ich begriff nicht, was gerade geschehen war. Ich versuchte es erneut. »Narr. Ich glaube, sie gehören zur Hahnenkrone.«

»Da hast du ohne Zweifel recht«, erwiderte er in nüchternem Tonfall. Er saß vor dem Feuer und streckte die Beine aus. Dann verschränkte er die Arme vor der Brust, senkte das Kinn und starrte in die Flammen.

Ein Anflug von Wut überkam mich. Einen Moment lang wollte ich ihn packen und schütteln und von ihm verlangen, wieder der Narr für mich zu sein. Dann war die Wut wieder verschwunden, und ich zitterte, und mir war schlecht. In diesem Augenblick hatte ich das Gefühl, als hätte ich den Narren irgendwie umgebracht, dass ich ihn zerstört hatte, als ich Antworten auf die Fragen verlangt hatte, die so lange unbeantwortet zwischen uns gewesen waren. Ich hätte wissen müssen, dass ich ihn niemals würde verstehen können, wie ich andere Leute verstand. Erklärungen hatten bei uns nie wirklich funktioniert, Vertrauen aber schon, und ich hatte dieses Vertrauen zerbrochen, so wie ein Kind etwas auseinandernimmt, um zu sehen, wie es funktioniert, und es dann nicht mehr zusammenbekommt. Vielleicht konnte er nun nicht mehr der Narr sein, so wie ich nie wieder Burrichs Stallbursche sein konnte. Vielleicht hatte unsere Beziehung sich viel zu grundsätzlich verändert, als dass wir je wieder der Narr und Fitz sein konnten. Vielleicht waren Fürst Leuenfarb und Tom Dachsenbless alles, was uns noch geblieben war.

Plötzlich fühlte ich mich erneut müde und schwach. Ohne ein weiteres Wort wickelte ich die Federn wieder ein. Ich trug sie in meine Kammer zurück und schloss die Tür hinter mir. Dann ging ich durch die Geheimtür und begann den langen Aufstieg zu meinem Arbeitszimmer.

Als ich mein Bett erreichte, zitterte ich vor Erschöpfung. Ohne mich auszuziehen, kroch ich unter die Decken. Nach einiger Zeit fiel ich in einen tiefen Schlaf. Als ich einige Stunden später wieder erwachte, hatte ich Hunger, und das Feuer war fast heruntergebrannt. Aufwachen, essen, Feuer erneut anfachen: Nichts von alledem schien der Mühe wert zu sein. Ich zog die Decke wieder hoch und floh in die Bewusstlosigkeit.

Als ich das nächste Mal erwachte, lag das daran, dass sich irgendjemand über mich beugte. Mit einem Schrei riss ich die Augen auf und hatte den Prinzen am Hals gepackt, bevor ich ihn erkannte. Einen Augenblick später setzte ich mich zurück und keuchte, während meine Panik allmählich schwand. »Tut mir leid, tut mir leid«, murmelte ich.

Der Prinz war einen Schritt zurückgetreten, rieb sich den Hals und starrte mich an. »Was ist mit dir los?«, krächzte er, zwischen Sorge und Wut hin- und hergerissen.

Ich schnappte nach Luft. Ich war verschwitzt, zitterte, und meine Augen waren verklebt. »Tut mir leid«, wiederholte ich. »Du hast mich so plötzlich geweckt. Ich habe mich erschreckt.« Ich befreite mich von meinem Bettzeug und stand schwankend auf. Ich hatte das Gefühl, als wäre mein Erschrecken die Folge eines Albtraums, an den ich mich nicht erinnern konnte. Ich fühlte mich schwach, und desorientiert schaute ich mich im Arbeitszimmer um. Dick saß auf Chades Stuhl, die Schuhe zum Feuer ausgestreckt. Seine Tunika und seine Hose waren dienerblau. Sie wirkten neu und schienen ihm angepasst worden zu sein. Wie lange hatte ich mir schon vorgenommen, ihm bessere Kleider und Schuhe zu besorgen? Chade musste das erledigt haben. Das Feuer flackerte fröhlich im Kamin, und auf dem Tisch stand ein Tablett mit Essen.

»Habt ihr das gemacht? Danke.« Ich ging zum Tisch und schenkte mir ein Glas Wein ein.

Der Prinz schüttelte verwirrt den Kopf. »Was gemacht?«

Ich senkte das Glas, das ich geleert hatte. Mein Mund fühlte sich noch immer trocken an. Ich schenkte mir ein weiteres Glas ein, leerte es und atmete tief durch. »Das Essen und das Feuer«, erklärte ich. »Der Wein.«

»Nein. Das war schon hier, als wir gekommen sind.«

Meine Sinne kehrten langsam wieder zurück, und mein Herz nahm seinen natürlichen Rhythmus an. Chade musste gekommen und wieder gegangen sein, während ich geschlafen hatte. Dann dämmerte es mir. »Wie bist du hierhergekommen?«, verlangte ich vom Prinzen zu wissen.

»Dick hat mich hergebracht.«

Bei Erwähnung seines Namens drehte der Schwachkopf den Kopf. Er und der Prinz grinsten sich verschwörerisch an. Ich fühlte, wie irgendetwas zwischen ihnen vorging, dem ich jedoch nicht folgen konnte. Dick lachte leise und drehte sich mit einem Seufzen wieder zum Feuer um.

»Du solltest nicht hier sein«, sagte ich. Ich setzte mich an den Tisch und schenkte mir wieder Wein ein. Dann legte ich die Hand auf die abgedeckte Suppenschüssel. Sie war kaum noch warm. Die Suppe zu essen wäre vermutlich ohnehin zu viel Mühe gewesen. Ich trank den Wein.

»Warum sollte ich nicht hier sein? Warum sollte ich nicht die Geheimnisse der Burg kennen, in der ich eines Tages herrschen werde? Gelte ich etwa als zu jung, zu dumm oder als nicht vertrauenswürdig?«

Ich hatte es nicht erwartet, aber das war ein wunder Punkt, den er da berührt hatte. Plötzlich erkannte ich, dass ich keine gute Antwort auf seine Fragen wusste. Sanft sagte ich: »Ich dachte, Chade wolle dich nicht hier oben haben.«

»Vermutlich will er das auch nicht.« Pflichtgetreu setzte sich neben mich an den Tisch, und ich schenkte Wein nach. »Vermutlich gibt es eine Menge Dinge, die Chade lieber für sich behalten würde. Dieser Mann liebt Geheimnisse. Er hat die ganze Bocksburg mit Geheimnissen vollgestopft, wie ein Eichhörnchen, das Nüsse sammelt. Aus irgendeinem Grund liebt er es einfach, sie zu haben.« Er betrachtete mich kritisch. »Die Narben sind wieder da. Hat die Gabenheilung an Wirkung verloren?«

»Nein. Chade und ich haben sie wiederhergestellt. Wir haben das für vernünftig gehalten. Weniger Fragen, weißt du?«

Er nickte, starrte mich aber weiter an. »Du siehst besser und schlimmer zugleich aus. Du solltest nicht so viel Wein trinken, bevor du gegessen hast.«

»Das Essen ist kalt.«

»Nun, man kann es einfach wieder warm machen.« Ungeduld ob meiner Dummheit lag in seiner Stimme. Ich dachte, er würde Dick die Arbeit übergeben. Stattdessen griff er selbst nach der Schüssel, rührte kurz darin herum und legte den Deckel wieder darauf. Als hätte er Übung in solchen Dingen, hängte er sie an den Haken und drehte ihn über das Feuer, um die Suppe wieder zu erwärmen. Dann riss er einen Laib Brot entzwei und legte ihn auf einen Teller neben die Flammen. »Soll ich Teewasser aufsetzen? Das würde dir besser bekommen als all der Wein, den du in dich hineinschüttest.«

Ich stellte mein leeres Glas auf den Tisch, füllte es aber nicht wieder auf. »Manchmal versetzt du mich in Erstaunen. Was du als Prinz alles weißt, ist wirklich überraschend.«

»Nun, du kennst ja meine Mutter – die Dienerin des Volkes. Als ich klein war, hat sie darauf bestanden, dass ich nach Art ihres Volkes erzogen werde. Also musste ich selbst die simpelsten Aufgaben wie ein einfacher Bauernjunge lernen.

In Bocksburg konnte das aber nicht so weitergehen, und sie beschloss, mich ohne Diener und Aufpasser in die Welt hinauszuschicken. Ich sollte in die Berge gehen, doch Chade drängte darauf, dass ich in den Sechs Provinzen blieb. Damit hatte sie nur eine Wahl. Als ich acht Jahre alt wurde, schickte sie mich zu Prinzessin Philia, um ihr anderthalb Jahre als Page zu dienen. Unnötig zu erwähnen, dass man mich dort nicht wie ein verwöhntes Prinzlein behandelt hat. Die ersten zwei Monate vergaß Prinzessin Philia immer wieder meinen Namen, aber sie lehrte mich eine wunderbare Vielzahl von Dingen.«

»Kochen hast du aber nicht von Prinzessin Philia gelernt«, bemerkte ich, bevor ich meine Zunge im Zaum halten konnte.

»Oh, und das habe ich doch«, erwiderte Pflichtgetreu mit einem Grinsen. »Das war eine Notwendigkeit. Wenn sie spät in der Nacht etwas in ihrem Zimmer warm gemacht haben wollte, habe ich das für sie erledigt. Wenn sie es selber gemacht hätte, wäre wohl das ganze Zimmer in Rauch aufgegangen – als Köchin war sie nicht gerade begabt. Litzel hat mir beigebracht, wie man Essen warm macht, und auch noch eine Reihe von anderen Dingen. Ich kann besser häkeln als die Hälfte der Hofdamen.«

»Wirklich?«, fragte ich überrascht. Pflichtgetreu hatte mir den Rücken zugekehrt, während er im Topf rührte. Plötzlich roch die Suppe hervorragend. Meinen kleinen Lapsus schien der Prinz nicht bemerkt zu haben.

»Ja, das kann ich. Wenn du willst, kann ich es dir ja irgendwann beibringen.« Er nahm die Suppe vom Feuer, rührte noch einmal darin herum und brachte sie mit dem Brot zum Tisch. Als er alles vor mich hinstellte, als wäre er mein Page, bemerkte er: »Litzel hat erzählt, dass du als Junge nie viel gelernt hast. Du seist viel zu ungeduldig gewesen, um lange sitzen zu bleiben.«

Ich hatte bereits nach dem Löffel gegriffen; jetzt legte ich ihn wieder beiseite.

Pflichtgetreu ging zum Kamin zurück und schaute nach dem Teewasser. »Noch nicht heiß genug«, erklärte er und fügte dann hinzu: »Litzel hat mir immer gesagt, die Dampfwolke solle stets eine Handbreit über dem Ausguss stehen, wenn der Tee gut werden soll. Aber ich bin sicher, das hat sie dir auch gesagt. Sowohl Prinzessin Philia als auch Litzel haben mir viele Geschichten über dich erzählt. Hier in Bocksburg habe ich nur wenig über dich gehört. Man hat deinen Namen genauso oft mit einem Fluch wie mit Bedauern ausgesprochen. Jetzt, da ich deinen richtigen Namen weiß, kenne ich endlich auch das Gesicht zu diesen Erzählungen. Als ich bei Philia gelebt habe, war es, als könnte sie nicht anders, obwohl sie bei diesen Geschichten oft zusammengebrochen ist und geweint hat. Das ist die eine Sache, die ich bei alledem nicht verstehe. Sie hält dich für tot, und sie trauert um dich. Jeden einzelnen Tag. Wie kannst du das zulassen? Deine eigene Mutter!«

»Prinzessin Philia ist nicht meine Mutter«, korrigierte ich ihn schwach.

»Sie sagt es jedenfalls«, erwiderte er säuerlich. »Sie hat mir immer gesagt, was ich *wirklich* essen, tun und tragen wollte. Wenn ich dann protestiert habe, dass ich das ganz und gar nicht wolle, hat sie stets erklärt: ›Mach dich nicht lächerlich. Ich weiß, was du willst. Ich kenne mich mit Jungen aus! Ich hatte selbst mal einen Sohn.‹ Damit hat sie dich gemeint«, fügte er für den Fall hinzu, dass mir der Bezug entgangen sein sollte.

Schweigend saß ich auf meinem Stuhl. Ich sagte mir selbst, dass ich noch nicht ganz gesund sei, dass die kalten, schmerzhaften Tage in der Zelle, die Gabenheilung, die Wiederherstellung meiner Narben und auch die ablehnende Haltung des Narren mich geschwächt und ausgelaugt hatten.

Deshalb zitterte ich jetzt, und mein Hals zog sich zusammen, und ich wusste nicht, was ich tun sollte, nun da so ein gut gehütetes Geheimnis plötzlich laut ausgesprochen worden war. Eine schreckliche Dunkelheit hüllte mich ein, schlimmer als alles, was Elfenrinde je bei mir hervorgerufen hatte. Tränen traten mir in die Augen. Wenn ich still sitzen blieb, würden sie mir vielleicht nicht die Wangen hinunterlaufen.

Dampfwolken stiegen aus dem Wasserkessel empor, und Pflichtgetreu stand auf, um sich darum zu kümmern. Rasch tupfte ich mir die Augen mit dem Ärmel ab. Pflichtgetreu brachte den zischenden Kessel an den Tisch und goss heißes Wasser über die Kräuter in der Teekanne. Als er den Kessel wieder zum Feuer zurücktrug, sprach er über die Schulter. Irgendetwas in seiner gedämpften Stimme verriet mir, dass ihn mein Stillhalten nicht getäuscht hatte. Ich glaube, er fühlte, wie kurz davor er gestanden hatte, mich zu brechen, und das bekümmerte ihn. »Meine Mutter hat es mir erzählt«, sagte er in beinahe entschuldigendem Tonfall. »Sie und Chade waren außer sich, weil du verletzt und im Gefängnis warst. Sie waren wütend aufeinander und konnten sich über nichts einig werden. Ich war im Zimmer, als sie einen Streit hatten. Sie hat ihm gesagt, sie würde einfach hinuntergehen und dich herausholen. Er hat erwidert, das dürfe sie nicht; damit würde sie dich und mich nur in noch größere Gefahr bringen. Dann hat sie gesagt, sie würde mir sagen, wer dort unten für mich stirbt. Chade hat versucht, ihr das zu verbieten. Sie sagte, es sei an der Zeit, dass ich lernen würde, was es hieße, Opfer für das eigene Volk zu sein. Dann haben sie mich aus dem Raum geschickt, während sie sich weiter gestritten haben.« Er stellte den Teewasserkessel neben das Feuer und kehrte wieder zu mir an den Tisch zurück.

Ich blickte ihm nicht in die Augen.

»Weißt du, was es bedeutet, wenn sie so von dir als ›Opfer‹ spricht? Weißt du, wie meine Mutter über dich denkt?« Er schob mir das Brot entgegen. »Du solltest etwas essen. Du siehst furchtbar aus.« Er atmete tief durch. »Wenn sie dich als Opfer bezeichnet, heißt das, dass sie dich als rechtmäßigen König der Sechs Provinzen betrachtet. Vermutlich ist das so, seit mein Vater gestorben beziehungsweise in seinen Drachen eingegangen ist.«

Das ließ mich ihn anschauen. Sie hatte ihm wirklich alles erzählt, und das erschütterte mich durch und durch. Ich blickte zu Dick, der am Feuer döste.

Der Blick des Prinzen folgte dem meinen. Er schwieg, doch Dick öffnete plötzlich die Augen und sah ihn an. »Das ist furchtbares Essen«, bemerkte der Prinz zu ihm. »Glaubst du, du könntest uns in der Küche etwas Besseres besorgen? Irgendetwas Süßes vielleicht?«

Ein breites Grinsen erschien auf Dicks Gesicht. »Das kann ich tun. Ich weiß, was sie da unten haben. Getrocknete Beeren und Apfelkuchen.« Er leckte sich über die Lippen. Als er sich erhob, sah ich zu meiner Überraschung den Weitseher-Hirsch auf seiner Tunika.

»Geh auf demselben Weg, den wir gekommen sind, und komm bitte auch wieder auf diesem Weg zurück. Es ist wichtig, dass du das nicht vergisst.«

Dick nickte nachdenklich. »Wichtig. Ich erinnere mich. Ich weiß das jetzt schon lange. Geh durch die hübsche Tür; komm durch die hübsche Tür wieder zurück. Und nur, wenn niemand dich sehen kann.«

»Guter Mann, Dick. Ich weiß nicht, wie ich je ohne dich zurechtgekommen bin.« Zufriedenheit lag in der Stimme des Prinzen und noch etwas anderes. Keine Herablassung, sondern … Besitzerstolz. Er sprach mit Dick wie ein Mann mit seinem besten Wolfshund.

Nachdem der Schwachkopf gegangen war, fragte ich Pflichtgetreu: »Du hast Dick zu deinem Mann gemacht? Offen?«

»Wenn mein Großvater einen dürren Albinojungen als Narr und Gefährten haben konnte, warum sollte ich mir dann keinen Schwachkopf nehmen?«

Ich zuckte zusammen. »Du lässt die Leute ihn doch nicht verspotten, oder?«

»Natürlich nicht. Hast du gewusst, dass er singen kann? Seine Stimme verleiht der Musik einen seltsamen Klang, aber er trifft die Töne haargenau. Ich habe ihn nicht ständig bei mir, aber oft genug, dass es inzwischen niemanden mehr kümmert. Es hilft, dass er und ich privat miteinander sprechen können, sodass er weiß, wann ich ihn bei mir haben will und wann nicht.« Er nickte zufrieden mit sich selbst. »Ich glaube, er ist jetzt glücklicher. Er hat die Freuden eines warmen Bads und sauberer Kleidung entdeckt, und ich gebe ihm einfache Spielsachen, die ihm gefallen. Nur eines bereitet mir Sorgen. Die Frau, die ihm dabei hilft, sich um sich selbst zu kümmern, hat mir erzählt, dass sie noch zwei andere wie ihn in ihrem Leben getroffen hat. Sie sagt, sie würden nicht so lange leben wie normale Menschen, dass Dick vielleicht schon kurz vor dem Tod stehe. Weißt du, ob das stimmt?«

»Ich habe keine Ahnung, mein Prinz.«

Ohne nachzudenken, hatte ich den Ehrentitel benutzt. Das ließ ihn grinsen. »Wie soll ich dich nennen, wenn du mich so nennst? Ehrenwerter Vetter? Fitz-Chivalric?«

»Tom Dachsenbless«, erinnerte ich ihn schlicht.

»Natürlich. Und Fürst Leuenfarb. Ich muss gestehen, dass es mir leichter fällt, dich als Fitz-Chivalric zu betrachten, als mir Fürst Leuenfarb im Narrenkostüm vorzustellen.«

»Seit jenen Tagen hat er einen weiten Weg zurückgelegt«, sagte ich und versuchte, das Bedauern in meiner Stimme zu verbergen. »Wann hat die Königin beschlossen, dir sämtliche Familiengeheimnisse anzuvertrauen?«

»In der Nacht, nachdem wir dich geheilt haben. Sie hat

mich später durch die Geheimgänge in deine Kammer zurückgeführt, und wir haben die ganze Nacht an deinem Bett verbracht. Nach einiger Zeit haben wir einfach zu reden begonnen. Sie hat mir erzählt, dass du meinem Vater ohne deine Narben sehr ähnlich sehen würdest. Manchmal, wenn sie dich angeschaut hat, hat sie ihn in deinen Augen gesehen. Dann hat sie mir alles erzählt. Nicht an einem Abend natürlich. Ich glaube, es hat drei Nächte gedauert, bis die ganze Geschichte erzählt war. Dabei hat sie auf einem Kissen neben deinem Bett gesessen und dir die Hand gehalten. Mich hat sie auf dem Boden sitzen lassen. Ansonsten durfte niemand den Raum betreten.«

»Ich wusste noch nicht einmal, dass du dort gewesen bist, und von ihr wusste ich auch nichts.«

Er hob die Schultern. »Dein Körper war geheilt, aber der Rest von dir war so nahe am Tod, dass es keinen Unterschied gemacht hat. Mit der Gabe habe ich dich nicht erreichen können, und für die Alte Macht warst du nur ein Glimmen am Ende eines Kerzendochts. Du hättest jeden Augenblick verlöschen können. Aber wenn meine Mutter deine Hand gehalten und gesprochen hat, schienst du heller zu leuchten. Ich glaube, sie hat das ebenfalls gespürt. Es war, als wolle sie dich im Leben verankern.«

Ich hob die Hände und ließ sie hilflos wieder auf den Tisch fallen. »Ich weiß nicht, wie ich damit zurechtkommen soll«, gestand ich unvermittelt. »Ich weiß nicht, wie ich darauf reagieren soll, dass du das alles weißt.«

»Ich hatte gedacht, dass du erleichtert sein würdest. Auch wenn wir diese Scharade mit Tom Dachsenbless in der Burg noch eine ganze Weile aufrechterhalten müssen. Wenigstens kannst du hier der sein, der du wirklich bist, und musst deine Zunge nicht hüten – was du ohnehin nicht sonderlich gut tust. Iss deine Suppe. Ich will sie nicht noch einmal aufwärmen müssen.«

Das schien mir ein guter Vorschlag zu sein und verschaffte mir Zeit zum Nachdenken, ohne sprechen zu müssen.

Pflichtgetreu beobachtete mich jedoch so aufmerksam, dass ich mich wie eine Maus vor einer Katze fühlte. Als ich daraufhin das Gesicht verzog, lachte er laut und schüttelte den Kopf. »Du kannst dir nicht vorstellen, wie es sich anfühlt. Ich sehe dich an und frage mich, ob ich auch so groß sein werde, wenn ich erwachsen bin. Hat mein Vater auch so das Gesicht verzogen? Ich wünschte, du hättest die Narben nicht erneuert. Das macht es mir schwerer, mich selbst in deinem Gesicht zu sehen. Du sitzt da, und ich weiß, wer und was du bist ... Das ist, als würde ich zum ersten Mal meinen Vater sehen.« Der Junge rutschte auf seinem Stuhl herum, während er sprach, als wäre er ein Welpe, der nichts lieber wollte, als auf meinen Schoß zu springen. Es fiel mir schwer, ihm in die Augen zu sehen. Dort brannte etwas, worauf ich nicht vorbereitet war. Ich hatte mir diese Vergötterung durch den Prinzen nicht verdient.

»Dein Vater war ein weit besserer Mann, als ich es bin«, sagte ich.

Pflichtgetreu atmete tief durch. »Erzähl mir etwas über ihn«, bat er mich. »Irgendetwas, das nur er und du gewusst haben.«

Ich fühlte, wie wichtig das für ihn war, und so konnte ich mich ihm nicht verweigern. Ich stöberte in meiner Erinnerung. Sollte ich ihm erzählen, dass Veritas sich nicht auf den ersten Blick in Kettricken verliebt hatte, sondern dass seine Liebe erst mit der Zeit gewachsen war? Das klang sehr nach einem Vergleich mit Pflichtgetreus Mangel an Gefühlen für Elliania. Veritas war kein Mann der Geheimnisse gewesen, aber ich glaubte auch nicht, dass Pflichtgetreu mich nach einem Geheimnis gefragt hatte. »Er hat gutes Papier und gute Tinte geliebt«, erzählte ich ihm. »Und seine Schreibfedern hat er sich stets selbst geschnitten. Mit seinen Schreibfedern war er wählerisch, und … er war freundlich zu mir, als ich klein war. Aus keinem besonderen Grund. Er hat mir Spielsachen gegeben. Einen kleinen Holzkarren und ein paar Holzsoldaten mit Pferden.«

»Ja? Das überrascht mich. Ich dachte, er hätte Abstand zu dir wahren müssen. Ich wusste, dass er auf dich aufgepasst hat, aber in seinen Briefen an deinen Vater beschwert er sich, dass er ›den kleinen Kater‹ kaum sieht außer in Burrichs Kielwasser.«

Ich saß vollkommen still da.

»Veritas hat über mich geschrieben? In Briefen an Chivalric?«

»Nicht direkt natürlich. Philia hat mir erklären müssen, was das zu bedeuten hatte. Sie hat mir die Briefe gezeigt, als ich mich darüber beklagt habe, dass ich nur so wenig über meinen Vater weiß. Sie waren sehr enttäuschend. Es waren nur vier, größtenteils kurz und langweilig: Ihm ging es gut, und er hoffte, dass es Chivalric und Prinzessin Philia ebenfalls gut ging. Für gewöhnlich bat er seinen Bruder, mit dem ein oder anderen Herzog zu reden, um irgendwelche politischen Differenzen beizulegen. Einmal bat er ihn, ihm eine Liste zu schicken, aus der ersichtlich war, wie die Steuereinnahmen im Jahr davor verteilt worden waren. Dann folgten ein paar Zeilen über die Ernte oder wie die Jagd gewesen war. Aber am Ende jedes Briefes standen immer ein, zwei Worte über dich. ›Der Kater, den Burrich adoptiert hat, richtet sich langsam häuslich ein.‹ ›Ich bin fast auf Burrichs Kater getreten, als er gestern durch den Hof gerannt ist. Er scheint jeden Tag größer zu werden.‹ So haben sie dich in den Briefen genannt, um deine Identität vor Spionen und anfangs auch vor Philia zu verbergen. Im letzten Brief heißt es: ›Der Kater hat Burrich geärgert und dafür eine Tracht Prügel bekommen. Er zeigt bemerkenswert wenig Reue. Um die Wahrheit zu sagen, ist es Burrich, den ich bemitleide.‹

Am Ende standen immer ein paar Zeilen, dass man sich auf den Vollmond freue oder dass man hoffe, die Flut sei gut für die Muschelbänke. Philia erklärte, dass sie auf diese Art Termine vereinbart hatten, bei denen sie mittels der Gabe Kontakt zueinander aufnahmen; Termine, bei denen niemand in der Nähe war, der sie hätte stören oder beobachten können. Unsere Väter standen sich sehr nahe, weißt du? Es war sehr schwierig für sie, als Chivalric nach Weidenhag ging und sie sich trennen mussten. Sie haben einander sehr vermisst.«

Der Prinz hatte recht. Die Bocksburg war mit Geheimnissen förmlich vollgestopft, und die Hälfte davon waren eigentlich gar keine Geheimnisse. Es waren schlicht Dinge, nach denen wir einander nicht fragten aus Furcht, sie könnten zu schmerzvoll sein. Ich hatte Philia nie gebeten, mir von meinem Vater zu erzählen; ich hatte weder sie noch Veritas je gefragt, wie Chivalric über mich gedacht hatte. Der Widerwillen zu fragen hatte sich in ein Geheimnis verwandelt, und das Schweigen hatte mich das Schlimmste über meinen Vater vermuten lassen. Er war mich nie besuchen gekommen. Hatte er mich durch die Augen seines Bruders beobachtet? Sollte ich ihnen für das die Schuld geben, von dem sie vermutlich geglaubt hatten, dass ich es wusste? Oder sollte ich mich selbst schuldig fühlen, weil ich es nie zu wissen verlangt hatte?

»Der Tee ist fertig«, verkündete Pflichtgetreu und hob die Teekanne hoch. Wieder wurde mir bewusst, dass der Junge mich bediente, so wie ich in seinem Alter Chade oder Listenreich bedient hatte: mit Respekt und Ehrerbietung.

»Halt«, sagte ich und legte die Hand auf die seine. Ich drückte die Teekanne wieder auf den Tisch zurück. Als ich mir daraufhin selbst einschenkte, warnte ich ihn: »Pflichtgetreu, mein Prinz. Hör mir zu. Ich muss Tom Dachsenbless für dich sein, und das in jeder Hinsicht. Heute werden wir offen miteinander sprechen, aber danach muss ich wieder in meine alte Rolle schlüpfen. Du musst mich als ihn sehen und Fürst Leuenfarb nur als Fürst Leuenfarb. Man hat dir eine Klinge ohne Heft gegeben. Es gibt keine Möglichkeit, dieses Geheimnis, das du jetzt kennst, sicher zu führen. Es freut dich zu wissen, wer ich bin, und du betrachtest mich als Verbindung zu deinem Vater. Ich wünschte von ganzem Herzen, dass es so einfach und gut wäre, aber dieses Geheimnis könnte uns alle zu Fall bringen, wenn es in der falschen Gesellschaft auch nur angedeutet werden würde. Wir wissen beide, dass unsere Königin versuchen würde, mich zu beschützen. Denk einmal darüber nach, was dann geschehen würde. Ich bin nicht nur ein bekannter Anwender der Alten Macht, sondern auch der angebliche Mörder von König Listenreich. Ganz zu schweigen davon, dass ich vor einem ganzen Raum voller Zeugen mehrere Mitglieder von Galens Kordiale getötet habe. Auch bin ich nicht so tot, wie viele mich gerne sehen würden. Wenn herauskäme, dass ich noch lebe, würde das den Hass auf die Zwiehaften in neue Höhen treiben und den Bemühungen der Königin ein Ende bereiten, ihrer Verfolgung Einhalt zu gebieten.«

»Unserer Verfolgung«, korrigierte mich Pflichtgetreu sanft. Er lehnte sich auf seinem Stuhl zurück und dachte ein wenig nach, als wolle er die Konsequenzen für sich selbst abschätzen. Er schien sich unbehaglich zu fühlen, als er sagte: »Du hast die Pläne der Königin schon unabsichtlich behindert. Trotz Chades Bemühungen, kein offizielles Interesse an deinem Schicksal zu zeigen, gibt es noch immer Gerüchte, dass der Tod von ›Keppler‹, Padget und diesem anderen Mann schlicht aus dem Grunde nicht gesühnt worden ist, weil sie der Alten Macht verdächtigt wurden.«

»Ich weiß. Chade hat es mir erzählt – auch, dass man dich der Alten Macht bezichtigt hat.«

Der Prinz neigte den Kopf bei diesen Worten. »Ja. Nun, das stimmt ja auch, nicht wahr? Und die Gescheckten wissen das und vielleicht auch einige von jenen, die sich selbst als das Alte Blut stilisieren. Im Augenblick hat das Alte Blut Interesse daran, mein Geheimnis zu wahren. Sie wollen diesen Rat genauso sehr wie die Königin. Aber der Tod der drei Männer hat sie weit vorsichtiger werden lassen, als sie waren. Jetzt verlangen sie mehr Sicherheiten, bevor sie sich hierhin wagen.«

»Sie wollen Geiseln.« Mein Verstand hatte den entsprechenden Sprung gemacht. »Sie wollen einen Austausch, ein paar von unseren Leuten, während ihre sich in unseren Händen befinden. Wie viele?«

Der Prinz schüttelte den Kopf. »Frag das Chade. Oder meine Mutter. So wie sie sich streiten, vermute ich, dass Mutter direkten Kontakt zu jenen vom Alten Blut unterhält und dem alten Mann nur das sagt, wovon sie glaubt, er müsse es wissen. Das frustriert ihn. Ich glaube, es ist meiner Mutter gelungen, die Ängste der Zwiehaften zu beruhigen und ein neues Treffen zu vereinbaren. Chade schwor, dass das unmöglich sei, solange sie ihre lächerlichen Forderungen nicht erfüllt hätte. Doch es ist ihr gelungen. Sie will Chade jedoch nicht sagen, *wie* ihr das gelungen ist, und das macht ihn wahnsinnig. Sie hat ihn daran erinnert, dass sie ein Kind des Bergvolkes ist und dass Forderungen zu erfüllen, die er als ›lächerlich‹ oder ›inakzeptabel‹ betrachte, für sie eine Frage des Prinzips sei.«

»Das stimmt wohl, und ich kann mir gut vorstellen, dass ihn das aufregt.« Ich versuchte, so gefasst wie möglich zu klingen, obwohl ich mich nervös fragte, wohin uns Kettrickens Bergethik mit ihrem Opfergedanken führen würde.

Pflichtgetreu schien meine Bedenken zu fühlen. »Ich stimme dir zu, trotzdem werde ich mich in dieser Frage auf die Seite meiner Mutter stellen. Es ist an der Zeit, dass sie Chade zwingt, ihr die Oberhand zu überlassen. Wenn sie jetzt nicht darauf besteht, sieht es nicht gut für mich aus, was die Machtausübung betrifft, wenn ich den Thron besteige.«

Seine Worte jagten mir einen Schauer über den Rücken. Er hatte recht. Das einzig Beruhigende an der ganzen Sache war, dass er es so gelassen und kühl betrachten konnte. Dann verzerrte ein schiefes Bild meine Wahrnehmung. Er konnte Chades Machenschaften durchschauen, weil er ebenso sein Schüler wie Kettrickens Bergsohn war. Pflichtgetreu redete so beiläufig über die Fragen wie über das Wetter.

»Aber da waren wir nicht stehen geblieben«, fuhr Pflichtgetreu fort. »Du hast gesagt, deine wahre Identität dürfe nicht bekannt werden. Im Augenblick stimme ich dir zu. Es würde mit Sicherheit irgendwelche Leute geben, die dich nur allzu gern vom Leben zum Tode befördern würden. Eine Menge Menschen würden dich hassen und fürchten, und den Weitsehern würde man vorwerfen, einen Königsmörder zu beschützen, nur weil er zur Familie gehört. Interessanter wäre sogar noch, was das für jene vom Alten Blut und die Gescheckten bedeuten würde. Der zwiehafte Bastard ist eine Legende unter ihnen, und das Gerücht, dass du überlebt hast, erzählen sie sich ehrfürchtig immer und immer wieder. Wenn ich Gentil über dich sprechen höre, bist du fast ein Gott.«

»Du hast doch nicht mit Gentil über mich gesprochen, oder?«, fragte ich entsetzt.

»Natürlich nicht! Nun, jedenfalls nicht über dich im eigentlichen Sinne – so wie du hier vor mir sitzt. Wir haben über die *Legende* von Fitz-Chivalric, dem zwiehaften Bastard, gesprochen, und das nur im Vorübergehen. Auch wenn ich glaube, dass das Geheimnis deiner Identität bei Gentil genauso sicher wäre wie bei mir.«

Ich seufzte müde. »Pflichtgetreu. Deine Loyalität ist bewundernswert, aber die von Gentil zweifle ich doch stark an. Die Bresingas haben dich zweimal verraten. Willst du zulassen, dass sie es auch ein drittes Mal tun?«

Er blickte mich stur an. »Sie sind dazu gezwungen worden, Tom … Irgendwie fühlt es sich seltsam an, dich jetzt so zu nennen.«

Ich weigerte mich, mich ablenken zu lassen. »Dann gewöhn dich wieder dran. Was ist, wenn Gentil erneut bedroht wird? Wenn er abermals für sie spioniert oder Schlimmeres?«

»Es ist niemand mehr übrig, den sie bedrohen könnten.« Pflichtgetreu hielt plötzlich inne und schaute mich an. »Weißt du, dass ich mich bis jetzt weder bei dir entschuldigt noch dir gedankt habe? Ich habe dich Gentil zur Hilfe geschickt, ohne darüber nachzudenken, was für ein Risiko das für dich bedeutete. Und du bist gegangen und hast das Leben meines Freundes gerettet, obwohl du ihn nicht sonderlich magst. Als Folge davon wärst du fast gestorben.« Er neigte den Kopf in meine Richtung. »Wie soll ich dir dafür danken?«

»Das musst du nicht. Du bist mein Prinz.«

Kein Muskel rührte sich in seinem Gesicht. Kettricken funkelte in seinen Augen, als er sagte: »Das gefällt mir nicht sonderlich. Das scheint uns weiter voneinander zu entfernen. Ich wünschte, wir beide dürften schlicht Vettern sein.«

Ich blickte ihm in die Augen, als ich ihn fragte: »Du glaubst, das würde einen Unterschied machen?«

Er lächelte mich an und seufzte zufrieden. »Ich glaube immer noch nicht richtig, dass das alles real ist«, sagte er leise. Ein Hauch von Schuld huschte über sein Gesicht. »Dick und ich sollen dich eigentlich noch nicht besuchen. Chade hat es uns verboten, ebenso wie über die Gabe mit dir Kontakt aufzunehmen, solange du dich nicht besser fühlst. Ich habe dich nicht wecken wollen, als ich hier heraufgekommen bin. Ich wollte dich nur noch einmal ansehen, und als ich bemerkt habe, dass die Narben wieder da waren, habe ich mich zu nahe an dich herangebeugt.«

»Ich bin froh, dass du das getan hast.«

Eine Zeit lang saß ich schweigend da. Mir war unbehaglich, doch gleichzeitig sonnte ich mich in Pflichtgetreus Achtung. Was für ein seltsames Gefühl, einfach für das geliebt zu werden, was ich war. Fast war es eine Erleichterung, als Dick wieder erschien. Er schob die Geheimtür mit der Schulter auf. Seine Hände waren voll, und er keuchte vom langen Aufstieg. Er hatte sich einen ganzen Kuchen besorgt, mit dem man ein Dutzend Männer hätte füttern können.

Gelassen schaute ich ihm dabei zu, wie er seine Beute zum Tisch trug. Mit sich selbst zufrieden, grinste er von einem Ohr zum anderen. Ich erkannte, dass ich diesen Gesichtsausdruck noch nie bei ihm gesehen hatte. Mit seinen kleinen auseinanderstehenden Zähnen und der vorgeschobenen Zunge sah er aus wie ein fröhlicher Kobold. Hätte ich den Mann nicht gekannt, ich hätte das Ergebnis wohl abstoßend gefunden, aber dieses Grinsen wurde mit einem verschwörerischen Lächeln des Prinzen beantwortet, und ich ertappte mich dabei, wie auch ich mit ihnen lächelte.

Dick stellte den Kuchen auf den Arbeitstisch, wobei er meine Speisen übereifrig beiseiteschob, um Platz zu schaffen. Gut gelaunt summte er vor sich hin, als er sich an die Arbeit machte, und ich erkannte den Refrain seines Gabenliedes. Die Säuerlichkeit des kleinen Mannes war wie weggeblasen. Ich bemerkte, dass es sich bei dem Messer, mit dem er den Kuchen teilte, um jenes handelte, das ich an jenem schrecklichen Tag in der Stadt für ihn gekauft hatte. Irgendwie hatte es mein Einkauf also zur Bocksburg und zu ihm geschafft. Der Prinz holte ein paar Teller, und Dick ließ die Kuchenstücke darauf fallen. Sorgfältig achtete er darauf, seine neuen Kleider dabei nicht zu beschmutzen, und später aß er mit der Vorsicht einer hohen Dame in teurem Hofgewand. Wir teilten den riesigen Kuchen unter uns auf und ließen nichts davon übrig, und zum ersten Mal seit meiner Verletzung schmeckte mir das Essen.

Kapitel 23

ENTHÜLLUNGEN

Die Nichtzwiehaften erzählen sich häufig furchterregende Geschichten über Zwiehafte, die aus bösartigen Gründen Tiergestalt annehmen. Jene vom Alten Blut werden schlicht erklären, dass kein Mensch, egal, wie eng er auch an sein Geschwistertier gebunden sein mag, die Gestalt dieses Tieres annehmen kann. Worüber jene vom Alten Blut nur widerwillig sprechen, ist die Tatsache, dass ein Mensch sich in den Körper seines Geschwistertieres versetzen kann. Normalerweise geschieht das nur für kurze Zeit und dann auch nur unter extremen Umständen. Der Körper des Menschen verschwindet nicht; tatsächlich bleibt er in solchen Zeiten ausgesprochen verwundbar und kann sogar tot erscheinen. Extremer körperlicher Schaden oder gar der unmittelbar bevorstehende Tod kann das Bewusstsein eines Menschen dazu bewegen, im Leib seines Geschwistertieres Zuflucht zu suchen. Jene vom Alten Blut verachten diese Praxis und raten streng davon ab.

Beim Alten Blut ist es strikt verboten, solch ein Arrangement permanent zu machen. Ein Mensch vom Alten Blut, der seinem sterbenden Leib entflieht und in dem seines Geschwistertieres Zuflucht sucht, wird für die Gemeinschaft des Alten Blutes zu einem Geächteten. Gleiches gilt für einen Menschen, der den fliehenden Geist seines Geschwistertieres aufnimmt. Solch ein Akt gilt als äußerst selbstsüchtig sowie als unmoralisch und unklug. Jeder, der in einer Gemeinschaft des Alten Blutes aufwächst, wird davor gewarnt, dass – egal unter welchen Umständen – keine von beiden Seiten dabei glücklich wird. Sogar der Tod sei besser als das.

In diesem bedeutenden Punkt unterscheiden sich jene vom Alten Blut deutlich von den sogenannten Gescheckten. Gescheckte betrachten ihre Geschwistertiere geringer als Menschen, und sie sehen nichts Falsches daran, wenn ein Mensch sein Leben verlängert, indem er aus seinem eigenen sterbenden Leib in den seines Geschwistertieres flieht. In einigen Fällen wird der Mensch der beherrschende Geist im Körper des Tieres, der sein tierisches Pendant fast vollständig vertreibt. Angesichts der langen Lebenserwartung einiger Tiere wie Schildkröten, Gänse oder bestimmte exotische Vögel könnte ein skrupelloser Mensch sich am Ende seines Lebens ein Geschwistertier in der Absicht aussuchen, dessen Körper nach seinem Tod zu übernehmen. Auf solch eine Art könnte ein Mensch sein Leben auf ein Jahrhundert oder mehr ausdehnen.

DACHSENBLESS: GESCHICHTEN DERER VOM ALTEN BLUT

Als meine Genesung sich dem Ende zuneigte, kroch ich wie ein frisch geschlüpftes Küken zum ersten Mal seit langer Zeit ins Sonnenlicht hinaus. Die Welt blendete und überwältigte mich. Mehr noch: Pflichtgetreus neu gewonnene Achtung war etwas, das ich wie einen warmen Mantel trug. Ich fühlte das deutlich, als ich am nächsten Morgen im Hof der Bocksburg stand und die Bewohner der Burg bei ihren täglichen Arbeiten beobachtete. Der Tag kam mir sehr hell vor, und zu meiner Überraschung konnte ich das Ende des Winters in der Luft riechen. Der festgetretene Schnee unter meinen Füßen wirkte dichter und härter und das Blau des Himmels über mir tiefer. Ich atmete durch, reckte mich und hörte meine Gelenke knacken. Ich hatte sie zu lange nicht gebraucht. Heute würde ich das ändern.

Ich traute meinen Beinen noch immer nicht zu, dass sie mich nach Burgstadt tragen konnten, und so ging ich in den Stall. Der Stallbursche, der sich für gewöhnlich um Meine Schwarze kümmerte, warf einen Blick auf mich und erklärte, dass er meine Stute für mich bereit machen würde. Dankbar lehnte ich mich an ihre Box und schaute dem Jungen zu. Er behandelte sie gut, und sie war friedlich ihm gegenüber. Als ich ihm die Zügel abnahm, dankte ich ihm dafür, dass er sich um das Pferd gekümmert hatte. Er warf mir einen verwirrten Blick zu und gestand: »Nun, ich kann nicht sagen, dass sie dich vermisst hätte. Die ist hier in Gesellschaft von ihresgleichen schon zufrieden.«

Auf halbem Weg den steilen Hügel zur Stadt hinunter bereute ich die Entscheidung zu reiten bereits. Meine Schwarze schien fest dazu entschlossen, sich den Zügeln zu widersetzen, und sie zeigte mir deutlich, an wie viel Kraft es mir in Armen und Beinen noch fehlte. Doch trotz unseres kleinen Kampfes trug sie mich zu Gindasts Werkstatt. Dort angekommen, war ich enttäuscht und erfreut zugleich, dass Harm nur wenig Zeit für mich hatte. Auch wenn er rasch zu mir eilte, als er mich an der Tür sah, erklärte er mir entschuldigend, dass einer der Gesellen ihm erlaubt hatte, ihm beim Polieren der Schnitzereien eines Bettendes zu helfen. Wenn er mich begleitete, würde der Mann vielleicht einen anderen Lehrling mit der Aufgabe betrauen. Ich versicherte ihm, dass wir unseren gemeinsamen Ausflug auch an einem anderen Tag nachholen konnten und dass ich keinerlei Neuigkeiten für ihn hätte. Ich schaute ihm hinterher, als er davoneilte, und empfand einfach nur Stolz für meinen Jungen.

Als ich mich wieder in den Sattel schwang, erhaschte ich einen Blick auf drei der jüngeren Lehrlinge. Sie standen hinter der Ecke eines kleinen Schuppens, beobachteten mich und flüsterten miteinander. Ich war jetzt in Burgstadt als der Mann bekannt, der drei andere Männer erschlagen hatte. Ob das nun Mord oder gerechtfertigt gewesen war, war ohne Bedeutung. Man würde mit dem Finger auf mich deuten und Gerüchte über mich verbreiten, damit musste ich rechnen. Hoffentlich schadeten die Geschichten um mich nicht Harms Status bei den anderen Lehrlingen. Ich tat so, als hätte ich sie nicht bemerkt, und ritt davon.

Als Nächstes ritt ich zu Jinnas Haus. Als sie die Tür öffnete und mich sah, schnappte sie zuerst nach Luft. Einen Moment lang starrte sie mich an und schaute dann an mir vorbei die Straße hinunter, als erwarte sie Harm in meinem Gefolge. »Ich bin heute allein«, sagte ich. »Darf ich reinkommen?«

»Ja, Tom, natürlich …« Sie starrte mich an, als hätte mein abgehärmtes Aussehen sie zutiefst bestürzt. Dann trat sie zurück, um mich in ihr Haus zu lassen. Finkel huschte zwischen meinen Beinen hindurch ebenfalls hinein.

Drinnen ließ ich mich dankbar auf einen Stuhl neben dem Feuer fallen. Finkel sprang sofort auf meinen Schoß. »Du bist dir so sicher, dass du willkommen bist, nicht wahr, Katze? Als wäre die Welt für dich gemacht.« Ich streichelte ihn, blickte dann auf und sah, dass Jinna mich besorgt betrachtete. Ihre Sorge rührte mich, und ich brachte ein Lächeln zustande. »Ich werde schon wieder in Ordnung kommen, Jinna. Ich habe schon mit beiden Beinen im Grab gestanden, aber ich bin noch mal rausgekommen. Mit der Zeit werde ich wieder ich selbst werden. Im Augenblick bin ich ein wenig verzweifelt, weil der Ritt hier herunter mich mehr erschöpft hat, als ich erwartet hatte.«

»Nun.« Sie verschränkte die Hände. Dann schüttelte sie sich, um wieder zu sich zu kommen. Sie räusperte sich und sagte mit fester Stimme: »Das überrascht mich nicht. Du bist nur noch Haut und Knochen, Tom Dachsenbless. Schau dir doch nur einmal an, wie dein Hemd an dir herunterhängt!

Bleib erst mal sitzen, und ich mache dir einen schön starken Kräutersud.« Als sie den Ausdruck auf meinem Gesicht sah, korrigierte sie sich: »Oder vielleicht eine schöne Tasse Tee. Dazu dann etwas Brot und Käse.«

Fisch?, fragte mich Finkel.

Jinna sagt Käse.

Käse ist nicht Fisch, aber er ist besser als nichts.

»Tee, Brot und Käse klingen gut. Ich bin Brühe, Kräutersud und Brei allmählich leid. Während meiner Genesung habe ich nichts anderes bekommen. Um die Wahrheit zu sagen, bin ich es einfach leid, Invalide zu sein. Ich bin fest entschlossen, von nun an jeden Tag ein wenig umherzulaufen.«

»Das ist vermutlich das Beste für dich«, stimmte Jinna mir abgelenkt zu. Sie neigte den Kopf zur Seite und schaute mich an. »Aber was ist das? Deine Strähne ist verschwunden! Die Blässe!« Sie deutete auf mein Haar.

Ich errötete ein wenig. »Ich habe es gefärbt. Ich fürchte, ich wollte schlicht ein wenig jünger aussehen. Meine Krankheit hat meinem Aussehen einen hohen Preis abverlangt.«

»Das hat sie, dem kann ich nicht widersprechen. Aber als Heilmittel dein Haar zu färben … Nun denn. Männer.« Sie schüttelte den Kopf, als wolle sie ihn freibekommen. Ich fragte mich, was sie bedrückte, doch einen Augenblick später schien sie ihre Sorgen beiseitegeschoben zu haben. »Hast du gehört, was zwischen Harm und Svanja passiert ist?«

»Ja«, antwortete ich.

»Ich habe es kommen sehen.« Dann, während sie das Wasser aufsetzte, erzählte sie mir mit viel Zungenschnalzen die Geschichte von Harm und Svanja, die ich schon kannte.

Ich ließ sie weitererzählen, während sie Brot und Käse für uns schnitt. Als sie fertig war, bemerkte ich: »Vermutlich ist es für beide besser so. Mein Junge konzentriert sich jetzt auf seine Lehre, und Svanja hat einen Verehrer, mit dem ihre

Eltern einverstanden sind. Harms Herz ist zwar ein wenig mitgenommen, aber ich gehe davon aus, dass er sich wieder erholen wird.«

»O ja, er wird sich erholen, solange Svanjas Seemann im Hafen ist«, erwiderte Jinna säuerlich und stellte das Tablett auf den kleinen Tisch zwischen uns. »Aber erinnere dich meiner Worte: Im selben Augenblick, da der Junge wieder die Planken eines Schiffes unter den Füßen hat, wird Svanja erneut hinter Harm her sein.«

»Oh, das bezweifle ich«, widersprach ich. »Selbst wenn sie zu ihm kommen würde, glaube ich, dass Harm seine Lektion gelernt hat. Wer sich einmal die Finger verbrannt hat, geht dem Feuer aus dem Weg.«

»Hmpf. Einmal im Bett, auf immer liebestoll, wäre in diesem Fall die bessere Redensart. Tom, du musst ihn warnen – und zwar ernsthaft. Lass nicht zu, dass er noch einmal auf sie hereinfällt. Nicht dass sie ein schlechtes Mädchen wäre, aber sie will nur ihren Willen, und zwar, wann sie will. Sie schadet sich selbst ebenso sehr wie diesen jungen Männern.«

»Ich hoffe, dass mein Junge vernünftig genug ist, nicht noch einmal auf sie hereinzufallen«, bemerkte ich, als Jinna sich auf den anderen Stuhl setzte.

»Ich auch«, erwiderte sie. »Aber ich bezweifle es.« Dann schaute sie mich an und schwieg. Sie betrachtete mich wie einen Fremden. Ich sah, wie sie zweimal zu sprechen ansetzte, und beide Male schloss sie den Mund wieder.

»Was ist?«, fragte ich schließlich. »Gibt es da noch etwas an dieser Geschichte, was ich nicht weiß? Was stimmt nicht?«

Nach langem Schweigen fragte Jinna leise: »Tom, ich … Wir sind nun schon einige Zeit befreundet, und wir kennen einander recht gut. Ich habe gehört … Vergiss, was ich gehört habe. Was ist an jenem Nachmittag wirklich in der Fallstraße geschehen?«

»Der Fallstraße?«

Sie wandte den Blick von mir ab. »Du kennst sie. Drei tote Männer, Tom Dachsenbless, und irgendeine Geschichte über eine gestohlene Börse mit Edelsteinen und einen Diener, der fest entschlossen war, sie zurückzuholen. Ein anderer würde sie vielleicht glauben. Aber dann, halb tot, machst du dir auch noch die Mühe, ein Pferd zu erschlagen?« Sie stand auf, um das heiße Wasser vom Feuer zu holen, und goss es in die Teekanne. Mit leiser Stimme erklärte sie: »Eine Woche zuvor hat man mich vor dir gewarnt, Tom. Jemand hat mir gesagt, es sei gefährlich, dich zum Freund zu haben. Etwas Schlimmes würde dir bald passieren, und es wäre besser für mich, wenn das nicht in meinem Haus geschähe.«

Vorsichtig schob ich den Kater von meinem Schoß und nahm Jinna den Wasserkessel aus den zitternden Händen. »Setz dich«, sagte ich sanft. Sie tat wie geheißen und faltete die Hände im Schoß. Während ich den Kessel wieder zum Feuer brachte, versuchte ich, ruhig nachzudenken. »Wirst du mir sagen, wer dich gewarnt hat?«, fragte ich, als ich mich wieder zu ihr umdrehte. Ich kannte die Antwort bereits.

Jinna blickte auf ihre Hände hinab. Dann schüttelte sie langsam den Kopf. Nach einem Augenblick sagte sie: »Ich bin hier in Burgstadt geboren worden. Ich bin recht viel herumgekommen, doch das hier ist meine Heimat, wenn der Schnee zu fallen beginnt. Die Leute hier sind meine Nachbarn. Sie kennen mich, und ich kenne sie. Ich kenne … ich kenne eine Menge Leute in dieser Stadt, einige von ihnen schon seit Kindertagen. Ich habe vielen von ihnen aus der Hand gelesen, und ich kenne viele ihrer Geheimnisse. Ich mag dich, Tom, aber … du hast drei Männer getötet. Zwei davon stammten aus Burgstadt. Ist das wahr?«

»Ich habe drei Männer getötet«, gab ich zu. »Falls es einen Unterschied für dich macht: Sie hätten mich zuerst getötet, wenn ich ihnen die Gelegenheit dazu gelassen hätte.« Kälte kroch durch meinen Körper. Plötzlich glaubte ich nicht mehr, dass ihre Anspannung heute etwas mit Sorge um *mich* zu tun hatte.

Jinna nickte. »Daran zweifle ich nicht, aber die Tatsache bleibt bestehen, dass du zu ihnen gegangen bist. Sie haben dich nicht gejagt. Du bist zu ihnen gegangen und hast sie getötet.«

Ich versuchte es mit der Lüge, die sich Chade für mich ausgedacht hatte. »Ich habe einen Dieb verfolgt, Jinna. Nachdem ich erst einmal dort war, haben sie mir keine Wahl gelassen. Es hieß sie oder ich. Ich habe es weder genossen noch gewollt.«

Jinna saß einfach nur da und schaute mich an.

Ich lehnte mich auf meinem Stuhl zurück. Finkel stand da und wartete darauf, dass ich ihn wieder auf meinen Schoß einlud, doch das tat ich nicht. Nach einem Augenblick sagte ich: »Es wäre dir lieber, wenn ich nicht mehr hierherkommen würde.«

»Das habe ich nicht gesagt.« Ein Hauch von Wut lag in ihrer Stimme, aber ich glaube, es war Wut darüber, dass ich das so einfach aussprach. »Ich ... Es ist schwer für mich, Tom. Das kannst du doch sicher verstehen.« Wieder legte sie eine vielsagende Pause ein. »Als wir zum ersten Mal zusammengekommen sind, nun ... ich habe gedacht, dass die Unterschiede zwischen uns keine Rolle spielen würden. Ich habe immer gesagt, dass das meiste, was sich die Leute über die Zwiehaften erzählen, Lügen sind. Das habe ich immer gesagt!« Sie schnappte sich die Teekanne und schenkte uns trotzig ein, als wolle sie mir mit aller Gewalt beweisen, dass ich noch immer willkommen sei. Sie nippte an ihrer Tasse und stellte sie dann wieder ab. Anschließend nahm sie sich ein Stück Brot, legte Käse darauf und schob auch das beiseite. Sie sagte: »Ich habe Padget gekannt, solange ich denken kann. Als Kind habe ich mit seinen Cousinen gespielt. Padget war vieles, und einiges davon hat mir nicht gefallen. Aber er war kein Dieb.«

»Padget?«

»Einer der Männer, die du getötet hast! Tu nicht so, als hättest du seinen Namen noch nie gehört! Du musstest wissen, wer er war, um ihn zu finden. Und ich weiß, dass er wusste, wer du warst. Seine armen Cousinen hatten sogar zu viel Angst, um seine Leiche zu beanspruchen. Sie wollten nicht mit ihm in Verbindung gebracht werden aus Furcht, die Leute würden glauben, sie seien wie er. Aber genau das ist es, was ich nicht verstehe, Tom.« Sie hielt inne und fuhr dann mit leiser Stimme fort: »Du bist, wie er war. Du bist auch einer. Warum jagst und tötest du deinesgleichen?«

Ich hatte gerade meine Teetasse hochgehoben. Nun stellte ich sie vorsichtig wieder ab. Ich holte Luft in der Absicht, sprechen zu wollen. Dann atmete ich jedoch wieder aus und setzte neu an. »Ich bin nicht überrascht, dass es Gerüchte darüber gibt. Was die Leute den Stadtwachen sagen und was sie sich untereinander erzählen, sind zwei grundverschiedene Dinge. Ich weiß, dass es Aushänge der Gescheckten gegeben hat, in denen alle möglichen wilden Behauptungen gestanden haben. Lass uns offen miteinander reden. Padget war ein Zwiehafter. Wie ich. Das war zwar nicht der Grund, warum ich ihn getötet habe, aber es ist wahr. Und es ist auch wahr, dass er zu den Gescheckten gehörte, und das tue ich nicht.« Auf Jinnas verwirrten Blick hin fragte ich sie: »Weißt du, was ein Gescheckter ist, Jinna?«

»Zwiehafte sind Gescheckte«, antwortete sie. »Einige von euch sagen stattdessen ›Altes Blut‹. Es ist alles ein und dasselbe.«

»Nicht ganz. Gescheckte sind Zwiehafte, die andere Zwiehafte verraten. Sie sind diejenigen, die Aushänge machen, auf denen zu lesen steht: ›Jinna ist eine Zwiehafte, und ihr Geschwistertier ein fetter gelber Kater.‹«

»Das bin ich nicht!«, rief sie entrüstet.

Ich erkannte, dass sie glaubte, ich hätte sie bedroht. »Nein«, stimmte ich ihr ruhig zu. »Das bist du nicht. Aber wenn du es wärst, könnte ich dir deinen Lebensunterhalt und vielleicht sogar dein Leben selbst nehmen, indem ich das öffentlich mache. Genau das tun die Gescheckten anderen Zwiehaften an.«

»Aber das ergibt keinen Sinn. Warum sollten sie das tun?«

»Um andere Zwiehafte dazu zu zwingen, ihnen zu gehorchen.«

»Was wollen sie denn von ihnen?«

»Die Gescheckten wollen Macht für sich. Um das zu erreichen, brauchen sie Geld und Menschen, die bereit sind zu tun, was sie wollen.«

»Ich verstehe immer noch nicht, was sie wollen.«

Ich seufzte. »Sie wollen die gleichen Dinge, die die meisten Zwiehaften wollen. Sie wollen ihre Magie offen ausüben dürfen, ohne Angst haben zu müssen, am Galgen oder auf dem Scheiterhaufen zu enden. Sie wollen akzeptiert werden und ihre Talente nicht verbergen müssen. Nehmen wir einmal an, man könnte dich einfach so töten, weil du eine Krudhexe bist. Würdest du das nicht ändern wollen?«

»Aber Krudhexen fügen niemandem ein Leid zu.«

Aufmerksam beobachtete ich ihr Gesicht, als ich sagte: »Zwiehafte auch nicht.«

»Einige schon«, widersprach sie mir sofort. »Oh, nicht alle, nein. Aber als ich noch ein Kind war, hatte meine Mutter zwei Milchziegen. Beide starben am selben Tag, und erst eine Woche zuvor hatte meine Mutter sich geweigert, eine davon einer Zwiehaften zu verkaufen. Wie du siehst, sind Zwiehafte wie alle anderen Menschen auch. Einige von ihnen sind rachsüchtig und grausam, und sie benutzen ihre Magie in dieser Richtung.«

»Die Alte Macht funktioniert so nicht, Jinna. Das wäre genauso, als würde ich behaupten, wenn eine Krudhexe mir in die Hand schaut, kann sie eine neue Linie hinzufügen, sodass ich früher sterbe. Oder wenn du meinem Sohn in der Hand liest und mir dann sagst, er werde sterben … Wenn das eintritt, ist das dann deine Schuld? Nur weil du es gesehen hast?«

»Nun, natürlich nicht, aber das ist nicht das Gleiche, wie jemandes Ziegen umzubringen.«

»Das versuche ich dir ja gerade zu erklären. Ich kann niemanden mit der Alten Macht töten.«

Sie neigte den Kopf zur Seite. »Oh, komm schon, Tom. Dein großer Wolf hätte doch die Schweine dieses Mannes getötet, wenn du es ihm gesagt hättest, oder?«

Ich schwieg lange Zeit. Dann musste ich sagen: »Ja. Ich nehme an, das hätte er getan. Wenn ich diese Art von Mensch wäre, hätte ich meinen Wolf und die Alte Macht auf diese Art missbrauchen können. Aber das bin ich nicht.«

Jinnas Schweigen dauerte noch länger als meins. Schließlich sagte sie widerwillig: »Tom. Du hast drei Männer getötet. Und ein Pferd. War das nicht der Wolf in dir? War das nicht deine Alte Macht?«

Nach einer Weile stand ich auf. »Auf Wiedersehen, Jinna«, sagte ich. »Danke für deine Freundlichkeit.« Ich ging zur Tür.

»Bitte, geh nicht so«, flehte sie mich an.

Unglücklich blieb ich stehen. »Ich weiß nicht, wie ich sonst gehen sollte. Warum hast du mich heute überhaupt hereingelassen?«, fragte ich verbittert. »Warum hast du versucht, mich zu besuchen, als ich verletzt war? Es wäre eine größere Freundlichkeit von dir gewesen, dich einfach von mir abzuwenden, anstatt mir zu zeigen, wie du wirklich über mich denkst.«

»Ich wollte dir eine Chance geben«, sagte sie traurig. »Ich wollte … ich habe gehofft, dass es irgendeinen anderen Grund dafür gegeben hat – irgendetwas, was nichts mit deiner Alten Macht zu tun hat.«

Mit der Hand auf der Türklinke hielt ich noch einmal inne. Ich hasste meine letzte Lüge, aber sie musste gesagt werden. »Den hat es auch gegeben. Da war Fürst Leuenfarbs Börse.« Ich schaute nicht zurück, um zu sehen, ob sie mir glaubte. Sie wusste schon zu viel von der Wahrheit, als sicher für sie war.

Leise schloss ich die Tür hinter mir. Der Himmel hatte sich bewölkt, und die Schatten auf der verschneiten Erde waren dunkelgrau. Alles hatte sich so schnell verändert, wie es nur im frühen Frühling der Fall sein kann. Irgendwie war es Finkel gelungen, mit mir hinauszuhuschen. »Du solltest wieder reingehen«, sagte ich zu ihm. »Hier draußen wird es kalt.«

Kälte ist nicht so schlimm. Kälte kann dich nur töten, wenn du stehen bleibst. Beweg dich einfach.

Das ist ein guter Rat, Kater. Leb wohl, Finkel.

Ich schwang mich in den Sattel und wendete Meine Schwarze in Richtung Bocksburg. »Lass uns nach Hause gehen«, sagte ich zu ihr.

Gerne war sie bereit, wieder in ihren Stall zurückzukehren. Ich ließ sie ihr eigenes Tempo finden, während ich im Sattel über mein Leben nachdachte. Gestern hatte ich Pflichtgetreus Verehrung gefühlt, heute Jinnas Furcht und Ablehnung. Mehr noch: Heute hatte Jinna mir gezeigt, wie tief die Vorurteile gegen die Zwiehaften gehen konnten. Ich hatte geglaubt, dass sie mich als den akzeptierte, der ich war, aber das hatte sie nicht. Sie war bereit gewesen, eine Ausnahme für mich zu machen, aber als ich getötet hatte, hatte ich ihre Regel bestätigt. Den Zwiehaften konnte man nicht trauen; sie nutzten ihre Magie zum Bösen. Ich versank in Verzweiflung, als ich erkannte, wie tief das wirklich ging, denn da war noch mehr als das. Wieder einmal hatte ich erfahren müssen, dass ich nicht den Weitsehern dienen und gleichzeitig mein eigenes Leben führen konnte.

Nicht das schon wieder, Wandler. Wie könnten die Augenblicke deines Lebens jemand anderem gehören als dir? Die Weitseher sind dein Blut, dein Rudel. Du musst das Ganze sehen. Es ist weder eine Bindung noch eine Trennung. Das Rudel ist das Ganze. Das Leben des Wolfs dreht sich um das Rudel.

Nachtauge, keuchte ich, und doch wusste ich, dass er nicht wirklich da war. Es war so, wie der Schwarze Rolf mir gesagt hatte, dass es sein würde. Es gab Augenblicke, da mein toter Gefährte zu mir zurückkehrte. Dann war er mehr als eine Erinnerung, aber auch weniger als der lebende Wolf. Was weiterlebte, war jener Teil von mir, den ich dem Wolf gegeben hatte. Ich setzte mich gerade im Sattel auf und übernahm die Kontrolle über das Pferd. Meine Schwarze schnaubte, akzeptierte es aber. Und dann, weil ich dachte, es sei gut für uns beide, trat ich ihr die Fersen in die Flanken und trieb sie die verschneite Straße zur Burg hinauf.

Ich brachte Meine Schwarze in den Stall und kümmerte mich selbst um sie. Das kostete mich zweimal so viel Zeit, wie es mich hätte kosten dürfen. Ich schämte mich dafür, bei der Versorgung meines eigenen Pferdes aus der Übung zu sein, und ich schämte mich sogar noch mehr, dass sie so starrsinnig war, es mir schwer zu machen. Dann zwang ich mich, auf den Übungsplatz zu gehen. Ich musste mir eine Klinge borgen. Abgesehen von dem Messer an meiner Hüfte war ich unbewaffnet nach Burgstadt gegangen. Das war vielleicht dumm, aber ich hatte keine Alternative. Ich war heute in meiner Kammer gewesen, um mein hässliches Schwert zu holen, doch es war weg. Wahrscheinlich war es verloren, oder irgendein Stadtsoldat hatte es sich geschnappt. Die strahlende Klinge, die der Narr mir gegeben hatte, hing noch immer an der Wand. Ich hatte darüber nachgedacht, sie mitzunehmen, doch ich brachte es einfach nicht über mich, sie umzuschnallen. Ich hatte beschlossen, sie nicht länger zu tragen, außer in meiner Rolle als Leibwächter. Zur Übung war ein Trainingsschwert ohnehin am besten. Mit der stumpfen Klinge in der Hand begab ich mich auf die Suche nach einem Partner.

Wim war nicht da, aber Deleree. Kurze Zeit später hatte sie mich so oft getötet, dass ich es gar nicht mehr zählte, und dabei hatte sie auch noch jede Waffe benutzt, die sie wollte. Ich konnte mein Schwert gerade mal hochhalten, aber nicht schwingen. Schließlich hörte sie auf und sagte: »Ich kann das nicht mehr tun. Ich habe das Gefühl, als würde ich gegen ein Strichmännchen kämpfen. Jedes Mal, wenn ich dich treffe, höre ich das Schwert auf deine Knochen schlagen.«

»Ich auch«, versicherte ich ihr. Ich brachte ein Lachen zustande, dankte ihr und humpelte ins Dampfbad. Die mitleidigen Blicke, die ich dort von den Soldaten erntete, ließen mich wünschen, ich hätte mich nie entkleidet. Vom Dampfbad aus ging ich direkt in die Küche. Eine Küchenhilfe mit Namen Maisie sagte mir, dass sie froh sei, mich wieder auf den Beinen zu sehen. Ich bin sicher, dass es Mitleid war, was sie ein Stück Fleisch aus einem Braten schneiden ließ, der über dem Feuer röstete. Sie gab es mir auf einem Stück Brot von heute Morgen und sagte mir dann, dass Fürst Leuenfarbs Page mich früher am Tag gesucht hätte. Ich dankte ihr, eilte aber nicht sofort los, um Fürst Leuenfarbs Ruf zu folgen. Stattdessen ging ich nach draußen, lehnte mich mit dem Rücken an die Hofmauer und beobachtete die Bewohner der Burg, während ich das Essen hinunterschlang. Es war schon lange her, seit ich einfach nur still dagestanden und die Leute beobachtet hatte. Plötzlich sehnte ich mich danach, solch einfache Dinge zu tun: mit Meine Schwarze über die bewaldeten Hügel um Bocksburg reiten, abends in der Großen Halle sitzen und den Bogenmachern beim Pfeilemachen zusehen. Ich wollte wieder Teil von dem allen sein, anstatt mich in den Schatten zu verstecken.

Mein Haar war noch feucht, und ich hatte noch nicht wieder genug Fleisch auf den Knochen, um es in der Kälte lange auszuhalten. Ich seufzte, ging hinein und stieg die Treppe hoch. Mit Furcht im Bauch fieberte ich der Begegnung mit Fürst Leuenfarb entgegen. Es war schon Tage her, seit er irgendeine Form von persönlichem Interesse an mir gezeigt hatte. Seine großmütige Art war schlimmer, als wenn er mürrisch geschwiegen hätte. Es war, als kümmere ihn der Riss in unserer Beziehung wirklich nicht mehr, als wären wir das, was wir jetzt waren, schon immer gewesen: Fürst Leuenfarb und Tom Dachsenbless. Eine winzige Flamme des Zorns erwachte in mir zum Leben, erlosch aber sofort wieder. Ich besaß nicht die Kraft, sie am Brennen zu halten. Die Dinge hatten sich verändert. All meine Rollen hatten sich verschoben, nicht nur die, die ich bei Prinz Pflichtgetreu, Jinna und Fürst Leuenfarb spielte. Selbst Chade sah mich inzwischen mit anderen Augen. Ich konnte Fürst Leuenfarb nicht zwingen, sich wieder in den Narren zu verwandeln. Vielleicht konnte er das auch gar nicht mehr, selbst wenn er gewollt hätte. War es bei mir wirklich so anders? Inzwischen war ich genauso sehr Tom Dachsenbless wie Fitz-Chivalric Weitseher. Es war an der Zeit loszulassen.

Fürst Leuenfarb war nicht in seinen Gemächern. Ich ging in meine Kammer und zog ein Hemd an, das nicht durchgeschwitzt war. Dann nahm ich das Amulett ab, das Jinna mir gegeben hatte. Als Pflichtgetreus Katze mich angegriffen hatte, hatte sie Bissspuren in zwei Perlen hinterlassen. Das war mir bis jetzt gar nicht aufgefallen. Kurz betrachtete ich es und stellte fest, dass ich Jinna noch immer für diese Geste des guten Willens dankbar war, doch diese Dankbarkeit war nicht genug, als dass ich es weiter getragen hätte. Jinna hatte es mir gegeben, weil sie mich trotz der Alten Macht mochte. Dieser Gedanke hatte es nun für immer mit einem Makel belegt. Ich ließ es in meine Kleidertruhe fallen.

Als ich meine Kammer verließ, kam Fürst Leuenfarb gerade herein. Als er mich bemerkte, blieb er stehen. Seit der

Sache mit den Federn hatte ich ihn weder gesehen noch gesprochen. Jetzt musterte er mich von Kopf bis Fuß, als wäre ich ihm vollkommen fremd. Nach einem Moment sagte er steif: »Es ist schön, dich wieder auf den Beinen zu sehen, Tom Dachsenbless. Aber so wie du aussiehst, nehme ich an, dass es noch ein paar Tage dauern wird, bis du deine Arbeit wieder aufnehmen kannst. Nimm dir Zeit, dich richtig zu erholen.« Sein Tonfall hatte etwas Seltsames an sich, als könne er nicht richtig atmen.

Ich verneigte mich. »Ich danke Euch, Herr, und ich danke Euch auch für die zusätzliche Zeit. Ich werde sie gut zu nutzen wissen. Ich war heute bereits auf dem Übungsplatz. Wie Ihr richtig bemerkt habt, wird es noch einige Tage dauern, bis ich Euch als Leibwächter wieder zur Verfügung stehen kann.« Ich hielt inne und fügte dann hinzu: »In der Küche hat man mir gesagt, dass Ihr früher am Tag einen Jungen auf die Suche nach mir geschickt habt.«

»Einen Jungen? Oh. Ja, das habe ich. Tatsächlich habe ich ihn auf Fürst Chades Bitte hin geschickt. Ich hätte es fast vergessen. Fürst Chade ist hierhergekommen und hat dich gesucht, und als du nicht in deiner Kammer warst, habe ich einen Jungen auf die Suche nach dir in die Küche geschickt. Ich glaube, er wollte, dass du zu ihm kommst. Wir hatten eine Unterhaltung, die …« Fürst Leuenfarbs Stimme verhallte unsicher. Schweigen senkte sich zwischen uns herab. Dann sagte er mit einer Stimme, die fast die des Narren war: »Chade ist hierhergekommen, um mit mir über etwas zu sprechen, worum er dich gebeten hat, dass du es … Es gibt da etwas, was ich dir gern zeigen würde. Hast du einen Augenblick Zeit?«

»Ich stehe Euch zu Diensten, Herr«, erinnerte ich ihn an unsere Rollen.

Ich erwartete eine Reaktion auf diese kleine Stichelei, doch stattdessen wirkte er gedankenverloren, als er sagte: »Natürlich tust du das. Einen Moment.« Der jamaillianische

Akzent war aus seiner Stimme verschwunden. Er ging in sein Schlafgemach und schloss die Tür hinter sich.

Ich wartete, ging zum Feuer, stocherte ein wenig darin herum und legte ein Holzscheit nach. Ich setzte mich auf einen Stuhl, bemerkte, dass meine Fingernägel gewachsen waren, und stutzte sie mit meinem Gürtelmesser. Ich wartete weiter. Schließlich stand ich auf, ging seufzend zur Tür und klopfte an. Vielleicht hatte ich ihn missverstanden. »Fürst Leuenfarb. Habt Ihr gewünscht, dass ich hier warte?«

»Ja. Nein.« Dann, mit sehr, sehr unsicherer Stimme: »Würdest du bitte hereinkommen? Aber vergewissere dich erst, dass die Tür zum Gang gut verriegelt ist.«

Das war sie. Ich rüttelte daran, um sicherzugehen, und öffnete dann die Tür zu Fürst Leuenfarbs Schlafgemach. Der Raum war düster, die Fensterläden geschlossen. Mehrere Kerzen beleuchteten Fürst Leuenfarb, der mit dem Rücken zu mir stand. Er trug ein Bettlaken wie einen Umhang und blickte mich über die Schulter an. Nachdem ich drei Schritte in den Raum getreten war, sagte er leise: »Bleib bitte da stehen.«

Mit einer Hand hob er das Haar, um seinen Nacken zu entblößen. Das Laken fiel von seinem nackten Rücken, doch mit der freien Hand drückte er es sich noch immer an die Brust. Ich schnappte nach Luft und trat unwillkürlich noch einen Schritt vor.

Fürst Leuenfarb zuckte zurück, blieb dann jedoch stehen. Mit leiser, zitternder Stimme fragte er: »Die Tätowierungen der Narcheska … Waren sie wie diese hier?«

»Darf ich näher kommen?«, brachte ich mühsam heraus. Ich musste das eigentlich gar nicht. Falls diese Tätowierungen nicht mit Ellianias identisch waren, so waren sie ihnen doch extrem ähnlich. Der Narr nickte knapp, und ich trat einen weiteren Schritt in den Raum. Er blickte mich nicht an, sondern starrte in eine der düsteren Ecken. Im Raum war es nicht kalt, dennoch zitterte er. Die exotische Nadelarbeit begann im Nacken und bedeckte seinen gesamten Rücken, bis sie in der Hose verschwand. Zwei ineinander gewundene Schlangen und geflügelte Drachen breiteten sich in schier unglaublichen Einzelheiten über seinen glatten goldenen Rücken aus. Die kräftigen Farben besaßen einen metallischen Glanz, als hätte man pures Gold und Silber in die Bilder eingearbeitet. Jede Klaue und jede Schuppe, jeder Zahn und jedes blitzende Auge, alles war perfekt. »Sie sind sich sehr ähnlich«, erklärte ich schließlich. »Abgesehen davon, dass deine Tätowierung flach auf der Haut aufliegt. Eine von ihren, die größte Schlange, war geschwollen, als hätte sie sich entzündet, und es sah so aus, als litte die Narcheska große Schmerzen.«

Der Narr sog schaudernd die Luft ein. Seine Zähne standen kurz davor zu klappern, als er bitter bemerkte: »Gerade als ich glaubte, dass sie ihre Grausamkeit nicht mehr vergrößern könnte, hat sie einen Weg dafür gefunden. Das arme, arme Kind.«

»Tun deine weh?«, fragte ich vorsichtig.

Er schüttelte den Kopf. Noch immer blickte er mich nicht an. Ein paar Haarsträhnen lösten sich aus seinem Griff und fielen ihm über die Schulter. »Nein. Jetzt nicht. Aber das Auftragen der Tätowierungen war äußerst schmerzhaft, und es hat sehr lange gedauert. Sie haben mich stundenlang festgehalten. Dabei haben sie sich immer wieder entschuldigt und mich getröstet. Das machte es jedoch nur noch schlimmer … dass Menschen, die mich ansonsten mit so viel Liebe und Respekt behandelten, mir so etwas antun konnten. Einem Kind so etwas anzutun ist noch furchtbarer. Egal welchem Kind.« Er wankte leicht vor und zurück und hatte die Schultern angezogen. Seine Stimme klang wie aus weiter Ferne.

»Sie?«, fragte ich sanft.

Er schauderte und erwiderte angespannt: »Es geschah an

einem Ort, der einer Schule sehr ähnlich war. Lehrer und studierte Leute. Ich habe dir schon davon erzählt. Ich bin von dort weggerannt. Meine Eltern haben mich dort hingeschickt. Voller Kummer und Stolz haben sie sich von mir getrennt, weil ich ein Weißer bin. Es war weit weg von unserem Heim. Sie wussten, dass sie mich vermutlich nie wiedersehen würden, aber sie wussten auch, dass sie das Richtige taten. Ich hatte ein Schicksal zu erfüllen. Aber meine Lehrer bestanden darauf, dass es bereits einen Weißen Propheten für diese Zeit gebe. Sie hatte schon bei ihnen studiert und sich aufgemacht, ihr Schicksal im hohen Norden zu erfüllen.« Plötzlich drehte er den Kopf und blickte mir in die Augen. »Weißt du, von wem ich spreche?«

Ich nickte steif. Mir war kalt. »Die Fahle Frau. Kebal Raubarts Ratgeberin während des Kriegs der Roten Schiffe.«

Der Narr nickte ebenso steif. Wieder wandte er den Blick von mir ab und starrte in eine dunkle Ecke des Raums. »Ich mochte ja ein Weißer sein, aber ich konnte kein Weißer Prophet sein. Deshalb musste es sich bei mir um etwas Abnormales handeln. Eine Kreatur, die außerhalb von Zeit und Ort geboren worden war. Sie waren von mir fasziniert, lauschten jedem meiner Worte und zeichneten meine Träume auf. Sie hüteten mich wie einen Schatz und behandelten mich gut. Sie hörten mir zu, aber sie schenkten dem, was ich sagte, nie wirklich Beachtung. Und als die Fahle Frau von mir hörte, befahl sie ihnen, dass sie mich dort behalten sollten. Und das taten sie. Später befahl sie, dass ich auf solche Art gezeichnet werden sollte, und auch das haben sie getan.«

»Warum?«

»Ich weiß es nicht. Außer vielleicht, dass wir beide von diesen Wesen geträumt haben, den Seeschlangen und Drachen. Aber vielleicht tut man so etwas auch einfach mit einem überschüssigen Weißen Propheten. Man bedeckt ihn, bis er nicht länger weiß ist.« Seine Stimme klang immer angespannter und härter. »Es hat mich beschämt, auf diese Weise gezeichnet worden zu sein und das nach ihrem Willen. Jetzt, da ich weiß, dass auch die Narcheska die Zeichen der Fahlen Frau trägt, ist es sogar noch schlimmer. Es ist, als würde sie uns als ihre Werkzeuge für sich beanspruchen, als ihre Kreaturen …« Er verstummte.

»Aber warum haben sie ihr gehorcht? Wie konnte irgendjemand so etwas tun?«

Der Narr lachte bitter. »Sie ist der Weiße Prophet, sie ist gekommen, um die Welt auf einen besseren Weg zu führen. Sie hat eine Vision. Man stellt ihren Willen nicht infrage. Ihren Befehl zu hinterfragen kann drastische Strafen zur Folge haben. Frag Kebal Raubart. Man tut, was die Fahle Frau einem sagt.« Sein Schaudern hatte sich in ein wildes Zittern verwandelt.

»Dir ist kalt.« Ich hätte ihm eine Decke um die Schultern gelegt, doch dafür hätte ich einen Schritt näher kommen müssen. Ich glaube nicht, dass er mir das erlaubt hätte.

»Nein.« Er lächelte mich kränklich an. »Ich habe Angst. Ich habe schreckliche Angst. Bitte. Bitte, geh raus, während ich mich wieder anziehe.«

Ich zog mich zurück und schloss leise die Tür hinter mir. Dann wartete ich. Er schien sehr lange zu brauchen, um sich ein Hemd anzuziehen.

Als er wieder herauskam, war er tadellos gekleidet, und jede Haarsträhne war an ihren rechtmäßigen Platz zurückgekehrt. Noch immer schaute er mich nicht an. »Am Feuer steht Branntwein für dich«, sagte ich zu ihm.

Er durchquerte den Raum mit kleinen, nervösen Schritten. Am Feuer angekommen, nahm er sich das Glas, trank aber nicht. Stattdessen verschränkte er die Arme vor der Brust, als wäre ihm kalt, und starrte stur auf den Boden.

Ich ging in sein Zimmer und holte einen der dicken

Wollmäntel aus der Garderobe. Den legte ich ihm über die Schulter. Anschließend schob ich seinen Stuhl näher an den Kamin heran und setzte ihn hinein. »Trink den Branntwein«, forderte ich ihn auf. Meine Stimme klang harsch. »Ich werde Teewasser aufsetzen.«

»Danke.« Er flüsterte die Worte. Tränen begannen, ihm übers Gesicht zu rinnen. Sie gruben Furchen in seine sorgfältig aufgetragene Schminke und tropften auf sein Hemd.

Ich verschüttete Wasser und verbrannte mich, als ich den Kessel an den Haken hängte. Nachdem alles da war, wo es sein sollte, zog ich meinen Stuhl zu dem des Narren.

»Warum hast du solche Angst?«, fragte ich ihn. »Was hat das zu bedeuten?«

Er schniefte; das war ein unpassendes Geräusch für den würdevollen Fürst Leuenfarb. Schlimmer noch: Er schnappte sich den Zipfel seines Mantels und wischte sich damit die Augen ab. Das verschmierte seine jamaillianische Schminke noch mehr, und ich sah nackte Haut darunter. »Konvergenz«, sagte er heiser und atmete tief durch. »Es bedeutet Konvergenz. Alles kommt zusammen. Ich bin auf dem richtigen Weg. Ich hatte schon befürchtet, dass ich abgewichen sei, aber das bestätigt es. Konvergenz und Konfrontation. Und die Zeit wird wieder zurechtgerückt.«

»Ich dachte, das sei, was du willst. Ich dachte, das sei, was Weiße Propheten tun.«

»Oh, ja. Das ist, was wir tun.« Eine unnatürliche Ruhe überkam ihn. Er schaute mir in die Augen, und ich erkannte älteren und größeren Kummer, als irgendjemand sehen sollte. »Ein Weißer Prophet findet seinen Katalysten. Denjenigen, der den Lauf der Dinge zu ändern vermag. Er benutzt ihn rücksichtslos, um die Zeit aus der Bahn zu bringen. Wieder einmal werden meine Spuren mit ihren zusammenkommen, werden konvergieren, und wir werden unsere Willenskraft gegeneinander messen, um zu sehen, wer die Oberhand behält.« Seine Stimme klang plötzlich erstickt. »Erneut wird der Tod versuchen, dich mir zu entreißen.« Seine Tränen waren versiegt, doch noch immer glitzerte es feucht auf seinem Gesicht. Er griff nach dem Mantelsaum und fuhr sich erneut damit über die Haut. »Wenn ich nicht obsiege, werden wir beide schlicht sterben.« Der Narr kauerte unglücklich auf seinem Stuhl und blickte zu mir hinauf. »Das letzte Mal war zu knapp. Zweimal habe ich dich sterben gefühlt, aber ich habe dich festgehalten und mich geweigert, dich in Frieden gehen zu lassen. Du bist der Katalyst, und ich werde nur gewinnen, wenn es mir gelingt, dich in dieser Welt zu behalten. Du musst leben, egal wie. Ein Freund hätte dich gehen lassen. Ich habe die Wölfe nach dir rufen hören. Ich wusste, dass du mit ihnen ziehen wolltest. Aber ich habe dich nicht gelassen. Ich habe dich zurückgezerrt. Weil ich dich benutzen muss.«

Ich versuchte, ruhig zu sprechen. »Das ist der Teil, den ich nie verstanden habe.«

Er blickte mich traurig an. »Du verstehst es. Du weigerst dich schlicht, es zu akzeptieren.« Er hielt einen Augenblick inne und erklärte dann: »In der Welt, die ich zu formen gedenke, lebst du. Ich bin der Weiße Prophet, und du bist mein Katalyst. Die Linie der Weitseher hat einen Thronerben und regiert. Das ist nur ein Faktor, aber ein Schlüsselfaktor. In der Welt, nach der die Fahle Frau strebt, existierst du nicht. Somit wirst du nicht überleben. Es gibt keinen Weitseher-Erben. Die Linie der Weitseher scheitert vollkommen. Es gibt keinen abtrünnigen Weißen.« Er ließ den Kopf in die Hände sinken und sprach durch die Finger. »Sie betreibt deinen Tod, Fitz. Was sie dafür tut, ist subtil. Sie ist älter als ich und weit entwickelter. Sie spielt ein schreckliches Spiel. Die Henja der Narcheska ist ihre Kreatur. Nicht dass du es falsch verstehst: Ich durchschaue ihre Intrige nicht, und ich weiß auch nicht, warum sie Pflichtgetreu die Narcheska anbietet. Aber sie steht hinter alldem, dessen bin ich sicher. Sie schickt dir den Tod, und ich versuche, dich ihm aus dem Weg zu reißen. Bis jetzt waren wir beide ihr immer ebenbürtig. Aber es war mehr dein Glück als meine Klugheit, was dich gerettet hat. Dein Glück und dein … Wage ich es zu sagen? Deine Magie. Beide Arten davon. Trotzdem stehen die Chancen immer gegen dich und dein Überleben. Ich will nicht mehr der Weiße Prophet sein. Ich will nicht mehr, dass du mein Katalyst bist.« Seine Stimme war zu einem krächzenden Flüstern geworden. »Aber es gibt keine Möglichkeit, es zu beenden. Das Einzige, was dem ein Ende machen kann, ist dein Tod.« Plötzlich blickte er sich erregt um. Ich fand die Branntweinflasche und stellte sie in seine Reichweite. Er machte sich nicht einmal die Mühe, sich ein Glas einzuschenken. Nachdem er sie wieder abgesetzt hatte, nahm ich sie mir.

»Das wird dir auch nicht helfen«, sagte ich ernst.

Er lächelte mich an. »Ich kann deinen Tod nicht noch einmal durchstehen. Das kann ich einfach nicht.«

»*Du* kannst das nicht?«

Er kicherte verzweifelt. »Siehst du? Wir sitzen in der Falle. Ich habe dich in die Falle gelockt, mein Freund. Mein Herzlieb.«

Ich versuchte, in meinem Geist zu ordnen, was er mir gerade gesagt hatte. »Wenn wir verlieren, sterbe ich«, sagte ich.

Er nickte. »Wenn du stirbst, verlieren wir. So oder so ist es das Gleiche.«

»Was passiert, wenn ich lebe?«

»Dann gewinnen wir. Nicht dass die Chancen dafür jetzt noch sonderlich groß wären, und es wird immer schlimmer, würde ich sagen. Dass wir verlieren werden, ist nun sehr wahrscheinlich. Du stirbst, und die Welt stürzt in Dunkelheit hinab. Und Hässlichkeit. Verzweiflung.«

»Hör auf, so fröhlich zu sein.« Diesmal trank ich aus der

Flasche; dann gab ich sie an ihn weiter. »Aber was, wenn ich lebe? Was, wenn wir gewinnen? Was dann?«

Er setzte die Flasche wieder ab. »Was dann? Ah.« Er lächelte wohlwollend. »Dann dreht sich die Welt weiter, mein Freund. Kinder rennen durch die verschlammten Straßen. Hunde bellen vorbeifahrenden Wagen hinterher. Freunde sitzen beieinander und trinken zusammen Branntwein.«

»Das klingt nicht viel anders als das, was wir haben«, bemerkte ich säuerlich. »Wir sollen also das alles durchstehen und überhaupt keinen Unterschied machen.«

»Genau«, bestätigte er. Seine Augen füllten sich wieder mit Tränen. »Es wird nicht viel anders sein als die wunderbare, erstaunliche Welt, die wir jetzt haben. Jungen verlieben sich in Mädchen, die nicht die Richtigen für sie sind. Wölfe jagen auf den verschneiten Ebenen; Drachen gleiten wie wunderschöne juwelenbesetzte Schiffe durch den Himmel. Und die Zeit. Die Zeit geht endlos für uns weiter.«

»Drachen. Das klingt anders.«

»Tut es das?« Erneut wurde seine Stimme zu einem Flüstern. »Tut es das wirklich? Ich denke nicht. Erinnere dich mit deinem Herzen. Geh zurück, zurück und zurück. Die Himmel dieser Welt waren immer für die Drachen bestimmt. Wenn sie nicht da sind, vermissen die Menschen sie. Manche denken natürlich nie an sie, aber Kinder blicken oft von klein auf in den Himmel und halten nach etwas Ausschau, das niemals kommt. Denn sie wissen es. Irgendetwas, was dort sein sollte, ist verschwunden. Irgendetwas, das wir zurückbringen müssen, du und ich.«

Ich legte das Gesicht in die Hand und rieb mir die Stirn. »Ich dachte, wir sollten die Welt retten. Was hat das mit Drachen zu tun?«

»Es ist alles miteinander verbunden. Wenn du einen Teil der Welt rettest, rettest du alles. Tatsächlich kann man das nur so machen.«

Ich hasste seine Rätsel, hasste sie von ganzem Herzen. »Ich weiß nicht, was du von mir willst.«

Er schwieg. Als ich ihn anschaute, beobachtete er mich ruhig. »Ich kann es dir ruhig sagen. Du wirst mir ohnehin nicht glauben.« Er atmete gleichmäßig ein. Die Branntweinflasche hielt er im Arm wie ein Baby. »Wir müssen den Prinzen auf seiner Queste begleiten. Nach Aslevjal. Um Eisfeuer zu finden. Dann müssen wir den Prinzen davon abhalten, ihn zu erschlagen. Stattdessen müssen wir den schwarzen Drachen aus dem Eis befreien, sodass er aufsteigen und Tintaglias Gefährte werden kann. So können sie sich paaren, und es wird wieder echte Drachen in der Welt geben.«

»Aber … das kann ich nicht tun! Pflichtgetreu muss dem Drachen den Kopf abschlagen und ihn zum Herdfeuer von Ellianias Mütterhaus bringen. Ansonsten wird sie ihn nicht heiraten. All diese Verhandlungen und Hoffnungen wären dann umsonst gewesen.«

Der Narr blickte mich an, und ich wusste, wie zerrissen er innerlich war. Leise sagte er: »Fitz. Vergiss das. Denk erst einmal nicht darüber nach. Die Konvergenz und die Konfrontation erwarten uns. Wir müssen nicht auf sie zustürmen. Wenn die Zeit kommt, das verspreche ich dir, wirst du der Einzige sein, der gewählt werden wird. Wirst du deinen Treueschwur den Weitsehern gegenüber halten, oder wirst du die Welt für mich retten?« Er hielt inne. »Da gibt es noch etwas, was ich dir sagen werde. Ich sollte es nicht, aber ich werde es tun, damit du nicht glaubst, es sei dein Fehler, wenn die Zeit kommt. Ich verspreche dir nämlich, dass das nicht so sein wird. Ich habe das vor langer Zeit prophezeit, es aber nicht verstanden, bis mir die Sache mit den Tätowierungen klar geworden ist. Ich habe vor langer Zeit davon geträumt, der wilde Albtraum eines Kindes. Bald werde ich ihn leben. Wenn es also geschieht, musst du mir versprechen, dich nicht damit zu quälen.«

Sein Zittern kehrte wieder zurück, während er sprach, und er klapperte mit den Zähnen.

»Was ist es?«, fragte ich voller Angst, auch wenn ich es schon wusste.

»Diesmal, auf Aslevjal …« Ein schreckliches Lächeln bebte um den Mund des Narren. »… ist es meine Zeit zu sterben.«

Kapitel 24

VERBINDUNGEN

Die Legende des Weißen Propheten und seines Katalysten könnte man besser als eine Art Religion aus dem tiefen Süden bezeichnen, von der nur Echos Jamaillia erreicht haben. Wie viele Philosophien des Südens ist sie voller Aberglauben und Widersprüche, sodass kein denkender Mensch sich solcher Torheit verschreiben würde. Den Kern der Häresie des Weißen Propheten bildet das Konzept, dass es für »jedes Zeitalter« (und diese Zeitspanne wird nie definiert) einen Weißen Propheten gibt. Der Weiße Prophet kommt, um die Welt auf einen besseren Weg zu führen. Er oder sie (und in dieser Geschlechterdualität können wir Anleihen am wahren Glauben von Sa erkennen) tut das mittels seines oder ihres Katalysten. Der Katalyst ist eine Person, welche der Weiße Prophet wählt, weil sie am Schnittpunkt der Möglichkeiten steht. Indem er verändert, was dem Katalysten zeit seines Lebens widerfährt, ermöglicht es der Weiße Prophet der Welt, einen neuen, besseren Weg einzuschlagen. Jeder denkende Mensch sieht natürlich, dass man das, was geschehen ist, unmöglich mit dem vergleichen kann, was hätte geschehen können, und somit kann ein Weißer Prophet stets behaupten, die Welt verbessert zu haben. Auch kann kein Anhänger dieser Häresie das Konzept erklären, dass die Welt sich im Kreis bewegt, dass ihre Geschichte ein Kreislauf ist, der sich endlos immer aufs Neue wiederholt. Ein Blick in die Geschichtsauf-

zeichnungen beweist eindeutig, dass dem nicht so ist, doch die Anhänger dieses falschen Glaubens halten an diesem Gedanken fest.

Delna, der weise alte Priester von Sa, hat in seinen Meinungen geschrieben, dass nicht nur die Anhänger dieser Häresie bemitleidet werden sollten, sondern auch die Weißen Propheten selbst. Er beweist schlüssig, dass solche verblendeten Fanatiker unter einer seltenen Krankheit leiden, die ihre Haut aller Pigmentierung beraubt, und gleichzeitig haben sie Halluzinationen von prophetischen Träumen, die ihnen die Götter geschickt haben.

WIFLEN, PRIESTER VON SA, JOREPIN-KLOSTER: »KULTE UND HÄRESIEN DER SÜDLANDE«

CHADE! Ich brauche dich, ich brauche dich jetzt! Komm zu mir ins Arbeitszimmer. CHADE! Bitte hör mich, bitte komm!

Ich rief wild mit der Gabe, während ich die Treppe zu meinem Arbeitszimmer hinaufwankte. Ich erinnerte mich noch nicht einmal daran, welche Ausrede ich erfunden hatte, um meinen übereilten Aufbruch zu entschuldigen. Ich hatte ihn mit der Branntweinflasche am Feuer zurückgelassen, den Narren, der doch nicht mehr länger der Narr war. Mein Herz raste, und ich verfluchte meinen geschwächten Körper, während ich meine Beine zwang, mich weiter nach oben zu tragen. Ich wusste nicht, ob Chade mich hören konnte. Dann verfluchte ich mich selbst und richtete meine Aufmerksamkeit auf Pflichtgetreu und Dick. *Ich muss sofort Fürst Chade sprechen. Es ist äußerst dringend. Findet ihn und schickt ihn in mein Arbeitszimmer.*

Warum? Das kam von Pflichtgetreu.

Tut es einfach!

Dann, als ich schwitzend und keuchend ins Turmzimmer wankte, fand ich Chade ungeduldig am Kamin stehend vor.

Er drehte sich zu mir um und funkelte mich an. »Was hat dich aufgehalten? Ich habe gehört, dass du wieder in der Burg bist, und ich weiß, dass Fürst Leuenfarb dir meine Nachricht übermittelt hat. Ich habe nicht den ganzen Tag Zeit, um auf dich zu warten, Junge. Wichtige Dinge stehen bevor, Dinge, die deine Gegenwart verlangen.«

»Nein«, keuchte ich. »Ich zuerst.«

»Setz dich«, knurrte Chade mich an. »Atme erst einmal durch. Ich hole dir etwas Wasser.«

Ich schaffte es noch bis zum Stuhl am Feuer, bevor ich zusammenbrach. Ich hatte meinem Körper heute bereits zu viel abverlangt. Der Ritt und die Kampfübungen allein hatten schon ausgereicht, mich zu erschöpfen. Jetzt zitterte ich genauso schlimm wie der Narr.

Ich trank das Wasser, das Chade mir brachte. Bevor er etwas sagen konnte, erzählte ich ihm alles, was der Narr mir erzählt hatte. Nachdem ich geendet hatte, keuchte ich noch immer. Chade saß nachdenklich da, während meine Atmung sich nach und nach beruhigte.

»Tätowierungen«, murmelte er angewidert. »Die Fahle Frau.« Er seufzte. »Ich glaube ihm nicht. Gleichzeitig wage ich es aber auch nicht, ihm nicht zu glauben.« Er verzog das Gesicht und dachte weiter über meine Geschichte nach. »Hast du den Bericht meines Spions gesehen? Er hat auf Aslevjal keine Spur von einem Drachen gefunden.«

»Ich bezweifle, dass er gründlich gesucht hat.«

»Vielleicht nicht. Das ist immer das Problem bei gekauften Männern. Wenn das Geld weg ist, ist ihre Loyalität auch dahin.«

»Chade. Was sollen wir tun?«

Er blickte mich seltsam an. »Das Offensichtliche. Also wirklich, Fitz, du brauchst in der Tat noch mehr Erholung. Du lässt dich im Moment so leicht durcheinanderbringen. Allerdings muss ich gestehen, dass die Tätowierungen des Narren für mich genauso überraschend sind wie für dich – ebenso wie die Verbindung, die er zwischen seinen und denen der Narcheska herstellt. Als ich früher am Tag mit ihm gesprochen und ihn gefragt habe, ob er irgendetwas über eine Sitte solcher Tätowierungen auf den Äußeren Inseln wisse, hat er das abgestritten und das Thema gewechselt. Ich kann kaum glauben, dass er sich mir gegenüber so verstellt, aber …« Ich beobachtete, wie Chade alles neu einordnete, was er über den Narren und Fürst Leuenfarb wusste. Dann seufzte er und gab zu: »Wir wissen, dass eine Fahle Frau Kebal Raubart während des Kriegs der Roten Schiffe als Ratgeberin zur Seite gestanden hat, aber bis jetzt sind wir davon ausgegangen, dass sie an seiner Seite gestorben ist. Was könnte sie mit Elliania zu tun haben? Und selbst wenn sie überlebt hätte, was für ein Interesse sollte sie an dieser Ehe haben, geschweige denn an dir und Fürst Leuenfarb? Das ist alles ziemlich weit hergeholt.«

Ich schluckte. »Die Zofe, Henja. Ellianias Dienerin. Sie hat ebenso von einer ›Sie‹ gesprochen wie Elliania und Schwarzwasser. Letztere sprachen mit Angst von ihr. Vielleicht ist diese ›Sie‹ die Fahle Frau, und vielleicht ist sie die andere Weiße Prophetin des Narren. Dann könnte sie ihre eigenen Pläne verfolgen, Pläne, die sich mit unseren auf eine Art und Weise überschneiden, die ich nicht voraussehen kann.«

Ich beobachtete, wie der alte Assassine im Geiste alle Möglichkeiten durchging, die sich aus solch einer Situation ergaben. Dann zuckte er mit den Schultern. »Wie auch immer«, erwiderte Chade gnadenlos. »Unsere Lösung bleibt die gleiche.« Er hob zwei Finger. »Nummer eins: Der Narr hat dir versprochen, dass es deine Entscheidung sein wird, ob du deinen Treueid den Weitsehern gegenüber einhalten oder den eingefrorenen Drachen für ihn retten willst. So. Du wirst dich an deinen Eid halten. Ich zweifle nicht an deiner Treue.«

Mir kam das ganz und gar nicht so einfach vor, aber ich schwieg.

Chade berührte den zweiten Finger. »Nummer zwei: Fürst Leuenfarb kommt nicht mit uns nach Aslevjal. So kann er Pflichtgetreu nicht davon abhalten, den Drachen zu erschlagen, falls wir denn einen finden sollten, was ich stark bezweifle.

Wenn überhaupt, muss er vermutlich nur den Kopf von einem tiefgefrorenen Kadaver abschneiden. Auf jeden Fall käme Fürst Leuenfarb dann auch nie in die Nähe dieser ›Fahlen Frau‹, falls sie denn existiert und tatsächlich eine Bedrohung für ihn darstellt. Somit wird Fürst Leuenfarb auch nicht sterben.«

»Was, wenn er so oder so nach Aslevjal geht, notfalls auch ohne uns?«

Chade blickte mich an. »Fitz. Denk nach, Junge. Aslevjal ist nicht gerade einfach zu erreichen, selbst von den anderen Inseln nicht. Nicht dass er überhaupt so weit kommen würde. Glaubst du nicht, dass ich in der Lage bin, einen Befehl zu erlassen, der es Fürst Leuenfarb verbietet, ein Schiff aus Burgstadt heraus zu nehmen? Natürlich würde ich subtil vorgehen, aber es wird getan werden.«

»Was, wenn er seine Erscheinung verändert?«

Chade hob die weißen Augenbrauen. »Willst du, dass ich ihn während unserer Abwesenheit ins Verlies sperren lasse? Ich nehme an, auch das könnte ich arrangieren, wenn es dich beruhigt. Natürlich in einem komfortablen Verlies mit allen Annehmlichkeiten.« Sein Tonfall sagte eindeutig, dass ich mir unnötig Sorgen machte. Mit seiner ruhigen Skepsis konfrontiert, fiel es mir schwer, die Furcht aufrechtzuerhalten, die der Narr in mir geweckt hatte.

»Nein. Natürlich will ich das nicht«, murmelte ich.

»Dann vertrau mir. Vertrau mir, wie du es immer getan hast. Hab ein wenig Vertrauen in deinen alten Mentor. Wenn ich nicht will, dass Fürst Leuenfarb ein Schiff von Burgstadt nimmt, dann wird er das auch nicht.«

ICH KANN IHN NICHT FINDEN. WAS SOLL ICH TUN? Pflichtgetreu klang panisch.

Chade neigte den Kopf zur Seite. »Hast du etwas gehört?«

»Einen Augenblick.« Ich hob den Finger, um Chade Schweigen zu gebieten. *Keine Sorge, Pflichtgetreu. Er ist bei mir. Jetzt wird alles wieder in Ordnung kommen.*

Worum geht es überhaupt?

Zerbrich dir darüber nicht den Kopf. Vergiss es. Ich richtete meine Aufmerksamkeit wieder auf Chade. »Das, was du ›gehört‹ hast, war Pflichtgetreu, der mir zugeschrien hat, dass er dich nicht finden kann. Er hat die Gabe recht weit gefächert, das macht er immer noch, wenn er aufgeregt ist.«

Ein Lächeln erschien auf Chades Gesicht, und er sagte: »Oh, du musst dich irren. Ich war sicher, dass ich in der Ferne einen Schrei gehört habe.«

»So kann einem die Gabe zunächst erscheinen, bis dein Geist zu interpretieren lernt, was er fühlt.«

»Oh …«, sagte Chade leise. Er lächelte nachdenklich; dann riss er sich wieder von seinen Gedanken los. »Ich hatte fast vergessen, warum ich dich hierhergerufen habe. Der Rat der Königin mit den Zwiehaften. Sehr zu meiner Überraschung wird es tatsächlich zu diesem Treffen kommen. Wir haben Nachricht erhalten, dass wir sie in sechs Tagen erwarten sollen. Sie haben Zeit gebraucht, sich zu versammeln, und sie haben die Königin gebeten, ihre Leibgarde zu schicken, um ihnen sicheres Geleit zu geben. Natürlich haben sie auch um einen Geiselaustausch gebeten, aber ich habe Kettricken gesagt, das sei Unsinn. In sechs Tagen werden sie uns einen Vogel schicken, der uns sagt, wo wir sie treffen können. Sie haben uns versprochen, dass dieser Ort in der Entfernung eines Tagesritts von Bocksburg sein wird. Sobald wir dort eingetroffen sind, werden sie zu uns kommen. Sie werden vermummt sein, um ihre Identität zu schützen. Ich würde es gerne sehen, wenn du mit der Königin und ihren Soldaten reiten würdest.«

»Würde das nicht sehr seltsam aussehen? Fürst Leuenfarbs persönlicher Leibwächter reitet mit der Leibgarde der Königin auf solch eine heikle Mission? Wie sollen wir das erklären? Und wann hast du dir das ausgedacht, du alter Fuchs?«

»Das ist ganz einfach. Hauptmann Gutrecht wird mehr als erfreut sein, dich zum Dienst zu verpflichten. Er war schwer beeindruckt von deiner Fähigkeit, drei Männer zu erschlagen, und das nur aus dem einzigen Grund, dass sie die Börse deines Herrn gestohlen haben. Ein Mann, der so gut mit einer Klinge umzugehen weiß, ist in der Leibgarde der Königin stets willkommen. Falls jemand fragt, kannst du ja sagen, dass sie dir hervorragenden Sold geboten hätten und dass Fürst Leuenfarb nur allzu willens gewesen sei, der Königin zu gestatten, seinen Mann anzuheuern. Vielleicht fühlt er sich inzwischen an unserem Hof wohl genug, dass er zu dem Schluss gekommen ist, keinen Leibwächter mehr zu brauchen.«

Chade baute seine Logik gut auf. Ich vermutete, dass er noch ein stärkeres Motiv dafür hatte als nur den Umstand, mich als Spion einzusetzen. Ich fragte mich, ob er mich vielleicht auch von Fürst Leuenfarb aus Furcht trennen wollte, dass dieser meine Treue zu den Weitsehern untergraben könnte. Ich fragte: »Warum ist es plötzlich so wichtig für dich, dass ich mit der Leibgarde der Königin reite?«

»Nun, zum einen wird es mir damit wesentlich leichter fallen zu erklären, warum du im Frühling den Prinzen auf die Äußeren Inseln begleiten wirst. Du wirst einer der Glücklichen sein, die für diese Ehre ausgewählt werden. Aber der Hauptgrund ist schlicht und ergreifend, dass die Zwiehaften zum Zeichen guten Willens darum gebeten haben, dass Prinz Pflichtgetreu Teil der Eskorte ist.«

Ich war sofort abgelenkt. »Hältst du das für sicher? Es könnte eine Falle sein.«

Er lächelte grimmig. »Warum glaubst du wohl, will ich, dass du mit ihm reitest? Natürlich ist es möglich, dass es sich um eine Falle handelt. Aber die Zwiehaften müssen das Gleiche fürchten, nicht wahr? Also haben sie um seine Anwesenheit gebeten, wohl wissend, dass wir den einzigen Thronerben der Weitseher nicht in einem Gefecht riskieren würden.«

»Das Alte Blut«, sagte ich. »Du musst lernen ›das Alte Blut‹ zu sagen, nicht ›die Zwiehaften‹. Dann wirst du ihn also mit der Eskorte rausschicken?«

Chade verzog das Gesicht und gab zu: »Ihm bleibt ebenso wenig eine Wahl in dieser Sache wie mir. Die Königin hat es ihnen bereits versprochen.«

»Trotz deiner Missbilligung.«

Chade schnaubte verächtlich. »Mein Billigung oder Missbilligung bedeutet der Königin heutzutage nur wenig. Sie glaubt vielleicht, dass sie keinen Ratgeber mehr braucht. Nun, wir werden sehen.«

Ich wusste nicht, was ich darauf erwidern sollte. Um die Wahrheit zu sagen, freute ich mich insgeheim sogar über die Stärke meiner Königin, auch wenn ich deswegen ein paar Schuldgefühle in Bezug auf Chade hatte.

In den folgenden Tagen gab es so viel zu tun, dass in meinem Kopf einfach kein Platz mehr für die Sorge um den Narren war. Trotz meiner schwachen Gesundheit trafen Chade, Pflichtgetreu, Dick und ich uns jeden Morgen im Gabenturm. Der Narr nahm nicht an diesen Treffen teil. Chade bemerkte nichts dazu. Angesichts dessen, was ich ihm erzählt hatte, hielt er es vielleicht für besser, wenn der Narr nicht Teil unserer Kordiale wurde. Ich brachte das Thema nie zur Sprache. So versammelten wir uns nur zu viert, und wir beschäftigten uns derart eifrig mit der Gabe, dass ich allmählich

Angst bekam. Wir machten Fortschritte, vorsichtige, kontrollierte Fortschritte, die niemanden außer mir zufriedenstellten. Dick lernte, seine Musik im Zaum zu halten, auch wenn ihn das auf eine Art bekümmerte, die ich nicht nachvollziehen konnte. Pflichtgetreu wurde besser darin, seine Gabenbotschaften nur Einzelpersonen zu schicken. Chade, wie zu erwarten war, hinkte den anderen beiden Schülern hinterher. Wenn wir uns körperlich berührten, konnte er meinen Geist schwach erreichen und ich den seinen. Dick wiederum konnte einen Sturmangriff gegen ihn starten, der zwar seine Aufmerksamkeit erregte, aber sonst nichts. Pflichtgetreu schien ihn nicht finden zu können – oder Chade war sich seiner nicht bewusst. Ich wusste nicht genau, wo das Problem lag, also arbeiteten wir in beide Richtungen. Jede Unterrichtsstunde nahm mich stark mit, sowohl körperlich als auch geistig. Ich bekam noch immer Kopfschmerzen, auch wenn sie nicht mit denen zu vergleichen waren, die mich früher heimgesucht hatten.

Chades strikten Anweisungen folgend, aß ich jeden Mittag fade, aber gesunde Speisen. Ich mochte ja die Kontrolle über seine Gabenmagie übernommen haben, aber er war noch immer mein Mentor, und er glaubte, am besten zu wissen, was gut für meine Gesundheit war und was nicht. Es war zu dieser Zeit, dass er mich wegen der Elfenrinde zur Rede stellte, die er während meiner »Heilung« in meiner Kammer gefunden und fortgeschafft hatte. Ein heftiger Streit war die Folge, der uns beiden unangenehm war. Chade beharrte darauf, dass es meine Pflicht sei, nichts zu unternehmen, was meine Fähigkeiten mit der Gabe beeinträchtigen könnte, besonders jetzt nicht, da ich der Gabenmeister des Prinzen und seiner Kordiale geworden war. Ich wiederum erklärte, dass diese Sache meine Privatangelegenheit sei. Keiner von uns gab nach oder entschuldigte sich, wir machten seitdem einfach einen großen Bogen um das Thema.

Fürst Leuenfarb hatte mich aus seinen Diensten entlassen, kurz nachdem Chade es vorgeschlagen hatte. Unmittelbar danach bot man mir einen Posten in der königlichen Leibgarde an, den ich sofort akzeptierte. Offensichtlich war ich nicht der Erste, den Chade in ihre Reihen eingeschleust hatte. Ich fragte mich, wie viele der Gardisten mehr waren, als sie zu sein schienen. Sie stellten mir ein paar Fragen und unterzogen mich ein paar ihrer Routineübungen. Jeden Nachmittag verbrachte ich mit den anderen Gardisten auf dem Übungsgelände. Oft genug zeigte ich Schwächen, und blaue Flecken waren die Folge.

Vorgeblich hatte ich einen Schlafplatz beim Rest der Soldaten in der Kaserne, doch genauso oft schlief ich in meinem Arbeitszimmer. Falls sich irgendjemand über meine lockere Bindung zur Garde wunderte, so sagte zumindest niemand etwas. Als ich Wim auf dem Übungsplatz traf, gratulierte er mir dazu, dass ich nun wieder »ein ehrlicher Kämpfer« sei. An Kleidung trug ich das schlichte Blau der Bocksburg-Wachen und manchmal eine weiß-purpurne Tunika, wenn ich mich als Leibgardist der Königin präsentieren musste. Dabei bereitete es mir ungeheure Freude, offen ihr Fuchswappen auf der Brust tragen zu dürfen.

Ich wurde immer sehr schnell müde, und meine Blessuren schienen langsamer zu heilen als je zuvor. Chades Anregungen zum Trotz setzte ich nicht die Gabe ein, um diesen Prozess zu beschleunigen. Spätnachmittags, wenn Chade mit diplomatischen Dingen beschäftigt war, plünderte Dick die Küche für mich. Gemeinsam schlangen wir Unmengen an Süßigkeiten, Gebäck und fettem Fleisch hinunter. Wir fanden heraus, dass Gilly Rosinen genauso sehr liebte wie Dick. Der Betteltanz des Frettchens reizte Dick immer wieder zu ausgelassenem Lachen. Wir beide legten bald ordentlich zu – Dick vermutlich mehr, als gut für ihn war. Er wurde immer runder, und sein Haar schimmerte wie das Fell eines fetten Schoßhündchens einer adeligen Dame. Nun da er mit Essen, Fürsorge und Akzeptanz gesegnet war, zeigte der kleine Mann bisweilen ein angenehmes Naturell. Ich genoss die Stunden mit ihm.

Es gelang mir sogar, ein paar Abende mit Harm zu verbringen. Wir gingen nicht ins Festsitzende Schwein, sondern in das ruhige, verhältnismäßig neue Bierhaus »Zum Wrack des Roten Schiffes«. Dort aßen wir billige, fette Tavernenkost und redeten wie alte Freunde miteinander, die wir auch tatsächlich wurden. Das erinnerte mich an meine Zeit mit Burrich, kurz bevor Edel mich getötet hatte. Wir saßen einander nun als Männer gegenüber. An unserem besten Abend verwöhnte er mich mit der Geschichte, wie Merle in die Tischlerwerkstatt geschwebt war, Meister Gindast mit ihrem Charme den Kopf verdreht und Harm so einen freien Tag verschafft hatte, damit sie mit ihm durch Burgstadt hatte ziehen können. »Es war so seltsam, Tom«, erzählte er mir noch immer staunend. »Sie hat sich benommen, als hätte es nie Streit zwischen uns gegeben. Was konnte ich also anderes tun, als es genauso zu machen? Glaubst du, sie hat wirklich vergessen, was sie zu mir gesagt hat?«

»Das bezweifle ich«, antwortete ich nachdenklich. »Eine vergessliche Menestrelle würde verhungern. Nein. Bei unserer Merle denke ich eher, dass sie glaubt, wenn sie nur lange genug etwas vorspielt, wird sich alles wieder richten. Und wie du gesehen hast, funktioniert das bei mir manchmal sogar. Hast du ihr denn vergeben?«

Einen Moment lang blickte er verblüfft drein. Dann grinste er schief und fragte: »Würde sie es denn merken, wenn ich es nicht getan hätte? Sie war so geschickt darin, Gindast davon zu überzeugen, dass sie fast wie eine Mutter für mich sei, dass ich es selbst beinahe geglaubt habe.«

Ich musste lachen. Merle hatte ihn in eine Taverne geführt, wo fahrende Sänger ein und aus gingen, und dort hatte sie ihn einer Reihe von musikalischen jungen Damen vorgestellt. Sie hatten ihn mit Pfefferminzkuchen gefüttert, ihn mit Bier und ihren Liedern abgefüllt und um seine Aufmerksamkeit gebuhlt. Sofort warnte ich ihn scherzhaft vor der Leichtlebigkeit der Sänger und ihren steinernen Herzen. Das war ein Fehler. »Ich habe kein Herz mehr, das ich einem Mädchen schenken könnte«, informierte mich Harm nüchtern. Wie auch immer: Er mochte ja vielleicht kein Herz mehr für die Frauen haben, aber seinen Beschreibungen einiger der jungen Sängerinnen nach zu urteilen zumindest ein Auge. Und so segnete ich Merle im Geiste und betete um rasche Genesung für meinen Jungen.

Sowohl der Narr als auch Fürst Leuenfarb gingen mir gezielt aus dem Weg. An mehreren Abenden, da ich mich aus meinem Arbeitszimmer in meine alte Kammer schlich, fand ich ihn nicht in seinen Gemächern vor. Pflichtgetreu berichtete mir, dass er nun oft in Burgstadt spielte, wo diese Art des Zeitvertreibs ebenso sehr an Popularität gewann wie in der Burg. Ich vermisste ihn, doch zugleich fürchtete ich mich vor dem Tag, da ich mich ihm würde stellen müssen. Ich wollte nicht, dass er in meinen Augen las, dass ich ihn an Chade verraten hatte. Das war alles nur zu seinem eigenen Besten, entschuldigte ich mich selbst. Die Drachen sollten verdammt sein. Wenn es mir schlicht gelingen würde, ihn von Aslevjal fernzuhalten, könnte ich ihn am Leben erhalten; seine Missbilligung wäre ein geringer Preis dafür. Das sagte ich mir jedes Mal, wenn ich mich dabei ertappte, dass ich seinen wilden Prophezeiungen Glauben schenkte. Zu anderen Zeiten war ich vollkommen sicher, dass es weder einen eingefrorenen Drachen noch eine Fahle Frau gab und somit auch keinen Grund für ihn, nach Aslevjal zu reisen. So rechtfertigte ich, dass ich mich mit Chade gegen ihn verschworen hatte. Was die Frage betraf, *warum* er mir aus dem Weg ging, so vermutete ich, dass er sich irgendwie für die Tätowierungen schämte, von denen ich nun wusste. Ich wusste, dass ich nicht von ihm verlangen konnte, mir Gesellschaft zu leisten. Ich konnte nur hoffen, dass sich die Kluft zwischen uns im Laufe der Zeit wieder schließen würde.

Und so vergingen die Tage.

Ich hätte es niemandem gegenüber zugegeben, aber meine Furcht vor der Queste des Prinzen nach Aslevjal befeuerte meinen Eifer, ihn in der Gabe zu unterrichten. Jetzt stimmte ich mit Chade überein, dass der Prinz eine Kordiale benötigte, eine, die wenigstens die Grundlagen ihrer Magie beherrschte. So widmete ich mich der Entwicklung unserer Gabenfähigkeiten, allerdings mit unterschiedlichem Erfolg. Chades Fähigkeiten verbesserten sich nur langsam. Er war mit seinen Fortschritten äußerst unzufrieden, und das machte es ihm noch schwerer, sich zu konzentrieren. Was ich auch unternahm, ich konnte ihn nicht dazu bringen, sich zu entspannen. Pflichtgetreu schien meine Streitereien mit meinem ältesten Schüler amüsant zu finden, während Dick schlicht gelangweilt davon war. Keines von beidem half mir dabei, Chades Gereiztheit zu überwinden. Mein freundlicher, geduldiger Lehrmeister war ein furchtbarer Schüler, stur und ungehorsam. Schließlich gelang es mir, ihn nach vier Tagen voller Mühen für die Gabe zu öffnen. Als er sich des Gabenflusses zum ersten Mal bewusst wurde, stürzte er sich kopfüber hinein. Mir blieb keine andere Wahl, als ihm hinterherzuspringen. Streng verbat ich Dick und Pflichtgetreu, uns zu folgen, bevor ich mich in die Gabe warf.

Ich erinnere mich nicht gerne an dieses Missgeschick. Es war nicht nur, dass Chade sich in der Gabe auflöste; es schien so ungeheuer viel von ihm zu geben, was sich auflösen konnte. Jeder Augenblick seines Lebens schien in eine andere Richtung von ihm fortzutreiben. Nachdem ich eine Zeit lang darum gerungen hatte, ihn wieder zusammenzufügen, erkannte ich, dass die Gabe ihn nicht zerriss. Stattdessen *schickte* der alte Mann selbst suchende Gedanken in alle Richtungen. Ungeachtet des Gabenstroms schuf er sein eigenes Wurzelwerk. Noch während ich seine Einzelteile wieder zusammenfügte, badete er in der Pracht des wilden Stroms. Ebenso von Wut angetrieben wie von meiner Magie, riss ich ihn schließlich aus dem Strom heraus. Als wir endlich wieder in unseren Körpern waren, fand ich mich zitternd und zuckend unter dem großen Tisch wieder.

»Du dummer, sturer, alter Bastard!«, keuchte ich. Ich hatte nicht die Kraft zu schreien. Chade selbst hing auf seinem Stuhl. Als seine Augenlider flatterten und er wieder zu Bewusstsein kam, murmelte er nur: »Wunderbar. Wunderbar.« Dann fiel sein Kopf auf den Tisch, und er versank in einen tiefen Schlaf.

Pflichtgetreu und Dick zogen mich unter dem Tisch hervor und setzten mich auf meinen Stuhl. Pflichtgetreu schenkte mir mit zitternden Händen ein Glas Wein ein, während Dick mich mit großen Augen anschaute. Nachdem ich die Hälfte des Weins getrunken hatte, sagte Pflichtgetreu in entsetztem Tonfall: »Das war das Furchterregendste, was ich je gesehen habe. War es auch so, als du mir hinterhergekommen bist?«

Ich war viel zu erschüttert und wütend sowohl auf Chade als auch auf mich selbst, als dass ich dem Prinzen gegenüber hätte zugeben können, dass ich das nicht wusste. »Lasst das auch euch beiden eine Lehre sein«, mahnte ich. »Jeder, der solch eine Dummheit begeht, bringt uns alle in Gefahr. Inzwischen verstehe ich nur allzu gut, warum die alten Gabenmeister Mauern aus Schmerz zwischen der Gabe und starrsinnigen Schülern errichtet haben.«

Der Prinz wirkte entsetzt. »So etwas würdest du doch nicht mit Fürst Chade machen, oder?« Er klang, als hätte ich vorgeschlagen, die Königin zu ihrem eigenen Besten in Eisen zu legen.

»Nein«, gab ich widerwillig zu. Zitternd stand ich auf und

ging um den Tisch herum. Ich stupste den schnarchenden alten Mann an.

Seine Augen öffneten sich zu schmalen Schlitzen. Er lächelte mich an, den Kopf noch immer auf dem Tisch. »Ah. Da bist du ja, mein Junge.« Sein Lächeln wurde breiter. »Hast du mich gesehen? Hast du gesehen, wie ich geflogen bin?« Dann war er wieder eingeschlafen wie ein Kind nach einem anstrengenden Tag auf dem Jahrmarkt. Es brachte mich zur Verzweiflung, dass er die Tragödie noch nicht einmal bemerkt hatte, der er nur um Haaresbreite entgangen war. Es dauerte eine Stunde, bis er wieder richtig wach wurde. Er entschuldigte sich zwar, doch in seinen Augen lag ein Funkeln, das mich mit Beklommenheit erfüllte. Selbst nachdem er mir versprochen hatte, keine Experimente mehr auf eigene Faust zu unternehmen, erteilte ich Dick insgeheim den Befehl, dass er mich sofort kontaktieren müsse, sobald er fühlte, dass Chade die Gabe einsetzte. Dicks ernste Zustimmung war mir nur ein schwacher Trost; solche Versprechungen blieben ihm für gewöhnlich nicht lange im Gedächtnis.

Auch der nächste Morgen brachte mir keine größeren Erfolge. Nachdem ich Chade ermahnt hatte, diesmal nur zuzuschauen, versuchte ich, Pflichtgetreu beizubringen, Dicks Stärke zu nutzen, um seinen eigenen Gabengebrauch zu verbessern. Obwohl sie alle bei meiner Heilung erfahren hatten, wozu sie mit vereinten Kräften imstande waren, konnte keiner der drei erklären, was genau sie eigentlich gemacht hatten. Es schien mir notwendig, dass zumindest Pflichtgetreu lernte, zuverlässig auf Dicks Stärke zurückzugreifen. Also stellte ich ihnen eine simple Aufgabe – zumindest glaubte ich das.

Ich wollte sehen, ob Pflichtgetreu Chade kontaktieren konnte, wenn er Dicks Stärke dafür anzapfte. Allein konnte Pflichtgetreu Chades Geist nur als ein Flüstern erreichen. Er konnte Chade bewusst machen, dass er ihn zu kontaktieren versuchte, aber er konnte ihm keine Botschaft übermitteln. Ich war nicht sicher, ob das nun daran lag, dass Chade der Gabe gegenüber noch zu verschlossen war, oder ob Pflichtgetreu nicht richtig auf ihn zielen konnte.

»Prinz Veritas hat mir einmal erzählt, dass man jemanden wie Dick – ob nun Mitglied der Kordiale oder ein Einzelgänger – als ›des Königs Mann‹ bezeichnet. So. Dick wird jetzt für Pflichtgetreu des Königs Mann sein. Sollen wir es versuchen?«, fragte ich sie.

»Er ist der Prinz. Kein König«, korrigierte mich Dick eifrig.

»Ja. Und?«

»Dann kann ich nicht des Königs Mann sein. Das geht nicht.«

Ich zeigte mich geduldig. »Ist schon gut, Dick. Es wird funktionieren. Du wirst dem Prinzen als sein Mann dienen.«

»Dienen? Wie ein Diener?« Er war sofort beleidigt.

»Nein. Helfen. Wie ein Freund. Dick wird Pflichtgetreu als des Prinzen Mann helfen. Sollen wir es versuchen?«

Pflichtgetreu grinste, doch es war kein Spott. Dick drehte sich um und setzte sich neben den Prinzen.

»Das sollte euch beiden leichtfallen«, erklärte ich. Ich hatte keine Ahnung, ob das stimmte oder nicht. »Dick muss sich schlicht für die Gabe öffnen, aber nichts tun. Pflichtgetreu wird dann seine Stärke von ihm beziehen und versuchen, Chade zu kontaktieren. Pflichtgetreu. Fang langsam damit an. Und wenn ich dir sage, du sollst aufhören, musst du den Kontakt sofort abbrechen.«

Ich hatte geglaubt, auf alles vorbereitet zu sein. Ich hatte Süßigkeiten besorgt, wie Dick sie mochte, und Branntwein für den Fall, dass wir etwas zur Stärkung benötigen sollten. Beides wartete auf dem Tisch. Jetzt fragte ich mich, ob die Idee vielleicht doch nicht so gut gewesen war. Dicks Augen wanderten immer wieder zu den Süßigkeiten. Würden sie ihn zu sehr von der Gabe ablenken? Ich hatte auch Elfenrinde und heißes Wasser bereitstellen wollen, doch Chade hatte mich in aller Strenge ermahnt, das nicht zu tun. »Es ist besser, die Kordiale des Prinzen kommt nie mit dieser Droge in Kontakt«, hatte er richtigerweise argumentiert. Ich verzichtete allerdings darauf, ihn daran zu erinnern, dass er es gewesen war, der mich den Gebrauch von Elfenrinde gelehrt hatte.

Aufgeregt stand ich hinter dem Prinzen, als dieser Dick die Hand auf die Schulter legte. Sollte es so aussehen, als würde er den kleinen Mann aussaugen, war ich bereit, den körperlichen Kontakt sofort zu unterbrechen. Ich wusste nur allzu gut, dass man mit der Gabe auf diese Art sogar töten konnte. Ich wollte keine tragischen Unfälle.

Der Prinz hatte die Hand also auf Dicks Schulter gelegt. Wir warteten. Nach einiger Zeit warf ich Chade einen bedeutungsvollen Blick zu. Er hob die Augenbrauen.

»Fangt an«, schlug ich den beiden vor.

»Ich versuche es ja«, erwiderte Pflichtgetreu frustriert. »Ich kann über die Gabe eine Verbindung zu Dick aufbauen, aber ich weiß nicht, wie ich seine Stärke in mich aufnehmen und nutzen soll.«

»Hm. Dick, kannst du ihm helfen?«, wandte ich mich an den kleinen Mann.

Dick öffnete die Augen. »Wie?«, fragte er.

Ich wusste es nicht. »Öffne dich einfach für ihn. Stell dir vor, du würdest ihm deine Stärke schicken.«

Sie begannen erneut. Ich beobachtete Chades Gesicht in der Hoffnung, irgendeine Art von Reaktion zu sehen, aber kurze Zeit später schaute Pflichtgetreu zu mir auf und verzog den Mund zu einem schwachen Lächeln. »Er schickt mir ›Stärke, Stärke, Stärke‹ über die Gabe«, vertraute er mir an.

»Das sollte ich doch tun!«, protestierte Dick wütend.

»Ja. Das habe ich dir gesagt«, bestätigte ich ihm. »Beruhige dich, Dick. Niemand verspottet dich hier.«

Er funkelte mich an und atmete durch die Nase aus. *Stinkehund.*

Pflichtgetreu zuckte zusammen, und Chade konnte sich nur mit Mühe ein Lächeln verkneifen. »Stinkehund. Ist das die Nachricht, die ihr mir zu übermitteln wünscht?«

»Ich glaube, Dick hat diesen Kommentar an mich gerichtet«, sagte ich vorsichtig.

»Aber er ging durch mich zu Chade, meinem Ziel. Ich habe es gefühlt«, erklärte Pflichtgetreu aufgeregt.

»Nun. Wenigstens machen wir Fortschritte«, bemerkte ich.

»Kann ich jetzt ein süßes Brötchen haben?«

»Nein, Dick. Noch nicht. Wir müssen alle noch daran arbeiten.« Ich dachte einen Augenblick lang nach. Pflichtgetreu hatte Dicks Gabe gelenkt. Bedeutete das, dass er tatsächlich Kraft von Dick bezogen hatte, um zu Chade durchzubrechen, oder hatte er Dicks Botschaft schlicht umgelenkt?

Ich wusste es nicht, und es gab auch keinen Weg, wie ich mit schlussendlicher Sicherheit feststellen konnte, was geschehen war. »Versucht es gemeinsam«, schlug ich vor. »Versucht beide, die gleiche Nachricht an Chade zu senden und nur an Chade. Macht das zu einer konzertierten Aktion.«

»Konzertiert?«

»Wir sollen es zusammen machen«, übersetzte Pflichtgetreu für Dick. Kurz unterhielten die beiden sich stumm. Ich vermutete, sie einigten sich auf eine gemeinsame Botschaft.

»Jetzt«, schlug ich vor und beobachtete Chades Gesicht.

Er runzelte die Stirn. »Irgendetwas von wegen einem süßen Brötchen.«

Pflichtgetreu seufzte frustriert. »Ja, aber das war es nicht, was wir dir senden wollten. Dick hat etwas Schwierigkeiten, sich zu konzentrieren.«

»Ich habe Hunger.«

»Nein, das hast du nicht. Du willst nur essen«, erwiderte Pflichtgetreu, und Dick schmollte. Nichts konnte ihn dazu verführen, es noch einmal zu versuchen. Schließlich ließen wir ihn essen und verschoben alle weiteren Versuche auf den morgigen Tag.

Doch am nächsten Morgen schienen wir dazu verdammt zu sein, genauso wenig Glück zu haben wie am Tag zuvor. Der Frühling lag in der Luft. Ich hatte die Fensterläden weit geöffnet, um die Sonne hereinzulassen. Bis jetzt war von ihr nur eine Andeutung am Horizont zu sehen, aber der vom Meer heranwehende Wind sprach von Leben und Jahreszeitenwechsel. Lange Zeit stand ich einfach nur da und atmete tief durch, während ich auf die anderen wartete.

Mein Gewissen hatte sich noch nicht wieder über das beruhigt, was ich Fürst Leuenfarb antun wollte. Inzwischen wünschte ich, ich hätte Chade nie von diesem Gespräch oder den Tätowierungen des Narren erzählt. Hätte er gewollt, dass Chade davon erfuhr, hätte er ihm davon berichtet, als das Gespräch auf die Tätowierungen der Narcheska gekommen war. Ich hatte das sichere Gefühl, die falsche Wahl getroffen zu haben. Ich konnte es jedoch nicht wieder rückgängig machen und dem Narren gegenüber ein Geständnis abzulegen war unvorstellbar. Das Einzige, was noch unvorstellbarer für mich war, war die Vorstellung, ihm zu gestatten, nach Aslevjal zu reisen, wo er seiner Überzeugung nach sterben würde. So kindisch sich das auch anfühlte, ich hatte beschlossen, schlicht meinen Mund zu halten und alles Weitere Chade zu überlassen. Er würde derjenige sein, der Fürst Leuenfarb nicht gestattete, uns zu begleiten. Ich nahm noch einen Atemzug der frischen Frühlingsluft und hoffte, dass ich mich danach wieder etwas jünger fühlen würde. Stattdessen machte ich mir jedoch nur mehr Sorgen.

Gentil Bresinga war nach Bocksburg zurückgekehrt. Die Soldaten, die ihn auf seiner Reise begleitet hatten, hatten offiziell den Respekt der Weitseher für seine Familie zum Ausdruck bringen sollen. Er wusste jedoch, dass er sich darauf einrichten musste, über Jahre hinweg in Bocksburg unter Beobachtung zu stehen. Er würde bis zum Erreichen seiner Volljährigkeit in der Burg bleiben, während die Krone sich um seine Ländereien kümmerte. Burg Tosen war abgesehen von einer Rumpfbelegschaft verlassen, die unter dem direkten Befehl der Königin stand. Das schien mir eine ausgesprochen milde Strafe für sein verräterisches Verhalten zu sein. Seine Zwiehaftigkeit war vertraulich gehalten worden. Ich vermutete, dass man die Drohung, das zu enthüllen, auch dazu verwenden konnte, ihn von weiteren Schandtaten abzuhalten. Auch hatte ihn niemand mit dem Tod der drei Männer in Burgstadt in Verbindung gebracht. Es machte mich wütend, dass er mit einem blauen Auge davongekommen war, obwohl er meinen Prinzen solcher Gefahr ausgesetzt hatte. Demnach zu urteilen, was Chade mir erzählt hatte, hatte Pflichtgetreu darauf bestanden, dass Gentil nur sehr wenige Informationen über ihn an die Gescheckten weitergegeben hatte, und das meiste davon seien Dinge gewesen, die selbst der einfachste Diener wusste. Das war nur ein geringer Trost für mich. Weitaus beunruhigender war für mich jedoch die Tatsache, dass nicht nur Lutwin, sondern auch Padget ein lebhaftes Interesse an allem gezeigt hatte, was Gentil über mich und Fürst Leuenfarb hatte herausfinden können. Allerdings wusste er nur wenig über uns, und so hatte er ihnen auch nur wenig erzählt. Trotzdem hatte Gentil dem Prinzen gestanden, dass Lutwins und Padgets Interesse ihn neugierig auf Fürst Leuenfarb und mich gemacht hatte.

Kurz nach seiner Rückkehr spionierte ich Gentil in seinen Gemächern aus. Er wirkte wie ein verlorener, verzweifelter junger Mann. Ein einziger Familiendiener blieb bei ihm in Bocksburg. Gentil war ein Junge ohne Familie und ohne Heim, der kaum noch etwas besaß, und sein Geschwistertier musste im Stall bleiben. Die Schlichtheit der ihm zugewiesenen Gemächer war einem niederen Adligen angemessen, doch ohne Zweifel hatte er daheim weit besser gewohnt. Er hatte einen Großteil des Abends einfach nur dagesessen und ins Feuer gestarrt. Ich vermutete, er hatte mit seiner Katze kommuniziert, doch ich hatte keine Spur dieser Verbindung bemerkt; stattdessen war sein Elend fast greifbar für mich gewesen.

Ich traute ihm noch immer nicht.

Ich blickte nach wie vor aus dem Fenster des Turmzimmers, als ich die Schritte des Prinzen auf der Treppe hörte. Einen Augenblick später betrat er den Raum. Chade und Dick würden ebenfalls bald kommen, allerdings durch den Geheimgang. Jetzt hatte ich aber erst einmal den Prinzen ein paar Minuten für mich allein. Ich schaute ihn nicht an, als ich ihn fragte: »Spricht Gentils Katze mit dir?«

»Pard? Nein. Er könnte es natürlich, wenn er wollte. Aber es würde als ... ungehobelt betrachtet werden, nehme ich an.« Er machte ein nachdenkliches Geräusch. »Wenn man so darüber nachdenkt, ist es schon seltsam. Jene vom Alten Blut, die Katzen vorziehen, haben eine Reihe von gemeinsamen Bräuchen. Ich würde niemals versuchen, ein Gespräch mit dem Katzenpartner von jemand anderem zu beginnen. Das wäre, als würde man mit der Verlobten von jemandem flirten. In der ganzen Zeit, da ich Pard kenne, hat er nie ein Interesse daran gezeigt, mit mir zu kommunizieren. Natürlich hat er das eine Mal mit mir gesprochen, als Gentil in Gefahr schwebte, doch das lag an der Natur der Bedrohung. Gentil hat ihn in einem großen Leinensack zu mir gebracht. So wie Gentil es mir erzählte, hat er den Kater wohl mit einem Trick in den Sack gelockt, während eines wilden Spiels, das sie gespielt haben. Dann hat Gentil den Sack verschnürt und Pard die Treppe hinauf und in mein Gemach geschleppt. Und ich meine geschleppt. Pard ist eine große Katze.« Er seufzte. »In diesem Augenblick hätte ich es schon wissen müssen. Wäre Gentil nicht so verzweifelt gewesen, er hätte Pard nie so despektierlich behandelt. Doch Gentil war so erregt und so sehr in Eile, dass ich eingewilligt habe, Pard in meinen Gemächern zu behalten, bis Gentil zurückkehren würde, um ihn abzuholen. Ich habe gar nicht daran gedacht, ihm Fragen zu stellen. Aber nachdem er gegangen war, habe ich es einfach nicht mehr ertragen können, Pard fauchen und maunzen zu hören. Er versuchte, sich mit den Krallen aus dem Sack zu befreien, doch Gentil hatte sehr schweres Leinen gewählt, wie man es auch als Zelttuch verwendet. Nach einer Weile lag er einfach nur keuchend da, und ich fürchtete schon, er würde ersticken. Aber im selben Augenblick, da ich den Sack öffnete, sprang er mit den Krallen voran heraus und warf mich zu Boden. Er packte mich hier«, Pflichtgetreu deutete auf seinen Hals, »und grub seine Hinterkrallen in meinen Bauch. Er schwor, dass er mich töten würde, wenn ich ihn nicht aus dem Zimmer ließe. Dann, bevor ich irgendetwas tun konnte, heulte er und schlug mit den Krallen zu. In dem Augenblick war Gentil angegriffen worden. Pard sagte, das sei meine Schuld, und er würde mich dafür töten. Also habe ich dich über die Gabe zu Hilfe gerufen.«

Pflichtgetreu hatte sich zu mir ans Fenster gesellt und blickte über die Wellen in den Sonnenaufgang. Schweigend standen wir eine Weile beieinander.

»Und was ist dann geschehen?«, hakte ich schließlich nach.

»Oh. Ich nehme an, dann habe ich darüber nachgedacht, was mit dir geschah. Ich habe mich gefragt, warum du mir nicht über die Gabe geantwortet hast. Hast du gedacht, ich würde dir keine Hilfe schicken?«

Seine Frage überraschte mich. Es dauerte einen Augenblick, bis ich die Antwort gefunden hatte. Ich lachte. »Ich nehme an, das hättest du, wenn ich daran gedacht hätte, aber so viele Jahre lang hat es nur den Wolf und mich gegeben. Und als ich Nachtauge verloren habe … Ich habe nie daran gedacht, dass ich dich um Hilfe hätte bitten oder dir auch nur sagen können, wo ich war. Der Gedanke ist mir einfach nie gekommen.«

»Ich habe versucht, dich zu erreichen. Als sie … als sie Gentil gewürgt haben, ist seine Katze wild geworden. Pard sprang von mir herunter, raste im Raum herum und zerstörte alles, was ihm in die Quere kam. Ich hatte keine Ahnung, welchen Schaden seine Krallen verursachen konnten. Die Bettvorhänge, die Kleider … Da ist noch immer ein zusammengerollter Wandteppich unter meinem Bett. Bis jetzt habe ich es nicht über mich gebracht, irgendjemandem davon zu erzählen. Ich glaube, er ist ruiniert, und ich befürchte, er war unbezahlbar.«

»Mach dir keine Sorgen. Ich habe da einen, den du haben kannst.« Er blickte mich verwundert an, und ich lächelte schief.

»Ich habe versucht, dich über die Gabe zu kontaktieren, während Pard mein Zimmer auseinandergenommen hat, aber ich bin nicht zu dir durchgekommen.«

Ich erinnerte mich an etwas, woran ich mich schon lange nicht mehr erinnert hatte. »Dein Vater hat sich immer wieder über eine Sache bei mir beschwert: dass ich keine Gabenverbindung aufrechterhalten konnte, wenn ich in den Kampf ging. Auch er konnte mich in solchen Situationen nie erreichen.« Ich zuckte mit den Schultern. »Das hatte ich fast vergessen.« Gedankenverloren fingerte ich an der Bisswunde an meinem Hals herum. Dann bemerkte ich, dass Pflichtgetreu mich mit einem Ausdruck jungenhafter Bewunderung anstarrte, und ich nahm die Hand herunter.

»Und das war das einzige Mal, dass Pard mit dir gesprochen hat?«

Er zuckte mit den Schultern. »Fast. Plötzlich hörte er auf, meine Dinge auseinanderzunehmen. Dann dankte er mir. Sehr steif. Danach hat er sich auf mein Bett gelegt und mich ignoriert. Dort ist er dann geblieben, bis Gentil ihn abgeholt hat. Mein Zimmer riecht noch immer nach Kater. Ich glaube, Pard spritzt, wenn er kämpft.«

Dem wenigen nach zu urteilen, was ich über Katzen wusste, kam mir das wahrscheinlich vor. Das sagte ich auch. Dann fragte ich vorsichtig, weil das ein empfindliches Thema zwischen uns war: »Pflichtgetreu? Warum vertraust du Gentil? Ich kann nicht verstehen, warum du ihm nach allem, was er getan hat, noch einen Platz in deinem Leben einräumst.«

Er blickte mich verwirrt an. »*Er* vertraut *mir.* Ich glaube nicht, dass irgendjemand einem Menschen so vertrauen kann wie er und dann das Vertrauen desjenigen nicht wert sein soll. Außerdem brauche ich ihn, wenn ich jene vom Alten Blut in meinem Königreich verstehen will. Meine Mutter hat mich darauf hingewiesen. Sie hat gesagt, ich müsse zumindest einen gut kennen, wenn ich mich mit ihnen auseinandersetzen will.«

Daran hatte ich nicht gedacht, aber ich wusste, was er meinte. Der Lebensstil jener vom Alten Blut war eine verborgene Kultur innerhalb der Kultur der Sechs Provinzen. Ich hatte einmal kurz einen Blick darauf werfen können, aber ich konnte es Pflichtgetreu nicht erklären wie jemand, der in diese Kultur hineingeboren und in ihr erzogen worden war. Trotzdem: »Es muss doch noch jemand anderen geben, der dir auf diese Weise dienlich sein kann. Ich verstehe immer noch nicht, womit sich Gentil deine Achtung verdient hat.«

Pflichtgetreu seufzte. »Fitz-Chivalric. Er hat mir seine Katze anvertraut. Wenn du zum Sterben fortgehen würdest und nicht wolltest, dass Nachtauge an deiner Seite stirbt, zu wem würdest du ihn bringen? Wem würdest du ihn anvertrauen? Einem Mann, den du mit voller Absicht verraten hast? Oder einem Freund, dem du vertraust, dass er über den Schein hinwegsieht?«

»Oh«, sagte ich, während ich seine Frage langsam verarbeitete. »Ich verstehe. Du hast recht.«

Kein Mann würde die Hälfte seiner Seele einem Menschen anvertrauen, der ihn nicht kümmerte.

Kurz darauf traten Chade und Dick durch die Kamintür. Der alte Mann verzog das Gesicht und klopfte sich Spinnweben von den Ärmeln. Dick summte vor sich hin, seltsame Töne, welche die Lücken in seinem Gabenlied füllten. Das schien ihm viel Spaß zu bereiten. Wenn ich ihm nur mit den Ohren zuhörte, schien er schlicht willkürliche Geräusche von sich zu geben. Was für einen Unterschied in meiner Wahrnehmung die Tatsache machte, dass ich Zugang zu seinem Geist besaß!

Dicks Blick wanderte sofort zum Tisch, und ich fühlte seine Enttäuschung, als er sah, dass dort keine Süßigkeiten auf ihn warteten. Ich seufzte und hoffte, dass uns heute nicht seine enttäuschten Hoffnungen einen Strich durch die Rechnung machten. Ich setzte meine Schüler so hin wie am Tag zuvor: Chade auf die eine Seite des Tisches und Pflichtgetreu und Dick dicht nebeneinander auf die andere. Wie gehabt stellte ich mich hinter sie, um sie falls nötig körperlich zu trennen. Ich wusste, dass Pflichtgetreu das als ein wenig dramatisch betrachtete, und selbst Chade hielt meine Vorsicht offenbar für übertrieben. Doch keinem von beiden war je das Leben von einem anderen Gabennutzer ausgesaugt worden.

Wie zuvor legte Pflichtgetreu Dick die Hand auf die Schulter, und wie zuvor versuchten sie, Chade eine simple Nachricht zu übermitteln, was ihnen wieder nicht gelang. Pflichtgetreu konnte meinen Geist erreichen, ebenso wie Dick, aber selbst bei dem Versuch, das gemeinsam zu bewerkstelligen, konnten sie nicht zusammenarbeiten. Allmählich glaubte ich, es sei hoffnungslos. Es gehörte zu den grundlegenden Aufgaben einer Kordiale, die Gabe ihrer Mitglieder zu vereinen und sie ihrem König zur Verfügung zu stellen. Selbst das brachten wir nicht zustande, und das ständige Versagen führte zu Reibungen.

»Dick. Hör mit deiner Musik auf. Wie soll ich mich konzentrieren, wenn in meinem Hinterkopf dauernd deine Musik dudelt?«, verlangte Pflichtgetreu, nachdem auch unser letzter Versuch nicht erfolgreich gewesen war.

Dick zuckte ob des Tadels zusammen. Als seine Augen sich plötzlich mit Tränen füllten, erkannte ich, welch innige Beziehung er inzwischen zu Pflichtgetreu aufgebaut hatte. Ich glaube, auch der Prinz erkannte seinen Fehler, denn einen Augenblick später schüttelte er den Kopf und sagte reumütig: »Es ist die Lieblichkeit der Musik, die mich ablenkt, Dick. Es wundert mich nicht, dass du sie immer mit der Welt teilen willst. Aber jetzt müssen wir uns erst einmal auf unseren Unterricht konzentrieren. Verstehst du das?«

In Chades Augen erschien plötzlich ein Funkeln. »Nein!«, rief er. »Hör nicht mit deiner Musik auf, Dick; ich habe sie nämlich nie selbst gehört. Pflichtgetreu und Tom haben mir immer nur erzählt, wie schön sie ist. Lass mich deine Musik hören, Dick, nur dieses eine Mal. Leg deine Hand auf Pflichtgetreus Schulter und schick mir deine Musik. Bitte.«

Pflichtgetreu und ich starrten Chade offenen Mundes an. Dick strahlte. Er zögerte nicht einen Augenblick. Pflichtgetreu hatte die Hand noch nicht ganz von Dicks Schulter genommen, da hatte der kleine Mann den Prinzen fest im Griff. Die Augen auf Chade fixiert, den Mund vor Freude weit aufgesperrt, ließ er Pflichtgetreu keine Zeit, sich zu konzentrieren. Musik spülte wie eine Flutwelle über uns hinweg. Vage sah ich, wie Chade von der Wucht ins Wanken geriet. Seine Augen wurden immer größer, aber auch wenn Triumph auf seinem Gesicht erschien, so sah ich doch ebenso einen Schatten von Furcht.

Ich hatte Dicks Stärke nicht unterschätzt. Noch nie hatte ich solch einen Ausstoß der Gabe erlebt. Bis jetzt war Dicks

Musik immer eine Unterströmung in seinen Gedanken gewesen, etwas Unbewusstes wie Atmen oder der Herzschlag. Nun jedoch öffnete er sie für die Welt und freute sich an seinem Mutterlied.

Wie sich ein Fluss bei Hochwasser vor lauter Schlamm verfärbt, so färbte Dicks Musik den großen Gabenfluss. Sein Lied drang in ihn ein und veränderte ihn. Ich hatte mir so etwas nie vorstellen können. Ich war so sehr davon gefesselt, dass ich die Kontrolle über meinen eigenen Körper verlor. Die überwältigende Faszination von Dicks Musik zog mich in sie hinein und hüllte mich in ihren Rhythmus und ihre Melodie. Ich fühlte, dass Chade und Pflichtgetreu irgendwo bei mir waren, aber ich konnte nicht feststellen, wo. Auch war ich nicht der Einzige, der von der Musik so angezogen wurde. Ich fühlte andere im Gabenvorhang. Einige waren nur dünne Fäden, filigrane Tentakel der Magie jener, die lediglich über einen ganz schwachen Gabensinn verfügten. Vielleicht wunderte sich irgendwo ein Fischer über das seltsame Lied, das er plötzlich im Hinterkopf hatte, oder eine Mutter veränderte das Wiegenlied, das sie gerade sang. Andere waren stärker eingebunden. Ich nahm Menschen wahr, die mitten in ihrer Arbeit innehielten, sich blind umschauten und versuchten, den Ursprung der Musik zu finden.

Es waren auch einige da, nicht viele, die sich der Gabe als einer Konstante in ihrem Leben bewusst waren, und normalerweise waren sie es gewohnt, sich vor den Hintergrundgeräuschen abzuschirmen. Doch diese Flut von Musik durchbrach solche Barrieren, und ich fühlte, wie diese Menschen sich zu uns umdrehten. Ich hörte jedoch nur eine Stimme klar und deutlich und ohne Furcht. *Was ist das?,* verlangte Nessel zu wissen. *Woher kommt dieser Tagtraum?*

Aus Bocksburg, antwortete Chade überglücklich. *Aus Bocksburg kommt der Ruf, oh ihr, die ihr über die Gabe verfügt! Wacht auf und kommt nach Bocksburg, auf dass eure Magie geweckt werde und ihr eurem Prinzen dienen könnt!*

Nach Bocksburg?, echote Nessel.

Und dann ertönte eine Stimme aus weiter Ferne gleich einem Fanfarenstoß:

Jetzt kenne ich dich. Jetzt sehe ich dich.

Vielleicht hätte mich nichts anderes aus den Fesseln der Gabenfaszination befreien können. Ich trennte Pflichtgetreu von Dick mit einer Gewalt, die uns alle drei überraschte. Mit einem Knall hörte die Musik auf. Eine Sekunde lang machte mich das plötzliche Fehlen der Gabe blind und taub. Mein Herz sehnte sich danach. Dies war eine weit reinere Verbindung zur Welt als die meiner schwachen Sinne. Aber ich kam rasch wieder zu mir. Ich reichte Pflichtgetreu die Hand, denn ich hatte ihn zu Boden gestoßen. Benommen ergriff er sie, stand auf und fragte: »Hast du dieses Mädchen gehört? Wer war sie?«

»Oh, nur das Mädchen, das die ganze Zeit weint«, erklärte Dick beiläufig, und ich war ihm dankbar dafür, dass ich die Frage nicht beantworten musste. Dann fragte Dick Chade: »Hast du meine Musik gehört? Hat sie dir gefallen?«

Chade antwortete nicht sofort. Ich drehte mich um und sah, dass er auf seinem Stuhl zusammengesunken war. Er lächelte dümmlich, doch seine Stirn war in Falten gelegt. »Oh ja, Dick«, antwortete er schließlich. »Ich habe sie gehört, und sie hat mir sehr gut gefallen.« Er stützte die Ellbogen auf den Tisch und legte den Kopf in die Hände. »Wir haben es geschafft«, keuchte er und blickte zu mir. »Fühlt es sich immer so an? Dieser Überschwang, das Gefühl, vollständig zu sein, sich an der Welt zu erfreuen?«

»Das ist etwas, wovor man sich in Acht nehmen sollte«, warnte ich ihn sofort. »Wenn du dich in die Gabe begibst und nach dieser Art von Verbindung suchst, kannst du zur Gänze hinweggerissen werden. Wenn man die Gabe benutzt, muss man immer sein Ziel im Auge behalten. Ansonsten bist du verloren, und …«

»Ja, ja, ja«, unterbrach mich Chade ungeduldig. »Ich habe nicht vergessen, was das letzte Mal mit mir geschehen ist, aber ich denke, dass wir jetzt etwas zu feiern haben.«

Die anderen schienen diese Meinung zu teilen. Ich bin sicher, sie betrachteten mich ob meines Schweigens als Spielverderber. Trotzdem holte ich den Korb hervor, den ich unter dem Tisch versteckt hatte, und dort drin fand sogar Dick genug, um zufrieden zu sein. Wir ließen den Branntwein im Kreis herumgehen, auch wenn ich glaube, dass nur Chade die Stärkung wirklich brauchte. Die Hände des alten Mannes zitterten, als er das Glas an die Lippen hob, doch nichtsdestoweniger lächelte er und entbot einen Trinkspruch: »Auf jene, die kommen werden, um Prinz Pflichtgetreus wahre Kordiale zu bilden!« Er warf mir einen verstohlenen Blick zu, und ich trank mit den anderen, obwohl ich hoffte, dass Burrich Nessel mit fester Hand zu Hause halten würde.

Dann fragte ich vorsichtig: »Was, glaubt ihr, war diese andere Stimme? Die, die gesagt hat: ›Jetzt kenne ich dich‹?«

Dick ignorierte mich und kaute weiter auf seinen Rosinen.

Pflichtgetreu blickte mich an. »Eine andere Stimme?«

»Meinst du das Mädchen, das so klar und deutlich durch die Gabe gesprochen hat?«, fragte Chade offensichtlich entsetzt, dass ich sie offen erwähnt hatte. Ich glaube, er war bereits zu dem Schluss gekommen, dass es sich nur um Nessel handeln konnte.

»Nein«, antwortete ich. »Diese andere, fremdartige Stimme. Sie war so … anders.« Ich wusste nicht, wie ich es besser ausdrücken sollte. Eine dunkle Vorahnung erfüllte mich.

Meinen Worten folgte ein kurzes Schweigen. Dann sagte Pflichtgetreu: »Ich habe nur das Mädchen gehört, das ›Nach Bocksburg?‹ gesagt hat.«

»Ich auch«, versicherte mir Chade. »Nach ihr habe ich

keinen zusammenhängenden Gedanken mehr gehört. Ich dachte, sie sei der Grund gewesen, warum du die Verbindung unterbrochen hast.«

»Warum sollte er das tun?«, verlangte Pflichtgetreu zu wissen.

»Nein«, erklärte ich und ignorierte die Frage des Prinzen. »Da hat noch irgendetwas anderes gesprochen. Ich sage euch, ich habe gehört ... ich habe *etwas* gehört. Irgendeine Art von Wesen. Nicht menschlich.«

Diese Erklärung war außergewöhnlich genug, um Pflichtgetreu davon abzuhalten, weiter nach Nessels Identität zu forschen. Aber nachdem alle drei geschworen hatten, sie hätten nichts gefühlt, nahmen sie meine Behauptungen nicht mehr ernst, und am Ende der Sitzung fragte ich mich, ob ich mich wohl getäuscht hatte.

Kapitel 25

ZUSAMMENKUNFT

... und zum Schluss half nichts, und die Prinzessin wollte den Tanzbären für sich haben. Solch ein Flehen hatte man schon seit Jahr und Tag nicht mehr gehört, doch zu guter Letzt obsiegte sie, und ihr Vater gab dem Bärenwärter eine Handvoll Gold für das Tier. Und die Prinzessin selbst nahm die Kette am Ring des Bären und führte die große, mächtige Kreatur in ihr Schlafgemach. Doch tief in der Nacht, während alle anderen schliefen, stand der Junge auf und streifte seine Bärenhaut ab. Und als er sich der Prinzessin zeigte, fand sie ihn so ansehnlich, wie sie noch keinen Jüngling gefunden hatte, und es war weniger, dass er seinen Willen mit ihr hatte, sondern mehr sie den ihren mit ihm.

DER BÄRENJUNGE UND DIE PRINZESSIN

Eines Nachmittags begannen die Birken zu blühen, und der festgetrampelte Schnee auf dem Hof verwandelte sich in Matsch. Der Frühling kam in jenem Jahr rasch nach Bocksburg. Als die Sonne unterging, konnte man an einigen Stellen bereits die blanke Erde sehen. In der Nacht war es wieder kalt, und alles kam zum Erliegen, doch am nächsten Morgen erwachte das Land zu dem Geräusch rauschenden Wassers und einem warmen Wind.

Ich hatte in der Kaserne gut geschlafen, trotz des Schnarchens von zwei Dutzend Männern. Ich stand mit den anderen auf, aß ein herzhaftes Frühstück und kehrte dann in die Kaserne zurück, um die weiß-purpurne Tunika der königlichen Leibgarde überzustreifen. Wir schnallten unsere Schwerter um, holten unsere Pferde und versammelten uns im Hof.

Dann folgte das unvermeidliche Warten auf den Prinzen. Als er schließlich erschien, begleiteten ihn Ratgeber Chade und Königin Kettricken. Der Prinz schien sich unbehaglich zu fühlen. Gut ein Dutzend niederer Adliger war angetreten, um ihn zu verabschieden. Unter den Wartenden befanden sich auch die sechs Repräsentanten, welche die einzelnen Herzogtümer zur Königin entsandt hatten, um mit ihr das Problem der Zwiehaften zu diskutieren. Ich konnte ihnen ansehen, dass sie nie damit gerechnet hatten, den Zwiehaften Auge in Auge gegenüberzustehen, und sie freuten sich nicht gerade darauf. Gentil Bresinga war ebenfalls unter jenen, die im Schneematsch standen, um dem Prinzen eine gute Reise zu wünschen. Aus der hintersten Reihe der königlichen Leibwache beobachtete ich sein ruhiges Gesicht und fragte mich, wie er wohl über das Geschehen dachte. Auf ausdrücklichen Befehl der Königin durfte niemand außer dem Prinzen und seiner Eskorte die Burg verlassen. Sie wollte in keinem Fall riskieren, die ohnehin schon übervorsichtige Abordnung des Alten Blutes zu verschrecken.

Die Königin erteilte ihrem Kommandeur ein paar knappe Befehle. Ich hörte nicht, was sie Moorhoff, unserem Anführer, sagte, aber ich sah, wie sich sein Gesichtsausdruck veränderte. Er verneigte sich ernst, doch Missbilligung stand ihm ins Gesicht geschrieben. Dann beobachtete ich entsetzt, wie eine Frau zu Pferde sich zu uns gesellte; sie führte das Pferd der Königin hinter sich her. Es dauerte einen Augenblick, bis ich Laurel erkannte. Sie hatte sich das Haar kurz geschnitten und schwarz gefärbt. Chade trat tadelnd vor, doch Kettricken schüttelte den Kopf und sprach kurz mit ihm. Auch diesmal konnte ich die Worte nicht verstehen, als Kettricken sich verspannte und Chade rot anlief. Mit einem höflichen Nicken für ihren Ratgeber saß sie auf; dann folgten wir unserem Prinzen und Moorhoff aus der Burg hinaus. Ich blickte zurück und sah Chade uns entsetzt hinterherstarren. *Warum begleitet sie uns?*, verlangte ich über die Gabe von Chade zu wissen, doch falls er meinen Gedanken empfing, so antwortete er nicht.

Ich stellte dem Prinzen die gleiche Frage.

Ich weiß es nicht. Sie hat Chade nur gesagt, es hätte eine Planänderung gegeben und dass sie es ihm überließe, dafür zu sorgen, dass niemand uns folgt. Das gefällt mir nicht.

Mir auch nicht.

Ich beobachtete, wie der Prinz etwas zu seiner Mutter sagte. Sie schüttelte nur den Kopf. Ihre Lippen waren fest aufeinandergepresst. Laurel blickte stur geradeaus. Schon beim ersten Blick war mir aufgefallen, dass sich neue Falten auf ihrem Gesicht gebildet hatten und sie hager geworden war. War sie also als Gesandte der Königin bei den Zwiehaften gewesen? War das die Art, wie sie gegen die Gescheckten kämpfte? Indem sie versuchte, den gemäßigteren Gruppen mehr Einfluss zu verschaffen? Das ergab Sinn, aber das dürfte ihr weder leichtgefallen noch sonderlich sicher für sie gewesen sein. Ich fragte mich, wann sie zum letzten Mal tief und fest geschlafen hatte.

Die schmelzende Schneedecke gab ungleichmäßig unter den Pferdehufen nach. Wir verließen die Burg durchs Westtor. Vorgeblich kannten nur der Prinz und Moorhoff unser Ziel. Der Vogel mit der entsprechenden Nachricht war gestern eingetroffen. In Wahrheit teilte ich dieses Wissen. Es hatte einiges an Unzufriedenheit über die Entscheidung der Königin gegeben, sich mit den Gesandten des Alten Blutes zu treffen. Daher hatte man es für weise gehalten, den Treffpunkt geheim zu halten, damit übereifrige Adlige den Plan nicht sabotieren konnten.

Der Wind versprach Regen oder Schneeregen. Harz bedeckte die blattlosen Bäume, das erste Anzeichen von Leben. Wir nahmen nicht die Abzweigung, die zum Fluss hinunterführte, sondern jene in die bewaldeten Hügel jenseits der Burg. Ein einsamer Falke patrouillierte am Himmel, vielleicht auf der Suche nach ersten abenteuerlustigen Mäusen. Als die Bäume näher an die Straße heranrückten, erteilte Moorhoff den Befehl, die Formation zu ändern, sodass der Prinz und die Königin nun in unserer Mitte statt an der Spitze ritten. Meine Furcht wuchs. Durch nichts hatte Pflichtgetreu auch nur angedeutet, dass er sich bewusst war, dass ich hinter ihm ritt, aber ich war froh über die Gabenverbindung, die zwischen uns bestand.

Wir ritten den ganzen Morgen hindurch, und an jeder Weggabelung nahmen wir die weniger befahrene Abzweigung. Ich war nicht gerade erfreut darüber, dass der schmale Weg zwischen den Bäumen uns dazu zwang, in Reihe zu reiten. Meine Schwarze hasste es, ihre Geschwindigkeit dem Pferd vor sich anpassen zu müssen. Ich musste einen steten Kampf gegen sie ausfechten, um sie in Reih und Glied zu halten. Ihr Starrsinn war eine unwillkommene Ablenkung, während ich versuchte, mein zwiehaftes Bewusstsein auf den Wald auszudehnen. Angesichts der Männer und Pferde um mich herum war es nahezu unmöglich, irgendetwas jenseits von ihnen wahrzunehmen. Es war, als versuche man, inmitten bellender Hunde auf das Quieken einer Maus zu lauschen. Nichtsdestoweniger verfluchte ich mich selbst und sandte eine Gabenwarnung an den Prinzen, als ich mir der Kundschafter in unseren Flanken bewusst wurde. Sie hatten hervorragende Arbeit geleistet. Ich bemerkte zwei und, bevor ich auch nur Luft holen konnte, noch drei weitere, die uns zwischen den Bäumen beschatteten. Sie waren zu Fuß, die Gesichter verhüllt, um nicht erkannt zu werden. Als Waffen trugen sie Bogen mit sich.

Das ist nicht der Treffpunkt, wo sie gesagt haben, dass sie uns erwarten werden, sandte mir Pflichtgetreu besorgt, als Moorhoff einen Halt befahl. So gut es ging, formierten wir uns um den Prinzen und unsere Königin. Die Zwiehaften, die ich sah, hatten Pfeile an die Sehnen gelegt, die Bogen aber nicht gespannt.

Dann hallte eine Stimme durch den Wald. »Das Alte Blut grüßt Euch!«

»Pflichtgetreu Weitseher erwidert den Gruß!«, rief Pflichtgetreu mit klarer Stimme, als die Königin schwieg. Er klang vollkommen ruhig, aber ich spürte förmlich das Herz in seiner Brust hämmern.

Eine kleine dunkle Frau trat zwischen den Bogenschützen hindurch und stellte sich vor uns. Im Gegensatz zu den anderen war sie unbewaffnet und ihr Gesicht nicht bedeckt. Sie schaute zum Prinzen hinauf. Dann wanderte ihr Blick zur Königin. Ihre Augen wurden größer, und ein schmales Lächeln erschien auf ihrem Gesicht. Dann sagte sie mit klarer Stimme: »Fitz-Chivalric.« Ich versteifte mich, aber Pflichtgetreu entspannte sich.

Er nickte in Richtung Moorhoff und sagte: »Das war das vereinbarte Passwort. Dies sind die Leute, die wir versprochen haben zu treffen und zu eskortieren.« Er drehte sich wieder zu der Frau um. »Aber warum seid ihr hier und nicht am vereinbarten Treffpunkt?«

Die Frau lachte leise, aber bitter. »Wir haben in der Vergangenheit Vorsicht im Umgang mit den Weitsehern gelernt, Herr. Ihr müsst uns verzeihen, wenn wir sie immer noch anwenden. Sie hat schon vielen von uns das Leben gerettet.«

»Man hat euch nicht immer gerecht behandelt, also will ich euer Misstrauen entschuldigen. Ich bin hier, wie ihr gewünscht habt, um euren Gesandten sicheres Geleit nach Bocksburg zu gewähren.«

Die Frau nickte. »Und habt Ihr auch eine Geisel von edler Geburt für uns mitgebracht, wie wir verlangt haben?«

Zum ersten Mal meldete sich die Königin. »Er ist hier. Ich gebe euch meinen Sohn.«

Pflichtgetreu wurde kreideweiß, und Moorhoff platzte heraus: »Meine Königin, ich flehe Euch an, nein!« Er drehte sich zu der Frau vom Alten Blut um. »Werte Dame, mir hat man nichts von einer Geisel gesagt. Bitte entzieht meinen Prinzen nicht meinem Schutz. Nehmt mich stattdessen!«

Hast du davon gewusst?, verlangte ich von Pflichtgetreu zu wissen.

Nein. Aber ich verstehe, wie sie darauf gekommen ist. Seine Antwort war seltsam ruhig. Die nächsten Worte sprach er laut, aber sie waren sowohl für mich als auch für den Hauptmann bestimmt. »Halte Frieden, Moorhoff. Das ist die Entscheidung meiner Mutter, und ich werde ihr gehorchen. Niemand wird dir vorwerfen, dass du dem Willen deiner Königin gefolgt bist. Hier bin ich das Opfer für mein Volk.« Er drehte sich zu seiner Mutter um. Er war noch immer blass, aber seine Stimme klang fest. Plötzlich wusste ich, wie stolz ihn dieser Augenblick machte. Er war stolz, auf diese Art dienen zu dürfen, stolz, dass Kettricken ihn für reif genug erachtete, sich dieser Herausforderung zu stellen. »Wenn es der Wille meiner Königin ist, werde ich mein Leben in eure Hände legen. Sollte irgendeiner der euren zu Schaden kommen, habe ich mein Leben willentlich verwirkt.«

»Und auch ich werde als Sicherheit für das Wort meiner Königin bleiben.« Laurels Stimme hallte klar durch das entsetzte Schweigen, das Pflichtgetreus Worten gefolgt war. Die Frau vom Alten Blut nickte ernst. Laurel war ihr offenbar gut bekannt.

Meine Gedanken überschlugen sich, als ich versuchte, alles zusammenzufügen. Natürlich hatten jene vom Alten

Blut nach Geiseln gefragt. Sicheres Geleit und verborgene Identitäten würden ihre gewählten Führer nicht mehr schützen, wenn sie sich erst einmal innerhalb der Mauern von Bocksburg befanden. Trotz Chades Ablehnung dieser Forderung hätte ich wissen müssen, dass irgendjemand als Geisel würde herhalten müssen. Aber warum musste es ausgerechnet der Prinz sein? Warum hatte die Königin nicht mich statt Laurel auswählen können, um an seiner Seite zu bleiben? Ich betrachtete meine Königin mit neuen Augen. Das Täuschungsmanöver überraschte mich ebenso sehr wie die Art, auf die sie Chade übergangen hatte. Nun, ich wusste, dass er ohnehin nie zugestimmt hätte. Wie hatte sie das alles arrangiert? Über Laurel?

Moorhoff sprang vom Pferd und kniete sich vor Kettricken in den nassen Schnee. Er flehte sie an, das nicht zu tun; sie solle ihn als Geisel schicken oder zumindest ihm und fünf ausgewählten Männern erlauben, bei Pflichtgetreu zu bleiben. Doch meine Königin blieb hart.

Pflichtgetreu saß ab und zog Moorhoff in die Höhe. »Niemand wird dir je die Schuld an dem hier geben, selbst wenn es tragisch enden sollte«, versicherte er ihm. »Meine Mutter, die Königin, ist hier, um mich auszuliefern. Deshalb ist sie mitgekommen. Alle werden wissen, dass es ihr Wille war, nicht deiner. Ich bitte dich, guter Mann, steig wieder auf und bring deine Königin sicher nach Hause.« Er hob die Stimme. »Ja, und alle, die mit dir zurückreiten, sollen mich hören. Beschützt diese Leute, als hinge mein Leben davon ab, denn ich versichere euch, dass es das tut. So könnt ihr mir am besten dienen.«

Dann wandte sich die Frau vom Alten Blut an Moorhoff. »Ich verspreche Euch und seiner Mutter, dass er gut behandelt werden wird, solange die unseren gleich behandelt werden. Darauf habt Ihr mein Wort.«

Moorhoff schien das nur wenig zu trösten.

Ich war in der Zwickmühle. *Ich werde kehrtmachen und euch folgen,* versprach ich dem Prinzen.

Nein. Meine Mutter hat ihr Wort gegeben, dass wir sie gerecht behandeln werden, und das werden wir auch. Wenn ich dich brauche, werde ich dich das wissen lassen. Das verspreche ich dir. Aber jetzt lass mich tun, was sie mir auferlegt hat.

Dann kamen die Gesandten zu zweit und zu dritt aus dem Wald. Einige brachten ihre Geschwistertiere mit. Ich hörte das Kreischen eines Falken über unseren Köpfen und wusste, dass ich früher am Tag richtiggelegen hatte. Ein anderer Mann ritt mit einem gefleckten Hund am Steigbügel. Eine Frau kam mit einer trächtigen Kuh zu uns. Aber von den ein Dutzend Leuten, die vermummt zu uns traten, waren die meisten allein. Ich fragte mich, ob sie die Tiere zurückgelassen hatten oder im Augenblick geschwisterlos waren.

Ein Mann erregte sofort meine Aufmerksamkeit. Vermutlich war er um die fünfzig, aber wie viele aktive Männer kam er gut mit seinen Jahren zurecht. Er trug einen Seesack mit sich und führte ein Pferd hinter sich her, dem er offenbar misstraute. Sowohl sein Haar als auch sein kurz geschnittener Bart waren stahlgrau, und seine Augen waren von der gleichen Farbe abgesehen von einem Hauch von Blau. Neben der Frau vom Alten Blut, die uns zuerst begrüßt hatte, war er der Einzige, der keine Maske trug. Es war jedoch nicht sein Aussehen, was mir an ihm auffiel, sondern die Ehrerbietung, mit der ihm die anderen vom Alten Blut begegneten. Sie wichen vor ihm zurück, als wäre er entweder heilig oder verrückt.

Die Frau vom Alten Blut, die uns zuerst begrüßt hatte, deutete auf ihn. »Ihr habt uns Prinz Pflichtgetreu anvertraut. Damit haben wir trotz Eurer Worte nicht gerechnet. Doch wir haben beschlossen, das Gleiche zu tun, solltet Ihr uns eine Geisel übergeben, die Euren Respekt zum Ausdruck bringt. Wir geben Euch Web. Er ist vom ältesten Alten Blut, der Letzte einer ungemischten Blutlinie. Wir haben weder Adel noch Könige oder Königinnen, aber von Zeit zu Zeit haben wir so jemanden wie Web. Er herrscht nicht über uns, aber er hört uns zu und wir ihm. Behandelt alle meine Leute gut, doch behandelt Web, als wäre er Euer Prinz.«

Diese Vorstellung kam mir seltsam vor. Jetzt wusste ich nur wenig mehr über den Mann als zuvor, und doch verhielten sich alle vom Alten Blut so, als hätten sie uns ein kostbares Geschenk gemacht. Das würde ich später Chade erklären müssen.

Ich überlegte, Dick zu kontaktieren und ihn zu bitten, Chade zu sagen, was die Königin getan hatte, entschied mich aber dagegen. Der kleine Mann verzerrte Botschaften oft, und ich wollte Chade nicht zu unüberlegten Handlungen treiben. Davon hatte ich für einen Tag schon genug. Als unsere beiden Gruppen sich voneinander trennten und wir Pflichtgetreu und Laurel von bewaffneten Zwiehaften umgeben zurückließen, begann es plötzlich in Strömen zu regnen. Die Frau, die als Erste zu uns gesprochen hatte, rief uns freundlich hinterher: »Drei Tage! Bringt meine Leute unversehrt in drei Tagen wieder zurück!«

Die Königin drehte sich um und nickte ernst. Diese Erinnerung war unnötig gewesen. Schon jetzt schien uns die Zeit viel zu lang, in der das Wohlbefinden unseres Prinzen diesen Leuten anvertraut war.

Moorhoff tat sein Bestes, um seine Männer schützend um die Gesandten zu formieren, aber es waren mehr, als wir erwartet hatten, und die Reihen der Soldaten zogen sich auseinander. Ich ritt am Ende der Prozession neben der Frau mit der Geschwisterkuh. Ich hatte gedacht, der Bärtige würde auf irgendeine Art Ehrenplatz in der Kolonne bestehen, vielleicht neben der Königin. Stattdessen ritt Web weit hinten, unmittelbar vor mir. Ich blickte zurück, um einen letzten Blick auf meinen Prinzen zu werfen, der im eisigen Regen auf seinem Pferd saß. Als ich wieder nach vorn schaute, stellte ich fest, dass der Bärtige mich beobachtete.

»Er ist tapferer, als ich von einem Jungen seines Alters erwartet habe, und verdammt zäh für einen Prinzen«, bemerkte Web zu mir. Der Soldat zu meiner Rechten funkelte den Mann an, doch ich nickte nur ernst. Web blickte mir in die Augen, bevor er sich wieder von mir abwandte. Dass er diese Worte ausgerechnet an mich gerichtet hatte, machte mich nervös.

Bevor wir Bocksburg erreichten, war ich vollkommen durchnässt. Der Regen wechselte zu trägem Schneefall, und die Straße wurde immer tückischer, sodass wir nur langsam vorankamen. Die Torwachen ließen uns ohne Fragen oder Verzögerung durch, doch als wir an ihnen vorbeiritten, sah ich einen Soldaten die Augen aufreißen und las ihm von den Lippen ab: »Der Prinz ist weg!« So eilte uns das Gerücht in der Burg voraus.

Im Hof half Moorhoff der Königin beim Absitzen. Chade war dort, um uns zu empfangen. Kurz verlor er die Beherrschung, als er bemerkte, dass der Prinz nicht mit zurückgekehrt war. Seine scharfen grünen Augen suchten sofort mich. Ich mied seinen Blick, nicht nur weil ich keine Informationen für ihn hatte, sondern auch, weil ich nicht wollte, dass die Leute uns miteinander in Verbindung brachten. Das fiel mir auch nicht schwer. Der Hof hatte sich in ein einziges Schlammfeld voller umhereilender Menschen und Tiere verwandelt. Die Milchkuh muhte aufgeregt in die Kakofonie der Stimmen hinein. Stallburschen warteten darauf, unsere Tiere und die unserer Gäste zu übernehmen, aber auf eine trächtige Kuh waren sie ebenso wenig vorbereitet wie auf eine vermummte Frau, die ihr Tier nicht allein lassen, aber auch nicht allein mit ihm in den Stall gehen wollte.

Schließlich meldeten Web und ich uns freiwillig, sie zu begleiten. Ich fand eine leere Box und machte es der müden

Kuh so bequem, wie man es ihr in einem fremden Stall machen konnte. Die Frau sagte nur wenig, zu keinem von uns beiden; sie schien sich ausschließlich um das Wohlergehen ihrer Kuh zu kümmern. Aber Web war freundlich und gesprächig, und das nicht nur mir gegenüber, sondern auch zu den Pferden in ihren Boxen und den Stallburschen, die ich frisches Wasser und Heu holen schickte. Ich stellte mich als Tom Dachsenbless von der Leibgarde der Königin vor.

»Ah«, sagte Web und nickte, als hätte ich ihm etwas bestätigt, was er schon lange vermutet hatte. »Dann musst du Laurels Freund sein. Sie hat sehr gut von dir gesprochen und dich mir empfohlen.«

Mit dieser beunruhigenden Bemerkung setzte er seinen Erkundungsgang durch die Ställe fort. Er schien an allem interessiert zu sein, was um ihn herum vorging, und er erkundigte sich nicht nur nach den hier untergebrachten Tieren, sondern auch ob ich schon lange Gardist sei und ob ich mich genauso sehr wie er auf trockene Kleider und etwas Warmes zu trinken freuen würde.

Ich war wortkarg, ohne rüde zu sein. Dennoch empfand ich es als Erleichterung, als ich ihn schließlich die Treppe hinauf in den Ostflügel eskortierte, wo die Königin beschlossen hatte, ihre Gäste vom Alten Blut unterzubringen. In diesen Quartieren hatten sie ihre Ruhe vor der Burgbevölkerung. Hier befand sich auch ein großer Raum, wo sie unmaskiert miteinander essen konnten, nachdem die Diener die Speisen aufgetragen hatten und verschwunden waren. Alle schienen sie sehr bedacht darauf zu sein, dass ihre Identität verborgen blieb. Alle außer Web. Ich brachte ihn und die Kuhfrau in das Stockwerk mit den Schlafgemächern. Dort wurden sie von einer Zofe begrüßt, die sie bat, ihr zu folgen. Die Kuhfrau ging, ohne einen Blick zu mir zurückzuwerfen, doch Web schüttelte mir herzlich die Hand und sagte, dass er davon ausgehe, dass wir schon bald wieder Gelegenheit haben würden, miteinander zu reden. Er war noch keine drei Schritte von mir entfernt, als er die Zofe fragte, ob ihr ihre Arbeit gefalle, ob sie schon lange in der Burg lebe und ob es nicht eine Schande sei, dass ein solch schöner Frühlingstag in einem derartigen Schauer enden musste.

Nachdem ich meine Pflichten erledigt hatte, begab ich mich in den Speisesaal der Soldaten. Dort herrschte ein großer Aufruhr, während man die Entscheidung der Königin in der größtmöglichen Lautstärke diskutierte. Die Halle war vollkommen überfüllt. Nicht nur Soldaten hatten sich hier versammelt, sondern alle, die die Geschichte von Augenzeugen und wenn möglich als Erste hören wollten. Dafür war es jedoch bereits zu spät. Unter Soldaten pflanzen sich Gerüchte schneller fort als Kaninchen. Während ich Eintopf und Brot hinunterschlang, hörte ich mir geduldig Berichte davon an, wie wir von hundert Zwiehaften mit Bogen, Schwertern und mindestens einem wilden Eber mit gewaltigen Hauern umzingelt worden waren. Besonders die letzte Ergänzung fand meine Bewunderung. Wenigstens berichtete der Mann, der seine Geschichte am lautesten durch den Saal schrie, auch davon, wie ruhig und tapfer unser Prinz gewesen war.

Noch immer nass und durchgefroren, verließ ich den Speisesaal und ging den Gang hinunter, der an der Küche vorbei zu den Speisekammern führte. In einem ruhigen Augenblick huschte ich in Dicks kleines Zimmer und von dort aus in die Geheimgänge der Burg. Ich floh so schnell es ging in mein Arbeitszimmer hinauf, zog mir trockene Sachen an und legte die nassen über Tisch und Stühle. Chade hatte mir eine kurze Notiz hingelegt: »Privater Empfangsraum der Königin«. Den Tintenflecken nach zu urteilen war er in einer ziemlich üblen Laune gewesen, als er das geschrieben hatte.

Ich arbeitete mich so schnell wie möglich durch das gewundene Labyrinth. Ich verfluchte dessen Konstruktion und fragte mich, ob die Männer, die es gebaut hatten, wirklich so klein gewesen waren, wie die niedrigen Decken vermuten ließen. In Wahrheit hatte natürlich niemand dieses Labyrinth in seiner endgültigen Form so geplant. Man hatte vielmehr Lücken zwischen den Wänden und aufgegebene Dienertreppen benutzt sowie hier und da etwas im Geheimen bei Reparaturarbeiten am Mauerwerk hinzugefügt. Ich war vollkommen außer Atem, als ich den geheimen Eingang zu den Privatgemächern der Königin erreichte. Ich blieb stehen, um erst einmal Luft zu holen, bevor ich anklopfte; da hörte ich einen wilden Streit auf der anderen Seite der Geheimtüre.

»Und *ich* bin die Königin!«, erwiderte Kettricken wütend auf was immer Chade gesagt haben mochte. »Ich bin auch seine Mutter. Glaubst du allen Ernstes, dass ich den Thronerben *und* meinen Sohn in Gefahr bringen würde, wenn es nicht von allergrößter Wichtigkeit wäre?« Ich hörte Chades Antwort nicht, doch Kettrickens Stimme war klar und deutlich und fast schrill. »Nein, es hat nichts mit meiner ›verdammten Bergerziehung‹ zu tun! Es hat etwas damit zu tun, dass ich meine Edelleute zwingen muss, sich mit dem Alten Blut auseinanderzusetzen, als hätten sie etwas dabei zu verlieren. Du hast selbst gesehen, wie sie vorher meine Bemühungen heruntergemacht haben. Und warum? Weil es sie nichts gekostet hat, die Dinge so weiterlaufen zu lassen wie bisher. Die Ungerechtigkeit war ihnen egal. Ihre Frauen und Söhne liefen nicht Gefahr, das Leben zu verlieren. Sie haben nachts nie wach gelegen und sich davor gefürchtet, dass jemand, den sie lieben, als Zwiehafter enttarnt und dafür ermordet werden könnte. Ich aber schon. Ich werde dir jetzt etwas sagen, Chade: Mein Sohn schwebt heute als Geisel bei den Zwiehaften nicht mehr in Gefahr als gestern hier in Bocksburg, wo ihn jeder Adlige unter dem Vorwurf der Alten Macht vor Gericht hätte zerren können.«

In dem Schweigen, das ihren Worten folgte, klopfte ich laut an die Tür. Als ich den Raum betrat, fand ich sowohl Kettricken als auch Chade mit hochroten Köpfen, aber gefasst vor. Ich kam mir wie ein Kind vor, das seine Eltern bei einem Streit überrascht hatte. Einen Augenblick später machte sich Chade jedoch daran, mich in den Streit hineinzuziehen.

»Wie konntest du das zulassen?«, verlangte er von mir zu wissen. »Warum hast du mich nicht informiert? Geht es dem Prinzen gut? Ist ihm etwas geschehen?«

»Es geht ihm gut ...«, begann ich, doch Kettricken unterbrach mich.

»Wie konnte *er* das zulassen? Ratgeber Chade, jetzt gehst du entschieden zu weit. Viele Jahre lang hast du mir mit Rat und Tat zur Seite gestanden, und du hast mich gut beraten, aber wenn du noch einmal deinen Platz in der Hierarchie vergisst, sind wir geschiedene Leute. Du bist hier, um mich zu beraten, nicht um Entscheidungen zu treffen, und sicherlich nicht, um meinen Willen zu umgehen! Glaubst du etwa, ich hätte nicht genauestens über jeden Aspekt dieser Angelegenheit nachgedacht? Dann folge einmal meinen Gedanken, oh du, der du mich diese Art von Denken gelehrt hast. Fitz ist hier, und durch ihn werde ich wissen, ob mein Sohn in irgendeiner Form gedemütigt wird. Meinem Sohn zur Seite steht eine Frau, die mit den Sitten und Bräuchen des Alten Blutes vertraut und mir treu ist. Außerdem kann sie durchaus eine Waffe führen, sollte es notwendig sein. Ich wiederum habe ein Dutzend Leute in meiner Gewalt, deren Leben im selben Augenblick in Gefahr sind, da meinem Prinzen irgendetwas widerfährt. Du hast ihre Forderung nach einer Geisel mit der Begründung abgelehnt, sie würden zwar protestieren, aber sich schlussendlich doch mit uns treffen. Laurel hat mir etwas anderes geraten. Sie kennt das Misstrauen der Zwiehaften gegenüber den Weitsehern nur allzu gut, und dieses Misstrauen gründet sich auf Generationen voller Ungerechtigkeiten. Sie hat gesagt, wir müssten ihnen eine Geisel anbieten, und zwar eine von gutem Stand. Wen hätte ich ihnen denn anbieten sollen? Mich selbst? Das war tatsächlich mein erster Gedanke, aber wer wäre dann hier, um mit ihnen zu verhandeln? Mein Sohn, der sich in den Augen vieler noch bewähren muss? Nein. Ich musste hierbleiben. Ich habe auch über andere Alternativen nachgedacht. Hätte ich einen Adligen schicken sollen, der sie fürchtet und verachtet, und das gegen den Widerstand der Herzöge? Hätte ich dich schicken sollen? Dann wäre ich deines Rats beraubt gewesen. Fitz-Chivalric? Um ihn wertvoll genug zu machen, hätte ich seine Identität preisgeben müssen. So bin ich schließlich auf meinen Sohn gekommen. Er ist für beide Seiten wertvoll, und das für alle auch nur bei lebendigem Leib. Während der Verhandlungen haben sie mir gegenüber kein Geheimnis daraus gemacht, dass sie wissen, dass er über die Alte Macht verfügt. Somit gehört er in vielerlei Hinsicht sowohl zu ihnen wie auch zu uns. Er kann ihre Situation verstehen, weil er sich selbst darin befindet. Außerdem bezweifle ich nicht, dass er in ihrer Gesellschaft mehr lernen wird, als wenn er während der Verhandlungen an meiner Seite geblieben wäre. Was er dort lernt, wird ihn letztendlich zu einem besseren König für *all* seine Untertanen machen.« Sie hielt inne. Dann fügte sie ein wenig atemlos hinzu: »Nun, Ratgeber Chade. Zeig mir meinen Fehler.«

Chade saß einfach nur da, schaute sie an und hatte den Mund ein wenig geöffnet. Ich versuchte erst gar nicht, meine Bewunderung zu verbergen. Dann grinste Kettricken mich an, und ich sah grüne Funken in Chades Augen.

Er ließ den Mund wieder zuschnappen. »Du hättest es mir vorher sagen können«, erklärte er in bitterem Tonfall. »Ich mag es nicht, wie ein Narr auszusehen.«

»Dann zeig dich fröhlich und überrascht wie der Rest«, riet ihm Kettricken gereizt. Mit deutlich sanfterer Stimme fügte sie hinzu: »Alter Freund, ich weiß, dass ich deine Gefühle verletzt habe und dass du dir nur Sorgen um das Wohlergehen meines Sohnes machst. Aber hätte ich dich in dieser Sache ins Vertrauen gezogen, du hättest mich davon abgehalten. Nicht wahr?«

»Vielleicht. Aber das heißt noch lange nicht …«

»Halte Frieden«, beruhigte sie ihn. »Es ist getan, Chade. Jetzt akzeptiere es. Ich bitte dich, geh wegen dieser Sache nicht weniger gerecht und flexibel in die Verhandlungen.« So schnell hatte sie ihn zum Schweigen gebracht. Dann drehte sie sich zu mir um. »Dich will ich hinter der Wand wissen, Fitz-Chivalric; du sollst alles mitverfolgen. Natürlich ist es auch deine Aufgabe, über das Wohlergehen meines Sohnes zu wachen. Außerdem könnte er durchaus in der Lage sein, dir Informationen zukommen zu lassen, die uns bei den Verhandlungen einen Vorteil verschaffen könnten.« Sie täuschte Gelassenheit vor, als sie fragte: »Bist du dir im Augenblick seiner bewusst?«

»Nicht direkt«, gab ich zu. »Ich reite nicht mit ihm, wie Veritas einst mit mir geritten ist. Das ist ein Aspekt der Gabe, den er noch nicht vollständig gemeistert hat. Aber … einen Moment.« Ich atmete tief durch und griff zu ihm hinaus. *Pflichtgetreu? Ich bin hier bei Chade und der Königin. Ist alles in Ordnung bei dir?*

Uns geht es gut. Ist Chade sehr wütend auf sie?

Zerbrich dir darüber nicht den Kopf. Sie kommt schon mit ihm zurecht. Sie wollte einfach nur sicherstellen, dass wir einander erreichen können.

Das können wir. Ich unterhalte mich gerade mit Fleria, ihrer Anführerin. Lass mich ihr jetzt meine Aufmerksamkeit schenken, sonst denkt sie noch, ich wäre nicht ganz bei Trost.

Als ich wieder zu Chade und Kettricken blickte, funkelte der alte Mann mich an. »Weshalb lächelst du so?«, verlangte er gereizt zu wissen, als hätte ich ihn verspottet.

»Mein Prinz hat mit mir gescherzt. Es geht ihm in der Tat

sehr gut, und wie die Königin vermutet hat, unterhält er sich gerade mit der Anführerin der Zwiehaften, Fleria.«

Triumphierend drehte sich die Königin zu Chade um. »Siehst du? Schon hat er einen Namen für uns. Eine Information, die uns lange verborgen geblieben ist.«

»Du meinst, sie hat ihm einen Namen genannt, mit dem er sie rufen kann«, erwiderte Chade verärgert. Dann wandte er sich an mich. »Warum kann ich ihn nicht hören? Was muss ich tun, um mein Talent so weit zu perfektionieren, dass ich damit tun kann, was ich tun muss?«

»Der Fehler liegt vielleicht nicht bei dir, Chade. Pflichtgetreu hat es endlich gelernt, seine Gedanken ausschließlich auf mich auszurichten. Noch nicht einmal Dick würde es bemerken, wenn er über die Gabe Kontakt zu mir aufnimmt. Glaube ich jedenfalls. Es könnte durchaus sein, dass ihr eine stärkere Verbindung zueinander entwickelt, wenn du und der Prinz intensiver zusammenarbeiten. Dabei könntest du auch generell empfänglicher für die Magie werden. Aber bis dahin …«

»Bis dahin müsst ihr euch in Geduld üben; redet später darüber weiter«, unterbrach mich meine Königin. »Selbst die langsamsten Gäste dürften inzwischen trocken sein. Komm, Chade. Wir treffen uns mit ihnen in der östlichen Versammlungshalle. Und du, Fitz, geh auf deinen Posten. Falls wir irgendetwas hören sollten, was die Sicherheit meines Sohnes gefährdet, möchte ich, dass er sofort davon erfährt.«

Eine andere Frau hätte auf Chade gewartet oder wäre erst einmal kurz zum Spiegel gegangen. Nicht so Kettricken. Sie stand auf und schwebte aus dem Raum, fest davon überzeugt, dass ihr Ratgeber ihr auf den Fuß folgen und ich mich sofort auf den Weg zu meinem Spionageposten begeben würde. In dem Blick, den Chade mir zuwarf, mischten sich Stolz und Kummer. »Ich habe sie vielleicht zu viel gelehrt«, bemerkte er leise zu mir.

Ich kehrte wieder in das Labyrinth der Gänge zurück. Im Arbeitszimmer versorgte ich mich mit ausreichend Kerzen und einem Sitzkissen. Auf dem Weg zu meinem Lauschposten gesellte sich Gilly zu mir. Er war enttäuscht, dass ich heute keine Rosinen dabeihatte, aber stattdessen gab er sich mit dem Abenteuer zufrieden.

Alle diplomatischen Verhandlungen, die ich bisher gesehen hatte, begannen am ersten Tag meist sehr langweilig. Diese hier war keine Ausnahme. Trotz der geheimnisvoll Maskierten vom Alten Blut war der erste lange Nachmittag ein Morast aus vorsichtigen politischen Manövern und höflich verpackten Verdächtigungen des Gegenübers. Die Gesandten des Alten Blutes wollten noch nicht einmal preisgeben, aus welchen der Sechs Provinzen sie stammten, geschweige denn ihre Namen. Die Ergebnisse dieser ersten Runde fielen denn auch recht spärlich aus: Die vom Alten Blut mussten zumindest den Namen ihrer Heimatprovinz nennen. Außerdem sollten Beschwerden gegen die Behandlung der Zwiehaften in dem jeweiligen Herzogtum genauestens dokumentiert werden, einschließlich der Namen der Personen, denen Unrecht widerfahren war.

Web bildete die Ausnahme bei all diesen Regeln. Er war der Auslöser für die einzige Szene, die an jenem ersten Tag interessant für mich war. Er stellte sich selbst als aus den Bocksmarken gebürtig vor; er stammte aus einer kleinen Küstenstadt an unserer Grenze zu Bearns. Von Beruf war er Fischer und der letzte Nachfahre einer einst großen Familie vom Alten Blut. Die meisten seiner direkten Familienangehörigen waren während des Kriegs der Roten Schiffe ums Leben gekommen, und seine uralte Großmutter war letzten Frühling an Altersschwäche gestorben. Er war nicht verheiratet und hatte keine Kinder, aber er betrachtete sich nicht als allein, denn er war mit einem Seevogel verschwistert, einem, der jetzt gerade auf dem Wind um Bocksburg segelte.

Der Name des Vogels war Wagnis, und falls die Königin Interesse hätte, sie kennenzulernen, würde er sich freuen, sie auf eine der Turmspitzen zu rufen.

Ihm allein fehlte das beinahe feindselige Misstrauen, das die anderen vom Alten Blut teilten. Seine Redseligkeit machte das Schweigen der übrigen mehr als wett. Er schien Königin Kettricken beim Wort zu nehmen, dass sie der Verfolgung jener vom Alten Blut ein Ende bereiten wollte. Nicht nur nutzte er mehrere Gelegenheiten, ihr öffentlich für ihre guten Absichten zu danken, sondern auch dafür, dass sie diese Versammlung möglich gemacht hatte. Er sagte, sie hätte die Menschen vom Alten Blut auf eine Art und Weise zusammengeführt, wie es schon seit Generationen nicht mehr der Fall gewesen sei – nicht seit sie gezwungen seien, ihre Magie zu verbergen, und nicht mehr in Gemeinschaften zusammenleben konnten. Von da aus begann er zu erklären, wie wichtig es sei, dass Kinder vom Alten Blut ihre Magie offen ausleben dürften, damit sie sie vollständig erlernen konnten. Darin schloss er auch Prinz Pflichtgetreu mit ein und bekundete sein Mitgefühl, dass die Magie von Kettrickens Sohn sowohl verborgen bleiben musste als auch nicht ausgebildet werden konnte.

Dann legte er eine Pause ein. Ich fragte mich, was er erwartete. Dass die Königin ihm für sein Mitgefühl danken würde? Ich sah Chades Anspannung. Trotz allem, was jene vom Alten Blut zu »wissen« behaupteten, hatte Chade Kettricken offensichtlich geraten, nicht zuzugeben, dass ihr Sohn über die Alte Macht verfügte. Die Königin manövrierte elegant um das Thema herum und erklärte Web, dass sie seine Sorge um die Kinder teile.

Web schien der Einzige zu sein, der nicht nur willens war, Informationen über sich und seine Magie zu teilen, er bestand sogar förmlich darauf. Inzwischen wusste ich, warum die anderen vom Alten Blut Abstand zu ihm wahrten. Es war sowohl Verwirrung als auch Ehrfurcht. Sie waren nicht sicher, was sie mit ihm anfangen sollten, so wie es von manchen Verrückten heißt, sie seien »von den Göttern berührt«. Er machte sie nervös; sie wussten nicht genau, ob sie es ihm gleichtun oder ihn aus ihrer Mitte vertreiben sollten. Rasch kam ich zu dem Schluss, dass er als Einziger von den Leuten hier aus freien Stücken gekommen war. Keine Gemeinschaft hatte ihn gewählt, um sie zu repräsentieren, er war schlicht dem Aufruf der Königin gefolgt. Die Frau im Wald schien viel von ihm zu halten, aber ich war nicht sicher, ob alle Zwiehaften hier im Raum ihre Meinung teilten. Und dann gewann er meine Königin für sich.

»Ein Mann, der nichts zu verlieren hat«, sagte er an einer Stelle, »ist oft in der besten Position, sich für das Wohl anderer zu opfern.«

Das ließ die Augen meiner Königin leuchten, und ich wusste, dass nicht nur ich, sondern auch Chade wünschte, Web hätte ein anderes Wort gewählt und nicht gerade »opfern«.

Das Gespräch dauerte bis zum Abendmahl. Chade und die Königin ließen die Zwiehaften zum Essen allein, doch ich war skrupellos genug, zu bleiben und ihnen dabei zuzuschauen, wie sie ihre Masken abnahmen. Ich sah niemanden, den ich kannte, weder von meinen Kontakten mit Rolfs Altem Blut noch von den Gescheckten, die ich gejagt hatte. Sie aßen reichlich und bemerkten freimütig, wie gut das Essen war. Ein kleines Geschwistertier, das meiner Aufmerksamkeit bis jetzt entgangen war, tauchte plötzlich auf. Eine Frau hatte ein Eichhörnchen mitgebracht, das über den Tisch huschte. Ohne dass sich irgendjemand beschwerte, inspizierte es jedes Tablett und bediente sich selbst. Diese Mahlzeiten und die gelassenen Gespräche waren der Grund, warum mich Kettricken und Chade eigentlich als Lauschposten abgestellt hatten. Ich war nicht überrascht, als Chade sich bald zu mir gesellte.

Schweigend hörten wir zu, wie unsere Gäste darüber diskutierten, welche Richtung die Verhandlung genommen hatte und ob die Königin ihnen wirklich zuhörte. Zwei vom Alten Blut, ein Mann namens Boyo und eine Frau mit Namen Silberauge, stachen dabei besonders hervor. Sie schienen sich gut zu kennen und betrachteten sich als Anführer dieser Gruppe. Sie versuchten, die anderen dazu zu bewegen, der Königin gegenüber eine unnachgiebige Haltung einzunehmen. Boyo rezitierte eine Liste von Forderungen, die sie stellen sollten, während Silberauge bei jedem Punkt leidenschaftlich nickte. Mehrere dieser Forderungen waren vollkommen unrealistisch, andere wiederum warfen schwierige Fragen auf. Boyo behauptete, von einer Adelsfamilie abzustammen, die man nach der Zeit des Gescheckten Prinzen ihrer Titel und Güter beraubt hatte. Er verlangte, dass ihm alles wieder zurückgegeben werden sollte, zusammen mit dem Versprechen, dass man alle, die ihm beim Erreichen dieses Ziels geholfen hatten, als Pächter und Arbeiter auf seinen Gütern willkommen heißen würde. Sie erkannten doch sicher alle, dass ein Edelmann vom Alten Blut die Umstände für sie verbessern würde. Ich persönlich sah diese Verbindung keineswegs so klar, doch einige der Gesandten nickten zustimmend.

Silberauge hatte mehr Rache als Rückerstattung im Sinn. Sie schlug vor, dass jene, die Zwiehafte hingerichtet hatten, die gleiche Behandlung erfahren sollten. Beide waren felsenfest davon überzeugt, dass die Königin zunächst einmal Entschädigungen für vergangenes Unrecht anbieten musste, bevor man über ein friedliches Zusammenleben zwischen Zwiehaften und Nichtzwiehaften überhaupt diskutieren konnte.

Mich verließ der Mut. Im trüben Licht unseres Lauschpostens sah Chade müde aus. Ich wusste, dass die Königin gehofft hatte, zunächst die Probleme von heute zu lösen und den Weg in die Zukunft zu bereiten, nicht die Vergangenheit aufzuarbeiten und Dutzende von Jahren zurückzugehen, um Gerechtigkeit zu üben. Chade beugte sich zu mir herüber und flüsterte mir ins Ohr: »Wenn sie diese Linie halten, wird all das hier umsonst gewesen sein. Drei Tage reichen nicht aus, um über solche Dinge auch nur zu reden. Allein die Nennung dieser Liste wird die Herzöge zu ähnlich unsinnigen Forderungen treiben.«

Ich nickte und legte die Hand auf Chades Handgelenk.

Lass uns hoffen, dass nur die beiden so denken und dass die kühleren Köpfe die Oberhand gewinnen werden. Dieser Web zum Beispiel. Er scheint mir nicht auf Rache aus zu sein.

Chade hatte die Stirn in Falten gelegt, als ich mit meinem Gabenversuch begonnen hatte. Nachdem ich geendet hatte, nickte er langsam. Ich verstand das Wesentliche seines Antwortgedankens. Wo … *Web?*

In der Ecke dahinten. Er beobachtet sie alle nur.

Das tat er in der Tat. Es sah fast so aus, als würde er dösen, aber ich vermutete, dass er genauso aufmerksam zuhörte und zuschaute wie wir. Chade und ich hockten noch eine Zeit lang dort zusammen. Dann schlug er leise vor: »Geh und iss etwas. Ich werde aufpassen, während du weg bist. Wir werden von dir verlangen müssen, heute Abend so lange wie möglich auf deinem Posten zu bleiben.«

Als ich später wieder aus der Küche zurückkehrte, brachte ich mehr Kissen, eine Decke, eine Flasche Wein und eine Handvoll Rosinen für das Frettchen mit, das mich begleitet hatte. Chade schnaubte verächtlich. Offenbar glaubte er, dass ich es mir ein wenig *zu* gemütlich machte. Dann ging er. Die vom Alten Blut maskierten sich wieder, bevor sie Diener zum Aufräumen in den Saal ließen. Den Dienern folgten Musiker und Gaukler, und die Königin und Chade gesellten sich wieder zu ihren Gästen. Diesmal waren auch die Repräsentanten der Herzöge dabei. Allesamt waren es recht junge

Männer. Sie machten nicht gerade einen guten Eindruck. Sie hockten zusammen und sprachen meist nur untereinander. Offenbar machte es sie nervös, den Abend in Gesellschaft von Zwiehaften verbringen zu müssen. Eigentlich hätten sie sich morgen bei den weiteren Verhandlungen zur Königin und zu Chade gesellen sollen. Ich sah jetzt schon voraus, dass es nur wenig Fortschritte geben würde, wenn überhaupt, und ich machte mir Sorgen um meinen Prinzen.

Ich griff zu ihm hinaus und fühlte einen Augenblick später seine Reaktion. *Wo bist du, und was machst du?*

Ich sitze und höre einem Barden vom Alten Blut zu, der Lieder über die alten Tage singt. Wir sind in einer Art Unterstand am Ende eines Tals. So wie es aussieht, würde ich sagen, dass man ihn eigens zu diesem Zweck errichtet hat. Ich denke, dass sie uns aus Furcht vor Repressionsmaßnahmen nicht in ihre echten Häuser bringen wollten.

Geht es dir gut?

Mir ist ein wenig kalt, und das Essen ist nicht berauschend, aber es ist nicht schlimmer als auf einer mehrtägigen Jagd. Sie behandeln uns gut. Lass meine Mutter wissen, dass ich in Sicherheit bin.

Das werde ich.

Wie geht es in Bocksburg voran?

Langsam. Ich sitze hinter einer Wand und beobachte, wie die vom Alten Blut einem Gaukler zuschauen. Pflichtgetreu, ich bezweifle, dass in den nächsten drei Tagen echte Fortschritte erzielt werden.

Ich vermute, du hast recht. Es gibt hier einen alten Mann, an dessen Erwartungen wir uns vielleicht ein Beispiel nehmen sollten. Er erzählt jedem, dass es bereits ein Triumph wäre, wenn diese Verhandlungen ohne Blutvergießen enden würden. Das wäre schon mehr, als jeder Weitseher dem Alten Blut angeboten hat, solange er denken kann.

Hm. Vielleicht hat er da nicht ganz unrecht.

Die vom Alten Blut, die ich beobachtete, gingen früh zu Bett. Ohne Zweifel hatte sie sowohl die Reise als auch die

Spannung müde gemacht. Ich war froh, nun ebenfalls ins Bett zu dürfen, doch ich beschloss, vorher noch einmal im Saal der Wachen vorbeizuschauen, um zu sehen, was es Neues aus der Gerüchteküche gab. Der Speisesaal der Wachen, so hatte ich schon vor langer Zeit herausgefunden, war der beste Ort, um Gerüchte und dergleichen zu hören und die Stimmung des Volkes einzuschätzen.

Auf meinem Weg dorthin erschrak ich, als mir Web auf einem Spaziergang durch die nächtlichen Gänge der Burg begegnete. Er grüßte mich warmherzig und mit Namen. »Hast du dich verirrt?«, fragte ich ihn vorsichtig.

»Nein. Ich bin nur neugierig, und in meinem Kopf schwirren viel zu viele Gedanken herum, als dass ich schlafen könnte. Wo gehst du hin?«

»Ich wollte mir noch etwas zu essen besorgen«, antwortete ich, und er entschied sich plötzlich, dass das genau das sei, was auch er jetzt brauchte. Es gefiel mir nicht, unseren Gast vom Alten Blut mit in den Speisesaal zu nehmen, aber er weigerte sich, sich einen netten, ruhigen Kamin in der Großen Halle zu suchen und dort auf mich zu warten. Während wir nebeneinander hergingen, wuchs in mir die Furcht, zu was für Begegnungen es dort kommen könnte, doch Web schien gegen solche Fragen immun zu sein, und er stellte mir endlose Fragen über Wandteppiche, Banner und Porträts, an denen wir vorüberkamen.

Als wir den Speisesaal betraten, breitete sich einen Augenblick lang vollkommenes Schweigen aus. Mir schwante Übles, als ich die feindseligen Blicke bemerkte, und dann sah ich auch noch Klinge Haversfalke am Tisch nahe dem Kamin. Ich wandte das Gesicht ab, als ich bemerkte: »Der Gast unserer Königin hätte gern ein Stück Fleisch, Kameraden, und einen Krug Bier.« Ich erwähnte unsere Königin absichtlich so betont in der Hoffnung, das würde die Stimmung im Raum ein wenig wärmen. Das tat es aber nicht.

»Lieber würden wir es mit unserem Prinzen teilen«, sagte jemand unheilvoll.

»Wie auch ich«, stimmte ihm Web herzlich zu. »Ich habe nämlich kaum zwei Worte mit ihm wechseln können, bevor er mit meinen Kameraden weggeritten ist. Aber so wie er heute Nacht mit ihnen speist und ihnen lauscht, so werde ich das Brot mit euch brechen und mir die Geschichten von Bocksburg anhören.«

»Ich weiß nicht, ob wir hier am Tisch Zwiehafte durchfüttern«, bemerkte irgendjemand schneidend.

Ich atmete tief durch. Ich wusste, dass ich irgendetwas sagen und eine Möglichkeit finden musste, Web hier unverletzt herauszubekommen, doch Klinge kam mir zuvor. »Einst haben wir das getan«, sagte er langsam, »und er war einer von uns, und wir haben ihn geliebt, bis er dumm genug gewesen ist, sich von Edel fangen zu lassen.«

»Oh, nicht die alte Geschichte!«, stöhnte jemand, und ein anderer meldete sich: »Selbst nachdem er unseren König getötet hat, Klinge Haversfalke? Hast du ihn dann auch noch geliebt?«

»Fitz-Chivalric hat König Listenreich nicht getötet, du Jungspund. Ich war dabei, und ich weiß, was passiert ist. Mir ist egal, was ein Schwarm schlangenzüngiger Barden seitdem gesungen hat. Fitz hat den König, den er geliebt hat, nicht umgebracht. Er hat diese Gabennutzer getötet, und ich garantiere dafür, dass es so war, wie er behauptet hat. *Sie* haben Listenreich ermordet.«

»Ja, so habe auch ich die Geschichte immer gehört.« Web klang begeistert. Entsetzt schaute ich zu, wie er sich an Männern vorbeidrängte, die ihm absichtlich nicht aus dem Weg gingen, bis er neben Klinge stand. »Ist da noch ein Platz neben dir auf dieser Bank, alter Krieger?«, fragte er ihn freundlich. »Ich würde die Geschichte nämlich gerne noch einmal aus dem Munde eines Mannes hören, der dabei war.«

Es folgte der längste Abend, den ich je im Speisesaal verbracht habe. Web war voller Fragen, und er unterbrach Klinge hundertmal in seiner Geschichte über jene verhängnisvolle Nacht. Seine Fragen waren so auf den Punkt, dass schon bald andere am Tisch ebenfalls nachhakten. Hatten die Fackeln in der Nacht wirklich blau gebrannt und war der Narbenmann durch die Burg gewandert, als Edel den Thron für sich beanspruchte? Und die Königin war doch in jener Blutnacht geflohen, nicht wahr? Und als sie wieder nach Bocksburg zurückgekehrt war, hatte sie da kein Licht auf die Ereignisse werfen können?

Es war ein seltsames Gefühl für mich, dieser Diskussion zuzuhören und zu wissen, dass nach all den Jahren noch immer wild über die Wahrheit spekuliert wurde. Die Königin hatte stets versichert, dass Fitz-Chivalric in gerechtem Zorn die wahren Mörder des Königs erschlagen hatte, aber bewiesen wurde das nie. Die Männer waren sich jedoch einig, dass ihre Königin nicht dumm war und keinen Grund hatte, in dieser Frage zu lügen. Außerdem log das Bergvolk nie. Von da aus gingen sie zu der altehrwürdigen Geschichte über, wie ich mich selbst aus dem Grab gegraben und nur meinen leeren Sarg zurückgelassen hatte. Den Sarg hatte man zur Schau gestellt, obwohl natürlich niemand sagen konnte, ob ich mich nun als Geist verflüchtigt oder tatsächlich in einen Wolf verwandelt hatte und entkommen war. Die versammelten Wachen zweifelten an Webs Behauptung, dass kein Zwiehafter sich auf diese Art verwandeln könne.

Anschließend redete man von Webs Geschwistertier, einer Art Möwe. Wieder sprach er die Einladung aus, dass jeder, der wolle, sein Tier am Morgen sehen könne. Ein paar schüttelten in abergläubischer Furcht die Köpfe, doch andere waren offenbar fasziniert und sagten, dass sie kommen würden.

»Wass tann n Vödelchen euchs schon tun?«, verlangte ein

Betrunkener von seinen weniger mutigen Kameraden zu wissen. »Aufn Kopf kaggen, v'leicht? Das bisse doch 'ewohnt, Reddy. Dein Weib machs ja auch im …immer.«

Das hatte einen kurzen Faustkampf am Ende des Tisches zur Folge. Nachdem die Kämpfer von ihren Kameraden in die kalte Nacht hinausgeworfen worden waren, erklärte Web, dass er genug Bier und Geschichten für einen Abend habe, aber dass er sich freuen würde, sich morgen wieder zu ihnen gesellen zu dürfen, wenn er willkommen sei. Zu meiner Bestürzung entschieden Klinge und ein paar andere, dass er in der Tat herzlich willkommen sei, zwiehaft hin oder her, und ja, sein Vogel auch.

»Nun, meine Wagnis hat's nicht so mit Häusern oder Fliegen im Dunkeln, aber ich werde zusehen, dass ihr sie morgen einmal kennenlernen könnt, wenn ihr wollt.«

Nachdem wir uns von ihnen verabschiedet hatten und uns auf den Weg in den Ostflügel machten, kam mir der Gedanke, dass Web gerade vermutlich mehr für die Sache der Zwiehaften getan hatte als alles Gerede früher am Abend. Vielleicht war er wirklich ein Geschenk für uns.

Kapitel 26

VERHANDLUNGEN

Ein Mann, der mit dem richtigen Wort bewaffnet ist, kann tun, wozu eine ganze Armee mit Schwertern nicht imstande ist.

SPRICHWORT AUS DEN BERGEN

Natürlich berichtete ich Chade von Webs nächtlicher Unterhaltung, und er wiederum berichtete der Königin. So stellte sie beim nächsten Treffen, bei dem auch die Repräsentanten der Herzöge anwesend waren, sicher, dass Web als Erster Gelegenheit hatte, das Wort zu ergreifen. Ich hockte hinter der Wand, mein Auge am Guckloch, und hörte ihm zu. Kettricken stellte ihn den Delegierten der Sechs Provinzen vor, bevor er sprach. Sie sagte, er repräsentiere die älteste Blutlinie des Alten Blutes und dass sie wünsche, dass man ihn mit allem Respekt behandele. Doch als sie Web das Reden überließ, versicherte er den Edelleuten erst einmal, dass er nur ein einfacher Fischer sei, der zufällig von Eltern abstamme, die weiser gewesen seien, als er es jemals sein würde. Dann, mit einer Plötzlichkeit, die mich nach Luft schnappen ließ, stellte er seine Vorschläge für ein Ende der Verfolgung der Zwiehaften vor. Er sprach genauso sehr zu den Zwiehaften wie zu unserer Königin, als er vorschlug, dass Kettricken vielleicht ein paar Zwiehafte in ihren eigenen Haushalt aufnehmen solle; das sei wohl der einfachste Weg, die beiden Gruppen zusammenzubringen.

Während er sprach, klang er mehr wie einer der Weisen Männer aus Jhaampe, der versuchte, einen Streit zu schlichten, als wie der Sprecher des Alten Blutes. Die Augen meiner Königin leuchteten, während sie ihm lauschte. Ich sah nicht nur Chade, sondern auch zwei der herzoglichen Delegierten nachdenklich bei seinem Vorschlag nicken. Schritt für Schritt enthüllte er die Gedankenkette hinter seinem Vorschlag. Die Schuld an der Verfolgung schrieb er größtenteils der Furcht zu und die Furcht wiederum dem Unwissen. Das Unwissen erklärte er mit der Notwendigkeit, dass die Zwiehaften um ihrer eigenen Sicherheit willen versteckt bleiben mussten. Wo könnte man diesem Unwissen besser ein Ende bereiten als im Haushalt der Königin? Sollte eine Frau vom Alten Blut mit Pferdebindungen in den Ställen helfen und ein zwiehafter Hundejunge der Jagdmeisterin zur Seite stehen. Sollte Kettricken sich einen zwiehaften Pagen oder eine zwiehafte Zofe nehmen, und wenn auch nur, damit andere herausfinden konnten, dass sie sich in keiner Weise von anderen Dienern unterschieden. Sollten andere Edelleute sehen, dass diese Menschen dem Haushalt der Königin keineswegs schadeten. Natürlich würde die Königin sich verpflichten, diejenigen vor Verfolgung zu schützen, bis auch andere für ihre Sache gewonnen waren. Diejenigen vom Alten Blut, die diese Posten übernehmen sollten, würden im Gegenzug schwören, keinen Streit zu beginnen.

Dann, mit einer Gewandtheit, die mir abermals den Atem verschlug, bot er der Königin seine eigenen Dienste an. Das tat er so korrekt wie jeder höfisch erzogene Sohn eines Adligen, sodass ich mich fragte, ob er wirklich aus einer Fischerfamilie stammte. Er sank vor Kettricken auf ein Knie und bat, in Bocksburg bleiben zu dürfen, wenn die anderen gingen. Sie solle ihn in Bocksburg leben lassen, wo er sowohl lernen als auch lehren wollte. Ohne das Geheimnis der Zwiehaftigkeit des Prinzen vor den Repräsentanten der Sechs Provinzen auch nur anzudeuten, bot er sich dennoch als »einfacher Lehrer an, zugegeben, aber einer, dem es gefallen würde, den Prinzen in den Sitten und Gebräuchen unseres Volkes zu unterweisen, damit er diesen Teil seiner Untertanen besser kennenlernen möge«.

Chade erhob Einwände. »Aber wenn du nicht zu deinen Leuten zurückkehrst, wie wir versprochen haben, werden sie da nicht sagen, wir hätten dich gegen deinen Willen als Geisel festgehalten?« Ich nehme an, mein alter Mentor wollte schlicht keinen vom Alten Blut in beratender Funktion an der Seite meines Prinzen sehen.

Web lachte leise ob Chades Sorge. »Alle in diesem Raum können bezeugen, dass ich mich freiwillig angeboten habe. Solltet Ihr mich vierteilen und verbrennen, nachdem die anderen gegangen sind, nun, dann soll man sagen, meine eigene Sturheit sei schuld daran. Aber ich glaube nicht, dass dem so sein wird. Oder, verehrte Königin?«

»Mit absoluter Sicherheit nicht!«, erklärte Königin Kettricken. »Und was auch immer sonst sich bei unseren Gesprächen ergeben mag, ich betrachte es als einen Gewinn, fortan solch einen Mann von klarem Verstand in den Reihen meines Haushalts zu wissen.«

Webs sorgfältige Überlegungen und seine Vorschläge hatten alle an diesem Morgen beeindruckt. Als es an der Zeit für das Mittagessen war, erklärte Web, dass er selbst gerne mit seinen neuen Freunden im Speisesaal der Wachen essen und ihnen anschließend seinen Vogel vorstellen wolle. Bevor Chade erklären konnte, das sei nicht gerade klug, verkündete die Königin, dass sie, Chade und die Repräsentanten der Sechs Provinzen sich gerne dort zu ihnen gesellen würden, denn sie wollten den Vogel ebenfalls sehen.

Wie ich mich danach sehnte, dabei sein zu können, vor

allem um die Reaktion der Soldaten zu sehen, wenn die Königin sie mit ihrer Anwesenheit bei Tisch ehrte. Dass er so etwas zustande brachte, würde Webs Stellung bei ihnen nicht gerade schaden. Ich bezweifelte nicht, dass noch mehr kommen würden, um sich seinen Vogel anzusehen, wenn die Königin selbst sich nicht vor dem zwiehaften Tier fürchtete.

Aber ich war an meinem Beobachtungsposten gefangen; ich musste Chades Augen und Ohren sein, wenn er nicht da war. Ich beobachtete, wie die vom Alten Blut die Masken abnahmen, nachdem man das Essen hereingebracht hatte. Wie zuvor sprachen Boyo und Silberauge von vergangenem Unrecht und Wiedergutmachung, doch sie waren diesmal nicht die Einzigen, die die Stimmen erhoben. Einige sprachen staunend von Webs Vorstellung. Ich hörte zumindest eine Frau zu einer anderen sagen, dass es ihr nichts ausmachen würde, ihren Sohn der Königin als Pagen anzuvertrauen, nachdem sie sie nun kennengelernt hatte, zumal sie gehört habe, dass man allen Kindern in der Burg Schreiben und Rechnen beibringe. Und ein junger Mann, der Stimme nach eindeutig ein Barde, fragte sich laut, wie es wohl sei, die Lieder des Alten Blutes am Kamin der Königin zu singen, und ob man so den Nichtzwiehaften nicht am besten beibringen könne, dass seine Leute weder furchterregend noch monströs seien.

Ein Spalt war geöffnet worden. Im Licht von Webs Optimismus boten sich für morgen ganz neue Möglichkeiten. Ich fragte mich, ob das ausreichte, um Licht in die Schatten vergangener Ungerechtigkeiten zu bringen.

Der Nachmittag war jedoch eine Enttäuschung, lang und mühselig. Als die Königin und ihre Ratgeber mit Web zurückkehrten, erhob sich Boyo und beanspruchte Redezeit für sich. Von Chade und mir vorgewarnt, hörte meine Königin ihm ruhig zu, während er zunächst in allen Einzelheiten aufzählte, welche Ungerechtigkeiten die Weitseher dem Alten Blut im Allgemeinen zugefügt hatten, um dann auf seinen speziellen Fall zu sprechen zu kommen. Da gelang es meiner Königin endlich, ihn zum Schweigen zu bringen. Mit fester Stimme, aber höflich, erklärte sie ihm, dass dies nicht die rechte Zeit für sie sei, persönliche Dinge zu klären. Falls man ihm und seiner Familie ungerechtfertigterweise Ländereien und Vermögen abgenommen habe, dann solle er ihr seinen Fall an einem Gerichtstag vorlegen, nicht jetzt. Chade würde ihm dabei helfen, einen entsprechenden Zeitpunkt zu vereinbaren, sowie ihm erklären, welche Art von Dokumentation dafür vonnöten sei. Das Wichtigste dabei sei, dass er die direkte Erbfolge bis zu seiner Person nachweisen könne, vor allem mittels eines Barden, der bezeugen konnte, dass er der älteste Sohn des ältesten Sohnes sei, und das über Generationen hinweg.

Äußerst geschickt ließ sie es so aussehen, als stelle er seine persönlichen Interessen über die der anderen hier Versammelten, und das war ja auch tatsächlich so. Sie weigerte sich nicht, ihm Gerechtigkeit zu gewähren, doch sie setzte ihn auf den Weg, dem jeder Bürger der Sechs Provinzen folgen musste. Sie erinnerte alle daran, dass diese Versammlung dazu diene, ihre Gedanken darüber auszutauschen, wie man der Verfolgung der Zwiehaften in den Sechs Provinzen generell ein Ende bereiten könne.

Silberauge wühlte Dreck auf, der nicht so einfach beiseitegewischt werden konnte. Sie sprach von jenen, die ihre Familie ermordet hatten, und während sie sprach, hob sie die Stimme in Zorn, Hass und Schmerz, und ich sah, wie diese Emotionen sich in den Gesichtern vieler am Tisch widerspiegelten. Web sah krank und bekümmert aus, und das Gesicht meiner Königin war wie versteinert; Gleiches galt für Chade. Doch Zorn ruft oft Zorn hervor, und die Repräsentanten der Sechs Provinzen blickten mürrisch drein. Die Rache und die

Bestrafung, die Silberauge verlangte, waren zu extrem, als dass irgendjemand darüber hätte nachdenken können, sie zu gewähren.

Es war, als hätte sie ein Hindernis errichtet, das niemand zu beseitigen imstande war, und dann erklärte sie auch noch, dass sie sich mit weniger nicht zufriedengeben würde. Das, so fuhr sie fort, sei die einzige Möglichkeit, der Verfolgung des Alten Blutes ein Ende zu bereiten. Man musste sie zu einem Verbrechen machen, das so drakonisch bestraft wurde, dass niemand auch nur einen Gedanken darauf verschwendete, es noch einmal zu begehen. Außerdem sollten alle gesucht und hingerichtet werden, die solch eine Tat gegen das Alte Blut begangen oder toleriert hatten. Von ihrem persönlichen Leid ausgehend, dehnte Silberauge ihre Trauer auf alle Zwiehaften aus, die im vergangenen Jahrhundert hingerichtet worden waren. Sie verlangte sowohl Bestrafung als auch Wiedergutmachung, wobei die Bestrafung exakt widerspiegeln sollte, was den Opfern widerfahren war. Meine Königin war weise genug, sie sprechen zu lassen, bis ihr die Worte ausgingen. Ich war sicherlich nicht der Einzige, der den Wahnsinn in Silberauges Forderungen gehört hatte. Doch da Trauer diesen Wahnsinn antrieb, wer war ich da schon, sie zu kritisieren?

Nachdem Silberauge geendet hatte, waren nicht wenige der anderen Zwiehaften nur allzu bereit, ihre Liste von Tod und Verlust zu erweitern. Namen von Leuten wurden gerufen, die den Tod verdienten, und die Wut im Raum entwickelte sich zu einem Strudel, der alles zu verschlingen drohte.

Meine Königin hob jedoch die Hand und fragte ruhig: »Wo soll das enden?«

»Es endet, wenn auch der Letzte bestraft worden ist!«, antwortete Silberauge leidenschaftlich. »Sollen die Galgen sich unter ihrem Gewicht durchbiegen und der Rauch ihrer

Scheiterhaufen den Himmel verdunkeln. Lasst mich ihre Familien vor Kummer klagen hören, Kummer, den wir gezwungen waren zu verbergen, aus Furcht, dass andere uns als vom Alten Blut erkennen. Lasst einen Vater für jeden Vater sterben, der getötet worden ist. Tötet eine Mutter für jede Mutter und ein Kind für jedes Kind.«

Die Königin seufzte. »Und wenn die, die eure Rache über sich haben ergehen lassen müssen, selbst Rache suchen? Wie könnte ich sie ihnen dann verwehren? Du schlägst vor, wenn ein Mann die Kinder einer Familie des Alten Blutes tötet, sollen seine Kinder mit ihm sterben. Aber was ist mit den Cousinen und Vettern dieser Kinder und den Großeltern? Sollen sie dann nicht vor mich treten und verlangen, was du gerade verlangt hast? Hätten sie dann nicht das Recht zu sagen, dass Unschuldige einer wahnsinnigen Verfolgung zum Opfer gefallen sind? Nein. Das kann nicht sein. Du bittest mich um etwas, was ich dir nicht geben kann, und das weißt du.«

Ich sah Hass und Wut in Silberauges Augen. »Ja, das habe ich gewusst«, erklärte sie verbittert. »Leere Versprechungen sind alles, was Ihr uns bietet.«

»Ich biete euch dieselbe Gerechtigkeit, die jeder in den Sechs Provinzen von mir verlangen kann«, sagte die Königin müde. »Tritt am Gerichtstag mit Zeugen für die Verbrechen vor mich. Wenn es einen Mord gegeben hat, wird der Mörder bestraft werden. Aber nicht seine Kinder. Was du suchst, ist keine Gerechtigkeit, sondern Rache.«

»Ihr bietet uns *gar nichts* an!«, erklärte Silberauge. »Ihr wisst nur allzu gut, dass wir es nicht wagen, vor Euch zu treten und Gerechtigkeit zu verlangen. Zu viele würden zwischen uns und Bocksburg stehen, um uns zum Schweigen zu bringen.« Sie hielt kurz inne. Königin Kettricken blieb ruhig, und Silberauge beging den Fehler, das auszunutzen, was sie für ihren Vorteil hielt. »Oder war das immer Eure

Absicht, Weitseher-Königin?« Selbstgerecht ließ Silberauge ihren Blick über die Versammelten schweifen. »Will sie uns mit ihren leeren Versprechungen ins Freie locken, damit sie uns allesamt beseitigen kann?«

Ein kurzes Schweigen folgte ihren Worten. Dann meldete Kettricken sich ruhig zu Wort. »Du wirfst mit Worten um dich, die du selbst nicht glaubst. Deine Absicht ist es zu verletzen. Doch würden deine Anschuldigungen auf Tatsachen beruhen, wäre ich nicht verletzt von ihnen, sondern ich würde mich in meinem Hass auf das Alte Blut bestätigt fühlen.«

»Dann gebt Ihr also zu, dass Ihr das Alte Blut hasst?«, verlangte Silberauge zu wissen.

»Das habe ich nicht gesagt!«, erwiderte Kettricken entsetzt und wütend zugleich.

Die Stimmung wurde immer aufgeheizter, und das nicht nur bei jenen vom Alten Blut. Kettrickens Repräsentanten der Sechs Provinzen wirkten sowohl beleidigt als auch nervös angesichts des heraufziehenden Sturms im Raum. Ich weiß nicht, was aus den Verhandlungen geworden wäre, hätte sich das Schicksal nicht in Gestalt der Kuhfrau eingemischt. Sie stand unvermittelt auf und sagte: »Ich muss in den Stall. Die Zeit ist da für Weißnase, und sie will, dass ich dabei bin.«

Irgendjemand im hinteren Teil des Raums lachte resigniert, und ein anderer verfluchte sie. »Du hast gewusst, dass sie bald kalben würde. Warum hast du sie überhaupt mit hierhergebracht?«

»Hätte ich sie etwa allein daheim lassen oder von hier fernbleiben sollen, Briggan? Ich weiß sehr wohl, dass du mich für schusselig hältst, aber ich habe genauso ein Recht hier zu sein wie du.«

»Haltet Frieden«, sagte Web plötzlich. Seine Stimme klang krächzend; dann räusperte er sich und versuchte es erneut.

»Haltet Frieden. Das ist ein guter Zeitpunkt, um sich erst einmal ein wenig abzukühlen, und wenn Weißnase ihre Partnerin braucht, wird sicher niemand hier infrage stellen, dass sie gehen muss. Wenn sie will, werde ich sie begleiten. Und wenn wir dann zurückkehren, werden sich vielleicht alle wieder daran erinnern, dass wir nach einer Lösung für unsere gegenwärtigen Probleme suchen und nicht nach einem Weg, die Vergangenheit zu verändern, so unglücklich sie auch sein mag.«

Ich hatte den Eindruck, dass Web diese Versammlung besser unter Kontrolle hatte als die Königin, aber ich bezweifelte, dass das irgendjemandem im Raum aufgefallen war. Das ist der Vorteil, von außen zuzuschauen, wie Chade mir so oft erklärt hatte. Alles wird zu einem Schauspiel, und man hat Zeit, sich die einzelnen Spieler genauer anzusehen. Nun beobachtete ich, wie die Abordnung der Sechs Provinzen hinter Chade und der Königin hinausging; Web begleitete die Kuhfrau in den Stall. Ich blieb auf meinem Posten, denn ich schätzte, dass das, was nun folgen würde, äußerst erhellend sein könnte.

Und das war es auch. Einige, einschließlich des Barden und der Frau, die vorhin davon gesprochen hatte, der Königin ihren Sohn als Pagen anzuvertrauen, fragten Silberauge, ob sie ihre Zukunft für eine Vergangenheit opfern wolle, die ohnehin nicht mehr rückgängig gemacht werden könne. Selbst Boyo schien geneigt, Silberauges Vorstoß als zu rigoros zu betrachten. »Wenn diese Weitseher-Königin ihr Wort hält, dann sollten wir ihr unsere Vorwürfe vielleicht am Gerichtstag vortragen. Ich habe sagen hören, dass sie ausgesprochen gerecht in ihrem Urteil ist. Vielleicht sollten wir ihr Angebot annehmen.«

Silberauge zischte: »Feiglinge! Ihr seid nichts als Feiglinge und Stiefellecker! Sie bietet an, Euch zu bestechen – Sicherheit für ein, zwei eurer Kinder –, und als Gegenleistung seid ihr bereit, die Vergangenheit einfach zu vergessen. Habt ihr die Schreie eurer Vettern vergessen? Habt ihr vergessen, wie es war, Freunde zu besuchen und statt eines Hauses nur verbrannte Erde vorzufinden? Wie könnt ihr euer eigenes Blut nur so verraten? Wie könnt ihr das vergessen?«

»Wie wir das vergessen können? Hier geht es nicht darum, irgendetwas zu vergessen. Hier geht es darum, sich zu erinnern.« Das kam von jemandem, der mir bis jetzt nicht sonderlich aufgefallen war. Es handelte sich um einen schlanken Mann mittleren Alters, einen Mann mit dem Aussehen eines Stadtbewohners. Er war kein guter Redner, er schluckte ständig, schaute sich immer wieder nervös um, doch die anderen hörten ihm zu. »Ich werde dir erzählen, an was ich mich erinnere. Ich erinnere mich daran, wie man meine Eltern aus dem Haus geholt hat, weil die Gescheckten sie verraten haben. Ja, und ein Gescheckter ist mit jenen geritten, die sie gehängt und gevierteilt haben. Lutwins Kult hat es gewagt, meine Eltern Verräter am Alten Blut zu nennen, und hat gedroht, sie zu bestrafen, weil sie sich geweigert haben, jenen Zuflucht zu gewähren, die den Hass gegen uns noch schüren. Ich frage dich: Wer war der wahre Verräter an jenem Tag? Meine Eltern, die nur in Frieden leben wollten, oder der Gescheckte, der sie denunziert und die Fackel für ihren Scheiterhaufen getragen hat? Wir haben schlimmere Feinde als diese Weitseher-Königin, und wenn sie zurückkommt, werde ich sie bitten, Gerechtigkeit gegen jene zu üben, die uns terrorisieren und verraten. Gerechtigkeit gegen die Gescheckten.«

Schweigen erfüllte den Raum wie gerinnendes Blut. Der Barde legte dem Mann die Hand auf den Arm. »Bosk. Damit kann sie uns nicht helfen. Damit müssen wir selber fertigwerden. Würdest du das von ihr verlangen, würdest du dich nur selbst in Gefahr bringen, dich und auch deine Töchter.« Der Barde ließ seinen Blick beinahe ängstlich durch den

Raum schweifen. Da erkannte ich entsetzt: Die vom Alten Blut fürchteten sich voreinander! Selbst hier in diesem Raum könnten sich Informanten der Gescheckten befinden. Der Gedanke breitete sich stumm aus und jagte allen Schauder über den Rücken. Kurz darauf entschuldigten sich einige, sie müssten in ihre Gemächer, und es dauerte nicht lange, da war der Raum fast leer. Silberauge starrte schweigend ins Feuer. Der Barde wanderte ziellos durch den Raum. Jene, die geblieben waren, redeten nur wenig miteinander.

Ich hörte ein Schlurfen im Gang hinter mir, und einen Augenblick später setzte sich Chade neben mich. »Ist etwas Wichtiges passiert?«, flüsterte er.

Ich legte ihm die Hand aufs Handgelenk und berichtete ihm über die Gabe alles, was geschehen war.

Nachdenklich verzog er das Gesicht. Dann sagte er leise: »Nun, das lenkt meine Gedanken in eine neue Richtung. Es wäre nicht das erste Mal, dass ich einen Irrtum in einen Vorteil verwandeln würde. Pass du weiter hier auf, Fitz.« Dann fragte er, als wäre ihm das gerade erst eingefallen: »Hast du Hunger?«

»Ein wenig. Aber ich komme schon zurecht.«

»Wie hält sich unser Prinz?«

»Ich habe keinen Grund zu glauben, dass es ihm schlechter geht.«

»Oh, den hast du sehr wohl. Falls sich Gescheckte in diesem Raum befinden, könnten auch Gescheckte unter jenen sein, die ihn als Geisel halten. Warne ihn, mein Junge, und pass weiter auf.«

Er verschwand genauso rasch, wie er gekommen war. Ich fragte mich, was er wohl im Sinn hatte. Dann griff ich zu Pflichtgetreu hinaus. Mit ihm war alles in Ordnung. Ihm war kalt, ihm war langweilig, aber niemand hatte ihn beleidigt, geschweige denn verletzt. Größtenteils hatte man heute darüber geredet, was wohl in Bocksburg vor sich ging. Offensichtlich brachte ein Vogel, Wagnis oder der Falke, Botschaften hin und her. Bis jetzt waren alle Nachrichten beruhigend gewesen, doch Pflichtgetreu berichtete, dass die Zurückgebliebenen sich allgemein viele Sorgen machten.

Die Kuh hatte eine leichte Geburt und brachte einen schönen Bullen zur Welt. Die Kuhfrau war froh, dass sie so einen warmen, sauberen Stall zur Verfügung hatte, denn das Tier war ein wenig zu früh zur Welt gekommen. Als sie und Web in die östliche Versammlungshalle zurückkehrten, war es bereits an der Zeit für die nächste Mahlzeit. Ich beobachtete, wie die vom Alten Blut sich wieder demaskierten, nachdem die Diener gegangen waren. Eingehend musterte ich jedes einzelne Gesicht, aber falls irgendeiner von ihnen bei Lutwins Bande gewesen sein sollte, so erkannte ich ihn zumindest nicht.

Die Mahlzeit war fast beendet, als es an der Tür klopfte. Mehrere rechneten mit den Dienern und riefen laut, dass sie noch nicht fertig seien. Dann sagte eine Stimme an der Tür: »Lasst mich rein. Altes Blut grüßt Altes Blut.«

Web war derjenige, der aufstand und zur Tür ging. Er schloss sie auf und ließ Gentil Bresinga mit seiner Katze herein. Das Eichhörnchen auf dem Tisch schnatterte panisch und rannte zu seiner Partnerin, um sich in ihrem Haar zu verstecken. Pard schlenderte jedoch nur gelassen in den Raum, schaute sich um und ging dann zum Kamin, wo er es sich bequem machte. Niemand, der den Auftritt des Katers sah, konnte daran zweifeln, dass es sich bei ihm um das Geschwistertier des Jungen handelte, der nun die Tür leise hinter sich schloss und sich zur Versammlung umdrehte.

Die Blicke, die sie ihm zuwarfen, hätten jeden anderen entmutigt, doch wieder stellte sich Web der Herausforderung, legte Gentil freundschaftlich die Hand auf die Schulter und rief: »Altes Blut heißt Altes Blut willkommen. Gesell dich zu uns, Junge. Wer bist du?«

Gentil atmete tief durch und straffte die Schultern. »Ich bin Gentil Bresinga. Fürst Bresinga, jetzt, von Burg Tosen. Ich bin ein treuer Untertan von Königin Kettricken und Freund und Gefährte von Prinz Pflichtgetreu Weitseher. Ich bin vom Alten Blut, und sowohl meine Königin als auch mein Prinz wissen das.« Er ließ ihnen ein wenig Zeit zu begreifen, dass sie hier einen zwiehaften Adligen am Weitseher-Hof sahen. »Ich bin auf Ratgeber Chades Bitte hierhergekommen, um euch zu erzählen, wie ich hier behandelt werde. Und ich werde euch auch über meine Erlebnisse mit den Gescheckten berichten. Ich werde euch erzählen, wie ich beinahe durch ihre Hände gestorben wäre, hätten die Weitseher sich nicht eingemischt.«

Ich schaute mit einer Art von Ehrfurcht zu. Die Geschichte des Jungen war offensichtlich nicht auswendig gelernt. Immer wieder musste er noch einmal zurückgehen, um frühere Ereignisse zu erklären. Als er von dem sprach, was seine Mutter hatte ertragen müssen und wie sie gestorben war, schnürte es ihm den Hals zu, und er konnte nicht weiterreden. Web setzte sich neben ihn, gab ihm ein Glas Wein und klopfte ihm tröstend auf den Rücken, als wäre er noch ein Kind. Ich blinzelte und sah mich selbst mit fünfzehn Jahren, als ich in Intrigen hineingezogen worden war, die meinen Horizont bei Weitem überstiegen. Gentil *war* nur wenig mehr als ein Kind, erkannte ich plötzlich. Zwiehaft und in ständiger Gefahr, hatte er in dem verzweifelten Versuch ein wenig herumspioniert, seine Mutter und seinen Familienbesitz zu retten. Er hatte versagt. Jetzt hatte er keine Eltern und kein Heim mehr und war ein unbedeutender Adliger an einem sehr politischen Hof. Der einzige Grund, warum er noch lebte, war tatsächlich, dass er die Freundschaft eines Weitsehers besaß – eines Weitsehers, den er nicht nur einmal, sondern zweimal verraten hatte, und beide Male hatte man ihm vergeben.

»Sie haben mir Asyl gewährt«, beendete Gentil seine Geschichte. »Die Königin, der Prinz und Ratgeber Chade wussten sehr wohl, dass ich vom Alten Blut bin, und sie wussten auch, wie ich gegen sie benutzt worden war und was es mich gekostet hat.« Er hielt kurz inne und schüttelte den Kopf. »Ich bin mit Worten nicht sehr geschickt. Ich kann nicht all die Parallelen ziehen, die ich euch aufzeigen will, nur … sie haben mich nicht nach meiner Vergangenheit beurteilt, und sie haben das Alte Blut nicht danach beurteilt, was die Gescheckten dem Prinzen angetan haben. Die Königin hat sich nicht von ihrem zwiehaften Sohn abgewandt. Können wir nicht das Gleiche für sie tun? Können wir die Weitseher nicht als das betrachten, was sie jetzt sind, ohne zu weit in die Vergangenheit zu schauen?«

Silberauge schnaubte verächtlich, doch Boyo, der sich mit dem zwiehaften Adligen vielleicht irgendwie verwandt fühlte, nickte nachdenklich. Plötzlich blickte Gentil zu Web, und ich fühlte, dass ihm ein Gedanke gekommen war, irgendeine Idee. Wie als Antwort auf meinen Gedanken hörte ich Chades schlurfende Schritte. Ich winkte ihm, sich rasch zu setzen und zu schweigen. Der Junge sprach mit Web. Wir konnten seine Worte nur schwach hören.

»Ratgeber Chade hat mir gesagt, was du vorgeschlagen hast. Dass die Nichtzwiehaften entdecken würden, dass man uns nicht fürchten muss, wenn Menschen vom Alten Blut nach Bocksburg kämen und hier offen leben würden. Er hat mir auch erzählt, dass du gesagt hättest: ›Ein Mann, der nichts zu verlieren hat, ist oft in der besten Position, sich für das Wohl anderer zu opfern.‹ Ich habe nicht viel Zeit gehabt, darüber nachzudenken, aber das brauche ich wohl auch nicht, um zu erkennen, dass ich nicht viel zu verlieren habe. Die einzige Gefahr, die bleibt, ist die für mich. Ich habe keine Familie mehr, die die Konsequenzen für meine Taten tragen müsste.« Er blickte sich um. »Ich weiß, dass viele von euch fürchten, dass eure Nachbarn euch erschlagen würden, solltet ihr euch zu erkennen geben. Lange, lange Zeit war diese Furcht gerechtfertigt. Ich habe sie selbst geteilt, wie auch meine Mutter.« Plötzlich hielt er wieder inne. Dann zwang er sich weiterzureden, und seine Stimme drohte zu brechen, als er sagte: »Deshalb haben auch wir uns weiter verborgen. Indem wir das taten, haben wir unseren ›Freunden‹ die Gelegenheit gegeben, uns zu töten. Ich sehe keinen Sinn mehr in diesem Versteckspiel.« Ich wusste nicht, ob seine Gefühle ihm die Kehle zuschnürten oder ob er schlicht noch einmal nachdenken wollte, bevor er weitersprach. Er blickte wieder zu Web und nickte dann kurz. »Alle in der Burg haben inzwischen von Web dem Zwiehaften gehört, der ohne Furcht und nicht als Bedrohung zwischen uns einhergeht. Ich schäme mich beinahe, dass er, ein Fremder, offen im Licht wandelt, während ich, der ich Prinz Pflichtgetreu meinen Freund nenne, mich im Schatten herumdrücke. Morgen werde ich das ändern. Ich werde stolz erklären, dass ich zum Alten Blut gehöre, und schwören, dass ich allen zeigen werde, dass auch jemand wie ich dem Prinzen treu ergeben sein kann. Ich habe ihn schon einiges von unseren Bräuchen gelehrt, und Prinz Pflichtgetreu hat gerne gelernt. Er hat gesagt, wenn er im Frühling auf die Äußeren Inseln fährt, um einen Drachen zu erschlagen und seine Braut zu beanspruchen, darf ich ihn begleiten, und wenn ich das tue, werde ich das als sein zwiehafter Gefährte tun. Es gibt keinen Gabenmeister in Bocksburg, und mein Prinz wird allein gehen, ohne eine Gabenkordiale, wie sie den alten Weitseher-Königen stets zur Verfügung gestanden hat. Da er dieser Magie nun beraubt ist, werde ich mich in seine Dienste stellen und mich als ebenso fähig erweisen. Stolz werde ich allen meine Magie des Alten Blutes zeigen.«

Chades fester Griff um mein Handgelenk verriet mir, dass das alles neu für ihn war, nicht nur dass Gentil plante, seine

Zwiehaftigkeit zu enthüllen, sondern auch, dass Pflichtgetreu ihm gestattet hatte, ihn auf seiner Reise zu begleiten. Seine Gabe war schwankend, aber er erreichte mich. *Habe ich nicht gesagt, dass ich einen Irrtum in einen Vorteil verwandeln würde? Vielleicht habe ich sogar ein wenig zu viel Erfolg gehabt, und unser Vorteil schießt übers Ziel hinaus und verwandelt sich wieder in einen Fehler. Ich wollte schlicht, dass der Junge ihnen erzählt, wie gut und gerecht ihn die Königin behandelt, nicht dass er sich selbst zum Botschafter des Alten Blutes bei Hofe macht.*

Ich verband meine Gedanken mit seinen. *Er scheint nicht zu wissen, dass es ein Risiko für den Prinzen ist zuzugeben, dass er einen Freund vom Alten Blut hat. Er sieht nur die Gefahr für sich selbst und dass er dieses Risiko für Pflichtgetreu gerne auf sich nimmt. Glaubst du, du kannst es ihm wieder ausreden?*

Ich bin nicht sicher, ob das klug wäre, vertraute mir Chade an. *Sein Mut hat ihre Vorstellungskraft angeregt. Schau.*

Es war keine überwältigende Unterstützung, die Gentil erhielt. Web war der Einzige, der breit grinste und verkündete, wie stolz er auf den jungen Bresinga sei. Die anderen, mit der erwähnenswerten Ausnahme der böse dreinblickenden Silberauge, waren zurückhaltender in ihrer Anerkennung, und ihre Reaktionen waren von unterschiedlichster Art. Sowohl der Barde als auch Boyo wirkten begeistert. Die Kuhfrau lächelte sanft, doch das konnte auch noch von der glücklichen Geburt ihrer Kuh herrühren. Andere diskutierten das Ganze eher pragmatisch. Die Königin konnte Gentil kaum dem Tod überantworten, nicht nachdem sie ihm Asyl gewährt und überdies verkündet hatte, dass kein Zwiehafter allein ob seiner Magie hingerichtet werden würde. Vermutlich war er so sicher, wie er nur sein konnte, und es könnte durchaus sein, dass ein junger, gut aussehender, zwiehafter Edelmann so manch einen für die Sache des Alten Blutes gewinnen könnte. Auf jeden Fall könnte seine Erklärung ihrer Sache nicht schaden.

Dann trat der Stadtmensch, Bosk, vor Gentil. Er verschränkte die Hände und fragte in unsicherem Tonfall: »Weitseher haben Gescheckte getötet. Seid Ihr Euch dessen absolut sicher?«

»Ich bin sicher«, antwortete Gentil und legte die Hand an den Hals. »Absolut sicher.«

»Ihre Namen«, flüsterte der Mann. »Kennt Ihr ihre Namen?«

Gentil schwieg einen Augenblick. Dann sagte er: »Keppler, Padget und Swohaut. Das waren die Namen, unter denen ich sie gekannt habe. Aber Prinz Pflichtgetreu kannte Keppler aus seiner Zeit bei den Zwiehaften unter einem anderen Namen. Er hat ihn Lutwin genannt.«

Bosk schüttelte enttäuscht den Kopf, doch jemand anders im Raum fragte laut: »Lutwin?« Sie schob sich nach vorn, und ich erkannte Silberauge. »Das kann nicht sein! Er ist der Anführer der Gescheckten. Wenn er tot wäre, hätte ich davon gehört.«

»Ach, hättest du das?«, fragte der Barde neugierig. Sein Gesichtsausdruck war nicht gerade freundlich.

»Ja, das hätte ich«, blaffte Silberauge. »Mach daraus, was du willst. Ich kenne Leute, die Lutwin kennen, und ja, einige von ihnen gehören zu den Gescheckten. Ich selbst bin keine, obwohl das, was ich bis jetzt hier gehört habe, mich allmählich verstehen lässt, warum sie zu solch extremen Maßnahmen greifen.« Sie wandte dem Barden die Schulter zu und schloss ihn so aus, als sie von Gentil zu wissen verlangte: »Wie lange ist das her? Und was habt Ihr für Beweise, dass Ihr die Wahrheit sagt?«

Der Junge wich einen Schritt vor ihr zurück, antwortete aber: »Gut einen Monat. Und was die Beweise betrifft ... Was für Beweise willst du von mir? Ich habe gesehen, was ich gesehen habe, aber ich bin geflohen, als ich die Gelegenheit dazu hatte. Ich schäme mich, es zugeben zu müssen, aber es ist so. Wie auch immer, ich bezweifle, dass es falsch ist, was man sich in Burgstadt erzählt. Ein einarmiger Mann und sein Pferd sind getötet worden, sowie ein kleiner Hund. Und die anderen beiden Männer im Haus.«

»Sein Pferd auch!«, rief Silberauge, und ich sah, dass sie das als doppelten Verlust empfand.

»Wenn dem so ist, dann ist das ein schwerer Schlag für die Gescheckten«, erklärte Bosk. »Es könnte sogar ihr Ende bedeuten.«

»Nein! Das bedeutet es nicht!«, widersprach Silberauge entschlossen. »Die Gescheckten sind stärker als ein einzelner Mann. Sie werden diesen Kampf nicht aufgeben, bis wir Gerechtigkeit bekommen haben. Gerechtigkeit und Rache.«

Bosk stand auf und ging langsam auf sie zu. Er hatte die Fäuste geballt. Seine Drohung wäre erbärmlich gewesen, hätte er sie nicht so ernst gemeint. »Vielleicht sollte ich mir meine Rache nehmen, wo ich sie bekommen kann«, keuchte er. Seine Stimme brach fast bei den nächsten Worten. »Wenn ich deinen Namen als Zwiehafte aushängen und dich verbrennen lassen würde, würde das deinen Gescheckten-Freunden wehtun? Vielleicht sollte ich deinen Rat annehmen und ihnen genau das antun, was sie mir angetan haben.«

»Du bist so dumm! Siehst du nicht, dass sie für uns alle kämpfen und unsere Unterstützung verdienen? Ich habe Gerüchte gehört, dass Lutwin etwas herausgefunden hätte, etwas, das die Weitseher stürzen könnte. Vielleicht ist dieses Geheimnis mit ihm gestorben, vielleicht aber auch nicht.«

»Jetzt bist du die Dumme hier«, mischte sich Gentil entschlossen ein. »Die Weitseher stürzen? Was für ein Plan! Dann stürzt die einzige Königin, die je versucht hat, den Hinrichtungen Einhalt zu gebieten. Was würde uns das bringen? Nur eine groß angelegte Verfolgung, und diesmal würden keine Gardisten auftauchen, um das zu unterbinden. Wenn das Alte Blut versucht, die Monarchie zu stürzen, wird man das als Beweis für unsere Boshaftigkeit ansehen. Bist du verrückt?«

»Das ist sie«, sagte Web ruhig. »Und dafür sollten wir Mitleid mit ihr haben, nicht sie verdammen.«

»Ich will euer Mitleid nicht!«, spie Silberauge. »Ich brauche niemandes Mitleid. Und auch eure Hilfe brauche ich nicht. Kriecht ruhig vor eurer Weitseher-Königin. Verzeiht ihr alles, was euch angetan wurde, und lasst sie euch als Diener missbrauchen. Ich verzeihe *nichts,* und ich werde meine Rache bekommen. Ja, das werde ich.«

»Wir haben es geschafft«, flüsterte mir Chade ins Ohr. »Oder vielleicht sollte ich eher sagen, dass Silberauge es für uns geschafft hat. Sie hat jeden in unsere Arme getrieben, der nicht von Blut und Feuer träumt, und das sind die meisten von ihnen, denke ich.«

Mit diesen Worten ließ er mich wieder allein und huschte wie eine graue Spinne durch die Tunnel. Ich selbst verließ meinen Posten erst spät in der Nacht, um mir etwas zu essen zu holen und dann ins Bett zu gehen. Aber es lief so, wie Chade gesagt hatte. Gentil blieb bei jenen vom Alten Blut, und als die Königin, Chade und die Repräsentanten der Sechs Provinzen wieder zurückkehrten, stellte er sich vor sie und begrüßte sie als zwiehafter Edelmann. Ich sah das Unbehagen in den Gesichtern der anderen Adligen, als Gentil ihnen versicherte, dass es in jedem Herzogtum zwiehafte Edelleute gäbe, die seit Generationen gezwungen waren, ihre Magie zu verbergen. Mehrere der jungen Männer, zu denen er jetzt sprach, kannten ihn gut. Sie waren mit ihm geritten, hatten mit ihm getrunken und mit ihm gespielt. Sie blickten einander an, und was sie dachten, war klar: »Wenn er zwiehaft ist, wer noch?« Doch Gentil sah ihre Bedenken entweder nicht, oder er ignorierte sie, während er mit seiner Rede fortfuhr. Er beabsichtigte nun, seine Magie zum Wohle des Prinzen und der Weitseher hell leuchten zu lassen. Diesem Ziel verschwor er sich, und ich glaubte, auf den Gesichtern dreier Repräsentanten so etwas wie widerwillige Bewunderung zu sehen. Vielleicht würde dieser Jüngling vom Alten Blut ihre Vorurteile widerlegen.

Am letzten Tag der Verhandlungen wurden erhebliche Fortschritte erzielt. Der Barde erschien unmaskiert und bat Kettricken, am Hof bleiben zu dürfen. Die Königin wiederum präsentierte den Repräsentanten der Herzöge eine Proklamation, in der zu lesen stand, dass von diesem Tage an Hinrichtungen jedweder Art nur unter Aufsicht und Anordnung eines herzoglichen Hauses durchgeführt werden durften, und für jedwede Ungerechtigkeit trage das Oberhaupt dieses Hauses persönlich die Verantwortung. Die Herzöge und Herzoginnen sollten nicht nur die lokalen Würdenträger davon abhalten, Hinrichtungen auf eigene Faust durchzuführen, sie sollten auch jeden einzelnen Fall persönlich begutachten. Gegen diese Anordnung durchgeführte Hinrichtungen würden als Mord betrachtet werden, und die Königin behielt sich vor, über diese Mörder zu Gericht zu sitzen. Das löste zwar nicht das Problem, wie die Zwiehaften solche Anklagen vorbringen sollten, ohne Repressalien fürchten zu müssen, aber wenigstens hatten sie jetzt erst einmal etwas in der Hand.

Mit solch winzigen Schritten, versicherte mir Chade, könnten wir Fortschritte erzielen. Als ich mit der Garde der Königin losritt, um die Delegierten des Alten Blutes zu ihren Freunden zurückzubringen und unseren Prinzen sowie Laurel wieder abzuholen, fiel mir eine deutliche Veränderung bei diesen Leuten auf. Sie sprachen und lachten miteinander, und einige unterhielten sich sogar mit den Soldaten. Die Kuhfrau ritt mit ihrer Kuh und dem Jungtier im Schlepptau neben Gentil Bresinga und schien sich äußerst geehrt zu fühlen, mit dem jungen Adligen sprechen zu dürfen. Auf seiner anderen Seite ritt Boyo. Seine offensichtlichen Bemühungen, sich als Gleichgestellter Fürst Bresingas zu präsentieren, wurden von der freundlichen Haltung des jungen

Mannes der Kuhfrau gegenüber unterlaufen. Gentils Katze ritt auf dem Sattel hinter ihm.

Überall um uns herum war der Schnee im Wald geschmolzen, und nur in den tiefsten Schatten klammerten sich noch Eiszapfen fest. Das Grün wagte sich an allen Stellen tapfer in die von der Sonne erhellte Welt, und der Wind, der an uns vorüberwehte, schien in der Tat ein Wind der Veränderungen zu sein. Silberauge ritt allein in unserer Mitte. Web wiederum ritt neben mir und redete munter über alles und jeden. Sowohl die Königin als auch Chade hatten darauf bestanden, dass er uns begleiten musste, damit seine Gefährten sahen, dass er uns aus freien Stücken wieder nach Bocksburg folgte.

Als wir den Treffpunkt erreichten, schienen sich Pard und Gentil gleichermaßen zu freuen, ihren Prinzen zu sehen. Pflichtgetreu spielte den Überraschten und zeigte sich erfreut, dass sie gekommen waren, um ihn abzuholen. Die warmherzige Art, mit der er seinen Freund und dessen Geschwistertier begrüßte, beeindruckte die vom Alten Blut, und zwar sowohl jene, die in Bocksburg gewesen waren, als auch die Zurückgebliebenen. Natürlich war er von mir im Vorfeld bereits über das Kommen Gentils informiert worden.

Als wir wieder nach Bocksburg zurückkehrten, kamen nicht nur der Prinz und Laurel mit uns, sondern auch Web und der Barde, dessen Name Kräusel lautete. Er sang beim Reiten, und ich knirschte mit den Zähnen, als er seine Version vom »Turm der Geweihinsel« vortrug. Das Lied erzählte, wie die Bewohner der Geweihinsel sich gegen die Roten Korsaren verteidigt hatten; vor allem die Rolle, die Chivalrics Bastard dabei gespielt hatte, wurde ausführlich besungen. Es stimmte, dass ich dort gewesen war, aber ich bezweifelte mindestens die Hälfte dessen, was man mir und meiner Axt zuschrieb. Web lachte laut, als er meinen gequälten Gesichtsausdruck sah. »Schau nicht so drein, Tom Dachsenbless. Der zwiehafte Bastard ist ein Held, den unsere Leute gemeinsam haben. Er war sowohl ein Bocksburg-Mann als auch vom Alten Blut.« Und er stimmte in das Lied des Barden ein, als dieser sang: »Chivalrics Sohn, mit flammenden Augen, der teilte sein Blut, wenn auch nicht seinen Namen.«

Hat nicht Merle diese Ballade geschrieben?, fragte mich Pflichtgetreu mit spöttischer Sorge. *Sie betrachtet sie als ihr Eigentum. Es dürfte ihr gar nicht gefallen, wenn Kräusel sie in Bocksburg singt.*

Damit stünde sie nicht allein da. Ich könnte ihn ja erwürgen und ihr so Zeit sparen.

Doch beim nächsten Refrain hoben nicht nur Pflichtgetreu und Gentil die Stimmen, sondern auch die Hälfte der Soldaten. Das, so sagte ich mir, ist die typische Wirkung eines Frühlingstages. Ich hoffte, dass das bald vorüber war.

Kapitel 27

SEGEL IM FRÜHLING

Am Anbeginn der Welt waren die vom Alten Blut und die Tiere auf den Feldern, die Fische im Wasser und die Vögel am Himmel. Alle lebten in Einklang miteinander, wenn nicht gar in Harmonie. Unter jenen vom Alten Blut gab es nur zwei Stämme. Einer bestand aus den Blutnehmern, und die verschwisterten sich mit den Tieren, die das Fleisch anderer Tiere aßen. Die anderen waren die Blutgeber, sie verschwisterten sich mit jenen Kreaturen, die ausschließlich Pflanzen zu sich nahmen. Die zwei Stämme hatten nichts miteinander zu tun, nicht mehr als ein Wolf mit einem Schaf zu tun hat; das heißt, sie haben einander nur im Tod getroffen. Doch jeder respektierte den anderen als Teil des Landes.

Nun waren die Gesetze, die sie voneinander trennten, streng und gerecht. Aber es gibt stets Menschen, die glauben, es besser zu wissen als das Gesetz, oder die denken, für sie müsse man eine Ausnahme machen. So kam es, dass die Tochter eines Blutnehmers, die sich mit einem Fuchs verschwisterte, sich in einen Blutgeber verliebte, der mit einem Ochsen verschwistert war. Was konnte aus ihrer Liebe schon Schlimmes erwachsen, dachten sie? Sie würden einander nicht verletzen, weder die Frau den Mann noch der Fuchs den Ochsen. Und so trennten sie sich von ihren Stämmen, lebten ihre Liebe und hatten vier Kinder. Aber von ihren Kindern war der erste Sohn ein Blutnehmer und die erste Tochter eine

Blutgeberin, und das dritte Kind war ohne die Alte Macht geboren, taub für jedes Tier und dazu verdammt, auf immer allein in der eigenen Haut zu wandeln. Groß war der Kummer der Familie, als der älteste Sohn sich mit einem Wolf verschwisterte und ihre älteste Tochter mit einem Hirsch. Denn der Wolf tötete den Hirsch, und die Tochter nahm zur Wiedergutmachung das Leben ihres Bruders. Da wussten der Mann und die Frau, wie weise die alten Wege gewesen waren, denn ein Raubtier kann sich nicht mit seiner Beute verbinden. Doch es sollte noch schlimmer kommen, denn das Kind, das ohne die Alte Macht war, gebar nur Kinder ohne die Magie, und so wurde das Volk geboren, das den Tieren gegenüber taub ist.

DACHSENBLESS: GESCHICHTEN DERER VOM ALTEN BLUT

Der Frühling überwältigte das Land. Blassgrün verfärbten sich die Bäume hinter der Burg. Die nächsten zwei Tage über entfalteten sich die Blätter, und der Wald verhüllte wieder langsam die Hügel. Gras spross aus der Erde und verdrängte die verdorrten braunen Halme vom letzten Jahr, und inmitten der grasenden Herden sah man das strahlende Weiß neugeborener Lämmer. Die Leute begannen, vom Frühlingsfest zu reden. Es erschreckte mich, dass erst ein Jahr vergangen war, seit ich Merle erlaubt hatte, Harm aus unserer ruhigen Hütte nach Bocksburg mitzunehmen. Zu viel war seitdem geschehen, und viel zu viel hatte sich verändert.

Innerhalb der Burgmauern herrschte rege Betriebsamkeit. Es waren weit mehr als nur die üblichen Vorbereitungen für das Frühlingsfest. In dieser glücklichen Zeit würde der Prinz ein Schiff zu den Äußeren Inseln nehmen, und alle mussten sich darauf vorbereiten. Der Kapitän und die Mannschaft der *Maidenglück* freuten sich, für die Fahrt ausgewählt worden zu sein. Auch die Gardisten drängten sich darum, zu denen zu gehören, die den Prinzen begleiten durften. Es meldeten sich zu viele freiwillig, mich eingeschlossen, und der Prinz war gezwungen, die Gardisten Lose ziehen zu lassen. Ich war nicht überrascht, ausgewählt zu werden, immerhin hatte Chade mir das Los, das ich »ziehen« würde, am Abend zuvor gegeben.

Gentil Bresinga würde uns in der Tat ebenfalls begleiten. Chade war ebenso Teil der Reisegesellschaft wie auch Dick; vor allem Letzteres überraschte den Hofstaat des Prinzen dann doch. Web, dem es rasch gelungen war, sich zum Liebling der Königin hochzuarbeiten, hatte sie um Erlaubnis gebeten, ihren Sohn ebenfalls begleiten zu dürfen, und sie hatte ihm seine Bitte gewährt. Er versprach, dass sein Vogel dem Schiff vorausfliegen und das Wetter im Auge behalten würde.

Gentil war nicht der einzige junge Edelmann, der darauf hoffte, sich dem Prinzen anschließen zu dürfen. Eine ganze Reihe von Adligen verlieh ihrer Absicht Ausdruck mitzukommen. Schon bald fühlte ich mich an die riesige Expedition erinnert, die vor so vielen Jahren in die Berge gezogen war, nachdem man Kettricken Veritas versprochen hatte. Damals wie heute bestanden die Edelleute darauf, dass sie ihren ganz persönlichen Tross von Dienern und Tieren brauchten. Schnell wurden weitere Schiffe angeheuert. Adlige, die weder die Zeit noch das Geld besaßen, den Prinzen zu begleiten, wollten trotzdem ihren Beitrag leisten. So sammelten sich Geschenke in Bocksburg an, nicht nur für die Narcheska, sondern auch für ihr Mütterhaus und den Clan ihres Vaters.

In Veritas' Turm setzte ich den Gabenunterricht fort, doch meine Schüler waren abgelenkt. Dick fühlte Pflichtgetreus Aufregung nur allzu gut, und er reagierte darauf so heftig, dass es ihm nahezu unmöglich war, sich auf irgendetwas zu konzentrieren. Prinz Pflichtgetreu war immer in Eile. Ständig schien man ihm Kleidung anpassen oder Unterricht in fernholmischen Sitten geben zu müssen.

Ich bemitleidete ihn, aber mich selbst bemitleidete ich noch mehr, während ich versuchte, abends so viel wie möglich aus irgendwelchen Schriftrollen zu lernen. Selbst Chade war abgelenkt. Er zog bei viel zu vielen Dingen in der Burg die Fäden, als dass er sie einfach so hätte verlassen können. Trotz seines großen Interesses an der Gabe war er die meiste Zeit über damit beschäftigt, Leute auszusuchen, die sich während seiner Abwesenheit um alles kümmern sollten. Ich war erleichtert, dass Rosmarin uns nicht begleiten würde; gleichzeitig beunruhigte mich jedoch die Vorstellung, dass sie den Befehl über den Großteil von Chades Spionagenetz haben würde. Ich vermutete auch, dass Chade nachts noch ein wenig mit seinem explosiven Pulver experimentierte, doch je weniger ich davon wusste, desto besser.

Unsere unmittelbar bevorstehende Abreise reichte vollends aus, um mich zu beschäftigen, und doch gestattet einem das Leben niemals, sich ausschließlich auf eine Aufgabe zu konzentrieren. Pflichtgetreu, Gentil und Web hielten abends überdies Unterricht in Sitten und Geschichte des Alten Blutes ab. Die Unterrichtsstunden fanden vor einem Kamin in der Großen Halle statt, und Web verkündete, dass jeder daran teilnehmen könne, der wolle. Die Königin selbst war bei mehreren Gelegenheiten anwesend. Zuerst war Webs »Unterricht« nur spärlich besucht, und von denen, die kamen, zeigten viele offen ihre Missbilligung. Doch Web war ein meisterhafter Geschichtenerzähler, und viele seiner Geschichten waren für die Bewohner von Bocksburg neu. Rasch fand er eine aufmerksame Zuhörerschaft, besonders unter den Kindern der Burg, und es dauerte nicht lange, da setzten sich jene, die vorgeblich mit Spinnen oder Pfeilmachen beschäftigt waren, in Hörweite von Web. Ich weiß nicht, ob das viele davon überzeugte, dass man sich nicht vor dem Alten

Blut fürchten musste, aber zumindest lernten sie viel darüber, wie diese Menschen lebten und dachten.

Web hatte auch noch einen Schüler in diesen Stunden, einen, von dem ich geglaubt hatte, ich würde ihn nie in der Burg sehen. Inzwischen hatte sich weit herumgesprochen, dass Königin Kettricken Zwiehafte in Bocksburg willkommen hieß. Nur wenige waren ihrem Ruf gefolgt, jedenfalls soweit in der Öffentlichkeit bekannt war. Die Schwierigkeit war offensichtlich. Wie sollte jemand ihr seinen Sohn oder seine Tochter als Diener anbieten, ohne damit zu enthüllen, dass die gesamte Familie zum Alten Blut gehörte? Hier bei Hofe mochte die Königin ja in der Lage sein, das Kind zu beschützen, aber was war mit der Familie daheim? Fürst Brant, ein Adliger aus den Bocksmarken, hatte ihr seinen zehnjährigen Sohn und einzigen Erben gebracht. Er hatte ihn der Königin als vom Alten Blut präsentiert, aber behauptet, er hätte die Magie von seiner Mutter geerbt, die vor sechs Jahren gestorben sei und kaum noch lebende Verwandte habe. Die Königin hatte den Jungen auf Brants Wort hin akzeptiert. Ich verdächtigte auch eine Näherin der Alten Macht, die vor Kurzem nach Bocksburg gekommen war, doch wenn sie ihre Zwiehaftigkeit nicht offen zeigen wollte, würde ich sie auch nicht danach fragen.

Der andere neue Page der Königin war kein anderer als Flink. Er war allein und zu Fuß gekommen, mit neuen Schuhen und Kleidern, und hatte einen Brief von Burrich dabeigehabt. Ich hatte von meinem üblichen Posten aus beobachtet, wie er ihn der Königin überreicht hatte. Der Brief übergab den Jungen an die Weitseher, nachdem – so hieß es in dem Brief – Burrich sein Bestes getan hatte, es ihm aber nicht gelungen war, den Jungen von seinem Weg abzubringen. Wenn er seine Magie schon nicht aufgeben wollte, sollte er sie eben annehmen. Sein Vater war fertig mit ihm. Er konnte es sich nicht leisten, den Jungen bei seinen jüngeren Brüdern zu lassen. Auch stand in dem Brief, dass bei Hofe nicht bekannt gemacht werden solle, dass Flink Burrichs Sohn sei. Als Königin Kettricken den Jungen daraufhin fragte, als was er denn bekannt sein wolle, hob Flink das blasse Gesicht und antwortete ruhig, aber entschlossen: »Als zwiehaft. Das ist, was ich bin, und das werde ich nicht länger leugnen.«

»Flink der Zwiehafte also«, erwiderte Kettricken mit einem Lächeln. »Ich denke, dieser Name passt gut zu dir. Ich werde dich jetzt meinem Ratgeber Chade übergeben. Er wird eine angemessene Arbeit für dich finden und auch für deinen Unterricht sorgen.«

Der Junge hatte leise geseufzt und sich dann tief verneigt. Offensichtlich war er erleichtert darüber, dass die Tortur der königlichen Audienz endlich vorüber war. Steif, aber aufrecht war er daraufhin hinausmarschiert.

Dass Burrich den Jungen einfach verstoßen hatte, erschütterte mich bis tief in meine Seele, doch ich war gleichzeitig erleichtert. Wäre Flink in seinem Haus geblieben, hätten sie sich weiter über die Alte Macht gestritten. Das hätte Leid und Elend für die ganze Familie bedeutet. Ich vermutete, dass Burrich die Entscheidung ausgesprochen schwergefallen war, und wahrscheinlich hatte er eine ganze Nacht lang wach gelegen und sich gefragt, wie Molly wohl über seine Entscheidung denken und ob sie beim Abschied ihres Sohnes weinen würde. Ich war stark versucht, zu Nessel hinauszugreifen. Seit dem Tag von Pflichtgetreus und Dicks wilder Musik hatte ich das nicht mehr getan. Der Grund dafür war nicht nur, dass ich nicht wollte, dass sie das, was wir teilten, mit Chades Ruf in Verbindung brachte; ich fürchtete mich auch noch immer vor dieser fremdartigen Stimme. Ich wollte nichts unternehmen, was die Aufmerksamkeit auf mich oder meine Tochter lenken würde.

Doch in jener Nacht, als hätte mein Herz meinen Verstand verraten, berührte Nessels Geist den meinen. Es glich fast einer Zufallsbegegnung, als hätten wir schlicht zur gleichen Zeit voneinander geträumt. Wieder wunderte ich mich, wie mühelos wir über die Gabe miteinander Verbindung aufnehmen konnten, und ich fragte mich, ob Chade recht hatte. Vielleicht war das etwas, was ich sie schon als kleines Kind gelehrt hatte. Ich träumte davon, wie sie im Gras unter einem weit ausladenden Baum saß. Sie hielt etwas in Händen, etwas Kleines, Geheimes, und blickte es traurig an.

Was bekümmert dich?, fragte ich sie. Noch während ich sprach und sie sich auf mich konzentrierte, fühlte ich, wie mein Traum-Ich die Gestalt annahm, die sie mir jedes Mal gab. Ich setzte mich und schlang meinen Schwanz um die Vorderpfoten. Dann grinste ich sie wölfisch an. *Ich sehe nicht so aus, weißt du?*

Woher soll ich wissen, wie du aussiehst?, fragte sie mich missmutig. *Du erzählst mir ja nichts von dir.* Plötzlich wuchsen Gänseblümchen vor ihren Füßen. Ein winziger blauer Vogel setzte sich auf den Ast über ihrem Kopf und flatterte mit den zerbrechlichen Flügeln.

Was hast du da?, fragte ich neugierig.

Was auch immer ich hier haben mag, es gehört mir. So wie deine Geheimnisse dir gehören. Sie schloss die Hände um ihren Schatz, drückte ihn an die Brust und verbarg ihn in ihrem Herzen. Hatte sie sich verliebt?

Lass mich einmal sehen, ob ich dein Geheimnis erraten kann, bot ich ihr spielerisch an. Die Vorstellung freute mich riesig, dass meine Tochter sich verliebt haben könnte und dieses erste Mal wie einen Schatz hütete. Ich hoffte nur, der junge Mann war es wert.

Sie schaute mich besorgt an. *Nein. Halte dich davon fern. Es ist noch nicht einmal mein Geheimnis. Es ist mir nur anvertraut worden.*

Hat dir vielleicht ein junger Mann sein Herz anvertraut?, wagte ich mich fröhlich vor.

Entsetzt riss sie die Augen auf. *Geh weg! Lass das Raten.* Wind wehte durch die Äste über ihrem Kopf. Beide blickten wir genau in dem Moment nach oben, da sich der blaue Vogel in eine blaue Echse verwandelte. Ihre silbernen Augen funkelten, und ihre Schuppen schimmerten, als sie den Stamm hinunterhuschte, fast in Nessels Haar. »Sag es mir«, zirpte ich. »Ich liebe Geheimnisse!«

Sie blickte mich verächtlich an. *Damit täuschst du mich nicht.* Sie schlug nach der Echse. *Geh weg, du Vieh.*

Stattdessen sprang das Tier in ihr Haar. Es grub seine Krallen hinein und verfing sich in ihren Zöpfen. Plötzlich wurde es größer, so groß wie eine Katze, und Flügel wuchsen aus seinen Schultern. Nessel kreischte und schlug danach, doch die Echse hielt sich fest. Sie hob den Kopf, der plötzlich auf einem langen Hals saß, und schaute mich mit silbernen Augen an. Klein, aber perfekt saß dort ein blauer Drache. Seine Stimme veränderte sich auf schreckliche Art. Fremdartig und kalt krächzte er in meiner Seele: *Erzähl mir dein Geheimnis, Traumwolf!,* verlangte der Drache.

Erzähl mir von einem schwarzen Drachen und einer Insel! Erzähl es mir jetzt, oder ich reiße ihr den Kopf von den Schultern.

Die Stimme versuchte, Haken in meine Seele zu schlagen. Sie wollte mich packen und genau herausfinden, wer ich war. Ich sprang auf und schüttelte mich. Ich versuchte, dem Traum zu entkommen, schaffte es aber nicht. Ich spürte den Blick der Kreatur, den bohrenden, fremdartigen Geist, der mich zu zwingen versuchte, meinen wahren Namen zu nennen.

Nessel stand plötzlich auf. Sie griff nach oben und packte die zischende Kreatur mit beiden Händen. Ich starrte sie offenen Mundes an, als sie sich zu mir drehte. *Es ist nur ein Traum. Das ist alles nur ein Traum. So wirst du mir nicht meine Geheimnisse entlocken. Das ist nur ein Traum, und den beende ich jetzt und wache auf. JETZT!*

Ich weiß nicht, was sie getan hat. Es war weniger, als würde sie ihre Gestalt wechseln, um aus dem Traum zu schlüpfen, sondern vielmehr, als sperre sie den Drachen darin ein. Er wurde zu einem blauen Glas in ihren Händen, das sie dann wegwarf. Es fiel vor meine Füße und zerbarst in Hunderte scharfe Splitter. Der Schmerz der Schnitte ließ mich erwachen. Keuchend setzte ich mich auf und würgte Chades alte Bettdecke. Ich sprang auf und wischte mir mit der Hand über die Brust in der Erwartung, Splitter und Blut zu spüren. Aber da war nur Schweiß. Plötzlich zitterte ich, als hätte ich Fieber. Den Rest der Nacht verbrachte ich aufrecht sitzend und in eine Decke gehüllt vor dem Feuer. Sosehr ich mich auch bemühte, ich konnte meinem Erlebnis keinen Sinn entnehmen. Welche Teile waren Traum gewesen und was die Gabenverbindung zu Nessel? Ich konnte es nicht genau voneinander abgrenzen, und ich hatte Angst. Ich fürchtete nicht nur, dass uns irgendetwas im Gabenstrom gefunden hatte, ich fürchtete auch das Gabentalent, das ich in Nessel gespürt hatte, als sie uns vor dem tödlichen Blick gerettet hatte.

Ich erzählte niemandem von dem Traum. Ich wusste, was Chades Antwort auf meine Sorgen sein würde. »Bring das Mädchen nach Bocksburg, damit wir sie beschützen können. Lehre sie den Umgang mit der Gabe.« Das würde ich sicherlich nicht tun. Es war schlicht ein bizarres Ende für einen Traum gewesen, in den sich meine schlimmsten Befürchtungen gemischt hatten. Mit aller Kraft versuchte ich daran zu glauben und hoffte, es entsprach der Realität.

Bei Tageslicht fiel es mir leichter, diese Ängste unter Kontrolle zu behalten. Ich hatte viel zu tun, vor allem was die Reisevorbereitungen betraf. Ich ging zu Gindast hinunter und zahlte ihm einen Vorschuss auf Harms Ausbildung. Mein Junge schien inzwischen in der Lehre zu gedeihen. Gindast selbst sagte mir, dass der Junge ihn nun fast täglich überrasche. »Seit er sich endlich aufs Lernen konzentriert«, fügte er hinzu, und ich hörte den Tadel des Meisters für die schludrige Erfüllung meiner Vaterpflichten heraus. Tatsächlich hatte Harm sich selbst diszipliniert, und das machte mich stolz. Jeden dritten oder vierten Tag konnte ich mir freinehmen, um ihn zumindest kurz zu besuchen. Wir sprachen nicht über Svanja, sondern nur über seine Fortschritte bei der Arbeit, das näher rückende Frühlingsfest und dergleichen. Ich hatte ihm noch nicht erzählt, dass ich Bocksburg mit dem Prinzen verlassen würde. Hätte ich das getan, hätte er es mit Sicherheit den anderen Lehrlingen erzählt und vermutlich auch Jinna, in deren Haus er immer noch von Zeit zu Zeit zu Gast war. Aus Gewohnheit behielt ich meine Reisepläne für mich, bis kurz vor unserem Aufbruch. Es war besser, wenn Harm mich nicht in direkte Verbindung mit dem Prinzen brachte, sagte ich mir selbst. Ich wollte mir nicht eingestehen, dass ich mich auch davor fürchtete, so lange von meinem Ziehsohn getrennt zu sein, zumal ich davon ausging, mich in Gefahr zu begeben.

Ich hatte mir die Warnung des Narren zu Herzen genommen. Ich hatte nicht nur eine beeindruckende Sammlung kleiner tödlicher Gegenstände aus Chades Waffenkammer geplündert, ich hatte auch meine Kleider umgenäht, um sie unterzubringen. Das war eine langwierige und frustrierende Arbeit, und oft vermisste ich die klugen Vorschläge und geschickten Hände des Narren. Von ihm sah ich in jenen Tagen ohnehin nur wenig. Dann und wann erhaschte ich einen Blick auf Fürst Leuenfarb in den Gängen der Burg, doch stets war er von jungen, gut aussehenden Höflingen umgeben. In den Hallen von Bocksburg schien es von dieser Art Jungvolk nur so zu wimmeln. Die Queste des Prinzen übte offenbar eine gewisse Faszination auf eine bestimmte Art von jungen Männern aus, die begierig darauf waren, sich selbst zu beweisen und gleichzeitig das Familienvermögen bei diversen Vergnügungen durchzubringen. Diese Jünglinge fühlten sich auch von Fürst Leuenfarb angezogen wie die Motten vom Licht. Dann hörte ich ein Gerücht, dass Fürst Leuenfarb außer sich vor Wut sei, weil die chalcedischen Kriegsschiffe wieder einmal Kauffahrer aufgebracht hatten und sich deshalb eine Lieferung jamaillianischer Mäntel verzögerte, die er eigens für seine Teilnahme an der Expedition zu den Äußeren Inseln in Auftrag gegeben hatte. Den Gerüchten zufolge waren diese Mäntel mit Stickereien von Drachen in Schwarz, Blau und Silber geschmückt.

Ich fragte Chade danach. Chade war an diesem Abend in den Turm gekommen, um mit mir an meiner fernholmischen Aussprache zu arbeiten. Diese Sprache teilte sich viele Worte mit der der Sechs Provinzen, aber die Fernholmer verdrehten sie und sprachen sie weit kehliger aus. Meine Kehle war schon ganz wund von den vielen Versuchen. »Hast du gewusst, dass Fürst Leuenfarb plant, uns zu begleiten?«, fragte ich ihn.

»Nun, ich habe ihm keinen Grund gegeben, etwas anderes zu glauben. Benutze deinen Kopf, Fitz. Er ist ein äußerst schlauer Mann. Solange er glaubt, dass er mit dem Prinzen aufs Schiff gehen wird, wird er keine Alternativen organisieren, und je weniger Zeit wir ihm geben, auch nur darüber nachzudenken, desto weniger Zeit hat er, uns zu überlisten.«

»Hast du nicht gesagt, du könntest ihn davon abhalten, ein Schiff aus Burgstadt zu nehmen?«

»Das habe ich, und das kann ich auch. Aber er scheint eine Menge Geld zur Verfügung zu haben, Fitz, und damit kann man vieles möglich machen. Warum sollten wir ihm Zeit geben, etwas auszuhecken?« Er wandte den Blick von mir ab. »Wenn die Zeit kommt, an Bord zu gehen, werde ich ihm sagen, wir hätten uns verrechnet. Es gebe keinen Platz mehr für ihn. Vielleicht könne er ja nachkommen. Ich werde jedoch dafür sorgen, dass ihm keine Schiffe mehr zur Verfügung stehen werden.«

Ich schwieg eine Zeit lang, versuchte, mir die Szene vorzustellen, und zuckte davor zurück. Dann erwiderte ich in sanftem Ton: »Das ist recht hart, so mit einem Freund umzuspringen.«

»Wir behandeln ihn so, eben *weil* er dein Freund ist. Du warst derjenige, der wollte, dass er aufgehalten wird. Er hat dir gesagt, dass er seinen Tod auf Aslevjal vorausgesehen habe und dass du den Prinzen irgendwie davon abhalten müsstest, den schwarzen Drachen zu erschlagen. Wenn Fürst Leuenfarb uns nicht begleitet, kann er auch nicht dort sterben, und er kann dich auch nicht dazu verleiten, die Mission des Prinzen zu sabotieren. Ich bezweifle ohnehin, dass es wirklich ein Abenteuer werden wird. Fürst Leuenfarb wird nur kalte, offizielle Arbeit versäumen. Ich denke, das ›Drachentöten‹ des Prinzen wird sich darauf beschränken, den Kopf von etwas abzuschlagen, das schon seit Urzeiten im Eis begraben ist. Wie kommt ihr beiden in letzter Zeit eigentlich miteinander zurecht?«

Die letzte Frage fügte er so geschickt hinzu, dass ich ihm, ohne nachzudenken, antwortete: »Nicht gut und auch nicht schlecht. Ich sehe ihn eigentlich kaum.« Ich blickte auf meine Finger und kratzte an einem Niednagel. »Es ist, als wäre er jemand anders geworden, jemand, den ich nicht gut kenne und den zu kennen ich in diesem Leben auch keinen Grund hätte.«

»Mir geht es genauso. Ich habe das Gefühl, als wäre er in letzter Zeit sehr beschäftigt gewesen; ich bin nur nicht sicher, womit. Gerüchten zufolge sieht man ihn immer öfter beim Glücksspiel. Er wirft sein Geld mit beiden Händen hinaus. Kein Vermögen hält das lange aus.«

Ich verzog das Gesicht. »Das klingt ganz und gar nicht nach dem Mann, den ich kenne. Er tut eigentlich nie etwas ohne Grund, aber hier vermag ich den Grund nicht zu erkennen.«

Chade lachte humorlos. »Nun, das sagen viele, wenn sie sehen, wie ein Freund einem Laster verfällt. Er wäre nicht der erste kluge Mann, den ich kenne, der dem Glücksspiel anheimfällt. In gewissem Sinne kannst du sogar dir die Schuld daran geben. Seit Pflichtgetreu das Steinspiel eingeführt hat, ist es immer populärer geworden. Die jungen Männer nennen es ›Des Prinzen Steine‹.« Wie alle solche Launen wurde das, was einfach begonnen hatte, rasch teuer, erklärte mir Chade. Nicht nur, dass die Spielpartner gegeneinander wetteten, Zuschauer wetteten auf die Spieler, und so konnte rasch bei einem einzigen Spiel ein kleines Vermögen zusammenkommen. Selbst die Spieltücher und -steine hatten an Wert gewonnen. Anstatt aus Tuch hatte sich Fürst Valsop zum Beispiel schon ein Spielfeld aus poliertem Nussholz und Ebenholzeinlagen machen lassen, und die Spielsteine bestanden aus Jade, Ebenholz und Bernstein. Eine der besseren Tavernen stellte inzwischen Räume ausschließlich für Spieler zur Verfügung. »Allein der Eintritt ist schon teuer, und nur die besten Speisen und Weine werden dort serviert, und zwar von den ansehnlichsten Dienerinnen und Dienern.«

Ich war angewidert. »Und all das von einem Spiel, das eigentlich nur dazu hat dienen sollen, Pflichtgetreu näher an die Gabe heranzuführen.«

Chade lachte. »Man weiß nie, wohin so etwas führen kann.«

Das erinnerte mich an eine andere Frage, die mir im Kopf herumging. »Wo wir schon von etwas sprechen, das zu etwas anderem geführt hat: Sind irgendwelche von jenen, die wir mit Dicks Musik aufgescheucht haben, nach Bocksburg gekommen?«

»Noch nicht«, antwortete Chade und versuchte, seine Enttäuschung zu verbergen. »Ich hatte gehofft, sie würden sofort hierhereilen, aber ich nehme an, dass der Ruf einfach zu seltsam und zu abrupt für sie gewesen ist. Wir sollten uns einmal die Zeit nehmen, uns zusammenzusetzen und das noch einmal zielgerichtet zu versuchen. Letztes Mal ist es mir einfach spontan eingefallen, jene zu rufen, die wir geweckt hatten. Meine Gedanken waren überstürzt und alles andere als deutlich, und jetzt haben wir nur noch wenig Zeit, bevor wir aufbrechen. Nichtsdestoweniger sollte das das Erste sein, worum wir uns nach unserer Rückkehr kümmern. Oh, wie sehr ich mir wünschte, dass unserem Prinzen eine traditionelle Kordiale zur Verfügung stehen würde. Stattdessen gibt es nur uns fünf, und einer davon ist der Prinz selbst.«

»Vier, wenn wir Fürst Leuenfarb hierlassen«, korrigierte ich ihn.

»Vier«, stimmte mir Chade mürrisch zu. Er schaute mich an, und Nessels Name hing unausgesprochen zwischen uns. Dann sagte er wie zu sich selbst: »Wir haben keine Zeit mehr, andere auszubilden. Tatsächlich haben wir sogar kaum Zeit, die auszubilden, die wir haben, und …«

Ich unterbrach ihn, bevor er sich weiter in seine Frustration hineinsteigern konnte. »Alles zu seiner Zeit, Chade. Du kannst nichts erzwingen. Endlose Übungen sind notwendig, Übungen, die nichts mit dem letztendlichen Ziel gemein haben. Geduld, Chade. Hab Geduld mit dir und mit uns.«

Er konnte noch immer kein Mitglied der Kordiale über die Gabe hören, es sei denn, er hatte auch körperlichen Kontakt. Er war sich Dicks Gabe bewusst, doch die war wie ein Summen in seinem Ohr; übermitteln konnte man damit nichts zu ihm. Ich wusste nicht, warum wir nicht zu ihm durchdringen konnten, und ich wusste auch nicht, warum er uns nicht zu erreichen vermochte. Er hatte die Gabe. Sowohl meine

Heilung als auch die Wiederherstellung meiner Narbe hatten bewiesen, dass er in diesem speziellen Gebiet großes Talent besaß. Aber Chade war von Ehrgeiz zerfressen, und er würde nicht eher ruhen, bis er die Magie als Ganzes gemeistert hatte.

Meine Bemühungen, Chade zu beruhigen, hatten seine Gedanken nur in eine andere Richtung gelenkt. »Hättest du lieber eine Axt?«, fragte er mich plötzlich.

Kurz blickte ich ihn mit großen Augen an; dann verstand ich, was er meinte. »Ich habe seit Jahren nicht mehr mit einer Axt gekämpft«, antwortete ich ihm. »Vermutlich könnte ich aber noch ein wenig damit üben, bevor wir aufbrechen. Aber hast du nicht gerade gesagt, dass es nicht zu einem großartigen Abenteuer kommen wird? Kein Abenteuer, kein Kampf.«

»Wie auch immer. Trotzdem könnte sich eine Axt als nützlicher gegen das Eis und den Drachen erweisen als ein Schwert. Lass dir morgen eine vom Waffenmeister geben und fang sofort mit den Übungen an.« Er neigte den Kopf zur Seite und lächelte. Ich kannte dieses Lächeln. So war ich bereits vorbereitet, als er hinzufügte: »Du wirst Flink nicht nur Schreiben und Rechnen lehren, sondern auch das Kämpfen. Er kommt nicht so gut beim Kaminunterricht zurecht wie die anderen Kinder. Burrich hat ihn mehr gelehrt, als in seinem Alter üblich ist, deshalb ist ihm bei den kleinen Kindern langweilig, und bei den Älteren fühlt er sich unwohl. Kettricken hat beschlossen, dass ein Einzellehrer besser für ihn wäre, und dafür hat die Königin dich ausgewählt.«

»Warum mich?«, verlangte ich zu wissen. Was ich von dem Jungen bei Webs Unterricht gesehen hatte, machte mich nicht gerade begierig darauf, ihn als Schüler anzunehmen. Er war ein düsteres, launisches Kind, das oft bei einer Geschichte ernst dahockte, bei der sich die anderen Kinder vor Lachen krümmten. Er sprach nur wenig, und er ähnelte Burrich sehr mit seinen schwarzen Augen. Er bewegte sich steif wie ein Gardist, der gerade ausgepeitscht worden war, und er war genauso lustig. »Ich bin als Lehrer nicht geeignet. Außerdem glaube ich, je weniger ich mit dem Jungen zu tun habe, desto besser für uns beide. Was, wenn Burrich ihn besuchen kommt und der Junge ihm seinen Lehrer vorstellen will? Das könnte zu großen Problemen führen.«

Chade schüttelte traurig den Kopf. »Ich wünschte, es bestünde die Chance, dass das geschieht. In den zehn Tagen, da der Junge hier ist, hat sein Vater nicht ein Wort von sich hören lassen. Ich glaube, Burrich hat ihn wirklich endgültig verstoßen. Das ist einer der Gründe, warum Kettricken es für richtig hält, dass ein Mann ihn allein unterrichten soll. Er braucht einen Mann in seinem Leben. Gib ihm das Gefühl, irgendwohin zu gehören, Fitz.«

»Warum ich?«, fragte ich erneut verärgert.

Chade lächelte noch breiter. »Ich glaube, Kettricken gefällt die Symmetrie des Ganzen. Und ich muss gestehen, dass ich auch eine gewisse Gerechtigkeit darin sehe.« Dann atmete er tief durch, und seine Stimme wurde ernster. »Wohin sonst sollten wir ihn auch tun? Sollen wir ihn jemandem übergeben, der die Zwiehaften verachtet? Oder jemandem, der ihn als Last empfindet? Nein. Er gehört jetzt dir, Fitz. Mach etwas aus ihm. Und bring ihm den Umgang mit der Axt bei. Der Junge dürfte Burrichs Statur haben, wenn er erwachsen ist. Im Augenblick besteht er jedoch nur aus Haut und Knochen. Nimm ihn jeden Tag mit auf den Übungsplatz und sieh zu, dass er Muskeln bekommt.«

»In meiner freien Zeit«, versprach ich ihm säuerlich. Ich fragte mich, ob Burrich mich zuerst mit ebensolchem Unwillen betrachtet hatte wie ich seinen Sohn. Ich hielt es für möglich. Aber egal, wie sehr mir das Ganze auch missfiel, Chade hatte mir klargemacht, dass es daran nichts zu ändern gab.

In dem Moment, da er gefragt hatte: »Wohin sonst sollten wir ihn auch tun?«, war mir bewusst geworden, was Flink in den Händen eines anderen widerfahren könnte. Natürlich wollte ich diese Verantwortung nicht, am wenigsten jetzt. Ich konnte nur die Vorstellung einfach nicht ertragen, dass irgendjemand grausam zu ihm war oder ihn ignorierte. So denken alle Menschen, wenn sie einmal Eltern waren. Man ist davon überzeugt, dass niemand besser für diese Aufgabe geeignet ist.

Mit noch größerem Unwillen dachte ich daran, wieder zur Axt zu greifen. Das würde wehtun. Aber Chade hatte recht. Die Axt war schon immer meine beste Waffe gewesen. Gute Schwerter waren bei mir verschwendet. Ich dachte mit Bedauern an das wunderschöne Schwert, das der Narr mir gegeben hatte. Es war bei ihm geblieben, zusammen mit meiner extravaganten Garderobe. Es hatte mir nicht gefallen, mich als sein Diener zu verkleiden, doch nun stellte ich fest, dass ich das vermisste. Wenigstens hatte ich so Gelegenheit gehabt, Zeit mit ihm zu verbringen. Unser letztes Gespräch hatte die Kluft ein wenig geschlossen, die zwischen uns bestand, aber in anderer Hinsicht hatte es auch eine neue Distanz aufgebaut. Ich hatte mich der Tatsache stellen müssen, dass der Narr nicht der Mann war, von dem ich geglaubt hatte, dass ich ihn kennen würde. Ich wollte meine Freundschaft mit ihm erneuern, aber wie konnte ich das, jetzt wo ich wusste, dass der Narr nur eine Fassade von ihm war? Es war, dachte ich säuerlich, als wäre man mit einer Marionette befreundet und würde den Mann ignorieren, der die Fäden zog.

Doch spät in jener Nacht ging ich zu seiner Tür und klopfte leise an. Ein schwacher Lichtschein drang unter der Tür hindurch, aber ich stand lange im Gang, bis eine Stimme verärgert fragte: »Wer ist da?«

»Tom Dachsenbless, Fürst Leuenfarb. Darf ich eintreten?«

Nach einer Pause hörte ich, wie der Riegel gehoben wurde. Ich betrat den Raum, den ich kaum wiedererkannte. Die reservierte Eleganz war einer opulenten Pracht gewichen. Üppige Teppiche lagen übereinander auf dem Boden. Die Kerzenständer auf dem Tisch waren aus Gold, und edle Duftöle gaben einen Geruch ab, als hätte Fürst Leuenfarb Geld verbrannt. Der Mann, der vor mir stand, trug wallende, mit Juwelen besetzte Seide. Selbst die Wandbehänge waren geändert worden. Die schlichten Jagdszenen, die man oft in Bocksburg fand, waren von prachtvollen Darstellungen jamaillianischer Gärten und Tempel ersetzt worden.

»Willst du reinkommen und die Tür schließen, oder willst du nur dastehen und gaffen?«, verlangte er gereizt von mir zu wissen. »Es ist spät in der Nacht, Tom Dachsenbless. Wohl kaum die richtige Zeit für einen Besuch.«

Ich schloss die Tür hinter mir. »Ich weiß. Dafür entschuldige ich mich, aber immer wenn ich zu gottgefälligeren Zeiten vorbeigekommen bin, warst du nicht da.«

»Hast du irgendetwas vergessen, als du meinen Dienst verlassen hast und aus deiner Kammer ausgezogen bist? Diesen furchtbaren Wandteppich vielleicht?«

»Nein.« Ich seufzte und beschloss, dass ich mich von ihm nicht wieder in diese Rolle drängen lassen würde. »Ich habe dich vermisst. Und ich habe immer und immer wieder diesen dummen Streit bereut, den ich vom Zaun gebrochen habe, als Jek hier war. Es ist alles so gekommen, wie du gesagt hast. Ich bin dazu verdammt worden, mich jeden Tag daran zu erinnern, und jeden Tag habe ich mir gewünscht, ich hätte diese Worte ungeschehen machen können.« Ich ging zum Kamin und ließ mich auf einen der Stühle fallen. Eine Karaffe mit Branntwein stand auf einem kleinen Tisch daneben sowie ein Glas mit noch ein, zwei Tropfen darin.

»Ich habe keine Ahnung, wovon du sprichst, und ich

wollte gerade zu Bett gehen. So. Warum bist du hier, Dachsenbless?«

»Sei wütend auf mich, wenn du willst. Ich nehme an, ich habe es nicht anders verdient. Sei, was immer du sein musst, aber hör mit dieser Scharade auf und werde wieder du selbst. Um mehr bitte ich gar nicht.«

Einen Moment lang stand er schweigend da und schaute mich hochmütig an. Dann setzte er sich auf den anderen Stuhl. Er schenkte sich ein, ohne mir etwas anzubieten. Ich roch Aprikosenbranntwein, wie wir ihn vor einem Jahr in meiner Hütte geteilt hatten. Er nippte daran und bemerkte dann: »Ich selbst werden? Und wer sollte das sein?« Er stellte das Glas ab, lehnte sich auf seinem Stuhl zurück und verschränkte die Arme vor der Brust.

»Ich weiß es nicht. Ich wünschte, du wärst der Narr«, antwortete ich leise. »Aber ich glaube, wir sind viel zu weit gekommen, um wieder dahin zurückzukehren. Könnten wir das, ich würde es sofort tun. Freiwillig.« Ich wandte den Blick von ihm ab und schob mit dem Fuß ein Holzscheit tiefer in die Glut. »Wenn ich jetzt an dich denke, weiß ich noch nicht einmal, wie ich dich nennen soll. Für mich bist du nicht Fürst Leuenfarb. Das warst du nie wirklich. Aber du bist auch nicht mehr der Narr.« Ich stählte mich, als mir plötzlich die offensichtlichen Worte einfielen. Warum war die Wahrheit nur so schwer auszusprechen?

Einen schrecklichen Moment lang fürchtete ich, dass er meine Worte missverstanden hatte. Dann wurde mir klar, dass er genau wusste, was ich damit meinte. Seit Jahren hatte er immer wieder mit seinem Schweigen bewiesen, dass er meine Gefühle verstand. Bevor wir uns voneinander trennten, musste ich die Kluft zwischen uns irgendwie reparieren. Worte waren das einzige Werkzeug, das ich dafür hatte. Sie hallten von der alten Magie wider, von der Macht, die man bekommt, wenn man den wahren Namen von jemandem kennt. Ich war entschlossen, und doch brachte ich sie nur unbeholfen über die Lippen.

»Du hast einmal gesagt, ich könnte dich ›Herzlieb‹ nennen, wenn ich dich nicht länger ›Narr‹ rufen wolle.« Ich atmete tief durch. »Herzlieb, ich habe deine Gesellschaft vermisst.«

Er schlug die Hand vor den Mund. Dann verbarg er die Geste, indem er sich das Kinn rieb, als müsse er sorgfältig nachdenken. Ich weiß nicht, was für ein Gesicht er hinter seiner Hand verbarg. Als er sie wieder herunternahm, lächelte er listig. »Glaubst du nicht, dass das zu Gerede in der Burg führen würde?«

Ich ließ seine Bemerkung unbeantwortet, denn ich wusste ohnehin nicht, was ich darauf hätte sagen sollen. Er hatte im spöttischen Tonfall des Narren zu mir gesprochen. Auch wenn das Balsam für meine Seele war, musste ich mich fragen, ob das nur ein übler Streich sein sollte. Zeigte er mir das, was ich sehen wollte, oder das, was er war?

»Nun.« Er seufzte. »Ich nehme an, wenn du einen angemessenen Namen für mich suchst, wäre Narr noch immer am besten. Lass uns also dabei bleiben, Fitz. Für dich bin ich der Narr.« Er blickte ins Feuer und lachte leise. »Das bringt wohl alles wieder ins Gleichgewicht, nehme ich an. Was auch immer uns nun widerfahren mag, ich werde mich immer an diese Worte erinnern können.« Er schaute sich um und nickte ernst, als hätte ich ihm etwas Wertvolles zurückgegeben.

Es gab so vieles, worüber ich mit ihm sprechen wollte. Ich wollte mit ihm über die Reise des Prinzen reden, über Web und ihn fragen, warum er so viel spielte und was diese ganze Pracht hier zu bedeuten hatte. Aber plötzlich wollte ich dem, was ich gesagt hatte, nichts mehr hinzufügen. Es war, wie er gesagt hatte: Alles war wieder im Gleichgewicht. Ein falsches Wort, und die Waage würde sich wieder in die eine oder andere Richtung neigen. Ich nickte ihm zu und stand langsam auf. Als ich die Tür erreichte, sagte ich leise: »Gute Nacht, Narr.« Ich ging in den Gang hinaus.

»Gute Nacht, Herzlieb«, sagte er von seinem Stuhl am Kamin aus.

Leise schloss ich die Tür hinter mir.

Epilog

Die Hand, die einst Schwert und Axt geführt hat, schmerzt nun nach einem Abend mit der Feder. Wenn ich die Spitze säubere, frage ich mich oft, wie viele Eimer Tinte ich in meinem Leben verbraucht habe. Wie viele Worte habe ich auf Papier oder Pergament gebracht und geglaubt, damit die Wahrheit einzufangen? Und von diesen Worten, wie viele davon habe ich als falsch oder wertlos den Flammen überantwortet? Ich tue, was ich so viele Male getan habe: Ich schreibe, ich streue die feuchte Tinte ein, ich denke über meine Worte nach und verbrenne sie dann. Vielleicht steigt dann die Wahrheit als Rauch durch den Kamin empor. Ist sie auf diese Art zerstört, oder wird sie so freigelassen? Ich weiß es nicht.

Ich habe an dem Narren gezweifelt, als er mir erklärt hat, die Welt sei ein einziger großer Kreislauf, und wir wären dazu verdammt, die Vergangenheit zu wiederholen. Doch je älter ich werde, desto mehr sehe ich es genauso. Damals dachte ich, er meine, ein großer Kreis würde uns alle gefangen halten. Stattdessen glaube ich, dass wir alle in unsere eigenen Kreisläufe hineingeboren sind. Wie ein junger Hengst am Ende einer Longierleine trotten wir unseren Pfad im Kreis entlang. Wir werden schneller, wir werden langsamer, wir bleiben auf Befehl stehen, und wir beginnen erneut. Und jedes Mal glauben wir, dass der Kreis ein neuer ist.

Die Erziehung meines Vaters wurde vor all diesen vielen Jahren dem Halbbruder meines Großvaters übergeben, Chade. Mein Vater wiederum gab mich an seine rechte Hand weiter, und als ich selbst

Vater wurde, habe ich die Sicherheit und Erziehung meiner Tochter dem gleichen Mann anvertraut. Stattdessen habe ich den Sohn eines anderen aufgenommen: Harm. Prinz Pflichtgetreu, mein Sohn und doch nicht mein Sohn, wurde mein Schüler, und nach einiger Zeit kam Burrichs eigener Sohn zu mir, um von mir das zu lernen, was sein eigener Vater ihm nicht beibringen konnte.

Jeder Kreis erzeugt einen anderen. Jeder Kreis scheint neu zu sein, doch das ist er nicht. Er ist nur der neueste Versuch, alte Fehler zu korrigieren, altes Unrecht wiedergutzumachen und jene Dinge nachzuholen, die wir vernachlässigt haben. In jedem neuen Kreis können wir alte Fehler wieder beheben, aber ich glaube, dass wir auch viele neue machen. Doch was haben wir auch für eine Wahl? Sollen wir die alten Fehler wiederholen? Vielleicht ist der Mut, einen besseren Weg zu suchen, gleichbedeutend mit dem Mut, neue Fehler zu begehen.

Sie bildeten sie aus, einen Krieg zu führen – doch sie wollte ihn beenden.

672 Seiten. ISBN 978-3-7341-6222-0

Rin ist ein einfaches Waisenmädchen, das im Süden des Kaiserreichs Nikan lebt. Ihre Adoptiveltern benutzen sie als billige Arbeitskraft, und um sie herum gibt es nur Armut, Drogensucht und Ödnis. Um diesem Leben zu entfliehen, setzt sie alles daran, um an der Eliteakademie von Sinegard aufgenommen zu werden. Doch auch dort wird Rin wegen ihrer Herkunft verspottet und ausgegrenzt. Da bricht ein Krieg gegen das Nachbarreich aus. Rin muss nun kämpfen und entdeckt dabei, dass ihre Welt nie so einfach war, wie sie geglaubt hatte – und dass sie zu viel mehr in der Lage ist, als sie selbst je für möglich gehalten hätte.

Lesen Sie mehr unter: **www.blanvalet.de**